安徽师范大学中国诗学研究中心学术专刊

安徽师范大学文学院高峰学科建设经费资助项目

刘學鍇文集

第九卷

唐诗选注评鉴（三）

安徽师范大学出版社
ANHUI NORMAL UNIVERSITY PRESS

· 芜湖 ·

目 录

1

目
录

3

柳宗元

刘禹锡

张 巡

张巡（709—757），蒲州河东（今山西永济）人，一说邓州南阳（今属河南）人。开元二十四年（736）登进士第。天宝中，由太子通事舍人出为清河令，调真源令。安禄山反，起兵讨贼，后至睢阳（今河南商丘市南）与太守许远合力坚守。至德二载，因功授金吾将军、主客郎中、河南节度副使，拜御史中丞。叛军围睢阳经年，巡等并力死守，对屏蔽江淮、维护唐王朝生命线具有重大战略意义。至德二载十月，终因粮尽援绝而城陷，与许远、南霁云等将领先后被害。巡博通群书，为文章援笔立就。今存诗二首，文三篇。两《唐书》有传。韩愈有《张中丞传后叙》。

闻　笛〔一〕

岧峣试一临〔二〕，虏骑附城阴〔三〕。
不识风尘色〔四〕，安知天地心〔五〕！
营开边月近〔六〕，战苦阵云深〔七〕。
旦夕更楼上〔八〕，遥闻横笛音〔九〕。

校注

〔一〕作于坚守睢阳城期间。从"战苦"句看，当作于睢阳保卫战后期，约至德二载秋。诗系夜登城楼闻笛而作。

〔二〕岧峣（tiáo yáo），高峻貌。此指城楼。

〔三〕虏骑，指安史叛军。因其多为胡人，故称。附，紧贴。城阴，城北。北面背阴，故云。《通鉴·至德二载》：七月，"尹子奇复征兵数万攻睢阳……睢阳城至是食尽……诸军馈救不至，士卒消耗至一千六百人，皆饥病不堪斗，遂为贼所围……（八月）睢阳士卒死伤之余，才六百人，张巡、许远分城而守之。巡守东北，远守西南"。因巡分守城之东北，故见"虏骑附城阴"。

〔四〕风尘色，形况战尘弥漫的愁惨之色。

〔五〕天地心，犹天下心，指民心的向背。二句盖谓经历体验战争之艰苦惨烈，方深感天下人心仍归向唐朝。这是在长期坚守危城中所获得的体验与信念。《礼记·礼运》："故人者，天地之心也。"或引《易·复》"复，其见天地之心乎"，谓此卦六爻中爻皆阴，所谓积阴之下，一阳复生，则"天地之心"似在于绝处逢生，凶而后吉。

〔六〕营，《全唐诗》校："一作门。"边月，边塞的月色。因"虏骑"深入中原内地，睢阳已成边疆，故感到营门之外的月亮已成"边月"。

〔七〕战苦，张巡《谢金吾表》："臣被围困四十七日，凡一千八百馀战。"阵云，犹战云。

〔八〕旦夕，早晚。更楼，城上夜间报更的楼。

〔九〕横笛，《旧唐书·音乐志二》："横笛，小篪也……《宋书》云：'有胡篪出于胡吹。'则谓此。梁《胡吹歌》云：'快马不须鞭，反插杨柳枝。下马吹横笛，愁杀路旁儿。'此歌辞元出北国。"古笛多用竖吹，横笛本为胡吹。此句"遥闻"之"横笛音"亦围城之胡兵所吹。

笺评

高棅曰：此篇守睢阳而作也。睢阳忠节之士，其表见于世者，非以文墨，而诗可见者，使人诵之加敬。（《唐诗品汇》卷六十三）

王穉登曰：第二联不可磨灭。结句方见笛，题中有军中字无疑。（《唐诗选》参评）

程元初曰：张巡此诗感慨愤激之至。三、四即武侯"不计成败利钝"之诚心也。（《盛唐风绪笺》）

李维桢曰：忠精节义，凛凛独生。（《唐诗隽》）

钟惺曰：（"不辨"二句）裹成一片，流出真诗。（《唐诗归》卷二十三）

谭元春曰：（末句下评）只结一句"闻笛"，觉上数语皆闻笛矣，妙手。（同上引）

唐汝询曰：此守睢阳登楼以窥敌之虚实，闻其营笛声而兴感，因以"闻笛"命题。言试登高以临敌，乃虏骑方屯聚于城之北也。贼势如此，则当身犯风尘，辨其气色，庶知上天降乱之意。苟不辨风尘之色，安知天地之心乎！言当躬亲其难也。然国步危矣。夫睢阳内地也，今门开而近边月，苦战而多阵云，闻旦夕笛声，而房之凭陵可想，能不深为之虑哉！睢阳死义之士，非以诗名，而其诗亦壮，读之凛然。（《唐诗解》卷三十七）

张震曰：余观则巡之忠节，上贯日月，固不待文章显。其奋扬士气，闻之尚令人兴起感慕，况文章乎！（《删补唐诗选脉笺释会通评林·盛五律》）

陈继儒曰：死义之士，其词壮。（同上引）

周珽曰：张公忠烈，令万古瞻仰感悼如此。并其守睢阳诗备录，以为读书治禄者劝。（同上引）

王夫之曰：一事开合，弘深广远，固当密于柴桑，纯于康乐也。（《唐诗评选》）又曰：三、四下句简妙，寓曲于直，不许庸人易解。文生于情，情深者文自不浅。（同上引）

吴乔曰：张睢阳《闻笛》诗及《守睢阳》排律，当置《六经》中敬礼之，勿作诗读。（《围炉诗话》）

吴昌祺曰：（三、四句）言贼势如此，不但风尘愁怀，并不知天地之意若何。（《删订唐诗解》）

叶蓁曰：其节义如庶姜，其气概如南仲，可风可雅。（《唐诗意》）

王尧衢曰：此诗不必分解，直抒闻笛时苦心。"岧峣试一临，虏骑附城阴"。公守睢阳，登更楼而望敌，见敌骑方屯聚于城之北，时因闻笛有感而作此诗。"不辨风尘色，安知天地心"。公以孤城困守，抗百万之贼兵，至罗雀掘鼠，杀妾食士，而不变其守，此是何等风尘，何等天地！即使辨得风尘动静，知得天心向背，更待如何？故惟此百炼精忠，以身殉国，而不必辨风尘之气色，不必知天地之何心，不顾安危，不计成败，惟以公忠自矢而已。读此知先生铁石心肠，凛然如在矣。"门开边月近，战苦阵云深。"此是闻笛时军中之苦景也。"战苦阵云深"，想风云惨淡。"旦夕更楼上，遥闻横笛声。"只结一句闻笛，上数语皆闻笛矣。（《古唐诗合解》卷八）

沈德潜曰：一片忠义之气滚出，"闻笛"意一点自足。三、四言不识风尘之愁惨，并不知天意之向背，非一开一阖语也。宋贤谓伯夷、叔齐欲与天意违拗，正复相合。（《重订唐诗别裁集》卷十）

顾安曰：古来忠义之士，全是一段愤激之气做成。试看此诗三、四，说遂令风尘至此，我不知天地诚属何心。连天地都不服起来，此是何等力量。战阵之间，吟咏自得，其才其胆，千古一人。（《唐律消夏录》卷四）

宋宗元曰：（"不辨"句）忠肝若揭，结句点出。（《网师园唐诗笺》）

吴瑞荣曰：精气结成，读之又觉一腔忠勇流散四十字外。（《唐诗笺要》）

余成教曰："不辨风尘色，安知天地心""忠信应难敌，坚贞谅不移"，忠义之气，溢于言表。（《石园诗话》）

 鉴 赏

张巡虽不以诗名，但他的这首《闻笛》却是可以传世的佳作。作为睢阳保卫战的亲历者和主帅，这首作于保卫战后期睢阳城已危在旦夕时的诗，本身就具有很高的历史价值，但此诗却并不单纯因张巡其人、睢阳保卫战其事而传，而是具有独立的美学价值。

首联写登城俯瞰所见。"岧峣"本状山之高峻，这里借指高峻的城楼。和通常的登城览眺有别，作为守城的主帅，他的登临自是为了俯察敌情，故第二句即书即目所见敌军围城情景。着一"附"字，逼真地描绘出围城的叛军紧贴着城下的危困之状。张巡在守城后期与许远分城而守，他所分守的北城与东城，正是敌军的主攻方向，"虏骑附城阴"显示出叛军密匝匝地紧紧围住城北的态势，既显示出形势的危急，也透露出一种责任感。

"不识风尘色，安知天地心？"颔联续写登临所感。"风尘"承"虏骑"，借指战争。"不识""安知"，因果关系显然。两句意为：如果不亲身经历体验抗击叛军的战争之艰苦惨烈，又如何真正认识到天下民心的向背呢！这是作者坚守危城经年所获得的深刻体验认识和坚定信念。睢阳保卫战是战争史上的一个奇迹。张巡、许远有兵六千八百人，而他们所抗击的安史叛军多达十三万。从至德二载正月到十月，大小四百余战，累计杀敌十二万。如此悬殊的兵力对比，如此巨大的战绩，如果主帅和将领没有坚定的信念和杰出的才能，没有广大士兵、民众的坚决支持，绝不可能支撑危局如此之久，更绝不可能取得如此巨大的战绩。这两句诗，正是张巡作为守城的主帅，在长期艰苦的斗争中对"天地心"亦即天下民心向背所获得的深刻感受体验的艺术概括。它表达了一种坚定的信念。而用"风尘色"来借指战争，则战尘弥漫的惨淡之色可见；用"天地心"来借指民心向背，而天地之心与人心浑然一体。故两句虽出以议论，却毫无枯率之病，而是既生动形象，又沉着深刻；

境界亦开阔舒展，毫无逼仄之感。此诗的成功，主要缘于此联的有力支撑。

"营开边月近，战苦阵云深。"腹联转写登临所见。睢阳处于中原腹地，"营开"处本不会见"边月"（边塞之月），但如今虏骑长驱直入，睢阳已成抗击东线叛军的"边城"和主战场，起着屏蔽江淮、保卫唐王朝生命线的重要战略作用，故在作为军中主帅的作者眼中，营门之外的月亮也就成了"边月"。一"近"字透露出边塞气氛的浓郁和守卫疆土的责任感。下句"战苦阵云深"则显示了战争的长久、艰苦、惨烈和战云弥漫层深的惨淡景象，一"深"字同样透露出诗人心情的深沉凝重。

尾联方点明登楼闻笛，暗透以上三联所写的情景都是在登楼闻笛的过程中展现的。如果说，"虏骑"句和腹联是写登楼所见，颔联是写登楼所感，则尾联便是写登楼所闻。点出"横笛"暗示系敌营胡兵所吹；说"旦夕"，则不只此日此夜，而是每旦每夕皆闻。这旦夕传来的胡兵吹笛声渲染出被围危城的一种四面楚歌式的气氛，"闻"中自有所感，但作者却只轻点即止，留下广阔的想象空间让读者自己体味。

诗作于睢阳保卫战的后期，形势已经非常危急，这从"虏骑附城阴""战苦阵云深"等诗句中可以看出。但诗中却流露出一种坚定的信念和镇定从容的气度，让人丝毫感受不到危城将破时的悲伤绝望和惊慌失措，也没有剑拔弩张之态，这正是诗人人格力量和儒将风度的体现。诗的艺术感染力也集中表现在这一点上。

张
巡

李 华

李华（715—774），字遐叔，赵州赞皇县（今属河北）人。开元二十三年（735）登进士第。天宝二年（743）登博学宏词科。十一载拜监察御史。安史乱中被叛军所俘，受伪职。两京收复，贬杭州司功参军。上元二年授左补阙，广德元年加司封员外郎，均不赴。广德二年，李岘领选江南，召入幕，擢检校吏部员外郎。永泰元年（765），因病去官，客隐楚州。大历九年卒。与萧颖士以文章名世，世称"萧李"。有《李遐叔文集》四卷行世。《全唐诗》编其诗为一卷。两《唐书》有传。

春行寄兴〔一〕

宜阳城下草萋萋〔二〕，涧水东流复向西。
芳树无人花自落，春山一路鸟空啼。

〔一〕据首句"宜阳城下"，诗当作于天宝八载至十载官伊阙尉期间。伊阙（今河南伊川县）地近宜阳。唐河南府福昌县本宜阳，武德二年更宜阳曰福昌。

〔二〕萋萋，草茂盛貌。

笺评

唐汝询曰：草萋涧涌，花落鸟啼，景非不佳，所悲者寂寥无人耳。盖禄山乱后，人物凋残，故有是叹。韩偓诗云："千村万落如寒食，不见人影（按：当作'烟'）空见花。"同感乱离而深浅自别。（《唐诗解》卷二十七）

陆时雍曰："无人""花自落"，语似重叠。（《唐诗镜》卷二十八）

何景明曰：写出情景俱幽。（《删补唐诗选脉笺释会通评林·盛七

律》引）

蒋一梅曰：闲适。（同上引）

徐用吾曰：华而不浮。（同上引）

叶羲昂曰：情致俱幽。（《唐诗直解》）

《唐诗训解》："自"与"空"字，益见凄景。

陈继儒曰：四句说尽荒凉，却不露乱离事，妙。（《唐诗三集合编》）

邢昉曰：亦自鸟啼花落常境，直是风气道美。（《唐风定》）

俞陛云曰：五绝中如王右丞之《鸟鸣涧》诗，《辛夷坞》诗，言月下鸟鸣，涧边花落，皆不涉人事，传神弦外。七绝中此诗亦然。首二句言城下之萋萋草满，城外之流水东西，皆天然之致。后二句言路转看山，屐齿不到，一任鸟啼花落，送尽春光。诗题标以"春行寄兴"，殆万物近观皆自得也。若元微之见桃花自落，感连昌之故宫；刘长卿因啼鸟空闻，叹六朝之如梦。同是花落鸟啼，寓多少兴亡之感，此作不落形气之中，忘怀欣戚矣。（《诗境浅说》续编）

刘拜山曰：写安史乱后郡邑凋残景象，只用一"自"字、一"空"字，便觉感喟不尽。（《千首唐人绝句》）

李华

鉴赏

对这首小诗，有两种完全不同的解读：一种以为纯写幽境，一种则以为写安史之乱后人物凋残的景象。后一种解读抓住三、四句中的"无人""自""空"等字，仿佛颇有依据。对待这种解读上的分歧，首先当然是尽可能考证清楚作诗的年代，如果确系作于安史之乱前，则后说不攻自破。其次抓住诗歌本身的意境、格调，细加品味，也是正确理解诗的意蕴的重要途径。

李华的生平仕历，记述最早且详者，当为独孤及所撰《检校吏部员外郎赵郡李公中集序》，独孤及生于开元十三年（725），卒于大历十二年（777），年辈与李华相近，又与萧颖士、李华同时提倡古文，同为唐代古文运动先驱。作此序时，华已病而尚未卒。故序中所叙仕历，当确实可信。《序》云："开元二十三年举进士，天宝二年举博学宏词，皆为科首。由南和尉擢秘书省校书郎。八年，历伊阙尉……十一年拜监察御史。"是则华之任伊阙尉当在天宝八载（749）至十载这三年间。宜阳即唐之河南府福昌县，在伊阙县之西，同为河南府之畿县，地亦邻接。华在伊阙尉任三年，此诗当为在任期间近境游历所作。华其后宦历，均与宜阳无涉。故此诗作于天宝八载至十载之某年春殆可肯定。既如此，则所谓乱离景象云云，均属错会。

再来品味诗境。题为"春行寄兴"，可见诗人是一边行路，一边观赏宜阳城一带春天的景致，而心有所感触，故作诗以寄一时之兴会。全篇四句都是在且行且观中呈现一个动态的过程，这就和独坐静观默会之诗境纯为静态者不同。人是动的，景象也随着人的行动而随步换形，次第呈现，具有动态感与过程感，"宜阳城下草萋萋"，点出"春行"所经之地宜阳，"草萋萋"，正是春天草色碧绿、生长茂盛的生动写照，展现出春天到来时自然界的一片生机和盎然春意。次句写水。路旁的山涧曲曲折折，先向东流，随着地形的起伏，又复向西流淌。这正是"春行"途中所见到的景象，涧水东流复向西，人行亦随之东而复向西。涧水之流，纯由地形之曲折起伏而改变流向，自然而然，人在随涧而行的过程中也获得了一份观赏这种"自然而然"的景致的幽兴。"行"字藏于"东流复向西"的流向中，"兴"字也自然寓含在这动态的观赏中了。

"芳树无人花自落，春山一路鸟空啼。"三、四两句，续写"春行"途中所见花落鸟啼景象。"一路"二字，点醒全篇所写均为"一路"且行且观所见所感，不独此二句为然。实际上"无人""自""空"等词语，亦贯穿全篇，不但花自落，鸟空啼，草亦空自萋萋，水亦空自流淌也。然则，"无人""空""自"确实是全篇表情寄兴的诗眼，问题是所"寄"究竟是什么"兴"。乱离景象之说既与此诗之创作年代相悖，亦与全诗之格调不符。整首诗的格调，是轻快流走的，既符合"春行"途中且行且观的特点，也体现出诗人轻松愉悦的心情。草长花落、水流鸟啼，本是"春行"最常见的景物，但其中自含大自然的盎然生机和诗意。这种诗情诗趣和美好景色，正因为"无人"，故"自落""空啼""自萋""自流"，言外则独有"春行"的诗人自己才能充分领略品味这平常春色中所寓含的无限生机与诗意。这才是诗人"寄兴"的真意所在。"花自落""鸟空啼"所表现的并非伤感与凄凉，而是遗憾如此大好春光无人欣赏，而为自己所独赏也。比较王维《辛夷坞》之"木末芙蓉花，山中发红萼。涧户寂无人，纷纷开且落"，一为静观默会之境，一为动态行赏之境，一为自赏中微寓自伤之境，一为自赏独得之境，一则寂寞，一则活跃欣喜，区别显然。

贾　至

　　贾至（718—772），字幼邻，一作幼几，洛阳（今属河南）人。天宝元年明经擢第，释褐校书郎。天宝末任起居舍人，知制诰。从玄宗入蜀，迁中书舍人。肃宗乾元元年（758），出为汝州刺史。翌年贬岳州司马。宝应元年（762）代宗立，召复中书舍人，二年迁尚书右丞。广德二年（764）转礼部侍郎，次年知东都贡举。大历三年（768）迁兵部侍郎。五年，为京兆尹，兼御史大夫。七年，以右散骑常侍卒。贾至掌诏诰多年，朝廷典册多出其手。有《贾至集》二十卷，别集十五卷，已散佚。《全唐文》录其文三卷，《全唐诗》录其诗一卷，两《唐书》有传。

初至巴陵与李十二白裴九同泛洞庭湖三首（其二）〔一〕

枫岸纷纷落叶多，洞庭秋水晚来波〔二〕。
乘兴轻舟无近远，白云明月吊湘娥〔三〕。

校注

　　〔一〕作于乾元二年（759）秋。时贾至贬岳州司马。《新唐书·肃宗纪》：乾元二年三月，“壬申，九节度之师溃于滏水……东京留守崔圆、河南尹苏震、汝州刺史贾至奔于襄、邓”。贾至岳州之贬，即因此事而致。按：贾至乾元元年由中书舍人出为汝州刺史，当因坐房琯党所致，此次贬岳州司马，其处罚远较崔圆、苏震为重，仍与受房琯事牵连有关。巴陵，唐岳州巴陵郡，州治在今湖南岳阳市。李白亦于乾元二年遇赦东归，夏秋之交，应友人裴隐之邀至岳州，与贾至相会，共游洞庭。裴九，名未详。贾至另有《别裴九弟》《赠裴九侍御昌江草堂弹琴》，李白有《酬裴侍御对雨感时见赠》诗，所指均同一人。李白有《陪族叔刑部侍郎晔及中书舍人至游洞庭五首》，当与贾至此三首为同时之作。

　　〔二〕《楚辞·招魂》：“湛湛江水兮上有枫。”《楚辞·九歌·湘夫人》：“袅袅兮秋风，洞庭波兮木叶下。”前二句化用其词意。

〔三〕湘娥，湘水女神，传为尧之二女，舜妃。《史记·秦始皇本纪》："上问博士曰：'湘君何神？'博士对曰：'闻之，尧女舜之妻而葬此。'"刘向《列女传·有虞二妃》："舜陟方死于苍梧，号曰重华。二妃死于江湘之间，俗谓之湘君。"《文选·张衡〈西京赋〉》："感河冯，怀湘娥。"李善注引王逸曰："言尧二女娥皇、女英随舜不及，堕湘水中，因为湘夫人。"则湘娥、湘君、湘妃实同指。李白诗云："日落长沙秋色远，不知何处吊湘君。"亦可证。

笺评

蒋仲舒曰：末句翻李白案。（《唐诗广选》引）

钟惺曰：（乘兴轻舟无近远，白云明月吊湘娥）二语不是翻太白案，"白云明月"四字，正为"不知何处吊湘君"下一注脚。（《唐诗归》卷十三）

唐汝询曰：上用《楚辞》语布景，下遂有湘娥之吊，逐臣托兴之微意也。（《唐诗解》卷二十六）

郭濬曰：无聊之甚。此景此地同此人，哪得不如此！（《增定评注唐诗正声》）

徐增曰：泛洞庭湖，却以"枫岸"衬起。初至巴陵，是从水路来，岂不要同岸上一游，无奈枫岸落叶之纷纭，同是迁客，哪能堪此景况，所以去泛洞庭湖。洞庭秋水如练，至晚无风，但见微波之荡漾，因而兴发。遂乘轻舟而去，不论近远，亦犹子猷雪夜剡溪，乘兴而来，兴尽而返之意，全不作主张。正见此身迁谪，一凭执事意思，随他去罢了，胸襟何等洒然。乘兴时，初是晚天，直至月出。月光下映，水天一色，复有白云于其间，煞好光景。作诗至此，如何结束？借"吊湘娥"以结之。此在有意无意之间，勿认做真去吊湘娥也。"吊"字从迁谪不得意中写出。（《而庵说唐诗》卷十）

王尧衢曰："枫岸纷纷落叶多"，枫岸贴秋江，初至巴陵时一路是水，两岸纷纷皆落叶也。"洞庭秋水晚来波"，泛洞庭时见秋水无风，至晚来而见微波之荡漾。"乘兴轻舟无近远"，于是兴发，乘轻舟而去，听其所至，不论远近。盖此时贾、李同被迁谪，放开胸襟，以取物外之乐。"白云明月吊湘娥"，向固晚矣。徐而月上，又有白云点缀，水光映月，上下一色。

因思昔之玩此水月者，已有湘娥，今湘娥去而云月留，可用云月以吊湘娥矣。湖中君山，有湘娥庙，故云。（《古唐诗合解》卷五）

沈德潜曰：前人谓末句翻太白案。试思"白云明月"，仍是"不知何处"矣，何尝翻案耶！（《重订唐诗别裁集》卷十九）

黄叔灿曰：李白诗"不知何处吊湘君"，此云"白云明月吊湘娥"，各极其趣。上半设色，亦各有兴会。（《唐诗笺注》）

李锳曰：太白云"不知何处吊湘君"，此翻其语而以"白云明月"想象之。然云"无近远"，则虽处处可吊，仍无定处可指也。与太白诗若相反而实不相悖。（《诗法易简录》）

宋顾乐曰：神采气魄，不似太白，而景与情含，悠然不尽，亦是佳作。（《唐人万首绝句选》评）

富寿荪曰：与太白诗同为托兴湘君以抒迁谪之思，唯"乘兴"句较为洒脱，不似太白之一味怅惘耳。（《千首唐人绝句》）

贾至的这组题为《初至巴陵与李十二白裴九同泛洞庭湖三首》的七绝组诗，与李白的七绝组诗《陪族叔刑部侍郎晔及中书舍人至游洞庭五首》，时地季候景物均相似，但题内提到的与游友人则有同有异，看来应是乾元二年秋先后两次游洞庭之作。值得注意的是，贾至的这首"枫岸纷纷落叶多"，与李白的那首"洞庭西望楚江分"，一则曰"晚落"，一则曰"晚来"，一则曰"不知何处吊湘君"，一则曰"白云明月吊湘娥"，词意相关之迹显然。前人至有此诗末句翻李白案的评说，但从贾至此诗题内"初至巴陵"之语推测，贾至的这组诗似应在前，而李白的那组诗则应在稍后。至于"吊湘娥"与"吊湘君"的关合，有可能是李白有意酬和也有可能是偶然巧合，不必深究。

诗的前幅写薄暮时分洞庭湖畔枫叶纷落、洞庭秋水微波荡漾景象，系乘舟同泛洞庭湖所见眼前实景。但实中寓虚，其中暗含《楚辞·招魂》及《楚辞·九歌·湘夫人》中的意象及意境，从而暗逗末句"吊湘娥"。两句中都没有明提秋风，但无论是岸边枫叶之纷纷飘落，还是洞庭秋水的微波荡漾，都和秋风密切关联。这两句所描绘的景象，于阔远中略带萧瑟凄清的色彩，与诗人以迁客的身份处境泛舟洞庭时的心境相合。

三、四两句进一步写乘兴泛舟、凭吊湘娥的情思。"乘兴轻舟"四字，贯通前后幅，表明全篇所写均为"乘兴"泛"轻舟"于洞庭上时所见所思所感。曰"乘兴"、曰"轻"，则此游的心境实有畅适轻松、兴会飙举的主要一面，"乘兴轻舟"之语，前人或引王子猷雪夜访载乘兴而来之事，虽未必有意用事，但确实能给人以畅适情性的感受与联想，这从句末的"无近远"三字中尤可见出。兴之所至，无论远近，任轻舟之飘荡，其兴会淋漓之情状可想，而末句之"白云明月吊湘娥"，也正是"乘兴"泛"轻舟"畅游洞庭过程中的一个诗意悠邈的项目。"吊湘娥"之想，本含有迁谪之思，但在"乘兴轻舟无近远"的行程中，又有皎洁的"白云明月"作为凭吊的背景，这"吊湘娥"之思便被诗意化了，诗人原本怀有的迁谪轻愁也在这畅适的乘兴之游和阔远的境界中得到了化解，原有的自伤情绪转化为自适与自赏。

元　结

元结（719—772），字次山，自号元子、漫叟等。郡望河南，世居太原，后移居汝州鲁山（今属河南）。天宝十三载（754）登进士第。安史乱起，举家避难于猗玗洞（在今湖北大冶），后又迁于瀼溪（在今江西瑞昌）。乾元二年，以国子司业苏源明荐，擢右金吾兵曹参军，旋以监察御史充山南东道节度参谋，招集义军讨史思明。上元元年，充荆南节度判官。宝应元年，拜著作郎，辞官退隐樊上。广德二年、永泰二年，先后两任道州刺史，招抚流亡，有政声。大历三年，迁容州刺史，加授容州都督，充本管经略使。七年病卒于长安。曾编沈千运等七人诗为《箧中集》，反对"拘限声病，喜尚形似"，提倡淳古质朴之诗风。其《春陵行》《贼退示官吏》忧念黎庶，得到杜甫的高度称赞。有《元次山集》十卷行世。《全唐诗》编其诗为二卷，《新唐书》有传。

元
结

欸乃曲五首（其二）^{〔一〕}

湘江二月春水平，满月和风宜夜行。
唱桡欲过平阳戍^{〔二〕}，守吏相呼问姓名^{〔三〕}。

校注

〔一〕诗作于代宗大历二年丁未岁（767）二月。诗序云："大历丁未中，漫叟结为道州刺史，以军事诣都使（指湖南都团练观察使）。还州，逢春水，舟行不进。作《欸乃》五首。令舟子唱之，盖以取适于道路云。"欸乃，摇桨荡橹声。《欸乃曲》，犹船夫曲。诗共五首，此为第二首。元结《欸乃曲》："谁能唱欸乃，欸乃感人情。"题注："棹舡之声。"

〔二〕唱桡，边摇桨边唱歌。桡，船桨。平阳戍，唐代军镇，属衡州（今湖南衡阳市，大历四年二月后徙湖南军于潭州，今湖南长沙市）。自湖南观察使府所在地衡州返回道州，须溯湘江而上，经过平阳戍。

〔三〕戍守平阳戍的守吏呼问过往船只上客人的姓名，查验放行。

宋顾乐曰：轻轻浅浅，悠然在目，味正在逼真。（《唐人万首绝句选》评）

俞陛云曰：桡歌与《竹枝词》相似，就眼前景物，随意写之。此诗赋夜行船。后二句言榜人摇橹作歌，将过平阳之戍，津吏以宵行宜诘，呼问姓名，乃启关放客。此水程恒有之事，作者独能写出之。（《诗境浅说》续编）

刘拜山曰：于一片和平宁谧之中，仍露出战乱未息景象，恰与"以军事诣都使"序意相合。（《千首唐人绝句》）

元结的诗，淳古淡泊，除去雕饰，迥然有别于当时的主流诗风。但质朴过甚，不免流于枯淡，即使被杜甫盛誉的名作《春陵行》《贼退示官吏》，亦在所难免。但他的这组诗中的二、三两首，却是在保持其真朴自然本色的同时具有真切隽永情味的优秀作品。

诗的前幅写月夜行舟情景。时值仲春二月，湘江水涨，江水与岸齐平；一轮满月，映照着变得宽阔了的江面，江面上吹来了和煦的春风。这明朗宁静、和煦美好的湘江月夜的环境氛围，正是最适合乘舟夜行的时刻。句末点出"宜夜行"三字，为全篇叙事写景抒情的主干。两句节奏轻快，韵律和谐，色调明朗，洋溢着喜悦欢快的感情，颇具民歌风味。

三、四两句，截取月夜行舟中遇到的一个场景，作特写式的描绘。"唱桡欲过平阳戍，守吏相呼问姓名"二句中的平阳戍，便是船出衡州之后，溯湘江而上所经过的一个戍镇。船夫一面摇桨，一面悠悠地唱着桡歌，这声音打破了月夜的寂静，也惊动了岸边的戍吏，于是便悠悠地相呼，问船上客人的姓名。这种船过相呼问姓名的情景，日间自然也时有发生，但在寂静的月夜，却使夜行舟的旅人感到非常新鲜、喜悦，给原本寂静的夜行平添了兴味。诗人正是在不经意中感受到了这一场景所蕴含的真切的生活气息和浓郁诗情，于是不加雕饰地将它写入诗中，遂成月夜行舟绝妙的写生。

或谓"相呼问姓名"透露出战乱未息景象，恐求之过深，既与全篇的"和平宁谧"氛围不谐调，也与后两句音情摇曳的格调不符。这组诗的第三首说："千里枫林烟雨深，无朝无暮有猿吟。停桡静听曲中意，好是云山韶濩音。"将船夫所唱的《欸乃曲》比作"韶濩音"，正说明它所透露的绝非战乱气息，那"守吏相呼问姓名"的声音实际上也融入这"云山韶濩音"中了。

元
结

孟云卿

孟云卿（约725-?），鲁山（今属河南）人。开元末，随昆山陶岘泛游江湖。天宝中应试不第。乾元元年（758），与杜甫相遇于长安、湖城。永泰二年（766）为校书郎，寻客游岭南。大历二年（767），流寓荆州；八年，在广陵遇韦应物。与元结友善，结编《箧中集》，收孟诗最多。高仲武《中兴间气集》称"当今古调，无出其右"，张为《诗人主客图》列其为"高古奥逸主"。《全唐诗》录存其诗一卷十七首。

伤时二首（其一）[一]

徘徊宋郊上[二]，不睹平生亲。独立正伤心，悲风来孟津[三]。大方载群物[四]，生死有常伦[五]。虎豹不相食，哀哉人食人。岂伊逢世运[六]，天道亮云云[七]。

校注

〔一〕据诗题及诗中"虎豹不相食，哀哉人食人"之语，此诗当作于安史之乱期间。又据首句"徘徊宋郊上"，诗当作于肃宗至德二载（757）张巡、许远死守睢阳（今河南商丘），抗拒安史叛军之战事结束以后。史载，至德二载十月癸丑，"安庆绪陷睢阳，太守许远、郓州刺史姚訚、左金吾卫将军南霁云死之"。乾元中，宋州刺史有李岑、刘展。此诗或作于乾元间。

〔二〕宋郊，宋州郊外。唐河南道宋州睢阳郡，治宋城（今河南商丘市南）。

〔三〕孟津，指孟津渡口，在今河南孟州市西南。按，据此句，似当时孟津一带有重要战事。乾元二年（759）三月，九节度之师溃败于相州，郭子仪以朔方军断河阳桥以保东京。战马万匹，唯存三千；甲仗十万，遗弃殆尽。东京士民惊骇，散奔山谷，此句或指其事。

〔四〕大方，犹大地。古代认为天圆地方，故称大地为大方。《管子·内业》："人能正静……乃能戴大圜而履大方。"尹知章注："大方，地也。"

〔五〕常伦，犹常理，常规，一定的规律。

〔六〕伊，语助词，无义。世运，时代治乱兴衰之气运。此处犹言衰乱之世。

〔七〕亮，诚然。云云，如此、这样。意指天道诚然像这样盛衰轮回交替。

 笺评

高仲武曰：祖述沈千运，渔猎陈拾遗。词气伤怨。如"虎豹不相食，哀哉人食人"，方于《七哀》"路有饥妇人，抱子弃草间"，则云卿之句深矣。虽效于沈、陈，才得升堂，犹未入室，然当今古调，无出其右，一时之英也。（《中兴间气集》卷下孟云卿总评）

刘辰翁曰：子昂风调。（《唐诗品汇》卷十七引）

 鉴赏

元结编《箧中集》，收沈千远、赵微明、孟云卿、张彪、元季川、于逖、王季友七人诗二十四首。他们大部分是贫寒失意的文士，其诗多悲慨人生，感情基调苍凉而风格古朴，多为古体。其中亦偶有伤时悯民之作。孟云卿的这首《伤时》，就是这类作品中的代表，诗作于安史之乱时期，约在乾元二年（759）。

起二句点出"宋郊"这一特定的地点，作为全篇的感兴之由。"徘徊"二字，描绘出诗人徘徊踟蹰于宋州郊外，迥然孤子的身影。紧接着，用"不睹平生亲"五字，透露出诗人身处过去非常熟悉的地方，却不见平生亲朋故旧的无限伤感，点醒上句"徘徊"二字中所蕴含的内心活动。这里所抒写的只是一种"所遇无故物"式的陌生感和孤寂感，而导致"不睹平生亲"的原因则引而未发，留待下文揭示。

"独立正伤心，悲风来孟津。"第三句正面揭示诗人迥然独立于宋州郊野，不见平生亲故时的"伤心"情绪，第四句紧接着推进一层，展现出千里悲风自西向东席卷而来的景象。境界旷远迷茫，情调悲凉沉郁。点出悲风来自"孟津"，自是诗人有意透露的讯息。孟津在遥远的商周易代之际，就是周武王会诸侯伐纣的战场，点出这个特殊的地点，正暗示它与战争的联系。而"悲风来孟津"的阔大悲凉景象，则加强了诗的萧飒感，诗人的悲慨进一

孟云卿

1511

步加深了。

"大方载群物，生死有常伦。"五、六两句上承徘徊宋郊"不睹平生亲"的悲感，先用议论衬垫一笔，说大地承载生育群物，其生死都有一定的常规，都会遵循由幼而壮而老而灭的自然规律，目的是为了逼出下文，揭示"不睹平生亲"的违背"生死"之"常伦"。

"虎豹不相食，哀哉人食人。"七、八两句突然揿转，揭出全篇主意：虎豹这样凶残的野兽，尚且不相食，可悲的是这一带竟然发生了"人食人"的惨痛景象。古代社会中发生"人食人"的现象，多由于严重灾荒导致的饥荒和惨烈长久的战争。诗中所揭示的"人食人"的现象正缘于安史之乱。高仲武编《中兴间气集》收诗起至德元载（756），止于大历十四年，说明此诗作于这段时间，在此期间宋州一带发生"人食人"惨象的，当指至德二载张巡、许远抗击安史叛军、坚守睢阳危城时发生的现象。《通鉴·至德二载》：十月，"尹子奇围睢阳，城中食尽……茶纸既尽，遂食马。马尽，罗雀掘鼠。雀鼠又尽，巡出爱妾杀以食士，远亦杀其奴，然后括城中妇人食之，继以男子老弱，人知必死，莫有叛者"。坚守睢阳危城而不遁，是为了屏蔽江淮，出于战争全局的需要。因此，这里用极其沉痛的笔调揭示这种有违生死常伦的惨象，其矛头所指自然是发动叛乱的安史及其余孽。诗情至此，达到最高潮。

"岂伊逢世运，天道亮云云。"这是诗人对这种惨象和目前尚远未结束的乱局所发的感慨。岂料自己竟遇上了这样的衰乱之世，这也许就是盛衰之交替的天道使然吧。无可奈何，只得将这种惨象归之于冥冥不可知的世运和天道。这种解释，也许显得有些苍白，但联系杜甫《新安吏》中的"眼枯即见骨，天地终无运"，其弦外之音当不难默会。

这首以伤时感乱为主旨的诗，通篇不做具体细致的描绘，而以大笔挥洒渲染出之，诗中展现的旷远迷茫、苍凉惨烈的境界，正是时代氛围的典型反映。虽有议论，却融化在统一的悲凉氛围中，并不显得偏枯与游离，相反，而是给人一种既大气磅礴又沉郁苍凉的感受。诗的风格乃至具体的诗句，都显然可见阮籍的《咏怀》"徘徊蓬池上"的影响，但较阮诗更浑沦虚括。

严 武

严武（726—765），字季鹰，华州华阴（今陕西华阴）人，中书侍郎严挺之之子。天宝六载（747），陇右节度副大使哥舒翰荐为判官。安史乱起，随玄宗入蜀，擢谏议大夫。后赴灵武，房琯荐为给事中。上元二年（761）十月，迁剑南西川节度使，兼成都尹。宝应元年（762），代宗立，以兵部侍郎召入朝。广德元年（763）任京兆尹，兼御史大夫。十月，迁黄门侍郎。二年再镇蜀，任成都尹、剑南节度使。大破吐蕃，封郑国公。永泰元年（765）四月卒于任所。两《唐书》有传。武能诗，与杜甫友善，多有赠答，甫称其"诗清立意新"。《全唐诗》录存其诗六首。

军城早秋〔一〕

昨夜秋风入汉关，朔云边月满西山〔二〕。
更催飞将追骄虏〔三〕，莫遣沙场匹马还〔四〕。

校注

〔一〕军城，唐代设兵戍守的城镇，亦即首句所称"汉关"。此"军城"当是严武征讨吐蕃时指挥作战的前方军镇，而非成都。《旧唐书·严武传》："广德二年，破吐蕃七万馀众，拔当狗城。十月，取盐川城，加检校吏部尚书，封郑国公。"杜甫有《奉和严郑公军城早秋》诗云："秋风袅袅动高旌，玉帐分弓射虏营。已收滴博云间戍，欲夺蓬婆雪外城。"诗作于广德二年（764）早秋。

〔二〕朔云，本指北方的云气，此处与"边月"并举对文，犹言边塞的云气。西山，指岷山。杜甫有《西山三首》，作于广德元年松州被围时，所指即岷山。这一带是唐与吐蕃交界处，杜诗所谓"夷界荒山顶，蕃州积雪边"。

〔三〕飞将，西汉名将李广屡败匈奴，匈奴称之为飞将军。《史记·李将军列传》："广居右北平，匈奴闻之，号曰'汉之飞将军'，避之数岁，不敢

1513

入右北平。"此借指麾下骁勇善战的将领。骄虏，指吐蕃。安史乱起后，吐蕃屡次侵犯边地，故云。

〔四〕遣，使、让。《左传·僖公三十三年》："匹马只轮无反者。""沙场匹马还"用其语。句意谓务必全歼敌军。

瞿佑曰：严武在当时不以诗名，其节度西川，有诗数首，仅载老杜集中，如云："昨夜秋风入汉关，朔云边月满西山。更催飞将追骄虏，莫遣沙场匹马还。"赵云涧尚书好诵之，曰："气魄雄壮，真边帅事也。"（《归田诗话》卷上）

唐汝询曰：西塞早寒，故秋风始来，云雪已满，胡兵每以此时入寇，于是遣飞将追击，且欲歼之，使无还骑也。（《唐诗解》卷二十七）

桂天祥：风格矫然，唐人塞下诸作为第一。（《批点唐诗正声》）

田子艺曰：气概雄壮，武将本色。（《唐诗广选》引）

蒋一葵曰：气概雄壮，唐人塞下诗中不可多得。（《唐诗选汇解》引）

张溍曰：严诗豪健无匹，宜其以风雅重公，可谓同调矣。（《杜少陵集详注》卷十四引）

贺裳曰：《军城早秋》，自写英雄本色耳。（《载酒园诗话又编》）

仇兆鳌曰：此诗见严武雄心。上二，边秋之景；下二，军城之事。"催飞将"，谓风雪俱行。（《杜少陵集详注》卷十四）

沈德潜曰：英爽，与少陵作鲁、卫。（《重订唐诗别裁集》卷二十）

李锳曰：前二句写早秋，即切定"军城"；三、四句就"军城"生意，又能不脱"早秋"。盖秋高马肥，正骄虏入寇时也。（《诗法易简录》）

吴瑞荣曰：绝类高达夫。结更气概雄伟，不掩大将本色。（《唐诗笺要》）

宋顾乐曰：此等诗不必有深思佳论，只需字字饱绽，气格并胜。阮亭于此种多取之，而凡有意而气不完者，不入选。（《唐人万首绝句选》评）

施补华曰：意尽句中矣，而雄健可喜。（《岘佣说诗》）

俞陛云曰：上二句气势雄阔，后二句有誓扫匈奴之概，如王昌龄之"不破楼兰终不还"，少陵之"更夺蓬婆雪外城"，虽皆作豪语，而非手握军符。此作出自郑公，弥见儒将英风。（《诗境浅说》续编）

刘永济曰：前二句军城秋景，三、四句杀敌雄心。（《唐人绝句精华》）

　　刘拜山曰："西风""朔云""边月"写早秋景象。"入汉关""满西山"，又隐寓秋高马肥，敌将窥边之意。全诗情景相涵，意气雄健，故不伤直致。（《千首唐人绝句》）

　　唐代边塞诗，大都出于文士之手（军幕文士或游历边地的文人），出于军事将帅者罕见。严武的这首《军城早秋》则是以具有实战经验和指挥才能的军事统帅的身份口吻写的边塞诗，别具鲜明的情采气格。

　　题为"军城早秋"，诗的前幅就紧扣题目，渲染早秋时节军城的特有景色气氛。"秋风"始"入"，点明"早秋"。而"汉关""朔云""边月""西山"这一系列意象，则无不染上"军城"特有的色彩。"汉关"表明唐军将士所驻守的关隘边城地处前线，具有重要的战略位置。"秋风"本来是自然意象，但"秋风"之"入汉关"，却使人联想到秋高马肥，正是吐蕃乘机入侵内地的季节，也正是唐军"雪岭防秋急"的时节。"云""月"也是自然景象，而"西山"雪岭一带，更是蕃汉交界的地区，因而"朔云边月满西山"的景象就明显透露出边境形势的紧张和战争气氛的浓厚。这两句的好处正在于诗人并不刻意设喻，而是透过一系列带有主观感情色彩的词语来渲染军城边地的战争气氛，令读者自然感受到这种特定的氛围。且形势虽然紧急，但这两句所展现的境界却阔大朗爽，透露出面对这种形势的主帅的镇定从容。开头点明"昨夜"，表明下两句所写的乃是主帅今朝发号施令的情景。

　　"更催飞将追骄虏，莫遣沙场匹马还。"前后幅之间存在着巨大的跳跃。前幅渲染军城早秋的战争气氛，表明战争尚未开始；后幅却突然跳到发布追击骄虏的号令，仿佛有些脱节。实则正是用来渲染主帅对这次战争具有必胜的信心。诗不是实录，只有四句二十八个字的七言绝句更无法担负战争实录的功能。诗人要表达的是一种信念和气概，尽管战斗还没有打响，但是已经料定麾下神勇的飞将定能奋勇追杀敌军，使其匹马无回。这种气概，正表现出一位具有杰出军事指挥才能的将帅俊迈豪壮的情采个性、精神风貌。"更催""莫遣"四字，连发号施令之际的神情口吻也惟妙惟肖地表现出来了。

　　杜甫对严武的才能非常推服，《诸将五首》之五说"西蜀地形天下险，

1515

安危须仗出群材", 且赞其"军令分明", 严武在这次与吐蕃的战争中, 也确实建立了"破吐蕃七万馀众"的大功。但此事在广德二年九月, 取盐川城更在十月, 离作这首诗的"早秋"还有两三个月。这就更说明此诗所抒发的是战前的一种必胜信念和豪情壮采。而日后的战绩则证明了这种必胜信念不是说大话和空话。诗的风格雄直明快, 但前幅境界阔大而富含蕴, 后幅气概雄骏而富情采, 并不是一览无余的直致, 经得起读者的反复品味。

刘方平

刘方平，生卒年未详。唐河南府（今河南洛阳）人，出身世代仕宦之家。高祖政会，为唐开国元勋，封邢国公。祖奇，武后时为吏部侍郎。父微，吴郡太守、江南采访使。二十工词赋，萧颖士称其为"山东茂异"。天宝九载（750）举进士不第。曾短期入幕，三十余岁即退隐颍阳大谷，终身不再仕。与李颀、元鲁山、皇甫冉等交善。与皇甫冉过从尤密。善画山水，墨妙无前，李勉甚爱重之。《新唐书·艺文志》著录其诗一卷。现存诗二十七首，以乐府居多。工七绝。令狐楚纂《御览诗》首列刘方平诗，共选录其诗十三首。

夜　月〔一〕

更深月色半人家〔二〕，北斗阑干南斗斜〔三〕。
今夜偏知春气暖，虫声新透绿窗纱〔四〕。

〔一〕题一作《月夜》。
〔二〕半人家，指月色映照着人家房屋的一半，系形容月光斜照之状。
〔三〕阑干，横斜貌。北斗七星，列成斗形，夜深时斗转星移，横斜散乱。南斗，即斗宿，有星六颗，形似斗，故称。
〔四〕新，初。

笺评

黄叔灿曰：写意深微，味之觉含意邈然。（《唐诗笺注》）
宋顾乐曰：写景幽深，含情言外。（《唐人万首绝句选》评）
富寿荪曰：前半以月色及斗柄倾斜烘托不寐，后半因不寐而闻虫声，节物感人，益难入眠。通首于幽美静穆之夜景中寓惆怅之情，写来细腻含

蓄，唐人佳境也。(《千首唐人绝句》)

刘方平是盛唐时期一位不很出名的诗人，但他的几首小诗却写得清丽、细腻、新颖、隽永，在当时独具一格。

据皇甫冉说，刘方平善画，"墨妙无前，性生笔先"（《刘方平壁画山水》），这首诗的前两句就颇有画意。夜半更深，朦胧的斜月映照着家家户户，庭院一半沉浸在月光下，另一半则笼罩在夜的暗影中。这明暗的对比越发衬出了月夜的静谧，空庭的阒寂。天上，北斗星和南斗星都已横斜。这不仅进一步从天象上点出了"更深"，而且把读者的视野由"人家"引向寥廓的天宇，让人感到那碧海似的青天之中也笼罩着一片夜的静寂，只有一轮斜月和横斜的北斗南斗在默默无言地暗示着时间的流逝。

这两句在描绘月夜的静谧方面是成功的，但它所显示的只是月夜的一般特点。如果诗人的笔仅仅停留在这一点上，诗的意境、手法便不见得有多少新鲜感。诗的高妙之处，就在于作者另辟蹊径，在三、四句展示出了一个独特的、很少为人写过的境界。

"今夜偏知春气暖，虫声新透绿窗纱。"夜半更深，正是一天当中气温最低的时刻，然而，就在这夜寒袭人、万籁俱寂之际，响起了清脆、欢快的虫鸣声。初春的虫声，可能比较稀疏，也许刚开始还显得很微弱，但诗人不但敏感地注意到了，而且从中听到了春天的信息。在静谧的月夜中，虫声分外引人注意。它标志着生命的萌动、万物的复苏，所以它在敏感的诗人心中所引起的，便是春回大地的美好联想。

三、四两句写的自然还是月夜的一角，但它实际上所蕴含的却是月夜中透露的春意。这构思非常新颖别致，不落俗套。春天是生命的象征，它总是充满了缤纷的色彩、喧闹的声响、生命的活力。如果以"春来了"为题，人们总是选择在艳阳之下呈现出活力的事物来加以表现，而诗人却撇开花开鸟鸣、冰消雪融等一切习见的春的标志，独独选取静谧而散发着寒意的月夜为背景，以静谧突显生命的萌动与欢乐，以料峭夜寒突显春天的暖意，谱写出一支独特的回春曲。这不仅表现出诗人艺术上的独创精神，而且显示了敏锐、细腻的感受能力。

"今夜偏知春气暖"，是谁"偏知"呢？看来应该是正在试鸣新声的虫儿。尽管夜寒料峭，敏感的虫儿却首先感知到在夜气中散发着的春的信息，从而情不自禁地鸣叫起来。而诗人则又在"新透绿窗纱"的"虫声"中感知到春天的来临。前者实写，后者则意寓言外，而又都用"偏知"一语加以绾结，使读者简直分不清什么是生命的欢乐，什么是发现生命的欢乐之欢乐。"虫声新透绿窗纱"，"新"字不仅蕴含着久盼寒去春来的人听到第一个报春信息时那种新鲜感、欢愉感，而且和上句的"今夜""偏知"紧相呼应。"绿"字则进一步衬出"春气暖"，让人从这与生命联结在一起的绿色上也感受到春的气息。这些地方，都可见诗人用笔的细腻。

苏轼的"春江水暖鸭先知"是享有盛誉的名句。实际上，他的这点诗意体验，刘方平几百年前就在《月夜》诗中成功地表现过了。刘诗不及苏诗流传，可能和刘诗无句可摘、没有有意识地表现某种"理趣"有关。但宋人习惯于将自己的发现、认识明白告诉读者，而唐人则往往只表达自己对事物的诗意感受，不习惯于言理，这之间是本无轩轾之分的。

刘方平

春 怨

纱窗日落渐黄昏，金屋无人见泪痕〔一〕。
寂寞空庭春欲晚〔二〕，梨花满地不开门。

〔一〕金屋，《汉武帝故事》："帝以乙酉年七月七日生于猗兰殿。年四岁，立为胶东王。数岁，长公主嫖抱置膝上，问曰：'儿欲得妇不？'胶东王曰：'欲得妇。'长主指左右长御百余人，皆云不用。末指其女问曰：'阿娇好不？'于是乃笑对曰：'好！若得阿娇作妇，当作金屋贮之也。'"此处用"金屋"借指宫中华美的房舍。但也有可能泛指一般富贵人家的华屋。

〔二〕欲，《全唐诗》校：一作"又"。

笺评

胡应麟曰：七言绝，王、李二家外，王翰《凉州词》、王维《少年行》

……刘方平《春怨》……皆乐府也，然音响自是与五言绝稍异。（《诗薮·内编·近体下·绝句》）

唐汝询曰：一日之愁，黄昏为切；一岁之怨，春暮居多。此时此景，宫人之最感慨者也。不忍见梨花之落，所以掩门耳。（《唐诗解》卷二十八）又曰：四语只是形容冷落。（《汇编唐诗十集》）

王尧衢曰："纱窗日落渐黄昏。"从纱窗中见日落，而渐及于黄昏，则正是愁时候。"金屋无人见泪痕。"金屋，陈皇后阿娇贮金屋事。泪痕无见，以寂寂空庭之故。"寂寞空庭春欲晚。"君恩宠歇，则庭空而寂寞，一春虚度矣。春欲晚，则又怨之所生也。"梨花满地不开门。"春晚则梨花满地矣。月明花落，静掩重门，此时更有难为情处。（《古唐诗合解》卷六）

范大士曰：无聊无赖，那得不愁。（《历代诗发》）

俞陛云曰：首二句言黄昏窗下，虽贵居金屋，时有泪痕。李白诗"但见泪痕湿，不知心恨谁。"愁深泪湿，尚有人窥。此则于寂寞无人处泪尽罗巾，愈可悲矣。后二句言本甘寂寞，一任春晚花飞，朱门深掩，安有馀情怜花？结句不事藻饰，不诉幽怀，淡淡写来，而春怨自见。（《诗境浅说》续编）

刘永济曰：此诗于时于境皆极形其凄寂，处在此等环境中之人之情如何，不言自喻，况欲得一见泪痕之人而无之耶！设想至此，诗人用心之细，体情之切，俱非易到。（《唐人绝句精华》）

刘拜山曰：曰"黄昏"，曰"春晚"，伤华年之将逝；曰"无人见"，曰"不开门"，写告语之无处；而以"梨花满地"四字烘衬，刻画宫人身世之悲，最为深切。（《千首唐人绝句》）

 鉴赏

这首诗从内容、情调和表现手法上看，都酷似晚唐五代以来的闺怨词。晚唐五代词在内容上趋于闺情化，风格则趋于柔婉含蓄。刘方平的这首诗可以说是较早出现的具有词化特征的作品，这在盛唐诗人中显得相当独特。

题为"春怨"，第二句"金屋"又和汉武帝"金屋藏娇"的故事相关，因此解者多以为这是一首宫怨诗。但"金屋"一词，即可理解为华美房屋的泛称，则词中的女主人公也不妨看成是富贵人家怀着春怨的幽闺女子。好在宫闺女子的幽怨，其内涵性质本相近，因此亦不必执一为解。

诗的主要特点是注重环境氛围的描写和烘染，来透露人物的感情意绪，暗示人物的处境命运，对人物本身则很少加以正面刻画，因此表情特别含蓄委婉、细腻婉曲。首句"纱窗日落渐黄昏"，写日暮黄昏时分室内的空寂。透过纱窗，看到斜阳逐渐西沉，日暮黄昏的黯淡正越来越深地笼罩着室内。"纱窗日落"透露出室内女子正在透过纱窗看室外的景物变化。着一"渐"字，不但显示了时间的推移流逝，而且透露了女子在空寂的环境中度日如年、长日无聊的意绪，以及在黄昏的黯淡中逐步加深的幽独寂寞、空廓虚无之感，是一个非常富于含蕴、富于表现力的字眼。

第二句才正面点出室内的女主人公，却不展开正面的描述，只稍事侧面烘染："金屋无人见泪痕。""金屋"中人，究竟是怨旷的宫女还是幽闺女子，不妨任人自领。点眼处在"无人见泪痕"这看似轻描淡写的五个字。不说"流泪"，却说"泪痕"，正见幽怨已久，泪痕犹在，旧恨新愁，重叠相继，无时或已。而这"泪痕"又"无人见"，只能独自在空寂中咀嚼苦况怨情。"无人"不但显示了女主人公所处环境的幽独寂寞，而且透露出她无人同情、无可告语的处境命运。这一句是全诗的主句，全诗所写的就是身处金屋而"无人见泪痕"的女子的"春怨"。

三、四两句正面写"春怨"，却不采取直抒的方式，而是通过景物描写加以烘托。环境由一、二两句在室内移至室外，由"金屋"移至"空庭"，时间则由一、二两句的日落黄昏进一步点出是"春欲暮"的季节。两句的中心意象是标志"春欲暮"的"满地梨花"。它是女主人公青春年华在寂寞中消逝凋残的象征，也是女主人公处境命运的象征。为了充分表现女主人公的处境与心境，诗人围绕这一中心意象作了重叠多层的渲染烘托。写庭院，既说"寂寞"，又说"空"，最后又说"不开门"，以与前面的"金屋无人"相照应，进一步渲染处境之幽独孤寂，暗示青春芳华既无人赏，亦无人怜的命运。而末句"梨花满地不开门"的貌似客观的描写中，又正透露出女子面对此芳华凋谢的暮春景象时内心深长的哀怨和无奈的意绪。"不开门"，是不忍见此残芳满地的情景，还是无可告语悲哀意绪的流露，抑或是对前景深感绝望情绪的表现，亦不妨任人自领。

刘方平

1521

张 继

张继，生卒年未详。字懿孙，行二十。襄阳（今属湖北）人。郡望南阳。天宝十二载（753）登进士第。约至德元载（756）起曾避乱游越、杭、苏、润等地。大历四年（769）以检校祠部员外郎出任转运使判官，掌财赋于洪州。约大历末卒于洪州。以气节自矜，与诗人刘长卿、皇甫冉交善。有诗一卷。《全唐诗》录继诗四十七首，其中多混入他人之作（详周义敢《张继诗考辨》）。高仲武《中兴间气集》选录其诗三首，并评其诗曰："员外累代词伯，积习弓裘。其于为文，不自雕饰。及尔登第，秀发当时。诗体清迥，有道者风。如'女停襄邑杼，农废汶阳耕'，可谓事理双切。又'火燎原犹热，风摇海未平'，比兴深矣。"长于七绝，《枫桥夜泊》最为传诵。

枫桥夜泊〔一〕

月落乌啼霜满天，江枫渔火对愁眠〔二〕。
姑苏城外寒山寺〔三〕，夜半钟声到客船〔四〕。

校注

〔一〕影宋钞本《中兴间气集》卷下选录此诗，题作"夜宿松江"，嘉靖本、汲古阁本《中兴间气集》"宿"作"泊"。枫桥，在苏州阊门外。桥跨运河，西有寒山寺。或云本名封桥，因张继此诗而相沿作"枫桥"。然杜牧《怀吴中冯秀才》（一作张祜《枫桥》）已云："唯有别时今不忘，暮烟疏雨过枫桥。"

〔二〕火，《全唐诗》原作"父"，据《中兴间气集》改。

〔三〕姑苏，苏州的别称，因其地有姑苏山而得名。寒山寺，在今苏州市西枫桥镇。相传唐诗僧寒山及拾得曾居于此，故名。始建于梁天监年间，本名妙利普明塔院，又名枫桥寺。

〔四〕夜半钟，欧阳修曾对夜半寺院敲钟之事提出疑问（见其《六一诗话》）。然据前人、今人考证，唐代诗赋中言及寺院夜半敲钟者甚多，且不止苏州一地。详参《王直方诗话》《能改斋漫录》《石林诗话》《老学庵笔记》及傅璇琮《唐人诗人丛考》"张继"。

（笺）（评）

欧阳修曰：诗人贪求好句，而理有不通，亦语病也。如"袖中谏草朝天去，头上宫花侍宴归"，诚为佳句矣，但进谏必以章疏，无直用稿草之理。唐人有云："姑苏城外寒山寺，夜半钟声到客船。"说者亦云，句则佳矣，其如三更不是打钟时。（《六一诗话》）

王直方曰：欧公言唐人有"姑苏城外寒山寺，夜半钟声到客船"之句，说者云，句则佳，其如三更不是撞钟时。余观于鹄《送宫人入道》诗云："定知别后宫中伴，应听缑山半夜钟。"而白乐天亦云："新秋松影下，半夜钟声后。"岂唐人多用此语也。傥非递相沿袭，恐非有说耳。温庭筠诗亦云："悠然逆旅频回首，无复松窗半夜钟。"庭筠诗多缵在白乐天诗后。（《苕溪渔隐丛话·前集》卷二十一引《王直方诗话》）

吴曾曰：陈正敏《遯斋闲览》记欧阳文忠诗话说唐人"夜半钟声到客船"之句云：半夜非鸣钟时。人偶闻此耳，且云，渠尝过姑苏，宿一寺，夜半闻钟，因问寺僧，皆曰分夜钟，曷足怪乎？寻问他寺，皆然，始知半夜钟唯姑苏有之……然唐时诗人皇甫冉有《秋夜宿严维宅》诗云："昔闻玄度宅，门向会稽峰。君住东湖下，清风继旧踪。秋深临水月，夜半隔山钟。世故多离别，良宵讵可逢。"且维所居正在会稽，而会稽钟声亦鸣于半夜，乃知张继诗不为误。欧公不察，而半夜钟亦不止于姑苏如陈正敏说也。又陈羽《梓州与温商夜别诗》："隔水悠扬半夜钟。"乃知唐人多如此。王直方《兰台诗话》亦尝辩论，第所引与予不同。（《能改斋漫录》卷三）

王观国曰：唐张继诗曰……世疑半夜非钟声时。观国案：《南史·文学传》："丘仲孚，吴兴乌程人，少好学，读书尝以中宵钟鸣为限。"然则半夜钟固有之矣。丘仲孚，吴兴人，而继诗姑苏城外寺，则半夜钟乃吴中旧事也。（《学林》卷八）

计有功曰：此地有夜半钟，谓之无常钟，继志其异耳。欧阳以为语病，非也。（《唐诗纪事·张继》）

张邦基曰：予妹夫王从一太初著《东郊语录》有云……今平江城中从旧承天寺鸣钟，乃半夜后也。馀寺闻承天钟罢乃相继而鸣，迨今如是，是

以知自唐而然。（《墨庄漫录》卷九）

陆游曰：张继《枫桥夜泊》……欧阳公嘲之……后人又谓惟苏州有半夜钟，皆非也。按于邺《褒中即事》诗云："远钟来半夜，明月入千家。"皇甫冉《秋夜宿严维宅》云："秋深临水月，夜半隔山钟。"此岂亦苏州诗耶？恐唐时僧寺自有夜半钟也。（《老学庵笔记》卷十）

胡应麟曰：张继"半夜钟声到客船"，谈者纷纷，皆为昔人愚弄。诗流借景立言，惟在声律之调，兴象之合，区区事实，彼岂暇计，无论夜半是非，即钟声闻否，未可知也。（《诗薮·外编·唐下》）

桂天祥曰：诗佳，效之恐伤气。（《批点唐诗正声》）

周敬曰：目未交睫而斋钟声遽至，则客夜恨怀，何假名言。（《删补唐诗选脉笺释会通评林》）

周珽曰：看似口头机锋，却作口头机锋看不得。（同上引）

南村曰：此诗苍凉欲绝，或多辨夜中钟声有无，亦太拘矣。（张揔辑《唐风怀》）

陈继儒曰：全篇诗意自"愁眠"上起，妙在不说出。（《唐诗三集合编》）

何焯曰：愁人自不能寐，却咎晓钟，诗人语妙，往往乃尔。（《笺注唐贤三体诗法》）

盛传敏、王谦曰："对愁眠"三字为全章关目。明逗一"愁"字，虚写竟夕光景，辗转反侧之意自见。（《碛沙唐诗》）

王士禛曰：陈伯矶常语余："'姑苏城外寒山寺，夜半钟声到客船'妙矣，然亦诗与地肖故尔。若云'南城门外报恩寺'，岂不可笑耶！"余曰："固然。即如'满天梅雨是苏州''流将春梦过杭州''白日澹幽州''风声壮岳州''黄云画角见并州''淡烟乔木隔绵州'，皆诗地相肖。使云'白日澹苏州''流将春梦过幽州'，不堪绝倒耶？"（《渔洋诗话》卷中）

毛先舒曰：张继诗"江枫渔火对愁眠"，今苏州寒山寺对面有愁眠山，说者遂谓张诗指山，非谓渔火对旅愁而眠。予谓非也。诗须情景参见。此诗三句俱述景，止此句言情，若更作对山，则全无情事，句亦乏味。且愁眠山下即接姑苏城、寒山寺，不应重累如此。当是张本自言愁眠，后人遂因诗名山，犹明圣湖因子瞻诗而名西子湖耳。至于夜半本无钟声，而张诗云云，总属兴到不妨。雪里芭蕉，既不受弹，亦无须曲解耳。（《诗辩坻》卷三）

张宗梅曰：予见寒坪云：初唐风调未谐，诚然。盛唐以气体胜，中晚以神韵胜。即其至者而论，盛唐不乏神韵，而中晚之气体稍别矣。此渔洋之论压卷而不及中晚也。又云：四首压卷无疑，若韩翃之《寒食》，张继之《枫桥夜泊》，即次之矣。（《带经堂诗话·总集外一·删订类》）又曰：鲍侍翁《五谷丛书》：渔洋先生于顺治帝辛丑游吴，题诗枫桥，诗话载之。余以康熙庚子舟游邓尉，泊舟枫桥追忆其事，屈指刚六十年，口占一绝句云："路近寒山夜泊船，钟声渔火尚依然。好诗谁嗣唐张继，冷落春风六十年。"（《带经堂诗话·总集外五·自述类下》）

袁枚曰：西崖先生云："诗话作而诗亡。"余尝不解其说……唐人"姑苏城外寒山寺，夜半钟声到客船"，诗佳矣。欧公讥其夜半无钟声，作诗话者，又历举其夜半之钟以证实之。如此论诗，使人夭阏性灵，塞断机括，岂非"诗话作而诗亡"哉！（《随园诗话》卷八）

黄生曰：三句承上起下，浑而有力，故《三体》取以为式。从夜半无眠到晓，故怨钟声太早，搅入梦魂耳。语脉浑浑，只"对愁眠"三字略露意。夜半钟声，或谓其误，或谓此地有半夜钟，俱非解人。要之，诗人兴象所至，不可执着。必欲执着，则"晨钟云外湿""钟声和白云""落叶满疏钟"，皆不可通矣。近评诗者论此诗云："姑苏城外寒山寺，夜半钟声到客船"便可听，若云"南京城外报恩寺"云云，岂不令人喷饭。此言亦甚有见，但其所以工拙处，尚未道破。容请语其故，予曰："无他，只'寒山'二字雅于'报恩'二字也。"客欣然有省。（《唐诗摘抄》卷四）

乔亿曰：高亮殊特，青莲遗响。（《大历诗略》卷六）

沈德潜曰：尘世喧阗之处，只闻钟声，荒凉寥寂可知。（《重订唐诗别裁集》卷二十）

高士奇曰：霜夜客中愁寂，故怨钟声之太早也。夜半者，状其太早而甚怨之之辞。说者不解诗人话语，乃以为实半夜，故多曲说。而不知首句"月落乌啼"乃日欲曙之候矣，岂真半夜乎？说诗者不以文害辞，不以辞害意，斯得之矣。（《三体唐诗辑注》卷一）

黄叔灿曰："客船"即张继自谓。本言夜半钟声，客船初到，而江枫渔火，相对愁眠，则已月落乌啼，客船水宿，含悲俱在言外。文法是倒拈，并非另有客船到也。不然，"夜半"与上"月落乌啼"，岂不刺谬乎？（《唐诗笺注》）

管世铭曰：王阮亭司寇删定洪氏《唐人万首绝句》，以王维之《渭

张
继

城》、李白之《白帝》、王昌龄之"奉帚平明"、王之涣之"黄河远上"为压卷，违于前人之举"蒲桃美酒""秦时明月"者矣。近沈归愚宗伯，亦效举数首以续之。今按其所举，惟杜牧"烟笼寒水"一首为当。其柳宗元之"破额山前"，刘禹锡之"山围故国"，李益之"回乐烽前"，诗虽佳而非其至。郑谷"扬子江头"，不过稍有风调，尤非数诗之匹也。必欲求之，其张潮之"茨菰叶烂"，张继之"月落乌啼"，钱起之"潇湘何事"，韩翃之"春城无处"，李益之"边霜昨夜"，刘禹锡之"二十馀年"，李商隐之"珠箔轻明"与杜牧《秦淮》之作，可称匹美。（《读雪山房唐诗序例·七绝凡例》）

王尧衢曰：此诗装句法最妙，似连而断，似断而连。（《古唐诗合解》）

宋宗元曰：写野景夜景，即不必作离乱荒凉解，亦妙。（《网师园唐诗笺》）

马位曰：《石林诗话》："姑苏城外寒山寺，夜半钟声到客船。"欧阳公尝病其夜半非打钟时，盖公未尝至吴中。今吴中山寺，实以夜半打钟。然亦何必深辩，即不打钟，不害诗之佳也。如子瞻"应记侬家旧姓西"，夷光姓施，岂非误用乎？终不失为好。（《秋窗随笔》）

俞陛云曰：作者不过夜行纪事之诗，随手写来，得自然趣味。诗非不佳。然唐人七绝，佳作林立，独此诗流传日本，几妇稚皆习诵之。诗之传与不传，亦有幸与不幸耶！（《诗境浅说》续编）

刘永济曰：此诗所写枫桥泊舟一夜之景，诗中除所见所闻外，只一"愁"字透露心情。夜半钟声，非有旅愁者未必便能听到。后人纷纷辨夜半有无钟声，殊觉可笑。（《唐人绝句精华》）

刘拜山曰：写旅程孤寂，以钟声反衬不寐，情景皆极真切，迥不同于虚构。胡氏谓"区区事实，彼岂暇计"，亦故为调和之说，非诗人即景言情之意也。（《千首唐人绝句》）

 鉴 赏

一个秋天的夜晚，诗人泊舟苏州城外的枫桥。江南水乡秋夜幽美的景象，吸引着这位怀着旅愁的客子，使他领略到一种情味隽永的诗意美，写下了这首意境清远的小诗。

题为"夜泊"，实际上只写"夜半"时分的景象与感受。诗的首句，写了午夜时分有密切关联的三种景象：月落、乌啼、霜满天。上弦月升起得早，半夜时便已沉落下去，整个天宇只剩下一片灰蒙蒙的光影。乌鸦本就有夜啼的习惯，这时大约是因为月落前后光线明暗的变化，被惊醒后在栖宿的树上发出几声啼鸣。月落夜深，繁霜暗凝。在幽暗静谧的环境中，人对夜凉的感觉变得格外敏锐。"霜满天"的描写并不符合自然景象的实际（霜华在地在树在屋顶而不在天），却完全切合诗人的感受：深夜侵肌砭骨的寒意，从四面八方围向诗人夜泊的小舟，使他感到身外的茫茫夜气中正弥漫着满天霜华。整个一句，"月落"写所见，"乌啼"写所闻，"霜满天"写所感，层次分明地体现出一个先后承接的时间过程和感受过程，而这一切，又都和谐地统一在水乡秋夜的幽寂清冷氛围和羁旅者的孤孑清寥感受中。从这里可以看出诗人运思的细密。

诗的第二句接着描绘"枫桥夜泊"的特征景象与旅人的感受。在朦胧夜色中，江边的树只能看到一个模糊的轮廓，之所以径称"江枫"也许是因为"枫桥"这个地名而引起的一种推想或是日间所见江边有枫之故。而"江枫"这个意象本身也能唤起秋色秋意的联想，给人以离情羁思的暗示。"湛湛江水兮上有枫，目极千里兮伤春心""青枫浦上不胜愁""枫落吴江冷"，这些前人的诗句可以说明"江枫"这个意象所沉积的感情内容和它给予人的联想。透过雾气茫茫的江面，可以看到星星点点几处"渔火"。由于周围昏暗迷蒙背景的衬托，使它显得特别引人注目，动人遐想。"江枫"与"渔火"，一静一动，一暗一明，一江边，一江上，景物的搭配组合颇见用心。写到这里，才正面点出泊舟枫桥的旅人——诗人自己。"愁眠"，指怀着旅愁躺在船上的不眠旅人。"对愁眠"的"对"字包含了"伴"的意蕴，不过不像"伴"字外露。这里确有孤寂的旅人面对霜夜江枫渔火时萦绕的缕缕轻愁，但同时又隐含着对旅泊幽美风物的新鲜感受。我们从那个仿佛很客观的"对"字当中，似乎可以感觉到舟中的旅人和舟外的景物之间有一种无言的交融与契合。

诗的前幅布景密度很大，十四个字写了六种景象，后幅却特别疏朗，两句诗只写了一件事：卧闻寺中夜钟。这是因为，诗人在枫桥夜泊中所得到的最鲜明深刻、最具诗意美的景象，就是这寒山寺的夜半钟声。月落乌啼，霜天寒夜，江枫渔火，孤舟客子等景象，固然已从各方面显示出枫桥夜泊的特征，但还不足尽传它的神韵。在暗夜中，人的听觉升居为对外界事物景象感受的首位，而午夜万籁俱寂时的钟声，给予人的印象又特别鲜明突出。这样，"夜半钟声"就不但衬托出了夜的静谧，而且显示了夜的深永和清寥，而诗人卧听疏钟时种种难以言传的感受也就尽在不言中了。

这里似乎不能忽略"姑苏城外寒山寺"。寒山寺在枫桥西一里，初建于梁代。相传唐初诗僧寒山、拾得曾从天台国清寺移居此寺，故称。枫桥的诗意美，有了这座古刹，便带上了深远的历史文化色泽，而显得更加丰富，动人遐想。因此，这寒山寺的"夜半钟声"也就仿佛回荡着历史的回声，渗透着宗教的情思，给人一种古雅庄严之感了。诗人之所以用一句诗来点明钟声的出处，看来不为无因。有了寒山寺的夜半钟声这一笔，"枫桥夜泊"之神韵才得到最完美的表现，这首诗就不再停留在单纯的枫桥秋夜景物画的水平上，而是创造出了情景交融、含蕴深永的典型化艺术意境。夜半钟的风习，虽早在《南史》中即有记载，但把它写进诗里，成为诗歌意境的点眼，却是张继的创造。在张继同时或以后，虽也有不少诗人描写过夜半钟，却再也没有达到过张继的水平，更不用说创造出完整的艺术意境了。

这首诗的前后幅虽然一密一疏，似乎相差很大，但全篇的色调、意境却非常和谐统一，呈现出秋夜江南水乡特有的清迥寂寥的美感。诗中出现的一系列意象，如月落、乌啼、霜天、江枫、渔火、孤月、客子、姑苏城、寒山寺、夜半钟，全都统一在朦胧、凄寂、清寥的氛围中。特别是诗的中心意象——夜半钟声，更使所有围绕着它的意象成为一个有机的整体。前人对此诗的评论，绝大部分集中在"夜半钟"之有无上，正是由于看到了它在全诗中所起的关键作用。援引有关诗例或证据，证实"夜半钟"之有，是有意义的。因为诗的中心意象（特别是像《枫桥夜泊》这样的羁旅行役诗）如果在实际生活中根本不存在，那么诗的真实性便大成问题，它的感发力量也要大打折扣。这是不能用一般的艺术虚构理论来解释的，因为它是旅泊中亲耳闻见的景物情事。如果细心一点，还会发现，连"姑苏""寒山寺"这种地名，也着意于意象色调的统一。用"姑苏"而不用"苏州"，是因为"姑苏"较之"苏州"有更悠远的历史文化色彩；而"寒山寺"除了上面已经提到的寺的古老和诗僧寒山曾居此这两层原因外，还因为"寒山寺"的"寒山"二字，和霜天秋夜的凄寒色彩、清迥意境有着密切关联，而"霜"又和"钟声"有着内在联系。《山海经·中山经》："（丰山）有九钟焉，是知霜鸣。"郭璞注："霜降则钟鸣，故言知也。""霜钟"从而成为一个常用的诗歌意象。诗人在握笔之际未必想到这些，但诗人的历史文素养却使他在选择组合诗歌意象时自然地做出这样的而不是那样的安排。王士禛说第三句若改成"南城门外报恩寺"岂不可笑，正说明诗歌意象色调的统一和谐对于构成完整艺术意境的重要作用。

诗中直接点明诗人感情的只有"对愁眠"三字，不少论者因此而认为全篇抒写的便只是旅人的愁绪，乃至悲恨。这未免有些以偏概全，将诗人旅泊枫桥时的感受理解得过于简单了。诗人在面对霜天暗夜、江枫渔火时，心中萦绕着羁旅者的轻愁是事实，但这种愁绪并不沉重，它本身因与周围的景物氛围交融契合，同时又具有一种美感，特别是当听到寒山寺的夜半钟声传到客船上时，就倍感霜天清夜、旅泊枫桥的清迥隽永的美感，其中显然寓含着对这种美的境界的发现与欣赏的喜悦。总之，诗人的感情，绝非一个"愁"字可以概括。

张继

1529

柳中庸

柳中庸，生卒年不详。名淡，以字行。祖籍河东（今山西永济），后迁居京兆（今西安市）。幼善属文，与兄并、弟中行均有文名。天宝中师事萧颖士，萧以女妻之。安史乱中避地江南。大历九年（774）在湖州，与颜真卿、皎然等联唱。曾诏授洪州户曹参军，不就。与陆羽、李端等友善，有唱酬。《全唐诗》录其诗十三首，多征戍、闺怨之作。

征人怨〔一〕

岁岁金河复玉关〔二〕，朝朝马策与刀环〔三〕。
三春白雪归青冢〔四〕，万里黄河绕黑山〔五〕。

校注

〔一〕《全唐诗》原作"征怨"，校："一本'征'下有'人'字。"兹据补。

〔二〕金河，河名，今名大黑河，流经今内蒙古自治区呼和浩特市南，至榆林入黄河。唐置金河县，属单于大都护府所辖。玉关，即玉门关，在瓜州晋昌郡北。另有汉之玉门故关，在沙州敦煌郡西北。

〔三〕马策，马鞭。刀环，刀柄上的铜环。

〔四〕归，归向。青冢，即昭君墓。在今内蒙古自治区呼和浩特市南。塞外草白，而传说昭君墓上草独青，故名。

〔五〕黑山，又名杀虎山，在今呼和浩特市境。

笺评

杨慎曰：绝句四句皆对，杜工部"两个黄鹂"一首是也。然不相连属，即是律中四句也。唐绝万首，惟韦苏州"踏阁攀林恨不同"及刘长卿"寂寂孤莺啼杏园"二首绝妙，盖字句虽对，意则一贯也。其馀如李峤《送司马承祯还山》言："蓬阁桃源两处分，人间海上不相闻。一朝琴里悲黄鹤，何日山头望白云。"柳中庸《征人怨》云："岁岁金河复玉关，朝朝马策与刀环。三春白雪归青冢，万里黄河绕黑山。"周朴《边塞曲》云："一队风来一队沙，有人行处没人家。黄河九曲冰先合，紫塞三春不见花。"亦其次也。（《升庵诗话》）

乔亿曰：工对不板，洗发"怨"字偏壮丽。（《大历诗略》）

宋顾乐曰：直写得出，气格亦好。（《万首唐人绝句选》评）

俞陛云曰：四句皆作对语，格调雄厚。诗题为征人怨，前二句言情，后二句写景，而皆含怨意，嵌青、白、黄、黑四字，句法浑成。（《诗境浅说》续编）

富寿荪曰：四句皆写征人之怨，诗中虽不着一字，而言外怨意弥深。通首精工典丽，于对起对收之中，别具飞动流走之妙。（《千首唐人绝句》）

 鉴赏

在唐代边塞诗中，这是一首很具艺术特色的作品。它给人的突出印象与感受有以下几点：一是题为"征人怨"，而通篇不着一个"怨"字，但仔细寻味，又感到字里行间，处处渗透散发出怨思。二是四句皆对，且均为精工的对仗，但读来丝毫不感到板滞，而是自然流走，一气浑成。三是用了一系列的地名，构成极其广袤的空间画面。四是多用色彩鲜明的表颜色字构成工整的对仗和鲜明的对比，使全诗的色彩感特别强烈。

首句凌空而起，写征人戍守之地更换的频繁。金河与玉关，一在北，一在西，分属单于大都护府与河西节度使府管辖，彼此迥不相及，或以为诗中金河、青冢、黄河、黑山均在单于都护府辖境，而断定此诗的主人公是单于都护府的征人，但"玉关"显然不在单于都护府管内，此说实不可通。盖此句意在突出远戍征人调动的频繁，忽而远戍玉关，忽而戍防金河，着一"复"字，正见调动戍防地之频繁与相距之遥远。而句首的"岁岁"二字则进一步突出渲染了这种远距离的频繁调动，年年皆然。然则远戍的辛苦再加上调戍的长途跋涉之苦均可想见。

次句写征戍生活的单调寂寞。长期的戍守、行军生活中，天天面对的首先便是手中的马鞭与刀柄上的刀环。"马策"，正透露出跋涉之意，与上句"金河复玉关"相应，不说"刀"而说"刀环"，自寓微意。盖"环"谐

1531

"还"，见刀环则思归还故乡，但长期戍守，返乡的愿望根本无法实现，只能空对刀环而思归。"怨"意已含其中。

第三句"三春白雪归青冢"，是写征戍之地的严寒。三春季节，内地早已是艳阳高照、百花争艳，一片花团锦簇的明丽景象，而在穷边绝域，却是白雪纷纷，洒向青冢，一派冰封雪飘的肃杀萧条景象。白雪自然不会只飘洒在青冢上，但作为生长在内地、日日盼望归返故乡的征人，他的目光却自然而然地专注在那荒寒大漠中孤零零的一座青冢上，感到自己的命运似乎也正像在大漠中被遗忘的孤冢一样，显得分外孤单寂寞。而万里"白雪"中的一点"青冢"，则更以鲜明的色彩对照，强化了"青冢"的渺小孤孑。而"归"字则给人以漫天白雪一齐归聚于"青冢"的视觉印象，使它在茫茫的白雪中显得更加无助和孤单。这种景象，于写实中带有某种象征意味，却又不是刻意运用象征手法，很耐玩味。

"万里黄河绕黑山。"末句更大处落墨，将写实与想象融合起来，描绘出万里黄河蜿蜒曲折，奔腾东去缭绕黑山而过的景象。"黑山"固在单于都护府境内，但"万里黄河"却是自西向东，延伸及整个北中国的大地。身在征戍之地的征人，当然不可能望见万里黄河，但作为"岁岁金河复玉关"、征戍调动频繁的战士，心目中自有万里黄河的整体印象，因此这"万里黄河绕黑山"的描绘，正符合其征戍的经历和体验。所历者广，故眼界自宽，眼前的黄河自然和想象中的万里黄河联结在一起。单看此句，或许只觉得境界雄浑壮阔，但前幅的"岁岁""朝朝"四字，却是一直贯注到后幅的，因此在"岁岁""朝朝"面对"万里黄河绕黑山"的情况下，这原本雄浑壮阔的境界反倒更衬托出了征人的孤单寂寞和生活的单调。"绕"字既形象地显示了黄河蜿蜒曲折的态势和画面的动态感，但也透露出征人跋涉迁转于黄河上下的征戍生活的辛苦和心中牵绕不已的怨思，同样具有象外之致。

全篇对偶极为精工，除一二、三四对起对结外，各句中又自为对（"金河"对"玉关"，"马策"对"刀环"，"白雪"对"青冢"，"黄河"对"黑山"），且"金""玉""白""青""黄""黑"，均有意选用色彩鲜明的词语。但这样精工而锤炼的对偶并没有使通篇显得板滞，由于从头到尾贯注着一种神驰万里的气势，诗人的目光和视野从不局限于眼前的狭小空间，故能创造出具有广远时空感的雄浑阔远境界，使首尾浑然一体，一气呵成，而且使征人的"怨"思与雄浑阔远的境界相融，全篇的情调就不显得凄凉低沉，而是"怨"而仍"壮"。

刘长卿

刘长卿（？—约790），字文房，郡望河间，祖籍宣州，自幼居洛阳。少居嵩山读书。屡试不第。肃宗至德二载（757）礼部侍郎李希言知江东贡举时登第，任长洲尉。翌年正月，摄海盐令。旋因事下狱，贬潘州南巴（今广东电白县东）尉。广德元年（763）量移浙西某县。永泰元年（765）前后入转运使幕。大历前期，曾在京任员外郎。二年（767），以转运使判官兼殿中侍御史奉使淮西。三月，至淮南。五年，移使鄂岳，迁鄂岳转运留后、检校祠部员外郎。遭鄂岳观察使吴仲孺诬奏，贬睦州（今浙江建德）司马。建中初（780）迁随州刺史。李希烈叛，长卿失州东归。贞元元年（785）入淮南节度使杜亚幕。约贞元六年卒。工诗，自称"五言长城"。有《刘随州集》。《全唐诗》编其诗为五卷。今人储仲君有《刘长卿诗编年笺注》、杨世明有《刘长卿集编年校注》。

逢雪宿芙蓉山主人〔一〕

日暮苍山远〔二〕，天寒白屋贫〔三〕。
柴门闻犬吠，风雪夜归人〔四〕。

校注

〔一〕芙蓉山，在常州义兴（今江苏宜兴）阳羡山附近。长卿于阳羡山筑有碧涧别墅。《宋高僧传》卷十一《唐常州芙蓉山太毓传》谓太毓尝"止于毗陵义兴芙蓉山"。《江南通志》卷十三："荆南山，在宜兴县西南，荆溪之南。""山之东麓为静乐山，南为芙蓉山，西为横山，一名大芦山，北为南岳山（即阳羡山）。"诗作于大历十年（775）闲居义兴期间。杨世明《刘长卿集编年校注》系此诗于大历六年（771）冬出使湖南时，谓芙蓉山指潭州（今湖南长沙）近处之芙蓉山。

〔二〕苍山，指芙蓉山。

〔三〕白屋，指不施彩色，露出木材的房屋。为古代平民寒士所居。《尸子·君治》："人之言君天下者瑶台九累，而尧白屋。"一说，指以白茅覆盖的房屋。《汉书·王莽传上》："开门延士，下及白屋。"颜师古注："白屋，谓庶人以白茅覆盖者也。"

〔四〕夜归人，指夜归的主人。

笺 评

顾璘曰：此所谓真语真情者，清语古调，近实，故妙。（《批点唐音》卷十二）

吴逸一曰：极肖山庄清景，却不寂寞。（《唐诗正声》评）

唐汝询曰：首见行之难至。次言家之萧条。闻犬吠而睹雪中归人，当有牛衣对泣景象。此诗直赋实事，然令落魄者读之，真足凄绝千古。（《唐诗解》卷二十三）

周敬曰：语清调苦，含无限凄楚。（《删补唐诗选脉笺释会通评林·中五绝》）

邢昉曰：情真景真。（《唐风定》卷二十）

王尧衢曰："日暮苍山远"，行路之际，暮景可悲。此句言行之难至。"天寒白屋贫"，白屋贫家，萧条景况，又值天寒而宿，更倍凄凉矣。"柴门闻犬吠"，柴门犬吠，惊客到也，确是雪夜景。"风雪夜归人"，人从风雪中夜归白屋，是在凄凉中得安乐境。（《唐诗合解笺注》卷四）

乔亿曰：萧寥。余爱诵此绝句。谓宜入宋人团扇小景。想刘松年、赵孟頫定有妙制。（《大历诗略》）

黄叔灿曰：上二句孤寂况味。犬吠归人，若惊若喜，景色入妙。（《唐诗笺注》卷七）

施补华曰：刘长卿："日暮苍山远，天寒白屋贫。柴门闻犬吠，风雪夜归人。"较王、韦稍浅，其清妙自不可废。（《岘佣说诗》）

王文濡曰：日暮途穷，天寒而继以风雪，写尽旅行之苦。幸有白屋可以寄宿，苦中得乐，聊以自慰。（《唐诗评注读本》卷三）

刘永济曰：此诗二十字将雪夜宿山人家一段情事，描绘如见。（《唐人绝句精华》）

刘拜山曰：写山村借宿一时见闻，情景极为清隽。而山村之孤寂，居人之劳苦，皆见于言外。（《千首唐人绝句》）

这首小诗写天寒日暮投宿山居主人家的情景，题材很平常，却写得意境清迥，情韵悠长，经得起反复咀味。

　　题曰"逢雪宿芙蓉山主人"，见出此次投宿不仅因为"日暮"，且与"逢雪"有密切关联。因此，前两句虽未直接写到雪，却不能忽略这个气候背景。

　　"日暮苍山远"，首句写日暮时分，诗人孑然独行所见所感。暮色苍茫，天阴欲雪，前面的芙蓉山显得更加灰暗邈远。"远"不仅是空间距离，而且是心理距离。由于天阴欲雪，急于投宿，感到苍茫的前山似乎更远了。虽是句眼，句法却显得自然浑成，似不经意道出。

　　"天寒白屋贫"，次句写到达芙蓉山主人所居时所见所感。标明"白屋"，则主人的身份当是贫寒的普通百姓或寒士。"天寒"自因欲雪，但在诗句中，却与"白屋贫"之间存在着某种感受上的因果联系。由于天寒，原就简陋的"白屋"显得更加萧瑟凄冷，别无长物。"白屋"原本就是贫民所居，用"贫"来形容白屋，似乎多余。但这里的"贫"字却主要是表现一种氛围，表达一种心理感觉。它使人感到，这简陋的白屋中似乎空间每一处都在散发着一种萧瑟凄冷的气息，一种寒意袭人的氛围。

　　整个前幅，写诗人从行路到投宿所见所感，意境、氛围是清冷凄寒的，但后幅的意境、氛围却起了明显的变化。

　　"柴门闻犬吠，风雪夜归人。"前幅点出"日暮"，后幅则已入"夜"，前后幅之间存在着一段时间过程。从"闻"字可以揣知，诗人在芙蓉山主人家投宿以后，已经入睡。夜间忽然听到简陋的柴门边响起了犬吠声，接着便听到由远而近的脚步声、敲门声，家人起身、点灯、开门声和主人进门声，这才知道，原来是主人在漫天风雪之夜归来了。"犬吠"声打破了山居夜间的静寂，随着犬吠声次第出现的因"风雪夜归人"的到来而产生的一系列声响和动态，更使这原来显得萧瑟凄冷的"白屋"变得热闹起来、活动起来，充满了亲切温煦的气息。这静寂中的热闹，寒天风雪中的温煦，暗夜中的光亮，构成了鲜明的对比，使诗人心中充满了新鲜的诗意感受。他把这场景记叙下来，并定格在"风雪夜归人"这个动人瞬间。而在这之前、之后发生的许许多多情事，统统被略去了。

　　唐诗的魅力有众多的构成因素，但其中最关键的一点是唐代诗人所特具

刘长卿

1535

的诗心，即从平常生活中发现的诗意。这首诗的魅力正在于诗人对这种静寂中的热闹、风雪中的温暖、暗夜中的光亮的鲜明对照中所显示的诗意美的发现与成功表现。诗之所以止于"风雪夜归人"而不必再赘一辞，正是由于这一场景是诗意美的集中体现。

听弹琴 [一]

泠泠七丝上 [二]，静听松风寒 [三]。
古调虽自爱，今人多不弹。

校注

〔一〕长卿另有《杂咏八首上礼部李侍郎》其一《幽琴》云："月色满轩白，琴声宜夜阑。飕飕青丝上，静听松风寒。古调虽自爱，今人多不弹。向君投此曲，所贵知音难。"储仲君《刘长卿诗编年笺注》谓题下所云"礼部李侍郎"指至德二载（757）知江东贡举之礼部侍郎，江东采访使李希言，诗为投卷而作。并将《听弹琴》附编于其后，按云："此诗与《杂咏八首·幽琴》中二联略同，前诗或由此诗足成。"而陈尚君则据敦煌遗书斯五五五有樊铸《及第后读书院咏物十首上礼部李侍郎》，谓："《刘随州集》卷四有《杂咏八首上礼部李侍郎》，虽所咏之物与樊铸不同，但可肯定为一时之作，据此可知长卿为'礼部李侍郎'知举年及第。"并推断指天宝六载至八载知贡举之礼部侍郎李岩的可能性较大。按：樊铸所作十首与长卿所作八首，虽同为"上礼部李侍郎"，但一为及第后所上，一为及第（或考试）前所上，总题及分题均不同，是否一时之作，恐难遽定。谓长卿天宝六载至八载登第，亦乏长卿诗文作为佐证。而谓"礼部李侍郎"指李希言，则储仲君已举《至德三年正月时谬蒙差摄海盐令闻王师收二京因书事寄上浙西节度李侍郎中丞行营五十韵》诗中"昔忝登龙首，能伤困骥鸣。艰难悲伏剑，提握喜悬衡。巴曲谁堪听，秦台自有情。遂令辞短褐，仍欲请长缨"等句为证，可从。但《听弹琴》诗是否即作于至德二载，抑或其前其后，仍难肯定。杨世明《刘长卿集编年校注》此首漏编，既不见于编年诗，亦不见于未编年诗。

〔二〕泠泠（líng líng），形容水声清越悠扬。陆机《招隐诗》之二："山溜何泠泠，飞泉漱鸣玉。"此以状琴声。七丝，即七弦。上古琴五弦，至周增为七弦。陆机《文赋》："文徽徽以溢目，音泠泠而盈耳。"

〔三〕琴曲有《风入松》。

 笺 评

俞陛云曰：中郎焦尾之材，伯乐高山之调，悠悠今古，赏音能几人？况复茂林异等，沉沦于升斗微官；绝学高文，磨灭于蠹蟫断简，岂独七弦古调，弹者无人！文房特借弹沧琴以一吐其抑塞之怀耳。（《诗境浅说》续编）

富寿荪曰：借听琴抒抑塞不遇之感，并讽世情之凉薄。措辞含蓄，耐人讽味。（《千首唐人绝句》）

 鉴 赏

琴在古代乐器中向来被尊为雅乐的代表。《太平御览》卷五百七十九引桓谭《新论》云："昔神农氏继宓牺而王天下，亦上观法于天，下取法于地，近取诸身，远取诸物，于是始削桐为琴，绳丝为弦，以通神明之德，合天地之和焉。"将琴的产生与制作提高到法天地、通神明的高度，可见它在各种乐器中崇高的地位。但时移代变，琴这种古雅的乐器却越来越不为时俗所赏。历代都有自己时代流行的"新声"。在唐代，流行的则是从西域传入的节奏急骤明快的琵琶。这本是音乐史上新旧交替的自然现象。当这种现象与诗人的身世遭遇之感偶然相值时，就会激起潜藏于心中的感慨，而形之于歌咏，这首《听弹琴》正是借古调雅乐不见赏于时俗来抒发感慨的诗。

诗的前两句写"听弹琴"。"泠泠"用以形容琴声的清越，其中亦流露出琴声的节奏舒缓、单调古雅，如泉之幽冷。用"七丝"来代指琴，不仅是由于它的形制，更由于"泠泠七丝上"的诗句能给人一种鲜明生动的形象感，仿佛能见到那清越古雅的声响从"七丝"上缓缓流淌而出。接下来一句"静听松风寒"，是形况琴声所传达出的意境，犹如风入松林，飕飕生寒。琴曲有《风入松》，这里说"松风寒"既自然绾合了曲名，又生动地展现出琴声所传达的幽清凄寒的意境，使诉之于听觉的琴声具有通之于触觉的寒凉之意，是描绘琴声的传神之笔。而句首的"静听"二字，更描绘出诗人凝神致

刘长卿

1537

虑，沉浸在琴声所展现的意境之中的神态，为下文的"自爱"伏脉。

三、四两句是因"听弹琴"触发的感慨。"古调自爱"四字，可以说是对前两句所描绘情景的概括，句中着一"虽"字，转出新意，第四句正面揭示感慨："今人多不弹。"如此清雅的琴声琴韵，自己虽极为赏爱，却不为时俗所赏，"今人"已经普遍厌弃而"不弹"了。很显然，这里所表达的是一种自己空有高尚的追求却不被时俗所理解所欣赏的孤独感、一种世无知音的寂寞感、一种与世相违的失落感，但同时又寓有自赏自负的意蕴，感情内涵并不单一。这两句孤立起来看像是纯粹的议论，但由于有前两句对"听弹琴"情景的生动描绘，这种貌似议论的诗句便化为抒情意味很浓的世情感慨和人生感慨，从而经得起咀味而不流于一览无余。

这首诗与《杂咏八首·幽琴》的中间四句虽然基本相同，但《幽琴》未见流传而此诗却为诗家所赏，主要原因即在于这首诗在艺术表现上的集中与完整自足。而《幽琴》的前两句不过是可有可无的敷衍，末二句的意蕴则已包含在"古调"二句之中。比较之下，《幽琴》的起结使全同赘疣了。

送灵澈上人〔一〕

苍苍竹林寺〔二〕，杳杳钟声晚。
荷笠带斜阳〔三〕，青山独归远。

校注

〔一〕灵澈（746—816），一作灵彻，唐代著名诗僧。俗姓汤，字源澄，会稽（今浙江绍兴）人。幼出家于云门寺。肃、代间从严维学诗。约大历末至吴兴，与诗僧皎然唱和。兴元元年（784）赴长安，因皎然致书，得御史中丞包佶延誉，诗名大震。贞元后期，与刘禹锡、柳宗元、韩泰、吕温等关系甚密。后被诬流窜汀州，约元和初赦还。四年（809）至庐山，住东林，后东归。元和十一年卒于宣州开元寺。其门人从其平生所赋诗二千首中删取三百首，编为《澈上人文集》十卷，又取其与人唱和酬别之作，另编为十卷，均佚。《全唐诗》编其诗为一卷。刘禹锡有《澈上人文集纪》，《宋高僧传》有传。储仲君《刘长卿诗编年笺注》谓此诗作于大历十二年长卿贬睦州司马期间。"当为灵澈游睦，挂锡山寺，日间相聚，傍晚送归，故有是作"。杨世明《刘长卿集编年校注》置未编年诗中。

〔二〕竹林寺，杨注谓在镇江。《宋高僧传》卷八有《唐润州竹林寺昙璀传》。据《舆地记胜》，寺在黄鹤山。储注则谓："润州（竹林寺）肃代间诗人均称之为鹤林，未闻有称竹林者……此诗所云，非必专名。寺旁多竹，即可谓为竹林寺也。"

〔三〕荷笠，戴着箬笠帽。

笺评

唐汝询曰：晚则鸣钟，日斜而别。钟鸣而未至者，山远故也。（《唐诗解》卷二十三）又曰：悠悠言外。（《删补唐诗选脉笺释会通评林·中五绝》引）

陆士钺曰：闲静。（同上引）

乔亿曰：向王、裴诵此，应把臂入林。（《大历诗略》）

俞陛云曰：四句纯是写景，而山寺僧归，饶有潇洒风尘之致。高僧神态，涌现毫端，真诗中有画也。（《诗境浅说》续编）

刘拜山曰：着意为诗僧写照。一笠斜阳，青山独往，可谓诗中有画。（《千首唐人绝句》）

鉴赏

这首五绝写诗僧灵澈在夕阳晚钟中荷笠归山寺的情景，堪称诗中有画。但尤为难得的是，诗中所涵容的一种悠闲淡远的情致和悠然神远的韵味。而这种情致韵味既与题内的"送"字密切相关，又与诗人的主观情思密不可分。

首句写远望中的竹林寺——灵澈晚归的所在。这是一个晴朗的傍晚，远处的青山下，一座竹林环抱中的寺庙，在夕阳暮霭中显现出一片青苍之色。"苍苍"既点晚暮，更显出望中的遥远，它使得远望中的竹林环抱的古寺既对晚归的诗僧具有吸引力，又有一份杳远难即之感。

次句写遥闻竹林寺的钟声。山寺暮钟，是平常景，它通常给人一种归宿感，也因它的悠长余响唤起一种悠远缥缈的情思。妙在前面冠以"杳杳"二字，赋予这无形的钟声一种杳远而隐约的神韵；而句末的那个"晚"字，不

1539

但点明山寺暮钟，而且显示出一种动态，仿佛在一声接一声的悠远缥缈的钟声中，天色在逐渐向晚。上句从视觉角度写竹林寺的苍茫杳远，下句转从听觉角度写山寺晚钟的缥缈杳远。两重不同角度的渲染，已经创造出一种悠远的情致韵味，而两句句首以"苍苍""杳杳"叠字为对，更透出一种悠闲容与的意味。

三、四两句，从远望、远闻中的山寺、晚钟转写归寺的灵澈。"荷笠带夕阳"句展现的是一个头戴箬笠，在夕阳余晖映照下悠然归去的僧人身影。这幅写意式的剪影，透出了一种潇洒出尘的情致。"带夕阳"的"带"字，尤饶韵味，仿佛可见夕阳的光影在箬笠上闪动流淌的情状。在整个逐渐苍茫黯淡的背景上透出了几许温煦的色彩。

末句"青山独归远"是一个朝着远处的青山缓缓归去的，在视野中越来越小直至最后融入苍茫暮色的身影。"独"字透露了一种远离尘俗的孤高情致，而"远"字则不但显示了暮色苍茫中前路的悠远，更表现出一种悠闲淡远的情韵。

全篇不着"送"字，但透过对望中苍苍山寺和耳际杳杳寺钟的描写，已使读者感受到诗人与灵澈在临别之际一起遥望山寺、遥闻晚钟的神驰情景，惜别与向往之意均寓其中。后两句更显示出诗人目送灵澈的背影在夕阳余晖中缓缓朝青山独往的情景，其神驰之状可以想见。正是这一系列对目接耳闻、目注神驰情景的描写，将题内的"送"字写得既浑含不露，又使人悠然神远。

比起诗人的许多诗作常流露出一种寂寞凄凉的情思来，这首诗虽也出现"夕阳"的意象和"苍苍""杳杳""独归"一类词语，但诗中所表现的情思却主要是对悠闲淡远境界的向往与欣赏，这既是对灵澈精神风貌的一种写意，也是诗人自己心灵境界的一种展示。

碧涧别墅喜皇甫侍御相访〔一〕

荒村带返照〔二〕，落叶乱纷纷〔三〕。

古路无行客，寒山独见君〔四〕。

野桥经雨断，涧水向田分〔五〕。

不为怜同病〔六〕，何人到白云〔七〕。

〔一〕碧涧别墅，在常州义兴（今江苏宜兴市）阳羡山中。储仲君云："长卿削籍东归（指大历八九年间任鄂岳转运留后、检校祠部员外郎期间遭鄂岳观察使吴仲孺诬陷而再贬睦州司马）后，即在常州义兴营碧涧别墅。碧涧，地志无载。按长卿《酬滁州李十六使君见赠》诗注云：'李公与予俱在阳羡山中新营别墅。'则碧涧亦在阳羡山中……独孤及有《得李滁州书以玉潭庄相托因书春思以诗代答》诗（《全唐诗》卷二四七），知李滁州幼卿庄名玉潭。《江南通志》卷一三山川三：'玉女潭，在荆溪县（按即宜兴）张公洞西南三里，深广逾百尺，旧传玉女修炼于此。唐权德舆称：阳羡佳山水，以此为首。'玉潭，盖玉女潭之省也。以此知碧涧别墅当在阳羡山中，张公洞侧。皇甫侍御，即皇甫曾，曾字孝常。独孤及《唐故左补阙安定皇甫公（冉）集序》（《全唐文》卷三八八）云：'孝常既除丧，惧遗制之坠于地也，以及与茂政前后为谏官，故衔痛编次，以论撰见托，遂著其始终以冠于篇。'《四库全书》本《二皇甫集》载及此序，署大历十年。是知皇甫曾编次乃兄遗文毕，尝于大历十年（775）至常州求序于及。访刘长卿于义兴，当在同时。"考证翔实可信。或有谓"碧涧别墅"在睦州者，非。皇甫曾有《过刘员外长卿别墅》云："谢客开山后，郊扉与水通。江湖千里别，衰老一尊同。返照寒川满，平田暮雪空。沧州自有趣，不复哭途穷。"为同时之作。皇甫曾于广德至大历初，在京任殿中侍御史；故称皇甫侍御。

〔二〕返照，夕阳，傍晚的阳光。

〔三〕王融《古意》："况复飞萤夜，木叶乱纷纷。"

〔四〕君，指皇甫冉。

〔五〕谓雨后水涨，涧水盈满，分流到田间。

〔六〕时长卿因鄂岳观察使吴仲孺的诬陷，削职东归，暂居义兴碧涧；而皇甫曾大历六七年间亦因事贬舒州司马，卸任后闲居丹阳，暂时无官职，故云"同病"。《吴越春秋·阖闾内传》："子胥曰：'吾之怨与喜同。子不闻河上之歌乎？同病相怜，同忧相救。'""同病"语出此。

〔七〕白云，指自己栖隐的寒山。谢灵运《入彭蠡湖口》："春晚绿野秀，岩高白云屯。"陶弘景《诏问山中何所有赋诗以答》："山中何所有？岭上多白云。只可自怡悦，不堪持寄君。"到白云，犹到深山隐栖之地。

刘长卿

方回曰：刘随州号"五言长城"。答皇甫诗如此句句明润，有韦苏州之风，他诗为尝贬谪，多凄怨语。（《瀛奎律髓》卷十三）

顾璘曰：又喜又悲，善况物色。（《批点唐音》）

唐汝询曰：暮景凄其，路无行客，所见独侍御耳。试观桥之断、水之分，地之幽僻可想。苟非同病相怜，畴能至此耶！深见侍御之心知也。雨水浮，桥故断。（《唐诗解》卷三十八）

许学夷曰：五言律……刘"荒村带晚照""一路经行处"二篇虽工，实中唐也。（《诗源辩体》卷二十）

吴山民曰：首联可堪寂寥，次联款款语，形容喜处。后四句只从上四语翻出，然不觉冗。（《删补唐诗选脉笺释会通评林·中五律》引）

冯舒曰：细能不弱，淡实有味。（《瀛奎律髓汇评》卷四十二引）

王尧衢曰："荒村带返照，落叶乱纷纷。"荒村日暮，落叶秋凉，一种衰飒之象，令人生迟暮之感，故以"无行""独见"为承。"古路无行客，空山独见君。"此真空谷之足音矣。古路无人肯行，空山今且独见，侍御超出时趋，独由古道，岂真心知者耶？诗中不言"喜"，而喜可知矣。"野桥经雨断，涧水向田分。"以别墅荒僻，无人能到，转到怜同病也。"不为怜同病，何人到白云？"今侍御之临此荒僻，只为同病相怜之故。不然，如此白云生处，亦有何人能到乎！前解叙时景，后解叙地景，总言荒僻，而喜侍御之相访。"喜"意已足。（《古唐诗合解》卷八）

何焯曰：画出闻人足音，跫然而喜。（《瀛奎律髓汇评》卷四十二引）

黄周星曰：笔下全用白描。（《唐诗快》）

吴昌祺曰：五、六又言道之难行。（《删订唐诗解》）

黄生曰：虚实相间格。想皇甫时亦在寂寞，故曰"怜同病"。结语彼此地步俱见……五、六明皇甫乃揭厉而至，却叙得雅。（《唐诗矩》）

纪昀曰：起四句有灏气。五、六言路之难行，以起末二句，非写意也。（《瀛奎律髓汇评》卷十三引）

姚鼐曰：何减摩诘！（《今体诗钞》）

屈复曰："荒村"至"独见君"，一气说下。五、六顿住两句。第七句用折笔，亦有篇法。（《唐诗成法》）

乔亿曰：文房五言皆意境好，不费气力。此尤以不见用意为长。（《大

历诗略》）

　　顾安曰："荒村"至"独见君"，一气说下，五、六顿住两句。第七句用一折笔，亦有篇法。（按：以上与《唐诗成法》同）可惜结句仍是三、四意，止添"白云"而已，安得不薄！（《唐律消夏录》）

　　范大士曰："古路"二句甚爽豁。然此处只虚写别墅，至末点出"喜访"意，便含蓄有力，试共参之。（《历代诗发》）

　　吴瑞荣曰：文房"五言长城"，不但"幽州白日寒"不易得，即"野桥经雨断，涧水乱流滩（按：原作向田分）"，亦非馀子所能跻。（《唐诗笺要》）

　　王文濡曰：只极写山村荒僻，无人肯到，愈见侍御之来此，为同病相怜之故。不明点"喜"字，而喜可知矣。是画家渲染法。（《唐诗评注读本》）

　　这是刘长卿在仕途上遭到第二次严重打击之后，削职东归，暂居义兴阳羡山中碧涧别墅期间，因友人皇甫曾的造访，欣喜而作的一首五律。萧瑟荒寒的景物和温煦真挚的情谊在诗中形成了鲜明的对照，构成了相反相成的情景交融意境，使这首诗呈现出独特的艺术风貌。

　　起联渲染荒村秋景。荒凉萧索的山村，映带着一抹夕阳余晖，枯黄的落叶，纷乱地飘洒向地面。荒村、夕阳、落叶，都是带有强烈萧瑟凄寒、凋衰没落情调的意象。"荒村"而"带返照"，"落叶"而"乱纷纷"，更叠加出其荒寒衰暮的色调，透露出诗人凄寒而纷乱的心境。

　　颔联在续写荒村的寒寂的同时转出正意——喜友人造访。荒村的古路上杳无人迹，寂寞得像远离现实的太古时代，寒山一带，碧色凄然，而今天却在这荒寂凄寒的村中见到了远道来访友人的身影。以上四句，一气直下，荒村、返照、落叶、古路、寒山，这一系列萧瑟凄寒的意象的反复渲染，将诗人内心的凄冷寂寞之情推向极致，而"独见君"三字陡然转折，与前面的一系列描绘渲染形成鲜明对照，有力地突出了友人造访的欣喜。

　　但写到"独见君"，诗人却不再续写相见后的具体情景，而是一笔宕开，转写荒村景物。"桥"而曰"野"，见出这桥不但置身荒野，而且是那种随便用几根木头草草架成的。由于不久前下了一场大雨，山涧水涨，竟将它冲断

刘长卿

1543

了，足见"荒村"之荒僻，亦见道路之难行。而涨满了水的山涧则随意漫溢，分流向两边的田中。如果说上句还继续渲染荒村的荒僻以反衬友人造访的欣喜，下句却只是点染眼前景，不但景物本身纯出自然，诗人目接此景时的感情也比较闲适轻松。故此联虽亦写荒村景物，表现的感情却与前两联一味渲染荒寒冷寂有别，这显然是由于"寒山独见君"的欣喜影响了诗人观照景物时情绪的结果。连带之下，甚至"野桥经雨断"的景物也在荒僻中显示出一种朴素的美感。

"不为怜同病，何人到白云。"尾联总结出全篇主旨，揭示皇甫曾之所以特意造访荒村别墅，完全是出于同病相怜的感情，这就为此次造访增添了"同是天涯沦落人"的共同经历遭际、共同思想感情的内涵，使造访更显出情意的真挚，也更显出诗人的欣喜。用反问口吻，强调的意味更重，以"到白云"指称友人到访，不但与前之"寒山""荒村"相应，且传达出一种摇曳生姿的风调情致。或以为第四句与尾联意重，但"独见君"的原因却必须有待于"怜同病"的揭示，故虽貌似重复，实为意蕴的深化。

写友人间同病相怜情谊的诗，容易陷入凄苦哀伤。此诗却以荒寒冷寂的荒村景物作背景与反衬，使朋友之间同病相怜的情谊显得更珍贵而温煦。故全篇虽多写荒寒凄寂景象，而情调却不冷寂。

新年作〔一〕

乡心新岁切〔二〕，天畔独潸然〔三〕。
老至居人下〔四〕，春归在客先〔五〕。
岭猿同旦暮〔六〕，江柳共风烟〔七〕。
已似长沙傅〔八〕，从今又几年？

（校）（注）

〔一〕《全唐诗》卷五十三收作宋之问诗，《三体唐诗》卷五、《瀛奎律髓》卷十六亦作宋之问诗。杨世明曰："按宋别集不见此诗，而刘集各本均收之。今仍断为刘作。"是。此诗储仲君系睦州诗，谓"诗云'已似长沙傅’，当作于贬睦州已历三年时，盖大历十四年（779）作也”，杨世明则谓"上元二年（761）南巴作"。按：诗云"岭猿同旦暮"，作于岭南无疑。长卿乾元二年春贬南巴尉，上元二年自贬所北归，其间有在江西候命，重推，重推后仍赴岭外等情事。在南巴贬所的时间实不足三年。诗云"已似长沙傅，从今又几年"，当指从乾元二年（759）初奉贬南巴之命到作诗时（上元二年，761）已首尾三年。

〔二〕新岁，新的一年，指上元二年。切，急切，急迫。

〔三〕天畔，天边。潘州南巴县（今广东电白）滨南海，离中原遥远，唐人称岭外辄云"天涯""海畔"。若睦州，则不得云"天畔"。潸然，流泪貌。

〔四〕屈原《离骚》："老冉冉其将至兮，恐修名之不立。"《旧唐书·孙儒传》："儒常曰：'大丈夫不能苦战万里，赏罚由己，奈何居人下！'"

〔五〕谓春已归来而己谪宦未归。客，犹逐客。

〔六〕谓旦暮常闻岭猿之啼。岭，指五岭。

〔七〕江，指南巴县境的江。

〔八〕长沙傅，指贾谊。《史记·屈原贾生列传》："天子议以为贾生任公卿之位，绛、灌、东阳侯、冯敬之属尽害之，乃短贾生曰：'雒阳之人，年少初学，专欲擅权，纷乱诸事。'于是天子后亦疏之，不用其议，乃以贾生为长沙王太傅……贾生为长沙王太傅三年。"

（笺）（评）

方回曰：三、四费无限思索乃得之，否则有感而得之。（《瀛奎律髓》卷十六）

顾璘曰：老居人下，恐只是叹老悲穷，未必是饮酒说也。（《批点唐音》）

陆时雍曰：三、四隽甚，语何其炼！（《唐诗镜》卷二十九）又曰：刘长卿体物情深，工于铸意，其胜处有迥出盛唐者。"黄叶减馀年"句是庾信、王褒语气。"老至居人下，春归在客先。""春归"句何减薛道衡《人日思归》语！（《诗镜总论》）

周珽曰：迁客久滞他乡，感时触物，无有不伤悲者，篇中只"春归在客先"一句了却。新岁伤心，无限凄怆，胜人多多许。（《删补唐诗选脉

冯班曰：此是刘长卿诗。次联即如严介云："风云落时后，岁月度人前。"（《瀛奎律髓汇评》引）

黄生曰：尾联进步。通首都写"乡心新岁切"五字。（《唐诗摘抄》卷一）

盛传敏、王谦曰：此篇工力悉敌，自是不可及。（《碛砂唐诗纂释》）

沈德潜曰：（三、四）巧句。别于盛唐，正在此种。（《重订唐诗别裁集》卷十一）又曰：刘随州工于铸语，不伤大雅。然"老至居人下，春归在客先""万里通秋雁，千峰共夕阳"，名俊有馀，自非盛唐人语。（《说诗晬语》卷上）

纪昀曰：三、四乃初唐之晚唐，似从薛道衡《人日思归》诗化出。三、四二句，渐以心思相胜，非复从前堆垛之习矣。妙于巧密而浑成，故为大雅。（《瀛奎律髓汇评》引）

许印芳曰：三、四细炼。初唐无此巧密。诗载刘文房集中。此选（指《瀛奎律髓》）误为宋作，仍归文房为是。（同上引）

乔亿曰：三、四结，上句尤警策。（《大历诗略》）

顾安曰：句句从"切"字写出，便觉沉著。五、六以"同""共"二字形容出"独"字来，甚妙。（《唐律消夏录》）

朱宝莹曰：发句上句出"新岁"二字点题面，冠以"乡心"二字，题意亦已点明。下句承上句写足，题面、题意俱到。颔联上句承发句下句，以写其不得志；下句承发句上句，以写其不得归。颈联写景兼写情，所谓情景兼到者。落句上句点在南巴，下句归到新岁，词尽而意不尽，不知还有若干年在此也。与上"乡心"二字亦有回应之意。通首尤以颔联下句为得神。[品]凄丽。（《诗式》）

这首诗作于诗人被贬为南巴尉的第三个年头。这次被贬，据独孤及《送长洲刘少府（长卿曾任长洲尉）贬南巴使牒留洪州序》："曩子之尉于是邦也，傲其迹而峻其政，能使纲不紊，史不欺。夫迹傲则合不苟，政峻则物忤，故绩未书也，而谤及之，臧仓之徒得骋其媒孽，子于是竟谪为巴尉。"其原因是"傲其迹而峻其政"，亦即《中兴间气集》高仲武所谓"有吏干，刚而犯上"。因此，诗人对自己的这次远谪，心情愤郁而凄伤。这在他赴南巴道中所作的一系列诗作中，都表现得相当强烈。其《负谪后登干越亭作》说："独醒空取笑，直道不容身。得罪风霜苦，全生天地仁。"愤郁之情溢于言表。但随着时间的推移，初贬时的愤郁逐渐演变为久贬的哀伤凄怨，这首《新年作》便反映了这种感情的变化。

"乡心新岁切，天畔独潸然。"起联便拈出"乡心"二字，作为全篇抒情的总根。这种在贬谪期间无日或已的"乡心"，在"新岁"到来之际，变得更加急切了。首句五字，不但点明题目，而且揭示出全篇的主意，"切"字着意，突出了乡心的强度和频度。下句"天畔"点明身在天涯海角的贬所南巴，见离乡之遥远。由于乡心转"切"，故潸然泪下。着一"独"字，与"天畔'对照，益见己身独处南荒僻远之地的孤独无告之感。与上句的"新岁"相对照，这"独"字还蕴含了一份人皆欢庆而己独悲的感慨。

颔联承"乡心新岁切"，抒写身世遭遇之悲与久谪难归之慨。"老至"与"春归"，都与"新岁"密切关联。对于一个失意困顿特别是处于贬谪中的士人来说，进入新的一年，意味着自己又老了一岁，而自己的处境，却依然抑塞困厄。安史乱后才释褐为长洲尉，过了四年，依然是一个居人之下的县尉。"居人下"已是有远大抱负者所不堪忍受，何况是"老至"而"居人下"，更何况是一个蛮荒之地的县尉。这一句看似泛说自己不遇的仕宦经历，实则与贬谪蛮荒之地、与新岁这个特定的时间密不可分。"新岁"则"春归"大地，万象更新，但反观自己，却是"定定住天涯"，仿佛被定死在这个海角天涯之地。眼看着一年一度，春又归来，自己却滞留南荒，迟迟不得北归。"春归在客先"之句，可能受了薛道衡《人日思归》"人归落雁后，思发在花前"的启发，但较薛诗更集中凝练，也更自然浑成。这一联确实像沈德潜所评，是"巧句"，可以看出诗人琢炼的痕迹，但读来却清爽流利，毫无滞碍，既省净又含蓄。诗人往日的愤郁在这里化为一种深沉内敛的慨叹。虽不剑拔弩张，却透露出久历艰困之后的深悲，可谓凄怨入骨之语。

"岭猿同旦暮，江柳共风烟。"腹联承"天畔"句，概写贬谪南巴期间自己旦暮所见所闻的景物和孤独寂寞、哀伤凄怨的情怀。"岭""江"点地，即次句所谓"天畔"。猿声凄怨，为客子所不堪闻，对于迁客逐臣，则更是感情上的一种强烈刺激，而三年南巴之贬，朝朝暮暮所闻的便是这凄断欲绝的岭猿哀鸣之声。"江柳"贴"新岁"言。江边柳色，在风烟吹拂笼罩之中摇曳荡漾，这本是春天的美好景色。但身处天畔贬谪之地，远离家乡亲人，日

刘长卿

1547

日面对的只有这江柳风烟，更凸显了自身的孤独与凄凉。"同"字、"共"字，似不着力，却是表情达意的关键字眼。耳之所闻，目之所接，无论是凄断之声，还是悦目之景，都只能触动自己的乡心羁愁和凄怨感伤情怀。

"已似长沙傅，从今又几年？"尾联出句总结前六句，说自己远谪岭外，已是第三个年头，和贾谊之贬为长沙王太傅达三年之久遭遇相似。但贾谊终能在外贬三年之后被召回长安，受到君主宣室垂询的礼遇，而自己却不知道在这天涯海角的蛮荒之地还要滞留多少年。故说"从今又几年"。上句总结过去，下句展望未来，"已似"与"又"勾连相应，表现出对未来前途命运的深沉悲慨，用进一层的抒情突出表现前景的渺茫。

诗写得洗练省净，情绪也并不激烈。多年的贬谪生涯和艰困经历多少磨损了诗人刚傲的性格。但从"老至居人下，春归在客先"这种表面上平和的诗句中还是可以品味出诗人内心深处的波澜和深沉的人生悲慨。

送李中丞之襄州〔一〕

流落征南将，曾驱十万师。
罢归无旧业〔二〕，老去恋明时〔三〕。
独立三边静〔四〕，轻生一剑知〔五〕。
茫茫汉江上〔六〕，日暮欲何之〔七〕？

校注

〔一〕《极玄集》题作"送李中丞归汉阳"。李中丞，名未详。中丞，御史中丞，御史台之副长官。唐代常用作观察使所加之宪衔，节度使之高级幕僚亦有加检校御史中丞衔者。襄州，唐山南东道有襄州。今湖北襄阳市。约作于大历五至八年（770—773）在鄂州任上期间。

〔二〕旧业，旧日的产业，包括田产、房舍等。

〔三〕明时，清明的时代。

〔四〕三边静，《全唐诗》原作"三朝识"，据《中兴间气集》《极玄集》改。三边，汉时指匈奴、南越、朝鲜。《史记·律书》："高祖有天下，三边外畔。"此泛指边塞。

〔五〕轻生，谓奋勇杀敌，不惜生命。

〔六〕汉江，即汉水。襄州濒汉江。又诗人送别之地在鄂州（今湖北武昌市），亦处于长江、汉水交汇处。

〔七〕"日暮"点时，亦兼喻其年暮。欲，《全唐诗》原作复，《中兴间气集》《极玄集》《又玄集》均作"欲"，兹据改。

刘长卿

笺评

顾璘曰：清忠勇义，略备将德。（《批点唐音》）

边贡曰：颈联说得出，愈见高手。（《删补唐诗选脉笺释会通评林·中五律》引）

何新之曰：为豪放体。（同上引）

李维桢曰：雅畅清爽，中唐领袖。（《唐诗隽》）

陆时雍曰：三、四老气深隽。（《唐诗镜》）

胡应麟曰：刘长卿《送李中丞》《张司直》……文皆中唐，妙境往往有不减盛唐者。（《诗薮·内编》卷四）

周珽曰：章法明练，句律雄浑，中唐佳品。又曰：大抵忠勇之臣，老不忘战；数奇之将，所信惟勇。如廉颇、李广辈，多以受谗阻弃，岂不可为英雄志慨哉！此篇因送中丞，既美其才德，复悯其运命。结二句即所谓"十二街头春雪遍，马蹄今去入谁家"意。与《送张司直》诗俱清婉有致。（《删补唐诗选脉笺释会通评林·中五律》）

沈德潜曰：（"独立"二句）此追叙其向日之功。（《重订唐诗别裁集》卷十一）

乔亿曰：清壮激昂，而意自浑浑。（《大历诗略》）

范大士曰：一何妥雅。（《历代诗发》）

俞陛云曰：此诗为老将写照。功成身退，绝无怨尤，真廉耻之将。惜未详其名也。起句以咏叹出之。言今日江头野老，即昔之领十万横磨剑，拜征南上将者。三、四言半生戎马，不解治生，至归徒四壁，而恋阙之怀，老犹恳恳。五、六言回首当年，曾雄镇三边，纤尘不动，以身许国之心，焉得逢人而语，惟龙泉知我耳。篇末言以锋镝之馀生，向江潭而投老，不作送别慰藉语，而为之慨叹，盖深惜其才也。（《诗境浅说》甲编）

1549

这首五律写一位立过卓著战功、威望素高的老将，晚年流落罢归的境遇，以寄托诗人对统治者刻薄寡恩的不满和对主人公命运的悲慨。通篇恰似一篇浓缩的人物传记，令人联想起《史记·李将军列传》，但又具有浓郁的抒情色彩。这种以叙事为骨架而贯串抒情的写人物的五律，在唐诗中似不多见。

　　这首诗在叙事上有一个明显的特点，即从主人公当下的境遇着笔，将其过去的业绩作为追忆来叙写交代，以形成今与昔的鲜明对照。起联出句"流落征南将"写主人公之"今"，而今中寓昔。"征南将"透露主人公过去曾经担任过征讨南方叛乱的军事统帅，对句"曾驱十万师"进一步补足"征南将"统领十万大军的显赫身份，"驱"字稍作点染，而其驱遣雄师、指挥若定的威武形象如见。这样一位曾经手握重兵、为国征南靖边的统帅，如今竟"流落"不偶、不幸罢归，这今与昔的强烈对照一开头便不能不引发读者心理上的震撼，并引起对其具体情况的进一步关切。

　　"罢归无旧业，老去恋明时。"颔联承篇首"流落"二字，对其当下境况作进一步叙写。出句说他晚年"罢归"之后，连赖以维持生计的田地房产也没有。这既是写他当前境况的困窘，同时也透露出其任南征统帅、为国立功期间品行的清正廉洁。对句说他晚年流落罢归之时无限追恋过去的清明时代。"恋明时"三字，含蕴丰富，其中既有对昔日国家繁荣昌盛气象的追缅，也有对当时统治者重视人才，使自己得以施展军事才能韬略的追恋，而言外则对当前统治者的刻薄寡恩、弃置有功将帅的不满和怨意也可以意会。这里说的"明时"，可能即指开元时期，这位老将军大概经历了玄、肃、代三朝，故对今与昔的不同时代面貌和不同境遇有深切感受。这一联主要写今，而"恋明时"三字又透露出"昔"之面影。

　　"独立三边静，轻生一剑知。"腹联承"征南将""十万师"，着意渲染老将过去的功勋威望和忠贞勇敢的品质。在全篇中，这一联是关键。但要在一联十个字的短小篇幅中概括其功绩和品质，而又不流于空泛议论，却很不容易。出句"独立"二字，极富形象感，令人想见其矫首挺立、昂扬奋发的身姿和特出冠群、迥然卓然的气概。而"独立"与"三边"，又构成鲜明的对照，突出其以一人之身系三边乃至国家之安危的重要作用，句末的"静"字，更显示出广大边塞地区和平宁静、晏然无虞的景象。这既是对其卓越功勋的赞颂，又是对其威镇三边的崇高威望的渲染。对句先出"轻生"二字，以凸显其忠贞报国、不惜牺牲的品质。对于武将而言，忠和勇是最可宝贵的基本品格。"轻生"而接以"一剑知"三字，化抽象为具象，使人从那始终伴随其征战生涯的一把宝剑身上联想到无数次的身先士卒、浴血奋战，无数次的"相看白刃血纷纷，死节从来岂顾勋"。这一联字锤句炼，却又明白如话，自然流畅，雄浑工整，兼而有之。可与杜甫《蜀相》的"三顾频烦天下计，两朝开济老臣心"相媲美。杜诗纯用议论，此则叙议感慨，形象鲜明，各有特点。"一剑知"言外寓慨，弦外有音，今之统治者恐怕早就忘记了老将的盖世功勋和忠勇品质了，这就自然引出尾联的悲慨来。

"茫茫汉江上，日暮欲何之？"尾联落到题首的"送"字上。"汉江"点地，"日暮"点时，"欲何之"承上"流落""无旧业"。前已明言"罢归无旧业"，可见李中丞这次所去的地方不大可能是他的故乡或别业所在，因此题一作"送李中丞归汉阳"或"送李中丞归汉阳别业"均误，与"茫茫""欲何之"之语也直接矛盾。而李中丞这次要去的"襄州"，不过是他晚年流落生涯中又一个流落之地（可能是前去投靠依人）。因此才有面对茫茫汉江、夕阳斜日，不知何之的慨叹。这一结，不但将一开头的"流落"具体化了，而且进一步显示了人物的悲剧命运，有"篇终接混茫"之感。

刘长卿

穆陵关北逢人归渔阳〔一〕

逢君穆陵路，匹马向桑干〔二〕。
楚国苍山古〔三〕，幽州白日寒〔四〕。
城池百战后〔五〕，耆旧几家残〔六〕。
处处蓬蒿遍〔七〕，归人掩泪看〔八〕。

校注

〔一〕穆陵关，古关名，在今湖北省麻城市北。《元和郡县图志·黄州麻城县》："穆陵关，西至白沙关八十里，在州北二百里；至光州一百四十九里，在县西北一百里。"渔阳，《新唐书·地理志》："蓟州渔阳郡，下，开元十八年析幽州置……县三：渔阳、三河、玉田。"又《方镇表六·幽州》：

1551

开元十八年，"幽州节度增领蓟、沧二州"。按：秦渔阳郡，辖境相当于今北京市及以东各县，治所在今北京市密云县西南。唐蓟州渔阳郡，辖境相当于今北京市平谷县、天津市蓟县等地，治所在今蓟县。诗题所称"渔阳"，可能指蓟州渔阳郡，也有可能泛指幽州范阳郡。诗作于大历二年（767）奉使淮西，巡行光、黄等州期间。

〔二〕桑干，河名。《元和郡县图志·河东道三·朔州马邑县》："桑干河，在县东三十里。"《太平寰宇记·幽州蓟县》："桑干水自西北平昌县界来，南流经府西，又东流经府南，又东南与高梁河合。"

〔三〕穆陵关一带，战国时属楚，故云"楚国苍山古"。此句指与人相逢之地。

〔四〕《太平寰宇记·幽州范阳郡》："《释名》曰：'幽州在北，幽昧之地，故曰幽。'《晋地道记》云：'幽州因幽都以为名，《山海经》有幽都之山。'""白日寒"之想象即因"幽昧之地"或"幽都"而生。幽州系安禄山巢穴。《旧唐书·地理志·幽州大都督府》："开元十三年，升为大都督府。十八年，割渔阳、玉田、三河置蓟州。天宝元年，改范阳郡，属范阳、上谷、妫州、密云、归德、渔阳、贤义、归化八郡。乾元元年，复为幽州。"治所在今北京市大兴区一带。

〔五〕城池，当指归渔阳的人沿路所经的城邑，这一带经过长达八年的安史之乱的破坏，已经残破荒凉不堪，故云"城池百战后"。非指幽州。幽州虽是安史叛军巢穴，但并未经历"百战"。

〔六〕耆旧，年高望重者，此泛指当地故老。杜甫《忆昔》之二："伤心不忍问耆旧，复恐初从乱离说。"残，余。

〔七〕蓬蒿，蓬草和蒿草，泛指丛生的野草。

〔八〕归人，指题内"归渔阳"的人。曰"处处"，自指沿途所经河南北的城邑。

笺 评

范晞文曰："故人江海别，几度隔山川（下略）。""暮蝉不可听，落叶岂堪闻（下略）。"前一首司空曙，后一首郎士元，皆前虚后实之格。今之言唐诗者多尚此。及观其作，则虚者枯，实者塞，截然不相通。徒驾宗唐之名，而实背之也。其前实后虚者，即前格也。第反景物于上联，置情思于下联耳。如刘长卿"楚国苍山古，幽州白日寒。城池百战后，耆旧几家残"则始可以言格。若刘商"晚晴江柳变，春梦塞鸿归。今日方知梦，前年自觉非"则下句几为上句压倒。（《对床夜语》卷三）

王世贞曰：刘随州五言长城，如"幽州白日寒"语，不可多得。（《艺苑卮言》卷四）

唐汝询曰：此伤禄山之乱也，意谓禄山构乱，神州陆沉，而渔阳为甚。今逢君于此，观楚国唯苍山为旧物，则知从桑干而向幽州，殆白日无人行矣。百战之后，世家摧残，蓬蒿遍野，归人能无挥涕乎？（《唐诗解》卷三十八）

钟惺曰：壮语平调。又曰：悲在"归人"二字。（《唐诗归·中唐一》）

许学夷曰：五言律，刘如"逢君穆陵路"、钱如"事边仍恋主"二篇，较前四作（指钱之"欲知儒道贵""边事多劳役""绛节引雕戈"、刘之"番禺万里路"）雄丽稍逊，而完美胜之，足继开、宝馀响。刘"荒村带晚照""一路经行处"二篇虽工，实中唐也。（《诗源辩体》卷二十）

蒋一梅曰：此中唐之似盛唐者。（《删补唐诗选脉笺释会通评林·中五律》引）

周启琦曰：文房五律往往语出独造，随意可人。如"砧迥月如霜""后时长剑涩""鸟似五湖人""春归在客先""黄叶减馀年""幽州白日寒"等，皆是奇句不可及者。（同上引）

周珽曰：穆陵在楚，桑干在幽。禄山以范阳、卢龙节度构乱，致神州陆沉，而渔阳为甚。曰"苍山古"，犹云山河如故也；曰"白日寒"，犹云清昼晦冥也。后四句正见白日寒处得归之人，能不挥泪相看也？无限凄伤动人，悲调之最胜者。（同上引）

邢昉曰：高调。（《唐风定》卷十四）

吴乔曰：刘长卿五律胜于钱起，《穆陵关》《吴公台》《漂母墓》，皆言外有远神。（《围炉诗话》卷二）

吴昌祺曰：三、四分承，言楚国如此，而幽州甚惨。（《删订唐诗解》）

何焯曰：只有山川日月不改旧观，并城郭亦非矣。一路逼出"旧"字。（《唐三体诗评》）

黄生曰：起联总冒格。三言屋舍皆空，四言人民俱尽。此两句略言其

意，下始透发。"楚国""幽州"，绾住彼此两地。五、六则言中途所经，再以"处处"二字绾之，章法极紧。（《唐诗矩》）

沈德潜曰：（"幽州"句）沉郁。（《重订唐诗别裁集》卷十一）

宋宗元曰：（"幽州"句）刻挚。（《网师园唐诗笺》）

乔亿曰：句句沉着。"白日寒"三字写出尔时幽州景象，乃竟为千古名言。（《大历诗略》）

顾安曰：此在初、盛为平实之作，在中唐为稳称好诗。（《唐律消夏录》）

范大士曰：坚老无敌。（《历代诗发》）

黄叔灿曰：次联对映说，言其归也。"城池"一联，皆说渔阳时经安史之乱，故云。结言不堪回首，送归意惨切。（《唐诗笺注》）

吴瑞荣曰：通首言安史之乱。前四句虚，后四句实。（《唐诗笺要》）

姚鼐曰：《元和郡县志》："光山县：木陵关在县南百三十二里，麻城县：穆陵关在西北八十八里。"鼐按：此地两县分界，只是一关。其实则作"木"为正，右丞以对"石菌"可证也。（《今体诗抄》）

潘德舆曰：随州近体清妙，可与王、孟埒。若"楚国苍山古，幽州白日寒""卷帘高楼上，万里看日落"，直摩少陵之垒，又不止妙而已。（《养一斋诗话》卷四）

（鉴）（赏）

在刘长卿一系列感时伤乱的诗作中，《穆陵关北逢人归渔阳》是比较突出的篇章。从诗题"逢人"之语看，所逢者并非故友旧交，而是路上偶然相遇，略作交谈，得知其系乱后归渔阳故里的一般路人。因此，诗的重点就自然放在由"穆陵路"而"向桑干"的旅程引发的时代衰乱之慨上，而对这位偶然相值的路人则仅首尾一点即止。

写这首诗的时候，安史之乱虽已经过去了四年，但这场长达八年的战乱对整个唐帝国，特别是广大的北中国地区造成的巨大破坏和疮痍满目的景象仍随处可见，令人触目惊心。他在同年所作的《奉使申州伤经陷没》诗中说："举目伤芜没，何年此战争。归人失旧里，老将守孤城。废戍山烟出，荒田野火行。独怜滍水上，时乱亦能清。"《新息道中作》亦云："古木苍苍离乱后，几家同住一孤城。"申州与黄州邻接，新息则离申州很近，可见这一带经战乱后荒凉残破的景象。了解诗人出使淮西之行亲历的上述景象，对正确理解诗意，特别是"城池"一词所指，至关重要。

首联平平叙起，点明题目。"逢君穆陵路"，即题内"穆陵关北逢人""匹马向桑干"，即题内"归渔阳"。首句句末的"路"字和次句的"向"字值得注意，隐逗腹、尾二联，暗示这两联所描绘的正是从"穆陵关"到"渔阳"这一路上经行所见所感。点出"匹马"，显示"君"系独自驱马而归，给这次行程增添了一层孤独凄清的色彩。

"楚国苍山古，幽州白日寒。"颔联分承"穆陵路"与"渔阳"，写相逢之地与所归之地的景象，这本是送别诗或行旅诗常见的写法，但在诗人笔下，却显得特别苍劲沉郁，精警工切。穆陵关在战国时系楚地，故称这一带的山为"楚国苍山"。山而曰"苍"，已显示出山色的苍郁邈远，暗透出诗人心绪的黯淡渺茫，句末复着一"古"字，是将思绪由眼前的楚山引向遥远的古代。不必过分寻求这"楚国苍山古"的寓意，但从中自然可以感受到一种空旷荒寂、杳无人烟，唯见苍山隐隐的荒凉苍莽气氛。这一句虽系即目所见之景，但"古"字已蕴含了对遥远时空的想象，故仍具远神。下句则纯属想象。幽州的得名，无论是因其处于北方幽昧之地，或是因其有幽都之山，本身就易引发幽暗、寒冷的想象；再加上那一带是安史叛军的巢穴，连年战乱的摧残，使当地的百姓饱受征战、聚敛之苦，更是一片昏黑景象。在诗人的想象中，幽州的日光也显得分外惨淡，似乎散发出一阵阵寒意。"寒"字极锤炼而形象，又极工稳而贴切。它能引发读者广泛的联想（如民生的凋敝、人民的贫寒），但不显得是在刻意设喻与象征，故仍觉自然浑成。它着意渲染氛围，创造意境，故能调动读者的想象。和崔信明的著名残句"枫落吴江冷"一样，在艺术上达到很高的境界。

"城池百战后，耆旧几家残。"由于题称"逢人归渔阳"又紧接上句"幽州白日寒"，故注家、评家多以为腹联即写想象中幽州的残破景象。但这种理解与实际情况并不相符。幽州地区，在安史之乱中为了支撑前方的长期战争，强征兵员、苛征暴敛，人民自然也饱受摧残，但整个战争时期，唐军与安史叛军的战斗始终未在幽州一带进行，故谈不上什么"城池百战后"。真正饱受战争直接破坏的地区，主要是关中和河南、北广大地区，而自"穆陵关"至"渔阳"这一"归人"所经的地区，正是战争直接破坏最惨烈之地，《新息道中》所写的"古木苍苍离乱后，几家同住一孤城"的景象，也正是此诗腹联下句的"耆旧几家残"所反映的情景。昔日繁荣富庶、人口密集的中原，经历这场大战乱，竟空旷荒凉如此，正可见其破坏之烈。这一联从感情的沉痛、措辞的沉着来看，都类似杜诗"十室几人在，千山空自多"，"几家残"的"残"字，本是剩余、残存之意，但字眼本身，也给人摧残殆尽的触目惊心的感受。

尾联"处处蓬蒿遍，归人掩泪看"承腹联扣题内"人归"作收。"耆旧几家存"是人民惨遭杀戮，流离逃散；"蓬蒿遍"则是城空人稀，杂草丛生，满目荒凉，进一步写战争的破坏之烈。点明"处处"，正见所经"城池"，处处皆然，见此惨景，"归人"自然只能"掩泪"而看，沉痛悲慨不已了。

整首诗的构思，是借归人所经所至之地，展现安史之乱对整个北中国所造成的巨大破坏。如将后两联理解为指幽州地区，诗的思想内容不免大为削弱，也有悖于诗人的创作意图。

秋杪江亭有作〔一〕

寂寞江亭下，江枫秋气斑〔二〕。
世情何处澹，湘水向人闲〔三〕。
寒渚一孤雁〔四〕，夕阳千万山。
扁舟如落叶〔五〕，此去未知还〔六〕。

校注

〔一〕《全唐诗》校："一作秋杪干越亭。"储仲君《刘长卿诗编年笺注》谓上元元年（760）至宝应元年（762）间，长卿议贬南巴，命至洪州待命，来往于鄱阳、馀干等地，系诗有《夕次担石湖梦洛阳亲故》《登馀干古县城》《馀干旅舍》《秋杪江亭有作》等。按：此诗有"湘水向人闲"之句，则题中之江亭显在湘江之滨，其非作于鄱阳、馀干来往期间甚明。味诗之末联"扁舟如落叶，此去未知还"，诗当为贬谪途中作，时间约在上元元年（760）秋。

〔二〕斑，色彩斑斓。首二句《全唐诗》校："一作'日暮更愁远，天涯殊未还。'"

〔三〕闲，悠闲，与上"澹"对文。

〔四〕渚，沙洲。

〔五〕如，一作"将"。

〔六〕《全唐诗》校："一作俱在洞庭间。"

钟惺曰：语不须深，而自然奥浑，气之所至。（《唐诗归·中唐一》）

谭元春曰：同一"湘水向"耳，"人闲"二字，远不如"君深"二字。知其故者可与言诗。（同上引）

唐汝询曰：此首信佳。（《删补唐诗选脉笺释会通评林·中五律》引）

陆时雍曰：五、六清瘦如削。（《唐诗镜》卷二十九）

周珽曰："向人"二字深而幻。"一孤雁""千万山"，自喻只身历涉。结见杪秋江亭感慨之意。（《删补唐诗选脉笺释会通评林·中五律》）

刘邦彦曰：（末）四语便是一幅潇湘图。（《唐诗归折衷》）

顾安曰：此等清远诗，读去未尝不妙，然通首只写得一光景，不曾有实际。且口气直下，殊少顿跌。初唐固不敢望，较之高、岑，亦相去远矣。"更愁远"三字，初、盛人必然发挥出无数意思来。若下面止是此意，则此三字断不肯轻下矣。（《唐律消夏录》）

刘长卿两遭贬谪，所作贬谪诗多哀伤凄怨之音，如著名的《长沙过贾谊宅》。与本篇约略同时的《湘中忆归》亦有"湘流澹澹空愁予，猿啼啾啾满南楚。扁舟泊处闻此声，江客相看泪如雨"之句。这首题为《秋杪江亭有作》的五律，却在清空闲澹的意境中渗透出寂寞清冷的情思，显示出另一种艺术风貌。

"寂寞江亭下，江枫秋气斑。"起联点明题目。"江亭"点地；"江枫秋气斑"借景点时令季候；"寂寞"既总写氛围，亦概写心境。深秋季节，江枫经霜变红，色彩斑斓。这本是绚丽的秋光，但在遭受贬谪的诗人眼中，这仿佛热闹鲜艳的江枫反倒衬托出了整体氛围和自己内心的寂寞。不说"秋色斑"而说"秋气斑"，正是因为秋之为气，"萧瑟兮草木摇落而变衰"，故在色彩斑斓中，自含肃杀之气，使人感到一种寂寞萧瑟的氛围。这一联不妨视为全诗内容意境的总括性提示。

"世情何处澹，湘水向人闲。"颔联续写江亭望中景色而有所感触。上联"江枫"斑斓，系江边之景，此联则专写湘水。"澹"与"闲"实均系望中湖水之意态，"澹"状水波之起伏，"闲"状水态之悠闲，二者互文相补，总状湘水之悠闲容与、起伏澹荡之意态。湘水既澹且闲，因而联想到世情恰与此相反，显得既险而恶，故有"世情何处澹，湘水向人闲"的感慨。曰"何处澹"，正见世情之险恶。曰"向人闲"，则湘水悠闲之意态自见。二句看似上句抒情，下句写景，实则上句情自景生，下句景中寓情；上句以问语抒慨，下句以貌似客观描写透露主观情思，一纵一收，尤具风神摇曳之致。顾安谓之"口气直下，殊少顿跌"，未为知言。

"寒渚一孤雁，夕阳千万山。"腹联仍写江亭望中景色，上句俯视近观，下句仰视遥望。时值深秋，故江中沙洲亦显得分外清冷萧瑟，仿佛透出一股凄寒的气息，所见者唯"一孤雁"而已；而举目遥望，天色向晚，西斜夕阳的余光正映照着千山万岭。这一联貌似客观写景，而景中有人、景中寓情。"寒渚一孤雁"，正是诗人自身孤孑凄寒身世境遇的象征，也透露出诗人孤凄的心境；而"夕阳千万山"，则更展现出前路漫漫、千山万岭重叠的情景，而诗人的迟暮之感、黯淡之怀亦寓其中。上句色调清冷，下句则略带暖色，二者相济，使整个意境不至于过分凄黯。"夕阳"句尤具远神。

"扁舟如落叶，此去未知还。"尾联从第六句生出。由"夕阳千万山"的漫漫前路联想到此去南巴，还有相当长的一段水陆行程。而自己所乘的一叶扁舟，此刻就停泊在江亭之下。在诗人的感觉中，自己的身世就像这一片落叶似的扁舟，飘飘荡荡，不知什么时候才能返回自己的故乡。从"未知还"可见诗人此时正在贬谪途中。诗人此行，当是沿湘水而上溯，越梅岭而赴南巴，故有"扁舟如落叶"之语。"扁舟"仍贴"江亭"所见，"落叶"则紧扣"秋杪"。全诗自始至终，均不离题目。

诗中表现的情思虽孤寂清冷，具有诗人创作的共同特征，但既有江枫的斑斓色彩，又有夕阳映照千山万岭的广阔境界和温暖色调，颔联更具悠闲澹荡的意态和摇曳的风神，因此读来并不感到凄黯绝望，而是另具清空闲澹、逸宕隽永的情致韵味。它带给人的更多的是一种美感。

寻南溪常山道人隐居〔一〕

一路经行处〔二〕，莓苔见履痕。
白云依静渚〔三〕，芳草闭闲门〔四〕。
过雨看松色，随山到水源。
溪花与禅意〔五〕，相对亦忘言〔六〕。

刘长卿

校注

〔一〕诗题明弘治十一年（1498）李君纪刊本作《寻常山南溪道人隐居》，《文苑英华》卷二百二十六同。储仲君谓"常山"即唐江南东道衢州之常山县，乾元二年（759）春长卿初贬南巴，由长洲赴洪州，系取道睦州、衢州、玉山一路，诗即作于此年春贬谪途中。详参其《刘长卿诗编年笺注》第190页本篇题注。而《全唐诗》诗题作《寻南溪常山道人隐居》。杨世明则谓"南溪"在长卿嵩阳旧居附近，颍水三源之左水即出少室山南溪。诗为天宝中家居所作。详参其《刘长卿集编年校注》。按：诗题如依《英华》，则常山似为县名，唯诗之内容、情趣不似贬谪途中所作；如依杨说，则"常山"或为道人籍贯。诗之内容情趣似与家居寻访禅友较合。道人，得道之人，据"禅意"语，当为僧人。《世说新语·言语》："支道林常养数匹马。或言，道人畜马不韵，支曰：'贫道重其神骏。'"叶梦得《避暑录话》卷下："晋、宋间佛学初行，其徒犹未有僧称，通曰道人。"隐居，指其栖隐之所。

〔二〕经行，佛家语。《法华经·序品》："又见佛子，未尝睡眠，经行林中，勤求佛道。"系指旋绕往返或径直来回于一定之地。此处犹行走经过之意。

〔三〕渚，储仲君《刘长卿诗编年笺注》引卢文弨本校语："者，近本作渚，不通。"按：《英华》作"渚"。"静渚"与下句"闲门"相对，作"静者"则不对。诗集诸本亦均作"静渚"。句意为白云飘荡在静寂的沙洲之上，此"白云"当即笼盖在沙洲上的雾气，所谓"烟笼寒水"者。

〔四〕春，《全唐诗》校："一作芳。"

1559

〔五〕禅意，犹禅心，指清静寂定的心境。

〔六〕忘言，心领神会，不必言传。《庄子·外物》："言者所以在意，得意而忘言。"

 笺评

桂天祥曰："芳草闭闲门"，绝好绝好。结句空色俱了。（《批点唐诗正声》）

唐汝询曰：观苔间履痕，而知经行者稀；观停云幽草，而知所居之僻。过雨看松，新而且洁；随山寻源，趣不外求。惟其深悟禅意，故对花而忘言也。（《唐诗解》卷三十八）

陆时雍曰：幽色满抱。（《唐诗镜》卷二十九）

周敬曰：起二句便幽。中联自然。结闲静，有渊明丰骨。（《删补唐诗选脉笺释会通评林·中五律》引）

周明辅曰：清老。结句色空俱了。（同上引）

黄生曰：前后两截。前写常所居，后点相寻之意。三、四言所居依静渚而闭闲门。"白云""芳草"字硬装。"亦"字，联自己说，乃因此见彼法。（《唐诗摘抄》卷一）

王尧衢曰："一路经行处，莓苔见履痕。"经行者稀，故路径生苔而见履痕迹，此初入山来寻也。"白云依静渚，芳草闭闲门。"渐见所居之处，云水相依，草木郁茂，而道士门常关，何其境之幽也！"过雨看松色，随山到水源。"此写南溪景。雨后之松，翠色可爱，有源之水，必有一山，此即坡公诗云："溪声尽是广长舌，山色无非清净身。"此中自有禅意。"溪花与禅意，相对亦忘言。"山溪景色如此，相对可悟禅理，得意之处，可以忘言。又如陶诗云："此中有真意，欲辩已忘言。"真静境也。（《唐诗合解笺注》卷八）

盛传敏曰：全首稳称，无一懈笔。清新俊逸，兼有其长，诗家正法眼也。（《碛砂唐诗选》）

沈德潜曰：结意言其道士能通禅理也。（《重订唐诗别裁集》卷十一）

屈复曰：题是"寻常道士"，诗只"见履痕"三字完题，馀但写南溪自己一路得意忘言之妙，其见道士否不论。与王子猷何必见安道同意。（《唐诗成法》）

乔亿曰：一片清机。起言自见经行履痕，则一路无人踪也。三、四写南溪隐居，而道人之风标在望。五、六抱首句。结处拈花微喻，不沾身说法，尤超。（《大历诗略》）

王寿昌曰：结句贵有味外之味，弦外之音……随州之"溪花与禅意，相对亦忘言"是也。（《小清华园诗谈》）

孙洙曰：语语是"寻"。（《唐诗三百首》）

刘文蔚曰：言一路行来，见莓苔间见道士履迹，而道士则开（闭）门于云停草幽之中矣。想其过雨看松，新而且洁；随山寻源，趣不外求，惟其深悟禅意，故对花而忘言也。（按：以上数语袭唐汝询解。）唐仲言（汝询）曰：襄阳以谈言许僧，文房以禅意称道，唐人固不自拘，藉令后人，放之吴子辈，便当磨舌相待矣。（《唐诗合选评解》卷六）

俞陛云曰：诗为寻道士而作。开首即说到"寻"字。山径苔痕，遍留屐齿，非定是道士之屐痕，已将"寻"字写足。三句言溪间无人，白云凝然，若为之依留不去，见渚之静也。四句言岩扉长闭，碧草当门，有"绿满窗前草不除"之意。五、六句言其所居在水源尽处，随山曲折而前，松阴雨后，苍翠欲滴，此时已至道观矣。七句花与禅本不相涉，而连合言之，便有妙悟。收句言朋友有临，但须会意，溪花相对，莫逆于心，宁在辞费耶！！（《诗境浅说》甲编）

鉴赏

此诗写寻访一位栖隐在南溪的禅僧一路所见所感，于清新秀雅、研炼工稳中渗透闲适的意趣和禅意，风格接近王维而明快过之。

"一路经行处，莓苔见履痕。"首句忽然而起，概述一路行程，次句拈出一个细节：在莓苔遍生的山路上，隐约可见屐履踩过的印痕。莓苔被径，见其地之清幽；而其上留下的履痕，则暗示所寻访的禅僧曾经过这里。诗人注意到莓苔上的履痕，正暗透出题首的"寻"字，踏着印有禅僧履痕的莓苔小径，诗人寻访的脚步也似乎加快了。这两句写得很富镜头感、动态感，展现在读者面前的是：在深山密林中，一条逶迤曲折的小路正往密林深处延伸，路上长满了绿色的莓苔，上面深深浅浅，留下了一串屐履的印痕。行走在这条小路上的诗人，则边行走，边辨认履痕，从急匆匆的步伐上，可以想见其即将见到禅僧之际的喜悦。

"白云依静渚，芳草闭闲门。"颔联写抵达禅僧栖隐之地所见景象。隐居之所傍着溪边的洲渚，上面缭绕浮动着白色的云雾；萋萋春草，封锁住了幽居的门户。看来，幽居的主人（亦即诗人所要寻访的这位住在南溪的禅僧）并不在住所。是临时外出未归，还是长久外出，诗中未明说，也似乎不必说。总之，是"寻"而未遇。这好像令人有些失望。但眼前展现的景象却自能给诗人也给读者带来一份美感和意趣，而体现美感和意趣的句眼，则是上句的"静"字和下句的"闲"字。禅僧虽不在隐居之所，但隐居之地这既"静"且"闲"的景象，却透出了主人的高标逸韵。两句中的"依"字、"闭"字用得工炼而自然。前者突出了缭绕浮动于溪渚之上的白云似乎深情相依的情态，给眼前的静景增添了流动的意致和亲切的情趣；而"闭"字则不但突出了春草的繁茂，而且显示出隐居的幽静，使"闲门"的"闲"字所蕴含的门虽设而常关的意思也透露出来了。

　　访友不遇，似乎扫兴，但诗人却兴致不减。本来，寻访禅僧就是为了尽兴适意。友虽不在，但山中景物，随处皆佳，白云绕渚、春草拥门，友人不在的隐居之所也别有一番闲静的情趣。更何况，骤雨初过，松色苍翠如滴，正值得观看欣赏；随着水流淙淙，山势宛转，忽见水源，更饶穷源探幽之趣。"看""到"二字，传达的是一种纯任自然、浸无目的却随处可见美景、有所发现的喜悦。腹联所写的，是在访道人不遇的情况下纵情适意游赏山景的兴致，表现的是一种无往而均适意的意趣。故虽不遇道人而已悟道心，已有禅意。其意致与王维的"行到水穷处，坐看云起时"有些类似。

　　"溪花与禅意，相对亦忘言。"腹联在"过雨看松色，随山到水源"的游踪中已蕴含有一种随缘自适的禅意，故尾联就势点明。怀着这份无往不适的禅意，面对山中溪旁自开自放的"溪花"，感到自己的心境与客观的物象仿佛交融无间，合而为一，虽彼此无言相对，而灵心妙悟则均在不言之中了。

　　整首诗所表现的正是这样一种虽寻访禅僧不遇而随缘自适，既观赏山中美景，又体悟道心禅意的心境。这是一种心灵境界，也是一种人生境界。没有遗憾和惆怅，只有随缘自适的欣悦。说全篇"语语是寻"，实在是死扣题目、不符实际的解读。评家中只有黄生看出了"但写南溪自己一路得意忘言之妙，其见道士否不论"这一点，但援王子猷何必见安道为比，则可能引起尽兴而来、兴尽而返的误会。实则诗人的态度是遇固欢悦，不遇亦欣然自得的随缘自适。

饯别王十一南游〔一〕

望君烟水阔，挥手泪沾巾。
飞鸟没何处，青山空向人。
长江一帆远，落日五湖春〔二〕。
谁见汀洲上，相思愁白蘋〔三〕。

刘长卿

校注

〔一〕王十一，名未详，十一是王某的行第。此诗杨世明系广德至大历初在淮南幕时，储仲君系至德二载（757）任长洲尉时。按：长洲县在苏州之南，离长江有相当一段距离，送人南游而北行至长江饯别，似与地理不符。杨谓"五湖"系王十一所往之地；然太湖在扬州之东南，似与"落日五湖春"之语未合。或此句只泛指日暮时分与友人舟行方向，南游之目的地或更在五湖之南。

〔二〕五湖，即太湖。《国语·越语下》："果兴师而伐吴，战于五湖。"韦昭注："五湖，今太湖。"《文选·郭璞〈江赋〉》："注五湖以漫漭，灌三江而漰沛。"李善注引张勃《吴录》："五湖者，太湖之别名也。"

〔三〕柳恽《江南曲》："汀洲采白蘋，日落江南春。洞庭有归客，潇湘逢故人。故人何不返，春华复应晚。不道新知乐，只言行路远。"尾联从柳诗化出。

笺评

宋宗元曰：对景黯然。（《网师园唐诗笺》）
孙洙曰："望君烟水阔"，五字通首作意。（《唐诗三百首》）
俞陛云曰：通首皆别友之意，觉离思深情，盎然纸上……诗为别后所作。首句即言遥望行人，已在烟水空濛之际。次句写别意。诗人送别，每用"泪"字，但知己之泪，未肯轻为人弹。此诗情谊深挚，当非泛语。三句言行人已至飞鸟没处，而犹为凝望，即东坡送子由诗"但见乌帽出复没"同一至情。四句言别后更谁相伴，但有青山一抹，依依向人，曲终人远，江上峰青，宜怀抱难堪矣。五、六句言友所往，由江而湖，愈行愈远。末谓送君者尚临岸未返，秋水蘋花，对芳洲而伫立，此时愁思，见者无人，惟有溯流风而独写耳。（《诗境浅说》甲编）

这首送别诗，构思新颖，语浅情遥，朴素明快中蕴含隽永的情味。

题为"饯别王十一南游"，但通篇无一字言及"饯别"情景，一开头即从别后写起。"望君烟水阔，挥手泪沾巾。"朋友所乘的船已经开走了，眼前展现的是烟水迷茫、浩阔空旷的长江。在这阔远的背景上，友人所乘的一叶扁舟显得特别渺小而孤单。遥望小舟逐渐远去，诗人频频挥手致意，却再也看不到友人频频回首的身影。想到从此彼此各在一方，会合难期，不禁潸然泪下，沾湿了衣巾。"望"字冠首，直贯前三联。而首联将"烟水阔"的景色与诗人凝望、挥手、洒泪的动作、表情联结在一起，境界阔远，感情强烈。

"飞鸟没何处，青山空向人。"颔联进一步写凝望中帆影消失的情景。遥望友人船行的方向，但见长空一碧，一只孤单的飞鸟渐飞渐远，终于没入天际，远处的一抹青山若隐若现，空自向着凝望中的诗人。"飞鸟"既是实景，又寓含比兴，使人自然联想起远去的友人，用"没何处"的设问口吻，更明显突出了"飞鸟"这一意象的喻义。而下句的"空"字则强烈地渲染了孤帆远影消失在天际时的空阔感和孤寂感。

"长江一帆远，落日五湖春。"腹联进一步写友人的帆影消失于视野之后的遥望和遥想。上句既是对前四句的回抱与总括，也是进一层的想象。浩阔长江上的这一片帆影消失之后，已经愈行愈远了。"望"中已含遥想。下句则全是想象：今天日落黄昏时分，友人的小舟恐怕正行驶在更加浩瀚的太湖之上吧。句末的"春"字点明送别的季节，也使对友人去路的想象增添了春天的色调而不致黯然伤魂。这一联的境界既阔远又壮丽，也使别情不显得低沉感伤。

以上三联，均从"望"字生发，由遥望而遥想，随着友人的舟行而愈来愈远，尾联却掉笔转写诗人自身在送别之地的情景：有谁知道，此刻在沙洲之畔，面对着白色的蘋花，我正满怀相思怀友之情，而愁思悠悠难已呢？这话像是说给远去的友人听的，又像是自言自语，自诉相思，显得音情摇曳，情思悠远。虽化用柳恽诗意诗语，却浑然天成，毫不着迹，称得上是用典的化境。

酬李穆见寄〔一〕

孤舟相访至天涯〔二〕，万转云山路更赊〔三〕。
欲扫柴门迎远客〔四〕，青苔黄叶满贫家〔五〕。

（校）（注）

〔一〕李穆，刘长卿女婿，娶长卿次女。建中、贞元之际居扬州。长卿贬睦州期间（大历十二年至建中二年，777—781），李穆曾往睦州访问，抵睦州前先有《寄妻父刘长卿》（见《全唐诗》卷二百十五）云：“处处云山无尽时，桐庐南望转参差。舟人莫道新安近，欲上潺湲行自迟。”长卿作此诗以酬之。此诗诗题一作《发桐庐寄刘员外》，见《全唐诗》卷二百六十三，误作严维诗。

〔二〕孤舟相访，指李穆乘舟访己。天涯，极远之地，此指睦州（今浙江建德县）。

〔三〕赊，远。按：李穆诗首句云：“处处云山无尽时。”刘此句承李穆诗意酬答。

〔四〕柴门，用柴木做的门，言其简陋。远客，指李穆。

〔五〕贫家，长卿自指其家贫寒。

（笺）（评）

刘克庄曰：刘长卿七言云：“欲扫柴门迎远客，青苔黄叶满贫家。”魏野、林逋不能及也。（《后村诗话·前集》卷一）

唐汝询曰：桐庐至歙，道皆滩水云山。穆既来访而预有此寄者，以舟之难进也，故酬答有“万转云山”之语。扫径迎客，而叹青苔黄叶之满，则落寞殆甚。意刘必失意而流寓于歙，岂被诬之时欤？（《唐诗解》卷二

1565

十八）按：唐氏因李穆诗有"舟人莫道新安近"之句，误以为新安指歙州，故有"桐庐至歙"，及刘"流寓于歙"等语，而穆诗"新安"实睦州之古称。

陆时雍曰：语气寒俭。（《唐诗镜》）

唐孟庄曰：第二句如此，才见友谊之笃。（《删补唐诗选脉笺释会通评林·中五律》引）

周珽曰：平淡中有深味。末句幽极，即"蓬蒿满径"之意，刘后村谓魏野、林逋之不能及也，信然。（同上引）

朱宝莹曰：首句言李穆相访，孤舟远来。二句承首句，亦答穆诗"处处云山无尽时"句。三句言盼穆之来，故欲扫门以迎远客之至，此正见第三句宛转变化功夫。四句"青苔黄叶"与上"扫"字应，此正见第四句如顺流之舟也。（品）疏野。（《诗式》）

刘拜山曰：极写贫士生涯，看是自谦之词，实则深喜佳客远来之意。（《千首唐人绝句》）

长卿诗集中另有《别李氏女子》诗，首云："念尔嫁犹近，稚年那别亲。临歧方教诲，所贵和六姻。"此"李氏女子"即其次女，嫁李穆者；诗系临嫁前作。又有《送李穆归淮南》诗云："扬州春草新年绿，未去先愁去不归。淮水问君来早晚，老人偏畏过芳菲。"盖穆娶长卿次女后送其归扬州之作。又有《登迁仁楼酬子婿李穆》诗，中有"新章已在腰"之句，系建中二年（781）春新任随州刺史、尚在睦州时所作。将此三诗与《酬李穆见寄》诗对照，可证作《酬李穆见寄》诗时，穆尚未娶长卿次女，故穆诗《寄妻父刘长卿》之诗题或当作误为严维诗之诗题《发桐庐寄刘员外》。辨明这一点，有助于正确理解寄诗与酬诗的诗意和神情口吻。

首句"孤舟相访至天涯"叙李穆远道来访。穆此次造访，系从扬州乘舟过长江，然后循江南段运河由润州至杭州，再由杭州溯浙江而上富阳、桐庐至睦州。孤舟辗转，道阻且长，殷勤相访，其情可感。而曰"至天涯"，自是为了渲染道途的漫长遥远，同时也是为了突出自己贬谪僻远之地的孤寂处境，故叙事中自含对李穆远道相访、直至天涯的盛情的感动与欣喜。

次句"万转云山路更赊"，进一步渲染道路的曲折。这一句是对李穆原唱的酬和。浙江由富阳至桐庐、睦州这一段，"夹岸高山，皆生寒树。负势竞上，互相轩邈。争高直指，千百成峰"（吴均《与朱元思书》），江流曲折宛转（浙江古称之江，即因江流曲折而得名），山上云笼雾罩，故说"万转云山"。又是逆水上溯，舟行缓慢。因此，这一段实际上并不很长的水程，无论在李穆这位"远客"或是在诗人看来，都显得特别漫长了。"路更赊"应李穆的"行自迟"，"更"字正突出了由于"万转云山"而引起的主观感受。这既是对李穆道途辛苦的形容，更是对其殷勤相访情意的感荷。

远客既如此不惮道途的遥遥艰阻而盛情相访，主人自当热情相迎。三、四两句由写对方之"访"转为自己之"迎"，自是情理之必然。接到李穆的寄诗，诗人自然想到要扫门迎接远方的来客。第三句是全诗的转关，句首的"欲"字，表现了乍接寄诗时即时产生的意念——扫门迎远客。而这"门"却是木柴等编成的"柴门"，二字略点，自然引出了全诗中最精彩的第四句——"青苔黄叶满贫家"。环顾柴门内外，青苔丛生，黄叶满地，自己这贫寒之家处处是一片萧然景象。诗写到这里，悠然而收。上句一转，下句一跌，转跌之间，正寓有深长的感慨、隽永的情味和摇曳的风神。

这好像是对殷勤相访的"远客"表示歉意（诗是要回寄给还在来路上的李穆的），说明"贫家"虽然想热情招待，却实在只能是盘餐无兼味，唯有扫黄叶以欢迎了。这自然不是什么"语气寒俭"，而是对远客的真诚歉意。但这两句诗所透露的主人生活境遇虽然贫寒，表现的感情却非单纯的自伤，而是展现了一种清贫自守者对自己所处环境所怀有的特殊美感，其中既有凄伤之感，又有对这种萧条之美的欣赏。读者也在感受诗人的情意之真挚的同时，感受并欣赏这种萧条之美。

从通篇的语气和口吻看，双方的身份不像是翁婿，而像是忘年的朋友；表现的感情不像是亲情，而像是真挚的友谊。看来，在双方作寄诗和酬诗时，彼此的意识中并没有将成为翁婿的念头。这也反过来证明李穆《寄妻父刘长卿》的诗题可能是后人加的。

长沙过贾谊宅 [一]

三年谪宦此栖迟 [二]，万古惟留楚客悲 [三]。
秋草独寻人去后 [四]，寒林空见日斜时 [五]。

汉文有道恩犹薄〔六〕，湘水无情吊岂知〔七〕？
寂寂江山摇落处〔八〕，怜君何事到天涯〔九〕！

〔一〕《水经注·湘水》："湘州城内郡廨西有陶侃庙，云旧是贾谊宅。地中有一井，是谊所凿，极小而深，上敛下大，其状如壶。旁有一局脚石床，才容一人坐形。流俗相承，云谊宿所坐床。"《元和郡县图志·江南道·潭州长沙县》："贾谊宅，在县南四十步。"《太平寰宇记·潭州长沙县》："贾谊庙在县南六十步。汉时为长沙王傅，庙即谊宅也。"此诗杨世明《刘长卿集编年校注》系乾元二年（759）贬南巴过长沙时。而储仲君《刘长卿诗编年笺注》则系大历六年（771）秋任转运判官、分务鄂岳、南巡湘南诸州时。并谓："或谓此诗作于贬谪途中，然长卿两遭贬谪，均未经长沙。盖诗作于贬谪江西后，感慨颇深，易生误解耳。"按：长卿贬南巴，经湘水一带时，有《秋杪江亭有作》五律，有句云："世情何处澹，湘水向人闲。""扁舟如落叶，此去未知还。"时令与《长沙过贾谊宅》同。从"湘水""扁舟""此去未知还"之语看，《秋杪江亭有作》为贬南巴经湘水一带时所作无疑，则《长沙过贾谊宅》当亦同时之作。储注因认为长卿并未至南巴贬所，而是贬江西，故认为未经长沙。但《新年作》有"岭猿同旦暮"之句，明为岭南作，故长卿贬南巴经长沙、湘水，越梅岭，抵贬所之经历殆属无疑。诗均作于上元元年（760）秋。

〔二〕《史记·屈原贾生列传》："贾生为长沙王傅。三年，有鸮飞入贾生舍，止于坐隅。楚人命鸮曰'服'。贾生既以适（谪）居长沙，长沙卑湿，自以为寿不得长，伤悼之，乃为赋以自广。"此，指贾谊宅。栖迟，滞留。《后汉书·冯衍传下》："久栖迟于小官，不得舒其所怀。"贾谊受绛、灌、东阳侯谗害被贬事已见《新年作》"已似长沙傅"二句注。

〔三〕楚客，指贾谊，也可泛指古今迁客。

〔四〕贾谊《鵩鸟赋》："野鸟（指鵩鸟）入室兮，主人将去。"

〔五〕贾谊《鵩鸟赋》："庚子日斜兮，鵩集予舍。"上句"独寻"，此句"空见"的主语是诗人。

〔六〕汉文，汉文帝。古代历史上著名的明君，文帝、景帝统治期间，史称"文景之治"。故曰"汉文有道"。

〔七〕《史记·屈原贾生列传》："(屈原)乃作《怀沙》之赋……于是怀石遂自沉汨罗以死……自屈原沉汨罗后百有馀年,汉有贾生,为长沙王太傅,过湘水,投书吊屈原。""于是天子后亦疏之,不用其议,乃以贾生为长沙王太傅。贾生既辞往行,闻长沙卑湿,自以寿不得长,又以谪去,意不自得。及渡湘水,为赋以吊屈原。"

〔八〕《楚辞·九辩》:"悲哉秋之为气也,萧瑟兮草木摇落而变衰。"

〔九〕君,指贾谊,亦可自指。天涯,指长沙。唐人每以"天涯"指称被贬谪的僻远之地。

笺评

刘辰翁曰:("汉文"二句)怨甚。(《唐诗品汇》卷八十五引)

顾璘曰:极悲。(《批点唐音》)

唐汝询曰:此文房谪宦长沙,因过贾生宅而赋以自况也。言贾生谪居三年,留此故宅,足以动万古楚客之悲。是以其人已去,而我独寻其迹于秋草之间;当日斜之时,而坐见寒林之萧索,信堪悲矣。吾想汉文乃有道之主,而待君如此之薄;彼无情之湘水,又岂知君之吊而致其情于屈原乎!但以彼寂寞之江山,君初何事而来此,岂非以谗口之故哉!然则文房之被谪,亦必有诬之者矣。夫以有道之汉文而犹寡恩,则今日之主当何如耶?此文房之微意也。(《唐诗解》卷四十三)

胡震亨曰:刘长卿《过贾谊宅》:"秋草独寻人去后,寒林空见日斜时。"初读之似海语,不知其最确切也。谊《鵩赋》云:"四月孟夏,庚子日斜。""野鸟入室,主人将去。""日斜""人去"即用谊语,略无痕迹。(《唐音癸签·诂笺八》)

陆时雍曰:五、六当是慰劳,非是诮语。(《唐诗镜》卷二十九)

吴山民曰:三、四无限悲伤,一结黯然。(《删补唐诗选脉笺释会通评林·中七律》引)

周敬曰:哀怨之甚。《鵩赋》中语,自然妙合。(同上引)

周珽曰:以风雅之神行感忾之思。正如《鵩鸟》一赋,直欲悲吊千古。又:结见贾生与己不宜并遭远谪。"何事"二字,似怨似诉,自疑自解,悲楚之极。(同上引)

邢昉曰：深悲极怨，乃复妍秀温和，妙绝千古。（《唐风定》卷十七）

金圣叹曰：（前解）一解看他逐句侧卸而下，又建一样章法。一，是久谪似贾谊；二，是伤心感贾谊；三，是乘秋寻贾谊；四，是空林无贾谊。"人去后"，轻轻缩却数百年；"日斜时"，茫茫据此一顷刻也。（后解）五、六言汉文尚尔，何况楚怀者！言自古谗谄蔽明，固不必王听之不聪也。"怜君何事"者，先生正欲自诉到天涯之故也。（《贯华堂选批唐才子诗》卷二）

吴乔曰：刘长卿《过贾谊宅》诗云："汉文有道恩犹薄，湘水无情吊岂知？寂寂江山摇落处，怜君何事到天涯！"只言贾谊而已意自见。（《围炉诗话》卷三）

胡以梅曰：松秀轻圆，中唐风致。（《唐诗贯珠串释》）

杨逢春曰：只一、二正说，馀俱翻空之笔。（《唐诗绎》）

黄生曰：宅在长沙府城中濯锦坊。次联出题，后四句，语语打到自家身上，怜贾正所以自怜也。三、四"人去""日斜"，皆《鵩赋》中字，妙在用得无痕。又曰：（三、四）倒装句，暗用古事。（《唐诗摘抄》卷三）

朱之荆曰：从己说起，"楚客"则古今兼之矣，得渡法。"人去"谓贾，"独寻"自谓，三"过"，四"宅"。（《增订唐诗摘抄》）

赵臣瑗曰：笔法顿挫，言外有无穷感慨，不愧中唐高调。（《山满楼笺注唐诗七言律》）

何焯曰：全篇借贾生以自喻。结句"何事"二字，非罪远谪，包含有味。（《唐诗偶评》）

屈复曰：说贾即是自说。（《唐诗成法》）

沈德潜曰：谊之迁谪，本因被谗。今云"何事"而来，含情不尽。（《重订唐诗别裁集》卷十四）

乔亿曰：五、六对法极活。七句抱"宅"字，极忱挚，以澹缓出之。结乃深悲而反咎之也。读此诗，须得其言外自伤意。苟非迁客，何以低回至此！（《大历诗略》）

宋宗元曰：寄慨深长。（《网师园唐诗笺》）

黄叔灿曰："秋草"一联，怀古情深，有顾影自悲意。（《唐诗笺注》）

吴瑞荣曰：怨语难工，难在澹宕婉深耳。"秋草""湘水"二语，尤当隽绝千古。（《唐诗笺要》）

梅成栋曰：一唱三叹息，慷慨有馀哀，此种是也。（《精选七律耐吟集》）

孙洙曰：怜贾正以自怜。（《唐诗三百首》）

方东树曰：首二句叙贾谊宅。三、四"过"字。五、六入议。收以自己托意。亦全是言外有作诗人在，过宅人在。所谓魂者，皆用我为主，则自然有兴有味。否则有诗无人，如应试之作，代圣贤立言，于自己没涉。公家众口，人人皆可承当，不见有我真性情面目。试掩其名氏，则不知为谁何之作。张冠李戴，东餐西宿，驿传储胥，不能作我家当矣。（《昭昧詹言》卷十八）

施补华曰："汉文有道"一联，可谓工矣！上联"芳草独寻人去后，寒林空见日斜时"，疑为空写，不知"人去"句即用《鹏鸟》"主人将去"，"日斜"句即用"庚子日斜"，可悟运典之妙，水中着盐，如是如是。（《岘佣说诗》）

王闿运曰：运典无痕迹。（《手批唐诗选》）（又见《湘绮楼说诗》）

王文濡曰：此诗要旨，全在结束一句……盖借以自况也。（《唐诗评注读本》）

 鉴赏

在唐代贬谪诗中，刘长卿的这首《长沙过贾谊宅》在构思的精妙、用典的入化和意境的创造等方面都具有独特的成就，堪称通体完美的七律精品。

诗作于贬谪潘州南巴尉途中。一个深秋的傍晚，诗人来到长沙贾谊的旧宅。贾谊受谗被贬、才而见斥的不幸遭遇，触发千年之后的诗人因"刚而犯上"、受谗被贬的身世遭遇之悲和"直道不容身"的感慨，吊古伤今，写下这首兴在象外、凄伤哀怨的诗篇。借凭吊贾谊以抒发自己的迁谪之悲，是全诗的基本构思。

"三年谪宦此栖迟，万古惟留楚客悲。"首句叙事，点明贾谊谪宦长沙三年的悲剧遭遇，"此"字指贾谊宅，"栖迟"本义为居留，此处转义为留滞。"此栖迟"三字，声调低沉压抑，透露忧伤意绪。次句是说当年贾谊留滞于此旧宅，千年万代以来，留下了被贬的贾谊这位"楚客"无穷的悲慨。长沙古属楚地，故曰"楚客"，其实际意义实同"骚人""逐客"。"三年"与"万古"相对，突出强调了贾谊的三年谪宦经历留下的是万古的深悲，则其遭遇的可悲、悲慨的强烈可想而知。而由于贾谊的被贬代表了千年万代今古才人的普遍遭遇，具有极大的典型性，因此这"楚客"又同时是历代无数才而见斥的逐客骚人的代称。当诗人由贾谊的三年谪宦经历联想到自己"已似长沙傅"的经历时，这"楚客"的万古之悲也就自然融合了诗人被贬南巴的深悲，由吊古而伤今，由贾谊而自身，一开头就将被凭吊的对象与自身的经历遭遇和栖迟留滞的悲慨融合到了一起。

"秋草独寻人去后，寒林空见日斜时。"颔联承"此"字、"悲"字，写贾谊旧宅的景物、氛围，抒写自己的怀古伤今意绪。昔日的贾谊宅，如今已经是秋草丛生，荒凉破败不堪，宅旁寒林萧瑟，斜日映照，一片凄伤黯淡的景象。曰"独寻人去后"，则昔贤已没，自己仍在其遗迹上徘徊彷徨、寻觅怀想的情状如见；曰"空见日斜时"，则旧宅虽留、风景如昔，斯人已泯的空阔失落感和凄寒黯淡心绪可想。注家大都注意到"人去""日斜"系用贾谊《鵩鸟赋》中语，并指出其用典的不着痕迹，固是。但它的真正妙处是将眼前所见、心中所感与记忆中的语典毫不着力地融为一体，仿佛随手拈来，从而将古之情景与今之情景打成一片。这样运用古典，确实已臻化境。

"汉文有道恩犹薄，湘水无情吊岂知？"腹联上句承"三年谪宦"，由贾谊被贬的遭遇联及君恩的疏薄寡情。汉文帝在历史上号称明君，而贾谊仍因大臣之谗害而被贬，故云"有道恩犹薄"。这句措辞之妙，全在它的弦外之音。虽有道而恩犹薄，一则说明，无论遇有道之君还是无道之君，才人之被疏遭贬都是常事，以突出悲剧遭遇的普遍性；二则暗示自己所遇之君，根本不能与汉文相提并论，则自己之受谗遭贬更属必然。其中包含了对当今统治者的不满和怨望，不过说得很委婉含蓄。下句就贾谊作赋凭吊屈原一事抒慨。贾谊渡湘水，感屈原自沉汨罗之事，为赋以吊之。这句表面上是说，湘水悠悠，本自无情，作赋吊屈，情怀又有谁能理解！而言外之意则是：世情悠悠，贾谊借吊屈原以自伤的情怀，并没有人同情理解。上句怨君恩之薄，下句进而慨世情之衰。而更深一层的意蕴则是：我今溯湘水赴贬所而过贾谊宅凭吊贾谊，又有谁理解我的情怀和悲慨。就这样，诗人在意念中将屈原、贾谊和自己的悲剧遭遇和悲剧情怀串到了一起，从而将"万古惟留楚客悲"的意蕴进一步扩展与深化了。

"寂寂江山摇落处，怜君何事到天涯！"尾联承上"秋草""寒林""三年谪宦"，就眼前草木摇落的江山萧瑟秋景，以设问语抒写对贾谊谪宦之事原因的追索和怨怅。贾谊谪贬长沙，是由于才高受到文帝信任，遭到大臣的忌恨谗毁，原因明显，史有明文，本不必问，而曰“何事到天涯”者，故以问语摇曳出之，既引起读者对才高遭忌这一普遍悲剧性现象的深层思索，也使诗的结尾余韵深长，含蓄不尽。“怜君”自是同情贾谊贬谪天涯的悲剧遭遇，但怜君之中又寓有对自己被贬谪岭外的遭遇的自怜。一“君”字绾合双方，贯串古今，怀古伤今，俱在其中。

方东树《昭昧詹言》论唐人七律说：“大历十子以文房为最……文房诗多兴在象外。”这首《长沙过贾谊宅》正是“兴在象外”的显例。全诗不但以“秋草”“寒林”“人去”“日斜”“江山摇落”“天涯”等一系列意象的组合，创造出凄其萧瑟的意境，以传达其遭贬谪后凄伤哀怨的意绪；而且因借古伤今的基本构思，和巧妙入化的用典，使诗中的人、景、事都绾合古今，引发读者由古而今、由贾谊而诗人的联想，“怜君”之情与自怜之意融为一体。贬谪诗、怀古诗的融合能达到这种境界的，唐代诗人中罕见。

登馀干古县城〔一〕

孤城上与白云齐〔二〕，万古荒凉楚水西〔三〕。
官舍已空秋草没，女墙犹在夜乌啼〔四〕。
平沙渺渺来人远，落日亭亭向客低〔五〕。
飞鸟不知陵谷变〔六〕，朝来暮去弋阳溪〔七〕！

校注

〔一〕《元和郡县图志·江南道·饶州》：馀干县：汉馀汗县，淮南王云‘田于馀汗’是也。县因馀汗之水为名。隋开皇九年去‘水’存‘干’，名曰馀干。《太平寰宇记·江南道·饶州》：馀干县：“白云城在县西，隋末林士弘所筑。隋州刺史刘长卿诗曰：‘孤城上与白云齐’云云。又有白云亭在县西八十步，旁对干越亭而峙焉。跨古城之危，瞰长江之深，其亭以刘诗白云为号。”馀干，今江西馀干县。诗题中之“馀干古县城”，当指隋末林士弘所筑者。杨世明《刘长卿集编年校注》系此诗于乾元二年（759）秋贬南巴途中在江西待命时。储仲君《刘长卿诗编年笺注》则系于上元元年（760）至宝应元年（762）长卿来往于鄱阳、馀干等处时。按：长卿曾抵达南巴贬所，有《新年作》为证。其《将赴南巴至馀干别李十二》诗系上元元年（760）春赴洪州途中逗留于馀干时与李白晤别之作，则此诗约同年秋作。

〔二〕上与白，《全唐诗》校："一作迢递楚。"

〔三〕楚水，当指馀水。馀干古为楚地，故曰"楚水"。古城在馀水之西。

〔四〕女墙，城墙上呈四凸形的矮墙。《尔雅·释宫室》："城上垣，曰睥睨……亦曰女墙，言其卑小，比之于城，若女子之于丈夫也。"

〔五〕亭亭，遥远貌。

〔六〕沙鸟，沙滩或沙洲上的鸟。陵谷变，语本《诗·小雅·十月之交》："高岸为谷，深谷为陵。"此喻世事的沧桑巨变。

〔七〕弋阳溪，即馀水（今称信江）之上游，源于玉山县境的怀玉山，自东向西流经上饶、弋阳、贵溪、馀干，入鄱阳湖。流经弋阳附近的一段称弋阳溪或弋阳江。

笺评

范晞文曰：人……知刘长卿五言，不知刘七言亦高……《登馀干古城》……措思削词皆可法。（《对床夜语》卷三）

顾璘曰：自寓感慨。（《批点唐音》）

郝敬曰：凄楚不堪读。（《批选唐诗》）

李维桢曰：清爽流亮之作。（《唐诗隽》）

唐汝询曰：此叹古城之芜没也。首言城之高，次言城之废。颔联言邑之荒芜。腹联见景之萧索。末言城既空而无人，独飞鸟无心，来往其间耳。（《唐诗解》卷四十三）

张震曰：伤今吊古之情，蔼然见于言意之表。（《删补唐诗选脉笺释会通评林·中七律》引）

吴山民曰：愁思要眇之声。（同上引）

周珽曰：悲情凄响，捧诵一过，不减痛读《骚》经。（同上引）

金圣叹曰：（前解）一，写古城之高。三、四承二，写古城之萧条。然看其一中有"上与"二字，即知早已写到古城者；二中有"万里"与"楚水西"五字，即知早已写到登古城之人，其胸中有两行热泪，一时且欲直迸出来也。（后解）上解只写到古城城上，此解又写城上回望也。"平沙

（江）渺渺"，写城上人欲去何处；"落日亭亭"，写城上人欲待何日。然则只好心绝气绝于此弋阳溪上耳，而其如陵谷之又更变何！我能为无知之飞鸟也哉！（《贯华堂选批唐才子诗》卷二）

胡以梅曰：乱离悲凉之慨，皆登楼所见之景。（《唐诗贯珠串释》）

赵臣瑗曰：弋阳溪去馀干城尚远，当亦蒙"万里"字来，见不仅为区区之一孤城致吊云尔。（《山满楼笺注唐诗七言律》）

《唐诗鼓吹评注》：此登城而感兴废也。首言此城高与云齐，长枕于楚水之西，而萧条已非一日矣。夫所谓萧条者，官舍空而秋草绿，女墙在而夜乌啼，所见于楚水之西如是也。余且为之望平沙之渺渺，睹落日之亭亭，事有兴废，谁不怜之！乃沙鸟无情，不知陵谷之有迁变，朝来暮去于弋溪之上，非不悠悠自适也，亦知万古之为萧条哉！（卷七）

乔亿曰：诗格浑逸，而句解烦碎，为教初学看题，不得一字放过也。"诗要字字读"，遗山岂欺予哉！（《大历诗略》）

范大士曰："落日"句创新。（《历代诗发》）

宋宗元曰：缠绵怆恻。（《网师园唐诗笺》）

纪昀曰：当日之清吟，后来之滥调。神奇腐臭，变化何常！善学者贵以意消息耳。（《批唐诗鼓吹》）

吴瑞荣曰：文房句法之妙，如"贾谊上书忆汉室""飞鸟不知陵谷变"，有盛唐之雄伟而化其嶙峋，有初唐之渊冲而益以声调。（《唐诗笺要》）

方东树曰：首二句破题。首句破"城"字，而以"上与白云齐"为象，则不枯矣。次句上四字"古"字，下三字"馀干"。三、四赋古城，而以"秋草""夜乌"为象，则不枯矣。五、六"登"字中所"望"意。收句"古"字、"馀干"字，切实沉着而入妙矣。以情有馀而味不尽，所谓兴在象外也。言外句句有登城人在，句句有作诗人在，所以称为作者，是谓魂魄停匀。若李义山多使故事，装贴藻饰，掩其性情面目，则但见魄气而无魂气。魂气多则成生活相，魄气多则为死滞。千古一人，推杜子美，只是纯以魂气为用。此意唐人犹多兼之，后人不解之矣。（《昭昧詹言》卷十八）

俞陛云曰：盛唐之诗人怀古，多沉雄之作。至随州而秀雅生姿，殆风会所趋邪？此诗首句总写古城之景，次句总写萧条之态。三、四承次句，实写其萧条：昔之官舍，衣锦排衙，今则秋原草没；昔之女墙，严城拥雉，今则夜月乌啼。五、六亦承次句，虚写其萧条：极目平沙，更无人迹，惟有向人斜日，伴凭高游客，少驻馀光。末句谓一片荒城，消沉多少人物，而飞鸟无情，依旧嬉翔朝暮。鸟而有知，其亦如令威之化鹤归邪？登临揽胜者，每当夕阳在野，易发思古之幽情。（《诗境浅说》丙编）

鉴赏

刘长卿在贬南巴途中，因有至洪州候命、重推及重推后仍贬南巴等一系列情事，在馀干逗留的时间较长，作的诗也较多。这首七律是他登馀干古县城，因见古城荒废而生陵谷变迁、人世沧桑之慨而写的一首吊古之作。

首联总写古城之高峻与荒凉，其间暗藏一"登"字。起句写自己登上古城，但见四面白云缭绕，与城墙相齐，可见这座古城当年的雄伟高峻。着一"孤"字，则其孤独耸峙于广野中的情状可见，已暗逗下句"荒凉"之意。次句写古城之荒凉，着"万古"二字于"荒凉"之上，乃是着意渲染古城的荒凉萧条，仿佛它静静地躺在楚水之西已经持续了千年万代，突出登览时那种触目伤情的主观感受。实则古城系隋末林士弘所筑，距诗人作诗之时不过一百四十年。用"万古"这种夸张的渲染，正是为了创造出一种时空邈远空旷的境界，使"荒凉"之感更加强烈。

"官舍已空秋草没，女墙犹在夜乌啼。"颔联承"荒凉"二字，做进一步的具体描绘渲染。一座城邑，官舍和城墙是两个有代表性的标志物。前者用以管理士民，后者用以保卫城邑。如今，昔日的官舍早已空无人迹，只剩下断壁残垣和丛生的碧绿秋草，城墙上的矮垛还在，却杳无人影，只听到夜乌在发出凄凉的鸣叫声。上句用"秋草绿"所显示的自然界生机反衬官舍的空无死寂，主要从视觉角度写；下句以"夜乌啼"反托古城的荒凉冷寂，主要从听觉角度写。一写城中，系俯视；一写城上，系平视。

腹联续写登古城遥望所见。"平沙渺渺来人远"，是写遥望中的馀水，渺渺茫茫，渐入天际，孤帆一片，载着来人渐行渐远，直至在视线中消失；此时唯见残阳斜日，远在西边天际，冉冉而落，仿佛对着作者这远方的羁客越来越低，直至沉没。这一联所描绘的境界，旷远迷茫，黯淡空寂，较之颔联着意描绘荒凉之形貌，可以说进一步显示了荒凉之神魂。特别是"落日亭亭向客低"更从动态描写中传达出一种不言而神伤的意境。

"飞鸟不知陵谷变，朝来暮去弋阳溪！"尾联仍就登城遥望所见沙鸟飞翔江上的景色抒感，从反面着笔，托出全篇主旨——"陵谷变"。无论是空寂的官舍、丛生的秋草、残留的女墙、凄鸣的夜鸟，或是邈远迷茫的平江孤帆、遥远黯淡的残阳斜日，都显示出这座古城的荒凉空寂，显示出世事的沧桑、陵谷的巨变。而回翔于江上的鸟儿却并不知道这种变化，仍然朝来暮去，在弋阳溪上来回飞翔。以"飞鸟"的"不知"和"朝来暮去"的"不变"来反托诗人的世事沧桑之慨，愈显出感慨之强烈与深沉。

写古城的荒芜，此前有鲍照的《芜城赋》，是寓有政治意涵的。这首诗却像是纯粹抒写一种陵谷变迁的历史沧桑感，未必有什么具体的政治寓意。但透过这种"陵谷变"的感慨，仍然可以品味出安史之乱这场大变乱在诗人心灵中的投影，从这方面说，诗中抒写的感慨仍带有特定的时代色彩。

别严士元〔一〕

春风倚棹阖闾城〔二〕，水国春寒阴复晴〔三〕。
细雨湿衣看不见，闲花落地听无声〔四〕。
日斜江上孤帆影，草绿湖南万里情〔五〕。
东道若逢相识问〔六〕，青袍今日误儒生〔七〕。

校注

〔一〕严士元，华州华阴（今属陕西）人，严损之之子，严武之堂兄弟。天宝末，在永王李璘幕府，后离去。受命于江南，与在苏州任长洲尉的刘长卿晤别。时在至德二载（757）春。此后士元赴长安任大理司直，历京兆府户曹参军、殿中侍御史、虞部员外郎、河南令、刑部郎中等职，终国子司业。贞元八年（792）卒，年六十五。《文苑英华》卷九百四十四穆员《国子司业严公墓志》载其仕履甚详。此诗《才调集》作李嘉佑诗，误。《中兴间气集》卷下、《文苑英华》卷二百七十、《唐诗纪事》卷二十六均作长卿诗。诗题一作《吴中赠别严士元》。

〔二〕倚棹，靠着船桨，犹言泊舟或泛舟。阖闾城，指苏州。《吴郡图经续记》卷上："吴自泰伯以来，所都谓之吴城，在梅里平墟，乃今无锡县境。及阖闾立，乃徙都，即今之州城是也。"

刘长卿

1577

〔三〕水国,指江南水乡泽国之地。

〔四〕闲花,悠闲安静的花。

〔五〕湖,指太湖,在苏州城南五十里。严之"受命南国"当在太湖以南之某地。

〔六〕东道,东道主的省称,指严士元此去路上遇到的接待宴请的主人。语出《左传·僖公三十年》:"若舍郑以为东道主,行李之往来,共其乏困,君亦无所害。"句意谓:此去路上遇到的东道主如有相识者问起我的近况。

〔七〕青袍,八品九品官所服。上县县尉从九品上,服青袍。或据此句,谓作诗时刘长卿已受到打击罢官,甚至已贬南巴尉,故将此诗作年系于乾元元年春甚至更后,恐误。"青袍今日误儒生"不过是自慨之词,说自己这个凤有抱负的儒生如今屈居尉职,为青袍所误。与获罪之事无关。日,残宋本作"已"。

笺评

顾璘曰:"日斜江上孤帆影,草绿湖南万里情",此诗得此联为骨。(《批点唐音》)

郝敬曰:清空飘逸,文房之诗大抵皆然。(《批选唐诗》)

唐汝询曰:《全唐诗》云:长卿为监察御史,为吴仲孺所诬奏,贬潘州南巴尉。道经阊阖城,因别严士元,赋此自叹也。(按:以上所叙多误。)言泊舟于此,而当春寒乍雨乍晴之时,于是因所见以为比。细雨湿衣,初则不见,久而自湿,正犹谮言渐渍,人不觉也。若朝廷轻弃贤才,则如闲花之落而不以为意,故我无罪而被放也。今既飘零于江上,而又送此孤帆,对此芳草,离情万里,愈难堪矣。此时严盖东行,故言相识问我,当云为青袍所误耳。(《唐诗解》卷四十三)

吴国伦曰:次联对句高妙。(《删补唐诗选脉笺释会通评林·中七律》引)

唐孟庄曰:五、六才入妙境。(同上引)

唐陈彝曰:三、四晚唐陋习。结写其不嫌于直。(同上引)

金圣叹曰:(前解)出于最苦,是先写"春风"二字,犹言春风也,而倚棹于此耶?下便紧接"春寒"二字,犹言人自春风,我自春寒,其阴其晴,身自受之,又向何处相告诉也!三、四承"阴""晴"极写,言浸润

唐诗选注评鉴(三)

1578

之潜，乃在人所不意；则流落之苦，已在人所不恤。盖自叙吴仲孺之诬也。（后解）"日斜江上"，言日月逝矣；"草绿湖南"，言岁不我与。"孤帆影""万里情"，言青袍误人，今日遂至于此也。因而更嘱"东道"遍诉"相识"，其辞绝似负冤临命，告诫后人也者，哀哉！（《贯华堂选批唐才子诗》卷二）

张世炜曰：语甚工警，以极作意，所以是中唐。（"闲花"句下批）（《唐七律隽》）

陆次云曰：落句闲雅。（《唐诗善鸣集》）

高士奇曰："细雨湿衣"应"阴"字，"日斜江上"应"晴"字。（《三体唐诗辑注》）

黄周星曰："细雨""闲花"一联，若置禅家公案中，犹是最上上乘语。（《唐诗快》）

赵臣瑗曰：首句字字清丽，次句字字凄其，一转笔间正如荆轲渡易水，忽为变徵之声，闻者皆堪泪下也。（《山满楼笺注唐诗七言律》）

吴烶曰：刘长卿为监察御史，为吴仲孺所诬，因别严士元而诉己冤情现于末句，不必以"细雨""闲花"比仲孺也。（《唐诗选胜直解》）

胡以梅曰：通篇秀腻。上界（解？）送别之时、之地，下界（解？）暗藏行役，盖赴楚南，而"情"字落得精。（《唐诗贯珠串释》）

王尧衢曰："春风倚棹阖闾城"，此言泊舟之所。阖闾城，周敬王六年，伍子胥筑，所谓吴门也……"日斜江上孤帆影"，此时严盖东行，再次相别，故见孤帆日影，而不觉自磋飘泊也……"青袍今已误儒生"，青袍，儒生之服；今为其所误，盖为被谗之故，所以栖迟于道途以自叹也。前解写舟次赠别，后解同悲寥落，而寄怀远之情。（《古唐诗合解》卷十）

何焯曰：第四暗寓淹久，激起五六，兼程以赴期会也。（《唐三体诗评》）

汪师韩曰：友人有游于何义门先生之门者，尝言刘随州诗"细雨湿衣看不见，闲花落地听无声"，先生家有宋椠本，乃是"闲花满地落无声"。盖花已落地，更何可听？古人不沾沾以"听"对"看"也。余始闻而信之，继思古人写景之词，必无虚设。此诗题是《别严士元》，考长卿尝为转运使判官，以知淮西鄂岳转运留后、鄂岳观察使吴仲孺诬奏，贬潘州南巴尉。会有为辩之者，除睦州司马，是诗应是赴睦州时，道过阖闾城，因有别严之作。其言"细雨湿衣看不见"者，以比浸润之谮；"闲花落地听无声"者，闲官之挫折，无足重轻，不足耸人听闻。此于六义为比。第六句"青袍今已误儒生"，乃追忆湖南时事。末句"青袍今已误儒生"，其为迁谪后诗无疑矣。如云花落不可云"听"，则如"大火声西流"，流火又有声耶？一人迁谪，正何必以"满地"为喻哉！（《诗学纂闻》）

沈德潜曰：三、四只分写阴、晴之景，注释家谓此谗言之所渍、朝廷之弃贤，初无此意。（《重订唐诗别裁集》卷十四）

纪昀曰：虽涉平调，尚不庸肤。中唐人诗清婉中自有雅致。（《删正二冯先生评阅才调集》）

乔亿曰：五、六神彩飞动，调亦高朗，殊不类随州。《才调集》作李嘉佑近是。（《大历诗略》）

屈复曰：写景真切细润。结太显露。（《唐诗成法》）

薛雪曰：如"细雨湿衣看不见，闲花落地听无声"，觉烘染太过。（《一瓢诗话》）

范大士曰：已逗宋人消息，得五、六浑含振之。（《历代诗发》）

方东树曰：前四句写己所送别之地。三、四卓然名句，千载不朽。五、六入"送"，收入自己。（《昭昧詹言》）

余成教曰：随州诗如"老至居人下，春归在客先""古路无行客，寒山独见君""人来千嶂外，犬吠百花中""孤城向水闲，独鸟背人飞""寒渚一孤雁，夕阳千万山""得罪风霜苦，全生天地仁""得地移根远，经霜抱节难""旧浦满来移渡口，垂杨深处有人家""家散万金酬士死，身留一剑答君恩""细雨湿衣看不见，闲花落地听无声""帆带夕阳千里没，天连秋水一人归"……皆佳句也。（《石园诗话》卷一）

王寿昌曰：唐人之诗，有清和纯粹，可诵而可法者，如……刘长卿之"春风倚棹阖闾城，水国春寒阴复晴。细雨湿衣看不见，闲花落地听无声。日斜江上孤帆影，草绿湖南万里情。东道若逢相识问，青袍今已误儒生"……（《小清华园诗谈》卷下）

储仲君曰：此诗状水乡初春乍阳乍晴之奇，得其神髓。故余成教击节称赏。而长卿初仕之喜悦，亦溢于字里行间。"青袍今已误儒生"者，终于入仕之谓也。拘于字面，难免失之胶柱鼓瑟。（《刘长卿诗编年笺注》第127页）

刘长卿的感时伤乱之作与贬谪之作中，常渗透苍凉凄楚或凄伤寂寞的情思，体现出中唐诗的时代气息和艺术风貌。但他的这首《别严士元》，却写得极细腻秀美、工稳流丽，富于情韵、风调之美。这大约跟他作诗时刚入仕途，尚未经历挫折，心境还比较轻松愉悦有关。

"春风倚棹阖闾城，水国春寒阴复晴。"起联点明别地别时和友人将要乘舟离去的情景。首句不过说春天泊舟苏州城外，却写得风华流丽，极饶风韵。用"阖闾城"来代称苏州，便已给这座千年古城增添了悠远的历史想象；不直说泊舟而曰"倚棹"，更形象地表现出友人倚棹伫立船头，即将启航而去的情景；再加上句首的"春风"二字，一幅在和煦摇漾的春风中倚棹姑苏古城、即将作别的图景已完整地展现在读者面前。次句集中笔墨，专写江南水乡春天乍暖还寒时的季候特征。"水国"是对"阖闾城"地理特征的进一步点明，亦与"倚棹"相应。江南水乡，气候湿润，遇到倒春寒时节，天气忽阴忽晴，变幻不定。这是对"水国春寒"特征的传神描写，也微妙地透露出即将与友人作别的诗人此际恍惚不定的情思。这个开头，为全篇定下了一个极具南国水乡柔美气息的基调。

"细雨湿衣看不见，闲花落地听无声。"颔联承"水国春寒"进一步描绘渲染季候特征与别时景物氛围。霏霏细雨，如烟似雾，如丝似缕，使人根本看不见它悄然降落，久而忽然感到衣裳湿润，这才知道它已经下了好一阵了。在春风细雨中，花静悄悄地飘落在地上，根本听不到它陨落的声音。这一联不但体物精细、对仗工切，而且创造出一种极富南国情调的闲静柔美意境。透过这一切，还可想象出一对友人长久伫立在江畔舟旁依依惜别、无言相对的情景。而诗人对这场在细雨春风中江边送别情景的诗意感受也将成为永远的记忆。

"日斜江上孤帆影，草绿湖南万里情。"腹联想象友人乘舟远去的情景和自己的殷殷送别之情。"江"指吴江，"湖"指太湖。友人当循吴江乘舟入太湖，到湖以南的某地任职。上句想象日斜时分，友人所乘的一叶孤帆循江而下，逐渐远去，直至消失于碧空尽头，下句进而想象友人的舟车横越浩渺的太湖，行驶在绿草如茵的湖南大地上，而自己的殷殷惜别之情和相思之意也一直伴随着直至天外。下句的情景类似王维的《送沈子福归江东》中的名句："唯有相思似春色，江南江北送君归。"而更凝练而含蓄。次句点明水国的春天气候特征是"阴复晴",故颔联承"阴"而写细雨落花,腹联承"晴"而写"日斜"孤帆远去之景。颔联意境闲静柔美,腹联意境阔大悠远,二者相济,更显示出情景意境的丰富多彩。

尾联由送友转到自己的境遇上来:"东道若逢相识问,青袍今日误儒生。"作诗时诗人刚入仕任长洲尉,对一个有抱负的士人来说,县尉自然非其素望,故临别时托友人告诉沿途延接的"东道主中与自己相识"者,我如今是一袭青袍,恐误平生素志了。这本是送别诗的常套,自谦中虽略寓感慨,却不必看得过于认真,自然也跟前六句的整个基调并不矛盾。

严 维

严维（？—约780），字正文，越州山阴（今浙江绍兴）人。天宝中应进士试未第。至德二载（757）登进士第，授诸暨尉。时年已四十余。宝应元年至大历五年间（762—770），入浙东观察使薛兼训幕，检校金吾卫长史，与鲍防等五十七人联唱，结集为《大历年浙东联唱集》。后闲居越州，与刘长卿过往唱酬甚密。大历十二年（777）入河南府尹严郢幕，兼河南县尉。官终秘书郎。约建中元年（780）卒。《全唐诗》录存其诗一卷，维之《酬刘员外见寄》的"柳塘春水漫，花坞夕阳迟"，传为名句，惜全篇不称。

送人入金华〔一〕

明月双溪水〔二〕，清风八咏楼〔三〕。
昔年为客处〔四〕，今日送君游。

校注

〔一〕唐江南东道有婺州东阳郡，治金华县。今浙江金华市。《全唐诗》校：诗题"一作赠别东阳客"。

〔二〕双溪，水名。《浙江通志》："双溪在金华县南，一曰东港，一曰南港。东港之源出东阳之大盆山，过义乌，合众流西行入县境，又合杭慈溪、白溪、东溪、西溪、坦溪、玉泉溪、赤松溪之水，经马铺岭石碕岩，下与南港会。南港之源出缙云之黄碧山，过永康、武义入县境，又合松溪、梅溪之水，经屏山西北行，与东港会于城下，故曰双溪。"双溪至金华南合为一，谓之东阳江。

〔三〕八咏楼，在金华市南隅，婺江北岸，旧名玄畅楼。南朝齐隆昌元年（494）沈约为东阳太守时所建。约有《登玄畅楼诗》，又曾作《八咏诗》"登台望秋月"等八首，题于玄畅楼，一时传诵，后人遂易其名为《八咏楼》。盛唐诗人崔颢有《题沈隐侯八咏楼》诗，有"绿窗明月在，青史古人空"之句。上句"明月"当与沈诗有关。

〔四〕昔，《全唐诗》校："一作少。"

黄生曰：气局完密，绝无一字虚设，几欲与"白日依山尽"作争衡。所逊者兴象微不逮耳。（《唐诗摘抄》卷二）

宋顾乐曰：绝句妙境多在转句生意。此诗转句入妙，觉上二句都有情。（《唐人万首绝句选》评）

俞陛云曰：凡人昔年屐齿所经，积久渐忘，忽逢故友，重履前尘，遂使钩游陈迹，一一潮上心头……人情恋旧，大抵相同。作者回首当年，双溪打桨，八咏登楼，宜有桑下浮屠之感也。（《诗境浅说》续编）

富寿荪曰：此因送人而回忆旧游。前半盛称金华胜境，后半慨叹不能重游。以曲折含蓄生姿。四句皆对，而语对意流。故能浑成一气，悠然不尽。（《千首唐人绝句》）

鉴赏

在唐人五绝中，有一类明白如话而又韵味深长的作品，每因其看似清浅而不为人所注意。严维的这首《送人入金华》和后面所选的权德舆《岭上逢久别者又别》便是明显的例证。

诗的内容极单纯：送一位友人到自己昔年曾游之地——金华去。乍看似极平常而乏诗意，但在诗人笔下，却写得音情摇曳、余韵悠长，能唤起一种人生的体验与感慨。

"明月双溪水，清风八咏楼。"前两句对起，写金华胜迹。作为一座历史悠久的古城，金华有众多的名胜古迹，其中具有地理标志意义的风景佳胜，便是双溪水；而最具文化内涵和诗人流风余韵的著名古迹，便是八咏楼。它们正是金华这座城市的"名片"，是它的风景佳胜和古迹的精华。而在它们之上分别冠以"明月""清风"，更形象地展现出在明月映照之下，荡舟双溪之上；在清风徐来之际，登楼览胜怀古的游赏之兴。虽只十个字，却是对金华胜迹和风貌的精练概括。

题为"送人入金华"，乍读似感这是向友人介绍金华的名胜风景之美。但如果真是这样，这开头两句便不免显得平常而缺乏情味。妙在第三句，承中忽转，顿辟新境；第四句再转作收，更饶余韵。

"昔年为客处"，金华的双溪水、八咏楼，都是自己昔年作客金华时的曾历之地，从这方面说，第三句对前两句是"承"；但对于今日送友人入金华而言，这"明月双溪水，清风八咏楼"已经成为一种逝去的记忆，从这方面说，它又是"转"，是由今日送君之游到遥忆昔日自己之游的"忽转"。这一转折，顿时使前两句的描述变为对昔年曾历情景充满诗意的追缅；紧接着第四句又从"昔年"再转回到"今日"，并以"送君游"回应题目，就势作收。在"昔年"与"今日"的对映中寓含着深长的情思与感慨。

一个人对昔日曾历之地的追忆，往往与自己昔日年华情事的追缅怀想联结在一起。诗人对"昔年为客处"的金华"明月双溪水，清风八咏楼"游赏情景的追忆，绝不仅仅是怀想这些风景名胜本身，而是同时追缅已经逝去的年华岁月、逝去的美好青春。在遥想追缅中，不仅将"双溪水""八咏楼"进一步美化、诗化了，也将自己逝去的岁月美化、诗化了。因此，这首诗的艺术魅力正在于今昔的对照中所寓含的对已经逝去的岁月的亲切记忆和诗意追缅。人生的美好生活体验，虽因年华消逝而不可重复，但可长存于美好的记忆之中。诗中有深长的感慨，却无浓重的感伤。

整首诗就像一篇忆昔游的长篇五古，刚开头就煞了尾。而它的深长余韵正主要有赖于这似乎煞不住却又就此作煞的结尾当中，无限情思，尽在不言之中了。

严维

韦应物

韦应物（约737—791），京兆杜陵（今陕西西安市东南）人。曾祖待价曾相武后。年十五，因门荫补右千牛卫。改羽林仓曹，授高陵尉、廷评。代宗广德元年（763）至永泰元年（765）任洛阳丞，因严惩不法军士被讼，请告闲居洛阳。大历六至八年（771—773），任河南府兵曹参军，九年为京兆府功曹参军，十三年为鄠县令，寻迁栎阳令，辞官居长安西郊沣上善福精舍。建中二年（781）除比部员外郎，三年出为滁州刺史，兴元元年（784）冬罢任闲居滁州西涧。贞元元年（785）转江州刺史，三年入为左司郎中。四年冬，出为苏州刺史，六年（790）遇疾终于官舍，州人为之罢市。白居易谓其五言诗"高雅闲淡，自成一家之体"，苏轼谓韦诗"发纤秾于简古，寄至味于澹泊"。其诗于平淡自然中别饶远韵，于朴素平易中时见流丽。有诗集十卷。今人陶敏、王友胜有《韦应物集校注》。生平仕历见丘丹撰《唐故尚书左司郎中苏州刺史韦君墓志铭并序》。

淮上喜会梁川故人〔一〕

江汉曾为客〔二〕，相逢每醉还。
浮云一别后〔三〕，流水十年间。
欢笑情如旧，萧疏鬓已斑〔四〕。
何因不归去〔五〕，淮上有秋山〔六〕。

校注

〔一〕淮上，淮河边。此指楚州（今江苏淮阴）。梁川，指流经梁州一带的汉水，即首句之"江汉"。均借指"梁州"。高步瀛《唐宋诗举要》引欧阳行周《上兴元尹仆射》"今日梁川草偏春"，谓"称兴元为梁川可证"。《唐诗品汇》作"梁州"。陶敏、王友胜《韦应物集校注》系此诗于大历四年（769）秋自京赴扬州经楚州时。

〔二〕江汉，本指长江、汉水。此实指汉水上游的梁州（今陕西汉中市）

一带。《元和郡县图志·兴元府》：南郑县："汉水经县南，去县一百步。"作此诗之前十来年，诗人可能曾客游梁州。

〔三〕旧题李陵《与苏武三首》之一："良时不再至，离别在须臾。屏营衢路侧，执手野踟蹰。仰视浮云驰，奄忽互相逾。风波一失所，各在天一隅。""浮云一别"从此化出。

〔四〕萧疏，稀疏。斑，此指头发花白。

〔五〕不，《全唐诗》原作"此"，校："一作不。"据改。

〔六〕有，《全唐诗》原作"对"，校："一作有。"据改。按：韦应物《登楼》五绝有句云："坐厌（正厌倦于）淮南守，秋山红树多。"可与此诗后二句相参。

谢榛曰：此篇多用虚字，辞达有味。（《四溟诗话》卷一）

周珽曰：人如浮云易散，一别十年，又如流水，去无还期。二语道尽别离情绪。他如"旧国应无业，他乡到是归"，其悲慨之思可见。又曰：起想昔时同游之雅，次叙今日阔别之怀。第五句顶首二句来，第六句顶次二句来，总见久别忽会，喜不胜情意。结以喜会而起归思，对故人语气不得不真切，如此而已。（《删补唐诗选脉笺释会通评林·中五律》）

黄生曰：（"浮云"二句）比赋句。硬装句。（"欢笑"二句）倒叙联。（"何因"句）设问为词。（"淮上"句）套装句。前后两截。前叙往事，后说目前。五、六必作倒叙看，始见人老兴不老。结言何因在淮上对秋山而不归去，此一问中，感故人之寂寞，赞故人之高旷，俱有。（《唐诗摘抄》卷一）

查慎行曰：五、六浅语，却气格高。（《瀛奎律髓汇评》卷八引）

纪昀曰：清圆可诵。（同上引）

沈德潜曰：（"淮上"句）语意好，然淮上实无山也。（《重订唐诗别裁集》卷十一）

无名氏曰：大抵平淡诗非有深情者不能为，若一直平淡，竟如槁木死灰，曾何足取！此苏州三首（按：指此首及《扬州偶会洛阳卢耿主簿》《月夜会徐十一草堂》），极有深情，所谓"看似寻常最奇崛，成如容易却艰难（辛）"也。（《瀛奎律髓汇评》卷八引）

黄叔灿曰：喜会故人，将旧游伴说。而十年流水，两鬓萧斑，说得惘然。乃淮上秋山，犹多系恋，情真语挚，自尔黯然。（《唐诗笺注》）

宋宗元曰：大音希声。（《网师园唐诗笺》）

张文荪曰：苏州诗摆脱陈言，独标风韵，三唐无一似者。此前略见一斑，须看其字字锤炼，神气何等简古。（《唐贤清雅集》）

冒春荣曰：以十字道一字者，拙也；约之以五字，则工矣。以五字道一事者，拙也；见数事须五字，则工矣。如韦应物"浮云一别后，流水十年间"，权德舆以"十年曾一别"（按：此《岭上逢久别者又别》首句）五字尽之。（《葚原诗说》）

王寿昌曰：结句贵有味外之味，弦外之音，言情则如……韦苏州之"何因不归去，淮上有秋山"……是皆"一唱而三叹，慷慨有馀音"者。（《小清华园诗谈》卷下）

胡本渊曰：（"浮云"二句）情景婉至。结意佳。（《唐诗近体》）

孙洙曰：一气旋折，八句如一句。（《唐诗三百首》）

高步瀛曰：似王、孟。（《唐宋诗举要》卷四）

鉴赏

这首五古写在旅途中与阔别十年的友人相遇时的欣喜与感慨交织的情怀。诗写得如同行云流水，自然流利，却具有深情远韵。

题内的"淮上"，字面上泛指淮河边；而在韦应物的诗里，常用作楚州（地处淮河南）的代称，除本篇外，《淮上即事寄广陵亲故》《淮上遇洛阳李主簿》诗中之"淮上"，均同指楚州。后诗中之"李主簿"指李瀚，曾为洛阳主簿，后归楚州（有《送李二归楚州》诗为证），此可作"淮上"指楚州之的证。或有以为"淮上"指滁州者，非。滁州离淮河甚远，与《淮上遇洛阳李主簿》"结茅临古渡，卧见长淮流"之语显然不合。又，沈德潜谓"淮上实无山"，然《淮上遇洛阳李主簿》有"寒山独过雁，暮雨远来舟"之语，《淮上即事寄广陵亲故》亦有"秋山起暮钟，楚雨连沧海"之句，与本篇"淮上有秋山"正合。

诗从十年前两人的梁州相逢叙起。"江汉"一词，可以泛指长江汉水流域，也可指作为长江最大支流的汉水的某一段，这里即指汉水上游的梁州一带。十年前，诗人曾在那一带客游，结识了这位题中未标姓名的朋友。虽是初次相识，却一见如故，倾心相许，"相逢每醉还"，彼此间关系之融洽，性情之豪爽，形迹之不拘，行为之浪漫，都于此简洁的勾画中可见。

"浮云一别后，流水十年间。"颔联从十年前的相逢突然跳到十年的阔别。十个字中，核心的字眼不过"一别""十年"四字，单纯从叙事的角度看，确实不妨将两句再简约为"一别忽十年"（姑不论平仄），但其所表达的情感和所蕴含的韵味却大为逊色。关键就在看似毫不起眼、平常得近乎熟套的"浮云""流水"四字所起的作用。"浮云"这一意象，既可用来象喻朋友间的离别（如注引李陵《别苏武》），又可用来象喻游子的飘荡。故"浮云一别后"，即可形象地表现两人梁州一别如两朵偶然相值的浮云，倏忽飘散，从此各在天一方，彼此不通音讯，如飘荡无依的浮云，辗转各地。相逢的偶然、离别的奄忽、身世之飘荡，均可于此五字中想象得之。"流水"的意象，历来用作时间流逝的象喻。当它和"十年"这个在通常情况下表示长久时间的单位联系在一起时，却发生了奇妙的变化，仿佛十年这样长久的时间就像流水一样，在不经意之间忽然消逝了。"十年"之长，因"流水"之形容，给读者的感受与印象却是短短的瞬间，这就自然寓含了人生短促、十年瞬间的深沉感慨。两句连接起来，概括了广远的时空，十年之中，彼此的行踪、际遇、心理与生理的变化，乃至世事的沧桑，尽管无一言具体涉及，却又无不包蕴其中。如此丰富的生活容量、感情容量，都如海纳百川似的蕴含在如此空灵而含蓄的十个字中，又如此地脱口道出，毫不着力，确实在艺术上臻于炉火纯青之境。

"欢笑情如旧，萧疏鬓已斑。"腹联从十年之别回到此次相逢的现境。"欢笑"句承次句，"萧疏"句承第四句。黄生说："五、六必作倒叙看，始见人老兴不老。"他的意思是，尽管彼此双鬓萧疏斑白，但重逢之际，欢情依旧，豪兴不减。这种理解自有一定道理和依据，但似乎忽略了重逢时感情的另一面。其实，按照两句中"情如旧"与"鬓已斑"的对应看，诗人要着重表达的恐怕是欢情虽如旧，而鬓发各已苍的这一面，即对别来十年彼此变化之大的感慨。这种在时代沧桑巨变大背景下的对个人身世经历变化的感慨，从杜甫的《赠卫八处士》等一系列诗作开始，至中唐而演为常调，屡见于诸多感时伤乱、感慨盛衰、以离合聚散为主题的诗作中，韦应物此作，虽未正面涉及时代，但十年之别，却离不开大的时代。即使单纯从朋友间的相逢、离别、重逢看，"喜会故人"的欣喜中也不可能没有时光流逝、人事沧桑变化的感慨。只是这种感慨并没有消除双方重逢的欣喜而已。因此，它给人的感受是虽有时光流逝、人事沧桑之慨，但这种感慨仍显得比较从容而通达，不致流于沉重的悲慨。

"何因不归去，淮上有秋山。"尾联是淮上重逢故人时诗人与故人间的问答。这位故人自梁州别后，辗转来到淮上楚州，可能已经有相当长一段时间了。因彼此萧疏鬓斑，故问起对方为何不归故乡，对方则回答说，这是因为淮上有秋山红树，秋光绚丽，足以使人流连。这一问一答，将故人的高情雅兴、旷达情怀都表达出来了，也使诗的结尾平添了摇曳生姿的风神和含蓄不尽的远韵。

自巩洛舟行入黄河即事寄府县僚友〔一〕

夹水苍山路向东〔二〕，东南山豁大河通〔三〕。
寒树依微远天外〔四〕，夕阳明灭乱流中〔五〕。
孤村几岁临伊岸〔六〕，一雁初晴下朔风〔七〕。
为报洛桥游宦侣〔八〕，扁舟不系与心同〔九〕。

校注

〔一〕巩洛，巩县与洛水。巩县（今河南巩义市）为唐河南府属县。洛水源出洛南县冢岭，东流经卢氏、长水、福昌、寿安、洛阳，至偃师与伊水会，复东北流经巩县，至洛口入黄河。即事，犹即景，面对眼前景物。府县，指河南府及其属县。诗人于广德元年（763）冬至永泰元年（765），任洛阳丞。此府县僚友当指河南府之属僚及洛阳县之僚友。诗作于代宗大历四年（769）秋。时诗人自长安经洛阳、楚州等地赴扬州。

〔二〕水，指洛水。《元和郡县图志·河南道·河南府》："巩县，古巩伯之国也……按《尔雅》'巩，国也'。四面有山河之固，因以为名。"

〔三〕豁，开。大河通，通向黄河。《元和郡县图志·河南道·河南府》：巩县："洛水，东经洛阳，北对琅邪渚入河，谓之洛口。亦名什谷。张仪说秦王'下兵三川，塞什谷之口'，即此地。"此句所叙即洛水入黄河的附近一带的山川地形。

〔四〕依微，隐约依稀貌。

〔五〕明灭，忽明忽暗，形容夕阳映照在动荡不定的波浪上闪烁不定的情状。

〔六〕几岁，犹何年，言其时间久远。伊岸，伊水岸边（实指伊洛合流后的洛水岸边，因此处宜平，故不用"洛"而用"伊"）。

〔七〕朔风，北风。时已秋令，故上言"寒树"，此言"朔风"。

〔八〕洛桥，指洛阳城内的天津桥。《元和郡县图志·河南道·河南府》：河南县："天津桥，在县北四里。隋炀帝大业元年初造此桥，以架洛水。以大缆维舟，皆以铁锁钩连之……然洛水溢，浮桥辄坏，贞观十四年更令石工累方石为脚。《尔雅》'箕、斗之间为天汉之津，故取名焉'。"洛桥游宦侣，即题内之"府县僚友"。

〔九〕扁舟，小船。《庄子·列御寇》："巧者劳而智者忧，无能者无所求，饱食而遨游，泛若不系之舟，虚而遨游者也。"此句谓自己的心境，就如同不停泊系岸的小舟一样，无所系恋牵挂，自由无拘。

笺评

郭濬曰：景与兴会，绝似盛唐。只"孤村"自露本色。（《增定评注唐诗正声》）

李攀龙曰：（"寒树"二句）饶有幽致。（"孤村"二句）造意辛苦，写景入微，然亦不做作。（《唐诗广选》）又曰：潇洒不乏法度。（《唐诗训解》）按：《汇编唐诗十集》此评引作蒋汉纪。

袁宏道曰："一雁初晴"语，入画。

唐汝询曰：此客中寄友也。前二联纪舟行之景，因念我与诸君离群，居孤村而临伊岸者数岁矣。今日而始通一书，且告之曰：君欲知我心绪何如，但如扁舟不系耳。（《唐诗解》卷四十四）

邢昉曰：韦诗别有一种至处，真色外色，味外味也。（《唐风定》）

金圣叹曰：（前解）读一、二，如读《水经注》相似，便将自洛入河一路心眼都写出来；又如读《庄子·外篇·秋水》相似，便将"出于涯涘""乃知尔丑"、向不"至于子之门"，实"见笑于大方之家"一段惭愧快活都写出来也。三、四"寒树""远天""夕阳""乱流"，言山豁河通后，有如许境界也。（后解）五、六方正双写末句"不系"之"心"也。"伊岸""孤村"，为时已久；"朔风""一雁"，现见初下。然而今日扁舟适来相遇，我直以为村亦不故，雁亦不新。何则？若言村故，则我今寓目，本自斩新；若言雁新，则顷刻舟移，又成故迹。此真将何所系心于其间也乎！（《贯华堂选批唐才子诗》卷三）

赵臣瑗曰：一，写自巩县至洛水，迤逦而来，不知几许道路。但俯而观水，水则绿也；仰而观山，山则苍也；及志其所向之路，路皆东也。一何潇洒乃尔！二，忽然而南，忽而山豁，忽而河通，遂换出一种苍茫浩荡之境界来。只此二语。已不是寻常笔墨。三、四但见远天之外有景依微，非寒树乎？乱流之中有光明灭，非夕阳乎？此真是乍出口时光景，固不得写向前边也。五、六，久之而后遇孤村，又久而后见一雁，此真是岸转风回时光景，固不得写向前边也。要之，皆从"扁舟不系"中领略其一二者。如此，又何尝有所沾滞眷恋于其间哉！七、八，为报游宦，使之猛省，而却借扁舟之不系，轻轻带出"心"字，立言之妙，一至于此。（《山满楼笺注唐诗七言律》）

王尧衢曰："为报洛桥游宦侣"，此即府县僚友，及现在仕宦者。"扁舟不系与心同"，心绪飘零，如舟之不系，因在舟行，故即扁舟以自况，是报语也。（《古唐诗合解》卷十）

吴昌祺曰："寒树"句可画，"夕阳"句非画所传矣。（《删订唐诗解》）

何焯曰：直叙由巩洛入河，非常笔力（首联评）。（《唐诗偶评》）

吴修坞曰：首二联俱写舟行之景。"孤村""临伊岸""一雁下朔风"，乃舟中所见，横插"几岁""初晴"成句。末联还题中"寄府县僚友"，玩末句，盖有心急于行，不及而别意，结句言此心与扁舟同不系也，特错综成句。"夹"字俗本作"绿"，非，惟其"夹"也，所以"豁"也，紧相唤。（《唐诗续评》卷三）

屈复曰：起亦高亮。三、四写景颇称。五、六又写景，皆成呆句。若将五、六写情，则与下"与心同"三字相应矣。然外貌可观。（《唐诗成法》）

沈德潜曰：（"寒树"句）画本。（"夕阳"句）画亦难到。"鹭鸶飞破夕阳烟""水面回风聚落花""菱荷翻雨泼鸳鸯"，同是名句，然皆作意求工，少天然之致矣。山水云霞，皆成图绘，指点顾盼，自然得之，才是古人佳处。（《重订唐诗别裁集》卷十四）

范大士曰：潇丽之中，范围自在。（《历代诗发》）

宋宗元曰：写景出于自然，此为天籁。（《网师园唐诗笺》）

纪昀曰：三、四名句，归愚所谓上句画句，下句画亦画不出也。（《瀛奎律髓刊误》）

许印芳曰：第六句亦佳。次联与首联不粘。（《律髓辑要》）（《瀛奎律髓汇评》卷三十四引）

张世炜曰：左司古体得柴桑之胜，七律亦具萧散之致，与佻染、哆悦者不同。（《唐七律隽》）

方东树曰：起叙行程破题，历历分明。中二联写景如画。五、六切地切时，其妙远似文房。收寄友。古人无不顾题、还题如是。（《昭昧詹言》卷十八）

王寿昌曰：唐人之诗，有清和纯粹可诵而可法者，如韦应物之"夹水苍山路向东……"（《小清华园诗谈》卷下）

鉴赏

这首以行旅为题材的七律，以清爽流利的笔调描绘由巩洛入黄河行舟所见沿途风光和由此引起的感受，诗情画意，融洽无间。

起联写"自巩洛舟行入黄河"的一段旅程。巩县四面有山河之固，故这一段的洛水，两岸连绵不断的山峦，一直随着山势向东延伸。着一"夹"字，形象地显示出两岸山峦紧束洛水的逼仄态势。忽然，东南方向的山峦像是被打开了一个缺口，豁然开朗，洛水与滔滔浩浩的黄河便在瞬间相会贯通了。"豁"字、"通"字，与上句的"夹"字紧相呼应，不但写出舟行从两岸皆山的逼仄之境进入山豁河通的广阔境界的过程，具有动态感、层次感和变化感，而且透露出诗人因景物境界变化而产生的惊奇感、舒畅感，虽叙行程，而景随程现，情寓其中。

"寒树依微远天外，夕阳明灭乱流中。"颔联承"山豁大河通"，描绘舟行黄河之上极目远望所见。河洛汇合后的黄河，水势突然加大，且已进入广阔无垠的平原地带，故极目东望，但见寒林一带，隐现于远天之外；时值傍晚，夕阳映照下的黄河波涛滚滚，光影闪烁，明灭不定。这一联向为评家所称道，认为上句可画，而下句画亦难到。这是因为，上句描绘的是静景，虽是在舟行过程中远望，但由于寒树依微于天外，故呈现在诗人前面的画面是静止不动的，不妨把它看作一幅远山寒树图。而下句所描绘的却是夕阳映波、光影闪烁、变幻不定的动景，这种变幻闪烁的景色，对于空间艺术的绘画，确实是画笔所难到。而"乱流"中的"乱"字，不但渲染出大河波涛滚滚、水流急骤而杂乱的态势，且对"夕阳明灭"起着加倍渲染的作用，给人一种眼花缭乱之感。这一联不仅写景极为出色，而且进一步将诗人目接此阔远壮美之境时那种舒畅自如的快感和兴会淋漓之情也表现出来了。

"孤村几岁临伊岸，一雁初晴下朔风。"腹联仍写舟行所见之景，但从颔联的远望转为回望、仰观。回望来路，但见孤村隐隐，远临伊洛之上；仰望天穹，但见初晴的秋空中，一只孤雁，迎着朔风盘旋而下。上句插入"几岁"二字，便化"孤村临伊岸"的空间画面为对遥远历史时间的想象；而下句"一雁"与广阔的晴空相映照，更衬托出空间的广阔。而"一雁"之乘朔风下晴空，固不免有些孤孑，却更显示出翱翔的自由无拘。

颔、腹二联，均为写景，而"寒树""夕阳""孤村""一雁""朔风"等景物，又多带有萧瑟孤凄的色彩，但这两联所创造的境界，却具有广阔悠远、壮美旷逸的特征，诗人的感情也并不黯淡低沉，而是透露出对广远时空的向往欣赏。上述带有萧瑟孤凄色彩的景物恰恰成了阔远之境的有机组成部分。

"为报洛桥游宦侣，扁舟不系与心同。"尾联应题内"寄府县僚友"，但它的主要作用却是自我抒情。全篇中直接抒情的句子只有末句"扁舟不系与心同"七个字，诗的成败与艺术上是否完整，在很大程度上取决于这句诗与前面所描写的景物及景中所寓之情是否密合。如果二者游离，则前六句的写景即使再出色，也不免有前后割裂之嫌，至少是有结尾敷衍了事之失，但从前三联的纪行写景看，其中所蕴含所透露的感情从总体上说，都是一种对广远时空境界的向往欣赏和舒畅愉悦的感受，这和末句所表现的无所牵挂、自由无拘的心境可以说完全合拍。因此，末句是对全篇所抒之情的集中揭示，也是对上六句景中所寓之情的概括，而"扁舟不系"之语仍紧扣"舟行"作结，更显得叙事、写景和抒情紧密结合。

写这首诗的时候，诗人因在洛阳丞任上严惩不法军骑而见讼，请告闲居，在仕途上遭遇挫折已有数年之久。末句用《庄子·列御寇》典，多少透露出以"无能者无所求"自命的牢骚，但"泛若不系之舟"的比喻所透露的却是他的旷达情性和对自由无拘生活的向往。

韦诗多古澹闲逸，此诗却通体清爽流利、明快畅达，而又具风调情韵之美，在韦诗中可称别调。

淮上即事寄广陵亲故[一]

前舟已眇眇[二]，欲渡谁相待？
秋山起暮钟，楚雨连沧海[三]。
风波离思满[四]，宿昔容鬓改[五]。
独鸟下东南[六]，广陵何处在？

韦应物

〔一〕淮上，淮河边，此指楚州。参《淮上喜会梁川故人》题注。广陵，即扬州。《旧唐书·地理志三·淮南道》："扬州大都督府……天宝元年改为广陵郡……乾元元年复为扬州。"亲故，亲戚故旧。扬州有诗人之兄，诗人离扬州时有《发广陵留上家兄兼寄上长沙》诗。又有友人卢庚，在扬州时有《寄卢庚》。此诗系大历五年（770）秋自扬州北归途经楚州时作。

〔二〕眇眇，杳远貌。

〔三〕沧海，大海，指东海。楚州系旧楚地，故称其地之雨为"楚雨"。

〔四〕满，《全唐诗》校："一作远。"旧题李陵《与苏武三首》之一："风波一失所，各在天一隅。"

〔五〕宿昔，犹旦夕，短时间之内。容鬓，容颜鬓发。曹丕《于清河见挽船士新婚与妻别》："与君结新婚，宿昔当别离。"鲍照《拟古八首》："宿昔改衣带，朝旦异容色。"

〔六〕鲍照《日落望江寄荀丞》："惟见独飞鸟，千里一扬音。推其感物情。则知游子心。"广陵在楚州之南稍偏东，此句"下东南"即指飞向广陵的方向。

1595

刘辰翁曰：（"楚雨"句）好句。（"风波"两句）两语足以极初别之怀。又曰："独鸟下东南"，偶然景，偶然语，亦不容再得。（《须溪先生校点韦苏州集》朱墨本）

桂天祥曰：（"广陵"句）用"在"字韵尤妙。（同上引）

唐汝询曰：此叙已客中寂寞也。言前舟已远而我不得渡，为无知己相待也。况暮景凄其，烟波满目，不惟离愁顿生，且觉容鬓改色。于是见孤鸟之飞而悟所思之地，若曰：惜无羽翼以相过耳。（《唐诗解》卷十）

周珽曰：苏州酬寄诸诗，洗净铅华，独标风骨，有深山兰菊花发不知之况。（《删补唐诗选脉笺释会通评林·中五古》）

陆时雍曰：起结佳。（《唐诗镜》卷三十）

王闿运曰：（"前舟"四句）此韦诗惯语，每见益新，不嫌空。（《手批唐诗选》）

高步瀛曰：神似宣城。（《唐宋诗举要》卷一）

韦应物大历四年（769）秋自京经巩洛、楚州赴扬州，第二年秋天从扬州返回洛阳，在扬州居留的时间正好一整年。扬州有他的兄长，还有像卢庾这样的朋友。返洛途中，舟行经楚州时怀念在扬州的亲人友朋，写了这首充满离思的五言短古。

开头两句写舟行至淮河边上的楚州时的情景。诗人自扬州乘舟沿漕渠（大运河自扬州至楚州的一段）北上，自楚州至泗州这一段，系利用淮河水道，水面远比漕渠宽阔，因此需要从楚州渡过淮河，再向西南方向舟行至泗州。行至楚州时，前面的舟船已经行驶得很远，杳不可即，淮河渡口只剩下了自己所乘的一叶孤舟，要想渡越淮河，却没有同行的舟船相待，结伴而行。这里所表现的是行舟途中前瞻后顾、帆影杳杳的孤寂感和茫然若失感。

"秋山起暮钟，楚雨连沧海。"正当欲渡未渡、孤子无伴之际，天色将暮，又下起了雨。河边的秋山古寺，响起了缓慢悠长的暮钟声，绵绵秋雨，洒向楚地，向东极望，但见一片蒙蒙，雨势直连大海。上句主要诉诸听觉，下句则诉诸视觉。秋山木落，本已给人以萧瑟之感；而在密密雨幕中透出的暮钟声，更增添一种悠远渺茫、幽寂孤清之感。那势连沧海的茫茫雨幕，笼盖天地，不仅使诗人所乘的一叶扁舟更显得孤子凄凉，而且增添了诗人的渺茫无着和黯淡孤清之感。以上四句，均为写景，着意渲染一种孤寂凄清、黯淡渺茫的氛围，以自然引出全诗的主意——"离思"。

"风波离思满，宿昔容鬓改。"密集的秋雨伴着劲厉的秋风，淮河上掀起了层波叠浪，诗人的心情也随之汹涌起伏，难以平静。周遭的景物、氛围，使自己的离情别绪充满了心胸，诗写到这里，才在层层渲染下引出主句——"风波离思满"。为了进一步渲染"离思"之浓重和强烈，又用"宿昔容鬓改"这种带有明显夸张色彩的诗句来突出它对自己精神上、容颜上的影响，仿佛短时间内就改变了容颜和鬓发。这一联主要是抒情，从表现的感情来看，"离思"既浓而烈，但诗在着笔时却显得相当从容、轻淡。用轻描淡写的笔调来表现浓郁的情思，正是韦诗的重要特征。

"独鸟下东南，广陵何处在？"尾联借回望来路所见景物，点明寄怀广陵亲故的题意。在风雨交加之中，一只孤独的鸟儿向东南方向飞去，那正是广陵（扬州）所在的方向，但暮色苍茫，风雨迷蒙，一切都笼罩在茫茫杳杳之中，自己所怀念的广陵以及在广陵的亲故又究竟在哪里呢？这个用设问语作收的结尾，在似结非结中留下了悠长的余味，诗人的怅然茫然之情也就自寓其中了。

韦应物喜欢写钟声，写雨丝，用以渲染氛围，创造意境，除本篇的"秋山起暮钟，楚雨连沧海"外，像《初发扬子寄元大校书》的"归棹洛阳人，残钟广陵树"，《赋得暮雨送李胄》的"楚江微雨里，建业暮钟时"，《登楼寄王卿》的"数家砧杵秋山下，一郡荆榛寒雨中"，都是著名的佳句，钟声的悠邈远韵和雨丝的凄其情致，都有助于渲染特定的氛围情调。韦应物当是运用这两种诗歌意象最得心应手的诗人之一。

登楼寄王卿〔一〕

踏阁攀林恨不同〔二〕，楚云沧海思无穷〔三〕。
数家砧杵秋山下〔四〕，一郡荆榛寒雨中〔五〕。

〔一〕王卿，名未详。诗集同卷有《郡斋赠王卿》云："无术谬称简，素餐空自嗟。秋斋雨成滞，山药寒始华。濩落人皆笑，幽独岁逾赊。唯君出尘意，赏爱似山家。"当与本篇为同时赠同人之作。陶敏、王友胜《韦应物集校注》谓"王卿，当是被贬至滁州者，名未详。大历建中中有太常少卿王统，王维弟，未知是此人否。"诗作于建中四年（783）秋任滁州刺史时。

〔二〕踏阁攀林，指攀援树木登山踏阶而上楼阁，登览胜景。恨不同，恨未能与王同登。

〔三〕楚云沧海，写登楼所见景物：楚云弥漫，遥连沧海。滁州楚地，故称所见之云为"楚云"。其地离东海不太远，故登楼可见楚云连接沧海的景色。"楚云沧海"与"楚雨连沧海"之境类似，不过易"雨"为"云"，省略"连"字而已。"思无穷"，思绪无穷，其中蕴含对王某的思念，但不止于此。

〔四〕砧杵，捣衣石与木杵，此指捣衣声。

〔五〕一郡，指滁州郡城。荆榛，丛生灌木。"一郡荆榛"，形容郡城的荒凉残破。

笺评

刘辰翁曰：高视城邑，真复如此。开合野兴正浓，正是绝意。复增两联，即情味不复如此。（《唐诗品汇》卷四十九引）

桂天祥曰：绝处二句，正是闻见萧瑟时寄王卿本意。刘评谓"野兴正浓"，尽（盖？）不识景象语。（《批点唐诗正声》）

顾璘曰：登楼愁思，宛然下泪。（《须溪先生校点韦苏州集》朱墨本附引）

杨慎曰：绝句四句皆时，杜工部"两个黄鹂"一首是也，然不相连属，即是律中四句也。唐绝万首，唯韦苏州"踏阁攀林恨不同"及刘长卿"寥寥孤莺啼杏园"两首绝妙，盖字句虽对而意则一贯也。（《升庵诗话》卷五）

唐汝询曰：韦时刺郡，而忆其友阁在林际，最为清幽。楚云沧海，天各一方，离思固自无极。又况听此砧杵，对此荆榛，不倍凄怆乎！此诗先叙情，后布景，是绝中后对法。（《唐诗解》卷二十八）

黄生曰：章法倒叙，以三、四为一、二。言当寒雨、砧杵时，踏阁攀林，恨故人不在。山长水远，悠悠我思亦无穷耳。（《唐诗摘抄》卷四）

宋宗元曰：（"数家"二句）凄凉欲绝。（《网师园唐诗笺》）

宋顾乐曰：先叙情，后布景，而情正在景中，愈难为怀。（《唐人万首绝句选》评）

富寿荪曰：下二句但写登楼闻见，而郡邑荒凉，怀人惆怅，俱在言外。（《千首唐人绝句》）

这首登临寄友的小诗，虽然写得很饶情韵，却遭到不少误解。无论是刘辰翁的"野兴正浓"，唐汝询的"楚云沧海，天各一方"，还是黄生的"章法倒叙"，都不符合实际。其中尤以"楚云沧海，天各一方"之解，至今仍为学者所沿用，影响相当深远。

起句写登楼的过程与不能和友人同登的遗憾。"踏阁攀林"，按正常词序，应为"攀林踏阁"，意即攀援树枝，登上山岭，沿着梯阶，踏上楼阁。四个字概括的是攀援上山，登上山顶的楼阁的过程，由于这是一首仄起的七绝，故为合律而改为"踏阁攀林"。往常登览出游，总是与友人携手同行，此次对方却因故未能一起攀登，少了同游的乐趣，故说"恨不同"。正由于未能同登，故有寄诗之事。

次句写登楼远望所见云雾弥漫绵延之景与深长的思绪。滁州古属楚地，故称这一带的云为"楚云"。登楼向东极望，但见云雾弥漫绵延，远连沧海，眼前是一片浩渺的云封雾锁的黯淡景色。本来就因友人不能同游而有所遗憾，登楼极望，又见此云雾连绵黯淡之景，不免更添愁绪。说"思无穷"，自然包含有对友人的深长思念，但无论是从本句"楚云沧海"、云封雾锁的黯淡之景，还是从三、四两句所描绘的凄清萧条之景来体味，这无穷的思绪又自不止怀友这一端。

这里需要顺便考辨一下王卿其人是否与诗人分居两地，天各一方。查韦集中，与王卿有关的诗，除本篇及注〔一〕所引《郡斋寄王卿》外，尚有《送王卿》《答王卿送别》《池上怀王卿》《陪王卿郎中游南池》《南国陪王卿游瞩》等多首，其中除《送王卿》一首可能作于韦在苏州刺史任上之外，其余各首均为韦任滁州刺史时作。从诸诗中"郡中多山水……相携在幽赏""鹡鸰俱失侣，同为此地游""兹游无时尽，旭日愿相将""元知数日别，要使两情伤"等诗句看，诗人与王卿系同住滁州，故常相携出游，偶有数日之别，也会感到情伤，故此次"踏阁攀林"之游，王卿未能偕游，方深以为憾事。因此，将"楚云沧海"说成是二人"天各一方"，显然不符合实际情况。又，前人或谓此诗"先叙情、后布景"，亦未全合。前二句固有"恨不同"

"思无穷"之语，但"踏阁攀林"之行程，"楚云沧海"之遥望，又何尝不是景物描写，至于后两句，景中寓情，自不待言。

"数家砧杵秋山下，一郡荆榛寒雨中。"三、四两句将眼光从遥望收回到俯视秋山下的郡城。只听得城中零零星星、断断续续传出了清亮的捣衣砧杵声，这声音，在带着萧瑟情调的秋山衬托下，显得分外凄清寂寥；环视郡城，但见寒雨潇潇，荆棘丛生，一片荒凉萧条景象。乍一看，可能会觉得诗人是用砧杵、秋山、荆棘、寒雨这一系列带有萧瑟凄清、荒凉冷落色调的物象所构成的氛围、意境，来表达因友人未能同游而产生的凄清寂寥情思。但联系诗人的特定身份——在任的滁州刺史，一郡的最高地方长官，特别是联系诗人在滁州的其他诗作，就会感到其中自有更深广的内涵。在写这首诗的头一年（建中三年，782）秋天，他在《答王郎中》诗中说："守郡犹羁寓，无以慰嘉宾……野旷归云尽，天清晓露新。池荷凉已至，窗梧落渐频。风物殊京国，邑里但荒榛。赋繁属军兴，政拙愧斯人。"所谓"邑里但荒榛"，正是这首诗所描绘的"一郡荆榛寒雨中"的荒凉破败景象。滁州虽未直接遭受战乱破坏，但长期战乱所造成的苛重赋税负担，却对这一带起着极大的破坏作用。如宝应元年（762）宰相元载严令追征江淮欠缴租庸，官吏公开掠夺民财。特别是建中二年，河北强藩联兵抗命，藩镇割据加剧；三年，河北、山东、淮西诸镇叛乱，李希烈、朱滔、田悦等结盟称王；四年正月，李希烈陷汝州。作此诗后不久（十月）又发生朱泚之乱。在这样一种动乱频繁的局势下，滁州因军兴赋繁，导致邑里荒榛、百姓逃亡的景象是必然的。诗人览眺郡城，不但会产生对百姓的同情怜悯，也自然会有"政拙愧斯人（民）""邑有流亡愧俸钱"的愧疚之情。秋天本是家家户户裁制寒衣的季节，如今秋山之下的郡城，只有"数家"零零落落地传出砧杵之声，可以想见因赋税繁重百姓流亡、人户稀疏的情景。只不过由于绝句主含蓄尚余韵，像其他诗体可以明白说出的那些感触、感慨就寓情于景，自在不言之中了。

诗从攀林登楼，写到登楼遥望楚云弥漫绵延，直至沧海之景，再到近瞰俯视郡城凄清荒凉之景，诗人的感情则由一开始的不能与友同游的遗憾，发展到"思无穷"，这无穷之思中，既有思念友人不得的凄寂，更有对郡邑荒凉景象的悲慨和忧念百姓、愧对斯民的复杂意绪。其佳处主要体现在三、四两句景中寓情、含蕴丰富、情韵深长上。全篇情与景均系顺叙，倒叙之说亦属错会。

寄李儋元锡〔一〕

去年花里逢君别，今日花开已一年〔二〕。
世事茫茫难自料〔三〕，春愁黯黯独成眠〔四〕。
身多疾病思田里〔五〕，邑有流亡愧俸钱〔六〕。
闻道欲来相问讯〔七〕，西楼望月几回圆〔八〕。

校注

〔一〕李儋，韦应物关系最密切的朋友。据《赠李儋侍御》诗，儋曾官殿中侍御史或监察御史。建中年间，曾在太原参河东节度使马燧幕。见韦《寄别李儋》诗，韦集中，有关李儋的诗有《赠李儋》《将往江淮寄李十九儋》《雪中闻李儋过门不访聊以寄赠》《善福阁对雨寄李儋幼遐》《赠李儋侍御》《寄李儋元锡》《送李儋》《寄别李儋》《酬李儋》等多首。元锡，洛阳人，字君贶。贞元十一年（795），为协律郎，山南西道节度推官。元和年，历衢州、苏州刺史，福建、宣歙观察使，授秘书监分司，以赃贬壁州，后为淄王傅，卒。详见《元和姓纂》卷四及岑仲勉《元和姓纂四校记》。韦集中，有关元锡的诗有《滁州园池燕元氏亲属》《南塘泛舟会元六昆季》《郡中对雨赠元锡兼简杨凌》《寄李儋元锡》《宴别幼遐与君贶兄弟》《送元锡杨凌》《月溪与幼遐君贶同游》《与幼遐君贶兄弟同游白家竹潭》《与元锡题琅琊寺》等多首，过从亦甚密。据陶敏、王友胜《韦应物集较注》，此诗系德宗兴元元年（784）春在滁州刺史任上作。参注〔二〕。或谓贞元初在苏州刺史任上作，误，参注〔八〕。

〔二〕建中四年（783）暮春，李儋曾至滁州看望韦应物。《赠李儋侍御》诗云："风光山郡（指滁州）少，来看广陵（扬州）春。残花犹待客，莫问意中人。"同年秋，有《寄别李儋》诗云："首戴惠文冠，心有决胜筹。翩翩四五骑，结束向并州。名在相公幕，丘山恩未酬……远郡卧残疾，凉气满西楼。想子临长路，时当淮海秋。"建中三年（782）秋，元锡曾来滁访韦应物，有《郡中对雨赠元锡兼简杨凌》诗及《滁州园池燕元氏亲属》诗。四年夏，有《南塘泛舟会元六昆季》诗。此二句叙与李、元二人之逢与别，当以

1601

与李之逢、别时间为主。去年花里，指建中四年春。今日花开，指兴元元年春。逢君别，逢君并作别。

〔三〕建中四年十月，诏泾原节度使姚令言率师东征。丁未，泾原军士入长安城，倒戈作乱。德宗出奔奉天。乱兵奉朱泚为帅，泚自称帝。朱泚军围攻奉天，浑瑊力战始得保全，至十一月奉天之围方解。兴元元年正月，李希烈仍称帝，国号大楚，以汴州为大梁府。二月，李怀光与朱泚通谋，反。德宗奔梁州。韦应物是年春有《京师叛乱寄诸弟》诗云："羁离守远郡，虎豹满西京……忧来上北楼，左右但军营。函谷行人绝，淮南春草生。"此句所谓"世事"，当包括从去年十月至今春的京师叛乱等战乱情事在内。茫茫，模糊不清貌。

〔四〕黯黯，沮丧忧愁貌。李商隐《自桂林奉使江陵途中感怀寄献尚书》："江生魂黯黯，泉客泪涔涔。"此"黯黯"，即黯然销魂之"黯然"。

〔五〕田里，犹故里、田园。《史记·汲郑列传》："黯（汲黯）耻为令，病归田里。"

〔六〕流亡，因战乱饥馑而逃亡流落到外地的百姓。

〔七〕问讯，慰问。《后汉书·清河孝王庆传》："庆多被病，或时不安，帝朝夕问讯，进膳药，所以垂意甚备。"或解曰"打听"，非。

〔八〕西楼，或指滁州城西门城楼。长安城在滁州之西。注〔三〕引《京师叛乱寄诸弟》有"忧来上北楼"，指郡城北门城楼似可类证。也有可能指所居郡斋之西楼。注〔二〕引《寄别李儋》诗有"远郡卧残疾，凉气满西楼"之句，则滁州亦有"西楼"，此"西楼"似指应物所居之郡斋西楼。高步瀛《唐宋诗举要》引《清统志》："江苏苏州府：观风楼在长洲子城西。龚明之《中吴纪闻》：唐时谓之西楼，白居易有《西楼命宴》诗。"文研所《唐诗选》从之，并将此诗系于唐德宗贞元初年韦应物任苏州刺史时。无论此"西楼"是指滁州西门城楼，还是指郡斋西楼，均在滁州无疑，非指在苏州者，苏州素称富庶，与"邑有流亡"之语亦不甚符。

1602

 笺 评

黄彻曰：韦苏州《赠李儋》云："身多疾病思田里，邑有流亡愧俸钱。"《郡中燕集》云："自惭居处崇，未睹斯民康。"余谓有官君子当切切作此语。彼有一意供租，专事土木而视民如仇者，得无愧此诗乎！（《碧

溪诗话》卷二）

刘克庄曰：有忧民之念。（《后村诗话》）

方回曰：朱文公盛称此诗五、六好，以唐人仕宦多夸美州宅风土，此独谓"身多疾病""邑有流亡"，贤矣。（《瀛奎律髓》卷六）

袁宏道曰：简淡之怀，百世下犹为兴慨。（刘辰翁校点、袁宏道参评《韦苏州集》）

王世贞曰：韦左司"身多疾病思田里，邑有流亡愧俸钱"，虽格调非正而语意亦佳，于鳞乃深恶之，未敢从也。（《艺苑卮言》卷四）按：李攀龙《古今诗删》卷十七选韦应物七律仅《自巩洛舟行入黄河即事寄府县僚友》一首。

胡震亨曰：韦左司"身多疾病思田里，邑有流亡愧俸钱"，仁者之言也。刘辰翁谓其居官自愧，闵闵有恤人之心，正味此两语得之。若高常侍"拜迎官长心欲碎，鞭挞黎庶令人悲"，亦似厌作官者，但语微带傲，未必真有退心如左司之一向淡耳。（《唐音癸签·谈丛一》）

谢榛曰：诗有简而妙者，若……张九龄"谬忝为邦寄，多惭理人术"，不如韦应物"邑有流亡愧俸钱"。又曰（律诗）八句皆淡者，孟浩然、韦应物有之。非笔力纯粹必有偏枯之病。（《四溟诗话》卷二）

田艺蘅曰："花""花"，"年""年"，妙。（《删补唐诗选脉笺释会通评林·中七律》引）

周启琦曰：此等真诗，我辈长愧。（同上引）

金圣叹曰：（前解）一、二，在他人便是恨别，在先生只是感时。何以辨之？盖他人恨别，皆以花纪别；今先生感时，乃以别纪花。以花纪别者，皆云"已一年"；今以别纪花，故云"又一年"也。三、四，"世事"，即花事也。"春愁"，即愁花也。花有何事？如去年开，今年又开，即花事也。花何用愁？见开是去年，见开又是今年，即花愁也。盖先生除花以外，已更无事，更无愁也，世上学道人，除"无常"二字以外，亦更无事，更无愁也。（后解）五、六，别无他意，只是以实奉告李、元二子，欲来即须早来，不然，我且欲去矣。相其七、八，情知此二子自是不怕花开人。看他分别欲来，而又愆期数月，此便是先生说无常偈。（《贯华堂选批唐才子诗》卷五）

王夫之曰：纯。（《唐诗评选》）

贺裳曰：韦诗皆以平心静气出之，故多近于有道之言。"身多疾病思田

里，邑有流亡愧俸钱。"宛然风人《十亩》《伐檀》遗意。（《载酒园诗话又编·韦应物》）

冯舒曰：圆熟却轻蒨。（《瀛奎律髓汇评》卷六引）

查慎行曰：村学小儿皆能读此诗，不可因习见而废也。（同上引）

吴乔曰：求《雅》于杜诗，不可胜举……韦应物之"身多疾病思田里，邑有流亡愧俸钱"。王建为田弘正所作之《朝天词》，罗隐之"静怜贵族谋身易，危惜文皇创业难"，皆二《雅》之遗意也。（《围炉诗话》卷二）

毛张健曰：中四句自述近况，寄怀意唯于起结处作呼应。然次句击动三、四，七句暗承五、六，又未尝不关照也。（《唐体肤诠》）

张世炜曰：此等诗只家常话，烂熟调耳。然少时读之，白首而不厌者，何也？与老杜《寄旻上人》之作，可称伯仲。（《唐七律隽》）

沈德潜曰：五、六不负心语。（《重订唐诗别裁集》卷十四）

何焯曰：（"今日花开"句）此句中暗藏"望"字。（《唐律偶评》）

纪昀曰：上四句竟是闺情语，殊为疵累。五、六亦是淡语，然出香山辈手便俗浅，此于意境辨之。七律虽非苏州所长，然气韵不俗，胸次本高故也。（《瀛奎律髓汇评》卷六引）

范大士曰：通首调达。（《历代诗发》）

黄叔灿曰：诗亦超脱。（《唐诗笺注》）

余成教曰：韦公性高洁，鲜食寡欲，所居焚香扫地而坐。其诗如……"身多疾病思田里，邑有流亡愧俸钱"，皆能摆去陈言，意致简远超然，似其为人。诗家比之陶靖节，真无愧也。（《石园诗话》卷一）

方东树曰：本言今日思寄，却追叙前此，益见情真，亦是补法。三句承"一年"之久，放空一句；四句兜回自己。五、六接写自己的怀抱。末始又今日"寄"意。（《昭昧詹言》卷十八）

许印芳曰：晓岚讥前半为"闺情语"，虽是刻核太过，然亦可见诗人措词各有体裁，下笔时检点偶疏，便有不伦不类之病。作者不自知其非，观者亦不觉其谬，病在诗外故也。（《瀛奎律髓汇评》卷六引）

胡本渊曰：有岁月如流，人事如昨之感。（《唐诗近体》）

吴汝纶曰：（"世事"二句）情景交融。（《唐宋诗举要》卷五引）

高步瀛曰：（"身多"二句）蔼然仁者之言。（《唐宋诗举要》卷五）

这首寄怀友人的七律，有以下几个突出的特点：一是题曰"寄"，且起结均抒怀念想望之情，但主要内容却是向友人倾诉自己的感慨和苦闷，全篇像是一封自诉情怀的诗体书信。二是感情极其真挚自然，仿佛从肺腑中流出。三是风格清畅闲淡，如行云流水，一气舒卷，虽为律体，实近古风。

首联从与对方的"逢"与"别"写起。建中四年（783）暮春，李儋曾来滁州看望韦应物，韦有《赠李儋侍御》诗，其后二人相别；元锡于建中三年秋，亦曾来滁探访应物，韦亦有《郡中对雨赠元锡兼简杨凌》诗，元锡在滁时间较长，四年夏犹与应物南塘泛舟。与二人之"逢"与"别"并不同时，但诗系同寄二人，故这里的"去年花里逢君别"自单指李儋，不必拘泥。次句接以"今日花开已一年"，以"今日"对"去年"，以"花开"应"花里"，以"已一年"承"逢君别"，似对非对，似重非重，出语流易清畅，构成一种萧散自然的风调韵致，而时光流逝之易与相念之情之殷均包蕴其中。这一联的句式，完全是七言古风的风调。

颔联却从"君"与我的逢与别跳开，单写自己的感慨和愁绪。纪昀可能是由于看到前四句有诸如"花里""逢君别""花开已一年""春愁黯黯独成眠"一类的词语诗句，而说它"竟是闺情语，殊为疵累"，恐怕是读后世闺情诗词（特别是清代女性诗词）而形成的惯性思维。其实这一联中的"世事"和"春愁"都离不开次句的"花开已一年"，因此它和次句乃是迹似断而神实连。"世事"一语，既可泛指人世间的一切情事，包括时代、社会和个人的情事，也可主要指时代的军事政治方面发生的大事。在"去年花里"到"今日花开"这一年里，发生了震动全国的朱泚之乱，德宗逃奔奉天，被叛军包围，形势极其危急；后又因李怀光与朱泚通谋，德宗再奔梁州。写这首诗时，长安仍为朱泚盘踞，安史之乱的情形似乎又在重演。这一切，都是诗人所未料及的；国事如此，诗人自己的前途命运自然也跟国事一样，茫茫不可知。故说"世事茫茫难自料"。这里所包蕴的，正是对国家、个人命运难以预卜的茫然感和忧伤感。下句的"春愁"承"今日花开"，但内容却绝非一般的时光流逝、年华将暮的哀愁，而是和"世事"变化紧密联结的忧国忧民之情。与此诗同时作的《京师叛乱寄诸弟》说："弱冠遭世乱，二纪犹未平。羁离官远郡，虎豹满西京，上怀犬马恋，下有骨肉情。归去在何时，流泪忽沾缨。忧来上北楼，左右但军营。函谷行人绝，淮南春草生。鸟鸣野田间，思忆故园行。何当四海晏，甘与齐民耕。"其中所抒发的忧世难未平、悯齐民未安、伤羁离难归、痛骨肉分离的感情，正是"春愁"所涵盖的感情内容。这种复杂的忧思，使自己情怀黯然，夜难成眠，着一"独"字，突出了羁离远郡的孤寂感和无奈感。这一联将世乱和家庭骨肉的分离、百姓的流离困苦、自身的前途命运不着痕迹地融为一体，对偶工整，而上下贯通。与上一联一气蝉联，如行云流水，略无停顿，而抒发的感慨与忧思却深挚而悠长。

"身多疾病思田里，邑有流亡愧俸钱。"腹联上句承"春愁黯黯"，写自己在国难家离的忧思难以消解的情况下，想到自己身多疾病，对时局又无能为力，因而产生归休田里的念头，下句承"世事茫茫"，说自己忝为州郡长官，因军兴赋繁，百姓逃亡流离，却又无能为力，深感有愧于官吏的俸钱。话说得很平淡，仿佛脱口道出，却极真挚朴实，道出了一个有良心有同情心的官吏，在面对国忧民困的现实时无力改变现实状况的自愧自责。由于这一联所抒写的感情在封建社会的一部分士人官吏中具有很大的普遍性和典型性，充分表现了他们既同情百姓又无力改变其现实处境的矛盾苦闷情绪，因而引起历代文士的共鸣。特别是由于诗人在抒写上述矛盾苦闷时，完全出自内心，出语真率自然，"无一字做作"，故读来倍感亲切，感到与诗人在精神上可以毫无距离的沟通。这种境界，最近陶诗之平淡真切、情味隽永。需要注意的是，诗人之所以思归田里，从诗面看似因"身多疾病"而起，但实际上真正的原因却缘"邑有流亡"所致。在滁州任上所作的另一首《答崔都水》诗中说："氓税况重叠，公门极熬煎。责逋甘首免，岁晏当归田。"可见他的"思田里"之情主要还是由于作为地方官，不忍心向百姓催缴酷重繁多的赋税，与其被责免官，不如干脆归居田里，以免忍受内心的煎熬，故上下两句，虽似单行，意自互补。

在这种忧思苦闷难以消释的情况下，对友人的思念更加深切。尾联遂由一开头的因"逢君别"引起的怀念，进一步发展为对友人前来相会的热切期盼："闻道欲来相问讯，西楼望月几回圆。"听说你俩有意前来慰问我这个羁守远郡、处境困难、心情苦闷的朋友，我已屡上西楼，翘首以待，但西楼之月已经数回圆，我们间的聚会却到现在还未实现。月儿圆而友人未来，是由于战乱道路的阻隔，还是由于别的原因，诗人没有说，也不必说。给读者留下想象的空间，情味更显得隽永。

寄全椒山中道士〔一〕

今朝郡斋冷，忽念山中客〔二〕。
涧底束荆薪〔三〕，归来煮白石〔四〕。
欲持一瓢酒，远慰风雨夕。
落叶满空山，何处寻行迹？

校注

〔一〕全椒，唐淮南道滁州属县，今属安徽滁州市。宋王象之《舆地纪胜》："淮南东路滁州：神山在全椒县西三十里，有洞极深。唐韦应物《寄全椒山中道士》诗，即此道士所居也。"未知所据，录以备参。诗作于兴元元年（784）秋任滁州刺史时。

〔二〕山中客，指全椒山中道士。

〔三〕束，《全唐诗》校："一作采。"荆薪，荆条柴木。

〔四〕煮白石，旧传神仙、方士煮白石为粮，借以指道士修炼。葛洪《神仙传·白石先生》："常煮白石为粮，因就白石山居。"庾肩吾《东宫玉帐山铭》："煮石初烂，烧丹欲成。"

笺评

许顗曰：韦苏州诗云："落叶满空山，何处寻行迹。"东坡用其韵曰："寄语庵中人，飞空本无迹。"此非才不逮，盖绝唱不当和也。如东坡《罗汉赞》云："空山无人，水流花开。"还许人再道否？（《彦周诗话》）

洪迈曰：韦应物在滁州，以酒寄全椒山中道士，作诗曰……其为高妙超诣，固不容夸说，而结尾两句，非复语言思索可到。东坡在惠州依韵作诗寄罗浮邓道士云："一杯罗浮春，远饷采薇客，遥知独醉罢，醉卧松石下。幽人不可见，清啸闻月夕，聊戏庵中人，空飞本无迹。"刘梦得"山围故国周遭在，潮打空城寂寞回"之句，白乐天以为后之诗人无复措词。坡公仿之曰："山围故国空城在，潮打西陵意未平。"坡公大才，出语惊

世，如追和陶诗，真与之齐驱。独此二者，比之韦、刘为不侔，岂绝唱寡和，理自应尔耶？（《容斋随笔》卷十四）

刘辰翁曰：其诗自多此景意，及得意如此亦少。妙语佳言，非人意想所及。（《韦孟全集》引。《唐诗品汇》卷十四引前两句，未标评点者）

王世贞曰：韦左司"今朝郡斋冷"，是唐选佳境。（《艺苑卮言》卷四）

桂天祥曰：全首无一字不佳，语似冲泊，而意兴独至，此所谓"良工心独苦"也。（《批点唐诗正声》）

钟惺曰：此等诗，妙在工拙之外。（《唐诗归·中唐二》）

唐汝询曰：此言道士炼药山中，我欲载酒以访之，唯恐莫能寻其行迹。盖状其所居之幽僻也。（《唐诗解》卷十）

袁宏道曰：妙人妙语，非人意想所及。（张习刻本《须溪先生校点韦苏州集》引）

周敬曰：通篇点染，情趣恬古。一结出自天然，若有神助。（《删补唐诗选脉笺释会通评林·中五古》）

邢昉曰：语语神境。作者不知其所以然，后人欲和之，知其拙矣。（《唐风定》卷五）

吴乔曰：语贵和缓优柔，而忌率直迫切……韦苏州《寄全椒道士》及《暮相思》亦止八句六句，而词殊不迫切，力量有馀也。（《围炉诗话》卷三）

张谦宜曰：《寄全椒山中道士》，无烟火气，亦无云霞光。一片空明，中涵万象。（《䌷斋诗谈》卷五）

沈德潜曰：化工笔。与渊明"采菊东篱下，悠然见南山"妙处不关语言意思。（《重订唐诗别裁集》卷三）

宋宗元曰：妙夺化工。（《网师园唐诗笺》）

张文荪曰：东坡所谓"发纤秾于简古，寄至味于淡泊"者，正指此种。（《唐贤清雅集》）

方南堂曰：所谓"语不惊人死不休"者，非奇险怪诞之谓也。或至理名言，或真情实景，应手称心，得未曾有，便可震惊一世……韦应物之"欲持一瓢酒，远慰风雨夕。落叶满空山，何处寻行迹"，高简妙远，大音希声。所谓舍利子是诸法空相，非惊人语乎？若李长吉，必藉瑰辞险语以惊人。此魔道伎俩，正仙佛所不取也。（《辍锻录》）

施补华曰：《寄全椒山中道士》一作，东坡刻意学之而终不似。盖东坡用力，韦公不用力；东坡尚意，韦公不尚意，微妙之旨也。（《岘佣说诗》）

王闿运曰：超妙极矣，不必有深意，然不能数见，以其通首空灵，不可多得也。（《手批唐诗选》）

高步瀛曰：一片神行。（《唐宋诗举要》卷一）

鉴赏

如果要从近六百首韦诗中选出一首最能体现诗人胸襟气质、个性风神的作品，这首《寄全椒山中道士》无疑是首选。它的高妙之处，就在于纯任天然，纯凭诗性思维的自然流动，不加任何雕饰，一片神行，不可复制。虽通篇淡淡着笔，而所寄对象和诗人自己的风神毕现，所创造的清寂悠远而又充满人情味的意境更令人神远。在整个唐代诗人中，能创造出这种近于天籁式作品的，大约只有李白，尽管他们的个性似乎迥不相同。

"今朝郡斋冷，忽念山中客。"起二句自然淡远，如叙家常。身在郡斋，心念山中。"郡斋冷"的"冷"字，写的是一种复合的感觉，既是寒秋季节那种袭人的寒冷，又透出郡斋的清冷空寂，而由天气的寒冷与环境的冷寂所引起的心境的冷寂也隐隐传出。如此丰富的意蕴，只用极平常随意的一"冷"字便全部包括，却毫不着力，像是随口说出。这样的天气、环境氛围和心境，最易引起对友人的怀念。而所"念"的对象却是一位"山中客"——"全椒山中道士"。韦应物在地方官任上，多与方外之士交往，这自然与他高洁恬淡的个性密切相关，这些方外之士也就成为郡斋中的常客。《宿永阳寄璨律师》写道："遥知郡斋夜，冻雪封松竹。时有山僧来，悬灯独自宿。"即使诗人因事离郡斋外出，这些方外之友也时来独宿。从"山中客"这个称谓可以看出，这位全椒山中道士也是滁州郡斋中的常客之一。因此，诗人在寒冷空寂的环境氛围和清冷寂寞的心境中心念"山中客"，就显得非常自然，句首的那个"忽"字，下得既飘忽又自然，仿佛"忽"然想到却又自然会想到，诗人淡泊恬静的性格和对山中客的关切怀念都从中隐隐透出。

"涧底束荆薪，归来煮白石。"三、四两句紧承次句，遥想"山中客"的生活情景：从山涧深谷采集捆扎了荆条柴枝，回到所居之处来烧煮白石。"煮白石"本是道士的修炼方式之一，用它来点明"山中道士"的身份、点缀其日常生活情景，自很贴切。但诗人在这里主要想表现的是一种远离尘俗、清寂淡泊的生活品格、精神追求，一种清高自守的风貌。"煮白石"与其说是具体的修炼方式，不如说是清高绝尘精神风貌的象征。在遥想中，诗人的向往欣羡之情也自然蕴含其中。

"欲持一瓢酒，远慰风雨夕。"山中的生活，是高洁绝尘的，也是清冷空寂的。诗人由"今朝郡斋"之"冷"，联想到"山中"之"冷"，因此自然产生持一瓢酒远慰在风雨寒秋之夕寂处山中的友人的念头。应物诗中，有《寄释子良史酒》《重寄》《答释子良史送酒瓢》一类的诗，其中有"秋山僧冷病，聊寄三五杯"之句，可见寄酒或持酒给方外僧道之事时有之，并非一般的应酬之词。从"远慰风雨夕"之句，可以想象诗人在风雨之夕，与山中客对床共话的诗意场景。前两句将山中客的生活与精神风貌渲染得那样清高绝尘，仿佛不食人间烟火，这两句却将对友人的怀念与关切写得那样充满了温煦亲切的人情味。二者相映相衬，展现的境界既清静幽寂，又温暖安恬，这也正是诗人心灵世界的全面展示。

"落叶满空山，何处寻行迹？"结尾紧承五、六两句，仍写遥想中的情景：值此风雨寒秋之夕，萧萧落叶，布满了整座空寂的山林，山中人行踪本就飘忽不定，又哪里能从落叶满径中寻找你的行迹呢？这种诗句是绝不能从字面上去寻求它的含意的，以为诗人是欲寻山中友人而担心寻找不到，或者是为欲前往山中而终未去找原因，死于句下，不免把诗境破坏无遗。诗人的真意是通过诗意的想象创造出一种较前面所描写的情景更加空灵悠远、令人神远的意境。它所表现的与其说是寻而不可得的失落和茫然，不如说是对这种空灵缥缈、杳远难寻的境界的神往。诗的实际艺术效果也正是引导读者对"落叶满空山"之境的欣赏与陶醉。这首诗的超妙绝诣，固然与整体的浑融完美、一片神行密切相关，但关键却在此一结，它把诗的境界提升到了一个更高远缥缈的层次。

秋夜寄丘二十二员外〔一〕

怀君属秋夜〔二〕，散步咏凉天。
山空松子落，幽人应未眠〔三〕。

校注

〔一〕丘二十二员外，丘丹，苏州嘉兴（今属浙江）人，丘为之弟。大历初年在越州浙江观察使薛兼训幕，与严维、鲍防等唱和联句。曾任诸暨令，贞元三年（787）后以检校尚户部员外郎兼侍御史在浙西观察使王玮幕为从事。后归隐杭州临平山。卒年在贞元七年十一月之后，此诗作年，陶敏、王友胜《韦应物集校注》系贞元五年（789）秋韦应物任苏州刺史时。但其时丘丹似已在临平山学道，故有"山空"之语。贞元六年夏秋间，应物有《送丘员外还山》《重送丘二十二还临平山居》诗，此诗当在上二诗之后作。

〔二〕属，适逢，正值。

〔三〕山，指临平山。幽人，指丘丹。时丹在山中隐居学道，故称。

笺评

刘辰翁曰：寄丘丹如此，丹答云："露滴梧叶鸣，风秋桂花发。中有学仙侣，吹箫弄山月。"更觉句句着力。（张习刻本《须溪先生校点韦苏州集》）

《韦孟全集》：幽情淡景，触处成诗，苏州用意闲妙若此。

顾璘曰：此篇后一句佳。（朱墨本《须溪先生校点韦苏州集》引）

蒋仲舒曰：浅而远，自是苏州本色。（《唐诗广选》）

唐汝询曰：凉天散步，叙己之离怀；松子夜零，想彼之幽兴。（《唐诗解》卷二十三）又曰：以我揣彼，无限情致。（《汇编唐诗十集》）

杨逢春曰：中唐五言绝，苏州最古。《寄丘员外》作，悠然有盛唐风貌。三、四想丘之思己，应念我未眠，妙在含蓄不尽。（《唐诗绎》）

徐增曰：怀君适在秋夜，天凉可爱，惟散步庭际，以咏怀君之诗。于是趁笔写到员外身上去，曰：君今在空山，人境两寂之际，松子间落，林中有声，幽人亦应散步未眠也。幽人，正指员外。员外若非幽人，则苏州亦不必寄怀矣。（《而庵说唐诗》卷九）

吴烶曰：孤怀寂寞，谁与唱酬？忽忆良朋，正当秋夜散步庭院之际，吟诗寄远，因念幽居，想亦未眠，以咏吟为乐，书去恍如觌面也。情致委曲，句调雅谈。（《唐诗选胜直解》）

朱之荆曰：妙在第三句宛是幽人，故末句脱口而出。（《增订唐诗摘抄》）按：吴修坞《唐诗续评》卷二评曰："前二句己况，后二句忆丘。妙在第三句宛是幽人，故末句脱口而出。"此书题"吴修坞续评，朱之荆集注"。

沈德潜曰：（末二句）幽绝。（《增订唐诗别裁集》卷十九）

宋顾乐曰：淡而远，是苏州本色，第三句将写景一衬，落句便有情味。（《唐人万首绝句选》评）

宋宗元曰：悠然神往。（《网师园唐诗笺》）

施补华曰：韦公"忆君属秋夜"一首，清幽不减摩诘，皆五绝之正眼法藏也。（《岘佣说诗》）

刘拜山曰："山空"二句，遥想丘丹山居秋夕情景，写足相怀之意，弥见真挚。（《千首唐人绝句》）

罗宗强曰：王维的诗，在宁静明秀的境界中，蕴含着一种对于生活的美丽热烈向往，那是盛唐精神风貌的产物。韦应物的诗，也表现宁静的境界，但在宁静的境界中，却有一种寂寞冷落之感，有一种世外之思……《秋夜寄丘二十二员外》……在寂静之中笼罩着一重淡远冷落的情思，明显地表现出他对寂寞淡泊生活的向往之情。（《唐诗小史》）

鉴赏

这首寄怀友人小诗，笔调闲淡委曲，意境清幽悠远，写得非常富于韵味。

前幅写自己秋夜怀人的情景。首句"怀君属秋夜"点明全诗主意，提挈通篇内容。"怀君"点人，兼顾怀人的自己和所怀的对象；"秋夜"点明怀人的特定季候。"怀君"与"秋夜"之间，着一"属"字，用笔轻淡，似不经意，却显示出"秋夜"这特定的背景与"怀君"之间存在着复杂的联系，引发读者多方面的联想：既因秋夜的凄清静寂而益增怀君之情，又因怀君而不得见益感秋夜的凄其寂寥。也可理解为：既因秋夜的清幽寂静而倍感怀人的别样情趣，又因这别样的情趣而倍感秋夜的清幽寂静之美。两种不同的联想，并不互相排斥，完全可以并存互补，从而使诗情更加丰富，诗味更加隽永。

次句"散步咏凉天"，承首句进一步写自己的行动：凉夜吟诗。"凉天"承"秋夜"。因为怀君而不得见，故于凉夜散步闲庭，吟咏诗篇。所咏之诗，自为即凉夜之景而赋，故曰"咏凉天"。咏诗既为自遣，亦以寄友，故此句实暗寓题内"寄"字。从这句诗的自在轻松口吻看，诗人的凉夜吟诗寄友，情绪并不凄其伤感，而是透露出一种萧散自得的情趣。这一点，从丘丹的答诗所表现的情趣亦可参悟。

"山空松子落，幽人应未眠。"后幅由前幅的写自己秋夜怀人吟诗转写对方此夜的情景，前幅是实写眼前景况，后幅却是虚写遥想中友人的况况。时虽同属"秋夜"，地则一在苏州，一在临平山中。韦应物的寄怀之作，多遥想对方情景，如《宿永阳寄璨律师》："遥知郡斋夜，冻雪封松竹。时有山僧来，悬灯独自宿。"以"遥知"二字领起，通篇均写遥想中璨师夜宿郡斋情景。《寄全椒山中道士》："今朝郡斋冷，忽念山中客。涧底束荆薪，归来煮白石。欲持一瓢酒，远慰风雨夕。落叶满空山，何处寻行迹？"则以"忽忆"二字领起三、四、七、八句对"山中客"生活及行踪的遥想。《寒食寄京师诸弟》："雨中禁火空斋冷，江上流莺独坐听。把酒看花想诸弟，杜陵寒食草青青。"前三句均写自己，而以"想诸弟"三字引出对远在长安的诸弟寒食节情景的想象。而此诗前二句写己，后二句写对方，以"应"字略透遥想之意。以上诸例，遥想的内容占全篇的比重各不相同，所创造的意境亦各有特点，但都能收言外远神之效，可见这是诗人运用得非常纯熟而成功的一种艺术手段。就本篇来说，遥想所表现的，主要是是一种幽情高致，而"山空松子落"则正是表现幽情高致的关键诗句。"山空"之"空"，传达的是一种空旷静寂的氛围。夜静山空，万籁俱寂，静寂中仿佛连松子悄然落地的声音都可感知。这一句虽未直接写到人，但静听松子之落的人却已呼之欲出。故第四句就势转出"幽人应未眠"，便显得水到渠成。这位"未眠"的"幽人"此刻正在欣赏这山中秋夜方有的幽静境界而流连忘寝吧。这一遥想，既表现了"幽人"的高情幽致，也深一层地表现了诗人对友人的怀想。而荡漾于遥想境界之外的，更有一层彼此之间情趣相通的欣喜，套用苏轼的话，那就是：秋夜幽景，何处无之，但少幽人如君我二人共赏之耳。

赋得暮雨送李胄〔一〕

楚江微雨里〔二〕，建业暮钟时〔三〕。
漠漠帆来重〔四〕，冥冥鸟去迟〔五〕。

海门深不见〔六〕，浦树远含滋〔七〕。

相送情无限，沾襟比散丝〔八〕。

校注

〔一〕凡摘取古人成句为诗题，题首多冠以"赋得"二字。科举考试之诗题，因多取成句，题前多冠以"赋得"二字。亦应用于应制之作及诗人集会分题。后遂将"赋得"视为一种诗体，即景赋诗者亦往往以"赋得"为题。此诗即属于最后一种情况，即以"暮雨"即景为题送李胄。李胄，字恭国，赵郡（今河北赵县）人，李昂之子。贞元十二年（796）在鲁山令任上。迁户部员外郎，终官比部郎中。陶敏、王友胜《韦应物集校注》谓"诗约大历七八年在洛阳作""诗中所叙均为揣想悬拟之辞，非眼前实有之景"。但诗中"楚江""建业""海门"均为实有之地，似为在建业送李胄乘舟东下即景之作。作年不详。

〔二〕楚江，建业（今南京）一带，古为吴头楚尾之地，故称这一带的长江为楚江。李白《望天门山》有"天门中断楚江开"之句，天门山离南京不远。

〔三〕建业，今江苏南京市。《元和郡县图志·江南道一·润州上元县》："本金陵地。秦始皇时望气者云：'五百年后，金陵有都邑之气。'故始皇东游以厌之，改其地曰秣陵。""建康故城，在县南三里。建安中改秣陵为建业，晋复为秣陵。孝武帝又分秣陵水北为建业，避愍帝讳，改名建康。"建康多南朝古寺，故曰"暮钟"。

〔四〕漠漠，迷蒙貌。杜甫《茅屋为秋风所破歌》："俄顷风定云墨色，秋天漠漠向昏黑。"

〔五〕冥冥，昏暗貌。《诗·小雅·无将大车》："无将大车，维尘冥冥。"蔡琰《悲愤诗》："沙漠壅兮尘冥冥，有草木兮春不荣。"

〔六〕海门，此指长江入海口。《元和郡县图志·江南道一·润州丹徒县》："北固山，在县北一里，下临长江，其势险固，因以为名……宋高祖云：'作镇作固，诚有其绪。然北望海口，实为壮观，以理而推，固宜为顾。'"海口，即海门。李涉《润州听暮角》："惊起暮天沙上雁，海门斜去两三行。"《镇江府志》："焦山东北有二岛对峙，谓之海门。"《古今图书集成·职方典·镇江府》："焦山在郡城东九里大江中,与金山并峙……山之馀支东出分峙于鲸波淼淼中,曰海门山。"

〔七〕浦树,《元和郡县图志·江南道一·润州丹徒县》："东浦,亦谓之润浦,在县东二里,北流入江。隋置润州,取此浦为名也。"指润浦附近的树。滋,润泽、水分。

〔八〕沾襟,兼指暮雨与泪。张协《杂诗》:"密雨如散丝。"王维《齐州送祖三》:"送君南浦泪如丝。"鲍照《代君子有所思》:"丝泪毁金骨。"

 笺评

曾季貍曰:唐人诗用"迟"字皆得意……韦苏州《细雨》诗:"漠漠帆来重,冥冥鸟去迟。"亦佳句。(《艇斋诗话》)

苏庠曰:余每读苏州"漠漠帆来重,冥冥鸟去迟"之语,未尝不漠然而思,喟然而叹。磋乎!此余晚泊江西十年前梦耳。自余奔窜南北,山行水宿,所历佳处固多,欲求此梦,了不可得。岂兼葭苍苍,无三湘七泽之壮;雪篷烟艇,无风樯阵马之奇乎?抑吾自老矣,壮怀销落,尘土坌没,而无少日烟霞之想也?庆长笔端丘壑,固自不凡,当为余图苏州之句于壁,使余隐几静对,神游八极之表耳。(《苕溪渔隐丛话·前集》卷十五引《后湖集》)

刘辰翁曰:题古,赠别分题如此亦可观。(张习刻本《须溪先生校点韦苏州集》)

方回曰:三、四绝妙,天下诵之。(《瀛奎律髓》卷十七)

顾璘曰:咏物更无此篇。(《批点唐音》)

李维桢曰:从来咏物佳句,夸此为最。又曰:"丝丝"别离语,道得宛切。又曰:"帆来""鸟去",亦因时之所见以为言耳。(《唐诗隽》)

谢榛曰:梁简文曰:"湿花枝觉重,宿鸟羽飞迟。"韦苏州曰:"漠漠帆来重,冥冥鸟去迟。"……虽有所祖,然青愈于蓝矣。(《四溟诗话》卷一)

袁宏道曰:起甚佳,馀复称是。(刘辰翁校点、袁宏道参评《韦苏州集》)

周珽曰:"楚江""建业",分去、住两地言。值此微雨里,正当彼暮钟时也。帆带雨觉重,鸟冒雨飞迟,雨中实景,用"漠漠""冥冥"四字,便见精神。五、六写雨亦真。上二句举近所睹言，下二句举远莫辨言。总不说"暮"字景象。结见雨中送人，有不堪为情意。（《删补唐诗选脉笺释会通评林·中五律》）

郭濬曰：神骨耸峭。（《增定评注唐诗正声》）

查慎行曰：三、四与老杜"湛湛长江去，冥冥细雨来"各极其妙。（《初白庵诗评》）

纪昀曰：净细。（《瀛奎律髓汇评》引）

沈德潜曰：（"沾襟"句）关合。（《重订唐诗别裁集》卷十一）

宋宗元曰：双起点题。（《网师园唐诗笺》）

吴瑞荣曰：通首无一语松放"暮雨"。此又以细切见精神者。苏州之不可方物如此。（《唐诗笺要》）

李因培曰：冲淡夷犹，读之令人神往。（《唐诗观澜集》）

鉴赏

韦诗风格清澹闲逸，写景大都不事刻画，重远韵远神，近于陶诗之写意。这首题为《赋得暮雨送李胄》，却对暮雨作精细工切的描绘刻画，以至诗评家纷纷以"咏物更无此篇""咏物佳句，夸此为最""净细"称之，却似乎忘记了这原是一首即景送别的诗。诗的好处，在于将咏物、写景、抒情融为一体，通过对暮雨中景物的精细描绘，烘染出特定的送别氛围，以表达诗人在暮雨中送别时深挚微妙的情思。咏物写景，只是诗人抒写别情的一种手段。从表情的深挚微妙看，仍具有韦诗富情韵、重远神的特点。

"楚江微雨里，建业暮钟时。"起联点明送别的时间、地点和题内"暮雨"二字。傍晚时分，古城建业的长江边，霏微的细雨正悄然无声地下着，浩阔的江面笼罩在一片沉沉暮色和密密雨丝之中。友人李胄所乘的一叶扁舟，就停泊在江边，准备启航。这时，从建业城中传来了悠长深永的古寺暮钟声。这幅由楚江、微雨、建业、暮钟组成的暮江微雨送别图，使全篇一开始就笼罩在苍茫黯淡的氛围、色调之中，隐隐透露出送者与行者的黯淡情思；而那悠长深沉的暮钟声，也烘托出彼此凝神倾听、黯然无语相对的情景和低回荡漾的心声。上句诉之视觉，下句诉之听觉，视听结合，使这幅暮雨楚江送别图有声有色、有情有景。一开始就使读者进入诗境。

"漠漠帆来重，冥冥鸟去迟。"颔联写暮雨中俯视、仰望所见江天景色。

这一联中的"帆来""鸟去",均与李胄乘舟东下海门的方向相对应,即船从下游自东向西驶来,鸟则由西向东飞去。"漠漠""冥冥"这两个叠字联绵词,都是着意刻画描绘"暮雨"的精切传神之笔,渲染出江上空中一片迷蒙晦暝的色调,以进一步烘托送别时迷蒙黯淡的情思。而更加精妙的则是两句句末的"重"字和"迟"字。雨湿帆重,加以乘船逆水行驶,更显出舟行的缓慢。说"帆来重",实际上是说船行缓慢。但用"帆重"来表现,便多了一层想象的成分。将目击本难感知的"重"变得仿佛可见了,从而多了一份曲折的情致。鸟在雨中飞行,羽翼为雨所湿,飞行的速度显得迟缓,因此说"冥冥鸟去迟"。如果说,上句的"重"字隐约透露出沉重的情调,那么下句的"迟"字则透露出依依惜别的情意,仿佛那天上的飞鸟也变得行意迟迟了。

"海门深不见,浦树远含滋。"腹联从视觉着笔,却变颔联的俯视近处江帆、仰视空中飞鸟为向友人李胄舟船东下的方向极望。李胄此行,当是由建业乘舟东下扬、润一带,故有极望海门的描写。上句的"深"与下句的"远"意实相近,都是强调视线的杳远,但"深"字同时还兼含海门深藏于冥冥漠漠的暮雨之中的意思。远处江边浦口的树,在冥漠晦暗的暮雨中,只能见到朦胧的树影(如果"浦"指润浦,自然更杳远难及),说它"含滋",更多的是出于想象,却凸显了蒙蒙密密的雨丝滋润树林的神韵。而在向东极望中又寄寓了对远赴海门一带的友人的遥想。

"相送情无限,沾襟比散丝。"以上三联,虽均写暮雨中送别的情景氛围,却一直没有明点题内的"送"字。尾联出句方直接揭出"送别",并以"情无限"三字总上起下。末句紧承"情无限"的重笔勾勒,将沾襟湿衣的密雨散丝比作沾湿衣襟的泪丝,构思巧妙而又贴切,情、景、人、物融为一体,浑化无迹,诗也就在情感到达高潮时结束,结得非常圆满。

长安遇冯著[一]

客从东方来,衣上灞陵雨[二]。
问客何为来,采山因买斧[三]。
冥冥花正开[四],飏飏燕新乳[五]。
昨别今已春,鬓丝生几缕[六]。

校注

〔一〕冯著，韦应物密友，行十七，河间（今属河北）人。大历三至七年（768—772）任广州录事。建中中摄洛阳尉。兴元元年（784）至贞元初任缑氏尉。贞元中官左补阙。《全唐诗》录存其诗四首。韦集中与冯著有关的诗有《寄冯著》《赠冯著》《送冯著受李广州署为录事》《长安遇冯著》《张彭州前与缑氏冯少府各惠寄一篇》等。陶敏、王友胜《韦应物集校注》谓此诗"大历初在长安作"。

〔二〕灞陵，本作"霸陵"，汉文帝陵墓，在长安城东。《元和郡县图志·京兆府·万年县》："白鹿原，在县东二十里。亦谓之霸上，汉文帝葬其上，谓之霸陵。"

〔三〕采山，采伐山林。或谓"采山"系用左思《吴都赋》"煮海为盐，采山铸钱"，谓入山采铜以铸钱。"买斧"化用《易·旅卦》"旅于处，得其资斧，我心不快"，意为旅居此处作客，但不获平坦之地，尚须用斧砍除荆棘，故心中不快。"采山"句是俏皮话，大意是说冯著来长安是为采铜钱以谋发财的，但只得到一片荆棘，还得买斧砍除。其寓意即谓谋仕不遇，心中不快。此解似嫌迂曲。且"因"字明言因采伐山林故须买斧，意思明白，盖以形况其隐居山林的生活。

〔四〕冥冥，迷漫貌。形容花盛开时一片迷漫之状。

〔五〕飔飔，飞扬貌。

〔六〕鬓丝，如丝的鬓发，此特指鬓边的白发。

笺评

刘辰翁曰：但不能诗者亦知是好。（张习刻本《须溪先生校点韦苏州集》）

邢昉曰：古意淋漓，独得汉貌之遗。（《唐风定》）

鉴赏

韦应物长于五古短制，这首只有短短八句的古诗，写一个极普通的生活场景：在春天的长安街市上，遇到了一位阔别经年的老朋友，不禁生出了一点感慨。内容很单纯，感情也并不深沉，却写得清新活泼，饶有情趣，在韦诗中可谓别调。

"客从东方来，衣上灞陵雨。"开头两句写冯著从东边来到长安，衣裳上还沾带着灞陵的雨迹。起句袭用《古诗十九首》"客从远方来"的开头，显得古朴明快，次句却紧承"东方"，从朋友衣上的雨迹生发饶有诗意的联想。灞陵在长安之东，冯著从东方来到长安，路过灞陵时正好遇上一阵春雨，因此见面时衣衫上仍留有隐隐的雨痕。这原是实情。但由于"灞陵"这一特定的诗歌意象，在历代诗人的反复运用过程中已经积淀了极其丰富的历史文化内涵，因此这"灞陵雨"也就带上了丰富的历史文化气息而引发读者的诗意想象。这种想象，并无具体的内容，显得有些模糊而飘忽。但唯其如此，却更引人遐思。王维的"渭城朝雨浥轻尘"是名句，但并没有浓缩成"渭城雨"的诗歌意象。看来，将特定的地点和"雨"联结起来，创造出"灞陵雨"式的意象，韦应物应是首例。后来苏轼的《青玉案》词的"春衫犹是，小蛮针线，曾湿西湖雨"，历代传为佳句，推本溯源，或当源于韦应物的"灞陵雨"吧。

"问客何为来，采山因买斧。"三、四两句承首句，用古诗中习见的问答方式揭出冯著此来长安的目的。"采山因买斧"表面的意思是说因为要砍伐山林，所以到城里来买斧子，实际上是冯著对自己隐居山林生活的一种饶有情趣的形容。两句语调抑扬有致，口吻轻松幽默，透露出诗人与友人的心态都比较平和轻松。

"冥冥花正开，飏飏燕新乳。"五、六两句，从两人的长安市上相遇，转笔写时令景物。"冥冥"的本义是昏暗不明之状，这里用来形容正在盛开的鲜艳花朵，似乎不伦；但盛开而成片的花丛，在人们的视觉印象中却并不是夺目的鲜亮耀眼之色，而是一片迷蒙而黯淡的色调。因此用"冥冥"来形容盛开的花丛，正突出了花的浓密繁艳，是真切传神的描写。新出巢的乳燕，试飞时似乎分外兴奋，飞翻上下，故用"飏飏"来形容，以突出其新生的活力。两句一地上、一天空，一植物、一动物，概括显示出春天万物欣欣向荣的无限生机和青春活力，也透露出诗人面对三春景物时内心的欣喜。叠字的运用和"正""新"二字的搭配，将诗人的上述感情表现得更加酣畅淋漓。

"昨别今已春，鬓丝生几缕。"结尾两句从春景转出，说昔日一别，忽已经年，眼前又是一片烂漫的春光，不知道你鬓边又新添了几根白发。"昨别"与今遇之间，是一段流逝的人生岁月。面对又一个春天的来临，不禁产生几许年华消逝的感慨，故有此一结。用问话来表达，又用"鬓丝生几缕"这种轻松幽默的口吻发问，便显得这感慨并不那么沉重，而只是一种轻微的怅触与感喟。

作这首诗时，冯著仍未入仕，这从"采山因买斧"句中可以看出。结尾"鬓丝生几缕"的发问中，也就自然含有对其不遇于时、年华空逝境遇的同情与惋惜。但由于前两联对美好春色的渲染，年华虽然流逝，但充满生机的春天终会又一次降临人间。结尾故用问语作收，也增添了摇曳生姿的情致韵味。

出　还〔一〕

昔出喜还家，今还独伤意〔二〕。入室掩无光〔三〕，衔哀写虚位〔四〕。凄凄动幽幔〔五〕，寂寂惊寒吹〔六〕。幼女复何知〔七〕，时来庭下戏。咨嗟日复老〔八〕，错莫身如寄〔九〕。家人劝我餐，对案空垂泪〔一〇〕。

校注

〔一〕出还，外出还家。指大历十二年（777）任京兆府功曹参军时其妻杨氏亡故后不久，奉使前往富平后归家。韦集卷六感叹类有《伤逝》等诗十九首，均为其妻杨氏亡故后伤逝之作。旧注谓"此后叹逝哀伤十九首，尽同德精舍旧居伤怀时所作"，据傅璇琮《韦应物系年考证》，韦应物永泰元年任洛阳丞时，因惩办不法军士而被讼，后弃官闲居洛阳同德寺。其居同德寺之时间当在永泰元年或后数年间。而永泰元年（765）应物约二十九岁，《伤逝》诗已云"结发二十载"，可证居同德精舍期间作上述悼亡诗之旧注显误。其妻应卒于其在长安任职时。据陶敏、王友胜《韦应物集校注》，十九首悼亡诗分别作于大历末京兆府功曹任或建中初闲居善福精舍时，旧注"同德精舍"或为"善福精舍"之误。按：十九首悼亡诗，第一首《伤逝》约作于大历十二年。第二首《往富平伤怀》约作于是年冬。第三首即《出还》，当为自富平归家后作。诗有"寒吹"字，第四首为《冬夜》，可证《出还》亦作于大历十二年冬。

〔二〕伤意，犹伤情。

〔三〕掩，掩蔽、幽暗。

〔四〕衔哀，含悲。写，书写。虚位，指亡故者的牌位，因人已殁，故云"虚位"。

〔五〕幽幔，犹灵帐。《往富平伤怀》："恸哭临素帷。""素帷"，白色的灵帐，即此"幽幔"。幽幔之"动"，当因"寒吹"所致。参下句。

〔六〕寒吹，寒风。

〔七〕应物《送杨氏女》诗系建中三或四年（782或783）任滁州刺史时送其长女出嫁杨家而作，诗末有"归来视幼女，零泪缘缨流"之句，即此诗之"幼女"。

〔八〕咨嗟，叹息。

〔九〕错莫，又作"错漠"，神思纷乱恍惚貌。沈满愿《晨风行》："风弥叶落永离索，神往形返情错漠。"寄，暂时寄居。《古诗十九首·驱车上东门》："人生忽如寄，寿无金石固。"谓人生短暂，犹如暂时寄寓世间。

〔一〇〕案，有足的盘盂类食器，即"举案齐眉"之案。鲍照《拟行路难》之六："对案不能食。"

刘辰翁曰：唐人诗气短，苏州诗气平，短与平甚悬绝。及其悼亡，自不能不短耳。短者使人不欲再读。（《唐诗品汇》卷十五引）

顾璘曰：（"时来"句）此语受累。（朱墨套印刻本《须溪先生点评韦苏州集》引）

沈德潜曰：（"幼女"二句）因幼女之戏，而己之哀倍深。又曰：比安仁《悼亡》较真。（《重订唐诗别裁集》卷三）

施补华曰：悼亡必极写悲痛，韦公"幼女复何知，时来庭下戏"，亦以澹笔写之，而悲痛更甚。（《岘佣说诗》）

鉴赏

在中国文学史上，以写悼亡诗著称的诗人，潘岳、元稹和李商隐为大家所熟知，而韦应物则很少有人提及。其实，韦应物的悼亡诗不但数量多，写作持续的时间长，而且感情真挚淳厚，有很强的艺术感染力，在悼亡一体中占有重要地位。乔亿说："古今悼亡之作，惟韦公应物十数篇，澹缓凄楚，真切动人。不必语语沉痛，而幽忧郁堙之气灌输其中，诚绝调也。潘安仁气自苍浑，是汉京馀烈；而此题精蕴，实自韦发之。"（《剑溪说诗》又编）可称具眼之评。

这首以《出还》为题的悼亡诗，作于大历十二年冬妻子亡故数月之后（悼亡诗的第一首《伤逝》已云"单居移时节"）。时诗人在京兆府功曹参军任，奉使前往京兆属县富平，回家后触景伤情，写了这首诗。

"昔出喜还家，今还独伤意。"开头两句即从今昔对比着笔。首句"昔出"之"出"与题内之"出"所指不同，前者指妻子健在时外出，后者指此次奉使富平。昔日妻子健在时，每次外出归家，都是妻子儿女候门相迎，家人团聚，其乐融融，故每次都盼着回家、乐于回家，而此次奉使还家，却形单影只，孑然孤独，再也享受不到家庭团聚的暖意，故说"今还独伤意"。今昔的鲜明对比使无家的孤孑感、凄凉感更加强烈。以下便承次句，专写"今还"的"独伤"之意。

"入室掩无光，衔哀写虚位。"进入室内，但见帷幔低垂，掩蔽无光。这是写实，也是诗人对环境突出的主观感受。过去妻子健在时，"返室亦熙熙"，室内给诗人的感受是充满融怡的暖意和明亮的色调，故越发感到今日返家时室内的黯淡无光，虽未明写"昔"而实含今昔之对照。下句"衔哀写虚位"，是说因为伤悼亡妻，哀不自胜，故含悲而书写亡妻的灵位以表达对妻子的思念。"虚位"之语，感情沉痛，盖虽有"位"而人已殁，空对"虚位"，更增凄怆。

"凄凄动幽幔，寂寂惊寒吹。"接下来两句，写冬日的寒风吹动空室中的素帷灵幔所引起的凄寂感。两句所写实为一种景象，即"风吹幔动"，却既用"凄凄""寂寂"渲染凄切空寂的氛围和感受，又用"幽""寒"渲染素帷灵幔给人的幽寂感和冬日寒风给人的凛冽感，恍若有人的恍惚迟疑感。通过这层层渲染，将诗人在空室中见风动素帷时引起的种种复杂感受表现得非常充分而传神。

以上六句为一节，写还家入室所见所感。"幼女复何知，时来庭下戏"二句，转笔写室外所见。幼小的女儿根本不懂得失母的悲哀，还时不时地在庭院中戏耍玩乐。这两句一反上两句的层叠渲染，纯用白描，以淡语出之。在仿佛不经意的描写中透露出内心的深悲剧痛，"幼女"的"无知"，正有力地反衬出自己的不能自抑的悲哀和绵绵不已的长恨，而诗人对失母的幼女的哀悯怜爱之情亦流注于笔端。虽只两句，却因与前六句的深重伤悼形成鲜明对照，而更有力地表现出诗人的深悲，不仅为悼念亡妻而悲，且为幼女丧母而悲，更为幼女丧母而浑然无知而悲。其抒情之深刻，可谓酸心刺骨。以至淡至缓之语，抒最浓最深之情，而又如此自然朴素，宛若随手写成，信口道出，可谓神来之笔。

"咨嗟日复老，错莫身如寄。"接下二句，换笔写自己的感慨。失去相濡以沫二十年的人生伴侣，感到自己一天比一天衰老；神思纷乱恍惚，感到此身在世，犹如逆旅暂寄，为日无多。中年丧偶，历来被视为人生的一大悲哀。明明此后还有相当长的一段人生历程，却因失侣似乎一下子走到了尽头。这种"日复老""身如寄"之感正是典型的中年丧偶者的悲慨。

"家人劝我餐，对案空垂泪。"结尾却不再续写丧妻的悲慨，而是拈出一个生活细节，写自己不思茶饭，默默垂泪，显示出内心因极度悲痛而不能自已地任泪水长流的情景。着一"空"字，更显出绵绵长恨，无时或已。

悼亡诗最重感情的深挚，韦应物的十九首悼亡诗大都具有这一基本品格。但在以淡语写深浓之情，以细节表达深哀剧痛方面，又有自己的特色。这首诗正可作为代表。李商隐的《祭小侄女寄寄文》中有一段出色的描写："自尔殁后，侄辈数人。竹马玉环，绣襜文褓，堂前阶下，日里风中，弄药争花，纷吾左右，独尔精诚，不知所之。"以侄辈的天真嬉戏来反衬对寄寄精魂不知所之的强烈思念和深沉感伤，以丽景衬哀情，以热闹衬孤寂，与韦应物这首诗的"幼女"二句，可谓异曲同工。

登　楼〔一〕

兹楼日登眺，流岁暗蹉跎〔二〕。
坐厌淮南守〔三〕，秋山红树多。

1623

(校)(注)

〔一〕诗有"淮南守"句，系建中三年（782）秋至兴元元年（784）冬任滁州刺史期间所作。陶敏、王友胜《韦应物集校注》谓诗人建中三或四年在滁州所。然诗人《郡斋感秋寄诸弟》云："首夏辞旧国，穷秋卧滁城。"知建中三年深秋时，方抵滁州未久。而本篇有"流岁暗蹉跎"之句，其在滁当已经年，故以作于建中四年的可能性较大，也有可能作于兴元元年秋。所登之楼当为滁州城楼。

〔二〕流岁：流逝的岁月。蹉跎，虚度（光阴）。

〔三〕坐，正。厌，厌倦，厌烦。或解"厌"为"餍"，满足之意，亦可通。淮南守，指滁州刺史。滁州属淮南道。

笺评

高步瀛曰：厌，猒之借字。《说文》："猒，饱也。"《周语》中韦注曰："猒，足也。"字亦作"餍"。此诗言以淮南守为自足，因耽玩山树耳。若以"厌恶"字解之，失其旨矣。唐滁州属淮南道，此当是为滁州刺史时作。（《唐宋诗举要》卷八）

张相曰：此诗上三句作一气读，末句暗中兜转，言正在无聊之时，幸秋山红树有以娱我也。按此诗当为韦任滁州刺史时作。（《诗词曲语辞汇释》第 446 页）

富寿荪曰：此诗言日日登楼，以淮南守自足者，因有秋山红树娱我也。然玩"流岁暗蹉跎"句，则乃抒宦况寥落之感。（《千首唐人绝句》）

鉴赏

这首五言绝句，写登滁州郡城之楼所见所感。由于对第三句"厌"字含义的理解有分歧，对诗的后幅的解说也自然有别。但这并不影响对全诗基本感情倾向及意旨的把握。

"兹楼日登眺，流岁暗蹉跎。"诗的首句紧扣题目，由今日的登楼联想起到郡以来日日登楼览眺的情景；次句紧承"日登眺"，感慨自己的流年就在这日日登楼览眺中暗自流失消逝，蹉跎虚度了。韦应物是一位正直、有同情心、勤政忧民的官吏。他出任滁州刺史，首先想到的就是怎样在战乱频繁、赋税苛重的情况下努力减轻人民负担，招抚流亡百姓。但现实情况却是"为郡访凋瘵，守程难损益"（《郡楼春燕》），"无术谬称简，素节空自嗟"（《郡斋寄王卿》），"身多疾病思田里，邑有流亡愧俸钱"（《寄李儋元

1624

锡》），"为政无异术，当责岂望迁"（《岁日寄京师诸季端武等》），"恓惶戎旅下，蹉跎淮海滨"（《简卢陟》），"风物殊京国，邑里但荒榛，赋繁属军兴，政拙愧斯人"（《答王郎中》），"氓税况重叠，公门极煎熬。责逋甘首免，岁晏当归田"（《答崔都水》），"凋氓积逋税，华鬓集新秋。谁言恶虎符，终当还旧丘"（《月晦忆去年与亲友曲水游宴》），"凋散民里阔，摧翳众木衰"（《重九登滁州城楼忆前岁九日归沣上赴崔都水及诸弟宴集凄然忆旧》）。在滁州刺史三年期间，这种因朝廷法令规章所束，无力改善百姓处境，减轻苛重赋税，上愧朝廷忧寄，下愧百姓希望的自愧与自责，始终萦绕于怀。致使他强烈感受到自己在官无所作为，无所事事，感叹"郡中永无事，归思欲自盈"（《寄职方刘郎中》），"尽日高斋无一事"（《闲居寄诸弟》），感慨流年虚度，岁月蹉跎。只有联系这一系列诗句，才能真正理解一位以解民之困为己任的官吏何以"兹楼日登眺"，仿佛无心理政，又何以感慨"流岁暗蹉跎"，仿佛只是感叹年华渐衰。志士仁人无法施展自己的才能，只能在无事中年华暗消，这正是最大的悲哀。从"日登眺""暗蹉跎"的对照中，正透出其欲勤政而"无事"，欲忧民而"无术"的无奈与不甘，"暗"字中更寓有志事无成、年华虚度的沉痛与惊心之感。故出语虽淡而悲慨自深。

第三句"坐厌淮南守"的"厌"字，正紧承上二句，是为郡理政却难解民困、流年虚度的自然结果。"厌"者，厌倦之意。这样的郡守，自然使诗人感到厌倦，产生不如归去的念头。前面所引的"责逋甘首免，岁晏当归田""谁言恶虎符，终当还旧丘"等诗句，正可移作"厌"字的注脚。

第四句却忽作转折，写登楼望中所见"秋山红树多"的美好景色。无所作为的"淮南守"虽令人厌倦，但绚烂的淮南秋山红树之景却令人悦目赏心，流连陶醉。作于滁州任上的《再游西山》说："出身厌名利，遇境即踌躇。"所厌者名利，所好者美景。正可用来解释三、四两句的转折所表达的矛盾感情，用作者的另一首《淮南喜会梁川故人》中的诗句来印证，那就是所谓"何因不归去，淮上有秋山"了。

诗写到"秋山红树多"，即悠然而收，诗人仿佛因眼前的"秋山红树多"而在精神上得到了暂时的慰藉与满足。但实际上矛盾并没有真正解决，只是在无所作为、流年虚度的感慨之余一种暂时的缓解与自足。

此诗第三句的"厌"字另有"厌足"一解。此解与上两句的流岁蹉跎之慨承接似嫌脱节。且即使作这种理解，所谓"厌"也非精神上思想上真正满足，而只是在无所作为、流岁蹉跎的情况下一种习惯性的无奈适应，故其基本感情倾向与旨意仍与前解不相矛盾，参上引富氏之评解可见。

观田家〔一〕

微雨众卉新〔二〕，一雷惊蛰始〔三〕。田家几日闲，耕种从此起。丁壮俱在野〔四〕，场圃亦就理〔五〕。归来景常晏〔六〕，饮犊西涧水。饥劬不自苦〔七〕，膏泽且为喜〔八〕。仓廪无宿储〔九〕，徭役犹未已〔一〇〕。方惭不耕者〔一一〕，禄食出闾里〔一二〕。

校注

〔一〕陶敏、王友胜《韦应物集校注》谓此诗大历末、建中初在沣上闲居时作，当据韦集卷七诗之前后编次而定。按：韦氏《谢栎阳令归西郊赠别诸友生》诗自注："大历十四年（779）六月二十三日，自鄠县制除栎阳令，以疾辞归善福精舍。七月二十日赋此诗。"《始除尚书郎别善福精舍》题下注："建中二年（781）四月十九日，自前栎阳令除尚书比部员外郎。"则此诗当作于建中元年或二年春居沣上善福精舍之西斋时。

〔二〕众卉，各种草。卉，草的总称。

〔三〕惊蛰，《礼记·月令》：仲春之月，"是月也，日夜分，雷乃发声，始电，蛰虫咸动，启户始出。"农历惊蛰节气前后，春雷始鸣，蛰伏在土中或洞穴中冬眠的各种动物开始苏醒活动。句中的"惊蛰"指蛰伏的动物闻春雷动而惊醒。

〔四〕旧指男子到达服劳役的年龄为"丁"，三十日壮。此处"丁壮"泛指青壮年男子。

〔五〕场圃，打谷场和菜地。古代场圃同地，春夏为圃，秋冬将土打结实为场。就理，整治完毕。此指将秋冬时用作打谷场的土地翻耕为菜地。

〔六〕景，日光。晏，晚。

〔七〕饥劬，饥饿劳累。

〔八〕膏泽，指雨水。

〔九〕仓廪，储藏谷米的仓库或箱柜。宿储，上一年的陈粮。或谓指隔夜粮，恐非。

〔一〇〕徭役，官府规定的无偿劳役。

〔一一〕不耕者，本泛指农民以外的人，此处联系下文"禄食"，当主要指官吏。

〔一二〕禄食，俸禄和粮食。闾里，民间，此特指辛勤耕种的农民。

（笺）（评）

刘辰翁曰：苏州是知耻人，为郡常有岂弟之思。（张习刻本《须溪先生校点韦苏州集》）

钟惺曰："惭"字入得厚。（《唐诗归·中唐二》）

谭元春曰：（"田家"二句）体贴人情之言。（同上引）

邢昉曰：与太祝《田家》仿佛，而各一风气，并臻极致。（《唐风定》卷五）

沈德潜曰：韦诗至处，每在淡然无意，所谓天籁也。（《重订唐诗别裁集》卷三）

（鉴）（赏）

自陶渊明创立田园诗以来，初唐王绩，盛唐孟浩然、王维、储光羲续有制作，各擅胜场，而农民疾苦的生活，自陶以外，很少进入诗人的视野。韦应物的田园诗，虽亦以表现悠闲意境情趣为主，但他的这首《观田家》，却以真切的描写和真挚的感情表现出农民的辛劳疾苦和自己的反省与惭愧，在中唐前期的诗坛上，显得相当可贵。

诗中所写的是仲春季节农民的生活，所谓"一年之计在于春"，春耕正是农民一年辛劳的开始。选择这个季候来描写农民的耕作生活，便于集中地展现其辛劳疾苦。开头两句，先写惊蛰季节的物候景物：一场春天的霏霏微雨过后，田野上的各种草都显出了新绿；一阵春雷的响声过后，蛰伏一冬的动物都被惊动苏醒，开始活跃起来。仲春的雷雨使田野充满了生命的气息，也预示着田家大忙季节的开始，两句句末的"新"字、"始"字，正传达出浓郁新鲜的春天的生命气息。

"田家几日闲，耕种从此起。"三、四两句，随即转到"田家"身上，揭示出一年的辛勤耕种劳作从此就正式开始了。"农家几日闲"这一句置于"耕种从此起"之前，强调的意味很重，说明诗人生活在乡间，对农民终岁的辛劳有比较真切的体会。而第四句句末的"起"字与第二句句末的"始"字对应，正显示出田家的辛劳耕作与时俱始、直至终岁的意蕴。

"丁壮俱在野，场圃亦就理。"五、六两句，承第四句，写春耕大忙季节的两个场景：青壮年男子都在田地上忙碌耕种，秋冬季节的打谷场也重新翻耕成了菜地。这两句是概写，接下来"归来景常晏，饮犊西涧水"则以一个看似闲适的镜头反衬出春耕大忙季节农民终日辛劳、起早贪黑的情景。以上四句，写农民春耕的忙碌辛劳，均用淡语道出，但读来却感到有一种亲切的情味和泥土气息。

"饥劬不自苦，膏泽且为喜。"九、十两句，是写农民虽终日饥饿辛劳却不自以为苦，只盼雨水充足及时，将来有个好收成就很欣喜了。其中既有对农民勤劳朴素品质的称赞，对他们希望和喜悦的体察，也有对他们境遇的同情。

"仓廪无宿储，徭役犹未已。"接下来两句，进一步揭示出农民的穷困和疾苦。家里根本没有上年剩余的陈粮，而官府摊派的劳役却没有停止。服徭役的农民要自带粮食，可是家无余粮，又怎能忍饥充役！这里触及农民疾苦的一个突出问题，即沉重而无休止的徭役所造成的负担，对本已难保温饱的农民来说，无异雪上加霜。

"方惭不耕者，禄食出闾里。"结尾两句，从"观田家"转到自己身上，用一"惭"字引出对照农民的辛劳困苦与自己的安享禄食而得出结论：像自己这样安享禄食的"不耕者"，一切生活享受的来源都是力耕而终生辛劳穷困的农民。其中有亲睹之后的自省，更有对比之后的自惭乃至自责。这种自省自责似乎只是浅显的常识，但真正认识到这一点却不仅需要亲历，而且更需有正义感、同情心和直面现实的勇气。"食君之禄"向来是士大夫的信条，而要从"食君之禄"转变为"禄食出闾里"，进而转变为"食民之禄"，其间的过程艰难而长久。从这个意义上去体味他的名句"邑有流亡愧俸钱"，这个"愧"应当有愧对斯民的含意在内。

全篇描述的重点虽是农民的辛劳困苦生活，但真正的亮点却是篇末得出的感悟。而对于诗人来说，这只是自己在观察农民生活、对照自身处境之后自然引发的结论，并非预先设置了一个思想主题之后再用农民的生活状况作论证而敷衍成篇。因此，虽只是淡淡叙写，并不着力，却使人感到真挚而亲切。沈德潜说："韦诗至处，每在淡然无意，所谓天籁也。"此评对于这首诗来说，可谓一语中的。

幽　居〔一〕

　　贵贱虽异等，出门皆有营〔二〕。独无外物牵〔三〕，遂此幽居情〔四〕。微雨夜来过，不知春草生。青山忽已曙〔五〕，鸟雀绕舍鸣。时与道人偶〔六〕，或随樵者行。自当安蹇劣〔七〕，谁谓薄世荣〔八〕？

⊙校⊙注

　　〔一〕幽居，隐居。《礼记·儒行》："儒有博学而不穷，笃行而不倦，幽居而不淫，上通而不困。"《后汉书·逸民传·法真》："幽居淡泊，乐以忘忧。"作年未详。

　　〔二〕营，营求、谋求。蔡邕《释晦》："安贫乐贱，与世无营。"

　　〔三〕外物，身外之物。多指势利荣名。牵，牵累。

　　〔四〕遂，遂愿，顺应。

　　〔五〕曙，显现曙色。

　　〔六〕道人，得道之人，统指僧、道。偶，结伴。

　　〔七〕蹇（jiǎn）劣，驽钝拙劣，此处含有境遇困厄之意。

　　〔八〕句意为：谁说这是故意显示对世间荣名利禄的轻视呢？

⊙笺⊙评

　　刘辰翁曰：古调本色。"微雨夜来过，不知春草生。"似亦以痴得之。（张习刻本《须溪先生校点韦苏州集》）

　　顾璘曰：（"独无"句）说得透。（"微雨"句）好。（"谁谓"句）不炫。（朱墨本《须溪先生校点韦苏州集》引）

　　钟惺曰：（"微雨"二句）胸中元化。（《唐诗归·中唐二》）

　　唐汝询曰：此隐居自乐，绝外慕也。言贵贱虽异，谋生则同，孰不营营世务者？我独不为外物所牵，遂此幽居之情，亦足矣。既忘情事变，即草之生亦不复知；鸟之鸣，任其循集；道人樵者，非有意从遊，亦适相值耳。然此皆安我之蹇劣，非以薄世荣而不为也。（《唐诗解》卷十）又曰：不以幽人骄人，何等浑厚！史称韦苏州鲜食寡欲，所居焚香扫地而坐，读此诗其风致可想。（《汇编唐诗十集》）

桂天祥曰：身世俱幻，情景两忘。（朱墨本《须溪先生校点韦苏州集》引）

陆时雍曰：渊明陶然欣畅，应物澹然寂寞，此其胸次可想。（《唐诗镜》卷三十）

邢昉曰：刘云："'春草'句似以痴得之。"此评有玄解。（《唐风定》卷五）

王夫之曰：苏州诗独立衰乱之中，所短者时伤刻促。此作清，不刻直，不促，必不与韩、柳、元、白、孟、贾诸家共川而浴。中唐以降作五言诗者唯此公知耻。（《唐诗评选》卷二）

南村曰：天然生意，较"池塘生春草"更佳。（《唐风怀》引）

徐增曰："贵贱虽异等"。作幽居诗，瞥然从贵贱起。天下人境遇，只有此二种，故以此二种该括天下人。贵，是有爵位者，居于朝，是不能幽居者也。贱，是无爵位者，则处于市，而亦不能幽居。故此诗以贵、贱起。夫贵贱之异等，人皆知之，而下一"虽"字。"虽"字，是我之意有在，尚未说明，且把前件顿住，以伸吾之所欲言之字也。此句中，"虽"字神情，自俗眼看去，有似把世间贱人，颠斤簸两的一般，而不知作者意在幽居上，不好便从幽居下手，停笔凝思，特借贵贱装一引子，不是与他作较量，他不能幽居，我独能幽居也。韦公是个学道人，生平由贱至贵，在在处处，无不留心省察，于二种人境界，如火照火，不作幽居诗时，何尝提起他一字。今虽为作幽居诗，故特地又提出来，终不使天下贵贱人面热眼跳也。韦公口中说贵贱，如吹出云来一般，勿看作重坠也。"出门皆有营"，此又似体贴他。日出事生，不得不有营，有营不得不出门。贵者营之于朝，贱者营之于市。功名在前，饥寒在后，孳孳汲汲，驰逐不了，一身桎梏，安知红尘滚滚外，别有无事国在耶！内既有我，外见有物，拘来时摆脱不得，有反恨物之牵者。韦公学道人，心地如水，幽居是其本等，内既无营，外有何物之牵，乃曰："独无外物牵，遂此幽居情。"从来学道人，不欲求异于世情，开口只是平易，若谓我，幸外物不来牵我，而得遂此幽居之情。彼贵贱者，岂无幽居之情，而不能遂，只是被外物所牵耳。忠恕之道，如此而已，是为第一解。"微雨夜来过，不知春草生。青山忽已曙，鸟雀绕舍鸣。"学道人于世间过日，不外此二六时中。此二六时中，世人于此造恶，为事所迫，有人日间不耐烦，已到夜间，又有人夜间思算，等不得到天明者。学道人无事于心，只顾逐刻逐刻过去，夜由它去夜，日由它自日，微雨刻，吾不知有微雨也，早起来，始知夜来有微雨，而微雨已过矣。草犹是草也，草是易生之物，经微雨，则生尤速，吾忘吾生，而并忘草之生，故不知也。是幽居夜间无事于心之验。夜间既无事，睡去便了，然夜尽朝来，而青山忽已曙矣。"忽已"，是不知不觉之谓，吾哪里晓得天曙。于山之青而始知是曙。又哪里晓得山青？则闻鸟雀之声绕于舍之前后，而青山曙却在鸟雀鸣上见。纯是化机。盖微雨过，则春草生，春草自为春草之事，然细雨不为春草之生而过，则微雨亦自为微雨之事。青山曙，则鸟雀鸣，鸟雀自为鸟雀之事，然青山不为鸟雀之鸣而曙，则青山亦自为青山之事。由此观之，世间何处而非外物？即微雨、春草、青山、鸟雀，孰非牵我之物？只是细雨由它去过，春草由它去生，青山由它去曙，鸟雀由它去鸣，便不为其所牵。此四句一解，实证"独无外物牵"句也。"时与道人偶，或随樵者行。自当安蹇劣，谁谓薄世荣？"我虽得遂幽居，日间亦少不得出门去，然吾只是一个任运：时遇道人，则便与道人为偶；或遇樵者，则随樵者而行。道人是无营者，樵即有营，总不出于山间林下，伐木负薪之事，其亦异于贵贱之所营矣。此二句，不免处己太高，人便以为我薄世荣，不知吾安吾蹇劣耳。行而不前谓之蹇，无美可彰谓之劣。韦公身既幽居，深自贬抑，又唯恐人知其幽居者。大凡学道人最不喜名，不然，与"终南捷径"何异！若韦公者，真可以隐居矣。此四句一解，反"出门各有营"句也。合而言之，总不出"遂此幽居情"一句。此首诗，起四句冒，后双开成章，譬如吠琉璃轮，双轮互旋，不分光影也。（《而庵说唐诗》卷二）

　　王尧衢曰：此隐居自乐，绝外慕也。言贵贱虽异，谋生则同，谁不营营世务者？我独不为外物所牵，遂此幽居之情，亦足矣。既忘情事变，即草之生亦不复知，鸟之鸣任其循集，道人、樵者非有意从游，亦适相值耳。然此皆安我之蹇劣，非以薄世荣而不为也。刘会孟评："古调古色。'微雨'二联，似亦以痴出之。"何元朗评："左司性情闲逸，最近风雅。其发恬澹之趣，不减陶靖节。唐人中五言古诗有陶、谢遗韵者，独左司一人。"（《唐诗合选详解》卷一）

陆次云曰：韦似陶，有奥于陶处。字字和平，此最相近。（《唐诗善鸣集》）

沈德潜曰：（"微雨"二字）中有元化。每过阊阖门时，诵首二句，为之哑然。（《重订唐诗别裁集》卷三）

宋宗元曰：（"微雨"二句）天籁悠然。（《网师园唐诗笺》）

刘熙载曰：韦云"微雨夜来过，不知春草生"，是道人语。（《艺概·诗概》）

《幽居》这首五言古诗，抒写自己幽居隐逸生活的情趣，深得陶诗真率自然的韵味。

"贵贱虽异等，出门皆有营。"开头两句，撇开"幽居"的题目，从一般的世情说起：世人或贵或贱，虽然等级迥异，但只要出门，都有所营求。这里所说的"皆有营"，指的就是对名和利的追求。"贵"者追求更高的权势、地位、功名富贵；"贱"者追求维持生计的利益。正如《史记·货殖列传》所形容的那样："天下熙熙，皆为利来；天下壤壤（通"攘攘"），皆为利往。"总之，是离不开对功名富贵、物质利益的追求。两句貌似客观描述，实则对"出门皆有营"的人生追求已含贬抑之意。"出门"二字，亦与"幽居"暗自对应。

"独无外物牵，遂此幽居情。"三、四两句，随即折转到"幽居"的题目上来。这里所说的"外物"，即身外之物，亦即第二句"皆有营"所指的功名富贵、权势地位等人生追求。至于"贱"者所"营"的维持生计的物质利益，从理论上说，似乎也应包括在"外物"之列，但在诗人的主观之意中，却并不把它作为"外物"的主要内容来考虑。这是从末句"世荣"之语可以悟出的。读诗解诗，当不以辞害意，此即一例。诗人用一"独"字，强调自己独不为功名富贵、权势地位这些身外之物所牵累，才能顺遂自己的幽居之情。"幽居情"，实即幽居生活的乐趣，这从下面的描写中自可得到印证。以上四句，从一般的世情说到自己的人生态度，强调不为外物所牵累，才能实现幽居生活的乐趣，可以看作是全篇的一个纲领。

中间四句，便通过景物描写，抒写幽居生活的乐趣。"微雨夜来过，不知春草生。""夜来"即"夜间"之意；"不知"即"不觉"之谓。这两句按照事物发生的自然顺序，应是夜间下了一场霏霏微微的春雨，早晨醒来一看，忽然发现地上已长满了绿油油的春草。但从诗人对景物的观察感受的顺序来看，则是早晨醒来，先看到地上忽然冒出了绿油油的春草，草上还沾有水珠，这才想到夜间下过一场细雨，是它给大地披上了绿装，带来了欣然的生意。妙在这雨并非当下目击，而是只存在于想象之中，存在于新生的带着水珠的绿草上。正是这种诗意的联想，微妙地传达出诗人对于春天和充满生意的绿草忽然呈现在眼前时的那种欣喜的感受。而上句句末的"过"字，和下句句首的"不知"二字，则正是表达这种微妙感受的关键字眼。大自然的变化就是如此神奇，在你夜间丝毫未曾察觉的情况下，一场润物细无声的春雨就悄然降临了，等你早上醒来一看，大地已经改变了颜色。这正是评家所说的"中有元化"。

"青山忽已曙，鸟雀绕舍鸣。"接下来两句，进一步写清晨乍醒时远望所见、近听所闻。雨后初晴，清晨的空气特别澄清，云开雾散，纤尘不染，门前的青山忽然变得如同洗出，青翠满目，带着雨后的鲜润之色。这正是"忽已曙"三字给予人的突出感受。雨后的清晨，鸟雀鸣叫得特别清脆响亮，屋前舍后，被一片欢快的鸟鸣声所包围，故说"鸟雀绕舍鸣"。在这里，"微雨"继续扮演着主要的角色：它不但滋润春草，给大地披上绿装，而且洒洗青山，使青山忽然开朗，鲜润青翠满目；同时又因空气的温润清新而使鸟雀欢快兴奋，绕舍而鸣。四句诗，构成了一幅有声有色、春意盎然的雨后清晨的画图，而其中的"过""不知""忽"字所传达的感受，更是画图难以表达的。这四句诗所创造的意境，最突出的特征就是一切都是纯任自然：微雨之后，春草之生，青山之曙，鸟雀之鸣，都是自然而然地发生、变化，而这种自然发生变化的景象又是那样充满了大自然的生机。

"时与道人偶，或随樵者行。"这两句由观赏景物转到幽居的人事交往。所交往过从的不是与自己类似的有道之人（包括僧人、道士），就是山野中的樵夫，他们的特点就是不为名利所牵，无所营求，淡泊处世。妙在"时与""或随"四字，表明这一切也是纯任自然，偶尔遇上有道之人，即与之结伴；遇上樵夫，即与之同行。既非有意寻求，亦无任何目的，一切随机随缘而已。

"自当安蹇劣，谁谓薄世荣？"末二句是对自己"幽居"的声明与总结，说自己过幽居的生活，享幽居的乐趣，完全是出于自己"蹇劣"的天性，并非自标清高，故轻世荣。也就是说，这一切纯由自然生成的个性，而非故作高旷。

在诗人看来，幽居生活的情趣，只有在纯任自己爱好天然的个性和不为名利欲望牵累的条件下，才能真正发现并充分享受。只有在心境纯净澄明、空灵透彻的情况下，才能发现那看来极平常的景象和变化中所呈现出来的鲜活的自然律动和生命美感。而诗人在表达这种体验时，又纯用白描，不假丝毫雕饰，故虽有不少理句，却仍能保持自然浑成的风格，不落理障。

韦应物在真率、淡泊、自然方面，近于陶潜，他的这首《幽居》也确能继承陶诗风神。但"微雨"二句，却明显有谢诗"池塘生春草，园柳变鸣禽"的影响。开头四句与结尾二句的说理，也是大谢常用的手段，只不过韦诗说理，多用散句，不像大谢那样用骈偶对仗，显得更具萧散自然之趣而已。

滁州西涧〔一〕

独怜幽草涧边生〔二〕，上有黄鹂深树鸣〔三〕。
春潮带雨晚来急〔四〕，野渡无人舟自横。

校注

〔一〕兴元元年（784）冬，韦应物罢滁州刺史，寓居滁州西涧。此诗当是贞元元年（785）春所作。诗人于贞元元年元日作《岁日寄京师诸季端武等》云："少事河阳府，晚守淮南墙。……昨日罢符竹，家贫遂留连。……听松南岩寺，见月西涧泉。"《大明一统志》卷十八滁州："西涧，在州城西，俗名乌土河。"即上马河。

〔二〕独，最、特别。怜，爱。杜甫《题李尊师松树障子歌》："已知仙客意相亲，更觉良工心独苦。"

〔三〕黄鹂，黄莺。

〔四〕春潮，形容水势如春潮之涌，非实指通长江之海潮。西涧系小河，不可能通潮。

笺评

刘禹锡曰：洛中白二十居易苦好余《秋水咏》曰："东屯沧海阔，南壤洞庭宽。"余自知不及苏州韦十九郎中应物诗曰："春潮带雨晚来急，野渡无人舟自横。"（《云溪友议》卷中《中山海》）

欧阳修曰：韦应物《滁州西涧》诗，今城之西乃是丰山，无所谓西涧者。独城之北有一涧水，极浅，遇夏潦涨溢，但为州人之患。其水亦不胜舟，又江潮不至此。岂诗家务作佳句，而实无此耶？然当时偶不以图经考之，恐在州界中也。闻左司员外新授滁阳，欲以此事问之。（《书韦应物西涧诗后》）

谢枋得曰：幽草而生于涧边，君子在野，考槃之在涧也。黄鹂而鸣于深树，小人在位，巧言之如流也。潮水本急，春潮带雨，其急可知，国家患难多也。晚来急，危国乱朝，季世末俗，如日色已晚，不复光明也。野渡无人舟自横，宽闲之野，寂寞之滨，必有济世之才，如孤舟之横野渡者，特君相不能用耳。（《注解章泉涧泉二先生选唐诗》卷一〉按：《唐诗品汇》卷四十引谢氏评，于"特君相不能用耳"下尚有"此诗人感时多故而作，又何必滁之果如是也！"十八字。

刘辰翁曰：（末二句）此语自好，但韦公体出数子，神情又别，故贵知言。不然，不免为野人语矣。好诗必是拾得。此绝先得后半，起更难似，故知作者之用心。（张习刻本《须溪先生校点韦苏州集》，又见《唐诗品汇》卷四十九引）

敖英曰：沈密中寓意闲雅，如独坐看山，澹然忘归。诸公曲意取譬，何必乃尔。（《唐诗绝句类选》）按：桂天祥《批点唐诗正声》评同，当录敖氏之评。

吴逸一曰：野兴错综，故自胜绝。（《唐诗正声》录吴氏评）

郭濬曰：冷处着眼，妙。（《增定评注唐诗正声》）

杨慎曰：韦苏州诗："独怜幽草涧边生"，古本"生"作"行"，"行"字胜"生"十倍。（《升庵诗话》卷八《韦诗误字》）又：韦苏州诗："春潮带雨晚来急，野渡无人舟自横。"此本于《诗》"泛彼柏舟"一句，其疏云："舟载渡物者，今不用，而与众物泛泛然俱流水中，喻仁人之不见用。"其馀尚多类是。《三百篇》为后世诗人之祖，信矣。（同上引卷八《唐诗翻三百篇意》）

周敬曰：一段天趣，分明写出画意。（《删补唐诗选脉笺释会通评林·中七绝》）

胡应麟曰：韦苏州诗："春潮带雨晚来急，野渡无人舟自横。"宋人谓滁州西涧，春潮绝不能至，不知诗人遇兴遣词，大则须弥，小则芥子，宁此拘物？痴人前政自难说梦也。（《诗薮·外编·唐下》）

王士禛曰：西涧在滁州城西。宋艺祖自清流关浮西涧以取滁州，亦非细流，昔人或谓西涧潮所不至，指为今六合县之芳草涧，谓此涧亦以韦公诗为名，滁人争之。余谓诗人但论兴象，岂必以潮之至与不至为据？真痴人前不得说梦耳。（《带经堂诗话》卷十三）又曰：元赵章泉、涧泉选唐绝句，其评注多迂腐穿凿。如韦苏州《滁州西涧》一首，"独怜幽草涧边生，上有黄鹂深树鸣"，以为君子在下、小人在上之象，以此论诗，岂复有风雅耶！（《唐人万首绝句选·凡例》）

王尧衢曰："独怜幽草涧边生"，言西涧之幽，芳草可爱，我独怜之，而散步至此。"尚有黄鹂深树鸣"，春虽暮矣，尚有黄鹂深树里啼啭，物情尽堪留恋。"春潮带雨晚来急"，此时春水泛滥，雨后之潮，晚来更急。"野渡无人舟自横"，春雨水涨，渡头过渡者稀少，故有无人之舟，因水泛而自横耳。此偶赋西涧之景，不必有所托意也。（《唐诗合选笺注》卷六）

顾嗣立曰：寇莱公化韦诗"野渡无人舟自横"句为"野水无人渡，孤舟尽日横"，已属无味。（《寒厅诗话》）

黄生曰：全首比兴。首喻君子在野，次喻小人在位。三、四盖言宦途利于奔竞，而己则如虚舟不动而已。（《唐诗摘抄》卷四）

朱之荆曰：《太清楼帖》中公手书，"生"作"行"，"上"作"尚"，若"行""尚"二字是，则黄解似未合。（《增订唐诗摘抄》）

沈德潜曰：起二句与下半无关，下半即景好句。元人谓刺君子在下，小人在上，此辈难与言诗。何良俊曰：《太清楼帖》中刻有韦公手书，"涧边行"，非"生"也；"尚有"，非"上"也。其为传刻文讹无疑。稍胜于"生"字、"上"字。（《重订唐诗别裁集》卷二十）

黄叔灿曰：闲淡心胸，方能领略此野趣。所难尤在此种笔墨，分明是一幅画图。（《唐诗笺注》）

宋顾乐曰：写景清切，悠然意远，绝唱也。（《唐人万首绝句选》评）

赵彦传曰：《诗人玉屑》以"春游"二句为入画句法。（《唐人绝句诗钞注略》）

王文濡曰：先以"涧边幽草""深树黄鹂"引起，写西涧之景，历历如画。（《唐诗评注读本》）

富寿荪曰：前半写西涧暮春景物，别有会心。后半写野渡雨景，宛然在目。"春潮带雨"着一"急"字，如闻其声；"无人舟自横"，尤传野渡暮雨之神。诗中有画，极运思用笔之妙。（《千首唐人绝句》）

师长泰曰："野渡无人舟自横"是全诗的结穴……怎样表现"无人"这一幽静的境界？诗人除用莺歌、水声进行衬托以外，主要突出了一只浮泊在水面上的空船。船因"无人"而"自横"，人多以为"横"字用得好，其实这个"自"字下得更妙。"横"字写势态，"自"字写意态。自，有自在、自得之意。一个"自"字，把船写得有了感情，写活了。一叶孤舟，无人摆渡，正悠闲自得地横躺水面，听任潮拍雨打，悠悠然地晃来摇去，静景中有静趣。诗有深幽静寂的境界，诗人恬淡自适的情趣，都通过这只空自摇晃的船，集中地体现了出来。顾嗣立《寒厅诗话》说："若寇莱公化韦苏州'野渡无人舟自横'句为'野水无人渡，孤舟尽日横'，已属无味。"所谓"无味"，就是没有韦诗那种悠然自得的情味，这与抽空"自"字有关。（《百家唐宋诗话》第307页）

读这首诗，有两点需要注意。一是首句一开头的"独怜"二字，并不只指"幽草涧边生"而言，也不仅包前两句，而是直贯篇末，统指诗中所描绘的所有景象以及由它们所构成的意境。二是诗中所描绘的景象，并不处在同一时间段，具体地说，前两句是晴昼之景，后两句则是雨暮之景，当然地点都是"滁州西涧"所见所闻。

"独怜幽草涧边生"。首句写涧边幽草，系俯视所见。西涧沿岸，幽草丛生，这景象极平常而不起眼，而诗人却"独怜"（特别喜爱）之。是因为它虽处于幽僻之境不为人所注意却欣欣然有生意而偏爱它，还是由于诗人自身对幽静景物有一种天然的爱好使然？似乎兼而有之。

"上有黄鹂深树鸣"。次句写深树鹂鸣，系仰听所闻。西涧岸边，有茂密的树林，时值暮春，黄鹂的鸣声时不时地从茂密的树林中传出。黄鹂的鸣叫声，流美清脆，这声音仿佛是破静的。但曰"深树"，曰"有"，透露出整个环境是深幽的、寂静的，只是从密林深处偶或传来那么一两阵黄鹂的鸣叫。

这样的"鸣",正反衬出了整个环境的幽静,就像长夏永昼,偶闻蝉噪,更感环境之寂静一样。以上两句,描绘的是暮春晴昼之景,如果是像三、四句那样的雨骤风急之景,黄鹂是不会欢快鸣叫的,即使鸣叫,也会被风雨声所淹没而听不到。

三、四两句,转写西涧雨暮之景。前后幅之间的时间推移过渡,诗人采用暗场处理,略去不写,但"独怜"之情,仍一意贯串。第三句"春潮带雨晚来急",描绘的是带有明显动态感的景象。春天的傍晚,西涧上下起了急雨,刮起了风,河水陡涨,风卷浪涌,其势如潮;风助雨势,潮涌雨急。单看这一句,也许会觉得不但所写的客观景象富于动荡之感,而且诗人的主观感情和心态也并不平静,但三、四两句是一个整体,写"春潮带雨晚来急",正是要托出第四句"野渡无人舟自横"来。在雨骤风急潮涌的河面上,一只孤零零的渡船正悠悠然地横躺在那里。因为是荒郊野渡,行人本就稀少,加以风急雨骤,更是行人断绝,那条渡船在风吹浪涌中,便兀自横转船身,晃晃荡荡地在水面上转悠。"野渡无人舟自横"的景象,可以出现在不同的时间和气候条件下,本身有其相对的独立性,故每被摘句者孤立地拎出来欣赏。但在这首诗里,它是和特定的时间、特定的气候条件所构成的环境背景紧密相连的,即与"春潮带雨晚来急"紧密相连,浑然一体,不可分割。因此,统观三、四两句,诗人所要表现的乃是在风急雨骤浪涌这种具有明显动荡感的环境反衬下的寂静和悠然,"晚来急"与"舟自横"正形成鲜明的对比。潮之涌,风之急,雨之骤,恰恰反衬出了这"无人"野渡的荒寂幽静和一叶横舟的悠然自适。而诗人的那份静观雨骤潮涌舟自横景象的悠闲自得情趣也就更加突出地表现出来了。

诗中所写的景象,并非一味的幽静悠闲,其中既有第二句所写的黄鹂鸣于深树的景象,更有第三句所描绘的雨骤潮涌的景象,但它们在诗中所起的作用却是反衬整体环境的幽静和心境的悠闲。正是由于通过这些景象的反衬,使整体环境的幽静和心境的悠闲更加突出,也使这种幽静与悠闲不致陷于死寂与幽冷,而是一种带有生意的幽静和悠闲。

吴乔曾激烈批评唐诗被宋人说坏,从这首诗的诠释史看,他的批评不无道理。尽管谢枋得以牵强附会的诠释遭到后代评家的尖锐指责,但善解诗者如黄生却仍说"全首比兴",直至当代,仍有谢说的余响,可见这种穿凿之风流毒之深远。

闻 雁〔一〕

故园眇何处〔二〕，归思方悠哉〔三〕。
淮南秋雨夜〔四〕，高斋闻雁来〔五〕。

校注

〔一〕诗有"淮南""高斋""秋雨夜""闻雁"及"归思"等字，当作于建中四年（783）深秋。韦应物于建中三年夏由尚书比部员外郎出为滁州刺史，其《郡斋感秋寄诸弟》说："首夏辞旧国，穷秋卧滁城。"刚到郡不久，似不应说"归思""悠哉"。四年十月，京师兵乱，诗中未提及此事，故以作于四年深秋较为合理。

〔二〕眇，渺远。"故园"当指长安。韦应物为京兆杜陵人，时诸弟皆居长安杜陵。

〔三〕悠哉，悠长。

〔四〕淮南，指滁州。滁州属淮南道，地处淮河以南。

〔五〕高斋，指郡斋。

笺评

刘辰翁曰：更不须语言。（朱墨本《须溪先生校点韦苏州集》。《唐诗品汇》卷四十一引同）

吴逸一曰：转折清峭。（《唐诗正声》评）

桂天祥曰：省此不复言，极苦。归思无着时，更值夜雨闻雁，谁能遣此怀抱？（《批点唐诗正声》）

蒋仲舒曰：更不说愁，愁自不可言。（《唐诗广选》引）

唐汝询曰：归思方迫，复值夜雨，此时闻雁，正触物增感处，故以命题。其曰"淮南"盖刺滁时作也。（《唐诗解》卷二十三）又曰：说破是"归思"，以"雁"作结，便有无限含蓄。（《汇编唐诗十集》）

沈德潜曰："归思"后说"闻雁"，其情自深。一倒转说，则近人能之矣。（《重订唐诗别裁集》卷十九）

1639

黄叔灿曰：高斋雨夜，归思方长，忽闻鸣雁之来，益念故园之切。闲闲说来，绝无斧凿痕也。末句为归思添毫。（《唐诗笺注》）

李锳曰：前二句先说归思，后二句点到闻雁便住，不说如何思归，而思归之情弥深。"眇何处"，离家之远也；"方悠哉"，归思之久也。此时而闻雁，其感触归思为何如？况当秋夜方长，秋雨凄清之际乎！第三句又是加一倍写法。（《诗法易简录》）

钱振锽曰："淮南秋雨夜，高斋闻雁来""山空松子落，幽人应未眠"，两诗皆清绝。奇在音调悉同。（《摘星诗说》）

俞陛云曰：此诗秋宵闻雁，有归去之思。凡客馆秋声，最易感人怀抱。明人诗"一声征雁谁先知，今夜江南我共君"，与韦诗有同慨也。（《诗境浅说》续编）

刘拜山曰：结句正见安置之妙。盖先述归思，后写闻雁，意更深至。若一倒转说，即是触景生情常语，其间深浅迥殊矣。（《千首唐人绝句》）

（鉴赏）

唐德宗建中三年（782）首夏，韦应物由尚书比部员外郎出任滁州刺史。这首诗可能作于第二年的深秋。

这是一个秋天的雨夜。独立高斋（郡斋之有楼者）的诗人在茫茫夜色和一片雨雾中引领遥望西边的故园。长安离滁州两千里，即使晴空万里的白天登楼遥望，也会有云山阻隔、归路迢递之感；暗夜沉沉，一片模糊，自然更不知其眇在何处了。遥望故园，本身就是乡思的表现和寄托，而故国之眇茫难即，更透出一种怅惘失落之感，加重了对故园的思念，使诗人的"归思"在眇茫难即的遥望中变得更加悠长。空间的邈远与归思的悠长本来就构成正比，而暗夜的迷茫和静寂则更加重了归思的强度，"眇何处"与"方悠哉"之间正存在着这种既对应又加深的因果关系。一、二两句，上句以设问起，下句出以慨叹，言外自含无限低回怅惘之情。"方"字透出归思正殷，既紧承上句之故园眇不可即，又为三、四句夜雨闻雁作势。

"淮南秋雨夜"。前两句先写故园之远，归思之长，这一句折转回来点明时地和季候环境，即使诗不流于平直，而且对"归思"起了加倍渲染的作用。独立高斋的诗人在暗夜中听着外面淅淅沥沥下个不停的秋雨，益发感到夜的深永、秋的凄寒和高斋的空寂，本来就正悠长的归思在漫漫长夜、绵绵秋雨的浸染下变得更无穷无已、悠悠不尽了。

正当怀乡之情不能自已的时候，独坐高斋的诗人听到了自远而近的雁叫声。这声音在寂寥的秋雨之夜，显得分外凄清，使得因思乡而永夜不寐的诗人浮想联翩，更加难以为怀了。诗写到这里，戛然而止，对因"闻雁"而引起的感触不着一字，留给读者自己去涵泳玩索。正如沈德潜所指出的："'归思'后说'闻雁'，其情自深。一倒转说，则近人能之矣。"

这样一种构思和结构安排，特别是末句以景结情，除了能为"归思"起进一步渲染的作用和增加含蓄的韵味以外，更重要的还是"闻雁"本身富于包孕，才能引发丰富的联想。秋天雨夜的长空雁鸣声，因环境的影响，显得特别凄清寂寥而空旷，这对于远宦思乡的诗人来说，自然更增凄凉寂寞和空旷之感；鸿雁传书，雁来而远书不来，更增对故园亲友的怀念；雁秋天南飞，春天北返，而自己则羁宦远郡，思归而不得归。这种种与雁有关的联想，在高斋闻雁之际，都会纷至沓来、萦绕脑际，而诗人则既严格遵守五绝在字句篇幅上的约束，又充分发挥五绝"意当含蓄，语务春容"的特点与优长，在仿佛还有无穷思绪要抒写时悠然而收，这才能极大地调动起读者的丰富想象，而扩展其感情容量。

光从文字看，似乎诗中所抒写的不过是远宦思乡之情。但渗透在全诗中的萧瑟凄清情调和充溢在全诗中的秋声秋意，却使读者隐隐约约感到在这"归思""闻雁"的背后还隐现着时代乱离的面影，蕴含着诗人对时代社会的感受。联系诗人的"分竹守南谯（指任滁州刺史）……海内方劳师"（《寄大梁诸友》）不难看出这一点。就在写这首诗后不久，京师兵乱，其所作《西楼》诗说："高阁一长望，故园何日归。烟尘拥函谷，秋雁过来稀。"仍然是高阁长望，却因烟尘满函谷而连秋雁亦"过来稀"了。对照之下，时代消息显然。

沈德潜说："五言绝句，右丞之自然，太白之高妙，苏州之古澹，并入化机。"（《说诗晬语》卷上）古澹，确是韦应物五言绝句的风格特征。从这首《闻雁》可以看出，他是在保持绝句"意当含蓄，语务春容"的特点的同时，有意识地运用古诗的句格、语言与表现手法，以构成一种高古澹远的意境。诗句之间，避免过大的跳跃，语言也力求朴质自然而避免雕琢刻削，一、二两句还杂以散文化的句式句法。这种风格，与白居易一派以浅易的语言抒写日常生活情趣（如白居易的《问刘十九》），判然属于两途。

钱 起

　　钱起（？—782或783），字仲文，吴兴（今浙江湖州）人。天宝十载（751）登进士第。释褐秘书省校书郎。曾奉使入蜀。乾元二年（759）至宝应二年（763）春，在蓝田尉任，与王维唱酬。大历中历拾遗、祠部员外郎、考功员外郎，官终考功郎中。约建中三年或四年卒。高仲武《中兴间气集》选大历诗人之作，以钱起冠首。《新唐书·卢纶传》谓"与郎士元齐名"，姚合选《极玄集》，于李端下谓其"与卢纶、吉中孚、韩翃、钱起、司空曙、苗发、崔峒、耿沣、夏侯审唱和，号'十才子'"。有集十卷，《全唐诗》编其诗为四卷。钱起为大历十才子和整个大历诗风的代表人物，在当时有盛名，但诗实工稳而平庸。偶有佳作，除《省试湘灵鼓瑟》当时即有盛誉外，均未入《中兴间气集》《极玄集》等选，可见其时之诗坛好尚。

省试湘灵鼓瑟〔一〕

　　善鼓云和瑟〔二〕，常闻帝子灵〔三〕。冯夷空自舞〔四〕，楚客不堪听〔五〕。苦调凄金石〔六〕，清音入杳冥〔七〕。苍梧来怨慕〔八〕，白芷动芳馨〔九〕。流水传湘浦〔一〇〕，悲风过洞庭〔一一〕。曲终人不见，江上数峰青。

校注

　　〔一〕省试，唐代由尚书省礼部主持的科举考试，此指进士科考试。湘灵，舜之二妃娥皇、女英，尧之女。相传舜南巡，死于苍梧，二妃追之不及，没于江湘之间，因为湘水之神。《楚辞·远游》："使湘灵鼓瑟兮，令海若舞冯夷。"鼓，弹奏。"湘灵鼓瑟"是天宝十载（751）钱起应进士试时的试题。《旧唐书·钱徽传》："父起，天宝十载登进士第。起能五言诗，初从乡荐，寄家江湖，常于客舍月夜独吟，遽闻人吟于庭曰：'曲终人不见，江上数峰青。'起愕然，摄衣视之，无所见矣。以为鬼怪，而志其一十字。起就赋之年，李昈（当作李麟）所试'湘灵鼓瑟'题中有'青'字，起即以鬼谣十字为落句，昈（麟）深嘉之，称为绝唱。是岁登第。"同年参加进士试赋此诗今尚存者尚有魏璀、陈景、庄若讷、王邕等人所作，均见《文苑英华》卷一百八十四。

〔二〕云和瑟，《周礼·春官·大司乐》："孤竹之管，云和之琴瑟。"郑司农注："云和，地名也。"《文选·张协〈七命〉》："吹孤竹，拊云和。"李周翰注："云和，瑟也。"

〔三〕帝子，指舜之二妃娥皇、女英，因其为尧之二女，故称。《楚辞·九歌·湘夫人》："帝子降兮北渚，目眇眇兮愁予。"

〔四〕冯夷，传说中的黄河之神，即河伯。此泛指水神。《楚辞·远游》有"使湘灵鼓瑟兮，令海若舞冯夷。"海若，海神名。"冯夷空自舞"之句即因此而生发。

〔五〕楚客，指放逐到沅湘一带的骚人屈原。李白《愁阳春赋》："明妃玉塞，楚客枫林。"也可泛指客游楚地的人。湘江一带系楚地。

〔六〕苦调，凄苦的音调。指瑟所奏出的音调。凄，悲伤。金石，本指钟磬一类乐器，此指钟磬所发出的声音。

〔七〕杳冥，高远的天空。

〔八〕苍梧，地名，在今湖南宁远县南，相传舜南巡，至苍梧而死，葬九嶷山。二妃寻而不见，投湘水而死。句意为苍梧九嶷山上舜之亡灵听如此凄悲的瑟声亦生怨慕之情。

〔九〕白芷，香草名。夏季开伞形白花，古代以其叶为香料。《楚辞·九歌·湘夫人》："沅有芷兮澧有兰，思公子兮未敢言。"又《招魂》："绿蘋齐叶兮，白芷生。"芳馨，芳香。《湘夫人》："合百草兮实庭，建芳馨兮盈门。"

〔一〇〕流水，即"流水高山"，指美妙的乐曲。《列子·汤问》："伯牙善鼓琴，钟子期善听。伯牙鼓琴，志在登高山。钟子期曰：'善哉！峨峨兮若泰山。'志在流水，钟子期曰：'善哉！洋洋兮若江河。'"潇，水名。源出九嶷山，流入湘江。《山海经·中山经》："帝之二女居之，是常游于江渊，澧、沅之风，交潇湘之渊。"《文选·谢朓·新亭渚别范零陵》："洞庭张乐地，潇湘帝子游。"潇，《全唐诗》校："一作湘。"《山海经·中山经》："洞庭之山……帝之二女居之。"

〔一一〕《楚辞·九歌·湘夫人》："袅袅兮秋风，洞庭波兮木叶下。"按

《悲风》亦琴曲名。李白《月夜听卢子顺弹琴》："忽闻《悲风》调，宛若《寒松》吟。"王琦注："释居月《琴曲谱录》有《悲风操》《寒松操》……并琴曲名。"

笺评

葛立方曰：唐朝人士，以诗名者甚众，往往因一篇之善，一句之工，名公先达为之游谈延誉，遂至声闻四驰。"曲终人不见，江上数峰青"，钱起以是得名……然观各人诗集，平平处甚多，岂皆如此句哉！古人所谓尝鼎一脔，可以尽知其味，恐未必然尔。（《韵语阳秋》卷四）又曰：清庙之瑟，朱弦而疏越，一唱而三叹，岂若后世务为哇淫绮靡之音哉！……钱起为《湘灵鼓瑟》诗云："冯夷空自舞，楚客不堪听。"鲍溶云："丝减悲不减，器新声更古。一弦有馀哀，何况二十五。"二公之咏，于一唱三叹之旨几矣。（同上引卷十五）

范晞文曰：李赞皇《桂花曲》云："仙女侍，董双成，桂殿夜凉吹玉笙，曲终却从仙宫去，万户千门空月明。"钱起云："曲终人不见，江上数峰青。"虽词约而深，不出前意也。赞皇诗，人少知之，而钱以此名世，亦可见幸不幸耳。（《对床夜语》卷五）

刘克庄曰：唐世以诗赋设科，然去取予夺，一决于诗，故唐人诗工而赋拙。《湘灵鼓瑟》《精卫填海》之类，虽小小皆含意义，有王回、曾巩所不能道。本朝亦以诗赋设科，然去取予夺，一决于赋，故本朝赋工而诗拙。（《后村先生大全集·题跋》）

王应麟曰：唐人以诗取士，钱起之《鼓瑟》，李肱之《霓裳》是也，故诗人多。（《困学纪闻》卷十八）

李东阳曰：唐律多于联上著工夫，如雍陶《白鹭》、郑谷《鹧鸪》诗二联，皆学究之高者。至于起、结，即不成语矣。如杜子美《白鹰》起句，钱起《湘灵鼓瑟》结句，若奏金石以破蟋蟀之鸣，岂易得哉！（《麓堂诗话》）

谢榛曰：诗有简而妙者……亦有简而弗佳者，若……陈季"数曲暮山青"，不如钱起"曲终人不见，江上数峰青"。（《四溟诗话》卷二）又曰：钱仲文《省试湘灵鼓瑟》云："曲终人不见，江上数峰青。"摘出末句，平平语尔。合两句味之，殊有含蓄。（同上引卷四）

王世贞曰：人谓唐以诗取士，故诗独工，非也。凡省试诗类鲜佳者。如钱起《湘灵》之诗，亿不得一；李肱《霓裳》之制，万不得一。（《艺苑卮言》卷四）

胡应麟曰：唐应试诸首拔诗，宋之问三作外，馀皆未惬人意……至场屋省题诗，竟三百年无一佳者，《文苑英华》中具载可见。就中杰出，无如钱起《湘灵》，然亦颇有科举习气，如"苍梧来怨慕，白芷动芳馨"，与起他作殊不类。下此若李肱、李郢，益无讥矣。（《诗薮·内编·近体中·七言》）

唐汝询曰：此以骚语命题也。言古之善瑟者，闻有帝女之灵。鼓则冯夷起舞，楚客增愁。正以调凄金石，声彻杳冥，向苍梧而怨慕，借白芷之芳馨，流水悲风传布于湘浦洞庭间矣。然瑟乃神灵所弹，原无处所，是以曲终而不见其人，徒对江上而惆怅也。（《唐诗解》卷五十）

郭濬曰：馀亦常调，只末二语杳渺，咀味不尽。（《增定评注唐诗正声》）

徐用吾曰：通篇大雅，一结信乎神助。（《唐诗分类绳尺》）

孙月绛曰：风致超脱，然体格却最稳密。（《唐风怀》引）

陆时雍曰：只后二语佳，馀情馀韵不尽。（《唐诗镜》卷三十二）

吴乔曰：结句收束上文者，正法也；若开者，别法也。上官昭容之评沈、宋，贵有馀力也；"曲终人不见，江上数峰青"贵有远神也。又曰：钱起亦天宝人，而《湘灵鼓瑟》诗，虽甚佳而气象萧瑟。（《围炉诗话》卷一）

陆次云曰：（末二句）真神助语，湘灵有灵。（《五朝诗善鸣集》）

徐增曰：云和，地名，此地桐木，斫琴瑟，音最精。《周礼》："云和之琴瑟。"帝子，指湘灵，灵即舜二妃湘君也。以"湘灵鼓瑟"直做起，看他如何做下去。冯夷，水神。《楚辞》"使湘灵鼓瑟兮"下有"舞冯夷"三字，故以"冯夷舞"承。"空自"，见舞者自舞，人不得而知之。楚客，指屈原，听鼓瑟而心悲，故云"不堪"。"苦调凄金石，清音入杳冥。"瑟之调苦，凄如金石之感人而凄折；瑟之音清，听之如在转，愈入于杳冥而难追。苍梧，《礼记》："舜葬苍梧之野。"怨慕，"舜号泣于昊天"。《孟子》曰："怨慕也，怨己之不得于其亲而思慕也。"清苦之音调，足使舜来怨慕。"白芷动芳馨"，《楚辞》："绿蘋齐叶兮白芷生。"白芷，即药，因鼓瑟而白芷之芳香欲动。"流水传湘浦，悲风过洞庭。"为下"曲终"作转。曲

1645

将终，如流水之传于湘浦，见鼓得快；若悲风之已过洞庭，忽然遂止。"曲终人不见"，人不见，方是湘灵。"江上数峰青"，有音时用耳，无音时用目。睁起双瞳，则又恍然若失矣。落句真是绝调。主司读至此，叹有神助。（《而庵说唐诗》卷二十二）

朱之荆曰：结自有神助，亦先有"湘浦""洞庭"二句，故接"曲终""江上"，觉缥缈超旷，云烟万状。吾谓此四句皆神助也。至《流水》《悲风》，原系曲名，紧接"曲终"，真是神来之笔。（《增订唐诗摘抄》）

毛奇龄曰：承点屈平一句，亦补题法。（"楚客"句下评）又曰：诗贵调度，钱诗调度佳，原不止以"江上数峰"见缥缈也，善观者自晓耳。（《唐人试帖》）

沈德潜曰：唐诗五言以试士，七言以应制。限以声律，而又得失谀美之态，先存于中，揣摩主司之好尚，迎合君上之意旨，宜其言又难工也，钱起《湘灵鼓瑟》，王维《奉和圣制雨中春望》外，杰作寥寥，略观可矣。（《说诗晬语》卷下）又曰：（末二句）远神不尽。又曰：落句固好，然亦诗人意中所有，谓得之鬼语，盖谤之耳。（《重订唐诗别裁集》卷十八）

纪昀曰：此诗之佳，世所共解。惟三句随手注题，浑然无迹；四句提醒眼目，通篇俱纳入"听"字中，运法甚密，读者或未察也。西河毛氏曰："往在扬州与王于一论诗，王谓：'钱诗固佳，而起尚朴僿。相比题意，当有缥缈之致，霭然而起，不当缠绕题字。'时余不置辨，但口诵陈季首句'神女泛瑶瑟'，庄若讷首句'帝子鸣金瑟'，谓此题多如是，王便默然。盖诗法不传久矣。"臧氏《唐诗类释》訾"白芷动芳馨"句，不知此写声气相感之妙在可解不可解之间。常建《江上琴兴》诗曰："泠泠七弦遍，万木澄幽阴。能使江月白，又令江水深。"岂复可以言诠乎？《唐诗纪事》：宣宗十二年，上于延英召中书舍人李藩等对。上曰："凡考试之中重用字如何？"中书对曰："其间重用文字，乃是庶几。亦非常有例也。"又曰："孰诗用重字？"对曰："钱起《湘灵鼓瑟》诗有两'不'字。"余按古人诗取达意，故汉魏诸诗往往不避重韵，无论重字。律诗既均以俪偶，谐以宫商，配色选声，自不得句重字复。倘不得已，则重字犹可，意必不可使重。此诗"不"字两见，各自为意，所以不妨……中六句句法相同，所谓切脚之病。西河谓"流水""悲风"是瑟调二曲名，然作者之意正以"流水""悲风"烘出远神，为末二句布势。如作曲名，反成死句。如杜诗"无风云出塞，不夜月临关"，本自即景好句，宋人以地名实之，意味反索

然也。况"流水""悲风"为曲名，亦未详所出。(《镜烟堂十钟·唐人试律说》)

袁枚曰：《楚辞》："使湘灵鼓瑟兮，令海若舞冯夷。"湘灵，诗湘夫人，实乃湘水之神。首二点题。《周礼》："云和之琴瑟。"按：云和，山名，出材可为琴瑟。帝子，尧女也。次联旁衬湘灵。冯夷，河神；楚客，谓屈平。三联写鼓瑟。四联"苍梧""白芷"写湘灵；"怨慕""芳馨"写鼓瑟。《楚辞》："朝发轫于苍梧兮。"又："绿蘋齐叶兮白芷生。"又："折芳馨兮遗所思。"五联《流水》《悲风》皆曲名，写鼓瑟；"湘浦""洞庭"写湘灵。结句意态更远。(《诗学全书》卷二)

蒋鹏融曰：先虚描二句，即点明题之来历，最工稳。结得渺然，题境方尽。"曲终"非专指既终后说，盖谓自始至终，究竟但闻其声，未见其形，正不知于何来于何往，一片苍茫，杳然极目而已。题外映衬，乃得题妙，此为入神之技。(《唐诗五言排律》)

乔亿曰：题境惝恍，非此杳渺之音不称。(《大历诗略》)

宋宗元曰：曲与人与地胶粘入妙。末二句远韵悠然。(《网师园唐诗笺》)

吴智临曰：首二句，直点全题。三、四，从湘灵旁面呼起一笔。五、六实赋鼓瑟。七、八，"苍梧""白芷"写湘灵；"怨慕""芳馨"写鼓瑟。九、十，"流水""悲风"写鼓瑟；"湘浦""洞庭"写湘灵。末二句"曲终"结鼓瑟，"人不见"结湘灵。"江上""峰青"四字，又分顶湘浦、洞庭作结。风致超脱，体格稳密。此诗结句，试官李晔称为绝唱，然同榜庄诗有"悲风丝上断，流水曲中长"，陈、魏诗俱有"曲里暮山青""数曲暮山青"句。毛西河云：诗贵调度，钱诗调度佳。原不止以"江上数峰"见缥缈也，善观者自晓耳。《别裁集》云："落句谓得自鬼语，盖谤之耳。"(《唐诗增评》卷三)

管世铭曰：试帖一体，特便于场屋，大手笔多不屑为，昌黎所谓"类于俳优者"之谓也。即唐贤佳制，与诸体诗并列，几于无可位置。兹选概不之及，惟存钱起《湘灵鼓瑟》一篇，亦以其结句入神而选之，非以其为试帖也。(《读雪山房唐诗序例·五排凡例》)

胡本渊曰：结得缥缈不尽。(《唐诗近体》)

梁章钜曰：纪文达师曰："试帖结语，更要紧于起语，起语可平铺，结语断不可不用意。钱起《湘灵鼓瑟》诗，自以结语擅场。"又曰："陈季

《湘灵鼓瑟》：'一弹新月白，数曲暮山青。'语略同钱作，然钱置于篇末，故有远神；此置于联中，不过寻常好句。"（《退庵随笔》卷二十一）

潘德舆曰：近人论诗，多以蜂腰为病，然如……钱仲文"苦调凄金石，清音入杳冥。苍梧来怨慕，白芷动芳馨。流水传湘浦，悲风过洞庭"皆历世相传之名作，而亦犯此病，并不累其气体，何也？乃知此病，在诗为至小；而徒去此病，亦不足以为佳诗耳。（《养一斋诗话》卷十）

朱自清曰：所谓"远神"大概有二个意思：一是曲终而馀音不绝，一是词气不竭，就是不说尽。这两个意思一从诗所咏的东西说，一从诗本身说，实在是一物的两面……"江上数峰青"也正说的是曲调高远，袅袅于江上青峰之间，久而不绝，该是从《列子》（响遏行云、馀音绕梁）脱化而出，可是意境全然是诗的，并非抄袭。所以可喜，这是一……沈说尽，宋不说尽，却留下一个新境界给人想，所以为胜。钱诗是试帖，与沈、宋应制诗体制大致相同，都是五言长律，落句也与宋异曲同工。上官昭容既定下标准在前头，影响该不在小。钱起的试官李晔或有意或无意大约也采取了这种标准，所以嘉许。这是二。还有，据《旧唐书》所记及陈季等同题之作，知道此诗所限之韵中有"青"字。钱押得如此自然，怕也是成为"绝唱"的一个小因子。（《历代名篇赏析集成》第885页引）

试帖诗之难工，沈德潜指出其"限以声律，而又得失诔美之态，先存于中；揣摩主司之好尚，迎合君上之意旨"，大体允当。这类诗之所以少有佳作，最根本的原因在于所出的试题绝大多数缺乏诗意，又习以为常地在内容上点缀升平、歌颂圣朝，既泯灭作者的个性和真实感情，又激发不起作者的诗意想象，成为千篇一律敷衍颂美、四平八稳的平庸无聊之作几乎是必然的。"限以声律"恐还在其次，因为唐人在"限以声律"的要求下还是写了大批佳作。在所有试帖诗中，被称为"万不得一"的李肱《霓裳羽衣曲》其实是首不离颂圣老调的平庸之作（见《云溪友议》引），而祖咏的那首五言四句的《终南望馀雪》已非合乎要求的试帖诗（换言之，它的成功恰恰是因为表情的需要而突破了试帖诗的程式规定，自由地抒发感情、描写景物）。全唐近三百年中，留存下来真正称得上好试帖诗的只有钱起这首《省试湘灵鼓瑟》。那么，它之所以成功，原因究竟在哪里呢？前人近人之评，或指出

"切题"是原因之一。但这一点对绝大多数作者来说，恐怕不致成为问题。在我看来，主要的原因不外乎两个方面：一是"湘灵鼓瑟"这个题目在唐人试帖诗的试题中是一个比较富于诗意（或者说是容易激发诗意想象）的题目。有关舜与二妃的神话传说，没有圣君贤妃的神圣光环，却充满了凄美的爱情内涵和悲剧气氛；而"鼓瑟"的题材和故事传说所在地的潇湘洞庭一带，在古代历史文献和文学作品中，又提供了一系列富于诗意的素材。这就为诗人借这个题目展开想象、创造意境提供了有利的条件。二是钱起本人敏锐地发现了这个题目所蕴含的悲剧内涵与特质，突破试帖诗通常特具的颂扬喜庆的特征，着力通过音乐描写，渲染悲剧气氛，创造悲剧意境，而且相当成功地创造出了合人、地、事、乐为一体的完整而富于远神的意境。

这里首先要提及"瑟"这种乐器的声音特征、表情特征问题。《史记·孝武本纪》："泰帝（即太昊伏羲氏）使素女鼓五十弦瑟，悲。帝禁不止，故破其瑟为二十五弦。"可见"悲"是瑟的声情特征。钱起正是抓住瑟声悲这一特征来渲染悲剧气氛，创造悲剧意境的。

诗分三节，每节四句。起四句带有总写的性质。"善鼓云和瑟，常闻帝子灵。"开头两句点明题目，这在一般的诗中可有可无，可显可隐，不必拘守，但在试帖中却是必须遵守的规程。虽属平起，却故用倒句（按平常次序自应作"常闻帝子灵，善鼓云和瑟"），不光是为了趁韵，也是使起势不致过于平衍，稍显顿挫之致。点出"灵"字，既应题内"湘灵"，且为全诗渲染神灵的迷离惝恍气氛张本。

"冯夷空自舞，楚客不堪听。"三、四两句，总写其音乐效果。"冯夷"之"舞"，由《楚辞·远游》"使湘灵鼓瑟兮，令海若舞冯夷"连带而及。古代文献中形容音乐的感人效果，常有使人或物起舞的记述，如《搜神记》谓"有姬曰成夫人，好音乐，能弹箜篌，闻人弦歌，辄便起舞"，《列子》谓"瓠巴鼓瑟而鸟舞鱼跃"。这里说"冯夷空自舞"，是说冯夷虽闻湘灵弹瑟之声而起舞，却并不理解其中传达的凄悲意蕴，故曰"空自"，目的是为了衬起下句"楚客不堪听"。骚人屈原，因忠而被逐，流落江湘，有着与湘灵类似的悲剧遭遇，心声与瑟声共振相通，故曰"不堪听"，突出表现的正是湘灵鼓瑟之悲声所产生的感人心的艺术效果。两句虽神、人对仗，意则重在对句。

1649

中间四句，进一步渲染湘灵鼓瑟的清音苦调及其感动神灵生植的艺术效应。"苦调"句是说瑟所奏的悲凄声调超越其他乐器，"清音"句是说瑟所奏的清越音调传入高远的天空，邈远无际。"苍梧"句是说苍梧山上舜的灵魂都因悲凄的瑟声而兴怨慕之情，"白芷"句是说连无知的白芷也仿佛受到瑟声的感染而散发出沁人的芳香。值得注意的是，这里出现了死葬苍梧的舜的形象，特别是他因闻湘灵鼓瑟而兴起的"怨慕"之情。古圣君的神圣光环在这里消失得无影无踪，有的只是和常人一样的作为爱情主角一方的凄凉怨慕的感情，表现出对所爱者的思慕和思而不见的悲怨。舜以这样的身份和形象在诗中出现，在古代文学作品中罕见，由此可以看出唐人思想感情的不受传统思想拘束、自由而浪漫的特征。"白芷"句，纪昀谓"此写声气相感之妙在可解不可解之间"，可谓善体诗境。自然界中有些花草，会随着动人的音乐有节奏地舞动，诗人所描绘的白芷因闻湘灵鼓瑟而发散沁人的幽香的景象，正有其客观依据。本来与二妃就有深挚感情的舜的神灵闻乐而生怨慕，本来属无知无灵的植物也因闻乐而发芳香，则音之感染力真是感鬼神而动万物了。两句所描绘的意境，既凄美又幽洁，"来""动"二字，将无形的怨慕之情描绘得恍若有形，将无知的草木花卉描绘得似有灵性，都是传神写照之笔。

最后四句写瑟声的远传与终结，是全篇的收束。"流水""悲风"，或谓指曲名，纪昀谓若作此解，便成死句。其实两种理解并不矛盾，完全可以理解为凄悲的乐曲随着湘江的流水传送到潇水之浦，随着袅袅的秋风远过洞庭。潇水源于九嶷山，系舜之葬地，潇湘、洞庭又是湘灵所居之所，故写曲之随流水、悲风远传潇湘洞庭，正是进一步渲染舜与二妃之间精诚的相感相通，又是形容乐声充盈传播于山水天地之间。

"曲终人不见，江上数峰青。"最后两句，写曲终之后悄然静寂的远韵远神，是全篇的添毫点睛之笔。将乐曲的演奏与"暮山青"的景象联系起来，并不是钱起的独创，天宝十载同时参加进士试的魏璀同题之作有"柱间寒水碧，曲里暮山青"之句，陈季有"一弹新月白，数曲暮山青"之句，但都是用来形容乐曲演奏时所传达的意境，而非曲终之后所展现的意境，而且都置于篇中而非篇末，因此其艺术含蕴和效果与钱起此诗有明显的区别。钱起此结之富于远韵远神，至少可以从以下三个方面加以体味。一是表现诗人在想象中仿佛亲临湘灵鼓瑟的演奏现场湘江之滨，在乐曲演奏的整个过程中，耳听神驰，沉醉于音乐的意境。曲终之时，但见江上峰青，杳然静寂，恍如梦初醒的境界。二是表现诗人于曲终之际，因听觉暂留与乐曲的感人，似感到江上青峰之间仍然缭绕浮动着乐曲的袅袅余音的意境，亦即余音绕峰间之

1650

意。这当然是一种错觉和幻觉，但自有其心理与生理的依据。三是在乐曲演奏的过程中，因音乐的悲凄动人而唤起对湘灵的想象与追慕，一曲终了，悄然不见仙灵身影，但见江上数峰青如染出而已，表现出一种惘然若失的神情。以上三种不同角度的联想，都不妨先后或同时被唤起，故含蕴极为丰富。而无论哪一种联想，又都具有音乐意境之缥缈与神灵境界之缥缈的双重缥缈特征，故极具远韵远神，令人测之无端，玩之无尽。

暮春归故山草堂〔一〕

谷口春残黄鸟稀〔二〕，辛夷花尽杏花飞〔三〕。
始怜幽竹山窗下〔四〕，不改清阴待我归。

（校）（注）

〔一〕故山草堂，指诗人在蓝田辋川谷口所置的别业。其诗集卷一有《谷口新居寄同省朋故》，所谓"谷口新居"即此诗题内之"故山草堂"，系休沐及栖隐之地，非指故乡吴兴。此"故山"与王维《山中与裴迪秀才书》中"故山殊可过"之"故山"含义相同。起另有《归故山路遇邻居隐者》《谷口书斋寄杨补阙》《岁初归旧山》《春谷幽居》《晚归蓝田山居》《幽居春暮书怀》《山中酬杨补阙见过》《蓝田溪杂咏二十二首》，所称"故山""谷口书斋""旧山""春谷幽居""山中""蓝田溪"与此诗之"故山"所指均同为蓝田辋川谷口之别业。此诗《文苑英华》卷三百二十五题作《晚春归山居题窗前竹》，署刘长卿作。但《刘随州集》不载此诗，而明铜活字本《钱考功集》卷十收入此诗。《唐音统签·丁签》钱起诗集亦收，题下注："《文苑英华》作刘长卿《题竹》，误。"按：此诗显系钱起作，上引钱诸诗题可证。

〔二〕谷口，即辋川谷口。"谷口春残"，《文苑英华》卷三百二十五作"溪上残春"。黄鸟，即黄莺。

〔三〕辛夷，落叶乔木，高数丈，木有香气。花初出枝头，苞长半寸，尖如笔头，故俗称其花为木笔花。此花春天开早，至暮春时已残。杏花二月开，至暮春亦飘零，故云"杏花飞"。

〔四〕怜，爱。

谢枋得曰：春光欲尽，莺老花残，独山窗幽竹不改清阴，好待主人之归。此与"岁寒，然后知松柏之后凋"同意。（《注解选唐诗》）

敖英曰：风韵含蓄，不落色相，较之"试问门前客，今朝几个来"（按：李适之五言绝《罢相作》后二句），深浅自是不同。（《唐诗绝句类选》）

吴逸一曰：意深讽刺，却又不说出。（《唐诗正声》）

唐汝询曰：此仲文罢官之后，感交道而作也。人之趋势利者，譬若花鸟之向春，春残之后，花落鸟稀，无复存者。独山窗幽竹，不改清阴，非岁寒之交欤？此诗本以愧市道之客，而隐然不露，有风人遗音。然则翟公之书门，左相之乐圣，浅矣夫！（《唐诗解》卷二十八）

胡应麟曰：绝句最贵含蓄。青莲"相看两不厌，唯有敬亭山"，亦太分晓；钱起"始怜幽竹山窗下，不改清阴待我归"，面目尤为可憎，宋人以为高作，何也？（《诗薮·内编·近体下》）

周敬曰：贞心难识，"始"字见解更深。（《删补唐诗选脉笺释会通评林·中七绝》）

毛先舒曰：李适之《罢相作》，敖子发以为不如钱起《暮春归故山草堂》。不知李诗朴直，钱诗便巧。李出钱上自远，子发未审格耳。（《诗辩坻》卷三）

黄生曰：此即岁寒后凋意。（《唐诗摘抄》卷四）

《诗话类编》：丘仲深尝作《因事有感》诗，其序曰："唐人有诗云'公道世间唯白发'，又曰'唯有东风不世情'……由今日以观，尤有甚于此者，故反其词为一绝云……"今仲深反其词为之，感慨良深，然诗家又病其太露。如钱起《归故山》诗……何等蕴藉！

袁枚曰：此感交道而作。首句写景起，次句承上"春残"，言人之趋势利者，譬若花鸟之向春，及春残，则花落、鸟稀。三句转，独"山窗幽竹"，不改"清阴"，此岁寒之交也。末合到"归"字作结。（《诗学全书》卷四）

宋宗元曰：雅人自饶深致，正不必作讽刺观。（《网师园唐诗笺》）

唐诗选注评鉴（三）

李锳曰：以鸟稀、花尽，陪出幽竹之不改清阴，借花竹以寓意耳。若以朱子注《诗》之例，当曰"赋而比"也。（《诗法易简录》）

朱宝莹曰：四句一气相生，题中无一字漏却，而又极洒脱之致，无刻画之痕。[品]清奇。（《诗式》）

刘拜山曰：罗邺《芳草》："年年检点人间事，唯有春风不世情。"亦是此意。然失之浅露，不及此深婉。（《千首唐人绝句》）

这首七绝写诗人暮春季节回到蓝田辋川谷口别业时所见所感。诗写得清爽流利，明白晓畅，而又饶有情致。

前两句写归故山草堂时所见暮春景象。"谷口"即辋川谷口，系"故山草堂"所在。"春残"点时令季节，应题内"暮春"。黄莺的鸣啭，轻盈宛转，是春天生命活力的突出标志，繁花满树、紫苞怒放的辛夷花和缤纷繁茂、犹如香雪的杏花，则点缀出春天的热闹和繁盛。但"春残"时节归来，莺的鸣啭已经稀疏，辛夷花早已凋落委地，杏花也纷纷飘飞陨落了。眼前所见，已是一片凋衰寂寞的景象。诗人于"黄鸟""辛夷花""杏花"上下分别用"稀""尽""飞"三字，传达出耳闻目睹上述景象时惘然若失的惆怅与遗憾。但从两句诗的轻快爽利格调看，这种惆怅与遗憾并不那么沉重。而且诗的主意并不是要渲染残春景象以及由此引起的惆怅失落，而是将它作为陪衬，以衬起三、四两句。

"始怜幽竹山窗下，不改清阴待我归。"草堂的窗外，是一片竹林。值此春残花落鸟稀之际，竹林在雨水的滋润下反而更显得青翠欲滴，繁茂葱郁，在窗外撑起一片绿荫，似乎在等待我的归来。诗人在两句的开头，分别冠以"始怜""不改"四字。竹子四季常青，故曰"不改清阴"。这本是客观的物性，但诗人却在与花落、鸟稀的对照中感到它恍若有情，似乎是在有意"待我"之"归"。客观的物景被主观化、拟人化了，清阴依旧的竹林似乎成了诗人的故交旧友，带着它的一片翠绿欢迎诗人的归来。"始怜"二字，正透露出诗人见到翠竹清阴依旧时那种如见情意依依的故友的那份亲切喜悦、怜爱温煦之情。在春残鸟稀花落的惆怅失落中，得此"不改清阴"、殷勤待我归来的翠竹，诗人心灵上得到了慰藉，变得充盈而喜悦了。

竹的四季常青的物性能引发对于人的品性的一系列联想，古代士人对竹的爱好和赞颂中往往寄托有关士人品性的理想。因此，这首诗对于幽竹清阴的怜爱，也可以引发读者的许多联想。诗人在主观上虽将翠竹拟人化，但未必将其道德化。如果认定诗人要表现的就是岁寒后凋的旨意，甚至联系到交道，联系到世情，那就将一首饶有情致的诗变成以物寓理的哲理诗，将原来优美的抒情变成面目可憎的道德说教了。自谢枋得以来的许多评点，大都犯了这个毛病。还是宋宗元说得好："雅人自饶深致，正不必作讽刺观。"

归　雁〔一〕

潇湘何事等闲回〔二〕？水碧沙明两岸苔〔三〕。
二十五弦弹夜月〔四〕，不胜清怨却飞来〔五〕。

校注

〔一〕大雁秋天南飞，春天北归，故称"归雁"。作诗时诗人身在北方。瑟曲有《归雁操》。

〔二〕潇湘，潇水和湘水合流一带地区。潇水源出今湖南宁远县九嶷山，至永州西北汇入湘水。这一带相传是雁南飞止宿之处，附近的衡山有回雁峰，旧有雁南飞不过衡阳之说。等闲，轻易，无端。

〔三〕苔，苔藓，生长在潮湿的地方，传为雁所喜食。杜牧《早雁》："莫厌潇湘少人处，水多菰米岸莓苔。"

〔四〕二十五弦，指瑟。《史记·孝武本纪》："泰帝（即太昊伏羲氏）使素女鼓五十弦瑟，悲。帝禁不止，故破其瑟为二十五弦。"弹夜月，在月夜下弹奏。此暗写湘灵月下鼓瑟。

〔五〕不胜，不能经受。清怨，指瑟所奏出的凄清怨慕的声音。却，返。却飞，犹返飞，即"归"也。

笺评

董其昌曰：古人诗语之妙，有不可与册子参者，惟当境方知之。长沙两岸皆山，余以牙樯游行其中，望之，地皆作金色，因忆"水碧沙明"之

语。（《画禅室随笔》）

钟惺曰：悠缓意似瑟中弹出。（《唐诗归》）

唐汝询曰：雁至衡阳而回，即潇湘之间也。言汝何事而即回？彼潇湘之旁，山水甚美，尽可栖托。所以归者，得非湘灵以二十五弦弹月，汝不胜其悲而飞来耶？按：瑟中有《归雁操》。仲文所赋《湘灵鼓瑟》为当时所称。盖托意归雁，而自矜所作，谓可泣鬼神、感飞鸟也。（《唐诗解》卷二十八）

陆时雍曰：意致清远。（《唐诗镜》卷三十一）

桂天祥曰：极佳，后人更无此作者，用意精深，乃知良工心独苦。（《批点唐诗正声》）

周敬曰：馀音婉转，词气悠扬，意似瑟中弹出。（《删补唐诗选脉笺释会通评林·中七绝》）

黄生曰：此设为答问之词。言潇湘之地，可食可居，何事等闲便回。又代答云：盖为彼地瑟声清怨，悲不可止，故却飞来也。说者谓瑟中有《归雁操》，故云。然亦暗用湘灵鼓瑟事也。三句接法浑而健。（《唐诗摘抄》卷四）

朱之荆曰："何事等闲回"，直唤起三、四句。第二句补写潇湘之景，正衬"何事"二字，起"不胜"二字。"等闲"者，轻忽之辞也。（《增订唐诗摘抄》）

高士奇曰：瑟中有《归雁操》。诗意谓潇湘佳境，水碧沙明，何事即回？我瑟夜弹方怨，汝却飞来乎？又一说，以"二十五弦弹夜月"为湘妃鼓瑟，谓潇湘佳境，雁不应回，乃湘瑟之怨不可留耳。此诗人托兴之言，其说亦通。（《三体唐诗》卷一）

何焯曰：托意于迁客也。禽鸟犹畏卑湿而却归，况于人乎！（《三体唐诗》评）

吴烶曰：情与境会，触绪牵怀，为比为兴，无不妙合。（《唐诗选胜直解》）

沈德潜曰："潇湘何事等闲回"，作呼起语，三、四相应。"二十五弦弹夜月，不胜清怨却飞来。"瑟中有《归雁操》，故从操中落想。（《重订唐诗别裁集》卷二十）

袁枚曰：首句破题起，雁至衡阳而回，即潇湘之间。次句承，言潇湘之间，山水甚美。三句转，所以归者，得非湘灵以"二十五弦弹夜月"？

按：瑟（曲）中有《归雁操》。四句合，汝不胜其悲而飞耶？（《诗学全书》卷四）

黄叔灿曰：意似有寄托，作问答法，妙。（《唐诗笺注》）

管世铭曰：王阮亭司寇删定洪氏《唐人万首绝句》，以王维之《渭城》、李白之《白帝》，王昌龄之"奉帚平明"、王之涣之"黄河远上"为压卷，趁于前人之举"葡萄美酒""秦时明月"者矣，近沈归愚宗伯，亦数举数首以续之。今按其所举，唯杜牧"烟笼寒水"一首为当。其柳宗元之"破额山前"，刘禹锡之"山围故国"，李益之"回乐烽前"，诗虽佳而非其至。郑谷"扬子江头"，不过稍有风调，尤非数诗之匹也。必欲求之，其张潮之"茨菰叶烂"，张继之"月落乌啼"，钱起之"潇湘何事"，韩翃之"春城无处"，李益之"边霜昨夜"，刘禹锡之"二十馀年"，李商隐之"珠箔轻明"，与杜牧《秦淮》之作，可称匹美。（《读雪山房唐诗序例·七绝凡例》）

李锳曰：此上呼下应体，用"何事"二字呼起，而以三、四申明之。琴、瑟中有《归雁操》，第三句即从此落想，生出"不胜清怨"四字，与"何事"紧相呼应。寄慨自在言外。（《诗法易简录》）

宋顾乐曰：为雁想出归思，奇绝妙绝。此作清新俊逸，珠圆玉润。（《唐人万首绝句选》评）

《精选评注五朝诗学津梁》："清词丽句必为邻"，为此诗写照。

俞陛云曰：作闻雁诗者，每言旅思乡愁，此诗独擅空灵之笔，殊耐循讽。首句，故作问雁之词，起笔已不着滞相。次句言水碧沙明，设想雁之来处。后二句，言值秋宵良月，冰弦弹彻之时，正清怨盈怀，适有一行归雁，流响云天。雁声与弦声，并作清愁一片。着眼处，在第四句之"却"字，人与雁合写，无意而若有意，可谓妙语矣。（《诗境浅说》续编）

刘拜山曰：似是托意遇合之作。然即作咏归雁诗看，亦觉章法、设想奇绝，脱尽咏物窠臼。（《千首唐人绝句》）

 鉴赏

在中国古代诗歌中，雁作为一种诗歌意象，经常与乡思羁愁联系在一起。咏雁的诗，也因此而具有大体相近的构思套路。这首题为《归雁》的小诗，却完全跳出习惯性的构思，别出心裁地将雁之"归"与音乐的强烈感染力联系在一起。通过想象，创造出凄清悠远的意境，并具有摇曳的风神和不尽的韵味。

诗人身处北方，春天见南雁北归而触发诗思。衡山有回雁峰，相传雁南飞不过衡阳，潇湘一带，正是南飞的大雁止宿之地。春来南雁北归，本是作为候鸟的大雁的习性使然，诗人却似乎故作不知，劈头发问："潇湘何事等闲回？"在潇湘待得好好的，为什么轻易地飞回北方了？发端新奇而突兀，给读者留下了悬念。

"水碧沙明两岸苔"。次句紧承"何事等闲回"，补充说明"潇湘"之美好宜居。"潇"字本身就是形容水之清深的。《水经注·湘水》："二妃从征，游于湘江，神游洞庭之渊，出入潇湘之浦。潇者，水清深也。"故说"水碧"。"沙明"，则是形容湘江岸边的平沙，一片白色，皎洁如霜。"两岸苔"，则显示这一带雁的食料丰富，诗人用清词丽句，展现出一个清澄皎洁、安恬丰美的境界，进一步突出了对大雁"何事等闲回"的疑问，从而逼出三、四两句的转折和对疑问的解答。

"二十五弦弹夜月"，"二十五弦"是瑟的代称。是谁在月色似水的夜间弹奏清瑟？或谓是诗人自己弹瑟（参笺评引高士奇、俞陛云评），恐非。下句明言"不胜清怨"，显示雁是由于不能经受瑟声的悲怨而从弹奏之地潇湘飞归北方的。如果是诗人自己弹瑟而雁飞来，那根本不是什么"不胜清怨"，而是为瑟声之清怨所吸引而飞来了，这跟诗人的原意显然不符。根据"潇湘何事等闲回"的发问和二妃溺于湘江，"出入潇湘之浦"的传说，以及湘灵鼓瑟的记载，特别是诗人《湘灵鼓瑟》中"流水传潇浦"的诗句，这弹瑟者自是非湘灵而莫属。而在皎洁静谧的月夜，瑟声显得更为凄清幽怨。

"不胜清怨却飞来"。这就水到渠成地引出了末句，对首句提出的疑问作了解答：大雁是由于不能经受湘灵弹奏的瑟声中传出的无限凄清幽怨之情而离开如此清澄幽洁、美好丰饶的潇湘之地，飞归北方的。

诗题为"归雁"，着眼处似乎在那个"归"字。从表面上看，诗好像就是为了解释潇湘的雁何以从如此清澄丰美的地方北归，原因就是"不胜"湘灵鼓瑟的"清怨"。那么，诗人是在渲染大雁的通晓音乐、具有人的情感吗？似乎不像。那么，诗人是意在通过雁的"不胜清怨"而强调湘灵之善于鼓瑟吗？是渲染湘灵鼓瑟的艺术感染力吗？或者更进一层，是为了渲染湘灵通过鼓瑟所表达的无限凄清幽怨之情吗？好像都是，又好像都不足以概括诗的意蕴。如果对诗作通体的玩赏，就不难发现，诗人是就月夜归雁展开一系列诗

钱
起

1657

意的想象，创造出一个明净澄清、高远寥廓，而又凄清寂寥、充满幽怨的境界。在这个境界中，北归的大雁、鼓瑟的湘妃和"不胜清怨"的诗人境似而情通，三位而一体，都融成一片，与境俱化了。问答的方式和起承转合的艺术则更增添了摇曳的风神和不尽的韵味。

韩 翃

　　韩翃，字君平，南阳（今属河南）人。天宝十二载（754）登进士第，代宗宝应元年（762），淄青节度使侯希逸辟为掌书记，检校金部员外郎。永泰元年（765），希逸为部将所逐，翃随其还朝。在京闲居期间，与钱起、卢纶等唱和。约大历六年（771）曾居官长安。八年初，曾在滑州令狐楚幕。后入汴宋节度使田神功幕，九年神功卒，曾至长安。神玉继任，翃仍为从事。十年神玉卒，汴州兵乱，节镇数易，翃仍先后留李忠臣、李希烈、李勉幕。德宗建中元年（780），除驾部郎中、知制诰，迁中书舍人。约贞元初卒。翃为"大历十才子"之一。与歌妓柳氏的悲欢离合故事，为许尧佐写成传奇《柳氏传》。有诗集五卷，《全唐诗》编其诗为三卷。

送冷朝阳还上元〔一〕

青丝绰引木兰船〔二〕，名遂身归拜庆年〔三〕。
落日澄江乌榜外〔四〕，秋风疏柳白门前〔五〕。
桥通小市家林近，山带平湖野寺连。
别后依依寒梦里〔六〕，共君携手在东田〔七〕。

校注

　　〔一〕冷朝阳，上元（今江苏南京市）人。大历四年（769）登进士第。五年至八年间为相卫节度使薛嵩幕僚。兴元元年（784）任太子正字，贞元中任监察御史。《唐才子传》卷四："大历四年齐映榜进士及第。不待调官，言归省觐。自状元以下，一时名士大夫及诗人李嘉祐、李端、韩翃、钱起等，大会赋诗攀饯。以一布衣，才名如此，人皆美之。"此诗当即作于大历四年秋。上元，唐润州属县。

　　〔二〕青丝绰，青丝编的缆绳。木兰船，用木兰树木造的船。此与"青丝绰"分别形容船与缆的华美。《述异记》卷下："木兰洲在浔阳江中，多木兰树。昔吴王阖闾植木兰于此，用构宫殿也。七星洲中，有鲁般刻木兰为舟，舟至今在洲中。诗家云木兰舟出于此。"

〔三〕名遂，指登进士第。拜庆，拜家庆，久别归家省亲，常用作成名后归家省亲。

〔四〕澄江，清澄的长江水。谢朓《晚登三山还望京邑》："余霞散成绮，澄江静如练。"乌榜，或谓指用黑油涂饰的船。榜，船桨，代指船。高步瀛《唐宋诗举要》注引《南齐书·陈显达传》曰："显达退至西州后乌榜村。"并引《大清一统志·江苏江宁府》："乌榜村，《通志》在上元县天庆观西。《庆元志》：初立西州城，未有篱门，树乌榜而已，故以名村。"则南朝时西州（即今南京）已有乌榜村，与下句"白门"均以地名作对，似可以。但梅尧臣《登舟》："向起风沙地，暂假乌榜还。"陈维崧《尉迟杯·别况》："东风斜日，小玉门前缆乌榜。"均将"乌榜"用作船的称谓，可见这种理解由来已久。两说均可通。

〔五〕白门，南朝宋都城建康（今南京）之宣阳门，俗称白门。《宋书·明帝纪》："宣阳门，民间谓之白门。"

〔六〕梦，《全唐诗》原作"食"，校："一作梦。"据改。按：此诗初见于《文苑英华》卷二百七十二，此句正作"别后依依寒梦里"。

〔七〕东田，南朝齐文惠太子所建楼馆名。《南史·齐纪下·废帝郁林王纪》："先是，文惠太子立楼馆于钟山下，号曰'东田'，太子屡游幸之。"《南齐书·文惠太子传》："后上幸豫章王宅，还过太子东田，见其弥亘华远，壮丽极目，于是大怒。"谢朓《游东田》："戚戚苦无悰，携手共行乐。寻云陟累榭，随山望菌阁。"所云"东田"即此。系建康郊外胜地，南齐王公贵族多于此修筑池轩屋舍。《梁书·沈约传》："宅立东田，瞩望郊阜，尝为《郊居赋》。"注家于此多失注。

 笺评

金圣叹曰：（前解）一解：看他将异样妙笔，只从自己眼中画出一船。只画一船者，便是从船中画出一冷朝阳，从冷朝阳心头画出无限快活也。如言缆是青丝缆，船是木兰船，端坐于中，顺流东下。每当落日，便看澄江于乌榜之外；一见秋风，早报疏柳在白门之前。看江，是写船之日近一日；报柳，是写船之已到其地也。船中一人，则即冷朝阳。而此冷朝阳之心头却有无限快活者，一是新及第，二是准假归，三是二人具庆恰当上寿也。呜呼！人生世间，谁不愿有此事乎哉！（后解）前解纯写冷朝阳之得意，此始写"送"也。方今别是初秋，乃我别后依依，则欲前期必订仲春。于是先以五、六写他东田好景，言来年寒食（按：金氏此句依误本作"别后刚逢寒食节"），则我两人是必携手其地也。（《贯华堂批唐才子诗》卷三）

黄生曰：（"名遂"句）短装句，即三截句。（"共君"句）长短句。又曰：尾联见意，"年"字，即"时"字。五、六倒提"东田"之景。七、八，言别后依依，惟当寒食，携手东田之乐，不能去怀耳。谢朓《游东田》诗："携手共行乐。"（《唐诗摘抄》卷三）

朱之荆曰：七、八，上四，下十，名长短句。（《增订唐诗摘抄》）

杨逢春曰：首二叙冷之还，应是中第归家之时。（《唐诗绎》）

陆次云曰：意致高闲，如把霜毫于玉碗冰瓯中，濯天池浩露而出。（《五朝诗善鸣集》）

赵臣瑗曰：首句无端只写一船，真是凭空结构。写船所以必写船之富丽如此者，正为衬出次句船中人之得意，非泛常可比也。（《山满楼笺注唐诗七言律》）

范大士曰：写景过于描头画角，便落小家。如"落日"一联清真，则身份自在。（《历代诗发》）

宋宗元曰：（"落日"二句）风神摇曳。（《网师园唐诗笺》）

管世铭曰：颔、颈两联，如二句一意，无异车前驺仗，有何生气？唐贤之句，变化不测。如……韩翃"落日澄江乌榜外，秋风疏柳白门前"……皆神韵天成，变化不测。宋元以后，此法不讲，故日近凡庸。（《读雪山房唐诗序例·七律凡例》）

王寿昌曰：结句贵有味作之味，弦外之音。言情则如……韩翃之"别后依依寒食里，共君携手在东田"……是皆一唱而三叹，慷慨有馀音者。（《小清华园诗谈》卷下）

沈曰：（"落日"二句）胜人处在不刻画。（高步瀛《唐宋诗举要》卷五引）

送别诗是"大历十才子"最主要的诗歌题材品种。钱易《南部新书》辛卷："大历来，自丞相已下，出使作牧，无钱起、郎士元诗祖送者，时论鄙之。"唐李肇《国史补》卷上："送王相公之镇幽朔，韩翃擅场；送刘相之巡江淮，钱起擅场。"在这种将送别诗作为纯粹酬应的风气影响下，出现大量缺乏真挚感情、艺术上平庸熟滑之作是很自然的。韩翃诗集中，送别诗多达一百零二首，占其现存诗总数的近三分之二。其中除《送孙泼赴云中》《送客水路归陕》《送客知鄂州》数首较可读外，这首《送冷朝阳赴上元》是写得最饶风神韵致的作品。比起他那首擅名于当时的《奉送王相公缙赴幽州巡边》要强多了。

冷朝阳这次回家省亲，全程走的是由渭入黄经汴抵江再上溯至上元的水程，故起句即从所乘舟船写起。"青丝绋引木兰船"，极力形容舟船之华美，为下句"名遂身归拜庆年"渲染气氛。

"落日澄江乌榜外，秋风疏柳白门前。"颔联打破送别诗遥想对方旅途所经地点景物的老套，越过千里舟行景况，直接写"还上元"后所见景物。这一联中"澄江""乌榜""白门"固然是上元本地风光，就连那"疏柳"也和"白门"密切相关（南朝乐府民歌《杨叛儿》有"暂出白门前，杨柳可藏乌"之句）。在诗人的想象中，在落日余晖的映照下，一道如练的澄江正在历史悠久的乌榜村外蜿蜒隐现；在萧瑟秋风吹拂下，古老久远的白门前，一行疏柳正在摇曳荡漾。两句一北一南，一水一陆，一江村，一城门，正概括描写出金陵这座具有悠久历史文化蕴涵而又风景如画的滨江古城特有的风貌，妙在不施刻绘，只随手稍作点染，而流利清新，风韵天然。"落日""秋风"，本是带有衰飒凄清意味的诗歌意象，但在这一联里，读者所感受到的却是一种疏朗清逸的美感。对偶的工整、语调的流利和情韵的隽永，在这一联中得到了和谐的统一。"乌榜"，或解为用黑油涂饰的船，后代诗人用其语也多作舟船的代称，但一则"乌榜"与首句"木兰舟"在色调上迥不相侔，二则与下句"白门"相对，亦以指历史久远之古村为宜。

"桥通小市家林近，山带平湖野寺连。"腹联仍写上元景物，但由颔联之概写转为写冷朝阳家居附近的景物。木板桥通向小集市，过了集市，前面是一片树林，友人所居的村庄就在树林旁边；村外是一座青山，山连着一片平湖，湖边是一座野寺。这一联所写的都是最平常的景物，诗人在描述时同样是不施刻绘，只随意指点出之，却点染得风光如画。诗中所写，可能是友人平常在描述自己家乡居处时说起过的，此处信手拈来，毫不费力。意态较上联更为闲逸。而诗人对友人家乡风光的向往之情也在颔、腹两联这不着力的描述中自然流露出来了。

　　"别后依依寒梦里，共君携手在东田。"尾联由"别后依依"而想象自己梦中与友人携手共游东田的胜景，将对友人的情谊与对友人家乡风光的向往推进一层。时值"秋风疏柳"的季候，故梦亦称"寒梦"；但这个寒秋季节做的梦，却充盈着友谊的温煦。一本"寒梦"作"寒食"，一本上句作"别后刚逢寒食节"，均误，上有"秋风疏柳"可证。诗人并非在登第后立即回家省亲，而是在当年秋天尚未授官时回上元。《唐才子诗》谓"不得调官，言归省觐"，正说明这一点。

　　诗写得轻快流利而又饶有情致韵味，主要得力于中间两联清丽工秀的白描佳句，起、结也大体相称，与"大历十才子"的许多诗仅工于一联而通体平庸者有别。

韩
翃

寒　食〔一〕

　　春城无处不飞花〔二〕，寒食东风御柳斜〔三〕。
　　日暮汉宫传蜡烛，轻烟散入五侯家〔四〕。

（校）（注）

　　〔一〕《文苑英华》卷一百五十七题作《寒食日即事》。寒食，节日名，在清明节前一日或二日。《荆楚岁时记》："去冬节（冬至日）一百五日，即有疾风甚雨，谓之寒食。禁火三日，造饧大麦粥。"寒食节及禁火之俗起源甚早，至晋陆翙《邺中记》、范晔《后汉书·周举传》始附会介子推事〔介子推随晋公子重耳出亡于外十九年，重耳回国后为君（晋文公），赏赐随从诸臣，介子推不言功，禄亦不及，隐于绵山。文公觅之，焚绵山，之推抱树而死。后人为纪念他，遂于冬至后一百五日禁火〕。

　　〔二〕春城，指春天的长安城。

　　〔三〕御柳，指宫苑中的柳。当时风俗，寒食节折柳插门。

　　〔四〕汉宫，借指唐宫。《唐辇下岁时记》："清明日取榆柳之火以赐近臣。"元稹《连昌宫词》："初届寒食一百六，店舍无烟宫树绿……特敕街中许燃烛。"《西京杂记》："寒食日禁火，赐侯家蜡烛。"五侯，《汉书·元后

1663

传》：河平二年（前27），汉成帝悉封诸舅：王谭为平阿侯、王商为成都侯、王立为红阳侯、王根为曲阳侯、王逢时为高平侯。五侯同日封，故世谓之"五侯"。又《后汉书·宦者传》：东汉桓帝封宦官单超新丰侯、徐璜武原侯、具瑗东武阳侯、左悺上蔡侯、唐衡汝阳侯。五人亦同日封，故世亦谓之五侯。

笺评

孟棨曰：韩（翃）已迟暮……邑邑殊不得意……唯末职韦巡官者，亦知名士，与韩独善，一日，夜将半，韦扣门急，韩出见之，贺曰："员外除驾部郎中、知制诰。"韩大愕然，曰："必无此事，定误矣。"韦就座，曰："留邸状报制诰阙人。中书两进名，御笔不点出。又请之，且求圣旨所与。德宗批曰：'与韩翃。'时有与翃相同姓名者为江淮刺史。又具二人同进，御笔复批曰：'春城无处不飞花，寒食东风御柳斜。日暮汉宫传蜡烛，轻烟散入五侯家。'又批曰：'与此韩翃。'"韦又贺曰："此非员外诗耶？"韩曰："是也。"是知不误也。（《本事诗·情感》）

葛立方曰：太原一郡，旧俗禁烟一日。周举为郡守，以人多死，移书子推，只禁烟三日。子美《清明》诗云："朝来新火起。"又云："家人钻火用青枫。"皆在寒食三日之后，则知禁烟止于三日也。而韩翃有《寒食即事》诗，乃云："春城无处不飞花，寒食东风御柳斜。日暮汉宫传蜡烛，轻烟散入五侯家。"不待清明，而已传新火，何耶？元微之《连昌宫词》云："初过寒食一百六，店舍无烟宫树绿……念奴觅得又连催，特敕宫中许燃烛。"乃一时之权宜。（《韵语阳秋》卷十九）

李颀曰：《周礼》四时变火，春取榆柳之火，夏取枣杏之火。唐时唯春取榆柳之火，以赐近臣戚里之家，故韩翃有曰"日暮汉宫传蜡烛，轻烟散入五侯家"之句。（《古今诗话·取火》）

胡仔曰：古今诗人，以诗名世者，或只一句，或只一联，或只一篇，虽其馀别有好诗，不专在此。然播传于后世，脍炙于人口者，终不出此矣，岂在多哉！如……"春城无处不飞花，寒食东风御柳斜。日暮汉宫传蜡烛，轻烟散入五侯家。"此韩翃也。（《苕溪渔隐丛话·后集·楚汉魏六朝下》）

顾璘曰：大家语。（《批点唐音》）

桂天祥曰：禁体不事雕琢语，富贵闲雅自见。（《批点唐诗正声》）

徐增曰："不飞花"，"飞"字窥作者之意。初欲用"开"字，"开"字下不妙，故用"飞"字。"开"字呆，"飞"字灵，与下句"风"字有情。"东"字与"春"字有情，"柳"字与"花"字有情，"蜡烛"字与"日暮"有情，"烟"字与"风"字有情，"青"字与"柳"字有情，"五侯"字与"汉"字有情，"散"字与"传"字有情。"寒食"二字又装叠得妙。其用心细密，如一匹蜀锦，无一丝跳梭，真正能手。今人将字蛮下，熟坑此诗，则不敢轻易用字也。（《而庵说唐诗》卷十二）

高士奇曰："日暮汉宫传蜡烛"，烛所以传火，元稹所谓"特敕宫中许燃烛"是也。唐《辇下岁时记》："清明日，取榆柳之火，以赐近臣。""青烟散入五侯家。"《宦者传》：桓帝封单超新丰侯、徐璜武原侯、具瑗东武阳侯、左悺上蔡侯、唐衡汝阳侯。五人亦同日为侯，世称"五侯"。自是权归宦者，朝政日乱。唐自肃、代以来，宦者权盛，政之衰乱侔汉矣。此诗盖刺也。《本事诗》谓：翃德宗时以此诗得擢知制诰。（《三体唐诗》辑注）

贺裳曰：君平以《寒食》诗得名。宋亡而天下不复禁烟。今人不知钻燧，又不深习唐事，因不解此诗立言之妙。如"春城无处不飞花，寒食东风御柳斜"二语，犹只淡写。至"日暮汉宫传蜡烛，轻烟散入五侯家"，上句言新火，下句言赐火也。此诗作于天宝中，其时杨氏擅宠，国忠、铦与秦、虢、韩三姨号为五家，豪贵荣盛，莫之能比，故借汉王氏五侯喻之。即赐火一事，而恩泽沾于戚畹，非他人可望。其馀赐予之滥，又不待言矣。寓意远，托兴微，真得风人之遗。（《载酒园诗话又编·韩翃》）

吴乔曰：韩翃《寒食》诗云……唐之亡国，由于宦官握兵，实代宗授之以柄，此诗在德宗建中初，只"五侯"二字见意，唐诗之通于《春秋》者也。（《围炉诗话》卷一）

王尧衢："春城无处不飞花"，寒食时，春花正开，旋开旋落，因风而飞。用"无处不"三字，遍地皆春光矣。"寒食东风御柳斜"，以"柳"字映上"花"字，以"风"字应上"飞"字。而又以"斜"字贴"风"，以"东风"映上"春"字，而以"御柳"伏下"汉宫"，且于此句特提"寒食"，无装叠之痕。"日暮汉宫传蜡烛"。时虽禁烟，而宫中则传烛以分火。"轻烟散入五侯家"。五侯近君骄贵，传烛必先及之，于是青烟飘飏，尽散入五侯之家矣……唐自肃、代以来宦者权盛，政之衰乱侔于汉，故此诗寓

讽刺焉。（《唐诗合解笺注》卷六）

黄生曰：三、四作骨。"新"，一作"青"，一作"轻"，俱非，今从《诗林》本。汉桓帝封宦官单超等人为列侯。刺宦寺专权，恩宠愈滥也。"花"喻君子见弃，"柳"喻小人承恩。四句略点"五侯"字，而含意甚永。按唐史遗事，德宗因此诗，取为知制诰。唐时人主，无不知诗，然诗意本含刺时事。人主闻之，不以为忤，反加殊擢，诚异数也。贺黄公诗话言翃已有名天宝中，诗盖为杨氏所作。五侯，用西汉王氏事，以比国忠、杨铦、三姨，此亦一说，并存之。再考翃乃天宝六年进士，则五侯比杨氏审矣。（《唐诗摘抄》卷四）

朱之荆曰：唐时京城寒食火禁极严。清明日，乃取榆柳之火以赐近臣。烛，所以传火。（《增订唐诗摘抄》）

沈德潜曰：烛以传火。清明日取榆柳之火赐近臣，此唐制也。五侯，或指王氏五侯，或指宦官灭梁冀之五侯，总之先及贵近家也。（《重订唐诗别裁集》卷二十）

黄叔灿曰：首句逼出"寒食"。次句以"御柳斜"三字引线，下"汉宫传蜡烛"便不突。"散入五侯家"，谓近倖家先得之。有托讽意。（《唐诗笺注》）

宋宗元曰：不用禁火而用赐火，烘托入妙。（《网师园唐诗笺》）

乔亿曰：气象、词调，居然江宁、嘉州。以此得知制诰，宜也。托讽亦微婉不露。（《大历诗略》卷三）

刘文蔚曰：上二句纪寒食之景，下二句纪寒食之事。时方禁烟，乃宫中传烛以分火，则先及五侯之家，为近君而多宠也。宦官之祸，始此也夫！吴绥若曰：唐火禁至严。又，清明赐火，则寒食之暮为时近矣，乃遍赐五侯乎？时注以为宦官。予疑用王氏五侯事，谓贵戚也。德宗书此诗，则不知其为讽刺，此诗之所以佳也。（《唐诗合选详解》卷四）

李锳曰：唐自肃、代以来，宦者擅权，德宗时益甚。君平此诗，托讽婉至。德宗以制诰缺人，并书此诗以示中书曰："与此韩翃（时有两韩翃）。"想亦有感悟之意而特用之欤？（《诗法易简录》）

宋顾乐曰：气骨高妙不待言。用"五侯"寓讽更微。（《唐人万首绝句选》评）

孙洙曰：唐代宦官之盛，不减于桓、灵，此诗托讽深远。（《唐诗三百首》）

管世铭曰：韩君平"春城无处不飞花"，只说侯家富贵，而对面之寥落可知，与少伯"昨夜风开露井桃"一例，所谓"怨而不怒"也。（《读雪山房杂著·论文四十一则》）

冒春荣曰：绝句字句虽少，含蕴倍深。其体或对起，或对收，或两对，或两不对，格句既殊，法度亦变……两不对，如……韩翃"春城无处不飞花，寒食东风御柳斜。日暮汉宫传蜡烛，轻烟散入五侯家"。三、四作主。（《葚原诗说》卷三）

俞陛云曰：首句言处处飞花，见春城之富丽也，次句言东风寒食，纪帝京之佳节也。三句言汉宫循寒食故事，赐烛近臣。四句言侯家拜赐，轻烟散处，与佳气同浮。二十八字中，想见五剧春浓，八荒无事。宫廷之闲暇，贵族之沾恩，皆在诗境之内。以轻丽之笔，写出承平景象，宜其一时传诵也。（《诗境浅说》续编）

高步瀛曰：唐肃、代以来，宦官擅权。后汉事讽喻尤切。（《唐宋诗举要》卷四）

刘永济曰：此举后汉寒食赐火事，以讥讽唐代宦官专权也。（《唐人绝句精华》）

刘拜山曰：通首写帝城寒食景象。讽意只用"五侯"二字微逗，着墨不在多也。（《千首唐人绝句》）

鉴赏

在"大历十才子"中，韩翃的诗风最接近盛唐，这在他的七古与七绝中，体现得尤为明显。

这首擅名当时的七绝，描绘帝京寒食景象。寒食节有两个最突出的特征：一是暮春的时令特征，二是节俗的禁火特征。七绝篇幅有限，更应集中笔墨，描绘主要特征。但由于是在京城长安，因此在描绘时令及节俗特征时又要紧扣帝京的特点，写出帝京寒食特有的景象。这首诗正是以帝京为主轴，分别描绘帝京寒食节的时令特征和节俗特征。并通过这种描绘，渲染出一种繁华贵盛的承平气象。

"春城无处不飞花，寒食东风御柳斜。"前两句当一气读。用春城代指长安，是诗人的创造，不仅渲染出帝京长安的繁华富丽、春天的生机活力，而且透露出诗人置身长安，触处皆春的主观感受。这种"触处皆春"的感受，

韩

翃

1667

用"无处不飞花"来形容渲染，确实是再恰当不过了。单看这五个字，眼前也许会浮现长安的大街小巷、宫廷池苑，处处花瓣飘飞的景象，但联系下句的"东风"和"柳"特别是暮春的时令，就不难发现，诗人所说的"飞花"，实际上是指漫天飘飞的柳絮。一般的春花，如桃、李、杏、梨等花，在盛开至快凋谢时，东风起处，自然也会飘散陨落，但不会像柳絮那样，漫天飞舞，因此"飞花"的"飞"字，正是对柳絮在东风吹拂下满城飞舞的准确形容。这样理解，也许少了一点繁花似锦的鲜艳色彩，却更传神地体现出暮春的节令特征和满城柳絮飘飞的热闹气息。次句明点"寒食"，不仅点题，且明示时令。这漫天飞舞的柳絮，再加上随风飘拂摇曳的柳枝，将暮春的帝京长安春天的繁盛热闹气氛和婀娜风流的韵致生动地呈现在读者面前。次句点出"御柳"，既为三、四句"汉宫"作引，又为"传烛"伏脉（取榆柳之火以赐近臣）。而"东风"则纵贯全篇，既上应"无处不飞花"，又照应本句"御柳斜"，更下启"轻烟散入"，勾连上下，使全篇浑然一体。

"日暮汉宫传蜡烛，轻烟散入五侯家。"三、四两句转写寒食的节俗特征，却紧密结合着帝京来写——赐火。寒食例须禁火。但帝王权贵比一般百姓享有等级制度规定的特权。点出"日暮"，表明时间的推移，且为"传烛"作引。"传蜡烛"之"传"，即含有依次转授之意。宫中先以榆柳取新火以燃烛，然后再依照地位的高低，先显宦近臣，后一般官吏，然后及于民间。窦叔向《寒食日恩赐火》云："恩光及小臣，华烛忽惊春。电影（指火种）随中使，星辉拂路人。幸因榆柳暖，一照草茅贫。"可以清楚看出"蜡烛"由宦官从宫中依次传出的顺序：先贵近（窦诗中略去，从"恩光及小臣"句可想），后小臣，后平民。这里截取的正是"传火"过程中最早也最风光的一幕：威风凛凛的宦官骑着高头大马，将蜡烛新火首先传递给显赫的权贵近臣，让他们最先享受到皇帝的恩宠。随着走马传送的嘚嘚蹄声，"五侯"之家纷纷升起了新火带来的缕缕轻烟。"轻烟散入"四字，正形象地表现了"五侯"所首先享受到的恩光和荣耀。诗人在描绘这种景象时，明显带有欣羡、欣赏、向往的感情色彩。他是把"传火"先及"五侯"的场景当作寒食节的一道风景、一桩盛事来描绘渲染的。"五侯"在这里只不过是一个符号，是显贵之家的代称，关键的问题是诗人的口吻神情中所流露的感情究竟是欣羡还是厌恶。

自清初高士奇、贺裳等人首创讽刺之说以来，后世解此诗者纷纷附和，除讽刺对象究竟是指贵戚还是宦官有分歧外，在寓讽这一根本点上几乎是空前一致（除俞陛云持不同意见外）。实际上，这种说法无论是从这首诗本身的神情口吻、形象意境上看，还是从韩翃现有的全部诗作看，都找不出任何实际依据。我们看他的《羽林骑》《赠张千牛》《少年行》等作，虽所写对象不过是羽林军骑、千牛将军乃至游侠少年，但神情口吻之间流露的已全是欣羡之情，更不用说寒食先受赐火恩宠的"五侯"了。但也不必因此而贬低这类作品。作为京城寒食特征景象的素描，这首诗写得既华美清丽，又潇洒轻扬，生动地展现出繁华贵盛的帝京气象，自有其美学价值。人为地拔高其思想价值，或斥之为粉饰升平，似乎都不尽符合实际。作品所描绘的客观现象可能会引发读者皇恩先及权贵的联想，但这和诗人主观上是否寓讽是两回事。至于同一德宗赏爱此诗的事实，或因此得出讽刺微婉的结论，或相反得出德宗有感悟之意而特用之的结论，那就更是任意评说，毫无定准了。

韩
翃

郎士元

郎士元，字君胄，定州（今属河北）人。天宝十五载（756）登进士第。宝应元年（762）补渭南尉。广德二年或永泰元年（764或765）入朝为拾遗。大历中后期为员外郎。大历后期出为郢州刺史。后曾任某司郎中。卒于建中末或贞元初。诗与钱起齐名，时称"前有沈、宋，后有钱、郎"。《中兴间气集》谓"自丞相以下，出使作牧，二君无诗祖饯，时论鄙之……就中郎公稍更闲雅，近于康乐"。《全唐诗》编其诗为一卷。

送杨中丞和蕃〔一〕

锦车登陇日〔二〕，边草正萋萋〔三〕。
旧好寻君长〔四〕，新愁听鼓鼙〔五〕。
河源飞鸟外〔六〕，雪岭大荒西〔七〕。
汉垒今犹在，遥知路不迷。

校注

〔一〕杨中丞，御史中丞杨济。《旧唐书·吐蕃传下》："永泰二年（766）二月，命大理少卿兼御史中丞杨济修好于吐蕃。"诗当作于其时。蕃，指吐蕃。

〔二〕锦车，以锦为饰的车。《汉书·西域传下·乌孙国》："冯夫人锦车持节，诏乌就屠诣长罗侯赤谷城，立元贵靡为大昆弥，乌就屠为小昆弥，皆赐印绶。"颜师古注引服虔曰："锦车，以锦衣车也。""锦车"因而常用作出使外国或边地使车的美称。虞世南《拟饮马长城窟》："前途锦车使，都护在楼兰。"陇，陇山，在今陕西、甘肃交界处。赴西北边地或吐蕃须度越陇山。

〔三〕萋萋，草茂盛貌。

〔四〕旧好，指唐与吐蕃素为友好的与国。《新唐书·吐蕃传上》："（贞观）十五年，妻以宗女文成公主，诏江夏王道宗持节护送，筑馆河源王之国。弄赞率兵次柏海亲迎，见道宗，执婿礼恭甚。”“中宗景龙二年，还其昏使……明年，吐蕃更遣使者纳贡，祖母可敦又遣宗俄请昏，帝以雍王守礼女为金城公主妻之。”故唐与吐蕃素为舅甥之国。君长，指当时吐蕃的首领。寻，《全唐诗》校：“一作随。”

〔五〕鼓鼙，军中的大鼓与小鼓，此借指战伐之声。广德元年（763）后，吐蕃连年入侵，战争激烈。

〔六〕河源，指黄河发源地一带。《新唐书·吐蕃传上》：“玄宗开元二年，其相坌边延上书宰相，请载盟文，定境于河源。”《旧唐书·吐蕃传上》：“（开元）十八年……诏御史大夫崔琳充使报聘。仍于赤岭各竖分界之碑，约以更不相侵。”赤岭在今青海西宁西，亦近河源一带。

〔七〕雪岭，泛指吐蕃境内积雪的山岭。大荒，荒远的边地。

笺评

吴曾曰：张文潜曰：“新月已生飞鸟外，落霞更在夕阳西。”盖用郎士元《送杨中丞和蕃》诗耳。郎诗云：“河源飞鸟外，雪岭大荒西。”（《能改斋漫录》卷五）

胡应麟曰：郎君胄“春色临关尽，黄云出塞多”“河源飞鸟外，雪岭大荒西”，句格雄丽，天宝馀音。（《诗薮》）

许学夷曰：五言律，士元如“河源飞鸟外，雪岭大荒西”。……雄丽有类初唐。（《诗源辩体》卷二十一）

邢昉曰：气象雄阔，与杜相似。（《唐风定》）

纪昀曰：汉有征蕃之垒，今乃有和蕃之使，讽刺入骨。此等处虚谷皆不讲。（《瀛奎律髓汇评》卷三十引）

乔亿曰：五、六浑阔，不减右丞边塞诸诗，钱、刘勿论也。（《大历诗略》卷三）

吴瑞荣曰：开炼精切，发响瑏然。沈、宋能事，莫加于此。（《唐诗笺要》）

王寿昌曰：唐人佳句，有可以照耀古今，脍炙人口者，如……“河源飞鸟外，雪岭大荒西”……此等句当与日星河岳同垂不朽。（《小清华园诗谈》卷下）

这首送大理少卿兼御史中丞杨济赴吐蕃修好的五律，作于永泰二年（766）二月。吐蕃自代宗广德元年（763）以来，连年侵扰。元年十月，寇泾州，犯奉天、武功，京师震骇，代宗奔陕州，吐蕃入长安。二年（764）八月，仆固怀恩引回纥、吐蕃十万众将入寇，京师震骇，十月，怀恩引回纥、吐蕃至邠州。又围凉州。永泰元年（765）九月，仆固怀恩诱回纥、吐蕃、吐谷浑、党项、奴剌数十万人同时入寇，吐蕃大将尚结悉赞摩、马重英等从北路往奉天。十月，吐蕃退至邠州，遇回纥，又联合入寇，至奉天，围泾州、屯北原。永泰二年二月命杨济修好于吐蕃，正是在吐蕃连年侵扰的形势下，唐王朝被迫所采取的一次修好行动。这种特殊的形势和背景，对于理解这首诗的内容意蕴，有着重要的意义。

"锦车登陇日，边草正萋萋。"首联想象杨中丞使车登陇时的情景。陇山在唐代繁荣昌盛的时代，只是一道天然的地理分界线，陇山东西虽自然风物殊异，却离唐王朝西北的边境很远。但安史之乱以来，陇右、河西两镇精兵内调，边防空虚，吐蕃陆续攻取两镇所属各州。特别是广德元年以后数年间，西北数十州相继失守，自凤翔以西、邠州以北，均成吐蕃领地。陇山因此也成了当时唐、蕃之间实际的边界。装饰华美的锦车本是天朝上国使臣身份显赫的标志，茂盛的春草本应给人以生机盎然之感，但一将"登陇"与"边草"联系起来，便自然透露出唐王朝在内忧外患的夹攻中疆土逼仄的现实处境，而诗人和被送者目接或想象此境时的悲凉感触也隐隐传出。如果单纯将此联看成点杨中丞启程时的季候景物，不免浅会诗意。

"旧好寻君长，新愁听鼓鼙。"颔联点题内"和蕃"。唐与吐蕃自唐太宗下嫁文成公主、中宗下嫁金城公主以来，世为舅甥之国，开元中又于赤岭会盟立碑，约以更不相侵，故称吐蕃为"旧好"。但如今这素称甥国的"旧好"却趁乱屡次侵掠占领唐王朝的领地，致使作为天朝上国的唐朝竟不得不屈尊派遣使臣，不远万里，前往修好。"寻君长"的"寻"字值得玩味，说明唐王朝的君主如今已不再像强盛时那样，高居长安宫阙，坐等吐蕃来朝贡，来求亲，而是特遣使臣、寻访对方的君长，以求修好了。强弱态势的互易，导致了主宾的易位，"寻"字中正透出一种屈辱的悲凉和感慨。下句"新愁听鼓鼙"补足上句，正指吐蕃连年入侵，战事不断，京师告急的情景，这也正是"旧好寻君长"的现实背景。就在杨中丞出发前数月，吐蕃即有一次联合

1672

回纥入侵的军事行动，故说"新愁"。"听"字加强了战争不断进行的现场感和紧急气氛，它使上句的"寻"字中包含的无奈更加突出了。

"河源飞鸟外，雪岭大荒西。"腹联进一步遥想杨中丞出使吐蕃途经河源、雪岭一带的情景。黄河源头一带，昔日唐王朝强盛时，是唐、蕃分界之地，如今已经成为飞鸟所不能及的吐蕃腹地，说"飞鸟外"，正见其远出天外，而诗人翘首遥望凝望之态亦如在目前。下句"雪岭"非指岷山雪岭，因为岷山之东为成都平原，沃野千里，不应称"雪岭大荒西"。此"雪岭"当指吐蕃境内诸积雪皑皑的群山，其山岭正处荒远的青藏高原之西，故云。这一联境界壮阔，气象雄浑，声调高亮，骨格遒劲，俨然盛唐余响，向被评家推为佳联，但和前后诸联联系起来体味，却感到在雄浑壮阔、高亮遒劲之中隐隐透出一种旷远孤寂感，这正是时代衰飒氛围在诗人心中的投影。

"汉垒今犹在，遥知路不迷。"汉垒，即唐垒，指唐朝盛时在河源一带地区所筑的营垒，非指汉时的营垒（纪昀谓"汉有征蕃之垒"，非）。尾联承腹联"大荒"之语，谓杨中丞一行值此旷远孤寂之境，虽一路辛苦寂寞，但盛时唐军所筑旧垒犹在，尚可指引路程，不致迷误，言外则见昔日之营垒，犹可想见当时国家之强盛，找回一点自信。诗也就在透露出一丝乐观的气息中结束。"遥知"二字总绾全篇。

柏林寺南望〔一〕

溪上遥闻精舍钟〔二〕，泊舟微径度深松〔三〕。
青山霁后云犹在〔四〕，画出东南四五峰。

校注

〔一〕柏林寺，所在未详，据诗题，诗人系泊舟溪边而南望柏林寺及诸峰，非登柏林寺而南望。

〔二〕精舍，僧人居住之处，此指柏林寺。

〔三〕微径，细小的山路。度深松，指山上的小径蜿蜒伸展，度越青松丛中。"微径度深松"系"泊舟"时所见。

〔四〕霁后，雨后放晴。

笺评

陆次云曰：云画峰耶？峰画云耶？天然笔意。（《唐诗善鸣集》）

宋宗元曰：（三、四句）须其自来，不以为构。（《网师园唐诗笺》）

俞陛云曰：诗仅平写寺中所见，而吐属蕴藉，写景能得其全神。首二句言闻钟声而寻精舍，泊舟山下，循小径前行，松林度尽，方到寺门。在寺中登眺，霁色初开，湿云未敛，西南数峰，已从云隙参差而出，苍润欲滴。诵此诗如展秋山晚霁图，所谓"欲霁山如新染画"也。（《诗境浅说》续编）

富寿荪曰："青山"二句，写遥峰初霁，有画笔所不能到。王安石《初晴》"前山未放晓寒散，犹锁白云三两峰"，状景亦工，但不及其空灵隽妙。（《千首唐人绝句》）

鉴赏

此诗极饶画意，读者所见略同。但由于诗题"柏林寺南望"极易理解为登柏林寺而南望，故自然将前两句理解为泊舟溪边而闻柏林寺之钟声，遂起登柏林寺之想而度山径越松林至柏林寺，后两句方正面写登寺而南望东南诸峰。这样一来，前两句遂成为与"柏林寺南望"无关的题前乃至题外文字，而原本一幅完整的画面也被割裂成两幅画面——溪边泊舟望寺图与登寺望东南诸峰图。直接破坏了意境的浑融完整。其实所谓"柏林寺南望"，实即"南望柏林寺"。"望"的立脚点即在溪边的舟上，而诗中所写的一切景物，切为"泊舟"时所闻所见。

"溪上遥闻精舍钟，泊舟微径度深松。"前两句当作为一个整体一气连读。"溪上""泊舟"点明诗人所处的位置是在溪边的舟上，因为是"泊舟"岸边，方能从容视听观赏。"遥闻精舍钟"，写泊舟溪边时听到远远传来的寺中的钟声。为什么先写遥闻寺钟，这和雨霁有密切关系。由于雨刚停歇转晴，山上仍被湿云遮掩，寺庙及山上景物仍若隐若现，看不真切，而柏林寺的钟声却透过云雾清晰地传到泊舟溪边的诗人耳中。这寺钟的悠远清响自然引起诗人对寺庙的向往，故循声而遥望山上，但见云雾迷漫中，一条蜿蜒曲折的山径向松林深处伸展，而柏林寺的钟声，就是从那深松中悠悠传出的。两句由听而望，由钟声而引出白云深松之中的柏林寺，写得既步骤井然、引人入胜，又境界悠远、缥缈恍惚，为三、四句集中写遥望中的雨霁诸峰酝酿了气氛。

"青山霁后云犹在，画出东南四五峰。"三、四两句，进一步写泊舟溪上南望柏林寺所见。柏林寺在南面的山上。而这山并非孤峰峙立，而是四五座山峰连绵相接。雨后晴霁，青山如洗，但这里那里，还缭绕飘浮着缥缈的白云，远远望去，柏林寺所在的东南四五座山峰，就像高明的造化妙手"画出"的一幅青山晴霁图一般。说雨后晴霁，白云缭绕青山，风光如画，虽也境界明丽优美，但还是一般的形容。妙在"画出"二字，紧承"青山霁后云犹在"，见出这"画"的主体仿佛是大自然的造化施展的丹青妙笔使然，从而使人感到大自然本身所创造的美远胜于人间的丹青妙手，诗的意境也显得更加灵动缥缈，引人遐思。作为"柏林寺"的更广远的背景，这如同造化画出的"东南四五峰"也使全诗的境界在遥"望"中显得更为悠远了。

郎士元

耿 沣

耿沣（736—787），字公利，蒲州（今山西永济）人。宝应二年（763）登进士第，任左卫率府仓曹参军。约广德二年改盩厔尉。约大历初因王缙荐，擢右拾遗。大历十一年奉使往江淮括图书。十二年（777）坐元载、王缙事贬许州司仓参军，量移郑州司仓参军。约建中三年（782）任河中府兵曹参军。转京兆府功曹参军，贞元三年十一月廿六卒于任。长于五言古诗。在"大历十才子"中，耿沣的诗风比较朴素少雕饰，善写世态人情与乱离荒凉景象，前者如《春日即事》（其二）、《邠中留别》，后者如《宋中》（日暮黄云合）、《路旁老人》《秋日》。《全唐诗》编其诗为二卷。生平见《唐故京兆府功曹参军耿君墓志铭并序》

秋 日

返照入闾巷〔一〕，忧来谁共语？
古道少人行，秋风动禾黍〔二〕。

〔一〕返照，夕阳反射的光照。闾巷，犹里巷。

〔二〕《诗·王风·黍离》："彼黍离离，彼稷之苗。行迈靡靡，中心摇摇。知我者，谓我心忧；不知我者，谓我何求。""秋风动禾黍"与次句"忧来"均化用其意。《诗序》曰："《黍离》，悯宗周也。周大夫行役至于宗周，过故宗庙宫室，尽为禾黍，悯周室之颠覆，彷徨不忍去而作是诗也。"

笺评

范晞文曰：唐人五言四句，除柳子厚"钓雪"（按即《江雪》）一诗之外，极少佳者。今偶得四首，漫录于此。《玉阶怨》云（诗略）。《拜月》云（诗略）。《芜城怀古》云（诗略）。《秋日》云（诗略）。前二篇备婉娈

之深情，后两首抱荒寂之馀感。（《对床夜语》卷四）

唐汝询曰：模写索居之况，情景凄然。（《唐诗解》卷二十三）

桂天祥曰：浅语自觉摇落，佳句，佳句！（《批点唐诗正声》）

郭濬曰：布景萧寂，只一句入情。妙，妙！（《增定评注唐诗正声》）

凌宏宪集评《唐诗广选》：感慨语，却冷然。

《唐诗训解》：只言落日秋风，便见无人。

邢昉曰：得摩诘辋川诗意。（《唐风定》卷二十）

周珽曰：闲雅多神韵。（《删补唐诗选脉笺释会通评林·中五绝》）

徐增曰：前二句，是巷无居人；后二句，是空谷足音。睹此秋日，能无离索之感！（《而庵说唐诗》卷九）

潘德舆曰：《唐人万首绝句》其原本不为不富，渔洋选之，每遗佳作。随意简出，如……耿沣"返照入闾巷"……皆天下之奇作，而悉屏不登，何也？（《养一斋诗话》卷一）

俞陛云曰：往者《麦秀》之歌，《黍离》之什，乃采蕨遗民，过旧京而凭吊，宜其音之哀以思也。作者于千载下，望古遥集，百忧齐来。诗言夕阳深巷之中，抑郁更共谁语？乃出游以写忧。但见古道荒凉，寂无人迹，往日之楚存凡丧，项灭刘兴，以及钟鸣鼎食之家，璧月琼枝之地，都付于水逝云飞，所馀残状，唯禾黍高低，在西风落照中，动摇空翠。可胜叹耶！（《诗境浅说》续编）

刘永济曰：二十字中有一片秋天寥沉之气。（《唐人绝句精华》）

刘拜山曰：禾黍秋风之句，凄然有故国之思，岂作于朱泚称帝时耶？（《千首唐人绝句》）

耿
沣

（鉴）（赏）

这首仄韵五绝虽以"秋日"为题，内容却不只是描绘一般的秋日萧瑟景象，而是渲染一种乱后荒凉萧条、空寂凄清的境界，渗透万绪悲凉、无可告语的忧思，虽思深而忧广，表现却朴素含蓄，极富韵味。

"返照入闾巷。"起句写秋日的残阳斜照映入深幽的里巷之中。闾巷本是平民百姓聚居之处，在承平年代，无论城市乡镇，闾巷中传出的是热闹喧阗的人间生活气息，即使在渭川那样的隐居之地，也照样有"斜阳照墟落，穷巷牛羊归。野老念牧童，倚杖候荆扉"这种和平安恬、充满人情味的景象。

1677

可是眼前的这条"闾巷"却空寂寥落，杳无人迹（从下文"与谁语""无人行"可知）。秋日惨淡的斜阳残照映入这空荡荡的闾巷，更增添了空寂凄清、荒凉萧森的色彩。

"忧来谁共语？"次句由环境氛围转到诗人自身的情思上来。劈头一个"忧"字，揭示出诗人身处此境时自然触发的忧思。这种忧思，和末句的"秋风动禾黍"联系起来，明显是化用《诗·王风·黍离》"彼黍离离，彼稷之苗。行迈靡靡，中心摇摇。知我者，谓我心忧；不知我者，谓我何求"之语、意，具体指对于国家命运的深切忧思和对乱后荒凉残败景象的无限忧伤。而这种忧思和忧伤，虽触绪万端，不可断绝，却无可告语。之所以如此，表面上似是因为眼前空寂无人，找不到倾诉的对象，但更深层的意蕴，则未尝没有"众人皆醉我独醒"之意。就以同时酬唱的"大历十才子"来说，在钱起、韩翃、李端等人的诗作中，对于乱后暂时出现的表面承平气象的歌颂乃至粉饰已经显露端倪。在这种诗坛风气中，耿㳠也许真感到自己"忧来谁共语"了。这是一种独醒者的寂寞与深忧。

"古道少人行，秋风动禾黍。"三、四两句由空廓萧森的"闾巷"转到寂无人行的"古道"，随步换形，写古道所见的另一种荒凉景象。行走在眼前这条历史悠久的"古道"上，昔日车马交驰、行人熙攘的景象不见了，路上杳无人迹，只见道旁的田野上，秋风萧瑟，吹动田中的禾黍，摇荡不已，沙沙作响。禾黍在秋风中摇荡的景象，正烘托出村巷的空寂无人，荒凉萧条。而目睹此景象的诗人，自不免中心摇摇，触绪百忧，难以为怀。诗以景结情，不着一字正面抒情，而诗人的忧国伤世情怀已充溢流注于笔端。这样的结尾，极隽永而有韵味。

卢 纶

卢纶（约744[一]—约798），字允言，蒲州（今山西永济）人。安史乱起，避乱寄居鄱阳。大历初，数举进士不第。约大历六年（771），经宰相元载推荐，补阌乡尉，迁密县令。后因王缙荐，为集贤学士、秘书省校书郎。十二年元载、王缙获罪，纶坐累去官。十四年调陕府户曹。建中元年（780）任昭应令。兴元元年（784）入河中节度使浑瑊幕。贞元十三年（797）秋，因其舅韦渠牟推荐，超拜户部郎中，未几卒。纶与吉中孚、韩翃、钱起、司空曙、苗发、崔峒、耿沣、夏侯审、李端皆能诗齐名，号"大历十才子"。宪宗诏中书舍人张仲素访集遗文，文宗遣中人悉索家笥，得诗五百篇。《全唐诗》编其诗为五卷。今人刘初棠有《卢纶诗集校注》。

注释

〔一〕旧据《纶与吉侍郎……》云："八岁始读书，四方遂有兵……是月胡入洛，明年天陨星。"天宝十四年载十二月，安史叛军攻陷洛阳。是年卢纶八岁，则当生于天宝七载（748），然据其父卢元翰撰妻《韦氏（卢纶生母）志》，韦氏天宝元年与元翰结婚，四载三月卒，则纶当生于天宝二或三载。

和张仆射塞下曲六首[一]

其 二

林暗草惊风[二]，将军夜引弓。
平明寻白羽[三]，没在石棱中[四]。

其 三

月黑雁飞高，单于夜遁逃[五]。
欲将轻骑逐[六]，大雪满弓刀。

〔一〕张仆射，有二说，文研所《唐诗选》谓指张延赏。《旧唐书·张延赏传》："张延赏，中书令嘉贞之子……贞元元年，以宰相刘从一有疾，诏征延赏为中书侍郎、同中书门下平章事。与凤翔节度使李晟不协，晟表论延赏过恶，德宗重违晟意，延赏至兴元，改授左仆射。……贞元三年……复加同中书门下平章事……七月薨，年六十一。"张延赏《塞下曲》原作已佚，卢纶和作六首，作于浑瑊河中幕期间。这组诗最早见于令狐楚编选之《御览诗》，题作《塞下曲》。第三首"月黑雁飞高"一作钱起诗，非。傅璇琮《唐代诗人丛考·卢纶考》、吴汝煜《全唐诗人名考》及陶敏《全唐诗人名考证》则均谓题内之"张仆射"指建封。傅《考》云："据《旧唐书》卷一四〇《张建封传》：'贞元四年，以建封为徐州刺史，兼御史大夫、徐泗濠节度支度营田观察使。……十二年，加检校右仆射。十三年冬，入觐京师，德宗礼遇加等……'张建封卒于贞元十六年……卢纶此诗有极大可能作于贞元十三年冬张建封入朝及第二年贞元十四年（797—798）还朝期间……卢纶当是在张建封入朝时，为称颂张建封的武功而作此诗。"陶敏《考证》引权德舆《张建封文集序》"歌诗特犹，有仲宣之气质，越石之清拔"，以证建封之能诗。而刘初棠《卢纶诗集校注》则据组诗第六首"亭亭七叶贵"之句，谓建封父张玠乃一介白衣，而延赏祖孙三代为相。卢纶此诗当和延赏作，或作于贞元二年（786）秋。按：刘说较优，兹从之。陈尚君疑此张仆射指曾任尚书左仆射之张献甫，系卢纶弟媳之父。详《卢绶墓志》。

〔二〕《易·乾》："云从龙，风从虎，圣人作而万物睹。""草惊风"，暗示有虎。

〔三〕白羽，指羽箭尾部装置的白翎。

〔四〕没，陷入。石棱，石头的棱角，亦指多棱的山石。此指后者。《史记·李将军列传》："广出猎，见草中石，以为虎而射之，中石，没镞，视之，石也。"此二句暗用其事。又，《韩诗外传》卷六："昔者楚熊渠子夜行，见寝石，以为伏虎，弯弓而射之，没金饮羽，下视，知其为石。"事与之相类。《吕氏春秋·精通》："养由基射兕中石，石乃饮羽，诚乎兕也。"

〔五〕单于，汉时匈奴君长的称号。此借指当时北方民族的君长。

〔六〕将，率领。轻骑，轻装快捷的骑兵。逐，追逐。《六韬·五音》："夜半，遣轻骑往至敌人之垒。"

贺裳曰：《塞下曲》六首俱有盛唐之音，"平明寻白羽，没在石棱中"一章尤佳。人顾称"欲将轻骑逐，大雪满弓刀"，虽亦矫健，然殊有逗留之态，何如前语雄壮！（《载酒园诗话又编·卢纶》）

李锳曰：暗用李广事，言外有边防严肃、军威远振之意。（《诗法易简录》）

潘德舆曰：诗之妙全以先天神运，不在后天迹象……卢纶"林暗草惊风"，起句便全是黑夜射虎之神，不至"将军夜引弓"句矣。大抵能诗者无不知此妙。低手遇题，乃写实迹，故极求清脱，终欠浑成。（《养一斋诗话》卷二）

俞陛云曰：此借李广事，见边帅之勇健。李广射虎事，仅言射石没羽，记载未详。夫弓力虽劲，没镞已属难能，而况没羽。作者特以"石棱"二字表出之。盖发矢适射两石棱缝之中，遂能没羽，于情事始合。卢允言乃读书得间也。（《诗境浅说》续编）

刘拜山曰：此首写将军雄武，隐括李广故事，而"林暗"句宛似猛虎欲出，设景尤妙。（《千首唐人绝句》）

（以上评第二首）

李攀龙曰：中唐音律柔弱，此独高健，得意之作。此见边威之壮，守备之整，而惜士卒寒苦也。允言语素卑弱，独此雄健，堪入盛唐乐府。（《唐诗训解》）

钟惺曰：中唐音律柔弱，独此可参盛唐。（《唐诗归》）

许学夷曰：纶五言绝"月黑雁飞高"一首，气魄音调，中唐所无。（《诗源辩体》卷二十一）

邢昉曰：音节最古，与《哥舒歌》相似。（《唐风定》卷二十）

周敬曰：中唐高调，句句挺拔。（《删补唐诗选脉笺释会通评林·中五绝》）

黄生曰：（三、四）倒叙。言虽雪满弓刀，犹欲轻骑相逐。一顺看即似畏寒不出矣，相去何啻天渊！"夜"字一本作"远"，不惟使句法不健，且惟乘月黑而夜遁，方见单于之在困中。若远而后逐，则无及矣。只争一字，而意悬远若此，甚矣书贵善本也！（《唐诗摘抄》卷二）

沈德潜曰：卢纶《塞下曲》二首"林暗草惊风""月黑雁飞高"雄健。（《重订唐诗别裁集》卷十九）

乔亿曰：末首何酷似西鄙人《哥舒歌》也！（《大历诗略》卷二）

卢纶

1681

李锳曰：上二句言匈奴畏威远遁，下二句不敢邀开边之功，而托言大雪，便觉委婉，而边地之苦亦自见。（《诗法易简录》）

俞陛云曰：前二首仅闲叙军中之事，此首始及战争。言兵威所震，强虏远遁。月黑雁飞，写足昏夜潜遁之状。追奔逐北者，宜发轻骑蹑之，而弓刀雪满，见漠北之严寒，防边之不易也。（《诗境浅说》续编）

朱宝莹曰：首句对景兴起，次句入正意。三句追进一层，承次句意，四句确是逐时情景。"雪"字映上"月"字。[品] 壮健。（《诗式》）

刘拜山曰：黑夜逐北，大雪纷飞，似状行军之难，实见将士之勇，写来情景壮绝。（《千首唐人绝句》）

（鉴赏）

卢纶《和张仆射塞下曲六首》，是一组组织严密、首尾完整的五绝组诗。六首分写军中操练、将军夜猎、追逐遁敌、宴饮庆功、呼鹰射雉、功高不名。刘永济《唐人绝句精华》云："此题共六首，乃和张仆射之作，故诗语皆有颂美之意，与他作描绘边塞苦寒者不同。"颂美的具体对象，当即张延赏。从和作推测，张延赏的原唱当亦写军中生活及征战庆赏等情事。文研所《唐诗选》谓"卢纶答和此诗时，正在浑瑊镇守河中的幕府中当幕僚。"似可从。在河中浑瑊幕期间，卢纶有《腊日观咸宁王部曲娑勒擒豹歌》，内容、风格与《塞下曲》近似，可为旁证。但诗并非歌颂浑瑊之作。

先看第二首。这一首写将军夜猎，其素材可能与诸多古籍中所载射石没羽之事，特别是流传最广的李广射石没镞之事有关，但这首诗却并非单纯敷衍古事，而是借此富于戏剧性的素材表现将军的神勇，为第三首追逐遁敌渲染声势。

首句"林暗草惊风"，以突兀之笔凌空起势，渲染紧张氛围。漆黑的夜晚，幽暗的丛林中忽然传出一阵迅猛急疾的风声，使草丛猛烈摇动。着一"惊"字，不仅传神地表现出风之劲疾倏忽，草之披靡偃伏，且宛闻风声之杂沓呼啸。而林之暗、风之劲、草之惊，又暗示猛虎即在近处伺伏，使人联想到其随时跃出、森然欲搏人的态势。这一句纯从将军的视觉、听觉感受着笔，虽无一字写到虎，但传神地渲染出了猛虎近在咫尺、跃然欲出的紧张气氛。

次句紧承，写将军引弓射虎。点明"夜"字，既应上"林暗"，又启下

"平明"。上句极形情势之紧急。这一句写将军射虎，却显得气度从容而自信。"夜引弓"三字，殊可玩味。暗夜幽林之中，目不能辨，虽疑其有虎，却看不到对象，"引弓"而射，全凭循声辨踪的敏锐感受和应声而射的高超射技。故此句虽只平平道来，却自具一种从容镇定的大将风度。

"平明寻白羽，没在石棱中。""夜引弓"的战果如何？将军并没有立即寻检，这是因为将军基于对自己射艺的高度自信，早已料其必中鹄的，无须当场检验，只需明日清晨再清点战果即可。但结果却让人大出意料：昨夜射出的箭，没有射中猛虎，却射中了一块棱角凸起的巨石。写到这里，才透露出"将军夜引弓"之举乃是对"林暗草惊风"现象的一种错觉，而暗夜中巨石偃卧的模糊形状则更加强了疑似有虎的错觉。

这好像是一场纯粹的误会。闻风吹草动，见巨石峥嵘而疑其为真虎，引弓而射的结果却射中了巨石。但诗人写这样一场戏剧性的误会，目的却是借此凸显将军的神勇。虎皮虽厚韧，利箭劲射自能贯穿；锋棱凸出的巨石，其坚硬的程度远超虎皮，而将军引弓而射的结果，不但直穿巨石，且使箭尾的白羽也陷没在巨石之中，则将军此一箭所发出的神力便远乎人们的想象。正是这一误射，使将军的超常神勇得到了淋漓尽致的发挥。值得玩味的是，《史记·李将军列传》在"广出猎，见草中石，以为虎而射之，中石没镞，视之石也"之后，还有这样两句："因复更射之，终不能复入石矣。"这正说明，在以石为虎的紧急情况下，李广的神力得到超常的发挥；而一旦知其为石，则心理上无此应急机制，能力亦不再有超常发挥。而写将军的超常神勇，又正显示出他所统率的部队战无不胜、所向披靡的气势，为下"单于夜遁逃"渲染声势。

第三首写敌军在遁、我军轻骑追逐。首句"月黑雁飞高"承第二首仍写暗夜景象。"月黑"，指没有月亮的夜晚；"雁飞高"，以雁之高飞兴起下句敌之夜遁。全句正写出一个幽暗微茫、便于敌人趁暗夜逃遁的环境。

第二句紧承首句，正面写敌军之夜遁。此前的情形，均略去不写。是两军交战，对方一触即溃，故乘夜追逐，还是听说我方主帅士兵英勇善战，故闻风而遁，抑或经艰苦战斗后对方自料不敌，故乘夜逃脱，均不作交代，任凭读者想象，但我方军威之令敌胆慑则全可想见。五绝篇幅极狭，此等可以省略不写的过程或具体情景自当略而不提，反增含蕴。

"欲将轻骑远，大雪满弓刀。"三、四两句，承单于夜遁而有率轻骑夜逐之举，务求全歼敌军，以获全胜。黄生谓三、四"倒叙，言虽雪满弓刀，犹

卢
纶

1683

欲轻骑相逐"。此意固含于句中，但谓二句倒叙，则并不符合诗的语气口吻。盖第三句"欲"字透露，将军闻敌军夜遁，正欲率轻骑追逐之际，忽见纷扬的大雪洒满弓刀。"欲"之意愿在前，见大雪满弓刀之景象在后，次序之先后显然。而诗之高妙，正在欲逐未逐、忽见此大雪满弓刀景象时戛然而止。遂使此一景象定格为最富包孕的时刻，留下了大片空白给读者以丰富想象的余地。诸如轻骑星奔、追亡逐北之势，大获全胜、尽歼残敌之景固可于想象得之。而将士之不畏艰苦，不避严寒，一往无前之战斗精神亦隐然可见。绝句篇幅有限的短处在这里正转化为长处。

这两首诗的风格都极雄健遒劲，适合它所表现的内容。但雄健遒劲的风格并没有导致发露无余，而是在雄健遒劲中兼具蕴蓄之致，其中的奥秘即在选取富于包孕的细节和时刻。第二首的"林暗草惊风"与白羽没石的细节，第三首的"欲将轻骑逐，大雪满弓刀"就是典型的例证。

晚次鄂州〔一〕

云开远见汉阳城〔二〕，犹是孤帆一日程。
估客昼眠知浪静〔三〕，舟人夜语觉潮生。
三湘衰鬓逢秋色〔四〕，万里归心对月明。
旧业已随征战尽〔五〕，更堪江上鼓鼙声〔六〕！

校注

〔一〕题下原注："至德中作。"至德，指池州属县至德。"中"字衍。《新唐书·地理志》："池州……县四……至德，至德二载析鄱阳、秋浦置。"卢纶安史乱起后流寓鄱阳，后改为池州至德县。大历初，再举进士不第，归至德。或疑此诗系建中二年作，较合。次，途次止宿。鄂州，今武昌市。

〔二〕汉阳，唐淮南道沔州治所，今湖北汉阳市。与鄂州隔江东西相对。汉阳在汉水之北。

〔三〕估客，指舟中的行商。

〔四〕三湘，泛指湘江流域及洞庭湖地区。

〔五〕旧业，原有的产业，包括田地、宅第等。

〔六〕鼓鼙，军中的大鼓、小鼓。此以"鼓鼙声"代指战伐之声。

（笺）（评）

曾季貍曰：唐人江行诗云："贾客昼眠知浪静，舟人夜语觉潮生。"此一联曲尽江行之景，真善写物也。予每诵之。（《艇斋诗话》）

顾璘曰：第四句尤妙，但对上句却浅。五、六迥别。一结宛转，极悲。（《批点唐音》）

吴逸一曰：次联老江湖语。三联语忽不测。结悲酷入情。（《唐诗正声》）

郝敬曰：通体熟爽，是近体佳篇。（《批选唐诗》）

唐汝询曰：此亦伤乱之诗，盖独赴汉阳而作也。言前途虽不远而舟行则已久矣。是以习知估客、舟人之事，而我之客怀可胜道哉！愁鬓逢秋而愈凋，归心对月而弥切也。况旧业荡尽，兵戈不息，归期岂有日耶？（《唐诗解》卷四十四）

何景明曰：二联妙。（《删补唐诗选脉笺释会通评林·中七律下》引）

田艺蘅曰：乱后之辞，可怜。（同上引）

陈继儒曰：旅思动人，伤感却不作异调，故佳。（同上引）

郭濬曰：情景不堪萧瑟。（同上引）

邢昉曰：初联世所共称，不知次联更胜。（《唐风定》卷十七）

金圣叹曰：（前解）写尽急归神理，言望见汉阳，便欲如隼疾飞，立抵汉阳，无奈计其远近尚必再须一日也。三、四承之，言虽明知再须一日，而又心头眼底，不觉忽忽欲去，于是厌他估客胡故昼眠，喜他舟人斗地夜语，盖昼眠便是不思速归之人，夜语便有可以速去之理也。若只写景读之，则既云浪静，又云潮生，此成何等文法哉！（后解）后解言吾今欲归所以如此其急者，实为鬓对三湘，心驰万里，传闻旧业已无可归，而连日江行，鼓鼙不歇，谁复能遣，尚堪一朝乎哉？（《贯华堂选批唐才子诗》卷三）

陆次云曰：诗有高静之气，故白描而远绝于俚。（《五朝诗善鸣集》）

胡以梅曰："浪静"映"云开"，"夜语"由于"晚次"。三、四构句，曲尽水程情景，气度大方精妙。（《唐诗贯珠串释》）

何焯曰：惊魂不定，贪程难待，合下四句读之，意味更长。（《唐三体

卢纶

1685

又曰：前半极写归心之迫，却不露，所以次之故，至结句方说明，读之但觉其如画耳。（《唐律偶评》）

《唐诗鼓吹评注》：首言在鄂州，云开而望汉阳之城，固甚远矣。但以路计之，孤帆前去不过一日之程耳。若程途所历，昼则浪静于贾客高眠之际，夜则潮生于舟人絮语之时。而我身历其间，次三湘而生愁鬓，值彼凛秋；隔万里而动归心，对兹明月。因思余之旧业经征战之扰，故极萧条，更堪江上鼓鼙闻然不绝，当此乱离之际，犹在他乡而未归也，其不惆怅何如哉！（卷五）又眉批曰：浪静则可以兼程，潮生更宜夜发，乃胡为淹此留也？发"次"字暗呼起江上兵阻，非无根之铺叙。（此本题何焯、钱牧斋评注，眉批系何焯《唐律偶评》中语）

《唐诗鼓吹笺注》：总是彻底未眠急归情绪也。后四句一气赶下，是倒装文法。（"估客昼眠"二句下评）（此书题陆贻典、王清臣笺注，钱朝鼐、王俊臣参校）

黄生曰：此伤乱之作。"三湘"纪所来之地；"汉阳"纪所止之地。次句暗点所次之地。曰"犹是"者，客途淹泊，虽一日不可耐也。"浪静"明其阻风；"潮生"则可以鼓棹。复写二句，则上文之意见矣。旧业已尽，归将安处？然首丘之心固在，其如世乱未已何！（《唐诗摘抄》卷四）又曰："舟人"句：顺因句。"万里"句：虚眼句。（同上引）

毛张健曰：与刘长卿"汀洲"之什，若出一手。盖大历齐名诸贤，其商榷既同，故臭味相通如此。（末句下总评）（《唐风肤诠》）

赵臣瑗曰：第六句中"归心"二字，是一篇之眼。前五句写"归心"之急，后二句写"归心"所以如此之急之故。"万里逢秋色"，则"愁鬓"不胜憔悴；"对月明"，则"归心"愈觉凄惶。字字真情，字字实理。（《山满楼笺注唐诗七言律》）

屈复曰：一归心急。二有咫尺千里意。中曰"衰鬓""归心"，人眼中耳中无限悲凉，故客眠、人语、秋色、月明，种种堪愁。用意深妙，全以神行，若与题无涉者。结言归亦无益，将来不知作何景象，愁无已时也。（《唐诗成法》）

沈德潜曰：读三、四语，如身在江舟中矣。诗不贵景象耶！（《重订唐诗别裁集》卷十四）

乔亿曰：有情景、有声调，气势亦足，大历名篇。（《大历诗略》卷二）

薛雪曰："估客昼眠知浪静"，是看他得意语；"舟人夜语觉潮生"，是唯我独醒语。（《一瓢诗话》）

宋宗元曰：（三、四二句）写景亲切。（《网师园唐诗笺》）

方东树曰：起句点题，次句缩转，用笔转折有势。三、四兴在象外，卓然名句。五、六亦兼情景，而平平无奇。收切"鄂州"，有远想。（《昭昧詹言》）

高步瀛曰：末句（江上鼓鼙声）疑指永王璘事。《通鉴·唐纪》三十五："至德元载十二月，永王璘镇江陵，薛镠等为之谋主，以为天下大乱，惟南方完富，宜据金陵，保有江表，如东晋故事。璘擅引兵东巡，沿江而下，江淮大震。二载二月戊戌，永王璘败死。"（《唐宋诗举要》卷五）

俞陛云曰：作客途诗，起笔须切合所在之境，而能领起全篇，乃为合作。此诗前半首尤佳。其起句言，江天浩莽，已远见汉阳城郭，而江阔帆迟，尚费行程竟日。情景真切，句法亦纡徐有致。三句言浪平舟稳，估客高眠。凡在湍急处行舟，篙橹声终日不绝，惟江上扬帆，但闻船唇啮浪，吞吐作声，四无人语，□窗倚枕，不觉寐之酣也。两句言野岸维舟，夜静闻舟人相唤，加缆□弦，众声杂作，不问而知夜潮来矣。诵此二句，宛若身在江舟容与□□。可见诗贵天然，不在专工雕琢。五、六句言客子思乡，湘南留□□结句言三径全荒，而鼙鼓秋高，犹闻战伐，客怀弥可伤矣。（《诗□□说》丙编）

这首吟咏行旅生活的七律，由于生活体验与描写的真切，又融入了对时□□离的感受，遂使它在同类作品中成为富于时代生活气息的佳篇。

首联写舟行望中所见，兼纪行程。诗人此次旅行，当是溯长江西上，而□阳则是此行的目的地或由水而陆的一个重要转折地（从尾联及第六句推测，有可能是到汉阳后再转道北上回故乡蒲州）。"云开远见汉阳城，犹是孤帆一日程。"连日阴霾，江上云封雾锁，一片迷茫。此时忽然云开雾散，天气转晴，向西边远眺，舟行的终点汉阳城城郭已经在望了。长时间的舟行，生活本就单调，加上天气阴霾，更觉心情黯然。此时不但天气转晴，且汉阳在望，不觉心情为之豁然开朗。首句写望中所见，正透露出诗人内心的开豁与喜悦。下句却就势折转，说汉阳虽远远可见，计算程途，却仍有一整天的

卢纶

1687

船程。上水船走得缓慢，故汉阳虽遥遥可见，走起来却费时。"犹是"二字折转，透露出可望而难即的些许遗憾和盼望早到舟行目的地的急切。二句一开一合，一纵一收，笔意曲折有致，声情跌宕多姿，传达出诗人远望之际心情的微妙起伏变化。而"犹是一日程"即透露出"晚次鄂州"的缘由。虽未明点题面，却紧扣题意。

"估客昼眠知浪静，舟人夜语觉潮生。"颔联分承一、二。上句写未抵鄂州时舟中所见所感，从这一联看，诗人所乘的船并非自己独自租用，而可能是搭乘来往长江沿岸行商的商船，故船上有不止一个估客。这些估客，早就习惯了水上漂泊的生活，只要风平浪静，哪怕是大白天，也能安然酣睡。将"知浪静"与首句"云开"联系起来体味，可以推知近日来不但天气阴霾，云雾弥漫，而且江间风浪汹涌，舟行颠簸摇晃，更增艰苦迟滞。此刻云开雾散，风平浪静，故估客们均酣然昼卧。从"知浪静"三字中可以看出，诗人此时已置身船舱之中，他是从"估客昼眠"的情态中推知舱外江面上风平浪静的情景的。不仅体察真切细致，而且透露出一种悠闲静观的情趣。下句"舟人夜语觉潮生"，是写夜泊鄂州所闻所感。在夜半似梦非梦、半睡半醒的迷糊状态中，听到船夫们相互说话的声音，加上船的晃荡摇动之声，知道是夜潮上涨，船夫们正在固缆定舟了。暗夜身处船舱，"潮生"之状自然是看不见的，只能凭感觉感知。若只写因船身的晃动与潮水击舷之声而感知，便比较一般；这里写因"舟人夜语"而"觉潮生"，使新鲜生动，别饶情趣。这种体验，非久历江上舟行夜宿者不能有，此前亦从未有人道及。故这一联向为评家所称赏。尤为难得的是，二句纯用白描，以朴素平易的语言，新鲜而富于生活气息的细节（估客昼眠、舟人夜语），表达真切而独特的感受，遂能千古常新。

"三湘衰鬓逢秋色，万里归心对月明。"腹联转写"晚次鄂州"见月思归之情。"三湘"或言指潇湘、沅湘、蒸湘，或言指湘潭、湘乡、湘阴，实不必拘。唐人诗文中之"三湘"多泛指今湖南及洞庭湖一带广大地区，靠近洞庭湖的鄂州、汉阳也可以包含在内（王维《汉江临泛》"楚塞三湘接"可证）。此借指此时诗人身处之地，"秋色"则点所逢之时。以漂泊之身、"衰鬓"之年，羁泊异乡，又适逢秋色萧瑟之候，更觉孤寂凄清，思乡之情遂益发强烈。而蒲州故园，远在千里之外，独对江上明月，云山迢递，阻隔重重，归思遂绵绵不已。上句"逢"字，下句"对"字，或加倍渲染，或寓慨言外，虽情味隽永，却并不显得着力。上句宾，下句主，"衰鬓"而"逢秋色",更觉归心之急切深浓。

尾联紧承"万里归心",进一步抒写思归而不得的心情,并就眼前景收转作结。万里思归之心虽切,但长期的战乱,家乡蒲州的旧时产业早已荡尽,即使回到家乡,也形同无产业的游民,无以安居了,更何况眼前这江上,又处处传来军中鼙鼓的声音,战争的气息正充溢着大江南北,哪里又能找到一片安乐宁静的地方呢。末句转进一层,"更堪"二字,将万里思归的感情,与国家的忧患、战争的背景紧密联系起来,使诗人的旅泊思归之情带上了鲜明的时代色彩。

这首诗前两联着重写舟行旅泊,后两联着重写万里思归,二者之间本有天然联系。但从情调上看,前两联比较舒缓平和,后两联则转为凄楚伤感。前者侧重于写舟行旅泊真切的生活体验,后者侧重于写因秋色明月而触发的思乡情怀。二者之间的过渡,在颔联的"知浪静"与"觉潮生"中已暗暗透出。盖诗人在估客昼卧、舟人夜语之际并未入睡,其漂泊孤寂意绪实已暗启后幅之"归心",此种过渡,不妨谓之有神无迹。

卢纶

李 端

李端，字正己，赵州（今河北赵县）人。大历五年（770）登进士第，授秘书省校书郎。与钱起、卢纶、韩翃等文咏唱和，游于骑马郭暧之门。以清羸多病，辞官居终南山草堂寺。《新唐书·艺文志》著录《李端诗集》三卷。《全唐诗》编其诗为三卷。

拜新月〔一〕

开帘见新月，即便下阶拜。
细语人不闻，北风吹裙带。

校注

〔一〕此诗一作耿沛诗。非。《乐府诗集》卷八十二、《万首唐人绝句》卷十一均作李端诗。而南宋陈思本耿沛集不载。拜新月，唐代宫廷及民间妇女均有拜新月以祈求福佑、诉说心事的习俗。《全唐诗》有张夫人《拜新月》诗云："拜新月，拜月出堂前。暗魄初笼桂，虚弓未引弦。拜新月，拜月妆楼上。鸾镜始安台，蛾眉已相向。拜新月，拜月不胜情，庭花风露清。月临人自老，人望月长明。东家阿母亦拜月，一拜一悲声断绝。昔年拜月逞容辉，如今拜月双泪垂。回看众女拜新月，却忆红闺年少时。"述拜月情事甚详，可参。

笺评

桂天祥曰：末句无紧要，用之便佳绝佳绝。（《批点唐诗正声》）

郭濬曰：语语幽细。末句无紧要，自好。（《增定评注唐诗正声》）

吴逸一曰：乐府贵深厚，此闺情中之幽细者。（《唐诗正声》评）

唐汝询曰：心有所怀，故望月即拜。以情诉月，而人不闻，独风吹裙带耳。此《子夜歌》之遗声也。（《唐诗解》卷二十三）

周敬曰：有古意，闺情中幽细者。（《删补唐诗选脉笺释会通评林·中五绝》）

江若镜曰：含不尽之态于十字之中，可谓善说情景者。（同上引）

陆时雍曰：有古意。（《唐诗镜》卷三十二）

邢昉曰：六朝乐府妙境。（《唐风定》卷二十）

黄生曰："北风"字老甚。"风吹裙带"，有悄悄冥冥之意。此句要从旁人看出，才有景。若直说出所语何事，便是钝汉矣。画家射虎但作弯弓引满之状。《洗砚图》但画清水满地，而弃一砚于中，与此同一关捩。（《唐诗摘抄》卷二）

季贞曰：含情言外，结得古乐府之妙。（清初张揔《唐风怀》引）

徐增曰："即便"，来得紧凑；"细语"又来得稳贴。望西拜月，而北风却横来吹动腰裙带子。你道是无人听，早已被北风逗漏消息也。（《而庵说唐诗》卷九）

《词谱》：此即唐仄韵五言绝句而语气微拗。填此词者，其平仄当从之。（卷一）

吴乔曰：句中不得有可去之字，如李端之"开帘见新月，即便下阶拜"，"即便"有一字可去。（《围炉诗话》卷三）

王尧衢曰："开帘见新月，即便下阶拜。"心有所怀，未开帘以前早已脉脉不得语矣。忽开帘而新见月，不免触动情怀，即便下阶而拜，思欲以情诉之月也。"细语人不闻"，此拜见而诉衷情，喁喁然细语，人岂得闻？却亦不便闻之于人也。"北风吹裙带"，语既不闻，但见北风吹动裙带。只此吹裙带时，又岂令人见乎？情致叠叠，有《子夜歌》之遗声。（《唐诗合解笺注》卷四）

沈德潜曰：对月诉情，人自不闻语也。近《子夜歌》。（《重订唐诗别裁集》卷十九）

黄叔灿曰：上三句写照，心事已是传神。但试思"细语人不闻"下如何下转语？工诗者于此用离脱法，"北风吹裙带"，此诗之魂，通首活现矣。（《唐诗笺注》）

吴瑞荣曰：六朝乐府妙境，从太白《玉阶怨》《静夜思》脱胎。（《唐诗笺要》）

宋宗元曰：（末二句）隽不落佻。（《网师园唐诗笺》）

刘永济曰：三、四颇具风致，用意少而含意多也。（《唐人绝句精华》）

富寿荪曰：写闺人拜月诉情，宛然如见，韵致特胜。末句以景结情，方不意尽言中，最得用笔之妙。（《千首唐人绝句》）

这首仄韵五绝纯用素描，写一位年轻女子拜新月的场景。拜月之举，是在对月自诉衷情，表达祈望。但诗的高妙之处，却正在避实就虚，撇开对人物内心感情愿望的正面描写，纯从侧面着笔，借人物的行动与景物烘托渲染，造成一种既鲜明如画又隐约迷离、含蕴丰富、情味隽永的境界。

前两句紧扣题面，叙写拜月之事。"开帘见新月，即便下阶拜。"十字中写了开帘—见新月—下阶—拜等四个紧相连贯的动作，而于"见新月"与"下阶拜"之间，又以"即便"这着意表明时间上紧相承接的虚词加以强调，从而凸显出女主人公拜新月行动之急切和诉衷情、表祈望之愿望的虔诚与迫切。写到这里，无论是诗人还是读者，都自然而然地会唤起一种愿望，想迫切知道女主人公"拜新月"时内心的隐秘。

但接下来三、四两句的描写却大出意外："细语人不闻"。由于是内心深处的隐秘愿望，因此在拜月自诉时生怕周围有人听见，自然是悄声细语，不为人所闻。写到这里，似乎山穷水尽，无从揣测，亦无以为继了。但诗人却从旁观者的角度突作转笔——"北风吹裙带"，写出一幅虔诚拜月的女主人公在悄声细语、默默祈望之中，料峭的北风吹动裙带的情景。这仍是无言的沉默。但沉默中却包蕴了女主人公此刻的万千思绪和深切祈望。尽管这一切仍属诗人、读者并不能具体了解的内心隐秘，但诗人与读者却可透过这一细节、场景触摸到女子的内心世界。而且越是朦胧隐约，就越是能唤起人们探寻其内心隐秘的兴趣，从而使诗境分外隽永而具深长的韵味。而"北风吹裙带"的飘逸景象也进一步烘托出女主人公的身姿面影和超逸美好的风姿。

听　筝〔一〕

鸣筝金粟柱〔二〕，素手玉房前〔三〕。
欲得周郎顾〔四〕，时时误拂弦〔五〕。

〔一〕筝，古代拨弦乐器，形状似瑟。其弦数历代由五弦增至十二弦、十三弦、十六弦。《隋书·乐志下》："丝之属曰：一曰琴……四曰筝，十三弦，所谓秦声，蒙恬所作者也。"《急就篇》注："筝，瑟类也。本十二弦，今则十三。"李商隐《昨日》："十三弦柱雁行斜。"

〔二〕鸣筝，弹筝。金粟柱，筝上用以系弦的木以金粟粒为饰，以形容筝之华贵。

〔三〕玉房，以玉为饰的房屋，状其华美。或谓玉房系筝上安枕之处。

〔四〕周郎，周瑜。《三国志·吴书·周瑜传》："瑜年二十四，吴中皆呼为周郎，少精意于音乐，虽三爵之后，其有阙误，瑜必知之，知之必顾。故时人谣曰：'曲有误，周郎顾。'"顾，回头看。

〔五〕误拂弦，指故意弹错音调。

唐汝询曰：筝本秦女所习，误拂以邀周郎之顾，盖教坊曲也。（《唐诗解》卷二十三）

邢昉曰：新意了不尖细，后人不及者，以非尖细则不得新也。（《唐风定》卷二十）

徐增曰：妇人卖弄身分，巧于撩拨，往往以有心为无心。手在弦上，意属听者，在赏音人之前，不欲见长，偏欲见短。见长，则人审其音；见短，则人见其意。李君何故知得恁细？（《而庵说唐诗》卷九）

王尧衢曰："鸣筝金粟柱"。筝为秦声，秦女习之，五弦筑身也。今形如瑟，不知谁所改作。或曰：秦蒙恬所造。金粟粒、玉房，俱筝上所有。"素手玉房前"。鸣筝者，素手在玉房之前也。"欲得周郎顾。"周瑜年二十四，吴中呼为周郎。精音乐，曲有误，必顾。时人谣曰："曲有误，周郎顾。""时时误拂弦"，假意拂弦误曲，以冀周郎之顾，盖将以怨红愁绿心肠，寄与知音者耳。（《唐诗合解笺注》卷四）

《唐诗归折衷》：唐云：翻弄在"欲""误"二字。吴敬夫曰：用事非诗家所贵，似此脱化乃佳。

沈德潜曰：吴绥眉谓因病致妍，语妙。（《重订唐诗别裁集》卷十九）

俞陛云曰：此诗能曲写女儿心事。银筝玉手，相映生辉，尚恐未当周郎之意，乃误拂冰弦，以期一顾。夫梅瓣偶飞，点额效寿阳之饰；柳腰争细，息肌服楚女之丸。希宠取怜，大率类此，不独因病致妍以贡媚也。（《诗境浅说》续编）

刘拜山曰：邀宠之情，曲曲传出，可谓隽而不佻。（《千首唐人绝句》）

 鉴赏

和《拜新月》类似，这首五绝也好像一幅人物素描，描绘的对象也是年轻女子，而所要透露的则是其内心的隐秘情愫。所不同的是《拜新月》是借助女子拜月时"细语人不闻，北风吹裙带"的行动和景象，避实就虚，引发读者的丰富想象；而这首《听筝》则通过女子弹筝时故意"时时误拂弦"的典型细节，明白揭示出其"欲得周郎顾"的内心隐秘。但由于这一典型细节本身的独特性和富于包孕，诗同样写得情味隽永，耐人吟味。

"鸣筝金粟柱，素手玉房前。"前两句写女子弹筝，当一气连读，意谓在华美的玉房前，女子的纤纤素手，在装饰华美的弦柱上弹奏出动人的乐曲。"金粟柱""玉房"等华丽的字面，透露出弹奏的地方是富贵之家。而"玉房"与"素手""金粟"的相互映衬，更显示出女子的冰肤雪貌和莹洁风神。虽未具体描绘其人，而其形神已隐约可见。

"欲得周郎顾，时时误拂弦。"周郎在这里既是知音者的代称，更是年轻英俊的男主人公的代称。这位弹筝者可能是贵家的乐伎，或许是教坊的乐伎，似以前者的可能性较大。贵家多蓄声伎，以供主人娱乐。按照通常的情况，弹筝的乐伎总是力求在主人面前充分施展自己的弹奏技艺，以博得精通音乐的主人的欣赏。唯恐弹奏过程中出现错误，遭到知音主人的批评。但这位弹筝女子的心思却不在以高超的技艺博得知音主人的欣赏上，而是另有所图——希望自己能得到主人的特别眷顾。显然，她认为自己真正能引起对方注意的并不是高超的音乐技艺，而是曼妙的容颜和动人的风神。而对一位"知音"的主人来说，动人的乐曲和高超的演奏技艺只能使他如痴如醉地沉迷于音乐的意境中，而完全忽略了演奏者的存在。为了引起"知音"主人的注意，聪明的女子使出了意想不到的招数——用"误拂弦"的反常举动来引起这位"知音"周郎的特别注意。而一次乃至两次的"误拂弦"还不足引起对方的充分注意（以为只是演奏中偶然的疏忽失误），于是便"时时"而"误拂"，对方这才感到演奏者举动的异常，而不得不一顾而再顾，从而使自己的容颜得到了对方充分的注意。诗写到这里，即收行束。以后的情节发展，便全凭读者驰骋想象。

欲求知音赏，本是演奏者的普遍愿望。但这位弹筝女子希望对方欣赏的却不是"艺"而是"貌"或"色"，于是便有了反常而合乎其特殊愿望的举动。透过这一反常而合理的典型细节，将弹筝女子对英俊而知音的主人的倾慕，希望引起对方注意和眷顾的隐秘愿望，以及为了达到这一目的而施展的小聪明乃至狡狯，当然还有对自己容颜的自信自赏，她的大胆与娇羞，都不着痕迹地表现出来了。典型细节在短小的五绝中所具有的丰富蕴含，在这首诗中得到了最充分的体现。这正是它虽明白揭示"欲得周郎顾"的愿望，却仍然耐人咀嚼的原因。

李端

司空曙

司空曙，字文明，一字文初。广平（今河北永年）人。一说京兆（今陕西西安市）人。安史之乱中避难寓居江南。约大历初登进士第。六、七年间任拾遗；与钱起、卢纶等文咏唱和。大历末贬长林丞。任满后久滞荆南。贞元初佐剑南西川节度使韦皋幕，检校水部郎中。官终虞部郎中。曙为大历十才子之一，五律、五绝、七绝均有佳作。《新唐书·艺文志》著录《司空曙诗集》二卷；《全唐诗》编其诗为二卷。

贼平后送人北归〔一〕

世乱同南去，时清独北还〔二〕。
他乡生白发，旧国见青山〔三〕。
晓月过残垒〔四〕，繁星宿故关。
寒禽与衰草，处处伴愁颜。

校注

〔一〕贼平，指安史之乱平定。唐代宗宝应二年（763）正月，史朝义兵败自缢，长达八年的安史之乱终告平定。

〔二〕所送之人安史之乱爆发后与诗人同至江南避难，乱平后其人独自北还故国，故云。

〔三〕旧国，指北方广大的中原故土。

〔四〕残垒，残存的战时堡垒。"过"与下句的"宿"，均指所送之人而言。

笺评

何景明曰：中唐雅调，颔联甚不费力，甚不浅促。观其结句，尤不免有伤悲之意，其与《诗经》"鸿雁于飞，哀鸣嗷嗷"，同一用意。（《删补

唐诗选脉笺释会通评林·中五律》引）

李维桢曰：用意闲逸，殊令峭削。（《唐诗隽》）又曰：此诗乃安禄山贼平后送人北归。（同上引）

徐献忠曰："他乡生白发，旧国见青山。"情寄婉转，绰有馀思。（《删补唐诗选脉笺释会通评林·中五律》引）

周珽曰：此与"旧时闻笛泪"一章，悲调自饶神韵，不必深远。（《删补唐诗选脉笺释会通评林·中五律》）

黄生曰：（"世乱"二句）对起。全篇直叙。四即"国破山河在"意，即"楚国苍山古"意，总写乱后事事非故，唯有青山似旧时而已。五言起之早，六言宿之晚。刘文房《穆陵关》作，独三、四二语居胜，全首雅润尚不及此篇。（《唐诗摘抄》卷一）按：刘长卿《穆陵关北逢人归渔阳》已见本编。

沈德潜曰：四语与"残阳见旧山"同妙。（《重订唐诗别裁集》卷十一）

乔亿曰："见青山"，言城郭人民尽非也。（《大历诗略》）

范大士曰：己在他乡，则生白发；人归故国，便见青山，观起句"同"字、"独"字，可知作意。五、六形容在路之景。末仍叹己之流滞不能归也。（《历代诗发》）

喻守真曰：律诗中句法，最宜讲究，八句要不尽同。尤其在两联中，句法不能一样。如本诗中两联，就犯此病。因为四句中，动词都用在第三字，都是以一个动词贯穿上下两个名词，并且四个名词，又各带着一个形容词。因此，"晓月过残垒"，可对"旧国见青山"。造成四句相同的句法。明王世懋《艺圃撷馀》也指摘唐人诗中很多这种毛病，谓"在彼正不自觉，今人用之，能无受人揶揄？"他称这种病为"四言一法"，学者不可不知避免。至于本诗的好处，则在处处不脱乱后的景象。所谓"旧国""残垒""寒禽""衰草"，写出一片荒凉之景，而别情自见。（《唐诗三百首详析》）

 鉴 赏

这首题为《贼平后送人北归》的五律，重点全在"贼平后"三字。"送人"之意，虽亦于"独北还"及想象其途中所见点出，但始终不离"贼平后"这一贯串主题与主线。虽是一首送别之作，实际上却主要是抒写伤时感乱情怀的抒情诗。

"世乱同南去，时清独北还。"首联对起，叙送行者与被送者的经历行踪。诗人与被送的这位友人在安史之乱爆发后一起来到南方避难，安史之乱平之后友人独自回到北方故土，而自己则仍然滞留南方。由于"南去"与"北还"之间横亘着长达八年的战乱，因此共同经历过这八年离乱生活的双方，对这场战乱带给国家、人民和自身的创伤、苦难和痛苦记忆，都极深刻而沉重。尽管终于盼到了"时清"的年代，但长期战乱所带来的创伤却仍深深刻印在记忆之中。这正是诗虽写于乱平时清之际，却感受不到对"时清"的欢欣与憧憬，及对友人北还的向往，而是渗透了深沉的感慨战乱所带来的破坏与创伤的原因。尽管在"同南去"与"独北还"的对照中也透露出仍然滞留异乡的遗憾，但这显然不是诗人所要抒写的感慨主要侧面。

"他乡生白发，旧国见青山。"颔联分承一、二两句。上句兼绾"同南去"的双方长期流滞他乡的形容变化和心灵伤痛。"同南去"时，彼此正当少壮之年，经历八年离乱，却都已两鬓斑白了。"生白发"既见流滞他乡时间之长，更见愁恨之深，忧国伤时、悯念百姓、怀念家乡，种种愁绪，日积月深，不觉"白发"染鬓。下句单写"独北还"的友人，想象他北归故土，所见者恐怕只有青山依旧了。言外之意，则城郭乡村之残破、百姓之死亡、田地房舍之荒芜，均与乱前景象迥不相同了。"生"字、"见"字，似极平淡而毫不用力，却极有蕴蓄而感情沉痛。司空曙喜用"青""白"字作对，显然是受了王维的影响。但在这一联里，这种色彩鲜明的对比丝毫不给人以明丽清新之感，而是给人一种沉痛压抑的悲感。"旧国"所指范围较广，不单指狭义的故乡，而且指中国北部曾沦为安史叛军占领区的广大故土。如理解为狭义的故乡，则先已抵故乡广平（在今河北北部），下面又反过来叙途中所见，不免叙次颠倒。

"晓月过残垒，繁星宿故关。""晓月""繁星"是途中早行、夜宿所见。送行诗想象道途中所经见景象，本是常调，着意处在"残垒""故关"四字。残存的堡垒，险要的关隘，处处显示出在八年战乱过程中，这一带曾进行过敌我双方惨烈的战争和反复的争夺，有过无数流血牺牲。尽管当下已是贼平后的"清时"，但这一切战乱的遗迹却给每一个经过的旅人平添了战争创伤的记忆和痛定思痛的悲慨。晓行夜宿的辛苦、清寥孤寂的意境和上述悲慨融合在一起，使得这幅"清时行役图"透出了感时伤乱的色调。

"寒禽与衰草，处处伴愁颜。"尾联仍紧扣"北归"，进一步渲染途中所见令人忧愁的景象。时令大约是冬天，越往北走，天气越寒冷，处处是栖息寒池的禽鸟和凋衰枯黄的败草，使刚刚经历了八年战乱的北方故国更显得荒凉萧条，也使归故土的游子更增悲愁凄伤。不说"增"而说"伴"，正描绘出一幅寒禽衰草与愁容满面的归客黯然相对的图景。"伴"字在这里不是对寂寞的慰藉，而是对悲愁的触发和增添。

诗写得很清简省净，几乎不见形容刻画的用力痕迹，但蕴蓄丰富，感慨深沉，韵味悠长，而且通体一气浑成。在大历诗坛上，算得上是完整的艺术佳作。

云阳馆与韩绅宿别〔一〕

故人江海别〔二〕，几度隔山川。
乍见翻疑梦〔三〕，相悲各问年〔四〕。
孤灯寒照雨，湿竹暗浮烟。
更有明朝恨〔五〕，离杯惜共传。

校注

〔一〕云阳，唐京兆府属县，在今陕西泾阳县西北。馆，驿馆。韩绅，《全唐诗》校："一作韩升卿。"疑即韩绅卿，韩愈之叔父。《新唐书·宰相世系表三上》：韩氏：叡素子晋卿、季卿、子卿、仲卿、云卿、绅卿、升卿。升卿，易州司法参军。陶敏《全唐诗人名考证》："《全文》卷三五〇李白《韩仲卿去思颂》称睿素'成名四子'，仲卿外，尚有少卿、云卿、绅卿，未及升卿。卷五六四韩愈《韩炭志》亦云睿素'有子四人，最季者曰绅卿'；与李白文合。愈乃睿素孙，仲卿子，所云必不误。恐以作韩绅卿为是。"则题内"绅"下当脱"卿"字。绅卿曾任泾阳县令、京兆府司录参军。

〔二〕江海别，犹遥隔江海之别。

〔三〕翻，反而。

〔四〕年，指年龄。

〔五〕明朝恨，指明晨作别之恨。

1699

范晞文曰："故人江海别，几度隔山川。乍见翻疑梦，相悲各问年。孤灯寒照雨，湿竹暗浮烟。更有明朝恨，离杯惜共传。""暮蝉不可听，落叶岂堪闻。共是悲秋客，那知此路分？荒城背流水，远雁入寒云。陶令门前菊，馀悲可赠君。"前一首司空曙，后一首郎士元，皆前虚后实之格。今之言唐诗者多尚此。（《对床夜语》卷三）又曰："马上相逢久，人中欲认难""问姓忆初见，称名忆旧容""乍见翻疑梦，相悲各问年"，皆唐人会故人之诗也。久别倏逢之意，宛然在目，想而味之，情融神会，殆如直述。前辈谓唐人行旅聚散之作，最能感动人意，殆非虚语。（同上引卷五）

方回曰：三、四一联，乃久别忽逢之绝唱也。（《瀛奎律髓》卷三十四）

顾璘曰：酷近人情。（《批点唐音》）

李维桢曰：似有悠悠傍人之悲怆。（《唐诗隽》）

谢榛曰：诗有简而妙者，若……戴叔伦"还作江南会，翻疑梦里逢"，不如司空曙"乍见翻疑梦"。（《四溟诗话》卷二）

胡应麟曰：司空曙"乍见翻疑梦，相悲各问年"，戴叔伦"一年将尽夜，万里未归人"，一则久别乍逢，一则客中除夜之绝唱也。（《诗薮·内编·近体上·五言》）

唐汝询曰：馆中不期而遇，故有"如梦""问年"之语，所以状其别之久也。况旅景既凄绝矣，明旦之恨更自难胜，离杯共传，深可惜也。盖彼客我主，则传杯劝别；今尔我俱客，所谓"共传"也。此诗本中唐绝唱，然"江海""山川"未免重叠。（《唐诗解》卷三十八）

陆时雍曰：盛唐人工于缀景，唯杜子美长于言情。人情向外，见物易而自见难也。司空曙"乍见翻疑梦，相悲各问年"，李益"问姓惊初见，称名忆旧容"，抚衷述愫，罄快极矣。又曰：司空曙"相悲各问年"，更自应手犀快。风尘阅历，有此苦语。（《诗境总论》）又曰：四语沉痛。

（《唐诗镜》卷三十三）

黄克缵曰：叙别后再会之情，且悲且喜，宛然在目。（《全唐风雅》）

吴山民曰：次联情来语，悠长。（《删补唐诗选脉笺释会通评林·中五律》）

周珽曰：隔别久远，忽然相遇，则疑信相半，悲喜交集，人之实情也。

"疑梦""问年"二语，形容真切，"翻""各"二字尤妙。五、六咏旅馆夜景凄楚。（同上引）

郭濬曰：第三句情真。（《增定评注唐诗正声》）

邢昉曰：情景逼真，谁能写出？（《唐诗快》）

贺裳曰：司空文明每作得一联好诗，辄为人压占。如"乍见翻疑梦，相悲各问年"，可谓情至之语。李益曰"问姓惊初见，称名忆旧容"，则情尤深，语尤怆，读之者几于泪不能收。（《载酒园诗话又编·司空曙》）

徐增曰：开口便见相见之难。故人，指韩绅。与之江海一别，几度欲相见，而为山川间隔，此吾之恨也。此诗结有"恨"字，玩其用"更有"二字，则知起二句下藏一"恨"字也。今之幸得相见矣，因平日欲见之难，不敢信其为实，乍见之顷，翻疑是梦。良久，既信是真，不免悲楚。相别久远，并年纪亦忘，各各细问，面目又老于向日矣。于是与云阳馆作转云"孤灯寒照雨"，天又下雨，灯又不亮，两人形影相对，旅馆真是凄凉。"深竹暗浮烟"，"暗"字亦跟"照"字来。灯悬室中，竹在庭外，灯照得着的所在，则见雨；灯照不着的所在，则见烟；不阴不阳，即相见也不爽快，然又不可多得也。"更有来朝恨"，是明日要别，故恨。"离杯惜共传"，叙旧之杯，即作相别之敬，我传杯于绅，绅又传杯于我，惜别之意深，不思停杯。倘能停得一两日昙花一现，则传杯自多兴致，但来朝离别，为可惜耳。（《而庵说唐诗》卷十五）

王尧衢曰："故人江海别，几度隔山川。"先叙昔时相见之难，以见今日相会之暂，俱为恨事。故人，指韩绅也。"乍见翻疑梦，相悲各问年。"隔别既久，不意忽见。乍见时未信为真，反疑是梦。既而两相悲楚，又不觉各怀老大之叹。因别久，并年纪都忘，故各含悲而望也。"孤灯寒照雨，湿竹暗浮烟。"此写云阳馆之凄凉。此时天雨，孤灯照之。庭外之竹，是灯照不到者，只从暗里浮烟。如此夜景，两人相对，已觉悄然。而况良会片时，又不耐久聚也。"更有明朝恨，离杯惜共传。"别久会难，先有一恨；乍见忽别，又是一恨，故曰"更有"。明日要别，今日传杯相劝，两致绸缪。只可惜叙旧之杯即为别盏，故共为惜也。前解写与韩绅别久之情，后解是云阳旅馆宿别。（《唐诗合解笺注》卷八）

黄生曰：全篇直叙。情，莫惜也。写情景俱到十分。又曰：（"孤灯"二句）硬插句。（"更有"二句）缩脉句。（《唐诗摘抄》卷一）

朱之荆曰：起联叙从前之别，项联叙目前初会之情，腰联宿云阳之景，

末联本题"别"字。(《增订唐诗摘抄》)

宋长白曰:司空曙:"乍见翻疑梦,相悲各问年。"张蠙:"长疑即见面,翻致久无书。"此二联,足以慰友朋离索之情。(《柳亭诗话》)

史流芳曰:首二句是从前事,三、四句是目前事。五、六句写"宿",七、八句写"别"。(《固说》)

吴昌祺曰:"疑梦"固佳矣。至于"问年"则别久可知。"问"者,半疑而问也。(《删订唐诗解》)

屈复曰:情景兼写,不失古法。(《唐诗成法》)

沈德潜曰:三、四写久别忽遇之情,五、六夜中共宿之景。通体一气,无馁钉习,尔时已为高格矣。(《重订唐诗别裁集》卷十一)

乔亿曰:真情实语,故自动人。(《大历诗略》)

范大士曰:气清力健。(《历代诗发》)

宋宗元曰:("乍见"二句)真景真情。(《网师园唐诗笺》)

纪昀曰:四句更胜。(《瀛奎律髓刊误》)

刘文蔚曰:隔别已久,忽而于馆中相遇,所以有如梦间之语也。况照雨之灯,浮烟之竹,旅景既凄绝矣。明旦之恨,更自难堪,离杯共传,良可惜矣。(《唐诗合选详解》卷六)

王寿昌曰:何谓真?曰……司空文明曙之"乍见翻疑梦,相悲各问年"……等作,皆切实缔当之至者。(《小清华园诗谈》卷上)

方南堂曰:人情真至处,最难描写,然深思研虑,自然得之。如司空文明"乍见翻疑梦,相悲各问年",李君虞"问姓惊初见,称名忆旧容",皆人情所时有,不能苦思,遂道不出。陈元孝云:"诗有两字诀,曰'曲',曰'出'。"观此二联,益知元孝之言不谬。(《辍锻录》)

潘德舆曰:唐人诗"长贫惟要健,渐老不禁愁""乍见翻疑梦,相悲各问年"……皆字字从肺肝中流露,写情到此,乃为入骨。虽是律体,实《三百篇》、汉、魏之苗裔也。初学欲以浅率之笔袭之,多见其不知量。(《养一斋诗话》卷七)

1702

吴汝纶曰:三、四千古名句,能传久别初见之神。(《唐宋诗笺要》卷四引)又曰:李益"问姓惊初见"一联则俚俗矣,世人辄并赏之,以此见知言之难。(同上引)

朱宝莹曰:发句先叙别况,曰"几度",见相见之难矣。颔联叙相见,曰"乍见",言别久忽见也;曰"翻疑梦",言未信为真,反疑是梦也。曰

"相悲"，言相叙别情，不觉悲感也；曰"各问年"，言别久人亦老大，不能记其年岁，故各须相问也。颈联写云阳馆之景况。夜本凄清，况是孤灯，又相照雨中乎？故曰"寒"。夜本迷茫，况是深竹，何能见烟浮乎？故曰"暗"。落句想到又别日，更有系缴上意。言此情此景，相对本是寡欢，况来朝又欲别乎！故更添恨事，今夜传杯相劝，即是离杯，只共惜离情而已。落到题后，尤妙在托空也。[品] 悲慨。（《诗式》）

大历时期诗歌风貌的一个重要特征，就是对乱离时代的人生体验与悲慨。"大历十才子"中的卢纶、司空曙都有过安史乱起避难南方的经历，对时代乱离有亲身体验与深切感受。司空曙的这首《云阳馆与韩绅宿别》便是吟咏乱离时代人生体验的典型代表。

"故人江海别，几度隔山川。"首联先叙与故人之间的阔别。"江海别"指与故人之间遥隔江海，通常指称朋友之间的阔别，多指时间的久远，这里强调的则是空间的遥隔，亦即下句所谓"隔山川"。这种情况的产生，自然跟安史乱起，士人多避难南方有密切关系。本来过从甚密的朋友，由于战乱而天各一方，遥隔江海山川，相见无期。唐汝询说"江海""山川"未免重叠，其实"江海别"与"隔山川"正可互相发明补充，类似修辞中的"互文见义"。不仅是空间上遥隔江海山川，而且又是"几度"相隔，可以想见，像这样遥隔江海山川的送别，在他们之间已经是"几度"发生了，则相别时间之久远可知。十个字写出他们之间的远别、屡别与久别。虽未有一字正面触及乱离时代，但乱离时代的影子却隐约可见。

"乍见翻疑梦，相悲各问年。"颔联紧承起联的远别、久别与屡别，写骤然相见后的复杂感情。"乍见"，指两人在云阳馆骤然相见的刹那，其中亦自然蕴含有感到意外、突然的情绪。久别、远别的朋友意外相逢，感到分外惊喜自属常情，但说"翻疑梦"，则透露出浓郁的时代气息。承平年代，即使是西出阳关，远涉万里的朋友归来重逢，也未必会有"疑梦"之感，因为在那个"九州道路无豺虎，远行不劳吉日出""海内富安，行者万里，不持寸兵"的"全盛日"，远别朋友的平安归来与重逢完全是可以预期的。只有在"丧乱死多门""生还偶然遂"的战乱年代，远别朋友间的重逢才会变得茫茫不可预期，乃至连对方的生死存亡都感到茫然不可预测。正因为这样，才会将面对的真实存在疑为梦境，不敢相信它是真的。"乍见翻疑梦"，不仅透露出乱离年代朋友久别重逢的最初瞬间那种意外、突然之感，而且表现出乍见之际那种惊疑、恍惚、如真似幻、不敢置信的感受，那种惊讶、惊喜交并的感情。类似的描写，在杜甫的《羌村三首》之一中也出现过，但那是在傍晚归来已与妻子相见之后，夜深秉烛相对之时，在摇曳朦胧的烛光中浮现的"相对如梦寐"之感，那是在经历了最初相见的惊讶、疑惑、悲痛之后仍然对重逢所有的恍惚如梦之感。而在这首诗里，则是"乍见"的刹那的心理反应。"乍见翻疑梦"是刹那的强烈情感冲击，"夜闻更秉烛，相对如梦寐"则是事后追思时的惘然和感情余波荡漾。而其共同的根源则是"世乱遭飘荡，生还偶然遂"。

在最初一刹那的情感强烈反应过去之后，接下来的便是"相悲各问年"。当两位老朋友终于由"疑梦"而相信老友重逢的真实以后，第一眼看到的便是双方都已是"鬓发各已苍"的老境将至的人。联想起这些年来的乱离时世和各自的漂泊身世，不禁悲从中来。由于久别，彼此虽是熟悉的故友，却已记不清对方的年龄，因而有"各问年"的举动。"相"字、"各"字，说明这"悲"和"问"乃是彼此自然而一致的情感反应。"问年"之举，与其说是向对方打听各自的年龄，不如说是对生命在战乱、别离中悄然流逝的深沉悲慨。

"孤灯寒照雨，湿竹暗浮烟。"在抒写乍见之际的强烈情感反应与既见之后涌现的深沉悲慨之后，诗人却掉转笔锋，去描绘云阳馆中的景物。这是一个寒冷的雨夜。室内，一盏孤灯，荧荧如豆，映照室外的纤纤雨丝，使彼此默然相对的朋友都感受到孤灯、雨丝的寒意；而窗外的竹子，被雨丝所沾湿，反射出几许亮光，孤灯所照不到的竹林深处，则飘浮着一层朦胧的烟雾。这是宕开写景，渲染环境氛围，更是借此烘托双方凄寒孤寂、黯淡迷茫的心境。"孤灯""寒雨""湿竹""浮烟"，这一系列景象组合成的正是一种与上述心境融合的诗歌意境，极具象外之致。

"更有明朝恨，离杯惜共传。"久别重逢，已经触发无限人生悲慨，相逢的悲喜交集还没有来得及散去，再一次的离别又迫在明朝。尾联出句点出"明朝恨"，用"更有"二字将旧日的别恨与明朝的别恨叠加在一起，使人生的别离之悲更进一层。正因为旧恨新恨相续，因此，久别重逢的酒杯也就成了离别的酒杯。想起在离乱中悄然流逝的人生，眼前这短暂的相聚便更感到需要珍惜，就让这别夜在离杯共传中悄然消逝，给彼此的人生再留下一点珍贵的友谊记忆吧。结尾由逢而别，感情上再起波澜，诗境上也再创新境，不再是单纯的悲慨，而是在悲慨的同时更加珍惜短暂的重逢。

这首诗的颔联，纯用白描，抒写乍见之际的复杂感情反应，固为评家交口称誉的佳联。但如无首联对双方阔别的重笔渲染，尾联对明朝重别的深一层揭示，特别是腹联对环境氛围的出色烘染，诗就不可能达到情景交融、浑然一体的境界。它的成功，不在局部而在通体。

江村即事〔一〕

钓罢归来不系船〔二〕，江村月落正堪眠。
纵然一夜风吹去，只在芦花浅水边〔三〕。

校注

〔一〕即事，就眼前景物情事为题材的即兴之作。诗中所写的是江村钓者归来不系船而眠的情景。

〔二〕不系船，不用缆索（系在岸边的木桩上）将船固定停泊在岸边。《庄子·列御寇》："泛若不系之舟。"

〔三〕芦苇多生江边浅水中，故云。

笺评

唐汝询曰：全篇皆从"不系船"三字翻出。语极浅，兴味自佳。（《唐诗解》卷二十八）

钟惺曰：达甚。（《唐诗归》）

《唐诗归折衷》：唐曰：兴趣可嘉，不止于达。敬夫曰：不言乐，其乐无穷矣。

王尧衢曰："罢钓归来不系船"，江村正可以垂钓，罢钓正当系船。乃任意旷达，以"不系船"三字，翻出一绝佳句。"江村月落正堪眠"，既不系船矣，又安眠得好，真有率意独驾，任其所止而休之意。"纵然一夜风吹去"，此句一放，下句一收。从"不系船"三字内，便伏此两句之根。

"只在芦花浅水边"，芦花浅水，切"江村"。便吹去，也只在江村左右，吹去何害？语意极浅，有一种兴味自佳。（《唐诗合解笺注》卷六）

范大士曰：口头语，意趣自别。（《历代诗发》）

沈德潜曰：三、四语全从"不系"生出。（《重订唐诗别裁集》卷二十）

朱宝莹曰：首句以"罢钓"二字作主，则以下纯从"罢钓"着笔。顾"罢钓"以后，从何处着笔？盖从钓船言，既已罢钓，正当系船。乃以"不系船"三字承之，则诗境翻空，出人意外。二句承江村月落之时，眠于船上，任其所之，便有洒然无拘滞之意……凡做诗，意贵翻陈出新，如此首是。若于"不系船"三字，非著一"不"字，则罢钓以后，便系船矣。以下无论如何刻划，总落恒蹊，断难如此灵妙。[品]超诣。（《诗式》）

刘永济曰：此渔家乐也。诗语得自在之趣。（《唐人绝句精华》）

富寿荪曰：通首从"不系船"写出江村之宁静幽美及主人公之闲适放浪。情景交融，风韵天然。杜荀鹤《溪兴》："山雨溪风卷钓丝，瓦瓯篷底独斟时。醉来睡着无人唤，流到前溪也不知。"意境略似，神味远逊矣。（《千首唐人绝句》）

从诗题看，这首诗像是一首伫兴而就的即景书事之作，但在通俗明快、朴素天然的描绘中却寓含着一种萧散自得、无拘无束的生活态度，一种纯任自然的人生态度。

"钓罢归来不系船，江村月落正堪眠。"前两句写钓罢归来，就船而眠的情景。江村月落时分，垂钓的渔翁兴尽归来，该是系舟泊岸归家而眠的时候了。但这位渔翁却一反常情，虽"钓罢归来"，却不系缆泊岸归家而眠。"不系船"的原因，自然不是由于其"不欲眠"，而是由于在他看来，这"江村月落"时分的静谧境界和身处的小舟，正是他最佳的安眠环境和地方。"江村月落正堪眠"这七个字，正表现出主人公一种随缘自适、随遇而安的生活态度，一种将自身的劳作、休憩与大自然融为一体的生活追求。"正堪眠"三字，不妨说是对"眠"的一种审美追求。在旁人看来或许有些荒唐颓放的举动，在主人公看来正是一种潇洒天然的精神享受。在月落后的静寂中，置身朝夕不离的小舟，在江水拍舷中酣然入睡，较之归家而眠，无疑是一种超凡脱俗的享受。"不系船"与"正堪眠"，相互呼应，透出了一种潇洒自得的风神。

"纵然一夜风吹去，只在芦花浅水边。"三、四两句，从"不系"与"眠"生出。可以理解为诗人对渔翁"江村月落正堪眠"情景的进一步想象，也可以理解为这位渔翁就船而眠时的内心独白。实则诗人与渔翁，已融为一体，渔翁亦即诗人的化身。第三句用"纵然"先放开一步，第四句用"只在"收回。一纵一收之间，将诗人那种萧散自得、顾盼自赏的风神情趣更淋漓尽致地表现了出来。"一夜风吹去"似乎要将小舟带到一个茫然杳远的境地，"芦花浅水边"出现的却是一种安恬自适的境界。"只在"一语，传达出的是一种自赏自得、安然恬然的心境。

诗虽写得很通俗浅显，寓含的感情却并不浮浅。在思想观念上显然渊源于《庄子·列御寇》："巧者劳而智者忧，无能者无所求，饱食而遨游，泛若不系之舟，虚而遨游者也。"但它并非用具体的生活场景来诠释生活哲理，而是通过生动活泼的生活场景表现一种生活态度，一种纯任自然、无拘无束的生活态度和审美愉悦。诗中的这位渔翁，也许会使人联想起张志和这位"烟波钓徒"笔下的渔翁："青箬笠，绿蓑衣，斜风细雨不须归。""不系舟"的渔翁与"不须归"的渔翁之间，在陶醉于大自然的美景之中，与自然融为一体，充分享受萧散自得的天趣这一点上，不正是一脉相通的吗？

喜外弟卢纶见宿〔一〕

静夜四无邻，荒居旧业贫〔二〕。
雨中黄叶树，灯下白头人。
以我独沉久〔三〕，愧君相见频。
平生自有分〔四〕，况是蔡家亲〔五〕。

1707

〔一〕外弟，表弟。卢纶，见卢纶小传。见，谦辞。《仪礼·丧服》"姑之子"郑注："外兄弟也。"

〔二〕旧业，旧时的产业、祖传的产业，如田地房舍等。

〔三〕独沉，独自沉沦不遇。

〔四〕分，情分。曹植《王仲宣诔》："吾与夫子，义贯丹青，好和琴瑟，分过友生。"

〔五〕蔡家亲，指姑表亲。《博物志》卷四："蔡伯喈母，袁公妹耀卿姑也。"《太平御览》卷五百一十三引《先贤行状》："蔡伯喈母，袁耀卿之姑也。"卢纶之母为司空曙之姑，卢纶为曙姑表兄弟，故称。

##

范晞文曰：诗人发兴造语，往往不约而合。如"雨中山果落，灯下草虫鸣"，王维也。"树初黄叶落，人欲白头时"，乐天也。司空曙有云："雨中黄叶树，灯下白头人。"句法王而意参白（按：白居易生活年代在司空曙之后，此言"意参白"，显误），然诗家不以为袭也。（《对床夜语》卷四）

谢榛曰：韦苏州曰："窗里人将老，门前树已秋。"白乐天曰："树初黄叶日，人欲白头时。"司空曙曰："雨中黄叶树，灯下白头人。"三诗同一机杼，司空为优。善状目前之景，无限凄感，见于言表。（《四溟诗话》卷一）又曰：予曰：晚唐人多用虚字，若司空曙"以我独沉久，愧君相见频"……此皆一句一意，虽瘦而健，虽粗而雅。（同上引卷三）

周珽曰：深情剀切。（《删补唐诗选脉笺释会通评林·中五律》）又曰：前四句叙己荒居无偶，贫老凄凉。后四句叙卢不弃荒陋访宿，因言忝在投分至亲之中也，以致喜气。（同上引）

田雯曰：（茂秦云）韦苏州曰："窗里人将老，门前树已秋。"白乐天曰："树初黄叶日，人欲白头时。"司空曙曰："雨中黄叶树，灯下白头人。"三诗同一机杼，司空为优。善状目前之景，无限凄感，见于言表。余所见与茂秦不同。司空意尽，不如乐天有馀。味"初"字、"欲"字，妙有含蓄，老泪暗流，情景难堪，更深一层。（《古欢堂杂著》卷三）

黄周星曰："雨中黄叶树，灯下白头人。"相对岂不凄然。（《唐诗快》卷三）

范大士曰：得浩然之神髓。（《历代诗发》）

孙洙曰：（"雨中"二句）十字八层。（《唐诗三百首》评）

姚鼐曰：三、四句佳，以与右丞"雨中山果落"联同四字，则减品矣。羊祜为蔡伯喈外孙，乞以赐舅子蔡袭，见《晋书》。又《南史》：蔡兴宗甥袁凯子昂，皆名士。不知此诗何指。（《今体诗钞》）

高步瀛曰：三、四名句。"雨中""灯下"虽与王摩诘相犯，而意境各自不同，正不为病。（《唐宋诗举要》卷四）

俞陛云曰：前录卢纶诗（《送李端》），佳处在后半首，此诗佳处在前半首。一则以远别，故但有悲感；一则以见宿，故悲喜相乘。卢与司空，本外家兄弟，工力亦相敌也。前四句言静夜而在荒村，穷士而居陋室，已为人所难堪。而寒雨打窗，更兼落叶；孤叶照壁，空对白头。四句分八层，写足悲凉之境。后四句紧接上文。见喜之出于言外。言以我之独客沉沦，宜为世弃，而君犹存问，生平相契，况是旧姻，其乐可知矣。前半首写独处之悲，后言相逢之喜，反正相生，为律诗之一格。司空曙有《送人北归》诗云："世乱同南去，时清独北归。"起笔即用此格。取开合之势，以振起全篇也。（《诗境浅说》甲编）

这首五律题为《喜外弟卢纶见宿》，据题意，似主要抒写外弟卢纶见访住宿的欣喜；但通篇给读者的感受，却主要是自悲身世沉沦、家贫年衰。从表达题意来看，诗人是以己之悲凉身世处境反托外弟卢纶相访见宿之"喜"；但从诗的实际艺术效果看，却是因"喜"卢纶之见宿而愈加突出自己的沉沦困顿之"悲"。主观动机与客观效果之间的这种反差，主要原因在于诗人将自己的沉沦困顿身世处境写得非常鲜明突出，而抒写卢纶造访见宿之喜则显得较为平淡，甚至在"喜"中透出了几许悲凉的意味。

"静夜四无邻，荒居旧业贫。"起联撇开题目，先写自己荒居的寂寥和家境的贫困。这是一个寂静的夜晚，因战乱流离而荒芜的旧居，本就残破敝败，再加上四周没有一家邻舍，在无声的寂静中显得更为荒凉冷寂。这个"荒居"当是诗人在安史乱前的旧居。在乱前应当是周围有邻舍的。这里特意点明"四无邻"。正透露出由于战乱流离，原来鸡犬之声相闻的旧居，如今已经成了被荒凉冷寂包围的"荒居"。不但住宅荒凉破败，其他祖传的产业（如田地）也已易主，整个家境已经贫寒不堪了。这一联不仅从听觉上写出旧居的冷寂，而且从视觉上也给人以荒凉破败、家徒四壁之感。

"雨中黄叶树，灯下白头人。"颔联集中笔墨，写"荒居"内外的景物和人物。室外，正下着潇潇的秋雨，在凄冷的雨丝中，已经凋枯的黄叶树正悄无声息地凋零陨落；室内，一盏孤灯，昏黄如豆，映照着自己这个白发萧疏的老人。这是两幅对应鲜明的图景。"黄叶树"与"白头人"之间，在显示生命的凋衰这一点上，构成了内在的联系，通过它们之间的对应，读者能非常自然地领略其中蕴含的寓意：自己这位头鬓斑白的老人正像窗外的黄叶树一样，凋衰飘零，行将走完他生命的历程，而"雨中""灯下"的映衬，则进一步渲染了凄清、孤寂的氛围。前代评家对这一联与王维、白居易的两联意象、意蕴类似的诗多有比较，见仁见智，各有所得。单就司空曙、白居易两联来看，白诗用"树初黄叶日"与"人欲白头时"作直接对比说明的意图过于明显，稍嫌直遂而少蕴蓄，不如司空此联只以物象与人事作客观对照，不加任何说明来得含蓄而富韵味，不言而神伤之情亦更耐吟味。如果说白诗近于比喻，则司空诗近于象征，它追求的是一种象外之致。

"以我独沉久，愧君相见频。"腹联由自己荒居贫困冷寂、萧疏衰飒之境转写喜卢纶之过访住宿。第五句用"独沉久"三字承上再点自身处境；第六句用"愧"字透出自己对卢纶的感激愧疚，而"喜"字即蕴含其中。上句因下句果。因"独沉"之"久"，故劳君"频"相造访以慰己之孤寂衰困。"愧"字既喜且悲，情感复杂。这两句在句式句法上也一改颔联工整的对仗和色彩鲜明的对比，为带有散文化意味的因果句，显得疏密有致，有萧散自然之趣。

"平生自有分，况是蔡家亲。"尾联进一步揭出卢纶频频造访住宿的原因：彼此之间，本就素有情谊，感情契合，更何况又是姑表之亲呢。"蔡家亲"点题内"外弟"。从用语看，"况是"是推进一层的说法，但在诗人意中，着重强调的倒是"平生自有分"，即双方志向意趣的投合而形成的深厚情谊。这就把朋友之谊置于亲戚之谊之上，卢纶的频频造访见宿也就显得更为可喜可珍了。

从全诗看，着力处与精彩处主要在前半对自己冷寂贫困、衰颓沉沦处境的出色描写，但诗的后半因己之处境而愈感卢纶情谊之珍贵可喜，也写得接续自然，顺理成章。整首诗仍能保持艺术的完整。

崔峒

崔峒，博陵（今河北定州）人。安史乱时避地江南。约大历初入京，任左拾遗；曾奉使赴江淮访图书；改补阙。后因故贬潞府功曹。未几卒。峒为"大历十才子"之一。《中兴间气集》谓其"文彩炳然，意思方雅。如'清磬度山翠，闲云来竹房'，又'流水声中视公事，寒山影里见人家'，斯亦披沙拣金，往往见宝"。《新唐书·艺文志》著录《崔峒诗》一卷；《全唐诗》编其诗一卷。

题桐庐李明府官舍〔一〕

讼堂寂寂对烟霞〔二〕，五柳门前聚晓鸦〔三〕。
流水声中视公事〔四〕，寒山影里见人家。
移风竞美新为政〔五〕，计日还知更触邪〔六〕。
可惜陶潜无限酒〔七〕，不逢篱菊正开花〔八〕。

校注

〔一〕桐庐，唐睦州县名（今属浙江）。李明府，名未详，明府系唐时对县令的尊称。《文苑英华》卷二百五十六题作《赠同官李明府》。《中兴间气集》卷下题与此同，"桐庐"下注："一作同官。"按：诗中无"同官"意，当作《题桐庐李明府官舍》。

〔二〕讼堂，审理诉讼案件的厅堂。烟霞，云霞，泛指山水胜景。

〔三〕五柳，五柳先生，即陶潜。此借指李明府。陶潜《五柳先生传》："先生不知何许人也，亦不详其姓字；宅边有五柳树，因以为号焉。"萧统《陶渊明传》谓陶"尝著《五柳先生传》以自况"，盖以此表现其"不慕荣利""忘怀得失"的精神风貌与人生态度。陶渊明曾为彭泽令，后世称"陶令"，故借指李明府。五柳门前指官舍门前。

〔四〕《吕氏春秋·察贤》："宓子贱治单父，弹鸣琴。身不下堂而单父治。"此句暗用此事，赞扬李明府为政清简，无为而治。"流水声"既可实

1711

指，亦可借指鸣琴声。视公事，处理政事，包括首句所说的诉讼案件。

〔五〕此句《全唐诗》作"观风竞美为新政"，《文苑英华》作"观风竞美新为政"，此从《中兴间气集》。"移风"，移风易俗。

〔六〕此句《全唐诗》《文苑英华》均作"计日还知旧触邪"，此从《中兴间气集》。触邪，指入朝为御史。古代传说中有神羊，名獬豸，能辨奸邪触不正者。故御史戴獬豸冠，又名触邪冠。句意谓李明府被征入朝担任御史、纠弹奸邪当是指日可待的事。

〔七〕陶潜嗜酒。《五柳先生传》谓："性嗜酒，家贫不能常得。亲旧知其如此，或置酒而招之。造饮辄尽，期在必醉，既醉而退，曾不吝情去留。"沈约《宋书·陶潜传》："复为镇军、建威参军，谓亲朋友曰：'聊欲弦歌，以为三迳之资，可乎？'执事者闻之，以为彭泽令。公田悉令吏种秫稻。"萧统《陶渊明传》亦云："为彭泽令……公田悉令吏种秫，曰：'吾常得醉于酒，足矣。'"

〔八〕陶潜《饮酒二十首》之五："结庐在人境，而无车马喧。问君何能尔，心远地自偏。采菊东篱下，悠然见南山。"《宋书·陶潜传》："尝九月九日无酒，出宅边菊丛中坐之，值弘（江州刺史王弘）送酒至，即便就酌，醉而后归。"

笺评

周敬曰：三、四写书舍景如画，比张正言"竹里藏公事，花间隐使车"更是灵秀。高仲武所谓"披沙拣金，往往见宝"者也。（《删补唐诗选脉笺释会通评林·中七律》）

黄周星曰："流水声中视公事，寒山影里见人家"，如此为官，世间安得更有俗吏。（《唐诗快》）

《唐诗鼓吹评注》："同官"疑作"桐庐"。三、四只似直书即目，而操之淡、县之偏皆在焉。落句惜其将去，以足上美其新政之意。"观风""计日"四字，又上下之绾结也。（卷六）

屈复曰：五、六俗甚，不为全璧。（《唐诗成法》）

王寿昌曰：何谓气象？曰……"讼堂寂寂对烟霞，五柳门前聚晓鸦。流水声中视公事，寒山影里见人家。观风竞美新为政，计日还知旧触邪。可惜陶潜无限酒，不逢篱菊正开花。"不谓之穷陬县令不可也。（《小清华

鉴赏

这首七律，以清雅疏淡、富于韵致的语言塑造了一位陶渊明式的县令形象，在唐人七律中可谓别具一格。

"讼堂寂寂对烟霞，五柳门前聚晓鸦。"起联就别开生面，勾画出一个与通常印象迥然不同的官舍。审理诉讼案件的大堂上，没有衙役们狐假虎威的大声吆喝和被鞭挞黎民百姓的哭泣哀告，也不见县令大人威风凛凛、坐堂审案的身姿，而是冷清寂寥，面对着山水胜景，云烟朝霞；官舍门前，柳树之上，聚集了一群正在飞鸣聒叫的早鸦。"讼堂"而曰"寂寂"，正透露出县中政事的清简、纷争的稀少，也反映出吏治的清明和民风的淳朴，从而使县令可以面对云烟朝霞，享受大自然的胜景。将县令的官舍门前径称为"五柳门前"，不仅表明这官舍的主人乃是一位不慕荣利、忘怀得失、自足自适的陶潜式的人物，而且使一向以森严著称的官府平添了几许闲适飘逸的风致。而官舍门前竟然晓鸦聚集，更透露出这原本烦苛嘈杂、充满纷争的官府，竟然如此空闲寂静，连树上聚集的晓鸦都丝毫不受惊动，从而进一步渲染了政事的清简。在官舍讼堂与烟霞晓鸦的亲近和谐中透露的正是吏与民之间关系的和谐。

"流水声中视公事，寒山影里见人家。"颔联承上"讼堂寂寂""门聚晓鸦"之意，对李明府的日常生活做进一步描写。《吕氏春秋·察览》记载孔子弟子宓子贱治单父，弹鸣琴，不下堂而单父治。此联出句可能暗用其事，以赞美李明府弦歌而治绩斐然，"流水声中"也不妨借指弦歌声中。但诗句本身还提供了更鲜明的直观形象。桐庐县西傍桐溪，南滨浙江，是一个山清水秀的县城。"流水声中视公事"，正写出李明府在玲玲如同音乐一样的流水声中一边处理政事，一边享受自然风光的那份潇洒从容、悠然自得的精神风貌和清雅脱俗的韵致。下句则进一步写出，在视事之暇，抬头仰望，便可见远处寒山一带，白云生处，隐现着数户人家。这情景，更类似于陶诗之"采菊东篱下，悠然见南山"了。下句写景，与杜牧《山行》"远上寒山石径斜，白云生处有人家"相似，而更为省净，"影"字尤具缥纱的韵致。

"移风竞美新为政，计日还知更触邪。"腹联出句是说李明府移风易俗，施行新政，得到百姓的共同赞美。这里所说的"新为政"，当与前两联所描

崔峒

写的为政清简而不扰民密切相关。正因为这样，才能深受百姓欢迎而"竞美"之。对句是说李明府有此政绩治术，升迁为朝廷御史，弹击奸邪当指日可待。这是对其将来的祝颂。

"可惜陶潜无限酒，不逢篱菊正开花。"尾联却不再顺着上联赞美祝颂之意加以发挥，那样内容既不免于俗，艺术上也流于敷衍。而是归到自己和李明府的关系上来，仍承首联将李明府比作嗜酒的陶潜，说李明府藏有无限醇美的好酒，可惜自己来得不是时候，没有遇上重阳佳节，东篱菊开，和李明府一起把酒赏菊，共度佳节。"可惜"二字，既表明此行的遗憾，也表达了对将来共饮的期盼，而李明府的高士形象也因此而得到更生动的表现。

唐人普遍重功名，重积极用世。他们心目中的县令形象，既很少与陶潜这样的"不慕荣利""忘怀得失"的高士挂钩，也很少赞美其陶然于山水烟霞之间的情怀。这首诗所描绘的李明府形象，却突出其"流水声中视公事"，嗜酒赏菊，流连于山水胜景的精神风貌。这种感情倾向，在一定程度上反映了从盛唐到中唐士人心理的变化。"流水"一联所表现的高情远韵，与其说是写一种当官的方式和态度，不如说是一种品格和情趣。诗人似乎完全是借此写一种情韵高绝的当官的审美情趣，或者说是把当官完全审美化了。这一点，正是它的艺术独创性的表现。

顾 况

顾况（约727—约816），晚字逋翁，自号华阳山人。祖籍润州丹阳（今属江苏），后迁居苏州海盐横山。至德二载（757）登进士第。历杭州新亭监盐官。大历六至九年（771—774）任温州新亭监盐宫。建中二年（781）至贞元三年（787）在浙江东西观察使、润州刺史韩滉幕为判官。三年闰五月后任秘书郎，迁著作佐郎。五年贬饶州司户。九年归隐茅山。约元和中卒。顾况性诙谐狂放，其诗风、画风均见其个性。皇甫湜称其"逸歌长句，骏发踔厉"，然"七言长篇，粗硬中时杂鄙句，惜有高调而非雅音"（贺裳评）。真正可读的作品倒是他的绝句。《新唐书·艺文志》著录《顾况集》二十卷，已佚。《全唐诗》编其诗为四卷。

过山农家〔一〕

板桥人渡泉声，茅檐日午鸡鸣。
莫嗔焙茶烟暗〔二〕，却喜晒谷天晴。

〔一〕此诗《全唐诗》卷二百四十二作张继诗，题为"山家"。胡震亨《唐音统签》卷二百十八张继集、季振宜《全唐诗稿本》第二十六册张继集均不载此诗，而宋《华阳真逸集》、《顾况诗集》、明《唐五十家诗集》、《唐百家诗》均收入此诗，题为《过山农家》。故此诗当为顾况之作。

〔二〕焙茶，烘制茶叶。制作茶叶的一道工序，用微火烘烤，以去掉其中的水分，烘出香气。陆羽《茶经·茶之具》："棚，一曰栈，以木构于焙上，编木两层，高一尺，以焙茶也。"

笺评

富寿荪曰：此诗清新自然，描绘山村风景农事逼真，使人仿佛身临其

境，殊见写生之妙。（《千首唐人绝句》）

六言绝句一体，整个唐代作者寥寥。时代较早而且写得比较成功的当推盛唐诗人王维的《田园乐七首》，其第六首云：

　　桃红复含宿雨，柳绿更带春烟。

　　花落家僮未扫，莺啼山客犹眠。

在鲜妍清新的画面中流动着隐居田园的高人恬然自适的生活情趣，堪称诗中有画。中唐诗人顾况的这首《过山农家》，同样饶有画意，却是地道的山村风光，农家本色，于质朴清淡的笔墨中含有一种真淳的生活美。诗约作于诗人晚年隐居润州延陵大茅山期间。题内的"过"字，是访问的意思。

前两句是各自独立又紧相承接的两幅图画。前一幅"板桥人渡泉声"，画的是山农家近旁的一座板桥，桥下有潺湲的山泉流淌，桥上有行人经过。"人渡"与"泉声"，分写桥上与桥下，本属二事，"人渡泉声"，仿佛无理，却真切地表达了人渡板桥时满耳泉声淙淙的新鲜喜悦感受。诗中有画，这画便是仿佛能听到泉声的有声画。画中的"行人"，实即诗人自己。大约是由于目接耳闻莹澈锵鸣的水声泉声，恍惚置身画图之中，落笔时便不知不觉将自己化为画中人了。抒情的主体融入客体，成了景物的一部分。这一句写出农家附近的环境，"板桥""泉声"显示山居的特点，"人渡"暗点"过"字。

后一幅"茅舍午鸡图"，正写"到山农家"，是"山农家"本色。日午鸡鸣，仿佛是打破了山村的沉静，却更透出了山村农家特有的静寂。在温煦的正午阳光照耀下，茅舍静寂无声，只偶尔传出几声悠长的鸡鸣。这就把一个远离尘嚣、全家都在劳作中的山农家特有的气氛传达出来了。"农月无闲人，倾家事南亩"（王维《新晴野望》），这里写日午鸡鸣的闲静，正是为了反托闲静后面的忙碌。从表现手法说，这句是以动衬静，以声显寂；从内容的暗示性说，则是以表面的闲静暗写繁忙。三、四两句，便直接写到山农的劳动上来。

"莫嗔焙茶烟暗，却喜晒谷天晴。"这两句一般都理解为山农对诗人表示歉意的话，意思是说，您别怪罪屋里因为烧柴烘烤茶叶弄得乌烟瘴气，将就着在破茅屋里歇歇脚；可喜的是今天正好有大太阳，场上的谷子要趁晴翻晒，实在分不开身来招待您。这当然也可以见出山农的淳朴好客和雨后初晴农家的繁忙，而且神情口吻毕肖。不过，理解为诗人对山农说的话也许更符合题意，也更富情味。诗人久居山中，跟附近这一带的山农已经相当熟悉，当他信步闲游，来到这一户山农家时，主人因为焙茶烟雾弥漫，不免有些歉意，诗人则用轻松幽默的口吻对他说：别气恼焙茶弄得烟雾腾腾的了，可喜的是今天雨后新晴，正好翻晒谷子呢。乍一看，三、四两句之间并无必然联系，细加寻味，便可发现它们都是统一在雨后新晴这一特定的天气背景上。久雨茶叶返潮，需加紧用微火焙烤制作；而雨后新晴，空气湿度较大，茅屋里的烟雾透不出去，故有"焙茶烟暗"的景象；但雨后放晴，正可趁此晒谷，故说"却喜晒谷天晴"。不熟悉农家生活、农民心理，说不出这样本色的农家语。诗人虽只随口道出，略不经意，却生动地表现了他跟山民之间那种不拘形迹、融合无间的关系，让人感到他并不是山农茅舍中陌生的尊贵来客，而是跟这个环境高度契合的"此中人"。相比之下，把这两句理解为山农致歉的话，诗人与山农间的关系不免显得生分了。从题目与内容的关系看，首句是过访途中情景，次句正写到山农家所见所闻。三、四句进一步写诗人与山农不拘形迹地聊家常。全篇都紧紧围绕"过"字写抒情主人公的活动，语意一贯，顺理成章。而首句"泉声"暗示"雨后"，次句"鸡鸣"暗透"天晴"，使前后幅贯通密合，浑然一体。

清新明丽的山村风光，闲静而繁忙的劳动生活气息，质朴真淳的相互关系，亲切家常的农家语言，这一切高度和谐地统一在一起，呈现出一种淳厚真朴的生活美。这正是这首短诗艺术魅力之所在。

六言绝句，由于每句字数都是偶数，六字明显分为三顿，因此天然趋于对偶骈俪，工致整饬，语言较为工丽。顾况这首六言绝虽也采取对起对结格式，但由于纯用朴素自然的语言进行白描，前后幅句式与写法（一为写景，一为记言）又有变化，读来丝毫不感单调、板滞，而是显得清新爽利，轻快自如。诗的内容和格调呈现出高度的和谐。

贞元四年夏，顾况任著作佐郎时，在长安宣平里家中与柳浑、刘太真、包佶等人聚会赋六言诗，次日朝臣皆和，举国传览，结集为《诸朝彦过顾况宅赋诗》一卷。今包佶集中尚存《顾著作宅赋诗》六言律诗一首。看来，顾况在当时还是一位六言体诗的倡导者。

顾况

宫词五首（其二）〔一〕

玉楼天半起笙歌〔二〕，风送宫嫔笑语和〔三〕。
月殿影开闻夜漏〔四〕，水精帘卷近秋河〔五〕。

校注

〔一〕《宫词五首》，其中第二首（即本篇）、第五首（金吾持戟护新檐）一作马逢诗，题作《宫词二首》。

〔二〕玉楼，指宫中华美的高楼。天半，形容玉楼之高。

〔三〕和，声音相应相和。

〔四〕月殿，通常指月宫，此借指女主人公独居之宫殿。

〔五〕水精帘，即水晶帘。秋河，指秋天的银河。秋，《全唐诗》作"银"，据马逢诗改。

笺评

吴山民曰：前二句可欣可羡，后两句但写景而情具妙备。（《删补唐诗选脉笺释会通评林·中七绝》引）

徐用吾曰：只用一"秋"字，便含多少言外意。（同上引）

吴瑞荣曰：宫词多作怨望，此独不然，当是遍翁特地出脱处。（《唐诗笺要》）

乔亿曰：此亦追忆华清旧事。（《大历诗略》卷六）

宋顾乐曰：在宫词中，此首恰当行。（《唐人万首绝句选》评）

孙洙曰：此诗不言怨情，而怨情显露言外。若无心人，安得于夜深时犹在此间一一闻之悉而见之明邪？（《唐诗三百首》）

俞陛云曰：首二句言笑语笙歌，传从空际，当是咏骊山宫殿，故远处皆闻之。后二句但言风传玉漏，帘掩银河，而《霓裳》歌舞，自在清虚想象之中。此诗采入《长生殿》传奇，哀丝豪竹之场，至今传唱。作者兴到成吟，当不料千载下长留馀韵也。又曰：尝于《画史》中，见唐人所述《华清宫避暑图》。宫在骊山，迤逦而上，殿宇直达山巅。则此诗所言帘近

秋河、影开，皆纪实而非虚拟。风飘弦管，远近皆闻，故有"天半笙歌"之语。(《诗境浅说》续编)

刘拜山曰：月殿宵开，珠帘高卷，笙歌迭起，笑语生春。宫中行乐，不知夜之将阑矣。如实写来，诗意自见。(《千首唐人绝句》)

唐代的宫词，大抵有虚拟与写实两种主要倾向。前者多用情景交融手法烘染氛围意境，抒写宫嫔的幽怨；后者则用写实手法描绘宫中日常生活情景。前者以王昌龄的《长信秋词》《西宫春怨》《西宫秋怨》诸作为典型代表；后者可以王建的《宫词》为典型代表。顾况的五首《宫词》却是兼具这两种倾向，似乎既上承传统的宫怨之作，又下启王建一派的写实尚俗之风。其中第二首系抒写宫怨之作，风格委婉不露，感情怨而不怒，其含蓄蕴藉的程度较之王昌龄宫怨诸作似更甚。

首句写玉楼笙歌。"玉楼"状宫殿之华美，"天半"状楼殿之高峻；"起笙歌"，写管弦歌唱之声之悠然而起，飘然而传。这句纯从女主人公所见所闻角度着笔，而遥不可及、高不可攀之感亦隐寓其中。这句所写景象有些类似白居易《长恨歌》的"骊宫高处入青云，风飘仙乐处处闻"，却不必因此而泥定为写天宝时明皇贵妃骊山歌舞享乐情事，只是泛写虚拟宫中宴乐而已。

"风送宫嫔笑语和。"次句进一步写宫中笙歌宴乐之热闹。"风送"二字，绾结上下两句，"笙歌"之声、"笑语"之声，均系"风送"而传到女主人公耳中；曰"宫嫔笑语"，则此身自在陪侍君主、承欢作乐的宫嫔之外。"和"字既状笙歌之声与宫嫔笑语之声的相杂，又兼写宫嫔们之间笑语相和，均传出"玉楼"中之热闹与欢悦，而己身之冷寂与欣羡之意亦隐隐传出。

"月殿影开闻夜漏，水精帘卷近秋河。"后两句由遥见中的"玉殿"、遥闻中的"笙歌"与"笑语"转到女主人公这边。"月殿"通常指月宫，嫦娥所居之广寒宫，这里借指孤寂独处的女主人公所居宫殿。由于孤寂独处，故灯影朦胧，在黯淡的夜色中只见模糊的暗影，故说"月殿影开"，这正与"玉楼"中灯火辉煌、笙歌笑语形成鲜明对照。女主人公独坐在敞开门的月殿暗影中，默默无语；耳边只听到远处传来的宫漏声，伴着自己度过这孤寂清冷的漫漫长夜。不经意间卷起了水晶帘，只见一脉银河，斜贯天空，在清

1719

澈的秋空中，仿佛离自己特别近。末句仿佛只是写卷帘之际忽然瞥见的情景，却极富蕴含。秋天的银河，传说中的牛女隔河相对，彼此阻绝。这景象本就极易触发深闭宫中的失宠者与君主隔绝的幽怨，更何况自己连年年犹有"金风玉露一相逢"的牛女都不如，更感到凄凉不堪了。这种种思绪和幽怨，诗人均无一语直接道出，完全寓含在"闻夜漏""近秋河"的即景描写中，确实达到了"幽怨微茫，测之无端，玩之无尽"的境界。比起王昌龄的"熏笼玉枕无颜色，卧听南宫清漏长""玉颜不及寒鸦色，犹带朝阳日影来"，似乎更含蓄而耐味；而与李白的"却下水晶帘，玲珑望秋月"倒有几分相似。

戎 昱

戎昱，长安（今陕西西安）人。少举进士不第。乾元二年（759）在浙西节度使颜真卿幕。大历元年（766）游蜀，二年入荆南节度使卫伯玉幕为从事。大历四年前后入湖南观察使崔瓘幕。后流寓湘中，客居桂林。八年入桂州观察使李昌巙幕。建中三年（782）为殿中侍御史。四年谪辰州刺史。贞元七年入杜亚幕，十二年出任虔州刺史。《新唐书·艺文志》著录《戎昱集》五卷。《全唐诗》编其诗为一卷。

移家别湖上亭〔一〕

好是春风湖上亭〔二〕，柳条藤蔓系离情〔三〕。
黄莺久住浑相识〔四〕，欲别频啼四五声〔五〕。

校注

〔一〕移家，迁居。戎昱另有《玉台体题湖上亭》诗云："湖入县西边，湖头胜事偏。绿竿初长笋，红颗未开莲。蔽日高高树，迎人小小船。清风长入坐，夏月似秋天。"所云"湖上亭"当即本篇之"湖上亭"。湖在县城之西，据诗中所描述，似在南方。又有《移家别树》诗云："手种庭前树，人移树不移。看花愁作别，不及未栽时。"所云"移家"亦当与此诗同指。《本事诗·情感》所载之事似不足信。参下"笺评"所引。

〔二〕好是，犹好在、妙在，表示赞美。司空图《杨柳枝寿杯词》之十七："好是梨花相映处，更胜松雪日初晴。"是，《本事诗》作"去"。

〔三〕系，牵系，牵动。

〔四〕浑，还。曹唐《小游仙》诗："白龙久住浑相恋，斜倚祥云不肯行。"

〔五〕四，《全唐诗》校："一作三。"

1721

笺评

孟棨曰：韩晋公（滉）镇浙西，戎昱为部内刺史（失州名）。郡有酒妓，善歌，色亦媚妙。昱情属甚厚。浙西牙将闻其能，白晋公，召置籍中，昱不敢留，饯于湖上，为歌词以赠之，且曰："至彼令歌，必首唱是词。"既至，韩为开筵，自持杯，命歌送之。遂唱戎词。曲既终，韩问曰："戎使君于汝寄情耶？"悚然起立曰："然。"言随泪下。韩令更衣待命，席上为之忧危。韩召牙将责曰："戎使君名士，留情郡妓，何故不知而召置之？成余之过！"乃十笞之。命与妓百缣，即时归之。其词曰："好是春风湖上亭，柳条藤蔓系离情。黄莺久住浑相识，欲别频啼四五声。"（《本事诗》情感第一）

敖英曰：末二句言禽鸟犹知惜别，而所居交情亦良薄矣。与杜子美"岸花飞迷客，樯燕语留人"，皆风刺深厚，意在言外。（《唐诗绝句类选》）

周珽曰：极情极语。情也，吾见其厚；语也，吾见其秀。超轶绝伦之诗。（《删补唐诗选脉笺释会通评林》）

王尧衢曰：句句推开，句句牵扯，妙绝。（《古唐诗合解》）

徐增曰：（末）二句句法交互移换，有如此之妙，诗家丘壑，和盘托出。（《而庵说唐诗》）

宋宗元曰：辞意俱不尽。（《网师园唐诗笺》）

富寿荪曰：前半写湖上风物，已含留恋之意。后半以黄鹂伤离频啼，进一层托出惜别之情。通首语意含蓄蕴藉，耐人讽味。（《千首唐人绝句》）

鉴赏

这首诗抒写移家别居时对旧居景物恋恋不舍的感情。这本是常人普通的情感，但在诗人笔下，却显得清新活泼，富于童趣。它的妙处，就在将自己的感情投射到物身上，将物拟人化、情感化，使自己对旧居景物的恋恋不舍之情反过来变为物对人的依恋，从而使常见的题材、普通的感情变得新颖脱俗，情趣盎然。

首句紧扣题目，将"别"的对象集中锁定在"湖上亭"上。旧居可恋的景物人事不止一端，但诗人最留恋欣赏的则是旧居旁边湖上亭一带的景色。用"好是"二字喝起，便强烈地表达出赞赏之意。又用"春风"点明季候，渲染氛围，使"湖上亭"一带的景物都笼罩在无边的春色和骀荡的春风之中，下面的"柳条藤蔓"和"黄莺"都直接与"春风"相关。这句总提，以下便分别抒写别情。

次句"柳条藤蔓系离情"，说亭边的柳条、亭上的藤蔓，在骀荡的春风中，披拂摇荡，牵系着自己的离情。从表面上看，这句似只写自己的"离情"被"柳条藤蔓"所牵系触动，并没有直接将物拟人化、情感化。但"系离情"的"系"字，却暗透了物的形态、物的感情。一方面，"柳条"和"藤蔓"本身长条的形状和在春风中摇曳的形态，客观上给人以牵系的感觉印象，而这种形状与形态又特别容易勾起人们对它的爱怜而不忍离舍，故说"柳条藤蔓系离情"。另一方面"杨柳依依"，藤蔓摇曳，又给人以依依惜别，如同送客之感，因此，说"柳条藤蔓系离情"就包含有柳条藤蔓在春风中摇曳荡漾，如同依依惜别的形态更勾起自己的离情之意。一"系"字，物之形态、物之依依惜别之感以及诗人自己被触动牵系的离情全都包含在其中了。而物之"系"情又和上句"春风"的吹拂而作摇曳荡漾之态密切相关，上下句之间，自然密合，融为一体。

"黄莺久住浑相识，欲别频啼四五声。"三、四二句，于"湖上亭"景物中专写黄莺之惜别。"久住"二字，贯通全篇，是物与我均有惜别之恨，于第三句特为点明，起着绾结前后幅的作用。如果说第二句还只是明写己之"离情"为物所牵系，暗透物之依依惜别之情，那么这两句便完全过渡到写物之惜别。由于久住此地，草木禽鸟与自己都成了老相识，因此当自己离此欲别之际，那黄莺也感到依依不舍，时不时地啼鸣四五声，似乎是在表达它的"离情"。这就将物完全拟人化、情感化了。本来无知的物也临别欲啼，则诗人自己的离情之浓可想而知。"黄莺"之"啼"，本是物性使然，无关乎"离情"，诗人将自己的感情投射于物，故觉"黄莺"之"啼"乃因惜别。这种设想，似无理而自有其情感逻辑，故读者于欣赏其想象的新奇巧妙时也就自然认同了其情感逻辑。

诗的风格朴素清新，与其以口语入诗密切相关。首句的"好是"与第三句的"浑"，均为唐人俗语，末句的"四五声"更是极通俗的口头语。这种朴素清新的语言风格与景物的拟人化、情感化的结合，使得这首诗别具一种生动活泼的童趣，一种既清新自然又婉丽巧妙的情趣，故虽清浅却耐读。

戎昱

咏 史〔一〕

汉家青史上〔二〕，计拙是和亲〔三〕。

社稷依明主〔四〕，安危托妇人。

岂能将玉貌，便拟静胡尘〔五〕。

地下千年骨，谁为辅佐臣？

校注

〔一〕《全唐诗》校："一作《和蕃》。"

〔二〕青史，古代以竹简记事，故称史籍为"青史"。

〔三〕和亲，封建王朝利用婚姻关系与边疆各族统治者结亲和好。《史记·刘敬叔孙通列传》："（高祖）取家人子名为长公主，妻单于，使刘敬往结和亲约。"

〔四〕依，靠，倚仗。

〔五〕将，持，拿。拟，打算。静，平息。胡尘，指胡人入侵。二句当一气读。

笺评

范摅曰：宪宗皇帝朝，以北狄频侵边境，大臣奏议，古者和亲之有五利，而日无千金之费。上曰："比闻一卿能为诗，而姓氏稍僻，是谁？"宰相对曰："恐是包子虚、冷朝阳。"皆不是也。上遂吟曰："山上青松陌上尘，云泥岂合得相亲。世路尽嫌良马瘦，唯君不弃卧龙贫。千金未必能移性，一诺从来许杀身。莫道书生无感激，寸心还是报恩人。"侍臣对曰："此是戎昱诗也。京兆尹李銮以女嫁昱，令改其姓，昱固辞焉。"上悦曰："朕又记得《咏史》一篇，此人若在，便与朗州刺史。武陵桃源，足称诗人之兴咏。"圣旨如此稠叠，士林之荣也。其《咏史》曰："汉家青史内，计拙是和亲。社稷依明主，安危托妇人。岂能将玉貌，便拟静胡尘。地下千年骨，谁为辅佐臣？"上笑曰："魏绛之功，何其懦也！"大臣公卿，遂

息和戎之论矣。(《云溪友议》卷下《和戎讽》)

　　徐充曰：此诗辞严义正，虽善史断者，不能过也。首二句正本之论。三、四婉言此事之非所宜。五、六实言此事之不可恃。尾乃言当时立朝之臣无能救正，岂非良、平之罪乎？若为不知，而诛及死者，责之深也。甚妙。(《删补唐诗选脉笺释会通评林·中五律》)

　　陆时雍曰：三、四怨而理。此言有裨国计，殆不徒作。(《唐诗镜》卷三十四)又曰：叙事议论，绝非诗家所需。以叙事则伤体，议论则费词也。然总贵不烦而至。如《棠棣》不废议论，《公刘》不无叙事。如后人以文体行之，则非也。戎昱"社稷依明主，安危托妇人""过因谗后重，恩合死前酬"，此亦议论之佳者矣。(《诗镜总论》)

　　黄周星曰：此是正论，他作皆翻案耳。(《唐诗快》)

　　冯班曰：名篇。亦是议论耳，气味自然不同。意气激昂，不专作板论，所以为唐人。(《瀛奎律髓汇评》卷三十引)

　　查慎行曰：与崔涂《过昭君故宅》略同。五、六太浅。(同上引)

　　无名氏(甲)曰：此事固为一时将相之羞，然刘敬作俑，尤当首诛。(同上引)

　　吴乔曰：《咏史》诗太露。何以贻误清泰耶？(《围炉诗话》)

　　沈德潜曰：人谓诗主性情，不主议论，似也，而亦不尽然。试思二《雅》中何处无议论……但议论须带情韵以行，勿近伧父面目耳。戎昱《和蕃》云："社稷依明主，安危托妇人。"亦议论正大。昱又有句云："过从谗后重，恩合死前酬。"此议论之佳者。(《重订唐诗别裁集》卷十一)

　　乔亿曰：颔联史论，宜宪宗诵之而廷臣和戎之议息。(《大历诗略》)

　　纪昀曰：太直太尽，殊乖一唱三叹之旨。(《瀛奎律髓刊误》)

　　王寿昌曰：何谓是非取舍？曰：好贤如《缁衣》，恶恶如《巷伯》，故贤愚不分，不足以论人；是非不辨，不足以论事；取舍不明，不足以御事变而服人心。是故太冲《咏史》，其是非颇不下乖人心所同。然嗣宗《咏怀》，其予夺几可继《春秋》之笔削。他如陶题甲子，见受禅之非宜；谢过庐陵，雪沉冤于既死。此后唯杜工部……读之可见其经济之实学，笔削之微权焉。他如"汉家青史上，计拙是和亲。社稷依明主，安危托妇人。岂能将玉貌，便拟静胡尘。地下千年骨，谁为辅佐臣"。(戎昱《和蕃》)……数诗亦其后劲者也。(《小清华园诗谈》卷上)

戎昱

1725

戎昱之著诗名于当时，实因此诗（见"笺评"引《云溪友议·和戎讽》）；而其贻讥评于后世（见"笺评"引吴乔、纪昀评语），亦因此诗。连严羽《沧浪诗话》谓"戎昱在盛唐为最下，已滥觞晚唐矣"，亦与《咏史》之多议论有关。故对此诗之评价，关键在如何看待此诗之议论。

此诗题《咏史》，开篇又直截了当地揭示"汉家青史上，计拙是和亲"，尾联更谓"地下千年骨，谁为辅佐臣"，似乎诗的主旨就是痛斥汉代的和亲政策以及制定施行这一政策的君主大臣。但唐代自安史之乱以来，因内乱外患，国势衰危，却屡有嫁公主和亲之事。如肃宗乾元元年（758），以幼女宁国公主下嫁回纥；大历三年，以仆固怀恩幼女为崇徽公主为其继室；德宗时，以咸安公主下嫁回纥，均其例。戎昱此诗，很可能是针对当代的现实情况，有感而发，否则诗中抒发的感情不会如此强烈。

"汉家青史上，计拙是和亲。"一开头奋笔直书，斥和亲之策为"计拙"。"拙"者，愚拙、拙劣之谓；"计拙"，谓其计穷而不得不为此愚蠢之下策也。一笔抹倒，不留余地，斩钉截铁，不稍假借。这是给历史上、现实中的"和亲"之策作总定位。"汉家"既指汉代，也可包括历代以汉族为主体的封建王朝以及当前的唐朝。封建时代的和亲政策，有各种不同的时代背景和双方强弱不同的态势。有双方均出于交好的动机而进行的有积极意义的和亲，也有处于弱势的汉族王朝不得已的甚至带有屈辱性质的和亲，不能一概而论。诗人在这里虽似概斥和亲之举为"计拙"，实际上他针对的是胡人入侵时汉族封建王朝屈辱性的和亲，这从下文"安危托妇人""便拟静胡尘"等句可以明显看出。

"社稷依明主，安危托妇人。"颔联以沉痛愤激之辞抨击"和亲"之"计拙"。两句貌似直遂，实有蕴涵，值得涵泳玩味。出句是说，治理和保卫国家社稷应该依靠圣明的君主。这仿佛是极平常的议论，但一和对句联系起来，这平常的议论就成了强烈的反讽。对句是说，拙劣的和亲政策却把国家社稷的安危托付给了一个柔弱的妇人。体味此句，诗人显然是指汉族封建王朝处于弱势时屈辱性的"和亲"，否则不会说国家的安危托于妇人。正因为君主将"安危"托付给根本无法承担如此重任的妇人，就反过来证明了君主已经无法承担这原本应当承担的政治责任，也就根本不是什么"明主"，而是"庸主""衰主"甚至"昏主"了。两句对应，对施行"和亲"政策的君主的讽嘲与愤激固可意会，对无力承担却不得不承担拯救社稷安危重任，因而远嫁异域，甚至作了牺牲品的"妇人"的同情怜悯也自寓其中，于同情中又含有一份沉痛之情。

"岂能将玉貌，便拟静胡尘。"腹联用流水对，一气直下，直斥这种屈辱的和亲政策的天真愚蠢、一厢情愿，亦即"计拙"。"岂能""便拟"，前呼后应，讽意显然。处于强势的胡族，之所以恃强乘机入侵，自有更大的目的，根本不会因下嫁公主而休兵，即使暂时言和，不久又将入侵。靠"妇人"的"玉貌"来"静胡尘"只能是不切实际的幻想。

"地下千年骨，谁为辅佐臣？"这种天真愚蠢的屈辱性和亲政策的制定与施行，既有君主的责任，也有辅佐大臣的责任。他们实际上都是"和亲"政策的决策者和主要责任人。对君主，诗人用的是婉讽手法；感情虽愤激，语言却比较婉曲；而对"辅佐臣"，则痛斥其非，感情激愤痛切到直欲起千年地下之骨而面斥之的程度。而这样的"辅佐臣"，千年之前有过，当今也同样存在。诗人在痛斥"地下千年骨"的同时，其言外之意也自可默会。

议论和直陈是这首诗的显著特点，但这和无蕴蓄并不是一回事。关键是这种议论本身是否具有深刻的内涵和深沉的感慨，是否具有诗的激情和韵味。这首诗正是将二者结合得比较好的例子。沈德潜多次提及"议论须带情韵以行"，并以此诗为例，他的看法是比较中肯的。

霁　雪〔一〕

风卷寒云暮雪晴〔二〕，江烟洗尽柳条轻。
檐前数片无人扫〔三〕，又得书窗一夜明〔四〕。

校注

〔一〕霁雪，雪后放晴。《全唐诗》校："一作《韩舍人书窗残雪》。"

〔二〕寒云，《全唐诗》校："一作长空。"

〔三〕数片，指残雪。

〔四〕《文选·任昉〈为萧扬州荐士表〉》："乃至集萤映雪，编蒲缉柳。"李善注引《孙氏世录》曰："孙康家贫，常映雪读书。"此句暗用其事。事又见《初学记》卷二引《宋齐语》。

杨慎曰：（三、四）暗用孙康事，妙。（《升庵诗话》卷三《戎昱霁雪诗》）

贺裳曰：升庵不满于戎（按：杨慎《升庵诗话·劣唐诗》谓"学诗者动辄言唐诗，不思唐人有极恶劣者，如薛逢、戎昱，乃盛唐之晚唐"），余观其集……好诗尚多，即如升庵所称《霁雪》诗，亦甚佳。（《载酒园诗话又编·戎昱》）

宋宗元曰：（三、四）熟事虚用。（《网师园唐诗笺》）

刘拜山曰："柳条轻""檐前数片"，皆写"残雪"，故只得"一夜明"也，是用字不苟处。（《千首唐人绝句》）

写雪后初晴之景，一般作者往往只注意描绘其澄澈清明、爽朗洁净的景象，即着眼于"霁"而忽略了"雪"。这首诗却既写雪后放晴的爽朗之景，又紧紧抓住雪后初晴、残雪尚存的特点，写出自己对此的独特诗意感受，构思、意境都不落常套。诗题一作《韩舍人书窗残雪》，细按诗意，前两句与"韩舍人书窗残雪"无涉，仍以《霁雪》之题较为符合诗的内容。

这是一个雪后初晴的傍晚。寒风卷走了天空中的阴云，暮雪停歇，天宇清朗；江边的烟雾随风而散，洗出了一片晴朗之色；柳条上的积雪纷纷散落，随风飘荡的柳枝显得格外轻盈。雪后初晴之际，寒风凛冽而强劲，正是由于风，才有"寒云"之"卷"，"暮雪"之"晴"，"江烟"之"洗"，"柳条"之"轻"。一、二两句，抓住雪后风劲的天气特点，写出了雪停云散、烟尽柳轻的一片晚晴景象，也透露出诗人目击此景时开朗清澄、轻松愉悦的感受。客观境界与主观心境融为一体，而"卷"字、"晴"字、"洗"字、"轻"字，都是很富表现力的字眼，但读来没有诗人有意着力的痕迹。

前两句描绘的是雪后晴暮的大环境和广阔境界，后两句则由外而内，将视线收拢到眼前的檐前书窗上："檐前数片无人扫，又得书窗一夜明。"在广阔的天宇和江边，风劲云卷，烟散雪落，一片晴明朗爽之境，而在所居的书房檐前，几片残雪还留存着，发出晶莹的亮光，说"无人扫"，正与前两句云之卷、烟之洗、柳之轻构成对照。然而正是这檐前残留的晶莹之雪，触发了诗人的诗思，使他联想起了古人映雪夜读的故事，因而从心底涌出一片诗兴：这檐前的数片残雪，不正好可以为我的书窗一夜照明，让我享受映雪夜读的乐趣吗？映雪夜读的故事，在勤苦攻读中本含有一些功利的色彩，但诗人化用这个故事，却纯然是将它作为一种富于诗意和美感的享受，因此读来便倍觉其化熟为新，化俗为雅，充满诗情诗趣了。从檐前的数片残雪中发现常人想象不到的美感和欣喜，这正是唐人敏锐诗心的典型表现。正是由于这一发现，这首诗才显得清新脱俗，不落常境。

戎
昱

窦叔向

窦叔向（729—780），字遗直，扶风平陵（今陕西咸阳西北）人。大历初登进士第，累佐幕府，为租庸使从事，又为防御使判官、江阴令。大历十二年（777）任左拾遗内供奉。十四年贬溧水令，卒。叔向有诗名，其五子常、牟、群、庠、巩亦工词章，有佳作传世。系唐代著名的诗歌家族。《新唐书·窦群传》："父叔向，以诗自名……兄常、牟，弟庠、巩，皆为郎，工词章，为《联珠集》行于时，义取昆弟若五星然。"《新唐书·艺文志》著录《窦叔向集》七卷。《全唐诗》及《补遗》录存其诗十首。

夏夜宿表兄话旧

夜合花开香满庭〔一〕，夜深微雨醉初醒。

远书珍重何曾达，旧事凄凉不可听。

去日儿童皆长大，昔年亲友半凋零。

明朝又是孤舟别，愁见河桥酒幔青〔二〕。

校注

〔一〕夜合花，落叶灌木。叶椭圆形，至长圆形，先端尾状渐尖。花顶生，色白，极香。又，马缨花（一称合欢花）亦称夜合花，但其花并无浓香，与此句所称"香满庭"者未合。且马缨花系乔木，树身高大，一般不植于庭中。

〔二〕酒幔，酒店门前所悬挂的青布招子。即所谓"青旗沽酒有人家"者。

笺评

周敬曰：好起结。中本真情，不费斧凿，不知者以为太直致。（《删补唐诗选脉笺释会通评林·中七律下》）

金圣叹曰："珍重"下接"何曾"，妙。"何曾"上加"珍重"，妙。此亦人人常有之事，偏能写得出来也。五、六是人人同有之事，是人人欲说之话，不仅他写得出来，叹他写来挑（跳）动。"明朝又别"四字，隐然言他日再归，便是儿童亦已凋零，亲友并无半在也，可不谓之大哀也哉！（《贯华堂选批唐才子诗》）

谭宗曰：收结惓切动情，迥异于寻常晤对，妙。（《近体秋阳》）

陆次云曰：此诗章法一句紧似一句，无凑泊散缓之病，作意可师。（《五朝诗善鸣集》）

朱之荆曰：一、二点夜宿，三、四点话旧。然唯书未达，所以话之长也。五、六申明"不可听"。尾联进一步法。河桥，即河梁，苏武、李陵握别处，此借言耳。（《唐诗摘抄》卷三朱氏补评）

方东树曰：起叙题，兼写景。中二联皆言情，而真挚动人，收自然不费力，而却有不尽之妙。（《昭昧詹言》卷十八）

王寿昌曰：七律发端倍难于五言，如杜员外"今年游寓独游秦，愁思看春不当春"之奥折，钱员外"二月黄鹂飞上林，春城紫禁晓阴阴"，暨卢允言"春风吹雨过青山，却望千门草色闲"之幽秀，刘得仁"御林闻有早莺声，玉槛春香九陌闻"之朗润，窦叔向"夜合花开香满庭，夜深微雨醉初醒"之闲逸……尚可备脱胎换骨之用。然但宜师其势，不当仿其意。（《小清华园诗谈》）

俞陛云曰：此诗平易近人，初学皆能领解。录此诗者，以其一片天真，最易感动，中年以上者，人人意中所有也。开篇言微雨生凉，花香满院，密亲话旧，薄醉初醒，此乐正不易得。三句言往日郑重寄书，而关河修阻，天远书沉，四句言酒后纵谈往事，其拂意者，固触绪多悲；即快足之事，俯仰亦为陈迹，总之皆凄凉不可听耳。五、六言此草草数十年中，不觉光阴永逝，迨握手重逢，当日之婴娩，已成丁壮；而老成半就凋零，则吾辈之崦嵫暮景可知。收句言情话方长，而骊歌已唱，真觉风雨西楼，酒醒人远矣。此诗与五律中戴叔伦之"天秋月又满"诗，李益之"十年离乱后"诗，司空曙之"故人江海别"诗，皆亲友唱酬，情文兼致之作。唐人于此类诗，最为擅场，不失风人敦厚之旨也。（《诗境浅说》丙编）

 鉴赏

盛唐七律，多高华典丽之作，至中唐而变工秀流易。窦叔向这首七律，初读似感流易有余而工秀不足，尤以颔、腹两联为然。细味之则虽出语平易流利，似若不经意，实则蕴含的感情并不浮浅，可以说是用朴素的语言表达出衰乱时世普遍的人生感受。起、结二联，尤饶意境与远韵。

"夜合花开香满庭，夜深微雨醉初醒。"起联描绘渲染"夏夜宿表兄话旧"的环境氛围。这是初夏时节一个美好的夜晚：天下着霏微的细雨，庭院中的夜合花在细雨浸润下开放得正繁茂，浓郁的芳香充满了庭院。因为久别重逢，欢聚的酒宴上双方都因畅饮而进入微醺的境界。夜深微雨送凉，酒才刚刚醒过来。这是一种充满温馨气息的氛围，在这种氛围中，最易唤起双方对往事的美好回忆。诗人在开篇创造出这样的氛围意境，正是为了在下两联展开"话旧"的主题。

但如此温馨美好的氛围引发的"话题"内容却与这氛围有些不大协调："远书珍重何曾达，旧事凄凉不可听。""话旧"的头一个内容就是分别这些年来彼此间音讯的隔绝。言谈之间，才得知彼此都曾郑重地给对方寄过珍重的书信，却始终未能抵达对方的手中。这就留下了一个悬念：究竟是什么原因使珍重的"远书"不能"达"呢？答案似乎只能是由于战乱兵戈，使远书难达，音信不通。而当双方回忆起这些年来的"旧事"时，又都感到"凄凉不可听"。"旧事"的内容，诗人含而未宣，但联系上句"远书"不达的战乱背景，不难想见这"旧事"，恐怕首先包括了"国事""世事"，即长达八年的安史之乱乃至乱后藩镇割据反叛、外族入侵，百姓流离困苦等令人不堪回首的"凄凉""旧事"。因此这一联尽管写得很虚泛，联系诗人所处的时代，却不难感受到其中所蕴含的时代衰乱的阴影。这种凄凉的旧事，正与首联温馨的氛围构成鲜明的对比，使"话旧"之际那种凄凉不堪追忆的感慨更加突出，不妨说是以温馨之境反衬凄凉之事和凄凉之情。

"去日儿童皆长大，昔年亲友半凋零。"这是"话旧"的另一方面内容，即别后至重逢期间彼此熟悉的此间人事的沧桑变化。离别此间而去时的儿童们，如今均已长大成人，而昔年的亲戚朋友却半数已经凋零去世了，两句显示出别与逢之间时间之长远，人事变化之巨大。这种变化，本来是人间常规，单就"去日儿童皆长大"这一现象而言，似乎还应感到欣喜，但在这里，它却主要是为了反衬"昔年亲友半凋零"而设的衬笔，因此在鲜明的对照中就越发突出了对"亲友半凋零"的悲慨。而亲友的"凋零"中，又有不少是直接或间接与战乱有关的（所谓"丧乱死多门"），这就不只是昭示自然的人事代谢规律，而是悲慨于战乱带来的人事沧桑了。故诗人虽只平淡道来，而无限时代沧桑之感自寓其中。

以上两联，均为与表兄"话旧"的内容，从别后音书难达到世事凄凉，再到亲友凋零、人事沧桑，虽一语未正面道及战乱，但在这一切现象中无不有战乱的阴影在。故语淡而情悲，调流易而慨深沉。

"明朝又是孤舟别，愁见河桥酒幔青。"尾联由"重逢""话旧"而"又别"，将悲慨推进一层。著"又是"二字，既见聚之暂、别之速、别之易、会之难，更将"昔"之别与今之别绾结在一起。往年在河桥边的酒店饮饯作别，乘一叶孤舟离此而去的情景仿佛又重现于眼前。昔别之后，变化已如此巨大，今别之后更不知何时重逢，亦不知世事如何沧桑变化，故说"愁见"，因为它唤起的是对世事人生的深沉感慨。尾联"酒幔"遥应首联"醉初醒"，写景起，写景结，而景中寓情含慨，有意境，有情韵，有风调，堪称佳制。

窦 牟

窦牟（约749—822），字贻周，窦叔向次子。贞元二年（786）登进士第，授秘书省校书郎。历东都留守巡官，河阳、昭义节度使从事，东都留守判官。元和五年（810），入为虞部郎中。出为洛阳令。历都官郎中、泽州刺史、国子司业，长庆二年（822）二月卒。韩愈曾师事之，有《国子司业窦公墓志铭》。《新唐书·艺文志》著录《窦氏联珠集》五卷，收录牟与兄弟共五人诗各一卷，今存。《全唐诗》录存其诗二十一首。

奉诚园闻笛〔一〕

曾绝朱缨吐锦茵〔二〕，欲披荒草访遗尘〔三〕。
秋风忽洒西园泪〔四〕，满目山阳笛里人〔五〕。

校注

〔一〕奉诚园，原注："园，马侍中故宅。"马侍中，指马燧（726—795），唐中期著名将帅。大历至建中间，屡平李灵曜、田悦、李怀光等叛乱。拜司徒，兼侍中，与李晟皆图像凌烟阁。《旧唐书》卷一百三十四、《新唐书》卷一百五十五有传。《新唐书·马燧传》附其子马畅传云："燧没后，以赀甲天下。畅亦善殖财，家益丰。晚为豪幸牟侵……贞元末，神策中尉杨志廉讽使纳田产。至顺宗时，复赐之。中官往往逼取，畅畏不敢客，以至困穷……诸子无室庐自托。奉诚园亭观，即其安邑里旧第云。故当世视畅以厚畜为戒。"冯翊《桂苑丛谈》："马司徒之子畅，以第中大杏馈中人窦文场，文场以进德宗，德宗以为未尝见，颇怪畅。畅惧，进宅，改为奉诚园。"奉诚园在长安安邑坊内，见《雍录》。"闻笛"，见注〔五〕。

〔二〕绝朱缨，扯断结冠的带。据刘向《说苑·复恩》载：楚庄王宴群臣，日暮酒酣，灯烛灭。有人引美人之衣。美人援绝其冠缨以告王，命上火，以得绝缨之人。王不从，命群臣尽绝缨而上火，尽欢而罢。后三年，晋与楚战，有楚将奋死赴敌，终胜晋军。王问之，始知即前宴席上引美人之衣而绝缨之人。此以"绝缨"借指曾受马燧之恩遇。事又见《韩诗外传》卷七。吐锦茵，《汉书·丙吉传》："吉驭吏耆酒，数逋荡。尝从吉出，醉欧（呕吐）丞相车上。西曹主吏白欲斥之，吉曰：'以醉饱之失去士，使此人将复何所容？西曹地（但）忍之，此不过汙丞相车茵耳。'"吐锦茵，醉酒呕吐污车上锦绣的垫褥。此亦借指马燧宽厚待人，不计较细小的过失，于己有恩。

〔三〕披，拨开。访遗尘，寻访昔日马燧居此时的遗迹。

〔四〕西园，传为曹操所建园林，故址在今河北省临漳县邺县旧址北。曹丕、曹植及王粲、刘桢诸文人常宴游于此。王粲《杂诗》云："日暮游西园。"刘桢《公宴诗》云："月出照阁中，珍木郁苍苍。"曹丕《芙蓉池作诗》云："乘辇夜行游，逍遥步西园。"曹植《公宴诗》："清夜游西园，飞盖相追随。"此句"西园泪"可能指昔年曾与马燧及其子辈同游饮宴，今燧已逝，而其安邑里旧第荒废，故悲而下泪。西园，借指奉诚园。

〔五〕山阳笛，晋向秀与嵇康、吕安友善，嵇、吕亡故后，向秀经其山阳（今河南修武）旧居听邻人吹笛，作《思旧赋》追忆昔日游宴之好，其序云："余逝将西迈，经其旧庐。于时日薄虞渊，寒冰凄然。邻人有吹笛者，发音廖亮。追思曩昔游宴之好，感音而叹，故作赋云。"句意谓在奉诚园听到笛声，怀念起昔日对自己有知遇之恩而今已经逝世之马燧，不禁有满目凄凉，不胜今昔之感。着眼处在"旧居"二字。

（笺）评

吴逸一曰：感深知己，一字一泪。叠用故事，略无痕迹，更见炉锤之妙。论其声调，又逼盛唐。（《唐诗正声》）

唐汝询曰：此因笛声兴感，伤马氏之微，见德宗待功臣之薄也。言我曾居马氏幕府，而被绝缨吐茵之宠遇，故欲披芳草以访遗迹。所以对秋风而洒西园之泪者，以目所睹皆山阳笛中之人也。夫德宗得立，马燧力也。今收其宅为园，顿同嵇、吕之旧居，足悲也夫！（《唐诗解》卷二十九）

周珽曰：末句唤起一章慨思，妙，妙。（《删补唐诗选脉笺释会通评林·中七律中》）

宋顾乐曰：精警圆亮，绝调也。（《唐人万首绝句选》评）

俞陛云曰：诗言当年东阁延宾，吐车茵而不憎，绝冠缨而恣笑，曾邀逾分优容。及重过朱门，而荒草流尘，难寻遗迹。秋老西园，不禁泪尽斜阳之笛矣。自来知己感恩者，牙琴罢流水之弦，马策极州门之恸，今昔有同怀也。（《诗境浅说》续编）

绝句尚白描、贵风韵，一般很少用典。这首七绝却连用四典（绝朱缨、吐锦茵、西园泪、山阳笛），密度之大，极为罕见。但读完全篇，不但深感用典之贴切，而且可以看出它们在创造意境、形成情韵风神方面的独特作用。这是诗人始终用浓郁诚挚的怀旧之情将这一系列典故贯串起来，使它们成为浑然一片的艺术整体的缘故。

"曾绝朱缨吐锦茵"，首句连用二典，显示诗人与"奉诚园"的旧主人之间特殊的关系。这两个典故有一个共同的特点：主人的地位尊贵（一为明主、一为贤相）而待下宽厚，不以下属有小过而施罚，而臣下或宾客则虽有过失而得到主人的宽容，受到主人的恩遇。用"曾"字提起，暗示过去自己曾作为宾客而游于马燧之门，受到马燧的优容厚遇。诗人未必即有"绝缨""吐茵"那样的情事，但从用典中却可想见当年宾主之间那种不拘形迹、不拘小节的亲密关系，这正是诗人对这位位高权重的旧主人始终怀着一种特殊的亲切之情的缘故。叠用二典，正加重了这种亲切感怀之情。

"欲披荒草访遗尘"，第二句由感怀昔日的亲切恩遇自然转到寻访旧主人所在的遗迹来。往日的安邑里府邸，自当是雕梁画栋，车水马龙，极为繁华热闹的，如今却已是荒草被径，一片荒芜冷落景象。从上句的"朱缨""锦茵"，即可想象当年宾客盈门、陈设华丽的景象，这正与眼前的荒草满径的景象形成鲜明对比，言外自含一种世事沧桑的感慨。作为一个曾受厚待恩遇的宾客，在面对荒草丛生的旧居时，心中兴起的或许更有一种世态炎凉的感慨。"欲"字、"访"字，显示出诗人面对荒园时那种恍然茫然、寻寻觅觅，而又若有所失的情态，浓郁的怀旧之情，亦于"披荒草访遗尘"中自然流出。

"秋风忽洒西园泪，满目山阳笛里人。""西园"的典故，暗示自己当年为门下客时，曾像昔日刘桢、王粲等人与曹丕、曹植等西园雅集、冠盖相随那样。而今，秋风起处，荒草离披，一片荒凉，触景伤情，不禁潸然泪下，此即所谓"西园泪"。这是怀旧恩、追昔游、伤物是人非、慨人事沧桑之泪。

"忽"字生动传神，传达出一种因景物的触动而忽生悲慨的神态。正好在这时，又传来一阵阵凄凉的笛声，联想起山阳闻笛的典故，触发自己对已经逝去的马燧的怀念伤悼，恍惚之间，遂觉满目都是旧日恩主的影子，而更感慨唏嘘不已了。"满目山阳笛里人"自然是一种幻觉式的联想，但这种联想却十分真切地表达了诗人的悲悼怀念之情的真挚与深沉，典故本身所包蕴的怀旧、感逝、悲悼等情感，将历史与现实、实景与幻境融为一体，情致苍凉、风神悠远，结得极饶韵味。

窦
牟

窦　巩

窦巩（772—831），字友封，窦叔向子。元和二年（807）登进士第。五年为义成节度使袁滋从事。历佐山南、荆南、平卢节度使幕。宝历元年（825）入为侍御史。大和二至三年（828—829），以司勋员外郎判度支，迁刑部郎中。四年入武昌节度使元稹幕，五年稹卒，巩北归长安，卒。巩诗当时被目为"友封体"，以绝句著称。《全唐诗》录存其诗二十九首。

宫人斜〔一〕

离宫路远北原斜，生死恩深不到家〔二〕。
云雨今归何处去〔三〕，黄鹂飞上野棠花〔四〕。

校注

〔一〕宫人斜，唐代埋葬宫人的墓地。王建《宫人斜》："未央宫西青草路，宫人斜里红妆墓。一边载出一边来，更衣不减寻常数。"汉未央宫旧址在唐禁苑中。宋敏求《春明退朝录》："唐内人墓谓之宫人斜，四仲（四季中的第二个月）遣使者祭之。"斜，指山坡野地，亦指有一路斜通墓地。汉未央宫"斩龙首山而营之"，地据龙首山原之上。

〔二〕北原，即唐长安城北之龙首原。北原斜，即宫人斜。宫女生不能回家与家人团聚，死不能返葬故乡，故云"生死恩深不到家"。

〔三〕云雨，用巫山神女自称"朝为行云，暮为行雨"事，此借指宫女。

〔四〕黄鹂，即黄莺。野棠花，即棠梨花。

笺评

谢枋得曰：宫人承恩幸之时，朝云暮雨，尽态极妍，而今不知死何处。但见墟墓之旁，听黄鹂之声，观海棠之色。宫人之音容与草木音容同一澌尽，亦可哀矣。（《唐诗品汇》卷五十二引）

周敬曰：悲悼。（《删补唐诗选脉笺释会通评林·中七绝》）

黄周星曰：生死恩深，不知为君恩乎？亲恩乎？忽接"不到家"二字，便觉有啾啾鬼哭。（《唐诗快》卷三）

俞陛云曰：此诗吊宫人埋土之地。第二句言，无论生死深恩，不得故乡归骨，深为致慨。窦有《南游感兴》诗云："伤心欲问前朝事，惟见江流去不回。日暮东风春草绿，鹧鸪飞上越王台。"两诗一咏黄鹂，一咏鹧鸪，所谓"飞鸟不知陵谷变"也。后人习用之，遂成套语，而在中唐时作者，自有一种苍茫之感。（《诗境浅说》续编）

刘永济曰："生死"句写尽宫女一生惨事，盖一选入宫，则生死皆不得到家也。（《唐人绝句精华》）

刘拜山曰："一入深宫里，年年不见春"（天宝宫人诗），已极生前之惨，而今日寂历长眠，更无人一顾，生死之恨，谁实为之！（《千首唐人绝句》）

窦
巩

以官人斜为题材的诗，在现存唐诗中仅六首。除窦巩此首及注〔一〕所引王建之作外，尚有权德舆、杜牧、雍裕之、陆龟蒙等诗人各一首。为便于参照比较，将其他四首并录于下：

　　　　一路斜分古驿前，阴风切切晦秋烟。

　　　　铅华新旧共冥寞，日暮愁鸱飞野田。

　　　　　　　　　　　　　　权德舆《宫人斜绝句》

　　　　尽是离宫院中衣，苑墙城外冢累累。

　　　　少年入内教歌舞，不识君王到死时。

　　　　　　　　　　　　　　　　杜牧《宫人冢》

　　　　几多红粉委黄泥，野鸟如歌又似啼。

　　　　应有春魂化为燕，年来飞入未央栖。

　　　　　　　　　　　　　　雍裕之《宫人斜》

　　　　草著愁烟似不春，晚莺哀怨问行人。

　　　　须知一种埋香骨，犹胜昭君作虏尘。

　　　　　　　　　　　　　　陆龟蒙《宫人斜》

1739

尽管从总体看，可以归入"宫怨"这个大类，但和多数宫怨诗以委婉细腻之笔表达宫嫔幽怨望幸之情，风格怨而不怒有别，《宫人斜》这类诗因为所咏的对象是最下层的居于离宫别苑，一辈子"不识君王面"的普通宫女的悲剧命运，一般感情都比较强烈激切，对宫女的命运充满人道主义同情。其中窦巩的这首，不但感情诚挚深至，而且以景结情，富于韵味。

诗的前幅紧扣"宫人斜"的题目，概写宫女一生的悲剧命运。"离宫路远"，是说这些宫女一入宫就分发到离皇宫很远的离宫别苑，一年到头甚至一生一世也见不到皇帝的面（杜牧诗"尽是离宫院中女"可证）；"北原斜"，是说她们如今就长眠在这一路斜通、荒冢累累的北原之上。生前在离宫苦熬着孤寂凄凉的漫长岁月，死后在荒凉的北原与累累荒冢为邻。一句七个字概括了其一生孤苦凄凉的命运。次句"生"字承"离宫路远"；"死"字承"北原斜"，接下来的"恩深不到家"五字，将对宫人悲剧命运的揭示推向极致。宫人被召入宫，俗称"承恩"，但实际上她们所承受的所谓"深恩"，便是活着的时候长守离宫寂寞凄凉的岁月，一辈子见不到家人的面；即使死后，也只能在宫人斜的累累荒冢中埋骨，根本回不了故乡。这是对封建专制时代宫嫔制度反人道本质的深刻揭露，感情激愤而沉痛，但在表达上并不剑拔弩张，而是用了反讽意味很重却又反言若正的"恩深"二字，使之与"生死""不到家"构成强烈的对比，从而使这句诗既鞭辟入里、深刻入骨，又深沉含蓄、内敛沉痛，称得上是发人深省的名句。

"云雨今归何处去，黄鹂飞上野棠花。"后幅就宫人斜的眼前景进一步渲染凄凉的氛围。"云雨"用巫山神女的典故，借指宫女的美好容颜身姿，而以"今归何处去"五字设问，唱叹出之，引起下文。黄鹂是春天鸣声最为悦耳的鸟儿，野棠花仲春开放，颜色纯白。黄、白两种明丽的色调，相互映衬，更显出春天的绚丽色彩与生命活力，但它们面对的却是宫人斜的累累荒冢和枯骨。这一强烈的对照，愈显出宫人斜的荒寂凄凉，正所谓"以乐景写哀"，愈显其哀。黄鹂飞鸣，野棠花发，都是自然现象，它们并不解人事，亦无关人间的哀乐，但在这里，却成了宫人悲剧命运的有力衬托。

陈 润

陈润，苏州人，郡望颍川（今河南许昌）。大历五年（770）登明经第，六年中茂才异等科。官终坊州鄌城县尉。润系白居易之外祖。生平见白居易《唐故坊州鄌城县尉陈府君夫人白氏墓志铭并序》、《唐诗纪事》卷三十九。张为《诗人主客图》列其为高古奥逸主孟云卿之及门。《全唐诗》录存其诗八首。《全唐诗逸》补诗一首，佚句四句。《全唐诗续补遗》补一首。

陈
润

宿北乐馆〔一〕

欲眠不眠夜深浅，越鸟一声空山远。
庭木萧萧落叶时〔二〕，溪声雨声听不辨〔三〕。
溪流潺潺雨习习〔四〕，灯影山光满窗入。
栋里不知浑是云〔五〕，晓来但觉衣裳湿。

校注

〔一〕北乐馆，所在未详。据"越鸟"字，似在南方越地。陈润有《题山阴朱征君》诗佚句，可证其到过越州山阴一带。

〔二〕萧萧，此状落叶声。杜甫《登高》："无边落木萧萧下。"

〔三〕听不辨，谓分辨不清。

〔四〕习习，状雨声。

〔五〕栋里，梁栋之间，犹屋内。浑，全。

笺评

1741

钟惺曰："欲眠不眠夜深浅"，作态甚妙。"栋里不知浑是云，晓来但觉衣裳湿。"高、岑森秀之结。（《唐诗归·中唐四》）

沈德潜曰：清幽何减孟襄阳《归鹿门》作，而天然有升降之别，气味有厚薄也。（《重订唐诗别裁集》卷八）

这首短篇七古写夜宿山馆的感受，语言通俗清浅，爽利流畅，似不经意，却意境清幽、韵味隽永，令人神远。

　　这是一个深秋的风雨之夜。首句特意点出感受外界景物的时间："欲眠不眠夜深浅。"夜宿山馆，正当欲眠而尚未眠的恍惚迷离的状态中，也不知道此刻夜深还是夜浅。这样一个特殊的时刻与状态，对外界景物的感受既朦胧又新鲜，别有一种在通常状态下难以领略的情趣。钟惺说此句"作态甚妙"，如果指的是诗人故意作态，恐未必符合实情；但如果指的是诗句的摇曳生姿情趣，则可称具眼。将它置于篇首，尤显出突兀而飘忽的奇趣。

　　以下四句（从"越鸟"句起），纯从听觉角度写夜宿山馆的感受。由于在暗夜，听觉自然成为感知外界事物的主要凭借。而外界景物，又随着时间的推移，有一个变化的过程。一开始，是在万籁俱寂的氛围中，突然传来一声山鸟的啼鸣，越发显示出空山的宁静悠远。说"越鸟"，表明身在越地。这句主要写山馆的幽静，而所用的手法则是以动衬静，以声示寂，也就是"鸟鸣山更幽"的境界。

　　过不久，山间刮起了风，庭院中的树叶萧萧飘零，使山馆中不眠的旅人感到一种萧瑟的秋意。风是雨的先兆，紧接着，下起了淅淅沥沥的秋雨，雨越下越大，山间的小溪很快涨满，雨声簌簌，溪声溅溅，浑成一片，听不清哪是溪声，哪是雨声。这正是由萧萧落叶、飒飒秋雨、潺潺溪流带来的风声、雨声、溪声组成的一支山馆雨夜交响曲。字里行间，渗透夜宿山馆的诗人对这种境界愉悦的审美享受。

　　第五句从听觉角度再补写一笔——"溪流潺潺雨习习"，初看似与第四句有些重复，细味方知四、五两句之间有一个从"不辨"到"辨"的过程。盖诗人初则闻雨声、溪声浑为一片，继则方分辨出"溪声"之"潺潺"与"雨声"之"习习"。从中正反映出诗人侧耳细听，终于发现其间区别的欣喜之情。至此听觉角度的描绘渲染已臻淋漓尽致，第六句忽转笔从视觉角度来写："灯影山光满窗入。"这句所描绘的是一个极具光感、色感和动感的充满诗情画意的境界。室内点着灯，由于风雨交加，故灯影摇曳不定，室外的山色在灯影映照下，闪烁明灭，似乎要涌入室中。"满窗入"三字，是说本来静止不动的山光似乎要排窗而入，使整个室内充满美好的山光。可以说是借"灯影"将"山光"写活了。这种境界，在其他诗人的诗中似乎还很少出现过。

"栋里不知浑是云，晓来但觉衣裳湿。"七、八两句，又转从触觉角度写，雨夜雾气弥漫，梁栋之间全是云雾缭绕，但在暗夜，并没有察觉，故说"栋里不知浑是云"。一觉醒来，天已破晓，只感到衣裳上湿漉漉的，这才知道昨夜馆内竟是一片云雾弥漫缭绕的景象。从晓来"方觉"推知昨夜的情景，使诗境更富想象，也更具摇曳的情致。

全诗从听觉、视觉、触觉等多种角度描绘了诗人夜宿山馆的一个较长时间过程中对外界景物、氛围的丰富感受。从夜间空山鸟鸣的幽静悠远之境，到风声萧萧、落叶飘零的凄清之境，再到雨声、溪声浑然一片的杂沓之境，灯影山光映照摇曳的奇美之境，晓来衣湿方觉夜间云雾满屋的追思之境，虽角度不同，境界屡换，但都具有清新幽美的共同特征。诗人是写"夜宿"山馆的视听感受，更是写他一夜所经历的丰富审美享受。

陈
润

戴叔伦

戴叔伦（732—789），字幼公，一字次公，润州金坛（今属江苏）人（梁肃《戴叔伦神道碑》："公讳融，字叔伦，谯国人。"与墓志异）。天宝年间师事萧颖士。约至德二载（757）至广德二年间（764）登进士第。后为刘晏举荐，授秘书省正字。大历后期因刘晏表荐，以监察御史里行出任湖南转运留后，大历末调河南转运留后。前后在漕运任十一年。建中元年（780）刘晏被贬，叔伦出为东阳令。四年入江西节度使李皋幕为判官，后守抚州刺史。贞元二年（786）辞官还乡，四年授容州刺史、容管经略使。五年四月以疾受代，六月，北还途中卒于端州。《新唐书·艺文志》著录其《述稿》十卷，已佚。《全唐诗》编其诗二卷，其中多掺入历代伪作。经明胡震亨及岑仲勉、富寿荪、傅璇琮、蒋寅诸学者考证，可确定的伪作达五十六首，可确信的戴作一百八十四首，另有六十首真伪待定。蒋寅有《戴叔伦诗集校注》考辨甚详。

女耕田行〔一〕

乳燕入巢笋成竹〔二〕，谁家二女种新谷？无人无牛不及犁〔三〕，持刀斫地翻作泥〔四〕。自言家贫母年老，长兄从军未娶嫂。去年灾疫牛囷空〔五〕，截绢买刀都市中〔六〕。头巾掩面畏人识，以刀代牛谁与同〔七〕。姊妹相携心正苦〔八〕，不见路人惟见土〔九〕。疏通畦垄防乱苗〔一〇〕，整顿沟塍待时雨〔一一〕。日正南冈下饷归〔一二〕，可怜朝雉扰惊飞〔一三〕。东邻西舍花发尽，共惜馀芳泪满衣〔一四〕。

校注

〔一〕此诗写两位农村青年女子因家贫母老，兄长从军，无牛耕田，只能用刀代牛翻耕土地。系自拟新题乐府七言歌行体，作年不详。

〔二〕乳燕，当年出生的雏燕。乳燕入巢与春笋长成新竹，表明季候已到暮春耕种的最后时节。

〔三〕无人，指无男性丁壮，参下"长兄从军"句。不及犁，不能及时翻耕田地。

〔四〕斫，砍。

〔五〕牛圈，犹牛栏。

〔六〕截绢买刀，从织机上裁下一段绢来买刀。据《新唐书·食货志》，当时市场交易，绢与钱同时流通使用。

〔七〕谁与同，跟谁一起耕田呢？言无人同耕。

〔八〕相携，相互搀扶。

〔九〕因终日低头以刀翻耕土地，故云。

〔一〇〕畦垄，犹田垄。乱苗，指杂乱生长的禾苗。

〔一一〕塍（chéng），田埂。时雨，应农时而阵的雨。

〔一二〕下饷，正午时收工回家吃饭。

〔一三〕朝雉：《诗·小雅·小弁》："雉之朝雊，尚求其雌。"崔豹《古今注·音乐》："《雉朝飞》者，牧犊子所作也。齐处士，湣、宣时人，年五十，无妻。出薪于野，见雉雄雌相随而飞，意动心悲，乃作《朝飞》之操，将以自伤焉。"此句既是写实，亦兼寓姊妹二人见雉飞而触动嫁娶失时之感。

〔一四〕馀芳，犹残花。亦双关迟暮年华。

戴叔伦

笺评

唐汝询曰：情苦而不逸，闺情之浑雅者。（《汇编唐诗十集》）

贺裳曰：此诗语真而气婉，悲感中仍带勉励，作劳中不废礼防，真有女士之风，禅益风化。张司业得其致，王司马肖其语，白少傅时或得其意，此殆兼三子之长而先鸣者也。（《载酒园诗话又编·戴叔伦》）

沈德潜曰：末二句一衬，愈见二女之苦，二女之正。（《重订唐诗别裁集》卷八）

乔亿曰：女耕，纪异也。叙致曲折含情。末幅以牧犊之感，寓《摽梅》之思，巧合天然，有悯其过时不采者矣，是风人之义也。（《大历诗略》卷六）

1745

王闿运曰：引"朝雉"，则心在路人，殊乖。诗乖又无益处，幼公不当如此。（"可怜朝雉"句下评）（《手批唐诗选》）

大历诗歌中有不少感时伤乱、感慨乱离之作，戴叔伦也有这类题材的佳作。如《过申州》《除夜宿石头驿》等。但大历诗人却很少关注民生疾苦，特别是具体描绘农民（尤其是农村妇女）疾苦的诗作。在这方面，戴叔伦的《女耕田行》无论是在选材的独特新颖和描写的细致生动上都相当出色。

反映长期战乱对农村的破坏和对农民生活的严重影响，是时代的主题。戴叔伦的这首诗之所以新颖独特，首先是在于选取了一个带有突出时代特征的题材——长期战乱造成农村男子丁壮的稀少而不得不由妇女来担当繁重的农耕任务。同时又特意选用了七言乐府歌行这一便于展开叙述描绘的体裁，从而使这首诗以其鲜明的时代色彩和艺术上的独创性独步于大历诗坛。

"乳燕入巢笋成竹，谁家二女种新谷？无人无牛不及犁，持刀斫地翻作泥。"开头四句，以写景点季候节令起，随即入题，点明两位年轻女子用刀斫泥耕田种谷的突出现象。"乳燕入巢"，说明今年新生的幼燕已经会飞，自由地出巢归巢。"笋成竹"，表明新笋已脱去箨叶长成翠竹。这两种景象都充满了春天的生机与活力，同时也表明一年中最繁忙的春耕季节已进入尾声。"谁家二女种新谷"，是诗人以路人的眼光注意到这一特殊的现象，故以设问语出之，口吻中自含一种不解和疑问。接下来两句进一步写二女种新谷的艰难困苦之状。家里既没有男丁，又没有耕牛，所以不能及时犁田，但季节不等人，只好由两位年轻女子拿着刀一下一下地砍碎泥土翻耕土地。女子耕田，已反男耕女织的传统，更何况是无牛可犁，仅凭砍刀一寸一寸地挖土再将它敲碎成泥！其劳动之艰苦，速度之缓慢，时间之漫长以及难以忍受的程度都超乎常人的想象。诗人虽只以平常的语气口吻道出，但目击此种景象时内心的悲悯与感慨却自可体味。

"自言家贫母年老，长兄从军未娶嫂。去年灾疫牛圈空，截绢买刀都市中。"这四句是对二女以刀耕田的原因的说明，也是对农民困绝境况的深刻揭示。"自言"二字点出以下四句均为二女对诗人的回答。家既贫母又老，兄从军未娶嫂，是承上说明"无人"的，也透露出是战争服役导致家无男丁，春耕困难；更何况去年又遇灾疫，耕牛病死，牛栏一空，这是说明"无牛不及犁"的，也反映出农民在战乱、天灾的双重灾难前无以为生的困绝之境。这就自然引出了"截绢买刀都市中"，家贫无钱，只能从织机上截一段绢去市上买刀来耕田，从而回应了"持刀斫地翻作泥"这种比最原始的耕作方式还要原始的疑问，揭示了二女以刀斫地耕田的时代社会根源。以下，便转入对两位耕田女子悲苦身世命运与内心感情的描写。

"头巾掩面畏人识，以刀代牛谁与同。"这两句写青年女子的悲苦心情。上句通过一个具有特征性的细节透露两位未嫁青年女子抛头露面从事艰苦耕作时羞于见人的心理和遮遮掩掩的情态，下句则是她们内心痛苦而无奈的叹息。"以刀代牛"四字，实际上是以人代牛，而且是以弱女代牛，惨痛至极却只以叹息出之，倍觉伤情。

"姊妹相携心正苦，不见路人惟见土。"由于家无男丁，贫困无奈，以刀耕田，故只能姊妹二人相伴相依；"心正苦"三字绾结上下，贯穿全篇，而"不见路人唯见土"七字则是极富蕴含的素描。由于"畏人识"和羞涩，也由于以刀斫土需深深弯腰，更由于进程缓慢不敢稍事休息，故终日不见路人，唯见黄土。极素朴的语言表现出极困苦的劳作、极悲苦的心情，堪称白描高手。

"疏通畦垄防乱苗，整顿沟塍待时雨。"这两句是对"耕田"劳作之繁重细致的进一步描写。姊妹两人不仅要用刀翻耕田地，种上谷物，而且要细致地疏通整顿田垄沟埂，防止日后乱苗丛生，便于等待时雨浇灌。尽管是女子，其耕作的繁重、劳动的细致丝毫不亚于强壮的男丁，其付出的艰辛不用说倍增于男丁。"防""待"二字，着眼于禾苗将来的顺遂生长和最终的收成。写到这里，"耕""种"事毕，最后四句，转笔写她们的悲苦命运和内心感慨。

"日正南冈下饷归，可怜朝雉扰惊飞。"姊妹二人，从清晨到正午，一直在田间辛勤耕种，直至太阳正直射南冈时才精疲力尽地回家吃晌午饭。她们走动的时候，惊扰了早晨就静悄悄地停宿在那里的野雉，双双飞起惊鸣。这似乎是即景描写，以野雉的悠闲反衬姊妹的辛勤忙碌；又像是用典，以雉之双宿双飞反衬她们的孤单无侣，透露她们的"意动心悲"，但后一层意蕴，表现得非常含蓄。句首的"可怜"二字，微露端绪。这正是"有意无意之间"的"兴"。

"东邻西舍花发尽，共惜馀芳泪满衣。"结尾两句，写姊妹回到家中，只见在正午艳阳的照耀下，东邻西舍的繁茂的春花都已尽情开放，目睹此景，触动自己青春将逝的情怀，不禁泪满衣襟。"馀芳"含义双关，既指花开尽时的余香，又象征即将消逝的青春年华。"共惜馀芳"的姊妹，既为春花之尽发而悲，更为自己的青春年华在辛苦沉重的田间耕作中黯然消逝而悲。即景生慨，又即景寓情，二者妙合无垠，这个结尾，音情摇曳，余波荡漾，情景交融，兼具明朗与含蓄之美。

　　年轻女子的怀春伤春意绪，是诗歌特别是后来的词中最常见的主题。但自《诗·豳风·七月》以后，还很少有将这种情绪与农家女子的辛勤耕作、悲苦命运结合起来，而且表现得如此朴素真切的诗例。戴叔伦这首诗，不但以反映战乱给百姓造成的疾苦成为此后中唐元和时期新乐府潮流的先导，而且在反映农家青年女子的悲苦命运上也是富于创造性的佳构。

除夜宿石头驿〔一〕

旅馆谁相问〔二〕，寒灯独可亲。
一年将尽夜，万里未归人〔三〕。
寥落悲前事，支离笑此身〔四〕。
愁颜与衰鬓〔五〕，明日又逢春〔六〕。

校注

〔一〕石头驿，在今江西新建县赣江西岸。《水经注·赣水》："赣水又迳豫章郡北为津步，步有故守贾萌庙……水之西岸有盘石，谓之石头，津步之处也。"《通鉴·大历十年》考异："石头驿，在豫章江之西岸。"《全唐诗》校："一作石桥馆。"按：《文苑英华》卷一百五十八题作《除夜宿石头馆》。

〔二〕相问，问候，慰问。《论语·雍也》："伯牛有疾，子问之。"

〔三〕梁武帝《子夜四时歌·冬歌》："一年漏将尽，万里人未归。"三、四二句化用其语意。

〔四〕支离，流离、流浪。杜甫《咏怀古迹五首》之一："支离东北风尘际，飘泊西南天地间。"

〔五〕愁，《文苑英华》作"衰"；衰，《文苑英华》作"愁"。

〔六〕又，《文苑英华》作"去"。

笺评

方回曰：此诗全不说景，意足辞洁。（《瀛奎律髓》卷十六）

顾璘曰：千古绝唱。正不在多，亦不在险。又曰：句句含情。（《批点唐音》）

谢榛曰：观此体轻气薄，如叶子金，非锭子金也。凡五言律，两联若纲目四条，辞不必详，意不必贯。此皆上句生下句之意，八句意相联属，中无罅隙，何以含蓄？颔联虽曲尽旅况，然两句一意，合则味长，离则味短。晚唐人多此句法。遂勉更六句云："灯火石头驿，风烟扬子津。一年将尽夜，万里未归人。萍梗南浮越，功名西向秦。明朝对清镜，衰鬓又逢春。"举座鼓掌曰："如此气重体厚，非锭子金而何！"按：此前尚有一段云："（徐）汝思曰：'闻子能做古人之作为己稿，凡作有疵而不佳者，一经点窜则浑成……如戴叔伦《除夜宿石头驿》诗……可能搜其疵而正其格欤！'"故谢氏有此评改。又曰：梁比部公实曰："崔涂《岁除》诗云：'乱山残雪夜，孤灯异乡人。'观此羁旅萧条，寄意言表，全章老健，乃晚唐之出类者。戴叔伦《除夜》诗云：'一年将尽夜，万里未归人。'此联悲感久客，宁忍诵之！惜通篇不免敷衍之病。"（《四溟诗话》卷三）

胡应麟曰：司空曙"乍见翻疑梦，相悲各问年"，戴叔伦"一年将尽夜，万里未归人"，一则久别乍逢，一则客中除夜之绝唱也。李益"问姓惊初见，称名忆旧容"，绝类戴作，皆可亚之。（《诗薮·内编》卷四）

胡震亨曰：戴句原出梁简文"一年夜将尽，万里人未归"，但颠倒用之，而字无一易。（《唐音癸签》卷十一）

唐汝询曰：人之兴感，莫过于除夕；除夕之感，莫过于客中。今旅馆悄然，独寒灯可亲耳。此夜此人，殆难为怀，况万事零落，一身支离，衰谢逢春，愈难堪矣。（《唐诗解》卷三十八）

徐充曰："谁"字、"独"字，自然照应。（《删补唐诗选脉笺释会通评林·中五律》引）

吴山民曰：次联翻古，却健。（同上引）

周珽曰：他乡除夕，举目无亲，孤馆寥寥，寒灯闪闪，人生最所难堪者。此时痛往事之积非，觉病身之散漫。"愁颜""衰鬓"，谁不增感！玩尾句"又"字，有深意。（同上引）

郭濬曰：情至深处，反极淡，三、四口头语，竟成绝唱。（《增定评注唐诗正声》）

许学夷曰：茂秦（谢榛）好窜易古人诗句，果于自信。如……杜子美《少年行》、戴叔伦《除夜宿石头驿》、皎然《啼猿送客》、郑谷《淮上与友

1749

人别》，不免点金成铁矣。（《诗源辩体》卷三十五）

邢昉曰：言情刻露，无盛唐浑厚气。（《唐风定》卷十四）

黄周星曰：每至除夕时，往往闻人诵此诗，辄为潸然，若旅中尤觉难堪。（《唐诗快》）

盛传敏曰：次联须一贯诵下，令人中怀恻然，通德掩鬌，将无同悲乎！（《碛砂唐诗纂释》）

贺裳曰：近世谢山人茂秦尤喜改古人诗……戴叔伦《除夜宿石头驿》……首联写客舍萧条之景。次联呜咽自不待言。第三联不胜俛仰盛衰之感，恰与"衰鬓""逢春"紧相呼应，可谓深得性情之分。反谓"五言律两联若纲目四条，辞不必详，意不必贯。八句意相联属，中元罅隙，何以含蓄！"遂改为"灯火石头驿，孤烟扬子津。一年将尽夜，万里未归人。萍梗南浮越，功名西向秦。明朝对青镜，衰鬓又逢春。"只顾对仗整齐，堆垛排挤，有词无意，何能动人！真所谓胶离朱之目也。（《载酒园诗话·改古人诗》）又曰：崔涂、张乔、张蠙皆有入情之句，如崔《除夜有感》："迢递三巴路，羁危万里身。乱山残雪夜，孤烛异乡人。渐与骨肉远，转于僮仆亲。那堪正飘泊，明日岁华新？"读之如凉雨凄风飒然而至。此所谓真诗，正不得以晚唐概薄之。按崔此诗尚胜戴叔伦作。戴之"一年将尽夜，万里未归人。寥落悲前事，支离笑此身"已自惨然。此尤觉刻肌砭骨。（同上引又编）

徐增曰："旅馆谁相问"，是无人在侧，一问度岁之况。"寒灯独可亲"，只有一寒灯相对。"亲"字妙。灯却对我，我却不堪对灯。但旅馆迫窄，无一步可移之处，只得向灯而坐，似觉可亲。"一年将尽夜，万里未归人。"此十字真使人堕泪。若谓在他日他夜，倒也罢了。独今夕是除夜，除夜应该在家，而却在万里之外，所以无人相问，与灯亲近也。"寥落悲前事"，因此寂寥，腹中车轮转，提着前日已往之事，为之生悲。"支离笑此身"，殊觉此身，支支离离，无处安放，不免又要好笑，所谓哭不得反笑了。"愁颜与衰鬓"，愁则容颜憔悴，衰则鬓毛斑白，全然看不得。"明日又逢春"，索性是除夜也罢了，明日新春，却只是这个颜鬓，如何而可。以"明日"结，妙。此是出路法，不可不知。（《而庵说唐诗》卷十五）

吴昌祺曰：句中则不免于诞，犹胜"舍弟江南没"二句。（《删订唐诗解》）

何焯曰：结浑成。（《瀛奎律髓汇评》引）

唐诗选注评鉴（三）

沈德潜曰：应是万里归来，宿于石头驿，未及到家也。不然，石城与金坛相距几何，而云"万里"乎！（《重订唐诗别裁集》卷八）按：沈氏以题内"石头驿"为石头城之驿，故有此语。

屈复曰：三联不开一笔，仍写愁语，此所以不及诸大家。若写石头驿景，可称合作。古诗"一年夜将尽，万里人未归"，此唯倒一字，精神意思顿尔不同，如李光弼将郭子仪之军也。（《唐诗成法》）

乔亿曰：诗极平易而真至动人，故多能口诵之。（《大历诗略》卷六）

宋宗元曰：（"一年"二句）何等自然，却极清切。（《网师园唐诗笺》）

范大士曰：结好。（《历代诗发》）

吴瑞荣曰：为礼山蓝本，要其稳重胜于后贤。（《唐诗笺要》）

刘文蔚曰：除夜之感，莫胜于旅馆寒灯之下。盖一年将尽，万里未归，已觉无聊，况万事寥落，此身支离，衰谢逢春，犹难矣。（《唐诗合选详解》卷六）

吴汝纶曰：五、六能撑起，大家所争，正在此处。又曰：此诗真所谓情景交融者，其意态兀傲处不减杜公。首尾浩然一气舒卷，亦大家魄力。谢茂秦乃妄删改，真可笑也。（《唐宋诗举要》卷四引）

王文濡曰：前半写题已足，后半作无聊语，而以"明日"一结，寻出路法，便不索然。（《历代诗评注读本》）

这首诗收入高仲武编选的《中兴间气集》，此集收诗下限为大历十四年。故戴氏此诗当作于大历十四年之前的某年除夕。诗当是奉使外出宿石头驿时所作。

除夕思归诗与节俗心理密切相关。中国传统节俗之中，中秋与除夕都是家人团聚的节日，尤以除夕更为全家所有成员所重视。时至今日，此风仍深入每一个中国人的心灵世界。古代交通远不如今日发达，外出远宦远游的人除夕回不到故乡与家人团聚是常有的事，因此写除夜旅宿孤寂怀乡思亲的诗屡见不鲜，唐诗中这类题材的佳作，除本篇外，像高适的《除夜作》、崔涂的《巴山道中除夜书怀》都是历代传诵的佳作。这首诗的独特之处，在于它抒发除夜旅宿的孤寂凄凉之感的同时，织入了身世、时世之感，使它的内容超越一般的游子思归怀亲之情，而折射出时代乱离的面影。

"旅馆谁相问，寒灯独可亲。"首句劈头以沉重的慨叹起，似乎有些突如其来，却与"除夜"旅宿的特定时间、情景密切相关。平常的日子，哪怕是其他节令，驿馆内总会有过客住宿，独有除夜，不但一般情况下不会有旅客住宿，恐怕连驿馆的工作人员也早早回家与家人团聚了，因此这空荡荡的石头驿便显得特别凄清孤寂，不要说有人相伴对谈，连人慰问一下除夕独处是否孤寂也没有。"谁相问"这一声发自心底的叹息，将诗人那种仿佛被抛弃在荒岛上的空寂感生动地传达出来了。孤子无依，独对寒灯，按说当更倍感心头的冷寂，那在寒风凛冽中明灭闪烁的孤灯通常也给人带来凛寒之感，但诗人却一反常情，说"寒灯独可亲"。这是因为寒灯虽"寒"，但毕竟可与孤寂的诗人相对，伴他度过这浸长而孤清的除夜，那一点闪烁的灯火，有时也能给诗人带来些许暖意，使他不至沉入无边的孤寂与黑暗之中，因此反而感到它"独可亲"了。说"寒灯独可亲"，正透露出在这旅宿石头驿的除夜，除此之外，一无可亲之物，相伴之人。"独"字应上"谁"字，"独可亲"三字，在仿佛有些许欣慰中正传出惨然的意绪。

"一年将尽夜，万里未归人。"颔联上句紧扣题内"除夜"，下启"明日又逢春"，下句紧扣"宿石头驿"，点明自己旅泊未归。"万里"字只言离家遥远，不必拘泥，像唐汝询那样，说"幼公家于润，去石头不远，而曰万里未归，诗人多诬，不虚哉"（沈德潜仍袭唐说），固缘误考石头驿（在今南京市）；即使新建离金坛，亦不到千里，此类字面，如果较真起来，诗就不能作了。此联向称名联，而实有所本，即梁武帝萧衍《子夜四时歌·冬歌四首》之四的"一年漏将尽，万里人未归"，原诗系女子思念外出未归的男子之作，故接下来有"君志固有在，妾躯乃无依"之语，戴诗只将"漏"字改成"夜"字，其他一字未改，只调换了一下次序，而给人的感觉却有很大区别。关键就在于原诗是两个完整的句子，表达的是一年将尽的除夕，万里之外的男子尚未归来这样一层比较单纯而明显的意思和女子对男子的思念，但改动次序之后的戴诗次联，却是两个带定语的名词短语（即一年将尽之夜，万里未归之人），它们之间既以"未归人"为中心而相互联系，又相互对待，各自独立，从而构成一个概括了悠长时间和广阔空间的意境，使处于其中的这个"未归"之"人"形影愈显孤单寂寞，处境愈加冷寂凄凉，其中又蕴含有诗人对自己在兀兀穷年而漂泊难归身世的无穷感怆，创造出一种"无字处皆其意"的境界。谢榛批评此诗"八句意相联属，中无罅隙，何以含蓄"，实在是未细体诗境所致。

"寥落悲前事，支离笑此身。"颔联于广远的时空境界中已暗合身世漂泊之慨，腹联便将抒情的重点自然转到这方面来。"寥落"一语，评家多忽略未加解释。按"寥落"有稀少、衰落、冷落诸义，此处所用当为"稀少"之义，白居易《自河南经乱》诗"田园寥落干戈后，骨肉流离道路中"之"寥落"正其义，亦即所谓"时难年荒世业空"之意。戴氏所谓"寥落悲前事"，当亦指安史乱起及永王兵乱，他随亲族逃难至江西鄱阳，家中产业田园受到损失，寥落稀疏之事，因距此诗之写作时间已较久，故曰"前事"。这既是家事，亦紧密关联着世事。下句"支离"即漂泊之义，亦即杜诗"支离东北风尘际"之"支离"。回想自己这些年来的经历，依人作幕，羁泊飘零，奔波劳顿。直到如今，仍然连除夜都远离故乡亲人，孤处驿馆，如此身世，真让人觉得可怜亦复可笑。"支离笑此身"的"笑"，用故作旷达幽默的口吻笑对自己的身世飘零，其意更加悲怆，与次句"寒灯独可亲"都是表面平淡而蕴蓄深厚的诗句。这一联由眼前除夜旅宿的孤寂凄清进而联想到整个身世经历，其中还蕴含了时代乱离之悲，内容已大大拓广加深，但又没有离开除夜旅宿的境况。

"愁颜与衰鬓，明日又逢春。"因除夜旅宿之孤寂凄清联想到万里之外的家乡亲人，联想到整个流离漂泊的身世，悲愁之情层层加深，故说"愁颜与衰鬓"。而一年将尽，明日又是一年开头的春日。如此憔悴悲苦的形容，面对万象更新的春天，相形之下，更觉难堪。诗写到这里，黯然而收，留下无穷的感慨，读者自可默会。"又"字极富含蓄。万里作客，羁泊飘零，在怀乡思亲中度过除夜已经不是一次了，"明日"所"逢"，又是一个明媚新鲜的春天，而自己却是年复一年地悲愁衰老下去了，"又"字中正含有无限凄凉。

这首诗和同类题材的作品相比，一个突出的特点是全篇均用抒情语而极少作景语，诗中唯一可视为景物描写的"寒灯"，也因下接"独可亲"而成为抒情浓烈的诗句。但通篇弥漫着浓郁的孤寂凄清、怅惘伤感的气氛。这是因为，诗中的情感、悲慨，都离不开除夜旅宿、独对寒灯这个环境。这说明，不但一切成功的景语皆情语，而且一切成功的情语也均蕴含着触发它的客观景物。

过申州〔一〕

万人曾战死〔二〕，几处见休兵。
井邑初安堵〔三〕，儿童未长成。
凉风吹古木，野火入残营〔四〕。
寥落千余里〔五〕，山高水复清。

 注

〔一〕申州，唐淮南道州名。《新唐书·地理志》："申州义阳郡……县三：义阳、钟山、罗山。"天宝元年（742）改为义阳郡，乾元元年复为申州。州治在义阳县，今河南信阳市。诗当作于代宗宝应元年（762）二月之后，参注〔二〕。本篇又见于《全唐诗》卷六百四十九方干诗。按：此诗所写申州残破景象系近事，方干时代与此相距遥远，非是。《文苑英华》卷二百九十三作戴诗。

〔二〕《通鉴·宝应元年》：二月戊辰，"淮西节度使王仲昇与史朝义将谢钦让战于申州城下，为贼所虏，淮西震骇"。"万人曾战死"所指当即此事。

〔三〕井邑，犹市井。《新五代史·南平世家》："荆南节度十州，当唐之末，为诸道所侵，季兴（高季兴）始至，江陵一城而已，兵火之后，井邑凋零。"安堵，犹安居。《史记·田单列传》："即墨即降，愿无虏掠吾族家妻妾，令安堵。"

〔四〕残营，残存的营垒。

〔五〕牢落，萧条冷落貌。左思《魏都赋》："伊、洛榛旷，崤、函荒芜。临菑牢落，鄢、郢丘墟。"

鉴赏

此诗向不为选家、评家所注意，实为大历诗人反映战乱所造成的严重破坏之佳作。

首句凌空而起，直书其事，令人触目惊心，"曾"字表明申州城下，万人战死之事已成过去，似先放一步，次句却逼近一步，转出"几处见休兵"，反映出安史之乱虽于申州之役第二年即告结束，但军阀割据混战、异族乘机入侵、民众聚义反抗之事却连续不断，天下之大，有几处是真正没有战事、百姓得以安居乐业之地呢！这一联从追忆起，高度概括了申州之役以来，战乱不断的局势，感情沉痛激愤，悲慨强烈。

"井邑初安堵，儿童未长成。"颔联从对过去的追忆、回溯到当前，正面写"过申州"所见。那场惨烈的战争已经过去了数年，市井百姓初步得到安居，但儿童们还都很幼小，未曾长大成人。这一联写浩劫后初步恢复的申州市井景象，用笔轻淡，感慨却很深沉。"初"字固然暗透出在和平安定中的冷落萧条，元气未复，"儿童"句更透露出那次万人战死之役百姓惨遭杀戮，连儿童亦不能幸免的惨状。时至今日，连长大的儿童也看不到。诗人虽只直书所见，但寓含的悲慨却极深。写战乱造成的巨大破坏，如此不动声色，又如此深刻，可见诗人的笔力。

"凉风吹古木，野火入残营。"腹联转而写景，但所见均为荒凉萧条景象和战争遗迹。申州是座古城，但如今举目所见，唯有萧瑟的凉风吹动古木，飒飒作响；野火蔓延，进入往日战争时遗留下来的营垒。这一切，无不唤起人们对往日发生在这里的那场惨绝人寰的战争的惨痛记忆。

"寥落千余里，山高水复清。"尾联由申州放眼四野，联及一路经行的千余里中原大地，但见广野漠漠，四望萧条冷落，千山空寂无人，徒有清水长流，而往日这一带人烟稠密、熙攘繁华的景象已不复见了。这一联扩大视野，反映出长期战乱对更广大地区造成的巨大破坏，使诗境得到拓展和深化。

戴叔伦

过三闾庙〔一〕

沅湘流不尽〔二〕，屈子怨何深〔三〕。
日暮秋风起〔四〕，萧萧枫树林〔五〕。

1755

注

〔一〕三闾庙，即屈原庙。在今湖南汨罗县。《史记·屈原列传》："屈原至于江滨，被发行吟泽畔。颜色憔悴，形容枯槁。渔父见而问之曰：'子非三闾大夫与？何故而至此？'"王逸《离骚序》："屈原与楚同姓，仕于怀王为三闾大夫。三闾之职，掌王族三姓，曰：昭、屈、景。"《水经注·湘水》："汨水又西，迳罗县……汨水又西，为屈潭，即汨罗渊也。屈原怀沙自沉于此，故渊潭以屈为名……渊北有屈原庙。"《括地志》："故罗县城在岳州湘阴县东北六十里，春秋时罗子国，秦置长沙郡而为县地。按：县北有汨水及屈原庙。"蒋寅《戴叔伦诗集校注》系此诗于在湖南任转运留后期间。时在大历三年（768）。但建中三年（782）在湖南观察使李皋幕期间作此诗的可能性也不能排除。

〔二〕沅湘，沅水和湘水。流入洞庭湖的两条江。屈原遭放逐后，曾长期流浪于沅、湘间。《离骚》有"济沅湘以南征兮，就重华而陈词"之句。

〔三〕子，《全唐诗》原作"宋"，校："一作子。"兹据改。

〔四〕风，《全唐诗》原非"烟"，校："一作风。"兹据改。屈原《九歌·湘夫人》有"袅袅兮秋风，洞庭波兮木叶下"之句。

〔五〕《楚辞·招魂》："湛湛江水兮上有枫，目极千里兮伤春心，魂兮归来哀江南。"

笺评

顾璘曰：短诗岂尽三闾，如此一结，便不可测。（《批点唐音》）

《唐诗训解》：更是骚思。

黄生曰：言屈原之怨，与沅湘同深，倒转便有味。复妙缀二景语在后，真觉山鬼欲来。（《唐诗摘抄》卷二）

沈德潜曰：忧愁幽思，笔端缭绕。屈原之怨，岂沅湘所能流去耶？发端妙。（《重订唐诗别裁集》卷十九）

乔亿曰：少许胜后人多多许。（《大历诗略》卷六）

李锳曰：咏古人必能写出古人之神，方不负题。此诗首二句悬空落笔，直将屈原一生悲愤写得至今犹在，发端之妙，已称绝调。三、四句但写眼前之景，不复加以品评，格力尤高。凡咏古以写景结，须与其人相肖，方有神致，否则流于宽泛矣。（《诗法易简录》）

施补华曰：并不用意，而言外自有一种悲凉感慨之气。五绝中此格最高。（《岘佣说诗》）

俞陛云曰：前二句之意，与少陵咏《八阵图》"江流石不转"句，皆咏昔贤遗恨，与江水俱长。后二句以"秋风""枫树"为灵均传哀怨之声，其传神在空际。王阮亭《题露筋祠》诗"门外野风开白莲"，不着迹象，为含有怀古苍凉之思，与此诗同意。（《诗境浅说》续编）

刘永济曰：末二句恍忽中如见屈原，暗用《招魂》语，使人不觉。短短二十字，而吊古之意深矣。故佳。（《唐人绝句精华》）

富寿荪曰：上二句破空而来，高唱入云，正以倒装见妙。下二句即景寓情，状灵均幽怨，极苍茫惝恍之致，乃神来之笔。（《千首唐人绝句》）

鉴赏

一篇仅二十字的五绝，抒写对屈原的凭吊之情，显然不可能涉及屈原的生平遭际等具体情事，只能从虚处着笔、空际传神。这首诗的高明之处，就在于将眼前景与屈赋中的典型意象、意境融为一体，创造出一种浓郁的氛围，从而将屈原的怨愤、屈赋中所表现的怨愤和后人对屈原的哀思凭吊之情不着痕迹地形成一个艺术整体。

屈原庙就在湘水支流的汨罗江边，屈原放逐之地就在沅、湘一带，作品中更多次提到沅湘。因此诗的前幅就从眼前的湘水发兴，因湘水而联及沅水，说明诗人在目睹眼前的湘水时已经神游往古，联想到屈原在沅湘一带遭放逐时的经历与创作，从而将滔滔北去、奔流不尽的沅湘和屈原的遭际、感情乃至创作联系起来，这一切，都集中汇成一个"怨"字。正如司马迁在《史记·屈原列传》中所说："屈平正道直行，竭忠尽智，以事其君，谗人间之，可谓穷矣。信而见疑，忠而被谤，能无怨乎？""忠而被谤"的"怨"，正是对屈原生平遭际、思想感情、辞赋创作的集中概括。诗人将"流不尽"而"深"的沅湘与屈原的"怨"联系起来，形象地表现出屈原怨愤的悠长深沉和强烈奔放。不直说屈原之怨如沅湘之悠长和深沉，而是先出现"沅湘流不尽"的画面，再引出"屈子怨何深"，便使前两句不再是一个单纯的比喻，而是由眼前景（也融合了想象中的景）自然触发的联想和诗人的深切追思凭吊之情，那"流不尽"的"沅湘"仿佛成了屈原深沉悠长怨愤的载体，又好像成了屈原怨愤的物化和象征。读者仿佛可以从沅湘的滔滔流水上感受到一股千年缭绕的怨愤之气。这样的艺术效应是单纯的比喻所根本不能达到的。黄生说："言屈原之怨，与沅湘同深，倒转便有味。"虽然看出了"倒转便有味", 却仍然将它的艺术含蕴理解得过于狭窄了。

"日暮秋风起, 萧萧枫树林。"后两句转写祠庙边的景物和环境气氛。日暮时分, 四望苍茫, 秋风起处, 庙边的枫树林萧萧作响, 落叶纷纷。这幅图景, 充满了一种苍茫黯淡、凄清悲凉的情调, 用来表现诗人追思凭吊屈原时哀伤凄凉的情思自然非常适合。但诗的妙处不仅是即景寓情, 而且将屈赋中的有关意象、意境与眼前景自然融合起来。"日暮"的意象,《离骚》中即有"日忽忽其将暮""时暗暗而将罢兮"等句, 其中即寓含对时代的象征意味;"秋风"更有《九歌·湘夫人》中"袅袅兮秋风, 洞庭波兮木叶下"的千古名句作为这一充满萧瑟情调的意象意境的先导; 而"枫树林"的意象则又来自《招魂》的"湛湛江水兮上有枫, 目极千里兮伤春心, 魂兮归来哀江南", 其中寓含了对国家危亡的哀愤和对亡魂的追思哀悼。诗人将这一切有着丰富内涵的屈赋意象意境与眼前景自然融合, 从而使这两句诗不仅仅是出色的环境氛围渲染, 而且能触发读者广远的联想与思绪。楚国国势的昏暗与阽危, 亡国的凄凉, 乃至怀王魂归故国的哀伤, 诗人对前贤的追思凭吊, 都隐现于字里行间, 但又绝不拘泥落实, 只凭读者想象。这样以屈赋写屈吊屈, 即景寓情, 贯串古今, 确实达到了诗艺的极致。

畅　诸

　　畅诸，生卒年不详，汝州（今属河南）人。开元初登进士第。九年（721）中拔萃科。曾任许昌尉。或谓其系畅当弟，误。其年辈早于当，籍贯亦异。生平事迹见《元和姓纂》卷九《四十一漾》、李翰《河中鹳雀楼集序》。《全唐诗》录存其诗一首，其名作《登鹳雀楼》误入畅当诗。

登鹳雀楼〔一〕

迥临飞鸟上〔二〕，高出世尘间〔三〕。
天势围平野，河流入断山。

校注

　　〔一〕鹳雀楼，已见前朱斌《登楼》诗注〔一〕。《全唐诗》原作畅当诗，此盖沿《唐诗纪事》之误。按李翰《河中鹳雀楼集序》云："前辈畅诸，题诗上层，名播前后。山川景象，备于一言。"宋人沈括《梦溪笔谈》卷十五《艺文二》："河中府鹳雀楼三层，前瞻中条，下瞰大河，唐人留诗者甚多，惟李益、王之涣、畅诸三篇能状其景……"畅诸诗曰："迥临飞鸟上，高出世尘间。天势围平野，河流入断山。"彭乘《墨客挥犀》卷二："河中府鹳雀楼，五（当作三）层，前瞻中条，下瞰大河，唐人留诗者甚多。畅诸诗曰：'迥临飞鸟上，高出世尘间。天势围平野，河流入断山。'"敦煌残卷伯三六一九有畅诸《登鹳鹤楼》诗，系八句之五言律："城楼多峻极，列酌恣登攀。迥林飞鸟上，高榭代人间。天势围平野，河流入断山。今年菊花事，并是送君还。"似是此诗原貌。《唐诗纪事》卷二十七始误作畅当诗。岑仲勉《读全唐诗札记》对此有详细考证。

　　〔二〕迥临，犹高临。

　　〔三〕世尘间，犹人世间，亦状其细如微尘。

1759

沈德潜曰：不减王之涣作。（《重订唐诗别裁》卷十九）

黄叔灿曰：王之涣诗上二句实，下二句虚；此诗上二句虚，下二句实。工力悉故。然王诗妙在虚，此妙在实。（《唐诗笺注》）

吴瑞荣曰：与王之涣诗词同妙。"河流入断山"更饶奇致。（《唐诗笺要》）

潘德舆曰：王之涣"白日依山尽"一绝，市井儿童知诵之，而至今崭然如新。畅当诗"迥临飞鸟上"云云，兴之深远，不逮之涣作，而体亦峻拔，可以相亚。（《养一斋诗话》卷九）

刘永济曰：前二句写楼之高，后二句写楼上所见之广。（《唐人绝句精华》）

刘拜山曰：之涣诗寓整对于流走之中，一气呵成，妙有馀味。此诗下二句景象雄阔，固可与"白日依山""黄河入海"媲美，然通体殊伤板直，殆难与王作抗行也。（《千首唐人绝句》）

鉴赏

鹳雀楼为唐代著名登览胜迹，它的出名，固与其所处的"前瞻中条，下瞰大河"的地理形势有关，更由于唐代诗人在登览时留下了一系列杰出的诗篇，其中朱斌、畅诸二作，尤为翘楚。历代诗评家亦多将其相提并论，分析比较。实际上，畅诸的原作很可能是一首五言律体，在流传的过程中，后人因其首尾两联平平，与中间两联不相称，遂截头去尾，成了一首对起对结的五律。这种删改，亦见于高适的《哭梁九少府》（将一首五古的头四句裁成五绝）。这种历代的淘汰删削，体现了诗的艺术生命力之所在，也表明了读者的审美评判力的公正。如果我们把一首诗在流传过程中艺术水平经改动后的提高看作其生命的延续成长，那么我们便可以理直气壮地将改动后的作品作为评判的对象而不必拘泥于它的原始面貌。

前两句写登楼的最高层俯瞰所见，首句突兀而起，说鹳雀楼高临于飞鸟之上。飞鸟翱翔于天空，而楼却高出于飞鸟之上，则其凌空矗立的雄姿可见。这并非夸张的形容，亦非视觉的反差，而是写实。鹳雀楼建于黄河中的小岛上，地势本高，加以楼高三层，在最高层上俯瞰，见飞鸟从楼下掠过；

本很正常，这是我们登上高山或高楼时常见的景象。岑参《与高适薛据同登慈恩浮图》亦云："下窥指高鸟，俯听闻惊风。"可参证。此句系俯瞰近处所见。

次句"高出世尘间"，写俯瞰远处地面所见。蒲州城繁华热闹的街市行人，城外的村庄房舍，田野树木，在诗人的视野中都变得非常细小，这正应验了世间如微尘的说法。这同样是登高俯瞰地面人间的实际感受，其情形与在升高的飞机中望城邑乡村的感觉类似。但这两句却非单纯的客观描绘，从"迥临""高出"词语中，自能体味出诗人在登高俯瞰之际那种居高临下的凌云气势和超凡脱俗的高逸情怀。

"天势围平野"，第三句写登楼远望天地相接的景象。极目四望，圆盖似的整个天空似乎笼盖了广阔的平原田野，一"势"字显示出天宇自高处低垂的态势，给人以一种动态感，而"围"字则展现出一种四面围合的形象感。这种感受，只有登高四顾，而所处之地又正在大平原附近地区才会产生。

"河流入断山"，末句是登楼顺着黄河奔流的方向远眺时所见的景象。奔腾咆哮的黄河由楼前流过，挟巨浪滚滚而去，诗人的目光也一直送着它远去，直到它流入中条山与华山之间的山峡，掉头东去，隐没不见为止。"入断山"三字极为准确形象，也极富气势力量。黄河冲决一切的伟力仿佛劈断了本来连成一体的山脉，使之成为河东、河西夹岸对峙的两山，而滔滔巨浪则穿峡而去。诗人的目光虽止于断山，而诗情和想象仍随河流远去。故此句与上句虽系写实，但实中寓虚，读者从中仍可感受到一种笼盖宇宙的气势和冲决奔腾的力量。

畅

诸

武元衡

武元衡（758—815），字伯苍，河南府缑氏（今河南偃师南）人。建中四年（783）登进士第。累辟使府。贞元二十年（804）迁御史中丞。元和二年（807）拜门下侍郎、同平章事。十月出为剑南西川节度使。八年征还复拜门下侍郎、同平章事。十年六月，因力主讨伐藩镇，为淄青节度使所遣刺客刺杀。张为《诗人主客图》列其为瑰奇美丽主。有《临淮集》十卷，今佚。《全唐诗》编其诗为二卷。

春　兴 〔一〕

杨柳阴阴细雨晴，残花落尽见流莺。

春风一夜吹乡梦〔二〕，又逐春风到洛城〔三〕。

校注

〔一〕春兴，因春天的景物引发的情思。

〔二〕乡，《全唐诗》原作"香"，据《唐诗品汇》卷五二改。

〔三〕又，《全唐诗》原作"梦"，校："一作又。"兹据改。

笺评

谢榛曰：诗有简而妙者……亦有简而弗佳者……武元衡"梦逐春风到洛城"，不如顾况"归梦不知湖水阔，夜来还到洛阳城"。（《四溟诗话》卷二）

贺裳曰：诗有同出一意而工拙自分者。如戎昱《寄湖南张郎中》曰："寒江近户漫流声，竹影当窗乱月明。归梦不知湖水阔，夜来还到洛阳城。"与武元衡"春风一夜吹乡梦，又逐春风到洛城"，顾况"故国此去千余里，春梦犹能夜夜归"同意，而戎语为胜。以"不知湖水阔"五字，有搔头弄姿之态也。（《载酒园诗话》卷一）

黄叔灿曰：旅情黯黯，春梦栩栩，笔致入妙。（《唐诗笺注》）

俞陛云曰：诗言春尽花飞，风吹乡梦。虽寻常意境，情韵自佳。三、四句"乡梦""春风"，循环互用，句法颇新。与金昌绪"打起黄莺儿"诗，同是莺啭梦回，语皆婉妙。明末柳线女史诗"今夜春江又花月，东风吹梦小长干"，用意与武诗同，其神韵皆悠然不尽也。（《诗境浅说》续编）

富寿荪曰：通首写因春梦而动归思，笔致空灵蕴藉。末句标出"又"字，则思乡之切，入梦之频，俱在言外。（《千首唐人绝句》）

鉴赏

唐代诗人写过许多出色的思乡之作。悠悠乡思，常因特定的情景所触发，又往往进一步发展成为悠悠归梦。武元街这首《春兴》，就是春景、乡思、归梦三位一体的佳作。

题目"春兴"，指因春天的景物而触发的感情。诗的开头两句，就从春天的景物写起。

"杨柳阴阴细雨晴，残花落尽见流莺。"这是一个细雨初晴的春日。杨柳的颜色已经由初春的鹅黄嫩绿转为一片翠绿，枝头的残花已经在雨中落尽，露出了在树上啼鸣的流莺。这是一幅典型的暮春景物图画。两句中"雨晴"与柳暗、花尽与莺现之间又存在着因果联系——"柳色雨中深"，细雨的洒洗滋润，使柳色变得深暗了；"莺语花底滑"，落尽残花，方露出流莺的身姿，从中透露出一种美好的春天景物即将消逝的意蕴。异乡的春天已经在柳暗花残中悄然逝去，故乡的春色此时想必也凋零阑珊了吧。那漂荡流转的流莺啼鸣，更容易触动羁泊异乡的情怀。触景生情，悠悠乡思便不可抑止地产生了。

"春风一夜吹乡梦，又逐春风到洛城。"这是两个出语平易自然，而想象却非常新奇、意境也非常美妙的诗句。上句写春风吹梦，下句写梦逐春风，一"吹"一"逐"，都很富有表现力。它使人联想到，那和煦的春风，像是给入眠的思乡者不断吹送故乡春天的信息，这才酿就了一夜的思乡之梦。而这一夜的思乡之梦，又随着春风的踪迹，飘飘荡荡，越过千里关山，来到日思夜想的故乡——洛阳城（武元衡的家乡就在洛阳附近的缑氏县）。在诗人笔下，春风变得特别多情，它仿佛理解诗人的乡思，特意来殷勤吹送乡梦，为乡梦做伴引路；而无形的乡梦，也似乎变成了有形的缕缕丝絮，抽象的主观情思，完全被形象化了。

不难发现，在整首诗中，"春"扮演了一个贯串始终的角色。它触发乡思，引动乡梦，吹送归梦，无处不在。由于春色春风的熏染，这本来不免带有伤感怅惘情调的乡思乡梦，也似乎渗透了春的温馨明丽色彩，而略无沉重悲伤之感了。诗人的想象是新奇的。在诗人的意念中，这种随春风而生、逐春风而归的梦，是一种心灵的慰藉和美的享受，末句的"又"字，不但透露出乡思的深切，也流露了诗人对美好梦境的欣喜愉悦。

这首诗所写的情事本极平常：看到暮春景色，触动了乡思，在一夜春风的吹拂下，做了一个还乡之梦。而诗人却在这平常的生活中提炼出一首美好的诗来，在这里，艺术的想象起了决定性的作用。

权德舆

权德舆（759—818），字载之，秦州陇城（今甘肃秦安）人，其父皋于安史乱初徙家润州丹阳（今属江苏）。历佐幕府，贞元八年（792）入朝为太常博士，迁左补阙，十年，任起居舍人兼知制诰。历司勋郎中、中书舍人。十八年任礼部侍郎，三掌贡举。元和初历兵部、吏部侍郎。元和五年（810），自太常卿拜礼部尚书、同中书门下平章事，八年出为东都留守。十一年冬任山南西道节度使。十三年因病乞还，卒于归途。今存《权载之文集》五十卷。《全唐诗》编其诗为十卷。两《唐书》有传。

岭上逢久别者又别〔一〕

十年曾一别，征路此相逢。
马首向何处？夕阳千万峰。

校注

〔一〕岭上，指五岭中某一岭（可能是大庾岭）上。德舆贞元二年（786）曾以大理评事摄监察御史充江西观察使李兼判官。此诗或是年秋冬间作。因八年已召为太常博士。

笺评

《评注精选诗学津梁》：此诗从别时着想，末句言别后不可见也。

冒春荣曰：以十字道一事者，拙也，约之以五字则工矣。以五字道一事，拙也，见数事于五字则工矣。如韦应物"浮云一别后，流水十年间"，权德舆则以"十年曾一别"尽之……此所谓炼也。炼句不如炼意也。

（《葚原诗说》卷一）

这首小诗，用朴素的语言写一次久别重逢后的分别。通篇淡淡着笔，不事雕饰，而平淡中蕴含深永的情味，朴素中自有天然的风韵。

前两句淡淡道出双方"十年"前的"一别"和今日的"相逢"。从诗题泛称对方为"久别者"看来，双方也许并非挚友。这种泛泛之交间的"别"与"逢"，按说"别"既留不下深刻印象，"逢"也掀不起感情波澜。然而由于一别一逢之间，隔着十年的漫长岁月，自然会引发双方的人事沧桑之感和对彼此今昔情景的联想。所以这仿佛是平淡而客观的叙述就显得颇有情致了。

这首诗的重点，不是抒写久别重逢的感慨，而是重逢后又一次匆匆别离的感触。他们在万山攒聚的岭上和夕阳斜照的黄昏偶然重逢，又匆匆作别，诗人撇开"相逢"时的一切细节，直接从"逢"跳到"别"，用平淡而富于含蕴的语言轻轻托出双方欲别未别、将发未发的瞬间情景："马首向何处？夕阳千万峰。"征路偶然重逢，又即将驱马作别。马首所向，是莽莽的群山万壑，西斜的夕照正将一抹余光投向峭立无语的群峰。这是一幅在深山夕照中悄然作别的素描。不施色彩，不加刻画，没有对作别双方表情、语言、动作、心理作任何具体描绘，却自有一种令人神远的意境。千峰无语立斜阳，境界静寂而略带荒凉，使这场离别带上了黯然神伤的意味。马首所向，千峰耸立，万山攒聚，正暗示着前路漫漫。在夕阳余照、暮色朦胧中，更给人一种四顾苍茫之感。这一切，加上久别重逢，旋即又别这样一个特殊的背景，就使得这情景无形中带有某种象征意味。它使人联想到，在人生征途上，离和合，别与逢，总是那样偶然，又那样匆匆，一切都难以预期。十年前的偶然一别，不曾预想到十年后有此偶然的重逢；今日重逢后的匆匆又别，更不知十年后彼此是否再有相逢的机缘。诗人固然未必要借这场离别来表现人生道路的哲理，但在面对"马首向何处？夕阳千万峰"的情景时，心中怅然若有所思则是完全可以体味到的。第三句不用通常的叙述语，而是充满咏叹情调的轻轻一问；第四句则宕开写景，以景结情，正透露出诗人内心深处的无穷感慨，加强了世路茫茫的情味。可以说，三、四两句正是诗人眼中所见与心中所感的交会，是一种"此中有真意，欲辩已忘言"的境界。

值得玩味的是，诗人还写过一首内容与此极为相似的七绝《馀干赠别张十二侍御》："芜城陌上春风别，干越亭边岁暮逢。驱车又怆南北路，返照寒江千万峰。"两相比较，七绝刻画渲染的成分显著增加了（如"芜城陌""春风别""岁暮逢""寒江"），浑成含蕴、自然真切的优点就很难体现。特别是后幅，五绝以咏叹发问，以不施刻画的景语黯然收束，浑然一体，含蕴无穷；七绝则将第三句用一般的叙述语来表达，且直接点出"怆"字，不免嫌于率直发露。末句又施刻画，失去自然和谐的风调。两句之间若即若离，构不成浑融完整的意境。从这里，可以进--步体味到这首五绝平淡中蕴含深永情味、朴素中具有天然风韵的特点。

权
德
舆

李 益

李益（746—829）〔一〕，字君虞，陇西狄道（今甘肃临洮）人。大历四年（769）登进士第，同年再中超绝科，翌年又中主文谲谏科，授河南府参军，转华州郑县主簿。秩满为渭南县尉。后山南东道、鄜畤、邠郊皆以管记之任请，由监察、殿中、历侍御史，自书记、参谋为节度判官。贞元十三年（797）入幽州节度使刘济幕为营田副使，检校吏部员外郎，迁检校考功郎中，加御史中丞。元和元年（806）征拜都官郎中，进中书舍人，出为河南少尹。约七年入为秘书少监，兼集贤学士，转太子右庶子、左庶子，官至右散骑常侍。大和元年（827）以礼部尚书致仕。三年八月卒。益自称"五在兵间，故为文多军旅之思"。德宗曾诏征益之制述，令词臣编录，诗作流传海外，为夷人所宝。令狐楚编选《御览诗》，录其诗三十六首。诸体皆工，尤长七绝。《全唐诗》编其诗为二卷。

注释

〔一〕生平仕历据崔郾《李益墓志铭》。

喜见外弟又言别〔一〕

十年离乱后〔二〕，长大一相逢。
问姓惊初见，称名忆旧容。
别来沧海事〔三〕，语罢暮天钟。
明日巴陵道〔四〕，秋山又几重！

校注

〔一〕外弟，表弟。

〔二〕十年离乱，指安史之乱。天宝十四载（755）冬安史之乱爆发，至代宗广德元年（763）始告平定，首尾历九年。此举成数而言。

〔三〕沧海事，指世事经历沧海桑田的巨变。《神仙传》卷上："麻姑自说云：接侍以来，已见东海三为桑田。向到蓬莱，又水浅于往日会时略半耳，岂将复为陵谷乎？王远叹曰：圣人皆言，海中将复扬尘也。"

　〔四〕巴陵，唐江南西道郡名。《元和郡县图志·江南道三·岳州》："本巴丘地……吴于此置巴陵县，宋文帝又立为巴陵郡……武德六年，复为岳州。"治所在巴陵县（今湖南岳阳）。

笺　评

　范晞文曰："马上相逢久，人中欲认难。""问姓惊初见，称名忆旧容。""乍见翻疑梦，相悲各问年"皆唐人会故人之诗也。久别倏逢之意，宛然在目，想而味之，情融神会，殆如直述，前辈谓唐人行旅聚散之作，最能感动人意，信非虚语。（《对床夜语》卷五）

　陆时雍曰：盛唐人工于缀景，唯杜子美长于言情。人情向外，见物易而自见难也。司空曙"乍见翻疑梦，相悲各问年"，李益"问姓惊初见，称名忆旧容"，抚衷述怀，馨快极矣。因之思《三百篇》，情绪如丝，绎之不尽，汉人曾道只字不得。（《诗镜总论》）又曰：三、四惊异绝倒。（《唐诗镜》卷三十三）

　胡应麟曰：刘长卿《送李中丞》《张司直》……李益……别内弟，文皆中唐，妙境往往有不减盛唐者。又：司空曙"乍见翻疑梦，相悲各问年"，戴叔伦"一年将尽夜，万里未归人"，一则久别乍逢，一则客中除夜之绝唱也。李益"问姓惊初见，称名忆旧容"，绝类司空；崔涂"乱山残雪夜，孤烛异乡人"，绝类戴作，皆可亚之。（《诗薮·内编·近体上·五言》）

　贺裳曰：司空文明每作得一联好语，辄为人压占。如"乍见翻疑梦，相悲各问年"，可谓情至之语。李益曰"问姓惊初见，称名忆旧容"，则情尤深，语尤怆，读之几乎泪不能收。（《载酒园诗话又编》）

　黄生曰：（"别来"二句）虚实对。流水对。又曰：全篇直叙。初见而惊，惊其面善也。问其姓，姓果是；闻其称名，名益是。于是转忆其旧容，始知十年不见，今长大至此。事极纤细，情极逼真，难得十字道尽。沧海事，言事如海之多也，以虚对实。项斯云："别来无限意，相见却无言。"与五、六相反，然情事皆极逼真。事多故话久至暮，此亦常语，却

1769

妙在押"暮天钟"三字，然亦是韵脚相逼而成。凡诗有为韵所拘，不能作佳语者；亦有为韵所凑，反得佳语者，不可不知。（《唐诗摘抄》卷一）

沈德潜曰：与"乍见翻疑梦，相悲各问年"抚衷述愫，同一情至。一气旋折，中唐诗中仅见者。（《重订唐诗别裁集》卷十一）

乔亿曰：颔联真极。余交游中有都门一面二十余年，忽相值于太原者，情形正如此。（《大历诗略》）

宋宗元曰：形容刻至。（《网师园唐诗笺》）

吴瑞荣曰："别来"一联，宋人便不能为。以其泥于诠解故也。须知凡书以诠解益精，诗以不诠解为妙。（《唐诗笺要》）

王寿昌曰：何谓真？……卢郎中之"少孤为客早，多难识君迟"，司空文明之"乍见翻疑梦，相悲各问年"……皆切实缔当之至者。（《小清华园诗谈》卷上）

方南堂曰：人情真至处，最难描写，然深思研虑，自然得之。如司空文明"乍见翻疑梦，相悲各问年"，李君虞"问姓惊初见，称名忆旧容"，皆人情所时有，不能苦思，遂道不出，陈元孝云："诗有两字诀，曰曲，曰出。"观此二语，益知元孝之言不谬。（《辍锻录》）

潘德舆曰：唐人诗"长贫惟要健，渐老不禁愁""乍见翻疑梦，相悲各问年""少孤为客早，多难识君迟""长因送人处，忆得别家时""问姓惊初见，称名忆旧容"……皆字字从肺肝中流露，写情到此，乃为入骨，虽是律体，实《三百篇》、汉魏之苗裔也。初学欲以浅率之笔袭之，多见其不知量。（《养一斋诗话》卷七）

鉴赏

由于时代相近，题材相似，历代评家多将司空曙的《云阳馆与韩绅宿别》与李益的《喜见外弟又言别》，特别是将它们的颔联相提并论。其实，这两首诗在抒写乱后意外重逢的情景时有两个明显的区别。其一，司空诗的晤别双方是多年未见的故友，彼此在别前已届壮岁；而李诗晤别的双方则是乱前年尚幼小，乱后重逢时已长大的表兄弟。即两首诗的晤别双方在年岁上有差别。其二，由于经历乱离，重逢时的感情自是悲喜交集，但司空诗的感情明显偏重于悲，而李诗的感情则偏重于喜。

"十年离乱后，长大一相逢。"首联重笔提起，明点"离"与"逢"。但这不是普通的离别与重逢，而是经历了"十年离乱"的时代浩劫与沧桑巨变之后的别后重逢，因此双方的晤话主题自然离不开这一特殊的时代背景，这一点，李诗与司空诗都是相同的，只不过司空诗未明点"离乱"而已。但"长大一相逢"却意味着别离前双方都还是幼年。李益出生于天宝五载，安史之乱爆发时年方十岁，其外弟的年龄自是更小，十年离乱之后，彼此都已长成年轻人，故说"长大一相逢"。这个"一"字强调了悠久而纷乱的十年岁月中双方相逢的唯一性，从而突出了它的艰难与珍贵，为"喜"字伏脉。这一联主要是叙事，交代背景，但在叙事中即含有对时代与人生的感慨。而正是这"十年离乱"的特殊背景和幼别长逢的特殊经历，决定了颔联双方相逢时的特殊情态。

"问姓惊初见，称名忆旧容。"由于双方别前年方幼小，重逢时却已"长大"，而一个人的形容变化，最显著而突出的便是这从幼到大的十来年，因此双方乍见之时形同陌生。从情理推测，外弟应是主动前来寻访李益的，因此在看到这位表兄时虽也感到陌生，但毕竟知道对方就是久违的表兄，李益却是在完全不知情的情况下乍见这位外弟的，因此便有了这颇具戏剧性的一幕。当外弟突然出现在面前时，由于对方形容大变，全感陌生，因而自然而然地问对方"贵姓"，而当对方道出姓氏并说出自己的表弟身份，称诗人为表兄时，诗人竟一时感到茫然无绪，感到这位自称表弟的人似乎是初次相见，从未谋面。"惊初见"的"惊"字，正传神地表现出诗人当时那种惊讶、迟疑、惊异、惊奇的复杂心态。诗人的这种迟疑情态自然引起了对方的注意，于是乎便主动地说出自己的名字。诗人这才恍然大悟，原来此刻站在面前的便是十来年前和自己一起玩耍的表弟。可面对这位形容陌生的表弟，竟想不起他幼小时的形容、模样，于是便在记忆中努力搜寻。这就是所谓"称名忆旧容"。这个"忆"是一种恍恍惚惚、遥远模糊的记忆。从诗人"问姓"而"惊"到外弟"称名"而诗人努力记"忆"，这一少小离别、十年重逢的场景，特别是诗人的心理活动、情态变化，被描绘刻画得极为真切、细腻、曲折、生动，富于戏剧性。而这一切，又纯用素朴的语言进行白描，使人不得不叹服诗人的艺术功力。

"别来沧海事，语罢暮天钟。"腹联转写双方重逢后的叙谈。十年离乱，双方隔绝，音信不通，国事、世事、家事以及双方各自的情况都起了巨大变化。这一切，都是双方叙谈时必然触及的话题，但在短短的十个字中，却无论如何也无法道尽，只能用高度概括的"沧海事"三字，将别后情事包举，

李
益

1771

而由此引起的沧海桑田的感慨亦自然寓含其中。妙在下句宕开写景，虚处传神，写双方叙谈语罢之际，天色已经向晚，远处传来一阵阵暮钟的声音，在耳边萦回荡漾。这个场景，不仅暗示了叙谈时间的长久、内容的繁多、感慨的深长，而且将双方在暮天钟声中默默相对无言时心潮的回荡起伏也透露出来，传达出更丰富的感情和令人神远的隽永意味。如果说，颔联的成功在于真切细腻的描绘，在于实处见工，腹联的成功就在于高度概括，虚处传神，具有远神远韵。一实一虚，都体现出诗人的艺术功力。

"明日巴陵道，秋山又几重！"尾联从别后重逢过渡到"明日"的又一次离别。"巴陵道"是外弟明日要登上的道路。诗人想象，明日外弟又要沿着巴陵道迤逦而去，山川重阻，秋云暗淡，一别之后，彼此又被重重秋云笼罩的山川阻隔，天各一方了。末句以景语作设问口吻，有悠然不尽的情致，正与别情的悠长相应。

综观全篇，表现的感情虽亦有对十年离乱沧桑巨变的感慨，但主导的感情倾向是乱后意外重逢的惊喜。对于"明日"的又一离别，虽有依依惜别的感情和深挚的思念，却无明显的悲感。这和司空曙的《云阳馆与韩绅宿别》直接揭出"相悲"，抒写乍见疑梦、恍如隔世的悲感，在腹联的景物描绘中渗透凄寒冷寂的心态有明显区别。如果说，司空诗表现的是一种中年人的心态，则李益这首诗多少还体现了一些青少年人的心态。

夜上受降城闻笛〔一〕

回乐烽前沙似雪〔二〕，受降城下月如霜〔三〕。
不知何处吹芦管〔四〕，一夜征人尽望乡。

校注

〔一〕《旧唐书·张仁愿传》："神龙三年，突厥入寇，朔方军总管沙吒忠义为贼所败，诏仁愿摄御史大夫，代忠义统众。仁愿至军而贼众已退，乃蹑其后，夜掩大破之……仁愿请乘虚夺取漠南之地，于河北筑三受降城，首尾相应，以绝其南寇之路，中宗从之，六旬而三城俱就。以拂云祠为中城，与东西两城相去各四百馀里。皆据津济，遥相应接，北拓地三百馀里。于牛头、朝那山北，置烽候一千八百所。自是突厥不得度山放牧，朔方无复寇掠。"中受降城在今内蒙古自治区包头市西，东城在今内蒙古托克托南，西城在今内蒙古杭锦后旗乌加河北岸。此指西受降城。《乐府诗集》卷八十《近代曲辞二》录此诗，题为《婆罗门》，解题引《乐苑》曰："《婆罗门》，商调曲，开元中西凉府节度杨敬述进。"又引《唐会要》曰："天宝十三载，改《婆罗门》为《霓裳羽衣》。"《全唐诗》卷二十七《杂曲歌辞》重录此诗，亦题为《婆罗门》，当是以此诗配《婆罗门》曲名改题。《旧唐书·德宗纪》：兴元元年（784），"八月甲辰，以金吾大将军杜希全为灵州大都督、西受降城、天德军、灵盐丰夏节度营田等使。"李益《从军诗序》云："迫贞元初，又忝今尚书（指杜希全）之命，从此出上郡、五原四五年，荏苒从役。其中虽流落南北，亦多在军戎。"此诗当作于在杜希全幕之某年。西受降城正杜希全管内之地。

〔二〕回乐烽，在西受降城附近之烽火台。或说指灵州回乐县之烽火台，但回乐县距西受降城甚远。据诗意，此回乐烽与西受降城当相距不远，故指回乐县烽火台之说恐非。其《夜上西城听梁州曲二首》之西城即指西受降城。首二句"行人夜上西城宿，听唱梁州双管逐"与本篇"闻笛"近似。烽，《全唐诗》原作"峰"，校："一作烽。"兹据改。《暮过回乐烽》云："烽火高飞百尺台。"可证当作"回乐烽"。

〔三〕下，《全唐诗》校："一作外。"

〔四〕芦管，胡人吹奏的乐器。宋陈旸《乐书》云："芦管之制，胡人截芦为之，大概与觱篥相类，出于北国者也。"曾慥《类说·集韵》："胡人卷芦叶而吹，谓之芦笳。"

笺评

李肇曰：李益诗名早著，有"征人歌且行"一篇，好事者画为图障。又有云："回乐烽前沙似雪，受降城外月如霜。不知何处吹芦管，一夜征人尽望乡。"天下亦唱为乐曲。（《国史补》卷下）

王世贞曰：绝句李益为胜……"回乐烽前"一章，何必王龙标、李供奉！（《艺苑卮言》卷四）

胡应麟曰：初唐绝，"蒲桃美酒"为冠；盛唐绝，"渭城朝雨"为冠；中唐绝，"回乐（原误雁）烽前"为冠；晚唐绝，"清江一曲"为冠。"秦

李
益

1773

时明月"，在少伯自为常调；用修以诸家不选，故《唐绝增奇》首录之，所谓前人遗珠，兹则掇拾。于鳞不察而和之，非定论也。（《诗薮·内编·近体下·绝句》）又曰：七言绝，开元以下，便当以李益为第一，如《夜上西城》《从军北征》《受降》《春夜闻笛》诸篇，皆可与太白、龙标竞爽，非中唐所得有也。（同上引）

《唐诗训解》：起语雄壮悲切，末接便。

《全唐风雅》：此首显说。

唐汝询曰：沙飞月皎，举目凄其。此时而闻笛声，安有不念切乡关者？（《唐诗解》卷二十八）按：朱之荆《增订唐诗摘抄》袭唐解。

黄生曰：烽，一作"峰"，非。盖斥堠举烽之处，因以为名。本集又有黄堆烽、阳城烽诸名。（《唐诗摘抄》卷四）

沈德潜曰：李沧溟推王昌龄'秦时明月'为压卷，王凤洲推王翰'蒲萄美酒'为压卷。本朝王阮亭则云："必求压卷，王维之《渭城》，李白之《白帝》，王昌龄之'奉帚平明'，王之涣之'黄河远上'，其庶几乎？而终唐之世，亦无出四章之右者矣。"沧溟、凤洲主气，阮亭主神，各自有见。愚谓：李益之"回乐烽前"，柳宗元之"破额山前"，刘禹锡之"山围故园"，杜牧之"烟笼寒水"，郑谷之"扬子江头"，气象稍殊，亦堪接武。（《说诗晬语》卷上）又曰："夜上受降城闻笛"，明云"芦管"，芦管，笳也，"笛"字应误。又曰：绝唱。（《重订唐诗别裁集》卷二十）

黄叔灿曰：李君虞绝句，专以此擅场。所谓真率语、天然画也。（《唐诗笺注》）

宋宗元曰：蕴藉宛转，乐府绝唱。（《网师园唐诗笺》）

范大士曰：如空谷流泉，调高响逸。（《历代诗发》）

李锳曰：征人望乡，只加一"尽"字，而征戍之苦，离乡之久，胥包孕在内矣。（《诗法易简录》）

李慈铭曰：高格、高韵、高调、司空侍郎所谓"返虚入浑"者。下"天山雪后海风寒"一首，佳处正同。（《越缦堂读书简端记·唐人万首绝句选批校》）

赵彦传曰：首二句写景，已为"望乡"二句勾魂摄魄，是争上流法，亦倒装法。（《唐人绝句诗钞注略》）

施补华曰："秦时明月"一首，"黄河远上"一首，"天山雪后"一首，"回乐烽前"一首，皆边塞名作，意态绝健，章节高亮，情思悱恻，百读

不厌也。(《岘佣说诗》)

俞陛云曰:对苍茫夜月,登绝塞之孤城,沙明讶雪,月冷疑霜,是何等悲凉之境!起笔以对句写之,弥见雄厚。后二句申足上意,言荒沙万静中,闻芦管之声,随朔风而起。防秋多少征人,乡愁齐赴,则己之郁伊善感,不待言矣。李诗又有《从军北征》云:"天山雪后海风寒,横笛遍吹行路难。碛里征人三十万,一时回首月中看。"意境略同。但前诗有夷宕之音,《北征》诗用抗爽之笔,均佳构也。(《诗境浅说》续编)

李
益

刘拜山曰:淡墨素描,似不着力,而天然超妙,最近太白。(《千首唐人绝句》)

鉴 赏

这是李益一系列边塞佳作中最出名的一首。之所以特别出名,一是由于它的代表性。李益的边塞七绝,多借军中闻乐抒久戍思乡之情,如《从军北征》《听晓角》,都写得相当出色,而这首《夜上受降城闻笛》则意境最为浑融,表现最为自然。二是由于它的时代色彩。虽同样写久戍思乡,但风貌与盛唐显然不同,带有特定的时代悲凉色彩。

诗的前幅写"夜上受降城"所见,两句互文,"回乐烽"当在"受降城"附近。合而言之,即回乐烽前,受降城下,平沙似雪,月色如霜。这是一幅月色笼罩下平沙万里、寥廓广远、凄清寂静的境界。月光在这里起了关键作用。如果是在白天,则沙漠的颜色多呈黄褐色或淡黄色,且可明显见到沙丘的高低起伏。但入夜之后,在银色的月光映照下,浩瀚无垠的沙漠不但消失了高低起伏的形状,变成了浩浩无垠的万里平沙,连它的颜色也变成了一片洁白,白得像无垠的雪原。这一切,正是因"月如霜"所致。月色如霜,本不单属北方边塞地区,中原内地、江南水乡,处处可见。但当它出现在边塞朔漠地区,和浩浩无垠的万里平沙融为一体时,便显出了北方大漠之夜特有的广远寥廓、凄清寂静的境界。它美得让人神远心醉,也美得让人心凄神伤。"雪"和"霜"不仅是对平沙、月光的颜色的形容描摹,也暗透目接此境的诗人(也包括征戍将士)心理上凄清寂寞的感受。整个画面上除了明月的万里清光和浩荡无垠的如雪平沙外,几乎看不到任何人和物的活动,听不到任何声息,有的只是无边的荒寂。两句似是纯粹写景,但景物描写中已暗透出抒情主人公的孤寂凄清,这正是乡思的前奏。

1775

"不知何处吹芦管，一夜征人尽望乡。"诗的后幅有望而听、由色而声，转写登城"闻笛"。芦管，即芦笛，亦即题内之"笛"，芦管本胡人吹奏的乐器，带有浓郁的异域情调，声调又特别悲凉，因此极易引发征戍之士的思乡之情。妙在"不知"二字，突然作转，传神地描摹出在皓月当空、平沙万里、似雪如霜的无边荒寂之境中忽然传来悲凉的芦管声，使听者怦然心动、悠然神驰的情景。这声音不但使登城的诗人乡思涌动，遥望故乡，想必也使所有远戍此地的征人乡思悠悠，一夜无眠，起而望乡了。末句由己推人，其中蕴含了诗人的想象，使诗的内容更具普遍性，意境也更为广远。"一夜"犹整夜，言时间之长；"尽"言人数之众，包括全体闻笛的征人。虽是着意强调的词语，但全句却显得自然浑成，不见着力之迹。而"不知"与"一夜""尽"相呼应，又使三、四两句显得摇曳生姿，极具咏叹情味。比起《从军北征》的"碛里征人三十万，一时回首月中看"来，后者不免稍露夸张之迹，比起《听晓角》的"无限塞鸿飞不度，秋风卷入小单于"来，后者亦略显深曲，均不及此诗后幅之自然不着力。

远戍思乡，是边塞征戍之作最常见的主题。但在不同的时代，却显示出不同的情调意境。盛唐边塞诗尽管也写乡思边愁，但其中大都贯注着一种阔大雄浑之气，像王昌龄的《从军行》之一："烽火城西百尺楼，黄昏独坐海风秋。更吹羌笛关山月，无那金闺万里愁。"虽亦吹笛而怀闺人思故乡，但雄阔之气终不能掩。而李益此诗，虽阔大旷远，但其中已经自然渗透了时代的悲凉萧瑟色调，与王诗显然有别了。

李益的七言绝句，前人多赞其可与龙标、太白竞爽。从艺术风貌上看，似乎更近于李白之自然俊爽。像这首诗，就很容易使我们联想起李白的《春夜洛城闻笛》："谁家玉笛暗飞声，散入春风满洛城。此夜曲中闻折柳，何人不起故园情？"但正如前面已经提及的，李白诗尽管亦写夜闻笛而起故园情，但诗中却荡漾着盎然的春意；而李益此诗，却透出凄清的寒意，这并不单纯由于所写时令，而且由于整个时代氛围的影响。

1776

过五原胡儿饮马泉〔一〕

绿杨著水草如烟〔二〕，旧是胡儿饮马泉。
几处吹笳明月夜〔三〕，何人倚剑白云天〔四〕。

从来冻合关山路[五]，今日分流汉使前[六]。
莫遣行人照容鬓[七]，恐惊憔悴入新年。

校注

〔一〕题《全唐诗》原作《盐州过胡儿饮马泉》，校："一作《过五原胡儿饮马泉》。"兹据改。五原，郡名：秦置九原郡，汉武帝改置五原郡，唐改置丰州，治所在九原，今内蒙古自治区五原县南。胡儿饮马泉，据次句原注："鸊鹈泉，在丰州城北，胡人饮马于此。"《新唐书·地理志一》："丰州……西受降城……北三百里有鸊鹈泉。"或谓题当作《盐州过五原饮马泉》，引《元和郡县志》曰："关内盐州五原县，本汉马领县地。贞观二年与州同置。五原，谓龙游原、乞地干原、青领原、可岚贞原、横槽原也。"谓饮马泉当在盐州，郦道元所谓长城下往往有泉窟可以饮马。按：李益有《夜上受降城闻笛》七绝，可证其到过受降城一带，则"胡儿饮马泉"或即鸊鹈泉。又有《暮过回乐烽》诗，烽在西受降城附近。其《暖川》诗云："胡风冻合鸊鹈泉，牧马千群逐暖川。""胡风"句即此诗"从来冻合关山路"句意，亦可证"胡儿饮马泉"指鸊鹈泉。此诗当作于在灵盐丰夏节度营田使杜希全幕期间之某年暮春。

〔二〕著水，沾水，拂水。草如烟，形容草茂盛。

〔三〕吹笳明月夜，或谓暗用《晋书·刘琨传》："在晋阳，尝为胡骑所围，城中窘迫无计，琨乃乘月登楼清啸，贼闻之，皆凄然长叹。中夜奏胡笳，贼又流涕歔欷，有怀土之切。向晓复吹之，贼并弃围而走。"

〔四〕倚剑，宋玉《大言赋》："方地为车，圆天为盖，长剑耿耿倚天外。"或谓此联"慨叹当时边防不固，形势紧张"（文研所《唐诗选》）。

〔五〕从来，从前，原来。郎士元《送粲上人兼寄梁镇员外》："借问从来香积寺，何时携手更同登。"冻合关山路，谓鸊鹈泉冻合于关山路边。

〔六〕今日分流，指如今春暖泉融而分流。汉使，诗人自指。

〔七〕遣，让，使。行人，诗人自指，亦可包括其他征人。

唐汝询曰：此奉使巡边，道经泉水而赋也。言此绿杨芳草之水，尝为胡人饮马矣。今闻吹笳之声而不睹倚剑之士，何其无备若是乎？又言我始来之时，水尚含冻，今已分流，则经春矣，而憔悴风尘，是以不敢照其容鬓耳。（《唐诗解》卷四十四）又曰：结极有致。（《汇编唐诗十集》）

玉遮曰：末句极言其清，兼影边塞意。（《唐诗选》引）

叶羲昂曰：三、四中唐壮语，结亦趣。（《唐诗直解》）

周敬曰：通篇慷慨悲壮。结就题上生感慨，有趣。（《删补唐诗选脉笺释会通评林·中七律下》）

王家鼎曰："何人"句对得化，末句极言其清，兼影边塞意。（同上引）与《唐诗选》引玉遮同。

周启琦曰：此诗可谓探源昆仑，雄才浩气，更笼络千古。（同上引）

郭濬曰：风趣不乏。后半著泉上，妙。（同上引）

周珽曰：前四句因咏泉而思镇边之无人，后四句因咏泉而思客边之伤感。声律铿然，语意渊如，真作家老手。（同上引）

王夫之曰：才称七言，小生不知，必且以"几处""何人""从来""今日"讥其尖仄。（《唐诗评选》）

高士奇曰："几处吹笳明月夜"，晋刘琨为敌所困，乃乘月登楼奏笳，贼流涕弃围去。"何人倚剑白云天"，宋玉《大言赋》："长剑耿耿倚天外。"（《三体唐诗辑注》）

毛奇龄曰：赋题能把捉，且尚有高健之气，稍振卑习。（《唐七律选》卷三）

陆次云曰：诵此诗如执玉擎珠，不敢作寻常近玩。（《五朝诗善鸣集》）

胡以梅曰：的确是中唐面目，气度色泽，自然另是一种。若令晚唐为之，令人泪下而气索矣。（《唐诗贯珠串释》）

赵臣瑗曰：前句七字，先将鹙鹈泉上太平风景一笔描出。想当年饮马之时，安能有此！次句倒落题面，何等自然！于是三、四遂用凭吊法，遐企古人开疆辟土之功，笳吹月中，剑倚天外，写得十分豪迈，千载下犹堪令壮士色飞也。"从来"一纵，"今日"一擒，此二句是咏叹法；而"冻合""分流"，觉犹是泉也，南北一判，寒暖顿殊。天时地气，宜非人力所

能转移，而转移者已如此，写得何等兴会！七、八只就自己身上闲闲作结，妙在不脱"泉"字。（《山满楼笺注唐诗七言律》）

《唐诗鼓吹评注》：此因经过饮马泉而感怀耳。首言绿杨芳草之地，乃旧日胡儿饮马之处也。今予来此，塞警未平，几处吹笳于明月之夜，而边尘须净，何时倚剑于白云之天？是盖不能无所感矣。然而此水从来冻合于关山之路，今却分流于汉使之前。其莫临水以照容鬓，恐一见此而益增憔悴之感耳。（卷四）

谭宗曰：如丝垂珠盘，续续生姿。结顺感慨致别。（《近体秋阳》）

吴昌祺曰：三、四感慨殊深。（《删订唐诗解》）

何焯曰：落句不能振起全篇。然诗以各言其伤，不妨结到私情也。（《唐三体诗评》）

沈德潜曰："几处吹笳明月夜"，言备边无人，句特含蓄。（《重订唐诗别裁集》卷十四）

乔亿曰：三、四飏开，慨守边之无良将也。后半仍抱定"泉"字，语不泛。（《大历诗略》）

屈复曰："行人"即自己，容鬓已衰，空有"倚剑白云"之心，而日月逝矣，岁不我与。四有时无英雄之叹。（《唐诗成法》）

宋宗元曰：亦悲壮，亦流丽。（《网师园唐诗笺》）

吴瑞荣曰：中唐最苦软直无婉致，此首人皆称中二联之明快悲壮，予独赏其起结虚婉，与君虞五绝"殷勤驿西路，此去是长安"一样体格。（《唐诗笺要》）

方东树曰：盐州为漠北地，五原二郡地。唐属关内道，今甘肃、宁夏后卫是。起句先写景，次句点地。三、四言此是战场，戍卒思乡者多，以引起下文自家，则亦是兴也。五、六实赋，带入自家"至"字。结句出场，神来之笔，入妙。此等诗，有过此地之人，有命此题之人，有作此题诗之人之性情面目流露其中，所以耐人吟咏。不是咏古无情，不见作诗人面目，如应试诗、赋得体及幕下张君房所为，低于俗诗，皆犯此病，所以为庸劣无取。且如西昆诸公，只以搜用故实、裁剪藻饰为能，是名编事，非作诗也。此死活之分，王阮亭辈乃不能悟。此等诗，以有兴象、章法、作用为佳。若比之杜公，沉郁顿挫，恣肆变化，奇横不可当者，则此等只属中平能品而已。下此一等，则但有秀句而无兴象、作用，犹可取。又下一等，则并杰句亦无，乃为俗人之诗矣。（《昭昧詹言》卷十八）

李益

1779

王寿昌曰：韵之自然与句凑者……李君虞之"几处吹笳明月夜，何人倚剑白云天"……之类是也。（《小清华园诗谈》卷下）

潘德舆曰：《饮马泉》一律，于鳞、归愚等皆选之，佳处果安在乎？（《养一斋诗话》）

受时代氛围影响，李益的边塞诗每于阔大的境界中渗透萧瑟悲凉的情调。这首描绘北边景象的七律也有容鬓憔悴的慨叹。但基本的感情倾向和格调却显得相当雄俊朗爽，遒劲流丽，在当时可称别调。

"绿杨著水草如烟，旧是胡儿饮马泉。"首联紧扣题目，点明时地。起句画出一幅明媚秀丽的春天景象：绿色的杨柳枝条，在春风中摇漾，轻拂着清澈的泉水，泉边的草地上，碧草如烟，繁茂滋润，春意盎然。北方边塞的春天以这样鲜明的形象出现在整个唐诗中恐怕是个特例。如果不看诗题和下文，几疑身在秀丽的江南。同样写五原春色的张敬忠《边词》云："五原春色旧来迟，二月垂杨未挂丝。"诗人《度破讷沙二首》之一也说："眼见风来沙旋移，经年不省草生时。莫言塞北无春到，总有春来何处知。"与这里的"绿杨著水草如烟"相比，简直是两个世界。其间固有季候（张诗所写系二月，此诗则为暮春）、地点（《度破讷沙》系写今内蒙古库布齐沙漠，此诗所写鸊鹈泉则地近塞上江南的河套地区）方面的原因，但更主要的恐怕是诗人写这首诗时的心情比较愉悦轻快，否则即使目接此景，也会因感情的悲伤凄苦而另作艺术处理。在这里，边塞的丽景和诗人的愉悦心情是和谐统一的。接下来一句"旧是胡儿饮马泉"，仿佛只是为了点明题目，但"旧是"二字，却透露了诗人的感情：眼前这明媚秀美如江南的地方，就是先前所说的"胡儿饮马泉"啊。说明这一带旧时曾是胡人盘踞的牧马之地、饮马之泉，而今却已是汉将把守、汉使经行的雄边；与上面对照，自含新旧对比，今则生机春意盎然之意。

"几处吹笳明月夜，何人倚剑白云天。"颔联由眼前的胡儿饮马泉联及丰州这一带北方边塞的景象和形势。上句写想象中的夜间景象，说月明之夜，有几处戍防之地传来胡笳悲凉的声音，透露出征人悠长的思乡之情。下句写想象中的白天景象，说哪一位将帅像伟岸的巨人那样，长剑耿耿，倚着白云蓝天，守卫国家的北疆。特用"几处""何人"置于句首，正提示这是想象中的景象，故作不定之词，反增摇曳流动之致。这一联镜像壮阔，色调明朗，与首句写三春北边丽景联系起来，所描绘的正是北方边塞和平安定的形势。上下句合起来，便是一幅北方边塞阔大朗爽的戍守图。下句"倚剑白云天"用传为宋玉的《大言赋》，而显示的正是边帅倚天仗剑的伟岸气势；上句"吹笳明月夜"或谓用刘琨被围吹笳退敌故事，恐未必然。吹芦管、吹笛、吹笳，无论是在李益诗或是在整个唐代边塞诗中，向来被用作表达戍卒思乡之情的凭借，从"几处"也可看出所指并非一地，恐不能说"几处吹笳"是显示边防处处危急吧。

　　"从来冻合关山路，今日分流汉使前。"腹联仍回到眼前路过的"胡儿饮马泉"上来，而以昔之所历与今之所过作对照：从前天寒地冻时经过这关山迢递的道路，泉水结冰封冻，今天春暖草绿时再经此地，见到的已是淙淙泉水分流在马前了。标出"汉使"身份，正与"胡儿"相对，暗示这一带已是唐廷的控制区域。两句对仗工整而语意一贯，流水对的句式加强了今日过此时的欢快喜悦。

　　"莫遣行人照容鬓，恐惊憔悴入新年。"尾联仍紧贴题内"过"字、"泉"字，却突发奇想，说行人啊，你可别因泉水的清澈如镜而去照自己的面容发鬓，恐怕会因照见憔悴的容鬓而惊讶感慨自己竟如此地进入了新的一年。"新年"贴春天而言。诗人在灵盐丰夏节度使幕的时间较长，故有容鬓憔悴的感慨。但从"莫遣""恐惊"这种近乎自我解嘲的语气口吻看，诗人的心情并不沉重悲痛，因而与全诗的主调并不矛盾。

　　这首诗的前六句，通过"过五原胡儿饮马泉"所见所想，描绘出一幅北方边塞之春的壮阔鲜丽景象，其中虽亦寓含戍卒思乡的情思，但整个境界是朗爽雄俊，挟带着一股浩然之气的。尾联虽缀以感慨，然语含轻松幽默情趣，故整体上仍是统一的。

江南曲〔一〕

嫁得瞿塘贾〔二〕，朝朝误妾期〔三〕。
早知潮有信〔四〕，嫁与弄潮儿〔五〕。

李益

〔一〕《江南曲》，乐府《相和歌辞·相和曲》名，内容多咏江南水乡风光、风习及青年男女相悦之情。现存最早的《江南曲》为南朝梁柳恽所作。曲，《全唐诗》原作"词"，校："一作曲。"兹据改。

〔二〕瞿塘贾，指到瞿塘峡沿岸一带经商的贾客。瞿塘峡口的夔州（今重庆市奉节县），是商贾集中之地。李白《江上寄巴东故人》云："瞿塘饶贾客。"其《长干行》亦云："十六君远行，瞿塘滟滪堆。"杜甫《夔州歌十绝句》之七："蜀麻吴盐自古通，万斛之舟行如风。长年三老长歌里，白昼摊钱高浪中。"夔州是当时蜀吴两地商业活动的中心。

〔三〕朝朝，犹日日。期，相约归家之期。

〔四〕潮有信，潮水早晚定期涨落，如守信约，故云。

〔五〕弄潮儿，在潮水里游水作戏的少年。《元和郡县图志·江南道一·杭州钱塘县》：浙江，"江涛每日昼夜再上……小则水渐涨不过数尺，大则涛涌高至数丈。每年八月十八日，数百里士女，共观舟人渔子溯涛触浪，谓之弄潮"。北宋潘阆《酒泉子》词："弄潮儿向涛头立，手把红旗旗不湿。"

钟惺曰：荒唐之想，写怨情却真切。（《唐诗归·中唐三》）

邢昉曰：直而妙。若作"莫作经年别""东邻是宋家"，则荡矣。（《唐风定》卷二十）

贺裳曰：诗又以无理而妙者，如李益"早知潮有信，嫁与弄潮儿"，此可以理求乎？然自是妙语。至如义山"八骏日行三万里，穆王何事不重来"，则又无理之理，更进一尘。总之诗不可执一而论。（《载酒园诗话·诗不论理》）

徐增曰：此诗只作得一个"信"字。瞿塘是峡名，三峡之最险者。往来之人，不能期定日子，即长年亦不能料。贾又是经纪人，在外已惯，不甚以归家为急者。嫁与他，若比客子不同，然在外时多，毕竟着换他不出。"朝朝误妾期"，不是瞿塘贾预先期约者，是妻意中自期者。是今日不归，必曰：明日难道又不归？至明日，又不见归，是又误一朝矣。日日期望，日日不归，故云"朝朝"。为何要用"朝"字？吾见有期约来家者，一起身便盼望起，渐至午，至下午，见所期不来，则念头逐渐消下去了。诗用不得"夜"字，若云"夜夜"则俚矣。"早知潮有信"，潮信最准，人若如潮，必无一次之误，何况朝朝乎？妾悔不早知，若早知，当"嫁与弄潮儿"矣。儿，是无年纪者；贾，是有年纪者。贾肩重担，儿是轻身。为贾者，习见瞿塘之无定准，故为人无定准；儿习见潮水之有定性，其为人定然有定准，故欲嫁之。若作如此解者，当一棒打杀与狗子吃。要知此不是悔嫁瞿塘贾，也不是悔不嫁弄潮儿，是恨个"朝朝误妾期"耳。眼光切莫错射。（《而庵说唐诗》卷九）

李
益

王尧衢曰：此诗以"信"字为眼。瞿塘最险，贾客在外经商日长，归期难定，是最难取信之人莫如瞿塘贾矣。今恰嫁得这个人。"朝朝误妾期"。此句着力，方见瞿塘贾之无信也。日日期望其归而不归，自谓之"误"。然瞿塘贾何尝期妾，乃妾之所以自为期耳。"朝朝误"则朝朝之期望可知。"早知潮有信，嫁与弄潮儿。"坐罪瞿塘贾以为无信，乃忽然想得最不失信于朝夕者，莫如潮水。弄潮儿习见潮之有信，必然有信，定不似瞿塘贾习见瞿塘峡水之无信，以至为人无定准，妾若早知，当嫁与弄潮儿矣。此非悔嫁瞿塘贾，悔不嫁弄潮儿。只是以"朝朝误妾期"之故，而设此想耳。而其实非瞿塘贾误妾，乃妾自认做误，则亦非妾自误，乃诗人代为妾认做误耳。文心波折如是。（《唐诗合解笺注》卷四）

冒春荣曰：五言绝有两种。有意尽而言止者，有言止而意不尽者。言止而意不尽，深得味外之味，此从五言律而来，故为正格。意尽言止，则突然而起，斩然而住，中间更无委曲，此实乐府之遗音，故为变调。意尽言止，如……"嫁得瞿塘贾，朝朝误妾期。早知潮有信，嫁与弄潮儿。"（李益）此乐府之遗音也。（《葚原诗说》卷三）

方南堂曰：古云："诗有别材，非关书也；诗有别趣，非关理也。"此说诗之妙谛也。而未足以尽诗之境……然正有无理而妙者，如李君虞"嫁得瞿塘贾，朝朝误妾期。早知潮有信，嫁与弄潮儿"，刘梦得"东边日出西边雨，道是无晴却有晴"，李义山"八骏日行三万里，穆王何事不重来"，语圆意足，信手拈来，无非妙趣。可知诗之天地，广大含宏，包罗万有，持一论以说诗，皆井蛙之见也。（《辍锻录》）

乔亿曰：俚语不见身分，方是贾人妇口角，亦《子夜》《读曲》之遗。（《大历诗略》）

黄叔灿曰：不知如何落想，得此急切情至语。乃知《郑风》"子不我

1783

思，岂无他人"，是怨怅之极词也。（《唐诗笺注》）

李锳曰：极言夫婿之无情，借潮信作翻滚，便有无限曲折。（《诗法易简录》）

俞陛云曰：潮来有信而郎去不归，喻巧而怨深。古乐府之借物见意者甚多，皆喻曲而有致，此诗其嗣响也。（《诗境浅说》续编）

刘永济曰：此写商人妇之怨情也，商人好利，久客不归，其妇怨之也。人情当怨深时，有此想法，诗人为之道出。（《唐人绝句精华》）

这首诗通篇用第一人称写一位商人妇因丈夫久出不归而生的怨情，可以看作少妇的心理独白。粗粗一读，似乎信口道出，率直发露，略无余韵，纯然是原生态的人物声口；细加品味，却感到直中有曲、情中寓景，别具一种妙趣。

首句突兀而起，点明女主人公的商人妇身份。这位商妇的家应该是在长江下游一带，也许就像李白《长干行》中所写的那样，是金陵长干行商聚居之所。丈夫远赴瞿塘，故称"瞿塘贾"。"嫁得"二字，似自夸又似自怨，感情复杂微妙。次句忽然折转，重笔抒写怨情。徐增说"朝朝误妾期"不是瞿塘贾预先期约者，是妾意中自期者，这理解似新颖，却与他自己说的"此诗只作得一个'信'字"直接冲突。试想如瞿塘贾临行前根本就没何时归来的期约，那就不存在有"信"无"信"的问题。但远赴瞿塘，行程数千里，确切的归期确实也很难定，再加上"商人重利轻别离"的本性，恐怕临行前丢下的也就是"多则一年，少则半载"之类没有准头的期约。正因为如此，才会有女主人公在渺茫不定的期盼中"朝朝"而望归，却"朝朝"而失望的怨怅。"朝朝"即"日日"，却自然含有一清早起来就在凝望归舟的意蕴。因此，这句虽表面上看纯是抒情，从中却可想象出温庭筠《望江南》词的全部意境："梳洗罢，独倚望江楼。过尽千帆皆不是，斜晖脉脉水悠悠，肠断白苹洲。"或者说可以用温词作"朝朝误妾期"的形象化注解。

"早知潮有信，嫁与弄潮儿。"三、四句紧承"朝朝误妾期"，由长期的等待、失望、怨怅而生气愤激：早知道潮水朝夕按时而至，从不失信，不如干脆嫁给乘潮戏耍的弄潮儿算了。这当然是气极之时发泄情绪的话，不可呆看。妙在声口毕肖，神情毕现，从中可以想象出少妇此时那种半是怨恨、半是娇嗔的情态，使眼前的人物变得鲜活起来。但更妙的是何以从夫婿的误期失信想到了潮水，又由潮水想到了弄潮儿。当然，丈夫之无"信"与潮之有"信"可以是由此及彼的联想契机。但它真正的妙处却在即景生情，触发联想。能见到潮水的地方，一是在海边，一是在江水的下游，因海潮涌入，形成逆流而上的江潮。这位商妇的住处就在长江下游的金陵这一带，在她天天从早到晚盼望丈夫归舟到来的过程中，早潮与晚潮天天按时而至正是眼前的实景，从"早知潮有信"的"早知"五字也可体味出"潮有信"乃即目所见。因此由夫婿之无"信"到"潮"之"有信"，这一联想正是由眼前景触发，显得十分自然。在抒写怨情的同时将少妇伫立江楼，眼见潮水涌动，按时而至的情景也透露出来了。由眼前的潮水按时有信再到乘舟弄潮的"弄潮儿"，则无论是否实景，都是内心感情发展的必然，呼之欲出的了。

仿佛是纯粹原生态的商妇心理独白，却有如此曲折的情致和寓景于情的高妙手段，这正是唐代诗人对民歌所作的不露痕迹的艺术加工。

汴河曲〔一〕

汴水东流无限春，隋家宫阙已成尘〔二〕。
行人莫上长堤望〔三〕，风起杨花愁杀人。

（校）（注）

〔一〕汴河，即汴水，隋通济渠、唐广济渠之东段。《通鉴·隋炀帝纪》："大业元年三月辛亥，命尚书右丞皇甫议发河南、淮北诸郡民，前后百余万，开通济渠，自西苑引谷、洛水达于河。复自板渚引河历荥泽入汴。又自大梁之东引汴水入泗，达于淮。"因自荥阳至开封一段为古汴水，故唐、宋人遂进而将荥阳至盱眙入淮之通济渠通称汴河或汴水。

〔二〕隋家宫阙，指隋炀帝为游江都在通济渠沿岸所设的行宫。《隋书·炀帝纪》："大业元年，自长安至江都，置离宫四十余所。"

〔三〕长堤，即汴堤，隋炀帝沿通济渠、邗沟（江、淮之间的一段古运河，隋炀帝时重开）岸边筑御道，道旁植柳。

吴曾曰：唐朱放《送魏校书》诗云："长恨江南足别离，几回相送复相随。杨花撩乱扑流水，愁杀行人知不知。"李益学朱也。然二诗皆佳。（《能改斋漫录》卷五）按：此则又见于吴开《优古堂诗话》。

唐汝询曰：炀帝凿汴以通巡幸，而作宫其旁，筑堤植柳，至侈靡也。今河滨春色虽佳，而宫阙残破，惟有杨花飘荡而已。为人君者，可无戒欤！（《唐诗解》卷二十八）

叶羲昂曰：说得亡隋景象，令人不敢为乐。（《唐诗直解》）

《唐诗训解》：前以侈贬，后可为鉴。

宋顾乐曰：情格绝胜，那得不推高调。（《唐人万首绝句选》评）

富寿荪曰：汴水依旧东流，隋家宫阙已成尘土，惟馀轻薄杨花在漫天飞舞，堤上行人，自生今昔盛衰之感。下二句以唱叹出之，怆惘无尽。（《千首唐人绝句》）

鉴赏

这是一首怀古诗。题中的汴河，唐人习惯指隋炀帝所开的通济渠的东段，即运河从板渚（今河南荥阳北）到盱眙入淮的一段。当年隋炀帝为了游览江都，前后动员了百余万民工凿通济渠，沿岸堤上种植柳树，世称隋堤。还在汴水之滨建造了豪华的行宫。这条汴河，是隋炀帝穷奢极欲、耗尽民膏，最终自取灭亡的历史见证。诗人的吊古伤今之情、历史沧桑之感，就是从眼前这条汴河引发出来的。

首句撇开隋亡旧事，正面重笔写汴河春色。汴水碧波，悠悠东流，堤上碧柳成荫，柔丝袅娜，两岸绿野千里，田畴相接，望中一片无边春色，使本来比较抽象的"无限春"三字具有鲜明的形象感。但"春"字既可指春色又可指岁月。从隋炀帝开凿通济渠到诗人写这首诗时，时间已经过去好几百年，如果再上溯到魏晋时的汴梁渠乃至古汴水，则时间更长。因此，这"无限春"既可将读者的想象引向广阔的现实空间、无边春色，又可将读者的思绪引向悠远的历史时间。这两方面，都极易引发人们的沧桑感，从而不着痕迹地过渡到第二句。刘禹锡《杨柳枝》说："炀帝行宫汴水滨。"第二句中的"隋家宫阙"即特指汴水边的炀帝行宫。春色常在，但当年豪华的隋宫则已荒废颓破，只留下断井颓垣供人凭吊了。"已成尘"，用夸张的笔墨强调往日豪华荡然无存，与上句春色之无边、时间之永恒正形成触目惊心的强烈对照，以见人世沧桑，历史无情。"台城六代竞豪华，结绮临春事最奢。万户千门成野草，只缘一曲后庭花。"（刘禹锡《金陵怀古·台城》）包含在"隋家宫阙已成尘"中的意蕴，不正是这种深沉的历史感慨吗？

李
益

　　一、二两句还是就春色常在而豪华不存这一点泛泛抒感，三、四句则进一步抓住汴水春色的典型代表——隋堤柳色来抒写感慨。柳絮春风，飘荡如雪，本是令人心情骀荡的美好春色，但眼前的隋堤柳色，却绾结着隋代的兴亡、历史的沧桑，满目春色，不但不能使人怡情悦目，反倒令人徒增感慨了。当年隋炀帝沿堤树柳，本是为他南游江都点缀风光的，到头来，这隋堤烟柳反倒成了荒淫亡国的历史见证，让后人在它面前深切感受到豪奢易尽，历史无情。那随风飘荡、漫天飞舞的杨花，在怀着深沉感慨的诗人眼里，仿佛正是隋代豪华消逝的一种象征（"杨花"的杨与"杨隋"的杨，也构成一种意念上的自然联系，很容易让人产生由此及彼的联想）。但是，更使人感怆的也许是这样一种客观现实：尽管隋鉴不远，覆辙在前，但当代的封建统治者却并没有从亡隋的历史中汲取深刻教训。哀而不鉴，只能使后人复哀后人。这也许正是"行人莫上长堤望，风起杨花愁杀人"这两句诗中所寓含的更深一层的意旨吧。

　　怀古与咏史，就抒写历史感慨，寄寓现实政治感受这一点上看，有相通之处。但咏史多因事兴感，重在寓历史鉴戒之意；怀古则多触景生慨，重在抒今昔盛衰之感。前者较实，而后者虚。前者较具体，后者较空灵。将李益这首诗跟题材、内容与之相近的李商隐咏史七绝《隋宫》略作对照，便不难看出二者的差异。《隋宫》抓住"春风举国裁宫锦，半作障泥半作帆"这一典型事例，见南游江都所造成的巨大靡费，以寓奢淫亡国的历史教训；《汴河曲》则只就汴水春色、堤柳飞花与隋宫的荒凉颓败作对照映衬，于今昔盛衰中寓历史感慨。一则重在"举隅见烦费"，一则重在"引古惜兴亡"。如果看不到它们的共同点，就可能把怀古诗看成单纯的吊古和对历史的感伤，忽略其中所寓含的伤今之意；如果看不到它们的不同点，又往往容易认为怀古诗的内容过于虚泛。怀古诗的价值往往不易被充分认识，这大概是一个重要原因。

边　思

腰垂锦带佩吴钩^{〔一〕}，走马曾防玉塞秋^{〔二〕}。
莫笑关西将家子^{〔三〕}，只将诗思入凉州^{〔四〕}。

校注

〔一〕吴钩，古代吴地产的弯刀。形似剑而曲。亦泛指锋利的兵器。鲍照《代结客少年场行》"骢马金络头，锦带佩吴钩。"杜甫《后出塞五首》之一："少年别有赠，含笑看吴钩。"

〔二〕玉塞，本指玉门关，此泛指边塞。防秋，古代西北各游牧部落，往往趁秋高马肥时入侵内地，届时边军特加警卫，调兵防守，称"防秋"。《旧唐书·陆贽传》："又以河陇陷吐蕃已来，西北边常以重兵守备，谓之防秋。"

〔三〕关西，指函谷关以西。《后汉书·虞翻传》："谚曰：'关西出将，关东出相。'"李贤注引《汉书·赵充国传赞》："秦、汉以来，山东出相，山西出将。"山指华山。李益系陇西狄道人，故自称"关西将家子"。据此句，其父祖可能曾为军中将领。但其基志中未见记载。（祖成裕，父虬）

〔四〕凉州，今甘肃武威。此句谓自己不能立功玉门关外，奏凯而入凉州，却只能将征戍的诗情写入诗歌之中。凉州，在这里双关作为地名的凉州与作为边塞征戍歌词代称的《凉州词》。

笺评

宋顾乐曰：写出豪概。（《唐人万首绝句选》评）

俞陛云曰：此咏边将之多才，在塞外诗中，别开格调。首句言戎容之整肃，次句言征戍之辛劳。后二句言，莫笑其豪健为关西将种，能载满怀诗思，而入凉州，听水听风，谱绝《霓裳》之调，更能防秋走马，独著边功。隋、陆能武，绛、灌能文，此亦兼指之。（《诗境浅说》续编）

刘拜山曰：李益"莫笑关西将家子，只将诗思入凉州"，是自负语；陆游"此身合是诗人未？细雨骑驴入剑门"，是感慨语。同是从军诗人之作，正可合看。（《千首唐人绝句》）

这很像是一首自题小像赠友人诗，但并不单纯描摹外在的形貌装束，而是在潇洒风流的语调中透露出理想与现实的矛盾，寄寓着苍凉的时代与个人身世的感慨。

首句写自己的装束。腰垂锦带，显示出衣饰的华美和身份的尊贵，与第三句"关西将家子"相应。"佩吴钩"，表现出意态的勇武英俊。杜诗有"少年别有赠，含笑看吴钩"之句，可见佩带吴钩在当时是一种显示少年英武风姿的时髦装束。寥寥两笔，就将一位华贵英武的"关西将家子"的形象生动地展现出来了。

第二句"走马曾防玉塞秋"，进一步交代自己的战斗经历。北方游牧民族每到秋高马肥的季节，进扰边境，甚至掠夺内地，故须调重兵防守，称为"防秋"。"玉塞"，指玉门关。此处泛指西北边塞。因为安史之乱以后，吐蕃乘机侵掠，连年攻占西北各州，甚至一度攻入长安。李益生平经历中并没有戍守玉门关的经历。但"防秋"之事，李益确曾参与。大历九年（774）至十二年前后，诗人曾入渭北节度使臧希让幕。而据《旧唐书·吐蕃传下》载："（大历）九年四月，以吐蕃侵扰，预为边备，乃降敕……（臧）希让以三辅太常之徒、六郡良家之子，自渭上而西，合汴宋、淄青、幽蓟，总四万众，分列前后。"可证是年唐王朝有大举防秋之事，而李益适逢其时入幕，故以自豪的口吻追忆起这次初入戎幕、参与保卫边疆的战斗经历。

但诗意的重点并不在图形写貌，自叙经历，而是抒写感慨。这正是三、四两句所要表达的内容。"莫笑关西将家子，只将诗思入凉州。"关西，指函谷关以西。古有"关西出将，关东出相"的说法，李益是陇西狄道（今甘肃临洮）人，故云。表面上看，这两句诗语调轻松洒脱，似带有一种风流自赏的意味；但如果深入一层，结合诗人所处的时代、诗人的理想抱负和其他作品来体味，就不难发现，在这潇洒轻松的语调中正含有无可奈何的苦涩和深沉的感慨。

李肇《国史补》载："李益诗名早著，有'征人歌且行'一篇，好事画为图障。又有云：'回乐烽前沙似雪，受降城外月如霜。不知何处吹芦管，一夜征人尽望乡。'天下亦唱为乐曲。"其《从军诗序》亦云："君虞始长八岁，燕戎乱华。出身二十年，三受末秩，从事十八载，五在兵间，故其为文，咸多军旅之思……率皆出于慷慨意气，武毅犷厉。本其凉国，则世将之后，乃西州之遗民与？亦其坎壈当世，发愤之所致也。"但仅作慷慨悲凉的军旅征戍的诗歌，绝非李益这位"关西将家子"的本愿。他的《塞下曲》说："伏波惟愿裹尸还，定远何须生入关。莫遣只轮归海窟，仍留一箭定天山。"像班超等人那样，立功边塞，威震异域，才是他平生的夙愿和人生理想。当立功献捷的宏愿化为苍凉悲慨的诗思，充溢于征戍之词的时候，当功成图麟阁的宏愿只落得征戍之词画为图障的时候，诗人心中翻滚着的恐怕只能是壮志不遂的悲哀吧。如果说"莫笑"二字当中还多少含有自我解嘲的意味，那么，"只将"二字便纯然是壮志不遂的深沉感慨了。作为一首自题小像赠友人的小诗，三、四二句要表达的，正是一种"辜负胸中十万兵，百无聊赖以诗鸣"式的感情。

这当然不意味着李益不欣赏自己的边塞之作，也不排斥在"只将诗思入凉州"的诗句中多少含有自赏的意味。但那自赏之中分明蕴含着无可奈何的苦涩。潇洒轻松与悲慨苦涩的矛盾统一，正是这首诗的一个突出特点，也是它耐人寻味的重要原因。

宫　怨〔一〕

露湿晴花春殿香〔二〕，月明歌吹在昭阳〔三〕。
似将海水添宫漏〔四〕，共滴长门一夜长〔五〕。

校注

〔一〕宫怨，乐府《相和歌辞·楚调曲》名。

〔二〕春殿，指次句所写的昭阳殿。

〔三〕歌吹，歌唱吹奏。昭阳，汉未央宫后宫八区有昭阳八殿，昭阳位列第一。汉成帝的皇后赵飞燕，贵倾后宫，居昭阳殿，《汉书·孝成赵皇宫传》："皇后既立，后宠少衰，而弟绝幸，为昭仪，居昭阳宫。"此指得宠者所居。

〔四〕宫漏，宫中计时器，即铜壶滴漏。以铜壶盛水。壶底穿一小孔，壶中立箭，上刻度数，壶中水以漏渐减，箭上刻度逐次显露，以度计时。

〔五〕长门，汉宫名。传为司马相如所作《长门赋序》云："孝武皇后陈皇后时得幸，颇妒，别在长门宫，愁闷悲思。"此喻指失宠宫妃所居。

笺评

桂天祥曰：宫怨宜在浑厚，诗虽佳，而意甚刻削。（《批点唐诗正声》）

唐汝询曰：以昭阳之歌吹，比长门之漏声，是以弥觉其长耳。（《唐诗解》卷二十八）

邢昉曰："月光欲到长门殿，别作深宫一段愁。"细勘见盛、中之别。"似将海水添宫漏，共滴长门一夜长。"此亦依稀太白。（《唐风定》卷二十二）

黄生曰："一种蛾眉明月夜，南宫歌管北宫愁。"此诗即此意，而调较婉，唐仲言云："费许多力，只说得一个夜长。"此语亦有见。彼歌亦长，此漏亦长，相形之下，漏岂不长耶！（《唐诗摘抄》卷四）

王尧衢曰："露湿晴花春殿香"，庭花浥露而已，不得蒙泽，春殿披香，而长门独甘愁寂，皆怨之端也。"月明歌吹在昭阳"，夜静风清，传来歌吹之声，则在昭阳宫里，岂不愁杀！"似将海水添宫漏"，以寂寥之夜，听歌吹之声，一更更意惹情伤，一声声宵长漏永，越听越觉其长，似添了海水一般。按李兰漏刻法：以器贮水，以铜为渴乌，状如钩曲，以引器中水于银龙中，口中吐入权器，漏水一升，秤重一斤，时刻一刻。"共滴长门一夜长"，长门宫，离宫名，陈皇后遭贬时所居，故长门之漏，比他处似乎更长。今似将海水为漏水，共漏个不歇也。（《唐诗合解笺注》卷六）

乔亿曰：兴调已是龙标，又加沉着。（《大历诗略》）

刘文蔚曰：听昭阳之歌吹，怨从中来，而长门漏声是以弥觉其长也。（《唐诗合选详解》卷四）

刘永济曰：不过"愁人知夜长"之意，却将昭阳歌吹与长门宫漏比说，便觉难堪。（《唐人绝句精华》）

富寿荪曰："似将"，与李白《长门怨》"夜悬明镜青天上，独照长门宫里人"，白居易《燕子楼》"燕子楼中霜月夜，秋来只为一人长"，皆刻意烘染愁思，而海水添漏，设想尤奇。（《千首唐人绝句》）

李

益

1791

宫怨诗的构思，大都从失宠者一边着笔，置景多在夜间，通过失宠宫嫔所见所闻所思抒写其内心的哀怨。这首诗的构思也不离这基本格套。但前半写得细腻蕴藉，后半写得夸张，全篇却又浑然一体，没有不谐调的感觉。

　　首句"露湿晴花春殿香"，初读似泛泛写眼前景物，实则所写系想象中景象。"春殿"指昭阳殿，着一"春"字，既点明时令，更渲染了一片暖融融的醉人春意。"露湿"既点明时间已经到了深夜，与下文的"晴花"联系起来，更寓含着一层象征意蕴。"晴花"指晴天因气候和煦、阳光映照而开放的花，夜来在露水的滋润下显得格外娇艳。这使人自然联想到君主雨露的滋润使得宠的宫妃更加娇美的情态，亦即李白诗"一枝红艳露凝香"，句末的"香"字，自是从"露湿晴花"而来，暗示雨露滋润的晴花发出沁人心脾的芳香，充溢着整个春殿。全句将写实与象征不着痕迹地融合在一起，表面上是写春殿花香充溢，实际上暗寓君主的雨露使得宠者更加娇艳，满殿生香，春意醉人。由于这一切均出之于长门宫中失宠者的想象，其中便自然渗透了失宠者对得宠者的欣羡和对君主的怨意。美好的意象和境界背后隐藏的正是一种欣羡与哀怨交织的情绪，但表现得很隐微含蓄。

　　"月明歌吹在昭阳"，次句正面点出得宠者所居的昭阳殿，与上句从想象着笔不同，这一句从失宠者的视听感受着笔。月明之夜，远处的昭阳殿沐浴在月光的清辉之中，耳畔传来一阵阵热闹的歌唱吹奏之声。如此良夜，欢乐只属于春意融融的昭阳殿了。"在"字似不着力，却很富表现力。在女主人公心中，不但歌吹作乐，就连天上的明月清光似乎也只映照着昭阳殿。"在"字中同样透露出女主人公的欣羡与怨恨。

　　三、四两句，转笔写失宠者一边的情景。"长门"点明女主人公所居及自己的失宠者身份。"似将海水添宫漏，共滴长门一夜长。"两句中的核心字眼不过"长门一夜长"五字。由于失宠的哀怨愁思，绵长不绝；加上长夜寂寥，清冷孤孑，倍觉难挨；更由于远处昭阳殿中歌吹之声的刺激，使女主人公越发感到夜的漫长。在漫漫长夜中，宫中的铜壶滴漏在寂寥中发出单调的声响。这声响，缓慢而悠长，在愁怨不寐的女主人公听来，似乎无穷无尽，永远也滴不完。于是在心中忽发奇想：今夜的铜壶滴漏，好像是将大海的全部海水都添到了漏壶中，使这长门一夜显得无限的悠长难尽。作为一个比喻，以漏滴之细小而缓慢与海水之浩阔无边作比照，诚然是极度的夸张，夸

张到匪夷所思的程度，但就表现女主人公的内心感受来说，它又是高度的真
实，非如此则不能充分表达其漏声悠长无尽、长夜漫漫难挨、辗转反侧、不
能成寐、愁思萦绕、哀怨缠绵的情状。极度的哀怨使漏声之悠长在女主人公
的听觉中无形中放大了无穷倍，这才激发出"似将海水添宫漏"的想象。这
想象既新奇浪漫，想人之不敢想，又大胆强烈，充分表达出其内心痛苦的强
度和深度。从语言表达上看，它是直白显露的；但从想象的新奇与以漏长衬
夜长，以海水拟漏滴来说，它又是曲折委婉的，本身就体现了直与曲的统
一。如果再与前两句的细腻蕴藉联系起来，则全篇又体现了含蓄蕴藉与明快
的统一。由于后两句在极度夸张中显示高度真实，故和前两句的近似写实的
风格仍能取得浑然一体的艺术效果。

李
益

上汝州郡楼〔一〕

黄昏鼓角似边州，三十年前上此楼。
今日山川对垂泪〔二〕，伤心不独为悲秋〔三〕。

〔一〕汝州，唐都畿道郡名，治所在梁县（今河南汝州市）。
〔二〕川，《全唐诗》原作"城"，校："一作川。"兹据改。《世说新语·
言语》："过江诸人，每至美日，辄相邀新亭，藉卉饮宴。周侯（颙）中坐而
叹曰：'风景不殊，举目有山河之异。'皆相视流泪。惟王丞相（导）愀然变
色曰：'当共戮力王室，克服神州，何至作楚囚相对！'""山川对垂泪"暗
用其事。
〔三〕宋玉《九辩》："悲哉秋之为气也，萧瑟兮草木摇落而变衰。"

1793

（笺）（评）

敖英曰：感慨含蓄。新亭堕泪，恐亦尔尔。（《唐诗绝句类选》）
桂天祥曰：调苦，绝处极有意。（《批点唐诗正声》）
唐汝询曰：闻鼓角而想边声，因登楼而忆往事，此时陨涕，岂徒以悲

秋之故也？当有不忍言者矣。（《唐诗解》卷二十八）又曰：自有心事，不须揣摩。（《删补唐诗选脉笺释会通评林·中七绝中》引）

周珽曰：益边塞诸诗，掀开千百年宿案，笔胆能踏泰山使东，倒黄河使西。吾畏其古神幽骨之贵，即王（昌龄）、李（白）复生，不能前驱也。（同上引）

黄周星曰：登临中往往有此，可胜感慨。（《唐诗快》卷十五）

黄叔灿曰："似"字见风尘满地。三十年中，乱离飘荡，山川如此，风景已非。"伤心不独为悲秋"，俱含在内。（《唐诗笺注》）

绝句贵简省含蓄，但像李益这首诗一样，简省到对正意不着一字，含蓄到使读者对某一诗句产生歧解的，却为数不多。而这首诗所独具的深沉含蕴的风格，又正和上述表现手法密切相关。

这是一首登临抒慨之作。汝州，唐时属都畿道，州治在今河南汝州市。从地理位置上说，河南为中州之地，汝州更是王畿近甸，本来应当是人烟相接、桑柘遍野的和平富庶之乡。但安史乱起，洛阳附近一带沦为唐军与叛军反复争夺拉锯的战场，屡经兵火洗劫，早已残破不堪。安史乱平，藩镇割据。淮西地区从代宗大历十四年（779）李希烈割据叛乱，到宪宗元和十二年（817）吴元济被平定，前后为军阀割据近四十年，其间战争不断。汝州地近蔡州，正是与军阀交战的前线地区。这首诗当作于元和十二年淮西藩镇被讨灭之前。诗的开头一句"黄昏鼓角似边州"，就以寓含深沉感喟的笔触勾画出一幅冷落荒凉、充满战争气氛的图景：日暮黄昏，田野萧条，悲凉的鼓角声不断地从城楼上传出，回荡耳边。登楼四顾，恍惚中竟觉得置身于沿边的州郡。这种感觉，使人联想起杜甫《秦州杂诗》中的诗句："鼓角缘边郡，川原欲夜时。秋听殷地发，风散入云悲……万方声一概，吾道欲何之？"但那是置身真正的边郡，而李益此刻所在的却是王畿近甸的中原腹心之地，气氛竟如同边州，则汝州一带军事形势的紧张和景象的寥落可知。一"似"字正含有无限伤时感乱之痛。姜夔的《扬州慢》写劫后的扬州"渐黄昏，清角吹寒，都在空城"，内容情调与此类似。但姜词注重刻画，此诗则含混不露。

"三十年前上此楼"，第二句由今日之登楼联想到三十年前登此楼的情景。由于此诗确切写作年代不详，"三十年前"究竟是哪一年也无从详考。但大致可以肯定是在安史之乱以后（安史之乱爆发那一年，诗人才十岁。如此时登楼，恐不大会留下深刻记忆，更不大可能有多少感触）。假定诗人是在淮西地区刚被军阀割据时到过汝州，[据《通鉴》载，德宗建中四年（783），李希烈兵陷汝州，执别驾李元平，遣将四出抄掠]则到元和初已达三十年，与此诗所写情景正合。"三十年前上此楼"的具体情景，句中一字未提。但联系上下文（特别是上句），不难揣知，今日登楼所见所闻所感，正和三十年前上此楼时相仿佛。时间距离之长与景象、感触之相似，形成一种意味深长的对照，使诗人在思前想后中感慨更深了。这就必然要引出三、四两句来。

"今日山川对垂泪，伤心不独为悲秋。"宋玉悲秋，历来被视为贫士失职而志不平的一种表现。这里说自己今日面对汝州的山川而伤心垂泪，原因不单是个人的落拓失意之悲。言外之意是，自己之所以"伤心""垂泪"是由于对国家的前途命运怀着更深广的忧愤。但这一层心意，却并未直接说出，而是用"伤心不独为悲秋"这样的诗句从反面微挑，虚点而不明说。这就留下许多涵泳、思索的余地。实际上，当诗人面对三十年来山川依旧的汝州城时，藩镇割据势力的长期猖獗，统治集团的腐败无能，人民生活的艰难困苦，唐王朝国运的衰颓没落，都不免在日暮黄昏、鼓角悲凉的惨淡气氛中萦绕于脑际。诗人的"伤心""垂泪"既如此深广，自然只能以不了语了之，只说"不独为悲秋"了。"山川对垂泪"的字面，当与《世说新语·言语》周顗之"风景不殊，举目有山河之异""皆相视流泪"之事有关，读者从中正可唤起一种对国运衰颓和世事沧桑的悲慨。

这首诗在构思方面的显著特点，就是用三十年前后两登汝州城楼所见所闻所感的相似，来集中表达对在长期战乱中衰颓不振的整个时代的深沉感慨。由于它充分发挥了绝句长于含蓄的特点，虚处传神，吞咽出之，遂使这首小诗具有深广的时代内容和感情内容，经得起反复吟味。

李
益

塞下曲 [一]

伏波惟愿裹尸还 [二]，定远何须生入关 [三]。
莫遣只轮归海窟 [四]，仍留一箭定天山 [五]。

〔一〕《塞下曲》，乐府横吹曲旧题。此为唐代新乐府辞。

〔二〕伏波，指东汉名将马援，曾封为伏波将军。《后汉书·马援传》："玺书拜援伏波将军。"曾曰："方今匈奴、乌桓尚扰北边，欲自请击之。男儿要当死于边野，以马革裹尸还葬耳，何能卧床上在儿女子手中邪！""会匈奴乌桓寇扶风，援以三辅侵扰，园陵危逼，固请行，许之。"

〔三〕定远，指东汉名将班超，因立功西域，封定远侯，邑千户。《后汉书·班超传》："为人有大志……家贫，常为官佣书以供养。久劳苦，尝辍业投笔叹曰：'大丈夫无它志略，犹当效傅介子、张骞立功异域，以取封侯，安能久事笔研间乎！'""西域五十馀国悉皆纳贡内属焉。明年……封超为定远侯，邑千户。超自以久在绝域，年老思土。（建初）十二年，上疏曰：'……臣不敢望到酒泉郡，但愿生入玉门关……'""帝感其言，乃征超还"。

〔四〕遣，让，使。只轮归，《春秋公羊传·僖公三十三年》：四月，"晋人与姜戎要之（指秦军）殽（山名，在今河南洛宁县北）而击之，匹马只轮无反者。"海窟，指胡人所居的极远的巢穴之地。

〔五〕《新唐书·薛仁贵传》："诏副郑仁泰为铁勒道行军总管。时九姓众十余万，令骁骑数十来挑战，仁贵发三矢，辄杀三人，于是虏气慑，皆降……军中歌曰：'将军三箭定天山，壮士长歌入汉关。'九姓自此衰弱，不复更为边患也。"此处为与上句"只轮"对仗，改"三"为"一"，更显将军之神勇。

笺评

富寿荪曰：此代边将立言，抒写报国壮志，杀敌决心。通首意气飞扬，极沉雄豪迈之致。四句皆对，句句用典，而一气浑成，无凑泊板重之迹，尤为可贵。（《千首唐人绝句》）

鉴赏

此诗不但在整个中唐诗中堪称别调，就是在古代绝句史上也是别具一格之作。它的突出特点，就是句句用典，句句对仗。这两个特点通常情况下都是绝句创作艺术上的大忌。绝句贵含蓄，贵空灵，句句用典（特别是事典）极易使诗的内容、风格过实，缺乏想象空间和言外余韵。绝句贵风神摇曳，情韵悠长，句句对仗，特别是工整的对仗，极易使诗的风格流于板滞。但李益此作，却在犯绝句创作板与实两大忌的情况下，成功地发挥了用典与对仗的优长，而避开了用典与对仗可能引起的弊病，写出了一首感情悲壮激越、风格雄浑苍劲、通体一气浑成的杰作。

首句"伏波惟愿裹尸还"用马援典，意在突出其为国御敌，勇于牺牲，以战死疆场为荣的英雄气概。马援的话本身就是极具个性化色彩的人生誓言，诗人又用"惟愿"二字重笔勾勒，强调其唯一性，从而将它提高到人生价值观的高度。值得注意的是，马援的这一人生宣言是针对"方今匈奴、乌桓尚扰北边"的形势而发的，而且他真正践行自己的誓言，"自请击之"，将人生观付诸实践，最后果然死于军中。因此，读者从这个事典中所感受到的就不仅是马援的豪言壮语中显示出来的英雄气概，而且是他的整个人生价值观以及与此相联系一生的实际英雄业绩，是这一英雄人物的整体形象。而"方今匈奴、乌桓尚扰北边"的话也无形中有某种现实针对性。

次句"定远何须生入关"，用的同样是一位东汉名将的典故。班超经营西域三十余年，使西域五十余国纳贡内属，其功勋之卓越可以说是超越了前辈张骞，使东汉王朝的国威远扬域外，真正实现了其早年的大丈夫志略。晚年思故土而"愿生入玉门关"，也是人之常情，但诗人却以"何须"二字与上句"惟愿"相呼应，反其意而用之，说班超既立功西域，就干脆为维护汉王朝的国威而终老异域，何必恋故土而入玉关呢！班超的业绩如此卓越，犹以"何须"之语表示不足为遗憾，则诗人的宏伟志向可见。上句正用，以"惟愿"从正面强调；下句反用，以"何须"从反面表示不足。对仗虽极工整，意思却不重复，正反相济，愈加显出为国立功，终老异域，死于疆场的英雄气概和人生理想。"惟愿"与"何须"，上下勾连照应，使两句意思贯通，一气流注。

前两句着重从人生观的高度，借马援、班超的典故，表达英雄人物应有的志向气概，下两句进一步从践行志略的角度突出英雄人物应具的行动与业绩。"只轮归"用秦晋殽之战，秦人"匹马只轮无反"之典，强调对来犯之敌，要坚决、彻底、干净地加以消灭，不使其一兵一卒生归巢穴，以绝后患。这句虽是正面用典，却主要用其语，而与具体的人物、事件无关，用法灵活多变。"海窟"似是诗人的独创语，意指瀚海沙漠极远处胡人的窟穴。

句首用"莫使"二字，有告诫之意，说明此诗可能是为壮词以激励戍边将帅。

末句"仍留一箭定天山"。用薛仁贵三箭定天山的事典，却将原典中的"三"改为"一"。这一改动，不但是为了与上句"只轮"构成铢两相称的工对，而且更是为了突出将军的神勇。"三箭"而"定天山"，已传为军中佳话，"一箭"而"定天山"，则又超仁贵而上之，英勇绝伦了。用"仍留一箭"之语，既有奋其余勇之意，又兼平定另一强敌之意，品味自知。"莫遣"句着意强调，重重提起；"仍留"句轻轻放下，口吻轻松，似乎是说请再留下区区一箭，捎带着把天山一带地区也给平定了。轻重抑扬之间，表现出对将军神勇的高度信任与赞扬，也使两句诗上下贯串一气，显得摇曳有致，气定神闲。

通观全诗，可以看出四句诗之所以能构成一个浑融的艺术整体，既取决于内在的贯通首尾的气——一种坚信自己理想信念的精神力量，又得力于四句中"惟愿""何须""莫遣""仍留"等词语的勾连照应，使强大而充盈的"气"贯注于字里行间，使原来含意比较实的典故变得灵动起来，每一句都充溢着英雄主义的气概。而典故用法的多变和对仗句式的变化，又增添了全诗挥洒自如的风神韵味。

张 籍

张籍（766—830），字文昌，吴郡（今江苏苏州）人。少时已寓居和州乌江（今安徽和县）。贞元十五年（799）登进士第。元和元年（806），始补太常寺太祝。十一年秋冬任国子监助教，十五年夏秋间任秘书郎。长庆元年（821）因韩愈之荐，迁国子博士，二年除水部员外郎，四年任主客郎中。大和二年（828）迁国子司业，大和四年卒。籍与王建早年相识，且均工乐府，故称"张王乐府"。与韩愈、孟郊交谊亦厚。白居易称其"尤工乐府诗，举代少其伦"。近体五律、七绝亦有清新之作。《新唐书·艺文志》著录《张籍诗集》七卷。《全唐诗》编其诗为五卷。

征妇怨〔一〕

九月匈奴杀边将〔二〕，汉军全没辽水上〔三〕。
万里无人收白骨，家家城下招魂葬〔四〕。
妇人依倚子与夫〔五〕，同居贫贱心亦舒。
夫死战场子在腹，妾身虽存如昼烛〔六〕。

校注

〔一〕本篇系新题乐府。《乐府诗集》卷九十四《新乐府辞·乐府杂题》收入此篇。

〔二〕匈奴，古代北方游牧民族。此借指当时北方边境入侵的胡族。九月秋高马肥，正是胡人入侵内地的季节。

〔三〕辽水，即今之辽河。《水经注·大辽水》："《地理志》曰：渝水自塞外南入海，一水东北出塞，为白狼水，又东南流至房县，注于辽。"按：《汉书·地理志八下·辽东郡·望平》："大辽水出塞外，南至安市入海，行千二百五十里。"唐代这一带是唐王朝与奚、契丹等经常交战的地区。

〔四〕招魂葬，指人死后未能收得其尸骨，用其生前所着衣冠，招其魂而葬。《晋书·袁瑰传》："时东海王越尸既为石勒所焚，妃裴氏求招魂葬越，朝廷疑之，瑰与博士傅纯议，以为招魂葬是谓埋神，不可从也。"

〔五〕依倚，倚仗，依赖。《仪礼·丧服》："妇人有三从之义，无专用之道。故未嫁从父，既嫁从夫，夫死从子。"

〔六〕昼烛，白天点燃的蜡烛，喻其系多余之物。

 笺 评

唐汝询曰：夫死战场子在腹，征妇之最惨者。烛以照夜，昼无所用之，故取以自喻。（《唐诗解》卷十八）

杨慎曰：依倚子、夫，得怨之正。（《删补唐诗选脉笺释会通评林·中七古》引）

吴山民曰："夫死战场子在腹"，苦中苦语。（同上引）

周启琦曰：末二语悲甚。（同上引）

周珽曰："全没""魂葬"，可怜！觅封战死，何如贫贱同居。故烛以照夜，昼无用之，妇人无倚，昼烛何异！声声怨恨，字字凄惨。（同上引）

陆时雍曰："招魂葬"语佳。（《唐诗镜》卷四）

邢昉曰：顾云：王、张乐府，体发人情，极于纤细，无不至到。后人不及正在此，不及前人亦在此。（《唐风定》卷十一引）

沈德潜曰：李华《吊古战场文》，篇中可云缩本。（《重订唐诗别裁集》卷八）

吴瑞荣曰：说征妇者甚多，惨淡经营，定推文昌此首第一。（《唐诗笺要》）

史承豫曰：张、王乐府并称，文昌情味较足，以运思清而措辞俊也。（《唐贤小三昧集》）

鉴 赏

这首诗所写的战争，据"汉军全没辽水上"之句，系发生在辽河流域一带。但据《新唐书·北狄传》："自至德后，藩镇擅地务自安，郭戍斥候益谨，不生事于边，奚、契丹亦鲜入寇。岁选酋豪数十入长安朝会，每引见，赐与有秩，其下率数百皆驻馆幽州。至德、宝应时再朝献，大历中十三，贞元间三，元和中七，大和、开成间凡四。"在张籍生活的年代，这一带似乎并没有发生过这样大规模的战事。则所写似非当代之事。而在此前，"天宝四载……（安）禄山方幸，表讨契丹以向帝意。发幽州、云中、平卢、河东兵十余万，以奚为乡导，大战潢水南，禄山败，死者数千。自是禄山与相侵掠未尝解，至其反乃已。"则亦有可能借咏安禄山邀功败绩之事以揭露黩武战争给百姓造成的苦难，如白居易《新丰折臂翁》之借杨国忠讨南诏事以戒邀边功而祸民者。

此诗八句，分前后两段，前段四句总写此次战役死者之众、状况之惨。开头两句，写九月秋高马肥季节，胡人进犯，边将被杀，汉军全部覆没于辽水之上。"全没"二字，沉痛切至，可以想见辽水沿岸，尸体累累，到处横陈的惨状。接下来两句，立即由辽水岸边的战场转到后方征人的家庭。"万里无人收白骨，家家城下招魂葬。"万里，是指征人远征东北边地，离家万里。家人自然不能跋山涉水，前往战地收尸埋葬，因而只能在家乡的城下用征人生前的衣冠招其魂魄归来而葬。但也反映出镇守边地的统帅对士兵生命和牺牲的漠视，任自己的士兵陈尸辽水而不加收埋。"家家"二字，应上"全没"，正因为全军覆没，无一生还，故征人之家，家家城下作招魂之葬。从中可以想见征人家属沉痛欲绝、哀苦无告、呼天抢地的惨景。以上四句，可以说是为"征妇怨"提供了一个大背景，揭示出诗中所抒写的"怨妇"之"怨"并非特例，而是千千万万征人征妇共同悲剧命运的写照，具有普遍性和代表性。

后段四句，由面及点，将笔墨集中到一位具体的征妇身上。"妇人依倚子与夫，同居贫贱心亦舒。"先放开一步，写征妇的微末愿望。说妇人的命运寄托在丈夫和儿子身上，只要夫妻同居，合家团聚，即使过着贫贱的生活，心情也是舒畅的。在通常情况下，总觉得"贫贱夫妻百事哀"，但在战争的灾祸降临到家庭面前时，却觉得"同居贫贱心亦舒"了。这种心理状态正是战争造成的，说得越微末，越令人感到心酸。

"夫死战场子在腹，妾身虽存如昼烛。"七、八两句，旋即逼近一步，逼出全篇的警策。如今，丈夫已经战死沙场，而子却仍在腹中。失去了全家的顶梁柱，这个家就垮塌了，尚在腹中的子女即使侥幸平安降生，在如此艰困的条件下又如何将他（她）抚养成人，看来依靠尚在腹中的子女更是遥遥无期，希望渺茫。自己一无所依，虽暂时活在世上，也如同白昼点烛毫无意义。"昼烛"之喻，新颖独创，前所未见。这两句将妇人对生活、对将来绝望的沉痛心情表达得非常深刻有力。虽写"怨"，但不仅是无告的哀怨，也有沉痛激愤的控诉。张籍诗每于结处用力，作尖锐沉痛之语，旋即收束，给人以急闸截流、水势奔涌回荡不已之感，此诗亦如之。

野老歌〔一〕

老农家贫在山住，耕种山田三四亩。
苗疏税多不得食〔二〕，输入官仓化为土〔三〕。
岁暮锄犁傍空室，呼儿登山收橡实〔四〕。
西江贾客珠百斛〔五〕，船中养犬长食肉。

校注

〔一〕《全唐诗》校："一作《山农词》。"此系张籍创作的新题乐府。

〔二〕不得食，谓粮食收得少且不能给自家食用。

〔三〕谓粮食上缴给官府，进入官仓，年年堆积，腐烂为尘土。

〔四〕橡实，橡树的果实，形状似栗，故人称橡栗，穷苦人家常采以充饥。

〔五〕西江，指长江中下游一带地区。斛，古代量器，十斗为一斛。

笺评

范椁曰：乐府篇法，张籍第一，王建近体次之；长吉虚妄，不必效；岑参有气，惜语硬，又次之。张、王最古……要诀在于反本题结，如《山农词》结却用"西江贾客珠百斛，船中养犬长食肉"是也。（《木天禁语》）

钟惺曰：（末二语下评）语有经国隐忧。（《唐诗归·中唐六》）

周珽曰：诗以清远为佳，不以苦刻为贵，固矣。然情到真处，事到实处，音不得不哀，调不得不苦者。说者谓文昌、仲初乐府，喑哑逼侧，每到悲惋，一如儿啼女哭，所为真际虽多，雅道尽丧。不知彼心口手眼各自有精灵不容磨灭光景，如病其欠厚，非善读二家者也。《诗境》云："七古欲语语生情，自张、王创为此体，盛唐人只写得大意"，得矣。（《删补唐唐汝询曰：文昌乐府，就事直赋，意尽而止，绝不于题外立论。如《野老》之哀农，《别离》之感戍，《泗水》之趋利，《樵客》之崇实，《雀飞》之避祸，《乌栖》之微讽，《短歌》之忧生，各有一段微旨可想。语不奥古，实是汉魏乐府正裔。（同上引）

张
籍

鉴赏

中唐以写乐府诗著称的张、王、元、白诸诗人，尚实、尚俗是他们的共同倾向。但读张籍的乐府和白居易的《新乐府》，会明显感到其写法与风格的区别。白氏《新乐府》多铺叙、议论，篇幅较长，时有太尽太露之弊；而张籍的乐府多为短制，写得集中、尖锐而不乏含蓄，这首《野老歌》即是一例。

全篇八句，前后各四句为一段。前段着重揭示老农与官府的矛盾，后段主要揭示农民和富商贫富悬殊的尖锐对立。

起二句用极朴素平易的语言交代老农的情况。因为"家贫"，在平原肥沃地区根本不可能有自己的田地，无奈只得到深山来居住，辛辛苦苦，开出"山田三四亩"，借以维持一家的起码生计。两句中既说"在山住"，又说"山田"，重复中见其居住之所的深僻、条件之恶劣、田地之瘠薄。这样的生活条件，即使维持一家的起码生计，也很艰难。三、四两句又进一层写其生活的艰困：由于土地瘠薄，禾苗稀疏，收成本就少得可怜；再加上官府征税花样之繁和数量之多，更使老农连这微薄的收成也落不到自家口中，"不得食"三字，强调的正是收成虽微薄亦因"税多"而不得食的意思，揭示出官府征税的无孔不入，不管百姓死活，即使是躲进深山，耕种山田亦不能幸免。这揭露已相当深刻，第四句却更进一层，揭示出老农一年辛勤劳动所得的微薄收成，一家人赖以活命的劳动果实被悉数搜刮到官府的官仓中去以后，却长期堆积在那里，任其腐烂变质，化为尘土。这说明，官府的横征暴敛，根本不是国计民生或财政军事的需要，只是按上面的规定征收，完成自己的考核任务。劳动者的血汗和救命的粮食就这样白白糟蹋掉了。这两句表面上看仍是不动声色的客观叙述，但其中蕴含的感情是沉痛愤激而又无奈的。平淡朴素的叙述中包含着尖锐的谴责。

"岁暮锄犁傍空室，呼儿登山收橡实。"五、六两句，承上"苗疏税多不得食"，描绘山农一家无以为生的状况。岁暮天寒，老农破旧的房屋中空荡荡的，只有几张闲置的锄犁靠着四壁，似乎还标示着主人的身份，此外竟是一无所有，真正"家徒四壁"了。写老农一贫如洗的困绝之境，简洁而传神。无奈之下，只得呼唤儿子一起登山去收取野生橡树的果实，聊以充饥，也"聊以卒岁"了。"岁暮"离秋收不远，本不是穷苦人家最艰困的春荒季节，而竟要靠采橡实为食，其困绝境况可想而知。这两句承上启下，为七、八两句做铺垫。

"西江贾客珠百斛，船中养犬长食肉。"七、八两句忽然撇开山农苦况，写西江贾客的奢侈生活。唐时称长江中下游一带为西江，这一带贾客云集，唐诗中不少描写商人妇生活、感情的诗，其中所写的商人即所谓"西江贾客"。或云指珠江最大支流的西江，非。富商逐利西东，不但广蓄财货，明珠百斛，而且生活豪奢，连船上养的狗也长年吃肉。一边是无衣无食，无以卒岁，拾橡栗充饥；一边是畜养的犬常年食肉，这人不如犬的鲜明、强烈而尖锐的对比，揭露的不仅是贫苦农民和富商豪贾这两个社会阶层的尖锐对立，而且是整个社会的不公。

诗的篇幅虽短，但触及唐代中叶社会的两大重要特征，一方面是广大农村和贫苦农民在统治阶级的重重压榨下经济凋敝、民生困苦，一方面是城市和商业经济的畸形繁荣。这两个特征凸显了社会的尖锐贫富对立和不公。诗人把它们浓缩在一首只有八句的短篇中，因描写的集中，而显出矛盾的尖锐和对立的鲜明。末句戛然而止，让尖锐的对照本身显示其内在的矛盾，引导人们去思索咀味，含蓄不尽，饶有余韵。这是张籍惯用的手法。

节妇吟寄东平李司空师道〔一〕

君知妾有夫，赠妾双明珠。感君缠绵意，系在红罗襦〔二〕。妾家高楼连苑起〔三〕，良人执戟明光里〔四〕。知君用心如日月，事夫誓拟同生死〔五〕。还君明珠双泪垂，何不相逢未嫁时〔六〕。

校注

〔一〕四库本《张司业集》、四部丛刊本《张司业集》诗题均作《节妇吟》。据刘明华《关于张籍〈节妇吟〉的本事及异文等问题探讨》一文考证，北宋初姚铉所编《唐文粹》卷十二《乐府辞》所收本篇，题下始有注："寄东平李司空。"南宋计有功《唐诗纪事》卷三十四"张籍"条下收此诗题作《节妇吟寄东平李司空》。而最早出现此诗写作背景的文字，则始于南北宋之交王铚之《四六话》卷上："唐张籍用裴晋公荐为国子博士，而东平帅李师道辟为从事，籍为《节妇吟》以辞之云……"南宋祝穆编撰《古今事文类聚》前集卷三十收入此诗，则题为《节妇吟寄东平李司空（辞辟命作）》，而南宋洪迈《容斋三笔》卷六则谓："张籍在他镇幕府时，郓帅李师古又以书币辟之，籍却而不纳，而作《节妇吟》一章寄之。"是诗题有《节妇吟》《节妇吟寄东平李司空》《节妇吟寄东平李司空师道》（《全唐诗》）之异；对李司空则有指李师古、李师道之异。按：东平，唐郓州东平郡，治所在须昌（今山东东平县西北），中唐时为淄青节度使府所在。据《新唐书·藩镇传·淄青横海》，李师古与其异母弟师道曾先后任淄青节度使［师古卒于元和元年（806），师道卒于元和十四年］，且均曾封司空，故注家对李司空有指师古及师道之异说。刘明华认为：张籍中进士后与李师古共时较短，如果张籍真有拒聘某司空之事，指师道之可能性较大。诗之副标题很可能是姚铉根据相关传闻所加。作此诗的时间，当在任太常府太祝的困穷期间，而非任国子助教博士之时。刘文见《中国唐代文学学会第十四届年会暨国际学术研讨会论文汇编》）。

〔二〕罗襦（rú），丝绸短袄。

〔三〕苑，宫苑。

〔四〕良人，女子称丈夫。执戟，秦汉时的宫廷侍卫官，因值勤时手持戟，故称。《史记·滑稽列传》："官不过侍郎，位不过执戟。"明光，汉桂宫殿名，汉武帝时建。《三辅黄图》卷二引《三秦记》："未央宫渐台西有桂宫，中有明光殿，皆金玉珠玑为帘箔，处处明月珠、金陛玉阶，昼夜光明。"

〔五〕拟，必。表极度肯定的语气副词，非"打算""准备"之意。

〔六〕何，《全唐诗》校："一作恨。"按：宋代各本及总集、笔记、类书所引均作"何"。明代诗话中所引始有作"恨"者。

洪迈曰：张籍在他镇幕府，郓帅李师古又以书币辟之，籍却而不纳，而作《节妇吟》一章寄之……陈无己为颍州教授，东坡领郡，而陈赋《妾薄命》篇，言为曾南丰作，其首章云："主家十二楼，一身当三千。古来妾薄命，事主不尽年。起舞为君寿，相送南阳阡。忍着主衣裳，为人作春妍？有声当彻天，有泪当彻泉。死者恐无知，妾身长自怜。"全用籍意。（《容斋三笔·张籍陈无己诗》）

刘克庄曰：张籍《还珠吟》为世所称，然古乐府有《羽林郎》一篇，后汉辛延年所作……籍诗本此，然青于蓝。（《后村诗话·前集》卷一）

刘辰翁曰：好自好，但亦不宜系。（《唐诗品汇》卷三十四）

俞德邻曰：张司业《节妇吟》："君知妾有夫，赠妾双明珠。感君缠绵意，系在红罗襦。妾家高楼连苑起，良人执戟明光里。知君用心如日月，事夫誓拟同生死。还君明珠双泪垂，恨不相逢未嫁时。"《礼》："男女授受不亲。"妇人移天理不应受他人之赠。今受明珠而系襦，还明珠而泪垂，其愧于秋胡之妻多矣，尚得谓之节妇夫！（《佩韦斋辑闻》卷二）

何良俊曰：张籍长于乐府，如《节妇吟》等篇，真擅场之作。（《四友斋丛说》）

郭濬曰：前四句似乐府，结句情深，却非盛唐口吻。（《增订评注唐诗正声》）

唐汝询曰：系珠于襦，心许之矣，以良人贵显而不可背，是以却之。然还珠之际涕泣流连，悔恨无及，彼妇之节，不几岌岌乎！夫女以珠诱而动心，士以币征而折节，司业之识，浅矣哉！（《唐诗解》卷十八）

钟惺曰：节义肝肠，以情款语出之，妙妙。（《唐诗归·中唐七》）

陆时雍曰：稳是情语。（《唐诗镜》卷四十一）

周珽曰：平衷婉辞，既坚已操，复不激人之怨，即云长事刘，有死不变，犹志在报效曹公之意。（《删补唐诗选脉笺释会通评林·中七古》）

黄周星曰：双珠系而复还，不难于还而难于系。系者知己之感，还者从一之义也。此诗为文昌却聘之作，乃假托节妇言之，徒令千载之下，增才人无限悲感。（《唐诗快》卷七）

毛先舒曰：张籍《节妇吟》，亦浅亦隽。（《诗辩坻》卷三）

贺贻孙曰：此诗情词婉变，可泣可歌。然既垂泪以还珠矣，而又恨不相逢于未嫁之时，柔情相牵，展转不绝，节妇之节危矣哉！文昌此诗，从《陌上桑》来，"恨不相逢未嫁时"，即"使君自有妇，罗敷自有夫"意。"自有"二语甚斩绝；非既有夫而又恨不嫁此夫也。"良人执戟明光里"，即"东方千余骑，夫婿居上头"意。然《陌上桑》妙在既拒使君之后，忽插此段，一连十六句，絮絮聒聒，不过盛夸夫婿以深绝使君，非既有"良人执戟明光里"，而又感他人"用心如日月"也。忠臣节妇，铁石心肠，用许多折转不得，吾恐诗与题不称也。或曰文昌在他镇幕府，郓帅李师古又以重币辟之，不敢峻拒，故作此诗以谢，然文昌之婉变良有此也。（《诗筏》）

贺裳曰：此诗一句一转，语异而峻，深得《行露》、"白茅"（按：当指《野有死麕》）之意。刘须溪曰："好自好，但亦不宜'系'。"余谓此语不惟苛细，兼亦不谙事宜，此乃寄东平李司空作也。籍已在他镇幕府，郓帅又以书币聘之，故寄此诗。通体均是比体，系以明国士之感，辞以表从一之志，两无所负。（《载酒园诗话·刘须溪》）

吴乔曰：又如张籍辞李司空辟诗，考亭嫌其"感君缠绵意，系在红罗襦"。若无此一折，即浅直无情，朱子讥之，是讲道理，非说诗也。是为以理碍诗之妙者也。（《围炉诗话》卷一）

叶矫然曰：张文昌乐府擅场，然有不满者，如《节妇吟》云……此妇人口中如此，虽未嫁，嫁过毕矣。或云文昌却郓帅李师道之聘，有托云然。但理胜之词，不可训也。（《龙性堂诗话初集》）

黄生曰：按李司空即李师道，乃河北三叛镇之一。张籍自负儒者之流，岂宜失身于叛臣，何论曾受他镇之聘与否耶！张虽却而不赴，然此诗词意未免周旋太过，不止如须溪所讥，安有以明珠赠有夫之妇，而犹谓其"用心如日月"者？且推相逢未嫁之语，脱未受他人聘，即当赴李帅之召，恐昌黎《送董邵南》又当移而赠文昌矣。（吴乔《围炉诗话》卷一黄氏评）

徐增曰：《陌上集》妙在直，此诗妙在婉，文昌真乐府老手。（《而庵说唐诗》）

王尧衢曰：此篇五七言，后以两句结，却有馀韵，妙在言外。"还君明珠双泪垂，恨不相逢未嫁时。"乃解下双珠掷还，而酬以双泪。盖妾自守义，不为情屈。君虽用情，当以义制。明珠之赠，君意良厚矣。然不相逢于未嫁之时，岂宜受珠？妾恨君逢妾之晚也。此张籍却李师古聘，托言如此。（《唐诗合解笺注》卷三）

史承豫曰：婉而直，得风人寄托之旨。（《唐贤小三昧集》）

徐倬曰：词意婉转，恐非节妇意也。宜以本事为题，则得风人之意。（《御定全唐诗录》卷五十四）

张籍

1807

沈德潜曰：文昌《节妇吟》云："感君缠绵意，系在红罗襦。"赠珠者知有夫而故近之，更亵于罗敷之使君也，犹感其意之缠绵耶？虽言寓言赠人，何妨圆融其辞。然君子立言，故自有则。（《说诗晬语》卷上）

爱新觉罗·弘历曰：《反张籍节妇吟》序："籍不纳李师古之聘，似矣，而'还君明珠双泪垂，恨不相逢未嫁时'，又何以云乎？汪薇辑诗论方且谓足令郓帅失色，吾以为郓帅有识将薄其人矣。"诗云："君知妾有夫，不应赠妾双明珠。明珠虽的皪，焉肯系在红罗襦。古有洁妇秋胡妻，黄金不顾节自持。还君明珠如未见，我心匪石不可持。"

对这首乐府名篇的解读，应将对原题及文本的解读与后代关于此诗本事及托意的分析评论分开来讨论，否则会治丝愈纷，缠夹不清，无法理清头绪。

先讨论宋代以来关于此诗本事的记载、副题的增入、寓言托意及所寄对象等问题。这些问题均有关联，故合并在一起讨论。关于此诗诗题开始有"寄东平李司空"的内容，始于北宋初姚铉《唐文粹》，至南北宋之交王铚《四六话》而更具体化为"东平帅李师道辟为从事，籍为《节妇吟》见志以辞之"。姚铉编选《唐文粹》在大中祥符四年（1011），上距张籍作此诗之年约二百年，姚氏以此诗为"寄东平李司空"，可能得之传闻，也可能确有所据。从张籍的生平经历看，姚合《赠张籍太祝》已有"甘贫辞聘币"的明确记载，可见其确有宁愿守穷而辞聘之事。当然姚合诗并未指明所辞之对象，只能据此推知其事当在其任太常寺太祝期间或以前，即元和元年（806）至十一年秋冬或更前。而元和元年李师古已卒，则如是在任太常寺太祝期间辞聘，似以辞李师道之聘之可能性较大。但李师道元和十一年十一月始加司空，且元和十年六月已发生师道遣刺客刺杀宰相武元衡之事，八月又与嵩山僧圆净谋反，遣勇士数百伏于东都进奏院，欲窃发焚烧宫殿而肆行焚掠，如师道于元和十一年十一月加司空后再辟聘张籍为从事，一则此时籍可能已离太祝任转国子助教，与姚合诗所述情况不符，二则张籍在师道反迹已彰的情况下似乎也不可能再说"知君用心如日月"之类的话。故籍"甘贫辞聘币"之事虽有之，但所辞对象不可能是李师道，相反倒有可能是李师古。因为姚合诗所说"甘贫辞聘币"之事也可能发生在其任太常寺太祝之前。李师古于永贞元年（805）三月兼检校司空，元和元年（806）六月卒。张籍贞元十五年（799）登进士第，元和元年始官太祝。永贞元年三月至元和元年六月，正是他穷极潦倒之时，师古辟聘其为从事，正可谓救其因穷，而籍则因"师古虽外奉朝命，而尝畜侵轶之谋，招集亡命，必厚养之，其得罪于朝而逃诣师古者，因即用之"，德宗死时，又"冀因国丧以侵州县"，故婉辞其辟聘，似较符合情理。再从当时诗坛风气看，也确有此类比兴寓言之作，如与张籍直接有关的朱庆馀《闺意献张水部》及籍之《酬朱庆馀》，即属此类比兴之作。如朱诗题内无"献张水部"四字，又无籍之酬作，读者完全可以将朱之《闺意》解为对新嫁娘心情神态之生动传神描写。

下面，不妨先从肯定此诗确为有本事的比兴体这个角度来对它的比兴含义作简单的解读。

"君知妾有夫，赠妾双明珠。"张籍贞元十五年已登进士第，至此时虽或尚未正式授官，但为唐之臣僚的身份已定，故说"有夫"。李师古在明知张籍即将正式成为朝廷官吏的情况下礼聘其为幕僚，故说"君知妾有夫，赠妾双明珠"。洪迈说"张籍在他镇幕府，郓帅又以书币辟之"，单从这两句看，洪迈的解读可能更为合理，但一则文献无籍曾在他镇幕府的记载，从姚合的《赠张籍太祝》诗也看不出有这方面的经历。

"感君缠绵意，系在红罗襦。"三、四句是对李师古厚币辟聘情谊表示感激的比喻性说法。从"系在红罗襦"之语看，处于困境中的张籍当时也许真动过接受其辟聘的念头。不管是否如此，这起码是对师古之礼聘表示感激与尊重之情的表现。

"妾家高楼连苑起，良人执戟明光里。"五、六两句承上"妾有夫"，对丈夫的身份地位作具体的描述。从"执戟"本身的实际身份地位说，不过就是皇帝的普通侍卫而已，但从这两句诗的神情口吻及描绘的情景看，无疑对其夫带有夸饰赞扬的成分，与《陌上桑》罗敷之夸夫有相似之处。

"知君用心如日月，事夫誓拟同生死。"从比兴的角度解诗，"知君"句的解释是个关键，所谓"用心如日月"，表面上意思是说，你厚币礼聘，是表示对我的厚爱和尊重，用心光明磊落，并没有任何不可告人的目的（如用张籍的文才来为其反抗朝廷、扩充势力的政治图谋服务），实际上当然话中有话，暗中指其有不良的意图。这句上承"感君"句。尽管君用心光明，但我既有夫，供职朝廷，誓必与其同生死共命运，不可能再接受君之厚爱。这句承"妾有夫"，婉拒之意已经显露。"知君"句极宛转巧妙，既给足对方面子，使其有台阶可下，又微露对对方用意的察觉之意。

"还君明珠双泪垂，何不相逢未嫁时。""还君明珠"，是却聘的明确表示。虽却其聘，却深感其情，故虽"还珠"而"双泪垂"。末句更进一步道出自己这种感激之情的深厚程度。言下之意是妾若未嫁，则必当感君之缠绵情意相随终身。对于被婉辞的人来说，这无疑是情感上最大的满足。如果作为婉辞的一种词令，这恐怕是最巧妙也最能打动对方的词令了。

在唐代中叶藩镇割据、对抗朝廷的时代背景下，一位登第后长期得不到朝廷任用、穷困潦倒的文人，面对强藩的厚币礼聘，竟能甘贫辞聘，这件事本身就突出显示了一位寒士的政治气节。而借诗歌比兴宛转表达自己"事夫誓拟同生死"的坚定信念，将宛转巧妙的言辞与坚定的意志和谐统一起来，更为难得。作为一首比兴寓言体诗作，思想内容和艺术表现当均属上乘。

但这首诗如果撇开传闻的本事及比兴寓托之意，将它作为一位女子对所爱者的自白来读，也许更富于人情味，也更感人。这也正是它富于艺术生命力的突出表现和引起历代广大读者感情共鸣的原因。

由于各种各样的主客观原因，无论是在古代或在现代，非常美满幸福的婚姻总是少数，即使在旁人看来非常美满幸福的婚姻，在当事人的实际感受中却并非如此；甚至当事人已经长期感到非常美满的婚姻，一旦遇到在她（或他）看来更理想的对象向自己示爱时，也会由于两相比较或由于新鲜感而感到自己的婚姻并非完美。但由于情与礼的矛盾，情与义务、责任的矛盾，情与道德的矛盾，又强烈地感到自己应忠于原来的婚姻。从感情上说，是接受新对象的示爱的；但从礼法、道德、义务、责任上说，又应当拒绝新对象的示爱。当后一方面的考虑战胜前一方面时，就有了将已经"系在红罗襦"的双明珠还给对方的举动。理智虽战胜感情，却无法消弭感情，于是便不由自主地在"还君明珠"的同时双泪长流。在主人公看来，这是一种悲剧性的无奈，而造成这种悲剧性无奈的根源则是人生的偶然性机缘，即自己在"未嫁时"未遇上这位理想的对象，从而在篇末集中地宣泄自己的无奈与遗憾——"何不相逢未嫁时"！由于对婚姻美满幸福度的不满的普遍性，故当遇上自己认为更理想的对象示爱时，这种"何不相逢未嫁时"的遗憾与无奈就能唤起普遍的共鸣。从这个意义上说，这首诗的艺术魅力主要就在它非常真实深刻地表现了人们对婚姻乃至人生缺憾的无奈。

唐代是一个比较开放的时代，诗中所表现的一个已婚女子对丈夫以外的男子的示爱表示欣然接受的行为，在宋以后封建礼法越来越森严的时代，是受到严厉谴责的，尽管最后"还君明珠"也被视为一种动摇乃至背叛，因此有一系列节妇不节的负面评论，甚至有乾隆改诗的迂腐愚蠢之举，只有贺裳之评，总算说了一点近乎情理的话。在唐代，系珠罗襦与还君明珠，可视为节妇的合情合理之举。而自宋以后，却遭到一系列的指责，这正可视为封建社会后期封建礼法越来越严苛，影响到对诗歌的评价的一个典型事例。

张籍

夜到渔家〔一〕

渔家在江口，潮水入柴扉。
行客欲投宿〔二〕，主人犹未归。
竹深村路远〔三〕，月出钓船稀。
遥见寻沙岸〔四〕，春风动草衣〔五〕。

校注

〔一〕《全唐诗》校："一作《宿渔家》。"
〔二〕行客，诗人自指。
〔三〕远，《全唐诗》校："一作暗。"
〔四〕寻沙岸，指渔舟正在寻找泊舟的平沙岸边。作者《宿江店》："闲寻泊船处，潮落见平沙。"
〔五〕草衣，用蓑草编织成的蓑衣。

笺评

刘辰翁曰：难得语意自在如此。（"行客"二句下评）（《唐诗品汇》卷六十七引）

唐汝询曰：意幽语圆，叙事有次。次句"入"字便细。（《删补唐诗选脉笺释会通评林·中五律》引）

胡中行曰：文昌本色，只是枯淡。五、六率真。（同上引）

黄周星曰：格法妙。（《唐诗快》）

查慎行曰：（"行客"二句）真景，即是好诗。（《初白庵诗评》）

1811

顾安曰：结句是渔人归来，却不说出，甚觉闲远。(《唐律消夏录》)

纪昀曰：此亦名篇。余终病其一结无力，使通篇俱薄弱。(《瀛奎律髓汇评》卷二十九引)

张震曰：夜次之作，自然写得意出。(注《唐音》卷四)

沈德潜曰：三、四直白语，以自然得之。(《重订唐诗别裁集》卷十二)

屈复曰：客到渔家，不写人到，而言"水入柴扉"，则人到可知。"投宿"出"夜"字。四用一折。五、六写景起下。七、八写渔家归，却不说出。(《唐诗成法》)

黄叔灿曰："柴扉""江口"，知是渔家。将欲投宿，又无主人。"竹深"一联，正是徬徨莫必之景。乃寻沙之岸，草衣风动，遥见人归，岂不欣起。写得意致飘萧，悠然韵远。(《唐诗笺注》)

史承豫曰：文昌五言多以淡胜。(《唐贤小三昧集》)

李怀民曰：格法妙。此诗一气读下，看其叙布之妙，摹绘之工。"渔家在江口，潮水入柴扉。"格。"行客欲投宿，主人犹未归。"格。"竹深村路远，月出钓船稀。"是凝望之神。"遥见寻沙岸，春风动草衣。"至此主人始归也。(《重订中晚唐诗主客图说》卷上)

潘德舆曰：《岁寒堂诗话》论张文昌律诗不如刘梦得、杜牧之、李义山。文昌七律或嫌平易，五律精妙处不亚王、孟，乃愧梦得、义山哉！其《夜到渔家》《宿临江驿》二律，与刘文房《馀干客舍》一作用韵同，风韵亦同，皆绝唱也。(《养一斋诗话》)

俞陛云曰：寻常语脱口而出，句法生峭，与僧皎然"移家虽带郭"诗，同一寻人不遇，一则通首不作对语，此则括以十字，各具标格。此等句，宋人恒有之。如山肴野蔌，淡而有味，学之者须笔有清劲气，非仅白描也。(《诗境浅说》)

鉴赏

张籍以工乐府著称于世，白居易至称其"举代少其伦"，实则他的五律也颇多名篇佳作，清张怀民谓"水部五言，体清韵远，意古神闲，与乐府词相为表里"(《重订中晚唐诗主客图说·张籍》)，诚为的评。

这首题为《夜到渔家》的五律，写的是一段极平常的生活——夜间投宿于渔家所见。用的又是极朴素的语言和白描手法，却写得清新隽永，情韵悠长，极具诗情画意。

"渔家在江口，潮水入柴扉。"首联点明题目。起句极平易，仿佛脱口道出，却显示出渔家所在的突出特征。一座简陋的房舍，孤零零地立于江边水口，这自然是为了打鱼的方便，同时也隔开了与村庄的距离。次句写到渔家所见的第一印象，写得新颖别致，似从未经人道。正因家在江边水口，故涨潮时江水就自然涌入用稀疏的柴木编成的柴门。潮有早潮、晚潮。这里写的自然是晚潮。因此写潮水，正暗藏题内"夜"字。而潮水自然地涌入柴扉，不但传出一种朴野的情趣，且暗示室内空寂无人，任潮水之"入"而无人照管。可以说这一句正传出渔家空寂之神韵，写景类似"潮打空城寂寞回"。

"行客欲投宿，主人犹未归。"行客，诗人自指；主人，则正是渔家的主人了。这一联更是如同白话，乍读似感朴素平淡到不见诗，但自饶一种天然的风韵，潇洒的风神。看样子，诗人似非偶然路过渔家而因天晚欲投宿，而是此前即已与这位渔家相熟，甚至曾在他这简陋的茅舍住宿过，因此这次重到，适值晚暮，便自然产生"欲投宿"的念头，而这时，主人却仍在江上打鱼未归。从全联平淡的语气口吻看，诗人对此已经习以为常，安之若素，因此主人虽犹未归也决定在此熟悉的渔家住下。平淡自然的口吻中正见诗人与渔家亲切随和的关系。这种于不经意中流露出来的感情态度本身便寓含着淳厚朴质的诗意。

"竹深村路远，月出钓船稀。"腹联写在渔家门前后顾前瞻所见。上句后顾。渔家的茅舍后面，是一片茂密的竹林，一条蜿蜒的小路在竹林深处伸展。由于天色已暮，竹林显得特别幽深，通向后边村庄的路也显得特别长，这就越发显出渔家所在的孤寂。下句前瞻。月亮升起来了，江面上的钓船已经越来越稀少，越发显示出整个环境的空寂，也透露出渔家的辛劳。"钓船稀"三字中暗含诗人的伫候之久，但整个情调仍是平静悠闲的，诗人似乎于伫望等待的同时，正在欣赏月夜村庄竹路，空江渔钓的静谧悠闲之美。

"遥见寻沙岸，春风动草衣。"尾联紧承"月出钓船稀"句，写遥见渔人归来的情景。远处江上一条小船，正缓慢地驶近岸边，在寻找浅水平沙的地方泊舟；不久之后，沙岸上走来一个人影，和煦的春风正飘动着他身上的一袭蓑衣。这句遥承"主人犹未归"句，写渔人在月色之下，春风之中徐徐归来。写出一个时间相续的活动的画面。写得极有风韵情致，不仅写出了诗人伫立凝望之久，而且写出了渔家月夜沐春风归来的悠远风神，写出了诗人对自己所发现的平淡生活所寓含的自然美、生活美和情趣美的欣赏。全篇几乎可以不作任何加工，便可画成一幅正在活动中的诗意画。唐代诗人善于在平凡生活中敏锐地发现美的诗心诗才，在这首诗中又一次得到生动的体现。

没蕃故人〔一〕

前年伐月支〔二〕，城上没全师〔三〕。
蕃汉断消息，死生长别离。
无人收废帐〔四〕，归马识残旗。
欲祭疑君在，天涯哭此时〔五〕。

校注

〔一〕没，犹陷没。蕃，此指吐蕃。贞元六年，吐蕃陷北庭都护府，后又陷西川及安西四镇。

〔二〕月（ròu）支，亦作"月氏"，古族名，曾于西域建月氏国，其族先游牧于敦煌、祁连间，汉文帝时遭匈奴攻击，西迁至塞种故地（今新疆伊犁河流域一带）。西迁者称大月氏，少数未西迁者入南山（今祁连山）与羌族杂居，称小月支。此以"月支"借指吐蕃。

〔三〕上，《全唐诗》校："一作下。"

〔四〕废帐，残存的军营营帐。

〔五〕天涯，指诗人身在之地，因离故人身没之地极远，故云。

笺评

贺裳曰：《忆陷没蕃故人》："无人收废帐，归马识残旗。欲祭疑君在，天涯哭此时。"诚堪呜咽。（《载酒园诗话又编》）

查慎行曰：结意深惨。（《初白庵诗评》）

纪昀曰：第四句即出句之意，未免敷衍。（《瀛奎律髓汇评》引）

李怀民曰：只就丧师事一气叙下，至哭故人处但用尾末一点，无限悲怆。水部极沉着诗，便不让少陵。（《重订中晚唐诗主管图说》卷上）

潘德舆曰：张文昌《没蕃故人》诗云："欲祭疑君在，天涯哭此时。"语平澹而意沉痛，可与李华"其存其没"数语并驾。陈陶"无定河边"二语，系于李、张，而味似少减，此等处难于言说，悟者自悟。"前年伐月支，城下没全师"，直起。"蕃汉断消息"四句，惨哉！（《养一斋诗话》卷二）

俞陛云曰：诗为吊绝塞英灵而作。苍凉沉痛，一篇哀诔文也。前四句言城下防胡，故人战没，曾确耗尤闻，而传言已覆全师，恐成长别。五、六言列沙场之废帐，寂无行人；恋落日之残旗，但徐归马，写出次句覆军惨状。末句言欲招楚醑之魂，而未见殽函之骨，犹存九死一生之想，追终成绝望，莽莽天涯，但有一恸。此诗可谓一死一生，乃是（见）交情也。（《诗境浅说》）

五律《夜到渔家》，写得自然灵动，这首《没蕃故人》却写得悲怆沉痛，另具一格。

诗中叙及的战争，按其地理位置，当指唐、蕃之间的战争。安史之乱后，吐蕃乘机连年攻占西北各州，且一度攻入长安。贞元六年（790），吐蕃攻陷北庭都护府，自此安西路绝，四镇亦陷。唐与吐蕃之间的战争，这一时期均由吐蕃主动挑起。诗首句所叙"伐月支"之战，或系借用汉代之事，表明前年唐、蕃间有此一战，也许与吐蕃陷北庭之战有关，不必过于拘实。诗意的重点在悼念此役中陷没于蕃地的故人，至于战争的性质由谁主动挑起，则非诗人注意的重点，也有可能指吐蕃"伐月支"而唐军覆没。

"前年伐月支，城上没全师。"首联追叙前年有讨伐月支之战，结果我军遭到全师覆没的惨败结局。诗人所悼念的故人也参与了这次战役，全师既没，个人的悲惨结局自在所难免。这一联是全诗的背景和根由，以下三联情事均由此生发。开篇标明"前年"，可见事过已久，但对故人的悼念却悠长不已，这一方面表明情谊之深厚，另一方面也是由于全师虽没，却一直得不到故人生死存亡的确切消息，这一点看下文自见。"城上"一作"城下"，义似较长。但如果将诗句理解为前年吐蕃发动的"伐月支"之战，我守城将士力战而全军覆没，则自亦可通，作"城上"指守城唐军，似更贴切。

"蕃汉断消息，死生长别离。"颔联承"城上没全师"，说城既陷而从此

1815

蕃、汉隔断，通向西域的道路断绝，消息音讯杳无，看来与故人之间只能是一死一生，永远别离了。"死生长别离"句语意沉痛，但这个结论是由"城上没全师"与"断消息"推断出来的，两年长的时间中得不到故人的任何消息，按情理自是存亡隔世了，故有此沉痛语。但"断消息"又隐含着另一种或然的可能，暗启末联，用语措辞，自有分寸。

"无人收废帐，归马识残旗。"腹联系想象之词。遥想当年两军激战的旧战场上，经历了岁月的长期侵蚀，残存的军营营帐还在大漠风沙中簌簌发响，却再也无人去收拾，牺牲战士的白骨无人收埋之意亦自寓其中；而识途的归马却似乎还认识残存的旗帜，这是用马之识残旗表明马之恋旧怀旧，以兴起下联。两句相对衬而意自见，言外则牺牲之将士早已被统治者忘却，悲怆之情深沉不露。

"欲祭疑君在，天涯哭此时。"尾联是全篇的警策，感情极沉痛，而语意极含蓄。上文讲到"城上没全师"，又讲到"死生长别离"，两年以来得不到故人的任何消息，按常情推断，对方早已不在人间。悲悼之情难已，故有"欲祭"之举；但转念一想，"蕃汉断消息"的现实状况，也许存在着一线希望，即对方侥幸还活着，只是由于消息断绝，不知情况而已。这种"欲祭疑君在"的悲痛比起那种明知对方已不在人间的悲痛更加折磨人的心灵，由于心存这万分之一的渺茫希望，连祭也不忍心举行，只能使远在天涯的自己恸哭心摧，永远在悲恸与疑惑中度过难熬的岁月了。诗的深刻动人之处，正在于揭示出了这种情知其必死又希其未死的复杂心理，将悲痛之情作了入骨的描写。

法雄寺东楼〔一〕

汾阳旧宅今为寺〔二〕，犹有当时歌舞楼。
四十年来车马绝〔三〕，古槐深巷暮蝉愁。

〔一〕法雄寺，据诗意，此寺即汾阳王郭子仪之旧宅，寺之东楼即当年王府中之歌舞楼。

〔二〕《长安志》：“郭汾阳宅在亲仁里。”据《旧唐书·郭子仪传》，子仪因平定安史之乱等大功，曾封汾阳郡王。史臣裴垍曰：“其宅在亲仁里，居其里四分之一，中通永巷，家人三千，相出入者不知其居。前后赐良田美器，名园甲馆，声色珍玩，堆积羡溢，不可胜纪。代宗不名，呼为大臣。天下以其身为安危者殆二十年。校中书令考二十有四。权倾天下而朝不忌，功盖一代而主不疑，侈穷人欲而君子不之罪。富贵寿考，繁衍安泰，哀荣终始。人道之盛，此无缺焉。”

〔三〕郭子仪卒于建中二年（781）六月。此云“四十年来车马绝”，诗约作于元和末。

张

籍

（笺）（评）

黄周星曰：歌舞改为寺楼，犹是此宅之幸。（《唐诗快》卷十五）

俞陛云曰：汾阳以一代元勋，乃四十年中，荥戟高门，盛衰何速！赵嘏《经汾阳旧宅》有“古槐疏冷夕阳多”句，与此诗词意相似，但张诗明言其改为法雄寺。有唐君相，不知追念荩臣，保其世业。剩有词客重过，对槐阴而咏叹耳。（《诗境浅说》续编）

刘永济曰：郭子仪封汾阳郡王，当时权势烜赫，车马盈门，与今日“深巷暮蝉”一相比较，自生富贵不长保之感。但此意用唱叹之笔出之，便觉深远。（《唐人绝句精华》）

（鉴）（赏）

在唐代乃至历代功臣中，郭子仪是一位功高盖世、系国安危，而又富贵寿考、荣耀终身，且惠及子孙的人物。但就是这样一位人物，也不可能长期保有当年的烜赫荣盛，这首《法雄寺东楼》，正是有感于昔日的汾阳豪宅，今已变为冷落的寺庙这一现象，抒发了深沉的人生感慨。

“汾阳旧宅今为寺”，首句直起，揭出全篇主意。昔日占地达亲仁里四分之一，家人三千、规模宏大、豪华气派的汾阳郡王府邸，如今已经成了一座冷清的佛寺。这句写得很概括，却起着统领全篇、对比今昔的作用，为后幅的具体描绘渲染预留了地步。

“犹有当时歌舞楼”，次句承“旧宅”，略作顿挫转折。“当时歌舞楼”亦

1817

即今之"法雄寺东楼",进一步点明题目。"犹有"二字极堪玩味。当年汾阳府邸中的歌舞楼虽尚存在,但昔时笙歌彻夜、歌舞宴乐的喧阗热闹情景,却均已不存,眼前看到的只是一座空寂的楼台,听到的只是佛寺中的诵经唱呗和钟磬之声。其中寓含了当年歌舞之繁盛与今日佛寺之冷寂的鲜明对比。诗人虽未明说,读者却可于"犹有当年"的唱叹中体味出诗人的无穷感慨。

"四十年来车马绝",第三句宕开一笔,从时间上写四十年来汾阳宅的变化。遥想当年,盛极一时的汾阳府邸,宾客盈门,车马喧阗,冠盖如云,何等风光热闹!而令公逝去,门庭冷落,车马绝迹,又是何等荒寂冷落!点出"四十年来",说明自建中二年(781)子仪逝世以来,直至诗人作诗之日,这里的冷热情景顿异,使人不禁联想起《史记·汲郑列传》所描绘的情景:"始翟公为廷尉,宾客阗门;及废,门外可设雀罗。"人情之冷暖,世态之炎凉于此可见。

"古槐深巷暮蝉愁",末句紧承"车马绝",进一步具体描绘渲染冷寂的氛围。在深长冷清的坊巷中,古槐萧疏;树上的秋蝉正在苍茫暮色中发出凄清的哀鸣,令人倍增愁绪。曰"古",曰"深",曰"暮",层层渲染,将荒凉冷寂的氛围描绘得极为传神。写到这里,即悄然收束,不着任何议论,留下广阔的空间任读者自行体味。这样的以景结情,不仅具有深长的韵味,而且提供了多种解读的空间。

对同样一种现象,不同的读者从不同的角度可以做出各种不同的解读。这首诗就提供了一个生动的例证。有人从中引出"富贵不长保"的感慨,有人则因此感叹"有唐君相,不知追念荩臣,保其世业",当然也可以从"四十年来车马绝"的现象中引发人情冷暖、世态炎凉的感慨。应该说,这些不同的解读都符合诗的原意或诗所描绘的现象的客观意义。这种解读的多元化恰恰是诗的客观内涵和主观旨意丰富性的表现,也是诗耐人吟咏、富于韵味的原因。完全可以允许它们同时存在,相互补充、相互融合。但这一切解读,又具有共同的或者说更加深刻内在的意蕴,这就是盛衰不常、世事沧桑之慨。郭子仪作为一代功臣的典型,不但位极人臣,享尽荣华富贵,而且福禄寿考,善始善终,这在历代均极罕见。但就是这样一位功臣,也不可能永远保有其荣华富贵,世代相传,不过四十年即已府邸为寺,门庭冷落,无限荒凉。这对追逐功名富贵的人来说自然是一种警示,对普通人来说也是一种启示。

秋　思〔一〕

洛阳城里见秋风〔二〕，欲作家书意万重〔三〕。
复恐匆匆说不尽〔四〕，行人临发又开封〔五〕。

张
籍

校注

〔一〕秋思，秋天的归思，参注〔二〕。

〔二〕《世说新语·识鉴》："张季鹰（西晋张翰字季鹰）辟齐王东曹掾，在洛，见秋风起，因思吴中菰菜羹、鲈鱼脍，曰：'人生贵得适意尔，何能羁宦数千里，以要名爵。'遂命驾便归。俄而齐王败，时人皆谓为见机。"张翰为吴郡吴人，与张籍同籍贯故里，用此典正切。

〔三〕意万重，情意重叠多端。家，《全唐诗》原作"归"，校："一作家。"兹据改。

〔四〕复，《全唐诗》原作"忽"，校："一作复。"兹据改。

〔五〕行人，此指托其捎信的远行人。临发，临出发时。开封，开启信的封口。

笺评

唐汝询曰：文昌叙情最切，此诗堪与"马上相逢"颉颃。（《唐诗解》卷二十九）

陆时雍曰：张籍绝句，别自为调，不类故常。（《唐诗镜》卷四十一）

张震曰：常言常语，写得思尽。（《唐音辑注》卷七）

周弼曰：虚接体。（《删补唐诗选脉笺释会通评林·中七绝》引）

敖子发（英）曰：家常情事，写出便成好诗。（同上引）

周珽曰：缄封有限，客恨无穷。"见"字、"欲"字、"恐"字，与"莫"字、"临"字、"又"字相应发，便觉情真语恳，心口辄造精微之域。（同上引）

王谦曰：古人一倍笔墨便写出十倍精采，只此结句类是也。如《晋史》传殷浩竟达空函，令人发笑，读此佳句，令人可泣。（《碛砂唐诗纂释》）

毛先舒曰：文昌"洛阳城里见秋风"一首，命意政近填词，读者赏俊，勿遽宽科。（《诗辩坻》卷三）

徐增曰：余平生苦作家书。每作家书，头绪多，笔下写不干净，必有遗落处，得司业此诗，深得我心，为录于此。（《而庵说唐诗》卷十一）

沈德潜曰：亦复人人胸臆语，与"马上相逢无纸笔"一首同妙。（《重订唐诗别裁集》卷二十）

黄叔灿曰：首句羁人摇落之意已概见，正家书中所说不尽者。"行人临发又开封"，妙更形容得出。试思如此下半首如何领起，便知首句之难落笔矣。（《唐诗笺注》）

宋宗元曰：至情真情。（《网师园唐诗笺》）

李锳曰：眼前情事，说来在人人意中。如"马上相逢无纸笔，凭君传语报平安""儿童相见不相识，笑问客从何处来"皆是此一种笔墨。（《诗法易简录》）

潘德舆曰：文昌"洛阳城里见秋风"一绝，七绝之绝境，盛唐人到此者亦罕，不独乐府古淡足与盛唐争衡也。王新城（士禛）、沈长洲（德潜）数唐人绝句擅长者各四首，独遗此作，沈于郑谷之"扬子江头"亦盛称之而不及此，此犹以声调论诗也。（《养一斋诗话》卷三）

俞陛云曰：已作家书，而长言不尽，临发重开，极言其怀乡之切。凡言寄书者多本于性情。唐人诗如"马上相逢无纸笔，凭君传语报平安"仅传口语，亦慰情胜无也。"陇山鹦鹉能言语，为报家人数寄书"，盼书之切托诸幻想也。明人诗"万里山河经百战，十年重到故人书"，乱后得书，悲喜交集也。近人诗"药债未完官税逼，封题空自报平安"，得家书而只益乡愁也。"忽漫一函临眼底，丙寅三月十三封"，检遗札而追念故交也。"闻得乡音惊坐起，渔灯分火写平安"，远客孤身，喜寄书得便也。此类之诗，皆至情语也。（《诗境浅说》续编）

刘拜山曰："临发又开封"，终似有未尽说之语也。思家之情，栩栩纸上。此种人情恒有之事，一经拈出，自然沁人心脾。（《千首唐人绝句》）

鉴赏

盛唐绝句，多寓情于景，情景交融，较少叙事成分；到了中唐，叙事成分逐渐增多，日常生活情事往往成为绝句的习见题材，风格也由盛唐的雄浑高华、富于浪漫气息转向写实。张籍这首《秋思》，寓情于事，借助日常生活中一个富于包孕的片段——寄家书时的心理状态和行动细节，非常真切细腻地表达了作客他乡的人对家乡亲人的深切怀念。

第一句说客居洛阳，又见秋风。平平叙事，不事渲染，却有含蕴。秋风是无形的，可闻、可触、可感，而仿佛不可见。但正如春风可以染绿大地，带来无边春色一样，秋风所包含的肃杀之气，也可以使木叶黄落，百卉凋零，给自然界和人间带来一片秋光秋色，秋容秋态。它无形可见，却处处可见。作客他乡的游子，见到这一切凄清摇落之景，不可避免地要勾起羁泊异乡的孤孑凄寂情怀，引起对家乡、亲人的悠长思念。这平淡而富于含蕴的"见"字，所给予读者的暗示和联想，是很丰富的。

第二句紧承"见秋风"，正面写"思"字。晋代张翰在洛阳，"因见秋风起，乃思吴中菰菜、莼羹、鲈鱼脍。曰：'人生贵得适志，何能羁宦数千里，以要名爵乎？'遂命驾而归。"（《晋书·张翰传》）。张籍祖籍吴郡，此时客居洛阳，情况与当年的张翰相似。当他"见秋风"而起乡思的时候，很可能联想到张翰的这段故事，连"见秋风"三字，也和原典相同，而历代注家对此处的用典竟失之交臂，致使其用典的妙切其人其地其事竟无从领略。但由于种种没有明言的原因，诗人竟不能效张翰的潇洒命驾而归，只能修一封家书来寄托思家怀乡的感情。这就使本来已很深切而强烈的乡思中又增添了欲归不得的怅惘，思绪变得更加复杂多端了。"欲作家书意万重"，这"欲"字颇可玩味。它所表达的正是诗人铺纸伸笔之际的意念和情态。心里涌起千思万绪，觉得有说不完写不尽的话需要倾吐，而一时间竟不知从何说起，也不知如何表达。本来显得比较抽象的"意万重"，由于有了这"欲作家书"而迟迟不能下笔的生动意态描写，反而变得鲜明可触、易于想象了。

三、四两句，撇开写信的具体过程和具体内容，只剪取家书就要发出时的一个细节——"复恐匆匆说不尽，行人临发又开封"。诗人既因"意万重"而感到无从下笔，又因托"行人"之便捎书而无暇细加考虑，深厚丰富的情意和难以尽情表达的矛盾，加以时间"匆匆"，竟使这封包含着千言万语的信近乎"书被催成墨未浓"了。书成封就之际，似乎已经言尽；但当捎信的行人就要上路的时候，却又忽然感到刚才由于匆忙，生怕信里遗漏了什么重要的内容，于是又匆匆拆开信封。"复恐"二字，刻画人物心理入微。这"临发又开封"的行动，与其说是为了添写几句匆匆未说尽的内容（一些千叮咛万嘱咐、絮絮叨叨的话），不如说是为了验证一下自己的疑惑或担心

（开封验看的结果也许证明这种担心纯属神经过敏）。而这种毫无定准的"恐"，竟然促使诗人不假思索地做出"又开封"的戏剧性决定，正显示出他对这封"意万重"的家书的重视和对亲人的深切思念——千言万语，唯恐遗漏了一句。如果真以为诗人记起了什么，又补上了什么，倒把富于诗情和戏剧性的生动细节化为平淡无味的实录了。这个细节之富于包孕和耐人咀嚼，正由于它是在"疑"而不是在"必"的心理基础上产生的。并不是生活中所有"行人临发又开封"的现象都具有典型性，都值得写进诗里，只有当它和特定的背景、特定的心理状态联系在一起时，方才显出它的典型意义。因此，像我们现在所看到的那样，在"见秋风""意万重"，而又"复恐匆匆说不尽"的情况下来写"临发又开封"的细节，本身就包含着对生活素材的提炼和典型化，而不是对生活的简单描写。王安石评张籍的诗说："看似寻常最奇崛，成如容易却艰辛。"（《题张司业诗》）这是深得张籍优秀作品创作要旨甘苦的评论。这首极本色、极平易，像生活本身一样自然的诗，似乎可以作王安石精到评论的一个出色的例证。

凉州词三首（其一）〔一〕

边城暮雨雁飞低，芦笋初生渐欲齐〔二〕。
无数铃声遥过碛〔三〕，应驮白练到安西〔四〕。

校注

〔一〕《凉州词》，乐府《近代曲辞》曲名。参见王之涣《凉州词》注〔一〕。唐代凉州治姑臧县，今甘肃武威市，张籍《凉州词三首》，所写均为亲历之景象，与一般虚拟想象之词不同。

〔二〕芦笋，芦苇的嫩芽，形状似笋而小，可食用。

〔三〕铃声，指运送货物的骆驼队的驼铃声。碛，石漠。也可泛指沙漠。

〔四〕白练，白色的绢帛，即熟绢。安西，指安西都护府的治所龟兹（今新疆库车）或辖区。时安西地区已为吐蕃所占领。

周珽曰：唐人乐府词，文昌可称独步。绝句中如《成都曲》《春别曲》《凉州辞》《吴楚歌》《楚妃怨》《秋思》等篇，俱跌宕风逸，逼真齐梁乐府，中透彻之禅，非有相皈依之可到。（《删补唐诗选脉笺释会通评林·中七绝》）

吴瑞荣曰：寓怆愤纳款意。（《唐诗笺要》）

刘拜山曰：铃声无数，输帛安西，较《泾州塞》"犹记向安西"之句，感愤更深一层。（《千首唐人绝句》）

《凉州词三首》之三说："凤林关里水东流，白草黄榆六十秋。边将皆承主恩泽，无人解道取凉州。"按《新唐书·代宗纪》：广德二年（764）十一月，"河西节度使杨志烈及仆固怀恩战于灵州，败绩"。《通鉴·广德二年》十月："吐蕃围凉州，士卒不为用；志烈奔甘州，为沙陀所杀。"《旧唐书·吐蕃传上》："广德二年，河西节度使杨志烈被围，守数年，以孤城无援，乃跳身投甘州，凉州又陷于寇。"可证凉州之陷于吐蕃约在永泰元年（765），此云"白草黄榆六十秋"，则诗约作于穆宗长庆末或敬宗宝历初（824 或 825）。

"边城暮雨雁飞低"，首句点染边城的时令景物。时值春暮，傍晚的苍茫暮色中，春雨飘洒，北飞的大雁在低空中飞翔。这幅图景，在广阔迷茫的境界中略带黯淡的色调，但并不显荒凉冷寂。这句写仰望天宇所见。

"芦笋初生渐欲齐"。次句写俯视水边所见，仍紧扣时令着笔。水边的芦苇，已经长出了嫩芽，一眼看去，已经快长成齐整的一片芦苇丛了。"渐欲齐"的"欲"字用得非常精切传神，既描绘出了芦苇正在生长的态势，又精细地传达出那种整齐中略带参差的情状。如果说上句写广阔的天宇还略带黯淡色调，下句写水边芦苇，却已是生意盎然。两句合起来，正是一幅边城春暮的完整画图。如果不看一开头的"边城"二字，几疑置身春天的江南。这正是对河西走廊凉州一带号称富庶之地的春天景物的真实写照。由于土地肥沃，又有祁连山雪水的灌溉，这一带确实是桑柘遍地的沃野，这酷似江南的塞外暮春景物图画中，渗透了诗人的喜爱欣赏之情。

　　"无数铃声遥过碛"，第三句转笔，从听觉角度写阵阵驼铃远向西去的情景。河西走廊，是内地通向西域的必经之路，也是汉代以来繁荣的丝绸之路的中心枢纽。唐代极盛时期，不但"凉州七里十万家"，为西北一大都会，整个河西走廊也是商旅络绎不绝。这一带交通运输多用骆驼，驼铃之声不绝于耳，正是交通运输繁忙的标志，也是内地与西域经济交流频繁的表现。这一句写驼铃声络绎不断，向西面的沙碛深处远去，仿佛又回到当年盛时的情景。但落句再作转笔，揭出相似现象后面的真实时代本质——"应驮白练到安西"。这时的安西四镇，早已不是唐王朝在西域地区的军事重镇，而已沦为吐蕃占领的地区，驼铃声中，一队队的骆驼怕是运送从内地掠夺来的绢帛到早已沦为异域的安西吧。极盛时代的河西走廊交通要道和安西的四镇，带给人们的是对大唐帝国繁荣昌盛面貌的想象，而今，驼铃之声依旧，而安西早已易主，诗人只用"应"字作遥想忖度，而时代盛衰的感慨即隐寓其中。他的《泾州塞》五绝说："行到泾州塞，唯闻羌戎鼙。道边古双堠，犹记向安西。"如今，离长安不到五百里的泾州已成边防前线，"中国强盛，自安远门西尽唐境万二千里"的盛况已成遥远的历史记忆。末句在含蓄不尽的咏叹中寓含的正是这种对唐王朝由极盛急剧转衰的深沉历史感慨与现实感慨。而"边将皆承主恩泽，无人解道取凉州"的痛愤也隐见言外。

王 建

　　王建（766—?），字仲初，祖籍颍州，关辅（今陕西关中地区）人。贞元初求学于齐州，与张籍同学。历佐淄青、幽州、岭南幕。元和初奉使江陵，后入魏博幕。八月任昭应丞。后入为太府寺丞、秘书郎，迁秘书丞。大和二年（807）出为陕州司马，曾从军塞上。晚年罢任闲居咸阳原上，卒。长于乐府、宫词。《新唐书·艺文志》著录《王建集》十卷。《全唐诗》编其诗为六卷。

田家留客

　　人家少能留我屋，客有新浆马有粟〔一〕。远行僮仆应苦饥〔二〕，新妇厨中炊欲熟。不嫌田家破门户，蚕房新泥无风土〔三〕。行人但饮莫畏贫〔四〕，明府上来何苦辛〔五〕。丁宁回语屋中妻〔六〕，有客勿令儿夜啼。双冢直西有县路〔七〕，我教丁男送君去〔八〕。

校注

〔一〕新浆，新酿的酒。

〔二〕僮仆，指随从诗人的仆役童儿。苦，甚，很。

〔三〕蚕房，养蚕的房屋。蚕喜温畏风，故每年养蚕季节要先将蚕房用泥封涂缝隙。这里系将新泥的蚕房供客人居住。

〔四〕行人，指诗人和随从的僮仆等行路的客人。

〔五〕明府，唐人对县令的尊称，这里是对客人的客气称谓。上来，从远处至近处，犹远道而来。

〔六〕丁宁，反复叮嘱。回语，回头对（某某）说。

〔七〕冢，《全唐诗》校："一作井。"县路，犹通向县城的大路。

〔八〕丁男，家中成丁的男孩子。

刘辰翁曰：（首句）起得甚浓。又曰：情至语尽，歌舞有不能。（《唐诗品汇》卷三十四引）

钟惺曰：似直述田父口中语。不添一字。（《唐诗归·中唐三》）

邢昉曰：较高常侍《田家》相去几何？正变之风，于此了然。（《唐风定》卷十一）

贺裳曰：写主人情事，亦复如见。（《载酒园诗话又编》）

范大士曰：殷勤周到，曲尽款洽。（《历代诗发》）

鉴赏

这首七言古诗在题目上虽未标出"行""谣""吟""歌"一类表明为乐府体的字眼，但一向编入王建的乐府体诗中，题材、写法、风格亦与其乐府相类，故完全可视为王建即事名篇的新题乐府诗。

诗为叙事纪言体，全篇除"丁宁回语屋中妻"一句系诗人从旁描述之语外，均为"田家留客"之词。且纯用白描，全用口语，一气直下，略无停顿。不但神情口吻毕肖，而且传出人物之质朴淳厚、热情好客的精神风貌。像原生态的生活那样真实自然，毫无雕饰；又像原生态的生活那样生动形象，不但如闻其声，如见其人，而且字里行间，溢出浓郁的生活气息，溢出浓郁的朴野情趣。这是一种最高级的写实。

"人家少能留我屋，客有新浆马有粟。"一开头就是这位田家对诗人发出的留客语，说过路的客人很少能留在我这农家屋里住宿，可我这看来不起眼的农家屋却能使住宿的客人喝口新酿的酒，马吃上粟料。上句先退一步，为"人家少能留我屋"感到遗憾，见出田家以留客为荣的热情与淳厚，下句反逼一步，强调自家的接待条件很好，好像是在为免费住宿做广告，说得既大方又风趣。

"远行僮仆应苦饥，新妇厨中炊欲熟。"招呼完了主人，又回过头招呼僮仆：远道而来，您的这些仆人童儿们恐怕早就饿了，这不我家娘子正在厨房忙活，饭已经炊上了，马上就要开锅吃热饭了。从这里可以看出，这位田家是客人们进门之后就开始准备留宿吃饭了，否则客人刚进门怎么"炊欲熟"？既见其留客之殷勤热情，又见其安排之周到细致。

途中投宿农家，客人们最重视的除了能及时吃上热腾腾的饭菜外，就是能不能有一个干净安全的住处，这正是"留宿"的要点。热情细心的田家仿佛猜到了客人的心思，紧接着就介绍给客人准备的住处：别嫌弃我们农家的破门户，我们家新泥过的蚕房可是又干净又温暖，既不透风，也无灰尘。蚕房是农家养蚕的地方，也是农家最干净卫生之处。让客人住蚕房，既是就地取材，也是精心安排。

"行人但饮莫畏贫，明府上来何苦辛。"说话之间，田家妻子的酒菜已经上桌，主人连忙招呼客人们饮酒吃菜：客人们只管放开酒量，尽情饮酒，别担心我们家穷而故意客气，你们远道而来，路上辛苦，可得开怀畅饮。怕客人因为担心自己家穷而不舍得、不好意思尽情吃喝，这仿佛是客套，却是真正体会到了客人的内心活动。豪爽热情中显出细心体贴。

酒足饭饱，还担心夜里孩子啼哭吵闹，影响客人休息安睡，于是又回过头去叮咛屋里的妻子："家里来了客人，夜里千万别让孩子啼哭吵闹。"小儿夜啼，本来是常事小事，但对远道而来一路辛劳的"行人"来说，却是影响安眠、影响明日继续行役的大事，因此细心的主人特别认真地叮咛嘱咐妻子管好孩子，曰"丁宁"，则反复郑重之态如见，曰"回语"，则连说话时的动作也捎带写出。虽系白描，却细如毫发。

不仅要让客人吃好睡好，还考虑到明天一早客人继续赶路的事：村头有两座大坟，一直向西走就是大路，明天一早我让大孩子送你们走，保证误不了你们赶路。不但管人管马、管主管仆、管吃管喝，而且管住管行，一切都做了细心妥帖的安排。遇到这样热情好客、细心体贴的农家主人，还能不为其至情至性所感动所陶醉吗？这是最朴素最真切的农家本色语，也是最质朴最本色的从内心流出的诗。如实描写，不加修饰，这种生活、这种语言，本身就是一首美好的诗。白描的功夫到了这种毫无修饰痕迹、如同生活本身的程度，才是最纯粹最真实最高级的白描。比起杜甫那首《遭田父泥饮美严中丞》，王建的这首《田家留客》可谓尽灭雕饰之痕而复归于自然。

王
建

望夫石〔一〕

望夫处，江悠悠。化为石，不回头。山头日日风复雨〔二〕，行人归来石应语。

㊟校㊟注

〔一〕我国各地有多处"望夫石"或"望夫山"的古迹，均为民间传说，谓妇人因丈夫远出不归而伫立遥望，久而化为石。《初学记》卷五引南朝宋刘义庆《幽明录》："武昌北山有望夫石，状若人立。古传云：昔有贞妇，其夫从役，远赴国难，携弱子饯送北山，立望夫而化为立石。"据"江悠悠"句，或即指武昌北山之望夫石。王建曾在荆南节度使幕，距武昌不远。

〔二〕山，《全唐诗》原作"上"，校："一作山。"兹据改。

㊟笺㊟评

吴开曰：陈无己诗话：望夫石在处有之，古今诗人惟用一律。唯刘梦得云："望来况是几千岁，只是当年初望时。"语虽拙而意工。黄叔达，鲁直之弟也，以顾况为第一，云："山头日日风和雨，行人归来石应语。"语意皆工。江南望夫石，每过其下，不风即雨，疑况得句处也。予家有《王建集》，载《望夫石》诗，乃知非况作，其全章云："望夫处，江悠悠。化为石，不回头。山头日日风和雨，行人归来石应语。"岂无己、叔达偶忘建作耶？（《优古堂诗话》）

胡应麟曰：李、杜外，短歌可法者……王建《望夫石》《寄远曲》，张籍《节妇吟》《征妇怨》，柳宗元《杨白花》，虽笔力非二公比，皆初学易下手者。（《诗薮·内编·古体下·七言》）

唐汝询曰：临江望夫，至化石而不反顾，望之专也。倘石未忘情，对其风雨必忧其夫，谢令夫还，想当语耳。（《唐诗解》卷十八）

周珽曰：寥寥数语，如山夜姑妇谈棋，不数着而局了然。（《删补唐诗选脉笺释会通评林·中七古》）

胡震亨曰：文章穷于用古，矫而用俗，如《史》《汉》后六朝史之入方言俗语是也。籍、建诗之用俗亦然。王荆公《题籍集》云："看是寻常最奇崛，成如容易却艰辛。"凡俗言俗事入诗，较用古更难，知两家诗体大费铸合在。（《唐音癸签·评汇三》）

邢昉曰：与李君虞《野田》，同为短歌之绝。（《唐风定》卷十一）

王尧衢曰：此篇用三字成句起，而以七字终之。短章促节，犹诗馀中之小令也。望夫临江，江水悠悠，去而不返也，望者只是望。虽形销骨化，身死为石，而不回头。至今见山头片石，在风风雨雨之中，不知几多岁月，情根尚在。倘得行人归来，石应喜而欲语矣。余过姑孰，题望夫石绝句云："一上青山立化身，黛螺犹似望行人。妾心已作江头石，郎意还如水上苹。"为高涵明先生选刻，今并附此。（《唐诗合解笺注》卷三）

宋宗元曰：（末句）极苦语，极趣语。（《网师园唐诗笺》）

王文濡曰：总是海枯石烂而情不灭之意。虽寥寥二十余字，却极顿挫有致。（《历代诗评注读本》）

鉴赏

张、王五七言乐府，虽均尚通俗、主写实，但比较之下，张多短制，风格峭刻奇警；王多铺叙渲染，风格诙谐风趣；张多比兴，王多白描。但王建的这首《望夫石》却是七古中的超短制。通篇由四个三字句、两个七字句构成。语言虽极朴素通俗，抒情却极深刻，平易中有深永的情味、奇警的想象。二十六个字，不仅概括了动人的民间传说，浓缩了悠远的时空，而且熔铸了古代妇女坚贞的精神品格。

"望夫处，江悠悠。"开头两句紧扣题目中的"望夫"，写望中所见之景，渲染环境气氛。"江悠悠"三字，即景寓情，既显示出望夫女子之情，如江之悠长无尽，又显示出江上之空寂，唯见江水悠悠，不见丈夫的归舟，传达出"望"者的空虚失落之情。其意境与温词《望江南》"梳洗罢，独倚望江楼。过尽千帆皆不是，斜晖脉脉水悠悠"近似，而更为凝练含蓄。同时，这悠悠的江水又是悠悠的时间之流的一种象征，使人联想起望夫的女子伫立遥望，已经不知经历了多少悠悠岁月，这就自然引出了三、四两句。

"化为石，不回头。"乍读似乎只是敷衍民间传说，点明题内的"石"字。但"不回头"这三个字不仅是写"石"之屹立不动，而且写出了一种坚贞自守、亘古不变的精神品格。语言虽极通俗平易，语气却极坚定不移，寓有一种斩绝峭拔之气。

"山头日日风复雨，行人归来石应语。"五、六两句转用七字句，显示出内容的转折，也使诗的格调显得错落有致。上句写景，说这望夫石所在的山头上，日日经受风吹雨打，言语中自含对望夫女子的同情体贴，更有对其栉风沐雨，历悠悠时间之流而峭立不动的尊敬与感动。下句则是想象之词，也是全篇的警策。在诗人的凝望遥想中，这历千年而伫立江边山头不动的望夫石仿佛注入了灵魂。精诚所至，金石为开，远征的丈夫在她的精神感召下，果然归来了；而这时峭立不语的"望夫石"恐怕也要复活为人，欢欣而语，迎接丈夫的归来吧。这一句从写实跃入想象的领域，不但丰富发展了民间传说，而且使诗境得到升华提高。望夫石的传说，本来带有浓郁的悲剧色彩，既坚贞长守、亘古不变，又透露出一种对未来的绝望和无奈。但透过"行人归来石应语"这一石破天惊式的想象，却给望夫石的传说注入了希望的色彩和乐观的气息。在长久的伫望中，人可化而为石，石又可化而为人，这仿佛是还魂式的想象，充满了浪漫主义的奇思异采，使全诗因此而增添了亮色。宋宗元说末句既是"极苦语"，又是"极趣语"，所谓"极趣语"，正是这种奇特的浪漫主义色彩。

水夫谣〔一〕

苦哉生长当驿边〔二〕，官家使我牵驿船〔三〕。辛苦日多乐日少，水宿沙行如海鸟〔四〕。逆风上水万斛重〔五〕，前驿迢迢后森森〔六〕。半夜缘堤雪和雨〔七〕，受他驱遣还复去〔八〕。夜寒衣湿披短蓑〔九〕，臆穿足裂忍痛何〔一〇〕！到明辛苦无处说〔一一〕，齐声腾踏牵船歌〔一二〕。一间茅屋何所直〔一三〕，父母之乡去不得〔一四〕。我愿此水作平田，长使水夫不怨天〔一五〕。

校注

〔一〕水夫，拉纤的役夫。本篇系即事名篇的新题乐府。

〔二〕驿，驿站，古代官办的交通站，有水驿与陆驿，此指水驿。

〔三〕官家，官府。牵驿船，给官船当纤夫拉船。

〔四〕水宿沙行，夜间临水而宿，白天沿沙岸而行。

〔五〕上水，逆流而上。万斛重，谓船的载重有如万斛之多。十斗为一斛（南宋末改为五斗一斛）。

〔六〕后，《全唐诗》校："一作波。"森森，水茫无边际貌。

〔七〕缘堤，沿着堤岸。雪和雨，犹雨夹雪。

〔八〕他，指官府。还复去，仍然要再去拉纤。

〔九〕夜，《全唐诗》原作"衣"，校："一作夜。"兹据改。襄，襄衣。

〔一〇〕臆，胸。忍痛何，无奈只能忍痛。

〔一一〕明，天明。

〔一二〕腾踏，以脚蹬地。歌，《全唐诗》原作"出"，校："一作歌。"兹据改。此句写众纤夫一边唱着号子一边同时以脚蹬踏，奋力拉纤。

〔一三〕直，同"值"。何所直，不值什么钱。

〔一四〕去，离开。

〔一五〕水变成平田，则无拉纤之苦，故不必再怨天。

王建

 笺评

余成教曰：王仲初……歌行诸结句，尤有馀蕴。《荆门行》云："壮年留滞尚思家，况复白头在天涯！"《田家行》云："田家衣食无厚薄，不见县门身即乐。"《当窗织》云："当窗却羡青楼倡，十指不动衣盈箱。"《水运行》云："远征海稻供边食，岂如多种边头地。"《水夫谣》云："我愿此水作平田，长使水夫不怨天。"《望夫石》云："山头日日风和雨，行人归来石应语。"《短歌行》云："人家见生男女好，不知男女催人老。"（《石园诗话》）

鉴赏

在王建之前，李白的《丁督护歌》借用乐府古题写炎暑天气纤夫拉船运石之苦，侧重于主观感情的抒发，对苦状不作具体细致的描绘，且所写对象系"万人系磐石"的集体拉纤场面。而王建这首《水夫谣》则为自创新题的即事名篇之作，选取一个水夫作为典型代表，用第一人称的自叙方式，对纤夫受官府驱遣水宿沙行、夜以继日的拉纤生活作了生动细致的描绘，写实的倾向鲜明突出，生活气息也非常浓郁。

"苦哉生长当驿边，官家使我牵驿船。"首句以"苦哉"一声沉重的叹息重笔突起，统摄全篇，交代自己因生长在驿边而被官府随便拉去当纤夫。封建时代这种差役，往往任意驱遣，既无报酬，又无保障（自身生命安全和家庭生活的保障），故被强征者无不以为苦。而官府只图征集的方便，因而

1831

"生长当驿边"的百姓便首先摊上这份苦差事了。

"辛苦日多乐日少，水宿沙行如海鸟。"三、四两句承首句"苦"字，先总写一笔。上句从时间的长短上写纤夫之苦，"乐日少"是反衬"辛苦日多"，系陪笔，却非随意敷衍。"辛苦日多"，下文自有具体描写，"乐日少"则当指顺风顺水或水势平缓、天气晴暖之时，这种"乐"也只是相对于难以忍受的辛苦而言。下句从生活上总写每天每夜行于沙上、宿于水边的辛苦，诗人用"如海鸟"作比喻，既生动贴切，又新颖不落常套，且带有一份自嘲式的谐趣和幽默。

"逆风上水万斛重，前驿迢迢后淼淼。"五、六两句，单承"辛苦日多"，写逆水拉纤之苦。纤夫拉纤，多为逆水行舟时，故这句所写，乃是常态下的纤夫生活。逆水而拉船，已因水的阻力而感沉重，再加上"逆风"而行，则更是举步维艰，而这船的载重量又达"万斛"。七字三层，重重加码，一层一顿，不但淋漓尽致地渲染出逆风、逆水、载重的艰难困苦，而且传达出纤夫内心的沉重感。下句进一步描绘行程的遥远。前面的水驿还很遥远，不知何时才能到达暂歇，向后一望，但见江水渺茫无际，出发时的驿站已杳无踪影。这里表现的不仅是纤夫的"道路阻且长"之感，而且透露了其内心深处那种对生活的渺茫无着感和对人生的空虚失落感。这两句写的是白天拉纤的苦况，下面四句，转笔进一步写夜间被迫拉纤的苦况。

"半夜缘堤雪和雨，受他驱遣还复去。夜寒衣湿披短蓑，臆穿足裂忍痛何！"前面讲到"水宿沙行"的"海鸟"式生活，是常态下之苦，这里进一步写受官府逼迫驱遣，有时夜里也不得不继续拉纤。夜半更深，在江堤上摸黑拉纤，雨雪交加，寒风刺骨，身上只披着一袭短蓑衣，里面的衣服都湿透了，只感到胸如箭穿，足上冻裂，但慑于官府的淫威，只能忍痛拉纤。这四句同样是用层层递进、铺叙渲染的写法，通过半夜、雨雪、寒冷、衣湿等恶劣的气候条件和艰苦环境将纤夫难以忍受的辛苦和内心痛苦揭示出来，而"还复去""忍痛何"等词语，又进一步写出其受逼迫不得不忍受的无奈。

"到明辛苦无处说，齐声腾踏牵船歌。"这两句是上文写夜间拉纤之苦的延伸或余波。一夜到天亮，历尽千辛万苦，却无处可以诉说，只能一面用力以脚蹬踏地面，一面齐声高唱拉纤号子，以减轻心中的积郁，宣泄一夜的辛苦。这场景，这歌声，使人联想起旧社会的川江号子，也联想起旧俄罗斯的民歌《伏尔加船夫曲》。"牵船歌"中蕴含着辛苦无处诉的无奈，也蕴含着对官府、对上天的怨愤。

"一间茅屋何所直，父母之乡去不得。"既然由于生长在驿边而遭官府驱遣，过着水宿沙行、日夜辛劳的痛苦生活，那何不干脆丢弃一间破旧的茅草房而远走他乡，但一想到要离开本乡本土，特别是年迈的父母，却无论如何也迈不开步。上句先一放，似乎别无可恋，下句旋即一收，强调不能逃离故土。点出"父母之乡"，应是父母尚在的缘故。

纤夫的痛苦生活既难以忍受，而离乡背井又难以舍弃，在无可奈何的绝望境况中不免生发幻想："我愿此水作平田，长使水夫不怨天。"眼前这一派淼淼无际的江水，但愿都变成了平展的田地，纤夫被驱遣辛劳服役的生活就可以结束，再也不必怨天恨地了。这幻想虽由眼前景自然触发，却不免显得天真。因为即使此水变田，仍不免遭受官府的租税压榨和别的劳役，人间并没有乐土。纤夫此愿，不过表达对被驱遣服役的生活的怨愤罢了。以"苦哉"始，以"不怨天"终，实际上矛盾并没有解决。

田家行〔一〕

男声欣欣女颜悦，人家不怨言语别〔二〕。五月虽热麦风清〔三〕，檐头索索缲车鸣〔四〕。野蚕作茧人不取，叶间扑扑秋蛾生〔五〕。麦收上场绢在轴〔六〕，的知输得官家足〔七〕。不望入口复上身〔八〕，且免向城卖黄犊。田家衣食无厚薄〔九〕，不见县门身即乐〔一〇〕。

（校）（注）

〔一〕本篇系新题乐府。

〔二〕人家，犹民家。别，不同，各别。言语别，谓与往常言语之间每露悲愁怨愤情绪不同，显得兴奋喜悦。

〔三〕麦风，麦收时的风。

〔四〕檐头，屋檐边。索索，响声。缲车，抽茧出丝的车。

〔五〕秋蛾，蚕作茧成蛹后所化的蛾。前云"五月"，后云"麦收"，本篇所写系五月农忙季节情景，"秋蛾"系想象之词。

〔六〕轴，织机的轴。绢在轴，指绢已快织成。

〔七〕的知，确知。输，缴纳田税。

〔八〕入口，指粮食；上身，指绢帛。

〔九〕无厚薄，不论质量精粗厚薄。

〔一〇〕县门，县府衙门。

顾璘曰：《田家》二首，愈鄙愈切。然无乐府浑厚气。（《批点唐音》）

陆时雍曰：王建古词正直，此曲不厌村朴。（《唐诗镜》卷四十一）

沈德潜曰："田家衣食无厚薄，不见县门身即乐。"守此语，便为良农。（《重订唐诗别裁集》卷八）

这首诗集中笔墨描写农家麦收季节的欢欣、忙碌和对生活的低微希望。通篇以"欣""悦"始，以"乐"终，但给人的感受却是农民生活的辛酸。

"男声欣欣女颜悦，人家不怨言语别。"诗一开头就从农家说话的声音、言语的内容、表达的感情和面部的表情上渲染出一片欣喜、欢悦的气氛。无论是当家的男人还是家庭的主妇，言语表情之间，都一扫过去常有的怨气和悲哀，透露出内心的欢欣喜悦。两句前四字与后三字，意思相对而字数参差，且互文见义，显得既紧凑又流畅，读来自有一种轻快的调子在流动。"人家"即家家农民，是泛指各家各户而非指某一家。"言语别"的"别"字用得生新别致而含蓄，只说言语与前不同，而今之欢欣喜悦，昔之忧苦悲怨均可想见。

"五月虽热麦风清，檐头索索缲车鸣。"三、四两句，对开头渲染的欢悦气氛出现的原因做出解释：原来又到了五月这个麦收、蚕收的忙碌季节。而且是一个麦子和蚕丝都丰收在望的好年景，农民全家男女，一冬一春的辛勤忙碌，等待的就是这个麦熟蚕收的季节。农历的五月，天气其实已经相当炎热，但在田间辛勤收割的农夫却觉得偶尔掠过的一阵清风特别地凉爽惬意，这自然是由于收获的喜悦使他们对外界事物的感受也变得特别轻松愉快了，从那个主观性很鲜明突出的"清"字中，似乎还可以闻到麦子成熟时的清香。这句写男人田间劳动的喜悦，下句则写妇女在家缲丝的情景，家家户户传出屋檐边缲车抽丝时索索的鸣响。这声响，在局外人听来，可能显得有些单调而嘈杂，但在经历了一春蚕事大忙的农妇耳中，却无异于最美妙动人的音乐，让人从"索索""呜"等字眼中仿佛可以感受到其欢悦轻快的心声。

"野蚕作茧人不取，叶间扑扑秋蛾生。"五、六两句，承第四句缫丝宕开一笔，说由于蚕茧丰收，家家户户都忙于缫丝织绢，根本没有时间去收野蚕作的茧，只能由它自生自长，由蛹化蛾了。这宕开的一笔，似撇开了农家五月麦收的忙碌场景，却更衬出了农事的繁忙，闲中着笔，余波荡漾，更显得摇曳生姿。

"麦收上场绢在轴，的知输得官家足。"麦收既毕，上场枷打簸扬晒干；缫丝既毕，团团缕缕也上了织机，马上就可以织成绢帛了。长时间的辛勤劳动，正在化为场上机上看得见摸得着的"果实"。可农夫农妇这时首先考虑的却并不是全家人如何享用辛勤劳动的果实，而是首先盘算这打下来晒干净的麦和织成的绢究竟够不够缴纳官家的租税。因为是丰年，麦子和绢匹看来是足够缴税的了。"的知"二字，说得十分肯定，透出满足和喜悦，却分外令人心酸。丰年在缴税之后或略有盈余，水旱灾害的年月，则连缴纳官府的税也不够，可见其时税收的酷重和农民生活之艰困。

"不望入口复上身，且免向城卖黄犊。"九、十两句，紧承"输得官家足"，写田家的自我庆幸和自我解嘲。男耕女织，本为维持一家人的温饱，但多年的酷重赋税负担却使农民彻底打破了自给自足、丰衣足食的幻想，而是宣称本就不指望长好的麦子能吃到嘴，洁白的绢能穿上身，只要能免于到城里卖黄牛崽儿缴税就算万幸了。黄牛是农民的重要生产资料，卖黄牛犊就等于卖掉明后年的基本生产资料，故能幸免于此，已自庆幸。从这里可以看出，即使是丰收年景，缴税之外，剩余的衣食之资也少得可怜。"不望""且免"相互呼应，自我解嘲中透露出内心深处的悲苦和对往昔"向城卖黄犊"这种困穷境遇的痛苦记忆。

"田家衣食无厚薄，不见县门身即乐。"末二句是全篇的警策和点睛之笔。上句说农民对自己生活的要求非常低微，只要有粗衣淡饭就已满足，根本不计较衣食的精粗厚薄，只求果腹蔽体而已。不是农民对生活没有改善的愿望和追求，而是残酷的现实、无情的压榨迫使他们放弃了丰衣足食的奢望，这种心态正透露出造成它的环境的残酷。下句进一步说出农民的快乐就是身不见县门。在他们心中，"见县门"就意味着因缴不起租税而面临的严刑责罚——倾家荡产、坐牢系狱一系列灾难。官府衙门在他们心目中就是森严的阎王殿，因此说"不见县门身即乐"。沉重的悲哀却用轻松诙谐的口吻

王
建

1835

道出，愈显出悲哀的沉重。

　　以乐写悲，以丰收的忙碌和喜悦反衬丰收之后的穷乏，以自我庆幸和解嘲的轻松口吻透露生活的沉重，相反相成，愈显出农民的悲苦困穷处境。但诗人并非刻意追求技巧，他只是用朴素的语言描写他所熟悉的农民生活与农民心态。读者从诗人所描绘的生活场景和农民心态中自能得到启示，联想到造成这种生活与心态的时代社会根源，这正是写实的力量、生活真实本身的力量。

江　馆〔一〕

水面细风生，菱歌慢慢声〔二〕。
客亭临小市〔三〕，灯火夜妆明。

　（校）（注）

〔一〕临江的馆驿。
〔二〕菱歌，采菱之歌。南朝宋鲍照《采菱歌》之一："箫弄澄湖北，菱歌清汉南。"
〔三〕客亭，馆驿中的亭子。小市，小集市。

　（鉴）（赏）

　　在唐代诗人中，王建是擅长素描速写的著名作手。他熟练地运用各种形式，创作了一幅幅上自宫廷禁苑下至市井乡村的风物风情画。这些作品，都充溢着浓郁的生活气息。这首题为《江馆》的五绝，就是一幅清新的江馆夜市的素描。

　　唐代商业繁荣，中唐以来更有进一步发展。不但大都市有繁华的商业区和笙歌彻晓的夜市，连一般州县也设有商市，甚至在州县城以外的交通便利地点也有形形色色的草市、小市。杜牧在《上李太尉论江贼书》中说到江淮地区的草市，都设在水路两旁，富室大户都住在市上。这首诗中所描绘的"小市"，大概就是这类临江市镇上的商市；所谓"江馆"，则是市镇上一所临江的馆驿。诗里写的，便是江馆所见江边夜市的景色。

客馆临江，所以开头先点出环境特点。"水面细风生"，写的是清风徐来、水波微兴的景象。但因为是在朦胧的暗夜，便主要不是凭视觉而是凭触觉去感知。"生"字朴素而真切地写出微风新起的动态，透露出在这以前江面的平静，也透露出诗人在静默中观察、感受这江馆夜景的情态。因为只有在静默状态中，才能敏锐地感觉到微风悄然兴起于水面时所带来的凉意和快感。这个开头，为全诗定下一个轻柔的基调。

第二句"菱歌慢慢声"，转从听觉角度来写。菱歌，指夜市中歌女的清唱。她们唱的大概就是江南水乡采菱采莲一类民歌小调。"慢慢声"，写出了歌声的婉曼柔美，舒缓悠扬。在这朦胧的夜色里，这菱歌清唱的婉曼之声，随着阵阵清风的吹送，显得格外清扬悦耳，动人遐想。如果说第一句还只是为江边夜市布置了一个安恬美好的环境，那么这一句就露出了江边夜市温馨旖旎的面影，显示了它特有的风情。

"客亭临小市，灯火夜妆明。"客亭，就是诗人夜宿的江馆中的水亭。它紧靠着"小市"，这才能听到菱歌清唱，看到灯火夜妆，领略水乡夜市的风情。这一句明确交代了诗人所在的地方和他所要描绘的对象，在全篇中起着点题的作用。诗人不把它放在开头而特意安排在这里，看来是用过一些心思的。这首诗所描绘的景色本比较简单，缺乏层次与曲折，如果开头用叙述语点醒，接着连用三个描写句，不但使全篇伤于平直和一览无余，而且使后三句略无层递，变成景物的单纯罗列堆砌。像现在这样，将叙述语嵌入前后的描写句中间，一则可使开头不过于显露，二则可使中间稍有顿挫，三则可使末句更加引人注目，作用是多方面的。

末句又转从视觉角度来写。透过朦胧的夜色，可以看到不远处有明亮的灯光，灯光下，正活动着盛装女子婉丽的身影。"明"字写灯光，也写出在明亮灯光映照下鲜丽的服饰和容颜。诗人写江边夜市，始则在朦胧中感触到"水面细风生"，继则在朦胧中听到"菱歌慢慢声"。就在这夜市刚刚撩开面纱，露出隐约的面影时，却突然插入"客亭临小市"这一句，使文势出现顿挫曲折，也使读者在情绪上稍作间歇和酝酿，跟着诗人一起用视觉去捕捉夜市最动人的一幕。因此当夜市终于展示出它的明丽容颜——"灯火夜妆明"时，景象便显得分外引人注目，而夜市的风姿也就以鲜明的画面美和浓郁的诗意美呈现在面前了。

旅馆夜宿的题材，往往渗透着凄清孤寂的乡愁羁思。从"旅馆寒灯独不

王
建

1837

眠，客心何事转凄然"（高适《除夜作》）到"旅馆谁相问，寒灯独可亲"（戴叔伦《除夜宿石头驿》），"金陵津渡小山楼，一宿行人自可愁"（张祜《题金陵渡》）这些诗句中，可以看到这个传统的相继不衰。王建这首旅宿诗，却怀着悠闲欣喜的感情，领略江边夜市的诗意风情。这里面似乎透露出由于商业经济的繁荣，出现了新的生活场景，而有关这方面的描绘，在以前的诗歌中是反映得不多的。由此启渐，"夜市卖菱藕，春船载绮罗"（杜荀鹤《送人游吴》），"夜市桥边火，春风寺外船"（杜荀鹤《送友游吴越》）一类描写便时时出现在诗人笔下。这正反映出时代生活的变化和由这种变化引起的诗人视野的扩大和审美情趣的变化。

新嫁娘词三首（其三）〔一〕

三日入厨下，洗手作羹汤〔二〕。
未谙姑食性〔三〕，先遣小姑尝〔四〕。

校注

〔一〕这组诗共三首。第一首云："邻家人未识，床上坐堆堆。郎来傍门户，满口索钱财。"第二首云："锦幛两边横，遮掩侍娘行。遣郎铺簟席，相并拜亲情。"流传最广的还是第三首。

〔二〕古时习俗，新娘子过门后第三天要下厨做饭菜，俗称"过三朝"。羹汤，用肉类或菜蔬等制成的带浓汁的食物。此泛指菜肴。

〔三〕谙，熟悉。姑，婆婆。食性，口味。

〔四〕遣，让。小姑，丈夫的妹妹。

笺评

刘克庄曰：王建《新嫁娘词》诗云："三日入厨下，洗手作羹汤。未谙姑食性，先遣小姑尝。"张文潜《寄衣曲》："别来不见身长短，试比小郎衣更长。"二诗当以建为胜。文潜诗与晋人参军新妇之语，俱有病。（《后村诗话·前集》卷一）

敖英曰：前辈教人作绝句，令诵"三日入厨下""打起黄莺儿""画松一似真松树"，皆自肺腑中流出，无牵强斧凿痕。（《唐诗绝句类选》）

邢昉曰：绝句中有调高逼古，出六朝上者，此种是也。（《唐风定》卷二十）

马鲁曰：诗有最平易者，如王建《新嫁娘》是也。未尝使"赤绳""朱丝""金闺""玉杵""引凤""乘龙"等语。前二句是新嫁娘举动，后二句是新娘家意想。未执井臼，先观内规；未尝盘匜，先举事与。妇代姑，故不言翁，姑尊而小姑埒，故遣小姑尝。小姑习见其所嗜而先去问他，孝顺心肠，和熙气象。不小家，亦不倨傲，和盘托出，岂非平易而有思致之诗？（《南苑一知集·论诗》）

毛先舒曰：王建《新嫁娘词》、施肩吾《幼女词》，摹事太入情，便落卑格。（《诗辩坻》）

黄生曰：极细事，道出便妙。只是一真。又曰：（前二句）长短句，上二下八。（《唐诗摘抄》卷二）

朱之荆曰：词朴语庄，不作丽语，得酒食是议意。（《增订唐诗摘抄》）

沈德潜曰：五言绝句，右丞之自然，太白之高妙，苏州之古淡，并入化机……他如崔颢《长干曲》、金昌绪《春怨》、王建《新嫁娘》、张祜《宫词》等篇，虽非专家，亦称绝调。（《说诗晬语》卷上）又曰：诗至真处，一字不可移易。（《重订唐诗别裁集》卷十九）

黄叔灿曰：新妇与姑未习，小姑易亲，转圜机绪慧甚。入情入理，语亦天然。（《唐诗笺注》）

管世铭曰：王建之《新嫁娘》即其乐府。（《读雪山房唐诗序例·五绝凡例》）

刘永济曰：佳处在朴素而又生动，有民间歌谣之趣。（《唐人绝句精华》）

王建

(鉴)(赏)

尚俗，是中唐张、王、元、白一派诗人的共同创作趣向，其中王建的尚俗趣向尤为突出。以民间婚嫁场景习俗入诗，是尚俗趣向在诗歌题材领域的一种表现，也是对诗歌题材的一种开拓。这组《新嫁娘词三首》便是典型的例证。但三首诗中唯有这一首流传广远，得到历代评家的高度赞誉，而前两首则不为人所知。问题的关键就在于，诗人在描写民间习俗的时候是否发现了诗情诗趣和人物在特定环境下的行为心态。

"三日入厨下，洗手作羹汤。"前两句点明这一首所要描写的婚姻习俗：新娘子在过门后第三天下厨做饭烧菜。这一习俗，既标志着新嫁娘正式参加主要的家务劳动的开始，也是她作为新的家庭成员首次接受的一次考试。能做得一手好菜肴，是新媳妇"主内"能力的一种展示。因此作为新嫁娘的女主人公，对这样一次关系到自己将来在公婆心中的印象和在家庭中地位的才艺展示，自然是极为重视的。首句平平叙起，次句在"作羹汤"三字之前，用了"洗手"二字，却显得相当严肃而郑重，透露出此刻她心中既跃跃欲试又有些忐忑不安的心理。

"未谙姑食性，先遣小姑尝。"三、四两句，略去一切具体的烹制过程，从下厨洗手直接跳到肴馔既成，好像一场精彩的演出刚开头就结了尾。这固然是由于五绝篇幅最短，容不得对具体过程的铺叙描写，更缘于这场才艺展示究竟能不能获得成功和称许，关键主要不在用料的精细、烹饪的火候和操作者的主观感受，而在于得到这个新家的主人，主要是婆婆的认可和满意。在新媳妇到来之前，婆婆是职主中馈的，多年掌厨调和众口的结果，婆婆烹制肴馔的口味实际上也就代表了全家的口味，此之所以"姑食性"之重要也（并非婆婆特难侍候，也并非家中其他人的口味就无须考虑）。但到新家才三日，姑之食性又何从而"谙"？不但不熟悉，而且也不好意思直接动问。不过不要紧，虽"未谙姑食性"，却可就近请教此刻也许正在厨下帮忙的小姑，而且也不必详细说道，直接将烹制出来的羹汤让她尝一尝就行了。口味这个东西，说不清、道不明，却尝得出，故只需将烹制出来的样品让小姑品味一下，若得认可，则即可照此办理了。在这里，小姑既是婆婆的"食性"的鉴定者，也是全家口味的代表，此之所以"先遣小姑尝"也。同为女性，年纪相仿，新嫁娘到夫家，小姑自然成为其亲密伴侣，故可不拘形迹地"遣"其先尝。"遣"字用得亲切而真率。读者于此，或者赞新嫁娘之聪慧乖巧，贤惠尊长，诚然如此，但新娘子的这一举动，实为源于生活，无师自通。在娘家的十几年生活中，早就懂得母亲的"食性"口味亦即全家的食性口味，而自己在帮厨的过程中也早谙熟了母亲的口味，到婆家之后不过将此经验照搬而已。女主人公并未用特别的心机，只是自然地这样做，诗人也只是如实描写，并未刻意施巧。"未谙姑食性，先遣小姑尝"这个行动细节之所以典型，正缘于它来自生活，具有浓郁的生活气息。透过这一细节，不仅可以窥见新嫁娘在这场考试中随机应变的能力和融入新家的迫切心情，而且可以感受到姑嫂乃至婆媳之间已有的或将有的融洽气氛与和谐关系。这一行动细节本身以及它所透露的氛围，都充溢着诗情诗趣，使人于发出会心的微笑的同时感受到一个家庭新成员融入新家时的生活美。

江陵使至汝州〔一〕

王
建

回看巴路在云间〔二〕，寒食离家麦熟还〔三〕。
日暮数峰青似染，商人说是汝州山。

校注

〔一〕江陵，唐江陵府江陵郡，荆南节度使治所，今湖北江陵县。使，出使。汝州，唐都畿道州名，今河南汝州市。此题有两种不同的理解。一谓"时作者在荆南幕府，奉命出使"（《增订注释全唐诗》卷二百九十一）；一谓出使江陵，回路行近汝州。《唐才子传校笺》卷四云："元和初数年间，王建曾留寓荆州，结识杜元颖。其《上杜元颖相公》诗末二句云：'闲曹散吏无相识，犹记荆州拜谒初。'按《新唐书·宰相表》，杜于长庆元年（821）二月，以户部侍郎翰林学士守户部侍郎同中书门下平章事为相，王建此诗当其年在长安为'闲曹散吏'时作以上杜者。《新唐书》卷九六《杜元颖传》：'贞元末进士及第，又擢宏词。数从使府辟署，稍以右补阙为翰林学士。'今自王建诗及建诗屡称杜书记，如《江楼对雨寄杜书记》《道中寄杜书记》，均指杜元颖，故知元和初元颖为荆南使府掌书记，证明其时王建正留寓其地。"戴伟华《唐方镇文职僚佐考》从其说，并援证证实杜之在荆南与元稹贬江陵掾大致同时（详见该书第334页）。按：王建集中有关江陵之诗有《荆南赠别李肇著作转韵诗》《荆门行》《江陵即事》《江陵道中》《江楼对雨寄杜书记》诸首，从上述诗中看不出曾居荆州幕为僚属之迹象。以其称杜元颖为"主人"（《江楼对雨寄杜书记》："好是主人无事日，应持小酒按新歌。"）来看，亦明显以客人自居。尤可注意者，其《道中寄杜书记》云："西南东北暮天斜，巴字江边楚树花。珍重荆州杜书记，闲时应在广师家。"明为离荆州后道中寄杜之作，当与《江陵使至汝州》为同时在道之作，其中亦无其曾寓荆幕之迹。《荆南赠别李肇著作转韵诗》亦称肇为"主人"，并云"欣饮还切切，又二千里别"，亦为离荆南前所作。其《荆门行》末云："壮年留滞尚思家，况复白头在天涯。"则留滞荆门思家之意甚明，诗中亦未见曾在荆幕之迹。再就诗题中"江陵使"三字之意义而言，集中有《淮南使回留别窦侍御》五律，题内之窦侍御系淮南节度使参谋窦常，则题内之"淮南使"显指王建奉使之淮南，而非指其在淮南幕奉使外出；"淮南使回"，奉使至淮南返回前留别窦参也。故可证此诗系王建奉使至江陵，返回途中至汝州附近时作。

〔二〕巴路，指通向江陵的道路。江陵邻接峡州，有巴山县；其西归州有巴东县。

〔三〕寒食，指寒食节，在清明前一二日。

笺评

宋顾乐曰：布置匀净，情味悠然，此是七绝妙境。人多以平易置之，独阮亭解赏此种，真高见也。（《唐人万首绝句选》评）

俞陛云曰：诗言行役江陵，适东返已阅三月之久。遥见暮山横黛，商人指点，知已到汝州。游子远归，未见家园，先见天际乡山一抹，若迎客有情，宜欣然入咏也。（《诗境浅说》续编）

刘拜山曰：写将到未到光景，极为精切。商人老于行旅，其言可信，故闻之不觉色喜也。（《千首唐人绝句》）

鉴赏

这首纪行诗是王建一次出使江陵，回来的路上行近汝州（今河南汝州市）时写的。

第一句是回望来路。巴路，指的是通向江陵、巴东一带的道路。江陵到汝州，行程相当遥远，回望巴路，但见白道如丝，一直向前蜿蜒伸展，最后渐渐隐入云间天际。这一句表明离出使的目的地江陵已经很远，回程已快接近尾声了。翘首南望，对远在云山之外的江陵固然也会产生一些怀念和遥想，但这时充溢在诗人心中的，已经主要是回程行将结束，回到家中的喜悦了。所以第二句紧接着瞻望前路，计算归期。王建祖籍颍川（今河南许昌），家居关辅（今陕西关中地区），颍川离汝州很近，到了汝州，也就差不多到家了。"寒食离家麦熟还",这句平平道出,仿佛只是交代离家和归家的时间季节,而此行往返程途的遥远,路上的辛苦劳顿,盼归行程的急切及路途上不同季节景物的变化,都隐然见于言外。寒食离家,郊原还是一片嫩绿,回家的时候,田间垄上,却已是一片金黄了。

三、四两句转写前路所见景色。"日暮数峰青似染,商人说是汝州山。"傍晚时分,前面出现了几座青得像染过一样的峰峦,同行的商人说,那就是汝州附近的山了。两句淡淡写出,徐徐收住,只说行途所见所闻,对自己的心情、感受不着一字,却自有一番韵外之致,一种悠然不尽的远神。

单从写景角度说,用洗练明快之笔画出在薄暮朦胧背景上凸现的几座轮廓分明、青如染出的山峰,确实也能给人以美感和新鲜感。人们甚至还可以从"数峰青似染"想象出天气的晴朗、天宇的澄清和这几座山峰的美丽身姿。但它的好处似乎主要不在写景,而在于微妙地传出旅人在当时特定情况下一种难以言传的心境。

这个特定情况,就是上面所说的归程即将结束,已经行近离家最近的一个大站头汝州了。这样一个站头,对盼归心切的旅人来说,无疑是具有很大吸引力的,对它的出现自然特别关注。正在遥望前路之际,忽见数峰似染,引人瞩目,不免问及同行的商人,商人则不经意地道出那就是汝州的山峦。说者无心,听者有意,此刻在诗人心中涌起的自是一阵欣慰的喜悦、一种兴奋的情绪和亲切的感情。而作者并没有费力地去刻画当时的心境,只淡淡着笔,将所见所闻轻轻托出,而自然构成富于含蕴的意境和令人神远的风调。

纪行诗自然会写到山川风物,但它之所以吸引人,往往不仅单纯由于写出了优美的景色,而且由于在写景中表现出诗人在特定情况下的一片心境。这种由景物与心境的契合神会所构成的风调美,常常是纪行诗(特别是小诗)具有艺术魅力的一个奥秘。

王建

十五夜望月寄杜郎中 [一]

1843

中庭地白树栖鸦,冷露无声湿桂花 [二]。
今夜月明人尽望,不知秋思在谁家 [三]。

校注

〔一〕宋本《王建诗集》及《万首唐人绝句》题下注："时会琴客。"据末句"秋思"，"十五夜"当指八月十五夜，即中秋夜。杜郎中、名未详。集有《寄杜侍御》七言长律，据诗中"粉阁为郎即是仙"之句，似为《寄杜郎中》之讹，与本篇"杜郎中"或是同一人。集又有《和元郎中从八月十二至十五夜玩月五首》，此"元郎中"为元宗简。是否与本篇为同时之作，未可定。

〔二〕桂花多在中秋季节开放，故云。

〔三〕谁家，张相《诗词曲语辞汇释》云："谁家，估量辞，含有'怎样''怎能''为甚么''甚么'各含义……惟从谁家二字之字面解释之，与某一家之义相同，此当审语气而分别之。"按：此显指哪一家。在，《全唐诗》校："一作落。"

笺评

叶羲昂曰：难描难画。（《唐诗直解》）

《唐诗训解》：落句有怀。

周敬曰：妙景中含，解者几人。（《删补唐诗选脉笺释会通评林·中七绝中》）

黄生曰：《秋思》，琴曲名，蔡氏《青溪五弄》之一（按：蔡邕《青溪五弄》有《游春》《渌水》《幽思》《坐愁》《秋思》五曲，见《文选·嵇康〈琴赋〉》"下逮谣俗，青溪五曲"李善注，又见《乐府诗集·琴曲歌辞二·蔡氏五弄题解》引《琴历》及《琴集》），非自注则末句不知其所谓矣。选诗最当存其自注也。通首平仄相叶，无一字参差，实为七言绝之正调。凡音律谐，便使人诵之有一唱三叹之意。今作者何可但言体制，而不讲声调也。（《唐诗摘抄》卷四）

朱之荆曰：琴客在此地作《秋思》曲，月下听琴者不知在谁家也。（《删订唐诗摘抄》）

王尧衢曰："中庭地白树栖鸦"，地白，月光也。中庭月白，夜已深矣，故树鸦皆已栖宿。"冷露无声湿桂花"，秋露已冷，夜深则落，虽无花，而桂花已沾湿矣。"今夜月明人尽望"，眼前对景，肚里寻思，遂不免望月而叹曰：今夜之月明如昼，如此岂非尽人所望乎？而悲欢不一也。"不知秋思落谁家"，望月之家，有知秋思可悲者，有不知秋思可悲者，是同此月也，照三千世界之悲欢，究不知秋思落在哪一家也。然其言不知秋思之人，乃即深于秋思者矣。（《唐诗合解笺注》卷六）

袁枚曰：见露而动秋思，恐感秋者无如我也。上首（按：指耿沣《秋日》）言秋日，此首言秋月，所谓正入正出。（《诗学全书》卷一）

佚名曰：琴客在此地作《秋思》曲，月下听琴者，不知在谁家也。（按：此袭朱之荆解）（《唐诗从绳》）

沈德潜曰：不说明己之感秋，故妙。（《重订唐诗别裁集》卷二十）

宋宗元曰：性情在笔墨之外。（《网师园唐诗笺》）

刘文蔚曰：地白，月光也；月明，则鸦惊。今既栖树，则夜深矣，是以见露之沾花。此时望月者众，感秋者谁？恐无如我耳。（《唐诗合选详解》卷四）

俞陛云曰：自来对月咏怀者不知凡几，佳句亦多。作者知之，故着想高踞题巅。言今夜清光，千门共见。《月子歌》所谓"月子弯弯照九州，几家欢乐几家愁"，秋思之多，究在谁家庭院。诗意涵盖一切，且以"不知"二字作问语，笔致尤见空灵。前二句不言月，而地白疑霜，桂枝湿露，宛然月夜之景，亦经意之笔。（《诗境浅说》续编）

刘永济曰：三、四见同一中秋月夜，人之苦乐各别。末句以唱叹口气出之，感慨无限。（《唐人绝句精华》）

富寿荪曰：据题下原注"时会琴客"，则当以黄生之说为优。然"秋思"语可双关，备见作者匠心及用笔之空灵隽永。（《千首唐人绝句》）

鉴赏

这是中秋夜望月有感之作。杜郎中，名不详。

首句写中庭望月。整个庭院中，满地月光，一片银白，可见十五夜月光的明亮皎洁，也暗透月已中天，月光普照。月明星稀之夜，乌鸦往往因为明亮的光照而惊飞不定，这里写到庭树上乌鸦已经栖息，足见时间已至深夜。这句写望月，视线由下而上，由中庭的地面而树上。下句即集中笔墨写月露中的庭树。

"冷露无声湿桂花。"夜深露浓，凉冷的清露润湿了庭中桂树的花瓣，枝

王
建

头花间，闪烁着晶莹的露珠，散发出缕缕桂花的幽香。冷露湿桂，正点秋景，也暗透夜之深与望月时间之久。露水于夜深时分悄然暗凝，故说"冷露无声"。它不仅细腻地传出夜露浥花的神韵，而且渲染了环境气氛的静谧和望月者沉思遐想的情景，自然暗渡到下两句。如果循着"望月"的题目细释此句，似乎还可对句中的"桂花"作别一种理解。传说月中有桂树，月宫亦称桂宫，因此"桂花（华）"也可用作月亮光华的代称。那么，"冷露无声湿桂花"也不妨理解为：凉露暗凝，布满枝头花间、庭中草上，连月亮的光华也似乎被露水沾湿了。这就生动地描绘出中秋深夜月露交映时月色的清润，使人仿佛感到这皎洁的流光也带着湿意和凉意。李贺《李凭箜篌引》"露脚斜飞湿寒兔"，李商隐《燕台诗·秋》"月浪衡天天宇湿"，与这句中的"湿"字似可参证。

"今夜月明人尽望，不知秋思在谁家。"秋思（"思"字在这里读去声），即秋天的怀想思念，指对远人的怀念。三、四两句是由"望月"而触发的联想，意谓：今夜中秋佳节，人人都在望这团圆的明月，但不知触景生情，怀着深切秋思的人究竟在哪一家。诗人由自己望月，想到各人处境不同，心情亦别：有人合家欢聚，共赏明月；有人夫妇分离，千里相隔，虽共对明月而两地相思，因此说"不知秋思在谁家"。同对佳节良夜，而境遇心情各异，这本是生活中习见的现象。处于欢乐境遇中的人们往往不易体会到处于另一境遇中人们的心情，以致乐者自乐，愁者自愁。诗人借助艺术的联想，将这一普遍存在而又常为人所忽略的现象，很富诗意地表现出来，遂使人顿感耳目一新，思想感情上获得一种感染和启示。又将这种在皎洁静谧而幽芳的中秋月夜的秋思表现得非常富于美感，这正是艺术典型化的力量。

诗人自己，作为"望月"者之一，究竟是否怀有"秋思"，诗里没有明说。从全诗的情调口吻来体味，诗人好像是既身属望月者的行列，又跳出一般望月者之外，以第三者口吻抒写感触。这种表达方式，更增添了含蕴不尽、摇曳生姿的风调韵味，更引人遐想了。

宋代有一首著名的民歌："月儿弯弯照九州，几家欢乐几家愁。几家夫妇同罗帐，几家飘散在他州？"和这首诗的后幅内容相近。但民歌表情明朗直率，反复尽意，王诗则细腻委婉，含而不露，两相比照，可以看出民歌与文人诗不同的艺术风貌。

孟　郊

孟郊（751—814），字东野，湖州武康（今浙江德清）人。贞元八、九年（792、793），两应进士试不第，十四年始登第。十六年选为溧阳尉，因吟诗废吏事，罚半俸，遂辞官。元和元年（806），河南尹郑馀庆辟为水陆转运从事，试协律郎。九年，郑馀庆镇兴元，奏为参谋，试大理评事，赴任途次阌乡，遇暴疾卒。友人张籍等私谥为贞曜先生。长于五古，刻意苦吟，韩愈称其为诗"刿目鉥心，钩章棘句"，李肇称其诗"矫激"，张为《诗人主客图》列郊为"清奇僻苦主"，苏轼则有"郊寒岛瘦"之评。有《孟东野诗集》十卷，《全唐诗》编其诗为十卷。今人郝世峰有《孟东野诗集笺注》。

游子吟〔一〕

慈母手中线，游子身上衣。
临行密密缝，意恐迟迟归。
谁言寸草心〔二〕，报得三春晖〔三〕。

校注

〔一〕题下自注："迎母溧上作。"贞元十六年（800），孟郊始任溧阳尉，迎其母至任所。溧上，指溧阳，因其南有溧水，故称。《游子吟》系乐府杂曲歌辞。《乐府诗集》卷六十七于此题首列孟郊此首，解题曰："汉苏武诗曰：'幸有弦歌曲，可以喻中怀。请为游子吟，泠泠一何悲。'又有《游子移》，亦类此也。"似汉代已有《游子吟》乐曲及曲辞。唐代孟郊之前，顾况已有《游子吟》五古长篇，李益亦有同题之作。

〔二〕寸草，小草。

〔三〕三春，此指整个春天。晖，阳光。

1847

刘辰翁曰：全是托兴，终之悠然。不言之感，复非皖皖寒泉之比。千古之下，犹不忘谈，诗之尤不朽者。（《唐诗品汇》卷二十引）

钟惺曰：仁孝之言，自然风雅。（《唐诗归·中唐七》）

邢昉曰：仁孝蔼蔼，万古如新。（《唐风定》卷六）

周敬曰：亲在远游者难读。（《删补唐诗选脉笺释会通评林·中五古》）

顾璘曰：所谓雅音，此等是也。（同上引）

《唐风怀》引南村曰：（末二句）二句婉至多风，使人子读之，爱慕油然自生，觉"昊天冈极"尚属理语。

贺裳曰："诗有别趣，非关理也。"然理原不足以碍诗之妙，如元次山《春陵行》、孟东野《游子吟》、韩退之《拘幽操》、李公垂《悯农》诗，真是《六经》鼓吹……故必理与辞相辅而行，乃为善耳，非理可尽废也。（《载酒园诗话·诗不论理》）

吴乔曰：乔谓唐诗有理，而非宋人诗话所谓理；唐诗有词，而非宋人所谓词。大抵赋须近理，比即不然，兴更不然。"靡有孑遗""有此不受"可见。（《围炉诗话》卷一）

岳（一作袁）端曰：此诗从苦吟中得来，故辞不烦而意尽。务外者观之，翻似不经意。（《寒瘦集》）

宋长白曰：孟东野"慈母手中线"一首，言有尽而意无穷，足与李公垂"锄禾日当午"并传。（《柳亭诗话》）

沈德潜曰：即"欲报之德，昊天冈极"意，与昌黎之"臣罪当诛，天王圣明"同有千古。（《重订唐诗别裁集》卷四）

王寿昌曰：于亲当如束广微之补《南陔》，谢康乐之《述祖德》，暨孟东野之"慈母手中线，游子身上衣。临行密密缝，意恐迟迟归。谁言寸草心，报得三春晖！"（《小清华园诗谈》卷上）

方南堂曰：古云："诗有别材，非关书也。""诗有别趣，非关理也。"此说诗之妙谛也，而未足诗之境。如……孟东野《游子吟》，是非有得于天地万物之理，古圣贤人之心，乌能至此！可知学问理解，非徒无碍于诗。作诗者无学问理解，终是俗人之谈，不足供士大夫之一笑。（《辍锻录》）

韩愈称孟郊为诗"刿目钵心，钩章棘句"，论者多据此谓其诗之独创风格为"思苦奇涩""寒涩""琢削""坚瘦""沙涩而带芒刺感""阴郁狠峭"。这确实是孟郊刻意追求、力求创新的一种主导风格，也是韩、孟一派诗人带有共同性的审美趋向。但韩愈同时又说过"孟生江海士，古貌又古心"这样的话，孟郊自己也主张"文高追古昔"。因而在他的诗集中也有相当数量的高古朴素，甚至浅切平淡而感情真挚淳厚的作品。这首《游子吟》就是孟诗后一种风格的代表。

诗所抒写的是人类最普遍也最真挚的一种感情——母爱。但不是从母亲的角度写对亲生儿女的爱，而是从儿子的角度写自己对母爱的感受、体验和赞颂。据题下自注，诗为孟郊初仕溧阳尉将母亲迎至任上时所作。诗人早孤，父亲孟庭玢在昆山尉任去世后，其母裴氏含辛茹苦，将孟郊及孟酆、孟郢兄弟抚养成人。写这首诗时，孟郊已经五十岁，此前多次辞亲远游，历经艰难挫折，备尝人情冷暖，对世道人心的险恶有深刻体验，因而对母爱的无私与温暖有更深刻的感受。这种特殊的人生经历，是诗人能创作出如此真挚动人诗篇的重要原因。在五十年的生活经历基础上写母爱，无论叙事或议论，都可衍为淋漓尽致的长篇，但诗人却将全部深刻感受和体验浓缩为一首只有六句的五古乐府。而这六句诗又只由一个细节、一个比喻组成。

"慈母手中线，游子身上衣。临行密密缝，意恐迟迟归。"前四句是游子离家前母亲为远行的儿子缝制衣裳的一个细节。写游子对母爱的感念，有许多居家时母亲关爱的细节可以叙写，也有孤身在外思念母亲的感情可以抒发，但对于"游子吟"这样一个题目来说，临行前夕母亲为自己缝制衣裳的细节无疑最具典型性。因为这个细节包蕴了母亲对远行儿子的无限关爱。"慈母手中线，游子身上衣。"开头两句起得极朴素、极简沽，缝制的过程、动作统统省略，仿佛顷刻之间，慈母手中的针线，就化作了游子身上的衣裳。在"线"与"衣"的跳跃中，蕴含着巨大的感情空间，慈母对游子前途的期盼，对游子远行的辛苦与孤子的担忧，对游子外出饮食起居的挂念，都在这一针针、一线线的缝制衣裳的过程中充满胸间，民歌式的自然亲切语调加强了浓郁的抒情气氛，读来倍感情味的深挚隽永。

三、四两句，紧承"手中线"与"身上衣"，于缝制衣裳的细节基础上再突出一个细节"临行密密缝，意恐迟迟归"。上句点出"临行"二字，与题目紧相呼应，而"密密缝"这个细节，则以诗人的揣想做出解释：原来慈母的细针密线，是由于担心远行在外的儿子归来的时间太晚，总想把衣裳缝制得结实坚牢一些，免得儿子在外衣裳脱线无人缝补。这一解释，不但突出渲染母亲对儿子的深情体贴和无微不至的关爱，而且透过诗人的揣想，也表现了这时儿子对母亲体贴关爱之情的深切理解和感念。在"密密缝"的过程中，慈母将自己全部的柔情挚爱、关怀温暖也融化进去了。孟郊长期穷困贫寒，过的是和普通人相似的生活，故对远游前母亲为他缝制衣裳的细节有极深切的感受体验和亲切记忆，写来也就特别自然顺畅，如同脱口而出，却在无意中道出了广大普通人的感情体验。

"谁言寸草心，报得三春晖。"前四句借助典型的细节，极富感染力地表现了慈母对游子的挚爱关切，后两句则借助一个生动贴切而又新颖的比喻抒发对母爱的感激和无以为报的深挚感情。传统的比喻一般很少用太阳来比喻女性，这里却以春天的阳光来比喻母爱，显然是一种创造，但又使我们感到它的无比贴切。特别是诗人同时将自己喻为"寸草"，将自己对母亲的感激图报之情比作"寸草心"，以之与带着无限关爱、温暖的"三春晖"构成鲜明的对照，母爱的博大、无私和终身无以酬报的感恩之情便得到了形象生动、淋漓尽致的表现。这里的"寸草心"，当和题下自注"迎母溧上"之事有关。五十始得一尉，故随即将母亲迎至任所。这当然也是感母养育关爱之恩而图"报"的一种表现，但在诗人心中，慈母的抚育煦养教诲关爱之恩是根本不能报其万一的，就像寸草之心不能报三春阳光的恩辉一样。结用反问语，加强了咏叹的情味，具有不尽的韵致。

诗人在长期贫困漂泊的境遇中，对世态人情的险恶有深刻的感受，故每多愤激怨恨乃至诅咒之语，其诗风阴暗冷峭的一面即缘此而生。这和他在此诗中充满感情地歌颂母爱并不矛盾。实际上，正由于他对世道人心的险恶冷酷感受越深，对母爱的温煦和无私便越加珍视。这正是矛盾的统一体。感情有此两面，诗风亦有此两面。刻意苦吟，着力创造寒涩冷峭的风格，虽能体现诗人的创造精神，但刻削太过，写出来的未必是佳作。相反，纯由至情至性而自然流出的作品，却往往倍加真挚感人。

自清初贺裳以来，评此诗者每谓其言理、议论。孟诗确有议论化、理念化的倾向，但这首诗却非议论言理之作。前四句选取记忆中最能体现慈母对游子无微不至关爱体贴的典型细节，以个别见一般，以形象的画面代替叙述，后二句则借助生动形象而新颖贴切的比喻融化议论，故全篇毫无理念化之弊。

怨 诗〔一〕

试妾与君泪〔二〕，两处滴池水。
看取芙蓉花〔三〕，今年为谁死！

孟
郊

〔一〕《全唐诗》校："一作《古怨》。"

〔二〕试，考察试验一下。

〔三〕看取，犹"看着"。芙蓉花，荷花。

（笺）（评）

桂天祥曰：意奇情烈，直欲与熊渠射伏虎。（《批点唐诗正声》）

吴逸一曰：花死由泪深浅，首下一"试"字，便有分别。（《唐诗正声》评）

周敬曰：妙在不露。（《删补唐诗选脉笺释会通评林·中五绝》）

邢昉曰：雕思入骨，然大费力。太白，龙标如此扰扰乎？（《唐风定》卷二十）

吴昌祺曰：（三、四句）二语怨极。言我有情，君无情，花但为我死也。（《删订唐诗解》）

赵执信曰：此四句齐梁体。（《声调谱》）

黄叔灿曰：不知其如何落想，得此四句。前无可装头，后不得添足，而怨恨之情已极。此天地间奇文至文。（《唐诗笺注》）

刘永济曰：此诗设想甚奇。池中有泪，花亦为之死，怨深如此，真可以泣鬼神矣。（《唐人绝句精华》）

刘拜山曰：怨诗多尚缠绵，此独出以斩绝，盖语激而情愈挚也。（《千首唐人绝句》）

1851

题曰"怨诗"(一作"古怨"),情感是强烈的怨恨愤激而非凄怨哀伤,故通首押仄韵,为逼仄之音,斩绝之词。诗中的女主人公与其所怨愤的对象——"君",原是一对爱侣,但后来男方负情变心,但表面上仍装作挚爱女方,女主人公识其情伪,故怨愤交并,发此愤激之辞。诗面虽未交代这种人物关系与感情背景,但读诗时须从字里行间体味出这种关系。如理解为男女两地相思之情的特殊表达,不免错会。

全篇围绕一开头的"试"字进行构思。"试"什么?"试"情之真伪。"妾"之情犹真挚不移,而"君"已变心负情,却仍信誓旦旦,故须"试"。用什么试?用"泪"来试。一般情况下,流泪是感情强烈、思念深挚的表现,故是否为思念对方而流泪,是鉴别感情深浅真伪的一种凭借。但如此落想,仍属常套。在作者想来,"泪"亦有真假,有真挚深情之泪,亦有虚情假意之泪。故"泪"之真假亦须试,这就更深了一层。"泪"之真假如何试验?女主人公即景生情,想出了一个绝招:你不是口口声声强调自己矢志不移吗?那就让我们各自面对着池水来试一试泪的真假吧。看一看池里的荷花,明年究竟被谁的眼泪浸死。用泪滴试水,看明年荷花的生死来试泪之真假、情之诚伪,简直是异想天开,但女主人公自有她的逻辑。在她想来,真诚的泪是苦涩而带咸味的,这样的泪,一直不停地淌下去,整个池水将变成一个苦水咸湖,泡在里面的荷花不死才怪呢,而虚情假意的泪,其清如水,即使滴注满池,也丝毫不会使荷花枯萎死亡。这样的构想,不仅独特新颖,而且奇警透辟,给人以石破天惊之感。用上声"水""死"押韵,也给人一种沉重的压抑感,而末句"死"字更透露出强烈的愤激,似乎是在用池荷的生与死撕下对方的伪装。诗至此,戛然而止,而女主人公的怨愤之情仍然流注充溢于诗境之外。

伤 春〔一〕

两河春草海水清〔二〕,十年征战城郭腥〔三〕。乱兵杀儿将女去〔四〕,二月三月花冥冥〔五〕。千里无人旋风起,莺啼燕语荒城里。春色不拣墓傍株〔六〕,红颜皓色逐春去,春去春来那得知〔七〕。今人看花古人墓，令人惆怅山头路〔八〕。

校注

〔一〕杜甫有《伤春五首》，系伤时感乱之作，第一首起联云："天下兵虽满，春光日自浓。"孟郊此诗，题旨与基本构思与杜诗相近。

〔二〕两河，指唐代河北道、河南道地区。

〔三〕十年征战，可能指大历十年（775）至兴元元年（784）间河南北地区藩镇的割据叛乱及其与唐廷间的战争。大历十年，魏博节度使田承嗣叛乱，攻占相、卫等州，建中二年（781），魏博、淄青、成德诸镇联兵抗命；三年，河北、山东、淮西诸镇叛乱；四年，泾原兵变，德宗出奔奉天。兴元元年，河中节度使李怀光反。腥，血腥气味。

〔四〕将，携持，此处指掳掠。

〔五〕冥冥，形容花繁盛深暗貌。

〔六〕拣，挑拣。株，指树。句意谓春色并不挑拣，即便是在墓边的树上照样呈现。

〔七〕那得知，指墓中死者哪里知道。

〔八〕山头路，指坟墓旁的山头小路。

笺评

岳（袁）端曰：乱后逢春，故语多悲壮，后段有唐初风味。（《寒瘦集》）

鉴赏

这是孟郊少数感伤时事的篇章中较好的作品。通篇围绕题目"伤春"二字，将自然界的春色与人世间的战乱荒凉作鲜明对照，以突出渲染诗人对国事的感伤。

"两河春草海水清，十年征战城郭腥。"起首两句，大开大合，点明时令、地域和战争造成的灾难。广袤的河南北地区，春天又来到了人间，春草萋萋，海水清碧，但现在这片素来人烟密集、美丽富饶的地区因为强藩的割据叛乱和长达十年的征战，已是满目疮痍，荒凉残破不堪。"城郭腥"三字，传达出昔日繁华的城市，如今只闻到一股血腥的气味，人民死伤之众、城市的荒凉残破于此可见，"腥"字令人触目惊心。上句的"海水清"或解为形容太平，恐非。"春草"之繁茂与"海水"之清碧，都是为了反衬"十年征战城郭腥"之可悲，如解为"太平"景象，殆与下文"乱兵"句不符。这两句概括了广远的空间、时间内战乱造成的破坏，可以视为对全篇内容的一个提示。

"乱兵杀儿将女去，二月三月花冥冥。""乱兵"句承"十年征战"，写当前战争仍未结束，藩镇的乱兵到处烧杀掳掠，百姓家的儿子被杀，女儿被掳掠而去，战乱造成的人间悲剧仍在继续，而大自然的春色则仍按照自己的常规，整个二月三月，繁花冥冥。"冥冥"二字，既是对花的繁茂的形容，又透出一种幽暗的色彩。这种色调，正与诗人的黯淡心境相应。两句之间，若断若连，从鲜明的对照中愈感战乱的可悲可恨。

"千里无人旋风起，莺啼燕语荒城里。"上句是对两河广大地区荒凉景象的描绘：千里之广的地域内，人烟萧索，杳无人迹，只见阵阵旋风掠过荒凉的大地，扬起灰蒙蒙的沙尘。下句则是对城市春天景象的描绘。随着春天的到来，到处可以听到莺啼燕语之声，但它们面对的却是一座座空旷的荒城！"无人"与"荒城"、"旋风"跟"莺啼燕语"之间构成鲜明的对比，更衬出战乱带来的萧条荒凉。

"春色不拣墓傍株，红颜皓色逐春去，春去春来那得知。"从这三句开始，转笔将坟墓与春色作对照。首句说春色从不挑拣地方，遍布各地各处，连坟墓旁的树上照样叶绿花红，"拣"字用得奇，"春色"与"墓旁株"的对照，同样令人触目惊心。次句说墓中的死者，其红润美好的容颜和洁白的肤色早已随着春天的到来和消逝而永远消失了。这里的"红颜皓色"当是战乱中被残害的女子。紧接着又缀一单句，说春去春来，时光流逝，景物变换，可这一切，包括莺啼燕语之声，墓中人是再也不知道了。这一突兀的单句，将诗人对战乱中罹祸的女子的同情与感怆，极富感染力地表现了出来。

"今人看花古人墓，令人惆怅山头路。""今人"指诗人自己，"古人"则

指墓中的死者，当泛指一切死者。诗人的思绪由眼前战乱中的被祸者联及累累坟墓中的古人，不禁引发更深广的人生感慨。如今自己在古人墓前看花，日后自身亦将成为墓中人，令人不禁感慨人生的无常，而惆怅于山头的小路上。这个结尾，将诗境引向更广远的时空，感慨也更深了。但这种感慨仍因"战乱死多门"的现象而引发，故仍不离题意"伤春"二字。

寒地百姓吟〔一〕

无火炙地眠〔二〕，半夜皆立号〔三〕。冷箭何处来〔四〕，棘针风骚骚〔五〕。霜吹破四壁〔六〕，苦痛不可逃。高堂捶钟饮〔七〕，到晓闻烹炮〔八〕。寒者愿为蛾，烧死彼华膏〔九〕。华膏隔仙罗〔一〇〕，虚绕千万遭。到头落地死，踏地为游遨〔一一〕。游遨者是谁？君子为郁陶〔一二〕！

孟郊

校注

〔一〕题下自注："为郑相，其年居河南，畿内百姓大蒙矜恤。"郑相，指郑馀庆。《新唐书·郑馀庆传》："贞元十四年，拜中书侍郎、同中书门下平章事……贬郴州司马。顺宗以尚书左丞召。会宪宗立，即其官复拜同中书门下平章事。"《旧唐书·宪宗纪上》：元和元年（806）十一月庚戌，"以国子祭酒郑馀庆为河南尹"。元和三年六月，"以河南尹郑馀庆为东都留守"。据"其年居河南"之语，诗当作于元和元年十二月。《新唐书·郑馀庆传》："馀庆少砥砺，行己完絜。仕四朝，其禄悉赒所亲，或济人急，而自奉粗狭。"死后家贫，穆宗特给一月奉料为赙襚。题下自注谓"畿内百姓大蒙矜恤"，或有其事，而史籍不载。本年孟郊在河南府为水陆转运从事，系郑馀庆所辟幕僚。"寒地"，或有释为"寒居"者，固可通，但篇首即云"无火炙地眠，半夜皆立号"，"地"当如字解，诗盖言百姓席寒地而眠之苦况。

〔二〕五字连读，谓百姓没有炭火烘烤地面，只能席寒地而眠。

〔三〕立号，站立着号哭。

〔四〕冷箭，喻刺骨的寒风，参见下句。

〔五〕棘针，形容寒风如荆棘的芒刺那样刺人肌骨。骚骚，风声。骚骚，原作"骚劳"，据一作改。

〔六〕霜吹，犹寒风。

〔七〕高堂，指富贵人家华美的厅堂。捶钟饮，敲钟击鼓，宴饮奏乐。

〔八〕炮，烧烤菜肴。烹，煮。

〔九〕华膏，明亮华美的灯烛。句意谓寒者宁愿像飞蛾扑火那样被华美明亮的灯烛烧死，以取得一点温暖。

〔一〇〕仙罗，形容富贵人家华美的罗帷。连下句谓华美明亮的灯烛为罗帷所隔，飞蛾无法靠近，只能来回飞绕。

〔一一〕此为倒装句，意指落地而死的飞蛾为遨游者（指富贵人家及其宾客）所践踏。

〔一二〕郁陶（yáo），忧思郁积。君子，指郑馀庆。

孟郊一生大部分时间过着贫寒困苦的生活，"穷饿不能养其亲，周天下无所遇"（李翱《荐所知于徐州张仆射》），对饥寒交困的境遇有极深的感受体验。这首《寒地百姓吟》便是他根据自己的生活体验，推想寒冬腊月穷苦百姓的生活和心理而写成的一首悲悯穷民之作。题下自注"为郑相，其年居河南，畿内百姓大蒙矜恤"，仅在篇末一点即止，诗的主要内容还是写穷民难以忍受的饥寒生活和贫富之间苦乐悬殊的尖锐对立。

起句紧扣"寒地"，直接入题。"无火炙地眠"五字简洁省净，尖峭有力。明说"无火"，读者却可由此联想到无床无褥、衣单被薄，故须以火炙烤地面，席地而眠；但家贫买不起炭火，故只能贴着冰冷的地睡觉，词约义丰，包含许多未明说的情事和曲折。席寒地而卧，自然凉冷透体，辗转反侧，难以入睡，及至半夜，寒意更盛，只能站立起来，放声哀号。"半夜皆立号"的情景，如无亲身体验，必难写出。夜半三更，一般情况下即使寒饿难忍，也只是暗自饮泣，以免惊动四邻；必是冻得瑟瑟发抖，实在无法忍受时，才会不顾一切放声哀号。"皆"字更透露出全家老小乃至所有穷寒百姓家，人人如此，家家如此。

"冷箭何处来，棘针风骚骚。"三、四两句，承上寒地难眠，半夜哭号，进一步写寒风刺骨。第三句突兀而来，以"冷箭"喻刺骨的寒风，既新颖又形象，不但写出风之寒冷，而且写出风的迅疾劲厉和利箭穿身的刺痛感，"何处"二字还传出一种突兀和茫然无措之感。第四句方点明这是由于冬夜劲厉的寒风所致，且以"棘针"之喻重叠渲染寒风尖厉的芒刺感。

"霜吹破四壁，苦痛不可逃。"霜吹，即寒风。寒风可以穿破四壁，可见风之劲厉尖锐；亦可见穷苦百姓墙壁之颓坏疏漏，到处透风。住在这样的房子里，自然找不到任何一处可以躲避刺骨寒风的角落，"苦痛不可逃"。即使

唐诗选注评鉴（三）

逃离这间破屋，屋外天寒地冻，旷野茫茫，更是立即会遭到冻死寒郊的命运。"苦痛不可逃"句，是穷民对自己身陷绝境的痛苦哀号，也是对上述描写的一个概括。

"高堂捶钟饮，到晓闻烹炮。"七、八两句，转写与寒地百姓相对立的富贵人家的奢华逸乐生活，却从寒地百姓的感受角度来写。富贵人家华美的厅堂之上，传来一阵阵敲钟击鼓的声音，那是他们在宴饮奏乐；后厨中传来一阵阵烹调烧烤肴馔的香味，直到天亮，这种香味还久久不散。"到晓"二字，贯通上下两句，既见富贵人家之彻夜通宵宴饮作乐，亦见寒地百姓之彻夜无眠，而穷民之饥饿难忍之状亦于"闻"字中暗暗传出。

"寒者愿为蛾，烧死彼华膏。"九、十两句，进一步写"寒者"的心理，说处此饥寒交迫绝境中的百姓，宁愿自己化身为飞蛾，投向那富贵人家的华美明亮的灯烛，即使让自己烧死，也可在死前得到一点温热。这想象既奇特又极端，在绝望中透出一种怨愤乃至仇恨，也透露出对自己处境的无奈。

"华膏隔仙罗，虚绕千万遭。"十一、十二两句，又生曲折，说富贵人家的华美灯烛为层层罗帷所隔，寒者即使化身为飞蛾，也只能是来回飞绕而无法接近，这真是求生既不能，求死亦无路了，将"寒者"的绝境更深入一层。"隔"字显示的正是贫富之间的悬隔和对立。杜甫《自京赴奉先县咏怀五百字》说："荣枯咫尺异，惆怅难再述。"宫墙内外虽仅一墙之隔，却是一荣一枯的两个世界。这层意蕴，孟郊通过想象，作了象征性的表现。

"到头落地死，踏地为游遨。"这是想象中"寒者"的悲剧结局。虚绕华堂千万遭而不得入，最后精疲力尽，落地而死，为那些尽兴遨游者践踏而化为尘泥。这也是一种象征性的描写，暗示"寒者"在这些"游遨"者的眼中，其生命根本不屑一顾。

"游遨者是谁？君子为郁陶！""游遨者"自然是那些达官贵人，用设问的口吻仿佛有些明知故问，其中正透露出诗人的怨愤。而像郑馀庆这种身居高位却自奉俭约、悯恤百姓的"君子"对此类"朱门酒肉臭，路有冻死骨"的现象也只能是心怀忧思而徒唤奈何。这实际上也是诗人自己的心情。

写穷苦百姓的饥寒，在孟郊这首诗中有着尖锐峭刻、刺骨铁心的表现，给人留下了深刻的印象。"半夜皆立号""霜吹破四壁"的触目惊心的描写，"冷箭""棘针"的生动形象比喻，以及后半欲化身为蛾，烧死于华膏的象征性描写，都将百姓身之寒、心之苦推向极致，而贫富之间苦乐悬殊的处境，更蕴含着诗人对社会不公的怨愤，这一切，都增强了诗的感染力。

孟
郊

1857

秋 怀 （其二）〔一〕

秋月颜色冰〔二〕，老客志气单〔三〕。冷露滴梦破〔四〕，峭风梳骨寒〔五〕。席上印病文〔六〕，肠中转愁盘〔七〕。疑怀无所凭〔八〕，虚听多无端〔九〕。梧桐枯峥嵘〔一〇〕，声响如哀弹〔一一〕。

校注

〔一〕秋怀，秋天的情怀。宋玉《九辩》："悲哉秋之为气也，萧瑟兮草木摇落而变衰。"南朝刘宋谢惠连有《秋怀诗》。与孟郊同时的韩愈有《秋怀诗》十一首，方世举、陈景云谓系元和元年（806）自江陵掾召为国子博士时所作。而孟郊这组诗，郝世峰《孟郊诗集笺注》云："孟郊于元和四年丧母，守制期满后，未即为官，直到元和九年，始应山南西道节度使郑馀庆聘，自洛阳往兴元，赴任兴元军参谋。据诗中所写赋闲、贫苦和老病等情况，这一组咏怀诗，可能就写于母丧后赋闲家居时的某年秋季。"其写作时间在韩愈《秋怀诗》十一首之后而相隔不太远，当是受到韩诗创作的影响而又自出机杼，刻意追求自己独创诗风的代表作。

〔二〕颜色冰，形容秋月清冷之色。

〔三〕老客，诗人自称。年老而作客他乡，故称。志气单，精神孤寂、意气单弱。

〔四〕梦破，梦醒。

〔五〕峭风，尖利的寒风。梳骨，像梳子一样透过骨缝。

〔六〕印病文，因长期生病卧床而在席上印下病体的痕迹。

〔七〕古乐府《悲歌行》："心思不能言，肠中车轮转。"此句化用其意，谓愁闷郁积翻腾，如圆盘之转动。

〔八〕疑怀，犹疑心。

〔九〕虚听，幻听。无端，无来由。

〔一〇〕枯峥嵘，枯槁高峻貌。杜甫《枯楠》："楩楠枯峥嵘。"梧桐树因落叶越显其枯槁高峻之状。

〔一一〕声响，指风吹梧桐枯叶之声。哀弹，悲哀的琴声。梧桐系制作琴之材料，故由风吹梧叶之声而联想到琴声。

郝世峰曰：政治追求的失落和物质生活的困乏，使孟郊对现实中阴暗的、具有否定意义的现象很敏感。在他的感觉系统中，对个人失志的自我体验，对士人社会中种种丑恶虚诈的感受，常常同饥饿、寒冷、病痛、衰老等生活上的痛苦体验纠结在一起，并进而形成了一种阴郁冷峭的心态，苦心孤诣地用诗去表现这种心态，成了孟郊的主要审美倾向，这样的诗也是孟郊诗中最见创造性的部分。其代表作应首推《秋怀十五首》。如《秋怀十五首》之二（略）。衰老无依，梦想破灭，意气单弱的主体，对于秋天的感受是：月色如冰，露滴心冷，峭风梳骨。环境之于主体，如寒冰着体，锐器割刺，唯有森森透骨的冷酷。冷与痛成了诗人感觉系统中最敏锐的部分。"席上印病文"四句，写病痛，床席上竟难以想象地被病体印上了病文。不仅强调长期卧床，而且表现迷离错乱的病态感觉。"肠中转愁盘"，把精神性的愁情郁结同内脏因饥病而运转失调时的瘀塞、绞痛凝铸在一起。精神上的压抑感和生理机能的不适相互重叠、纠结，成了无从分解、难以名状的独特感觉。"疑怀"二句写精神恍惚，无端疑惧，出现幻觉。既是病态老态，也是长期紧张不安等痛苦的精神生活之积酿。结尾两句写梧桐已枯，仍不失峥嵘之态，虽是栖凤制琴的美材，秋风掠过时却发出悲声。生命虽枯萎，精神却不卑屈，自悲而自失，失志而不平。这首诗于冷痛枯瘁之中略见沉郁峭拔，就表现阴郁冷峭的心态而言，堪称典型。
（《孟郊诗集笺注·代前言》）

这一首诗写诗人秋夜的感受。前四句着重写自己对环境景物的主观感受。起句写月色。"颜色"本诉诸视觉，诗人却说"秋月颜色冰"，仿佛是用触觉去感知月色，这是视觉而通之于触觉的通感。在诗人的感觉中，这明亮皎洁的秋月给他带来的是一种冰冷幽森的感觉，透出一股凛然的寒意。这自然是诗人内心世界幽冷森寒的反映，或者说是其内心幽冷的一种投射。同时又是包围着他的客观环境幽冷森寒的一种象征。在这样一种环境和心境下，诗人作为一个年纪老大犹客居异乡的"老客"越发感到自己的志气单弱，精神上倍感孤寂。"单"有孤单、单弱之义，这里兼绾二义，而字法甚奇。"老客"句点出主体、贯通全诗。

"冷露滴梦破，峭风梳骨寒。"三、四两句，写对秋夜风露的感受。"露"而曰"冷"而不曰"凉"，与起句用"冰"形容月色是一个道理，说明诗人对于秋露的感受不是惬意舒适的"凉"，而是寒意侵人的"冷"。露滴之声本极轻微，而诗人之梦竟因此而"破"，可见诗人对这种冷冰冰的环境氛围有着特殊的敏感，也可见诗人之"梦"何等脆弱单薄，易破易碎。"风"而曰"峭"，使本无形体的风有了尖峭锋利的具体形态，是触觉通于视觉，这样尖峭锋利的寒风，吹在衣裳单薄的诗人身上，仿佛每一根肋骨都被"梳"透了一样。"梳"字用法极奇峭，亦极生动形象。它把通常的"寒风透骨"的形容变成更具视觉形象的说法，峭利的寒风，就像一根根尖锐的梳齿，把每一根肋骨缝都穿透梳刺了一遍又一遍。给人的感受较之寒风透骨要强烈得多，也新颖得多。

以上四句，写老客异乡的羁孤者对秋夜寒冷环境的感受；以下四句，转写自己的长期卧病，精神恍惚。"席上印病文，肠中转愁盘。"长期生病卧床，席上留下病体的印迹，这种情形，虽属常见，但如没有亲自经历体验，则不能道，不说"体文"，而说"病文"，化实为虚，将仿佛不可见的长期卧病的痕迹印在了床席之上。"印"字不但印上了长期卧病的时间、历程，而且印上了长期卧病的痛苦记忆，用得奇峭深刻。"肠中"句虽然化用古诗"肠中车轮转"，但点明"愁盘"，则将心中郁结的愁苦喻为正在转动翻腾的圆盘，其痛苦转侧之状如见。精神上的郁结痛苦不但形象化、动态化，而且转化为生理上的痛苦折磨。

"疑怀无所凭，虚听多无端。"这两句进一步从具体的身体疾病写到精神上的疾病。上句说，自己经常疑神疑鬼，似乎有人在算计、迫害自己，或者怀疑自己得了不治之症，其实都是毫无凭据的瞎猜疑。这是典型的精神抑郁症的症状，主观臆想和强迫性是它的突出标志，也是长期卧病不愈者常出现的精神症状。下句写幻听。本无所听，却总似乎感到自己听到了什么声音，这是生理性疾病，更是精神性疾病，"多无端"与上句"无所凭"相应意近。两句将长期卧病而又性格内向、愁闷郁积、无从发泄者的精神恍惚之状刻画得非常真切。

"梧桐枯峥嵘，声响如哀弹。"结尾两句，写窗外梧桐叶落之状与风吹梧叶之声。秋风起而梧叶落，至深秋而梧叶已凋零后，显出光秃秃的枝干。"枯"指梧叶凋枯黄落；"峥嵘"指其枯干矗立，更显峥嵘之态。这二者通常不能并存，但在秋天叶落净尽的梧桐身上却得到有机统一。虽"枯"而意态峥嵘，这几乎就是诗人老病身姿心态的一种象征，说明虽枯萎而不失峭拔刚强之气。末句写风吹梧叶，声响如同琴曲所奏的哀声，这也同样可以视为对自己苦吟之诗的一种象征性描写。

诗中对老客他乡的孤寂、病痛、寒冷和精神上的疑幻恍惚之态有生动而峭刻的描写，从中可以感受到诗人的郁积痛苦和精神恍惚。但全诗给人的感觉似乎还不至于阴郁到绝望的程度，郝世峰谓诗于"冷痛枯瘁之中略见沉郁峭拔"，可称的评。

游终南山〔一〕

南山塞天地〔二〕，日月石上生〔三〕。高峰夜留景〔四〕，深谷昼未明。山中人自正〔五〕，路险心亦平。长风驱松柏，声拂万壑清。即此悔读书〔六〕，朝朝近浮名〔七〕。

校注

〔一〕终南山，在长安城南。系秦岭西起武功县境东至蓝田县境之总称。参见王维《终南山行》注〔一〕。

〔二〕塞天地，充塞于天地之间。

〔三〕因山高，故远望日月似乎从山顶的石上生出。

〔四〕景，指太阳。太阳落下之后，似乎留在西边的高峰之后。故云。自注："大白峰西，黄昏后见馀日。"

〔五〕山中，或解为山势中正，不欹倾。与"人自正"为因果关系。但"中"字似少此用法。全句意盖谓处于山中，与大自然相亲，人自正直。

〔六〕悔读书，指为求取功名而读的经书等。

〔七〕浮名，虚名，指功名。

刘辰翁曰：（首句下评）未知其下云何。即此，其出有不容至。（末句下评）警异。（《唐诗品汇》卷二十引）

杨慎曰：谢灵运诗："晓闻夕飙急，晚见朝日暾。"此语殊有变互，凡风起必以夕，此云"晓闻夕飙"，即杜子美之"乔木易高风"也。"晚见朝日"，倒景反照也。孟郊诗："南山塞天地，日月石上生。高峰夜留景，深谷昼未明（按：杨引后两句与本集异，系杨氏臆改）"。皆自谢诗翻出。（《升庵诗话·晚见朝日》）

钟惺曰：（"到此悔读书"句）无端兴想，却自真。（《唐诗归·中唐七》）

谭元春曰：（"南山"二句）凿空奇语，却不入魔。（同上引）

唐汝询曰：奇语横出，结有玄想。（《删补唐诗选脉笺释会通评林·中五古》引）

周珽曰："山中人自正，路险心亦平。"语极神骏，岂稿衷沥血耶？（同上引）

陈继儒曰：异想奇调，对之光华被体。（同上引）

邢昉曰："山中人自正"，作平语观则佳，诧以为奇，则反失之，孟东野精神所不在也。（《唐风定》卷六）

黄周星曰："南山塞天地，日月石上生。高峰夜留景，深谷昼未明。"终南在目矣。"到此悔读书，朝朝近浮名。"悔浮名也，非悔读书也。若得入山读书，自然不悔。（《唐诗快》卷五）

沈德潜曰：盘空出险语。《出峡》诗有"上天下天水，出地入地舟"句，同一奇险。（《重订唐诗别裁集》卷四）

潘德舆曰：每读东野诗，至"南山塞天地，日月石上生""山中人自正，路险心亦平"……诸句，顿觉心境空阔，万缘退听，岂可以寒俭目之。（《养一斋诗话》卷一）

孟郊的诗，每因注意于个人的穷愁寒病，且刻意追求奇险峭硬的风格，虽横语盘空，而诗境不免局狭寒俭。这首《游终南山》诗则不但境界奇伟，气象博大，而且语言也一改他许多诗刻意搜奇之风，显得朴爽健朗，气度不凡。是一首有孟诗奇警之优长而无逼仄枯槁之弊的作品。

"南山塞天地，日月石上生。"开头两句，总写终南山之高大雄伟，统摄全篇。这里有一个诗人的视角问题。或以为这是写诗人身在深山，仰望则山与天连，环顾则视线为千岩万壑所遮，压根儿看不见山外有什么空间的情景。细味此二句，当是在山下不远处仰望整个终南山时的感受。终南山西起武功，东至蓝田，绵亘连延数百里，站在山下仰望，但见高峰插天，上与天连，由西向东，绵延不断，似乎整个天地之间都被眼前的终南山"塞"满了。从写实的角度说，"南山塞天地"当然是极度的夸张渲染，但从特定观察角度所得的主观感受而言，这"塞"字又十分准确真切，生动形象。"塞"字用字虽奇横突兀，却自然妥帖，既写出了终南山的广大雄伟，又传出了其磅礴的气势，可以说是韩愈赞孟郊诗"盘空横硬语，妥帖力排奡"的典型。"日月石上生"更明显是山下仰望所见。这句极写山的高峻。抬头仰望，但见太阳或月亮从山顶的岩石上升起。不说"峰顶升"而曰"石上生"，同样是为了取得奇警的效果。就单个字而言，"石"和"生"都是极平常的字眼，但当诗人将"日月"之"生"与它们联系在一起时，却立时感到境界的奇警不凡，令人联想到这高大的终南山甚至能包孕日月，它与上句终南山充塞天地的形容连在一起，整个终南山那种高大雄伟、充塞天地、包孕日月的神奇景象便得到了极富创造性的表现。

"高峰夜留景，深谷昼未明。"三、四两句续写登高峰、下深谷时所见奇观。未攀上高峰时，太阳已经落下西峰；及至登上峰顶，却见夕阳余晖仍映照着峰西的山峦，给人的感觉是"高峰"将太阳留在了自己的身后，这也就是原注（可能是诗人自注）所说的"太白峰西，黄昏后见馀日"的奇特景象。这种景象，自非亲历高峰之巅者所不能道。"夜"与"景"仿佛矛盾，但因登高峰而使此"夜留景"的奇特景象得以呈现。下到深谷投宿，翌日天晓，渐至白昼，却幽暗阴森、不见阳光，故说"深谷昼未明"。这句所写景象，孤立看并不特别奇特，但和上句对照起来读，却可见终南山千山万壑，阴晴各异，或"夜"而"留景"，或"昼"而"未明"的奇异景象，而终南山之广大、高峻也得到进一步的表现。

"山中人自正，路险心亦平。"五、六两句，概写山中所遇之人、所行之路给自己的感受。上句是说，处此山中，所遇之人均朴野正直，无邪曲阴险之辈，"自"字用意，强调山中的环境对于人的"正"直品格具有自然生成的作用，虽着意而不露着力之痕。当然，也可以作另一种理解，即游于山

孟
郊

中，得此自然之气的熏染，远离尘嚣世俗的纷扰，自己的心也变得正直而无邪曲之念了。无论作哪一种理解，这一句与下句都构成对应关系与因果联系，由于人心正直，故山中路虽险峻崎岖，内心也是平静安详的。两句所表现的是山中的自然环境和人文环境对自己心情的影响。孟郊为诗，刻意追求奇峭高古，不屑于为骈偶对仗工整之句，此诗通篇不用偶对，不大可能在这里着意作工。这两句将叙述、议论和抒情融成一片，承上启下，为全篇枢纽。"人正""心平"起下四句。

"长风驱松柏，声拂万壑清。"七、八两句掉笔写山中之景，集中笔墨写风吹松柏之形态与声响，山高风猛而连续不断，故曰"长风"。一"驱"字极生动形象而有气势，写出在"长风"的驱动下，千山万壑中的松柏枝叶，都所向披靡，向风吹的方向倾斜，如波涛汹涌，发出令人神清气爽的清响，两句极力渲染松涛的声势，着眼处却在句末的那个"清"字。"清"是"心平"的进一步发展，至此山中，不但人正、心平，人的神志也变得格外清爽而无丝毫杂念了。松涛之清响，不但传遍万壑，亦沁人心脾。这就自然引出诗的结尾两句。

"即此悔读书，朝朝近浮名。"唐代士人读书，多为参加科举考试做准备，王维《山中与裴秀才迪书》一开头便提及"近腊月下，景气和畅，故山殊可过。足下方温经，猥不敢相烦"。所谓"温经"，即为参加来年初春的科举考试温习经书，也就是这里的"读书"所指的主要内容。在如此高大雄峻、具有崇高感的终南山面前，在远离尘嚣和纷扰的大自然熏染下，不但人正心平神清，万虑俱消，而且对此前为考取功名而孜孜不倦地读经书以应科考的行为感到追悔，悔恨自己日日朝朝所追求的不过是过眼云烟的浮名而已。这是全篇的结穴，也是"游终南山"受大自然的浸染而悟到的人生真谛。孟郊一生，对功名的追求实际上是非常执着的，从《登科后》一诗中所表现的得意忘形之态可以看出这一点。但不必因此怀疑诗人"即此悔读书，朝朝近浮名"这两句诗的真诚。人在亲近崇高、壮伟而又远离尘嚣纷扰的自然时有此感受而自省，也是自然而真切的，正由于他在游终南山的过程中暂时摆脱了名缰利锁的拘束，精神上得到解放，才能发现终南山的壮伟雄峻的崇高美并加以出色地表现。

洛桥晚望〔一〕

天津桥下冰初结，洛阳陌上人行绝〔二〕。
榆柳萧疏楼阁闲〔三〕，月明直见嵩山雪〔四〕。

孟
郊

 校注

〔一〕洛桥，即首句之"天津桥"。隋炀帝于大业元年（605）迁都洛阳，以洛水贯流都城，有天汉津梁气象，因在洛阳皇城端门外建浮桥，名曰天津桥。隋末焚毁，至唐贞观十四年（640），更令石工累方石为脚重建。故址在今洛阳市西南。

〔二〕陌，街道。《后汉书·蔡邕传》："及碑始立，其观视及摹写者，车乘日千馀两，填塞街陌。"

〔三〕闲，安静。

〔四〕嵩山，在河南省登封市北，为五岳之中岳。嵩山在洛阳之东南，登封为东都洛阳之畿县，故在天津桥上晚望可见嵩山顶上之积雪。

笺评

岳（袁）端曰：静境佳思，得晚望之神。（《寒瘦集》）

潘德舆曰：予论唐诗，小与人异。东野《独愁》诗云："前日远别离，昨日生白发。欲知万里情，晓卧半床月。常恐百虫鸣，使我芳草歇。"《洛阳晚望》云："天津桥下冰初结，洛阳陌上人行绝。榆柳萧疏楼阁闲，月明直见嵩山雪。"笔力高简至此，同时除退之之奥，子厚之淡，文昌之雅，可与匹者谁乎？而人犹以退之倾倒不置为疑。（《养一斋诗话》卷九）

富寿荪曰：淡墨白描，层层渲染，结句意境尤为高远，非画笔所能到。（《千首唐人绝句》）

1865

鉴赏

孟郊诗多借寒苦之境抒写其不平之鸣。因缺乏理想的光辉和高远的追求，每使人感到其诗境局狭，反映出精神上受囚禁的状态。虽或能引起同情怜悯，却感受不到诗境之美。苏轼称其诗如"寒虫号"，元好问讥其为"高天厚地一诗囚"，都揭示出孟诗这方面的缺陷。这首《洛桥晚望》所写的虽是寒冬冰封雪积季节的景色，却境界高远，气象不凡，体现出诗人精神性格孤峭峻拔、意气轩昂健爽的一面。

诗题"洛桥晚望"，全诗四句便以"洛桥"为立脚点，以"望"字为中心，由近及远，次第展开景物描写。首句紧扣题目，写天津桥下近眺所见。"冰初结"，表明时令已至严冬。次句由眼前景推开，写望中所见洛阳街道上的景象。由于天气严寒，时间又到晚暮，故往日熙熙攘攘、繁华热闹的街道上，此刻已是行人断绝，一片空寂，上句"冰初结"写寒冷，下句"人行绝"写清寂。上句俯视，下句平视，视角变换，视线由近及远。故虽写冷寂之景，境界已不局限于自身所处的小天地，体现出舒展的趋势。

第三句"榆柳萧疏楼阁闲"，续写望中之景，却由第二句的平视转为仰望。由于时值寒冬，榆柳已经落尽黄叶，枝干萧疏，往日为榆柳浓荫所遮掩的楼阁也显现在眼前。晚暮行人绝迹，楼阁空寂无人，显得一片静寂。这一句虽写萧疏空寂之景，但别饶一种疏朗闲静、从容不迫的韵致，而无孟郊写寒苦境况的诗常有的逼仄之态。

"月明直见嵩山雪。"末句急转，写远望之景。题目"晚望"，实际上"晚"字中含有一个渐进的时间过程——由暮色苍茫至明月东升。在皎洁的明月清光映照之下，远处的嵩山顶上，积雪之光与明月之辉相互辉映，显现出一个高远寥廓、明净皎洁的境界。"直见"，上承"榆柳萧疏"，生动地展示出视界之廖阔高远，毫无窒碍，也透露出在"直见"的刹那，诗人目接神驰，望中之景与心中之境忽然相遇，两相契合的情景。"嵩山雪"在这里既是远望中的客观景物的展现，又是诗人此刻心境的升华与外化，借用张孝祥的《念奴娇·过洞庭》词来形容，那就是"表里俱澄澈，怡然心会，妙处难与君说""孤光自照，肝胆皆冰雪"。诗押入声韵，末句于斩绝之势中复合悠远的余韵，令人神远。

韩 愈

韩愈（768—825），字退之，河阳（今河南孟州）人。自称郡望昌黎。少孤，由兄韩会、嫂郑氏抚育。刻苦自砺，通六经、百家之学。贞元八年（792）登进士第。贞元十二年、十五年，先后在宣武节度使董晋幕、武宁节度使张建封幕任推官。十八年为四门博士，次年迁监察御史，以上疏论事得罪权要，贬阳山令。宪宗即位，徙江陵府法曹参军。元和元年（806）六月，授国子博士，分司东都。四年改东都都官员外郎。五年任河南令。六年入为职方员外郎。七年降为国子博士分司东都。八年擢比部郎中、史馆修撰。九年转考功郎中，仍任史馆修撰。十二月以考功郎中知制诰。十一年正月迁中书舍人，因上书论淮西事降为太子右庶子。十二年，以功授刑部侍郎。十四年，因上表谏阻迎佛骨触忤宪宗，贬潮州刺史。移袁州刺史。十五年九月，穆宗召为国子祭酒。长庆元年（821）七月，转兵部侍郎。次年二月奉命宣慰镇州，使还，转吏部侍郎。三年拜京兆尹，转御史大夫。四年十二月二日卒官吏部侍郎。谥曰文。后世因称韩吏部、韩文公或韩昌黎。愈以继承儒家道统、弘扬仁义、排斥佛老为己任，倡导古文，反对骈偶文风，主张文道合一，以道为主。与柳宗元同为文坛盟主，世称"韩柳"。其诗多用赋法，铺陈渲染，又多用散文章法、句法，好发议论，故有"以文为诗"之评。诗风雄放奇崛，时入险怪。叶燮谓"韩愈为唐诗之一大变，其力大，其思雄，崛起特为鼻祖。宋之苏、梅、欧、苏、王、黄，皆愈为之发其端"。（《原诗·内篇上》）《新唐书·艺文志》著录《韩愈集》四十卷。《全唐诗》编其诗为七卷。今人钱仲联有《韩昌黎诗系年集释》，屈守元主编有《韩愈全集校注》。

秋怀诗十一首（其四）〔一〕

秋气日恻恻〔二〕，秋空日凌凌〔三〕。上无枝上蜩〔四〕，下无盘中蝇。岂不感时节〔五〕，耳目去所憎。清晓卷书坐〔六〕，南山见高棱〔七〕。其下澄湫水〔八〕，有蛟寒可罾〔九〕。惜哉不得往，岂谓吾无能。

〔一〕秋怀，秋天的情怀。方世举《韩昌黎诗编年笺注》："自宋玉悲秋而有《九辩》，六朝因之有秋怀诗。"文说曰："晋谢惠连有《秋怀诗》，注云：'感秋而述其所怀也。'"陈景云《韩集点勘》曰："诗乃元和初自江陵掾召为国子博士时作，《行状》云：'时宰相（按：指郑絪）有爱公者，将以文学职处公。有争先者，构飞语，公恐及难，求分司东都。'是诗中有云'学堂日无事'，盖方官国子也。又云'南山见高棱'，则犹未赴东都也。"方成珪《昌黎先生诗文年谱》曰："桐叶干，霜菊晚，是秋末所作。"

〔二〕恻恻，凄寒貌。韩偓《寒食夜》："恻恻轻寒翦翦风。"

〔三〕凌凌，清澈明净貌。《鹖冠子·能天》："譬于渊，其深不测，凌凌乎泳澹波而不竭。"按："秋空日凌凌"即宋玉《九辩》"泬寥兮天高而气清"之谓。

〔四〕蜩（tiáo），大蝉。《诗·豳风·七月》："五月鸣蜩。"

〔五〕感时节，此指有感于秋气之萧瑟而生悲慨，即宋玉《九辩》"悲哉秋之为气也，萧瑟兮草木摇落而变衰"之意。又陆机《文赋》："遵四时以叹逝，瞻万物而思纷。悲落叶于劲秋，喜柔条于芳春。"

〔六〕卷书，收起书卷。唐时书籍仍为卷轴形式，阅读时打开卷轴，不读时卷起。

〔七〕高棱，高山的棱角。韩愈《南山诗》有"晴明出棱角"之句。

〔八〕澄，清澈，不动貌。湫水，潭水。终南山有炭谷湫。《南山诗》有"因缘窥其湫"之句。

〔九〕蛟，蛟龙。古人以为潭湫乃害人的蛟龙藏身之所。此借指祸害国家的恶势力，如叛乱割据的藩镇等。罾，渔网，此用作动词"网起"之意。

刘辰翁曰："恻恻""凌凌"，亦是自道。又曰：可与《古诗十九首》上下，而气复过之。（《唐诗品汇》卷二十引）

唐汝询曰：此谓宪宗之世，朝政渐肃，宜讨不廷，而己无权，故有是叹。然自任亦不浅。（《删补唐诗选脉笺释会通评林》引）

陆时雍曰：气格峻嶒。（《唐诗镜》）

钟惺曰：（“岂不”二句下评）孤衷峭性，触境吐出。（《唐诗归·中唐五古》）

谭元春曰：（末二句）直得妙。（同上引）

吴山民曰：“上无”四句，真快情。“有蛟”句，入想奇壮。（《删补唐诗选脉笺释会通评林》引）

钱谦益曰：余苦爱退之《秋怀诗》云：“清晓卷书坐，南山见高棱”，高寒凄警，与南山相栖泊，警绝于文字之外。能赏此二言，味其玄旨，斯可与谈胎性之说矣。（《牧斋有学集·题遵王秋怀诗后》）

何焯曰：清神高韵，会心不远。（“清晓”二句下评）（《批韩诗》）又曰：悲秋意又翻出一层。“沈寥兮天高而气清，寂寥兮收潦而水清”，是首所祖。原本前哲，却句句直书即目，所以为至，不但去所憎，霏开水澄，尤秋之可喜也。末又因不得手揽蛟龙，触动所怀。此固丈夫之猛志，奈何为一博士束缚也！（《义门读书记》）

查慎行曰：妙在随事多有指斥。（《初白庵诗评》）

贺裳曰：《秋怀诗》曰：“清晓卷书坐，南山见高棱。其下澄漱水，有蛟寒可罾。惜哉不得往，岂谓吾无能。”……凛然有驱鳄鱼、焚佛骨之气。（《载酒园诗话又编》）

《唐宋诗醇》：用意与《同谷·六歌》略同。

《读韩记疑》：（“清晓”二句）读此二语，清寒莹骨，肝胆为醒。

方世举曰：以余观之，殆为王承宗也。按《旧唐书·宪宗纪》：元和七年六月，镇州甲使库灾，王承宗常蓄叛谋，至是始惧天罚，凶气稍夺。先是裴度极言淮蔡可灭，公亦奏其败可立而待。执政不喜，至是以柳涧事降为国子博士，故曰“惜哉不得往”也。南漱之蛟特借喻耳。若诚言蛟，不足入《秋怀》也。（《韩昌黎诗编年笺注》）

陈沆曰：蜩蝇之去，可憎之小者也。寒蛟之罾，可图之大者也。内而宦寺权奸，外而藩镇叛臣，手无斧柯，掌乏利剑，其若之何！公《南山诗》云：“因缘窥其湫，凝湛闷阴兽。”《湫堂》诗云：“吁无吹毛刃，血此牛蹄殷。”皆指此也。（《诗比兴笺》）

程学恂曰：郁怀直气，真可与老杜感至诚者。（《韩诗臆说》）

王闿运曰：专押窄韵，所以避熟，亦有生峭处。（《手批唐诗选》）

菊池三溪曰：句法字法皆自陶诗来，而不类陶诗，此昌黎所以为昌黎，虽坡公不获，不让一筹。又曰：“秋气”“秋空”，叠二“秋”字，再用

"上""下"二字对绾双收,虽崖崖有韵,短篇自有万言之概。(《增评韩苏诗钞》)

 鉴赏

《秋怀诗十一首》,是韩愈仿六朝《选》体诗而自具面目之作,也是他五言古诗短篇中的佳制。

这首诗是组诗的第四首。大体上可分为前后两段。前段六句,写自己对秋日的特殊感受。起首两句,分别用"恻恻""凌凌"描摹对"秋气"日益凄寒萧瑟,"秋空"日益清澈明净的感受;前者诉之感觉,后者诉之视觉。或将"凌凌"解为寒冷战栗,恐非。历来形容秋空,均言其高远寥廓,清澈明净,此系秋空最突出的特征。此"凌凌",即宋玉《九辩》"泬寥兮天高而气清"之意,今口语中犹有"清凌凌"之形况语,可资旁证。正因"秋气日恻恻",故"上无枝上蝉,下无盘中蝇";正因"秋空日凌凌",故视野高远,方能"南山见高棱",其下写景状物,均与此密切相关。解"凌凌"为寒冷战栗,不但与"恻恻"意复,且与"秋空"不协。起两句重"秋"字、"日"字,又叠用联绵词"恻恻""凌凌",读来自有一种回环往复、一唱三叹的韵味。刘辰翁说:"恻恻""凌凌",亦是自道。不免牵附。

接下来四句,紧承首句"秋气日恻恻",写自己对于秋气凄寒的特殊感受。秋气虽然日益凄寒,但枝头上没有了鸣蝉的聒闹,盘子里没有了苍蝇的麇集,整个环境变得清静、洁净了。耳闻目睹之际,再也听不到、见不到这些令人生厌生憎之物的干扰,使人神清气爽,耳目清净。"岂不感时节",先放开一步,说凄寒的秋气固然也使人感到时间的消逝、生命的短促和环境的凄冷,但下句"耳目去所憎"随即收紧,突出诗人对"秋气日恻恻"的主要感受。对秋日的赞美,刘禹锡《秋词二首》说:"自古逢秋悲寂寥,我言秋日胜春朝。晴空一鹤排云上,便引诗情到碧霄。"主要是正面的描绘渲染,而韩愈此诗则主要从反面说,突出其对蝉、蝇之辈的憎恶和扫除它们之后的喜悦。蝉、蝇喻蝇营狗苟的小人,可能寓指飞语中伤自己的人。

后段六句,写秋晓卷书独坐望见南山的情景及由此引发的感怀。"清晓卷书坐,南山见高棱。"明净高远的秋空,使视界变得特别阔远,清晨卷书而坐,远处隐隐可见终南山高峰棱角分明、嶙峋突兀的山影。这两句写来似不经意,却极富远神远韵。诗人在远望南山的过程中,不知不觉间与南山融为一体，仿佛从南山棱角分明、嶙峋突兀的山影中发现了自己的精神、性格。韩愈《南山诗》曾赞其"刚耿陵宇宙"，认为它的刚强耿直之气陵越整个宇宙。"南山见高棱"，亦正"刚耿"之意。可以说，这里的"南山"不妨视为诗人刚耿精神性格的外化或象征。在写法上，类似陶潜之"采菊东篱下，悠然见南山"，而所寓托的意蕴，则类似李白之"相看两不厌，只有敬亭山"。钱谦益赞其"警绝于文字之外"，正着眼在这两句的远神远韵。

"其下澄湫水，有蛟寒可罾。"两句由往日所历实景引发想象，寓含比兴。终南山有炭谷湫，《南山诗》有"因缘窥其湫，凝湛闷阴兽"之句，"凝湛"即"澄"，"阴兽"即"蛟"，可见当地有湫中潜藏蛟龙的传说。诗人另有《题炭谷湫祠堂》诗，起四句亦云："万生都阳明，幽暗鬼所裹。嗟龙独何智，出入人鬼间。"宋敏求《长安志》云："炭谷在万年县南六十里。"又云："澄源夫人湫庙，在炭谷。"这里将湫中潜蛟喻为祸害国家的恶势力。从韩愈的政治倾向看，当首先指割据叛乱的藩镇势力。曰"可罾"，则表明自己有能力将其网取。

末二句忽作转折，"惜哉不得往，岂谓吾无能"，对自己虽有网蛟之壮志，却无网蛟之权柄而感到极大惋惜和遗憾，并表明并非自己没有消灭藩镇势力的才能，而是没有一试身手的机会，其中也自然包含了身为国子博士这样的闲官、冷官，虽有振兴国家的宏愿，却怀报国无门的牢骚。

和韩愈那些风格狠重奇险，表现光怪陆离、震荡变幻的现象的长篇五七言古诗不同，《秋怀诗十一首》的整体风格偏于清峭峻拔、内敛含蓄，这首诗堪称典型。诗中既有"岂不感时节，耳目去所憎"这种具有独特感悟的峻洁峭拔之语，又有"清晓卷书坐，南山见高棱"这种极富含蕴、具有远神的诗句。而诗中表现的网取"寒蛟"的气概则豪宕感激，显示出诗人的宏大志向和傲岸个性。

山　石〔一〕

山石荦确行径微〔二〕，黄昏到寺蝙蝠飞。升堂坐阶新雨足〔三〕，芭蕉叶大支子肥〔四〕。僧言古壁佛画好〔五〕，以火来照所见稀〔六〕。铺床拂席置羹饭〔七〕，疏粝亦足饱我饥〔八〕。夜深静卧百虫绝，清月出岭光入扉〔九〕。天明独去无道路〔一〇〕，出入高下穷烟霏〔一一〕。山红涧碧纷烂漫〔一二〕，时见松枥皆十围〔一三〕。当流赤足踏涧石〔一四〕，水声激激风吹衣〔一五〕。人生如此自可乐，岂必局束为人靰〔一六〕。嗟哉吾党二三子〔一七〕，安得至老不更归〔一八〕。

校注

〔一〕诗取首二字为题。方世举《韩昌黎诗编年笺注》："按：《外集·洛北惠林寺题名》云：'韩愈、李景兴、侯喜、尉迟汾，贞元十七年七月二十二日鱼于温洛，宿此而归。'前诗（按：指《赠侯喜》）'晡时坚坐到黄昏'。此诗云：'黄昏到寺蝙蝠飞。'正一时事景物。"据此，诗当作于贞元十七年（801）七月下旬与侯喜等钓鱼于洛后游洛北惠林寺住宿寺中翌日独归时。

〔二〕荦（luò）确，形容山磊落不平之状。行径微，山间小路依稀可辨。

〔三〕堂，指佛寺的厅堂。

〔四〕支子，即栀子。顾嗣立《昌黎先生诗集注》："苏颂《草木疏》：'芭蕉叶大者二三尺围，重皮相袭，叶如扇生。'《酉阳杂俎》：'诸花少六出者，惟栀子花六出，即西域薝葡花也。''栀'，与'支'同。"按老杜诗："红绽雨肥梅。"肥字本此，承上"新雨足"来。栀子花白色，春夏开花。

〔五〕古壁佛画，指古寺中壁画。

〔六〕稀，依稀，模糊。因年深岁久，壁画已模糊不清。

〔七〕羹，羹汤。羹饭，犹饭菜。

〔八〕疏粝，泛称粗糙的饭菜。粝，糙米。

〔九〕扉，门户。

〔一〇〕独去，独自离寺。无道路，晨雾迷漫中找不到道路。参下句。

〔一一〕出入高下，指时而走出、时而进入烟雾，时而向上攀登，时而向下行走。穷，尽，遍。烟霏，烟雾。

〔一二〕山红涧碧，山花红艳，涧水清碧。纷烂漫，纷然在目，色彩绚丽。

〔一三〕枥，同"栎"，即麻栎树。

〔一四〕当流，正冲着涧流。

〔一五〕激激，水急流声。古乐府《战城南》："水声激激，蒲苇冥冥。"

〔一六〕局束，犹拘束。靮，马嚼子。此处用作动词，指牵制束缚。

〔一七〕《论语·公冶长》："吾党之小子。"又《述而》："二三子以我为隐乎？"吾党二三子，指侯喜、李景兴、尉迟汾等同游者。

〔一八〕归，指辞官归乡。

笺评

黄震曰：《山石》诗，清峻。（《黄氏日钞》卷五十九）

元好问曰：有情芍药含春泪，无力蔷薇卧晚枝。拈出退之山石句，始知渠是女郎诗。（《遗山先生文集·论诗三十首》）

瞿佑曰：元遗山《论诗三十首》，内一首云："有情芍药含春泪，无力蔷薇卧晚枝。拈出退之山石句，始知渠是女郎诗。"初不晓所谓，后见《诗文自警》一篇，亦遗山所著，谓："有情芍药含春泪，无力蔷薇卧晚枝"，此秦少游《春雨》诗也，非不工巧，然以退之《山石》诗观之，渠乃女郎诗也。破却工夫，何至作女郎诗！案昌黎诗云："山石荦确行径微，黄昏到寺蝙蝠飞。升堂坐阶新雨足，芭蕉叶大支子肥。"遗山故为此论。然诗亦相题而作，又不可拘以一律。如老杜云："香雾云鬟湿，清辉玉臂寒。""俱飞蛱蝶元相逐，并蒂芙蓉本自双。"亦可谓女郎诗耶？（《归田诗话》）

陆时雍曰：语如清流啮石，激激相注。李、杜虚境过形，昌黎当境实写。（《唐诗镜》卷三十九）

冯时可曰：此诗叙游如画如记，悠然澹然，在《古剑》诸作之上。余尝以雨夜入山寺，良久月出，深忆公诗之妙。其"嗟哉吾觉"二句，后人添入，非公笔也。（《雨航杂录》）

查慎行曰：意境俱别。（《初白庵诗评》）

查晚晴曰：写景无意不到，无语不僻，取径无处不断，无意不转。屡经荒山古寺来，读此始愧未曾道着只字，已被东坡翁攫之而趋矣。（同上引）

何焯曰：直书即目，无意求工，而文自至。一变谢家横范之迹，如画家之有荆、关也。"清月出岭光入扉"，从晦中转到明。"出入高下穷烟霏"，"穷烟霏"三字是山中平明真景，从明中仍带晦，都是雨后兴象，又即发端"荦确""黄昏"二句中所包蕴也。"当流赤足踏涧石"，二句顾

"雨足"。（《义门读书记·昌黎集一》）

汪森曰：字烹句炼而无雕琢之迹，缘其淡中设色，朴处生姿耳。七言古诗，唐初多整丽之作，大抵前句转韵，音调铿锵，然自少陵始变为生拗之体，而公诗益畅之，意境为之一换。（《韩柳诗选》）

王鸣盛曰：观诗中所写景物，当是南迁岭外时作，非北地之语。（《蛾术编》）

《唐宋诗醇》："以火照来所见稀"，与《岳庙》作"神纵欲福难为功"略同。于法则随手撒脱，于意则素所不满之事，即随处自然流露也。

顾嗣立曰：七言古诗易入整丽，而亦近平熟，自老杜始为拗体，如《杜鹃行》之类，公之七言皆祖此种，而中间偏有极鲜丽处，不事雕琢，更见精彩，有声有色，自是大家。（同上引）按：此本汪森说而稍作改易。

翁方纲曰：全以劲笔撑空而出，若句句提笔者。（同上引）（又见《古诗选批》）

袁枚曰：元遗山讥秦少游云："有情芍药含春泪，无力蔷薇卧晚枝。拈出退之山石句，始知渠是女郎诗。"此论大谬。芍药、蔷薇，原近女郎，不近山石，二者不可相提并论。诗境各有境界，各有宜称。杜少陵诗光辉万丈，然而"香雾云鬟湿，清辉玉臂寒""分飞蛱蝶原相逐，并蒂芙蓉本是双"，韩退之诗"横空盘硬语"，然"银烛未销窗送曙，金钗半醉坐添春"，又何尝不是"女郎诗"耶？《东山》诗："其新孔嘉，其旧如之何？"周公大圣人，亦且善谑。（《随园诗话》）按：此本瞿佑说而加发挥。

张文荪曰：寓潇洒于浑劲，昌黎七古最近人之作。昌黎诗体古奥奇横，自辟户庭。此种清而厚、丽而逸，亦公独得妙境。后惟山谷能学之，其笔力正相肖。（《唐贤清雅集》）

方东树曰：不事雕琢，自见精彩，真大家手笔。许多层事，只起四语了之。虽是顺叙，却一句一样境界，如展画图。触目通层在眼，何等笔力。五句、六句又一画，十句又一画。"天明"六句，共一幅早行图画。收入议。从昨日追叙，夹叙夹写，情景如见，句法高古。只是一篇游记，而叙写简妙，犹是古人手笔。他人数语方能明者，此须一句，即全现出，而句法复如有馀地，此为笔力。（《昭昧詹言》卷十二）又曰：凡结句都要不从人间来，乃为匪夷所思，奇险不测。他人百思所不解，我却如此结，乃为我之诗，如韩《山石》是也。不然，人人胸中所可有，手笔所可到，是为凡近。（同上引）

刘熙载曰：昌黎诗陈言务去，故有倚天扳地之意。《山石》一作，辞奇意幽，可为《楚辞·招隐士》对，如柳州《天对》意也。（《艺概·诗概》）

程学恂曰：李、杜《登太山》《梦天姥》《望岱》《西岳》等篇，皆浑言之，不尽游山之趣也，故不可一例论。子瞻游山诸作，非不快妙，然与此比并，便觉小耳。此惟子瞻自知之。（《韩诗臆说》）

夏敬观曰："山石荦确行径微"一篇，此尽人所称道者也。学昌黎者，亦惟此稍易近，缘与他家诗境近也。（《说韩》）

汪佑南曰：是宿寺后补作。以首二字"山石"标题，此古人通例也。"山石"四句，到寺即景。"僧言"四句，到寺后即事。"夜深"二句，宿寺写景。"天明"六句，出寺写景。"人生"四句，写怀结。通体写景处句多浓丽，即事写怀，以淡语出之，浓淡相间，纯任自然，似不经意，而实极经意之作也。（《山泾草堂诗话》）

《增评韩苏诗钞》：三溪曰：起笔四句，细写寺荒凉景况，刻画逼真。前半篇极用沉厚笔，下半篇极用平淡笔，正是浓淡相极、险夷并行之作法。茶山云结句似衰杀。今按结意，自出题外，全不觉衰杀，是适茶山所不好耳。

高步瀛曰：（"夜深"二句）写雨后月出景象妙远。（"天明"六句）六句写早行如入画图。（"人生"四句）以议作收。（《唐宋诗举要》卷二）

罗宗强曰：韩愈的古诗也有写得自然流畅、不事雕琢的，最著名的要算七古《山石》……这是一首记游诗，一个画面接着一个画面连续展开，引人入胜。诗的一开头写到寺所见，写得不同凡俗。写蝙蝠飞，写雨后长得特别旺盛的芭蕉叶和栀子花，写僧人引领着看壁画，便把山寺黄昏时的幽静，幽静中又充满清新、亲切气氛，僧人既热情又得体，同时也把游者的身份暗示出来了。有景物，有氛围，有一连串动作，没有一样东西是多余的，显然经过了认真的构思和安排。前人曾评论说："无意不刻，无语不僻。"写这样的景物，写这样的动作，确实是想人之不易想到处。但写出来，却又似不经意，纯任自然。接下去写夜宿山寺情状，也是极简洁极传神极自然。再接下去写天明后告别山寺早行的情景……差不多每一句是一个景，景观在行进中不断变化，物色与游人，呼应一体，而写来毫无滞碍，最后是议论作结，写出此次游山寺的感受和由此而生的向往。就全诗言，结尾稍弱。但也仍然是自然质实，以淡语出之。像《山石》这样的

诗，技巧上可以说是高度成熟的。（《唐诗小史》第224-225页）

　　许可曰：于荒山古寺之中，自黄昏入夜而至天明的情景，在诗里逐一描述，一句一景一情，节奏进行迅速，转折似不经意，其实却是把一幅用心结构而丰富多彩的画卷从头展开在读者面前。方东树《昭昧詹言》论此诗说："只是篇游记，而叙写简妙，犹是古文手笔。"……如韩愈这样写，才能尽游山之趣，可见在这首诗里，确实是有古文章法这一因素存在的。……这首《山石》诗，确实可算韩愈以文为诗的代表作，然而它又是十足的诗，真正的诗。（文研所《唐代文学史》下册第161-162页）

鉴 赏

　　这是一篇首尾完整的记游写景诗，也是韩愈以文为诗的试验艺术上最成功的代表作。用诗的形式来写景纪游，南朝刘宋的谢灵运已开其端，唐代李、杜等大诗人也有这方面的佳作，与韩愈同时的白居易更有长达一百三十韵的《游悟真寺诗》这样的巨制。用写游记散文的写法来写记游诗，移步换形，首尾完整，固是韩愈此诗不同于此前记游写景诗的特点，但论规模，白居易的《游悟真寺诗》更远超此诗。可见，用诗的形式写景记游，用写游记文的方法来写记游诗并不难，难在写出来的究竟是文还是诗，或者说，难在是否具有诗的情韵和意境。

　　诗采取游记常用的顺叙方式，以时间先后为序，二十句诗大体上可分前后两大段。前段十句，写黄昏沿山径到寺及到寺后至夜深时所见所闻所历；后段十句，写清早独自游山所见所闻所历，抒慨作结。从诗中所描述的情况看，诗人此次所游的山寺并非著名的香火兴盛、游人如织的名山宝刹，而是一座深山中荒凉冷落的古刹；此游既无礼拜焚香的宗教行动和禅悦情思，亦无严密的组织行程，既可与二三友人同行，亦可单独行动。一切均因兴之所至，纯任自然，随缘自适。而正是由于这样一种游览的对象、游览的方式和心情，使诗人得以在不经意中充分领略所见所闻所历情景中所呈现出的美感和诗意。这也正是这首诗艺术上成功的奥秘所在。

　　"山石荦确行径微，黄昏到寺蝙蝠飞。"起手二句，写循山径于黄昏时分到寺情景。"山石荦确"，非指道路两旁的山石，而是指用来垒成山路的石块突兀不平，人踩在上面深一脚浅一脚，非常艰难，反映出此行的辛苦。"行径微"，既是说山径狭窄，更透露出由于时已黄昏，在苍茫暮色中不辨道路的情景。"山石"之"荦确",在黄昏时分,主要凭的也是触觉,而非视觉。故次句的"黄昏"二字,贯通上下二句,使人如见诗人一行人在暮色苍茫中踏着磊落不平、依稀可辨的山间小路艰难行进的图景,而此前的一大段行程均已省略,剪裁之妙,见于诗前。次句点明"黄昏到寺",固是记游诗应有的叙述交代,但紧接着"蝙蝠飞"三字,却极精练地点染出了荒凉的古刹黄昏时特有的景物和氛围。蝙蝠之为物,飞行时全凭其特有的触觉(超声波),且在昏暗时出现。在香火旺盛、游人香客辐辏的热闹寺庙,即使在黄昏也不大容易见到"蝙蝠飞"的情景。故着此三字,深山古刹荒凉空寂的景象和氛围立即呈现,比一大段形容描写文字更能传神。

"升堂坐阶新雨足,芭蕉叶大支子肥。"三、四两句,跳过到寺以后寺僧相迎寒暄等缺乏诗情诗趣的情节,直接写雨后登堂坐阶观赏景物。前两句虽未写到下雨,但"蝙蝠飞"的描写中已含雨意。这里说"新雨足",并不显突兀。雨是到寺后开始下的,至"新雨足",应当下了一段不太短的时间。诗人登堂之后即坐在阶沿观赏雨后之景,可见其时心境的闲适。一场透雨之后,原来日间受骄阳暴晒而稍呈卷缩之状的芭蕉叶由于雨水的洒洗而充分舒展开来,显出一片深绿,变得特别阔大;栀子花也因吸足了水分而变得分外肥大。诗人虽只下了"大"和"肥"这两个极平常的似乎有点俗的字,但读者却可以想象出它们受雨水洒洗滋润后那种特有的鲜润感、泛光感以及舒展感,甚至可以闻见芭蕉叶的清新气息和栀子花的沁人芳香。而诗人在目接此景时那种悦目怡情的满足感和怡然自得的心情也透露出来了。写佛寺,常易与禅心禅趣相连而落套,这里写芭蕉叶、栀子花,与上文写蝙蝠飞,都是游寺诗很少写到的景物,诗人却饶有兴趣地将它们写入诗中,使人读来感到新颖而富情趣,感到诗人发现了常人未发现的自然美和情趣美。

"僧言古壁佛画好,以火来照所见稀。"接下两句,写应寺僧之介绍看壁画的情景。"古壁佛画好"可能是事实,但古刹年深岁久,又近于荒废无人修缮,壁画已经依稀难辨了。这个情节,似乎有些令人扫兴,但诗人却以散文化的句法、轻松的口吻闲闲道出,使人感到诗人那种随缘自适,见固欣然,"所见稀"亦不感遗憾的淡定从容心态。

"铺床拂席置羹饭,疏粝亦足饱我饥。"观景照画之后,这才写到进餐。上句写寺僧殷勤接待,态度真诚而招待却家常,下句写诗人对粗茶淡饭的满足感,都写得非常真切。走了一路,本已饥肠辘辘。到了山寺,接触到新鲜美好的景物,闻到山间雨后清新的空气,人的精神变得特别清爽。在这种情况下，即使是糙米饭，也吃得喷喷香了。这种混合着新鲜感、疲乏饥饿感和粗茶淡饭引起的满足感，被诗人写得很轻松随便，充满诗情。

"夜深静卧百虫绝，清月出岭光入扉。"夜深了，一个人静静地躺着，四周一片寂静，连各种虫鸣的声音也停止了。只见半轮下弦月（这一天是七月二十三日）从岭上升起，将它的清光洒进门户里。两句写深山月出幽静之境，极富诗意，显示出一片静谧、安恬、清新的境界。其中包含了一个时间过程。刚就寝时，四周还是一片昏暗，这里那里，不时传来虫鸣的啾啾声。夜深之后，虫声断绝，月亮的清光入户，更显出境界的清寥幽绝。而这一切，又要和"新雨足"联系起来体味。由于"新雨足"，月色变得更加清澄，空气变得更加清新，整个环境也变得更加安恬静谧。高步瀛说："写雨后月出，景象妙远。"这"景象妙远"正是指它能引起对环境、心境的一系列诗意联想。这种时候，会感到自己置身于一个远离尘嚣的世界，忘掉一切烦扰，因而伏下文的感慨。

以上十句，写黄昏到寺、夜宿山寺情景，夹叙夹写，从山行、到寺、观景、照画、用餐到夜卧，逐一顺叙，仿佛信手拈来，略无拣择。实则从一开始写山石荦确、山径稀微，蝙蝠飞舞到芭蕉叶大、栀子花肥，便显出与一般游寺诗在叙事取景上的显著区别，从这些不入禅悦之境的事物上可以感受到诗人游深山古寺时情趣之新颖独特。而写寺人夸画，所见者稀，更仿佛在常人以为憾事处显出诗人泰然自适的心境。而"疏粝亦足饱我饥"的自足感中，同样映现出诗人随缘自足的态度。有此心境，方能领略"夜深静卧百虫绝，清月出岭光入扉"那种静谧安恬、清幽绝尘的境界之美。回过头来品味，便会觉得诗人对从黄昏到夜深所历情事景物实际上进行了一番精心的选择，留下来的全是最具诗的情调氛围意境趣味的事物。

后段十句，前六句以"天明"紧承前段"夜深"，叙写晨起独自游山所见所闻所历。"天明独去无道路"，点出"独去"，对照诗末"二三子"，可见昨晚到寺时当与友人同来，只不过为表现自己的独特感受，未加交代而已。此番离寺独去，更是有意离群独享深山幽美之境。"无道路"与前段"行径微"一样，一则见晨雾之弥漫，一则见黄昏之暮霭，亦可见诗人随意漫步游览，不问道路之有无的潇洒无拘、乘兴而游情状。"出入高下穷烟霏"七字，极浓缩精练，显示出诗人一会儿往高处攀登，一会儿往下行走，一会儿走出烟雾，一会儿又隐入烟雾的情景，一"穷"字写尽诗人"高下出入"于"烟霏"的淋漓兴会。

"山红涧碧纷烂漫，时见松枥皆十围。"这两句写烟霏散去，阳光映照下的山间景色。"山红"形容山花盛开，漫山红艳。"涧碧"形容涧水清碧，沁人心脾。红花碧水，在阳光映照下相互辉映，色彩更加鲜丽，使诗人有目不暇接之感，故用"纷烂漫"来进一步作渲染。而"时见松枥皆十围"，则见山之幽深，树之高大古远。丰富的色彩感和悠远的时间感在这里相互交织。

"当流赤足踏涧石，水声激激风吹衣。"二句承"涧碧"，写当流濯足之乐。看到涧水那样碧绿清澄，不觉触动当流濯足的逸兴。诗人似乎在带有原始色彩的大自然环境的熏陶之下，返回到童真时代，干脆脱了鞋袜，赤着双脚，站在涧流的中央，踩在涧石上，任凭水流漫过双脚，耳边只听到水声激激，风声嗖嗖，衣服也被山涧中的阵阵清风吹得飘然欲举。两句通过当流踏石的触觉和水声激激的听觉、山风吹衣的感觉，写出一种飘然欲仙式的快意感受。游山之乐至此到达高潮。这六句虽总写晨出独自游山之乐，但层次多重，色彩丰富，境界屡变，不但于移步换形中展现出一幅幅图画，而且渲染出诗人在如此美好的大自然中时那种淋漓的兴会和回归自然的乐趣。从而自然引出后四句的感慨。这一切又都与"新雨足"密切相关。

"人生如此自可乐，岂必局束为人靰。嗟哉吾党二三子，安得至老不更归。""人生"句总括此番游山之乐。韩愈是一个事业心、责任感、功名欲极强烈的人，为实现自己的抱负，不仅屡遭挫折，而且常不免依人作幕，受人羁束。故"岂必"句正透露出他对自己忙忙碌碌的幕府生涯的厌倦。"吾党二三子"点出此次同游者，照应上文"独去"。末二句是对朋友也是对自己的呼唤，表达了渴望回归自然的心情。这四句既是感慨，又是议论，由于它是在对山间景色的真切感受基础上引发的，因而虽并不新警，却自然而真实，并不是随口敷衍的空议论。

这首诗叙写了从黄昏、深夜到第二天天明后寺中山间的情事景物，完全采取赋法（只用叙述描写，不用比兴），而且大量运用散文化的笔调、句法，但没有通常纯用赋法所带来的堆砌、板滞的弊病，而是写得既层次井然，又清新流畅。随着诗人的活动和时间的推移，将一幅幅观景、游山的图画次第展现在读者面前。并没有因为散文化的笔调而破坏诗的情韵与意趣，而是在清新明朗的景物描绘中渗透浓郁的诗情。无论是黄昏山寺、蝙蝠翻飞所点染的荒寂朦胧氛围，芭蕉栀子叶大花肥所透露的欣然生意，夜深山空、清光入户的妙远意境，还是天明游山所见的烟霏弥漫、山花烂漫、涧水清碧的景象和当流濯足的意兴，都饱含着一个"久在樊笼里，复得返自然"的诗人面对

韩
愈

山间景物时那种耳目一新的感受。尽管诗中所写的景物并没有特别出奇之处，但读来却有一种新鲜感。这说明，只要诗人对他所写的生活经历、自然景物有诗意的感受，即使用散文化笔调和句法，也照样可以渲染出一片诗境。韩愈有许多刻意追奇的诗之所以让人感到乏味，关键在于他写诗时只想到逞才使气，穷形极相，但对所写的对象本身缺乏诗意感受。另外，这首诗所描绘的对象，虽是山间偏于幽静清丽的景象，但用笔相当洒脱，不作细腻的刻画形容，于信笔挥洒中见诗人的气度胸襟。元好问将秦观的"有情芍药含春泪，无力蔷薇卧晚枝"与韩愈的《山石》诗作对比，指出秦观的诗是柔媚纤细的女郎诗，正可说明《山石》诗所具有的清新洒脱、刚健明快之美。

雉带箭〔一〕

原头火烧静兀兀〔二〕，野雉畏鹰出复没〔三〕。将军欲以巧伏人〔四〕，盘马弯弓惜不发〔五〕。地形渐窄观者多〔六〕，雉惊弓满劲箭加〔七〕。冲人决起百馀尺〔八〕，红翎白镞相倾斜〔九〕。将军仰笑军吏贺〔一〇〕，五色离披马前堕〔一一〕。

校 注

〔一〕雉带箭，野雉带箭被射落。唐德宗贞元十五年（799），韩愈在徐州节度使张建封幕为推官，此诗系跟随张建封射猎纪实之作。

〔二〕原头，原野上。火烧，射猎前在猎场的一角烧草点火，以驱赶猎物至方便射猎的地点。兀兀，静寂无声貌。

〔三〕鹰，指猎鹰。出复没，指野鸡被猎鹰所惊，一会儿出现，一会儿隐没躲藏。

〔四〕将军，指节度使张建封。巧，此指射技之巧妙精彩。

〔五〕盘马，骑马盘旋。

〔六〕观者，指围观打猎场面的人。

〔七〕加，犹射。《诗·郑风·女曰鸡鸣》："弋言加之，与子宜之。"高亨注："加，箭加于鸟身，即射中。"

〔八〕决起，迅疾而跃起。《庄子·逍遥游》："蜩与鷽鸠笑之曰：吾决起而飞，抢榆枋而止。"

〔九〕红翎，指红色的箭尾羽毛。白镞，白色的箭镞。相，《全唐诗》校："一作随。"

〔一〇〕军吏，观猎的军士、属吏。

〔一一〕五色离披，指五彩缤纷的野鸡羽毛分散下垂。

笺 评

樊汝霖曰：公阳山《县斋》诗有曰："大梁从相公，彭城赴仆射。弓箭围狐急，丝竹罗酒炙。"此诗佐张仆射（建封）于徐从猎而作也。读之其状如在目前，盖写物之妙者。（宋刊魏怀忠辑《新刊五百家注音辨昌黎先生文集》引）

洪迈曰：韩昌黎《雉带箭》诗，东坡尝大字书之，以为妙绝。予读曹子建《七启》论羽猎之美云："人稠网密，地逼势胁。"乃知韩公用意所来处。（《容斋三笔·曹子建七启》）

黄震曰：《雉带箭》峻特有变态。（《黄氏日钞》卷五十九）

钟惺曰：（首句下评）此处乃着一"静"字，妙甚。（《唐诗归》）

谭元春曰：（"将军欲以"二句下评）不是寻常弓马中人说得。（同上引）

唐汝询曰：直赋其事，只宜如此铺写。（《汇编唐诗十集》）

朱彝尊曰：（首句下批）只起一句，境已好。（《批韩诗》引）又曰：句句实境，写来绝妙。是昌黎极得意诗，亦正是昌黎本色。

汪琬曰：短幅中有龙跳虎卧之观。（同上引）

张鸿曰：描写射雉，与"汴泗交流"之描写击毬，同样工巧。（同上引）

查慎行曰：（"盘马弯弓"句下评）善于顿挫。（末句下评）恰好便住，多着一句不得。（《初白庵诗评》）

查晚晴曰：看其形容处，以留取势，以快取胜。（同上引）

何焯曰：（"红翎白镞"句下评）"带"字醒。（《义门读书记》）

顾嗣立曰：（"将军欲以"二句下评）二句无限神情，无限顿挫，公盖示人以运笔作文之法也。（《昌黎先生诗集注》卷三）又曰：波澜委曲，细微熨帖。（《唐宋诗醇》引）

汪森曰：层次极佳，可悟行文顿挫之妙。（《韩柳诗选》）

沈德潜曰：李将军度不中不发，发必应弦而倒，审量于未弯弓之先。此矜惜于已弯弓之候，总不肯轻见其技也。作诗作文，亦须得此意。（《重订唐诗别裁集》卷七）

《唐宋诗醇》：篇幅有限，而盘屈跳荡，生气远出，故是神笔。

《增评韩苏诗钞》：三溪曰：一幅着色射猎画图。

宋宗元曰：画工也，化工也。（《网师园唐诗笺》）

程学恂曰：（"将军"二句）二句写射之妙处，全在未射时，是能于空处得神。即古今作诗文之妙，亦只在空处着笔，此可作口诀读。（《韩诗臆说》）

这首短篇七古，写一个将军射猎的场面。全篇只十句，却围绕着"将军欲以巧伏人"这个中心，将射雉的场景描绘得神采飞动，顿挫生姿，极具戏剧性和观赏性，而且生动地展现了将军的心理状态、神情气度，甚至连射猎的对象——野雉从逃窜到被射中陨落的过程也写得极为真切鲜明，从中可见韩愈的艺术才力。

"原头火烧静兀兀，野雉畏鹰出复没。"首句写焚烧猎火以驱赶猎物。秋深原野上草枯，火一烧起来，势头很猛烈，这才有驱赶猎物的效果。但诗人却用"静兀兀"来渲染"原头火烧"之势。这里的"静"，不仅是渲染正式射猎前猎手和从猎的观众均凝视屏息等待猎物出现的寂静状态，而且是着意渲染在四围的寂静中，猎火熊熊燃烧的态势，在寂静中似乎可以清晰地听到猎火旺烧时发出的毕毕剥剥的响声和摧枯拉朽的声势。因此，这"静兀兀"三字正传神地写出了射猎前紧张严肃而又带有期待神秘的心理的氛围。次句紧接着写野鸡在猎火熊熊和猎鹰盘旋追逐的双重威逼下，忽然间蹿出草丛，旋即又隐入草丛的场景。"出"因畏火，"没"因畏鹰。无论出或没，都面临危机，无路可逃。七个字极精练地写出了野雉的惊慌失措、仓皇逃窜之状。

"将军欲以巧伏人，盘马弯弓惜不发。"野雉频频出而复没，以将军的射技，在野雉出现的刹那，捕捉时机，完全可以一箭中的，但将军却骑着马，挽着弓，左盘右旋，就是舍不得将箭射出去。为什么？"欲以巧伏人"五个字，揭示出将军之所以如此迟迟不发的原因。原来将军射猎，不但是为了自娱，而且是为了以精湛的射技夸示于观众（包括随从的军吏和围观的百姓。苏轼《江城子》词即有"为报倾城随太守，亲射虎，看孙郎"之句），以取得心理上最大的自我满足。光是一箭中的未免过于平淡，必须斗智施巧，瞄准最佳的地形，最佳的时机，取得最佳的效果。因此，这"盘马弯弓惜不发"，不仅是在等待最佳时机的出现，也含有故意吊观众胃口的意味，使围观的军吏百姓在焦急的等待中蓄积心理能量，最后出奇制胜，博得满场喝彩。这两句写射前的心理和行动，是全篇中的警策。它把将军既谨慎精细又充满自信的神情、心态以及半是等待半是逗引的行动写得栩栩如生，极富戏剧悬念，令读者凝神屏息以待。

"地形渐窄观者多，雉惊弓满劲箭加。"上句写终于等到最有利的地形和时机——地形越来越窄，围观的人越来越多，野雉也被逼到无处可逃的时刻；下句紧接着写将军这才踌躇满志，瞄准时机，抓住野雉惊飞而起的刹那，挽满了弦，射出强劲的一箭，直中目标。连用"雉惊""弓满""劲箭加"三个前后连接的动态与动作，将将军射技之"巧"作了淋漓尽致的表现。

"劲箭加"的结果，自是必中无疑。但还不是将军所追求的最佳效果。接下来两句，乃进一步写出人意料的戏剧性效果："冲人决起百馀尺，红翎白镞相倾斜。"野雉在后有熊熊烈火，上有猎鹰追逐，地形逼窄，无路可逃的情况下拼尽全力做最后的挣扎，于是有"冲人决起百馀尺"的戏剧性动作，正好这时，劲箭加身，于是它的整个身子就随着加身的红色箭翎白色箭镞歪歪斜斜地从百尺高空掉落下来。这才是射猎的奇观。试想如果野雉只是在地上或离地不远处奔窜的过程中被射杀，是绝不会形成这种奇观的，因此选择在野雉"冲人决起百馀尺"时劲箭加身，才能有如此惊心骇目的效果，这是"巧"的又一层表现。

"将军仰笑军吏贺"，随着野雉带着羽箭从百尺高空飘坠而下的刹那，围观的军吏齐声喝彩称贺，将军也仰天大笑，这场精彩的射猎表演似乎也终于落幕了。但这还不是最精彩的最后的高潮，就在众人齐声喝彩的瞬间，这只被射中的带箭而坠的野雉五色的羽毛，离披分散，不偏不倚，正好坠落在将军的马前。就像是用最精准的计算器算过的那样，分秒不差，毫厘不差，直落马前。这才是"巧"的最高表现，也是将军追求的最佳效果。写到这里，才是高潮之后的迅即落幕，它所带来的轰动效应已完全可以想见，故戛然而止，而余韵悠然。如果将这两句的次序置换一下，变成"五色离披马前堕，将军仰笑军吏贺"，层波叠浪便变成了平铺直叙，神气索然了。

短短的十句诗，既有猎前氛围意境的出色渲染，又有猎前将军神态心理的传神描写，更有射时一波三折、顿挫生姿、层层推进的精彩描绘。写到"地形渐窄观者多，雉惊弓满劲箭加"，本以为已达高潮，可以收到"将军仰笑军吏贺"了，却出人意料，一转再转，愈转愈精彩，形成高潮迭起的奇观。这才把"将军仰笑军吏贺"的主意推向极致。汪琬称此诗"短篇中有龙跳虎卧之观"，查晚晴谓其"以留取势"，都说出了这首诗艺术上的特色。

韩愈在徐州张建封幕期间，还写过一首七古《汴泗交流赠张仆射》，描绘击马球的场面，同样写得非常生动传神，篇末微寓规劝，谓"此诚习战非为剧（戏），岂若安坐行良图。当今忠臣不可得，公马莫走须杀贼"，立意似较此诗严正，但论诗艺，则仅止于描绘生动传神而乏顿宕曲折、层波叠浪之致，比较之下，高下立见。

顾嗣立谓此诗"将军"二句，"盖示人以运笔作文之法"，虽未必即是韩愈的主观寓意，但"以巧示人""盘马弯弓惜不发"确与为文之巧于顿挫能留之道相通。读韩愈之《送董邵南游河北序》《杂说·马》等短篇古文，每有"盘马弯弓"之感，可悟射技与诗文之技相通之理。

八月十五夜赠张功曹〔一〕

纤云四卷天无河〔二〕，清风吹空月舒波〔三〕。沙平水息声影绝〔四〕，一杯相属君当歌〔五〕。君歌声酸辞且苦，不能听终泪如雨。洞庭连天九疑高〔六〕，蛟龙出没猩鼯号〔七〕。十生九死到官所〔八〕，幽居默默如藏逃〔九〕。下床畏蛇食畏药〔一〇〕，海气湿蛰熏腥臊〔一一〕。昨者州前捶大鼓〔一二〕，嗣皇继圣登夔皋〔一三〕。赦书一日行万里〔一四〕，罪从大辟皆除死〔一五〕。迁者追回流者还〔一六〕，涤瑕荡垢清朝班〔一七〕。州家申名使家抑〔一八〕，坎轲只得移荆蛮〔一九〕。判司卑官不堪说〔二〇〕，未免捶楚尘埃间〔二一〕。同时辈流多上道〔二二〕，天路幽险难追攀〔二三〕。君歌且休听我歌，我歌今与君殊科〔二四〕。一年明月今宵多，人生由命非由他〔二五〕。有酒不饮奈明何〔二六〕！

〔一〕张功曹，指时任命为江陵府功曹参军的张署。张署（758—817），河间（今属河北）人。贞元二年（786）登进士第，又登博学宏辞科，授校书郎。贞元十九年拜监察御史，以谏宫市为京兆尹李实所谮，与同官韩愈同贬岭南，任临武令。宪宗即位，徙江陵府功曹参军。后曾历刑部员外郎、虔州刺史、澧州刺史、河南令。元和十二年（817）卒。署与韩愈同贬，唱酬过从甚密。此诗作于贞元二十一年（805）八月十五日。是年正月，德宗逝世，顺宗即位，大赦天下，韩愈与张署遇赦，分别从阳山、临武至郴州待命。同年八月五日，顺宗退位，禅位宪宗，又大赦天下，韩愈迁江陵府法曹参军，张署迁江陵府功曹参军。诗作于郴州，已接到任命，尚未赴任时。

〔二〕河，指银河。四卷，向四方收卷散去。

〔三〕舒，舒展，放射。

〔四〕沙平，指江边的沙洲平展。水息，指水波止息。声影绝，声沉影绝。

〔五〕相属（zhǔ），相劝。

〔六〕九疑，山名，现为九嶷山，在今湖南宁远县南。从这句开始，到"天路幽险难追攀"，都是诗人假托为张署的歌辞。

〔七〕蛟龙出没，指洞庭湖风浪险恶，时有蛟龙出没。猩，猩猩。鼯（wú），鼠名，俗称大飞鼠，形似松鼠，生活在高山树林中，尾长，前后肢之间有宽大的薄膜，能借此在树间滑翔。号，号叫。古人误以为鸟类。《尔雅·释鸟》："鼯鼠，夷由。"郭璞注："状如小狐，似蝙蝠，肉翅……尾三尺许，飞且乳，亦谓之飞生。声如人呼……能从高赴下，不能从下上高。"猩鼯号，指九疑山中常有猩啼鼯号。这两句追忆当日被贬途中经洞庭至郴州临武艰险恐怖情景。

〔八〕十生九死，犹九死一生。官所，指贬官之所临武。

〔九〕幽居，深居不出。藏逃，隐藏的逃犯。

〔一○〕食畏药，方世举注："南方……多畜蛊以毒药杀人。"

〔一一〕海气湿蛰，海上的湿气很重。《洛阳伽蓝记·景千寺》："江左假息，僻居一隅，地多湿蛰。"蛰亦潮湿之义。腥臊，指海中鱼虾等动物发出的气味。

〔一二〕州前，指郴州衙门前。捶大鼓，指捶鼓发布大赦令。《新唐书·

百官志》："赦日击枷鼓千声，集百官父老囚徒。"

〔一三〕嗣皇，指唐宪宗李纯。夔皋，夔和皋陶，尧、舜时贤臣。登夔皋，进用贤臣。

〔一四〕极言赦书传送之迅疾。唐制，赦书日行五百里。长安至郴州三千二百七十五里，赦书八月五日自长安出发，十二日即可达郴州，此诗写于八月十五日，而云"昨者州前捶大鼓"，正宪宗赦书抵郴时情景。方世举笺注："《旧唐书·顺宗纪》：'贞元二十一年（805）正月丙申（二十六日），顺宗即位。二月甲子（二十四日），大赦。'此公所以离阳山而竢命于郴也。及八月宪宗即位，改贞元二十一年（805）为永贞元年（805），自八月五日以前，天下死罪降从流，流以下递减一等。诗所云'昨者赦书'正指此。"

〔一五〕大辟，死刑。

〔一六〕迁者，迁谪到外地的官吏，追回，重新召回。流者，流放到边远地区的官吏。

〔一七〕涤瑕荡垢，清洗荡涤朝臣中有瑕疵污点的人。清朝班，使朝官的行列得到清肃。《旧唐书·顺宗纪》："八月丁酉朔……壬寅（初六）贬右散骑常侍王伾为开州司马，前户部侍郎、度支盐铁转运使王叔文为渝州司户。"宪宗八月初一受内禅，初六即贬王伾、王叔文为远州司户，此即所谓"涤瑕荡垢清朝班"。清除永贞革新朝臣之举，此时已开其大端。韩愈在政治上，对王叔文等主持永贞革新的朝臣持贬抑否定态度，屡见于诸诗，如《射训狐》诗以狐比王叔文、王伾，斥其"聚鬼征妖自朋扇"。《赴江陵途中寄赠王二十补阙李十一拾遗李二十六员外翰林三学士》更明谓"昨者京使至，嗣皇传冕旒，赫然下明诏，首罪诛共兜。复闻颠天辈，峨冠进鸿畴。班行再肃穆，璜佩鸣琅璆"。不但将王叔文、王伾比作共工、驩兜等奸邪反叛之臣，且谓从此班行肃穆。两相对照，此句之意显然。而注家于此，每多误解，如方世举《韩昌黎诗编年笺注》云："以文意考之，盖言追还之人，皆得涤瑕荡垢而朝清班。"而钱仲联《韩昌黎诗系年集释》及屈守元《韩愈全集校注》皆引其说而从之。此实因顾及韩愈对永贞革新之政治态度而为此回护之解。

〔一八〕州家，指郴州刺史李伯康。权德舆《使持节郴州诸军事权知郴州刺史赐绯鱼袋李公（伯康）墓志铭并序》："（贞元）十九年秋十月，拜郴州刺史……奄忽雕落，时永贞元年十月某日甲子，春秋六十三。"韩愈有《祭郴州李使君文》，又有《李员外寄纸笔》诗，注云："李伯康也，郴州刺史。"申名，上报贬谪官吏须追回重新授官的名单（其中当有韩愈、张署）。

使家，指观察使或节度使。此指当时任湖南观察使的杨凭。郴州属湖南观察使管辖，抑，压制。杨凭贞元十八年至永贞元年十一月期间任湖南观察使。

〔一九〕坎轲，困顿不得志。移，移官，此指贬谪的官吏量移较近地的官。荆蛮，指江陵。古代称长江流域中部荆州地区，即春秋楚国之地为"蛮荆"，亦称"荆蛮"。江陵府正荆州之地。《诗·小雅·采芑》："蠢尔蛮荆，大邦为雠。"

〔二〇〕判司，唐代节度使、州郡长官的僚属，分别掌管批判各部门的文牍等事务。时张署任江陵府功曹参军，韩愈任江陵府法曹参军，各判一曹之事。《旧唐书·职官志一》："镇军满二万人以上诸曹判司。"

〔二一〕捶楚，受杖击鞭打。蔡梦弼曰"唐制，参军簿尉，有过即受笞杖之刑，犹今之胥吏也。故杜牧诗有云'参军与簿尉，尘土惊劻勷。一语不中治，鞭笞身满疮'是也"。

〔二二〕同时辈流，同时被贬谪的一类官吏，上道，通衢大路。或云指出发上路。

〔二三〕曹植《与李重书》："天路幽险，良无由缘。"句意谓通向上天的路幽暗险峻，难以追攀。

〔二四〕殊科，不同类。

〔二五〕他，其他。

〔二六〕奈明何，奈明日何。明日，则人事世事更不可知，不如今宵对明月而醉歌也。

（笺）（评）

朱熹曰：（"君歌"以下数句）言张之歌词酸苦，而己直归之于命。盖反《骚》之意。而其辞气抑扬顿挫，正一篇转换用力处也。（《韩文考异》）

黄震曰：感慨多兴。（《黄氏日钞》卷五十九）

何汶曰：《集注》云：公与张署以贞元二十一年二月赦自南方，俱徙掾江陵，至是俟命于郴，而作是诗，怨而不乱，有《小雅》之风。（《竹庄诗话》）

陆时雍曰：每读昌黎七言古诗，觉有飞舞翔翥之势。（《唐诗镜》卷三十九）

朱彝尊曰：（"沙平水息"句下）写景语净。（"我歌今与"句下）借

张作宾主，又借歌分悲乐，总是抑人扬己。（《批韩诗》）

汪琬曰：虚者实之，实者虚之，得反客为主之法，观起结自知。（同上引）

查慎行曰：用意在起结，中间不过述迁谪量移之苦耳。（《初白庵诗评》）

汪森曰：起结清旷超脱，是太白风度，然亦从楚骚变来。（《韩柳诗选》）

翟翚曰：纯用古调，无一联是律者，转韵亦极变化。（《声调谱补遗》）

翁方纲曰：韩诗七古之最有停蓄顿折者。（《古诗选批》）

方东树曰：一篇古文章法。前叙，中间以正意苦语重语作宾，避实法也。一线言中秋，中间以实为虚，亦一法也。收应起，笔力转换。（《昭昧詹言》卷十二）

曾国藩曰：自"洞庭连天"至"难追摹"句，皆张署之歌词；末五句，韩公之歌词。（《求阙斋读书录》）

顾嗣立曰：起即嵇叔夜"微风清扇，云气四除，皎皎亮月，丽于高隅"意，而兴象尤清旷。（《十八家诗钞》引）

《增评韩苏诗钞》：三溪曰：声清句稳；无一点尘滓气，可谓不食人间烟火矣。

蒋抱玄曰：用韵殊变化。首尾极轻清之致，是以圆巧胜者，集中亦不多见。（《评注韩昌黎诗集》）

程学恂曰：此诗料峭悲凉，源出楚骚，入后换调，正所谓一唱三叹有馀音者矣。（《韩诗臆说》）

吴闿生曰：（"海气湿蛰"句下评）写哀之词，纳入客语，运实于虚。（"州家申名"句下评）一句中顿挫。（"天路幽险"句下评）此转尤胜。（《唐宋诗举要》卷二引）

高步瀛曰：（"天路幽险"句下评）以上代张署歌辞。贬谪之苦，判司之移，皆于张歌词出之，所谓避实法也。（末句下评）以上韩公歌辞。高朗雄秀，情韵兼美。（《唐宋诗举要》卷二）

鉴赏

清代诗论家赵翼对韩诗有一段精辟的评论："至昌黎时，李、杜已在前，纵极力变化，终不能再出一径，惟少陵奇险处，尚有可推扩，故一眼觑定，欲从此开山辟道，自成一家。此昌黎注意所在也。然奇险处亦自有得失。盖少陵才思所到，偶然得之，而昌黎则专以此求胜，故时见斧凿痕迹：有心与无心异也。其实，昌黎自有本色，仍在'文从字顺'中，自然雄厚博大，不可捉摸，不专以奇险见长。恐昌黎亦不自知，后人平心读之自见。若徒以奇险求昌黎，转失之矣。"这首《八月十五夜赠张功曹》便是以坎坷困顿的人生经历和深切真实的贬谪生活感受为基础，不刻意追求奇险，而自然雄厚博大的代表作。

　　作为一首贬谪诗，这首诗的主角有两位：韩愈和张署。两人贞元十九年（803），同以监察御史的身份上疏皇帝，请求缓征因大旱而饥馑的京畿百姓赋税，得罪权幸，分别被贬连州阳山令、郴州临武令，又在顺宗即位大赦后同在郴州待命，至宪宗即位后又分别迁江陵府法曹、功曹参军，可以说是真正意义上的"同是天涯沦落人"。因此这首抒写迁谪之苦痛怨愤的诗势必同时涉及两人在这段时间的命运。但如果对二人的经历遭遇和内心怨苦分别叙写，一则因情况相似，极易流于重复，二则篇幅会显得过长，三则写法上也会陷于雷同。诗人汲取汉赋中主客问答的结构方式，将全诗设计为面对中秋明月，"君"与"我"相继而歌的总体框架，以"君歌"来反映贬谪生活的痛苦和坎坷移官的怨愤，以"我歌"来抒写面对痛苦坎坷所取的人生态度。表面上看，"我歌今与君殊科"，实际上，"君"之痛苦经历与坎坷命运即"我"之痛苦经历、坎坷命运；而"我"之旷达人生态度亦当为"君"之人生态度。这样一种巧妙的构思，不但避免了重复雷同和冗长平直，而且使全诗呈现出顿挫曲折，波澜起伏，平添了诗的情致与韵味。

　　"纤云四卷天无河，清风吹空月舒波。沙平水息声影绝，一杯相属君当歌。"开头四句，紧扣题目"八月十五夜"，以写景起，是全诗的一个引子。中秋月明之夜，清风卷去了空中四散的浮云，繁星密布的灿烂银河也隐没不见了。一轮皓月，将它的柔和光波洒满人间。湘江岸边，一片白色的沙洲平铺着，水波不兴，声影皆绝，一片静谧的境界。如此美好的中秋明月夜，不由得引发把酒赏月、共度良宵的意兴，举杯相劝，你该唱一支歌吧。前三句，大处落墨，大笔挥洒，展现出一个广远阔大、光明皎洁、美好静谧的境界，透露出诗人面对此境时心境的舒展与明净，并由此自然引出"君当歌"，过渡到下一段对贬谪生活和坎坷命运的叙写。

　　第二段二十句，是张署的歌辞。先以两句总提："君歌声酸辞且苦，不能听终泪如雨。"上句写歌辞的内容声情——既"酸"且"苦",下句写自己听歌的强烈感受——歌未终而泪如雨。这正巧妙地暗示,张署的歌辞所抒写的也正是自己的经历遭遇和内心感情,境类而情同,君之酸苦亦我之酸苦。以下十八句,每六句为一层,叙写一段经历。

"洞庭连天九疑高,蛟龙出没猩鼯号。十生九死到官所,幽居默默如藏逃。下床畏蛇食畏药,海气湿蛰熏腥臊。"这一层写贞元十九年冬、二十年春贬谪途中所历艰险及抵达贬所后的生活情景。"洞庭"二句是说洞庭湖的惊涛骇浪连天而涌,其中经常有蛟龙出没,兴风作浪,九嶷山高峰连绵,云雾迷漫,山中时有猩猩哀鸣,鼯鼠悲号。写景幽森恐怖,带有象征色彩,渗透对当时险恶政治局势的感受。"十生"二句,用"十生九死"一语概括一路所历重重艰险,用"幽居默默如藏逃"一语概括在贬所形同幽囚逃犯的处境。"下床"二句,渲染贬所处于蛮荒湿热之地,下床怕毒蛇咬,进食怕中蛊毒,再加上南海的湿气弥漫,海风传来的腥臊之气更熏得人难以忍受。以上所写,虽假托张署之歌,实际上反映的是两人的共同经历。洞庭波涛固二人贬途所经,九嶷高山则离二人贬所很近(张署贬所临武在九嶷东,韩愈贬所阳山在九嶷东南)。而"十生九死"的经历,在韩愈的《贞女峡》诗中即有生动的描写。而"下床"二句中所渲染的情景在韩愈贬居阳山期间所作诗文中同样有类似的描写。总之,贬谪途中既历尽艰险,到达贬所以后又形如幽囚逃犯,贬所的生活环境更十分恶劣可怖,难以生存。因此,早日结束贬谪生活,便成为生活中最大的渴望。

"昨者州前捶大鼓,嗣皇继圣登夔皋。赦书一日行万里,罪从大辟皆除死。迁者追回流者还,涤瑕荡垢清朝班。"接下来六句,写昨日郴州府衙前捶响了大鼓,宣布了新皇继位,贤明的大臣得到登用的喜讯,朝廷的赦书日行万里,犯斩首之罪的免除死刑,被迁谪的官吏重新召回加以任用,被流放的也得以放还。那些有瑕疵有污点的官吏被清洗荡除,朝臣的班列得到清肃。这六句主要是叙述宪宗继位,朝廷政治出现令人鼓舞的新气象,其中"登夔皋""涤瑕荡垢清朝班"均具体有所指,前者指任用杜黄裳为门下侍郎,袁滋为中书侍郎,并同中书门下平章事,后者指贬王伾为开州司马、王叔文为渝州司马。而"赦书"三句,则正诏书所称"自贞元二十一年八月五日巳前,天下死罪降从流,流以下递减一等"。从充满感情的叙述中,可以看出韩愈和张署对政局变化欢欣鼓舞的感情,尤其是像"赦书一日行万里"这种夸张渲染之词更表现出对自己命运将得到改变的热情期盼。这一层热情洋溢、兴高采烈的叙述正与上段的酸苦之音形成鲜明对照，一抑一扬，文势跌宕。

"州家申名使家抑，坎轲只得移荆蛮。判司卑官不堪说，未免捶楚尘埃间。同时辈流多上道，天路幽险难追攀。"第三层又忽现转折，写充满期望和等待落空后迸发的强烈怨愤。郴州刺史的上报名单本已使自己充满了脱离苦海的希望，不料却受到湖南观察使的压抑，坎坷的命运重新降临头上，只得到了量移荆蛮之地的处理。参军官职卑微不值得一提，而且不免受到上司鞭打的责罚。同时的贬谪官吏都纷纷上路启程，回到京城，而自己却只感到天路幽暗险峻，难以追攀。燃起热望之后的大失所望，触发了强烈怨愤，其中"使家抑"一语即透露出对时任湖南观察使杨凭的怨愤。钱仲联说："杨凭为柳宗元妻父，自必仰承伾、文一党意旨，公与署之被抑，宜也。"联系《赴江陵途中寄赠王二十补阙李十一拾遗李二十六员外翰林三学士》诗中提及贞元十九年上疏言事遭贬一事的原因时说"同官尽才俊，偏善柳与刘。或虑语言泄，传之落冤雠。二子不宜尔，将疑断还不"可以看出，韩愈认为自己和张署的贬官可能与刘、柳的泄密有关（所上疏为密疏），虽说"将疑断还不"，但怀疑之意并未消除。钱氏认为杨凭有意压抑，虽无实据，却不能说毫无来由。这一层六句，不但与上一层之充满期待希望形成鲜明对照，一扬一抑，感情的落差极大。六句中亦每见扬抑顿挫，如"州家申名使家抑"句，"同时"二句。

张署之歌，酸苦怨愤，抑扬起伏，不仅反映了其从贬谪到量移这一过程中的痛苦经历和坎坷命运，抒发了内心的强烈不平，而且表现了其感情的起伏变化。既是苦难人生历程的反映，又是心路历程的展现。这一切，既属于张署，也属于韩愈本人。因此对下一段韩愈的自称与君"殊科"的歌也应作双重的理解。

"君歌且休听我歌，我歌今与君殊科。一年明月今宵多，人生由命非由他。有酒不饮奈明何！"韩愈之歌，内容其实很简单，人生的命运并不是自己能够主宰的，既然如此，又何必老是陷于痛苦怨愤而不能自拔，面对一年中难得的明月清光，不如痛饮自遣，否则明日月又开始亏缺，再也不能享受对月饮酒之乐，只能徒唤奈何了。这是劝谕张署，也是自劝。话虽说得有些无奈，但用旷达的态度对待人生的苦难挫折，骨子里仍透出诗人的倔强性格和对未来的希望。诗以明月起、以明月结，起处境界阔远明净，结处心境旷达豪放，使全诗的基调不至低沉压抑。

韩愈、张署的被贬，是由于上疏请求减轻关中百姓赋税，纾解百姓旱饥而得罪权要所致。因此其被贬事件反映了封建社会政治的黑暗与不公，因被贬而产生的怨愤不平也就具有正义性合理性。不论韩愈怨愤的具体对象是谁，都不影响韩、张阳山、临武之贬的性质是因主持正义、关心百姓疾苦而遭贬，诗中有些地方表现出对宪宗即位后贬斥清除王叔文革新集团的欣喜，固然反映了韩愈的政治倾向，但不能因此而否定这首诗的思想内容。从总体上对王叔文的永贞革新作客观、公正、全面的评价是一回事，诗中涉及对王叔文集团某些行事的看法与态度又是一回事，韩、张之贬，如果真与王叔文等有关，则韩愈的怨愤也完全可以理解。

这首诗的构思、写法乃至思想感情、人生态度，都让人自然联想起苏轼的《前赤壁赋》。可以看出，苏轼的赋明显受到韩愈此诗的影响，无论是主客对答的结构方式，起结均写中秋月明景色以及对待困顿挫折的态度，都一脉相承。但苏轼的旷达却比韩愈要真挚、深刻得多，相比之下，韩愈的旷达不免有些无奈和言不由衷，此为气性使然。苏作虽是赋，但纯然是诗的意境，为韩诗所不及。此亦苏学韩而青胜于蓝之处。

谒衡岳庙遂宿岳寺题门楼〔一〕

五岳祭秩皆三公〔二〕，四方环镇嵩当中〔三〕。火维地荒足妖怪〔四〕，天假神柄专其雄〔五〕。喷云泄雾藏半腹〔六〕，虽有绝顶谁能穷〔七〕？我来正逢秋雨节〔八〕，阴气晦昧无清风〔九〕。潜心默祷若有应〔一〇〕，岂非正直能感通〔一一〕。须臾静扫众峰出〔一二〕，仰见突兀撑青空〔一三〕。紫盖连延接天柱，石廪腾掷堆祝融〔一四〕。森然魄动下马拜〔一五〕，松柏一径趋灵宫〔一六〕。粉墙丹柱动光彩〔一七〕，鬼物图画填青红〔一八〕。升阶伛偻荐脯酒〔一九〕，欲以菲薄明其衷〔二〇〕。庙令老人识神意〔二一〕，睢盱侦伺能鞠躬〔二二〕。手持杯珓导我掷〔二三〕，云此最吉馀难同〔二四〕。窜逐蛮荒幸不死〔二五〕，衣食才足甘长终〔二六〕。侯王将相望久绝，神纵欲福难为功〔二七〕。夜投佛寺上高阁〔二八〕，星月掩映云朣胧〔二九〕。猿鸣钟动不知曙〔三〇〕，杲杲寒日生于东〔三一〕。

校注

〔一〕谒，拜谒。衡岳，南岳衡山。《元和郡县图志·江南道·衡州衡山县》："衡岳庙，在县西三十里。"据《南岳志》载，唐初建司天霍王庙，开元十三年（725）建南岳真君祠。永贞元年（805）九月，韩愈由郴州徙掾江陵途经衡山，谒衡岳庙，作此诗题于岳庙门楼。

〔二〕祭秩，祭祀的等级。三公，周以太师、太傅、太保为三公。此泛指朝廷中最高官位。《礼记·王制》："天子祭天下名山，五岳视三公。"《通典·礼典·吉礼六》："大唐武德、贞观之制，五岳年别一祭，南岳衡山于衡州南镇。开元十三年，封南岳神为司天王。"

〔三〕四方环镇，指东岳泰山、西岳华山、北岳恒山、南岳衡山围绕着分镇四方。嵩当中，嵩山居中，为中岳。《史记·封禅书》："昔三代之君，皆在河、洛之间，故嵩高为中岳，而四岳各如其方。"

〔四〕火维，天有四维，南方属火，故称南方为火维。《初学记·地理上》引徐灵期《南岳记》："南岳衡山，朱陵之灵台，太虚之宝洞，上承冥宿，铨德钧物，故名衡山。下踞离宫，摄位火乡，赤帝馆其岭，祝融托其阳，故号为南岳。"

〔五〕假，授予。柄，权力。专其雄，专擅其雄踞一方的地位。

〔六〕半腹，指半山腰。句意谓衡山上云雾缭绕浮动，遮住了半山腰以上的部分。

〔七〕盛弘之《荆州记》："衡山有三峰极秀，其一名芙蓉，最为竦杰，自非清霁素朝，不可望见。"绝顶，最高峰。穷，尽，指攀上峰顶。《南岳记》："南宫四面皆绝，人兽莫至，周回天险，无得履者。"

〔八〕韩愈在衡州有《题合江序寄刺史邹君》诗云："穷秋感平分，新月怜半破。"穷秋指九月，新月半破指上弦月。此"秋雨节"当在九月。

〔九〕阴气晦昧，指云雾弥漫，天色阴暗。

〔一〇〕潜心，专心诚意。应，灵应。

〔一一〕正直，指岳神。《左传·庄公三十一年》："史嚚曰：神，聪明正直而一者也。"

〔一二〕静扫，云雾悄然扫去。

〔一三〕突兀，指高耸奇险的山峰突兀而立。

〔一四〕紫盖、天柱、石廪、祝融，均衡山峰名（加上芙蓉峰，为衡山七十二峰中最高大的五峰）。连延，绵延。腾掷，跳跃，此处形容山势之起伏不平。堆祝融，祝融峰最高，似高堆于众峰之上。

〔一五〕森然，形容精神上不由自主地严肃敬畏之状。魄动，心惊。

〔一六〕松柏一径，指松柏夹道的山路一直通向。灵宫，指岳庙。

〔一七〕粉墙丹柱，白粉墙、红漆柱。动光彩，光彩闪耀。

〔一八〕鬼物图画，指庙内墙壁上画有鬼神的图画。填青红，涂满了青色和红色的颜料。

〔一九〕伛偻（yǔ lǚ），弯腰躬背。形容祭神时恭敬行礼貌。荐，进献。脯，干肉。

〔二〇〕菲薄，指不丰盛的祭品。衷，心意。明其衷，表明自己内心的虔诚。

〔二一〕庙令，管寺庙的官。唐于五岳四渎庙各设庙令一人，正九品上，掌祭祀等事，见《新唐书·百官志》。识神意，懂得神的意志。

〔二二〕睢盱（suī xū）：睁眼为睢，闭眼为盱，此为复词偏义，瞪大眼睛。侦伺，窥探、察看。鞠躬，弯腰，恭敬貌。

〔二三〕杯珓（jiào）：一种简单的占卜吉凶的工具。用两片蚌壳或竹木制成，投空掷地，看其俯仰向背来定吉凶祸福。导，教。

〔二四〕最吉，指杯珓掷地后半俯半仰者为最吉之卦象。或云"吉"犹灵验。

〔二五〕窜逐蛮荒，指被贬逐到阳山。

〔二六〕《后汉书·马援传》："援从弟少游曰：人生在世，但取衣食才足。"甘长终，甘愿长此而终身。

〔二七〕《史记·陈涉世家》："王侯将相，宁有种乎！"福，福佑，难为功，难以成功，无能为力。

〔二八〕投，投宿。

〔二九〕瞳胧，犹朦胧，句意谓云层中透出星月朦胧隐约的光影。

〔三〇〕谢灵运《从斤竹涧越岭西行》："猿鸣诚知曙，谷幽光未显。"此反用之。钟动，庙中晨钟响起。

〔三一〕《诗·卫风·伯兮》："杲杲出日。"杲杲，日出明亮貌。寒日，此指深秋的太阳。

笺评

黄震曰：《谒衡岳庙》，恻怛之忧，正直之操，坡老所谓"公之精诚，能开衡山之云"，即此。（《黄氏日钞》卷五十九）

范晞文曰：手持杯珓导我掷，云此最吉馀难同"，下三字似乎趁韵，而实有工于押韵者。（《对床夜语》）

王若虚曰：退之《谒衡岳》诗云："手持杯珓导我掷，云此最吉馀难同。""吉"字不安，但言灵应之意可也。（《滹南诗话》）

陆时雍曰：语如凿翠。（《唐诗镜》卷三十九）

朱彝尊曰：（"须臾静扫"二句）二语朗快。（"紫盖连延"二句下）此下须用虚景语点注，似更活。今却用四峰排一联，微觉板实。（《批韩诗》引）

汪琬曰：（"五岳"四句）起势雄杰。（同上引）

何焯曰：（"我来正逢"句）顶上"云雾"。（"紫盖连延"句）顶上"绝顶"。（"松柏一径"句）顶上"穷"字。（"星月掩映"句）顾"阴晦"。（末句）反照"阴气"。（《义门读书记》）

顾嗣立曰：韩昌黎诗句句有来历，而能务去陈言者，全在反用……《岳庙》诗，本用谢灵运"猿鸣诚知曙"句，偏云"猿鸣钟动不知曙"，此等不胜枚举。学诗者解得此秘，则臭腐化为神奇矣。（《寒厅诗话》）

沈德潜曰："横空盘硬语，妥帖力排奡。"公诗足当此语。（《重订唐诗别裁集》卷七）

翁方纲曰：此以对句第五字用平，是阮亭先生所讲七言平韵到底之正调也。盖七古之气局，至韩、苏而极其致耳。少陵《瘦马行》，平声一韵到底，尚非极着意之作。此种句句三平正调之作，竟要算昌黎开之。（《七言诗平仄举隅》）

延君寿曰：昌黎《谒衡岳庙》诗，读去觉其宏肆中有肃穆之气，细看去却是文从字顺，未尝矜奇好怪，如近人论诗所谓说实话也。后人遇此大题目，便以艰涩堆砌为能，去古日远矣。"王侯将相"二句，启后来东坡一种。苏出于韩，此类是也。然苏较韩更觉浓秀凌跨，此之谓善于学古，不似后人依样葫芦。（《老生常谈》）

方东树曰：庄起陪起，此典重大题。首以议为叙，中叙中夹写。意境词句皆奇创。以己收，凡分三段。"森然"句奇纵。（《昭昧詹言》卷十二）

潘德舆曰：退之诗："我能屈曲自世间，安能随汝巢神山""侯王将相望久绝，神纵欲福难为功"高心劲气，千古无两，诗者心声，信不诬也。同时惟东野之古骨，可以相亚，故终身推许，不遗馀力。虽柳子厚之诗，尚不引为知己，况乐天、梦得耶！（《养一斋诗话》卷三）

《增评韩苏诗钞》：三溪曰：一篇《登岳》，有韵记文，读者不觉为有韵语，盖以押韵自在，一句无强押也。

程学恂曰：七古中此为第一。后来惟苏子瞻解得此诗，所以能作《海市》诗。"潜心默祷若有应，岂非正直能感通。"曰"若有应"，则不必真有应也。我公至大至刚，浩然之气，忽于游嬉中无心现露。"庙令老人识神意"数语，纯是谐谑得妙。末云"侯王将相望久绝，神纵欲福难为功"，我公富贵不能淫、威武不能屈之节操，忽于嬉笑中无心现露，公志在传道，上接孟子，即《原道》及此诗可证也。文与诗义自各别，故公于《原道》《原性》诸作，皆正言之以垂教也，而于诗中多谐言之以写情也。即如此诗，于阴云暂开，则曰此独非吾正直之所感乎？所感仅此，则平日之不能感者多矣。于庙祝妄祷，则曰我已无志，神安能福我乎！神且不能强我，则平日不能转移于人可明矣。然前则托之开云，后则以谢庙祝，皆跌宕游戏之词，非正言也。假如作言志诗，云我之正直，可感天地，世之勋名，我所不屑，则肤阔而无味矣。读韩诗与读韩文迥别，试按之然否？（《韩诗臆说》）

汪佑南曰：竹垞（朱彝尊）批，余意不谓然。是登绝顶写实景，妙用"众峰出"领起。盖上联虚，此联实，虚实相生。下接"森然魄动"句，复虚写四峰之高峻，是古诗神境。朗诵数过，但见其排荡，化堆垛为烟云，何板实之有？首六句从五岳落到衡岳，步骤从容，是典制题开场大局面，领起游意。"我来正逢"十二句，是登衡岳至庙写景。"升阶伛偻"六句叙事，"窜逐蛮荒"四句写怀，"夜投佛寺"四句结"宿"意。精警处在写怀四句。明哲保身，是圣贤学问，隐然有敬鬼神而远之意。庙令老人，目为寻常游客，宁非浅视韩公！（《山泾草堂诗话》）

吴汝纶曰：此东坡所谓能开衡山之云者，最足见公之志节。又曰：此诗质健，乃韩公本色。（《唐宋诗举要》卷二引）

高步瀛曰：（"虽有绝顶"句下）以上言衡岳不易登览。（"石廪腾掷"句下）以上因祷而开霁，故得仰观众峰。（"神纵欲福"句下）以上拜祭非祈福。（末句下）以上佛寺投宿。（《唐宋诗举要》卷二）

这是韩愈七古的代表作。所描绘的对象，是五岳中著名的衡岳和岳庙，无论是作为自然对象还是宗教祭祀对象，都具有突出的崇高感。但韩愈笔下的衡岳和岳庙，却并不只有崇高庄严的一面，而是在叙述描写中时时出以诙谐戏谑之笔，并借此抒发自己胸中的块垒不平，发泄不遇于时的牢骚怨愤，将一首写景记游诗写成了一首不平则鸣的坎壈咏怀之作。

全诗大体可分为四段。第一段六句，总写衡岳之高峻威严。一开头却先撇下衡岳，从五岳写起，说朝廷祭祀五岳的礼仪等级都比照三公，东西南北四岳环镇四方而嵩岳居中。大处落笔，起势高远，以突出五岳之尊崇和南岳在五岳中的地位。接下来四句，围绕"四方环镇"四字，专写衡岳的威势与神峻。"火维地荒足妖怪，天假神柄专其雄"，说南荒之地，天气炎热，妖怪众多，上天授予权柄使衡岳专门雄镇一方，突出其上天赋予的威权；"喷云泄雾藏半腹，虽有绝顶谁能穷"，说它吞云吐雾，半山以上即隐藏不露，虽有绝顶却无人能登，突出其高不可攀的峻峭与神秘色彩。这一段下笔似乎极严肃郑重，但在具体描写中又有意无意地透出所写对象含有一股邪横之气，使人感到这镇压妖怪的南岳神似乎也染上了一股妖气，这从"喷云泄雾藏半腹"的诗句中可以明显体味出来。

第二段八句，正面写登山见衡岳诸峰。先写登山时正遇秋雨季节，山上阴气弥漫，晦暗昏昧，空气潮湿凝固，毫无清风。这自然是纪实，但用"阴气晦昧"来写衡岳，也透露出诗人初登山时心情的黯淡沉重。"潜心默祷若有应，岂非正直能感通。"由于遇上了"阴气晦昧"的"秋雨节"，诗人不免扫兴，于是有"潜心默祷"之举。这两句用笔似庄似谐，似假似真，殊堪玩味。说"若有应"，是好像感到"默祷"似有所应，但也完全可以理解为这只是一种主观感受乃至幻觉，说"岂非"，更是游移不定之词，意思是难道真是正直聪明的岳神，可以与我感通的吗？从语气口吻中可以体味出，诗人对人、神的感通所持的将信将疑、疑信参半的态度。如果将"正直能感通"与诗人的现实遭际联系起来，更可看出诗人实际上并不相信神是正直而能感通的。然则"岂非正直能感通"也就成了"难道聪明正直的神真的可以感通吗"？

"须臾静扫众峰出，仰见突兀撑青空。紫盖连延接天柱，石廪腾掷堆祝融。"不论"默祷"是否真的有灵应，过了不一会儿，天却是放晴了，在不知不觉间，云雾尽扫，众峰出现。仰头望去，只见峻峭的山峰撑拄着青色的天空。紫盖峰绵延起伏，连接着天柱峰，石廪峰翻腾跳跃，上面堆压着最高的祝融峰。前两句总写"众峰"，后两句分写诸峰不同的形态。诗人连用"扫""出""撑""接""腾掷""堆"等动感极强烈的词语，将衡山诸峰峭立撑空的态势与伟力，以及各自的千姿百态描绘得栩栩如生、充满活力。而浮云尽扫，诸峰峭立晴空的境界更透露出诗人暗淡沉闷的心情不禁为之一爽，给人以豁然开朗的快感和明快跃动的美感。

第三段十四句，写谒衡岳庙的情景。就题目看，此前两段，都还是题前文字，这一段才是诗的主体和正意。但诗人写到正面文章时，态度却更加随便，笔墨也更加恣肆，表面上严肃庄重，实际上谐谑幽默，时露嘲讽调侃。

"森然魄动下马拜，松柏一径趋灵宫。粉墙丹柱动光彩，鬼物图画填青红。"四句写循路抵庙及庙内外所见。"森然魄动"紧承上段之云雾扫众峰现，写自己面对自然界的变化忽有心惊魄动之感，"下马拜"自然是拜岳神，仿佛真的相信神的力量，故循着松柏夹道的路直趋灵宫，虔诚往谒，可所见庙内外情景却只是白墙红柱，光彩闪耀，鬼物图画，填满青红色彩而已，完全是一种炫目的表面涂饰，丝毫唤不起肃穆庄严之感。这样来写神庙，正反托出自己"森然魄动"、虔诚趋谒的过于认真。

"升阶伛偻荐脯酒，欲以菲薄明其衷。庙令老人识神意，睢盱侦伺能鞠躬。手持杯珓导我掷，云此最吉馀难同。"接下来六句写进献酒脯祭神和庙令老人引导诗人占卦。写祭神，曰"伛偻"，曰"衷"，突出态度之虔诚；写占卦，曰"识神意"、曰"睢盱侦伺"，曰"导我掷"，曰"最吉"，突出其察言观色、窥探心理、装神弄鬼，近乎漫画化的手法，调侃讽刺之意显然。

"窜逐蛮荒幸不死，衣食才足甘长终。侯王将相望久绝，神纵欲福难为功。"这四句紧承"云此最吉"，用自己的实际遭遇和"望久绝"来嘲弄神的福佑。窜逐蛮荒，不死已算万幸，只要衣食刚刚温饱就很满足，甘愿就此长终。至于王侯将相之望，自己早就断绝，岳神即使想保佑我也难以奏效了。用釜底抽薪之法对神的福佑作了彻底的否定。实际上是借此宣泄一肚子不遇于时的牢骚与怨愤。这种情绪，必须结合其移掾江陵的遭遇来体会。

末段四句，以夜投佛寺住宿、晨起见日出作结："星月掩映云曈昽"，仍是朦胧晦暗之景，"猿鸣钟动不知曙"，说明诗人心地坦然，一夜酣睡，于己之困顿遭际、神之福佑均无所萦怀，而"杲杲寒日生于东"的景象中却又透出一股森寒之气，传出诗人对环境氛围的感受。

这首诗最突出的特点，可以用借题抒愤，似庄实谐来概括。诗人实际上是借游衡岳、谒岳庙来发泄胸中的块垒不平。表面上看，似乎把衡山写得非常崇高威严，把岳神写得非常聪明正直，灵应显验，求神占卦的结果又是那样上上大吉。这一切，恰恰与诗人为民请命，反而窜逐蛮荒的不幸遭遇和虽遇大赦，仍沉下僚的现实处境形成鲜明对照。令人联想到在诗人所处的这个时代中，一切威严崇高、正直灵应的偶像都不过是徒有其表、虚有其名。诗人虽未必有意运用象征手法，只是随机而发，但由于他不时对庄严威灵的势力加一点嘲弄，无形中使这些描写具有一定的象征意味。正因为借题抒愤的创作动机，因而诗在用笔上具有似庄而实谐的特点。写衡岳的崇高威严，岳神的灵应显验，自己的虔诚趋拜，仿佛很郑重，其实内里含有对这一切的奚落与嘲讽。大凡一个大作家，总有自己的一套人生哲学，总有自己对待不幸和挫折的态度和办法。一个人在挫折面前，要不被它所压倒，要做到不沉沦，总得或抗争，或鄙视，或达观，或有所寄托。韩愈的性格相当倔强，他对待挫折的态度就是反过来对带给自己不幸命运的现实表示轻蔑和嘲弄，就是半真半假地亵渎那些看来威严崇高的事物，对它们表示不敬，不信任。从这些可以看出，这种诙谐幽默中蕴藏着一种精神力量。尽管韩愈这个人的精神性格有不少可议之处，但倔强这一点，反映在对待现实人生的态度上，还是有可取之处的。

这首诗有一个突出特点是腾掷跳跃，硬语盘空，以奇崛不平之笔写磊落不平之情。这正是典型的韩愈诗风。表现在结构章法上，就是具有明显的腾掷跳跃的特点，富于变化，富于气势。第一段先用虚笔对衡岳作铺张渲染，极写其威严崇峻。第二段接着写其阴暗晦昧，云遮雾障之状。忽作转笔，写云雾散尽，众峰尽出，淋漓尽致地渲染衡山诸峰突兀撑空，连延相接，腾跃堆垒的雄伟气势，文势夭矫变化，波澜曲折。这几句写得笔酣墨饱，气概非凡。第二段写在心惊魄动的情况下趋庙拜谒，求神问卦，一切都显得极虔诚极郑重，但在这当中却忽然插入几个极不和谐的细节（"睢盱侦伺能鞠躬"数句），于是使这一切虔诚郑重都化为骗人的儿戏和滑稽的表演，连前面的"岂非正直能感通"也一笔扫去了。这在结构上是一大转折，一大变化。接着，顺势将自己一肚皮不合时宜的牢骚都倾泻出来，其中蕴含着对现实的愤懑，对神明福佑的调侃嘲弄。至此诗情发展至高潮。但如果就此收束，又过于直露，于是又出人意料，转出最后一段。从笔法看，是又一次腾掷跳跃。表面上看，牢骚发泄完了，不论祸福，酣睡直至天明，似乎对一切都置之度外，但在高天寒日、星月朦胧的境界中，又似乎有难以言状的思神在回旋，让人在寂寥浩冥中产生许多联想。这样结尾，可以说是思接混茫，富于余韵。这对上文那种牢骚满腹的宣泄，又是一次转折顿宕。这种层折顿宕、奇崛不平的结构章法和笔法，完全是为了表现内心的郁愤和牢骚。诗中硬语奇字，所在都有。如"喷""泄""扫""撑""腾掷""堆""森然"等字，都是用力刻画的，目的在于突现衡岳高险峥嵘的面貌，造成一种磊落不平的气氛。全篇一韵到底，押韵句句末三字全为平声，即所谓三平调，这也是为了刻意造成一种拗折的风调，使声律与情感一致，即以不和谐的声律来写不和谐的感情，这本身就是另一种和谐。

李花赠张十一署〔一〕

　　江陵城西二月尾，花不见桃惟见李〔二〕。风揉雨练雪羞比〔三〕，波涛翻空杳无涘〔四〕。君知此处花何似？白花倒烛天夜明〔五〕，群鸡惊鸣官吏起。金乌海底初飞来〔六〕，朱辉散射青霞开〔七〕。迷魂乱眼看不得〔八〕，照耀万树繁如堆。念昔少年著游燕〔九〕，对花岂省曾辞杯〔一〇〕。自从流落忧感集〔一一〕，欲去未到先思回〔一二〕。只今四十已如此，后日更老谁论哉〔一三〕！力携一尊独就醉〔一四〕，不忍虚掷委黄埃〔一五〕。

校注

　　〔一〕张署，生平见《八月十五夜赠张功曹》注〔一〕，十一是其排行。诗作于宪宗元和元年（806）春韩愈任江陵府法曹参军时。

　　〔二〕杨万里《江西道院集读退之李花诗序》："桃李岁岁同时并开，而退之有'花不见桃惟见李'之句，殊不可解。因晚登碧落堂，望隔江桃李，桃皆暗而李独明，乃悟其妙，盖'炫昼缟夜'云。"诗云："近红暮看失燕支，远白宵明雪色奇。花不见桃惟见李，一生不晓退之诗。"李商隐《李花》云："自明无月夜。"李花色白，虽暗夜可见其反光，故云"惟见李"。桃花色红，暗夜基本上无反光，故云"不见桃"。

　　〔三〕风揉，春风轻揉。雨练，春雨漂洗。《文选·枚乘〈七发〉》："于是澡慨胸中，洒练五脏。"

〔四〕波涛翻空，形容李花开放得茂盛，如波涛汹涌翻腾空际。杳，远。涘（sì），边。

〔五〕倒烛，从下往上反照。天夜明，虽暗夜而被李花照亮了天空。

〔六〕谓群鸡见天色白误以为天已明而惊鸣，官吏亦纷纷起床。金乌，指太阳，传说太阳中有三足乌。下句谓连太阳亦因而从海底开始飞来。

〔七〕朱辉，指太阳的赤色光辉。青霞开，青色的云霞散开。

〔八〕迷魂乱眼，形容日照繁盛的杏花，使人神魂恍惚，眼花缭乱。

〔九〕著，贪恋，由"附著"之本义引申而来。韩愈《赠张籍》："吾走著读书，馀事不挂眼。"游燕，同"游宴"，游乐宴饮。

〔一〇〕省，记得。曾，曾经，尝。句意谓每对花必饮酒，根本记不得曾有过辞杯不饮之时。或谓，省，犹曾也，省、曾二字连用，重言而同义，见张相《诗词曲语辞汇释》。

〔一一〕流落，漂泊外地，穷困失意。指被贬阳山。忧感，忧伤悲感。

〔一二〕欲去未到，指想去赏花，未到其地。先思回，早已意兴阑珊，想着回来了。

〔一三〕谁论哉，即"复谁论"，还说什么呢。

〔一四〕独就醉，独自挨近杏花，赏花醉饮。据《寒食日出游夜归张十一院长见示病中忆花九篇因此投赠》，知李花初发时张署始病，故韩愈独自前去赏花。

〔一五〕虚掷，指空自错过良辰美景。委黄埃，指杏花凋落尘埃。此句含义双关。

笺评

朱翌曰：退之于李花，赋之甚工。（《猗觉寮杂记》）

陆游曰：杨廷秀在高安有小诗云："近红暮看失燕支，远白宵明雪色奇。花不见桃惟见李，一生不晓退之诗。"廷秀愕然问："古人谁曾道？"予曰："荆公所谓'积素兮缟夜，崇挑兮炫昼'是也。"廷秀大喜曰："便当增入小序中。"（《老学庵笔记》卷一）

张鸿曰：（"白花倒烛"句下评）花中唯李夜中独白。此诗写李之白而明，造意奇。（《批韩诗》引）

何焯曰：（"照耀万树"句下评）字字警绝。（"力携一尊"句下评）对君说。似收到李花。（《批韩诗》引）又曰：（"君知此处"句下评）插入张，复作体物语。势有断续，语有关键。（《义门读书记》）又曰：（"波涛翻空"句）言其盛。（钱仲联《韩昌黎诗系年集释》引）

朱彝尊曰：（"白花"二句）夜景。（"金乌"四句）朝景。（同上引）

马位曰：郑谷"月黑见梨花"，佳句也，不及退之"白花倒烛天夜明"为雄浑，读之气象自别。义山《李花》诗："自明无月夜。"与退之未易轩轾。（《秋窗随笔》）

施山曰：昌黎《李花》云："白花倒烛天夜明，群鸡惊鸣官吏起。"赵云松袭之，作《山茶》诗云："熊熊日午先绛天，吓得邻家来救火。"同一过火，而赵诗犷悍矣。（《望云诗话》）

李黼平曰：情动于中而形于言，古人即物流连，借以发其情之不容已，未尝拘拘于是物也。退之"江陵城西二月尾"一篇，起数韵状李花之白，可谓工为形似之言，而诗之佳处不在此。后段云："念昔少年著游燕，对花岂省曾辞杯。自从流落忧感集，欲去未到先思回。只今四十已如此，后日更老谁论哉。力携一尊独就醉，不忍虚掷委黄埃。"百折千回，传出不忍虚掷之意，而前之"迷魂乱眼看不得"者，亦不能不携尊而就矣，此刘彦和所谓以情造文，非以文造情者也。（《读杜韩笔记》）

蒋抱玄曰：此诗妙在借花写人，始终却不明提，极匣剑帷灯之致。（《评注韩昌黎诗集》）

陈衍曰：芳原绿野，妆点春景者，莫如桃李花。荆公"崇桃兮炫昼，积李兮缟夜"二语，尽之矣。惟少陵诗喜说桃花，昌黎、荆公诗喜说李花。殆以桃花经日经雨，皆色褪不红，一望成林时，不如李花之鲜白夺目，所以少陵之爱桃花，亦在"深红间浅红"时。余作《法源寺丁香》诗，所谓"昌黎半山总爱李，爱其缟色天不晡"也。（《石遗室诗话》）

汪佑南曰：见李花繁盛，弥感身世之易衰。公与署同谪江陵，同悲流落，李花如此盛开，而不赏花饮酒，辜负春光，岂不可惜！惜李花，实自惜也。（《山泾草堂诗话》）

钱仲联曰：（"欲去未到先思回"句）杜甫《乐游园歌》："却忆年年人醉时，只今未醉已先悲。"为公用意所本。又公《晚菊》诗云："少年饮酒时，踊跃见菊花。今来不复饮，每见恒咨嗟。"意亦同此。（《韩昌黎诗系年集释》）

程千帆曰:"念昔"以下,感物兴怀,非是咏花;着力模写,惟在前半。析其层次,又有二焉。起句点明无月,次句以桃陪李。继乃极状李花之白且盛,皆夜景也。"金乌"四句,形容朝日映花,光采炫耀,则昼景也。语其布署,大较若斯。然其中有一句颇难索解者,则"花不见桃惟见李"是……欲明此理,当就今世格致之学论之……盖桃、李二花,攸分红白。以色光之组织言,则红为部分反射之单色光,力亦较弱,而白为全体反射之复色光,力亦特强。以视官之感受言,则红兼有光觉、色觉,而白全为光觉……至无月时则照度弱,照度弱则神经所受之刺激亦弱;红色反光不强,即不可见;视觉所及,但有光存,故惟见白李,不见红桃,此诗所赋,时当月尾夜,是以云"花不见桃惟见李"也。(《程千帆诗论选集》第232-233页)

韩愈

<h2>鉴赏</h2>

　　韩愈力大思雄,即使吟咏桃李这类繁盛而易凋的弱质之花,也每能驰骋丰富的想象和劲健的笔力,营造出雄浑阔大的意境。而且自然触发身世流离之感,抒发沉沦困顿之慨,亦赋亦兴亦比,跌宕起伏、自然流转,极挥洒自如之致。这首《李花赠张十一署》可以作为典型的代表。

　　全诗大体上可分前后两段。前段十一句,全用赋笔铺叙渲染从夜至晨李花的繁盛。首句"江陵城西二月尾"点明观赏李花的地点和季候。二月是李花开放的时节,"二月尾"正是李花最繁盛之时,但这里突出"二月尾"这个特定时间,还暗为下文写夜赏伏脉,虽点明而不说破,直叙中仍有含蓄。次句即紧承"二月尾"而突作新奇之笔:"花不见桃惟见李。"桃、李本同时而开,而诗人眼中所见则唯有李花而不见桃花,这一奇特的景象使诗的一开始就出现了转折,制造了悬念。但诗人并不急着对此作出解释,而是紧接"惟见李",进一步重笔渲染李花的洁白与繁盛。"风揉雨练雪羞比,波涛翻空杳无涘。"上句状其色,说春风的轻揉和春雨的淘洗,使李花显得分外洁白,连雪花也羞于与它相比,"揉"和"练"这两个动词不但用得生新,而且用得恰切,因为这两个词语都包含有反复多次的意蕴。正是由于春风春雨的反复揉搓轻抚、淘洗漂濯,才造就了"雪羞比"的皎洁。下句状其盛,却并不只作静态的刻画,而是大笔挥洒,将繁盛的一大片李树林比作波涛汹涌、翻腾起伏于空中的无边无际的海洋。这样的动态描写,显然是高度的夸

1903

张渲染，却写出了李花繁盛时所呈现的跃动的生命力。

　　紧接着，诗人却破偶为奇，插入一个设问句："君知此处花何似?"承上启下，对李花之白之盛作更加夸张而富于想象力的描绘。"白花倒烛天夜明，群鸡惊鸣官吏起。"繁盛而雪白的李花倒映反照着夜空，使黑暗的天空也变得明亮了，使群鸡误以为天已明而四处惊鸣，官吏也因鸡鸣而纷纷起床。到这里，诗人才点出"夜"字，使读者恍然大悟"花不见桃惟见李"的原因乃是由于农历月末正值无月亮的暗夜，红色的桃花反光微弱，故隐藏于夜幕之中不见踪影；而李花洁白，反光强烈，故虽夜暗而自明。这种现象，古代不少诗人都注意到过，并在诗中有所描写，如晚唐李商隐的《李花》就有"自明无月夜"之句，但将这种现象作为一种奇特的自然景观，专门加以观赏并着意作夸张渲染的似乎只有韩愈。如果说"白花倒烛天夜明"的形容虽夸张但还多少有点生活依据，那么"群鸡惊鸣官吏起"的描写便属于生活中绝不可能发生的现象，而是纯出于诗人的浪漫想象了。其实，诗人的本意也并非要人相信这种现象的真实性，而是要通过这种带有谐趣的穷形极相的描写得到一种艺术上淋漓尽致的满足感、惊奇感。

　　"金乌海底初飞来，朱辉散射青霞开。"这两句由夜转到晨，写太阳从海上升起，光辉四射，云霞散开的景象。但用"金乌海底初飞来"形容日之初升，仍承上极度的夸张而来，使人感到不但群鸡之惊鸣、官吏之纷起是由于繁盛洁白的李花照亮了黑暗的夜空，就连太阳的升起也是由此引起。从而将李花之白之繁所显示的伟力推向极致。

　　"迷魂乱眼看不得，照耀万树繁如堆。"接下来两句，是对耀眼的阳光映照下，万树李花繁盛景象的赞叹和形容。由于前面写暗夜中的李花已极夸张渲染之能事，这里如再用同样的笔法，不仅陷于雷同，令读者产生审美疲劳，而且也实在难以有更出奇的想象。于是改换笔法，上句以"迷魂乱眼看不得"从反面作虚写，使人于目乱神迷的主观感受中去想象日照万树李花的奇观，下句则以"照耀万树繁如堆"作概括的描写，让读者对万树繁花为阳光照耀的璀璨瑰丽景象展开尽情的想象。

　　写到这里，诗人对李花在暗夜、晴昼所呈现的美感已作了淋漓尽致的描绘，对读者造成极大的感情冲击力，下面便由眼前"繁如堆"的花海奇观转入对往昔少年游宴赏花生活的追忆和对目前流落生涯的感慨，引出下一段。

　　"念昔少年著游燕，对花岂省曾辞杯。"回想起昔日青少年时代，贪恋游乐宴饮生活，对花饮酒，意兴正浓，哪里会想到辞杯不饮呢？这两句是陪笔，追忆昔游之豪兴，是为了反衬今日游兴的阑珊："自从流落忧感集，欲去未到先思回。"自从谪贬阳山，流落岭外以来，悲忧交集，想着要去看花，人还未到，就先想着回来了。古人游赏，乘兴而往，兴尽而返，自己却人未到而兴已尽。抒情曲折深至，情调悲凉。

"只今四十已如此，后日更老谁论哉！"这一年韩愈三十九岁，想到自己刚接近强仕之年就忧感交集，意兴阑珊，日后更老那就什么也不用说了。以今度后，悲感又进一层。

写到这里，似乎被忧伤悲凉完全笼罩了，结尾却忽作转折，转到看花就醉作结，遥应篇首："力携一尊独就醉，不忍虚掷委黄埃。"时张曙因病而不能往，故韩愈独自一人前往。说"力携一尊独就醉"，则虽前往赏花饮酒，而勉力、无奈之情已溢于言表。之所以虽忧感交集而仍勉力而往，是由于"不忍虚掷委黄埃"。末句含义双关，表层的意思是说不忍心让千树万树繁盛洁白的李花白白地陨落，委弃尘埃，无人关切，无人欣赏。深层的意蕴则是由李花的命运联想到自己流落天涯的命运，不忍心就此虚掷生命，委弃黄埃。于感慨身世的沉悲中蕴含有不甘沉沦的倔强意态，这也正是韩愈的一贯思想性格。

将诗的前后段作对照，明显可以看出笔法、风格的差异。前段全用赋笔形容渲染，多想象夸张之辞，意象密集，浓墨重彩；后段则亦兴亦比，多用朴素清疏而不失劲健的散文化笔法抒情抒慨。由今而追昔，又由追昔而伤今。层层转折深入。结尾忽作转折，收归题目，人花双结。作为一首咏物抒慨之作，这首诗可以说是大笔挥洒，奇思壮采和深沉人生感慨的结合，雄浑苍凉，兼而有之。

杏 花〔一〕

居邻北郭古寺空〔二〕，杏花两株能白红〔三〕。曲江满园不可到〔四〕，看此宁避雨与风〔五〕？二年流窜出岭外〔六〕，所见草木多异同〔七〕。冬寒不严地恒泄〔八〕，阳气发乱无全功〔九〕。浮花浪蕊镇长有〔一〇〕，才开还落瘴雾中〔一一〕。山榴踯躅少意思〔一二〕，照耀黄紫徒为丛〔一三〕。鸀鸟钩辀猿叫歇〔一四〕，杳杳深谷攒青枫〔一五〕。岂如此树一来玩，若在京国情何穷〔一六〕？今旦胡为忽惆怅？万片飘泊随西东。明年更发应更好〔一七〕，道人莫忘邻家翁〔一八〕。

校注

〔一〕元和元年（806）春作于江陵。

〔二〕北郭，指江陵城北。邻，靠近。清王元启《读韩纪疑》："江陵有金銮寺，退之题名在焉。居邻古寺，意即此寺。"

〔三〕能，张相《诗词曲语辞汇释》："能，甚辞。凡亦可作这样或如许解而嫌其不得劲者属此……韩愈《杏花》诗：'居邻北郭古寺空，杏花两株能白红。'言何其红白相间而热闹也，反衬古寺荒凉之意。"

〔四〕曲江，在长安城东南。秦为宜春苑，汉为乐游原，有河水水流曲折，故名。隋文帝改名芙蓉园，唐复名曲江。为都人游览胜地。康骈《剧谈录》："曲江，开元中疏凿为胜境，其南有紫云楼、芙蓉苑，其西有杏园、慈恩寺，花卉环周，烟水明媚。"曲江满园，即指杏园中有满园杏树。身在江陵，故云"不可到"。

〔五〕谓长安杏园既不可到，则观赏江陵此寺之杏花，又岂能因避风雨之侵袭而不前往呢。盖言看花之情切。

〔六〕二年流窜，指贞元十九年冬，贬为阳山令，至永贞元年始遇赦北归。岭外，阳山在岭南。

〔七〕异同，复词偏义，多异同，即多异。

〔八〕冬寒不严，冬季无严寒。地恒泄，地气总是发泄。《礼记·月令》："孟冬行春令，则冻闭不密，地气上泄。"

〔九〕阳气发乱，指天地间的阳气随时乱发。无全功，全都丧失了化育万物的功效。

〔一〇〕浮花浪蕊，寻常的花卉。镇，常。

〔一一〕瘴雾，犹瘴气，指南部、西南部地区山林间湿热蒸发能致病之气。

〔一二〕山榴，山石榴。踯躅，花名。《本草注》："其木高三四尺，花似山石榴。"少意思，少意趣，指不值得观赏。

〔一三〕照耀黄紫，花色或黄或紫，相互映照。徒为丛，徒然成丛成团地开放。

〔一四〕鹧鸪，鸟名。《文选·左思〈吴都赋〉》："鹧鸪南翥而中留。"

李善注："鹧鸪如鸡，黑色、其鸣自呼，常南飞不北。豫章已南诸郡，处处有之。"钩辀，《本草》："鹧鸪鸣云钩辀格磔。"

〔一五〕攒，聚。《南方草木状》："五岭之间多枫木。"

〔一六〕京国，指京城长安。

〔一七〕魏本引樊汝霖曰："本年六月，公召拜国子博士，明年花发时，公为博士于京矣。"

〔一八〕道人，指寺僧。邻家翁，诗人自指。

笺评

汪森曰：不赋杏花，而只从看花生感，此便风人之兴也。作诗能用比兴，便尔触处皆活。（《韩柳诗选》）

朱彝尊曰：（"所见草木"句下批）借客形主。（《批韩诗》引）

何焯曰：此篇真怨而不怒矣。"若在京国情何穷"应"曲江满园不可到"。"明年更发应更好"，安知明年不仍在江陵，京国真不可到矣。落句正悲之至也，即从"飘泊"二字生下，凄绝句出于平淡。（《义门读书记·昌黎集一》）又曰："看此宁避"句下，波澜感慨。（《批韩诗》引）

李黼平曰：凡十韵，只此句（按指"杏花两株能白红"句）是写杏花。著一"能"字，精神又注到曲江，与少陵"西蜀樱桃也自红"用意正同。此下纵笔说二年岭外所见草木，如山榴、踯躅、青枫之类，然后束一笔云"岂如此树一来玩，若在京国情何穷"醒出诗之旨。一篇纯是写情，无半字半句粘着杏花，岂非奇作？少陵《古柏行》《海棕行》及《楠树》等篇，不必贴切，而自然各有其身份，兴寄有在故耳。凡大家皆然。（《读杜韩笔记》）

方东树曰：起有笔势，第三句折入，中间忽开。"岂如"句收转，方见笔力，挽回收本意。（《昭昧詹言》卷十二）

汪佑南曰：公寓身岭外，思归京国，触目浮花浪蕊，无非蛮乡风景。至是始为掾江陵，忽见杏花，借以寄慨。一缕情思，盘旋空际，不掇故实，而自然是杏花。意胜故也。收笔落到明年，正见归期之难必。思而不怨，自归学养。（《山泾草堂诗话》）

和《李花赠张十一署》前幅重笔夸张渲染杏花之洁白而繁茂，后幅方追昔慨今，自伤流落不同，这首《杏花》除一开始点出北郭古寺"杏花两株能白红"之外，全篇再无一字正面对杏花作具体的刻画描绘、形容渲染。单看题目，好像是一首咏物诗，实际上在诗中杏花只是触绪增慨的外物和媒介，诗中所要抒发的是由杏花触发的贬窜南荒、漂泊异乡之慨和怀念京国、欲归不得之感。可以说，是一首因物抒感的抒情诗，而非通常意义上的咏物诗。

"居邻北郭古寺空，杏花两株能白红。"首句凌空起势，点出客居江陵北郭，傍近荒凉冷落的古寺，次句直入本题，"能白红"以俗语入诗，句法新奇，意即竟如许之白红。绚丽夺目之色与赞叹欣赏之情均溢于言表。"古寺"之"空"，益衬托出杏花之鲜妍明媚。

"曲江满园不可到，看此宁避雨与风？"第三句由眼前古寺中的杏花自然联想到京城曲江满园的杏花，慨叹自己置身荆蛮之乡，只能空自怀想而不能回到长安重睹满园杏花之盛。曲江不但是京城胜游之地，杏园更是登第士子举行探花宴的场所，因此对曲江满园杏花的怀想便蕴含了对自己当年登龙虎榜、杏园游宴、意气风发的青年时代的怀念追恋。正因为这样，对眼前这两株鲜妍繁茂的杏花便特别倾注感情，以致不避风雨，时常前往观赏了。

以下十句，即承"不可到"之意，集中笔力描写两年以来贬居岭外不见杏花，唯见蛮荒之乡的花木禽兽，触景增悲的生活情景。"二年流窜出岭外，所见草木多异同"二句，先总叙一笔，说明岭南所见草木异于京城。"冬寒不严地恒泄，阳气发乱无全功"，揭示草木多异的原因：冬天没有严寒的气候，以致地气封闭不严，经常外泄，影响所及，连天上的阳气也胡乱发散，失去了化育万物的功效。正因为这样，一年四季随时随地开放的花虽然连续不断，却旋开即陨，坠落在蛮烟瘴雾之中。山榴花、踯躅花虽然或黄或紫，相互照耀，成堆成丛，却了无意趣，不值得观赏。深山幽谷之中，只有鹧鸪鸟的钩辀之声和哀猿鸣叫的声音，杳无人迹，只见青枫攒聚。这一切，都带有鲜明的岭南地域色彩。这对一个普通的旅人来说，也许会产生一种对于异乡风物的新奇感。但对于一个"流窜出岭外"的漂泊者来说，却只能引起一种不习惯、不适应、不喜欢乃至厌恶的感情。这正是典型的贬谪心态。白居易的《琵琶行》中写自己贬谪浔阳的生活和环境景物时说："住近湓江地低湿，黄芦苦竹绕宅生。其间旦暮闻何物？杜鹃啼血猿哀鸣。春江花朝秋月夜，往往取酒还独倾。岂无山歌与村笛？呕哑嘲哳难为听。"与韩愈对岭南风物的感受如出一辙，可见贬谪者的心态确实是心同此理，这种心态，一直到苏轼的文学创作中才有了明显的转变。这是后话。以上十句，先总后分，围绕一个"异"字，从原因到现象，从花卉到树木，从植物到动物，历数其"无全功""少意思""徒为丛"。末了又以两句作一总束，遥接"曲江满园不可到"句，说今日到此古寺观赏杏花，就像置身于京国，引起无穷的情思。可见，前面的七句写岭南风物之异，虽一字未及杏花，但诗人心中却始终有"曲江满园"杏花与古寺杏花作为参照物。写岭南风物之"异"，正是为了反衬自己对曲江满园杏花、对京国往昔生活的强烈怀念与向往，从这个角度说，这一大段描写不但不是喧宾夺主，而且恰恰是以宾托主。

"今旦胡为忽惆怅，万片飘泊随西东。"诗人观赏古寺杏花，从"看此宁避雨与风"句看，当是时往观赏，不避风雨，从"能白红"之盛开至"万片飘泊"之凋零。这两句所写，正是杏花凋谢引起的感慨。往日观杏花之盛，怀念京城而情何穷；今日观杏花之凋，则忽生惆怅之情，因为看到"万片飘泊随西东"的杏花，就自然联想起自己窜逐岭外、流落荆蛮的命运。如果说在前面的描写中，杏花是唤起对京城生活和岁月的美好回忆的事物，那么在这里，杏花已成了自己飘零凋伤身世命运的象征。

"明年更发应更好，道人莫忘邻家翁。"结尾二句，从"今旦"杏花之凋零遥想"明年"杏花之"更发应更好"，并叮嘱寺僧到时候别忘了自己这位"邻家翁"，语气口吻中似透出一些乐观的气息和亲切的情调，但细加体味，却又分明包含着明年仍然滞留荆蛮异乡的沉悲，一种无可奈何的难以主宰自己命运的感情正悄然流注句中。

郑群赠簟〔一〕

蕲州笛竹天下知〔二〕，郑君所宝尤瑰奇〔三〕。携来当昼不得卧，一府传看黄琉璃〔四〕。体坚色净又藏节〔五〕，尽眼凝滑无瑕疵〔六〕。法曹贫贱众所易〔七〕，腰腹空大何能为〔八〕。自从五月困暑湿〔九〕，如坐深甑遭蒸炊〔一〇〕。手磨袖拂心语口〔一一〕，慢肤多汗真相宜〔一二〕。日暮归来独惆怅，有卖直欲倾家资。谁谓故人知我意〔一三〕，卷送八尺含风漪〔一四〕。呼奴扫地铺未了，光彩照耀惊童儿。青蝇侧翅蚤虱避〔一五〕，肃肃疑有清飙吹〔一六〕。倒身甘寝百疾愈〔一七〕，却愿天日恒炎曦〔一八〕。明珠青玉不足报〔一九〕，赠子相好无时衰〔二〇〕。

⊙校⊙注

〔一〕《全唐诗》题下注："群尝以侍御史佐裴均江陵，愈自阳山量移江陵法曹，与群同僚。"按：韩愈《朝散大夫尚书库部郎中郑君墓志铭》："君讳群，字弘之，世为荥阳人。以进士选吏部，考功所试判为上等，授正字。自鄂县拜监察御史，佐鄂岳使裴均之为江陵，以殿中侍御史佐其军。"在江陵时，韩愈有《赠郑兵曹》，知郑群任江陵府兵曹参军，与愈同僚。簟，竹席。

〔二〕蕲州，唐淮南道州名，治所在今湖北蕲春县。《新唐书·地理志五》："蕲州蕲春郡，上。土贡：白纻、簟、鹿毛笔、茶、白花蛇、乌蛇脯。"笛竹，竹的一种，可以制笛及簟。白居易《寄蕲州簟与元九因题六韵》："笛竹出蕲春，霜刀劈翠筠。织成双锁簟，寄与独眠人。"《本草纲目·木五·竹》："笛竹，一节尺馀，出吴楚。"方崧卿《韩集举正》：笛竹，"刊本一作簟竹"。陈景云《韩集点勘》："笛，当作簟。蕲州贡簟，见唐史《地理志》，故曰天下知。"王元启《校韩集》云："簟，原作笛。或引白诗'笛竹出蕲春'为证，谓作'簟'非是。余谓笛竹天生，簟由人力。白诗'霜刀劈翠筠'句，已为笛字加一番斫削之功。又云'织成双锁簟'，明点一簟字，然后接下'寄与独眠人'为顿。若直云以笛竹寄独眠人，笛与眠奚涉耶？此诗郑君所宝及卷送、铺地、倒身甘寝等云，皆切指簟竹言之，不应首句讳簟言笛，反使通体皆空无依傍也。今故从或本，非谓簟竹不可言笛，用字各有宜当耳。"按：白诗已明言蕲春之笛竹可以织簟。且韩集诸本皆作"笛竹"，则作"笛竹"毫无可疑。盖笛竹系竹之名，既可为笛，亦可劈而织簟。韩诗首句"蕲州笛竹天下知"指制簟之原材料而言，次句"郑君所宝尤瑰奇"及以下各句所写均指织成簟而言，表述明晰，不存在"笛与眠奚涉"的问题。《初学记》卷二十八引刘宋沈怀远《博罗县簟竹铭》云："簟竹既大，薄且空中，节长一丈，其直如松。"《说郛》卷八十七引晋嵇含《南方草木状》云："簟竹，叶疏而大，一节相去六七尺，出九真，彼人取嫩者，捶浸纺绩为布，谓之竹疏布。"按：此簟竹与产于蕲州之笛竹当是不同品种、形状的竹，簜竹可以纺绩为布，但是否可为簟，未见记载；而蕲之笛竹可以为簟则见于同时代之白诗，作笛竹无疑。明王象晋《群芳谱》云："蕲竹出蕲州。以色莹者为簟，节疏者为笛，带须者为杖。"此书《四库提要》讥为割裂饾饤不足取，似不足为确证。

〔三〕郑君，指郑群。所宝，所珍爱者，指用笛竹制成之簟。瑰奇，珍贵奇异。

〔四〕黄琉璃，借指竹簟，形容其像黄琉璃那样光滑金黄。琉璃，一种有色半透明的玉石。《后汉书·西域传·大秦》："土多金银奇宝，有夜光璧、明月珠、骇鸡犀、珊瑚、虎魄、琉璃、琅玕、朱丹、青碧。"《西京杂记》卷一："杂厕五色琉璃为剑匣。"亦指用钾和钠的硅酸化合物烧制成的釉料，有绿色与金黄色两种，多加于黏土之外层。或云即指琉璃。《北史·大月支国传》："其国人商贩京师，能铸石为五色琉璃，光色映彻，观者莫不惊骇。"按：制簟所用系取去掉竹青皮之竹黄，故织成之簟色黄。

〔五〕体坚，指竹席织得密致坚韧。色净，色泽纯净。藏节，看不见竹节的痕迹，极言其席面的光滑、制作之精细。

〔六〕尽眼，满眼。凝滑，光滑。无瑕疵，没有疤痕斑点。

〔七〕法曹，韩愈自指，时为江陵府法曹参军。易，轻，指轻视，看不起。

〔八〕魏本引樊如霖曰："唐孔戣《私记》云：'退之丰肥善睡，每来君家，必命枕簟。'"沈括《梦溪笔谈》亦云："退之肥而少髯"。何能为，言无所作为。

〔九〕《淮南子·地形训》："南方阳气之所积，暑湿居之。"按：江陵地处长江流域中游，农历五月正值湿热炎蒸的季节。

〔一○〕甑，蒸食炊具。如坐深甑，犹今言坐在蒸笼中。

〔一一〕手磨，用手去抚摸（竹席）。袖拂，用衣袖轻拂。心语口，心里对自己说。

〔一二〕慢肤，犹曼肤，肥厚的肌肤。《楚辞·天问》："平胁曼肤。"注："肥泽之貌。"

〔一三〕故人，指郑群。《赠郑兵曹》："尊酒相逢十载前，君为壮夫我少年。"可证十年前二人已结识。

〔一四〕卷送，将竹席卷成筒状送给我。八尺，指席之长度。含风漪，形容竹席上的细纹像水面上被风吹起的涟漪。阴铿《经丰城剑池》："夹涤澄

1911

深绿，含风作细漪。"

〔一五〕侧翅，侧着翅膀避开。

〔一六〕肃肃，象声词，风声。蔡琰《悲愤诗》："处所多霜雪，胡风春夏起。翩翩吹我衣，肃肃入我耳。"清飙，清风。《史记·廉颇蔺相如列传赞》："清飙凛凛。"

〔一七〕甘寝，舒舒服服睡在上面。

〔一八〕恒炎曦，长久地炎热。

〔一九〕张衡《四愁诗》："美人赠我貂襜褕，何以报之明月珠。""美人赠我锦绣段，何以报之青玉案。"

〔二〇〕相好，相互交好。无时衰，永不衰歇。

朱彝尊曰：描写物象工，写意趣亦入妙。（《批韩诗》引）

查慎行曰：（"倒身甘寝"二句下批）奇想。（《初白庵诗评》）

汪森曰：能于一物之细写出深情，是杜陵笔法。妙在偏以反剔见奇，如"当昼不得卧""却愿天日恒炎曦"等句也。（《韩柳诗选》）

顾嗣立曰：此诗每用反衬意见奇，如"携来当昼不得卧""却愿天日恒炎曦"等句也。赋物之妙，直从细琐处体贴而出。（《昌黎先生诗集注》）

沈德潜曰：（"却愿天日"句下）与"携来当昼不得卧"，俱是透过一层法。（《重订唐诗别裁集》卷七）

《唐宋诗醇》：倢伃《怨歌》云："常恐秋节至，凉风夺炎热。"此云"却愿天日恒炎曦"，同一语妙。

赵翼曰：盘空硬语，须有精思结撰。若徒拮撗奇字，诘曲其词，务为不可读，以骇人耳目，此非真警策也……《竹簟》云："倒身甘寝百疾愈，却愿天日恒炎曦。"谓因竹簟可爱，转愿天之不退暑，而长卧此也。此也不免过火，然思力所至，宁过毋不及，所谓矢在弦上，不得不发也。（《瓯北诗话》卷三）

方东树曰：《郑群赠簟》，无甚意，只叙事耳，而句法意老重。三句叙，四句写。"法曹"以下议。"谁谓"三句叙，"光彩"句夹写。"青蝇"句棱。（《昭昧詹言》卷十一）

延君寿曰：遇此等题，无可著议论，又作平韵到底，如何撑突得起，

唐诗选注评鉴（三）

看其前面用"携来当昼"云云，故作掀腾之笔以鼓荡之，便不平板。末幅"倒身甘寝"云云，作突过一层语以收束之，昌黎极矜心之作。前人有诮作者是以文为诗，殊不知诗文原无二理，文如米蒸为饭，诗则米酿为酒耳。如此突过一层法，即文法也。施之于诗，有何不可。唐人"知有前期在"一首，亦是此法。（《老生常谈》）

程学恂曰：东坡《蒲传正簟》诗，全从此出，然较宽而腴矣。韩派屏弃常熟，翻新见奇，往往有似过情语。然必过情乃发，得其情者也。如此诗之"却愿天日恒炎曦"是也。后来欧、苏以下多主此。（《韩诗臆说》）

吴闿生曰：（"自从"四句）四句逆摄下文，摹写生动。（"日暮"句）再展一句，乃笔力横劲处。（"有卖"句下）皆题前布局作势之法。（《唐宋诗举要》卷二引）

高步瀛曰：（"尽眼"句下批）以上郑簟之佳。（"有卖"句下批）以上言己极欲得此簟。（"却愿"句下批）用加倍反衬，语意并妙。（同上引）

许可曰：韩诗的奇险是源于杜诗的"惊人"，不过又比杜诗镂刻得更为用力一些，因之往往显得尤其奇伟怪诞，才气横溢，更具一种特色……《郑群赠簟》诗……先是极写竹席的珍贵可爱，又写自己由于太怕热是怎样迫切地希望得到这样一床竹席。一旦得到了，果然出现奇迹："呼奴扫地铺未了，光彩照耀惊童儿。青蝇侧翅蚤虱避，肃肃疑有清飙吹。"竹席带来的凉意，已经要像被夸张到极点了，但还不算，紧接着的两句还要更进一步，翻转一层："侧身甘寝百疾愈，却愿天日恒炎曦。"至此实在是太为出人意表了……无论翻来变去的夸张到怎样叫人难以想象的地步，如果依然符合情理发展的逻辑的话，就依然还在情理之中，依然具有现实生活的充足根据。（《唐代文学史》下册第151-152页）

欧阳修说韩愈"以诗为文章末事……其资谈笑，助谐谑，叙人情，状物态，一寓于诗，而曲尽其妙"（《六一诗话》）。这种诗歌创作观点和态度使他的不少诗在题材、内容和风格上具有不同于此前传统诗歌的特点。像这首《郑群赠簟》便具有"状物态"而"助谐谑"的特征。

朋友送给他一床竹席，这在生活中本是一件极平常而琐细的小事，似乎

1913

根本不能入诗歌的殿堂。但韩愈却抓住竹簟之"瑰奇"，层层铺叙渲染，写出一篇既淋漓尽致地描绘竹席之神奇，又充满谐趣的"簟席赋"。说它是"赋"，是因为它从头到尾，全用赋的铺叙渲染之法。

"蕲州笛竹天下知，郑君所宝尤瑰奇。"开头两句，先突出标举竹簟的原材料是天下知名的蕲州笛竹，这正是竹簟之所以"瑰奇"的基础。次句就势落到题目，却并不直接说到"赠簟"，而是着意强调"郑君所宝尤瑰奇"，指出这床竹席是郑君最珍贵的宝物。"尤瑰奇"三字，一篇之主，以下层层铺叙渲染，均围绕这三个字展开。"尤"字于蕲州竹簟中突出郑群此簟尤为珍奇。

"携来当昼不得卧，一府传看黄琉璃。"三、四句写郑群携簟来访，合府传看。上句极写诗人一见此席即为之倾倒，至于当昼欲卧，一试神奇，碍于观瞻，虽欲卧而不得，画出情急之状与遗憾之情。下句写合府（当是使府）传看，用黄琉璃代指竹席，不但写出竹席的光滑和纯净，以及金黄的色彩，还因此"黄琉璃"而联想到自然界的宝物琉璃，以显示其珍奇宝贵。上句先一收，下句再一放，收放之间的对照，更见使府上下对此瑰奇宝物的惊心骇目，叹息赞赏之状。

"体坚色净又藏节，尽眼凝滑无瑕疵。"五、六两句，正面描绘竹席制作之精致。"体坚"状其密致坚韧，"色净"状其一色纯黄；"藏节"状其无竹节之痕；"凝滑"状其光滑；"无瑕疵"言其无斑点疤痕。"尽眼"二字贯上下二句。十四个字中从五个不同的方面分别形容竹席制作之精良已达完美之境。以上六句为一层，总写竹簟之珍奇精美。以下便转入对诗人自身境况的叙写。

"法曹贫贱众所易，腰腹空大何能为。"这两句点明自己的法曹身份和为人所轻的处境，并以自嘲口吻透露内心的牢骚不平。"贫贱"伏无力购此瑰奇之物，"众所易"反衬郑群赠簟之厚意，"腰腹空大"则直启下之"相宜"，看似随口道出，实则下文均有照应。

"自从五月困暑湿，如坐深甑遭蒸炊。"这两句点明时令，极力渲染暑热湿闷之难耐。江陵地处长江中游，五月以后，黄梅天紧连伏天，高温加上湿闷，使人难受得如同坐在深甑中遭大火蒸炊一样。非亲历其境者，想不出如此形象而贴切的比喻。而这种处境，又和"法曹贫贱"密切相关。

"手磨袖拂心语口，慢肤多汗真相宜。"以上极写竹席之光滑精致，自己之腰腹肥大、困于暑湿，就是为了逼出"真相宜"这个结论，上句写自己用手抚摸，用袖轻拂，既见竹席之光滑，更见自己对竹席之爱不释手。"心语口"三字承上启下，见诗人心之所想不由得化为口之所言，而用语新奇，将诗人自言自语之状写得惟妙惟肖，"慢肤多汗"既上应"腰腹空大""困暑湿""坐深甑"，又关合上文之"凝滑"，从而使"真相宜"的结论水到渠成。说到这里，诗人志欲必得的心理已和盘托出。

"日暮归来独惆怅，有卖直欲倾家资。"如此珍奇而与己"相宜"之物，却系"郑君所宝"而非己有，故日暮幕府归家，不觉独自惆怅，深感遗憾。这里再作顿宕，仿佛已无希望，逼出下句。"有卖"云云，只是表明自己急切的主观愿望，实则"法曹贫贱"，即使倾其家资亦不可得此瑰奇之物。上句收，下句放，而放中仍有收有留，令读者感到诗人虽"倾家资"亦无法得此珍奇。至此，通过层层铺垫渲染，诗人的必欲得而又不能得之情已臻于极致。下面便突作转折，转引"赠簟"上来。

"谁谓故人知我意，卷送八尺含风漪。"前面极写竹席之瑰奇、郑君之所宝、自己之所欲，以及欲得而不能之情，这里忽以"谁知"二字一转，转出故人心知己意，赠送簟席之事，便使此前所有题前文字，均成盛情赠簟之有力铺垫，而故人之"知心"厚谊亦均一齐写出。用"八尺含风漪"来借指簟席，极真切而形象，不但写出席面之花纹如同涟漪荡漾，而且用"含风"二字透露出风生涟漪的意蕴，使人感到席上似有风起的丝丝凉意，可称绘形传神之笔。用语似极生新，却自有出处，令人倍感诗人化旧为新的本领。写到赠席，下面似乎难以为继，如果以下直接"明珠"二句，似亦顺理成章，却又显得过于草率局促。诗人乃承"瑰奇"二字，宕开一笔，再对竹席之神奇功效进行夸张渲染。

"呼奴扫地铺未了，光彩照耀惊童儿。青蝇侧翅蚤虱避，肃肃疑有清飙吹。倒身甘寝百疾愈，却愿天日恒炎曦。"扫地铺席之际，竹席光彩照耀，使童儿为之惊讶，此二句照应上文"黄琉璃""尽眼凝滑"，却转从童儿眼中写出，故不嫌其复。"青蝇侧翅蚤虱避"自是夸张，但这样写亦自有其生活根据。民间箱笼多用樟木，取其挥发出特殊气味以驱虫，诗人可能从此类现象得到启发，生出青蝇蚤虱见席而避的想象。"肃肃疑有清飙吹"更近乎幻觉，故用"疑"字传达此种疑真疑幻的感受，虽极度夸张而仍不失分寸。而这种幻觉式的感受同样有其生活依据，这就是簟席铺展之际，因手触目视其凉爽凝滑而微感到一阵袭人的凉意，"清飙吹"正是这种凉意感受的扩大化。这和上文的"含风漪"一样，都是写竹席的传神之笔。"倒身"二句，一句写可愈百疾，是进一步尽情渲染其神奇功效，一句写自己的反常心理——从畏惧暑湿到愿天长热，都似不合情理，却真实地表现了诗人对此"瑰奇"之席的热烈赞叹和珍爱，以至感到天若不长炎曦，此奇珍异宝就不免英雄无用武之地了。

经过如此一番尽情渲染，最后才引出对故人情谊的感激，表明受此奇珍，虽明珠青玉亦不足报，唯有回赠无时或衰的"相好"之情为报答。结得干脆利落，毫不拖泥带水，也不作夸饰之词，而是以朴实之语传真挚之情。

朋友赠席这样一个极平常的题材，在诗人笔下却极尽夸张渲染之能事，给读者留下强烈深刻的印象。妙处在层层铺叙渲染，层层铺垫作势，而又波澜起伏，曲折生姿。而极度的夸张又自有其生活的依据，是故虽奇思幻想而不失其真。再加上笔墨之间，时杂谐谑自嘲口吻，遂使全诗兼有一种幽默的情趣。这种诙谐的情趣与夸张的形容正好达成和谐的统一，使人不把它看得很严肃，这也正是诗人想达到的一种艺术效果。

石鼓歌〔一〕

张生手持石鼓文〔二〕，劝我试作石鼓歌。少陵无人谪仙死〔三〕，才薄将奈石鼓何〔四〕！周纲凌迟四海沸〔五〕，宣王愤起挥天戈〔六〕。大开明堂受朝贺〔七〕，诸侯剑佩鸣相磨〔八〕。蒐于岐阳骋雄俊〔九〕，万里禽兽皆遮罗〔一〇〕。镌功勒成告万世〔一一〕，凿石作鼓隳嵯峨〔一二〕。从臣才艺咸第一，拣选撰刻留山阿〔一三〕。雨淋日炙野火燎〔一四〕，鬼物守护烦㧑呵〔一五〕。公从何处得纸本〔一六〕，毫发尽备无差讹〔一七〕。辞严义密读难晓〔一八〕，字体不类隶与科〔一九〕。年深岂免有缺画〔二〇〕，快剑斫断生蛟鼍〔二一〕。鸾翔凤翥众仙下〔二二〕，珊瑚碧树交枝柯〔二三〕。金绳铁索锁纽壮〔二四〕，古鼎跃水龙腾梭〔二五〕。陋儒编诗不收入〔二六〕，二雅褊迫无委蛇〔二七〕。孔子西行不到秦〔二八〕，掎摭星宿遗羲娥〔二九〕。嗟余好古生苦晚〔三〇〕，对此涕泪双滂沱〔三一〕。忆昔初蒙博士征〔三二〕，其年始改称元和。故人从军在右辅〔三三〕，为我度量掘臼科〔三四〕。濯冠沐浴告祭酒〔三五〕，如此至宝存岂多。毡包席裹可立致〔三六〕，十鼓只载数骆驼。荐诸太庙比郜鼎〔三七〕，光价岂止百倍过〔三八〕。圣恩若许留太学〔三九〕，诸生讲解得切磋〔四〇〕。观经鸿都尚填咽〔四一〕，坐见举国来奔波〔四二〕。剜苔剔藓露节角〔四三〕，安置妥帖平不颇〔四四〕。大厦深檐与盖覆〔四五〕，经历久远期无佗〔四六〕。中朝大官老于事〔四七〕，讵肯感激徒媕婀〔四八〕。牧童敲火牛砺角〔四九〕，谁复著手为摩挲〔五〇〕。日销月铄就埋没〔五一〕，六年西顾空吟哦〔五二〕。羲之俗书趁姿媚〔五三〕，数纸尚可博白鹅〔五四〕。继周八代争战罢〔五五〕，无人收拾理则那〔五六〕。方今太平日无事，柄任儒术崇丘轲〔五七〕。安能以此上论列〔五八〕，愿借辩口如悬河〔五九〕。石鼓之歌止于此，呜呼吾意其蹉跎〔六〇〕。

校注

〔一〕魏本引樊汝霖曰："欧阳文忠《集古录》云：'石鼓文在岐阳，初不见称于世，至唐人始盛称之，而韦应物以为周文王之鼓，至宣王刻诗尔，韩退之直以为宣王之鼓。在今凤翔孔子庙，鼓有十，先时散弃于野，郑馀庆始置于庙，而亡其一。皇祐四年，向传师求于民间，得之。十鼓乃足，其文可见者四百六十五，磨灭不可识者过半。然其可疑者三四。退之好古不妄者，余姑取以为信耳。至于字画，亦非史籀不能作也。'文忠所跋如此。此歌元和六年作。"方世举《韩昌黎诗编年笺注》："《元和郡县志》：'石鼓文在天兴县南二十里许，石形如鼓，其数有十，盖纪周宣王畋猎之事。其文即史籀之迹。贞观中，吏部侍郎苏最纪其事，云虞、褚、欧阳共称古妙。'虽岁久讹阙，然遗迹尚有可观。然历代纪地理志者不存纪录，尤可叹惜。"方成珪《昌黎先生诗文年谱》："诗中叙初征博士，在元和元年，以不能遂其留太学之志，而云'六年西顾空吟哦'，则正六年未迁职方时作也。"《全唐诗》题下注："石鼓文可见者，其略曰：'我车既攻，我马既同。'又曰：'我车既好，我马既𬴃。君子员猎，员猎员游。麋鹿速速，君子之求。'又曰：'左骖幡幡，右骖𬴂𬴂。秀弓时射，麋豕孔庶。'又曰：'其鱼维何，维鲔维鲤。何以橐之，维杨与柳。'"按：石鼓文刻石年代，据近人考定，当为东周时秦国刻石。用籀文在十块鼓形石上分刻十首四言韵文，内容系记述秦国国君游猎情况。唐初在天兴（今陕西宝鸡市）三畤原出土。现一石字已磨灭，其余九石亦有残缺。石鼓现藏故宫博物院。

〔二〕张生，指张彻，贞元十二年（796）与韩愈结交，并从愈学，愈妻以族女。元和四年（809）登进士第，为泽潞节度使从事，改幽州节度判官。长庆初入为监察御史，后复返幽州，军乱遇害。作此诗时韩愈在东都洛阳为河南县令，时张彻亦在洛阳。

〔三〕少陵，指杜甫。因其曾居长安城南之少陵原，故自称"少陵野老"。无人，指已去世。与下"死"义同。谪仙，指李白。李白《对酒忆贺监诗序》："太子宾客贺公，于长安紫极宫一见余，呼余为谪仙人。"

〔四〕将奈石鼓何，对石鼓又能拿它怎么样呢。盖谦称自己才浅不足担当作《石鼓歌》的重任。

〔五〕郑玄《诗谱序》："后王稍更陵迟，厉也，政教尤衰，周室大坏。"周纲，周王室的纲纪。凌迟，衰败。

〔六〕宣王，周宣王。《史记·周本纪》："厉王死于彘，太子静长于召公家，二相乃共立之为王，是为宣王。"周宣王在位期间，曾南征淮夷、徐戎，北伐猃狁。"修政，法文、武、成、康之遗风，诸侯复宗周。"其统治号称宣王中兴。挥天戈，指其南征北讨事，《诗序》："《六月》，宣王北伐也；《采芑》，宣王南征也。"

〔七〕明堂，古代帝王宣明政教之所。凡朝会、祭祀、庆赏、选士、养老、教学等大典，均在此举行。《礼记·明堂位》正义："今戴礼说《盛德记》曰：明堂者，自古有之，所以朝诸侯。"

〔八〕佩，指系在衣带上的佩饰。磨，摩擦碰撞。

〔九〕蒐，打猎。岐阳，岐山之南。《左传·昭公四年》："周成王蒐于岐阳。"这里指宣王狩猎于岐山之南。骋雄俊，施展雄豪俊杰的风采，钱仲联《韩昌黎诗系年集释》："《诗·车攻序》：'宣王会诸侯于东都，因田猎而选车徒。'其起句'我车既攻，我马既同'，与《石鼓》起句相同，公遂断为周宣王。然周宣蒐于岐阳，古书无明文，即《小雅·吉日》之诗，亦只可知为西都之狩而已……蒋元庆撰《石鼓发微》，始申郑樵之说，考明字体，参稽经史，而断为秦昭王之世所造，在周报王十九年之后，二十七年之前，其说精核。"按：石鼓制作年代，近人据其字体考证，断为秦刻，主要说法有两种，一谓造于秦襄公八年（前770，即周平王元年），一谓造于秦灵公三年（前422，即周威烈王四年），钱氏所引蒋元庆说为另一说。

〔一〇〕遮罗，拦截捕捉。

〔一一〕镌（juān），雕。勒，刻。镌功勒成，将此次狩猎之功刻在石上。

〔一二〕隳（huī），毁。嵯峨，指高山。

〔一三〕撰刻，撰写刻石。山阿，山的弯曲处。

〔一四〕炙，烤。燎，烧。

〔一五〕扐（huī）呵，守卫呵护。

〔一六〕纸本，指石鼓上文字的拓片。

〔一七〕差讹，差错。

〔一八〕辞严义密，言辞谨严，含义深密。

〔一九〕隶，隶书。科，指蝌蚪文，因其字体笔画头粗尾细，形似蝌蚪而得名。

〔二〇〕深，久。缺画，缺少笔画，指字形模糊缺损。

〔二一〕鼍（tuó），俗称猪婆龙，即今之扬子鳄。句意谓字形如快剑砍断活的蛟龙。因有缺损，故云"斫断生蛟鼍"，其意仍在赞其字形之如生蛟龙。

〔二二〕谓其字形如鸾凤飞舞，群仙飘然欲下。

〔二三〕谓其字形如珊瑚碧树，枝柯相交。

〔二四〕锁纽壮，捆绑纽结的绳索非常粗壮。

〔二五〕古鼎跃水，《史记·封禅书》："宋太丘社亡，而鼎没于泗水彭城下。"《水经注·泗水》："周显王四十二年，九鼎沦没泗渊。秦始皇时而鼎见于斯水，始皇自以德合三代，大喜，使数千人没水系而行之，未出，龙齿啮断其系。"龙腾梭，《晋书·陶侃传》："侃少时渔于雷泽，网得一织梭，以挂于壁。有顷雷雨，自化为龙而去。"刘敬叔《异苑》："陶侃尝捕鱼，得一铁梭，还挂著壁。有顷雷雨，梭变成赤龙，从屋而跃。"句意谓石鼓文字形如古鼎之跃出泗水，如飞梭之化龙飞去，气势腾跃。

〔二六〕《史记·孔子世家》："古者诗三千馀篇，及至孔子，去其重，取可施于礼义三百五篇。"

〔二七〕二雅，指《诗经》中的《小雅》《大雅》。褊迫，褊狭局促。无委蛇，无从容自得之气象。《诗·鄘风·君子偕老》："委委佗佗，如山如河。"朱熹集传："雍容自得之貌。"《诗·召南·羔羊》："退食自公，委蛇委蛇。"郑玄笺："委蛇，委曲自得之貌。"

〔二八〕据《史记·孔子世家》，孔子曾去鲁而周游列国，凡十四年而反于鲁。而所历各国中独无秦国，故云。

〔二九〕掎摭（jǐ zhí），摘取。羲娥，羲和与嫦娥，借指日月。此谓《诗经》中未收石鼓上的诗是只摘取了星星而漏了太阳月亮。

〔三〇〕《论语·述而》："我非生而知之者，好古，敏以求之者也。"又："述而不作，信而好古。"

〔三一〕此，指石鼓文的拓本。《诗·陈风·泽陂》："涕泗滂沱。"毛传："自目曰涕，自鼻曰泗。"滂沱，横流貌。

〔三二〕《旧唐书·韩愈传》："贬为连州阳山令，量移江陵府掾曹。元年初召为国子博士。"韩愈《释言》："（元和）元和六月，自江陵召拜国子博士。"《新唐书·百官志》：国子监，"总国子、太学、广文、四门、律、书、算凡七学……国子学，博士五人，正五品上"。

〔三三〕故人，未详。右辅，指右扶风，即凤翔府。《三辅黄图》："太初元年，以渭城以西属右扶风，长安以东属京兆尹，长陵以北属右冯翊，以辅京师，谓之三辅。"韩愈之友人在凤翔府为从事，故云。

〔三四〕白科，白形的坑。用来放置石鼓。科，坑。《孟子·离娄下》："源泉混混，不舍昼夜，盈科而后进，放乎四海。"赵岐注："科，坎。"

〔三五〕祭酒，国子监之长官。《新唐书·百官志》："国子监，祭酒一人，从三品；司业二人，从四品下。掌儒学训导之政。"据《旧唐书·宪宗纪》及《郑馀庆传》，元和元年五月，郑馀庆罢相，为太子宾客。九月，改为国子祭酒。

〔三六〕毡包席裹，用毡席包裹（石鼓）。立致，即刻运达。

〔三七〕荐，进献。太庙，帝王的祖庙。部鼎，部国的鼎。《春秋·桓公二年》："取部大鼎于宋，戊申，纳于太庙。"

〔三八〕光价，声价。

〔三九〕太学，属国子监，掌教五品以上及郡县公子孙、从三品曾孙为生者。

〔四〇〕讲解，讲解经书。切磋，本指琢磨玉器，此谓互相讨论研究。

〔四一〕《后汉书·蔡邕传》："熹平四年，与堂溪典、杨赐、马日磾、张驯、韩说、单飏等奏，求正定六经文字，灵帝许之。邕乃自书丹于碑，使工镌刻，立于太学门外。于是后儒晚学，咸取正焉。及碑始立，其观视及摹写者，车乘日千馀两，填塞街陌。"《后汉书·灵帝纪》："光和元年二月，始置鸿都门学生。"鸿都，东汉都城洛阳门名。观石经系在太学门外，非鸿都

唐诗选注评鉴（三）

门外，此系诗人误记。填咽，堵塞。

〔四二〕坐见，犹行见，马上能见到。

〔四三〕剜苔剔藓，剜除长在石鼓上的苔藓。露节角，指文字因笔画方正所显露的棱角和屈折。

〔四四〕颇，不平。

〔四五〕与，给予。句意谓将石鼓安置于高大深檐的房屋之中，将它们严密覆盖。

〔四六〕期无佗，期望其不发生其他意外事故。

〔四七〕老于事，熟练于办理政事之道。此处带贬义，指老于世故，圆滑处事。

〔四八〕讵肯，岂愿。感激，感奋激发。媕婀（ān ē），依违两可，毫无主见。

〔四九〕敲火，指敲击石鼓以取火。砺，磨。

〔五〇〕摩挲，抚摸爱护。

〔五一〕日销月铄，指石鼓一天天地磨损隳坏。就，接近。

〔五二〕韩愈元和元年（806）召为国子博士，到元和六年作此诗已六年。时愈在东都，故云"西顾"。空吟哦，指石鼓之事尚未安置妥帖。

〔五三〕《晋书·王羲之传》："尤善隶书，为古今之冠。"尤精真书、行书。趁姿媚，追求柔媚。宋王得臣《麈史》卷中《书画》云："王右军书多不讲偏旁，此退之所谓'羲之俗书趁姿媚'者也。方成珪云：'俗书对古书而言，乃时俗之俗，非俚俗之俗也。'《麈史》之说非是。"何焯曰："对籀文言之，乃俗书耳。《麈史》之云，愚且妄矣。"按：何说较优，然韩愈此句确对羲之书法有贬意，不必刻意为之维护解释，视下句"尚可"字明显可见。盖韩诗追求"盘空横硬语"，故对羲之书法之近于姿媚不满。

〔五四〕《晋书·王羲之传》："羲之性爱鹅，山阴有一道士，养好鹅，羲之往观焉，意甚悦，因求市之。道士云：'为写《道德经》，当举群相赠耳。'羲之欣然，写毕，笼鹅而归。"

〔五五〕继周八代，指秦、汉、魏、晋、北魏、北齐、北周、隋。

〔五六〕理则那，其理则为何。《左传·宣公二年》："犀兕尚多，弃甲则那！"杜预注："那，犹何也。"

〔五七〕柄任，重视信从。丘轲，孔丘、孟轲。

〔五八〕以此上论列，用以上讲的这些道理向朝廷一一论述。

〔五九〕《晋书·郭象传》："王衍每云：听象语，如悬河泻水，注而不竭。"事又见《世说新语·赏誉》。

〔六〇〕蹉跎，失意貌。

笺评

洪迈曰：文士为文，有矜夸过实，虽韩文公不能免。如《石鼓歌》极道宣王之事伟矣。至云"孔子西行不到秦，掎摭星宿遗羲娥""陋儒编诗不收入，二雅褊迫无委蛇"，是谓《三百篇》皆如星宿，独此诗如日月也。"二雅褊迫"之语，尤非所宜言。今世所得石鼓之词尚在，岂能出《吉日》《车攻》之右？（《容斋随笔·为文矜夸过实》）

马永卿曰：退之《石鼓歌》云："镌功勒成告万世，凿石作鼓隳嵯峨。从臣才艺咸第一，拣选撰刻留山阿。"或云："此乃退之自况也。《淮西》之碑，君相独委退之，故于此见意。"此意非也。元和元年，退之自江陵法曹征为博士，时有故人在右辅，上言祭酒，乞奏朝廷。以十橐驼载十石鼓安太学。其事不从。后六年，退之为东都分司郎官，及为河南令，始为此诗。歌中备载明甚。后元和十三年春，退之始被命为《淮西碑》，前歌乃其谶也。又云："日销月铄就埋没。"而《淮西碑》亦竟磨灭，恐亦谶也。（《懒真子》卷二）

邵博曰：退之《石鼓诗》，体子美《八分歌》也。（《邵氏闻见后录》）

陆游曰：胡基仲尝言："韩退之《石鼓诗》云：'羲之俗书趁姿媚。'狂肆甚矣。"予对曰："此诗至云：'陋儒编诗不收入，二雅褊迫无委蛇。'其言羲之俗书，未为可骇也。"基仲为之绝倒。（《老学庵笔记》卷五）

吴沆曰：韩愈之妙，在用叠句，如"黄帝绿幕朱户间"，是一句能叠三物。如"洗妆拭面著冠帔，白咽红颊长眉青"。是两句叠六物。惟其叠多，故事实而语健。又诸诗《石鼓诗》最工，而叠语亦多，如"雨淋日炙野火烧""鸾翔凤翥众仙下""金绳铁索锁纽壮，古鼎跃水龙腾梭"，韵韵皆叠。每句之中，少则两物，多则三物乃至四物，几乎是一律。惟其叠语，故句健，是以为好诗也。韩诗非无《雅》也，然则有时近《风》……如《题南岳》《歌石鼓》，《调张籍》而歌李、杜，则《颂》之类也。虽《风》《颂》若不足，而雅正则有馀矣。（《环溪诗话》）

王正德曰：退之诗，惟《虢国二十一咏》为最工，语不过二十字，而意思含蓄过于数千百言者。至为《石鼓歌》，极其致思，凡累数百言，曾不得鼓之仿佛。岂其注意造作，以求过人与？夫不假琢磨，得之自然者，遂有间邪？由是观之，凡人为文，言约而事该，文省而旨远者为佳。（《馀师录》）

黄震曰：《石鼓歌》《双鸟诗》尤怪特。（《黄氏日钞》）

胡应麟曰：退之《桃源》《石鼓》，模杜陵而失之浅。（《诗薮》）

蒋之翘曰：退之《石鼓歌》，颇工于形似之语。韦苏州、苏眉山皆有作，不及也。（《辑注唐韩昌黎集》）

黄周星曰：（"快剑斫为"五句下）可谓极力摹写。又曰：诗之珠翠斑驳，正如石鼓。石鼓得此诗而不磨，诗亦并石鼓而不朽矣。（《唐诗快》）

毛先舒曰：《石鼓歌》全以文法为诗，大乖风雅。唐音云亡，宋响渐逗。斯不能无归狱焉者。陋儒哓哓颂韩诗，亦震于其名耳。（《诗辩坻》）

朱彝尊曰：（首二句下）作歌起。起四句似杜。（"经历久远"句下）退之有此段意思，故尔详述，实亦繁而不厌。（末句下）作歌收，叹意不遂。又曰：大约以苍劲胜，力量自有馀。然气一直下，微嫌乏藻润转折之妙。（《批韩诗》引）

何焯曰：（"嗟余好古"二句下）二句结上生下，有神力。（《批韩诗》引）又曰：（"辞严义密"句下）文章只一句点过，专论字体，得之。（"年深岂免"二句下）横插此二句，势不直。（"陋儒编诗"四句下）此刘彦和所谓"夸饰"，然在此题诗，反成病累。（"圣恩若许"句下）元人缘公此诗，乃置石鼓于太学，然公之在唐尝为祭酒，竟不暇自实斯言，何独切责于中朝大官哉！（"羲之俗书"句下）对籀文言之，乃俗书耳。《麈史》之言，愚且妄矣。（《义门读书记》）

查慎行曰：（"才薄将奈"句下）谦退处自占地步。（《初白庵诗评》）

王士禛曰：《笔墨闲录》云："退之《石鼓歌》全学子美《李潮八分小篆歌》。"此论非是。杜此歌尚有败笔。韩《石鼓歌》雄奇怪伟，不啻倍蓰过之，岂可谓后人不及前人也！后子瞻作《凤翔八观》诗，中《石鼓》一篇，别自出奇，乃是韩公勍敌。（《带经堂诗话·综论门三·推较类》）

贺裳曰：韩诗至《石鼓歌》而才情纵恣已极。（《载酒园诗话又编》）

赵执信曰：（首句下）起句不押韵。（"辞严义密"句下）拗律句。

（"鸾翔凤翥"句下）拗律句。（"孔子西行"句下）平。律句。（"忆昔初蒙"句下）平。律句。（"大厦深檐"句下）与，仄。律句少拗。（"石鼓之歌"句下）拗律句。（《声调谱》）

沈德潜曰："陋儒"指当时采风者，言二《雅》不载，孔子无从采取也，焉有不满孔子意！（"陋儒编诗"四句下）隶书风俗通行，别于古篆，故云"俗书"。无贬右军意。（"羲之俗书"二句下）于今石鼓永留太学，昌黎诗为之先声也。典重和平，与题相称。（《重订唐诗别裁集》卷七）

宋宗元曰：（"公从何处"句下）才说到张生所持纸本。（"鸾翔凤翥"二句下）警句。（"对此涕泪"句下）见公好古心切。（"安能以此"句下）此为作歌本旨。（《网师园唐诗笺》）

延君寿曰：人当读李、杜诗后，忽得昌黎《石鼓》等诗读之，如游深山大泽，奔雷急电后，忽入万间广厦，商彝周鼎，罗列左右，稍稍憩息于其中，觉耳目心思，又别作宽广名贵之状，迥非人世所有，大快人意。（《老生常谈》）

李锳曰：（"周纲凌迟"句下）第二字平。提起通篇之势，声调大振。（《诗法易简录》）

姚范曰：韩昌黎《石鼓歌》，王阮亭尝云："杜《李潮八分歌》，不及韩、苏《石鼓歌》壮伟可喜。"余谓少陵此诗不及三百字，而往复顿挫，一出一入，竟抵烟波老境，岂他人所易到！（《援鹑堂笔记》）

赵翼曰：盘空硬语，须有精细结撰，若徒掊摭奇字，诘曲其词，务为不可读，以骇人耳目，此非真警策也……其实《石鼓歌》等杰作，何尝有一语奥涩，而磊落豪横，自然挫笼万有。（《瓯北诗话》）

《唐宋诗醇》：典重瑰奇，良足铸之金而磨之石。后半旁皇珍惜，更见怀古情深。

乔亿曰：诗与题称乃佳，如《石鼓歌》三篇，韩、苏为合作，韦左司殊未尽致。（《剑溪说诗》）

翁方纲曰：渔洋论诗，以格调撑架为主，所以独喜昌黎《石鼓歌》也。《石鼓歌》固卓然大篇，然较之此歌（按：指杜甫《李潮八分小篆歌》），则杜有停畜抽放，而韩稍直下矣。但谓昌黎《石鼓歌》学杜，则又不然。韩此篇自有妙处。苏诗此歌（按：指苏轼《石鼓歌》）魄力雄大，不让韩公。然至描写正面处，以"古器""众星""缺月""嘉禾"错列于后，以"郁律蛟蛇""指肚""箝口"浑举于前，尤较韩为斟酌动宕矣。而韩则

"快剑斫蛟"一连五句，撑空而出，其气魄横绝万古，固非苏所能及。方信铺张实际，非易事也。（东坡）《安州老人食蜜歌》结四句云："因君寄与双龙饼，镜空一照双龙影。三吴六月水如汤，老人心似双龙井。"亦如韩《石鼓歌》起四句句法，此可见起结一样音节也。然又各有抽放平仄之不同。（《石洲诗话》卷一、卷三）又曰：（首句下）须此"文"字平声撑空而起，所以三句"石"字皆仄。（"字体不类"句下）此句五、六上去互扭，是篇中小作推宕。（"孔子西行"句下）此句末字用平声岾起。此是中间顿宕，全以撑拄为能。（"牧童敲火"句下）此句乃双层之句，在韩公最为宛转矣。所以下句仅换第五字，亦与篇中诸句之换仄者不同。（末句下）平声正调，长篇为一韵到底之正式。（《七言律平仄举隅》）又曰："收拾"二字，合上讲解、切磋义俱在其中。韩公之愿力，深且切矣。（《古诗选批》）

韩愈

方东树曰：诗文之瑰怪伟丽为奇，然非粗犷伧俗，客气矜张，饾饤句字，而气骨轻浮者，可貌袭也……又如韩、苏《石鼓》，自然奇伟，而吴渊颖《观秦丞相斯峄山刻石墨本碑》，则为有意搜用字料，而伧俗饾饤，气骨轻浮。至钱牧翁《西岳华山碑》益为无取。东坡《石鼓》，飞动奇纵，有不可一世之概，故自佳。然似有意使才，又贪使事，不及韩气体肃穆沉重。刘海峰谓苏胜韩，非笃论也。以余较之，坡《石鼓》不如韩，韩《石鼓文》又不如杜《李潮八分小篆歌》文法纵横，高古奇妙。要之此三诗，更古今天壤，如华岳三峰矣。（《昭昧詹言》）又曰：一段来历，一段写字，一段写初年己事，抵一篇传记。夹叙夹议，容易解，但其字句老练，不易及耳。（同上引卷十三）

施补华曰：《石鼓歌》退之一副笔墨，东坡一副笔墨，古之名大家，必自具面目如此。（《岘佣说诗》）

施山曰：《石洲诗话》谓东坡《石鼓》不如昌黎。愚按：昌黎作于强盛之年，东坡作《石鼓》时，年仅逾冠，何可较量？七古押平韵到底者，单句末一字不宜用平声。若长篇气机与音节拍凑处，偶见一、二，尚无妨碍。如杜《冬狩行》"东西南北百里间""况今摄行大将权"，韩《石鼓歌》"孔子西行不到秦""忆昔初蒙博士征"之类是也。（《望云诗话》）

范大士曰：大开大阖，段落章法井然，是一篇绝妙文字。（《历代诗发》）

曾国藩曰：自"周纲陵迟"以下十二句，叙周宣搜狩、镌功勒石。自"公从何处"以下十四句，叙拓本之精，文字之古。自"嗟余好古"以下

1925

二十句，议请移鼓于太学。自"中朝大官"至末十六句，慨移鼓之议不遽施行，恐其无人收拾。（《求阙斋读书录》）又曰：刘、姚诸公皆谓苏《石鼓》胜于韩愈意。苏诚奇恣，然纯以议论行之，尚是少年有意为文之态。气体风骨，未及此诗之雄劲也。（《十八家诗钞》）

《增评韩苏诗钞》：三溪曰：《石鼓歌》昌黎诗中第一篇杰作。虽有继者，不得出其右。要俾昌黎擅场耳。

程学恂曰：国初以来诸公为七言古者，多模此篇，其实此殊无甚深意，非韩诗之至者。特取其体势宏敞、音韵铿訇耳。（《韩诗臆说》）

李黼平曰：如许长篇，不明章法，妙处殊难领会。全诗应分四段。首段叙石鼓来历。次段写石鼓正面。三段从空中著笔作波澜。四段以感慨结。妙处全在三段凌空议论，无此即嫌平直。古诗章法通古文，观此益信。"快剑斫断生蛟鼍"以下五句，雄浑光怪，句奇语重，镇得住纸。此之谓大手笔。（《山泾草堂诗话》引）

吴闿生曰：（"少陵无人"句下）挺接。（"才薄将奈"句下）以上虚冒点题。（"周纲凌迟"句下）跌下句。（"鬼物守护"句下）以上叙作鼓源始。（"掎摭星宿"句下）以上赞叹纸本。又曰：收句幽咽，苍凉不尽。句奇语重，能字字顿挫出筋节，最是此篇胜处。（《唐宋诗举要》卷二）

从内容看，这是一首呼吁保护珍贵历史文物的长篇七言古诗。根据结尾处"安能以此上论列"的诗句，韩愈似乎具有以诗代疏，上奏朝廷的意图。如此严肃郑重而又带有很浓专业色彩的话题，似乎不宜入诗。在韩愈之前，也只有韦应物作过一首同题之作，但篇幅很短，不及韩诗四分之一，且显乏文采，在诗坛上没有产生什么影响。但韩愈此诗，写得既恣肆酣畅、神采飞扬，又时杂诙谐嘲谑，将一个严肃的话题写得非常富于诗趣，充分表现了韩愈的个性。尤其耐人寻味的是，诗中还时寓对时事对个人境遇的感慨，使这首写珍贵文物的命运的诗隐隐联系着时代风云与个人命运。从而使诗的意蕴更为深厚，情味也更浓郁。

"张生手持石鼓文，劝我试作石鼓歌。少陵无人谪仙死，才薄将奈石鼓何！"开篇四句，交代作歌的缘起。起二句说自己应张生之"劝"而作歌。"劝"有勉励之意，"作"上加一"试"字，更显出作歌之事之严肃郑重。接下两句，表面上自谦才薄，难当为石鼓作歌的重任，实际上却暗含李、杜已死，堪当此重任者非我而何的气度。自负语以自谦口吻出之，更觉兹事体大，不能轻以授人，只能勉力担当此一历史重任。这个开头，气势宏伟，是先占地步之笔。

"周纲凌迟"以下十二句，写石鼓的由来。大意是说：周朝的纲纪衰败，四海鼎沸。宣王继位，奋起而挥动天戈，南征北讨，平定叛乱，重振周室。大开明堂，接受朝贺，朝堂之上，诸侯的佩剑相互碰撞。在岐山之阳举行狩猎，施展雄豪俊杰的风采，万里之内的飞禽走兽均入网罗。将王室中兴的丰功伟业和畋猎的盛典刻在石上，传告于万世，凿石作鼓，将嵯峨的山崖都镌毁了。侍从的臣子才艺均属一流，挑选其中最杰出的撰写韵语，刻在石上，长留山坳。长久以来，历经雨淋日烤，野火烧燎，却始终长存，当是有神鬼守护其间。这一段在全篇中占据极重要的地位，意在表明石鼓并非一般的历史文物，而是周天子中兴的象征。因此它不仅有文物价值，更有政治意义。诗人在想象当年宣王"挥天戈""开明堂""蒐岐阳""镌功""凿石"的盛况时，兴会淋漓，笔酣墨饱，其中自然融入了对现实政治的期盼。写这首诗的时间是元和六年。唐宪宗即位以来，励精图治，一直奉行对强藩叛镇实行强硬政策，以恢复全国统一的局面。元和元年至五年，先后平定四川刘辟之乱、夏绥杨惠琳之乱、浙西李锜之乱，计擒与王承宗通谋的昭义节度使卢从史，更大规模的平叛统一战争正在酝酿之中。在这样一个特殊的时代背景和氛围中，诗中刻意渲染宣王中兴的历史功绩，向往镌功刻石的盛大场面，不管诗人是否有意寓托，至少可以说其中渗透了诗人对现实政治中类似局面的期盼和憧憬。而这，正是下面对石鼓一系列叙写的根由。

从"公从何处得纸本"到"掎摭星宿遗羲娥"十四句，先用十句叙写石鼓文含义的深密古奥和形体的精美生动。先总说张生所持纸本与原物毫发无差，是为总赞。于其辞义，只用"辞严义密读难晓"一句带过，将描绘的重点放在对字体的形容上。或如利剑斫断蛟龙，或如鸾翔凤舞，众仙飘然而下，或如珊瑚碧树，枝柯相交，或如金绳铁索，锁纽粗壮，或如古鼎跃水，飞梭化龙。穷形极相，而其旨归，则在渲染其笔力劲挺，笔势生动，形象纷纭，给人以惊心骇目的美感享受。表面上看，这好像是在强调石鼓文在书法上的造诣，以说明其作为历史文物的另一方面意义。但读到"陋儒编诗不收入，二雅褊迫无委蛇。孔子西行不到秦，掎摭星宿遗羲娥"四句，便恍然大悟，诗人在穷形极相地描绘其字体时，根本没有忽略石鼓文的政治意义。历代评者于此四句颇多微词，认为夸张失体，实未解作者深意。撇开"陋儒"究竟是指采诗者还是孔子本人不论，至少可以认定，韩愈认为：《诗经》的大小雅中未收石鼓文上的诗，是捡了芝麻丢了西瓜，是极大的遗憾。影响所及，弄得大小雅也显得褊狭局促，失去了雍容的气象。显而易见，这完全是从诗的政治思想内容着眼，而不是从文字形体着眼。它的潜台词是说《诗经》中纪王政得失的二雅岂能漏收纪录反映宣王中兴伟业的诗呢。图穷而匕首见，这才是诗人真正的用意。为了强调石鼓文的政治意义与价值，诗人竟不惜拿孔子开涮，这仿佛与韩愈一贯尊孔孟崇儒术的思想不符。其实这并不矛盾。在他看来，传道之文如《原道》之类自当严肃郑重，而诗歌不妨杂以谐谑，即使像《石鼓文》这种宣扬振王纲、颂中兴的诗歌也可以开点玩笑。这种谐谑笔墨，既突出渲染了石鼓文的政治意义和价值，又增添了诗歌的谐趣，而诗人豪纵不羁的精神气度也因之得到生动的表现。

"嗟余好古生苦晚"到"经历久远期无佗"二十句，紧承"遗羲娥"的巨大遗憾，正面提出自己保护石鼓的建议。"嗟余好古生苦晚，对此涕泪双滂沱"二句，承上启下，总提一笔，表明自己对石鼓未能收入《诗经》、列于经典的痛心和遗憾，以引出下文补救的建议。先追述元和初征为博士，故人适官右辅，为其度量石鼓，掘坑安置，并濯冠沐浴，上告主管的祭酒，希望其将此至宝毡包席裹，运至太学安置，以期永远保存。诗人认为，石鼓的价值远过郜鼎，置于太学，不但便于诸生讲解切磋，而且会轰动全国，盛况超过当时蔡邕镌刻的石经。将刻在石鼓上的十首诗的价值和轰动效应提高到百倍于郜鼎、超越了石经的程度，原因仍在它是中兴王室的象征，具有极大的示范意义。

从"中朝大官老于事"到"呜呼吾意其蹉跎"十六句，写自己的上述建议遭到冷落，石鼓仍然置于荒郊野外，"牧童敲火牛砺角""日销月铄就埋没"，遭到湮没的命运。希望能有"辩口如悬河"者将此情上奏，以实现自己的愿望。这一段中，用漫画化的笔法，将"中朝大官"老于世故，依违两可，对国之至宝毫无感情的嘴脸作了辛辣的讽刺，对自己的建议搁置，"六年西顾空吟哦"的遭遇深感不平，而对石鼓文的价值和意义则作了进一步渲染。诗人认为，号称书圣的王羲之的字比起石鼓文之古朴刚健，只不过是"趁姿媚"的"俗书"而已，但这只是陪笔。诗人着重强调的是石鼓文的另一方面更主要的价值。继周以后的八代，战乱不断，至唐方罢，方今天下太平无事，朝廷崇尚儒术和孔孟之道，大一统的政治局面正需要作为中兴象征的石鼓文来为它营造氛围，这才是诗人反复宣扬石鼓文的根本出发点。诗的结尾，对此既充满期盼，又深忧此意之蹉跎，表现出诗人的矛盾心态，而在叹惜石鼓文之不被重视、"日销月铄就埋没"的命运时，也可能渗透了诗人自身的不遇之感。这只要与《进学解》联系起来体味，会有更明显的感受。

历代评家多将此诗与杜甫之《李潮八分小篆歌》及苏轼《石鼓歌》相提并论，并品评其高下，实未会此诗立意所在。其实，学此诗最能得其旨要的是李商隐的《韩碑》。李商隐借赞颂韩愈的《平淮西碑》强调君相协力、坚持平叛统一的方针，开篇即大书"元和天子神武姿""誓将上雪列圣耻，坐法宫中朝四夷"，这和《石鼓歌》之大书"周纲凌迟四海沸，宣王愤起挥天戈"完全一致。而一则曰"镌功勒成告万世"，一则曰"以为封禅玉检明堂基"。二诗均旨在通过对石鼓、韩碑的赞颂，强调平定叛乱、统一中国、重振王室的主旨。从这个意义上说，《韩碑》才是《石鼓歌》的嫡传，其行文风格之劲健豪肆亦有相近之处，唯亦庄亦谐之风格，则为韩之《石鼓歌》所独擅。

听颖师弹琴〔一〕

昵昵儿女语〔二〕，恩怨相尔汝〔三〕。划然变轩昂〔四〕，勇士赴敌场。浮云柳絮无根蒂，天地阔远随飞扬。喧啾百鸟群〔五〕，忽见孤凤凰〔六〕。跻攀分寸不可上〔七〕，失势一落千丈强〔八〕。嗟余有两耳，未省听丝篁〔九〕。自闻颖师弹，起坐在一旁〔一〇〕。推手遽止之〔一一〕，湿衣泪滂滂〔一二〕。颖乎尔诚能，无以冰炭置我肠〔一三〕！

校注

〔一〕颖，《全唐诗》校："一作颍。"方世举注："李贺亦有《听颖师弹琴歌》云：'竺僧前立当吾门，梵宫真相眉棱尊。古琴大轸长八尺，峄阳老树非桐孙。凉馆闻弦惊病客，药囊暂别龙须席。请歌直请卿相歌，奉礼官卑复何益！'则颖师是僧明甚，盖以琴干长安诸公而求诗也。贺官终奉礼，殁于元和十一年，作诗时盖已病，而公亦当被谮左降。"按：钱仲联《韩昌黎诗系年集释》系此诗于元和九年（814）。

〔二〕昵昵，亲密。儿女语，青年男女间的私语。

〔三〕《世说新语·排调》："晋武帝问孙皓：闻南人好作尔汝歌，颇能为否？"尔汝歌系其时江南地区民间情歌中男女主人公以"尔""汝"相称，表示彼此关系之亲密。恩怨相尔汝，谓青年男女间恩恩怨怨，彼此以尔汝相称。

〔四〕划然，忽然。轩昂，形容声音高昂激越。

〔五〕喧啾，喧闹嘈杂。

〔六〕此句形容琴声之清越嘹亮。

〔七〕跻攀，努力向上攀登。

〔八〕强，余。

〔九〕省，懂得。丝篁，犹丝竹，此指琴声。

〔一〇〕句意谓或起或坐，围绕颖师之旁。表示深为颖师所奏之美妙音乐所吸引。

〔一一〕推手，用手推开琴。遽止之，赶快阻止住他弹。

〔一二〕滂滂，流淌貌。

〔一三〕《庄子·人间世》："事若成，则必有阴阳之患。"郭象注："人患虽去，然喜惧战于胸中，固已结冰炭于五藏矣。"冰炭置肠，形容音乐给人忽大喜忽大悲的感受，好像五脏六腑忽而被冰冻忽而被炭火烧那样难以禁受。

（笺）（评）

苏轼曰："昵昵儿女语，恩怨相尔汝。划然变轩昂，勇士赴敌场。"此退之《听颖师琴》诗也。欧阳文忠公尝问仆："琴诗何者最佳？"余以此答之。公言此诗固奇丽，然自是听琵琶诗，非琴诗。（《东坡题跋·欧阳公论弹诗》）

许顗曰：韩退之《听颖师弹琴》诗云："浮云柳絮无根蒂，天地阔远随飞扬。"此泛声也。谓轻非丝，重非木也。"喧啾百鸟群，忽见孤凤凰。"泛声中寄指声也。"跻攀分寸不可上"，吟绎声也。"失势一落千丈强"，顺下声也。仆不晓琴，闻之善琴者云：此数声最难工。（《彦周诗话》）

胡仔曰：古今听琴、阮、琵琶、筝、瑟诸诗，皆欲写其音声节奏，类似景物故实状之，大率一律，初无中的句，互可移用，是岂真知音者，但其造语藻丽为可喜耳。永叔、子瞻谓退之《听琴》诗乃是听琵琶诗。《西清诗话》云:"三吴僧义海,以琴名世。六一居士尝问东坡:琴诗孰优?东坡答以退之《听颖师琴》,公曰:此只是听琵琶耳。或以问海,海曰:欧阳公一代英伟,然斯语误矣。'昵昵儿女语,恩怨相尔汝',言轻柔细屑,真情出见也。'划然变轩昂,勇士赴敌场',精神余溢,竦观听也。'浮云柳絮无根蒂,天地阔远随飞扬',纵横变态,浩乎不失自然也。'喧啾百鸟群,忽见孤凤凰',又见颖孤绝不同流俗下俚声也。'跻攀分寸不可上,失势一落千丈强',起伏抑扬,不主故常也。皆指下丝声妙处,唯琴为然。琵琶格上声,乌能尔耶?退之深得其趣,未易讥评也。"苕溪渔隐曰:东坡尝因章质夫家善琵琶者乞歌词,亦取退之《听颖师琴》诗稍加檃括,使就声律,为《水调歌头》以遗之,其自序云:"欧阳谓此诗最奇丽,然非听琴,乃听琵琶耳。余深然之。"观此,则二公皆以此诗为听琵琶矣。今《西清诗话》所载义海辨证此诗,复曲折能道其趣,为是真听琴诗,世有深于琴者,必能辨之矣。(《苕溪渔隐丛话·前集·韩吏部上》)

陈善曰:文章妙处,在能抑扬顿挫,令人读之,亹亹忘倦。韩退之《听颖师琴》诗曰:"昵昵儿女语……失势一落千丈强。"此顿挫法也。退之《与李翱书》并用其语云。(《扪虱诗话上集·为文要得顿挫之法》)

王楙曰:退之《听琴》诗曰:"昵昵儿女语,恩怨相尔汝。划然变轩昂,勇士赴敌场。"此意出于阮瑀《筝赋》:"不疾不徐,迟速合度,君子之行也。慷慨磊落,卓砾盘纡,壮士之节也。"阮瑀此意又出王褒《洞箫赋》:褒曰:"澎濞慷慨,一何壮士,优柔温润,又似君子。"(《野客丛书·退之琴诗》)

黄震曰:《听颖师弹琴》有曰:"喧啾百鸟群,忽见孤凤凰。"《赠张十八》诗有曰:"龙文百斛鼎,笔力可独扛。"皆工于形容。(《黄氏日钞》卷五十九)

楼钥曰:韩文公《听颖师弹琴》诗,几为古今绝唱。前十句形容曲尽,是必为《广陵散》而作,他曲不足以当。此欧公以为琵琶诗,而苏公遂檃括为琵琶词。二公皆天人,何敢轻议,然俱非深于琴者也。(《攻愧集·谢文思许商之石函〈广陵散〉谱》)

俞德邻曰:韩退之《听颖师弹琴》诗,极模写形容之妙,疑专于誉颖者。然篇末曰:"推手遽止之,湿衣泪滂滂。颖乎尔诚能,无以冰炭置我肠!"其不足于颖多矣。《太学听琴序》则曰:"有一儒生,抱琴而来……

及暮而退，皆充然若有所得也。"何尝有"推手遽止之"之意。合诗与序而观，其去取较然。抑又知琴者，本以陶写性情，而冰炭我肠，使泪滂而衣湿，殆非琴之正也。（《佩韦斋辑闻》卷二）

张萱曰：韩昌黎《听颖师弹琴》诗，欧阳文忠以语苏东坡谓为琵琶语，而吴僧海者，以善琴名，又谓此诗皆指下丝声妙处，惟琴方然也……余有亡妾善琴，亦善琵琶，尝细按之，乃知文忠之言非谬，而僧海非精于琴也。琴乃雅乐，音主和平。若如昌黎诗，儿女相语，忽变而戎士赴敌，又如柳絮轻浮，百鸟喧啾。上下分寸，失辄千丈。此等音调，乃躁急之甚，岂琴音所宜有乎？至于结句泪滂满衣，冰炭置肠，亦惟听琵琶者或然。琴音和平，即能感人，亦不能令人之至于悲而伤也。故据此诗，昌黎故非知音者，即颖师亦非善琴矣。（《疑耀·颖师弹琴诗》）

蒋之翘曰：只起四语耳，忽而弱骨柔情，销魂欲绝，忽而舞爪张牙，可骇可愕，其变态百出如此。（《辑注唐韩昌黎集》）

陆时雍曰：倔强低昂，仿佛略尽，然此非高山流水之音也，将令《阳春白雪》，尽作楚宫别调耳。（《唐诗镜》卷三十九）

邢昉曰：《听颖师弹琴》视李颀《胡笳》远逊，较香山《琵琶》气骨峥嵘。（《唐风定》）

黄周星曰：琴声之妙，此诗可谓形容殆尽矣。何欧阳文忠乃以为琵琶耶？（《唐诗快》）

贺裳曰：琴诗曰："昵昵儿女语……天地阔远随风扬"，何等洒落！（《载酒园诗话又编》）

朱彝尊曰：写琴声之妙入髓，又一一皆实境。繁休伯称东子，柳子厚志筝师，皆不能及，可谓古今绝唱，六一善琴，乃指为琵琶，窃所未解。纯是佳唐诗，亦何让杜！（《批韩诗》）

何焯曰：六一居士以为此只是琵琶云云，按：必非欧公语。又吴僧义海并洪庆善云云（洪注引或语，与《彦周诗话》同）。按义海云云，固为肤受，洪氏所载，则此数声音，凡琴工皆能，昌黎何至闻所不闻哉！"失势一落千丈强"，与琴声尤不肖，真妄论也。己卯十一月，留清苑行台，听李世得弹琴，出此诗共评，记所得于世得者如此。余不知琴，请世得为余作此数声，求以诗意，乃深信或者之妄。唐贤诗不易读也，后又与世得读冯定远《赠单曾传》诗，有"他人一半是筝声"句。世得曰："此老亦不知琴法，从册子得此语耳。琴中固备有筝、琶之声，但不流宕，非古乐

真可诬也。"并记之。(《义门读书记》)

查慎行曰：一连十句，每两句各一意。是赞弹琴手，不是赞琴。琴之妙固不得赞也。所以下文直接云"自闻颖师弹"。(《初白庵诗评》)

叶矫然曰：昌黎《听颖师弹琴》，顿挫奇特，曲尽变态。其妙与李颀《胡笳》、长吉《箜篌引》等耳。六一指为琵琶，最确。(《龙性堂诗话初集》)

方世举曰：按嵇康《琴赋》中已具此数声。其曰"或怨嫭而踌躇"，非"昵昵儿女语"乎？"时劫掎以慷慨"，非"勇士赴敌场"乎？"忽飘飘以轻迈，若众葩敷荣曜春风"，非"浮云柳絮无根蒂"乎？"嘤若离鹍鸣清池，翼若游鸿翔曾崖，又若鸾凤和鸣戏云中"，非"喧啾百鸟群，忽见孤凤凰"乎？"参禅繁促，复叠攒仄，拊嗟累赞，间不容息"，非"跻攀分寸不可上"乎？"或乘崄极会，邀隙趋危，或搂挽拊捋，缥缭潎洌"，非"失势一落千丈强"乎？公非袭《琴赋》，而会心于琴理则有合也。《国史补》云："于顿司空尝令客弹琴，其叟知音，听于帘下曰：'三分中一分筝声，二分琵琶声，绝无琴韵。'"则琴声诚或有似琵琶者，但不可以论此诗。(《韩昌黎诗编年笺注》卷九)

薛雪曰：《颖师弹琴》，是一曲泛音起者，昌黎摹写入神，乃以"昵昵"二语，为似琵琶声。则"跻攀分寸不可上，失势一落千丈强"，除却吟揉绰注，更无可以形容，琵琶中亦有此乎？(《一瓢诗话》)

《唐宋诗醇》：写琴声之妙，实为得髓。繁休伯称东子，柳子厚志筝师，皆不能及。永叔善琴，乃因此而讥议耶？"跻攀"二语，千古诗人之妙语。

王文诰曰：永叔祇为琵琶，许彦周所辨，概属浮响，义海尤为悠谬。此琴工之言，不足折永叔也。韩诗"昵昵儿女语"四句，皆琴之变声，犹荆、高之变徵为羽，既而极羽之致则怒。使韩听《关雎》《伐檀》之诗，即无此等语矣。"跻攀分寸不可上，失势一落千丈强"，谓左手搏拊也，其指约在五六徽位，搏拊入急，若不可上下者然。忽又直注七徽之下。此声由急响而注于微末，故云"失势一落千丈"，既落不可便已，即又过弦而振起，故又云"强"也。琴横前面有荐，皆平其徽为过指也，是以左指得以作势，越数徽而下注也。琵琶倚于怀抱，用左执以按字，逐字各因界以成声，既非徽之可过，而欲攀跻分寸，失势一落，皆非其所能为。且不可横而荐之，取间隙于左手。苟暇为此，而琵琶仆矣，何有于声乎？永叔不

知乐有正变，亦不察琵琶所以为用，忽于游心金石之时，过为訾韩之论，学勤而不繇统，岂俗习之移人哉？（《苏文忠诗编注集成》）

程学恂曰：永叔所谓似琵琶者，亦以起四句近之耳，馀自迥绝也。坡尝追忆欧公语，更作《听贤师琴》诗，恨欧公不及见之，所谓"大弦春温和且平，牛鸣盎中雉登木"是也。予谓此诚不疑于琵琶矣，然亦了无琴味，试再读退之诗如何？彦周所称，即今世之琴耳，不知唐诗所用，即同此否？若是师襄夫子所鼓，必不涉恩怨儿女也，此人不可不知。（《韩诗臆说》）

吴闿生曰：（"昵昵"四句）无端而来，无端而止，章法奇诡极矣。（"浮云"六句）极抑扬顿挫之致，盖即以自喻其文章之妙也。（"颖乎尔诚能"句）再顿一笔。（《唐宋诗举要》卷二）

章士钊曰：宋人俞德邻，著《佩韦斋辑闻》四卷，有论琴一则曰（略，见上引）。退之《颖师琴》诗，东坡尝讥其所形容，为琵琶而非琴，可见退之并不知音。夫不知音而必强以知音鸣者，以乐为六艺之一，儒者不容诿为不知，以自安谫陋也。德邻谬以退之诗与序相较，殆更说不上知音，所谓自郐以下也已。（《柳文指要》）

朱光潜曰："昵昵""儿""尔"以及"女""语""汝""怨"诸字，或双声，或叠韵，或双声而兼叠韵，读起来非常和谐，各字音都很圆滑轻柔……所以头两句恰能传出儿女私语的情致。后二句情景转变，声韵也就随之转变。第一个"划"字音写得非常突兀斩截，恰能传出一幕温柔戏到一幕猛烈戏的转变。（《诗论》）

鉴赏

这首抒写听琴感受的诗，从宋代起，对它的解释便陷入了误区。一是用一般代替特殊，始作俑者是大文学家欧阳修。琴在各种乐器中一向被视为高雅之乐，其音调多属温雅和平，节奏亦多雍容舒缓，很少有急骤变化、激烈昂扬之音。久而久之，便形成了一种欣赏惯性，将不符合温雅和平、雍容舒缓格调的音乐视为非琴音。欧阳修说韩愈此诗是听琵琶而非听琴，正是缘于这种欣赏惯性。白居易的《琵琶行》中有"小弦切切如私语""铁骑突出刀枪鸣"之句，韩愈此诗"昵昵儿女语，恩怨相尔汝""划然变轩昂，勇士赴敌场"，意境相近，很可能欧阳修还受到此诗的潜在影响。但琴曲的一般风格毕竟不能代替某些曲调的特殊风格，韩愈此次所听并特别欣赏的恰恰是这种特殊风格的琴曲。李贺亦有《听颖师弹琴歌》，可见其时确有天竺僧名颖者善弹琴，绝不能无根据地将韩诗说成是听琵琶诗。琴曲那种温雅和平、雍容舒缓的传统风格很可能已不大适应唐代人的欣赏趣味，韩愈欣赏这种变化迅疾多端的带有琵琶风调的琴曲原很自然。由于欧阳修、苏轼都认为韩愈所写是听琵琶，一些不同意其看法的文士便想方设法从专业的角度试图证明韩诗中所写原是琴声和琴的指法。不管他们所说的是否有道理，但从理解和欣赏的角度看，却是越解释越糊涂，离诗境越远，越缺乏诗味。这是历代解释此诗的又一误区。必须破除以上两个误区，才能还诗的本来面目，对它的好处有真切的感受与理解。

　　全诗十八句，前十句写琴的音乐意境。后八句抒写自己听琴的强烈感受。由于题目已明标《听颖师弹琴》，因此一开头便撇开一切可有可无的环境、人物交代，忽然而起，直入本题，让读者一开始就进入音乐意境。"昵昵儿女语，恩怨相尔汝。"开头两句，写琴声初起时声音轻柔幽细，如青年男女之间亲密的窃窃私语，卿卿我我，尔汝相称，或恩爱备至，或伴嗔怨怪，传达出一种温柔甜美的氛围意境。"划然变轩昂，勇士赴敌场"，正当听者沉浸在儿女私语的亲昵甜蜜气氛中时，琴声忽然振起，变为高昂激壮之声，就像壮士挥戈驰骋，突入敌阵，所向披靡。"划然"二字，既有"忽然"之义，又具象声作用，透露从"昵昵儿女语"之境到"勇士赴敌场"之境变化之迅疾、突然，其间没有任何过渡，也透露从低语轻柔到"变轩昂"时琴声划然响起的情形。这声音从弱到强、意境从柔到壮的变化给读者带来的都是强烈的刺激与震撼。

　　"浮云柳絮无根蒂，天地阔远随飞扬。"五、六两句，境界又忽现变化。琴声中奏出了飘逸悠扬而又阔远无际的境界，就像在阔远的天地之间，无根的浮云悠悠飘荡，无蒂的柳絮随风飞扬。这种境界，令人心旷神怡，神驰广远。

　　"喧啾百鸟群，忽见孤凤凰。"忽然之间，音乐境界中又出现了群集的百鸟喧闹嘈杂、啁啁啾啾的声音，显得既活跃又热闹，就在这时，乐曲突现凤凰清越嘹亮的声响。两句所写的，实际上就是百鸟朝凤的音乐境界。但由于用了"忽见"二字，就将原来诉之听觉的音乐形象转化为鲜明可触的视觉形象，而且用一"孤"字突出显示了凤凰高踞特立于众鸟之上的形象。

　　"跻攀分寸不可上，失势一落千丈强。"九、十两句，转写琴声由逐节高扬到忽然降低的变化过程。就像人在努力向上攀登，到最后连一分一寸都难以再往上爬高，就在这时，却突然直线下降，一落千丈，坠入深谷。声音的越来越高，是一个越来越艰难的过程，故听来有"分寸不可上"之感，但突然的下降却极快极易，故有"一落千丈强"之感。两句将乐曲的爬高之缓与跌落之疾构成极鲜明的对照，从而将这种剧变给听者带来的巨大心理冲击力和心理落差写得极为生动形象。说者或以为此处所写的感受可能另有寄托。从"失势一落千丈"的用语看，不排斥有这种可能。但这种感受与理解，见仁见智，固不必拘。如一定要作胶柱鼓瑟的理解，不但这两句可以说是另有寄托，就连前面的"百鸟""孤凤"乃至"浮云柳絮"也未尝不可以联系诗人的身世遭遇，作另有寓托的理解。如此辗转附会，反失诗趣。其实，即使"跻攀"二句可以产生某种联想，也不必认定诗人的主观上必有寓意。

　　"嗟余有两耳，未省听丝篁。自闻颖师弹，起坐在一旁。"这四句先用自谦之辞作反衬，以"未省听丝篁"，不懂音乐引出听到颖师弹琴后起坐不宁的激动之状，以示反应之强烈。紧接着又不由自主地推开颖师的琴赶紧阻止他不要再弹了，因为自己已是泪水滂沱，湿透了衣裳。一个不懂音乐的人竟对颖师的琴声有如此强烈的反应，正说明琴声与心声的强烈感应与共振。"颖乎尔诚能，无以冰炭置我肠！"上句是对颖师弹琴技艺的赞赏，却用一个"诚"字带出了下句对颖师弹琴艺术感染力的别出心裁的极力渲染与赞誉。"冰"之寒冷与"炭"之炽热，本是温度的两个极端，二者原不相容，而现在，颖师的琴声却像是同时将冰和炭置于心中，使自己同时受到它们的强烈刺激和煎熬。这样强烈的艺术冲击力使自己的心灵难以承受，因而不禁发出了"无以冰炭置我肠"的呼吁。以不能经受艺术强力的冲击来表达自己所受到的感染，以"求饶"的方式来表达极赞，正是此诗创造性的一种表现。

　　将诉之听觉、难以捉摸的音乐形象和意境，通过诗歌语言化为生动鲜明的视觉形象，这是绝大多数写音乐的诗常用的艺术手段，韩愈此诗亦不例外。从描摹的细腻传神而言，韩愈此诗未必比白居易的《琵琶行》更突出，但它有一个突出的特点：集中与强烈。末句"无以冰炭置我肠"可以说是对全诗所写感受的概括。从"昵昵儿女语"的轻柔幽细忽然转到轩昂高亢的"勇士赴战场"；又从金戈铁马的激烈战斗境界转为天地阔远、悠扬飘荡的悠远飘逸之境，从百鸟喧闹啁啾的嘈杂之境忽然转出凤凰高鸣的清越嘹亮之境；从奋力攀登、分寸难上的艰难之境忽然转为跌落千丈、坠入深谷之境，无不是将强烈对比的两极在毫无过渡的情况下突现，因此它们给听者造成的艺术冲击力便特别强烈而集中，以致到了心灵无法禁受的程度。可以说，这首诗成功的奥秘就是写出了琴声所显示的境界的迅速转变与强烈对比，造成了强烈的艺术冲击力。读完全诗，虽然根本无从得知所奏的琴曲究竟是什么，但它所显示的集中而强烈的艺术效应却永远留在读者记忆之中。

韩
愈

短灯檠歌〔一〕

长檠八尺空自长，短檠二尺便且光〔二〕。黄帘绿幕朱户闭〔三〕，风露气入秋堂凉。裁衣寄远泪眼暗〔四〕，搔头频挑移近床〔五〕。太学儒生东鲁客〔六〕，二十辞家来射策〔七〕。夜书细字缀语言〔八〕，两目眵昏头雪白〔九〕。此时提携当案前〔一〇〕，看书到晓那能眠。一朝富贵还自恣〔一一〕，长檠高张照珠翠〔一二〕。吁嗟世事无不然，墙角君看短檠弃。

校注

〔一〕檠（qíng），灯台。古代油灯，上有灯盘，盛油置灯芯，盘下有直柱形连底盘的灯架，借以托举移动。短灯架置案前，方便实用；长灯架则用以照远。钱仲联《韩昌黎诗系年集释》系元和元年（806）入为国子博士后。诗有"风露气入秋堂凉"之句，当秋日作。

〔二〕短灯檠使用方便，可移近读书写字，光照集中明亮。

〔三〕朱户，指朱漆门户的富贵人家。

〔四〕此句写太学生的妻子在家灯下裁衣，准备寄给远在京城的丈夫。

〔五〕搔头，发簪。灯芯烧短后灯光变暗，须不时用发簪挑起，使灯明亮。

〔六〕《新唐书·百官志三》：国子监，有国子学、太学、广文馆、四门馆、律学、书学、算学共七学。太学，掌教五品以上及郡县公子孙、从三品曾孙为生者。东鲁一带为孔、孟故乡，世多儒生，故云"太学儒生东鲁客"。

〔七〕射策，汉代考试取士方法之一。《汉书·萧望之传》："望之以射策甲科为郎。"颜师古注："射策者，谓为难问疑义书之于策，量其大小署为甲乙之科，列而置之，不使彰显，有欲射者，随其所取得而释之，以知优劣。射之言投射也。"此借指应科举考试。

〔八〕缀语言，犹作文章。《汉书·刘向传》："自孔子后，缀文之士众矣。"缀语言，即缀文。

〔九〕眵（chī），眼屎。

〔一〇〕提携，指提举携带灯檠。

〔一一〕自恣，自我放纵，肆志纵欲。

〔一二〕高张，高高张设。珠翠，借指美人。

笺评

黄彻曰：杜《夜宴左氏庄》云："检书烧烛短"，烛正不宜观书，检阅时暂时可也。退之"短檠二尺便且光"，可谓灯窗中人语。犹有未尽。灯不笼则损目，不宜勤且久。山谷"夜堂朱墨小灯笼"，可谓善矣，而处堂非夜久所宜。子瞻云："推门入室书纵横，蜡纸灯笼晃云母。"惯亲灯火，儒生酸态尽矣。（《䂬溪诗话》）

黄震曰：《短檠歌》有感慨意。（《黄氏日钞》卷五十九）

朱彝尊曰：立意好，兴趣亦不乏。第"裁衣"二句是女子事，于前后语意不伦，删之为净。（《批韩诗》引）

何焯曰：（"二十辞家"句下）映"寄远"。（"两目眵昏"句下）映"眼暗"。（"此时提携"句下）映"近床"。（"吁嗟世事"句下）推开妙。（末句下）一笔收转。此诗骨节俱灵，字无虚设。首句以宾形主，却是倒插法。"空自长"即反对"照珠翠"也。帘幕户堂，逐层衬入。"近床"正为结句"墙角"一唱。以"裁衣"衬起读书，其间关照亦密。"照珠翠"句与"裁衣""看书"两层对射，亦若长短檠之相得然。"吁嗟世事"一语，可慨者深矣！（《批韩诗》引）

《唐宋诗醇》曰：贫贱糟糠，讽喻深切。（卷三十一）

汪佑南曰：首二句借宾定主，含下二段。"黄帘"四句写短檠之便于裁衣。"太学"六句写短檠之便于看书。"一朝"二句词意紧炼，回映上二段。"吁嗟"句推广言之，即小见大，包扫一切。末句收到本题，悬崖勒马，不再添一句，笔力高绝。读此诗，觉世态炎凉，活现纸上。顾氏本批云"'裁衣'二句是女子事，于前后语竟不伦，删之为净"，鄙意删此二句，"太学"句接上"凉"字韵，少融洽，下"照珠翠"句，亦竟无根。盖富贵自恣，即看书之人。照珠翠即裁衣之人。韩诗用意极精细，血脉贯通，焉可妄删去哉！（《山泾草堂诗话》）

鉴赏

这是韩愈七古中文从字顺、平易流畅，而又寓含讽刺比兴，风格接近白居易同类作品的佳制。在韩诗中显属别调。但如此平易的作品却遭到不少评家的误读。比较典型的误读是朱彝尊的批。他认为"裁衣"二句是女子事，于前后语意不伦，应当删去，汪佑南虽然细加反驳，但无论是朱氏还是汪氏，实际上都没有读懂这首原很平易的诗。

诗共十六句，分三段。第一段开头两句总提，以"长檠八尺"之"空自长"反托"短檠二尺"之"便且光"。以下就分别从东鲁儒生的妻子在家灯下裁衣寄远和东鲁儒生自己在太学灯下读书作文来写"短檠二尺便且光"。末段四句，写东鲁儒生富贵发迹之后，纵欲自恣，不但弃短檠而张长檠，弃糟糠而赏珠翠，而且丢弃往日一切曾经帮助过自己的故旧，并进而揭示出这并非特例，而是普遍的"世情"。概而言之，诗人是由东鲁儒生富贵而弃糟糠故旧推广到更大范围的人情世态，表达对世态炎凉的愤慨。诗的章法、主旨原很清楚。一般的评论者都只注意到"短檠弃"的富贵而弃故旧这层含义，而忽略了故旧之中本来就包括妻室，因而产生像朱氏那样的误读。而《唐宋诗醇》的批语则只注意到"贫贱糟糠，讽喻深切"这一面，而忽略"世事无不然"的普遍性，同样未会诗之深意。

弄清了全诗的章法主旨，不妨再回过头来看前两段。"黄帘绿幕朱户闭，风露气入秋堂凉。裁衣寄远泪眼暗，搔头频挑移近床"四句，专写东鲁儒生的妻子在家灯下裁衣寄远。先用富贵人家黄帘绿幕、门户紧闭的温暖，衬出儒生家中在秋风秋露之气侵袭下厅堂的寒凉，为秋夜缝衣的辛苦渲染氛围，紧接着，点明"裁衣寄远"之事，以"泪眼"透露对远在长安的丈夫的思念之苦，以"暗"字表现在微弱油灯下裁衣的艰难，从而引出用发簪时时挑起灯芯，将油灯移得更靠近床前的动作。从"频挑"与"移近床"的细节中正可见这是"便且光"的"短檠"。四句写出妻子灯下裁衣寄远情意之殷、相思之苦、裁制之辛，正为下段"长檠高张照珠翠"作反衬。

"太学"六句，换笔写在长安的东鲁儒生灯下苦读缀文的情景。先交代其身份、家乡及离家至京求学就试之事，接着具体描写他夜间在灯下书写蝇头细字，辛苦撰文的情景，由于字细灯暗而又长期苦读，故两目眵昏，虽年轻而"头雪白"，极状其夜读撰文之艰辛。"夜书"二句，正与上段"裁衣"二句对应，显示夫妻二人虽一在东鲁，一在京城，但同在短檠灯下，极尽艰辛劳苦，两人的命运、处境是相连的。"此时提携当案前，看书到晓那能眠"，与上段"搔头频挑移近床"对应，"提携当案前"者，正是须臾不离的"短灯檠"，不但夜书字细，而且看书到晓，彻夜难眠。其未登第富贵之前的艰辛至此已达极致。

结尾四句，急转忽收。"一朝富贵还自恣，长檠高张照珠翠。"一旦时来运转，登第入仕，富贵尊荣，立即纵欲自恣，不但安享荣华，而且旧日为他灯下秋夜缝衣的妻子也被离弃了，厅堂上长檠高张，照耀着新欢满头的珠翠。这里的"长檠高张照珠翠"与先前的"裁衣寄远泪眼暗，搔头频挑移近床"的情景正形成鲜明的对比，暗示随着短檠换成了长檠，旧人也换了新欢。末二句更从这推开一步，由眼前的具体事例扩展到更大范围的"世情"，揭示出这种富贵而弃故旧的现象乃是普遍的世态。谓予不信，请看墙角被抛弃的短灯檠吧。这里的"短檠弃"已经抽象化了，成了人间炎凉世态的象征。诗写到这里，划然收束，不着任何议论，而诗人的愤激与悲慨都淋漓尽致地得到表达，既斩截有力又含蕴无穷。

华山女[一]

街东街西讲佛经[二]，撞钟吹螺闹宫庭[三]。广张罪福资诱胁[四]，听众狎恰排浮萍[五]。黄衣道士亦讲说[六]，座下寥落如明星[七]。华山女儿家奉道，欲驱异教归仙灵[八]。洗妆拭面著冠帔[九]，白咽红颊长眉青[一〇]。遂来升座演真诀[一一]，观门不许人开扃[一二]。不知谁人暗相报，亘然振动如雷霆[一三]。扫除众寺人迹绝[一四]，骅骝塞路连辎辂[一五]。观中人满坐观外，后至无地无由听。抽簪脱钏解环佩[一六]，堆金叠玉光青荧[一七]。天门贵人传诏召[一八]，六宫愿识师颜形[一九]。玉皇颔首许归去[二〇]，乘龙驾鹤去青冥[二一]。豪家少年岂知道[二二]，来绕百匝脚不停[二三]。云窗雾阁事恍惚〔二四〕，重重翠幕深金屏〔二五〕。仙梯难攀俗缘重，浪凭青鸟通丁宁〔二六〕。

校注

〔一〕方崧卿《韩集举正》云："当为元和十一、二年间作。"钱仲联《韩昌黎诗系年集释》云："方说无的据。诗中所云'撞钟吹螺闹宫庭'者，正十四年正月宪宗迎佛骨时事。《谏佛骨表》云：'今闻陛下令群僧迎佛骨于凤翔，御楼以观，舁入大内。'《旧史》云：'是年正月丁亥，上令中使押宫人持香花迎佛骨，留禁中三日。'与诗语合，兹系本年（按：指元和十四年）。"按：诗首四句系泛写佛教僧侣广讲佛经，听众甚多。"撞钟"句谓讲经时钟螺之声喧闹，传出宫廷，非指迎佛骨于宫廷之事。至于诗中"天门贵人传诏召"者，乃女道士华山女，非所谓"令人使押宫人持香花迎佛骨"。据诗中所写，华山女明系奉道之女道士，系与佛教僧侣讲佛经分庭抗礼、争夺信众者，屈守元《韩愈全集校注》入疑年诗，此诗难以系年。

〔二〕街东街西，当指长安皇城南朱雀大街之东与西。《旧唐书·地理志一》："京师……有东、西二市。都内，南北十二街，东西十一街，街分一百八坊……皇城之南大街曰朱雀之街，东五十四坊，万年县领之；街西五十四坊，长安县领之。京兆尹总其事。"杜牧有《街西》诗，李商隐有《街西池馆》诗，均指朱雀大街之西。此云"街东街西"，实泛称京城全城。讲佛经，指当时流行的一种寺院讲经形式，即所谓"俗讲"。多以佛经故事等敷衍为通俗浅显的变文，用说唱形式宣传一般经义，其主讲者称为"俗讲僧"。唐段安节《乐府杂录·文溆子》："长庆中，俗讲僧文溆善吟经，其声宛畅，感动里人。"

〔三〕佛教僧侣讲经说唱时撞钟吹法螺以吸引听众。螺，指法螺，用海螺制成之佛教乐器。《法华经·序品》："吹大法螺，击大法鼓。"闹宫庭，指街东街西各寺庙中撞钟吹螺之声喧闹，响彻宫廷。

〔四〕广张罪福，夸张地渲染人所犯的罪孽和佛的神佑。资诱胁，借以引诱和威胁世人相信佛法。

〔五〕狎恰，密集、拥挤貌。排浮萍，像浮萍那样推来推去。

〔六〕道士穿黄衣，故称"黄衣道士"。据《拾遗记·后汉》："刘向于成帝之末，校书天禄阁，专精覃思。夜有老人，着黄衣，植青藜杖，登阁而进……向请问姓名，云：'我是太乙之精，天帝闻金卯之子有博学者，下而观焉。'"亦讲说，指讲道经。

〔七〕明星，指启明星，即金星。《诗·郑风·女曰鸡鸣》："子兴视夜，明星有烂。"朱熹集传："明星，启明之星，先日而出者也。"清晨启明星出现在天边时，天上的星非常稀少，显得启明星特别冷清，故云"寥落如明星"。

〔八〕异教，指佛教。佛教原产于天竺，非中国本土之宗教，故称。仙灵，指道教。驱，赶。

〔九〕洗妆拭面，犹梳洗打扮。著冠帔，穿上女道士的帽和霞帔（道士服）。

〔一〇〕白咽红颊，雪白的颈部，红润的脸颊。古代妇女以青黛画眉，故曰"长眉青"。

〔一一〕升座，登上法座。演真诀，讲解道教的真义秘诀。

〔一二〕观门，道观的门。扃，闭。

〔一三〕訇（hōng）然，大声貌。

〔一四〕扫除，犹扫荡。

〔一五〕骅骝，骏马。辎軿（píng），车的前帷与后帷，借指有帷幕的车，多为妇女乘坐。

〔一六〕指听华山女道士讲说道经道法的人纷纷取下头上的簪子、腕上的宝钏，解下身上的环佩饰物施舍。

〔一七〕指施舍的饰物堆叠在一起，发出青碧夺目的光彩。

〔一八〕天门，指皇宫之门。借指皇宫。天门贵人，指宦官。召，指召华山女道士入宫。

〔一九〕六宫，泛指宫中后妃。师，指华山女道士。

〔二〇〕玉皇，借指皇帝。颔首，点头（表示赞许）。归去，指归还说法的道观。

〔二一〕乘龙驾鹤，道教每称仙灵乘龙驾鹤上天，此借指女道士驾车归去。去青冥，离开天上（指皇宫）。

〔二二〕知道，懂得神仙道教的玄理妙义。

〔二三〕来绕百匝，纷纷前来环绕着华山女所住的道观不下百个来回。

〔二四〕云窗雾阁，指女道士所住的楼阁如云封雾锁，神秘莫测。事恍惚，情事模糊隐约。

〔二五〕谓女道士的寝房为重重翠幕所遮蔽，为金色的屏风所阻隔，深邃奥秘。幕，一作"幔"。

〔二六〕浪，空自。凭，凭借。青鸟，神话传说中神仙西王母的信使。此借指传信者。丁宁，犹音讯、消息。此处含有恳切的情意之意。

韩愈

笺评

许顗曰：退之见神仙亦不伏，云："我能屈曲自世间，安能从汝巢神仙？"赋《谢自然》诗曰："童骇无所识。"作《谁氏子》诗曰："不从而诛未晚耳。"惟《华山女》诗颇假借，不知何以得此。（《彦周诗话》）

朱熹曰：或怪公排斥佛老不遗馀力，而于《华山女》独假借如此，非也。此正讥其衒姿色，假仙灵以惑众。又讥时君不察，使失行妇人得入宫禁耳。观其卒章，豪家少年，云窗雾阁，翠幔金屏，青鸟丁宁等语，亵慢甚矣。岂真以神仙处之哉！（《韩文考异》）

吴沆曰：韩诗无非《雅》也，然则有时乎近《风》。如《谁氏子》《华山女》《僧澄观》，则近于《风》乎？（《环溪诗话》）

黄震曰：形容女冠之易动俗。（《黄氏日钞》）

何孟春曰：退之咏华山女诗："白咽红颊长眉青"……皆写真文字也。（《馀冬诗话》）

朱彝尊曰：（"骅骝塞路"句下）闭门人愈来，亦是奇境。（末句下）女道士乃作柔情语，然风致全在此。（《批韩诗》引）

何焯曰：（"观门不许"句下）反跌妙。（"扫除众寺"句下）应"听众狎恰"。（《批韩诗》引）

查慎行曰：（末二句下）二句与杜老《丽人行》结处意同，而此处更校含吐蕴藉。（《初白庵诗评》）

沈德潜曰：《谢自然诗》显斥之，《华山女》诗微刺之，总见神仙之说之惑人也。《渔隐丛话》谓退之此诗颇用假借，岂其然乎？（《重订唐诗别裁集》卷七）

1943

延君寿曰：《华山女》一首，用微言以讽之，与《谏佛骨》用直笔不同，诗文各有体裁耳。"洗妆拭面著冠帔，白咽红颊长眉青"，如见女道士风流妆束。"观门不许人开扃"，先作一折笔，见有如许做作。至"观中人满坐观外，后至无地无由听"，便好笑人也。末四句"云窗雾阁"云云，

隐语也，不必求甚解而穿凿之。（《老生常谈》）

程学恂曰：此便胜《谢自然》诗，其中风刺都在隐约。结处不避仙教之失，而云登仙之难，正是妙于讽兴。（《韩诗臆说》）

 鉴赏

韩愈一生，力辟佛老。反佛虽其主攻方向，对道教神仙之说的虚妄惑众，排击亦不遗余力，诗集中如五古《谢自然》诗、七古《谁氏子》诗及本篇，都是揭露神仙之说虚妄的篇章，但前二诗议论成分过多，艺术上不免逊色。此篇则全用赋笔，于貌似客观叙写中寓讽刺揭露之意，隐微含蓄，不露声色，独具韵味。

全诗十一韵，一韵到底，每三韵六句为一段。首段六句，先写僧侣、道士竞相讲经。前四句渲染僧侣广开俗讲、宣扬佛经的盛况：京城的街东街西众多寺庙中撞钟吹螺，吸引士女前往听讲佛经故事，喧闹之声响彻整个宫廷。俗讲僧肆意宣扬世人的罪孽和佛的福佑，借此诱惑和吓唬无知的百姓，而台下的听众则密密匝匝，像浮萍那样推来荡去。唐代佛教势力极盛，武宗会昌五年四月，祠部奏检括全国寺院四千六百，兰若四万，僧尼二十六万五百。其中京城长安的僧寺更为众多。诗中所写街东街西的坊里中，处处撞钟吹螺，广开俗讲的情况就是实情，佛门本清净之地，而竟喧闹之声彻于宫廷，其势力之炽以及受到统治者提倡的境况可想而知。诗人连用"撞""吹""闹"三个动词，透露出对佛教僧侣势力炽盛的厌恶，又用"诱""胁"二字，一针见血地揭示出佛教对群众的欺骗与威胁这两种主要手段，对于无知的"听众"也以"狎恰排浮萍"的形象描写透露他们那种受欺骗而不自知的愚妄。"黄衣"二句，写道教为了与佛教争夺信众，也仿照佛教的做法，进行道教经典的宣讲，却门庭冷落，听众寥若晨星。这是因为道教既无深邃的宗教玄理，更无佛教用以宣扬佛理的手段，故影响较之佛教宣传，不免大为逊色。整个这一段写佛、道在争取信众上的斗争及道教的落败，其实都是题前文字，目的是为了引出"华山女"这个主角。

"华山女儿"六句，写华山女道士升座宣讲前精心梳妆打扮以色相吸引听众的情形。"家奉道"，点明其道家身份；"欲驱异教归仙灵"进而表明其"升座演真诀"的目的是要和佛教争夺信徒、听众。汲取黄衣道士讲说道经失败的教训，这位华山女儿亮出了比佛教俗讲讲唱佛经故事更吸引听众眼球的手段——青年女子的色相。经过一番精心打扮，涂脂抹粉之后，一位"白咽红颊长眉青"的女子出现在观众面前。其引起的轰动效应可想而知。为了收到最佳效果，刻意作神秘状，在演示真诀时还将道观的门关起来不许人随便开关，以示所传授的都是登仙长生的真诀。这种描写，不但将这位女道士写得如同倚门卖弄色相的娼妓，而且写出了她的工于心计、善于揣摩听众心理。

"不知谁人暗相报"六句，写消息传开，听众云集。"不知谁人"四字，语意殊妙，可以理解为华山女道士这种欲擒故纵的手段果然收到了效果，故意装出封锁消息、秘不示人的样子，偏偏就有不明就里的人暗自传告仙姑秘演真诀的消息，于是乎轰然震动如同雷霆，消息传遍了长安。原来在僧寺中听佛经故事的人一下子跑得不见踪迹，只见骑着骏马的豪贵男子、乘着帷车的女子，车马阗咽，士女塞路，把华山女所在的道观挤得水泄不通，以致后来的人只能坐在观外，甚至连立足之地也没有。"扫除众寺人迹绝"，上应"听众狎恰排浮萍"和"座下寥落如明星"，显示出华山女用年轻的色相彻底打败了寺院的俗讲僧，为"黄衣道士"的失败雪了耻。而先前故意装作秘不外传的"观门不许人开局"，此刻也变成了观内人满坐观外，不必再装模作样了。这种前后不一的表现，诗人只如实叙写，不加议论点破，而讽嘲之意自蕴其中。一个宗教，到了用年轻女子的色相和故作神秘来吸引信徒的程度，正反映出其彻底的堕落。而佛教的"广张罪福资诱胁"的手段竟敌不过女道士的"白咽红颊长眉青"，则其教义的虚妄无力也就昭然可见了。

"抽钗"以下六句，写华山女的表演不但使赶来观赏的士女如痴如狂，纷纷抽簪脱钏，解下环佩，使华山女大获其利，而且名声大震，连宫中也传诏召见，后妃们都想一睹仙姿。皇帝也领首称许，令其乘龙驾鹤归还道观。从而进一步揭示出这场骗局甚至上达宫廷，及于皇帝。连最高统治者都成了她的行骗对象，奉召而去，风光而归，华山女的成功表演至此达于极致。"玉皇"句虽写得比较含蓄，但"领首许归去"之语所透露的消息却颇耐味。"玉皇"并不戳穿，而是领首称许，恩准其风光归观，则统治者利用宗教的心理也可见一斑。

写到华山女进宫，皇帝恩赐回观，似乎再无可写。诗人却意犹未尽，于结尾一段转出一个迷离恍惚、隐约朦胧的境界。从皇宫归来的华山女道士，更加风光无限。一班根本不懂得道教教义也无心入道的豪家少年，就像浮蜂浪蝶那样天天绕着道观，脚不停步，都想深入仙窟，一睹芳容，但云封雾锁的楼阁之中，重重帷幔和曲折屏风遮掩的内室里，情事恍惚，隐约朦胧，这些豪家子弟们恐怕是俗缘太重，仙梯难攀，虽凭信使屡致殷勤的情意也属徒然。言外之意是：受到宫内传召、皇帝颔首称许的华山女身价已非昔比，即使是豪家少年要想亲近她也是徒劳妄想了。这种描写，既暗示了华山女的实际身份已近娼妓，但又不是一般的娼妓，而是"仙梯难攀"，身价更高的高级娼妓。其中蕴含的言外之意、讽刺之音便全凭读者自行领会了。

题楚昭王庙〔一〕

丘坟满目衣冠尽〔二〕，城阙连云草树荒〔三〕。
犹有国人怀旧德〔四〕，一间茅屋祭昭王。

校注

〔一〕《史记·楚世家》："十三年，平王卒……乃立太子珍，是为昭王。"在位期间，曾击退吴国入侵，收复失地，灭追随吴国伐楚的唐国。楚昭王庙在湖北宜城市境。韩愈《记宜城驿》云："此驿置在古宜城内，驿东北有井，传是昭王井。有灵异……井东北数十步，有楚昭王庙，有旧时高木万株……历代莫敢翦伐，尤多古松大竹……旧庙屋极宏盛，今惟草屋一区。然问左侧人，尚云每岁十月，民相率聚祭其前。庙后小城，盖王居也。其内处偏高，广员八九十亩，号殿城，当是王朝内之所也……元和十四年二月二日题。"元和十四年（819）正月，韩愈因上表谏阻迎佛骨，触怒宪宗，贬潮州刺史，此诗系二月二日过宜城时所作。《新唐书·地理志》：襄州襄阳郡，有宜城县。

〔二〕丘坟满目，这一带当有楚国士大夫的成片坟墓，故云。衣冠，代指士大夫。《汉书·杜钦传》："茂陵杜邺与钦同姓字，俱以材能称京师，故衣冠称钦府'盲杜子夏'以相别。"颜师古注："衣冠谓士大夫也。"

〔三〕城阙连云，古宜城即鄢邑，春秋时楚惠王曾从郢都迁都于此，昭王时仍都郢。故云"城阙连云"。此系想象中楚时情景，非眼前实景。古宜城在今湖北宜城县西南。

〔四〕国人，指楚国故地的后代百姓。

笺评

叶寘曰：昌黎《题楚昭王庙》（诗略），感慨深矣。苏《冷然洞金陵》诗："龙光寺里只孤僧，玄武湖如掌样平。更上鸡笼山上望，一间茅屋晋诸陵。"末语惨然类韩公。（《爱日斋丛钞》）

刘辰翁曰：人评韩《曲江寄乐天》绝句胜白全集，此独谓唱酬可尔。若韩绝句，正在《楚庄王庙》一首，尽压晚唐。（《唐诗品汇》卷五十二引）

杨慎曰：宋人诗话取韩退之"一间茅屋祭昭王"一首，以为唐人万首之冠。今观其诗只平平，岂能冠唐人万首，而高棅《唐诗品汇》取其说，甚矣，世人之有耳而无目也！（《升庵诗话》）

周珽曰：此篇虽题美昭王，实规世主，当留德泽于民心也，与"一种青山秋草里，路人惟拜汉文陵"同有言外远思。夫以"一间茅屋"形彼"连云城阙"，以彼"尽""荒"二字，转出"犹有""怀德"意来，展读间见花影零乱。宋人评为唐人万首之冠，以此。（《删补唐诗选脉笺释会通评林·中七绝》）

朱彝尊曰：若草草然，却有风致，全在"一间茅屋"四字上。（《批韩诗》引）

贺裳曰：昔人称退之"一间茅屋祭昭王"为晚唐第一，余以不如许浑《经始皇墓》远甚："龙盘虎踞树层层，势入浮云亦是崩。一种青山秋草里，路人唯拜汉文陵。"韩原咏昭王庙，此则于题外相形，意味深长多矣。（《载酒园诗话》）

何焯曰：（首二句下）二语颠倒得妙，亦回鸾舞风格。意味深长，昌黎绝句为第一。（《批韩诗》引）又曰：近体即非公得意处，要之自是雅音。昭王欲用孔子，而为子西所沮。公之托意，或在于此欤？（《义门读书记·昌黎集一》）

宋宗元曰：（末二句下）含蓄无尽。（《网师园唐诗笺》）

陈衍曰：韩退之"日照潼关四扇开"，不如其"一间茅屋祭昭王"。（《石遗室诗话》）

《增评韩苏诗钞》三溪曰：信仰感怆，咏史上乘。

蒋抱玄曰：未是快调，却能以气势为风致。愈读则意愈绵，愈嚼则字愈香。此是绝句中杰作。（《评注韩昌黎诗集》）

程学恂曰：自是唐绝，然亦没甚意思。（《韩诗臆说》）

朱宝莹曰：首句伤古人之不见，犹李白《登金陵凤凰台》之"晋代衣冠成古丘"也。二句伤城郭之已非，犹刘禹锡《松滋渡望峡中》"梦渚草长迷楚望"也。三句转入楚昭王。四句落到楚昭王庙。一种凭吊欷歔之慨，俱在言外。（《诗式》）

富寿荪曰：前半写楚国故都之荒凉，后半以即目所见作结，情景宛然。此诗不着议论，而言外别有一种苍凉感慨之气，故推高唱。（《千首唐人绝句》）

这是一首作于贬谪途中的怀古诗。诗人贞元十九年因上疏奏关中旱饥，触怒当权者，贬连州阳山令，元和十四年，又因上疏谏阻迎佛骨，贬潮州刺史。短短二十年间，已经两次因"欲为圣明除弊事"而踏上南迁之路，这一次更是做好了埋骨瘴江边的思想准备。这种人生遭遇，使诗人对历史与人生都产生了更深沉的感慨，成为这首怀古诗潜在的创作动因。

楚昭王庙在古宜城内，这里曾是楚国的鄢都，惠王自郢迁鄢，昭王仍都于此。作为春秋战国时期疆域最辽阔的楚国都城，当年城郭之高大壮丽，繁华热闹，朝廷文臣武将人才之济济，衣冠之显耀，自不难想见。但诗人此次经过楚国故都时，眼前所见，却只有一片荒寂的坟墓，往日的满朝文武都已长眠地下，再也见不到他们的踪影；往日高耸入云的巍峨城阙也全都成为荒墟，在它上面，生长着荒凉的杂草丛树。诗的开头两句，由近而远，将眼前所见"丘坟满目""草树荒"的荒凉冷落景象与想象中的"城郭连云""衣冠"满朝的壮丽繁盛景象联系在一起，创造出融合古今、俯仰今昔、感慨无穷的意境。两句句末的"尽"字、"荒"字，正是点眼，无情地昭示出：那满朝的文武都已成为历史上匆匆的过客，那连云的城郭也都成了荒丘废墟。一种历史的苍茫感、虚无感充溢在字里行间，令人感慨唏嘘。

1948

"犹有国人怀旧德，一间茅屋祭昭王。"第三句"犹有"二字忽作转折，由近处的"丘城满目"和远处的"草树荒"收到眼前的楚昭王庙上来。尽管满朝文武已成历史过客，连云城郭亦尽为荒墟，但楚地的百姓仍然怀念着昭王抗击吴国入侵，收复失地的"旧德"，至今仍用"一间茅屋"作为昭王庙，每年定时祭祀这位楚国的先王。在楚国历史上，昭王的声名也许赶不上作为春秋五霸之一的楚庄王，但百姓对于昭王抗御吴人入侵，使百姓免遭蹂躏的"旧德"却世代缅怀，尽管只有"一间茅屋"来祭祀他，但正是这种朴素和简陋，表明昭王至今仍然活在百姓的心中。这一转折，于俯仰今昔的苍茫百感中显示出：历史并不是一片虚无，真正对百姓有过功德的人，必将为人民所纪念，永远活在人民心中。从这一层面上看，历史自有其永恒的东西、永恒的价值。对于两遭贬谪，做好埋骨瘴江边准备的诗人来说，这正是一种精神上的支撑。今之视昔，亦正昭示着来之视今。在历史的长河中，诗人在"一间茅屋祭昭王"的景象中正得到了安慰与启示，寂寞而伤感的心绪也因此变得充实而自信了。

韩愈

答张十一功曹〔一〕

山净江空水见沙〔二〕，哀猿啼处两三家。
篔筜竞长纤纤笋〔三〕，踯躅闲开艳艳花〔四〕。
未报恩波知死所〔五〕，莫令炎瘴送生涯〔六〕。
吟君诗罢看双鬓，斗觉霜毛一半加〔七〕。

校注

〔一〕张十一功曹，即张署。生平参见《八月十五夜赠张功曹》注〔一〕。此诗贞元二十年（804）春作于阳山县贬所，其时张署尚未迁江陵府功曹参军。题内"功曹"二字，疑为后人所加。韩愈《祭河南张员外（署）文》云："我落阳山，以尹鼯猱；君飘临武，山林之牢……余唱君和，百篇在吟。君止于县，我又南逾。"二人于南贬途中及在贬所期间，迭有诗歌赠答唱和。署在临武有《赠韩退之》七律（《韩昌黎集》卷九附收此诗）云："九疑峰畔二江前，恋阙思乡日抵年。白简趋朝曾并命，苍梧左宦一联翩。鲛人远泛渔舟水，鹏鸟闲飞露里天。涣汗几时流率土，扁舟西下共归田。"韩愈此诗，即答署之赠诗而作。

〔二〕山净，春山明净。江空，形容江水清澈见底。

〔三〕篔筜（yún dāng），大竹名。《异物志》："篔筜生水边，长数丈，围一尺五六寸，一节相去六七寸，或相去一尺。庐陵界中有之。"

1949

〔四〕踯躅，即杜鹃花，又名映山红。《太平广记》："南中花多红赤，亦彼之方色也。唯踯躅为胜。岭北时有，不如南之繁多也。山谷间悉生。二月发时，照耀如火。月馀不歇。出《岭南异物志》。"或谓指羊踯躅，春季开黄花。

〔五〕恩波，指皇帝的恩泽。死所，指自己老死之地。"未"字直贯全句。

〔六〕炎瘴，指南方炎热的瘴疠之气。送生涯，犹言度过馀生。

〔七〕斗觉，陡觉，顿时感到。霜毛，白发。一半加，增添了一半。

（笺）评

蒋之翘曰：起二句荒寒如画。（《辑注唐韩昌黎集》）

王夫之曰：寄悲正在兴比处。（《唐诗评选》卷四）

金圣叹曰：（前解）通解只写后解中之"炎瘴"二字也。夫山曰"净"，江曰"空"，水曰"见沙"，则是楚天肃清，明是秋冬时候也。而笋犹"竞长"，花犹艳开如此，此其炎瘴为何如者？又妙于三句中间，轻轻再放"哀猿啼处两三家"之七字。"两三家"之为言无可与语，以预衬后之"君"字也。"哀猿啼"之为言不可入耳，以预衬后之"诗"字也。真异样机杼也。（后解）畏瘴者，畏死也。夫死非君子之所畏也，然而死又有所，如非死之所而遽死，是又非君子之所出也。昨先生作《示侄》诗，乃敕其收骨瘴江，此岂非以君命至瘴江，即瘴江是死所哉！今日得张十一诗，始悟君自命至瘴江，君初不命我死。夫以臣罪当诛，而终不命死，即此便是君之至恩，便是臣所必报。而万一以炎方不服之故，而溘然果死江边，将竟置君恩于何地！竟以此死为塞责耶？吟罢看鬓而斗骇霜毛，真乃有时鸿毛，有时泰山也。（《贯华堂选批唐才子诗》卷五）

朱彝尊曰：（前四句）四句点景有静味。（《批韩诗》引）

何焯曰：五、六既不如屈原之狷愫，结仍借答诗以见其憔悴，可谓怨而不乱矣。（《义门读书记》）

汪森曰：公诗七言近体不多见，然类皆清新熨贴，一扫陈言，正杜陵嫡派，人自不知耳。（《韩柳诗选》）

黄子云曰：近体中得敦厚雅正之旨者，唯"未报恩波知死所，莫令炎瘴送生涯"二语。若《南山诗》非赋非文，而反流传，人之易欺也如此。（《野鸿诗的》）

程学恂曰：退之七律只十首（按：实为十三首），吾独取此篇，为能真得杜意。（《韩诗臆说》）

鉴赏

韩愈的七律，数量既少，风格又迥异于他在众多五七言古体中刻意追求的豪肆奇险诗风，故后世论者多以为七律非其所长。但在这少量的七律中，有一些诗作由于抒写的是真情实感，又不刻意追奇，反而显得清新朴素、流畅自如，而又不失韩诗固有的刚劲之气。作于两次贬岭南期间的《答张十一》和《左迁至蓝关示侄孙湘》就是典型的例证。

这首诗是对张署在临武贬所所作赠诗的酬答，故在诗意上自然会针对赠诗来作答。张诗一开头就点出"九疑峰畔二江前"的临武贬所环境，腹联又进一步描写"鲛人远泛渔舟水，鹏鸟闲飞露里天"的贬所景物，借以表现自己"恋阙思乡日抵年"的沉重感情。韩愈的答诗，也从贬所阳山的环境景物写起，而且将这部分内容集中在前两联中。起联"山净江空水见沙，哀猿啼处两三家"，纯用白描，画出一幅春山明净、江水清澈、哀猿啼鸣、人家稀疏的画图。山而曰"净"，既见春山的明丽、幽洁，又透出空气的清新澄洁，毫无氛垢，江而曰"空"，已显示出水之清澈莹洁，再足以"水见沙"，愈显出水之清澈见底，直视无碍。这种南方山区春天的山水空明之景，本给人以清新幽美的享受，但"哀猿啼处两三家"的描写，却又透出一种凄清荒寂的气氛，特别是"哀猿"的啼鸣更带有贬谪之地特有的荒远凄清色彩。这个开头，可以说既描绘出了阳山山水的清新幽美，又透露了诗人身处贬所的凄清寂寞情怀。

"篔筜竞长纤纤笋，踯躅闲开艳艳花。"颔联进一步写山间景色：高大的篔筜竹丛中，纤细修长的嫩笋在竞相生长，红艳的杜鹃花，满山满谷，正悠闲地在开放。杜鹃花一般在清明后开放，岭南春早，二月已是杜鹃盛开的季节了。这一联写山间景色，色彩鲜艳，红绿相映，既具岭南地域特色，又透露出诗人目接景物时的心绪。"竞长""闲开"四字，系句中之眼，前者见嫩笋竞相生长的生命活力和向上跃动的态势，后者见杜鹃盛开时悠闲舒展的意态，而诗人在目接此景时心中的那种愉悦感和悠闲感也自然透露出来了。总的来看，前两联所写的景物，虽也略略透出贬谪之地的凄清荒寂，但主要是表现南中山水景物的清新幽美、明丽而富于活力，诗人的心情虽不免有些寂窦，但面对春天丽景，也显然感到喜悦，得到慰藉。这和张署诗中用"鵩鸟""鲛人"这种充满不祥预感和悲哀情绪的典故所表达的身居贬所、度日如年的感情有明显的差别。诗人这样写，固然是写自己的真实感受，也未尝没有借此安慰友人的意思。

"未报恩波知死所，莫令炎瘴送生涯。"腹联由景而情，直接抒写身处贬所仍希望有所作为的人生态度，意思是说，还没有来得及报答皇帝的恩泽，更不知自己的终身之地，自当珍重身体，别让炎热瘴疠之气断送了自己的生命。上句是因，下句是果。"未报恩波"虽包含有忠君的观念和感情，但其实质则是想勉力为国家做有益的事，即所谓"欲为圣明除弊事"。君恩未报，政治上的积弊未除，自己的人生价值尚未实现，是不应当想到死的，虽处炎瘴之地，却不能意志消沉，就此断送一生。这是自勉，也是对张署的劝慰勉励。张署的赠诗，不但表现出身在贬所，思家恋阙，度日如年的沉重感情，而且从腹联用贾谊《鵩鸟赋》及鲛人泣珠的典故可以看出他对自己的生命有着不祥的预感，终日过着以泪洗面的日子。韩愈的这两句诗，明显有针对张署的消极悲观情绪加以开导劝勉的意思，"莫令"二字表现得尤为明显。

"吟君诗罢看双鬓，斗觉霜毛一半加。"尾联正面就张署的赠诗作答，说自己吟诵了张署的诗以后，陡然发现自己的双鬓上白发增加了一半。这是对赠诗强烈感染力的渲染，也是对张署的境遇表示同情，而自己那种"同是天涯沦落人"的感慨也就自然包蕴其中了。

题木居士二首（其一）〔一〕

火透波穿不计春〔二〕，根如头面干如身。
偶然题作木居士，便有无穷求福人。

 注

〔一〕魏怀忠本引樊汝霖曰："张芸叟《木居士诗序》云'耒阳县北沿流二三十里鳌口寺，即退之所题木居士在焉。元丰初，县令以祷旱无雨，析而薪之。今所事者，乃寺僧刻而更为之。予过而感焉'云云。"张邦基《墨庄漫录》云："韩退之《木居士》……盖当时以枯木类人形，因以乞灵也。在今衡州之耒阳县北沿流三十里鳌口寺，至今人祀之。元丰初旱暵，县令祷之不应，为令析而焚之。主僧道符乃更刻木为形而事之。张芸叟南迁郴州，过而见之，题诗于壁云：'波穿火透本无奇，初见潮州刺史诗。当日老翁终不免，后来居士欲何为。山中雷雨谁宜主，水底蛟龙睡不知。若使天年俱自遂，如今已复长孙枝。（下略）"居士，信奉佛教而居家修行者。此"木居士"系原为枯木因像人形被奉为神者。诗作于永贞元年（805）秋末，由郴州赴江陵任法曹参军途经耒阳时。原作二首，此为第一首。

〔二〕火透波穿，被火烧透，被水蚀穿。不计春，算不清过了多少春秋。

黄彻曰：退之云："偶然题作木居士，便有无穷求福人。"可谓切中时病。凡世之趋倾权势以图身利者，岂问其人贤否果能为国为民哉！及其败也，相推入祸门而已。聋俗无知，谄祭非鬼，无异也。（《碧溪诗话》）

朱彝尊曰：醒快。（《批韩诗》引）

《唐宋诗醇》：道破世情。

陈伟勋曰：韩文公有诗云："偶然题作木居士，便有无穷求福人。"寓意清刻矣。然谓之"木居士"，尚有题名，尚称为士。近世且有无名可题者，如一顽石、一荆棘丛之类，竟有无知人惑谄而祭之，而彼亦遂若真有灵焉者，大可怪矣。（《酌雅诗话》）

陈景云曰：二诗盖专指（王）伾、（王叔）文言之。又曰：柳子厚既坐伾、文党遣逐，后与人书，追叙伾、文始末云："素卑贱，暴起领事，射利求进者，填门排户。"诵公诗而论其世，正可引柳以注韩也。（《韩集点勘》卷二）

王元启曰：玩"无穷求福"句，盖讥当时欲速侥幸之途，则此诗亦为伾、叔文而作。（《读韩记疑》）

朱宝莹曰：此种题目，羌无故实，全在烘托，庶有话头。第一章首句言木经剥蚀，有不能计其若干年者。二句言木已居人形。三句转到题位。四句用意从木居士生来……愈著《原道》《谏迎佛骨》，何等严正。而《题木居士》者，偶然游戏之笔。即如第一首曰"偶然"，曰"便有"，其借以为戏，可于言外悟之。读此可以助性灵，正不宜援《罗池庙碑》而例之也。（品）性灵。（《诗式》）

韩愈

富寿荪曰：此诗道破世情，切中古今时弊，为盲好崇拜偶像者痛下针砭。（《千首唐人绝句》）

 鉴赏

在古老中国的穷乡僻壤，几乎到处可以遇到这样的现象：村头的一棵古樟，树干中空，根部裂开了大洞，生命行将终结。却被村民奉为神灵，封为樟树娘娘。其下香火兴旺，求子祈福，终岁不断。古老的泛神论观念与佛教思想的融合，使这种化物为神的现象滋生不息，也使人们对此习以为常，见怪不怪。但以儒家道统继承者自命，以排斥佛老为己任，性不信鬼神之事的韩愈眼中，这种现象的荒唐可笑却分外触目。在由郴州到江陵的途中，他见到耒阳县北湘江岸边一株被当地百姓奉为神明的朽木，不禁顿生感慨，写下这首寓讽深远的小诗。

"火透波穿不计春，根如头面干如身。"诗的前幅，从眼前所见的一株朽木写起。这株枯树，历经岁月的沧桑，大自然的各种打击侵袭——被雷火所击穿，被波涛所蚀透，早已被折磨得气息奄奄，生机断绝了，但它却生成了一副"根如头面干如身"的人模人样。这本来是自然界的常见现象，不足为怪。但它这既历经磨劫千疮百孔，而又略具人形的面貌却给自己带来了意想不到的机遇。三、四两句，便进而写这株枯木被奉为神灵的经过和情形。

"偶然题作木居士，便有无穷求福人。""偶然"二字，写枯木成为神灵的经过，点醒题旨，最为关键。这株枯木，在湘江岸边不知经历了多少年，偶然有那么一天，一位好事者看见它那老态龙钟而又略具人形的模样，便戏题其上，称其为"木居士"。这一来便引得当地百姓纷纷奉其为神灵，祭祀求福，络绎不绝，盛况空前，信徒无穷无尽。妙在"偶然"与"便有"之间，一呼一应，构成了一种极为滑稽可笑的因果关系：本来是好事者一时兴起，偶题其为"木居士"，结果却弄假成真，竟将朽木奉为神灵，香火旺盛，祭祀不绝。显然，诗人的本意，在揭穿被无知的人们奉为神明者，原不过是一株千疮百孔、已经枯朽的树木，对它顶礼膜拜，向它祈求福佑不但徒劳无功，而且滑稽可笑。揭穿"木居士"的本来面目，正是为了唤醒"无穷求福人"。对于反佛坚决的诗人来说，其本意原是为了破除广泛存在于民间的对泥塑木雕的神佛偶像的迷信。是讽世之诗，也是醒世之诗。

但是，由于诗人所描写的这种现象具有典型性和普遍性，不同的读者往往可以从中引发对社会上类似现象的联想。注家所说的此诗系针对王伾、王叔文而发的言论，便是一例。从知人论世的角度及韩愈的政治倾向上看，这种理解不妨成为一说，但诗的客观意义和作用却远远超出这种过于着实的理解。

这种诗本极易流于单纯的议论，但爱发议论的韩愈却用生动的描写和富于幽默感的叙述代替了抽象的议论，遂使这首寓讽深远的诗寓庄于谐，寓议论于客观的叙写，变得耐人讽咏，启人深思了。

榴　花〔一〕

五月榴花照眼明，枝间时见子初成。
可怜此地无车马〔二〕，颠倒苍苔落绛英〔三〕。

校注

〔一〕本篇系《题张十一旅舍三咏》之一，另两首为《井》《蒲萄》。张十一，张署，时任江陵府功曹参军。诗作于元和元年（806）五月，时诗人任江陵府法曹参军，至张署所居旅舍，见榴花有感而作。

〔二〕可怜，可惜。无车马，指无人乘车骑马前来游赏。

〔三〕颠倒，回旋翻转，系形容榴花在风中飘荡散落之状。韩愈《秋怀诗》之八："卷卷落地叶，随风走前轩。鸣声若有意，颠倒相追奔。""颠倒"用法与此同。绛英，深红色的花瓣。

笺评

朱彝尊曰：与下首《井》意调俱新，俱偏锋。（《批韩诗》引）
方世举曰：三咏虽写物，颇有寄托。首章即潘岳赋河阳庭前安石榴之意，所谓"岂伊仄陋，用渝厥贞"者也。（《韩昌黎诗集编年笺注》卷四）

韩愈《题张十一旅舍三咏》包括《榴花》《井》《蒲萄》三篇，作于唐宪宗元和元年（806）五月，时作者在江陵任法曹参军。自从贞元十九年（803）因上疏请缓关中赋税以救百姓旱饥得罪权臣被贬阳山以来，他已经在南荒荆楚之地流寓四个年头了。这几年中，他写了不少咏花诗，诗中每常寄寓着他的漂泊流落之感和寂寞无赏之慨。这首《榴花》也同样流露出了这种感情。题目"张十一"指张署（十一是他的排行），是和韩愈一同贬官南荒，又一起迁任江陵的朋友，可以说是地地道道的"同是天涯流落人"了。诗中寓托的感慨，自然也包含了他们的共同境遇和感情。

　　这是一首咏物诗，但"力大思雄"的诗人，似乎不屑于巧为形似之言，作琐细的描绘刻画。首句即撇开浮词，单刀直入，大笔挥洒，直抒"五月榴花"给自己的最强烈的感受。"照眼明"三字，下得极平常而朴实，不见用力刻画之迹，却传神地表现了在绿叶映衬下越发红得耀眼的一树榴花给予观者的那种强烈的色感、光感以及由此引起的鲜明、热烈的心理反应。流光溢彩的夺目美感和神摇意夺的审美愉悦，在这里被不费力地表现出来了。

　　榴花开得最盛时，榴实也渐次结成。次句从表面上看，似乎是写枝间榴实。"时见"与"初"，正写出一树繁花与绿叶中时或隐现刚刚结成的细小榴实的情景。实际上，写榴实初结，正所以见榴花之渐次陨落。这句正是前后幅的转关。

　　"可怜此地无车马，颠倒苍苔落绛英。"三、四两句正面写榴花之萎落，并借以寓慨。"可怜"，这里是可惜的意思，二字折转，由赞赏榴花之明艳转到对它的寂寞无赏境遇的惋惜。"照眼明"的榴花，偏偏处在这冷寂的旅舍（不是人来人往、车马辐辏的热闹旅馆，而是临时安排给张署的客中居住地），不见车马之迹，游赏之众，只能自开自落，一任随风飘荡翻转着片片残红，陨落在青苔遍布的地面上。这是惋惜榴花之明艳照人而无人赏爱，也寓含着对张署和自己身世境遇的感慨。"颠倒苍苔落绛英"的榴花，不妨说是这两位"天涯沦落人"命运的一种象征。或说"可怜"系可爱之意，三、四两句正是爱其无游人来赏，没有被车辙马蹄践踏得不成样子。此说虽颇新颖，且符合韩愈作意追奇创新的一贯风格，但验之诗人这一时期的咏花诸什，似不大吻合。如《木芙蓉》云："愿得勤来看，无令便逐风。"《杏花》："今日胡为忽惆怅，万片漂泊随西东。"《李花赠张十一署》："迷魂乱眼看不得，照耀万树繁如堆……力携一尊独就醉，不忍虚掷委黄埃。"无不以花之随风飘荡，萎落无赏为憾。这正是诗人当时处境与心境的反映。不过，"颠倒苍苔落绛英"的描绘，却确乎给人一种虽飘落犹具新艳的美感，显示出诗人那种虽遭遇不偶，却并不一味伤感低回的精神性格，和自慨中兼有自赏的复杂心情。"照眼明"与"无车马"，在诗中是一对矛盾。光艳照人而寂寞无赏，愈见境遇之可伤；虽寂寞无赏，萎落青苔，却又仍不失其美艳，"颠倒"二字，更生动地展现出那"落时犹自舞"的美好动态。这正是诗的情调、意蕴不那么单一的原因。

　　这首诗的内容，让人自然联想起王维的《辛夷坞》："木末芙蓉花，山中发红萼。涧户寂无人，纷纷开且落。"同样是写花的自开自落、无人欣赏，寄寓诗人的寂寞自伤之情，两首诗的意境、风格、情调却明显不同。王诗意境幽寂，情调安恬，风格淡远，虽透出一丝淡淡的寂寞感，但又流露出对这种处境的安之若素。这正是王维这样一位向往远离尘嚣世界的"高人"精神世界的折光反映。而韩诗则意境鲜丽，情调热烈，风格明快，体现出一位积极入世者不甘沉沦寂寞的情怀。这些区别，又跟所咏之花的不同色调个性有密切关系。从王、韩二诗中可以看出，不同气质性格的诗人，在表现相近的题材与主题时所显示的独特艺术个性。

春　雪〔一〕

新年都未有芳华〔二〕，二月初惊见草芽。
白雪却嫌春色晚，故穿庭树作飞花〔三〕。

校注

　　〔一〕方崧卿《韩集举正》谓此诗当为元和十年（815）作。方成珪《昌黎先生诗文年谱》云："此诗未详何年，此篇次《百叶桃花》之后，《戏题牡丹》之前，当是一时作。"按：《题百叶桃花》有"应知侍史归天上，故伴仙郎宿禁中"之句，系元和十年春韩愈为考功郎中知制诰时寓直禁中作。此诗在其后，或为同时之作。《增订注释全唐诗》引《新唐书·宪宗纪》元和七年二月下云："自冬不雨至于是月，丙午，雪。"认为"与诗所写相合"。

韩
愈

〔二〕芳华，芬芳的花。

〔三〕故穿，故意穿过。裴子野《咏雪诗》："落树似飞花。"

朱彝尊曰：常套语，然调却流快。（《批韩诗》引）

朱宝莹曰：《文选》以谢惠连《雪赋》入物色类。雪于诸物色中最难赋，而赋春雪则须切"春"字，尤难于赋雪。此诗首句、二句从"春"字咀嚼而出，看似与雪无涉，而全为三句、四句作势，几于无处不切"雪"字。三句、四句兜转，备具雪意、雪景，不呆写雪，而雪字自见；不死做春，而春字自在。四句一气相生，以视寻常斧凿者，徒见雕斫之痕，其相去远矣。按昌黎赋春雪又有五言十韵，方氏虚谷谓"行天马度桥"一句为绝唱，刻划至此，洵臻绝妙，而视"故穿庭树作飞花"句不拘拘于妆点，而有超以象外，得其环中之妙，似不及此也，[品]超诣。（《诗式》）

富寿荪曰：以飞雪喻花，本是诗中常语，妙在"白雪却嫌春色晚"句，先拓开一层，意境顿异，别有情趣。（《千首唐人绝句》）

鉴赏

这首《春雪》所写的内容，不过是说今年春天来得晚，仲春二月尚只见草芽而不见花，甚至下起了雪。如果照直写来，可以说全无诗情诗趣。但在韩愈笔下，却化平常为新奇，化遗憾为希望，用浪漫的想象渲染出一片富于生机和奇趣的意境，给人以丰富的美感。

"新年都未有芳华，二月初惊见草芽。"诗的前幅，撇开"春雪"，先写今年春迟。"新年"是进入新的一年以来的意思（非专指阴历正月初一，更与这天前后是否立春无关），它包含了一个较长的时间过程，"都未有芳华"的"都"字正强调进入新春以来一直未见花开，突出表现了诗人对春天芳华的期盼和未见芳华的遗憾。这句先从反面着笔，写春色之晚。次句从正面着笔，进一步写春色之晚。平常年份的仲春二月，应是草长如丝的季节，可今年却只见到初生的草芽。"初惊"二字，正透露出诗人对二月始见草芽这一现象的惊讶。从中可以想象出在春寒料峭之中新生的草芽瑟缩未舒之状。

以上两句，从题目"春雪"来说，都是题前文字，但又都或隐或显地与

"春雪"有关。正因为二月不见芳华，只见草芽，天气寒冷，这才有"春雪"；正因为期盼芳华，故下文方有"飞花"的想象。

"白雪却嫌春色晚，故穿庭树作飞花。"就在诗人切盼芳华、期待春色早日到来之际，天却飘起纷纷扬扬的雪花。这在常人看来，也许是最扫兴的事。但诗人却因此而发奇思妙想，觉得眼前这飘扬飞舞的雪花，就像是嫌春色来得太晚了，故意穿越庭树，飘飞翻舞，化作纷纷扬扬的飞花，使整个庭院都充满了春天的气息。以花喻雪，以雪喻花，本是常语熟套，但说白雪是因为嫌春色来迟，这才穿庭树化飞花而点染出一片春光，则是完全出乎常情的浪漫主义奇想。按客观实际情况说，"白雪"本身就是"春色晚"的突出标志，甚至是造成春色更晚的原因，诗人却完全从反面着想，说它"嫌春色晚"，这就不仅使人倍感设想之新奇，更妙的是竟将白雪穿庭树飘飞翻舞之状想象成春花的飘舞纷飞，而且将这作为其"嫌春色晚"的表现乃至证据。层层转进，设想既深曲又新奇，读来却只觉自然天成。尤其是"却嫌""故""作"等词语，将白雪写得极富灵性、极体贴人情，富于童话的奇情奇趣。而在这一切奇思妙想的背后，又正蕴藏着诗人对春色的热情期盼。正是由于诗人心中的春天，这才幻化出了白雪穿庭树作飞花的美好春色，使寒冷的白雪成为温煦春色的标志。

韩愈

盆池五首（其五）[一]

池光天影共青青，拍岸才添水数瓶[二]。
且待夜深明月去，试看涵泳几多星[三]。

（校）注

〔一〕盆池，埋盆于地，引水灌注而成的小池，用以种植观赏的水生花草，或放入虫鱼。《盆池》（其一）云："老翁真个似童儿，汲水埋盆作小池。"方崧卿《韩集举正》谓这组诗作于元和十年（815）。

〔二〕意谓只添了几瓶水，盆池里的水就满得与盆沿齐平，在晃荡拍岸了。

〔三〕涵泳，沉浸。

洪兴祖曰：或云《盆池》诗有天工，如"拍岸才添水数瓶""一夜青蛙鸣到晓"，非意到不能作也。（《新刊五百家注音辩昌黎先生文集》引）

樊汝霖曰：（"且待"二句）此联妙语也。苏内翰有涵星研，取此意云。（魏怀忠注本引）

黄钺曰：谐语为戏，不独退之，少陵亦间有之。至或所赏"拍岸才添水数瓶""一夜青蛙鸣到晓"，以为有天工，殊未道着。"且待夜深明月去，试看涵泳几多星"，小中见大，有于人何所不容景象，说诗者却未拈出。（《昌黎诗增注证讹》）

程学恂曰：韩律诗诚多不工，然此五首却有致。贡父以"老翁""童儿"句少之，鄙矣。若独取"拍岸""青蛙"二句，亦无解处。予谓"忽然分散无踪影，惟有鱼儿作队行""且待夜深明月去，试看涵泳几多星"，乃好句也。（《韩诗臆说》卷二）

刘宏煦、李德举曰：满池水不过数瓶，亦自清清，光连天影。观玩之下，觉贮月虽或不足，涵星自当有馀。但月朗则星稀，未能历历然也。故得月去再看之。此就现在境界，从灵心慧语中搜进一层。四首（指一二三五首）有不知手之舞之足之蹈之之妙。盖独得之趣，他人不知，太白看敬亭意，正类此。又曰：有如许高兴，故值得一写，因思世间敷衍少意味诗，真不必做。（《唐诗真趣编》）

刘拜山曰：以"涵泳"二字写星光在水，随波闪烁，极见体物之工。（《千首唐人绝句》）

鉴赏

盆池亦如盆景，小中见大，纳须弥于芥子，于方丈之中见大自然。而盆景借土栽，盆池则借水成，故《盆池五首》，每首均离不开水。前数首，写盆池中之青蛙、藕梢、鱼儿及小虫，均离不开池中之物，而此首却撇开这一切，只写空荡荡的一盆池水。试问竟如何着笔？且看诗人无中生有、小中寓大的巧思奇趣。

"池光天影共青青，拍岸才添水数瓶。"盆池中虽只盛了浅浅的半盆清水，却立即倒映入了蓝天的碧影，形成了池光天影、青碧一色的境界。盆池虽极浅，却因映入广远的蓝天碧影而无形中被放大了无数倍，使人忘记了它的原来形貌。次句更妙。见此池光天影青碧之色之境，诗人又往池里添了几瓶水，殊不料立即出现了水满盆沿、水波动荡的景象。表面上看，这句似是极力形容盆池之浅小，但"拍岸"二字，却令人想象出浩瀚的洞庭沧海，波浪汹涌、惊涛拍岸的奇观。而诗人之所以用"拍岸"来形容水漫盆沿，正是由于在上一句"池光天影共青青"的描写中已经将眼前的盆池幻化为浩瀚的湖海了。

韩
愈

"且待夜深明月去，试看涵泳几多星。"前两句所写系白天所见盆池碧天映水、波涛拍岸之景，三、四句用"且待"二字提顿，"试看"二字承接，转笔写想象中的深夜星浸盆池之景。月明则星稀，故须待夜深时分，明月已落，繁星满天之时，方能见到一方盆池，繁星沉浸的奇景。夜深风定，盆池水波不惊，平静如镜，故天上繁星倒映其中，清晰可见。"涵泳"二字，所表现的是沉浸其中的静态，即所谓"冷浸一天星"，而不是波涛汹涌、星河动摇的动态。这正是深夜盆池水面平静时繁星映池的特征。尽管是静态，但小小盆池竟"涵泳几多星"，亦使人既感新奇，而又浮想联翩了。

盆景所植所置，无论树木假山，悉皆具体而微，小中见大，均有具体物景可凭；而此盆池所写之景，不过一盆清水而已。要从这浅小的池水中写出天宇之青碧寥廓，繁星之密布璀璨，惊涛之汹涌拍岸，关键在于抓住水清则映物毕现这个根本特点，方能做到小中寓大，富于奇趣。而诗人的丰富想象力则更是问题的根本。如无丰富的想象力，则无论如何不会从添水漫池联想到江河湖海之惊涛拍岸。这种丰富的想象力既是欣赏盆池之必须，也透露出诗人胸中天地之广阔。而这种想象与联想，又给诗平添了一份令人解颐的谐趣。

晚　春〔一〕

草树知春不久归，百般红紫斗芳菲〔二〕。
杨花榆荚无才思，惟解漫天作雪飞〔三〕。

〔一〕本篇为组诗《游城南十六首》的第三首。这十六首诗非一日之作，系编者类而次之。作者于《游城南十六首》之外，另有《晚春》七绝云："谁收春色将归去，慢绿妖红半不存。榆荚只能随柳絮，等闲撩乱走空园。"内容与本篇似相近而实不同，可以互参。

〔二〕百般，各种各样。斗芳菲，竞相发出浓郁的芳香，显示各自的美艳。

〔三〕杨花，即柳絮。榆荚，即俗称榆钱，榆树的果实。初春时先于叶而生枝条间，连缀成串，形似铜钱。榆荚老时呈白色，随风飘散。才思，才情。解，懂得，会。

朱彝尊曰：（三、四句）此意作何解？然情景却是如此。（《批韩诗》引）

汪森曰：意带比兴，出口自活。（《韩柳诗选》）

潘德舆曰：（王昌龄《青楼曲》）第二首起句云"驰道杨花满御沟"，此即"南山荟蔚"景象，写来恰极天然无迹。昌黎诗云："杨花榆荚无才思，惟解漫天作雪飞"，便嚼破无全味矣。（《养一斋诗话》）

朱宝莹曰：春曰晚春，则处处应切"晚"字。首句从"春"字盘转到"晚"字，可谓善取逆势。二句写晚春之景。三句又转出一景，盖于红紫芳菲之中，方现十分绚烂之色。而无如杨花、榆荚不解点染，惟见漫天似雪之飞耳。四句分二层写，而"晚春"二字，跃然纸上。正无俟描头画角，徒费琢斫，只落小家数也。此首合上《春雪》一首，纯从涵泳而出，故诗笔盘旋回绕，一如其文，古之大家，有如是者。（品）沉着。（《诗式》）

刘永济曰：玩三、四两句，诗人似有所讽，但不知究何所指。（《唐人绝句精华》）

刘拜山曰：即景遣兴，趣致天然。意似有所讥刺。（《千首唐人绝句》）

止水曰：（三、四）两句很有谐趣，故意嘲弄杨花榆荚，它们没有红紫美艳的花，正如人没有才华，不能写出美丽的文词来。极无理，又极有趣

致。(《韩愈诗选》)

 鉴赏

　　务去陈言，是韩愈诗文创作的一贯追求。所谓"陈言"，不仅指陈旧的语言，而且包括一切陈旧的感受、陈旧的构思、陈旧的意蕴和陈旧的表现手法。作者既务去陈言，读韩诗也必须循着诗人自己的感受与思路，而不能按照习惯的套路去感受与理解。这首《晚春》可以提供一个典型的实例。

　　一般人对晚春景色，每因美好春色的消逝而产生惜春、伤春心理，产生韶华易逝的伤感与惆怅。韩愈的另一首《晚春》："谁收春色将归去，慢绿妖红半不存。榆荚只能随柳絮，等闲撩乱走空园。"其中所写的景物意象几乎与本篇全同，但细味"半不存""只能""空园"等词语，可以明显感到诗人对于"春色将归去"仍然抱着一种惋惜遗憾、空虚惆怅的习惯心理。尽管诗中用了"慢绿妖红"这种有些新意的语言，但整体感受、意蕴仍落熟套。而这首《晚春》的情调意境却是全新的。

　　"草树知春不久归，百般红紫斗芳菲。"在另一首《晚春》中，对于春色将归去，草树们是茫然无知的，似乎冥冥之中有一种超自然的力量将春色忽然收去，因此"慢绿妖红"只能凋零而"半不存"，默默接受上天安排的命运。而在这首诗中，花草树木却是有灵性的，它们清楚地感知到春天不久就要归去。解读者每将此说成是诗人采用拟人化手法，这自然不错。但作者用拟人化手法并不仅仅是为了使景物变得生动，而是为了显示草树在"知春不久归"的基础上如何"百般红紫斗芳菲"，也就是说抓紧这"春不久归"的有限时间，尽量发挥各自最大的生命活力，释放自己的潜在能量，充分展示自己的美艳芬芳，使整个大地红红紫紫，竞美斗妍。在诗人的感受和意识中，"晚春"不是一个凋零、消逝的季节，而是一个花草树木生命力最旺盛、最美好、最热闹的季节。不仅红紫芳菲，色艳香浓，而且"百般"多样，美不胜收；不仅丰富多彩，美艳芬芳，而且竞相斗艳，将最美好的身姿面影呈献给人间。作者意念中和笔下的"晚春"，就是这样一个充满了生命的全部美丽和活力，充满了热闹的节日气氛的世界。

　　"杨花榆荚无才思，惟解漫天作雪飞。"晚春不仅有怒放斗妍的红紫芳菲，也有漫天飞舞的杨花榆荚，这同样是晚春的典型景物，写晚春自然少不了它们。杨花柳絮，既无红紫的鲜艳色彩，又无芳菲的浓香，故诗人用调侃的语气称其为"无才思"，亦即草树中之无才情无文采者，它们自然不敢与"百般红紫"斗美竞妍，只能随风飘荡，如漫天飞舞，故说"惟解"。中国古代诗歌有悠长的运用比兴手法的艺术传统，培养了一代又一代读者的深入骨髓的一种习惯性思维——比兴思维。恰巧这里的"无才思"与"惟解"又提供了似有若无的比兴迹象，于是各种各样对其比兴含义的解读也就应运而生、层出不穷：有说劝人珍惜光阴，抓紧勤学，以免如"杨花榆荚"之白首无成；有说故意嘲弄杨花榆荚，它们没有红紫美丽的花，正如人没有才华，不能写出美丽的文辞来，总之是认为有所比兴讽喻；有的虽不认为有所讽喻，却也认为诗人是以此鼓励"无才思"者敢于创造。其实，撇开一切先入为主的比兴思维和借物寓理的成见，就诗解诗，则三、四两句只不过是用一种富于风趣的口吻说，柳絮榆荚虽不如各种各样的晚春花卉那样美艳芳香，却也懂得扬起漫天飞絮白英，如同飞雪，和晚春花卉一样点缀着美好的春色，一样显示出自己的生命活力。如果缺少了漫天作雪飞的杨花，这晚春的丰富色调和热闹气氛不是要减弱很多吗？诗人写晚春，就是要写出他的独特感受：晚春的美丽芳菲、丰富多彩、热闹气息，一句话，晚春的生命活力和特有的美感。何必比兴！

次潼关先寄张十二阁老使君〔一〕

荆山已去华山来〔二〕，日出潼关四扇开〔三〕。
刺史莫辞迎候远〔四〕，相公亲破蔡州回〔五〕。

校注

〔一〕次，至。《隋书·李密传》："行次邯郸，夜宿村中。"潼关，今陕西潼关县。唐时在华州华阴县界，为京师长安之门户。属华州刺史管辖。其时华州刺史每例兼潼关防御、镇国军等使。张十二阁老使君，旧注均谓指张贾，然郁贤皓《唐刺史考全编》云："《隋唐五代墓志汇编·洛阳卷》第十三册《孙简志》（大中十一年十一月二十六日）：'赵丞相宗儒镇河中，辟公为观察推官，再调补京兆府鄠县尉，又从张华州惟素之幕，授监察御史里行，充镇国军判官。征为监察御史，除秘书郎。裴中令度镇北都，辟为留守推官.'按赵宗儒元和九年至十二年镇河中，裴度元和十四年镇北都，则张惟素为华州刺史、镇国军使必在元和十一、二年间。"按：据郁《考》，元和十一年（816）七月丁丑以前，裴武刺华；元和十二年至十三年，郑权刺华。而无张贾曾刺华之记载。则首称张十二阁老使君指张贾者实无所据。阁老，唐代对中书舍人中年资深久者及中书省、门下省属官的敬称。李肇《国史补》卷下："两省（中书省、门下省）相呼为阁老。"《旧唐书·杨绾传》："故事，舍人年深者谓之阁老。"《新唐书·百官志》："中书舍人……以久次者一人为阁老，判本省杂事。"按张贾生平仕历，仅有"初以侍御史为华州上佐"（《唐诗纪事·张贾》）之记载，而无任华州刺史之经历。而张惟素则有刺华之明确记载，故此张十二阁老使君殆指张惟素而非张贾。使君，州刺史、太守之别称。此诗作于元和十二年十二月。是年七月，裴度以宰相身份亲赴淮西前线讨叛镇吴元济，以太子右庶子韩愈兼御史中丞充彰义军行军司马，随度出征。十月十七日平淮蔡。十二月壬戌（七日），度进金紫光禄大夫、上柱国、晋国公。作此诗时，裴度已道封晋国公，见愈《桃林夜贺晋公》，桃林在潼关东。

〔二〕荆山，《元和郡县图志·河南道二·虢州湖城县》："荆山，在县南，即黄帝铸鼎之处。"《新唐书·地理志》："虢州湖城县，有釜山，一名荆山。"唐湖城县旧境，今在河南灵宝。华山，在唐华州华阴县南八里，潼关，在县东北三十九里。并见《元和郡县图志·关内道·华州华阴县》。

〔三〕出，《全唐诗》校："一作照。"扇，《全唐诗》校："一作面。"

〔四〕方成珪《韩集笺注》："《元和郡县图志》：湖城县东北至虢州七十里，荆山在县南，虢州西北至潼关一百三十里，自关至华州一百二十里，故曰'迎候远'也。"按：题已言"次潼关"，则"迎候远"自指华州至潼关之路程而言，且不必迎至潼关也。

〔五〕亲，蜀本作"新"。相公，指裴度。时裴度以宰相亲统兵出征淮蔡。破蔡州，指平定淮西叛镇吴元济。蔡州，今河南汝南县。

笺 评

《漫叟诗话》（郭绍虞《宋诗话考》疑即李公彦《潜堂诗话》之异称）：诗中有一字，人以私意窜易，遂失古人一篇之意，若"相公亲破蔡州回"，今"亲"字改"新"字是也。（《苕溪渔隐丛话·前集》卷十八《韩吏部

韩
愈

1965

下》引）

汪琬曰：气度自别。（《批韩诗》）

查慎行曰：气象开阔，所谓卷波澜入小诗者。（《初白庵诗评》）

查晚晴曰：阔壮处真应酬之祖。（同上引）

沈德潜曰：没石饮羽之技，不必以寻常绝句法求之。（《重订唐诗别裁集》卷二十）

李锳曰：语语踊跃，可当一首凯歌读。（《诗法易简录》）

宋顾乐曰：此二作（按：指《桃林夜贺晋公》及本篇）颂而不谀，铺而有骨，格高调高，中唐不可多得，真大手笔也。（《唐人万首绝句选》评）

施补华曰：七绝切忌用刚笔，刚则不韵。退之"荆山已去华山来"一首，是刚笔之最佳者。又曰：《望岳》一题，若入他人手，不知作多少语，少陵只以四韵了之，弥见简劲。"齐鲁青未了"五字，囊括数千里，可谓雄阔，后来唯退之"荆山已去华山来"七字足以敌之。（《岘佣说诗》）

王闿运曰：接差，故开重关，宋人乃云"只两扇"，可笑。此退之生平得意事。晏子仆妾，未能知此。（《手批唐诗选》）

陈衍曰：昌黎诗云"荆山已去华山来，日出潼关四扇开"。渔洋本之，以对"高秋华岳三峰出，晚日潼关四扇开"。益都孔宝侗议之曰："毕竟是两扇。"或曰："此本昌黎，非杜撰。"孙愤然曰："昌黎便如何？"渔洋不服，谓孙持论好与之左。又曰：韩退之"日照潼关四扇开"，不如其"一间茅屋礼昭王"。（《石遗室诗话》）

蒋抱玄曰：言为心声，故从容若此。（《评注韩昌黎诗集》）

程学恂曰：写歌舞入关，不着一字，尽于言外传之，所以为妙。（《韩诗臆说》）

俞陛云曰：露布甫驰，新诗已到。五十载通寇荡平，宜其兴会之高也。（《诗境浅说》续编）

刘拜山曰：陡起直行，苍苍莽莽，必如此方称凯旋声势，必如此方见平蔡功烈。此等绝句，为昌黎独造之境。（《千首唐人绝句》）

　　讨平割据叛乱长达五十载、成为唐王朝心腹之患的淮西叛镇，是唐宪宗元和年间进行的一系列讨叛战争中具有决定意义的战事，也是奠定元和中兴局面的关键。韩愈作为裴度的高级幕僚，自始至终，参与了这场具有历史意义的事件，并在随军出征、凯旋途中，写下了一系列意气风发的诗篇（多为七绝）。这首七绝，境界壮阔，意气豪雄，如同一曲高亢激越的凯歌，最见韩愈以刚笔作小诗的艺术成就。

　　首句迎面陡起。荆山在虢州湖城县南，山势高峻，相传是黄帝铸鼎之处，算得上是华夏民族的发祥地之一，自然成为这一带的地标。华山更是以险峻著称的西岳，其作为历史文化的象征和关中地区地标的意义更不待言。首句紧扣题内"次潼关"，描绘出浩浩荡荡的凯旋大军已经把雄峻的荆山抛在了后面，转眼之间更加险峻的华山又将来到面前。诗人着意表现凯旋大军急速前进的动态，从荆山到华山之间两百多里的距离，仿佛在瞬间即可跨越。又用"去""来"两个动词表现山的动态，仿佛可见在大军风驰电掣的急速行军中，荆山迤逦而去，华山迎面而来。从而在广阔的画面中展现出凯旋大军雄豪的意气和疾速驰骋的雄姿。而一路上的荆山、华山也好像在道旁恭迎凯旋大军的到来。"华山来"启下"刺史""迎候"，直笔叙写中仍不忘前后的照应。

　　次句正面写潼关，却从凯旋大军的视角来写。《桃林夜贺晋公》说："西来骑火照山红，夜宿桃林腊月中。手把命珪兼相印，一时重叠赏元功。"头一夜宿于潼关东边的桃林古塞（在阌乡县东北十里），清晨出发，到达潼关，正值日出之时。在朝阳的照耀下，这座"上跻高隅，俯视洪流，盘纡峻极，实为天险"（《元和志》）的雄关，更显得气势雄峻，气象万千。为了迎接凯旋之师，四扇关门，全部敞开，使浩荡的大军得以顺畅通过。潼关是京师的门户，它敞开大门迎接，正表明这支大军是堂堂正正的凯旋之师，威武雄壮之师，这雄伟的关门也就成了凯旋大门。诗人虽只写了朝阳映照下敞开四扇城门的潼关，但给予人的联想却极为丰富。在读者面前，仿佛可见金鼓齐鸣、长歌入关的浩浩荡荡的凯旋大军整齐前进的步伐，昂扬奋发的意气，两旁边候壮士归来的百姓兴奋喜悦的笑容和箪食壶浆犒劳王师的热烈场景，乃至洋溢在潼关内外一片喜庆的节日气氛。如果说，往日紧闭关锁、戒备森严的潼关透露出形势的紧张和局面的警急，那么今天这敞开大门的潼关就意味着一个道路畅通、寰宇清平的统一局面的到来。因此，这"日出潼关四扇开"的壮观，无形中具有时代象征的意味，它是胜利之门，也是国家统一、社会安宁的一种象征。

"刺史莫辞迎候远，相公亲破蔡州回。"三、四两句，点题内"先寄张十二阁老使君"。裴度以宰相而兼元戎的身份亲往前线督师，终于平定了扰乱中原腹地五十年的淮西叛镇，立下了盖世功勋，现在又亲率大军班师回朝，沿途的地方长官自应热情迎候，大军刚到潼关，诗人就以诗代书，命人飞马前往华州，通知华州刺史前来迎候，自是他这位行军司马的分内之事。妙在"刺史莫辞迎候远"这句诗，用的是一种近乎命令、不用商量却又十分亲切随和的口吻，不仅传神地表现出诗人的淋漓兴会、胜利豪情，而且生动地展示出诗人与这位"张阁老使君"之间亲密无间、不拘客套的关系。这句先稍作顿宕，设置悬念，末句方就势引满而发，点出"莫辞迎候远"的原因，揭出全诗的核心，"相公亲破蔡州回"所突出强调的并非"相公"的官阶权势，而是"亲破蔡州回"这一胜利的重大深远历史意义。平定淮西叛镇的战事，自元和九年（814）至十二年，前后历经四个年头，其间遇到不少挫折。而裴度作为宰相，始终坚持对淮西用兵的方针，在战局发展的关键时刻，又亲往前线督师，终于取得战争的胜利。因此这"相公亲破蔡州回"所显示的就是一种坚持平叛统一战略方针的决心和信心，就是这一方针所结出的胜利果实以及它对整个平藩讨叛事业的巨大意义，话说得既严肃郑重，又大气磅礴，显示出率正义之师胜利还朝的统帅指挥若定的精神风采。由于上句的顿宕蓄势，这句的引满而发便更有气势力量，也更引人注目。

全诗放笔直抒，意境雄阔，气势磅礴。在一气流注中有顿挫，在淋漓兴会中有蕴蓄，在严肃郑重中有谐趣，故虽用刚笔，却并不给人一览无余之感。

左迁至蓝关示侄孙湘〔一〕

一封朝奏九重天〔二〕，夕贬潮州路八千〔三〕。

欲为圣明除弊事〔四〕，肯将衰朽惜残年〔五〕！

云横秦岭家何在〔六〕？雪拥蓝关马不前〔七〕。

知汝远来应有意〔八〕，好收吾骨瘴江边〔九〕。

〔一〕左迁，古人以右为尊，以左为卑，故称贬官为左迁。蓝关，蓝田关，在今陕西蓝田县东南。侄孙湘，韩愈之侄老成（即十二郎）之长子。《新唐书·韩愈传》："宪宗遣使者往凤翔（法门寺），迎佛骨入禁中。三日，乃送佛祠。王公士人奔走膜呗，至为夷法灼体肤，委珍贝，腾沓系路。愈闻恶之，乃上表……表入，帝大怒，持示宰相，将抵以死。裴度、崔群曰：'愈言讦牾，罪之诚宜。然非内怀至忠，安能及此。愿少宽假，以来谏争。……虽戚里诸贵，亦为愈言，乃贬潮州刺史。'"据《旧唐书·宪宗纪》，宪宗贬愈为潮州刺史在元和十四年（819）正月癸巳（十四日）。愈《潮州刺史谢上表》亦云："臣以正月十四日蒙恩除潮州刺史，即日奔驰上道。"蓝田关距长安一百七里。韩愈行至蓝关时，韩湘远道赶来，跟随韩愈南行至潮州。时湘年二十七。湘后于长庆三年（823）登进士第，授校书郎，为江西从事。官至大理丞。此诗当作于元和十四年正月十七八日。

〔二〕一封朝奏，指韩愈所上《论佛骨表》。九重天，指朝廷。《楚辞·九辩》："君之门以九重。"《淮南子·天文训》："天有九重。"故称朝廷或帝王为九重或九重天。

〔三〕潮州，唐岭南道州名，今属广东。州，《全唐诗》校："一作阳。"《新唐书·地理志》：潮州潮阳郡。京城长安至潮州之里程，《元和郡县图志》谓"西北至上都取虔州路五千六百二十五里"，此谓"八千"，相差较大。然韩愈《唐故中散大夫少府监胡良公墓神道碑》亦云："其子……使人自京师南走八千里至闽南两越之界上，请为公铭刻之墓碑于潮州刺史韩愈。"钱仲联《韩昌黎诗系年集释》云："《旧唐书·地理志》：韶州至京师四千九百三十二里。公在韶所作《泷吏》诗云：'下此三千里，有州始名潮。'合之近八千。"然自韶州至潮州绝不可能有三千里之距离，此与长安至潮州路八千盖均为口耳相传之里程，非实测之距离。

〔四〕圣明，指圣明之君主。韩愈《拘幽操》："呜呼！臣罪当诛兮，天王圣明。"弊事，指蠹国害民的佛教。韩愈《原道》："今其法曰：必弃而君臣，去而父子，禁而相生养之道，以求其所谓清净寂灭者……欲治其心而非天下国家，灭其天常，子焉而不父其父，臣焉而不君其君，民焉而不事其事……举夷狄之法而加之先王之教之上，几何而不胥而为夷也。"即对佛教

韩愈

1969

〔五〕肯，岂肯。将，以为。句意谓岂肯以为自己年已衰朽而爱惜残年不去履行做臣子的职责冒死直谏呢！时韩愈年五十二。

〔六〕秦岭，《三秦记》："秦岭东起商洛，西尽汧陇，东西八百里。"《读史方舆纪要》："蓝田县，秦岭在县东南，即南山别出之岭。凡入商洛、汉中者，必越岭而后达。"

〔七〕时值正月中旬，天气严寒，故有"雪拥蓝关"之语。

〔八〕应有意，指韩湘有意相随至潮州。

〔九〕瘴江，指岭南瘴疠之地的江河。潮州滨江（今称韩江），瘴江边即指潮州。《左传·僖公三十二年》："蹇叔之子与师，哭而送之，曰：'晋人御师必于殽……必死是间，余收尔骨焉。'""收骨"用其语。

笺评

曾季貍曰：韩退之"雪拥蓝关马不前"三字出古乐府《饮马长城窟行》"驱马涉阴山，山高马不前"。（《艇斋诗话》）

方回曰：人多讳死，时谓有谶。昌黎自谓必死潮州。明年量移袁州，寻尔还朝。（《瀛奎律髓》卷四十三）

金圣叹曰：（前解）一、二，不对也。然为"朝"字与"夕"字对，"奏"字与"贬"字对，"一封""九重"与"八千"字对，"天"字与"潮州""路"字对。于是诵之，遂觉极其激昂。谁谓先生起衰之功，止在散行文字？才奏，便贬；才贬，便行，急承三、四一联，老臣之诚悃，大臣之丰裁，千载如今日。（后解）五、六，非写秦岭云、蓝关雪也，一句回顾，一句前瞻，恰好逼出"瘴江边"三字。盖君子诚幸而死得其所，即刻刻是死所，收骨江边，正复快语，安有谏迎佛骨韩文公，肯作"家何在"妇人之声哉！唐人加意作五、六，总为眼光在七、八耳。千遍吟此，便知《列仙传》胡说可恨。（《贯华堂选批唐才子诗》卷五）

李光地曰：《佛骨表》孤映千古，而此诗配之。尤妙在许大题目，而以"除弊事"三字了却。（《榕村诗选》）

何焯曰：结句即是不肯自毁其道以从于邪之意，非怨怼，亦非悲伤也。（《义门读书记》）又曰：沉郁顿挫。

赵臣瑗曰：《青琐》之说，容或有之。（《山满楼笺注唐诗七言律》卷三）

纪昀曰：语极凄切却不衰飒。三、四是一篇之骨，末二句即归缴此意。（《瀛奎律髓刊误》）

方世举曰：公作《女挐圹铭》云："愈黜之潮州，既行，有司以罪人家不可留京师，迫遣之。"此诗喜湘远来，盖其时仓卒，家室不及从，而后乃追及，公尚未知，故以将来归骨，委之于湘。盖年已逾艾，九死一生，不觉预计。此时事当考者也。（《韩昌黎诗编年笺注》）

汪森曰：情极凄感，不长忠爱，此种诗何减《风》《骚》遗意？（《韩柳诗选》）

杨逢春曰：（首联）首二叙朝奏夕贬，即日就道情事，作提笔。（《唐诗绎》）

王寿昌曰：近体如宋员外之"度岭方辞国……"（《度大庾岭》），李义山之"曾共山翁把酒时……"（《九日》），皆能寓悲凉于蕴藉，然不如韩昌黎之"一封朝奏九重天……"（《左迁至蓝关示侄孙湘》），虽不无怨意而终无怨辞，所以为有德之言也。（《小清华园诗谈》卷下）

程学恂曰：（末句下）时未离秦境，而语已及此，其感深矣。（《韩诗臆说》）

于庆元曰：心诚昭如日月。（《唐诗三百首续选》）

曹毓德曰：昌言除弊，何惜残年。至今读之，犹觉生气凛然。（《唐七律诗钞》）

吴汝纶曰：（"欲为"二句下）大气盘旋，以文章之法行之，然已开宋诗一派矣。又曰：凄恻。（《唐宋诗举要》卷四引）

俞陛云曰：昌黎文章气节，震轹有唐。即以此诗论，义烈之气，掷地有声，唐贤集中所绝无仅有。（《诗境浅说》）

章士钊曰：观子厚贬所各诗，都表现与峒氓浑融一气，和平恬澹，勤劳民事，四年之间，浑如一日。与其他过客之无端怨悱大异其趣。试以退之"云横秦岭""收骨瘴江"核之，两者有舒躁和怨之不同，一目了然。（《柳文指要》）

韩愈

韩愈因谏阻迎佛骨而遭严谴，不但是其一生经历中的大事，也是中唐政坛上的大事。反映这一大事的《论佛骨表》和《左迁至蓝关示侄孙湘》也因此成为韩愈诗文中的双璧。从诗歌风格上看，此诗与其五七言古体之"横空盘硬语"的奇崛险怪诗风显然有别，以散文化笔法运用于七律，通篇在自然流畅中见沉雄博大，且体现出诗人倔强的个性，显示的仍是韩愈的本色。

"一封朝奏九重天，夕贬潮州路八千。"首联陡起叙事，点题内"左迁"。"朝奏"而"夕贬"显示出从上表到贬官时间之短，透露出这"一封朝奏"是如何强烈地触动了最高封建统治者的神经，引发其难以遏制的雷霆之怒。以致虽裴度等重臣说情，仍遭到远贬八千里的潮州且立即上路的严谴。两句之中，"一封朝奏"与"夕贬潮州"、"九重天"与"路八千"，运用时间、数字构成鲜明的对比，使人对遭此急贬远谪严谴的原因产生期待，从而自然引出下联。

"欲为圣明除弊事，肯将衰朽惜残年！"颔联承"朝奏""夕贬"，明示遭贬的原因和自己的态度。说自己上表言事，谏阻迎佛骨，完全是为了替皇帝清除蠹国害民的弊政，岂能因为年已衰朽爱惜残年馀生而畏缩不前呢。对于皇帝士庶佞佛之弊，韩愈在《论佛骨表》中曾有"事佛渐谨，年代尤促""事佛求福，乃更得祸""惟恐后时，老少奔波，弃其业次"等激烈的言辞加以抨击，而且对自己上表反佛引起的后果有充分的估计，表示"佛如有灵，能作祸祟，凡有殃咎，宜加臣身。上天鉴临，臣不怨悔"，遭此严谴之后，仍坚定地认为佞佛是"弊事"，必欲"除"之而后安，并坚持自己为除弊而不惜残年的无畏态度，在实际上就是对皇帝的严谴在思想感情上一种毫不妥协、毫不屈服的表示。尽管诗是"示侄孙湘"的，与上表给皇帝有别，但这种认识和态度仍然表现出韩愈面对政治高压无所畏惧的凛然气度。两句用流水对和散文化笔调，于一气流注中更见诗人的浩然正气。

"云横秦岭家何在？雪拥蓝关马不前。"腹联由颔联的直接抒情转为写景，点题内"至蓝关"。上句是回望来路，但见高峻绵延的秦岭山脉，云封雾锁，京城长安已经杳不可见，自己的家更不知在何处。韩愈此时，还不知道有司以罪人家室不可留京师，悉加谴逐之事，更不可能料想到日后其幼女道死于商南的惨剧，但在"云横秦岭家何在"的茫然思念之中已含有对家人命运的挂念与担忧，而"云横秦岭"的景象也令人自然联想起政治环境的灰暗迷茫。下句是瞻望前路，但见皑皑白雪，簇拥包围着高险雄峻的蓝田关，连惯于登高涉险的马也徘徊不前，望之却步，暗示前路艰险重重，不知何时方能平安抵达贬所。十六年前，韩愈已有过一次贬斥南荒的经历，"咫尺性命轻鸿毛""十生九死到官所"的艰险经历记忆犹新，这次贬到比连州更远的潮州，道途的艰难险阻更可想而知，而人生的艰难也就自然寓含其中。这一联情感激楚悲凉，但境界却阔大雄浑，故毫无衰飒颓靡之感，而是给人一种崇高的悲剧性美感，而这种美感的产生与获得，又植根于颔联的直接抒情所显示的崇高政治责任感与使命感、抒情与写景在这两联中正相互作用，浑融一体。

　　"知汝远来应有意，好收吾骨瘴江边。"韩愈此次被贬，无论是从自己上表时态度之激烈、宪宗对此事的震怒、贬谪之地的荒僻遥远，还是从自己坚守除弊的立场毫不妥协来看，已经做好了贬死南荒的充分思想准备，因此对韩湘的远道而来伴己南行之"意"也作了相应的理解，而郑重地以后事相托。"欲为圣明除弊事"的崇高动机，却落得个"收吾骨"于"瘴江边"的结果，本来是极凄楚悲伤的事，诗人却说得坦然、淡定而从容，既无怨亦无悔。这一结，正与颔联"肯将衰朽惜残年"的表态紧相呼应，表明作者在上表之时既已抱定为除弊事而不惜残年的意志，远贬之后也不会改变初衷。"肯将衰朽惜残年"的诗句，正表现出一种"亦余心之所善兮，虽九死其犹未悔"式的坚定与倔强。

早春呈水部张十八员外二首（其一）〔一〕

天街小雨润如酥〔二〕，草色遥看近却无〔三〕。
最是一年春好处〔四〕，绝胜烟柳满皇都〔五〕。

校注

〔一〕水部张十八员外，指水部员外郎张籍。长庆二年（822），张籍由国子博士迁水部员外郎，十八系张籍之行第。长庆二年、三年春籍均在水部员外郎任。方世举《韩昌黎诗编年笺注》及王元启《读韩纪疑》均以为诗当作于长庆三年（823）早春，兹从之。第二首有"莫道官忙身老大"之句，方世举以为当为韩愈长庆三年为吏部侍郎时。

〔二〕天街，指长安宫城承天门南的南北向大街朱雀门大街，亦称天门街。唐尉迟偓《中朝故事》：“天街两畔槐树，俗号为槐衙。曲池江畔多柳，亦号为柳衙。意谓其成行列如排衙也。”韩愈《早赴街西行香赠卢李二中舍人》：“天街东西异，祗命遂成游。”可证此“天街”均专指朱雀门大街，非泛指一般的京城街道。酥，酥油。

〔三〕草色遥看，远远看去，刚返青的一片草地上似微微泛着一层绿色。

〔四〕处，时，时候。

〔五〕烟柳，烟雾笼罩的碧柳。指阳春三月生长茂盛时的柳色。

胡仔曰：“天街东西异……”此退之《早春》诗也。“荷尽已无擎雨盖，菊残犹有傲霜枝。一年好景君须记，正是橙黄橘绿时。”此子瞻初冬诗也。二诗意思颇同而词殊，皆曲尽其妙。（《苕溪渔隐丛话·后集》）

刘壎曰：“天街小雨润如酥……”此韩诗也。荆公早年悟其机轴，平生绝句实得于此。虽殊欠骨力，而流丽闲婉，自成一家，宜乎足以名世。其后学荆公而不至者为“四灵”，又其后卑浅者落“江湖”，风斯下矣。（《隐居通义》）

朱彝尊曰：景绝妙，写得亦绝妙。（《批韩诗》引）

黄叔灿曰：“草色遥看近却无”，写照工甚。正如画家设色，在有意无意之间。“最是”二句，言春之好处，正在此时，绝胜于烟柳全盛时也。（《唐诗笺注》卷九）

富寿荪曰：此与杨巨源《城东早春》寓意相同（按：杨诗云：“诗家清景在新春，绿柳才黄半未匀。若待上林花似锦，出门俱是看花人。”皆具哲理，诗中写景清丽，绰有风致）。（《千首唐人绝句》）

这首小诗，写诗人对长安早春之美的独特发现与感悟。给人以丰富的启示，却并不流于说理与议论，仍具有隽永的韵味和摇曳的风神。诗是呈给老朋友张籍的，自然也包含有将自己的独特发现与感悟跟友人共享的意思。

"天街小雨润如酥"，起句写早春的细雨。宽广的朱雀大街上，迷蒙的细雨悄无声息地飘洒降落，洒在雨旁的草地之上，渗入泥土之中。诗人用"润如酥"来形容早春细雨滋润土地草木的特征、形态和效果，可谓妙极形容。它带给读者的不仅仅是一种滋润感、渗透感、轻柔感，而且是一种油脂浸润所呈现的光泽润滑感，使人想到那经历一冬干涸的土地在"润如酥"的细雨滋润下泛出的光泽和散发出的泥土芳香。这和北方民间的谚语"春雨贵如油"强调它的珍贵价值有所不同，它突出渲染的是早春细雨所给予人的那种由润泽滋养土地草木而引起的舒适感愉悦感，是一种心灵上的熨帖感。

　　这种"润如酥"的小雨本身就是早春景色的突出表征，同时又是促成早春另一种景色的原因——"草色遥看近却无"。由于细雨的滋润，枯黄了一冬的草开始返青。透过迷蒙的丝雨向远处看去，天街两旁的草地上像是泛出了一层似有若无的淡淡的青色，可到走近了一看，却又像没有似的。这是因为，刚返青的草，只在根部开始泛出一小截淡淡的绿色，远看时由于视域宽阔，集中连片，故可见一片隐隐的青色，近处看时，目光集中在眼前一小片草地上，只见草梢仍是枯黄之色，故说"草色遥看近却无"。这句看似写得抽象，实则观察极细致，描绘极传神，它所摄取的正是"早春"的神魂，所传达的正是春回大地的最初讯息。而渗透在诗句之中的，则是诗人发现春回大地的最初讯息的欣喜乃至惊喜，是一种沁人心脾的新鲜感和对自然界生命复苏的愉悦感。

　　"最是一年春好处，绝胜烟柳满皇都。"三、四两句，是诗人对早春景色的独特审美感悟与审美评价。在诗人心目中，眼前这细雨如酥，浸润大地，"草色遥看近却无"的早春景色，比起茂盛的烟柳遍布皇都的三春景象要美好得多，它正是一年当中最美好的景色。"最是""绝胜"的着意强调，使诗人的这种审美评价具有一种不容置疑的意味。实际上诗人着意强调的乃是自己的这种独特感受与发现。在一般人心目中，百花盛开的烂漫春光、艳丽春色，无疑是一年中最美好的景色，而诗人正与之相反，欣赏的是"草色遥看近却无"这种看来并不起眼的早春景色。原因就在于它所独具的新鲜感、生命力和孕育着未来绚丽春色的无限希望的潜在力量。对美好将来的展望有时比美好的现实更具诱惑力。一旦真正到"烟柳满皇都"之时，不但春色在人们心目中已经失去了早春时的新鲜感，也失去了活跃的生命力，接踵而至的便是春意阑珊，春色凋残，引起的或许就是伤春的意绪和惆怅的情思了。这种独特的审美评价中寓含着一种带有哲理性的感悟，给人以丰富的联想与启示，但作者并不道出，只以"最是""绝胜"这样的咏叹语出之，因而在给人以感悟的同时仍倍感其风神摇曳，饶有情韵。

其实，早春的景色是不是就一定是"绝胜"三春的烂漫艳丽春色呢？这完全要看诗人当时当地的独特感受。实际上诗人就抒写过他对晚春热闹景色的独特感受和热情礼赞。审美感更强调的是新鲜与独特，而不是它的绝对正确。

张仲素

张仲素（？—819），字绘之，河间人。贞元十四年（798）登进士第，复登宏辞科。始任武宁节度使张愔判官。元和七年（812）以屯田员外郎充考判官。元和十一年以礼部郎中充翰林学士。十三年加司封郎中、知制诰，充翰林学士。十四年迁中书舍人，是年冬卒。工乐府，善赋。《全唐诗》编其诗为一卷。

秋思二首（其一）〔一〕

碧窗斜日蔼深晖〔二〕，愁听寒螿泪湿衣〔三〕。
梦里分明见关塞〔四〕，不知何路向金微〔五〕。

校注

〔一〕《全唐诗》校：秋字下"一本有闺字"。原作二首，此为第一首。

〔二〕碧窗，绿色的纱窗。日，《全唐诗》校："一作月。"蔼，映照。

〔三〕寒螿，秋蝉。螿（jiāng），蝉的一种，即寒蝉。

〔四〕关塞，指丈夫远戍的边塞。

〔五〕金微，山名，即今之阿尔泰山，在蒙古国境。《后汉书·耿夔传》："以夔为大将军左校尉，将精骑八百，出居延塞，直奔北单于庭，于金微山斩阏氏、名王以下五千馀级。"唐贞观年间，以铁勒卜骨部地置金微都督府，乃以此山得名。"金微"与上句"关塞"或谓同指丈夫远戍之地，恐非。详鉴赏。

笺评

杨慎曰：即《卷耳》诗后章之意也。（按：《诗·周南·卷耳》末章："陟彼砠矣，我马瘏矣，我仆痡矣，云何吁矣。"）（《升庵诗话》）

胡应麟曰：（绝句）江宁之后，张仲素得其遗响，《秋闺》《塞下》，诸

曲皆工。（《诗薮·内编·近体下·绝句》）

胡震亨曰：七言绝，开元之下，便当以李益为第一……又张仲素《秋闺曲》"梦里分明见关塞，不知何路向金微""欲寄征人问消息，居延城外又移军"，皆去龙标不甚远。（《唐音癸签·评汇六》）

邢昉曰：晚唐绝句，愈工愈浅近，此独空淡有远神。（《唐风定》卷二十二）

黄叔灿曰：言有梦尚不得到，用意更深一层。（《唐诗笺注》）

宋宗元曰：翻用"梦中不识路"句，愈形金微之远。（《网师园唐诗笺》）

沈德潜曰：即王涯所云"不省出门行，沙场知近远"意。（《重订唐诗别裁集》卷十九）

宋顾乐曰：二诗缱绻有情，含思宛至。（《唐人万首绝句选》评）

潘德舆曰：诗有字诀，曰"厚"……便觉深曲有味。今人只说到梦见关塞，托征鸿问消息便了，所以为公共之言，而寡薄不成文也。（《养一斋诗话》卷一）

俞陛云曰：二诗咏秋闺忆远，皆以曲折之笔写之。第一首静夜怀人，形诸梦寐，常语也。诗乃言关塞历历，已见梦中，适欲身赴郎边，出门茫茫，何处是金微之路，则入梦徒然耳……唐人集中多咏征夫思妇，宋以后颇稀，殆意境为前人说尽也。（《诗境浅说》续编）

刘永济曰：两诗首二句皆写秋，三、四句皆写闺情。（《唐人绝句精华》）

文研所《唐诗选》：见过一般城堡的人可以具体想象边地关塞的形状，未到过金微的人只觉得它是一个抽象的地名。所以前者易见于梦寐，而后者不易。

明代两位著名的唐诗研究学者胡应麟、胡震亨都对张仲素的绝句评价很高，尤其是对这两首写闺中少妇思念远戍丈夫的七绝。认为"去龙标不甚远""得其（指王昌龄）遗响"。从构思的精致、表情的含蓄来看，确有江宁遗风，而第一首的后幅写梦境，尤顿挫曲折、摇曳生情，极富韵味。

诗从傍晚时分写起。首句"碧窗斜日蔼深晖"，"日"字一作"月"。或因后幅写到梦境而认为当作"月",但第二句写到"寒螀"(寒蝉,亦即秋蝉),明显是薄暮时而非夜间。因为蝉在夜间一般情况下是不大鸣叫的,而傍晚时则常有蝉鸣。柳永《雨霖铃》"寒蝉凄切,对长亭晚,骤雨初歇""多情自古伤离别,更那堪冷落清秋节"可证。这句写傍晚时分,夕阳西斜,黯淡的余光映照在闺房的碧纱窗上,透入的余晖变得更加幽深黯淡了。这是写女主人公所居的环境氛围,也透露出寂寥黯淡的情思。薄暮时分往往是离人思妇空寂感转增的难堪时刻,这句虽未直接写到人的活动和思绪,但可以感到那斜阳黯淡的余晖映照的碧纱窗之上,似有一丝幽怨在悄然流动。

"愁听寒螀泪湿衣",第二句方正面写到女主人公。到了清秋季节,蝉的生命力正趋于衰竭,它所发出的凄清的鸣叫声,在怀着寂寥黯淡情思的女主人公听来,倍感凄寒。自己的青春年华,就在空闺独守的凄清寂寥中悄然消逝。听着这一声接一声越来越无力的寒蝉哀鸣声,想到自己的凄寒寂寥处境,不禁潸然泪下,沾湿了衣裳。"寒螀"正点题内"秋"字,而"愁听""泪湿衣"则正是对题内"思"字的着意渲染。由于怀念远人的思绪如此强烈,空闺独处的愁绪如此浓重,这就自然引出三、四两句来。

"梦里分明见关塞,不知何路向金微。"怀远人而不见,守空闺而寂寥,故有秋闺之梦境。这两句极精彩,但解说有分歧。有说"关塞""金微"互文同意的,从对举避复的角度看,似有这种可能。但仔细寻味,却不大合乎情理。如果"关塞"即"金微",亦即丈夫远戍之地,则既然"分明见关塞",也就见到了金微,如何又说"不知何路向金微"呢?从情理推测,"关塞"当指北方的边关要塞,而"金微"则无论是指金微山或是金微都督府所在地,都应该比"关塞"更远。女主人公在丈夫临行时或丈夫的来信中只知道,丈夫这次远戍之地在金微,其地远在北方的边关要塞之外。女主人公虽未去过丈夫所说的北方关塞,但平日里或许见过家乡附近的某座关塞,或者在画图中见过关塞的形象,因此在思极而梦时,梦里便"分明见关塞"而真切在目了。但丈夫所说的"金微",在她印象中只不过是一个极北极远的一个抽象的地名,她的全部生活经验都不可能唤起对它的具体想象,因此当"梦里分明见关塞"时,她的梦魂却徘徊彷徨,"不知何路向金微"了。上句用"分明"二字一扬,丈夫所说的北方关塞已经历历在目,似乎不久就能飞到日夜思念的丈夫面前;下句用"不知"二字一抑,旷远迷茫之中,通向丈夫远戍之地金微的路根本不知道在哪里。这一扬一抑、一转一跌之间,形成了巨大的心理落差和情感落差,使女主人公从兴奋喜悦的巅峰跌落下来,满

张仲素

1979

腔希望顿时化作失望。梦境的真切与虚渺，情感的激动与失落，梦魂的徘徊踟蹰、子然失路，梦醒后的空虚惆怅、寂寞伤感，在这扬抑转跌之间都得到了含蓄而生动的表现。

三、四两句的构思，可能受到沈约《别范安成》"梦中不识路，何以慰相思"的启发，但这首诗中的顿挫曲折，特别是"分明见关塞"与"不知何路向金微"的想象却是沈诗中所无的。它完全源于诗人的实际生活体验。离开真切而新鲜的生活体验，绝不可能写出这样曲折动人、极富情韵的诗句。

王 涯

王涯（？—835），字广津，太原人。贞元八年（792）登进士第，又登宏辞科，释褐蓝田尉。二十年后充翰林学士，拜右拾遗、左补阙、起居舍人，皆充内职。元和三年贬虢州司马。五年入为吏部员外郎。十一年拜中书侍郎、同中书门下平章事，十三年罢为兵部侍郎。十五年出为剑南西川节度使。长庆四年（824），入为御史大夫，迁户部尚书、盐铁转运使。宝历二年（826）出为山南西道节度使。大和三年（829）入为太常卿。四年任吏部尚书、领诸道盐铁转运使，进右仆射，领使如故。七年再拜相，仍兼使职。大和九年十一月甘露之变中，宦官诬以谋反，被杀。长于绝句，尤擅宫词、闺怨之作。与令狐楚、张仲素唱和，有《三舍人集》，今存。《新唐书·艺文志》著录《王涯集》十卷，已佚。《全唐诗》编其诗为一卷。

秋夜曲〔一〕

桂魄初生秋露微〔二〕，轻罗已薄未更衣〔三〕。
银筝夜久殷勤弄〔四〕，心怯空房不忍归。

校注

〔一〕《乐府诗集》卷七十六《杂曲歌辞十六》收入王涯《秋夜曲》二首，其中"丁丁漏水夜何长"一首系张仲素作。

〔二〕桂魄，指月亮。传说月中有桂树，又月初生或圆而始缺时不明亮处称魄。此指月初生不明亮处。

〔三〕轻罗，指轻薄的罗衣。

〔四〕银筝，用银装饰的筝或用银字表示音调高低的筝。殷勤，反复。弄，拨弄，指弹奏。

钟惺曰：生媚生寒。（《删补唐诗选脉笺释会通评林·中七绝下》引）

唐汝询曰：广津《秋夜曲》二首，皆闺情正调，雅而不纤。（同上引）

周珽曰：以"心怯空房"四字，生出无方恨思。否则谁不畏寒，乃能深夜衣薄罗而耽彼银筝也。（同上引）

俞陛云曰：秋夜深闺，银筝闲抚，以婉约之笔写之。首言弓月初悬，露珠欲结，如此嫩凉庭院，而罗衫单薄，懒未更衣，已逗出女郎愁思。后二句言，夜深人静，尚抚筝弦，非殷勤喜弄也，以空房心怯，不忍独归，作无聊之排闷。锦衾角枕，其情绪可知。所谓"小胆空房怯，长眉满镜愁"，即此曲之意也。（《诗境浅说》续编）

刘拜山曰：懒换秋衣，久弄银筝，总是写思妇百无聊赖之状，而以"心怯空房"缴足之。（《千首唐人绝句》）

鉴赏

此诗写闺中少妇秋夜空房独处的寂寥，意境已启后之闺情词。

这是一个初秋的夜晚。一弯新月刚出现在天空，清光如水，映照四方。庭院的草上、树上，已经滋生了秋天的露水。"秋露微"的"微"字透露出虽已入夜，却未到夜深时分，故露水未浓，只能凭枝头草上偶见露珠闪烁以及它带来的一丝凉意而感知。这句写环境。

"轻罗已薄未更衣"，次句方正面描写女主人公的衣着。她穿着轻薄的罗衣，已经明显感到衣衫的单薄难御秋夜的凉意，却迟迟没有更衣。"已薄"二字透露出随着夜逐渐加深，一开始并不觉单薄的罗衣此时已经感到其轻薄而夜凉袭人了。"已薄"而"未更衣"的原因，此处并不点破，给读者留下悬想和期待。

"银筝夜久殷勤弄"，第三句进一步写女主人公的行为，点明她是在秋夜的庭院中弹筝。从"秋露微"到"罗衣已薄"再到"夜久"，显示时间的渐进过程，至此已是深夜时分了。但女主人公却反复拨弄着筝弦，弹奏着似乎没完没了的曲调。庭院寂寞，凉露侵肌，如此"殷勤弄"筝，又究竟为了什么呢？悬念进一步加深，逼出末句。

"心怯空房不忍归。"前三句写秋天月下的清露，写女主人公穿着单薄的罗衣而"未更衣",写女主人公深夜反复弹筝,目的都是为了从各方面烘托出全诗的主句。原来她之所以从新月初上到夜深人静始终独坐庭院,反复拨弄筝弦,弹奏筝曲,虽凉意袭人,罗衣难抵秋夜的寒意而迟迟不回房中,就是由于那是一间寂寥的"空房"。"空"字既显示房室之空寂无人,又透露出女主人公心灵的空虚寂寞。"怯"字更将女主人公在长期空房独守的寂寞无聊、度日如年的生活中形成的不敢面对空房的心理状态和睹物神伤、孤寂难耐的情景和盘托出。说"不忍归",正含蓄地透露出"空房"夜夜独守时自己难以禁受心灵的痛苦折磨。这一全篇之眼,不但对前三句所设的种种悬念做出了总结性的解释,而且使全篇形成了一个浑然的艺术整体。

王
涯

1983

柳宗元

柳宗元（773—819），字子厚，河东（今山西永济）人。贞元九年（793）登进士第。十二年登博学宏辞科，十四年授集贤殿正字。十七年调蓝田尉，十九年迁监察御史里行。二十一年正月，顺宗即位，擢为礼部员外郎，参与王叔文政治集团。八月，顺宗内禅，宪宗即位，改元永贞，九月贬邵州刺史，未到任，追贬永州司马，同贬者有刘禹锡等七人。元和十年（815）奉召回京，复出为柳州刺史。在任多惠政，十四年卒于任。与韩愈同倡古文，世称"韩柳"，为散文大家。宗元亦工诗，苏轼称其诗"发纤秾于简古，寄至味于澹泊"，后世或与韦应物合称"韦柳"，然其诗实有悲慨愤郁、凄楚孤寂的一面。《全唐诗》编其诗为四卷。今人王国安有《柳宗元诗笺释》。

与浩初上人同看山寄京华亲故〔一〕

海畔尖山似剑铓〔二〕，秋来处处割愁肠。
若为化得身千亿〔三〕，散上峰头望故乡〔四〕！

校注

〔一〕浩初上人，长沙龙安海禅师弟子，见《柳河东集》卷六《龙安海禅师碑》。同书卷二十五《送僧浩初序》称其"闲其性，安其情，读其书，通《易》《论语》，唯山水之乐，有文而文之。又父子咸为其道，以养而居，泊焉而无求"。二人初识于永州。元和十二年（817），浩初自临贺至柳州，谒见时任柳州刺史的柳宗元，诗当作于是年秋。柳又有《浩初上人见贻绝句欲登仙人山因以酬之》，亦同时作。

〔二〕柳州近海，故云"海畔"。剑铓，剑锋。作者《桂州訾家洲亭记》谓"桂州多灵山，发地峭竖，林立田野"，任华《送宗判官归滑台序》谓桂林一带尖山万重，平地卓立，黑是铁色，锐如笔锋，柳州一带的山亦近似。

〔三〕若为，如何能够。隋慧远《大乘义章》卷十九："偶随众生现种种形，或人或天或龙或鬼，如是一切，同世色像，不为佛形，名为化身。"《坛经》："于自色身归依千百亿化身佛。""化得身千亿"从此出。

〔四〕上，《全唐诗》校："一作作。"

笺评

苏轼曰：仆自东武适文登，并海行数日。道旁诸峰，真若剑铓。诵柳子厚诗，知海上山多尔耶？（《东坡题跋》卷二《书柳子厚诗》）又曰：韩退之诗："水作青罗带，山为碧玉簪。"柳子厚诗："海上群山若剑铓，秋来处处割愁肠。"陆道士曰："二公当时不相计，会好作成一属对。"东坡为之对曰："系闷岂无罗带水，割愁还有剑铓山。"此可编入诗话也。（《东坡题跋》卷二）

周紫芝曰：柳子厚《与浩初上人看山》诗云……议者谓子厚南迁，不得谓无罪，盖未死而身已在刀山上矣。（《竹坡诗话》）

瞿佑曰：柳子厚诗"海畔尖山似剑铓……"或谓子厚南迁，不得谓无罪，盖未死而身已上刀山矣。此语虽过，然造作险诨，读之令人惨然不乐。未若李文饶云："独上高楼望帝京，鸟飞犹是半年程。青山似欲留人住，百匝千遭绕郡城。"虽怨而不迫，且有恋阙之意。（《归田诗话》卷上）

顾璘曰：悲语。（《删补唐诗选脉笺释会通评林·中七绝》引）

周珽曰：留滞他山，愁肠如割，到处无可慰之也。因同上人，欲假释家化身神通，少舒乡思之想。固迁客无聊之思，发为无聊之语耳。（同上引）

鉴赏

柳宗元是一位思想深邃、志向远大、性格内向、情感强烈、信念坚定、操守执着的革新派人士。宪宗初立，即因参与永贞革新而与二王、刘禹锡等同贬远州司马。十年之后，方与刘禹锡等人分别从永州司马、朗州司马等任上召还，但二月方抵京，三月又分别出为柳州刺史、播州刺史。"制书下，宗元谓所亲曰：'禹锡有母年高，今为郡蛮方，西南绝域，往复万里，如何与母偕行。如母子异方，便为永诀。吾于禹锡为执友，胡忍见其若是！'即草章奏，请以柳州授禹锡，自往播州。会裴度亦奏其事，禹锡终易连州。"

（《旧唐书·柳宗元传》）这种在己身亦处于万分艰难竭蹶处境中表现出来的深挚情谊，不但折射出高尚的人性光辉，也包含着对政治上同道者的支持。同时召还又旋出为远州刺史的还有韩泰、韩晔、陈谏等人。这种以一代才士而长期贬谪远州，刚召还旋又出任远郡的情况，在唐代非常少见，特别是在元和这样一个君主思有作为、朝廷人才济济的"中兴"时代，更令人感到难以理解。因为从元和施政的大方面看，与永贞革新并没有本质的不同。这恐怕也是柳宗元等连遭贬谪的才士们无法理解的。正因为这样，其内心的郁结就更加深重，发而为诗，才会有那样尖锐强烈、沉痛愤激的感情迸发。

这首诗所要抒发的主观情思，就是第二句中所说的"愁"，而诗思的触发点一是柳州一带形态奇特的山峰，二是此刻跟诗人一起同看山的浩初上人，一位能诗的禅僧。诗中运用的比喻、触发的想象都与此二者分不开。

"海畔尖山似剑铓"。柳州地近南海，故称"海上"（唐人称柳州之北的桂州，亦泛曰"桂海"，见李商隐《上尚书范阳公启》"去年远从桂海，来返玉京"及《海上谣》）。桂林、柳州一带的山，均平地拔起，尖峭独立，给初来的人以极深刻强烈的印象。但同样是用比喻形容这一带的山，韩愈的《送桂州严大夫》却说"山如碧玉簪"。虽都写出了山之尖峭，但给人的感觉、印象却完全不同。"剑铓"即剑锋，凸显的是它的锋利感，而"碧玉簪"由于作为女子的头饰，带给人们的却是一种柔媚秀美的感受。这两个不同的比喻正透露出诗人所要表达的感情的区别。在韩诗中，如同碧玉簪的山，给人以奇峭而柔美的美感愉悦，而在柳诗中，则给人以尖锐锋利的痛感联想。这原因，当然由于诗人是怀着一腔郁结的"愁"情去看山的缘故，这就自然引出下句来。

"秋来处处割愁肠。"上句将尖峭的山峰比作"剑铓"，设想虽奇特新颖，但还不能从中直接感受到诗人的感情性质，这一句则直接点出了抒情主体的"愁"。秋天本就是容易引起去国怀乡愁绪的季节，这是自宋玉《九辩》以来寒士悲秋的传统。"愁"之因"秋"而起，原很自然，与上句所看到的"似剑铓"的"尖山"之间，本无直接关联。诗人因"愁肠百转"的习用语而突发奇想，感到那一座座"似剑铓"般尖锐锋利的山峰就像在"割"自己的"愁肠"一样。本因怀着沉重的愁绪看山，而觉峰似剑铓，现在又倒过来设想这如剑般锋利的山在寸寸割断自己的愁肠。这"割"字用得奇险生新、狠重有力，却又极自然贴切，它把诗人目睹异乡绝域尖峭锋利的山峰时那种心如刀割、痛切肺腑的强烈感受表现得极为生动传神，说"处处"，是因为这一带的山大多拔地而起，林立四野，四面八方到处都是，因此触目所及，处处山峰皆"割愁肠"，简直无可遁逃。同时，这里的"处处"又自然引发化身千亿的想象，前后幅之间照应连接得非常密合。

前两句山如剑铓割愁肠的比喻和联想，虽似从生活中来，却运用了佛典。《阿含经·九众生居品》："设罪多者当入地狱，刀山剑树，火车炉炭，吞饮融铜。"唐代流传很广的目连救母佛教故事也有"刀山剑树地狱"的描写（见《敦煌变文集·目连救母变文》）。因此，它的诗思触发与"同看山"的乃是一位佛教僧侣有密切关联。这里暗用佛典，正暗透出诗人形如幽囚、置身地狱的刀山之上的锐痛感。

"若为化得身千亿，散上峰头望故乡！"前两句极力渲染山形如剑、愁肠如割，按说似对此如剑之山应避之唯恐不及了，但三、四句却更发奇想，不但看山，而且幻想自己如何能够像佛教故事所说的那样，化身千千万万，飞散上千千万万个山峰顶端，遥望京华故乡。善于联想的读者大概不会忘记"尖山似剑铓"的比喻，也不会忘记它那"割愁肠"的尖锐锋利，那么化身千亿的诗人飞上这尖峭如剑的山峰之巅时，难道不感到那种强烈尖锐的刺痛感吗？这似乎有些胶柱鼓瑟，却是自然的联想。实际上，诗人要突出的正是这种纵然经历着尖锐的刺痛，也要"望故乡"的不可遏止的愿望。这种强烈的渴望，即因怀乡去国、思念亲故而不能得见的"愁"绪而生。又因虽"望"而终不得见、不能回的绝望而加深。（《登柳州峨山》云："如何望乡处，西北是融州！"）这两句运用佛典，极新奇亦生动形象。"散上"二字，既呼应次句的"处处"，又展现出千千万万化身飞散而登上千峰万岭的奇幻场景。感情虽极沉痛，境界却极阔远而瑰奇，具有一种动人心魄的悲剧美和强烈的感发力。

同刘二十八哭吕衡州兼寄江陵李元二侍御〔一〕

衡岳新摧天柱峰〔二〕，士林憔悴泣相逢〔三〕。
只令文字传青简〔四〕，不使功名上景钟〔五〕。
三亩空留悬磬室〔六〕，九原犹寄若堂封〔七〕。
遥想荆州人物论，几回中夜惜元龙〔八〕。

校注

〔一〕刘二十八，刘禹锡，时任朗州司马，二十八是其行第。吕衡州，衡州刺史吕温。江陵李元二侍御，江陵府户曹参军李景俭、士曹参军元稹。李景俭元和三年（808）由监察御史贬为江陵户曹参军，元稹元和五年由监察御史贬为江陵府士曹参军。吕温（772—811），字和叔，河中府河东县（今山西永济）人。贞元十四年（798）登进士第，又登宏辞科，授集贤殿校书郎，与王叔文、柳宗元、刘禹锡、韦执谊等友善。十九年擢为左拾遗。二十年随工部侍郎出使吐蕃，永贞元年（805）十月回长安。时二王八司马均遭贬，温以奉使幸免。元和三年贬道州刺史，五年转衡州刺史，在官有善政。六年八月卒于衡州任上。吕温卒后，刘禹锡先有《哭吕衡州时予方谪居》七律，本篇系和刘之作。元稹亦有《哭吕衡州诗》。《旧唐书·王叔文传》谓其"密结当代知名之士而欲侥幸进者，与韦执谊、陆质、吕温、李景俭、韩晔、韩泰、陈谏、柳宗元、刘禹锡等十数人，定为死交"，并谓"王叔文最重者，李景俭、吕温"。《旧唐书·李景俭传》谓其"自负王霸之略……韦执谊、王叔文东宫用事，尤重之，待以管、葛之才。叔文窃政，属景俭居母丧，故不复从坐"。诗作于元和六年八月，旧注或谓李、元二侍御指李深源、元克己，误。

〔二〕衡岳，指南岳衡山。在今湖南衡阳市北。天柱峰，衡山七十二峰中最大的五峰之一。吕温卒于衡州刺史任，故以衡岳新摧天柱峰喻其去世。《史记·孔子世家》："子路死于卫……孔子因叹，歌曰：'太山坏乎！梁柱摧乎！哲人萎乎！'因以涕下。"此用其意。

〔三〕作者《唐故衡州刺史东平吕君诔》云："君由道州以陟为衡州。二州之人哭者逾月……余居永州，在二州中间，其哀声交于北南，舟船之下上，必呱呱然，盖尝闻于古而睹于今也。"此指当地百姓思其善政而哭之。此云"士林"，当指士大夫中赏其才识者。

〔四〕青简，指文字著作。《后汉书·吴祐传》："（吴）恢欲杀青简以写经书。"李贤注："杀青者，以火炙简令汗，取其青易书，复不蠹，谓之杀青，亦谓汗简。"刘孝标《重答刘秣陵沼书》："余悲其音徽未沫，而其人已亡；青简尚新，而宿草将列。"

〔五〕景钟，襃功铭勋的钟。《国语·晋语七》："昔克潞之役，秦来图败晋功，魏颗以其身却退秦师于辅氏，亲止杜回，其勋铭于景钟。"韦昭注：

唐诗选注评鉴（三）

"景钟，景公钟。"后借指褒功的铭钟。作者《衡州刺史东平吕君诔》云："呜呼！君有智能孝仁。惟其能，可以康天下；惟其志，可用经百世……君之智与能，不施于生人，知之者又不过十人。世徒读君之文章，歌君之理行，不知二者之于君，其末也……君之理行，宜极于天下，今其闻者，非君之尽力也，独其迹耳。"此联惜其仅能以文字著作流传后世，未能建立不朽的功名，铭功景钟。

〔六〕三亩，三亩之宅，多指狭小的居宅。《淮南子·原道训》："任一人之能，不足以治三亩之宅也。"悬磬室，形容室内空无所有。《左传·僖公二十六年》："室如悬磬，野无青草，何恃而不恐！"磬，亦作"罄"。《说文》："罄，虚器。"

〔七〕九原，本指春秋时期晋国卿大夫的墓地。《礼记·檀弓下》："赵文子与叔誉观乎九原。"后泛指墓地。若堂封，用土堆成像厅堂一样四方而高起的坟墓。《礼记·檀弓下》："吾见封之若堂者矣。"郑玄注："封，筑土为垄。堂，形四方而高。"寄，指暂时瘗于江陵。即《衡州刺史东平吕君诔》"蒿葬于江陵之野"之谓。

〔八〕《三国志·魏书·陈登传》："陈登者，字元龙，在广陵有威名，又掎角吕布有功，加伏波将军，年三十九卒。后许汜与刘备并在荆州牧刘表座，表与备共论天下人……备因言曰：'若元龙文武胆志，当求之于古耳，造次难得比也。'"荆州，即江陵。其时李景俭、元稹二人均在江陵府任户曹、士曹参军，又均与吕温友善，故以许汜、刘备赞赏陈元龙之典，以表现李、元对吕温才能志向的赞赏与逝世的惋惜。吕温卒时年仅四十。

笺评

范温曰：《哭吕衡州》诗，足以发明吕温之俊伟。（《潜溪诗眼·柳子厚诗》）

蒋之翘曰：（尾联）使事甚切而且化。（《柳集辑注》卷四十三）

金圣叹曰：（前解）衡岳五峰，天柱其一。吕温卒于衡州，故遂以天柱比之。"士林憔悴"者，言此一株既萎，便已不复成林也。"泣相逢"之为言，我方泣，不谓刘二十八亦来泣，于是遂同泣也。三、四，则其泣之之辞也。（后解）五，言吕之不能自葬也；六，言无人曾谋葬吕也。夫朋友死而不得葬，此亦后死者之责也。然则与其几回忆之，无宁一抔掩之。遥

寄江陵二子，其必有以处此矣。（《贯华堂选批唐才子诗》卷五）

黄周星曰：哀挽诗中最为得体。（《唐诗快》卷十一）

汪森曰：（五、六句）用经传事极稳贴。（《韩柳诗选》）

《唐诗鼓吹评注》：首言温之死，士林相逢者莫不悲泣而憔悴，盖惜其传文字于青简，未勒功名于景钟也。且官清而贫，室如悬磬，今已物化，见其封若高堂耳。昔刘备知惜元龙岂二侍御而不惜衡州哉！（卷一）

朱三锡曰：吕温卒于衡州，故以天柱峰比之。泣相逢，言与刘同哭也。三、四，伤其才不逢时。五、六，哀其贫不能葬。七、八写寄江陵二侍御，故即以刘荆州比之，言下有责望二公之意。（《东岩草堂评订唐诗鼓吹》卷一）

胡以梅曰：名家必一句擒题。起处妙在是哭。吕在衡州，推尊现成，不可移易。"憔悴"二字，更写得淋漓有神。馨室，言其原籍；堂封，则谓施葬之处。结言寄江陵之意也……陈登卒年三十九，温卒年亦壮，故比之。（《唐诗贯珠串释》卷三十三）

这首哭吊亡友吕温的七律，作于唐宪宗元和六年（811）秋。吕温是最早参加王叔文政治集团的杰出才士，素为王叔文所倚重。他不但政治上坚持革新，思想上也具有朴素唯物主义倾向，宣称"无天无神，唯道是信"（《古东周城铭》），与柳宗元、刘禹锡声气相通。永贞革新失败时，他因奉使吐蕃未归得免贬谪。元和三年，因不为宰相李吉甫所容，由朝官出为道州（州治在今湖南道县，与柳宗元的贬所永州为近邻）刺史，五年又移衡州（今湖南衡阳市）刺史，翌年死于衡州任上。柳宗元与吕温"交侣平生意最亲"（《段九秀才处见亡友吕温书迹》），在吕温任道州、衡州刺史期间，他们常书信往来，讨论问题。得知吕温去世的噩耗后，当时贬任朗州（今湖南常德市）司马的刘禹锡（即题内"刘二十八"）写了一首《哭吕衡州予方谪居》的七律，诗云：

> 一夜霜风凋玉芝，苍生望绝士林悲。
>
> 空怀济世安人略，不见男婚女嫁时。
>
> 遗草一函归太史，旅坟三尺近要离。
>
> 朔方徙岁行当满，欲为君刊第二碑。

柳宗元这首诗，就是和刘禹锡《哭吕衡州》之作。诗题中的"江陵李元二侍御"，指李景俭与元稹，前者是吕温的知交和永贞革新的重要成员，后者早期政治上也有进步倾向，当时遭贬居江陵，屈居下僚，政治上郁郁不得志。

诗的起联，以奇峭突兀之笔写吕温的摧折及其巨大影响。吕温死前任衡州刺史，这里就近取譬，把他的不幸摧折比作南岳衡山天柱峰的突然崩塌。"天柱"含义双关，既形象地显示出吕温顶天立地、高入云霄的奇伟风貌，暗寓其奇才异能，足任国之栋梁，又着意强调其逝世将使国家受到巨大的损失和震撼，甚至面临倾覆的危险。紧接着又用"士林憔悴泣相逢"来突出渲染他的逝世给广大士人带来的巨大悲痛，足见吕温深系时望，被士林视为国家中兴的希望。柳宗元对吕温的才能极为推崇，说他道大艺备，斯为全德（《祭吕衡州温文》），"唯其能，可以康天下；唯其志，可用经百世"（《唐故衡州刺史东平吕君诔》）。结合这些赞誉，就会感到起联的夸张性比喻，并非故为溢美之词，而是基于对吕温才能的切实认识与理解。这一联寓赞于哭，起得非常陡健，具有古诗的笔势，正如前人所说："凡五七律诗，最争起处。几起处最宜经营，贵用陡峭之笔，洒然而来，突然涌出，若天外奇峰，壁立千仞，则入手声势便紧健，格自高，意自奇，不但取调之响也。"（朱庭珍《筱园诗话》）"泣"字点醒题内"哭"字，明点"士林"，诗人自己和刘禹锡也就包括在内。

颔联对吕温赍志以没，未能为国家中兴事业做出巨大贡献深致悲慨："只令文字传青简，不使功名上景钟。"两句一正一反，一宾一主，以文章的书于青简、传流后世之"幸"，反托功名事业终未有成的不幸。像吕温这样一个志在国家中兴事业的革新才人，徒有文章传世而未建功业，实在是莫大的悲哀。"只令""不使"，惋惜痛愤之情溢于言表，究竟是谁造成这种悲剧？诗人虽未明言，但读者自可默会。

腹联转写吕温身后的凄凉。出句说吕温死后，室如悬磬，空无所有。这既写出了他的清贫，也透出了他的廉洁，柳宗元在诔文中说到道、衡二州的人民在吕温死后，"其哀声交于北南，舟船之下上，必呱呱然"，也说明他为官清廉而有善政。如果说这一句是在痛悼中含有赞美，那么下一句便是纯粹的哀悼。一代才人，国之"天柱"，竟落到旅魂不归、无力迁榇故土的地步，当时社会对才人志士的摧抑便可想而知了。"空留""犹寄"，哀婉愤激，兼而有之。

尾联扣题内"兼寄"，进一步写士林同道对吕温不幸摧折的痛惜。刘备和许汜曾在荆州牧刘表处论天下英雄，对已故的陈登（字元龙）的才情豪气极为推崇赞赏。这里以陈元龙比吕温，以刘备、许汜比李景俭、元稹，说遥想在荆州的李、元二位，中夜纵论天下英雄时，当屡次为失去陈元龙式的人物——吕温而无限痛惜。这一联不但绾合题目，遥应起联，用典雅切，而且把哀挽与赞誉融合在一起，再次展现了吕温的精神风貌，"士林"对吕温的推崇悼念也在"遥想"中得到形象化的表现。收得有气度，有情韵，与开篇的奇峭突兀、气势雄健适成对照，显得铢两相称，无头重脚轻之感。

这首诗所悼念的对象是吕温这样一个有杰出才能的革新派人士，诗中又贯注着为国家的中兴事业惜才，为才人志士的不幸命运深感愤激不平的思想感情，因此它实际上是一首现实性很强的政治抒情诗。柳宗元当时虽然名列囚籍，僻处荒远，但同过去从事革新的同道，以及一些被当权者谪贬的流人官吏一直有密切的联系，客观上形成了一个在野的政治团体。这首诗既和刘禹锡，又兼寄贬居江陵的李景俭、元稹，正是因为他们之间有着共同的政治倾向、政治遭遇。通过哭吊吕温，诗歌唱和寄酬，把他们的政治感情凝聚起来了。从这方面来理解，这首诗的政治内涵便更明显了。

哭吊友人的诗，往往容易写得凄婉哀伤。这首诗对吕温的不幸摧折，虽然也流露了很强烈的伤悼之情，但并不显得过于悲凄低回。它在哀悼中含有怨愤，在痛惜中寓有赞誉。特别是寓赞于悼，更是贯串全篇的基本构思，起、结两联，以衡岳天柱之摧与陈元龙之英年早逝为喻，更具有一种崇高的悲剧美。沈德潜评此诗说："哀怨有节，律中骚体，与梦得故是敌手。"（《说诗晬语》）这是很贴切的。不过，若论前三联，刘柳二作，可称势均力敌；难分轩轾；若论尾联，则柳诗似更胜一筹。

登柳州城楼寄漳汀封连四州〔一〕

城上高楼接大荒〔二〕，海天愁思正茫茫〔三〕。
惊风乱飐芙蓉水〔四〕，密雨斜侵薜荔墙〔五〕。
岭树重遮千里目〔六〕，江流曲似九回肠〔七〕。
共来百越文身地〔八〕，犹自音书滞一乡〔九〕。

校注

〔一〕《旧唐书·宪宗纪》：元和十年（815）三月，"乙酉，以虔州司马韩泰为漳州刺史，以永州司马柳宗元为柳州刺史，饶州司马韩晔为汀州刺史，朗州司马刘禹锡为播州刺史，台州司马陈谏为封州刺史。御史中丞裴度以禹锡母老，请移近处，乃改授连州刺史。"宗元以禹锡母年老，上奏请以柳州授禹锡，自往播州事，见《旧唐书》本传。柳州，属岭南道，今广西柳州市。漳州、汀州均属江南东道，今福建漳浦县、长汀县。封州属岭南道，今广东封开县。连州属江南西道，今广东连州市。永贞元年（805）九月所贬参与革新活动的八司马中，凌准、韦执谊卒于贬所，程异于元和四年起用。柳宗元等五人均同时出为远州刺史。此诗系元和十年六月初到柳州不久登城楼有感而作。

〔二〕大荒，荒远之地。《山海经·大荒东经》："东海之外，大荒之中，有山名曰大言，日月所出。"又《大荒西经》："大荒之中，有山名大荒之山，日月所入……是谓大荒之野。"

〔三〕句意谓登楼极望，但见海天相接，一片混茫，愁思亦浩茫无际。

〔四〕惊风，急骤的风。飐，风吹物使其颤动。芙蓉水，长满了荷花的池水。《楚辞·离骚》："制芰荷以为衣兮，集芙蓉以为裳。"

〔五〕薜荔，一种常绿的藤蔓植物，常缘墙攀附而生，又称木莲。《楚辞·离骚》："揽木根以结茝兮，贯薜荔之落蕊。"王逸注："薜荔，香草也，缘木而生蕊实也。"此联之"芙蓉""薜荔"均有象征色彩。

〔六〕岭，指五岭。柳州地处岭南，登城楼北望，不见京华故乡，故云"重遮千里目"。"重"既指树之密匝层层，又指岭之重叠。

〔七〕《元和郡县图志·岭南道四·柳州》：马平县："潭水，东去县二百步；柳江，在县南三十步。"柳州以下的一段江水，先向北，再向东北，复向南，曲折回环，故云"江流曲似九回肠"。司马迁《报任安书》："肠一日而九回。"九回肠，形容愁思之萦回缠绕。

〔八〕百越，古代南方越人的总称，分布在今浙、闽、粤、桂等省区。因部落众多，故总称百越。亦可指百越居住之地。此即指包括漳州、汀州、封州、连州、柳州在内的古百越所居之地。《庄子·逍遥游》："越人断发文身。"《淮南子·原道训》："九疑之南，陆事寡而水事众，于是民人披发文身，以象鳞虫。"高诱注："文身，刻画其体，内默（墨）其中，为蛟龙之状以入水，蛟龙不害也。"

〔九〕滞，阻隔不通。

唐汝询曰：此登楼览景慕同类也。言楼高与大荒相接，海天空阔，愁思无穷。惊风、密雨，愈添愁矣。况树重叠，既遮我望远之目；江流盘曲，又似我肠之九回也。因思我与诸君同来绝域，而又音书久绝，各滞一乡，对此风景，情何以堪乎！（《唐诗解》卷四十四）又曰：谪况堪悯。（《汇编唐诗十集》）

徐祯卿曰：何其凄楚！（《删补唐诗选脉笺释会通评林·中七律》引）

顾璘曰：次联又下中唐一格。（同上引）

周敬曰：思致亦工，感词亦藻。（同上引）

陆时雍曰：语气太直。（《唐诗镜》卷三十七）

叶羲昂曰：妙入巧景。（《唐诗直解》）

金圣叹曰：（前解）此前解，恰与许仲晦《咸阳城西门晚眺》前解，便是一付印版。然某又深辨其各自出好手，了不曾相同。何则？许擅场处，是其第二句抽出七字，另自向题外方作离魂语，却用快笔飕地直接怕人风雨，便将上句登时夺失，于是不觉教他读者亦都心神愕然。今先生擅扬却是一句下个"高楼"字，二句下个"海天"字。高楼之为言，欲有所望也；海天之为言，无奈并无所望也。于是心绝气绝矣。然后下个"正"字，正之为言，人生至此，已是入到一十八层之最下一层，岂可还有馀苦未吃，再要叫吃。今偏是"惊风""密雨"，全不顾人；"乱飐""斜侵"，有加无已。虽盛夏读之，使人无不洒洒作寒，默然无言。然则可悟许妙处，是三、四句夺失第二句；此妙处是三、四句加染第二句，政复彻底相反，云何说是印版也。（后解）此方是寄四州也。五，望四州不可见也；六，思四州无已时也。七、八言若欲离苦求乐，固不敢出此望，然何至苦上加苦，至于如此其极。盖怨之至也。（《贯华堂选批唐才子诗》卷五）

《唐诗鼓吹评注》：此子厚登城楼怀四人而作。首言登楼远望，海阔连天，愁思与之弥漫，不可纪极也。三、四句惟"惊风"，故云"乱飐"；唯"密雨"，故云"斜侵"，有风雨萧条，触物兴怀意。至岭树重遮、江流曲转，益重相思之感矣。当时"共来百越"，意谓易于相见，今反音问疏隔，

将何以慰所思哉！（卷一）

　　陆贻典曰：子厚诗律细于昌黎。至柳州诸咏，尤极神妙，宣城、参军之匹。（《瀛奎律髓汇评》卷四引）

　　汪森曰：柳州诸律诗格律娴雅，最为可玩。又曰：结语最能兼括，却自入情。（《韩柳诗选》）

　　查慎行曰：起势极高，与少陵"花近高楼"两句同一手法。（《初白庵诗评》）

　　纳兰性德曰：元遗山编《唐诗鼓吹》，以柳子厚《登柳州城楼》诗置之篇首，此诗果足以压卷乎？（《通志堂集》）

　　吴乔曰：中四句皆寓比意。"惊风""密雨"喻小人，"芙蓉""薜荔"喻君子。"乱飐""斜侵"则倾倒中伤之状。"岭树"句喻君之远，"江流"句喻臣心之苦。皆逐臣忧思烦乱之词。（转引自《义门读书记》）又曰：盛唐不巧，大历以后，力量不及前人，欲避陈浊麻木之病，渐入于巧……柳子厚之"惊风乱飐芙蓉水""桂岭瘴来云似墨"，更着色相。（《围炉诗话》）

　　胡以梅曰：柳州之南，直之广东廉州滨海，所以"接大荒"，而又云"海天"也。惊风乱飐，密雨斜侵，皆含内意，谓世事谳峗不安，风波未息。岭，五岭；江，即柳江，今名左江。遮千里之目，使人不见故乡邻郡，而愁肠一日九回耳。引物串合，沉着淋漓。结承五、六，总在愁思中事，而却寄问之。……《离骚》："搴薜荔兮水中，采芙蓉兮木末。"今两物同用，本于此，写骚人之幽怨。而《九歌·山鬼》章曰："若有人兮山之阿，披薜荔兮带女萝。"则又有暗射诡秘之意。荷花又谓草芙蓉。《楚辞》又云："芙蓉始发，杂芰荷些。紫茎屏风，文绿波些。"今诗之用，总欒括《骚》怨，探其来源，则句皆有根有味。（《唐诗贯珠串释》卷三十八）

　　赵臣瑗曰：结，既遭远斥，或同一方，或音书时达，庶可稍慰离索，今乃至于如是之极也。人孰无情，谁能堪此！（《山满楼笺注唐诗七言律》卷四）

　　王尧衢曰：前解登楼写愁，后解因愁寄友。（首联）擒题面，以"高"字为眼。（《古唐诗合解》卷十五）

　　毛张健曰：凡言乐者，写景宜融和，言戚者，写景宜萧飒。冠冕题则写其庄重，闲适题则写其清幽，此最合风人比兴之义。今人不得其法，往往景与情不相附丽，索然味尽矣。（"惊风"二句下）五、六先寓怀人之

意，故一结得神。（"岭树"二句下）（《唐体肤诠》）

吴昌祺曰：（江流句）本言肠之九回，而反言江流似之也。（《删订唐诗解》）

朱三锡曰：起曰"高楼接大荒"，是凭高望远，目极千里也。次曰"海天愁思"，是一望无际，触景伤怀也。"愁思茫茫"，下一"正"字，言今被斥远方，已到十分苦境。偏是惊风密雨，全不顾人，乱飐斜侵，有加无已，愁思不愈难为情乎！五是望四州而不可即，六是思四州而无已时。即所云"滞一乡"也。曰"共来"，曰"犹是"，愁之深，怨之至也。又曰：惊风密雨，有寓无端被谗斥逐惊怀之意，又寓风雨萧条，触景感怀之意。《诗三百》鸟兽草木各有所托，唐人写景，俱非无意，读诗者不可不细心体会也。（《东岩草堂评订唐诗鼓吹》卷一）

屈复曰：一登楼，二情，中四所见之景，然景中有愁思在。末寄四州，岭树遮目，望不可见；江曲九回，肠断无已时也。柳州诗属对工稳典切，情景悲凉，声调亦高。刻苦之作，法最森严。但首首一律，全无跳踉之致耳。（《唐诗成法》卷十）

沈德潜曰：从登城起，有百感交集之感。"惊风""密雨"，言在此而意不在此。《岭南江行》中"射工""飓母"亦然。（《重订唐诗别裁集》卷十五）

纪昀曰：一起意境阔远，倒摄四州，有神无迹，通篇情景俱包得起。三、四赋中之比，不露痕迹，旧说谓借寓震撼危疑之意，好不着相。（《瀛奎律髓汇评》卷四引）

黄叔灿曰：登楼寂寂，望远怀人，芙蓉薜荔，皆增风雨之悲；岭树江流，弥搅回肠之痛。昔日同来，今成离散，蛮乡绝域，犹滞音书，读之令人惨然。（《唐诗笺注》卷五）

宋宗元曰："惊风""密雨""岭树""江流"，无非愁思，楚骚遗响也。（《网师园唐诗笺》）

曹毓德曰：声调高，色泽足，直欲夺少陵之席。（《唐七律诗钞》）

方东树曰：六句登楼，二句寄人。一气挥斥，细大情景分明。（《昭昧詹言》卷十八）

胡本渊曰：登城起，有百端交集之感。"惊风""密雨"言在此而意不在此。同在百越而尚间阔如此，又安得京华之音信，故里之乡书哉！（《唐诗近体》）

吴闿生曰：（首联）响入云霄。（次联）二句近景。（腹联）二句远景。（末联）更折一笔，深痛之情，曲曲绘出。此诗非子厚大手笔不能写。（《古今诗苑》卷十六）

王文濡曰：前六句直下，皆言登楼所望之景。末二句总括，不明言谪宦而谪宦之意自见。（《唐诗评注读本》卷三）

近藤元粹曰：感触伤怀，使人惨然。（《柳柳州诗集》卷二评）

《精选评注五朝诗学津梁》：客路身孤，愁肠百结，茫茫眼界，何以为情，此诗所以写照。

光聪谐曰：（"岭树"句）此非言树之重也。盖先以永贞元年贬永州，至元和十年始召至京，旋又出为柳州，故云"重遮"。误会言树，则不知其痛之深。（《有不为斋随笔》）王国安曰：永州不过五岭，仍当以言树为是。（《柳宗元诗笺释》卷三）

俞陛云曰：唐代韩、柳齐名，皆遭屏逐。昌黎《蓝关》诗见忠愤之气，子厚《柳州》诗多哀怨之音。起笔音节高亮，登高四顾，有苍茫百感之慨。三、四言临水芙蓉，覆墙薜荔，本有天然之态，乃密雨惊风横加侵袭，致嫣红生翠，全失其度。以风雨喻谗人之高张，以薜荔芙蓉喻遇贤人之摈斥，犹《楚词》之以兰蕙喻君子，以雷雨喻摧残。寄慨遥深，不仅写登城所见也。五、六言岭树重遮，所思不见，临江迟客，肠转车轮，恋阙怀人之意，殆兼有之。收句归到寄诸友人本意，言同在瘴乡，已伤谪宦，况音书不达，雁渺鱼沉，愈悲孤寂矣。（《诗境浅说》丙编）

柳宗元贬谪永州期间所写的诗，多为古体，尤以五古见长；而出为柳州刺史期间，则写了较多的七律和七绝。这首初到柳州之后不久登城楼所作的七律，堪称唐代贬谪诗和登览诗中的佳作。

"城上高楼接大荒，海天愁思正茫茫。"首联直接入题，总写登柳州城楼所见所感。"城上"而更加"高楼"，则所登愈高，所见愈远。唐代的柳州，还是荒远未经开发的蛮瘴之地，作者《岭南江行》说："瘴江南去入云烟，望尽黄茆是海边。"可见其荒凉空旷景象。登高楼远望，但见眼前展现的是一片无边无际的荒野，极目南望，远处天际，海天相接，一片迷茫，自己的愁思也像这浩阔的海天一样浩茫无际。这一联由远望所见荒远浩阔迷茫的景

1997

象引动"愁思",境界阔远荒凉,感情激越苍凉。目接心感,情景浑融一片,既传达出登高四顾时的苍茫百感,又具有雄浑浩茫的气势,使人感到诗人的"愁思"也像这海天浩阔混茫之境一样充溢于天地之间。这"愁思"所包含的内容,既有去国怀乡、思亲念友之愁绪,也有空怀报国之志却连遭贬斥、再历遐荒的怨愤,更有归期无望、寂处穷荒的悲凉。如此深广的"愁思"正须如此广远的境界方能容纳和表现。着一"正"字,传神地表达出这浩茫无际的愁思正弥漫胸际,浑浑浩浩,方兴未艾,并顺势引出下一联。

"惊风乱飐芙蓉水,密雨斜侵薜荔墙。"颔联收回目光,转写近景。南方六月暑热季候,暴风骤雨,常倏然而至,这一联所写正是靠近北回归线的柳州盛夏气候的特征:急骤的狂风裹挟着密集的暴雨倾泻而下,使得满池的水波动荡翻腾,池中的荷花东倒西斜,花枝颤动摇晃;风急雨斜,侵袭着爬满了薜荔的墙头,使薜荔也在风雨中簌簌摇曳。"风"而曰"惊","雨"而曰"密",不仅见风雨之急骤狂暴,而且透出诗人目接此景时心惊魂悸之状,再加上"乱飐""斜侵",这一连串着意的渲染不仅传神地描绘出自然界的狂风暴雨对美好事物的肆意摧残,而且由于"芙蓉"和"薜荔"在《楚辞》以来的比兴意象体系中向被赋予象喻美好芬芳品格的含义,它所透露的政治象征意义自不难默会。这幅展现在眼前的狂风骤雨肆意摧残美好事物的图景,不妨说正是诗人自己和从事革新活动的同道者共同命运的一种象征,而诗人目接此景时的联翩浮想和怨愤交并之情也得到淋漓尽致的表达。由于写景的真切传神,读者并不感到诗人是在刻意设喻,而是从富于传统象征含义的意象中自然引发联想,纪昀说"三、四赋中之比,不露痕迹",正道出这一联融写实与象征为一体的艺术表现特征。

"岭树重遮千里目,江流曲似九回肠。"腹联又由近观转为远望,但和首联总写登楼四顾、极望海天的阔远之景不同,这一联乃是写远望不及而触发的怅恨与愁思。上句系登楼远望,但见重重叠叠的山峰和密密层层的树林遮挡住了极目千里的望远视线,不但长安宫阙、故乡亲友不可得见,就连此次同贬漳、汀、封、连四州的同道友人也渺在层层云树之外,而俯视江流,曲折回环,正像自己怀乡恋阙思亲念友的愁绪一样,萦回缠绕,郁结盘纡,永无已时。首联写景,突出其阔远空旷与荒凉,并不描绘具体景物;此联则具体描绘"岭树"之"遮"与"江流"之曲,以突出僻处南荒的阻隔感和郁结感。"肠一日而九回"的熟语,用在这里,可谓极其工切。没有到过柳州,从高处俯瞰柳江的人,很难体会到它的真切。

"共来百越文身地，犹自音书滞一乡。"尾联收到"寄漳汀封连四州"上来。出句先用"共来"一扬，仿佛可慰，旋即用"百越文身地"重重一抑，扬抑之间，正突出了志同道合的五位朋友共同的悲剧遭遇，对句用"犹自"更转进一层，揭示出即使一起来到这荒远的蛮瘴之地，彼此之间依然是远隔重峦，音书阻滞，连平安与否的消息也难以传递，更不用说会面相聚了。这个结尾，看似突兀，实则前三联在描绘登楼所见景物时均已暗含了伏脉。首联的茫茫海天"愁思"中，即包含有怀念友人而不得见的内容，纪昀所谓"倒摄四州，有神无迹"，正是有见于此。颔联急风密雨肆意摧残"芙蓉""薜荔"的情景，更是同道志士共同命运遭际的象征。腹联出句所望而不见者固有分处四州的友人，对句所写的萦回曲折愁肠中亦自含思而不见诸友的孤独苦闷。因此尾联以思念友人、慨叹音书阻隔结，正是水到渠成。前三联一气直下，末联则顿挫抑扬，转增情致与余韵。

柳州峒氓〔一〕

郡城南下接通津〔二〕，异服殊音不可亲〔三〕。
青箬裹盐归峒客〔四〕，绿荷包饭趁虚人〔五〕。
鹅毛御腊缝山罽〔六〕，鸡骨占年拜水神〔七〕。
愁向公庭问重译〔八〕，欲投章甫作文身〔九〕。

校注

〔一〕峒，旧时对西南地区部分少数民族聚居地方的泛称。峒氓，即指西南地区聚居于山区的少数民族。

〔二〕郡城，指柳州城。通津，四通八达的津渡。《元和郡县图志·岭南道四·柳州》："马平县（州治所在）……柳江，在县南三十步。"

〔三〕殊音，语言不同。作者《与萧翰林书》："楚、越间声音特异，鴂舌啅噪。"岭南少数民族的语言当更殊异。

〔四〕箬，指箬竹叶（非指竹皮，亦非指竹笋外壳）。《本草纲目·草四·箬》："箬生南方平泽，其根与茎皆似小竹，其节箨与叶皆似芦荻，而叶之面青背淡，柔而韧，新旧相代，四时常青。南人取叶作笠，及裹茶盐包米粽，女人以衬鞋底。"归峒，归其居地。

〔五〕趁虚，犹赶集。虚，乡村市集。钱易《南部新布》辛："端州（属岭南道）已南，三日一市，谓之趁墟。"虚，通"墟"。

〔六〕御腊，抵御腊月寒冬。罽（jì），一种毛织品，此指被褥。山罽，山民用毛制作的被褥。刘恂《岭表录异》："南道之豪酋，多选鹅之细毛，夹以布帛，絮而为被，复纵横衲之，其温不下于挟纩也。"

〔七〕鸡骨占年，用鸡骨占卜吉凶祸福。《史记·孝武本纪》："乃令越巫立越祝祠，安台无坛，并祠天神上帝百鬼，而以鸡卜。"张守节正义："鸡卜法，用鸡一、狗一生，祝愿讫，即杀鸡狗煮熟，又祭，独取鸡两眼，骨上自有孔裂，似人物形则吉，不足则凶。今岭南犹此法也。"作者《柳州复大云寺记》曰："越人信祥而易杀……病且忧，则聚巫师用鸡卜。"占年，占卜年成的丰歉。

〔八〕重译，辗转翻译。《尚书大传》卷四："成王之时，越裳重译而来朝，曰道路悠远，山川阻深，恐使之不通，故重三译而朝也。"

〔九〕章甫：殷商时代的一种冠。《礼记·儒行》："丘少居鲁，衣逢掖之衣；长居宋，冠章甫之冠。"孙希旦集解："章甫，殷玄冠之名，宋人冠之。"《庄子·逍遥游》："宋人资章甫而适诸越，越人断发文身，无所用之。"后因泛称儒者之冠。

笺评

陈辅之曰：柳迁南荒有云："愁向公庭问重译，欲投章甫作文身。"太白云："我似鹧鸪鸟，南迁懒北飞。"皆偏忮躁辞，非畎亩惓惓之义。杜诗云："冯唐虽晚达，终觊在皇都。""愁来有江水，焉得北之朝。"其赋张曲江云："归老守故林，恋阙悄延颈。"乃心王室可知。（《陈辅之诗话·乃心王室》）

方回曰：柳柳州诗精绝工致，古体尤高。世言韦、柳，韦诗淡而缓，柳诗峭而劲，此五律诗（按：指柳宗元《登柳州城楼寄漳汀封连四州》《柳州寄丈人周韶州》《得卢衡州书因以诗寄》《岭南江行》《柳州峒氓》五首七律）比老杜则尤工矣。杜诗哀而壮烈，柳诗哀而酸楚，亦同而异也。又《南省牒令具注国图风俗》有云："华夷图上应初识，风土记中殊未传。"非孔子不陋九夷之义也。年四十七卒于柳州，殆哀伤之过欤？然其

诗实可法。（《瀛奎律髓》卷四风土类）

冯舒曰：柳固工秀，然谓过于杜则不然。（《瀛奎律髓汇评》卷四引）

查慎行曰：律诗掇拾碎细，品格便不能高。若入老杜手，则有镕铸炉鞴之妙，岂肯屑屑为此！虚谷谓柳州五章"比杜尤工"一言，以为不如，览者毋为所惑可也。（同上引）

纪昀曰：评韦、柳确，评杜、柳之异亦确，惟云五律工于杜，则不然。又曰：全以鲜脆胜。三、四如图。（同上引）

何焯曰：后四句曰历岁逾时，渐安夷俗，窃衣食以全性命。顾终不之召，亦将老为峒氓，无复结绶弹冠之望也。"欲投章甫作文身"，言吾当遂以居夷老矣，岂复计其不可亲乎！首尾反复呼应，语不多而哀怨已至。（《义门读书记·河东集下》）

毛奇龄曰："绿荷包饭趁虚人"，岭南呼市为虚，犹北人呼市为集。按市朝而盈，夕而虚。岭南市以虚多盈少，故反名虚。（《唐七律选》卷三）

《唐诗鼓吹评注》：子厚见柳州人异俗乖，风土浅陋，故寓自伤之意。首言自郡域而之广南，皆通津也，其异言异服已难与相亲矣。彼归峒者裹盐，趁墟者包饭，鹅毛以御腊，鸡骨以占年，皆峒俗之陋者。不幸谪居此地，是以愁问重译，欲投章甫而作文身之氓耳。（卷一）

宋长白曰：韩昌黎诗："衙时龙户集，上日马人来。"柳河东诗："青箬裹盐归峒客，绿荷包饭趁虚人。"龙户，谓入海探珠者；马人，相传是伏波军人遗种。峒，谓穴居；墟，乃市集之所。非经历天南者不能悉其风景。（《柳亭诗话》卷一）

朱三锡曰：通首极言柳州之意，中四句皆异服殊音也。既曰"异服殊音不可亲"矣，而结又云"欲投章甫作文身"，是先生忧愤之极，以寓自伤之意耳。（《东岩草堂评订唐诗鼓吹》卷一）

胡以梅曰：郡城南去为通津之处，所以诸峒皆于此来往。其服饰蛮音与中土各别，情不相入，故不可亲也。其出而办盐，皆以青箬裹之归峒；其来而趁集，皆携绿荷包饭为饙粮，寒天所服，鹅毛缝罽；占祷年成，鸡骨祈神。若有事至公庭，须用重译通辞，岂不烦难。顾未如弃衣冠为蛮夷，方可习其夷音耳。虽挽到"殊音"为"愁重译"言，然亦以中朝既不我与，当逃诸荆蛮，乃愤世无聊之语也。（《唐诗贯珠串释》卷四十八）

汪森曰：格法与前首（按：指《岭南江行》）略同。"异服殊音"与结句"重译""文身"相为照应。中四句写峒氓，点染极工。（《韩柳诗选》）

赵臣瑗曰："不可亲"三字是一篇之主。其所以不可亲，以异服殊音之故，而先装首句者，见郡城犹可，其馀所辖州县，乃至愈远愈甚也。中二联决是写其俗之陋，为不可亲之实也。归峒之客，即趁墟之人，出则包饭，入则裹盐，有似于俭而未敢以俭许之。鹅毛御腊，一事也；鸡骨占年，又一事也。缝山阃而已，拜水神而已，疑近于古而不得以古称之。七，一顿，八，一掉。公庭之上，必须重译，此真不容令人不愁，况彼之不宜于章甫，犹我之不宜于文身，而彼既不能离我，我又不能却彼，将如何而后可？于是忽作一想，曰：必也去我一人之威仪，狥彼数州之风俗，庶几得以相安于无事也乎？嗟嗟，此岂于不可亲之中曲求其可亲之法哉！言及此，其伤心有甚焉者矣。（《山满楼唐诗笺注七言律》卷四）

薛雪曰：山谷"荷叶裹盐同趁墟"，明明是柳子厚"青箬裹盐归峒客，绿荷包饭趁虚人"之句，未免饾饤之丑。王右丞"漠漠水田飞白鹭"，则又化腐为奇，前后相去，何啻天渊！（《一瓢诗话》）

近藤元粹曰：可为一篇《风土记》。（《柳柳州诗集》卷三）

这首七律，写西南地区少数民族的生活习俗、风土人情以及诗人对他们的感情，这在唐诗题材领域是一种新的开拓。此前盛唐的边塞诗中虽亦偶有写到少数民族生活习俗、精神风貌的（如高适《营州歌》、崔颢《雁门胡人歌》），但均为北方边塞少数民族。对西南地区少数民族的描写，是中唐随着贬谪南荒的诗人群而兴起的一种创作风气。柳宗元的这首七律就是直接以"柳州峒氓"为题的代表性作品。

"郡城南下接通津，异服殊音不可亲。"首联以即景描写起。柳州郡城南面往下几十步，就是柳江通向四乡的渡口，这一天正好赶上市集，来自各村的峒民们来来往往，熙熙攘攘，穿着样式奇异的服装，说着和中原地区完全不同的语言。这熙攘热闹的"通津"虽使诗人感受到活跃的生活气息，但目接耳闻峒民们的"异服殊音"，却使诗人顿感自己身处荒远的蛮瘴之地，而生出一种难以亲近的陌生感和距离感。这种感受，对于柳宗元这样一个贬居永州十年后又再被外放到更加荒远的柳州当刺史的人来说，原很真切而自然。但诗人并没有停留在这种最初的感受上，而是随着观察到的现象的变化推移，逐渐产生了感情上的变化。

"青箬裹盐归峒客，绿荷包饭趁虚人。"颔联紧承"通津"，写渡头来来往往赶集的峒民：他们三五成群，用青箬叶包裹着从市集上买来的盐，正说说笑笑，朝着自己家的方向走去；而渡头那边又新乘渡船过来一批赶集的峒民，他们用碧绿的荷叶包裹着煮好的饭菜，正兴冲冲地朝市集走去。将"归峒客"放在"趁虚人"之前，并非故意倒置，而是实景。路近的起得早的赶集峒民已经买好东西回家了，路远的、起身晚的却刚到渡头，这正渲染出赶集的峒民来来往往、络绎不绝的热闹景象。自然经济条件下的农村，赶集既是为了交换产品，也带有一点赶热闹的性质；每逢集市之日，往往大人小孩、姑娘媳妇，从四乡拥来，市集之上，人头攒动，热闹非凡。此种景象与风俗，至今犹存。因此它多少带有一点节日气氛。在写峒民赶集时，诗人拈出了两个极为典型的细节："青箬裹盐"和"绿荷包饭"，自给自足的自然经济条件下，农民几乎可以生产出一切自己的生活必需品，只有盐才必须从市集上购买。"青箬裹盐"而"归"正写出了自然经济的典型特征。农民节俭成俗，哪怕是出远门赶长路也往往带上好几天的干粮，赶集来回只需一天，自然自带饭菜充饥，免得花费了。这也是一种相沿已久的传统习俗。妙在用来"裹盐""包饭"的又是地道的山野风光：青青箬叶和碧绿荷叶。不但以鲜明的色彩点染出令人悦目的图景，而且透出了浓郁的朴素淳厚的生活气息。两句纯用白描，却直如一幅充满浓郁诗情的少数民族地区农村风情画，散发出一种令人陶醉的气息，仿佛可以闻到"青箬""绿荷"透出的清香。诗人虽然只是似不经意地描绘出这幅近乎写生的图画，但从中明显可以感受到在目睹此种景象时所产生的新鲜感和愉悦感，这种感情，在上下两句一气贯注的流走格调和轻快音律中也能体味到。

"鹅毛御腊缝山罽，鸡骨占年拜水神。"腹联是由眼前峒民赶集景象和习俗触发的对其他生活风俗的联想。他们用鹅毛缝制粗糙的被褥，来抵御寒冬腊月的寒冷，用鸡骨占卜年成丰歉，为免除水旱灾害而祭拜水神。这两种生活习俗，既突出渲染峒民近乎原始的朴野风俗（包括宗教迷信），又带有特定的地域和民族色彩，而这种习俗又都密切联系着他们最基本的生活需求（衣被和粮食）。因此在选材上仍具有典型性。如果没有这一联，题目也许不能叫"柳州峒氓"，而是专写峒民赶集了。诗人对这类习俗，虽不像颔联那样，充满新鲜感和喜悦感，但在记叙描写之中，仍然流注着一种新奇和关切的情味，一种对素朴原始民风的欣赏。这样才能引出下联来。

"愁向公庭问重译，欲投章甫作文身。"尾联是目睹心想柳州峒氓生活习俗和风情之后的感受和愿望。自己身为柳州刺史，但由于当地百姓的"殊音"造成的隔膜，在公庭上处理政务时还不免要通过辗转的翻译，故说"愁向公庭"，深感遗憾。既然再历退荒，回京无望，不如终老此乡，与素朴淳厚的当地百姓浑然一体，干脆丢掉儒冠，做一个断发文身的峒氓吧。这种愿望当中，虽然也包含了对自己长期投荒境遇的感慨，但主要还是由于峒民素朴淳厚的生活习俗和风情的感染。类似的安于此乡的感情，在《柳州城西北隅种甘树》中也有明显的流露，可见"欲投章甫作文身"之语，并非矫情。

柳州二月榕叶落尽偶题〔一〕

宦情羁思共凄凄〔二〕，春半如秋意转迷〔三〕。
山城过雨百花尽〔四〕，榕叶满庭莺乱啼。

校注

〔一〕《南方草木状》卷中："榕树，南海桂林多植之。叶如木麻，实如冬青。以其不材，故能久而无伤。其阴十亩，故人以为息焉。而又枝条既繁，叶又茂细，软条如藤，垂下渐渐及地。藤稍入地便生根节。或一大株有根四五处。"榕树生长于热带地区，我国闽、粤、桂多有之。诗约作于元和十一年（816）二月。

〔二〕宦情羁思，游宦之情羁旅之思。

〔三〕春半，指二月。因仲春即榕叶落尽，百花凋残，故云"如秋"。迷，迷惑，辨别不清。

〔四〕山城，即指柳州。作者《柳州山水近治可游者记》中提到的山有背石山、甑山、驾鹤山、屏山、四姥山、仙弈之山、石鱼之山、雷峨山等。

笺评

严有翼曰：闽、广有木名榕。子厚集有《柳州二月榕叶落尽》诗云："山城过雨百花尽，榕叶满庭莺乱啼。"又云："即今榕叶下亭皋。"即此木也。其木大而多阴，故可蔽百牛，故字书有"宽庇广容"之说。（《艺苑雌

黄·榕木》）

刘辰翁曰：其情景自不可堪。（《唐诗品汇》卷五十二引）

蒋之翘曰：落句悠然自远。（《柳河东集辑注》卷四十二）

唐汝询曰：羁官戚矣，春半如秋，则又使我意迷也。花尽叶落，岂二月时光景耶？盖柳州风气之异如此。（《唐诗解·七言绝句五》）

王尧衢曰：子厚之刺柳州，虽非坐谴，然边方烟瘴，则仕宦之情与羁旅之情，自觉凄而可悲。又：羁人最怕是秋。今春半而木叶尽落，竟如秋一般，使我意思转觉迷乱也。又：雨过花尽，真春半如秋矣。又：莺啼时而叶落，又春半如秋矣。（《古唐诗合解》卷十）

宋长白曰：闽、粤之间，其树榕，有大叶、细叶二种，纷披轮囷，细枝着地，遇水即生，亦异品也。前人取为诗料，始于柳子厚"榕叶满庭莺乱啼"，苏子瞻有"卧闻榕叶响长廊"，杨诚斋有"老榕能识玉花骢"，汤临川有"榕树萧萧倒挂啼"。此外无专咏者。（《柳亭诗话》卷二十三）

《笺注唐贤绝句三体诗法》：意象殆不复堪。

陆梦龙曰：自在而深。（《韩退之柳子厚集选》）

黄叔灿曰：炎方气暖，春半已百花俱尽，榕叶满庭，萧疏景况，故曰"如秋"。柳州卑暑之地，言物候之异致如此。（《唐诗笺注》卷九）

刘永济曰：此诗不言远谪之苦，而一种无可奈何之情，于二十八字中见之。（《唐人绝句精华》）

刘拜山曰：写殊方气候，即所以写远客心情。"意转迷"三字，写足惘然若失神态。（《千首唐人绝句》）

这首七绝大约写于柳宗元到柳州刺史任后的第二年春天。在柳州虽已住了七八个月，但柳州春天的物候却还是第一次经历。诗所抒写的，正是柳宗元这样一个"一身去国六千里，万死投荒十二年"（《别舍弟宗一》）的远谪者对柳州仲春物候的特殊感受。

2005

"宦情羁思共凄凄。"首句开门见山，先点出自己当时情思的凄然。离开家乡到异地做官，免不了都会产生怀念故乡、亲人的情思，这就是所谓"宦情羁思"。但诗人的"宦情羁思"却与一般人大不相同：先是因参加政治革新而遭严谴，贬居永州十年之久；刚奉召回京，不到一个月，又被外放到比永州更荒远的柳州，看来，当权者是永远不会让自己回到朝廷，而是任其老死蛮荒了。这样一种绝望的境遇，使诗人的"宦情"带上了"万死投荒"的悲剧色彩，诗人的"羁思"也因此染上了"远别长于死"的况味。曰"长凄凄"，正见"宦情"与"羁思"不仅同样悲凄，而且相互渗透、交织，浑成一片。一般情况下，绝句开头较少直接抒写诗人的情思，这首诗起处即直抒宦情羁思之凄然，使以下的描写都置于它的笼罩之下，而呈现出一种凄然的色彩。

"春半如秋意转迷。"次句写柳州仲春季节的物候和景象给自己的总体感受。仲春二月，正是春光烂漫、春意正浓的季节，地处岭南的柳州，气候炎热，花草树木生长茂盛，节令物候比起中原地区提前了不少时间，在通常情况下，决不会给人以"如秋"的萧条冷落之感。而诗人不仅说"春半如秋"，而且还用"意转迷"来进一步强调、渲染自己面对"春半如秋"的景象时那种迷惑不辨、迷惘若失、凄迷伤感的复杂意绪。可见这种感受之强烈和独特。从上句的"宦情羁思共凄凄"中，我们已经可以大体上了解这种独特感受是由于"凄凄"的"宦情羁思"投射、浸染的结果，但究竟是由于看到那些景象而引发这种感受，则并没有明确交代，因此这种独特感受给读者留下的是期待和悬念，这就自然引出三、四句来。

"山城过雨百花尽，榕叶满庭莺乱啼。"拈出"山城"，是因为"宦情羁思"均因贬居此地，触景而生，亦见所居柳州之荒僻。这两句写了四种景象："过雨""百花尽""榕叶满庭""莺乱啼"。靠近热带的柳州，春天雨多，"过雨"指一阵雨过以后，"百花尽"和"榕叶满庭"都是"过雨"后的景象。榕树是热带地区的常绿树木，大叶榕通常在二月落叶，落后新叶旋生。中原地区通常要暮春三月才出现百花凋零的景象，这里却在仲春二月就缤纷委地了。面对这乱红狼藉、榕叶满庭的萧条景象，意绪本就"凄然"的诗人一刹那竟恍然有"春半如秋"、凄凉满目之感。流莺的啼鸣，在常人的感受中，是宛转欢快、充满春天的热闹气息的，但在意绪凄伤迷乱的诗人听来，却只能倍增感情意绪的纷扰烦乱，因此说"莺乱啼"，这"乱"字正是诗人感情强力投射的结果。四种景象的组合，构成了一个萧条冷落、凄迷荒凉的境界。这种境界，与其说是对柳州二月景象的客观写实，不如说是"万死投荒"的诗人怀着强烈的凄楚之情去感受柳州春天物候景象的结果，是一种典型的"有我之境"，带有鲜明的诗人主观色彩和独特个性。

这种"春半如秋"的独特感受虽带有明显的个人印记，却又对后来的诗人词家以意境创造上的启发。或举清代著名诗人王士禛的《秦淮杂诗》（其一）"十日雨丝风片里，浓春烟景似残秋"之句来作为例证，说明它们之间的联系与区别，其实，早在王士禛之前，北宋著名词人秦观的《浣溪沙》词，便有"漠漠轻寒上小楼，晓阴无赖似穷秋"的形容描写，秦词所写的也是"自在飞花轻似梦"的春天物候，可见他的这种春似穷秋的感受也是其来有自的，尽管仍带着秦观个人的轻淡幽雅、空灵含蓄的风格特征。与秦词王诗比较，柳诗的内在感情的强烈便更显得突出了。

酬曹侍御过象县见寄〔一〕

破额山前碧玉流〔二〕，骚人遥驻木兰舟〔三〕。
春风无限潇湘意，欲采蘋花不自由〔四〕。

校注

〔一〕曹侍御，名未详。"侍御"，唐人称殿中侍御史、监察御史为侍御。象县，柳州属县。《元和郡县图志·岭南道四·柳州》："象县，陈于今县南四十五里置象郡，隋开皇九年废郡为县。龙朔三年为贼所蒸，乾封三年复置。总章元年割属柳州。"唐县治在今广西鹿寨西南，东滨柳江。诗作于任柳州刺史（815—819）期间。元和十年（815）夏，宗元始至柳州，则诗当作于元和十一至十四之某年春。

〔二〕破额山，《太平寰宇记》卷一百六十八载柳州有破额山，当即此诗所称者。旧注或引《明一统志》："四祖山在黄州府黄梅县西北四十里，一名破额山。"与柳州遥不相及，显误。碧玉流，形容柳江水青碧如玉。

〔三〕骚人，本指屈原，此借指曹侍御。驻，指泊舟。木兰舟，对船的美称，并暗用《楚辞·离骚》"朝搴阰之木兰兮，夕揽洲之宿莽""朝饮木兰之坠露兮，夕餐秋菊之落英"等句意，以示"骚人"志行之芬芳美好。又任昉《述异记》卷下："木兰洲在浔阳江中，多木兰树。昔吴王阖闾植木兰于此，用构宫殿也。七里洲中有鲁班刻木兰为舟，舟至今在洲。诗家之木兰舟，出于此。"木兰是一种香木，皮似桂而香，状如楠树。

〔四〕梁柳恽《江南曲》："汀洲采白蘋，日落江南春。洞庭有归客，潇湘逢故人。故人何不返，春华复应晚。不道新知乐，只言行路远。"此二句化用柳诗前四句之意。解详鉴赏。

笺评

黄彻曰：临川"萧萧出屋千寻玉，霭霭当窗一炷云"。皆不名其物，然子厚"破额山前碧玉流"已有此格。（《碧溪诗话》卷四）

唐汝询曰：山前水碧，侍御停舟于此。我之感春风而怀无限之思者，正欲采蘋潇湘，以图自献，乃拘于官守不自由也。按子厚初虽贬谪，已而被召。其刺柳州，原非坐谴。圆至谓拘以罪者，非。（《唐诗解》卷二十九）

陆时雍曰：语有骚情。（《唐诗镜》卷三十七）

周弼曰：为实接体。（《删补唐诗选脉笺释会通评林·中七绝》引）

何仲德曰：为警策体。（同上引）

顾璘曰：意活，所以难及。（同上引）

周珽曰："采蘋花"者，谓自献也。《左传》："蘋蘩荇藻，可羞于王公。"盖曹在湖南，暂过柳州象县。诗意谓欲自献于曹，怀意无限，而拘于官守，不自由也。又曰：叶梦得词："谁采蘋花寄取？但怅望兰舟容与。"语意本此。（同上引）

沈骐曰：托意最深。（《诗体明辨》引）

黄生曰：（首句）见地，写景。（次句）叙事。（三句）硬装。见时，致意。（四句）语含比兴。意言己为职事所系，不得自由，特托采蘋寓兴。言欲涉潇湘采蘋而不得往，此意空与江水俱深也。《离骚》以香草比君子，此盖祖之。（《唐诗摘抄》卷四）

朱之荆曰：驻，住也。骚人，指侍御，因其有诗为寄，故称骚人。破额山，在湖广黄州府黄梅县，象县在广西柳州，相去甚远，似不相涉。或疑象县另有破额，或疑曹黄人而过柳，而于下"潇湘意"又不可解。愚意曹是舟行往黄，过柳未面，因以诗寄，柳乃酬之。首言所至之地，次言由此而去，驻舟于黄也。蘋花，亦指曹。潇湘江在湖广，白蘋溪亦在湖广，玩"遥"字，则知去路甚远。（《增订唐诗摘抄》）

何焯曰："碧玉流"三字，暗藏"沟水东西流"意。三、四用柳恽之语，自叹独滞远外，而止以相近而不得相逢为言，蕴蓄有馀味。（《唐三

体诗评》)

沈德潜曰：欲采蘋花相赠，尚牵制不能自由，何以为情乎？言外有欲以忠心献之于君而末由意，与《上萧翰林书》同意，而词特微婉。（《重订唐诗别裁集》卷二十）又曰：李沧溟推王昌龄"秦时明月"为压卷，王凤洲推王翰"蒲萄美酒"为压卷。本朝王阮亭则云："必求压卷，王维之'渭城'，李白之'白帝'，王昌龄之'奉帚平明'王之涣之'黄河远上'，其庶几乎？而终唐之世，亦无出四章之右者矣。"沧溟、凤洲主气，阮亭主神，各自有见。愚谓：李益之"回乐烽前"，柳宗元之"破额山前"，刘禹锡之"山围故国"，杜牧之"烟笼寒水"，郑谷之"扬子江头"，气象稍殊，亦堪接武。（《说诗晬语》卷上）

宋宗元曰：寄托微妙。（《网师园唐诗笺》）

宋顾乐曰：风人骚思，百读而味不穷，真绝作也。（《唐人万首绝句选》评）

《葵青居士绝诗三百纂释》：些些小事，尚不自由，胸中之老大不然可知。柳何婉而多讽也。

俞陛云曰：柳州之文，清刚独造，诗亦如之。此诗独潇荡多姿，可入《唐人三昧集》中。《楚辞》云："折芳馨兮遗所思。"柳州此作，其灵均嗣响乎！集中近体皆生峭之笔，不类此诗之含蓄也。（《诗境浅说》续编）

沈祖棻曰：《古诗》云："涉江采芙蓉，兰泽多芳草。采之欲遗谁，所思在远道。还顾望旧乡，长路漫浩浩。同心而离居，忧伤以终老。"用意与这两句相近……这时作者正由于政事失败，远谪南方，那么"无限"意自是涉及政治感情，"不自由"也是属于政治范畴，即《始得西山宴游记》中所谓"自余为僇人，居是州，恒惴栗"的那种境况了。曹某原诗，很可能有安慰诗人、劝其安分俟时的话，所以也用这两句作答，以倾诉其抑郁不平的心情。……柳宗元这首诗，显然是以采蘋起兴，寄托自己的政治感情……写得微婉曲折，沉厚深刻，不露锋芒，和他当时具体的身份、环境恰相符合，可以说是纯用兴体。（《唐人七绝诗浅释》）

2009

这是一首酬答友人的小诗，风调非常优美，情思却抑郁苦闷，渗透牢骚不平。内容与风格的不协调，使这首诗带有一种含意难申的特殊风貌。

题内的"曹侍御"名未详（侍御是中央监察机构御史台的官吏殿中侍御史或监察御史的简称，但唐代较高的幕府官也常带侍御的宪衔。所以这位曹侍御并不一定在中央政府任职，有可能是幕官）。从诗中称他为"骚人"来看，可能也是一位政治上的失意者。象县，唐代属峰南道柳州，在柳州东面不远（但水路曲折蜿蜒，比直线距离长得多），濒临阳水（今称柳江）。详诗题及诗意，当是曹侍御路过象县，泊舟靠岸，寄诗给在柳州担任刺史的柳宗元，诗人于是写了这首诗作答或以为柳宗元当时贬居永州（今湖南零陵），但象县与永州相去甚远，曹侍御过象县而寄诗给远在永州的柳宗元，似乎难以理解，而寄诗柳州近地（象县属柳州管辖），则比较顺理成章。

"破额山前碧玉流，骚人遥驻木兰舟。"前两句点题内"曹侍御过象县"。破额山，当是象县附近靠近柳江边的一座山。今湖北黄梅县西北也有破额山，但与诗题"过象县"无涉，殆非所指。碧玉流，指青翠碧绿的阳江水。桂林、柳州一带的江水，青碧深湛，平缓沉静，如碧玉在缓缓流动，故说"碧玉流"。三字不但写出水色水势，而且传出质感。"骚人"，这里借指曹侍御，暗寓其也像屈原那样，志行高洁而不被统治者所赏识和世俗所理解。木兰舟，是对曹侍御所乘舟船的美称，因《楚辞·离骚》中常提到"木兰"这种香木，以寓志行之高洁芬芳，《九歌·湘君》中又有"桂棹兮兰枻"之句，故后来常以木兰舟指骚人所乘之舟，借以象征其品格的美洁。以上两句用了"碧玉流""骚人""木兰舟"等一系列清澄、芳洁、华美的诗歌意象来渲染形容曹侍御其人、其境、其物，不但展现出优美的诗境，而且带有某种象征色彩。读者可以想见曹侍御泊舟破额山前、碧玉流畔翘首遥思的情景，其人的华美高洁、闲雅秀朗的风神品格也宛然可见。"碧玉"之"流"与"木兰舟"之"驻"，一动一静，相映成趣，更增添了画面的生动意致。

"春风无限潇湘意"，理解这一句的关键在于正确理解"潇湘意"。这里的"潇湘"并非实指潇水、湘水及其附近的地域，而是用典。南朝诗人柳恽的名作《江南曲》云："汀洲采白蘋，日落江南春。洞庭有归客，潇湘逢故人。"这里的"潇湘意"，当指故人的情意。全句的意思是说，读着曹侍御从象县寄来的充满故人情意的诗章，不禁有春风拂面之感。点出"春风"，固然含有标志时令季节的用意，但更主要的是为了表达自己捧读赠诗时如坐春风的温煦感受（诗中或许有安慰劝勉柳宗元的内容）。因此，诗中虽未直接写到曹侍御赠诗的具体内容，但透过"春风""无限"这些字眼以及诗人的感受，却也不难想见诗中定然充溢醉人的温馨情谊。化实为虚，反而更好地调动了读者的想象力，使曹侍御的赠诗在想象中变得更加优美动人了。这句写"见寄"。

　　在如此美好的季节，读到友人从如此美好的地方寄来的充满温煦情谊的诗章，诗人自己自然也有无限情意要向对方倾吐，落句便势必要落到"酬曹侍御"上来。但诗意至此，却忽作顿宕转折——"欲采蘋花不自由。"蘋是一种水草，春天开白花。采蘋寄远，如前引柳恽《江南曲》，历来用作向远方友人致意的一种象喻。如进一步追本溯源，则《楚辞·九歌·山鬼》"折芳馨兮遗所思"以及《古诗》"涉江采芙蓉，兰泽多芳草，采之欲遗谁？所思在远道"都可能与这里的"采蘋"有着象征寓意上的渊源关系。柳宗元在柳州的处境，从《登柳州城楼》诗中"惊风乱飐芙蓉水，密雨斜侵薜荔墙"的象征性描写中可以看出，仍是相当艰危的。因此他虽满怀幽怨郁愤之情，却不能无所顾忌地向关心自己的友人倾吐。上句用"春风"极意渲染，用"无限"极力强调，这句的"欲采蘋花"的意愿便显得十分强烈，而紧接着"不自由"三字却将这种意思一笔扫却。顿宕转折之间，充分显示出诗人当时身遭摈弃，连倾诉孤愤幽怨的自由都没有的艰危处境和诗人对这种处境的强烈愤郁不平。

　　尽管如此，末句所包含的深沉愤郁并没有破坏全诗的风调，人们倒是从前后的鲜明对照中感受到诗人虽身处困境，仍然执着追求生活中美好事物（包括美好的友谊、美好的自然）的情操，从而对诗人这种峻洁高华的人格美有了进一步的体认。

柳宗元

南涧中题〔一〕

　　秋气集南涧〔二〕，独游亭午时〔三〕。回风一萧瑟〔四〕，林影久参差〔五〕。始至若有得，稍深遂忘疲。羁禽响幽谷〔六〕，寒藻舞沦漪〔七〕。去国魂已远〔八〕，怀人泪空垂。孤生易为感〔九〕，失路少所宜〔一〇〕。索寞竟何事〔一一〕，徘徊只自知。谁为后来者，当与此心期〔一二〕。

校注

〔一〕南涧，在湖南永州零陵县朝阳岩东南。韩醇《诂训柳集》卷四十二云："公永州诸记：自朝阳岩东南水行至袁家渴，自渴西南行不能百步得石渠，石渠既穷为石涧。石涧在南，即此诗所题也。"王国安《柳宗元诗笺释》引《石涧记》"古人之有乐于此耶？后之来者，有能追予之践履耶"，认为"末两句之意类诗结句'谁为后来者，当与此心期'，记与诗当同时作。唯记状石涧之貌，而诗则抒失路之悲也。记又曰：'得之日，与石渠同。'宗元得石渠为元和七年（812）十月十九日（见《石渠记》），姑系此诗于是时。"

〔二〕秋气，宋玉《九辩》："悲哉秋之为气也，萧瑟兮草木摇落而变衰。"

〔三〕亭午，正午。

〔四〕回风，旋风。

〔五〕参差，不齐貌，此状林影之摇曳不定。

〔六〕羁禽，失群孤栖的鸟。幽谷，深谷。

〔七〕寒藻，深秋的水藻。沦漪，微风吹动的水面圆形波纹。

〔八〕去国，离开京国。远，《全唐诗》校："一作游。"

〔九〕孤生，孤独的生活。易为感，容易为外物所触动而产生感慨。

〔一〇〕失路，政治上失意。少所宜，很少感到外物与自己的心境相适应。亦可解为动辄得咎。

〔一一〕索寞，寂寞无聊。

〔一二〕期，契合。

笺评

苏轼曰：柳子厚南迁后诗，清劲纡馀，大率类此。又曰：柳仪曹《南涧》诗，忧中有乐，乐中有忧，盖绝妙古今矣。然老杜云："王侯与蝼蚁，同尽随丘墟。"仪曹何忧之深也！（《东坡题跋》卷二）

黄彻曰：柳子厚"清风一披拂，林影久参差"，能形容出体态，而又省力。（《碧溪诗话》）

曾吉甫曰：《南涧》诗平淡有天工，在《与崔策登西山》诗上，语奇故

也。（《笔墨闲录》）

叶真曰：东方朔云："往者不可及兮，来者不可待。"严忌云："往者不可攀援兮，来者不可与期。"……不若柳子厚"谁为后来者，当与此心期"，犹有以启来世无穷之思。（《爱日斋丛钞》卷二）

刘辰翁曰：（首二句）子厚每诗起语如法，更清峭齐整。（"始至"二句）精神在此十字，遂觉一篇苍然。（结二句）结得平淡，味不可言。（《唐诗品汇》卷十五引）

刘履曰：（第二句下）《初秋》篇"稍稍雨侵竹，翻翻鹊惊丛"，发语颇新巧，犹未失为沈、谢。此诗"独游亭午时"，自是唐韵。（蒋之翘《柳集辑注》卷四十三引）

王世贞曰：（结二句）使人自远。（蒋之翘《柳集辑注》引）

唐汝询曰：此因游南涧而写迁谪意。言此地风景冷落，我爱之。故始至怳若有所得，久则忘倦矣。但悲怀触物而生，即饥禽寒藻之景，动我去国怀人之思。正以孤客易伤，失路鲜所宜耳。今斯情既难语人，诗虽留题，谁谓后来者知我心乎？盖柳州以叔文之党被黜，悔恨之意亦见于篇。（《唐诗解》卷十）

钟惺曰：非不似陶，只觉音调外不见一段宽然有馀处。（《唐诗归》）

陆时雍曰：言言深诉，却有不能诉之情。寥落徘徊。末二语大堪喟息。（《唐诗镜》卷三十七）

陈继儒曰：读柳州《南涧》《田家》诸诗，觉雅裁深识，菲菲来会，令人目击耳闻不给，赏意无留趣。（《删补唐诗选脉笺释会通评林·中五古下》引）

周珽曰：古雅，绝无霸气。结末有章法，亦在魏、晋之间。（同上引）

孙月峰曰：此是入选最有名诗，兴趣章节俱佳。盖以炼意妙，若字句则炼入无痕，遂近自然。调不陶，却得陶之神。（《评点柳柳州集》卷四十三）

蒋之翘曰：（"始至"二句）二语已入妙理，然读之了与人意不异，不知后当如何下注脚也，柳州《南涧》诗意致已似恬雅，而中实孤愤沉郁。此是境与神会，非一时凑泊可成。先正李于鳞尝选柳古诗，独取此作，大是具眼。（《柳集辑注》卷四十三）

叶羲昂曰：以此景色，可喜可悲。（《唐诗直解》）

邢昉曰：刻骨透髓，真如见其衷曲。（《唐风定》卷五）

徐增曰：时方深秋，南涧落莫，若秋气于此独聚，故云"集"，又是一人去游。到南涧日亭午矣，忽风回转来，觉身上一寒，风去林影摇动，良久犹参差不歇也。其始到时若有所得，稍至深处，遂忘罢疲。听失侣之禽鸣于幽谷，又见涧中之藻舞于沧漪……所闻所见，惟此而已。于是迁谪之况，顿起于怀，去故国日久，而魂已远，怀人不见，下泪皆空。盖人孤则易为感伤，失路则百无一宜。始慕南涧而来，今则不耐烦南涧矣。迁谪同于我者，当与此心期而已。柳州潦倒乃至于此，何其不自广也。（《而庵说唐诗》卷二）

贺裳曰：《南磵》诗从乐而说至忧，《觉衰》诗从忧而说至乐，其胸中郁结则一也。柳子之《答贺者》曰："庸讵知吾之浩浩，非戚之尤者乎！"读此文可读此诗。每见评者曰"近陶"，或曰"达"。余以《山枢》之答《蟋蟀》，犹谓其忧深音戚。然即陶诗"今我不为乐，知有来岁不"意也。（《载酒园诗话又编》）

汪森曰：起、结极有远神，正以平淡中有纡徐之致耳。（《韩柳诗选》）

吴昌祺曰：以陶之风韵，兼谢之苍深，五言若此已足，不必言汉人也。（《删订唐诗解》卷十）

何焯曰：（首句）百感交集，思不自禁，发端有力。（"羁禽"二句）"羁禽响幽谷"一联，似缘上"风"字直书即目，其实乃兴中之比也。羁禽哀鸣者，友声不可求，而断乔迁之望也，起下"怀人"句；寒藻独舞者，潜鱼不能依，而乖得性之乐也，起下"去国"句。（《义门读书记·河东集下》）

洪亮吉曰：静者心多妙。体物之工，亦惟静者能之。如柳柳州"回风一萧瑟，林影久参差"……卤莽人能体会及此否？（《北江诗话》）

沈德潜曰：即柳诗中石磵。"始至若有得，稍深遂忘疲"，为学仕宦，亦如是观。又曰：语语是"独游"，东坡谓柳仪曹《南涧》诗，忧中有乐，妙绝古今，得其旨矣。（《重订唐诗别裁集》卷四）

宋宗元曰：（"始至"二句）阅历语。（《网师园唐诗笺》）

吴瑞荣曰：（"秋气"二句）起语最清峭。（"始至"二句）着此十字，遂觉一篇苍然。（《唐诗笺要》）按：此评袭刘辰翁。

刘熙载曰：韦云"微雨夜来过，不知春草生"，是道人语；柳云"回风一萧瑟，林影久参差"，是骚人语。（《艺概·诗概》）

施补华曰：柳子厚幽怨有得《骚》旨，而不甚似陶公。盖怡旷气少，沈至语多也。《南涧》一作，气清神敛，宜为坡公所激赏。（《岘佣说诗》）

王文濡曰：（"秋气"四句）四句叙南涧秋景。（"始至"四句）四句言得静中真趣。（"去国"四句）四句触物感怀，是翻因南涧而生愁也。（"索寞"四句）四句言此索寞况味，惟后来迁谪于此者，当能与我心相合也。结得平淡。又曰："始至若有得"两句，觉得有精神，诗之苍劲在此。（《唐诗评注读本》卷一）

鉴赏

这首被苏轼誉为"绝妙古今"的五言古诗，作于元和七年（812）深秋，当时柳宗元贬居永州已经第八个年头了。题内"南涧"，在永州城南，亦即"永州八记"之一《石涧记》所记的石涧。记文描述它"亘石为底，达于两涯……水平布其上，流若织文，响若操琴……其上深山幽林逾峭险"，是一个风景清寥幽峭的地方。和游记之以纪游写胜为主不同，诗着重抒写长期贬居荒僻的诗人孤寂抑郁的心境，和忧触景生、情随物迁的心灵历程，实际上是一首借记游写景以抒怀的抒情诗。

开头两句点明出游的地点、季节和时间。"秋气""独游"四字，一篇眼目。以下所写种种情景都由此生发。首句以概括虚涵之笔抒写对南涧秋色的整体感受。秋之为气，似无具体形象，却又处处可见它的踪迹。一"集"字令人宛见秋风萧瑟、草木摇落、林寒涧肃之状，也透出诗人目遇神接充满秋气的南涧时那种心灵悸动的强烈感受。何焯说："万感俱集，忽不自禁，发端有力。"一、二句用倒笔叙，也加强了发端的拗劲。

三、四句承上"秋气"，专写秋风萧瑟之状。山谷间的秋风，强劲而回旋，风起则树木摇动，林影参差，久久不已。"一""久"二字，开合相应，适成对照，透出秋风劲历而持久的态势；"回""影"二字，写风态秋声，尤生动而传神，令人于树影摇曳晃动之中宛闻萧飒的秋声。"萧瑟""参差"这两个双声联绵词的有意运用，也增添了凄清萧条的韵味。

写到这里，却不再黏滞于眼前的南涧秋色，而是就势掉转，概写"独游"过程中感受与情绪的变化："始至若有得，稍深遂忘疲。"上句是初入其境若有所感、心与境遇阶段的自然反应，下句是深入其境以后全身心沉浸其中的忘我精神状态。这种描写，似乎虚泛抽象，却因其深刻概括了穷幽探胜的感受体验而具有很大的普遍性，能唤起读者的联想与思索，其中隐然含有某种潜心观照自然有所体察的意趣。沈德潜说："为学仕宦亦如是观。"正道出其中所包含的哲理性意趣。这两句所表现的情绪似乎偏于安恬愉悦，但透过"若有得""遂忘疲"，却可以感到这位"独游"者在此之前惘然若失、心力交瘁的精神状态。

"羁禽响幽谷，寒藻舞沦漪。"两句承"稍深"续写南涧秋色。一写山，一写水；一诉诸听觉，一诉诸视觉。诗人以一个长期羁泊异乡，心境凄寒寂寞者的特殊心态感受自然，遂使客观景物染上一层强烈的主观色彩。鸟鸣幽谷，在常人或感其清幽寂静，而诗人则反感到羁泊者的哀愁孤寂；藻舞沦漪，于常人或感其清新可喜，而诗人则反感到凄寒清冷。"响"与"舞"这两个带有强烈动感的词语，在这里恰恰反衬出了谷幽人寂、凄清寂寞的境界。这"羁禽"与"寒藻"，不仅是诗人感情投射的结果，而且带有诗人自身境遇的象征意味。

从开篇至此，为一节，侧重写南涧景物，而景中寓情。从"始至"到"稍深"，游踪显然。"独游"者或因景物的感发引起情绪的变化，或因主观感情的作用而使景物主观化，痕迹也隐然可见。至"羁禽"二句，孤孑凄清之感越来越浓重，遂自然生发出下节的直接抒情。

"去国魂已远，怀人泪空垂。"由主观化、对象化了的羁禽、寒藻引出"去国""怀人"的诗人自我，在意脉上原是贯通的，故转接得不着痕迹。长期贬居荒远，去国怀人之情与日俱增，以致达到精神恍惚的程度。然而山川阻隔，音书难寄，唯有空垂悲泪而已。写这首诗时，王叔文、王伾、凌准、吕温等人都已先后去世，"怀人"句似不但有对生者思而不见的悲哀，更含有对死者幽明永隔的长恨。

接下来两句，表面上似与题目不相涉，实际上仍紧贴"南涧""独游"抒感。两句互文，说明政治失意，处境孤孑者最易触景伤情，感到外物与环境总是与己不相宜（也可以理解为动辄得咎，与世扞格）。从意脉上说，这是承上节独游过程中对南涧秋色的特殊感受而来的，但它却同时概括了许多"孤生""失路"者的共同体验，在质朴深切之中含有深沉的苦闷与愤激。

"索寞竟何事，徘徊只自知。""索寞""徘徊"，仍贴"独游"说。两句用极虚之笔，写惘然的心境。内涵丰厚，任人咀嚼，上句似说，踽踽独游，寂寞凄清，究竟所为何事？好像是埋怨自己不该出来独游，以致反增寂寞，又好像是对自己远贬荒僻、寂寞无所事事的处境与境遇的一种疑问与思索。下句似乎是说，独自徘徊，心中的积郁苦闷只有自知，又似乎是说，自己的孤独处境与苦闷心情无人了解和同情。总之，两句所写，乃是一个苦闷的灵魂惘然无着落的自思、自怜与自叹。其中蕴含着难以言状的空虚失落感与孤寂凄清感，由此便自然引出全诗的结尾："谁为后来者，当与此心期。"

这使人联想到陈子昂的《登幽州台歌》。尽管陈诗是慨叹"后不见来者"，柳诗则是相信后来贬谪于此的人当会理解自己此时的心情。但它们都蕴含着不为当世所理解的寂寞与痛苦。出现在面前的正是一个为当世所遗弃的孤独者的形象，与篇首"独游"遥相呼应。

苏轼称这首诗"忧中有乐，乐中有忧"。这种感受与理解是深切而独到的。不过，忧与乐在这首诗中并非平分秋色或单纯的交替与交融。而是以忧为主导，为贯串线索，从忧出发，又归结于忧。乐在诗中只是一时的，而且乐中有忧。诗人"独游"之因就是心情郁闷，所以在观照自然时，便很容易染上主观感情色彩。像"回风一萧瑟，林影久参差""始至若有得，稍深遂忘疲"这种感受与体验，不能说没有乐的成分，但它本身就带有凄清寂寞的色彩，这是一个处境极端凄寂的人偶因接遇自然界中幽美景物时浮现的一丝微笑。尽管微笑，却感凄然；虽说忘疲，却非陶醉。因此，当他进而接触到"羁禽响幽谷，寒藻舞沦漪"这种更加凄怆幽冷的景物时，就不能不"忧从中来，不可断绝"了。柳宗元在《与李翰林书》中说："仆闷即出游……时到幽树好石，暂得一笑，已复不乐。何者？譬如囚拘圄土，一遇和景，负墙搔摩，伸展支体，当此之时，亦以为适。顾地窥天，不过寻丈，终不得出，岂复为之能舒畅哉！"正是这种拘囚式的处境与心境，决定了他的"独游"只能是以排忧始，以深忧终。这也就是诗虽写得纤徐淡泊，却始终有一种压抑感的原因。

诗评家每以韦、柳并列，认为他们的五古都有清淡简古的特点。其实，韦、柳之间是貌似而实异。韦应物后期颇具高逸出世之情，故为诗闲婉雅淡，萧散自得；柳宗元却是被迫投闲置散，形同幽囚；虽欲寄情山水自然，内心却忧愤郁闷，很不平静，因此他的清淡高古中往往寓有很深的忧郁与牢骚。刘熙载说"韦云'微雨夜来过，不知春草生'是道人语；柳云'回风一萧瑟，林影久参差'是骚人语"，正道出两人心态诗境的区别。王、孟、韦、柳，都学陶潜，在王、孟、韦的诗作中，可以发现诗人心境与环境景物的和谐适应、高度契合的陶诗式意境；而在柳诗中，却更多的是心与境之间的貌合神离。

五言古诗为求格之高古，往往不烦绳削，纯任天然。柳宗元的五古却往往在简古清淡、纡徐不迫中寓精严细密的章法和着意锤炼的字法。像本篇一开头就揭出"秋气""独游"为全篇眼目，接着逐层抒写主观感情与客观景物之间的交互作用，以及诗人感受、情绪的变化，次第井然。前后的衔接既细密，又不露痕迹。前人说他的诗"似入武库，但觉森严"（《西溪诗话》），"清峭有馀，闲婉全乏"（《唐音癸签》），确是有味之言。

江　雪〔一〕

千山鸟飞绝，万径人踪灭。
孤舟蓑笠翁〔二〕，独钓寒江雪〔三〕。

校注

〔一〕作于贬居永州期间。

〔二〕蓑笠翁，穿蓑衣戴箬笠帽的渔翁。

〔三〕句意谓在寒江大雪中独自垂钓。

笺评

苏轼曰：郑谷诗云："江上晚来堪画处，渔人披得一蓑归。"此村学中诗也。柳子厚云："千山鸟飞绝，万径人踪灭。孤舟蓑笠翁，独钓寒江雪。"人性有隔也哉！殆天所赋，不可及也已。（《东坡题跋》卷二）

曾季貍曰：东坡言王维雪诗不可学，平生喜此诗……又言柳宗元雪诗四句说尽。（《艇斋诗话》）

范晞文曰：唐人五言四句，除柳子厚"钓雪"一首外，极少佳者。（《对床夜语》卷四）

刘辰翁曰：得天趣，独由落句五字道尽矣。（《唐诗品汇》卷四十三引）

《归叟诗话》：此信有格也哉！作诗者当以此为标准。

胡应麟曰："千山鸟飞绝"二十字，骨力豪上，句格天成。然律以《辋川》诸作，便觉太闹。青莲"明月出天山，苍茫云海间。长风几万里，吹度玉门关"，浑雄之中，多少闲雅！（《诗薮·内编》卷六）

顾璘曰：绝唱，雪景如在目前。（《评点唐诗正声》）

唐汝询曰：人绝、鸟稀，而披蓑之士傲然独钓，非奇士耶？按七古《渔翁》亦极褒美，岂子厚无聊之极，托以自高欤？（《唐诗解》弟子二十三）

郭濬曰：好雪景，句句妙。（《增定评注唐诗正声》）

孙月峰曰：常景耳，道得峭快便入妙。（《评点柳柳州集》卷四十三）

蒋之翘曰：此诗独落句五字写得悠然，故小有致耳，宋人乃盛称之……予曰："千山""万径"二句，恐杂村学诗中，亦不复辨。（《柳集辑注》卷四十二）

黄周星曰：只为此二十字，至今遂图绘不休，将来竟与天地相终始矣。（《唐诗快》卷十四）

黄生曰：此等作真是诗中有画，不必更作《寒江独钓图》也。（《唐诗摘抄》卷二）

朱之荆曰：柳又有"渔翁夜傍西岩宿"一首，何其喜写渔家乐也！"千""万""孤""独"，两两对说，亦妙。寒江鱼伏，钓岂可得。此翁意不在鱼。如可得鱼，钓岂独翁哉！（《增订唐诗摘抄》）

王士禛曰：余论古今雪诗，唯羊孚一赞及陶渊明"倾耳无希声，在目皓已洁"及祖咏"终南阴岭秀"一篇，右丞"洒空深巷静，积素广庭闲"、韦左司"门对寒流雪满山"句最佳。若柳子厚"千山鸟飞绝"，已不免俗。（《带经堂诗话·众妙门四·赋物类》）

徐增曰：余谓此诗乃子厚在贬时所作，以自寓也。当此途穷日短，可以归矣，而犹依泊于此，岂为一官所系耶！一官无味，如钓寒江之鱼，终亦无所得而已，余岂效此翁者哉！（《而庵说唐诗》）

王尧衢曰：江寒而鱼伏，岂钓之可得？彼老翁何为稳坐孤舟风雪中乎？世态寒冷，宦情孤冷，如钓寒江之鱼，终无所得，子厚以自寓也。（《古唐诗合解》卷八）

2019

吴昌祺曰：清极峭极，傲然独往。（《删订唐诗解》）

沈德潜曰：《江雪》清峭已极，王阮亭尚书独贬此诗何也？（《重订唐诗别裁集》卷十九）

孙洙曰：二十字可作二十层，却自一片，故奇。（《唐诗三百首》卷七）

宋宗元曰：入画。（《网师园唐诗笺》）

吴曹荣曰：柳州气骨迟重，故摹陶、韦不落浮佻。（《唐诗笺要》）

李锳曰：前二句不沾着"雪"字，而确是雪景，可称空灵。末句一点便足，阮亭论前人雪诗，于此诗尚有馀憾，甚矣诗之难也！（《诗法易简录》）

许印芳曰：五绝全对者……柳宗元之《江雪》云："千山鸟飞绝，万径人踪灭。孤舟蓑笠翁，独钓寒江雪。"语平意侧，一气贯注。（《诗法萃编》卷九上）

李慈铭曰：渔洋尝谓此诗有伧气，泃然。（《越缦堂读书简端记·唐人万首绝句选》）

朱庭珍曰：祖咏"终南阴岭秀"一绝，阮亭最所心赏，然不免气味凡近。柳子厚"千山鸟飞绝"一绝，笔意生峭，远胜祖咏之平，而阮翁又有微词，谓未免近俗。殆以入口熟诵而生厌心，非公论也。（《筱园诗话》卷四）

钱振锽曰：柳州"千山鸟飞绝"一首，上两句措笔太重则有之，下二句天生清峭，士祯将一个"俗"字诬之，此儿真别有肺肠。（《诗话》）

潘德舆曰：门人苏养吾曰："雪诗何语为佳？"予曰："王右丞'隔牖风惊竹，开门雪满山'，语最浑然；老杜'暗度南楼月，寒生北渚云'次之；他如'独钓寒江雪'……亦善于语言者。"（《养一斋诗话》卷二）

刘文蔚曰：置孤舟于千山万径之间，而一老翁披蓑戴笠独钓其间，虽江寒而鱼伏，非钓之可得，彼老翁何为而稳坐于孤舟风雪中乎？此子厚贬时取以自寓也。（《唐诗合选评解》卷三）

俞陛云曰：空江风雪中，远望则鸟飞不到，近观则四无人踪，而独有扁舟渔夫，一竿在手，悠然于严风盛雪间，其天怀之淡定，风趣之静峭，子厚以短歌为之写照。子和《渔父词》所未道之境也。（《诗境浅说》续编）

刘永济曰：此诗读之便有寒意，故古今传诵不绝。（《唐人绝句精华》）

刘拜山曰：此诗句句写景，亦句句抒情，而情景浑成之中，又分明有一特立独行之作者在，所以成为绝唱。就章法言，通篇皆用暗写，最后方逼出"雪"字点题，故倍觉奇峭。（《千首唐人绝句》）

用最短的篇幅描绘出一幅形象鲜明的寒江独钓图，对于一个擅长写山水诗文的高手来说，也许不算太难，但要在同时表现出一种在极端萧瑟寒冷、孤独寂寞的环境中坚守信念的精神、人格之美，从而构成意境高远、格调奇峭、诗画浑然一体的境界，却只有像柳宗元这样既有高超的艺术技巧，又具有深刻的生活体验和坚韧不屈的思想性格的大家才能办到。

"千山鸟飞绝，万径人踪灭。"诗的题目叫"江雪"，诗中的主体则是独钓寒江的渔翁，但开头两句却既不写江，也不直接写雪，更无只字写人，而是从大处、高处、远处落笔，全景式地展现了四周的千山万岭之上，飞鸟绝迹，广阔的四野道路之上，行人绝踪的空旷阔远、冷落萧瑟的画面。虽无一字直接写雪，但"千山""万径"的阔远空间中"鸟飞绝""人踪灭"的图景，却直摄雪之神魂，使读者仿佛目睹千山万径、整个天地之间都是一片白茫茫的大雪，感受到画面上笼罩着一股凛冽逼人的萧森寒气。两句中"千""万""绝""灭"的夸张渲染，更加强了整个环境的空旷、幽寂、寒冷、萧森的气氛。这种环境氛围，带有某种象征色彩。它是诗人所处的时代氛围、政治环境的一种象征，也是诗人凄寒孤寂心境的一种表现。

在全诗中，这两句是作为环境背景出现的。它的作用，除了展示诗人所处的环境和心境之外，更重要的是用来反衬主体——孤舟独钓的渔翁的精神性格，这就自然引出三、四两句来。

"孤舟蓑笠翁，独钓寒江雪。"在"千山""万径"的广阔雪景背景下，这两句由远及近，集中描绘了江面上的一个孤舟独钓的渔翁形象。茫茫江面上，只剩下了一叶孤舟；孤舟上坐着一个渔翁，戴着一顶箬笠帽，披着一身蓑衣，正独自在寒江中全神贯注地垂钓。从"蓑笠"的穿戴上可以看出，江面上正下着纷纷扬扬的大雪。一叶孤舟、一介渔翁在广阔的山野、浩永的寒江中，显得特别孤寂、渺小。而这位渔翁独自一人处在如此广漠、寒冷、孤寂的环境中，竟像根本不知道这种严酷森寒的环境，也根本不在意自己的孤独处境一样。正是通过环境与人物之间这种相反相成的映衬关系，突出地表现了独钓寒江的渔翁那种不畏森寒、不怕孤独，在冷寂的环境中坚持垂钓的坚毅精神和顽强不屈的精神风貌。

三、四两句从题目来说，似乎是用孤舟独钓来点缀江上雪景；其实，从作者的用意来说，雪景只不过是背景和陪衬，孤舟独钓于寒江之上的渔翁才是画面的中心。如果把它画成一幅画，题目应该叫《寒江独钓图》，而不应该叫《江上雪景图》。后世一些山水画多取后两句的景物作为题材，其实只是看到了诗中有画这一点，而对这幅画的画意则缺乏理解。

这就涉及作品的寄托问题。熟悉柳宗元身世遭遇，特别是他贬居永州期间境遇与心情的人会从这孤舟独钓寒江的渔翁身上看到诗人自己的形象。当时他的处境是"身编夷人，名列囚籍"，过去的一些亲戚朋友都和他断绝了来往，处于十分孤寂的境地。诗的一、二两句描绘的千山万径、飞鸟绝迹、行人无踪的寒寂萧森、空旷寥落的图景，实际上正渗透了诗人对自己所处环境的感受。而在孤舟独钓寒江的渔翁身上，则正寄托着诗人那种"虽万受摈弃，而不更乎其内"的坚定思想、政治操守和顽强不屈的抗争精神。

全篇的诗眼，就在末句的那个"独"字。诗中的一切描绘、渲染都是为了衬托这个"独"字，突出这个"独"字。千山杳无飞鸟，万径寂无人踪，这两句句末的"绝"和"灭"，不用说是为了突出人之"独"；孤舟、寒江、大雪，又进一步渲染了这位独钓者所处环境的孤寂与寒冷。不用说整首诗是蕴含了很深的孤独寂寞之感的，但诗人的用意，主要不是表现这种孤独寂寞的可悲和难以忍受，而是表现独钓寒江的可贵。因此他的孤独中带有一种孤高、孤傲的精神气质。正是在这位独钓寒江的渔翁身上，寄托了对不为恶劣环境所屈的理想人格美的赞美和追求。苏轼的评论触及诗的品格和人性的关系，是深刻独到之见。问题的关键就在于柳宗元的这首诗不只是诗中有画，而是诗中有人，表现了诗人自己的人格和情操。在唐人五绝中，李白的《独坐敬亭山》与这首诗在表现诗人的品格情操方面，有某种相似之处，而李诗直抒的成分多，情态闲雅，而柳诗则描写的成分多，感情深沉，在诗情画意的统一上更显突出。

这是一首押入声韵的古体绝句。"绝""灭""雪"三个韵脚，构成一种萧瑟、冷寂中含有坚决、激愤情调的意境，声与情配合得非常和谐。

田家三首（其二）〔一〕

篱落隔烟火〔二〕，农谈四邻夕〔三〕。庭际秋虫鸣〔四〕，疏麻方寂历〔五〕。蚕丝尽输税，机杼空倚壁〔六〕。里胥夜经过〔七〕，鸡黍事筵席〔八〕。各言官长峻〔九〕，文字多督责〔一〇〕。东乡后租期，车毂陷泥泽〔一一〕。公门少推恕〔一二〕，鞭扑恣狼藉〔一三〕。努力慎经营〔一四〕，肌肤真可惜〔一五〕。迎新在此岁〔一六〕，唯恐蹑前迹〔一七〕。

校注

〔一〕这三首诗作于诗人贬居永州期间。选第二首。

〔二〕篱落，篱笆。落，篱笆。《文选·张衡〈西京赋〉》"揩棘落，突棘藩"李善注引杜预《左氏传》注曰："藩，篱也；落，亦篱也。"烟火，指人家的炊烟。

〔三〕句意谓农家的四邻在傍晚时分互相闲谈。

〔四〕庭际，庭边。虫，《全唐诗》校："一作蛩。"

〔五〕寂历，凋零疏落。《文选·江淹〈王征君微〉》："寂历百草晦，欻吸鹍鸡悲。"李善注："寂历，凋疏貌。"或谓系形容风吹植物的声音，恐非。"寂历"正应句首"疏"字。

〔六〕机杼，织布机。二句指蚕丝都缴了夏税。

〔七〕里胥，乡村小吏。

〔八〕事，备办。

〔九〕峻，严厉。

〔一〇〕文字，指县官催缴赋税的文书。督责，督促责备。

〔一一〕二句倒文，谓东乡的农民交租的牛车轮子深陷泥泽，因此延误了交租的时间。

〔一二〕公门，指官府。推恕，推究原因加以宽恕。

〔一三〕鞭扑，用鞭子或棍棒抽打。恣，肆意。狼藉，纵横散乱貌。此用以形容农民被鞭打得东倒西歪、血肉模糊的惨状。

〔一四〕经营，筹划（交租的事，此指秋税）。

〔一五〕里胥的话至此结束。

〔一六〕迎新，迎接新谷登场。

〔一七〕蹑前迹，步东乡农民被鞭打的后尘。

曾吉甫曰：《田家》诗"机鸣村巷白"云云，又"里胥夜经过"云云，绝有渊明风味。（《新刊增广百家详补注唐柳先生文》卷四十三引《笔墨闲录》）

钟惺曰：诉得静，益觉情苦。（《唐诗归·中唐五》）

陆时雍曰：一起四语如绘。（《唐诗镜》卷三十七）

蒋春甫曰：援里胥来说便松畅，是亦《捕蛇者说》光景。一结说似未尽。（蒋之翘注《河东集》卷四十三引）

吴山民曰："农谈四邻夕"，"谈"字是一篇骨子，先含着几许感慨。（《删补唐诗选脉笺释会通评林·中五古下》引）

周敬曰：本实事真情以写痛怀，如泣如诉，读难终篇。（同上引）

周珽曰：际秋空青黄不接，而官府催科威逼，无容少缓。如此穷苦真可私谈，莫从控诉者。"肌肤真可惜"，写尽农夫抱怨幽怀。柳州此诗与李长吉《感讽》篇词意俱同，然李起四语开拓深沉，较此似胜，而后调多委曲悲慨尽情，柳又觉得气机畅美也。又曰：前段叙得冷落，中段今吴下人所不忍闻。（同上引）

汪森曰：起笔如画。怨而不怒，不失为温厚和平之遗。当与《捕蛇者》《郭橐驼》诸文相参看。（《韩柳诗选》）

沈德潜曰：里胥恐吓田家之言，如闻其声。（《重订唐诗别裁集》卷四）

余成教曰：柳子厚《田家》云："蓐食徇所务，驱牛向东阡，鸡鸣村巷白，夜色归暮田。"又云："篱落隔烟火，农谈四邻夕。庭际秋虫鸣，疏麻方寂历。"又云："是时收获竟，落日多樵牧。风高榆柳疏，霜重梨枣熟。"真能写出田家风景。（《石园文稿》）

何焯曰："东乡后租期"四句，车陷泥泽，非敢后期，而遽遭鞭扑，故曰"少推恕"。（《义门读书记·河东集下》）

章士钊曰："庭际秋虫鸣"四句，是农谈时村中景象。"机杼空倚壁"为关目语。（《柳文指要·通要之部》卷一）

钱锺书曰：我们看中国传统的田园诗，也常常觉得遗漏了一件东西——狗、地保公差这一类统治阶级的走狗以及他们所代表的剥削和压迫农民的制度。诚然，很多古诗描写到这种现象，例如柳宗元《田家》第二首、张籍《山农词》、元稹《田家词》、聂夷中《咏田家》等，可是它们不属于田园诗的系统……到范成大的《四时田园杂兴》六十首，才仿佛把《七月》《怀古田舍》《田家诗》这三条线索打成一个总结，使脱离现实的田园诗有了泥土和血汗的气息。（《宋诗选注·范成大》）

 鉴赏

　　《捕蛇者说》和《田家三首》，是柳宗元贬居永州期间，在深入了解农民疾苦的基础上精心创作的诗文双璧。《捕蛇者说》由于有"赋敛之毒有甚是蛇"的直接揭露与蒋氏一家三代宁愿冒死捕蛇而不愿更役复赋的事实作反衬，使读者对农民所遭的赋税剥削之苦有触目惊心的深刻强烈感受，而《田家三首》则全用平淡朴素的语言对农村景象和农民生活作真切的叙述描绘，乍读似感与《捕蛇者说》的深刻揭露、强烈愤激有明显不同，但诗、文参读，却不难发现诗在宁静和平的农村田园风光中寓有血淋淋的现实痛苦，在平淡朴素的叙述描绘中含有深切的忧悯和深沉的忧愤。不妨说，二者是貌异而心同。

　　"篱落隔烟火，农谈四邻夕。"诗一开头，就展现出一幅农村傍晚的生活风情素描画：日暮时分，农家用篱笆隔开的院落里升起了袅袅的炊烟，收工归来的四邻农民们，在暮霭轻烟的笼罩中隔着各自的院落彼此闲谈农事收成。整个氛围，显得和平宁静、悠闲和谐。类似的景象，在陶渊明、王维、孟浩然、储光羲的田园诗里都可以见到。

　　"庭际秋虫鸣，疏麻方寂历。"接下来两句，进一步渲染农村入夜之初的宁静。庭院角落里，响起了秋虫的鸣叫声，园子里的苎麻也显得稀疏凋零了。秋虫之鸣，正衬出周围的寂静；而麻叶稀疏，则是入秋后的农村景象。这两句所写的景象，虽带有一点秋天的萧瑟气氛；但整体上看，仍是写农村暮夜的安闲宁静气氛。

　　"蚕丝尽输税，机杼空倚壁。"五、六两句，从室外的篱落烟火、庭际秋虫、园中疏麻转向室内，诗的意蕴、情调亦随之一变：春天辛苦缫成的蚕丝都交了租税，眼看只有那空无所有的织布机冷冷清清地斜靠着板壁。唐代从德宗建中元年（780）起，用宰相杨炎议，废租庸调，实行两税法，夏税不超过六月，秋税不超过十一月。以钱交税。农民因无钱交税，只能用丝抵税。这里所说的"蚕丝尽输税"，正是指向官府交夏税。一"尽"一"空"，揭示出农民一春的辛苦全部落空、家徒四壁、生活艰辛的状况，气氛从安闲宁静转为沉重失落。

"里胥夜经过，鸡黍事筵席。"就在农民面对着空无所有的织机发愁叹息之际，宁静的村子里却来了不速之客——里胥。尽管只是地方上最低的胥吏，却负有为官府催缴赋税的重任，农民对这帮人自然不敢怠慢，即使是在夜间偶尔"经过"，也不得不倾其所有，杀鸡煮黍，备办筵席，小心伺候。从这仿佛不经意的叙述中可以看出，胥吏们借"经过"的机会向农民打抽丰，已是常家便饭、习以为常。

从"各言官长峻"到"肌肤真可惜"共八句，是里胥对农民说的话。"各言"二字，透露出来的不是一个，而是一帮。他们七嘴八舌，用貌似关切的口吻威吓农民。说县里的长官非常严厉，催税的文书对我们这些人督促责备得很紧很狠，言外之意是不是我们这些基层小吏故意跟乡亲们过不去，实在是因为上面催得太急。既为自己开脱，又搬出"官长"的峻急来吓唬农民。紧接着，又举出一个实例来证明"官长"之"峻"：东乡的农民因为送租的牛车沉陷泥泽而稍稍耽误了交租的期限，官府根本不问情由而稍加宽恕，逮住就是棍棒齐下，一顿毒打，直打得血肉模糊，东倒西歪。这就简直是公然的威吓了。官府的横暴凶残，借里胥之口说出，正是这首诗构思的独特之处。然后又以貌似同情劝诫的口吻说，你们还是及早努力，小心准备缴纳秋税吧，否则遭到官府的鞭打，体无完肤，实在可怜。"慎"字、"真"字，在劝诫同情的口吻中包含着的是警告和威胁。整个这一段八句，不仅揭示出官府的凶残横暴，也显示出里胥的伪善与丑恶嘴脸。虽未正面描绘里胥的神情，而人物的神态毕现。这是很高的白描技巧。

"迎新在此岁，唯恐踵前迹。"结尾两句，是农民听了里胥的一番话后的心理活动：眼看新谷又将登场，在迎接秋收的同时，秋税也必须在今年之内上缴，唯恐难以承受沉重的负担而重蹈东乡农民的悲惨遭遇，心里不免忧惧万分。前面写里胥的恐吓警告，不嫌详尽，这是因为要借里胥之口揭露官府的凶残横暴和农民的悲惨境遇。这里写农民的心理活动，只须用"惟恐踵前迹"一点即止，而农民不堪重税盘剥的苦况自见，不必更添一语，虽简洁而有余韵。

这样的田家诗，虽不属于传统的田园诗的范畴，但它和陶渊明以来的田园诗显然有渊源关系，特别是诗的开头四句写农村晚景，更极具陶诗风味。只不过，它在诗中不仅不是主体，而且在实际上对后面的十四句描述起着反衬作用，即让读者看到在农村安闲宁静的表象后面，是沉重的赋税负担和横暴凶残的官府的摧残、狐假虎威的里胥的欺压威吓。这里不但有统治者的鹰犬，而且有鞭痕血迹。表与里的不一致，正是诗人透过现象看到本质的认识过程的反映。这在悯农诗的写作手法上是一种创新。也可以说，诗人是把古代田园诗擅长写田园风光和农村生活场景、氛围的艺术传统和悯农诗描绘农民疾苦的优良传统以一种相辅相成的方式结合起来了。这和元稹的《田家词》、聂夷中的《咏田家》还是有明显区别的，因为后者只有悯农的内容而无田园风光、农村生活氛围的描绘。

渔 翁〔一〕

渔翁夜傍西岩宿〔二〕，晓汲清湘燃楚竹〔三〕。
烟销日出不见人，欸乃一声山水绿〔四〕。
回看天际下中流〔五〕，岩上无心云相逐〔六〕。

校注

〔一〕据诗中"西岩""清湘""楚竹"等语，诗当作于贬居永州期间。

〔二〕西岩，指永州之西山。宗元有《始得西山宴游记》，作于元和四年（809）九月二十八日，则此诗当作于其后。

〔三〕清湘，清澈的湘江水。永州滨湘水。《太平御览》卷六十五引《湘中记》："湘水至清，虽五六丈，见底。"永州为旧楚地，故云其地所产之竹为"楚竹"。

〔四〕欸乃：可指行船时摇橹声，也可指棹歌，即《欸乃曲》，元结《欸乃曲》："谁能听欸乃，欸乃感人情……遗曲今何在，逸在渔夫行。"题下自注："欸音袄，乃音霭。棹过舡（船）之声。"然参《溪居》诗"来往不逢人，长歌楚天碧"之句，此"欸乃"当指棹歌。

〔五〕下中流，船向中流顺驶而下。

〔六〕岩上，即西岩顶上，亦即上句之"天际"。陶渊明《归去来兮辞》："云无心而出岫。""无心云"用其语。

苏轼曰：诗以奇趣为宗，反常合道为趣。熟味此诗，有奇趣。然其尾两句，虽不必亦可。欸乃，三老相呼声也。（《冷斋夜话》引）

吴沆曰：柳子厚诗云："渔翁夜傍西岩宿……"此赋中之兴也。又唐诗云："百尺丝纶直下垂，一波才动万波随，夜静水寒鱼不饵，满船空载明月归。"此全是兴也。言外之意超然。又如张志和诗云："西塞山前白鹭飞，桃花流水鳜鱼肥。青箬笠，绿蓑衣，斜风细雨不须归。"此亦兴也。大抵渔家诗要写得似渔家，田园诗要写得似田圃人家，樵牧要写得似樵牧，又要不犯正位，不随古人语言。（《环溪诗话》卷下）

严羽曰：柳子厚"渔翁夜傍西岩宿"之诗，东坡删去后二句，使子厚复生，亦必心服。（《沧浪诗话·考证》）

刘辰翁曰：或谓苏评为当，非知言者。此诗气浑不类晚唐，正在后两句，非蛇安足者。（《唐诗品汇》卷三十六引）

王文禄曰：气清而飘逸，殆商调欤？（《诗的》）

《骚略》：柳子厚《渔翁》诗，萧萧《湘君》《湘夫人》，清风不可以笔墨机缄索也，世人论次《楚辞》，乃以《天对》《晋对》推之，知者浅矣。（《后欸乃辞》）

李东阳曰："回看天际下中流，岩上无心云相逐。"坡翁欲削此二句，论诗者不免矮人看场之病。予谓若止用前四句，则与晚唐何异！（《麓堂诗话》）

胡应麟曰：子厚"渔翁夜傍西岩宿"，除去末二句自佳。刘以为不类晚唐，正赖有此。然加此二句为七言古，亦何讵胜晚唐？故不如作绝也。（《诗薮·内编·近体下·绝句》）

桂天祥曰："烟销日出不见人"二句，古今绝唱。（《批点唐诗正声》）

唐汝询曰：此盛称渔翁之乐，盖有欣慕之意。言彼寝食自适而放歌于山水之间，泛舟中流而与无心之云相逐，岂不萧然世外耶！（《唐诗解》卷十八）

陆时雍曰："欸乃一声山水绿"，此是浅句，"岩上无心云相逐"，此是浅意。（《唐诗镜》卷三十七）

孙月峰曰：是神来之调，句句险绝，炼得浑然无痕。后二句尤妙，意

竭中复出馀波，含景无穷。（《评点柳柳州集》卷四十三）

蒋之翘曰：此诗急节简奏，气已太峻削矣。自是中、晚伎俩。宋人极赏之，岂以其蹊径似相近乎？（《柳集辑注》卷四十三）

郝敬曰：无色无相，潇然自得。（《批选唐诗》）

吴山民曰：首二句情，次二句有趋景慕，深推赞切，岂子厚失意时诗耶！（《删补唐诗选脉笺释会通评林·中七古中》引）

顾璘曰：幽意切。（同上引）

田艺蘅曰：全章本自悠扬，去之则局促矣。（《留青日札》卷五）

胡震亨曰：元次山湖南《欸乃歌》，刘蜕有《湖中霭乃歌》，刘言史《潇湘》诗有"闲歌暖乃深峡里"，字异而音则同。（《唐音癸签》卷二十四）

周珽曰：熟味此诗，有奇趣。然尾二句不必亦可，盖以前四语已尽幽奇，结反着相也。陆时雍谓"欸乃"句是浅句，"岩上"句是浅意，然欤？（同上引）

汪森曰：歌行短章与绝句只是一例耳。此诗固短篇之有致者，谓当截去末二句与否者，皆属迂论。（《韩柳诗选》）

王尧衢曰：六语内层次无限。此篇六句只一韵，亦一体。（《古唐诗合解》卷七）

田同之曰：此首至"欸乃一声山水绿"一句，恰好调歇，删去末二句，言尽意不尽，何等悠妙，何等含蓄。岂元美于斯未三复耶？（《西圃诗说》）

沈德潜曰：东坡谓删去末二句，馀情不尽，信然。（《重订唐诗别裁集》卷八）

吴瑞荣曰：（"烟消"二句）二语幽绝。（《唐诗笺要》）

钱振锽曰：（末句）本是哑句，本是凑韵。（《诗话》）

这是一篇只有六句、一韵到底的短篇七古，在柳诗中属于流传广远而在理解评价上颇多争论之作。不仅末二句是否蛇足自苏轼以来一直争论不休，就连"不见人"的"人"究竟是指渔翁还是泛指他人，"欸乃"究竟是指摇橹声还是棹歌声也有不同的理解。但这些争论并不影响对这首诗的总体艺术评价。

　　从诗题看，这是一首写渔翁生活的作品，但从诗的内容情调看，诗人着意渲染的却是一种徜徉于青山绿水之间、悠然自得的生活情趣，带有明显的理想化、主观化色彩。联系他的《江雪》以独钓寒江的渔翁自况和五律《溪居》，更可明显看出诗中的"渔翁"身上有诗人自己的影子，或者说是借歌咏理想化了的渔翁来自我抒情。

　　"渔翁夜傍西岩宿，晓汲清湘燃楚竹。"诗主要写晨间景色，首句却从昨夜叙起。"夜傍西岩宿"像是普通的交代，但联系全诗来品味，其中自含有独往独来，行止无定，随意无拘，到处均可止宿的意味。西岩即西山，柳宗元在《始得西山宴游记》中叙其攀登山顶后所见景色："萦青缭白，外与天际，四望如一……悠悠乎与灏气俱而莫得其涯；洋洋乎与造物者游，而不知其所穷。"因此这夜傍西岩而宿的追叙便可引发丰富的诗意联想。接下来第二句便由"夜"而"晓"，写渔翁清晨起来以后的生活情事。其实所写的不过是汲水烧火做饭而已，如此极平常的"俗事"，在诗人笔下却变成了极清雅的生活情趣。早晨的空气是清新的，所汲的又是极清澈的湘江水，所燃的则是碧绿的楚竹（即湘竹，因避复而改），就地取材，水清竹碧，纯属天然。极俗的烧火做饭也变作仿佛不食人间烟火的雅事了。

　　"烟销日出不见人，欸乃一声山水绿。"三、四两句，从"晓"过渡到"日出"时情景。清晨的湘江上，笼罩着一层朦胧的轻烟淡雾，随着时间的推移，太阳升起，烟雾消散，整个江面上空无一人，渔翁也开始了新的一天的行程，他边划桨，边唱着棹歌，"欸乃"声中，显现在面前的是一片青山绿水的图景。或以为"不见人"的"人"是指渔翁本人。从意境上说，只闻欸乃之声悠长萦回于耳畔而不见其人，仿佛电影上的空镜头，似乎另有一种神韵。但一则，从情理说，既"烟销日出"，则人与景物毕现，不可能闻渔翁之声（无论是摇橹声还是棹歌声）而不见其人。二则其人如指渔翁，则景外另有人在，但下二句的"回看"显然指渔翁在舟行过程中回看而非指旁观的诗人，故于诗意不合。三则《溪居》诗明云："久为簪组累，幸此南夷谪。闲依农圃邻，偶似山林客。晓耕翻露草，夜榜响溪石。来往不逢人，长歌楚天碧。"两相对照，可证《渔翁》诗之"不见人"即《溪居》诗之"不逢人"，是指江上空寂不见人，而非指不见渔翁。至于"欸乃"，对照《溪居》中的"长歌"，其意自明，当指渔翁所唱的船歌而非摇橹声。

　　三、四两句，极饶神韵。它的妙处全在空寂无人之境中，渔翁棹歌声起的刹那，眼前忽现一片青山绿水时那种令人悠然神远的境界。仿佛是渔翁的"欸乃"棹歌之声忽然染绿了青山碧水，幻化出一个童话世界，一个不食人间烟火的远离尘嚣的世界。这境界，既极清寥旷远，又悠闲自得，体现出这位渔翁的精神世界。

"回看天际下中流，岩上无心云相逐。"五、六两句，写渔翁行舟直下中流时回首天际，但见西岩之上，白云悠然出岫，来往飘荡，像是在互相追逐。云之缭绕飘荡，纯出自然，这里特用"无心"来形容，实际上是将人的感情意念投射到作为自然物的云身上，使"岩上无心云相逐"的景象成为自己精神的外化。"无心"二字，不妨说是全诗的诗眼和结穴。诗人写渔翁之夜傍西岩而宿、晓汲清湘燃楚竹，欸乃而歌于烟消日出之际，青山绿水之间，放舟而下至中流，悠然回顾岩上白云，都是为了突出渲染陶然忘机于美好自然之中的"无心"境界。经历了长期的贬谪生活和心灵痛苦历程，诗人在目接心感美好大自然的瞬间，似乎在忘机无心的境界中得到了精神上的解放，这首诗正是这种心灵体验的艺术表现。

从这种理解出发，可以看出五、六两句不仅是全诗不可分割的部分，而且是画龙点睛的关键之笔。如果撇开"无心"的主旨，删去五、六两句，前四句也能成为一首意境完足、余韵悠然的七绝，但似乎只能表现渔翁的潇洒自得、悠闲自适的精神风貌与湘中山水之清丽，而与"无心"的主旨终隔一层，因为还缺少"云相逐"于岩上这一表现"无心"意蕴的主要意象。有了"岩上无心云相逐"这一句，前面四句的所有描写也通通带上了"无心"的色彩。正如刘熙载《艺概·词曲概》所云："眼乃神光所聚，故有通体之眼，有数句之眼，前前后后无不待眼光照映。"离开"无心"的主旨去谈五、六两句是否蛇足，那就各执一词，永远也无法判断是非了。或引作者《溪居》尾联"来往不逢人，长歌楚天碧"为言，殊不知《溪居》开篇即明白揭出"久为簪组累""闲依农圃邻"的主意，篇末自然不必更添一语。二诗意蕴虽近，但表达方式却自别。不能简单地以彼例此。

刘禹锡

　　刘禹锡（772—842），字梦得，祖籍洛阳（今属河南），家居荥阳。贞元九年（793）登进士第，又登吏部取士科，授弘文馆校书郎。曾为淮南节度使杜佑掌书记。贞元十八年，调渭南主簿。十九年入朝为监察御史。永贞元年（805）正月，顺宗即位，迁屯田员外郎，判度支盐铁案，参与王叔文、王伾的政治革新活动。同年八月，顺宗退位，宪宗即位。十一月，贬朗州（今湖南常德）司马。元和十年（815）二月，奉诏抵长安，三月复贬连州刺史。十四年因母丧扶柩北归。长庆、宝历间，转夔州、和州刺史。文宗大和元年（827）授主客郎中分司东都。次年入朝为主客郎中，兼集贤直学士。转礼部郎中。大和五年出为苏州刺史。八年秋调汝州刺史，九年迁同州刺史。开成元年（836）秋，以太子宾客分司东都，五年为秘书监分司东部。武宗会昌元年（841）加检校礼部尚书，会昌二年七月卒。他是中国思想史上具有鲜明唯物主义倾向的思想家，也是中唐时期在韩、白两派以外独树一帜的诗人，其诗雄迈俊爽而不失含蓄蕴藉，且常于抒情咏怀中寓含哲理，怀古与学习民歌之作艺术成就尤为突出。曾编己作为四十卷，又曾选编《刘氏集略》十卷，今均佚。《新唐书·艺文志》著录《刘禹锡集》四十卷。《全唐诗》编其诗为十二卷。今人瞿蜕园有《刘禹锡集笺证》、陶敏有《刘禹锡全集编年校注》。

金陵怀古〔一〕

潮满冶城渚〔二〕，日斜征虏亭〔三〕。
蔡洲新草绿〔四〕，幕府旧烟青〔五〕。
兴废由人事〔六〕，山川空地形〔七〕。
后庭花一曲〔八〕，幽怨不堪听。

　　〔一〕金陵，战国楚威王七年（前333）灭越后曾在今南京清凉山（古称石城山）设金陵邑。后来六朝（三国吴、东晋、宋、齐、梁、陈）均于古金陵之地建都。诗即借金陵怀古感慨六朝兴废。约作于宝历元年（825）或二年春任和州刺史期间。

〔二〕冶城，本吴国冶铸之所，故称。故址在今南京朝天宫一带。《世说新语·言语》："王右军与谢太傅共登冶城，谢悠然远想，有高世之志。"刘孝标注引《扬州记》曰："冶城，吴时鼓铸之所。吴平，犹不废。"渚，水边。梁绍泰元年（555），陈霸先曾在此用兵。

〔三〕征虏亭，故址在今南京玄武湖北。《世说新语·雅量》："支道林还东，诸贤并送于征虏亭。"刘孝标注引《丹杨记》："太安中，征虏将军谢安立此亭，因以为名。"《景定建康志》："征虏亭在石头坞，东晋太元中创。徐铉集《送谢仲宣员外使北蕃序》云：'征虏亭下，南朝送别之场。'"

〔四〕蔡洲，《元和郡县图志·江南道·润州》：上元县："蔡洲在县西二十里江中。晋卢循作乱，战士十余万，舟舰数百里，连旗而下。宋高祖登石头以望循军。初，循引向新亭，公顾左右，失色。既而回泊蔡洲，公曰：'此成擒耳。'俄而循大败而走。"蔡洲在今江苏南京市江宁西南江中，六朝时屡为屯兵之地。

〔五〕幕府，山名，在今南京市北。《舆地纪胜》卷十七建康府："幕府山，在郡西二十五里，晋琅邪王初过江，丞相王导建幕府于其上，因以为名。"

〔六〕由人事，取决于人事（指政治清明与窳败、人谋之善否等人力所能及之事，与天时、地利相对而言）。《南史·虞寄传》："匪独天时，亦由人事。"

〔七〕《太平御览》卷一百五十六引晋吴勃《吴录》："刘备曾使诸葛亮至京，因睹秣陵山阜，叹曰：'钟山龙盘，石头虎踞，此帝王之宅。'"金陵又有长江天堑，而六朝先后相继覆灭，故云"山川空地形"。

〔八〕《后庭花》，即《玉树后庭花》，南朝陈后主所作歌曲。《陈书·皇后传·后主张贵妃》："后主每引宾客对贵妃等游宴，则使诸贵人及女学士与狎客共赋新诗，互相赠答，采其尤艳丽者以为曲词，被以新声……其曲有《玉树后庭花》《临春乐》等，大指所归，皆美张贵妃、孔贵嫔之容色也。"《旧唐书·音乐志》："御史大夫杜淹对曰：'前代兴亡，实由于乐。陈将亡也，为《玉树后庭花》，齐将亡也，而为《伴侣曲》，行路闻之，莫不悲泣，所谓亡国之音也。以是观之，盖乐之由也。'太宗曰：'不然，夫音声能感人，自然之道也。故欢者闻之则悦，忧者听之则悲……将亡之政，其民必苦，然苦心所感，故闻之则悲耳。'"

方回曰：每读刘宾客诗，似乎百十选一以传诸世者，言言精确。前四句用四地名，而以"潮""日""草""烟"附之。第五句乃一篇之断案也，然后应之曰"山川空地形"，而末句乃寓悲怆，其妙如此。（《瀛奎律髓》卷三）

冯舒曰："新草""旧烟"，只四字逼出"怀古"。五、六斤两，起结俱金陵。丝缕俨然，却自无缝。（《瀛奎律髓汇评》卷三引）

冯班曰：起句千钧。（同上引）

何焯曰：此等诗何必老杜？才识俱空千古。"潮满""日斜""草绿""烟青"，画出"废"字。落日即陈亡，具五国之意。第五起后二句，第六收前四句，变化不测。前四句借地形点化人事。第三句，将；第四句，相。幕府，山名，因王导著；征虏亭，因谢安著。（同上引）

纪昀曰：叠用四地名，妙在安于前四句，如四峰相矗，特有奇气。若安于中二联，即重复碍格。五六筋节，施于金陵尤宜，是龙盘虎踞，帝王之都。末《后庭》一曲，乃推江南亡国之曲，申明五、六。虚谷以为但寓悲怆，未尽其意。起四句似乎平对，实则以三句"新草"，剔出四句"旧烟"，即从四句转出下半首，运法最密，毫无起承转合之痕。（同上引）

许印芳曰：此评（按：指纪昀评）甚精，深得古人笔法之妙。如此解乃知三、四"新""旧"二字是眼目……晚唐及宋人诗，作用在外，往往露骨，故少浑厚之作。惟中唐刘中山、刘随州，犹有盛唐遗意耳。又接六句用"龙虎""天堑"故事而用其意，不用其词。此亦暗用法。愚人用典，必将词语钞出凑句，盖未知古人用典，如水中着盐，不见盐而有盐味也。又此句不但缴足第五句，而且收拾前四句。若无收拾，便是无法，可谓精密之至。（同上引）

刘禹锡怀古诗以七律、七绝成就最高，但五律亦间有名篇，本篇和《蜀先主庙》就是历代流传的佳作。

金陵是六朝故都，又居于江左富庶繁华之地，谢朓《鼓吹曲·入朝曲》所谓"江南佳丽地，金陵帝王州"，正道出这座六朝旧都的繁华富丽。而建都于此的六个偏安一隅的王朝，除东晋勉强支撑了一百余年外，均为国祚短促的朝代。这种朝代兴废更迭迅速、繁华转瞬消逝的历史现象，对于安史乱后繁荣昌盛的局面已经消逝、衰颓现象日益显现的中晚唐诗人来说，经常容易引发怀古伤今的忧思与感慨，并引起对六朝兴废原因的思考。这首以六朝兴废为题材、主旨的怀古诗，便是在这种时代背景与氛围中产生的。

"潮满冶城渚，日斜征虏亭。"起联写日暮时分金陵两处古迹的情景。冶城是东吴冶铸之所，吴亡后犹未废。晋元帝移于石头城东。谢安曾居此，唐时遗迹尚存，称谢公墩。盛唐大诗人李白《登金陵冶城西北谢安墩》云："冶城访古迹，犹有谢安墩。"自注："此墩即晋太傅谢安与右军王羲之同登，超然有高世之志。余将营园其上，故作是诗。"从李白的诗可以想见冶城古迹与谢安登览的关联。征虏亭更直接为征虏将军谢安所立，因以为名。诗人在起联所怀的两处古迹，均与谢安有关，恐非偶然。这是因为谢安运筹帷幄取得淝水之战的胜利，对东晋政权的巩固起了至关重要的作用，正是整个六朝时期"兴由人事"的典型例证，故首先标举。如今，冶城古迹虽存，但斯人已逝，朝代更迭。冶城渚边，只剩下江上的晚潮在不停地拍击江岸，掀起汹涌的波涛。一抹西斜的夕阳，正映照着这座由征虏将军谢安所建的古亭，而当年的"征虏"勋业，早已成为雨打风吹去的历史陈迹，两句中"潮满""日斜"的景象，给两幅缅怀想象中的图景抹上了一层黯淡寂寥的色彩，折射出时代的氛围和诗人的心境，令人自然联想起"潮打空城寂寞回"和"乌衣巷口夕阳斜"的诗句。

"蔡洲新草绿，幕府旧烟青。"颔联所怀的两处金陵古迹，"蔡洲"与出身庶族、建立刘宋王朝的宋高祖刘裕有密切关联，"幕府"则与出身士族辅佐晋元帝建立东晋政权的王导直接相关。当年宋高祖大败卢循的蔡洲上，一年一度的春草又绿了，而当年王导建立幕府的山上，青烟缭绕，仿佛还是旧时的模样。两句一水一山，一俯一仰，一开国之君主，一开国之元勋，都暗寓着王朝之兴由于人事的意蕴，而"新草绿"与"旧烟青"的对映，则浓缩了悠远的历史现实时空，诗人的俯仰今昔、缅怀感慨之意自见于言外。

以上四句，提及冶城、征虏亭、蔡洲、幕府山四处金陵古迹，看似随手拈来，实则自有诗人的精心选择和用意。从时代上看，"冶城"为东吴古迹，

刘禹锡

2035

时间最早，"征虏亭""幕府"山则为东晋古迹，"蔡洲"系南朝刘宋古迹，它们分别代表了六朝的三个历史阶段，合起来正组成了一个完整的六朝。和古迹有关的人事谢安、王导、刘裕则正显示出六朝之"兴"取决于这些杰出人物的政治军事才略，从而为第五句做有力的铺垫。历来的评论者和解读鉴赏者都忽略了"古迹"与"人事"的关联。实际上等于抽空了怀古的灵魂，使前两联的描绘与腹联的议论变得毫无关联，只是古迹的罗列了。在写法上，以"潮满""日斜""新草绿""旧烟青"对古迹作点染，但首联先景后地，颔联先地后景，既避免了平头之弊，又使诗句既对偶精工（一联之内），又错落有致（两联之间）。

"兴废由人事，山川空地形。"五、六两句，是全篇的主旨和警策，也是全篇的枢纽和关键。其中第五句结上起下，尤为全诗精神之凝聚，它揭示出一个王朝的兴和废全在政治的明暗、君臣的贤否、谋略的得失等"人事"的因素，实际上是对历代王朝兴亡规律的深刻揭示。"山川"句补足上句，从反面强调山川地理形势的险要是不足恃的。金陵虽有龙盘虎踞、长江天堑等优越的地形条件，但六朝的享祚日短、相继沦亡，正说明决定王朝兴废的是人事政治，而非地险。这一联议论精警，而感慨深沉，"空"字尤其寓含对六朝衰亡的悲慨。

"后庭花一曲，幽怨不堪听。"尾联所怀之古，系整个六朝的结束——陈代因君主荒淫宴乐、不理政事而亡国的情事，揭示出王朝之"废"亦由"人事"不修之故，实则不但陈亡缘于此，整个六朝乃至历史上的一系列王朝的最终覆灭莫不缘于此。《玉树后庭花》在这里不仅成了荒淫奢侈的代名词，也成了亡国哀音的代称。诗之结联揭示陈亡的历史教训，指出《玉树后庭花》的亡国哀音"幽怨不堪听"，正寓有对现实政治的警诫和悲慨。诗的主旨虽在腹联，而其真正的用意或现实针对性则体现在尾联的深长感慨中。有此一结，不但"兴废由人事"的议论得到全面的印证，怀古的真正动机与目的也得到了呈现，如无此结，诗不过是徒发思古之幽情和单纯的议论而已。

始闻秋风〔一〕

昔看黄菊与君别〔二〕，今听玄蝉我却回〔三〕。
五夜飕飗枕前觉〔四〕，一年颜状镜中来〔五〕。

马思边草拳毛动〔六〕，雕眄青云睡眼开〔七〕。

天地肃清堪四望〔八〕，为君扶病上高台〔九〕。

校注

〔一〕瞿蜕园《刘禹锡集笺证》系此诗于文宗大和元年（827），谓："禹锡初贬在永贞元年（805，原误为785，今正）九月，责授官依例即日发遣，故云'昔看黄菊与君别'，君谓秋风也。今阅二十三年，方得再到北方初闻秋风。其意谓昔别正在秋时，今又因秋风而复有奋飞之意，以示用世之志曾未稍衰也。禹锡以大和元年（827）六月除主客分司，犹不免失望，逾夏及秋，不复自安矣。"陶敏《刘禹锡全集编年校注》则谓："此及后数诗（指《学阮公体三首》《偶作二首》《咏庭红柿子》）均开成中会昌初作于洛阳，无可确考。"按：诗无久贬在外方归迹象，但云"扶病"，作于晚年衰病期间则可肯定。大和九年（835）九月，以白居易为同州刺史。禹锡自汝州赴同州，经洛阳，晤白居易等。翌年（开成元年，836）夏，被足疾，秋归洛阳，以太子宾客分司东都，与白居易等唱和。诗云"昔看黄菊与君别"，或指大和九年秋冬间经洛阳别居易等，"君"兼指秋风与居易。用"今听玄蝉我却回"，指开成元年秋回洛阳。时隔一年，故下云"一年颜状镜中来"，其时禹锡被足疾，不任登台，故云"扶病上高台"。

〔二〕《礼记·月令》：季秋之月，"鞠（菊）有黄华"。君，兼指秋风与友人白居易。或云"前两句代秋风设辞，'君'，是秋风称作者，'我'，是秋风自称"。此说首联与下三联脱节，疑非作者本意。"看黄菊"在季秋之月，过此则秋风变为冬天的寒风，故曰"与君别"，兼寓与友人相别。

〔三〕玄蝉，黑色的蝉。《礼记·月令》：孟秋之月，"白露降，寒蝉鸣"。我，指诗人自己。禹锡开成元年秋有《自左冯（指同州）归洛下酬乐天兼呈裴令公》诗，中有"华林霜叶红霞晚，伊水晴光碧玉秋"之句。回，指已回洛阳。

〔四〕五夜，指整个一夜。《文选·陆倕〈新刻漏铭〉》："六日不辨，五夜不分。"李善注引卫宏《汉旧仪》："昼夜漏起，省中用火，中黄门持五夜。五夜者，甲夜、乙夜、丙夜、丁夜、戊夜也。"即一夜的五个更次。飐飐，风声。觉，指听到。

〔五〕谓自去年秋至今年秋，一年间容颜的衰老变化，览镜时自然显现出来。

〔六〕边草，边塞的草。马思边草，指战马思念驰骋边塞。拳毛，卷曲的毛。《尔雅·释畜》："回毛在膺，宜乘。"郭璞注："伯乐相马法，旋毛在腹下如乳者，千里马。"拳毛，回毛，旋毛同。

〔七〕雕，即鹫，一种猛禽。同，顾眄。青云，指秋天寥阔的碧空。

〔八〕肃清，指秋风涤荡扫除天地间一切腐朽事物后所呈现的明朗高爽之景况。《礼记·月令》：孟秋之月，"天地始肃"。注："肃，严急之言也。"

〔九〕时禹锡患足疾，艰于登高，故曰"扶病"，谓勉力支撑病体。"君"兼指秋风与友人。

笺评

王楙曰：刘禹锡曰："昔看黄菊与君别，今听玄蝉我却回。"……皆纪时也。此祖《诗》"昔我往矣，杨柳依依；今我来思，雨雪霏霏"之意。（《野客丛书·诗句记时》）

方回曰：痛快。（《瀛奎律髓》卷十二误录此诗为赵嘏诗）

冯舒曰："君"字何属？第二句不紧拍。（《瀛奎律髓汇评》卷十二引）

冯班曰：腹联痛快。二"君"字相唤甚明，何以不属？（同上引）

何焯曰：后四句衰气一振。"扶病"二字又照应不漏。（同上引）

纪昀曰：题下当有脱字，当云"始闻秋风寄某人"。此刘梦得诗，见《刘中山集》。赵（嘏）之魄力尚不能及此。以诗格考之，归刘为是。后半顾盼非常，极为雄阔。（同上引）

许印芳曰："君"字复。（同上引）

胡以梅曰：蝉，秋蝉。三、四佳，胡马倚北风，夏热多病，故毛拳。初读"睡眼"似乎与"雕"不切。然凡笼鹰过夏，金眸困顿，下此二字，实为体物。结有慨时之意。（《唐诗贯珠串释》卷五十）

毛张健曰："拳"切马毛，"睡"切鹰眼，又与"秋风"关照，此炼字之妙也。（《唐诗馀编》）

沈德潜曰："君"字未知所谓。下半首英气勃发，少陵操管，不过如是。（《重订唐诗别裁集》卷十五）

宋宗元曰：梦得诗警丽句，如咏《始闻秋风》云："马思边草拳毛动，雕眄青云睡眼开"，句警。(《网师园唐诗笺》)

王寿昌曰：唐人佳句，有可以照耀古今，脍炙人口者，如……刘梦得之"马思边草拳马动，雕眄青云睡眼开"。(《小清华园诗谈》卷下)

于庆元曰：寓悼望于秋风，英气勃发，笔力雄健。(《唐诗三百首续选》)

瞿蜕园曰："马思边草"一联，陆游取其意作《秋声》诗云："人言悲秋难为情，我喜枕上闻秋声。快鹰下韝爪觜健，壮士抚剑精神生。"(《刘禹锡集笺证》)

自宋玉《九辩》首发"悲哉秋之为气也，萧瑟兮草木摇落而变衰"的感慨以来，悲秋便常与叹老联结在一起，成为文士诗歌的常调。其间虽有曹操"老骥伏枥，志在千里。烈士暮年，壮心不已"的慷慨激壮之音，但悲秋叹老的低吟始终成为一种具有巨大惯性的传统。在刘禹锡晚年的诗歌中，却对这种传统做了极富人生哲理性质的改造。他在《学阮公体三首》（其二）中说："朔风悲老骥，秋霜动鸷禽。出门有远道，平野多层阴。灭没驰绝塞，振迅拂华林。不因感衰节，安能激壮心。"这首《始闻秋风》，便是因感衰节而激壮心的典型诗例。

"昔看黄菊与君别，今听玄蝉我却回。"首联以叙事纪时起。"昔与君别""今我却回"是叙事；"看黄菊""听玄蝉"是纪时，说明昔别、今回之时均值秋天。联系尾联的"君"字，诗中的这两个"君"字有可能是指"秋风"，也有可能是指诗人熟悉的一位朋友，当然，也可以是既指秋风，又指友人。在诗人的意识中，或者已经将秋风视为亲密的友人了。纪昀认为题下当有脱字（寄某人），这种推测虽无版本依据，却言之成理，但不必因此就否定"君"指秋风之说，二者并不矛盾。或有解作代秋风设辞，认为"君"是秋风称作者，"我"是秋风自称者，虽于此联或可通，但与下三联不连贯，特别是与尾联的"君"字直接冲突（因为尾联的"君"字绝不可能是秋风称作者，只可能是作者以外的人或物），故不可取。

2039

"五夜飕飗枕前觉，一年颜状镜中来。"颔联出句紧扣题目，说整个夜间，都不断地听到飕飗的秋风声，响彻枕前榻畔，对句则说晨起对镜，但见这一年来自己容颜的变化已经在镜中显现出来了。这是由"闻秋风"而联想到自己生命中的秋天已经到来，故有晨起对镜之举与颜状变化之慨。"一年"正应上联昔看黄菊与今听玄蝉。这一联虽然写了因"闻秋风"而感年衰，但情绪并不太沉重悲凉，而是用一种比较客观、平静的口吻道出，显示出诗人在客观的自然规律面前所持的泰然态度。

"马思边草拳毛动，雕眄青云睡眼开。"腹联虽仍紧贴"秋风"，却转出新意。日行千里的骏马思念着边塞上的秋草，迎风昂首，蜷缩的毛也为之兴奋得张开抖动，凶猛劲厉的大雕顾眄着秋天寥廓青碧的晴空，睡眠也因之张开翕动。这两句不仅写出了骏马和大雕在秋风秋色中焕发出来的渴望驰骋疆场、搏击长空的精神风貌，也从侧面透露出了诗人虽年迈力衰，仍然渴望参与战斗、为国效力的强烈要求。"拳毛动""睡眼开"这两个传神的细节，将"马思边草""雕眄青云"时的外部形体特征与内在精神活动有机地结合起来，描绘得栩栩如生，出神入化。于工整的对偶中溢出一种奇警峻拔的神采，堪称佳联。

"天地肃清堪四望，为君扶病上高台。"尾联仍紧扣"秋风"作结，说万里秋风荡涤清除了天地间一切浮云迷雾、枯枝败叶，使天宇澄清、大地洁净，值得登高四望，饱览秋色之美。正因为秋风有如此神奇的作用，我这个年迈力衰的老人也要为你勉力支撑病体，登上高台，一览秋色，一抒胸襟。出句用明快警拔的语言对秋风的荡涤云雾、扫除腐朽的作用作了高度的艺术概括和热情的礼赞，其中体现出诗人不同凡俗的反传统的审美情趣和哲理观念，使诗的思想意蕴得到升华，对句就"堪四望"顺势落到"上高台"作结，显得水到渠成，毫不费力。诗人并不讳言自己的"颜状"之变和病体之衰，但这种在衰病中奋力崛起，"扶病上高台"的顽强意志和坚韧精神却更显示出一种人格的光辉。

西塞山怀古〔一〕

王濬楼船下益州〔二〕，金陵王气黯然收〔三〕。

千寻铁锁沉江底〔四〕，一片降幡出石头〔五〕。

人世几回伤往事〔六〕，山形依旧枕寒流〔七〕。

今逢四海为家日〔八〕，故垒萧萧芦荻秋〔九〕。

校注

〔一〕西塞山，在今湖北黄石市东长江边，又名道士洑矶。临江一面高
174米，危峰突兀，险峻如同关塞。孙策、周瑜、刘裕等均尝结寨于此。
《元和郡县图志·江南西道·鄂州》：武昌县（今之黄石市）："西塞山，在
县东八十五里，竦峭临江。"另有湖州之西塞山，又荆门、虎牙二山称楚之
西塞，均非此诗所指。诗作于长庆四年（824）秋，刘禹锡罢夔州刺史赴和
州刺史任途中。

〔二〕王濬，《全唐诗》原作"西晋"，据何光远《鉴诫录》及《唐诗纪
事》卷三十九所引改。王濬，西晋著名将领。《晋书·王濬传》："濬字士
治，弘农湖人也……重拜益州刺史。武帝谋伐吴，诏濬修舟舰。濬乃作大船
连舫，方百二十步，受二千余人。以木为城，起楼橹，开四出门，其上驰马
来往……舟楫之盛，自古未有。"楼船，有楼的多层大船，多指战舰。《史
记·平准书》："是时越欲与汉用船战逐，乃大修昆明池，列观环之。治楼
船，高十余丈，旗帜加其上，甚壮。"益州，汉武帝开西南夷，置益州郡，
西晋仍之。治所在今四川成都市。《晋书·武帝纪》：咸宁五年（279）十一
月，"大举伐吴，遣镇军将军、琅邪王伷出涂中，安东将军王浑出江西，建
威将军王戎出武昌，平南将军胡奋出夏口，镇南大将军杜预出江陵，龙骧将
军王濬、广武将军唐彬率巴蜀之卒浮江而下，东西凡二十余万。以太尉贾充
为大都督，行冠军将军杨济为副，总统众军"。

〔三〕金陵王气，《三国志·吴书·张纮传》裴松之注引《江表传》："纮
谓（孙）权曰：秣陵，楚武王所置，名为金陵，地势冈阜连石头。访问故
老，云昔秦始皇东巡会稽经此县，望气者云金陵地形有王者都邑之气，故掘
断连冈，改名秣陵。今处所具存，地有其气，天之所命，宜为都邑。"金陵，
今江苏南京市。吴时曾为都，称建业。王气，旧说帝王出现之处，上有祥瑞
之气，称"王气"或"天子气"。《晋书·武帝纪》：太康元年"二月戊午，
王濬、陶彬等克丹杨城……乙亥，以濬为都督益、梁二州诸军事……濬进破
夏口、武昌，遂泛舟东下，所至皆平。……三月壬寅，王濬以舟师至于建邺
之石头，孙皓大惧，面缚舆榇，降于军门。"

〔四〕寻，八尺一为寻。《晋书·王濬传》：濬率水师沿江东下，"吴人于
江险碛要害之处，并以铁锁横截之，又作铁锥长丈余，暗置江中，以逆距
船。先是，（襄阳太守）羊祜获吴间谍，具知情状。濬乃作大筏数十，亦方

百馀步，缚草为人，被甲持杖，令善水者以筏先行，筏遇铁锥，锥辄著筏去。又作火炬，长十馀丈，大数十围，灌以麻油，在船前，遇锁，然炬烧之，须臾，融液断绝，于是船无所碍"。铁锁（链）沉江底，即指此。

〔五〕石头，石头城。故址在今南京市西石头山后。《元和郡县图志·江南道·润州》：上元县："石头城，在县西四里，即楚之金陵城也，吴改为石头城。建安十六年，吴大帝修筑，以贮财宝军器，有戍。《吴都赋》云'戎车盈于石城'是也。诸葛亮云'钟山龙盘，石城虎踞'，言其形之险固也。"余参注〔三〕。

〔六〕几回伤往事，指踵东吴灭亡之后，建都于金陵的东晋、宋、齐、梁、陈几个王朝相继覆灭。

〔七〕枕，背靠着。寒，《全唐诗》原作"江"，校："一作寒。"兹据改。《文苑英华》卷三百八作"寒"。

〔八〕四海为家，指全国统一。《史记·高祖本记》："天子以四海为家。"元和时期，先后平定西川刘辟、江南李锜、淮西吴元济、淄青李师道等叛镇强藩后，全国曾出现暂时的统一局面。然至穆宗长庆二年，河朔三镇已复成割据之势。

〔九〕故垒，指西塞戍守的旧营垒。萧萧，萧条。芦荻，芦苇，荻草。前者秋天开白花，后者开紫花。

笺评

何光远曰：长庆中，元微之、刘梦得、韦楚客同会白乐天之居，论南朝兴废之事。乐天曰："古者言之不足，故嗟叹之，嗟叹之不足，故咏歌之。今群公毕集，不可徒然，请各赋《金陵怀古》一篇，韵则任意择用。"时梦得方在郎署，元公已在翰林。刘骋其俊才，略无逊让，满斟一巨杯，请为首唱。饮讫不劳思忖，一笔而成。白公览诗曰："四人探骊，吾子先获其珠，所余鳞甲何用。"三公于是罢唱，但取刘诗吟味竟日，沉醉而散。刘诗曰："王濬楼船下益州，金陵王气黯然收。千寻铁锁沉江底，一片降幡出石头。荒苑至今生茂草，山形依旧枕江流。而今四海归皇化，两岸萧萧芦荻秋。"文中原有注云："此篇元在《诗本事》中叙注甚详，今何光远重取论次，更加改易，非也。"（《鉴诫录》卷七）陶敏《刘禹锡全集编年校注》按："长庆中刘禹锡未至长安，永贞中，刘在郎署，次年，元、白方应制举。大和二年，刘、白同在长安，而元稹远在浙东，大和三年，刘、元同在长安，白以太子宾客分司洛阳。故四人实不可能'同会乐天之居'。何光远改'人世''山形'为'荒苑''古城'，显牵合《金陵怀古》之诗题，误。"

张表臣曰：刘禹锡作《金陵》诗云："千寻铁锁沉江底，一片降幡出石头。"当时号为绝唱。（《珊瑚钩诗话》卷一）

刘克庄曰：刘梦得……七言如……《西塞山怀古》……皆雄浑老苍，沉著痛快，小家数不能及也。（《后村诗话·前集》卷一）

顾璘曰：结欠开阔。（《批点唐音》）

陆时雍曰：三、四似少琢炼。五、六凭吊，正是中唐语格。（《唐诗镜》卷三十六）

徐用吾曰：顾华玉谓其结欠开阔，缘兴浅词竭耳。（《删补唐诗选脉笺释会通评林·中七律》）

周珽曰：吊古之外，有奇气，能自为局。与《荆门道》一篇运掉俱佳。但略加深厚，便觉味长耳。（同上引）

金圣叹曰：（首句）只加"楼船"二字，便觉声势之甚。所以写王濬必要声势之甚者，正欲反衬金陵惨阻之甚也。从来甲子兴亡，必有如此相形。正是眼看不得。（"金陵"句）"收"字妙，更不必多费笔墨，而当时面缚出降，更无半策，气色如画。（三、四句）此即详写"黯然收"三字也。看他又加"千寻"字、"一片"字，写前日锁江锁得尽情，此日降晋又降得尽情，以为一笑也。（"人世"二句）看他如此转笔，于律中真为象王回身，非驴所拟。而又随手插得"几回"二字，便见此后兴亡，亦不止孙皓一番，直将六朝纷纷，曾不足当其一叹也！（尾联）结用无数衰飒字，如'故垒'，如'萧萧'，如'芦荻'，如'秋'，写当今四海为家，此又一奇也。（《贯华堂选批唐才子诗》甲集七言律卷五下）

邢昉曰：咏古之外，悲婉空澹，高于许浑。（《唐风定》卷十七）

吴乔曰：句中不得有可去之字，如……"千寻铁锁沉江底，一片降幡出石头"，上四语可去。（《围炉诗话》卷三）又曰：起联如李远之"有客新从赵地回，自言曾上古平台"，太务平浅；"王濬楼船下益州，金陵王气黯然收"，稍胜。（《唐风定》卷一）

查慎行曰：专举吴亡一事，而南渡、五代以第五句含蓄之，见解既高，格局亦开展动者。（《瀛奎律髓汇评》卷三引）

方世举曰：七律章法，宜田（方观承字）尤善言之。只就一首如刘梦得《西塞山怀古》，白香山所让能，其妙安在？宜田曰："前半专叙孙吴，五句以七字总括东晋、宋、齐、梁、陈五代，局阵开拓，乃不紧迫。六句始落到西塞山。'依旧'二句，有高峰堕石之迅捷。七句落到怀古，'今逢'二字有居安思危之遥深。八句'荻秋'是即时景，仍用'故垒'，终不脱题。此抟结一片之法也。至于前半一气呵成，具有山川形势，制胜谋略，因前验后，兴废皆然，下只以'几回'二字轻轻兜满，何其神妙！"（《兰丛诗话》）

张谦宜曰：刘禹锡《西塞山怀古》："王濬楼船下益州，金陵王气黯然收"，兴衰之感宛然。"千寻铁锁沉江底"，虽有天险可据；"一片降幡出石头"，其如人事不修；"人世几回伤往事"，局外议论如此；"山形依旧枕寒流"那管人间争斗。"今逢四海为家日，故垒萧萧芦荻秋"，太平既久，向之霸业雄心消磨已尽。此方是怀古胜场。七律如此做自好，且看他不费力气处。（《絸斋诗话》卷八）

何焯曰：气势笔力，匹敌崔颢《黄鹤楼》诗，真千载绝作。"江底""石头"，天然自工。"西晋"与"今"字对，不必作"王濬"。"下益州"，兵自西来也。落句收住"寒"字。四海为家，则无东西之可用，又与"西"字反对，诗律之密如此，前半櫽括史事，形胜在目。健笔雄才，诚难匹敌。他本题作《金陵怀古》非。（"西晋"句）上游。（"金陵"句）下流。（"千寻"联）无对属之迹。（卞孝萱《刘禹锡诗何焯批语新订》）又曰：诗律精密如此，更无属对之迹。（《唐律偶评》）

《唐诗鼓吹评注》：此专言吴主孙皓之事也。首言王濬下益州伐吴，建业王气渺然不见。尔时铁锁既沉，降旗继出。自晋至六朝隋唐，人物变迁，多悲往事，惟此山形象依旧枕于寒江之流。今则四海为家，旧时军垒无所复用，惟见芦荻萧萧耳。然则兴亡得失，古今亦复何常哉！（卷一）

《唐诗鼓吹笺注》：劈将王濬下益州起，加"楼船"二字，何等雄壮！随手接云"金陵王气黯然收"，下一"收"字，何等惨淡……看他前四句单写吴王孙皓，五忽转云"人世几回伤往事"，直将六朝人物变迁、世代废兴俱收在七字中。六又接云"山形依旧枕寒流"，何等高雅，何等自然！末将无数衰飒字样写当今四海为家，于极感慨中却极壮丽，何等气度，何等结构！此真唐人怀古之绝唱也。（卷一）

朱三锡曰：此真唐人怀古之绝唱也。前四句先写"西塞山古"四字，

后四句单写一"怀"字。(《东岩草堂评订唐诗鼓吹》卷一)

胡以梅曰：全首流利气胜。一、二苍秀，下字有描写得势之神。(《唐诗贯珠串释》)

汪师韩曰：刘梦得《金陵怀古》之诗，当时白香山谓其"已探骊珠，所馀麟甲何用"。以今观之，"王濬楼船"所咏本一事耳，而多至四句，前则疑于偏枯。山城水国，芦荻之乡，触目尽尔，后则疑其空衍也。抑何元、白阁笔易易耶？余窃有说焉。金陵之盛，至吴而始者，至孙皓而西藩既摧，北军飞渡，兴亡之感始盛。假使感古者取三国、六代事衍为长律，便使一句一事，包举无遗，岂成体制！梦得之专咏晋事，尊题也。下接云"人世几回伤往事"，若有上下千年、纵横万里在其笔底者，山形枕水之情景，不涉其境，不悉其妙。至于芦荻萧萧，履清时而依故垒，含蕴正靡穷矣。所谓骊珠之得，或在于斯者欤！(《诗学纂闻》)

刘禹锡

纪昀曰：第四句但说得吴。第五句七字括过六朝，是为简练。第六句一笔折到西塞山，是为圆熟。(《瀛奎律髓汇评》卷三引)

沈德潜曰：(一、二句)起手如黄鹄高举，见天地方员。(三、四)流走，见地利不足恃。(七、八)别于三分割据。(《重订唐诗别裁集》卷十五)

薛雪曰：似议非议，有论无论，笔着纸上，神来天际，气魄法律，无不精到。洵是此老一生杰作，自然压倒元、白。(《一瓢诗话》)

许印芳曰：当时名流推服此诗，必有高不可及处，自来无人亲切指点，所传探骊获珠一语，但指平吴一事耳。得沈、纪二评，始令发此诗之蕴。可知古人好文字流传千载，众口称妙，而实不知其妙者多也。(《瀛奎律髓汇评》卷三引)

屈复曰：题甚大。前四句，止就一事言。五以"几回"二字包括六代，繁简得宜，此法甚妙。七开，八合。前半是古，后半是怀。五简练。七、八奇横。元、白之所以束手者在此。全首俱好，五尤出色。(《唐诗成法》卷十)

2045

袁枚曰：怀古诗，乃一时兴会所触，不比山经地志，以详核为佳……刘梦得《金陵怀古》，只咏王濬楼船一事，而后四句全是空描，当时白太傅谓其"已探骊珠，所得鳞甲无用"，真知言哉！不然，金陵典故，岂王濬一事？而刘公胸中，岂止晓此一典耶？(《随园诗话》卷六)

翁方纲曰：刘宾客《西塞山怀古》之作，极为白公所赏，至于为之罢唱。起四句洵为佳作，后四则不振矣。此中唐以后所以气力衰飒也。固无八句皆紧之理，然必松处正是紧处，方有意味。如此作结，毋乃饮满时思滑之过耶？《荆州道怀古》一诗，实胜此作。（《石洲诗话》卷二）又曰：平心而论，亦即中唐时《秋兴》《古迹》《黄鹤楼》矣。（《七言律诗钞》）

黄叔灿曰：诗极雄浑宕往，所以为金陵怀古之冠。（《唐诗笺注》）

吴瑞荣曰：此诗，梦得略无造意，引满而成，乐天所谓得颔下一颗是也。凡不经意而自工者，才得压倒一切。本咏金陵，而以西塞为题者，盖引入门问讳之谊。或以西塞在金陵则误。（《唐诗笺要》卷八）

宋宗元曰：何等起势！通体亦复神完气足。（《网师园唐诗笺》）

孙洙曰：从"怀古"直下。（《唐诗三百首》）

王寿昌曰：吊古之诗，须褒贬森严，具有《春秋》之义，使善者足以动后人之景仰，恶者足以重千秋之炯戒……至若刘梦得"王濬楼船下益州……"，读前半篇暨义山（《南朝》）"敌国军营"二句，令人凛然知忧来之无方，而思患预防之心，不可不日加惕也。吁！至矣。（《小清华园诗谈》卷下）

方东树曰：此诗昔人皆入选。然按以杜公《咏怀古迹》，则此诗无甚奇警胜妙。大约梦得才人，一直说去，不见艰难吃力，是其胜于诸家处；然少顿挫沉郁，又无自己在诗内，所以不及杜公。愚以为此无可学处，不及乐天有面目格调，犹足后人取法也。后来王荆公七律似梦得，然荆公却造句苦思有力，有足取法处。柳子厚才又大于梦得，然境地得失，与梦得相似；至其五言，则妙绝古今，非刘所及矣。（《昭昧詹言》卷十八）

陈世镕曰：此诗压倒元、白久矣。然第五句词意空竭，不能振荡，终伤才弱也。（《求志居唐诗选》）

施补华曰："王濬楼船"四语，虽少陵动笔，不过如是，宜香山之缩手。五、六"人世几回"二句，平弱不称，收亦无完固之力，此所以成晚唐也。（《岘佣说诗》）

俞陛云曰：此首乍观之，前半首不过言平吴事，后半首不过抚今追昔之意。诗诚佳矣，何以元、白高手，皆敛手回席？梦得必有过人之处……余谓刘诗与崔颢《黄鹤楼》诗，异曲同工。崔诗从黄鹤、仙人着想，前四句皆言仙人乘鹤事，一气贯注；刘诗从西塞山铁锁横江着想，前四句皆言王濬平吴事，亦一气贯注。非但切定本题，且七律能四句专咏一事，而劲气直达者，在盛唐时，沈佺期《龙池》篇、李太白《鹦鹉》篇外，罕有能

手。梦得独能方美前贤，故乐天有骊殊之叹也。（《诗境浅说》）

 鉴赏

　　在唐人的七律怀古诗中，刘禹锡的这首《西塞山怀古》称得上是艺术范型。何光远《鉴戒录》所记刘、白四人长庆中同会乐天舍论南朝兴废之事虽属误传，但白氏探骊得珠之评却反映出这首怀古诗艺术上的高度成就以及它在诗坛上的影响与地位。尽管明清以来的评家当中，也有从不同方面指出它的不足甚至故意唱反调的，但大都由对诗的深刻思想主题和独创性构思缺乏理解所致。高度的艺术概括与形象生动的具体描写的统一，雄浑阔远的气势和含蓄隽永的韵味的统一，使这首诗艺术上臻于既不乏警策又通体完美的境界。

　　"王濬楼船下益州，金陵王气黯然收。"发端高远宏阔，突兀劲挺。王濬，现有刘集除《畿辅丛书》本外，均作"西晋"，但何光远引此诗作"王濬"。何氏虽因迁就《金陵怀古》之题而改第五句为"荒苑至今生茂草"，改第六句"山形"为"古城"，改第八句"故垒"为"两岸"，但首句无论作"西晋"或作"王濬"，均不影响对《金陵怀古》题意的表达，如原诗本作"西晋"，何氏不会因照顾《金陵怀古》的题面而改作"王濬"。从事理上看，当年晋武帝下诏大举伐吴，固六路大军同时并进，西起益州，东至滁州，战线长达数千里，但"下益州"及修治楼船、镕铁锁沉江者却只有王濬；且伐吴诸路大军中，战绩最著，最先抵达建业城下，接受孙皓投降的也是王濬。因此，在诸路大军中取王濬一路战线最长、功绩最著者作为典型代表，乃是顺理成章的事，比泛说"西晋"更能体现晋军顺江直下，所向披靡的气势。如"西晋"系泛称各路大军，则与"楼船下益州"不符；如实指"王濬"一路，不如直接标明，故"王濬"当是刘氏原文。次句略去"王濬楼船下益州"后的一系列具体行程战事，一下子跳到了东吴的都城金陵——"金陵王气黯然收"。这里王濬的水军楼船刚刚从益州沿江东下，那边东吴都城上空的所谓"天子气"已经黯然而收了。所谓"王气""天子气"本来就是古代统治者用来自欺欺人的迷信说法，属于虚幻荒诞之事，这里说"王气黯然收"，正是为了突出渲染王濬楼船浩荡东下的震慑力，军未到而气已慑，兵未接而胆已寒，从中可以想见东吴朝廷上下惊恐万状，无计可施，金陵上空愁云黯淡的情景。这一句并没有写到具体战事，对战争的结局只是虚写，但却具有一种笔未到而气已吞的雄浑气势。一"下"一"收",将这种宏阔雄健的气势表现得非常充分。

"千寻铁锁沉江底,一片降幡出石头。"三、四两句,正面具体描绘东吴的战败与投降。西晋伐吴之役,兵分六路,时间则长达五个月,双方投入的兵力达数十万。将如此规模宏大、时空广远的统一中国的战争浓缩到一联当中,必须有巨大的艺术概括力和生动形象、精练含蓄的艺术表现手段,诗人于纷繁的战争事件与过程中选取了两个最典型的场景(铁锁沉江和石城出降)来概括战争的全过程。用铁锁链横绝江面,以阻止西晋水军的前进,这是吴主孙皓自以为得计的愚蠢之举,也是末代的腐朽政权不修政事,不顾民怨,以为单靠长江天堑和坚固的江防就能锁住长江、阻挡晋军东下,结果当然只能是眼睁睁地看着险要处设置的千寻铁链被火烧熔断裂,沉入江底。从历史记载看,"吴人于江险碛要害之处,并以铁锁横截之",则设置铁锁之处自不止一两处,但西塞山这样险要的地方必有铁锁横江无疑。诗人当年自夔州东下,舟行至西塞山时,自然会触景感怀,回想起这段历史往事。从《晋书·武帝纪》"以濬为都督益、梁二州诸军事……濬进破夏口、武昌,遂泛舟东下,所至皆平"的记载也可看出,王濬担任伐吴的主力部队之后所进行的关键性战役,就是"破夏口(今武昌市)、武昌(今黄石市)"的战事,"铁锁沉江"之事当就发生在这里。从"千寻铁锁沉江底"的诗句中不难想象当年江面上火光烛天,烧红的铁链映红天空、照亮江水,直到烧熔断裂,沉入江底的壮观景象,它象征性地体现了统一中国的历史潮流不可阻挡和摧枯拉朽的气势和力量,虽只一句七个字,却高度概括了伐吴战争必胜的全局。因此,下句便撇开战争,直接写到东吴的覆灭。而写东吴的覆灭,也避免作一般的交代和泛泛的叙述,而是用生动形象的图景来显示:一面标志着投降的白旗,出现在石头城上。这典型的图景既透露出吴国君臣上下"闻濬军旌旗器甲,属天满江,莫不破胆"的情状,也概括了此后的"素车白马,肉袒面缚,衔璧牵羊,造于垒门"的出降场景。似悲似慨,似嘲似讽,漫画式的图景和幽默的语调中蕴含着深沉凝重的历史感慨。两句一写战争,一写结局,对仗工整,意致流走。"千寻铁锁"与"一片降幡",构成意味深长的对照;"沉江底"与"出石头"更成为妙手天成的对偶,显示出千寻铁锁沉江之日,即标志着东吴的覆灭指日可待,两幅本来各自独立、时间空间上远隔的图景因此显示出密切相关的因果联系。

以上两联,选取典型的人物(王濬)、战事(铁锁沉江),对西晋伐吴的统一战争和东吴腐朽政权的覆灭做了高度的艺术概括和形象生动的描写，显示出对于一个腐朽的政权来说，所谓"王气"只不过是虚幻的自欺欺人的假象，长江天险、坚固的防守工事、"钟山龙盘，石城虎踞"的地形也统统不足恃。四句一气贯串，气势磅礴，充分显示出进步的统一战争摧枯拉朽的力量。

"人世几回伤往事，山形依旧枕寒流。"出句紧承"一片降幡出石头"，从东吴腐朽政权的覆灭进一步联想到先后建都于古金陵的五个南方王朝——东晋、宋、齐、梁、陈。它们建立的时间最长也仅百年，短的只有几十年，而覆亡的原因无一不是由于统治者的奢淫腐败。"人世几回伤往事"，就是对吴亡后这段在石头城重复演出的兴亡盛衰历史的充满深沉感慨的回顾。从东晋建国到陈朝的覆亡（317—589），将近三百年的兴亡史，用短短七个字就统统概括无遗，大有"横扫五朝如卷席"之势，没有举重若轻的扛鼎之力，写不出如此包蕴深广的诗句。"几回"二字，似慨似讽，意味深长。它既是对走马灯式的王朝兴废更迭的艺术概括和深沉感慨，又是对这些王朝的统治者漠视前朝覆灭的历史教训的讽嘲。对句却不再黏滞于"伤往事"上，而是承第三句，一笔兜转，落到眼前的西塞山上来：突兀险峭的西塞山依然静悄悄地耸立江边，枕靠着森森寒流。上句极言人世变化之速，王朝更迭之易，下句则极言自然景物之亘古如斯，依旧当年形状。两相对照，正突出显示六朝兴废之速，将人们的思绪引向对这一历史现象的沉思，而"兴废由人事，山川空地形"的意蕴也就自然寓含其中。"枕"字不仅精切地描绘出西塞山紧靠着长江的情状，而且传达出一种静悄寂寞，如人之枕藉而眠的神韵。这种景象，恰与昔日"千寻铁锁沉江底"时烈焰连江的战争景象构成鲜明对照，并下启尾联，针线虽密，却浑然无迹。

"今逢四海为家日，故垒萧萧芦荻秋。"尾联承第六句，描绘今日所见西塞山景象。宪宗元和时期，先后平定了西川刘辟、江南李锜、淮西吴元济、淄青李师道等藩镇的叛乱，河北三镇也先后归附朝廷，安史之乱以来藩镇割据叛乱的局面暂告结束，国家统一的局面终于重新实现，故说"今逢四海为家日"。值此全国统一之时，往昔那标志着割据分裂局面的西塞山故垒早已荒废，只剩下芦荻萧萧，在秋风中摇曳，呈现出一片萧瑟的景象。"故垒"之萧瑟荒凉，正说明分裂割据后的局面已成历史陈迹，也标志着一个腐朽的末代政权恃险负固时代的结束。"故垒萧萧芦荻秋"的萧瑟景象中透露的正是对"今逢四海为家日"的欣慰与珍惜。

怀古诗最常见的一种类型，是就古迹、史事抒发一点思古之幽情，抒写一点泛泛的盛衰兴亡的历史感慨。谈不上有什么明确的有积极意义的思想主题，久而成为熟套，几近无病呻吟。另一种则有明确的"引古惜兴亡"的创作意图，企图从对古迹史事的沉思回顾中引出历史的教训，作为现实的借鉴。当然，这类有不同程度现实针对性的怀古诗，其思想与艺术亦有深浅高下之分。这首诗就属于后一种怀古诗中思想与艺术高度统一的作品。

六朝兴废是一个大题目，也是生活在安史之乱后日趋衰颓的时代中诗人们关注的具有鲜明时代感现实感的政治话题。如何防止六朝迅速覆灭的历史在唐代重演，正是这一时期许多优秀的怀古、咏史之作的内在创作动机。而西塞山只不过是一座形势比较险要的山，在整个六朝兴废中并不占重要地位。要从西塞山上翻出六朝兴废的大题目，必须具有卓越的历史识见和广阔的历史视野。作者从眼前西塞山的荒废营垒和滚滚东流的长江，联想起东吴乃至整个六朝兴亡的史迹，深感山川依旧，而人世几经变迁，于是从心底涌出"人世几回伤往事，山形依旧枕寒流"这样一联含蕴深警的诗句。从变与不变的对照中揭示出深刻的思想：山川险阻、天命王气并不能维系一个腐朽政权的生存，挽救它的覆灭命运，更不能决定一个王朝的兴废。决定王朝兴废的是更根本的因素："兴废由人事，山川空地形。"人事，主要是指政治的清明或黑暗。这一联当中蕴含的正是这种思想，只不过表现得更为含蓄而已。这种思想在今天看来也许很平常，在古代却是卓越之见。诗中提到的"金陵王气"，即天命论的一种具体表现，在当时就不但有人宣扬，且有皇帝相信，据《通鉴》载，建中元年（780）六月，术士桑道茂言："陛下不出数年，暂有离宫之厄。臣望奉天有天子气，宜高大其城以备非常。"这虽是术士借此劝德宗早做准备，以防非常，但也说明这种思想的流行。至于割据叛乱的藩镇凭险负固对抗朝廷之事，亦常见于史籍记载。浙西节度使李锜就曾"修石头故城，谋欲僭逆"。长江天险，更是被历代窃据南方的腐朽政权视为天然屏障。作者并没有将自己的视野和思路局限于西塞山和东吴覆亡这一地一时，而是放开眼界，拓展思路，纵览六朝兴废，从个别上升到一般，用诗的语言揭示出王朝兴亡的历史规律。诗的现实针对性，或说是针对藩镇割据叛乱的现实而发。但一则在历史上，无论是西晋灭吴，还是隋朝灭陈，都不是中央政权消灭地方割据政权，而是当时政治上比较进步的政权消灭另一个与它相对立的极端腐朽的政权。作者的意思是强调，对于一个腐朽的政权来说，天命王气固然虚妄不足恃，就是险阻的山川和防御工事也无法阻挡历史的潮流。二则"人世几回伤往事，山形依旧枕寒流"这两句诗中还包含这样一层意蕴：东吴为晋所灭，已经提供了天命王气、山川险阻不足恃的历史教训，但后来各代的统治者却覆辙重蹈，败亡相继。在"几回"与"依旧"的对照中，正含有对南朝统治者无视历史教训、哀而不鉴的讽慨，而其更深层的意蕴则是告诫当时的统治者，要清楚地认识到天命王气、山川地形之不足恃，修明政治，免蹈覆辙。

整个六朝时期，可以用来印证"兴废由人事，山川空地形"的历史事实是非常丰富的，而一首七律只有八句五十六个字，这就必须通过独创的艺术构思，选取典型的史实，采取从个别以见一般的创作手法，这典型的史实，就是西晋灭吴的战争。写吴的覆灭，有许多好处，一是它作为六朝腐朽政权的代表，有其突出的典型性。孙皓政权，不但昏昧残暴，而且为了阻挡晋军的东下，想出了以铁锁拦舰的办法，在古代战史上，也是绝无仅有的。说明他们为了维系腐朽的政权不但挖空心思，而且愚蠢透顶。因此"千寻铁锁沉江底，一片降幡出石头"，也就自然有了某种象征意味。二是东吴系六朝之首，抓住这个头，把它的覆灭写活写足，以下五朝就可以一笔带过，达到以点带面、以一当十的效果。而且亡吴的覆辙在前，而东晋南朝依然亡国败君相继，更能说明历史的教训不能漠视。这种以点带面、以东吴带五朝的独特构思，即使点的描写精彩纷呈，又使面的叙写非常概括精练。而其中写活写足西晋灭吴之战尤为关键。作者用了一半的篇幅写这场战争，从楼船下益州到王气黯然收，再到铁锁沉江底、降幡出石头，不但首尾完整，形象鲜明，而且四句蝉联而下，一气呵成，非常紧凑，气象宏阔，气势遒劲，充分体现出西晋大军不可阻挡的态势和东吴腐朽政权必然败亡的结局。四句诗，概括而形象地写了一个大战役。但它的意义并不止于东吴覆亡这件事本身，"金陵王气黯然收"，实际上还预示了整个六朝的沦亡命运。这也可称为笔未到而气已吞。正因为灭吴之役写得如此饱满，下面写东晋南朝兴废方能一笔带过。这一句一笔横扫五朝，力重千钧，但读来却毫不费力，显得举重若轻。第五句大开，第六句大合，一笔兜回眼前的西塞山，运掉自如，显示出巨大的艺术魄力。七、八两句以点染故垒萧瑟景象作结，怀古慨今之意，见于言外，音情摇曳，含蕴无穷。怀古诗既有警策语如颔、腹二联，又通体圆融完美者，这首诗确实可称典型范式。

酬乐天扬州初逢席上见赠〔一〕

巴山楚水凄凉地〔二〕，二十三年弃置身〔三〕。

怀旧空吟闻笛赋〔四〕，到乡翻似烂柯人〔五〕。

沉舟侧畔千帆过，病树前头万木春。

今日听君歌一曲〔六〕，暂凭杯酒长精神〔七〕。

校注

〔一〕敬宗宝历二年（826）秋，作者罢和州刺史，游金陵。与罢苏州刺史之白居易初逢于扬子津，同游扬州半月。此诗系是年秋末冬初在扬州宴席上和白居易《醉赠刘二十八使君》之作。刘、白二人此前虽屡有唱和，但尚未见面，故说"初逢"。白赠诗云："为我引杯添酒饮，与君把箸击盘歌。诗称国手徒为尔，命压人头不奈何。举眼风光长寂寞，满朝官职独蹉跎。亦知合被才名折，二十三年折太多。"

〔二〕此句概括自己二十余年的贬谪生活经历，自永贞元年（805）十一月贬朗州（今湖南常德）司马，至元和十年（815）三月又出为连州（今属广东）刺史，长庆元年（821）移夔州（今重庆奉节）刺史，四年秋改和州（今安徽和县）刺史。其中，朗州、连州、和州为古楚地，夔州为古巴子国旧地，故云"巴山楚水"。

〔三〕二十三年，自永贞元年（805）初贬至写这首诗时（宝历二年，826），首尾为二十二年。但白居易赠诗及作者和诗均云"二十三年"，当是因如作"二十二年折太多""二十二年弃置身"，则犯孤平（即除句末押韵字为平声外，全句仅一个平声字，余均为仄声），乃诗律之大忌，故刘、白二人均迁就诗律将"二"改成平声字"三"，且白赠诗在前，刘之酬和之作也理应顺原唱而作"二十三"。七律固可一三五不论，但在"仄仄平平仄仄平"这个格式中，第三字不能不论。弃置，被抛弃闲置之人，诗人自指。

〔四〕怀旧：指怀念昔日和自己一起参加政治革新活动的旧友中已经去世者。闻笛赋，指向秀的《思旧赋》。据《晋书·向秀传》，秀与嵇康、吕安友善。"康善锻，秀为之佐，相对欣然，傍若无人。又共吕安灌园于山阳。

康既被诛，秀应本郡计入洛……乃自此役，作《思旧赋》云：'余与嵇康、吕安居止接近，其人并有不羁之才……其后并以事见法。嵇博综伎艺，于丝竹特妙，临当就命，顾视日影，索琴而弹之。余逝将西迈，经其旧庐。于时日薄虞泉，寒冰凄然。邻人有吹笛者，发声寥亮。追想曩昔游宴之好，感音而叹，故作赋曰……'"此以嵇康、吕安指已逝之柳宗元、吕温、凌准等人。

〔五〕乡，指洛阳。翻，反。烂柯人：《述异记》卷上："信安郡石室山，晋时王质伐木至，见童子数人，棋而歌，质因听之。童子以一物与质，如枣核，质含之而不觉饥。俄顷，童子谓曰：'何不去？'质起视，斧柯烂尽，既归，无复时人。"柯，斧柄，此言自己回到久别的故乡，当深慨世事沧桑、人事全非。

〔六〕听君歌一曲，指听白居易在席上歌唱他自己写的《醉赠刘二十八使君》。

〔七〕暂，且。长精神，振奋精神。

笺评

白居易曰：彭城刘梦得，诗豪者也。其锋森然，少敢当者……文之神妙，莫先于诗。若妙于神，则吾岂敢！如梦得"雪里高山头白早，海中仙果子生迟""沉舟侧畔千帆过，病树前头万木春"之句之类，真谓神妙，在在处处，应当有灵物护之。（《刘白唱和集解》）

魏泰曰："沉舟侧畔千帆过，病树前头万木春"，此皆常语也，禹锡自有可称之句甚多，顾不能知之耳。（《临汉隐居诗话》）

王世贞曰：白极重刘……"沉舟侧畔千帆过，病树前头万木春"，以为有神助，此不过学究之小有致者。（《艺苑卮言》卷四）

胡震亨曰：刘梦得诗有云"沉舟侧畔千帆过，病树前头万木春"，若不胜宦途荣悴之感曲为之拟者。（《唐音癸签》卷二十六）

赵执信曰：诗人贵知学，尤贵知道。东坡论少陵诗外尚有事在，是也。刘梦得诗云"沉舟侧畔千帆过，病树前头万木春。"有道之言也。白傅极推之。余尝举似（示？）阮翁，答曰："我所不解。"（《谈龙录》）

杨逢春曰："沉舟"二句，用对托之笔，倍难为情。"今日"二字，方转到"初逢"正位，结出"酬"字意。（《唐诗绎》）

何焯曰：声泪俱下。（卞孝萱《刘禹锡诗何焯批语考订》）

沈德潜曰："沉舟"二语，见人事不齐，造化亦无如之何。悟得此者，终身无不平之心矣。（《重订唐诗别裁集》卷十五）

宋顾乐曰：乐天论诗多不可解。如梦得"雪里高山头白早，海中仙果子生迟""沉舟侧畔千帆过，病树前头万木春"等句，最为下劣，而乐天乃极赞叹，以为此等语"在在处处当有神物护持"，谬矣。（《梦晓楼随笔》）

洪亮吉曰：刘禹锡"怀旧空吟闻笛赋，到乡翻似烂柯人"，白居易"曾犯龙鳞容不死，欲骑鹤背觅长生"，开后人多少法门。即以七律论，究当以此种为法。（《北江诗话》）

王寿昌曰：以句求韵而尚妥适者……刘梦得之"沉舟侧畔千帆过，病树前头万木春"……之类是也。（《小清华园诗谈》卷下）

俞陛云曰：梦得此诗，虽秋士多悲，而悟彻菀枯。能知此旨，终身无不平之鸣矣。（《诗境浅说》）

罗宗强曰："沉舟"一联意蕴十分丰富，既有慨叹，以己为沉舟、为病树，但见他人之春风得意，又有自慰，己虽为沉舟、为病树，而世事仍将按其轨迹运行。沉舟侧畔，自有千帆竞发；病树前头，依旧有万木争春。还有这样一重意思：虽历尽坎坷，仍将振作起来。这些丰富的感情意蕴，很含蓄地回答了白居易诗中对他遭受过多的挫折、满朝冠盖、斯人憔悴的同情。全诗的基调并不低沉，心情是比较开朗的。这种性格，这种心情，反映在刘禹锡的许多诗里成为他的诗刚健豪宕的一面。（《唐诗小史》）

鉴赏

刘、白二人，神交已久，诗歌赠答唱和，亦早在元和五年刘禹锡贬居朗州时即已开始。但两位大诗人的"初逢"，却迟至宝历二年（826）初冬。这时，他们都已是历尽坎坷、年过半百，有着许多人生感慨的老人。白居易的处境改变，早于刘禹锡五六年。穆宗即位，召为司门员外郎，改主客郎中、知制诰，长庆元年（821）迁中书舍人，出为杭、苏二州刺史，官位渐显，而刘禹锡此时，刚结束了二十余年的贬谪弃置生活，新的任命尚未下达，因此白的赠诗使主要是表达对刘禹锡长期遭贬受抑遭遇的同情。刘禹锡的答诗，却在感慨身世遭际的同时表现出一种对自然、人事的哲理性感悟和豁达朗爽的胸襟，思想境界显然高出白的原唱一筹。

"巴山楚水凄凉地，二十三年弃置身。"白居易赠诗的末联说："亦知合被才名折，二十三年折太多"，对刘禹锡长期遭贬斥外表示同情，而且在"合被才名折"的话里包含着"文章憎命达"式的牢骚不平。刘禹锡的和诗也就自然接上这个话茬，从二十三年的贬谪生活说起。这两句写得很概括，"巴山楚水"概朗、连、夔和四州之地，"二十三年"概长久斥外的时间，"弃置身"概一斥不复的命运，"凄凉地"，概荒僻之环境与凄凉的心境。十四个字概括了二十三年的贬谪生涯和心境，调子虽比较平缓，但自己的悲惨命运和当权者的残酷无情都得到充分的反映。刘禹锡不是一般的才人，而是有深邃思想和远大抱负的哲人志士。三十四岁被贬，五十五岁方结束贬谪生活。正值大展宏图的壮岁，就这样被弃置在"巴山楚水凄凉地"，其内心的悲愤抑郁可以想见。

"怀旧空吟闻笛赋，到乡翻似烂柯人。"颔联出句用向秀山阳闻笛，感而作赋的典故抒写怀旧之情。刘禹锡的被贬，是作为"二王八司马"政治革新集团的重要成员而遭此厄运的，因此他的"怀旧"就非一般意义上的怀念故人旧友，而是具有鲜明的政治内涵、政治色彩，而向秀所怀念的旧友嵇康、吕安也是由于政治原因被当权的司马集团杀害的。因此这个典故用得极为贴切，也极为含蓄。写这首诗的时候，王叔文、王伾、韦执谊、凌准、吕温、柳宗元都已先后去世，当年一起从事革新活动的旧友除程异先在元和四年（809）起用外，剩下的只有韩泰、韩晔、陈谏和诗人自己了。柳宗元去世后，诗人有《伤愚溪三首》其三云："柳门竹巷依依在，野草青苔日日多。纵有邻人解吹笛，山阳旧侣更谁过？"同用山阳闻笛典抒怀旧之情，可以帮助我们理解这句诗中"怀旧"的对象当指因当权者的迫害而逝去的革新战友，而"怀旧"的政治内涵和色彩也就不言自明。"空吟"的"空"字，感情沉痛。死者已矣，自己怀旧吟诗，不过徒寄哀思与悲愤而已。

颔联对句用王质观仙童下棋，斧柯朽烂，回家后人事全非的典故，承上"二十三年弃置身"，抒写自己远贬时间之长，世事变化之大，想象自己回到故乡，简直就像那个神话传说中的王质一样，一切都起了沧桑变化，人事全非，恍如隔世了。这一句同样寄寓了很深的感慨，并不单纯是哀伤个人的身世遭遇，也不只是泛泛地抒写世事沧桑之感。作者《洛中逢韩七（晔）中丞之吴兴口号五首》之一说："昔年豪气结群英，几度朝回一字行。海北江南零落尽，两人相见洛阳城。"（诗作于大和元年，827）旧友的零落，市朝的升沉，都可包含在这"到乡翻似烂柯人"的感慨中。貌似平淡悠闲的语调中正寓有深沉的人生悲慨与政治悲慨。

"沉舟侧畔千帆过，病树前头万木春。"腹联"沉舟""病树"承上"凄凉地""弃置身""闻笛赋""烂柯人"，显指诗人自己，意思是说，沉没在水底的船旁边，千帆正疾驶而过，老病变枯的树面前，万木竞相蓬勃生长，呈现出无边春色。这是两个生动的比喻，也是两幅新陈代谢、生机勃勃的画图。这一联是酬答白诗"举眼风光长寂寞，满朝官职独蹉跎"一联的。白居易同情刘禹锡的遭遇，为他的寂寞沉沦、蹉跎困顿表示不平，刘禹锡则用一种比较通达超脱的态度来看待自己的沉沦困顿。他一方面承认自己是"沉舟""病树"，另一方面又乐于看到"千帆过""万木春"的景象，认为客观的人事、外界的社会还是在发展，还是有生机、有希望的，并不会因为自己的沉沦困顿、衰老憔悴而感到整个自然界和社会也因此生意索然、萧条冷落。这跟他另两句诗"芳林新叶催陈叶，流水前波让后波"意蕴相似。这是自然界客观存在的新陈代谢的现象，也是社会历史人事更迭代变的规律。诗人将这种现象与规律平静而客观地展示出来，对此处之泰然，既不为自己的"沉"与"病"而颓丧、感伤，也对"千帆过"和"万木春"感到欣然。这里包含着一种清醒的人生哲理感悟，也表明了一种积极的人生态度，一种精神上的超越和超脱，长期的凄凉困顿境遇在这种态度面前自然得到了化解。正由于有这种超越和超脱，才引出末尾两句。

"今日听君歌一曲，暂凭杯酒长精神。"这两句是酬答白诗"为我引杯添酒饮，与君把箸击盘歌"的，但无论是饮或歌，都不再是感慨寂寞的处境和蹉跎的命运，而是在清醒而明智的感悟自然和人生的基础上振奋精神，乐观地对待未来。用诗人的话来说，就是"莫道桑榆晚，馀霞尚满天"。

将白居易的赠诗和刘禹锡的答诗对照着来读，显然可见它们在境界上的差别。白诗对刘禹锡的不幸遭遇充满同情，在同情中也蕴含着不平与牢骚，应该说是一首比较好的诗。但境界不免比较局狭。刘禹锡的和诗却不仅抒发了长期被贬的深沉感慨，而且在感悟自然、人生哲理的同时表现出了不因个人沉沦困顿而颓唐感伤的开朗胸襟和对生活的达观态度，实现了对个人苦难的超脱。在这一点上，不仅高于白居易的赠诗，也高于同时遭贬的柳宗元。

"沉舟"一联是蕴含着生活哲理的，但并非为哲理作图解，而是和鲜明的自然图景、饱满的诗情融为一体的。较之白居易的"举眼风光长寂寞，满朝官职独蹉跎"，不但感情色彩不同，形象感也有明显差别，哲理、诗情和鲜明的自然图景的融合，是这首诗的一个突出特点，也是它既警策而富启示性，又具有隽永情味的原因。

竹枝词二首（其一）[一]

杨柳青青江水平，闻郎江上唱歌声。
东边日出西边雨，道是无晴却有晴[二]。

刘禹锡

校注

〔一〕《竹枝》，本为巴渝一带民歌。顾况《竹枝曲》："巴人夜唱竹枝曲，肠断晓猿声渐稀。"作者《洞庭秋月》诗亦云："荡桨巴童歌竹枝，连樯估客吹羌笛。"刘禹锡任夔州刺史期间（长庆二年正月至四年秋，822—824）据当地流行的民间歌曲《竹枝》改作新词，作《竹枝词二首》及《竹枝词九首并引》，详参《竹枝词九首并引》。《旧唐书·刘禹锡传》谓"禹锡在朗州……蛮俗好巫，每淫祠鼓舞，必歌俚辞。禹锡……乃依骚人之作，为新辞以巫祝。故武陵溪洞间夷歌，率多禹锡之辞也"，虽误据《竹枝词九首引》，而未言其在朗州作《竹枝词》。《新唐书》本传乃进一步言其在朗州"作《竹枝辞》十馀篇"，均误。

〔二〕却，《全唐诗》校："一作还。"晴，《全唐诗》校："一作情。"冯浩曰："以'晴'影'情'，极妙。或竟作'情'，大减味。"（国家图书馆藏冯浩抄本《刘宾客文集》校语）

笺评

胡仔曰：《竹枝歌》云："杨柳青青江水平，闻郎江上唱歌声。东边日出西边雨，道是无晴却有晴。"予尝舟行苕溪，夜间舟人唱吴歌，歌中有此后两句，馀皆杂以俚语，岂非梦得之歌，自巴渝流传至此乎？（《苕溪渔隐丛话·后集》卷十二）

洪迈曰：自齐、梁以来，诗人作乐府《子夜四时歌》之类，每以前句比兴引喻，而后句实言以证之……七言亦间有之，如"东边日出西边雨，道是无晴却有晴"……是也。（《容斋三笔》卷十六）

潘子真曰：（张）文潜次张远韵，有……"东边日下终无雨，阙下题诗合有碑"……或曰"无雨有碑，何等语也？"予答以"'东边日出西边雨，道是无晴却有晴'，刘梦得《竹枝歌》也"。（《苕溪渔隐丛话·前集》卷五十引《潘子真诗话》）

张表臣曰：古有采诗官，命曰风人，以见风俗喜怒好恶……刘禹锡曰："东边日出西边雨，道是无晴却有晴。"……此皆风言。（《珊瑚钩诗话》卷三）

谢榛曰：诗有简而妙者……亦有简而勿佳者。若……"江上晴云杂雨云"，不如刘梦得"东边日出西边雨，道是无晴却有晴"。又曰：刘禹锡曰："东边日出西边雨，道是无晴却有晴。"措辞流丽，酷似六朝。（《四溟诗话》卷二）

陆时雍曰：《子夜》遗情。（《唐诗镜》卷三十六）

邢昉曰：六朝《读曲》体，如此则妙。"长恨人心不如水"（按：此系刘禹锡《竹枝词九首》第七首中诗句），浅而俚矣。（《唐风定》卷二十二）

周珽曰：起兴于"杨柳""江水"，而借景于东日、西雨，隐然见唱歌、闻歌无非情之所流注也。（《删补唐诗选脉笺释会通评林·中七绝》）

黄生曰：此以"晴"字双关"情"字，其源出于《子夜》《读曲》，如"雾露隐芙蓉，见莲不分明""石阙生口中，含碑不得语"之类是也。（《唐诗摘抄》卷四）

方南堂曰：作诗者无学而理解，终是俗人之谈，不足供士大夫之一笑。然正有无理而妙者，如刘梦得……"东边日出西边雨，道是无晴却有晴"……语圆意足，信手拈来，无非妙趣。可知诗之天地，广大含宏，包罗万象，持一论以说诗，皆井蛙之见也。（《辍锻录》）

黄叔灿曰："道是无晴却有晴"与"只应同楚水，长短入淮流"同一敏妙。（《唐诗笺注》）

管世铭曰：诗中谐隐，始于古"藁砧"诗。唐贤绝句，间师此意。刘梦得"东边日出西边雨，道是无晴却有晴"，温飞卿"玲珑骰子安红豆，入骨相思知不知"，古趣盎然，勿病其俚与纤也。（《读雪山房唐诗序例》）

史承豫曰：双关语妙绝千古，宋元人作者极多，似此元音杳不可得。（《唐贤小三昧集》）

俞陛云曰：此首起二句，则以风韵摇曳见长。后二句言东西晴雨不同，

以"晴"字借作"情"字。无情而有情，言郎踏歌之情，费人猜疑。双关巧语，妙手偶得之。（《诗境浅说》续编）

　　刘禹锡在夔州期间所作的两组《竹枝词》，音调悠扬，含思宛转，既深得民歌风味，又是对民歌的提高。这首诗流传尤为广远。诗写得很通俗，用不着什么解释，有两个地方需要提出来说明一下。

　　一是"江水平"。一方面是写江水流得比较平缓，但另一方面又是形容春江水涨，江水与岸齐平的景象，它和"杨柳青青"同样是春天有特征性的景物。

　　二是末句"道是无晴却有晴"。句中的两个"晴"字，均"一作情"。文研所《唐诗选》说："这两句是双关隐语。'东边日出'是'有晴'，'西边雨'是'无晴'。'有晴''无晴'，是'有情''无情'的隐语。'东边日出西边雨'表面是'有晴''无晴'的说明，实际却是'有情''无情'的比喻。歌词要表达的意思是听歌者从那江上歌声听出唱者是'有情'的。末句'有''无'两字中着重的是'有'。'晴'一作'情'。作'晴'是仅仅写出谜面，谜底让读者自己去猜，作'情'是索性把谜底揭出来。在南朝《清商曲辞》中这两个方法是并用的。"这里有两个问题：一是究竟是作"晴"还是作"情"，二是在"有情""无情"二者中究竟是否着重的是"有情"。这两个问题孤立起来说，都不容易确定。从"含思宛转"的角度看，以作"晴"为宜；从民歌素有的表情直率作风看，又以作"情"为宜。这里牵涉到对这句诗语气口吻的体味理解问题。而这，又必须联系全诗所展示的特定情景才能弄清楚。

　　这首诗写得新鲜活泼，非常富于生活气息和民歌风味，艺术上有创新的特点是公认的，但它在艺术上究竟主要靠什么取得成功的呢？绝大多数论者都认为，这是因为诗的三、四两句用了一个非常巧妙的谐音双关隐语，用"东边日出西边雨"谐音双关"有晴（情）"与"无晴（情）"。但运用谐音双关最多的南朝乐府民歌，有许多由于仅仅在声音相同上做文章，艺术上不免显得拙涩生硬，缺乏诗的韵味，如"合散（用药名散双关聚散的散）无黄连，此事复何苦""燃灯不下炷，有油（双关缘由的由）哪得明""石阙生口中，含碑（悲）不得语"，缺乏优美生动的形象和自然的联系，既乏诗意，亦无美感。谐音双关，只有和特定的眼前情境很巧妙地融合，才能产生魅力，这首诗的突出优点，正是将极富生活气息的即景描写和巧妙的谐音双关隐语融为一体。

不妨设想，这首歌是一位年轻姑娘在听了一位小伙子的歌声之后跟对方对答时唱的。因而歌词中的"杨柳青青江水平""东边日出西边雨"，都是对歌时眼前看到的景色。时节是春天，杨柳青青，春江涨水，变得宽阔而平缓，这时忽然从江上传来一阵小伙子的歌声。这位小伙子和这位姑娘不用说原来就是熟悉的，也许平日已经眉目传情，有了一些情意，只是还没有直接互通情愫而已，因而在劳动中对歌就是他们进一步互通情意的最佳方式。小伙子的唱歌内容究竟是什么，这里虽未明说，但根据三、四两句，可以推知，是在通过唱歌进行试探。所以在这位姑娘听来，这江上歌声，似乎是有意通情意，又像是信口歌唱，不一定包含什么意思，总之感到有点捉摸不定。正在这时候，天上的云彩在翻腾，西边下起了雨，东边却仍然出着太阳，这位姑娘感到对方的心也跟眼前的这半晴半雨的天气差不多，说是无情吧，又好像有情；说是有情吧，却又像是无情。于是，她也即景生情，脱口唱出"东边日出西边雨，道是无晴却有晴"。这两句一方面是对对方歌声中含意捉摸不定的一种说明，另一方面（也是更重要的），是对对方真实情意的一种反试探。那潜台词似乎是：你究竟是有情还是无意，还是干脆挑明了吧！何必这样闪闪烁烁，让人家捉摸不定呢！可想而知，接下去小伙子的对歌会是什么内容。这样一设想，究竟是"晴"还是"情"，究竟是着重在"有情"还是捉摸不定，也就比较清楚了。既然是反过来试探对方，自然是以不挑明的"晴"字为宜。"道是无晴却有晴"，包含的是一个游移于"有情""无情"之间的问号，而不是肯定其"有情"的句号。

再回过来看"杨柳青青江水平"和"东边日出西边雨"，对它们的好处就比较容易体会了。"杨柳青青江水平"和民歌中那种单纯的兴起下文的"兴"不大一样，它首先是对眼前景物的描写，是赋；但这种描写，又是和女主人公的心理状态，和整首歌所表现的爱情生活内容相适应的。杨柳青青，本身就是青春活力的一种象征，江头柳色，加上涨得满满的一江春水，这环境，这景物本身，对于一个正处于青春觉醒期的少女来说，就足以引起她对爱情的向往与遐想，可以说是为这场正在发展中的爱情戏剧提供了一个动人的背景。在这种情况下，听到江上传来的小伙子似有情又似无意的歌声，女主人公那缭乱的春心和心旌摇荡、如醉如痴的情景就不难想见了。

再看"东边日出西边雨",它的作用也绝不仅仅是用来关合"有晴（情）"与"无晴（情）"，起码还有以下这样一些作用。第一，天气的半晴半雨，正像情感的让人捉摸不定。可以说，这即景描写的诗句正是将这种抽象的感情状态完全形象化了。第二，女主人公唱的这两句歌词本身就具有进可以攻、退可以守的两重性，对方如果具有情，那就可以从这两句歌词中听出弦外之音，知道女方是在进一步试探自己、鼓励自己；对方如果无意，那女方也可以说自己是即景歌唱，别无深意，一点也不伤自己的面子。这种可以作不同解读的歌词正表现出一个少女在捉摸不定的情况下复杂微妙的心理。第三，再进一步，我们还可以说这两句诗概括了许多年轻人在爱情的萌发阶段，在对方的情意还不大分明的情况下引起的一种典型的情绪。这首诗流传的广远，跟诗中所表现的这种情绪的典型性有密切关联。从这里可以看出，这首歌词一方面是纯粹的民歌风味，另一方面又比一般的民歌要丰富得多、细腻曲折得多，是学习民歌而又高于民歌的范例。至于音情的摇曳，风调的优美，诙谐幽默而不失含蓄的风格，也都给这首歌词增添了艺术魅力。

堤上行三首（其二）〔一〕

江南江北望烟波〔二〕，入夜行人相应歌〔三〕。
桃叶传情竹枝怨〔四〕，水流无限月明多〔五〕。

校注

〔一〕《乐府诗集》卷九十四新乐府辞刘禹锡《堤上行》题解云："《古今乐录》曰：'清商西曲《襄阳乐》云：朝发襄阳城，暮至大堤宿。大堤诸女儿，花艳惊郎目。梁简文帝由是有《大堤曲》。《堤上行》又因《大堤曲》而作也。'"陶敏《刘禹锡全集编年校注》系此三首于贬朗州司马期间，云："刘禹锡《采菱行》：'醉踏大堤相应歌。'又《龙阳县歌》：'主人引客登大堤。'知朗州亦有大堤。"

〔二〕烟波，指烟雾笼罩的江波。

〔三〕相应歌，此唱彼和，相应而歌。

〔四〕《桃叶》，乐府吴声歌曲。《乐府诗集》卷四十五《桃叶歌三首》题解："《古今乐录》曰：'《桃叶歌》者，晋王子敬所作也。桃叶，子敬妾名，缘于笃爱，所以歌之。'《隋书·五行志》曰：'陈时江南盛歌王献之《桃叶》诗云：'桃叶复桃叶，渡江不用楫。但渡无所苦，我自迎接汝。'"《竹枝》，巴渝民歌，见《竹枝词九首并序》注〔一〕。《桃叶歌》系情歌，故曰"传情"。顾况《竹枝》云："巴人夜唱竹枝曲，肠断晓猿声渐稀。"白居易《竹枝词四首》之一云："唱到竹枝声咽处，寒猿晴鸟一时啼。"之二云："竹枝昔怨怨何人，夜静山空歇又闻。"故云"竹枝怨"。

〔五〕月明多，谓明月清光洒遍。

笺评

陆时雍曰：末句剩一"多"字。（《唐诗镜》卷三十六）

周敬曰：苏子由晚年多令人学刘禹锡诗，以为用意深远，有曲折处。余读其绝句，如"桃叶传情"二语，何等婉转含蓄。（《删补唐诗选脉笺释会通评林·中七绝》）

周珽曰：第三句根次句"相应歌"来，末句应首句，亦承第三句说。（同上引）

黄生曰：两呼两应格。一呼四应，二呼三应，此为错应法。（《唐诗摘抄》卷四）

宋顾乐曰：景象深，意致远。婉转流丽，真名作也。落句情语，尤堪叫绝。（《唐人万首绝句选》评）

冒春荣曰：绝句字句虽少，含蕴倍深。其体或对起，或对收，或两对，或两不对……两不对者，大抵以一句为主，馀三句尽顾此句……亦有以两句为主者，又有两呼两应者，或分应，或合应，或错综应……刘禹锡"江南江北望烟波，入夜行人相应歌。桃叶传情竹枝怨，水流无限月明多"。一呼四应，二呼三应。此错应法。（《葚原诗说》卷三）

刘拜山曰：此南朝《襄阳乐》《大堤曲》之遗意，而以《竹枝》体写之。清新圆转，独擅胜场。（《千首唐人绝句》）

鉴赏

《堤上行三首》，均写朗州大堤上下、沅江两岸的风光景象。其中，第一首、第三首所写系日暮时景象，这一首则写自暮入夜之后行人唱歌应答的动人情景。

首句"江南江北望烟波"，展现出一幅广远迷茫的暮景：从沅江的南岸遥望江北，但见薄暮中的沅江之上，烟波浩渺，一片迷蒙。沅江两岸，都笼罩在烟霭轻雾之中。这广远迷茫的沅江两岸暮景，为行人应歌提供了一个邈远而引人遐思的背景。"江"字的叠用使这句诗具有一种音情摇曳的韵味，"望"字中则透出诗人自己伫立遥望、神思悠扬的情景。

刘禹锡

次句"入夜行人相应歌"，明点"入夜"，正透出与上句所写有一段时间间隔。入夜以后，大堤之上，行人此唱彼和，行歌应答，传遍江南江北，这句所写的当是流行于朗州一带的对歌习俗。夜色朦胧之中，这此伏彼起、相互应答的歌声不仅打破了夜的寂静，平添了热闹的生活气息，而且透露出诗人侧耳倾听，心驰神往之状。上句写暮江之景，从视觉角度着笔，此句写入夜闻歌，转从听觉着笔。在全诗中，这一句是主句，其他各句，都是围绕这个主句展开的。

第三句"桃叶传情竹枝怨"，紧承次句，点出"行人相应歌"的具体内容与声情特征。《桃叶歌》本是王献之为其爱妾桃叶而作的爱情歌曲，这里泛指民间情歌。行人们唱着情歌，男女应答，彼此传情，故说"桃叶传情"；《竹枝》声调哀怨，有顾况、白居易等诗人的作品为证。刘禹锡的《竹枝词九首》之二云："山桃红花满上头，蜀江春水拍山流。花红易衰似郎意，水流无限似侬愁。"则《竹枝词》也被用来表达爱情失意的哀愁，故说"竹枝怨"。此句虽《桃叶》《竹枝》分说，各以"传情"与"怨"属之，实际上不妨理解为互文见义，即《柳枝》与《桃叶》都既"传情"又抒"怨"。总之"行人"们用流行的民间歌曲互通爱慕之情，诉说失恋之怨，沅江两岸，堤上江中，回荡着此起彼伏的如慕如怨的歌声。

第四句"水流无限月明多"却撇开"行人相应歌"，宕开写景，回应首句：只见眼前的沅江流水，悠悠东去，流向遥远的天际，天上的一轮明月，正将它的清光洒满江边堤上。这好像是单纯写景，又好像是别有寄兴，它的妙处正在与上句"桃叶传情竹枝怨"之间，构成一种似有若无的微妙联系。那悠悠东流、无穷无尽的沅江水似乎与歌曲中所传出的"情"与"怨"构成某种对应；成为"情"与"怨"之悠长无尽的一种象喻；那洒遍堤上江间的明月清光也好像使歌声中所传达的"情"和"怨"随着光波洒遍人间。比起"水流无限似侬愁"的直接设喻，"水流无限月明多"的亦景亦情，似有若无的表达方式似乎更含蓄优美、引人遐思，更具有隽永的神韵。

踏歌词四首（其一）〔一〕

春江月出大堤平，堤上女郎连袂行〔二〕。
唱尽新词欢不见〔三〕，红霞映树鹧鸪鸣〔四〕。

校注

〔一〕踏歌，拉手而歌，以脚踏地为节拍。《通鉴·圣历元年》"尚书位任非轻，乃为虏踏歌"，胡三省注："蹋歌者，连手而歌，蹋地以为节。"《踏歌词》，唐代乐曲名，相传为张说所制。《乐府诗集》卷八十二《近代曲辞》录唐崔液《踏歌词》二首。《宣和书谱》卷五："南方风俗，中秋夜妇人相持踏歌，婆娑月影中，最为盛集。"陶敏《刘禹锡全集编年校注》系此四首于贬居朗州期间，当因词中有"大堤"字，以为当指朗州之大堤。

〔二〕连袂，衣袖相连，指牵手同行。储光羲《蔷薇篇》："连袂踏歌从此去。"

〔三〕欢，女子称情人为欢，乐府吴声歌曲多见之。

〔四〕红霞，指朝霞。鹧鸪，鸟名。《文选·左思〈吴都赋〉》："鹧鸪南翥而中留。"刘逵注："鹧鸪，如鸡，黑色，其鸣自呼。或言此鸟常南飞不止，豫章已南诸郡处处有之。"

笺评

谢枋得曰：堤上女郎非不多也，色必有可观，声必有可听。唱尽新词，而欢爱之情不见……但见红霞之色，但闻鹧鸪之鸣，其思想当何如也？（《注解章泉涧泉二先生选唐诗》卷一）

高棅曰：按古乐府《常林欢歌》解题云："江南谓情人为'欢'，故荆州有长林县，盖乐工误以'常'为'长'。"谢说为欢爱之情，非也。（《唐诗品汇》卷五十一）

张震曰："欢不见"，指所怀人而言。（《唐音》卷七引）

唐汝询曰：月照大堤，游女结伴而出，相与歌此新词。歌竟而不见情人，徒见红霞映树，而闻鹧鸪，其怅望何如！（《唐诗解·七言绝句五》）又曰：此景是其难为情处。（《唐诗选脉》引）

陆时雍曰：语带风骚。（《唐诗镜》卷三十六）

杨慎曰：《竹枝》遗旨，未必佳妙。（《删补唐诗选脉笺释会通评林·中七绝》引）

毛先舒曰：宋人谈诗多迂谬，然亦有近者。至谢叠山而鄙悖斯极，如评少伯"陌头杨柳"之作、梦得《踏歌词》、阆仙《渡桑干》、许浑"海燕西飞"是也。（《诗辩坻》卷三）

吴昌祺曰：谢叠山解"欢"字可笑，品汇引《常林欢》正之。（《删订唐诗解》卷十五）

宋顾乐曰：惘然自失，怅然不尽。（《唐人万首绝句选》评）

鉴赏

踏歌，是朗州一带少数民族青年男女踏歌唱和、歌舞娱乐、传递爱情、自由结合的一种活动方式和生活习俗。这种习俗，在今天的边远少数民族中尚有遗留。《踏歌词四首》就是刘禹锡为当地民众踏歌习俗而写的新词。

首句"春江月出大堤平"，用清新明丽之笔点染"踏歌"的环境：这是一个春天的夜晚，春江水涨，与岸平齐；一轮明月，升上天空，映照着春江流水和岸上的大堤。原就宽广平展的大堤在月光的映照下显得更加宽阔。这美好的季节、时间和地点，正为青年男女的踏歌唱和、传递情愫提供了温馨宁静而又优美和谐的环境。

次句"堤上女郎连袂行"，正面描写踏歌。在宽广平展的大堤上，出现了一群盛装的少女，她们手拉着手、联袂而行，踏脚为拍、边歌边舞，使明月映照下的大堤充满了青春的气息、欢乐的气氛。

少女们踏歌联袂而行，不单是为了歌舞娱乐，而且是为了寻找各自的意中人。这正是踏歌习俗中最富浪漫气息的一幕。《踏歌词》第三首"月落乌啼云雨散，游童陌上拾花钿"两句所暗示的正是这一幕。但今夜的踏歌却有些异常："唱尽新词欢不见。"所谓"新词"，当是少女们为踏歌对答相会自行创作的歌词，这是施展她们的才艺、歌喉的大好机会，也是引动青年男子前来应答，并进而寻觅到意中人的手段。但一直到"唱尽"了精心制作的新

2065

词，这位女子所盼望的情人却始终没有露面。前面说"堤上女郎连袂行"，写的是一群少女的集体歌舞，这里说"唱尽新词欢不见"却只能是其中的某一位少女。从"欢不见"的用语看，这位少女已经有了自己的情人，今夜与女伴联袂踏歌，就是要等待情郎的到来，但不知为什么原因，她所期盼的情人却始终不见身影。从"唱尽""不见"当中，可以想见这位少女一次次地期待又一次次地失望的过程。

末句却不再黏滞在这位等待情郎而不见的少女身上，而是宕开写景："红霞映树鹧鸪鸣。"不知不觉之间，月亮已经落下去。东方的天空由泛白而明亮，顷刻之间，艳丽的朝霞映红了江边的绿树，传来了鹧鸪啼鸣的声音。这景物，像是即目所见，又像是景中寓情。鹧鸪有雌雄相向而鸣的习性，听到鹧鸪的鸣叫声，这位少女也许会触动形单影只的愁绪，而红霞映树的美丽景象也更反衬出她的孤寂失落之感。诗的结句，以景寓情，将等待情人而不见的少女内心的怅惘失落之感写得非常含蓄耐味又非常富于美感。

竹枝词九首 并引（其二）〔一〕

四方之歌，异音而同乐〔二〕。岁正月〔三〕，余来建平〔四〕，里中儿联歌《竹枝》〔五〕，吹短笛，击鼓以赴节〔六〕。歌者扬袂睢舞〔七〕，以曲多为贤〔八〕。聆其音，中黄钟之羽〔九〕，其卒章激讦如吴声〔一〇〕，虽伧儜不可分〔一一〕，而含思宛转〔一二〕，有淇澳之艳音〔一三〕。昔屈原居湘、沅间〔一四〕，其民迎神，词多鄙陋，乃为作《九歌》〔一五〕，到于今荆楚歌舞之。故余亦作《竹枝词》九篇，俾善歌者飏之〔一六〕，附于末〔一七〕，后之聆巴歈〔一八〕，知变风之自焉〔一九〕。

山桃红花满上头〔二〇〕，蜀江春水拍山流〔二一〕。花红易衰似郎意，水流无限似侬愁〔二二〕。

2066

校注

〔一〕长庆二年（822）春作于夔州（今重庆市奉节）刺史任上。参《竹枝词二首》（其一）注〔一〕。引，即序，因避其父绪嫌名讳改称引。《新唐书·刘禹锡传》："宪宗立，叔文等败，禹锡……斥朗州司马。州接夜郎诸夷，风俗陋甚，家喜巫鬼，每祠，歌《竹枝》，鼓吹裴回，其声伧儜。禹锡谓屈原居沅、湘间作《九歌》，使楚人以迎送神，乃倚其声，作《竹枝辞》十馀篇，于是武陵夷俚悉歌之。"谓《竹枝词》十余章作于朗州，而所据即禹锡此序，当因误以为"建平"指朗州而致（高步瀛《唐宋诗举要》谓汉武陵郡，王莽时改建平）。葛立方《韵语阳秋》卷十五曾举《竹枝词九首》中提及白帝城、蜀江、瞿塘、滟滪堆、昭君坊、瀼西等地名，断为"梦得为夔州刺史时所作"，甚确。陶敏复举禹锡《送鸿举师游江西》引中称夔州为建平，及《夔州谢上表》自言于长庆二年正月二日抵夔州，与此诗引中"岁正月，余来建平"之语合，《别夔州官吏》"唯有九歌词数首，里中留与赛蛮神"，以证《竹枝词九首》作于夔州，兹从之。

〔二〕异音而同乐，音调不同而同为音乐。

〔三〕禹锡《夔州谢上表》："臣即以今月二日到任上讫。"表末署"长庆二年正月五日"。

〔四〕建平，指夔州。《送鸿举师游江西引》："始余谪朗州……距今年，遇于建平。"诗中言及"使君滩""白帝城"，均夔州及附近地名。《太平寰宇记》卷一四八夔州巫山县："故城在今县北，晋移于此，立建平郡，梁武帝废郡。"

〔五〕联歌，联唱。

〔六〕赴节，应和着节拍。陆机《文赋》："舞者赴节以投袂，歌者应弦而遗声。"

〔七〕扬袂，高扬衣袖。睢（suī）舞，纵情舞蹈。

〔八〕贤，优。

〔九〕中，合。黄钟，古代十二乐律之一。羽，古代五音之一。《礼记·月令》：仲冬之月，"其音羽，律中黄钟"。句意谓《竹枝》的曲调合乎黄钟律所定的羽调曲。

〔一〇〕卒章，乐曲结尾的一段。激讦（jié），激烈昂扬。吴声，吴地民间歌曲。

〔一一〕伧儜，杂乱貌。

〔一二〕含思宛转，谓其蕴含的思想感情委婉曲折。

〔一三〕淇澳之艳音：《诗·卫风》有《淇奥》篇，淇，春秋时卫国境内水名。澳，同"奥"，水曲。《诗·卫风》多男女相悦之作。《汉书·地理志》："卫国……有桑间、濮上之阻，男女亦亟聚会，声色生焉，故俗称郑卫之音。"淇澳之艳音"，当指其有情歌之音调。澳，一作"濮"。音，一本无。

〔一四〕屈原居湘、沅间，指屈原被放逐于湘、沅一带。《史记·屈原列传》："令尹子兰……使上官大夫短屈原于顷襄王，顷襄王怒而迁之……乃作《怀沙》之赋，其……乱曰：'浩浩沅湘兮，分流汨兮。'"

〔一五〕《九歌》，《楚辞》篇名。王逸《楚辞章句·九歌序》："《九歌》者，屈原之所作也。昔楚国南郢之邑，沅、湘之间，其俗信鬼而好祠，其祠必作歌乐，鼓舞以乐诸神。屈原放逐，窜伏其域……出见俗人祭祀之礼，歌舞之乐，其词鄙陋，因为作《九歌》之曲。"

〔一六〕飏，同"扬"，传扬。

〔一七〕附于末，谓附于《九歌》之末。

〔一八〕巴歈（yú），巴渝民歌。桓宽《盐铁论·刺权》："鸣鼓《巴歈》，作于堂下。"

〔一九〕变风，指《诗·国风》中除《周南》《召南》共二十五篇正风以外，其余的十三国风共一百三十五篇。《诗·大序》："至于王道衰，礼义废，政教失，国异政，家殊俗，而变风变雅作矣。"

〔二〇〕上头，指山的高处。白居易《游悟真寺诗》："我来登上头，下临不测渊。"

〔二一〕蜀江，蜀地的江，此指流经夔州一带的长江。

〔二二〕侬，我，女子自称。

笺评

王楙曰：《后山诗话》载，王平甫子旊谓秦少游"愁如海"之句，出于江南李后主"问君能有几多愁，恰似一江春水向东流"之意。仆谓李后主之意又有所自。乐天诗曰："欲识愁多少，高于滟滪堆。"刘禹锡诗曰"蜀江春水拍山流""水流无限似侬愁"，得非祖于此乎？则知好处前人皆已道过，后人但翻而用之耳。（《野客丛书》卷二十）

俞陛云曰：前二句言仰望则红满山桃，俯视则绿满江水，亦言夔峡之景。第三句承首句"山花"而言，郎情如花发旋凋，更无馀意。第四句承次句"蜀江"而言，妾意如水流不断，独转回肠。隔句作对偶相承，别成一格。《诗经》比而兼兴之体也。（《诗境浅说》续编）

刘拜山曰：《竹枝》一体，语宜清浅而意欲醇浓。或过俚俗，或伤拙滞，均非其至者。梦得此数章，曲尽夔州江山、风俗、人情，含思宛转，饶有民歌情味，可称独绝。（《千首唐人绝句》）

这首《竹枝词》写一位失恋少女的哀愁，全篇均从眼前景——山桃红花和蜀江春水着笔，亦赋亦比亦兴，格调清新而情致缠绵，含思宛转而语言爽利，极饶民歌的情调韵味。

"山桃红花满上头，蜀江春水拍山流。"前两句用鲜明的色彩描绘夔州的山水：仲春时节，长江两岸的山上开满了山桃花，远远望去，像一片红色的彩霞，繁盛、热烈、鲜艳，散发出浓郁的青春气息。高山之间，一江碧绿的春水正蜿蜒流过，江间的波浪拍打着两岸的高山，像是对山轻轻絮语，诉说着对山的依恋和缠绵情意。乍看，这两句像是对夔州春山春水的写生，是即景描写，是赋实；但两句中的花红与水流，又是引起下两句联想的凭借，带有明显的兴的作用。而这里所突出渲染的山桃红花的热烈烂漫和蜀江春水的依恋缠绵又隐隐带有象喻处在热恋状态中的青年男女热烈缠绵情意的意味，因而又带有比喻的色彩。这种亦赋亦兴亦比的描写，使这两句看起来非常清新浅俗的诗句变得非常富于蕴含，耐人寻味了。

"花红易衰似郎意，水流无限似侬愁。"三、四两句，隔句相承，意蕴、情调却陡然翻转，目睹山上桃花盛开、山下春水拍山的图景，女主人公不但联想起昔日与情郎之间热烈而缠绵的爱情，而且联想起当前自己失恋的处境。同样的山和水，在女主人公的心目中却染上了完全不同的色调：山桃红花，虽然开得繁盛、热烈、鲜艳，但它凋谢得也快，就好像情郎的爱情容易衰歇一样；而悠悠东流、无穷无尽的江水也好像自己失恋的哀愁一样，永无尽时。由于这两个从心底涌出的比喻是即景取譬，完全从眼前的自然景物引发，又在意象上紧承前两句，因此不但前后幅之间勾连照应得非常紧密，比喻本身也显得极为自然而富于生活气息和现场感。读完全诗，就像看到一位少女面对着红遍满山的桃花和拍山东流的春水在深情回忆昔日与情郎相爱的热烈缠绵与诉说当前失恋的无限哀怨一样。尽管无限哀愁，却仍有对昔日热恋的追忆，仍然具有一种浓郁的美感，诗的整个情调并不悲观、消沉、绝望。民歌健康明朗和对生活的执着这一精髓，在刘禹锡的民歌体诗中得到了充分的体现。

竹枝词九首（其九）

山上层层桃李花，云间烟火是人家。
银钏金钗来负水〔一〕，长刀短笠去烧畲〔二〕。

校注

〔一〕银钏金钗，银制的腕镯、金制的头钗。借指妇女。刘禹锡《机汲记》："濒江之俗，不饮于凿（指井）而皆饮之流……昔予尝登陴，捆然念悬流之莫可遽挹，方勉保庸、督臧获，斟而挈之，至于裂肩龟手，然犹家人视水如酒醴之贵。"可见当地取水之难。陆游《入蜀记》："妇人汲水，皆背负一全木盎，长二尺，下有三足。至泉旁，以杓挹水，及八分即倒坐旁石，束盎背上而去。大抵峡中负物，率着背，又多妇人，不独水也。未嫁者，率为同心结，高二尺，插银钗至六只，后插大象牙梳，如手大。"此对当地妇女背水的情形及妆束作了具体描写，可参。

〔二〕长刀，便于刀耕火种时铲除杂草。长刀短笠，借指男子。畲（shē），同畲。烧畲，烧荒种田，即火种。刘禹锡有《畲田行》，记述烧畲情况甚详。范成大《劳畲耕序》："畲田，峡中刀耕火种之地也。春初斫山，众木尽蹶。至当种时，伺有雨候，则前一夕火之，借其灰以粪。明日雨作，乘热土下种，则苗盛倍收，无雨则反是。山多硗确，地力薄，则一再斫烧始可蓺。"

笺评

黄彻曰：瘠土之民，宜倍其劳，而耕反卤莽也。（《碧溪诗话》卷七）

鉴赏

这是一幅清新朴素的夔州地区自然风物画和生活风情画。

前两句写山上景物与山中人家。"山上层层桃李花",写仰望山上,层层叠叠,开遍桃花李花。桃花红艳,李花雪白,这红白相间、色彩鲜明、绚丽夺目、层次丰富的繁茂灿烂景象,只用清淡流利的笔墨随意道出,正是天然的民歌风调,写生妙笔。

"云间烟火是人家",次句将仰望的目光向高远处延伸。越过层层叠叠的桃花李花,在白云缭绕飘浮的山间,有袅袅炊烟升起,那里应该有山间的人家了。"是人家"的"是"字,表明诗人的一种推断。出现在诗人视野中的只有"云间烟火",并没有"人家"。"人家"的存在是根据"烟火"缭绕飘浮而想象的。诗的好处也正在这里。这种遥望与想象,不但丰富了画面的层次和立体感,而且增添了一种若隐若现的缥缈幽远的情致,诗人目注神驰的情状也隐然可见。如果说上一句是纯粹的民歌本色,这一句便融入了文人诗的情韵意趣,抒情主体的身影情趣进一步显现。但诗人把这二首融合得很好,一点也没有不谐调的痕迹。

"银钏金钗来负水,长刀短笠去烧畲。"三、四两句,承上"人家",写当地人民的劳动生活风情。高山之上的人家,要下到江边来"负水",生活是艰辛的;刀耕火种,耕作方式也是原始的,几千年来,已经习惯了这种世代相传的生活方式和生产方式。而饱受迁谪之苦、饱受上层统治集团打击排挤的诗人看到这穷乡僻壤中单纯朴素、带有原始色彩的生活风情时,却深感其中所蕴含的朴实淳厚的生活美。因此当戴着银钏金钗的妇女头顶木盘下山背水,戴着箬笠、身带长刀的男子上山烧畲时,诗人不禁将它们作为值得欣赏的美好景色,摄入诗中,定格为夔州的风物风情画。下山上山,来往负水的劳动虽然艰辛,却不忘戴"银钏金钗"的妆饰,说明辛勤的劳动并没有消除她们对美的追求,而"长刀短笠去烧畲"的劳动生活也自有一种朴质之美。在逆境困境中的诗人能发现、赞美并生动地表现这种生活美,正说明他对生活的热爱与执着。诗以工整的对仗和句中自对的句式结,更造成一种轻爽流利的格调和似结非结的隽永情味。

杨柳枝词九首（其六）〔一〕

炀帝行宫汴水滨〔二〕,数株残柳不胜春〔三〕。
晚来风起花如雪,飞入宫墙不见人。

校注

〔一〕《杨柳枝》，乐府近代曲名。本为汉乐府横吹曲《折杨柳》，至唐时易名为《杨柳枝》，开元时已入教坊曲，至中唐白居易，翻为新声，作《杨柳枝词八首》。其一云："古歌旧曲君休听，听唱新翻杨柳枝。"白诗作于大和八年居洛阳时。刘禹锡这组《杨柳枝词》，是和白之作，其一亦云："请君莫奏前朝曲，听唱新翻杨柳枝。"与白诗第一首对应。据陶敏考证，刘之和作原亦为八首，第九首（"轻盈袅娜占年华"）乃开成四年所作绝句误入。刘禹锡这八首《杨柳枝词》约大和八年（834）作于苏州刺史任上。

〔二〕《隋书·炀帝纪》：大业元年（605）三月，"于皂涧营显仁宫，采海内奇禽异兽草木之类，以实园苑……辛亥，发河南诸郡男女百馀万，开通济渠，自西苑引谷、洛水达于河，自板渚引河，通于淮。庚申，遣黄门侍郎王弘、上仪同於士澄往江南采木，造龙舟、凤艒、黄龙、赤舰、楼船等数万艘……八月壬寅，上御龙舟，幸江都……舳舻相接，二百馀里。"汴水，即汴渠，隋通济渠东段。隋炀帝巡游江都，于汴水沿岸大建行宫，供途中宿息。《通鉴纪事本末》卷二十六："又发淮南民十馀万开邗沟，自山阴至扬子江。渠广四十步，渠旁皆筑御道，树以柳。自长安至江都置离宫四十馀所。"

〔三〕残，《全唐诗》作"杨"，校："一作残。"兹据改。

笺评

谢枋得曰：炀帝荒淫不君，国亡身丧。行宫外残柳数株，枝条柔弱，如不胜春风之摇荡，柳花如雪飞宫墙，似若羞见时人者。隋之臣子仕唐，曾不曰国亡主灭，分任其咎，扬扬然无羞恶心，观柳花亦可愧矣。（《注解章泉涧泉二先生选唐诗》卷一）

徐子扩曰：只是形容荒淫之意。谢谓羞不见人，非也。李君虞《隋宫燕》诗"几度飞来不见人"，亦此意。（《唐诗绝句类选》引）

桂天祥曰：绝处味好。（同上引）

蒋一葵曰：吊亡隋者，多不出此意。如此落句，更出人意表。（《删补唐诗选脉笺释会通评林·中七绝》引）

陆时雍曰：忽入雅调。（同上引）

胡次焱曰：谢叠翁注（略），此扶植世数，足以立顽廉贪，但"不见

人"三字,恐只是《易》所谓"窥其户,闻其无人"之意。(同上引)

唐汝询曰:炀帝植柳汴宫旁,谓之柳塘。今柳花如雪,宫中无人,自足兴慨。(《唐诗解·七言绝句五》)

黄生曰:"不胜春"三字,正为"残柳"写照。若作"杨柳",则三字落空矣,只"不见人"三字,写尽故宫黍离之悲,何用多言!(《唐诗摘抄》卷四)

沈德潜曰:似胜李君虞《汴河曲》。(《重订唐诗别裁集》卷二十)

吴瑞荣曰:"不见人"是荒凉之象。宋儒谓改作羞见人更佳,其说非是。又李益《隋宫燕》诗:"燕语如伤旧国春,宫花一落已成尘。自从一闭风光后,几度飞来不见人。"亦此意。(《唐诗笺要后集》卷七)

宋宗元曰:韵远情深。(《网师园唐诗笺》)

宋顾乐曰:末句着柳说,比李益(《隋宫燕》)说燕更妙。(《唐人万首绝句选》评)

《精选评注五朝诗学津梁》:写杨花写到花到地,方色空空,唤醒迷夫不少。

王文濡曰:隋炀帝植柳汴堤,谓之柳塘,故梦得有此作。末句谓宫墙尚在,宫中无人,即柳花飞入,谁人见来?不胜兴废之感。(《历代诗评注读本》)

俞陛云曰:此隋宫怀古之作。咏残柳以抒亡国之悲,情韵双美,寄慨苍凉,与《石头城》怀古诗皆推绝唱,宜白乐天称为"诗豪"也。李益《隋宫燕》《汴河曲》,与梦得用意同,而用笔逊之。(《诗境浅说》续编)

白居易、刘禹锡唱和的《杨柳枝词》实际上就是当时的流行歌曲,以含思宛转、音情摇曳为主要特征,内容则均咏杨柳,清新浅显。这首咏隋宫残柳,抒兴废盛衰之感,近于怀古诗,是这组诗中感情比较深沉的一首。

首句"炀帝行宫汴水滨",先交代所咏杨柳所在之地:汴水之滨的一座隋炀帝的行宫旧址之旁。这个特殊的地点,对于熟悉亡隋历史的唐人来说,立即会联想起昔日汴水之上,舳舻相接的盛大巡游场面,和汴水之滨行宫巍峨的豪华气派。而今,"隋家宫阙已成尘",行宫也只剩下断垣残壁了。诗人虽只作客观的叙述交代,但今之荒凉与昔之繁华的对照自含于句中。

次句"数株残柳不胜春"，落到所咏对象杨柳身上。但早已不是当年宫墙内外，绿柳成林，绿荫遍地的繁盛景象，而是只剩下了"数株残柳"，寂寞地伫立在宫墙之外，柔弱的柳枝，在晚风中摇曳，像是难以禁受春风的吹拂。这经历了时代风雨和沧桑巨变的"数株残柳"，像是默默地向世人展示时代变易、昔盛今衰的消息。"不胜春"三字，不但正写"残柳"之凋枯衰败，也透露出诗人的哀悯之情和衰废之慨。

"晚来风起花如雪，飞入宫墙不见人。"三、四两句，进一步写杨花随风飘飞入宫的情景，是全诗寄慨的重点。晚间风起，杨花像纷纷扬扬的雪花漫天飞舞、四处飘荡，它们飘过了隋宫的宫墙，但宫墙之内却杳无人迹，只剩下断垣颓壁在默默诉说着昔日的繁华豪奢和今日的荒凉，展示着朝代的更替，历史的沧桑。杨花的杨与杨隋的杨同音同字，容易产生由此及彼的联想，这夕阳斜照、晚风吹拂中飘飞散落的杨花，也使人联想起杨隋没落的命运，它的飘飞散落的身影和杳无人迹的隋宫断垣，一起构成了隋代衰亡的象征。比起李益的《汴河曲》后两句"行人莫上长堤望，风起杨花愁杀人"，刘诗显然更加含蓄蕴藉，而全篇纯从杨柳着笔，与李益诗相比，意象、笔墨也更为集中。

这种融咏物与怀古为一体的诗，所抒的感慨往往比较虚泛。比起组诗内的其他各首，感情虽较深沉，但和一些内容更深刻的怀古诗相比，却又显得比较浮泛。它的好处，主要仍在特有的情韵风神，而不在思想内容的深刻。

秋词二首（其一）〔一〕

自古逢秋悲寂寥〔二〕，我言秋日胜春朝。
晴空一鹤排云上〔三〕，便引诗情到碧霄。

校注

2074

〔一〕作年未详。其二云"山明水净夜来霜，数树深红出浅黄。试上高楼清入骨，岂如春色嗾人狂。"

〔二〕寂寥，冷落萧条。宋玉《九辩》："悲哉秋之为气也，萧瑟兮草木摇落而变衰。"

〔三〕排云，冲开云层，冲天。

〖笺〗〖评〗

何焯曰：翻案，却无宋人恶气味。兴会豪宕。（卞孝萱《刘禹锡诗何焯批语考订》）

富寿荪曰：禹锡虽坐王叔文党而屡遭贬斥，然终不少屈。诗中亦不甚作危苦之词。读此益见其襟怀之高旷，未可尽视为翻案之作也。（《千首唐人绝句》）

罗宗强曰：刘禹锡的诗在唐诗中独有的特色……一是他的一些诗……在流畅自然之中，有一种清刚之气，有一种思想家特有的洞察力所表现出来的隽永的哲理意味……如《始闻秋风》……《秋词二首》……都有对生活深刻思索之后体察到的哲理蕴蓄着，是深刻思索之后的抒怀。（《唐诗小史》第252-253页）

〖鉴〗〖赏〗

《秋词二首》是极具独创性和诗人个性的作品。它的独创性既体现为独创的诗思，又表现为独创的诗艺，而它所具的诗人个性则表现为诗思与哲理、诗情与景物的高度融合。这一切，均缘于诗人对生活的独特感受、深刻体验和深入思索。它在唐诗佳作之林中显得很独特，但这正是它的不同凡响之处。

"自古逢秋悲寂寥，我言秋日胜春朝。"首句用高度概括的笔法揭示出自古以来悲秋的传统。自宋玉《九辩》首发"悲哉秋之为气也，萧瑟兮草木摇落而变衰"的悲秋音调以来，"逢秋"而"悲寂寥"，就成为文士感生命之迟暮、悲遭际之困厄、伤时世之衰颓的重要抒情方式，形成了一个源远流长的思想传统和艺术传统。表现"悲秋"之情的作品，虽思想境界的高下、内容的深浅、艺术的高低有别，但总不脱离一个"悲"字。这实际上反映了历代文士在面对自然、社会、人生的衰困境遇时一种比较消极的态度。诗的开头两句，一反自古以来的悲秋传统，旗帜鲜明地提出自己的"秋日胜春朝"的观点，高屋建瓴，立意高远，给人以超卓不凡和奇警不俗之感。"自古"与"我言"的鲜明对立，加强了诗的气势和力量，并且留下了巨大的悬念，引导读者注目于诗人对这个反传统的观点的解释。

"晴空一鹤排云上，使引诗情到碧霄。""秋日"之"胜春朝"，如诉之议论、诉之概念，不但在短短两句中根本无法表达，而且必成为毫无诗情的败笔。这首诗的奇警之处，正在这全篇的关键处别出心裁，即景发兴设喻，亦赋亦兴亦比，将描绘高秋之景与抒写赞美秋天之情与议论融为一体。说那高秋寥廓的晴空之中，一只白鹤排开浮云，冲天直上，自己的高远诗情也随着排云而上的白鹤直上碧霄。这里所展示的不仅是秋天的明净、寥廓、高远的境界，而且是诗人的劲健气势和旷远襟怀；不仅有秋空明净高远之美，鹤飞碧霄的健举高亢之美，而且有充沛遒劲的诗情和蕴含在秋景和诗情之中的一种发人深省的哲理。诗人在"晴空一鹤排云上，便引诗情到碧霄"的诗句中所蕴含的正是秋天的清净、高远和劲健的生命力，这是他对秋天的独特感受，也是他对秋天的哲理性感悟。正是这种感悟，与传统悲秋之意中的叹衰慨老彻底划清了界限。这是一种全新的审美感受，也是一种崭新的人生态度。

浪淘沙九首（其八）〔一〕

莫道谗言如浪深，莫言迁客似沙沉。
千淘万漉虽辛苦〔二〕，吹尽狂沙始到金〔三〕。

校注

〔一〕《浪淘沙》，唐教坊曲名。《乐府诗集》卷八十二《近代曲辞》收入刘禹锡《浪淘沙九首》，白居易《浪淘沙六首》。刘作九首，除第八首外，分咏黄河、洛水、汴水、鹦鹉洲头、濯锦江边、澄洲、浙江、潇湘诸等江河之大浪淘沙。显系有计划创作之组诗，而白诗六首，则非分咏各地江河。刘、白二人之作，是否唱和，似未可遽定。白诗作于大和八年（834）。刘诗创作年代不详。此首自称"迁客"，似有可能作于迁谪期间。

〔二〕漉，过滤。

〔三〕到，此指显露。

在《浪淘沙九首》这组诗中，唯一不着具体江河名称，又不以具体描绘为主，而以议论为主的，仅此一首。风格、情调、内容、手法均与其他各首有别，但又具有诗人独特的生活体验和在此基础上省悟的人生哲理，是一首思想深刻、感慨深沉，充分展现诗人情操个性的佳作。

"莫道谗言如浪深，莫言迁客似沙沉。"按照题意，这组诗的每一首都从大浪淘沙着笔，这一首也不例外。但不同的是，这首诗的开头两句却以议论陡然起笔，并且连用"莫道""莫言"两个表示强烈否定的词语置于句首，使诗的议论具有鲜明的针对性，仿佛面对压抑迫害自己的政敌发表自己的见解，公开表明自己无所畏惧的态度。而"莫道""莫言"的对象则是两个生动的别出心裁的比喻：政敌们的谗言像凶猛的巨浪那样深，自己这个被贬谪的迁客则像沙那样沉沦江底。这两个比喻是现实政治形势和诗人自己政治处境的真实写照，但诗人却用"莫道""莫言"两个否定性词语公开表明，"如浪深"的"谗言"终不能永远欺世，"似沙沉"的"迁客"也不会永远沉沦，更不会因暂时的沉沦而意志消沉。两句寓形象生动的描写与寓意鲜明的比喻于雄直明快的议论之中，表现出对"谗言如浪深"的蔑视和对自己前途的自信。理直气壮，具有充沛的气势和力量。

"千淘万漉虽辛苦，吹尽狂沙始到金。"三、四两句，虽仍紧扣题目，写大浪淘沙，但却换了一个比喻：以淘沙取金作喻。从沙中淘金，虽然要经历千万次淘洗、过滤的艰辛过程，但一旦将狂沙吹尽，真金自然显露在人们面前。以喻示人生虽然要经历一系列艰难曲折，包括像自己所经历的长达二十余年的贬谪斥外生涯。但正是这种长期的艰苦磨炼，才造就了自己坚定的政治信仰、坚强的思想性格和执着的操守品性，正如他在《学阮公体三首》中所宣称的："人生不失意，安能慕己知！""不因感衰节，安能激壮心！"艰难困苦，玉汝于成，诗人所省悟的，正是这一深刻的人生哲理。由于诗人通过"千淘万漉""吹尽狂沙"的形象描写和淘沙得金的贴切比喻来表现这一生活哲理，遂使诗的深刻议论融会在形象描绘和生动比喻之中，既具理趣，又毫无抽象议论之弊。

刘禹锡

元和十一年自朗州召至京戏赠看花诸君子〔一〕

紫陌红尘拂面来〔二〕，无人不道看花回。
玄都观里桃千树〔三〕，尽是刘郎去后栽〔四〕。

再游玄都观 并引〔五〕

　　余贞元二十一年为屯田员外郎时，此观未有花。是岁出牧连州，寻改朗州司马，居十年召至京师。人人皆言有道士手植仙桃满观，如红霞，遂有前篇，以志一时之事。旋又出牧〔六〕，今十有四年，复为主客郎中〔七〕，重游玄都观，荡然无复一树，唯兔葵燕麦动摇于春风耳〔八〕。因再题二十八字，以俟后游〔九〕。时大和二年三月。

　　百亩庭中半是苔，桃花净尽菜花开〔一○〕。种桃道士归何处？前度刘郎今又来〔一一〕。

校注

　　〔一〕"十一年"，应为"十年"，"一"字衍。"召"字上一本有"承"字。看花诸君子：指同时奉召回京的柳宗元、韩晔、韩泰、陈谏等当年共同从事政治革新活动并同时被贬远州司马的同道者。《旧唐书·刘禹锡传》："元和十年，自武陵召还。宰相复欲置之郎署。时禹锡作《游玄都观咏看花君子》（按：即本篇），语涉讥刺，执政不悦，复出为播州刺史。诏下，御史中丞裴度奏曰：'刘禹锡有母，年八十余。今播州西南极远……其老母必去不得……伏请屈法，稍移近处。'……乃改授连州刺史。"

　　〔二〕紫陌，京城的街道。王粲《羽猎赋》："济漳浦而横陈，倚紫陌而并征。"

　　〔三〕玄都观。《唐会要》卷五十："玄都观，本名通达观，周大象二年于故城中置。隋开皇二年，移至安善坊。"《唐两京城坊考》卷四崇业坊："玄都观，隋开皇二年，自长安故城徙通达观于此，改名玄都观，东与大兴善寺相比。"

〔四〕刘郎，刘禹锡自指。用刘晨入天台山采药遇仙事。《法苑珠林》卷四十一引《幽明录》："汉永平五年，剡县刘晨、阮肇共入天台山，迷不得返。经十三日，粮乏尽，饥馁殆死。遥望山上有一桃树，大有子实……上，各啖数枚，而饥止体充。复下山持杯取水……出一大溪边，有二女子，姿质妙绝……乃相见……同邀还家。遂停半年……求归……既出，亲旧零落，邑屋改异，无相识，问讯得七世孙。"

〔五〕此诗作于大和二年（828）三月，见"引"末所署年月。题一作《再游玄都观绝句并引》。

〔六〕出牧，出任州郡刺史。此指出为连州刺史。

〔七〕元和十年（815）三月出为连州刺史，至大和二年（828）入京为主客郎中，首尾十四年。

〔八〕兔葵，又作"菟葵"，野生植物，似葵，花白茎紫。燕麦，野生植物，生于废墟荒地间，为燕雀所食，故称。

〔九〕后游，将来重游。

〔一〇〕净，《全唐诗》校："一作开，一作落。"

〔一一〕前度刘郎，刘禹锡自指。前度，前一次、上一回。今又来，传刘晨返乡后又重入天台。晚唐曹唐有《刘阮再到天台不复见仙子》诗云："再到天台访玉真，青苔白石已成尘……桃花流水依然在，不见当时劝酒人。"

笺 评

孟棨曰：刘尚书自屯田员外郎左迁朗州司马，凡十年，始征还。方春，作《赠看花诸君子诗》曰："紫陌红尘拂面来，无人不道看花回。玄都观里桃千树，尽是刘郎去后栽。"其诗一出，传于都下。有素嫉其名者，白于执政，又诬其有怨愤。他日见时宰，与坐，慰问甚厚。既辞，即曰："近有新诗，未免为累，奈何？"不数日，出为连州刺史。（《本事诗·情感》）

刘昫曰：大和二年，自和州刺史征还，拜主客郎中。禹锡衔前事未已，复作《游玄都观诗》，序曰："予贞元二十一年为尚书屯田员外郎，时此观中未有花木。是岁出牧连州，寻贬朗州司马。居十年，召还京师，人人皆言有道士手植红桃满观，如烁晨霞，遂有诗以志一时之事。旋又出牧，于今十有四年，得为主客郎中。重游兹观，荡然无复一树，唯兔葵燕麦动摇于春风，因再题二十八字，以俟后游。"其前篇有"玄都观里桃千树，尽是刘郎去后栽"之句，后篇有"种桃道士归何处？前度刘郎今又来"之句，人嘉其才而薄其行。禹锡甚怒武元衡、李逢吉，而裴度稍知之。（《旧唐书·刘禹锡传》）

欧阳修、宋祁曰：斥朗州司马……久之，召还，宰相欲任南省郎。而禹锡作《玄都观看花君子诗》语讥忿，当路者不喜，出为播州刺史。诏下，御史中丞裴度为言……乃易连州。（《新唐书·刘禹锡传》）又曰：由和州刺史入为主客郎，复作《游玄都》诗，且言："始谪十年，还京师，道士植桃，其盛若霞。又十四年过之，无复存，唯兔葵、燕麦动摇春风耳。"以讥权近，闻者益薄其行。（同上引）

司马光曰：按当时叔文之党，一切除远州刺史，不止禹锡一人，岂缘此诗！盖以此得播州恶处耳。（《通鉴考异》卷二十）

谢枋得曰：（第一首）"紫陌红尘拂面来，无人不道看花回。"奔趋富贵者汨没尘埃，自谓得志，如春日看花，红尘满面也。"玄都观"喻朝廷；"桃千树"，喻富贵无能者。"尽是刘郎去后栽"，满朝富贵无能者，皆刘郎去国后宰相所栽培也。（第二首）"百亩庭中半是苔"，喻朝廷无人也。"桃花净尽菜花开"，喻日前宰相所用之人已凋谢，今日宰相所用之人方得时也。"种桃道士归何处，前度刘郎今又来。"前度宰相培植私人者，今死矣，吾又立朝，穷达寿天，听命于天。宰相何苦以私意进退人才哉！（《唐诗绝句》卷一）

罗大经曰：刘禹锡"种桃"之句，不过感叹之词耳。非甚有所讥刺也，而亦不免于迁谪。（《鹤林玉露》乙编卷四）

唐汝询曰：（第一首）陌间尘起，看花者众。桃为道士所栽，新贵皆丞相所拔。是以执政深疾其诗。（第二首）文宗之朝，互为朋党，一相去位，朝士甚易，正犹道士去而桃不复存。以是执政者复恶其轻薄。（《唐诗解·七言绝句五》）又曰：（第一首）首句便见气焰，次见附势者众，三以桃喻新贵，末太露，安免再谪！（《删补唐诗选脉笺释会通评林·中七绝》引）

谢榛曰：夫平仄以成句，抑扬以合调。抑扬相称，歌则为中和调矣。刘禹锡《再游玄都观》诗："种桃道士归何处？前度刘郎今又来。"上句四去声相接，扬之又扬，下句平稳。此一绝二十六字皆扬，唯"百亩"二字

是抑。又观《竹枝词序》，以知音自负，何独忽于此耶？（《四溟诗话》卷三）

敖英曰：（第一首）风刺时事，全用比体。（《唐诗绝句类选》）

王尧衢曰：（第二首）诗至中唐，渐失风人温厚之旨。（《古唐诗合解》）

何焯曰：（第一首）《诗》："维尘冥冥。"笺谓"犹进举小人，蔽伤己之功德"。不但用玄观尘也。（卞孝萱《刘禹锡诗何焯批语考订》）

吴乔曰：问曰："措辞如何？"答曰："诗人措辞，颇似禅家下语。"禅家问曰："如何是佛？"非问佛，探其迷悟也。以三身四智对，谓之韩卢逐兔，吃棒有分。云门对曰："干屎橛。"作家语也。刘禹锡之《玄都观》二诗，是作家语。崔珏《鸳鸯》、郑谷《鹧鸪》，死说二物，全无自己。韩卢逐兔，吃棒有分者也。禹锡诗，前人说破，见者易识。未说破者，当以此意求之，乃不受瞒。（《围炉诗话》卷一）

王寿昌曰：（第一首）何谓志向？曰：在心为志，发言为诗……刘梦得志在尤人，乃作看花之句……故学者欲诗体之正，必自正其志向始。（《小清华园诗谈》卷上）

尤侗曰：（第二首）夫人于富贵之情未忘，则恩怨之情必不化。刘梦得《玄都观》诗云："种桃道士归何处？前度刘郎今又来。"（《读东坡志林》）

钱大昕曰：以禹锡集考之，《再游玄都观绝句》在大和二年三月，而自和州刺史除主客郎中分司东都，则在大和元年六月，是分司在前，题诗在后。次年，以裴度荐，起原官直集贤院，方得还都。《玄都》诗正在此时。集中又有《蒙恩转仪曹郎依前充集贤学士举湖州自代》诗，可见初入集贤犹是主客郎中，后乃转礼部也。史云以荐为礼部郎中、集贤直学士，犹未甚核。至《玄都》诗，虽含讥刺，亦诗人感慨今昔之常情，何致遂薄其行？史家不考其行，误仞分司与主客郎中为两任，疑由题诗获咎，遂甚其词耳。（《十驾斋养新录》卷六）

黄克缵曰：刘绝句多佳，但时露轻薄之态。如"雷雨湘江"句，以"卧龙"自居，一何浅也。此二诗狂态犹在，然托之"看花""种桃"之人，则其意稍隐，故存之。（《全唐风雅》卷十二引）

王文濡曰：（第一首）此诗借种桃花以讽朝政，栽桃花者道士，栽新贵者执政也。自刘郎去后，而新贵满朝。语涉讥刺，执政者见而恶之，因出为连州刺史。（第二首）前因看花诗，连遭贬黜。今得重来，而新进者随旧日之执政以俱去矣。因复借此以讽之。（《历代诗评注读本》）

刘永济曰：按禹锡因王叔文事被贬谪朗州，十年之后，朝中另换一番人物，故有"尽是刘郎去后栽"之句，以见朝政翻复无常，语含讥讽。是以又为权贵所不喜，再贬播州，易连州，徙夔州，十四年始入为主客郎中。又因《再游玄都观》诗，为权贵闻者益薄其行，遂被分司东都闲散之地。（按：刘此沿史之误）考此两诗所关，前后二十馀年。禹锡虽被贬斥而终不屈服，其蔑视权贵而轻禄位如此。白居易序其诗，以诗豪称之，谓"其锋森然，少敢当者"。语虽论诗，实人格之品题也。（《唐人绝句精华》）

富寿荪曰：（第一首）《本事诗》及两《唐书》本传均谓禹锡因此诗出为连州刺史。然当时召还坐叔文党贬官诸人，皆授远州刺史，如韩泰为漳州刺史、柳宗元为柳州刺史、韩晔为汀州刺史、陈谏为封州刺史，不独禹锡一人，岂皆缘此诗！盖因宪宗旧憾未释，故有是举。惟此诗殊有讽意，乃被小说家摭为口实也。（两《唐书》本传系据《本事诗》）（《千首唐人绝句》）

罗宗强曰：从这序（指第二首序）看，他元和十年那首写玄都观的诗，有可能只不过是一时情之所至的写实戏赠，不一定寓有深意。但在中国传统的香草美人的解诗方法里，是可以从中找到影射来的。因此那诗便被说成是"语涉讥刺"，刘禹锡也因此而再度被谪。（《唐诗小史》第250页）

鉴赏

南宋洪迈在其《容斋随笔·续笔》卷二中论及唐诗咏时事政治的一段话，常为今天的文学史研究者所称引，他说："唐人歌诗，其于先世及当时事，直辞咏寄，略无避隐，至宫禁嬖昵，非外间所应知者，皆反复极言，而上之人亦不为罪。如白乐天《长恨歌》，讽谏诸章，元微之《连昌宫词》，始末皆为明皇而发。杜子美尤多……今之诗人不敢尔也。"但与白居易讽谏诸章同作于宪宗元和朝的刘禹锡《元和十一年自朗州召至京戏赠看花诸君子》却因"语涉讥刺"，而成了唐代以诗贾祸的典型事件。不仅见于唐人小说孟棨《本事诗》，且被载入正史。由于大和二年（828）三月所作的《再游玄都观并引》与元和十年（815）作的玄都观看花诗在题材上直接关联，前面又有一篇序，言及前后二诗之创作，故当将它们合在一起讨论。不妨先撇开有关这两首诗是否有讥刺的一切记载与评论，先从作品本身入手。

第一首的前两句叙写京城人士争赏玄都观桃花的盛况：京城的大道上车马奔驰，扬起了滚滚的红尘，向行人扑面而来，一路上遇到的这些人都异口同声地宣称是从玄都观看桃花回来。玄都观在崇业坊，系朱雀门街街西以北向南数第五坊，紧靠朱雀门大街，诗中所称"紫陌"正是这条长安最主要的主干道。唐代士大夫看花之风盛极一时，白居易的《买花》《牡丹芳》等诗都曾渲染王公卿士争相观赏牡丹，"一城之人皆若狂"的盛况。玄都观道士"手植仙桃，满观如红霞"的奇丽景象当亦吸引了大批的游人。绝句篇幅短小，不可能像古诗那样正面描绘渲染，故只截取紫陌红尘扑面和游人争说看花回的景象作侧面烘染，而举城争赏，兴高采烈之情景可想。

三、四两句就京城人士争相看花一事抒写自己的感慨："玄都观里桃千树，尽是刘郎去后栽。"诗人在贬朗州司马之前，也来过玄都观，当时观中未有花，而十年之后从朗州召回长安，已是"仙桃满观如红霞"了。面对这一自然景象的变化，诗人用了一个意味深长的典故：刘晨入天台山遇仙，归来后"亲旧零落，邑屋改异，无相识，问讯得七世孙"。这个典故表达的是一种强烈深沉的对人事沧桑、世事巨变的感慨。诗人巧妙地借刘晨自喻，正透露出他面对"玄都观里桃千树"时产生的感慨与刘晨当年的感慨相似。这种感慨，也正是他在《酬乐天扬州初逢席上见赠》诗中所抒发的"到乡翻似烂柯人"的世事沧桑之慨。扩大了看，这也是刘禹锡一系列贬谪归来后的诗作（如《与歌者米嘉荣》《听旧宫人穆氏唱歌》《与歌者何戡》等）的共同主题，只不过一见之于自然景物，一见之于人事而已。这种感情，感伤身世遭遇，慨叹时世移易的意蕴明显，却未必有多少讥刺时事的意思。这一点，从《再游玄都观并引》中提及此事时只说"居十年召至京师。人人皆言有道士手植仙桃满观，如红霞，遂有前篇，以志一时之事"固可看出，也可从最早记载此诗及创作情形的《本事诗》中看出："此诗一出，传于都下。有素嫉其名者，白于执政，又诬其有怨愤。"记载中并没有说此诗有讥刺，而是"素嫉其名者""诬其有怨愤"，这才使执政者神经过敏，从中读出本不存在的讥刺怨愤之意，而将其外放远郡。至两《唐书》本传，就干脆将"素嫉其名者""诬其有怨愤"说成是禹锡作诗"语涉讥刺""语讥忿"了。

或有怀疑禹锡此次外斥远郡并非因诗贾祸，因为一起奉召回京的其他三人（柳宗元、韩晔、陈谏）也同时被斥为远州刺史。此事须稍作辨析。禹锡元和十年六月到连州任后有《谢中书张相公启》，起首即云："某智乏周身，

动必招悔。一坐飞语，如冲骇机。昨者诏书始下，惊惧失次。叫阍无路，挤
壑是虞。"这里所说的"动必招悔。一坐飞语，如冲骇机"，显然指的是因作
《戏赠看花诸君子》诗而遭到小人的流言蜚语诬陷，猝发祸患，外斥远郡。
从"叫阍无路"之语看，飞语诬陷的结果是宪宗的震怒，故将原本想重新起
用的禹锡外斥远郡了。八司马当年同日被贬，与宪宗及宦官对他们的厌恶有
密切关系，此次四人同时奉召回京，当有考察其政治态度而定如何任用的意
图，否则下诏量移各州刺史，令其直接从各自贬所赴任即可，何必千里迢迢
回京后再外斥远郡。而正在考察的关键时刻，刘禹锡作了这样一首被诬称
"语涉讥刺"，既惹恼执政（"玄都观里桃千树，尽是刘郎去后栽"）又惹恼
皇帝的诗，盛怒之下，不但禹锡被斥为播州刺史，连带着其他三人也被视为
态度顽劣，一起斥外了。在执政者和皇帝看来，他们都是一伙的，刘禹锡的
政治态度也就是四人的共同态度。

这样看来，说前诗"语涉讥刺"可能是个莫须有的冤案，那么《再游玄
都观并引》呢？还是从引和诗的原文来品味分析。

序中有一段话很值得注意："旋又出牧，今十有四年，复为主客郎中，
重游玄都观，荡然无复一树，唯兔葵燕麦动摇于春风耳。因再题二十八字，
以俟后游。"如果说前几句还可以理解为感慨玄都观的昔盛今衰，那么"以
俟后游"是什么意思呢？难道是"俟后游"再见其复盛，抑或见其更衰，显
然不是这个意思，而是话里有话，别有用意。而其用意，结合前诗遭飞语致
祸及后诗的措辞自见。

"百亩庭中半是苔，桃花净尽菜花开。"这两句写玄都观今天的荒凉冷
落。宽阔达百亩的玄都观庭院中，大半地方都长满了青苔，透露出观内人迹
罕至，往日车马喧阗于观外、人声鼎沸于观内的景象早已不见，只有满地的
苔藓显示出观内的荒凉冷寂。往日满观红艳的桃花已经净尽，连桃树也荡然
绝迹了，只剩下菜花在寂寞地开放，说明这百亩庭院已经沦为荒野（这一点
联系引中的"唯兔葵燕麦动摇于春风耳"便可看出）。

光看前两句，还很难肯定其中是否另有寓托。因为它完全可以理解为一
般地抒发昔盛今衰之慨。但读到三、四句，诗人的寓讽之意便相当明显了。

"种桃道士归何处？前度刘郎今又来。"昔日的种桃道士早已不知归向何
处，而我这位上次曾来玄都观赏花的刘郎今天却重游故地了。粗粗一看，也
许会认为这里抒发的又是一种物既非人亦非的沧桑之慨。但这里出现的"种
桃道士"与"前度刘郎"的对立以及"归何处""今又来"的对比却显然寓

含讽慨。它不但有慨于"满观如红霞"的千树桃花"荡然无复一树",而且讽慨"手植仙桃"的道士也早已撒手人寰,归于冥漠之乡,而我这屡遭迁斥的"刘郎"却"今又来"了。口吻之间,流露出一种挑战的意味,一种看谁活得最久、笑到最后的意味。联系引中的"因再题二十八字,以俟后游",就更能感受到"立此存照,见证将来"的味道。如果只是一般地抒写今昔盛衰之慨,要立此存照,"以俟后游"干什么,岂非无的放矢?在这首诗里,"种桃道士"显然是指扶植新贵满朝的当政者,排斥打击过自己和同道的当政者,如今不但他们早已成为历史上来去匆匆的过客,就连他们培植的私人势力也早已"荡然"不存,历史就是这样无情地嘲笑了这些当政者,而经历了人事沧桑和种种磨难的"前度刘郎"却骄傲地回来了。这层弦外之音,是完全可以意会的。

前诗的"语涉讥刺"虽是莫须有的诬陷,后诗的讽慨却是实情。既因莫须有的罪名而获罪外斥,今日重游,就干脆借题发挥,对压迫打击自己和同道者、培植私人势力的"种桃道士"进行讽慨。这完全符合诗人的心理,也符合两首诗的实际。

从诗艺看,这两首诗都不算是刘诗的上乘。但前诗在抒写沧桑之慨时,戏谑中带有苦涩,后诗则鲜明地表现了诗人的倔强个性,都不失为有特色的作品。

奇怪的是,前诗虽无讽意而无端获罪,后诗虽有讽意却未再遭厄运。这大约是由于时过境迁,皇帝都换了三个,政治上的恩怨早已成为如烟往事,再也无人追究老账了。

金陵五题并序〔一〕（其一、其二）

余少为江南客〔二〕,而未游秣陵〔三〕,尝有遗恨。后为历阳守〔四〕,跂而望之〔五〕。适有客以金陵五题相示,逌尔生思〔六〕,欻然有得〔七〕。他日友人白乐天掉头苦吟,叹赏良久,且曰《石头》诗云"潮打空城寂寞回",吾知后之诗人,不复措词矣。馀四咏虽不及此〔八〕,亦不孤乐天之言耳〔九〕。

石头城〔一〇〕

山围故国周遭在〔一一〕，潮打空城寂寞回。
淮水东边旧时月〔一二〕，夜深还过女墙来〔一三〕。

乌衣巷〔一四〕

朱雀桥边野草花〔一五〕，乌衣巷口夕阳斜。
旧时王谢堂前燕〔一六〕，飞入寻常百姓家。

校注

〔一〕金陵，今江苏南京市。《金陵五题》系题咏金陵的五处古迹，共五首，除所选《石头城》《乌衣巷》外，尚有《台城》《生公讲堂》《江令宅》三首。据序中"后为历阳守"等语，这组怀古诗当作于敬宗宝历年间任和州刺史时。但序则为后来所加。按：禹锡诗中凡"序"字均因避父绪嫌名讳改称"引"，此处独称"序"，似不合其惯例。

〔二〕禹锡《子刘子自传》："父讳绪，亦以儒学，天宝末应进士，遂及大乱，举族东迁，以违患难，因为东诸侯所用，后为浙西从事。本府就加盐铁副使，遂转殿中，主务於埇桥。其后罢归浙右，至扬州遇疾不讳。"禹锡生于大历七年（772），据今人卞孝萱考证，当生于苏州嘉兴（今为浙江嘉兴），故云"余少为江南客"。

〔三〕秣陵，即金陵。《元和郡县图志·江南道》：润州上元县："本金陵地，秦始皇对望气者云：'五百年后，金陵有都邑之气。'故始皇东游以厌之，改其地曰秣陵。"

〔四〕历阳守，指和州刺史。《太平寰宇记》卷一百二十四和州："秦属九江郡，汉为历阳县，属郡……东晋改为历阳郡。"《新唐书·地理志·淮南道》："和州历阳郡。"

〔五〕跂，通"企"，踮起脚。《诗·卫风·河广》："谁谓河广，跂予望之。"

〔六〕逌（yōu）尔：自得貌。

〔七〕欻（xū）然：忽然。

〔八〕馀四咏，指《乌衣巷》《台城》《生公讲堂》《江令宅》。

〔九〕孤，辜负。

〔一〇〕石头城，古城名。又名石首城，故址在今江苏南京市清凉山西南麓。本战国时楚金陵邑。建安十六年（211），东吴孙权自京口（今镇江）迁秣陵（今南京），次年在楚威王金陵邑旧址建石头城。城依山而筑，南北两面临江，形势险要。有"石城虎踞"之称。东晋义熙年间，石头城南迁，山为城隐。六朝时为军事重镇。唐以后，城废。今清凉台南麓有一段长约七百六十米的城墙，依山而筑，城基利用临江之悬崖峭壁，即为古石头城遗址。

〔一一〕故国，故都。建业（后称建康）为六朝故都。山围故国，指金陵四周皆山。陶敏《刘禹锡全集校注》："李白《金陵》：'苑方秦地少，山似洛阳多。'王琦注引《景定建康志》：'洛阳四山围，伊、洛、瀍、涧在中；建康亦四山围，秦淮、直渎在中。'《吴船录》卷下：'转至伏龟楼基，徘徊四望，金陵山本止三面，至此则形势回互，江南诸山与淮山团峦应接，无复空阙。'唐人诗所谓'山围故国周遭在'者，惟此处所见唯然。"周遭，周围。按：此说首句虽切总题"金陵"，但不切"石头城"，疑非诗之本意。故国，当指石头城故城。石头城依山而建，峭立江边，缭绕如同墙垣，故云"山围故国"。周遭，四周、四围。指石头城四周残破的城墙。句意盖谓，往日峭立江边的清凉山和缭绕着山的四周建造的石头城城墙如今依然存在。

〔一二〕淮水，即今秦淮河。《元和郡县图志·江南道》：润州上元县："淮水，源出县南华山，在丹阳、湖熟两县界，西北流经秣陵、建康二县之间入于江。初，王敦构乱，王导忧将覆族，使郭璞筮之，曰：'淮水绝，王氏灭。'即此淮也。"《初学记》卷六引《晋阳秋》："秦始皇东游，望气者云五百年后金陵有天子气，于是始皇于方山掘流西入江，亦曰淮，今在润州江宁县，土俗亦号曰秦淮。"

〔一三〕女墙，城墙上的短墙。

〔一四〕乌衣巷，地名，故址在今南京市秦淮河南白鹭洲公园西侧、夫子庙文德桥南侧，三国吴时在此置乌衣营，以士兵着乌衣而得名。东晋时王、谢等族居此，因著闻。《世说新语·雅量》"吾角巾径还乌衣"，刘孝标注引山谦之《丹阳记》："乌衣之起，吴时乌衣营处所也。江左初立，琅琊诸王所居。"《晋书·纪瞻传》："厚自奉养，立宅于乌衣巷，馆宇崇丽，园池竹木，有足赏玩焉。"

〔一五〕朱雀桥，即朱雀桁，亦称朱雀航，六朝都城建康南城门朱雀门外的浮桥，横跨秦淮河上。三国吴时称南津桥，晋改名朱雀桁。桁连船而成，长九十步，广六丈。东晋时王导、谢安等豪门巨宅多在其附近。

〔一六〕王谢，指六朝望族王氏、谢氏。《南史·侯景传》："景请娶于王、谢，帝曰：'王、谢高门高非偶，可于朱、张以下访之。'"指王导、谢安及其后裔。

笺 评

叶梦得曰：读古人诗多，意有所喜处，诵忆之久，往往不觉误用为己语……如苏子瞻"山围故国城空在，潮打西陵意未平"，此非误用，直是取旧句，纵横役使，莫彼我为辨耳。（《石林诗话》卷中）

洪迈曰：刘梦得"山围故国周遭在，潮打空城寂寞回"之句，白乐天以为后之诗人无复措词。坡公仿之曰："山围故国周遭在，潮打西陵意未平。"坡公天才，出语惊世，如追和陶诗，直与之齐驰。独此二者（按：指仿韦应物《寄全椒山中道士》及刘禹锡《石头城》二诗），比之韦、刘为不侔，岂非绝唱寡和，理自应尔耶？（《容斋随笔》卷十四）

吴曾曰：刘长卿《登馀干古县城》："官舍已空秋草绿，女墙犹在夜乌啼"，刘禹锡诗"夜深还过女墙来"，此学长卿也。（《能改斋漫录》卷七）

李冶曰：东坡先生才大气壮，语太峻快，故中间时有少陉机者，如……《次韵秦少游》云："山围故国城空在，潮打西陵意未平。"此则全用刘禹锡《石头城》诗，但改其下三五字耳，亦是太峻快也。（《敬斋古今注》卷八）

谢枋得曰：（首句）山无异东晋之山也。（次句）潮无异东晋之潮也。（三句）淮水东边之月，无异东晋之月也。求东晋之宗庙宫室，固不可见，求东晋之英雄豪杰，亦不可见矣。意在言外，寄有于无。（《唐诗绝句》卷一）

顾璘曰：山在，潮在，月在，惟六国不在而空城耳，是亦伤古兴怀之作云尔。（《批点唐音》卷七）

焦竑曰：刘禹锡诗"山围故国周遭在，潮打空城寂寞回"，乐天叹为警绝。子瞻云"山围故国城空在，潮打西陵意未平"，则又以己意斡旋用之。然终不及刘。大率诗中翻案，须点铁为金手，令我语出而前语可废始得。（《焦氏笔乘》卷四）

何孟春曰：滕王阁僧晦几诗："槛外长江去不回，槛前杨柳后人栽。当时惟有西山在，曾见滕王歌舞来。"《胡颐庵集》记虞伯生最爱此诗，至累登斯阁，不敢留题。一日，为诸生所强，乃即席赋三律并一绝。其绝句云："豫章城上滕王阁，不见鸣銮佩玉声。惟有当时帘外月，夜深依旧照江城。"或谓此刘梦得石头城语，春以为只是要翻晦几意耳。（《馀冬诗话》卷下）

王鏊曰："潮打空城寂寞回"，不言兴亡，而兴亡之感溢于言外，得风人之旨。（《震泽长语》）

郭濬曰：只赋景，自难为怀。（《删补唐诗选脉笺释会通评林·中七绝》引）

唐汝询曰：石头为六朝重镇，今城空寂寞，独明月不异往时，繁华意在何处？（《唐诗解·七言绝句五》）

贺裳曰：偷法一事，名家不免，如刘梦得"山围故国周遭在，潮打空城寂寞回。淮水东边旧时月，夜深还过女墙来"。杜牧之"烟笼寒水月笼沙，夜泊秦淮近酒家。商女不知亡国恨，隔江犹唱后庭花"。韦端己"江雨霏霏江草齐，六朝如梦鸟空啼。无情最是台城柳，依旧烟笼十里堤"。三诗虽各咏一事，意调实则相同。愚意偷法一事，诚不能不犯，但当为韩信之背水，不则为虞诩之增灶，慎毋为邵青之火牛可耳，若霍去病不知学古兵法，究亦非是。（《载酒园诗话》卷一）

王士禛曰：燕子矶西北，烟雾迷离中一塔挺出，俯临江浒者，浦口之晋王山也。山以隋炀得名。东眺京江，西溯建业，自吴大帝以迄梁、陈，凭吊兴亡，不能一瞬。咏刘梦得"潮打空城"一语，惘然久之。（《带经堂诗话·考证门二·遗迹类下》）

徐增曰：此亦是梦得寓意。梦得虽召回，但在朝之士皆新进，与梦得定不相莫逆，而梦得又牢骚不平，于诗中往往露出，不免伤时，风人之旨失矣。（《而庵说唐诗》）

黄生曰：情在景中。（《唐诗摘抄》卷四）

朱之荆曰：寓炎凉之情在景中。周遭，城之四边也。石头城为六朝重镇。女墙，城上小墙也，亦名睥睨，言于中睥睨人也。（《增订唐诗摘抄》）

吴旦生曰：张表臣自述其自矜云："馀虽不及，然亦不辜乐天之赏。"则禹锡亦不复许后之诗人措辞矣。观东坡诗曰"山围故国城空在，潮打西陵意未平"，萨天锡《登凤凰台》诗"千古江山围故国，几番风雨入空城"，皆落牙后，正为浪措辞也。而天锡《招隐首山》又有"千古江山围故国，五更风雨入空城"，奈何复自拾其瀋耶？（《历代诗话》卷四十九）

沈德潜曰：只写山水明月，而六代繁华俱归乌有，令人于言外思之。（《重订唐诗别裁集》卷二十）又曰：李沧溟推王昌龄"秦时明月"为压卷，王凤洲推王翰"葡萄美酒"为压卷。本朝王阮亭则云："必求压卷，王维之《渭城》，李白之《白帝》，王昌龄之'奉帚平明'，王之涣之'黄河远上'，其庶几乎？而终唐之世，亦无出四章之右者矣。"沧溟、凤洲主气，阮亭主神，各自有见。愚谓：李益之"回乐烽前"，柳宗元之"破额山前"，刘禹锡之"山围故国"，杜牧之"烟笼寒水"，郑谷之"扬子江头"，气象稍殊，亦堪接武。（《说诗晬语》卷上）

黄叔灿曰："山围"二句，真白描高手。"淮水"二句，亦太白《苏台览古》意。（《唐诗笺注》）

宋宗元曰：盛唐遗响。（《网师园唐诗笺》）

李锳曰：六朝建都之地，山水依然，惟有旧时之月，还来相照而已。伤前朝，所以垂后鉴也。（《诗法易简录》）

史承豫曰：凄绝，兴亡百感集于毫端，乃有此种佳制。（《唐贤小三昧集》）

赵彦传曰：《诗铎》：三、四语转而意不转，只愈添一倍寂寞景象，笔妙绝伦。（《唐代绝句诗钞注略》）

范大士曰：憔悴婉笃，令人心折。白乐天谓"潮打空城"一语，后之诗人不复措词矣。诚哉是言。（《历代诗发》）

李慈铭曰：二十八字中，有无限苍凉，无限沉着。古今兴废，形胜盛衰，皆已括尽，而绝不见感慨凭吊字面，真高作也。（《越缦堂读书简端记·唐人万首绝句选》）

俞陛云曰：石头城前枕大江，后倚钟岭。前二句"潮打""山围"，确定为石城之地，兼怀古之思，非特用对句起，笔势浑厚也。后二句谓六代繁华，灰飞烟灭，唯淮水畔无情明月，夜深冉冉西行，过女墙而下，清辉依旧，而人事全非。（《诗境浅说》续编）

刘永济曰：但写今昔之山水明月，而人情兴衰之感即寓其中。（《唐人绝句精华》）

沈祖棻曰：以一联对句起头。起句点明"故国"，见今昔之殊；次句续出"空城"，增盛衰之感。故国也就是空城，都是指石头城而言，它依山建筑，故云"山围"；北临长江，故可"潮打"。围绕着故国的青山，依然无恙，而被潮汐冲激着的城堡，却已荒芜。六代豪华，久已烟消云散了。两句总写江山如旧，人事全非。气势莽苍，情调悲壮……后两句仍就不变的自然现象与不断变更的社会现象对照……以有情的旧时月衬出无常的人事，也就是以今日之衰与昔日之盛对照。（《唐人七绝诗浅释》）

刘拜山曰：通首景中寓情，以"故国""空城""旧时月"轻轻点逗，作意自明。（《千首唐人绝句》）

（以上《石头城》）

严有翼曰：朱雀桥、乌衣巷，皆金陵故事。《舆地志》云："昔时王导自立乌衣巷。宋时诸谢，曰乌衣之聚，皆此巷也。"王氏，谢氏，乃江左衣冠之盛者。（《艺苑雌黄·王谢故事》）

谢枋得曰：朱雀桥、乌衣巷乃东晋将相功臣所居，犹汉西都冠盖如云、七相五公也。东晋将相，惟王、谢两人功名最盛，宗族最著，第宅最多。由东晋至唐四百年，世异时殊，人更物换，岂特功名富贵不可见，其高名甲第，百无一存，变为寻常百姓之家……朱雀桥边之花草，如旧时之花草；乌衣巷口之夕阳，如旧时之夕阳。唯功臣王、谢之第宅，今皆变为寻常百姓之室庐矣。乃云"旧时王谢堂前燕，飞入寻常百姓家"，此风人遗韵。两诗皆用"旧时"二字，绝妙。（《唐诗绝句注解》卷一）

张震曰：按此诗亦有刺讽，非偶然之作也。（《唐音》卷七引）

瞿佑曰：予为童子时……在荐桥旧居，春日新燕飞绕檐间，先姑诵刘梦得"旧时王谢堂前燕，飞入寻常百姓家"之句。至今每见红叶与飞燕，辄思之。不但二诗写景咏物之妙，亦先入之言为主也。（《归田诗话》卷上）

谢榛曰：刘禹锡《怀古》诗曰："旧时王谢堂前燕，飞入寻常百姓家。"或易之曰："王谢堂前燕，今飞百姓家。"此作不伤气格。予拟之曰："王谢豪华春草里，堂前燕子落谁家？"非此奇语，只是讲得不细。（《四溟诗话》卷一）又曰：作诗有三等语，堂上语，堂下语，阶下语。知此三者，可以言诗矣……凡下官见上官，所言殊有道理，不免局促之状。若刘禹锡"旧时王谢堂前燕，飞入寻常百姓家"，此堂下语也。（同上引卷四）

唐汝询曰：此叹金陵之废也。朱雀、乌衣，并佳丽之地，今惟野花、夕阳，岂复有王、谢堂乎？不言王、谢堂为百姓家，而借言于燕，正诗人托兴玄妙处。后人以小说荒唐之言解之，便索然无味矣。如此措词遣调，

方可言诗，方是唐人之诗。又曰：笔意自是高华。（《唐诗解》卷二十九）

桂天祥曰：有感慨，有风刺，味之自当泪下。（《批点唐诗正声》）

陆时雍曰：意高妙。（《唐诗镜》卷三十六）

何仲德曰：警策体。（《删补唐诗选脉笺释会通评林·中七绝》引）

周敬曰：缘物寓意，吊古高手。（同上引）

顾璘曰：有感慨。（同上引）

黄生曰：本意只言王侯第宅变为百姓人家耳，如此措词遣调，方可言诗，方是唐人之诗。（《唐诗摘抄》卷四）按：此袭唐汝询解。

朱之荆曰：野草夕阳，满目皆非旧时之胜，堂前则百姓家矣，而燕飞犹是也。借燕为言，妙甚。（《增订唐诗摘抄》）

吴昌祺曰：（唐汝询）此解最是，胜叠山。（《删订唐诗解》卷十五）

何文焕曰：刘禹锡诗：“旧时王谢堂前燕，飞入寻常百姓家。”妙全在“旧”字及“寻常”字，四溟云：或有易之者曰：“王谢堂前燕，今飞百姓家。”点金成铁矣。谢公又拟之曰：“王谢豪华春草里，堂前燕子落谁家？”尤属恶劣。（《历代诗话考索》）

沈德潜曰：言王、谢家成民居耳。用笔巧妙，此唐人三昧也。（《重订唐诗别裁集》卷二十）

宋宗元曰：意在言外。（《网师园唐诗笺》）

施补华曰：《乌衣巷》诗：“旧时王谢堂前燕，飞入寻常百姓家。”若作燕子他去，便呆。盖燕子仍入此堂，王、谢零落，已化为寻常百姓矣。如此则感慨无穷，用笔极曲。（《岘佣说诗》）

杨际昌曰：金陵诗托兴于王谢、燕子者，自刘梦得后颇多。康熙间，秀水布衣王价人一绝，为时所称：“水满秦淮长绿蘋，千秋王谢已灰尘。春风燕子家家入，无复当时旧主人。”视梦得意露，而词则更凄惋。（《国朝诗话》卷一）

李慈铭曰：此诗，今日妇孺能道之。其实意浅语直，不见佳处。（《越缦堂读书简端记·唐人万首绝句选》）

《精选评注五朝诗学津梁》：今日之燕即昔日之燕，何以不属王、谢之堂而入民家，感伤之意，自在言外。

王文濡曰：王、谢既衰，则旧时燕子，亦无所栖托，故飞入百姓家。只“旧时”“寻常”四字，便有无限今昔之感。（《历代诗评注读本》）

范大士曰：总见世异时殊，人更物换，而造语妙。（《历代诗发》）

按：此袭谢枋得评。

俞陛云曰：朱雀桥、乌衣巷，皆当日画舸雕鞍，花月沉酣之地。桑海几经，剩有野草闲花与夕阳相妩媚耳，茅檐白屋中，春来燕子，依旧营巢，怜此红襟俊羽，即昔时王、谢堂前杏梁栖宿者，对语呢喃，当亦有华屋山丘之感矣。此作托思苍凉，与《石头城》皆脍炙词坛。（《诗境浅说》续编）

刘永济曰：三、四两句诗意甚明，盖从燕子身上表现今昔之不同。而《岘佣说诗》乃谓"若作燕子他去便呆，盖燕子仍入此堂，王、谢零落，已化为寻常百姓矣。如此则感慨无穷，用笔极曲"，其说真曲，诗人不如此也。说诗者亦每曲解诗人之意，举此一例，以概其馀。（《唐人绝句精华》）

沈祖棻曰：这第二首是写贵族的盛衰的。它也是以对句起，但首句押韵，而且句法结构完全不同。再就意境而言，前诗阔大，此诗深细……王谢两家是东晋最大的豪门贵族，名臣王导和谢安，都是身系这个王朝安危的重要人物……头两句以巷、桥对举，是说明在当时，这一地区是极其显赫的所在……而现在却只剩下桥边长满的野草自在地开着花……夕阳则是衰败的象征。所以这两句是通过"野草花"与"夕阳斜"这些自然现象，来暗示这一前朝贵族住宅区中的人事变化……（后）两句是承接前两句所暗示的盛衰变化，更其具体地以燕子寻巢这样一件生活中所常见的小事，来坐实富贵荣华，都难常保，以见封建社会中每隔一个时期便必然要发生的权力再分配，从这样一件小事中也反映了出来。这种即小见大的手法也是古典诗歌表现方法的特点之一和优点之一。（《唐人七绝诗浅释》）

刘拜山曰：按《岘佣说诗》所云每本之前人。此说较为深曲，但未可谓之曲解。此首与上章作法相同，而以"王谢"点题，借燕子寓感，备见空灵。（《千首唐人绝句》）

罗宗强曰：山川依旧而人事已非，只留下了荒凉寂寞……人世盛衰，迭代不息，永存者唯有山川景物而已。在思索历史中体察人生哲理，这正是刘禹锡怀古咏史诗的杰出成就。它带有作者的政治思想家的气质，也带着强烈的时代色彩。贞元、元和年间，一批杰出人物革新政治，幻想中兴，但是改革失败了，中兴成梦，历史的思索便渐渐在他们心中形成。刘禹锡很早便意识到这一点。元和革新思潮一过，长庆初他便写了一系列怀古咏史诗。这些诗中对于历史的思索，其实正是对于现实的思索的一种曲折反映。一种模糊的预感已经萦绕在他们这一代人心中了。唐王朝的全盛期已经一去不返，繁华已随流水。伤悼六代繁华之唯留荒凉寂寞，其实也正是伤悼现实的中兴成梦，伤悼唐王朝的强盛已经逝去。怀古咏史诗的这种深沉的历史感和强烈的现实感，在接着而来的一大批诗人，如杜牧、许浑、李商隐等人的同类诗里得到了进一步的发展，可以说，从刘禹锡开始，唐代的怀古咏史诗发展到了一个全新的阶段。（《唐诗小史》第254页）

（以上《乌衣巷》）

怀古诗与咏史诗有许多相似点：它们都是追昔咏古，但又往往寄慨于今，有借古鉴今、借古慨今的意蕴。但二者又有一个比较明显的区别：咏史诗主要从某一具体历史事件、历史人物出发，因事寄慨，事、理、情并重；而怀古诗则往往从眼前的古迹出发，触景生慨，多主情、景，所抒之慨多为比较虚泛的今昔盛衰之慨，因而怀古诗较之咏史诗，抒情的色彩往往更浓，而议论的成分较少，内容意境往往更加空灵含蓄，更重情韵风神。《石头城》正是怀古诗上述特征的典型表现。它的一个突出特点，就是纯用景物烘托渲染，内容特别虚泛，意境特别空灵，表现特别含蓄。作者根本没有正面着力刻画这座荒废了的古城的断井颓垣和萧条冷落景象，而只是写环绕着古城的沉寂的青山，写拍打着古城的寂寞的江潮，写夜深时依然照临古城的清冷的旧时明月和颓败的城墙，以造成一种荒凉冷寂的气氛，引导读者透过眼前这荒凉冷寂的空城去想象往昔的繁盛热闹，又进一步从今昔盛衰的对照中去追寻这种沧桑变化的原因。下面就顺着诗的次序对它的上述特点作一些分析体味。

第一句"山围故国周遭在"，石头城依山而建，环绕如同墙垣。这句是用青山依旧环绕石头城的城郭来烘托石头城的荒凉。不说"故城"而说"故国"，已经透露出一种冷清的气氛和今昔的沧桑感。句末的"在"字是个句眼，暗示出仍然存在的，只是青山环郭的外形，而它往昔的繁盛热闹却已经不在了。在青山环绕中的荒凉故城，像是一个变得冰凉了的六代王朝的躯壳，在默默地显示着人世的沧桑。这个"在"字和杜甫《春望》的"国破山河在"中的"在"字相比，感情虽不像杜诗那样沉痛，感慨却比杜诗深长。

第二句"潮打空城寂寞回"。石头城的西北面有长江流过，六朝时，江流紧迫山麓，潮水可以一直打到城下。石头城一直是军事重镇。隋灭陈，在此置蒋州。唐武德四年（621），为扬州府治，八年，扬州移治江都，此城遂废。到刘禹锡写这首诗时已有二百余年，久已成为一座空城。这句是用长江的潮水依然拍打着这座久已荒废的空城来烘托它的冷寂。长江的江潮，从古到今，一直在不停地拍打着石头城的城郭。但在从前，当它繁华热闹的时候，江潮拍城的声响淹没在喧闹的市声中，是不为人所注意的。只有当它成为一座废弃的空城时，这江潮拍岸的响声才特别引人注意，尤其是在寂静的夜间（联系下句可知）。不说空城寂寞，而说"潮打空城寂寞回"，这江潮在诗人笔下也似乎变成了有生命、有感情、有记忆的事物。它依然像以前那样，很多情地向城郭涌去，拍打着石头的城矶，但却发现它已经是一座荒凉冷寂的空城，只能带着无奈的沉重的叹息寂寞地退回了。"寂寞回"三个字，不仅将潮水写活了，而且将"潮打空城"的神韵传达出来了，以至我们一边吟诵，一边眼前就会浮现出江潮涌向城脚又缓缓退回江中的图景，耳畔似乎可以听到江潮拍打空城时那空荡荡的声响。和"故国"一样，"空城"二字也同样具有一种今昔盛衰之感。我们听到的仿佛已不是单纯的自然界的声响，而是悠远的带有今昔沧桑的历史的回声。它不仅是石头城今昔沧桑的历史见证，而且它本身就是一部沧桑的历史。以上两句，借山、借潮写"故国""空城"，不仅具有寥廓的空间感，而且具有深沉的历史沧桑感。

"淮水东边旧时月，夜深还过女墙来。"秦淮河东边升起的曾经照临过六朝时繁华的石头城的一轮明月，如今每天夜深升上中天时，仍然越过石头城上的女墙，照临着这座空城。这是用月照空城来进一步烘托石头城的冷寂荒凉。点眼处在"旧时月"与"还"。这旧时明月，曾经无数次照临过石头城，但往昔那巷陌相连、笙歌彻夜的繁华景象不见了，如今所照见的只是一座杳无人迹、幽冷凄清的空城。明亮的月色不但没有给它增添一点光彩，反而更显出它的荒寂。

作者就这样将一座经历了历史沧桑变得荒凉冷寂了的空城，放在亘古如斯的四围寂静的山形中来写，放在奔涌而来又寂寞而去的江潮声中来写，放在深夜凄清的月色映照中来写，一点也不加以说明，而读者却自然而然地从山形依旧、潮声依旧、月色依旧中想象出这座空城如今的荒凉冷寂，进而想象出石头城的今昔沧桑变化，品味出隐藏在这后面的言外之意：六代繁华，已经像梦一样消逝了。历史是无情的。至于往昔繁华的石头城为什么会变成一座荒凉冷寂的空城，这个答案对于熟悉六代兴亡历史的读者来说，是无须直接指明的。作者在这组诗的第二首《台城》中已经对此作了解答。

> 台城六代竞豪华，结绮临春事最奢。
>
> 万户千门成野草，只缘一曲后庭花。

但相比之下，《台城》的艺术成就便远不如《石头城》。这其中的奥秘，是可以深长思之的。

诗的后幅，评家每拿李白的《苏台览古》"只今唯有西江月，曾照吴王宫里人"作比。其实，手法虽似，二诗的情调却很不相同。李白的诗，在怀古的同时是怀着新鲜愉悦的感情面对当前"杨柳新"和"菱歌情唱"的景色，"旧苑荒台"在心中引起的并不是对历史的伤感，而刘禹锡的诗在怀古的同时引起的却是对六朝繁华消逝的深沉感慨和对大唐王朝繁华消逝的叹息。

《乌衣巷》所表现的，也是怀古诗中最常见的人事沧桑、盛衰不常的感慨。但和《石头城》之感慨六朝繁华已成历史陈迹不同，它所感慨的对象是六朝高门士族的衰落。它虽然也是六朝兴衰的一个重要内容，但这首诗的意义却主要在于客观上反映了自东汉以来高门望族走向没落的历史大趋势，并蕴含着深刻的人生哲理。

"朱雀桥边野草花，乌衣巷口夕阳斜。"朱雀桥是建康南城门朱雀门外的一座浮桥，它的位置有些类似唐代东都洛阳的天津桥，是连接秦淮河南北的交通要道，更是通向桥南贵族高门聚居的乌衣巷的必经之路，从其"长九十步，广六丈"的记载依然可以想见这座桥的规模、气象，据传东晋时桥边装饰着两只铜雀的重楼，即谢安所建。这样一座处于交通要道、通向高门士族聚居地的桥梁，在它当年盛时，车水马龙、川流不息、热闹喧阗的景象自不难想见，而如今，朱雀桥边却长满了野草，在寂寞地开放着不知名的花朵。暗示这座烜赫一时、热闹非常的津梁早已失去了往日的声势，行人车马稀疏，冷落荒败不堪了。"野草花"的点缀不但没有给春日的朱雀桥添色增彩，反倒衬托出了它的荒凉冷寂。

乌衣巷是东晋最烜赫的高门士族王、谢聚居之地，以一身而系国之安危的士族名臣王导、谢安均居于此。"乌衣之游""乌衣诸郎""乌衣门第"成为历史美谈。而如今，乌衣巷的高门甲第、深院大宅早已不复见。只见春日傍晚的夕阳在斜照着乌衣巷口，显出一片没落黯淡的景象。如果说"野草花"的意象突出渲染了朱雀桥的荒凉冷寂，那么"夕阳斜"的景象则着意渲染了乌衣巷的没落凄清。这两句当中，其实都已蕴含了高门士族烜赫的时代已经成为过去。

"旧时王谢堂前燕，飞入寻常百姓家。"这首诗的出名，与这两句的警策深刻而又富于含蕴有密切关系。如果用最直白浅显的语言来表达，不过说往日王谢所居的高门甲第，今已成为普通百姓人家。妙在借春日寻旧巢的燕子将昔之"王谢堂"与今之"百姓家"加以组接，遂使诗的意蕴、韵味倍加深警隽永。本来，这两句诗也可以理解为昔日的燕子飞入栖宿的是王谢的华堂豪宅，今日的燕子飞入栖宿的却已是普通的百姓人家了。这种理解虽也能反映异时同地的盛衰变化，但深警隽永的诗意诗味却几乎全部消失了。诗人根据燕识故巢飞向旧家的习性，在意念中将"旧时王谢堂前燕"与今日"飞入寻常百姓家"之燕巧妙地幻化为一体，从而将数百年的历史沧桑浓缩在这一高度典型化、诗意化了的"旧时燕"身上，创造出含意极其深警、表现极其含蓄的诗境。往日盛极一时，垄断了六朝政治、经济、文化的高门士族，已经衰败没落了。这不是一般意义上的功名富贵难常保的意思，而是在客观上展示了东汉以来门阀士族统治的历史的结束。这个历史过程是渐进的。魏代黄初元年初行九品中正法，至晋而形成"下品无高门，上品无贱族"的现象。豪门士族把持政权。然《南齐书·王僧虔传》："王氏以分枝居乌衣者，位官微减。"可见至南齐时豪门士族的势力已稍减，至隋文帝废除九品官人之制，唐沿隋制，大行科举选人之制，庶族得以循此途径参政，魏晋以来豪门士族势力遂大为衰微，至唐末五代而彻底退出历史舞台。刘禹锡这两句诗，正以高度概括的诗的语言，反映了豪门士族势力的没落。这是一个极富历史意义和时代特色的重大主题，也是一个极富哲理意蕴的主题。垄断政治、经济、文化数百年的仿佛天生合理的豪门士族，就在这燕去燕回的过程中悄悄改变了。历史上还有什么是永恒的吗？作为中唐革新势力的代表人物，诗人在写出"旧时王谢堂前燕，飞入寻常百姓家"的诗句时，他自然不是感伤豪门士族的没落，而是从他们的没落中感受到历史前进的步伐。

与歌者何戡〔一〕

二十馀年别帝京〔二〕，重闻天乐不胜情〔三〕。
旧人唯有何戡在，更与殷勤唱渭城〔四〕。

校注

〔一〕诗作于文宗大和二年（828）初授主客郎中、集贤直学士，重回长安时。何戡，又作何勘，中唐时著名歌者。段安节《乐府杂录·歌》："元和、长庆以来有李贞信、米嘉荣、何戡、陈意奴。"晚唐诗人薛能《赠韦氏歌人》云："弦管声凝发声高，几人心地暗伤刀。思量更有何戡比，王母新开一树桃。"可见其歌声之嘹亮动人。又《太平广记》卷二百四引《卢氏杂记》："元和中，国乐有米嘉荣、何戡。"

〔二〕刘禹锡于永贞元年（805）十一月贬朗州司马，至大和二年（828）重返长安任京职主客郎中，首尾达二十四年。

〔三〕天乐，天上的音乐，借指宫廷中的音乐。何戡与米嘉荣等当是贞元年间供奉宫廷的乐人。杜甫《赠花卿》："此曲只应天上有，人间能得几回闻。"不胜情，情感上受到强烈感染冲击，难以禁受。

〔四〕旧人，当指当年宫中供奉的歌舞乐人。也包括过去与自己一起从事政治革新的同道。殷勤，情意深厚。渭城，歌曲名。《乐府诗集》卷八十近代曲辞二："《渭城》，一曰《阳关》，王维之所作也。本《送人使安西》诗，后遂被于歌。刘禹锡《与歌者》诗云：'旧人唯有何戡在，更与殷勤唱渭城。'白居易《对酒》诗云：'相逢且莫推辞醉，听唱阳关第四声。'阳关第四声，即'劝君更尽一杯酒，西出阳关无故人'也。《渭城》《阳关》之名，盖因辞云。"

笺评

谢枋得曰："不胜情"三字有味，"旧人惟有何戡在"，见得旧时公卿大夫与己为仇者，今无一在，惟歌妓何戡尚在。唐人送别，爱唱《阳关三叠》，即……四句是也，"更与殷勤唱渭城"，意谓两度去国，饯别者必唱《阳关三叠》，今日幸而再登朝，何戡更与唱昔年送别之曲。回思逆境，岂意生还。仇人怨家，消磨已尽。人生争名争利，相倾相陷，果如何哉！（《注解章泉涧泉二先生选唐诗》卷一）

李攀龙曰：宋刘原父《别宫妓》诗："玳筵银烛彻宵明，白玉佳人唱渭城。更尽一杯频起舞，关河风月不胜情。"从此诗翻出。（《唐诗选》卷七）

唐汝询曰：梦得为当政者所忌，居外二十四年而始还都，是以闻天乐而不胜情也。然旧人无遗，惟一乐工在，更为唱当年别离之曲，有情哉！（《唐诗解》卷二十九）

陆时雍曰：深哀痛语。（《唐诗镜》卷三十六）

瞿佑曰：（刘禹锡）晚始得还，同辈零落殆尽，有诗云："当年意气结群英，几度朝回一字行。海北江南零落尽，两人相见洛阳城。"又云："休唱贞元供奉曲，当时朝士已无多。"又云："旧人唯有何戡在，更与殷勤唱渭城。"盖自德宗后，历顺、宪、穆、文、武、宣凡八朝。（按：禹锡未历宣宗朝）（《归田诗话》卷七）

蒋仲舒曰：苦于言情。（《唐诗绝句类选》引）

郭濬曰：《穆氏》《何戡》二诗同法，追想间极是婉转。（《删补唐诗选脉笺释会通评林·中七绝》引）

胡次焱曰：前二句颇有恋君之意。因"唱渭城"句推之，乃知幸怨人仇家之无存也。旧人唯有何戡，更与唱曲，欣幸快慰之句，与"前度刘郎今又来"同意。（同上引）

吴昌祺曰：按唐诗卖饼者亦唱《渭城》，而何戡歌之，必更有不同者。（《删订唐诗解》卷十五）

沈德潜曰：王维《渭城》诗，唐人以为送别之曲。梦得重来京师，旧人唯有乐工，而唱《渭城》送别，何以为情也。（《重订唐诗别裁集》卷二十）

黄叔灿曰：念旧人而止存何戡，乃更与殷勤歌唱。缭绕"不胜情"三字，倍多婉曲。"渭城朝雨"，别离之曲，又与上"别帝京"相映。（《唐诗笺注》）

李锳曰：无一旧人能唱旧曲，情固可伤，犹若可以忘情；惟尚有旧人能唱旧曲，则感触更何以堪！（《诗法易简录》）

管世铭曰：王阮亭删定洪氏《万首唐人绝句》，以王维之《渭城》，李白之《白帝》，王昌龄之"奉帚平明"，王之涣之"黄河远上"为压卷，陞于前人之举"葡萄美酒""秦时明月"者矣。近沈归愚宗伯亦效举数首以续之。今按其所举，惟杜牧"烟笼寒水"一首为当。其柳宗元之"破额山前"、刘禹锡之"山围故国"、李益之"回乐峰前"，诗虽佳而非其至。郑谷之"扬子江头"不过稍有风调，尤非数诗之匹也。必欲求之，其张潮之"茨菰叶烂"，张继之"月落乌啼"，钱起之"潇湘何事"，韩翃之"春城无处"，李益之"边霜昨夜"，刘禹锡之"二十餘年"，李商隐之"珠箔轻明"与杜牧《秦淮》之作，可称匹美。（《读雪山房唐诗序例》）

宋顾乐曰：前二首（按：指《与歌者米嘉荣》《听旧宫中乐人穆氏唱歌》二首七绝）题外转意，此首兜裹得好，叙而不议，神味更觉悠然。深情高调，三首未易区分高下也。（《唐人万首绝句选》评）

范大士曰：抚今思昔，可泣可歌。（《历代诗发》）

俞陛云曰：诗谓觚棱前梦，悠悠二十餘年，重闻天乐，不禁泪湿青衫。一曲《渭城》殷勤致意。者旧凋零，因何郎而重有感矣。（《诗境浅说》续编）

刘永济曰：此三诗（按：《与歌者米嘉荣》《听旧宫中乐人穆氏唱歌》及本篇）皆听歌有感之作。米嘉荣乃长庆间歌人，及今已老，故感其不为新进少年所重，而以"好染髭须"戏之。穆氏乃宫中歌者，故有"织女""天河""云间第一歌"等语，而感到贞元朝士无多。以见朝政反复，与《再游玄都观》诗同意。何戡则二十年前旧人之仅有者，亦以感时世之沧桑也。禹锡诗多感慨，亦由其身世多故使然也。（《唐人绝句精华》）

刘拜山曰：闻唱《渭城》而"不胜情"，非关送别，乃深感于"无故人"也。与"休唱贞元供奉曲，当时朝士已无多"用意正同。（《千首唐人绝句》）

刘禹锡在参与"永贞革新"失败以后，远贬外斥，长达二十四年，方重返帝京，从三十四岁正当壮盛之年远贬，到五十七岁近花甲之年方回长安。二十四年间，不但自己经历了由壮入老的变化，朝局与人事也发生了沧桑巨变。这两种巨变所造成的情感冲击，在他重返帝京时达到顶点，引发了强烈深沉的人生感慨和政治感慨。其中被评家经常并提的三首与听歌有关的七绝，就是借音乐而抒慨的典型诗章。而《与歌者何戡》一首尤显得语浅情深，韵味隽永。

"二十餘年别帝京，重闻天乐不胜情。"起句平平叙起，概括二十多年"别帝京"的生活经历。仿佛极平淡地追叙往事，但熟悉诗人这二十多年悲剧遭遇的读者却不难从中体味出"巴山楚水凄凉地，二十三年弃置身"的悲慨。次句立即由"别帝京"转到正题"重闻天乐"上来。所谓"天乐"，字面上自指天上的音乐，实际上即指宫廷中的音乐，参较《听旧宫中乐人穆氏唱歌》诗题及诗中"云间第一歌""贞元供奉曲"，其义自明。贞元末年，王叔文用事，"禹锡尤为叔文知奖，以宰相器待之。顺宗即位……禁中文诰，皆出于叔文，引禹锡及柳宗元入禁中，与之图议，言无不从"（《旧唐书》本传），故因此得闻宫中乐人歌者奏乐歌唱。然则，其"初闻天乐"是与壮岁意气风发的时代出入宫禁、从事政治革新活动紧紧联结在一起的，给他留下的记忆便特别深刻而强烈，成为他人生中高峰体验的一个有机组成部分，也是他人生中光荣记忆的一页。一个人欣赏音乐的记忆，常与特定的环境氛围和时代联结在一起，每当听到熟悉的歌声、乐曲，总会情不自禁地联想起初次听到某首歌曲时的情景，不妨称其为情景氛围记忆，再加上某些歌曲本身所具有的时代色彩，就更容易在听乐时浮想联翩，忆及那个初闻此乐的时代了。更何况，此次诗人"重闻天乐"，是在经历了人生道路上的重大挫折，从巅峰坠入谷底，在僻远的蛮荒之地度过了二十四个年头之后的情况下发生的，因此，它所带来的强烈的情感冲击，所唤醒的对巅峰岁月的记忆，以及在长期贬谪斥外生涯中所经历的种种凄凉寂寞，便一齐涌上心头，百感交集，难以禁受了。诗人虽只用了貌似平淡的"不胜情"三字，但它所蕴含的感情之强烈、感慨之深沉、感触之复杂多端，却令人玩味不尽。

"旧人唯有何戡在，更与殷勤唱渭城。"三、四两句，在"重闻天乐"的同时特意点出"旧人"何戡为自己演唱《渭城曲》之事。《渭城曲》是王维的《送元二使安西》被之管弦后的乐曲名，也是盛唐、中唐时代最流行的歌曲，无论市肆宫廷，均广泛传唱。禹锡在贞元末出入宫禁时，自然也是听过宫廷乐师歌人何戡唱过这首歌曲的。二十四年之后，重返京城，重闻天乐，过去自己熟悉的一批宫廷乐人都已不在，有的物故，有的流散，再也见不到他们的身影，再也听不到他们演唱弹奏的歌曲了。只剩下何戡这位老相识还在，更为自己情意深厚地弹唱起熟悉的《渭城曲》来。这里的"旧人"，联系上句的"天乐"以及《与歌者米嘉荣》《听旧宫中乐人穆氏唱歌》，自然首先是指往昔宫中的歌人乐师为诗人所熟悉者。旧宫乐人特意为自己弹唱《渭城曲》，不禁唤起自己对过去一段出入宫禁参与机密的政治生涯的追忆，也勾起自己对宫廷沧桑变化的感慨。二十四年中，皇帝就换了宪、穆、敬、文四代了，而"旧人"的"殷勤"情意，更透出世情的沧桑，世态的炎凉，如今归来，还有谁能如此深情地对待自己呢？言外之意，自可默会。但"旧人"如果扩大了看，自可包括过去和自己一起从事革新活动的志同道合的旧

刘禹锡

2101

友，即"二王八司马"中除自己以外的人们，甚至可以包括吕温、李景俭等人。如今，这些"旧人"中的绝大部分已先后凋零谢世，以致别帝京二十余年后归来时，连与旧日战友重叙的机会也没有了，自己的满腔悲慨，连倾诉的对象也没有，只有往日熟悉的宫廷乐人，为自己殷勤弹奏《渭城曲》，使自己重拾对往昔岁月的回忆。思念及此，诗人的感慨无疑更加深沉了。《听旧宫中乐人穆氏唱歌》中说："休唱贞元供奉曲，当时朝士已无多。"这《渭城曲》自然也是当年的宫中供奉曲之一，听到它自然会联想起当年一起听歌的"贞元朝士已无多"这一令人悲慨万端的事实。因此，这三、四两句中所涵盖的政治人事沧桑之慨便更加深广了。

平淡中见深沉，虚泛中寓丰厚，于"重闻天乐"这样一件具体细事上触发深广的人生感慨、政治感慨，又表现得如此含蓄蕴藉，从中可以看出诗人晚年感情的深化和诗艺的深化。

和乐天春词〔一〕

新妆宜面下朱楼〔二〕，深锁春光一院愁。
行到中庭数花朵，蜻蜓飞上玉搔头〔三〕。

校 注

〔一〕《白居易集》卷二十五有《春词》云："低花树映小妆楼，春入眉心两点愁。斜倚栏杆背（一作'臂'）鹦鹉，思量何事不回头？"朱金城《白居易集笺校》系于大和三年（829）。陶敏《刘禹锡全集编年校注》则谓"依刘、白二集编次，诗大和二年或三年春在长安作"。按：大和二年正月，禹锡授主客郎中、集贤直学士，归长安。时白居易在京任刑部侍郎。二人同在长安。大和三年，禹锡任礼部郎中，三月，白居易编与禹锡唱和诗为《刘白唱和集》二卷，四月，白为太子宾客分司东部。故三年春二人亦同在长安。二年春或三年春二人唱和此诗均有可能。另《元稹集》卷二十亦有《春词》云："山翠湖光似欲流，蛙声鸟思却堪愁。西施颜色今何在，但看春风百草头。"按元稹大和二年、三年春均在浙东观察使任，三年九月方入为尚书左丞。元诗盖遥和之作。"山翠湖光"，盖指稽山镜湖也。

〔二〕新妆，指女子新颖别致的打扮妆饰。梁王训《应令咏舞》："新妆本绝世，妙舞亦如仙。"宜，《全唐诗》原作"面"，据宋浙刻本《刘宾客文集》改。《全唐诗》校："一作粉。"宜面，与面庞相称。陶敏引《焦氏类林》卷七上引《日札》："美人妆面，既傅粉后，以胭脂调匀施之两颊，浓者为酒晕妆；浅者为桃花妆；薄薄施朱以粉罩之为飞霞妆。"录以参考。

〔三〕玉搔头，即玉簪。《西京杂记》卷二："武帝过李夫人，就取玉簪搔头。自此后宫人搔头皆用玉，玉价倍贵焉。"

陆时雍曰：无聊语。（《唐诗镜》卷三十六）

沈雄曰：今以七言之别见者略举之，如《江南春》，既列长短句之小令矣。兹载刘禹锡之平韵《江南春》云："新妆宜面下朱楼，深锁春光一院愁。行到中庭数花朵，蜻蜓飞上玉搔头。"……按：刘梦得为答王仲初之作，仲初与乐天俱赋仄韵，而兹以平韵正之。（《古今词话·词话上卷》）按：沈氏谓禹锡此诗又作《江南春》词，系和王建之作，不知何所据。

《唐宋诗醇》：艳体，妙于蕴藉。（卷二十五）

宋顾乐曰：末句无谓，自妙。细味之，乃摹其凝立如痴光景耳。（《唐人万首绝句选》评）

李慈铭曰：（三、四句）袅娜百媚。（《越缦堂读书简端记·唐人万首绝句选》）

俞陛云曰：此春怨词也，乃仅曰"春词"，故但写春庭闲事，而怨在其中。第二句言一院春愁，即其本意。（《诗境浅说》续编）

刘拜山曰："数花朵"，极状无聊意绪，"蜻蜓飞上玉搔头"，极状伫立沉思之久，从侧面托出怨情，烘染无痕。（《千首唐人绝句》）

瞿蜕园曰：居易原作云"低花树映小妆楼，春入眉心两点愁。斜倚栏杆背鹦鹉，思量何事不回头？"唐人宫闺之思取鹦鹉为比兴者，皆寓难言之隐，居易殆有所隐怨而不能释者。以是时史事考之，大和元、二年（827、828）间，韦处厚为相，颇能有所主张，与裴度默为表里，是禹锡与居易属望最殷之时。处厚以二年十二月暴卒，李宗闵正起复行将入相（居易以覆落宗闵之婿苏巢进士，不能无沮怨），朝局一变。故居易以三年（829）春辞刑部侍郎而归洛，此当时政局变化之显然可知者。此诗题为

《春词》者，记三年春初之事也。居易原诗涵意虽不能一一细解，禹锡和诗所谓"蜻蜓飞上玉搔头"则亦武儒衡讥元稹"适从何来，遽集于此"之意。不但和诗，而且次韵，语意又针锋相对，必非无因而作者。白诗编在其集之五十五卷，其前一首《绣妇叹》云："连枝花样绣罗襦，本拟新年饷小姑。自觉逢春饶怅望，谁能每日趁功夫。针头不解眉头结，线缕难胜泪脸珠。虽凭绣床都不绣，同床绣伴得知无？"其后一首《恨词》云："翠黛眉低敛，红珠泪暗销。曾来恨人意，不省似今朝。"集为居易所自编，年月不能隔越，自是此时重有所感。据纪，大和三年正月己酉，以前山南西道节度使王涯为太常卿，替李绛，为大用张本，次年即复起领盐铁用事，至七年（833）入相。居易江州之谪，涯有力焉。居易固不能与之同立于朝矣。禹锡此诗虽久经传诵，而未见有人为之疏释，姑导其窾窍如此，以俟知者。（《刘禹锡集笺证》第1097—1098页）

朱金城曰：刘、白两诗均有所刺而作。盖韦处厚暴卒于大和二年十二月，李宗闵将入相，二人失所凭依。又大和三年正月，王涯自山南西道节度使入为太常卿，为大用张本，居易江州之谪，涯有力焉，居易因不能与之同立于朝，故三年春辞刑部侍郎归洛阳，题为《春词》者，记三年春初之事也。此诗之前一首《绣妇叹》及后一首《恨词》均可参看。禹锡和词"蜻蜓飞上玉搔头"句刺新贵尤为明显。（《白居易集笺校》第1770—1771页）

鉴赏

刘、白、元三人唱和之《春词》，均白氏所谓"新艳小律"，除元诗因时居浙东，故内容涉及当地人物（西施）景色（稽山镜湖）外，白诗写佳人春愁，刘诗步其原韵，亦咏新妆女子之春愁。唯白诗酷似一幅仕女画，人物处于静态；而刘诗则酷似一组相接之电影画面，人物处于动态中而已。

"新妆宜面下朱楼"，首句写年轻女子精心梳妆打扮既罢，款款步下朱楼的情景。"新妆"形容其梳妆打扮新颖别致，不落俗套，不单指其晨起新妆，"宜面"则进一步形容此新颖别致的妆饰与其俊美的脸庞相称相宜，益显娇媚。四字写出女子之精于妆饰，能使妆饰充分显现自己的天生丽质。梳妆既毕，缓步下楼，其袅娜之态可想。"朱楼"二字，显示出此女子系显贵人家之闺中人，从这一句的语调口吻体味，这位女子在新妆甫毕款步下楼之际，心中并没有表现出明显的愁绪。

"深锁春光一院愁"，第二句意绪忽转，写女子下楼步入庭院时忽地感到触目皆愁。庭院之中，花红柳绿，莺啭蝶舞，春光明丽，春意盎然。但这满院的春光却被四周的围墙深深地锁闭起来，与院外广阔的大自然隔绝。这美丽而又封闭隔绝的情景使女主人公不由得联想到自己的处境正与此相似：美好的青春被深锁于朱楼庭院，无法与外界接触交流，只能悄悄流逝。正因为这样，纵有满院春光，她却只能感到触目皆愁了。"深锁"二字，既是对满院春光被锁困的形容，也是对自己美好青春被禁锢的惆怅。"春光"本无所谓"愁"，因人之触绪生愁而转觉满院春光皆成愁绪之媒介与象征。造语新颖奇妙，正因其中蕴含了女主人公的复杂心理变化过程。论其内容含量，几乎抵得上《牡丹亭·游园》一折。诗贵含蓄，曲则发露，女主人公的心绪，正可以从杜丽娘的一大段唱腔中得到发明。

刘禹锡

"行到中庭数花朵"，第三句接写女子见到满院春光触绪生愁之后的一个行动细节：缓步走到庭院中间细数花朵。这是一个看似无谓却富于蕴含的行动细节。因为珍惜春光、爱惜青春，因而细数花朵，透露出对春光的挽留恋惜；因为庭院深锁，长日无事，闲愁难遣，故细数花朵而打发无聊的时间。在"数花朵"的同时，自有无限愁思萦绕，自有无限对自身处境命运的联想。

"蜻蜓飞上玉搔头"，如果说前三句像是一组动作连续的活动电影画面——女主人公新妆既毕，缓步下楼，面对满庭春光，独自含愁，行至庭中，细数花朵，那么最后一句便像是一个特写的电影近景镜头：一只蜻蜓，飞来停在了女子的玉簪头上。这画面是一连串动作之后的定格。仿佛是不经意的即景描写，却写得很美，也很富含蕴。蜻蜓的动作轻盈灵敏，通常只停歇在静止不动之物上；稍有晃动，即行飞去。如今它竟停在了一位充满青春气息的女子头上，这正透露出女子在细数花朵的过程中，不知不觉浮想联翩，满腹幽怨，竟伫立在那里一动不动，过了一段相当长的时间。因此，这个特写镜头，正透出了女子面对满院春光和眼前花朵时如痴如醉的情态，"如花美眷，似水流年"的感慨与惆怅，它是全篇写女子愁怨的点睛之笔，有了它，不但画面完整、意境优美，诗也更含蓄耐味了。

2105

末句还可以有另一种解释，即女子的发钗是制成蜻蜓形状的，因此看上去就像一只蜻蜓飞上了玉钗头。五代张泌《江城子》词之二说："绿云高绾，金簇小蜻蜓。"这样写当然也很新巧别致，富于美感，但从透露女子的伫立凝思、满腔幽怨看，便不免较前一种理解逊色了。

望洞庭〔一〕

湖光秋月两相和，潭面无风镜未磨。
遥望洞庭山水翠〔二〕，白银盘里一青螺〔三〕。

校注

〔一〕长庆四年（824）秋，诗人顺长江东下赴和州刺史任途经洞庭时所作。《历阳书事》诗序云："长庆四年八月，余自夔州转历阳（即和州），浮岷山，观洞庭，历夏口，涉浔阳而东。"

〔二〕水翠，《全唐诗》校："一作翠色。"

〔三〕白银盘，喻指整个洞庭湖。青螺，喻指君山。《水经注·湘水》："（洞庭）湖中有君山……湘君之所游处，故曰君山矣。"李白《陪族叔刑部侍郎晔及中书贾舍人至游洞庭》之五："淡扫明湖开玉镜，丹青画出是君山。"《方舆胜览》卷二十九岳州："君山，在湖中，方六十里，亦名洞庭之山……《郡志》：'君山状如十二螺髻。'"然此句"青螺"则指青色的田螺。

笺评

何光远曰：刘（禹锡）尚书有《望洞庭》之句，雍使君（陶）有《咏君山》之诗，其如作者之才，往往暗合。刘《望洞庭》诗曰："湖光秋月两相和，潭面无风镜未磨。遥望洞庭山水翠，白银盘里一青螺。"雍《咏君山》诗曰："烟波不动影沉沉，碧色全无翠色深。疑是水仙梳洗处，一螺青黛镜中心。"（《鉴戒录·改桥名》）

葛立方曰：诗家有换骨法，谓用古人意而点化之，使加工也……刘禹锡云："遥望洞庭山水翠，白银盘里一青螺。"山谷点化之，则云："可惜不当湖水面，银山堆里看青山。"学诗者不可不知此。（《韵语阳秋》卷二）按：黄庭坚《雨中登岳阳楼望君山二首》之二云："满川风雨独凭阑，绾结湘娥十二鬟。可惜不当湖水面，银山堆里看青山。"

谢榛曰：意巧则浅，若刘禹锡"遥望洞庭山水翠，白银盘里一青螺"是也。（《四溟诗话》卷二）

刘拜山曰：刘诗清丽，雍诗新奇，黄诗雄健，要以黄为后来居上矣。（《千首唐人绝句》）

八百里洞庭，在不同的季候、时间、气象条件下，呈现出迥然不同的面貌和景象。而洞庭的万千气象又往往与作者观赏时不同的心境密切相关。心与境会，情与景融，从而铸就一系列不同境界的咏洞庭的名篇。人们熟悉的，是"气蒸云梦泽，波撼岳阳城""吴楚东南坼，乾坤日夜浮"等警句中所描绘的壮阔浩渺、吞吐日月的洞庭湖，而作者则为我们描绘了一幅在秋月清辉映照下风平浪静、波澜不惊的洞庭山水的优美图景。此诗一出，晚唐雍陶、北宋黄庭坚均或效仿，或点化，各擅胜场，但刘禹锡的创境之功，终不可没。

诗题为"望洞庭"，全篇均从"望"字着笔，写远望中的洞庭景象。首句"湖光秋月两相和"，点明这是一个秋天的明月之夜。在明月的映照下，浩瀚的湖面与澄清的天宇连成一片，呈现出月光如水水如天的浩茫、静谧而和谐的景象，也透露出诗人目接此景时内心的安恬愉悦。句末的那个"和"字似不经意，却是传达客观景物和主观心境的句眼。湖光与秋月一色，诗人的心境也与此境融为一体。

"潭面无风镜未磨。"次句由上句的总览湖光秋月而专写远望中的湖面。"潭面"即湖面，形容湖水深澄如潭纹丝不动。"无风"二字至关重要，正由于静夜无风，八百里浩瀚的湖面才会出现"镜未磨"式的罕见景象。古代的铜镜，在制造时须仔细打磨平整，在平常使用时须经常磨光方能照影。磨光的镜是有反光的，但在秋月清辉的笼罩下，整个湖面像是披上了一层缥缈朦胧、如烟似雾的白纱，虽然平展、平静如同镜面，却并非白天所见的是"上下天光，一碧万顷"的景象。虽平静如镜，却并不透明如镜。这就使望中的月下湖面呈现出一种既静谧安详，又带几分朦胧神秘的色彩。这同样透露出诗人当时那种恬静中带有沉思陶醉色彩的心境。

"遥望洞庭山水翠，白银盘里一青螺。"三、四两句，用一个极其新颖巧妙的比喻形容秋月映照下洞庭湖山水的全貌。洞庭湖中有君山，白天遥望时，山翠水碧，上下一色。而在月光映照下，整个湖面为轻烟薄雾、素月清辉所笼盖，像是一个硕大的白银盘；而湖中的君山，则隐约显示青黛之色。矗立湖中，就像在白银盘中立着一只青螺。洞庭湖和君山，以这样的面貌出现在诗中，不但新颖独特，而且生动贴切。它的妙处，正在化大为小，将浩瀚混茫的大自然山水壮观化为具体而微的盆景式景观，虽不以气势壮阔见长，却显得清丽秀美，富于奇趣，而这种化大为小的写法，又正透露了诗人纳须弥于芥子，缩万里于咫尺的胸襟气度。

这里需要对"青螺"的不同理解作点辨析。有认为"青螺"指妇女画眉用的青黛。用"青黛"虽可形容山色，却不能形容山形；且在白银盘里置一支青黛画笔（注意：这"盘"里是盛满了水的），不但匪夷所思，也不合乎情理。或认为"青螺"指妇女梳的螺形发髻。此说最为流行，而且似乎可以找到不少旁证，特别是雍陶《咏君山》的三、四句"疑是水仙梳洗处，一螺青黛镜中心"，这"一螺青黛"定指青螺发髻，《舆地纪胜》引《郡志》也说"君山状如十二螺髻"，用"螺髻"来形容君山之色与形，堪称巧妙贴切，且别具一种柔媚缥缈的美感。但通观全句"白银盘里一青螺"，就显见将"青螺"理解成青螺髻完全不符合生活情理。雍陶诗是将洞庭湖比喻为一面明镜，而湖中的君山则正似镜中美人螺髻的照影，这当然极新奇巧妙而贴切，它之所以成为名篇佳句，正在于其设喻不同于刘禹锡。这种看似相似，实则不同的比喻，正反映了诗人不同的艺术感受与独特构思。

杨柳枝〔一〕

春江一曲柳千条，二十年前旧板桥。
曾与美人桥上别，恨无消息到今朝。

校注

〔一〕此诗最早载于晚唐范摅《云溪友议》卷下《温裴黜》，中云："湖州邹郎中乌言，初为越副戎，宴席中有周德华。德华者，乃刘采春女也。虽《罗唝》之歌，不及其母，而《杨柳枝》词，采春难及。崔副车宠爱之异，将至京洛……所唱者七八篇，乃近日名流之咏也……刘禹锡尚书一首：'春江一曲柳千条，二十年前旧板桥。曾与美人桥上别，恨无消息到今朝。'……"按：此诗不见于刘禹锡本集，《全唐诗》刘禹锡诗卷十二收入，当据《云溪友议》。陶敏《刘禹锡全集编年校注》入附录，断其非刘禹锡作。其按语云："《升庵诗话》卷一一：'《丽情集》载湖州妓周德华者，刘采春女也，唱刘禹锡《柳枝词》云：春江一曲柳千条，二十年前旧板桥。曾与美人桥上别，恨无消息到今朝。此诗甚佳，而刘集不载。然此诗隐括白香山古诗为一绝，而其妙如此。'杨慎所云白居易'古诗'实为一三韵小律《板桥路》：'梁苑城西二十里，一渠春水柳千条。若为此路今重过，十五年前旧板桥。曾共玉颜桥上别，不知消息到今朝。'见《白居易集》卷十九。唐代歌人截取诗作以入乐歌唱者甚多。周德华所谓《杨柳枝》即删改白诗而成，误记为刘禹锡诗。《四库全书总目》卷一九二《词海遗珠》提要，摘发'其中纰谬'云：'刘禹锡春江一曲柳千条诗，以为本集不载，乃元稹诗，删八句为四句。'亦以诗非刘作，但误白居易为元稹，又误六句为八句，然诗为周德华所唱，改编者非必周德华，故以作无名氏为是。"按：此诗系据白居易《板桥路》隐括改易而成，自属无疑。但认为《云溪友议》所载此诗"系删改白诗而成，误记为刘禹锡"，则未有确证。《云溪友议》此条提及的唐人诗词有裴諴、温庭筠、滕迈、贺知章、杨巨源、刘禹锡、韩琮等人作品共十三首，除刘禹锡此首外，作者主名、篇名、文字均无讹误，独谓此首作者主名有误，恐难成立。盖刘、白晚年诗歌酬唱既多，朋友之间，偶将对方诗作稍加改易而成己作，亦属常事。后世某些评家如谢榛亦每喜改易前人诗，然不免点金成铁。而刘禹锡之改作，艺术上远胜白之《板桥路》，虽内容、词句上对白诗有所借鉴采用，实可视为点化白诗之新作。

笺评

杨慎曰：此诗隐括白香山古诗为一绝，而其妙如此。（《升庵诗话》卷十一）

黄周星曰："未免有情，谁能遣此"，八字便是此诗定评。（《唐诗快》）

刘拜山曰：一气流转，如珠走玉盘。虽檃括白诗，而风神绵邈过之。（《千首唐人绝句》）

我们不妨先撇下白居易的《板桥路》，不带任何先入为主的印象来阅读和感受这首诗，就会立即进入它那既单纯又丰富，既明快又含蓄，音情宛转曼妙，风神绵邈隽永，情、景、事、人浑融一体的境界。这种天籁式的作品，只有在某些优秀的民歌和学习民歌而深得其精髓的作家如李白的作品中才能看到。在这方面，这首据白诗改作的诗也是极饶民歌神韵的。

　　诗所记叙的情事非常单纯：二十年前的春天，抒情主人公曾在垂柳千条的江边一座板桥上和心爱的女子相别。别后至今，对方杳无消息。如果按此作散文式的直叙实录，可以说平淡如水，毫无诗意，但经作者妙手点染，却使这看来单纯而平淡的情事变得旖旎缠绵，风情无限。

　　"春江一曲柳千条，二十年前旧板桥。"诗的前两句，点明时间、地点、景物。一条清澈的江水，弯弯曲曲地在面前流过，江边上的一片柳树，在和煦春风的吹拂下，万千枝条，摇曳荡漾，散发出浓郁的春意，清江边上，架设着一座木板桥。这似乎极平常的景物，因为有了"二十年前"和"旧"字的点醒，一下子就化为二十年前和二十年后两个同地同景而不同时的场景："二十年后"的场景是眼前景、实景，而"二十年前"的场景则是回忆想象中的虚景。这一后一前、一实一虚的两个看似相同的场景，由于隔着"二十年"的悠长岁月，特别是那个"旧"字的点染，便隐隐透露出了人事的沧桑变化，暗含了春江碧柳、木板小桥依旧，而人事已非的今昔之慨。但二十年前曾在这座木板桥上发生的情事，则含而未露，有待于诗人的进一步点醒。就像幕布虽然拉开，布景虽已显露，人物却有缺位，故事亦未展开，故能引起读者的殷切期待。

　　"曾与美人桥上别，恨无消息到今朝。"第三句是全篇的关键与核心，整首诗的故事就浓缩在这短短七个字当中。虽然它本身只是朴素平易的叙述，但它却像一根艺术的魔杖，立即给全诗注入了灵魂，创造出浓郁的氛围和情调。二十年前的春天，就在这清江一曲、碧柳千条之地，在这座木板小桥之上，抒情主人公与心爱的美丽女子依依惜别。春江碧柳，木板小桥，景色是明丽美好的，却反而增添了别离的难堪与惆怅，清江照影，柳条依依，同样增添了两情的依依不舍。二十年后，故地重游，清江一曲，碧柳千条，依然如故，两人相别的那座木板小桥虽然还在，但在岁月风雨的侵袭下，却显得有些陈旧了。而彼时与之惜别的美人却已杳然不见。二十年前的分别，固然使人难堪，如今却是连分别的机会也没有，只能独自空对着清江碧柳和熟悉的旧板桥黯然伤神。深情而徒劳的追忆，思而不见的失落、空虚和怅惘，以及风景依旧、人事已非的深长人生感慨，由于这朴素平易的叙述而统统浮现在抒情主人公的脑际，也浮现在读者面前。

但更令人难堪的是，重游旧地，不但物是人非，而且"恨无消息到今朝"。二十年来，不但一直未能与心爱的女子重见，而且连对方的消息也杳然无迹。对方身在何处，境遇如何，生死存亡，一切杳然。长期的思念、牵挂和一次次的失望，统统于"恨""到"二字中透出。诗写到这里，似乎还有许多感慨、万千情愫需要抒写，但诗却戛然而止，不赘一语，以不了了之，留下大段的空白让读者去涵泳、想象、思索。

据白诗改作的刘诗，虽然只少了两句十四个字，但是显然比白诗更加精练含蓄，更具有浓郁的抒情气氛，通篇也更加流畅自然，一气呵成，而它所独具的绵邈风神和深长情韵，更是白氏原诗所难企及的。

崔　护

　　崔护，字殷功，郡望博陵（今河北蠡县南）。贞元十二年（796）登进士第。元和元年（806）登才识兼茂明于体用科。十五年为户部郎中。长庆间转司勋郎中。大和三年（829）元月，自京兆尹为御史大夫，岭南东道节度使，五年春去职。《全唐诗》卷三百六十八录存诗六首，其中有李群玉之作《三月五日陪裴大夫泛长沙东湖》误入崔诗者，另有三首又作张又新诗。《题都城南庄》著称后世。

题都城南庄〔一〕

去年今日此门中，人面桃花相映红。
人面祇今何处去〔二〕，桃花依旧笑春风〔三〕。

　　〔一〕都城南庄，长安城南的某座村庄。详参笺评引《本事诗》关于此诗本事的记载。

　　〔二〕祇今，《全唐诗》原作"不知"，校："一作祇今。"据《本事诗》及一作改。祇今，现在、而今。岑参《献封大夫破播仙凯歌六章》："天子预开麟阁待，祇今谁数贰师功？"

　　〔三〕《诗·周南·桃夭》："桃之夭夭，灼灼其华。"钱锺书《管锥编·毛诗正义·桃夭》引《说文》："娻，巧也。一曰女子笑貌。《诗》曰：'桃之娻娻。'"认为"夭"即是"笑"。可用以解释"桃花笑春风"。

　　孟启曰：博陵崔护，资质甚美。面孤洁寡合，举进士下第。清明日，独游都城南，得居人庄。一亩之宫，而花木丛萃，寂若无人。扣门久之，有女子自门隙窥之，问曰："谁耶？"以姓字对，曰："寻春独行，酒渴求饮。"女入，以杯水至，开门设席命坐，独倚小桃斜柯伫立，而意属殊厚。妖姿媚态，绰有馀妍。崔以言挑之，不对，目注者久之。崔辞去，送至门，如不胜情而入，崔亦眷盼而归，嗣后绝不复至。及来岁清明日，忽思之，情不自抑，径往寻之。门墙如故，而已锁扃之。因题诗于左扉曰："去年今日此门中，人面桃花相映红。人面祇今何处去，桃花依旧笑春风。"后数日，偶至都城南，复往寻之，闻其中有哭声，扣门问之，有老父出曰："君非崔护耶？"曰："是也。"又哭曰："君杀吾女。"护惊起，莫知所答。老父曰："吾女笄年知书，未适人。自去年以来，常恍惚若有所失，比日与之出，及归，见左扉有字，读之，入门而病，遂绝食数日而死。吾老矣，此女所以不嫁者，将求君子以托吾身，今不幸而殒，得非君杀之耶？"又持崔大哭。崔亦感恸，入哭之。尚俨然在床。崔举其首，枕其股，哭而祝曰："某在斯，某在斯。"须臾开目，半日复活矣。父大喜，遂以女归之。（《本事诗·情感第一》）

沈括曰：唐人以诗主人物，故虽小诗，莫不埏埴极工而后已。所谓句锻月炼者，信非虚言。小说崔护《题城南诗》，其始曰："去年今日此门中，人面桃花相映红。人面不知何处去，桃花依旧笑春风。"后以其意未全，语未工，改第三句曰："人面祇今何处去。"至今所传此两本，惟《本事诗》作"祇今何处在"。唐人工诗，大率如此。虽存两"今"字，不恤也，取语意为主耳。后人以其存两"今"字，只多行前篇。（《梦溪笔谈》卷十四）

吴曾曰：唐独孤及《和赠远》诗云："忆得去年春风至，中庭桃李映琐窗。美人挟瑟对芳树，玉颜亭亭与花双。今年新花如旧时，去年美人不在兹。借问离居恨深浅，只应独有庭花知。"此诗与崔护诗意无异。（《能改斋漫录》卷八）

王若虚曰：崔护诗云"去年今日此门中"，又云"人面祇今何处去"。沈存中曰："唐人工诗，大率如此，虽两'今'字不恤也。"刘禹锡诗云"雪里高山头白早"，又云"于公必有高门庆"，自注云："高山本高，于门使之门，二义殊。"三山老人曰："唐人忌重叠同字。如此二说，何其相反欤？"予谓此皆不足论也。（《滹南诗话》卷一）

施闰章曰：太白、龙标外，人各擅能。有一口直叙，绝无含蓄转折，自然入妙，如"去年今日此门中，人面桃花相映红。人面不知何处去，桃花依旧笑春风"。……此等着不得气力学问。所谓诗家三昧，直让唐人独

步。宋贤要入议论，着见解，力可拔山，去之弥远。（《蠓斋诗话·唐人绝句》）

毛先舒曰：次韵非古，今人每好作之，重字不妨古，而今每酷忌……而重字唐多有之，不止李藩之举钱起也。沈存中云："唐人虽小诗，莫不揉埏极工而后已。崔护诗：'去年今日此门中，人面桃花相映红。人面不知何处去，桃花依旧笑春风。'后以语未工，故第三句云'人面祇今何处去'，虽有两'今'字，不惜也。"斯方得之。（《诗辩坻》卷三）

吴乔曰：唐人作诗，意细法密。如崔护云："去年今日此门中，人面桃花相映红。人面不知何处去，桃花依旧笑春风。"后改为"人面祇今何处在"，以有"今"字，则前后交待明白，重字不惜也。（《围炉诗话》卷三）

徐增曰：好个"去年今日"，"今日"装"去年"之下，得未曾有，又足以"此门中"三字，尤妙。今年此日之此门中，即去年今日之此门中也。去年此门中，有桃花，又有美人，美人之面之白，映于桃花之色之红，桃花之色之红，映于美人之面之白。桃花且不论，美人面上，另有一种光艳。美人之色，不必如桃花之红；而桃花那及得美人之活？崔郎此时，但见人面，不见桃花。今日此门中，为何独不见美人之面，只见桃花之红？见此桃花之红，愈想美人之面。美人既不在此，又留桃花在此何用！真使人怆然。崔郎岂欲见此桃花，而复来此门中者耶！（《而庵说唐诗》卷十二《崔护题昔所见处》评）

《茶香室丛抄》：余谓改本转不如元本之自然，宜后人之惟行前篇也。庾子山《春赋》云："眉将柳而争绿，面共桃而竞红。""人面桃花"句本此。古人虽率尔漫笔，亦有来历也。（卷八）

沈祖棻曰：诗的前两句从今到昔，后两句从昔到今，两两相形，情绪上的转变很剧烈。但文气一贯直下，转折无痕。它的本身既很动人，语言又极其真率自然，明白晓畅，因而一直传诵人口，成为常用的典故。（《唐人七绝浅释》）

富寿荪曰：前半忆昔，后半感今，今昔相形，怅惘无尽。此诗不特有二"今"字，"人面""桃花"四字重复，而缘此益得前后呼应，循环往复之妙。（《千首唐人绝句》）

（鉴赏）

　　这首诗有一个哀感顽艳最后却以喜剧收场的极富传奇色彩的"本事"。如果把它看成传奇小说，在唐人传奇佳作中也算得上是富于文采和意想之作。诗所抒写的内容虽非故事的全部，却无疑是其中最撩人心弦、触绪生慨的部分。唐代诗歌与传奇小说并生共存，相映生辉，并且流传广泛，这是典型的例证。可以肯定地说，第一，这首诗是有情节性的；第二，上述"本事"对于理解这首诗是有帮助的。

　　四句诗包含着一前一后两个场景相似、相互映照的场面。第一个场面："寻春遇艳"——"去年今日此门中，人面桃花相映红"。如果真有孟启所记叙的这段故事，那就应该承认诗人确实抓住了"寻春遇艳"整个过程中最动人的一幕。"人面桃花相映红"，虽或自庾信《春赋》"面共桃而竞红"化出，但运用之妙，不仅为艳若桃花的"人面"设置了美好的背景，衬出了少女光彩照人的面影，而且含蓄地表现出诗人在花光面影相互映照、光艳夺目的场景面前目注神驰、情摇意夺的情状和双方脉脉含情、未通言语的情景。通过这最动人的一幕，可以激发出读者对前后情事的许多美好想象。这一点，孟启《本事诗》已经提供了一系列信息，后来的戏曲孟称舜的《桃花人面》则作了更大的发挥。

　　第二个场面："重寻不遇"。还是春光烂漫、百花吐艳的季节，还是花木扶疏、桃花掩映的门户，然而，使这一切都增添色彩的"人面"如今却不知何处去了，只剩下门前一树桃花仍然在春风中凝情含笑地盛开着。桃花在春风中含笑的描写，既是对桃花盛开的诗意形容，又和去年今日"人面桃花相映红"的印象密切相关。去年今日，伫立在桃树下的那位不期而遇的少女，想必也是像盛开的桃花那样，既光艳照人又凝睇含笑，脉脉含情的。而今，依旧含笑盛开的桃花除了触动对往事的美好记忆和好景不长的感慨以外，还能有什么呢？"依旧"二字，正含有无限失落的怅惘。

　　整首诗其实就是用"人面""桃花"作为贯串线索，通过"去年"和"今日"同时同地同景而人不同的映照对比，把诗人因这两次不同的遇合而产生的感慨，回环往复、曲折尽致地表达了出来。对比映照，在这首诗中起着极重要的作用。因为是在回忆中写已经失去的美好事物，所以回忆便特别珍贵、美好而且充满感情，这才有"人面桃花相映红"的传神描绘；正因为有那样美好的记忆，才特别感到失去美好事物的怅惘，因而有"人面祇今何

崔护

2115

处去，桃花依旧笑春风"的感慨。

　　尽管这首诗有某种情节性，有富于传奇色彩的"本事"，甚至带有戏剧性，但它并不是一首微型叙事诗，而是一首抒情诗。"本事"可能有助于它的流传，但它本身所具有的典型意义却在于抒写了某种人生体验，而不在于叙述了一个人们感兴趣的故事。读者不见得有过类似《本事诗》中所载的崔护的爱情遇合故事，却可能有过类似的人生体验：在偶然、不经意的情况下邂逅某种美好事物，而当自己去有意追寻时，却再也不可复得，只能留下珍贵的美好记忆和永远的遗憾怅惘。这也许正是这首诗保持经久不衰的艺术生命力的原因之一吧。

　　"寻春遇艳"和"重寻不遇"是可以写成叙事诗的，作者没有这样写，正说明唐人习惯以抒情诗人眼光、感情来感受生活中的情事。

皇甫松

皇甫松，字子奇，自号檀栾子，古文家皇甫湜之子。睦州新安（今浙江淳安）人。工诗词，终身未第。光化三年（900），韦庄奏请追赐李贺、皇甫松等人进士及第，谓诸人"俱无显遇，皆有奇才。丽句清词，遍在人口。衔冤抱恨，竟为冥路之尘"。其《采莲子》《浪淘沙》各二首，《全唐诗》《全唐五代词》并收。《全唐诗》卷三百六十九录其诗（词）十三首，卷八百九十一收其词十八首（与卷三百六十九重六首）。

采莲子二首〔一〕（其二）

船动湖光滟滟秋〔二〕，贪看年少信船流〔三〕。
无端隔水抛莲子〔四〕，遥被人知半日羞。

〔一〕《采莲子》，唐教坊曲名，为七言四句带有和声的声诗，后用为词牌。这两首《采莲子》，除收入《全唐诗》卷三百六十九皇甫松诗以外，又收入《全唐诗》卷八百九十一词三。其一、三两句句中有和声"举棹"，二、四两句句末有和声"年少"。此二首又收入《花间集》。

〔二〕滟滟，形容波光动荡貌。

〔三〕年少，指采莲女子所爱慕的青年男子。信，任凭。

〔四〕无端，平白无故地，没来由地。莲子，谐"怜子"。抛莲子，表示对"年少"的爱慕。

2117

笺评

况周颐曰：写出闺娃稚憨情态，匪夷所思，是何笔妙乃尔。（《餐樱庑词话》）

刘永济曰：此二首中之"举棹""年少"皆和声也。采莲时，女伴众多，一人唱"菡萏香连十里陂"（按：此第一首之首句）一句，馀人齐唱"举棹"和之，三、四句亦同。此二首写采莲女子之生活片段，非常生动，读之如见电影镜头，将当日情景摄入，有非画笔所能描绘者。盖唐时礼教不如宋以后之严，妇女尚较自由活泼也。（《唐五代两宋词解析》）

刘拜山曰：前首言"贪戏"，犹是少女娇憨常态；下句言"贪看"，则是情窦初开景象。合写小姑，神情恰肖。此采莲曲又一新境。（《千首唐人绝句》）

 鉴赏

《采莲子二首》，前一首写采莲"小姑"的贪耍娇憨情态，后一首则写了一位妙龄少女"贪看少年"隔水抛莲的娇羞情态，都写得生动逼真，传神毫端。

首句"船动湖光滟滟秋"写采莲船行，湖光动荡，是对环境和采莲行动的描写。秋天是采莲的季节，也是采莲少女在劳动中表达爱情、收获爱情的季节。由于采莲的船随着采莲的行动进程而逐渐移动，使原本平静的湖面漾开了层层波纹，反映出微微波光。这摇漾动荡的湖水波光，既显示出采莲行动的进行，也暗示出采莲少女内心情思的荡漾。句末的那个"秋"字，本是点明时令季节的，由于前面加了"滟滟"二字，便越发渲染出了湖光秋色的明丽，给正在劳动中的采莲少女的爱情提供了一个清澄美好的环境。

"贪看年少信船流"，这是一个富于创意和诗意的长镜头。岸边一位青年男子，引起了正在采莲的女主人公的注意。她目不转睛地注视着这位长相俊伟、风度翩翩的男子，神驰情移，竟不知不觉地停下了采莲划船的动作，任凭采莲船顺着水流的方向缓缓移动。"贪"字极富表现力，不仅传神地描绘出这位采莲少女为"年少"所深深吸引的强烈爱慕的情状，描绘出了她那专注凝神、大胆强烈的目光，而且透露出她那近乎情痴的忘情神态，有画笔难到之妙。

"无端隔水抛莲子，遥被人知半日羞。"三、四两句，包含着一个极富戏剧意味的动作以及这个动作所含的心意被人知晓以后引起的心理反应。"隔水抛莲子"是"贪看"的戏剧化发展。由于对"年少"爱慕心切，这位采莲女子已经顾不得少女的矜持和羞怯，急于向对方表达自己的心意，于是乎便有了"隔水抛莲子"这一幕。"莲子"谐"怜子"，从湖面向岸上的男子抛掷

唐诗选注评鉴（三）

莲子，故说"隔水抛莲子"。这个动作极大胆而带挑逗意味，等于公然向对方表示"我爱你"；却不是用嘴大声喊叫而是借物传情，故大胆中仍有含蓄而不失风趣。谁知这一抛莲子的动作却无意中被岸上的行人或远处的采莲女伴看到了，不免引起一番善意的打趣和嘲谑，弄得女主人公又急又羞，面红耳赤，难为情了好一阵子。"无端"二字，是女主人公对自己"隔水抛莲子"的这一行动的自愧自悔，自怨自责，却又不是真的怨和悔，而是在怪自己的冒失中带着少女的娇羞，在娇羞中又带有几分甜蜜。"无端"二字，甚至还包含了对自己在情不自禁的情况下做出的这一动作感到鬼使神差，难以抗拒抑制的心理体验。虚字而传神至此，可谓鬼斧神工了。

这是地道的民歌风味，原汁原味，朴素的白描，却将人物的行动、情态、心理描摹得出神入化。

皇甫松

吕　温

吕温（772—811），字和叔，一字化光。河中府河东（今山西永济）人。贞元十四年（798）登进士第，次年登宏辞科，授集贤殿校书郎，与王叔文、韦执谊、柳宗元、刘禹锡善。贞元十九年擢左拾遗。二十年出使吐蕃。永贞元年（805）十月，使还回朝迁户部员外郎，转司封员外郎，迁刑部郎中。元和三年（808），坐诬宰相李吉甫，贬道州刺史。在任有政绩。五年转衡州刺史，六年八月卒于任。《全唐诗》编其诗为二卷。

刘郎浦口号〔一〕

吴蜀成婚此水浔〔二〕，明珠步障幄黄金〔三〕。
谁将一女轻天下〔四〕，欲换刘郎鼎峙心〔五〕？

校注

〔一〕刘郎浦，在今湖北石首市西南二里之绣林山北。又称"刘郎洑"。相传为三国吴蜀联姻时刘备迎娶孙权之妹处。《通鉴·后唐纪》胡三省注："江陵府石首县沙步有刘郎浦，蜀先主纳吴女处也。"《三国志·蜀书·先主传》："（建安十三年）先主遣诸葛亮自结于孙权，权遣周瑜、程普等水军数万，与先主并力，与曹公战于赤壁，大破之，焚其舟船。先主与吴军水陆并进，追到南郡，时又疾疫，北军多死，曹公引归。先主表（刘）琦为荆州刺史，又南征四郡……琦病死，群下推先主为荆州牧，治公安。权稍畏之，进妹固好，先主至京见权，绸缪恩纪。"又《二主妃子传》："先主既定益州，而孙夫人还吴。"口号，口占，指随口吟成诗篇。

2120

〔二〕吴蜀成婚，即刘备与孙权联姻事。浔，水边，刘郎浦在长江边。

〔三〕步障，一种用以遮蔽风尘、阻挡视线的屏幕。明珠步障，指步障以明珠装饰。幄，帷幕。幄黄金，帷幕以黄金为饰。

〔四〕将，以。

〔五〕鼎峙心，指鼎足三分天下的雄图。

《精选评注五朝诗学津梁》：此即刘备与孙夫人成亲处也，诗能强合史意，运用成典，绝佳。

俞陛云曰：诗言吴、蜀连姻，穷极奢丽，幄障之美，金珠交错，殆欲以声色荡其心。熟知英雄事业，决不以一女而舍其远略。后世之哲妇倾城者，六军驻马，莫救蛾眉；一怒冲冠，竟忘君父，但刘郎非其人耳。后人（指王士禛）吊孙夫人云："魂归若过刘郎浦，还记明珠步障无？"即用此诗也。（《诗境浅说》续编）

沈祖棻曰：第三、四两句是议论：谁会为了一个女子而看轻了天下呢……而周瑜竟然想用来换取刘备鼎足三分的心愿，难道不是妄想吗……诗人在这里，连用了两个问句，来表明自己的看法，有顿挫之势，摇曳之姿，增加了诗篇的情致。这首诗的风调近于李商隐，而识见同于王安石，与《贾生》两篇合读，自见异同。（《唐人七绝诗浅释》）

吕
温

鉴赏

中唐以来，随着史学领域以陆质为代表的《春秋》之学的形成、发展和文人对它的接受，以及咏史诗本身发展过程中对思想内容、艺术表现新变的追求，在咏史诗的创作中出现了一种在立意构思上力求发表独特见解甚至作翻案文章的倾向。其中吕温作为陆质《春秋》之学的直接传承者，在咏史诗的创作中鲜明地表现出上述倾向，写出了《题石勒城二首》《题阳人城》《晋王龙骧墓》《刘郎浦口号》等一系列见识卓荦的咏史诗，影响所及，直至晚唐的杜牧、李商隐、皮日休、陆龟蒙等人。这首《刘郎浦口号》便针对历史上孙刘联姻这一广为人知的史实发表了自己的独特见解，并表露了自己远大的政治抱负。

诗系诗人道经刘郎浦时，有感于当年孙刘联姻之事而作，口占而成。因此开头两句就以"此水浔"——刘郎浦展开对当年刘备迎娶孙夫人情景的想象。当年在长江岸边的沙步，送贵主到此的东吴方面特意张设了用明珠装饰的步障、用黄金装饰的帷幄，极尽豪华之能事。这一方面显示了东吴方面对这场有明确政治目的联姻的重视，另一方面也包含着其潜藏的软化刘备的用心。这一点，联系三、四两句的议论，就能看得比较清楚。

孙刘联姻是刘备占领荆州之后，又连下武陵、长沙、桂林、零陵四郡，势力急剧扩张，使东吴的孙权感到畏忌的情况下，因周瑜的建议而实行的政治联姻。《三国志·吴书·周瑜传》："刘备以左将军领荆州牧，治公安。备诣京见权，瑜上疏曰：'刘备以枭雄之姿，而有关羽、张飞熊虎之将，必非久屈为人用者。愚谓大计宜徙备置吴，盛为筑宫室，多其美女玩好，以娱其耳目，分此二人，各置一方，使如瑜者得挟与攻战，大事可定也。今猥割土地以资业之，聚此三人，俱在疆场，恐蛟龙得云雨，终非池中物也。'"孙权虽因"恐备卒难制"而未采纳周瑜"徙备置吴"的建议，但对周瑜"盛为筑宫室，多其美女玩好，以娱其耳目"的计谋却已心领神会，"进妹固好"便是明显的表示。诗人对东吴孙权、周瑜的这一意图，表明了鲜明的否定态度。说作为一代枭雄的刘备，怎么会因为娶了孙权的妹妹就看轻了整个天下，孙权、周瑜等人想用孙刘联姻的手段来换取刘备鼎立三分进而夺取天下的宏图，无疑是一厢情愿，打错了算盘。这两句虽出以议论，但词锋俊发锐利，造语新颖独特（如"鼎峙心"），对比鲜明强烈（一女轻天下），加以"谁将""欲换"四字，开合相应，更显得顿挫有致。严肃的议论中杂有诙谐嘲谑的意味，也体现出诗人那种从高处、大处着眼，睥睨一切的精神风采。

《顺宗实录》云："叔文最所贤重者李景俭，而最所谓奇才者吕温。"吕温不但是永贞革新集团的重要成员，而且是具有宏图大志的士人。他自己亦以才能自负，《赠友人》诗论："生我会有用，天地岂无心。"这首《刘郎浦口号》在吟咏史事、议论风生之中也透露了诗人自己志存天下的高远情怀。从这方面说，咏史与言志实际上是一脉相通的。

卢 仝

卢仝（约770—835），自号玉川子，河南府济源（今河南济源）人。初隐济源山中。元和五年（810），居洛阳。时韩愈为河南令，爱其诗，厚礼之。终生未仕。甘露之变中罹难。善《春秋》之学，著有《春秋摘微》四卷（今佚）。诗尚险怪，以《月蚀诗》知名于时，然亦有清新流美之作。《全唐诗》编其诗为三卷。清孙之騄有《玉川子诗集注》五卷。

有所思〔一〕

当时我醉美人家，美人颜色娇如花。今日美人弃我去，青楼珠箔天之涯〔二〕。天涯娟娟姮娥月〔三〕，三五二八盈又缺〔四〕。翠眉蝉鬓生别离〔五〕，一望不见心断绝。心断绝，几千里。梦中醉卧巫山云〔六〕，觉来泪滴湘江水〔七〕。湘江两岸花木深，美人不见愁人心。含愁更奏绿绮琴〔八〕，调高弦绝无知音〔九〕。美人兮美人，不知为暮雨兮为朝云〔一〇〕。相思一夜梅花发，忽到窗前疑是君〔一一〕。

⊙校⊙注

〔一〕《有所思》，汉乐府鼓吹曲辞铙歌十八曲之一。《古今乐录》曰："汉鼓吹铙歌十八曲……一曰《朱鹭》……十二曰《有所思》……"《乐府解题》曰："古辞言'有所思，当在大海南。何用问遗君，双珠玳瑁簪。闻君存他心，烧之当风扬其灰。从今已往，勿复相思而与君绝'也。"《乐府诗集》卷十六载其古辞全文，与《乐府解题》所节引者稍异，卷十七载齐刘绘至隋唐诗人所作《有所思》，其中有卢仝此篇。

〔二〕珠箔，珠帘。

〔三〕娟娟，长曲貌。《文选·鲍照〈玩月城西门廨中〉》："始出西南楼，纤纤如玉钩。末映东北墀，娟娟似蛾眉。"李善注："《上林赋》曰：'长眉连娟。'"姮娥，神话传说中的月中女神，《淮南子·览冥训》："羿请

2123

不死之药于西王母，姮娥窃以奔月。"高诱注："姮娥，羿妻。羿请不死之药于西王母，未及服之，姮娥盗食之，得仙，奔入月中，为月精也。"此以"姮娥月"代指月亮。

〔四〕三五二八，指农历十五、十六。

〔五〕蝉鬓，古代妇女的一种发式，两鬓薄如蝉翼，故称。此以"翠眉蝉鬓"借指所思美人。

〔六〕巫山云，宋玉《高唐赋序》："昔者先王尝游高唐，怠而昼寝，梦见一妇人，曰：'妾巫山之女也，为高唐之客。闻君游高唐，愿荐枕席。'王因幸之。去而辞曰：'妾在巫山之阳，高丘之阻，旦为朝云，暮为行雨，朝朝暮暮，阳台之下。'"醉卧巫山云，谓梦遇美人。

〔七〕泪滴湘江水，《初学记》卷二十八引张华《博物志》："舜死，二妃泪下，染竹即斑。"疑化用此典。

〔八〕绿绮琴，古琴名。傅玄《琴赋序》："齐桓公有鸣琴曰号钟，楚庄有鸣琴曰绕梁，中世司马相如有绿绮，蔡邕有焦桐，皆名琴也。"此泛指琴。

〔九〕《吕氏春秋·本味》："伯牙鼓琴，钟子期听之。方鼓琴而志在太山，钟子期曰：'善哉乎鼓琴，巍巍乎若太山。'少选之间，而志在流水，钟子期又曰：'善哉乎鼓琴，汤汤乎若流水。'钟子期死，伯牙破琴绝弦，终身不复鼓琴，以为世无足复为鼓琴者。"绝，断。

〔一〇〕参上注〔六〕。

〔一一〕君，指所思美人。

（笺）（评）

洪迈曰：韩退之《寄卢仝》诗云："玉川先生洛阳里，破屋数间而已矣。一奴长须不裹头，一婢赤脚老无齿。昨日长须来下状，隔墙恶少恶难似。每骑屋山下窥瞰，浑舍惊怕走折趾。立召贼曹呼伍百，尽取鼠辈尸诸市。"夫奸盗固不义，然必有谓而发，非贪慕钱财则挑暴子女。如玉川之贫，至于邻僧乞米，隔墙居者，岂不知之。若为色而动，窥见室家之好，是以一赤脚老婢陨命也。恶少可谓枉著一死。予读韩诗至此，不觉失笑。全集中《有所思》一篇……则其风味殊不浅。韩诗当不含讥讽乎？（《容斋续笔·玉川子》）

《苕溪渔隐丛话·前集·玉川子》引《雪浪斋日记》：玉川子诗……惟

《有所思》一篇，语似不类，疑他人所作，然飘逸可喜。

陈振孙曰：其诗古怪，而《女儿集》《小妇吟》《有所思》诸篇，辄妩媚艳冶。（《直斋书录解题》）

范晞文曰：《有所思》古乐府云："有所思，思昔人，曾、闵二子善养亲，和颜色，奉晨昏，至神烝，通神明。"传者一失于正，遂使庾肩吾有"拂匣看离扇，开箱见别衣"。吴均有"春风惊我心，秋露伤君发"。至卢全则云："当时我醉美人家，美人颜色娇如花。今日美人弃我去，青楼珠箔天之涯。"岂亦传习之误耶？或谓全此诗自有所寓云。（《对床夜语》卷三）

刘辰翁曰：奇怪浓丽而不妖，是谓之畅。（《唐诗品汇》卷三十六引）

谢榛曰：卢全曰："相思一夜梅花发，忽到窗前疑是君。"孙太初曰："夜半梦到西湖路，白石滩头鹤是君。"此从玉川变化，亦有风致。（《四溟诗话》卷二）

周珽曰：此托言以喻己之所思莫致也，意谓遇合无常，盈虚有数，故士为知己者用。既为所弃隔，虽怀才欲奏，每徒劳梦想矣。与《楼上女儿曲》《思君吟》皆思君致身不遇之词也。（《删补唐诗选脉笺释会通评林·中七古中》）

黄周星曰：玉川诗大都雄肆险谲，而此诗独清婉秀逸，殊不类其作，岂美人之前，不敢唐突耶？（《唐诗快》卷七）

贺裳曰：王弇州曰："玉川《月蚀》诗病热人呓语。前则任华，后则卢全，皆乞儿唱长短歌博面食者。"余甚快之。然此诗以指元和之竟犹可说也。至《赠马异》篇，不曰一之为甚乎？其他可笑者，更不胜指，但读至"相思一夜梅花发，忽到窗前疑是君"，不得不以胜流目之。（《载酒园诗话又编·卢全》）按：黄白山评："此诗全与玉川平时手不类，胡元瑞《诗薮》作刘瑗诗，或是。"此诗见《玉川子诗集》、王安石《唐百家诗选》，《诗薮》所云似非。

乔亿曰：玉川子诗诚诞，然《有所思》《楼上女儿曲》，音韵飘洒，已近似谪仙。（《剑溪说诗》卷上）

史承豫曰：烟波万叠。（《唐贤小三昧集》）

王闿运曰：（末二句）灵气往来。（《手批唐诗选》）

鉴赏

由于以《月蚀诗》为代表的一类险怪僻涩之作受到当时和后世诗人、评家的高度关注，从唐到清，这首《有所思》普遍被认为不类卢仝诗的风格，甚至疑为他人之作。其实，卢仝诗集（特别是七古一体）中本有此清新秀逸一格。除本篇外，像《楼上女儿曲》《秋梦行》《听萧君姬人弹琴》等均属此格。

诗的内容，是抒写对"美人"的思念。开头四句，以"当时"与"今日"对举，写昔日美人之娇艳如花和"我醉美人家"时两情之缠绵，以着重渲染今日美人离我而去之后，其所居之青楼珠帘不知远在何处天涯的失落惆怅。对比突出鲜明，语言清新明艳，音调爽利流畅。三用"美人"，蝉联而下，见情之缠绵难已。这四句寓描写于叙述，概写昔合今离，是"有所思"之本。

"天涯娟娟姮娥月，三五二八盈又缺。翠眉蝉鬓生别离，一望不见心断绝。"接下四句，紧承"天之涯"，写对月怀远之情。诗人由天边的一弯明月，联想起远在天涯的美人，"姮娥月"正应次句"颜色娇如花"，而"娟娟"之形状则使诗人自然联想美人的"翠眉"。三五二八，月圆又缺，正关合昔合今离，故虽对天涯之明月，而人则远隔天涯，不能相见，从而归结到"一望不见心断绝"的长叹。

"心断绝，几千里。梦中醉卧巫山云，觉来泪滴湘江水。"这四句由望月不见而梦寻。"心断绝"顶上层末三句，"几千里"承上"天之涯"。这两句改用"三、三"句式，使诗显示出节奏的变化，下两句一句写梦中，一句写梦醒。"醉卧巫山云"用巫山神女旦为行云、暮为行雨的典故，富于象征暗示色彩。它上应"我醉美人家"，但一为实境，一为虚境，梦中的虚幻遇合只能更加深梦醒后的失落伤感。"巫山""湘江"，正见梦境之飘忽迷离，亦见诗人此时或身在湘江一带，故有"泪滴湘江水"的叙写。"泪滴湘江"可能暗用二妃泪洒湘江之典，与诗之寓托有关。

"湘江两岸花木深，美人不见愁人心。含愁更奏绿绮琴，调高弦绝无知音。"接下四句，写湘江梦醒后的追寻和知音不见的惆怅。湘江两岸，花木丛深，春光明媚，但到处寻觅，却不见美人的踪影，只能含愁独奏绿绮，以遣愁怀。奈调高弦断，而知音杳然，则虽奏琴亦无人能够解会。这里，将对美人的思念和"调高弦绝无知音"的怅恨联系起来，使这种思念超越一般的男女情爱而明显带有对"知音"的追求的意蕴，诗的寓托逐渐由隐而显。

"美人兮美人，不知为暮雨兮为朝云。相思一夜梅花发，忽到窗前疑是君。"结尾四句，由思入幻，创造出极富飘忽迷离之致、清绝亦复韵绝的意境。还是那个被诗家用得近乎熟滥了的巫山神女典故，但由于有了上一层对知音的追寻和调高弦绝的叹息，这里的"暮雨""朝云"便洗清了附着于其上的男女欢爱气息，而表现为缥缈轻灵和恍惚迷离的美好境界。而竟夕相思，梅花窗前忽发幽香，疑是"君"之到来的奇想，更使所思之"美人"显示出清高绝俗的风采。得此一结，全诗的境界遂绝去一切浮华俗艳，而升华为一种高洁绝尘的气韵之美、风神之美。而无限言外之意、象外之兴，均可于虚处领之。

从全诗看，这首诗当有所寓托。诗人所思的"美人"究竟是指某位友人，还是指理想的君主，抑或指诗人所追求的某种思想境界，很难确指，似亦不必确指。诗虽沿用汉乐府的古题，但其感情内涵似更接近张衡的《四愁诗》和李白的《长相思》一类作品，他的诗集中有一首《思君吟寄□□生》，似可与此诗相发明，录以参考："我思君兮河之壖。我为河中之泉，君为河中之青天。天青青，泉泠泠。泉含青天天隔泉，我思君兮心亦然。心亦然，此心复在天之侧。我心为风兮渐渐，君心为云兮幂幂。此风引此云兮不来，此风此云兮何悠哉，与我身心双裴回。"

李 贺

李贺（790—816），字长吉，河南府福昌县（今河南宜阳）昌谷人。元和三年（808）秋，至洛阳以诗谒韩愈，受赏识，劝其举进士。四年春在长安应举求仕，受挫归。五年以荫入仕，任太常寺奉礼郎，三年后辞病归。八年秋，北游潞州依张彻。十年南游吴越。十一年归昌谷，寻卒。贺诗多写怀才不遇的强烈苦闷和对人生短促的抑郁悲愁，想象奇特诞幻，造语奇峭秾艳，风格幽峭冷艳，在当时独树一帜，对晚唐五代及后世诗、词均有深远影响。生前曾将诗二百二十三首编为四编。后世传本已非唐本原貌。清王琦有《李长吉歌诗汇解》，今人叶葱奇有《李贺诗集》，吴企明有《李长吉歌诗编年笺注》。

李凭箜篌引〔一〕

吴丝蜀桐张高秋〔二〕，空白凝云颓不流〔三〕。江娥啼竹素女怨〔四〕，李凭中国弹箜篌〔五〕。昆山玉碎凤凰叫〔六〕，芙蓉泣露香兰笑〔七〕。十二门前融冷光〔八〕，二十三丝动紫皇〔九〕。女娲炼石补天处〔一〇〕，石破天惊逗秋雨〔一一〕。梦入神山教神妪〔一二〕，老鱼跳波瘦蛟舞〔一三〕。吴质不眠倚桂树〔一四〕，露脚斜飞湿寒兔〔一五〕。

校注

〔一〕李凭，中唐著名宫廷女乐师，擅弹箜篌。顾况《李供奉弹箜篌歌》云："李供奉，仪容质，身才稍稍六尺一……指剥葱，腕削玉，饶盐饶酱五味足。弄调人间不识名，弹定天下掘奇曲。"杨巨源《听李凭弹箜篌》之二云："花咽娇莺玉漱泉，名高半在御筵前。汉王欲助人间乐，从遣新声坠九天。"箜篌，古代拨弦乐器，有卧箜篌、竖箜篌。《史记·孝武本纪》："祷祠泰乙、后土，始用乐舞，益召歌儿，作二十五弦及箜篌瑟自此起。"裴骃集解引徐广曰："应劭云：武帝令乐人侯调始造箜篌。"《隋书·音乐志下》：

"今曲项琵琶、竖头箜篌之徒，并出自西域，非华夏旧器。"《旧唐书·音乐志》："（卧箜篌）形似瑟而小，七弦，用拨弹之……竖箜篌汉灵帝好之，体曲而长，二十有二（三）弦，竖抱于怀，用两手齐奏，俗谓之擘箜篌。"李凭所弹奏者，为竖箜篌。诗约作于元和五年（810）秋诗人在长安任太常寺奉礼郎时。箜篌引，系乐府《相和歌·瑟调曲》旧题。

〔二〕吴丝，吴地所产蚕丝，用来制作箜篌的弦。蜀桐，蜀地所产桐木，用来制作箜篌的身架和柱。此以吴丝蜀桐借指箜篌。张，指紧弦调试。张籍《宫词》之二："黄金捍拨紫檀槽，弦索新张调更高。"引申为弹奏。杜甫《夜宴左氏庄》："林风纤月落，衣露静琴张。"此处"张高秋"即指在深秋弹奏。

〔三〕空白，指天空。白，《全唐诗》校："一作山。"颓，低垂貌。流，流动。《列子·汤问》："秦青……抚节悲歌，声振林木，响遏行云。"此句化用"响遏行云"之意。

〔四〕江娥，指湘娥，舜之二妃。《初学记》卷二十八引张华《博物志》："舜死，二妃泪下，染竹即斑。妃死为湘水神，故曰湘妃竹。""江娥啼竹"用此典。素女，传说中古代神女。《史记·孝武本纪》："泰帝使素女鼓五十弦瑟，悲，帝禁不止，故破其瑟为二十五弦。"

〔五〕中国，指京师（长安）。《诗·大雅·民劳》："惠此中国，以绥四方。"毛传："中国，京师也。"《史记·五帝本纪》："夫而后之中国，践天子位焉。"裴骃集解引刘熙曰："帝王所都为中，故曰中国。"

〔六〕昆山，昆仑山，产玉。《书·胤征》："火炎昆冈，玉石俱焚。"

〔七〕芙蓉，荷花的别称。荷花上沾有露珠，似哭泣，故云"芙蓉泣露"，此则状其声。

〔八〕十二门，指长安四面的城门。《三辅黄图·京城十二门》："《三辅决录》曰：'长安城，面三门，四面十二门，皆通达九逵，以相经纬。'"

〔九〕二十三丝，指二十三弦之箜篌。紫皇，道教传说中最高的神仙。《太平御览》卷六百五十九引《秘要经》："太清九宫，皆有僚属，其最高者，称太皇、紫皇、玉皇。"此借指皇帝。

〔一〇〕《淮南子·览冥训》："往古之时，四极废，九州裂。天不兼覆，地不周载……于是女娲炼五色石，以补苍天。"

〔一一〕逗，透也，漏也。

〔一二〕《搜神记》："永嘉中，有神见兖州，自称樊道基。有妪号成夫人。夫人好音乐，能弹箜篌，闻人弦歌，辄便起舞。"

〔一三〕《列子·汤问》："瓠巴鼓琴，而鸟舞鱼跃。"此化用其意。

〔一四〕吴质，三国时魏人，《三国志·魏书》有传。其《答东阿王书》有"秦筝发徽，二八迭奏。埙箫激于华屋，灵鼓动于左右"等语，抒发欣赏音乐之情。王琦《汇解》引刘义庆《箜篌赋》"名启瑞于雅引，器荷重于吴君"，谓："岂即用吴质事，而载籍失传，今无可考证欤？"今人多引《酉阳杂俎》以为吴质即吴刚。《酉阳杂俎》卷一："旧言月中有桂，有蟾蜍。故异书言月桂高五百丈，下有一人常斫之，树创随合。人姓吴名刚，学仙有道，谪令伐树。"姚文燮《昌谷集注》引明何孟春《馀冬绪录》："吴刚字质，谪月中砍桂。"则近于附会，未知其所据。

〔一五〕露脚，唐人习用"日脚""雨脚"之语，日脚指太阳射向地面的光线。此从"日脚""雨脚"引申而来，以为露水亦如雨水自天而降，故曰"露脚斜飞"。寒兔，神话传说中说月中有兔。《楚辞·屈原〈天问〉》："厥利维何，而顾菟在腹。"王逸注："言月中有兔，何所贪利，居月之腹，而顾望乎？"傅咸《拟天问》："月中何有？白兔捣药。"

笺评

杨万里曰：诗有惊人句。杜《山水障》："堂上不合生枫树，怪底江山起烟雾。"……李贺云："女娲炼石补天处，石破天惊逗秋雨。"（《诚斋诗话》）

刘辰翁曰：状景如画，自其所长。箜篌声碎有之，昆山玉，颇无谓。下七字妙语，非玉箫不足以当。石破天惊，过于绕梁遏云之上。至教神妪，忽入鬼语。吴质懒态，月露无情。"老鱼跳波瘦蛟舞"，其形容偏得于此，而于箜篌为近。（《吴刘笺注李长吉歌诗》卷一）

董懋策曰：说得古古怪怪。分明说李凭是月宫《霓裳》之乐，却说得奇怪。（《徐董评注本长吉诗集》卷一）

无名氏曰：由箜篌轻轻掣起，淡淡写落，跌出李凭，顺手摹神，何等气足。一结正尔蕴藉无限。（于嘉刻本《李长吉诗集》引）

郭濬曰：幽玄神怪，至此而极。妙在写出声音情态。（《增定评注唐诗正声》）

姚文燮曰：吴之丝，蜀之桐，中国之凭，言器与人相习。"中国"二字，郑重感慨。天宝末，上好新声，外国进奉诸乐大盛。今李凭犹弹中国之声，岂非绝调！更兼清秋月夜，情景俱佳。至声音之妙，"凝云"言其缥缈也，"江娥"言其悲凉也，"玉碎""凤鸣"，言其激越也。"芙蓉""兰笑"，言其幽芬也。帝京繁艳，际此亦觉凄清，天地神人，山川灵物，无不感动鼓舞。即海上夫人，梦求教授；月中仙侣，徙倚终宵。但佳音难觏，尘世知希。徒见赏于苍玄，恐难为俗人道耳。贺盖借此自伤不遇。然终为天上修文，岂才人题咏有以兆之耶！（《昌谷诗注》卷一）

黄周星曰：本咏箜篌耳，忽然说到女娲，神姬，惊天入月，变眩百怪，不可方物，真是鬼神于文。（《唐诗快》卷一）

叶矫然曰：长吉耽奇凿空，真有"石破天惊"之妙，阿母所谓是儿不呕出心不已也。然其极作意费解处，人不能学，亦不必学。义山古体时效此调，却不能工，要非其至也。（《龙性堂诗话初集》）

方世举曰：白香山"江上琵琶"，韩退之《颖师琴》，李长吉《李凭箜篌》，皆摹写声音至文。韩足以惊天，李足以泣鬼，白足以移人。二句、三句状其弹时合于"悲哉秋之为气"。"空白"，天也。"中国"……只作"都中"解，即下"十二门"。（"昆山"句）此句高弹。（"芙蓉"句）此句低弹。（"十二门前"二句）此二句言在京城秋月下。"十二门前"二语，谓尝奏伎宫中也。（"二十三弦"句）此句指动君上赏音。（"女娲"二句）此二句叹其非人间有。（"梦入"四句）以下四句，谓下而渊，上而天，亦皆为之感悟。更不复结一语，有如季札观止矣，写尽移情，渊天两际，犹《庄子》鱼见之深入，鸟见之高飞。"吴质"二句董云，"分明说李凭是月中《霓裳》之乐"。亦说得有着落，然不必求着落。（《李长吉诗集批注》卷一）

曾益曰：结句即景，零露夜滴，凉月微茫，时何闲暇。（《昌谷集》）

王琦曰：丝桐咏其器，高秋咏其时，空山凝云咏其景，江娥啼竹素女愁咏其声能感人情志。玉碎，状其声之清脆；凤叫，状其声之和缓；蓉泣，状其声之惨淡；兰笑，状其声之冶丽。（"十二门前"二句）上句言其声能变易气候，即邹衍吹律而温气至之意，下句言其声能感动天神，即圜丘奏乐而天神皆降之意。（"石破天惊"句）吴正子注：言箜篌之声，忽如石破而秋雨逗下，犹白乐天《琵琶行》"银瓶乍破水浆迸"之意，琦玩诗意，当是初弹之时，凝云满空；继之而秋雨骤作；泊乎曲终声歇，则露气已下，皓月在天，皆一时实景也。而自诗人言之，则以为凝云满空者，乃箜篌之声遏之而不流；秋雨骤至者，乃箜篌之声感之而旋应。似景似情，似虚似实。读者徒赏其琢句之奇，解者又昧其用意之巧。显然明白之词而反以为在可解不可解之间，误矣。（"梦入"二句）言其声之妙，虽幽若神鬼，顽若异类，亦能见赏。（"吴质"二句）言赏音者听而忘倦，至于露零月冷，夜景深沉，尚倚树而不眠，其声之动人骇听，为何如哉！（《李长吉歌诗汇解》卷一）

史承豫曰：（"石破天惊逗秋雨"）七字可作昌谷诗评。（《唐贤三昧续集》）

陈本礼曰：此追刺开、宝小人祸国之由始也。考贺生于德宗贞元七年，殁于宪宗元和之十二年，距李凭弹箜篌供奉内庭时，五十余年，长吉何得尚闻李凭之箜篌耶？李凭以一梨园小人，而玄宗昵之，初不料其即为祸国衅首。贺以有唐王孙，追恨当时，故著此篇，以补国史之阙，与《春秋》书法相表里。通首皆愤恨讽刺之词，乃一毫不露本意。此所谓愈曲愈微愈深愈晦者也。各家注释，均未发明此义。徒以写声之妙，重复谬赞，不顾叠床架屋，失其旨意。（《协律钩玄》卷一）

黄淳耀曰：结三句皆梦中所见。黎简批"昆山"句，形容声之高；下句，声之幽。"十二门前"二句，声之和，能使景色亦和也。"梦入"二句，叹其伎之神，如叔夜授《广陵散》于鬼意。结句吴刚亦来听，不知久也，即白露沾衣也。（《黎二樵批点黄陶庵评本李长吉集》卷八）

吴汝纶曰：通体皆从神理中曲曲摹绘，出神入幽，无一字落恒人蹊径。（《唐宋诗举要》）

王闿运曰：（"昆山"二句）接突出。（《手批唐诗选》）

罗宗强曰：李贺诗艺术上的又一个重要特点，是意象的密集。在一首诗甚至一个诗句里，他往往压缩进许多意象，让它们直接衔接层层叠合。他写乐声引起的感觉，说是"昆山玉碎凤凰叫，芙蓉泣露香兰笑"。如玉碎的声音，如凤凰叫的声音，这是两个比喻。从这两个比喻，使人由声象而联想到某种物象。但是芙蓉泣露香兰笑就不同了，这是两个意象的叠合，而且这两个意象中的每一个，又都压缩进若干个意象。乐声的悲伤，如泣如诉，这是一个声象；带露的明丽的荷花，这是一个形象，想象带露的荷花在哭泣，露珠乃是它的泪水。这个明丽的形象便变成了一个明净的带着感伤意味的意象。这个意象很容易使人联想到纯真的少女淡淡的哀伤。"芙蓉泣露"这样一个意象，是这一系列意象压缩成的，它也就带有很大的容量，足以使人回味寻绎以至无穷。"香兰笑"也是如此。乐声的明丽，使人想到欢笑，这是声象；由欢笑而联想到明丽的兰花，如兰花那样明丽的欢笑，笑得有如明丽的兰花等等，可闻的声象变成了可视的形象，可视的形象又包含着音乐韵律的暗示。（《唐诗小史》）

《李凭箜篌引》作为一首写音乐的诗，在艺术手段上虽亦不出描摹声音及表现效果两端，但其奇思幻想所创造的种种超人间的境界，却使这首写音乐的诗充满了神奇虚幻的色彩，显示出独特的艺术个性。

"吴丝蜀桐张高秋"，这句不过交代秋天演奏箜篌之事，却摒弃平直的叙述而改用起势高远的描写。用"吴丝蜀桐"指代箜篌，不仅以其材质之优良显示箜篌制作的精良华美，以突出名家之必用名器，方能相得益彰，而且妙在其中突接"张高秋"三字，一下子就创造出一幅以无限高远寥廓的秋空广宇为背景的演奏场景，那原本不过置于演奏者怀抱之间的箜篌在读者的印象中也似乎放大了无数倍，呈现在面前仿佛是在高天广宇之间竖立着一架硕大无比的箜篌。普通的乐器无形中被神奇化了，以下的种种感天地泣鬼神的描写才不显得突兀。

"空白凝云颓不流"，上句"张"字方言拧紧弦调试声音，并未直接描写弹奏，这句却已越过弹奏的情景而直接写到弹奏的神奇效果。妙在它只貌似写景——高远空阔的天空中，原本飘浮不定的云彩这时却突然凝止不动了，"颓"字传神地写出凝止不动的云彩向下低垂的神态。这句的意境固自"响遏行云"的成语化出，但它略去了"响遏"，而只写行云凝重低垂的情态，言外便透露出一种受到强烈感染之后的凝神倾听，若不胜情之意。这就把原成语中单纯的夸张渲染进一步变为对云的情态化描写，从而更突出了箜篌演奏的强烈感染力。

"江娥啼竹素女怨"，接下来一句，仍写箜篌演奏的艺术效果，却由天上的云彩转向神话中的人物——江娥、素女。这音乐不仅使悲伤善感的湘妃泪洒斑竹，啼泣伤感，而且使善奏悲声的素女也悲怨不已。这是写音乐"泣鬼神"的艺术效应，也从侧面透露了箜篌所奏出的声音充满了悲怨。

二、三两句，分别从物和神两方面极力渲染箜篌的感染力，第四句"李凭中国弹箜篌"方一笔兜转，落到弹奏者和所弹的乐器上来。采用倒叙的写

2133

法，不仅是为了避免平直，制造悬念，渲染气氛，取得先声夺人的艺术效果，而且由于前三句已从寥廓背景、强烈效果上对箜篌的演奏做了充分的铺垫，第四句这孤立地看似平淡无奇的叙述才显得特别郑重、大气，富于力度。"中国"二字，意指京都，但词语本身却能唤起更广泛的联想，它与首句所展现的高远寥廓之景相呼应，创造出宏阔的意境，给人以国手张乐于高秋，响传于国中的感受，读来自具一种磅礴的气势。

"昆山玉碎凤凰叫，芙蓉泣露香兰笑。"五、六两句，正面描摹箜篌演奏的各种声响，与其他写音乐之作多主描摹形况乐声不同，这首诗只此二句是对乐声的描摹，却又打破常规，不用人们熟悉的生活中常见的事物作比况，而是出奇制胜，用不平凡的神奇的事物或想入非非的手段来表现。昆仑山之玉，是珍奇的宝物，常人所不经见，用"昆山玉碎"来形容箜篌之声，当是取其清脆，但由于它是宝玉，故在表现其"碎"声之清脆的同时又给人一种尖锐细碎之感；凤凰是神话传说中的祥瑞之鸟，凤凰之"叫"声常人实所未闻，但用"叫"而不用"鸣"，可以看出诗人所要表现的恐怕不是所谓"和"，而是它的清亮高亢。"昆山玉碎"与"凤凰叫"正形成一清脆细碎、一响亮高亢的鲜明对照。芙蓉和香兰都是常见之物，但用"芙蓉泣露"和"香兰笑"来形容箜篌演奏之声，却匪夷所思。这句诗的中心自然是"泣"与"笑"，前者状声之幽咽哀伤，后者状声之欢快愉悦。但说"芙蓉泣露""香兰笑"，则这幽咽哀伤、欢快愉悦之声中却分别蕴含了艳丽的色彩和幽香的气息。诗人运用通感手法，使听觉、视觉、嗅觉融为一体，使听到的声音不但有形体、有气味，而且有感情色彩。

"十二门前融冷光，二十三丝动紫皇。"七、八两句，又随即转过头来写箜篌的艺术力量。时值深秋之夜，长安的十二门前，寒气凛冽，但箜篌演奏发出的热烈声响和热闹气氛却仿佛将冷光消融了。古有邹衍吹律而寒谷生温的传说，诗人师其意而全不用其词，虽写音乐之改变自然界寒冷的效果而其声响、气氛之热烈可想。如此强烈的感染力，甚至连天上的紫皇、人间的至尊也被感动了。"二十三丝"借指箜篌，与上句"十二门"均用数字相对应，而"紫皇"则兼绾人间天上的最高统治者。箜篌演奏的艺术感染力至此，仿佛已臻绝顶，无以为继。不料诗人的诗思却翻空出奇，由奇入幻，更翻出一层惊天动地的意境。

"女娲炼石补天处，石破天惊逗秋雨。"上句已写到箜篌之声感动"紫皇"，此处更由"紫皇"而联想到远古混沌时代女娲炼石补天的神话传说。

这种联想虽荒远渺茫，却并不突兀奇辟，妙在将这一神话传说与李凭演奏箜篌的神奇艺术力量联结在一起，与眼前的实景（天上忽然下了一阵秋雨）联系起来，创造出"前无古人，后无来者"的警辟奇绝之境。在箜篌发出一阵突如其来的潇潇之声时，诗人仰首望天忽有所悟，这阵急骤如雨的潇潇之声，仿佛就是当年女娲炼石时的某一块石头突然破裂了，惊动了整个天宇，从而在破裂处漏下了一阵秋雨吧。不仅写出了乐声感天地的神奇力量，而且传达出了诗人聆听时产生的奇警感、惊讶感、神秘感。古今写音乐的神奇力量的诗文虽多，但境界如此奇幻，想象如此奇特，力度如此强烈的却不多见。

"梦入神山教神妪，老鱼跳波瘦蛟舞。"这两句又由奇幻的想象而进一步发展到入梦。"梦入神山教神妪"者，自然是弹奏箜篌的李凭。乐境又由奇幻强烈转入缥缈。在诗人的想象中，演奏箜篌的李凭似乎梦中进入了神山，在教神妪成夫人弹奏箜篌，美妙的乐声使得神山涧中的老鱼也跳出波间倾听，连瘦蛟也伴着箜篌的节奏而尽情起舞，这同样是化用《列子》"瓠巴鼓琴，而鸟舞鱼跃"的典故，但运用"老""瘦"形容"鱼"和"蛟"，显示出李贺一贯的喜用带有衰颓色彩的形容词的偏好和独特的艺术个性。

"吴质不眠倚桂树，露脚斜飞湿寒兔。"秋雨乍歇，月光复现，箜篌的演奏声虽然停歇了，但音乐的强烈感染力仍然在继续。月中的吴质（刚）因闻乐而陶醉不眠，斜倚着桂树，连月兔也受到了感染，悄然不动，任凭露水飘洒斜飞，打湿了全身。吴质当即神话传说中的谪令伐桂的吴刚，而非历史上的实有人物。这既与"倚桂树"及"寒兔'相合，亦与全篇所写事物人物均为超人间者相合。诗写到这里，即戛然而止，对李凭箜篌演奏的技艺不更着一辞赞叹评论。李贺的乐府古诗，往往在仿佛尚未尽言时突然煞住，给人以斩截奇峭之感，此篇亦复如此。然细味落句，于斩截之中仍有摇漾不尽之致。

此诗写音乐，与白、韩二作最明显的区别当为多用超人间的神话传说中的人物事物描摹声音，显示效果，这既使诗的艺术效果更为强烈而带神奇色彩，也使诗所描摹的声音带有某种朦胧性和多义性。

全诗从"张高秋"到"露脚斜飞"，实际上包含了一个渐进的过程。王琦是最早发现这一点的解读者："当是初弹之时，凝云满空；继之而秋雨骤作；洎乎曲终声歇，则露气已下，皓月在天，皆一时实景也。而自诗人言之，则以为凝云满空者，乃箜篌之声遏之而不流；秋雨骤至者，乃箜篌之声

李
贺

2135

感之而旋应。似景似情，似虚似实。"在音乐描写的过程中描写景物，本很平常，巧妙处在将眼前所见实景与耳中所闻箜篌演奏之声、心中所感之情以及由音乐所唤起的种种联想、想象乃至幻觉融成浑然一体的意境，方见其艺术构思的精妙独特。

残丝曲〔一〕

垂杨叶老莺哺儿，残丝欲断黄蜂归。

绿鬓年少金钗客〔二〕，缥粉壶中沉琥珀〔三〕。

花台欲暮春辞去〔四〕，落花起作回风舞〔五〕。

榆荚相催不知数〔六〕，沈郎青钱夹城路〔七〕。

校注

〔一〕残丝，指暮春晴昼飘浮在空中断残的游丝。

〔二〕绿鬓，乌黑而有光泽的鬓发，指男指女均可。此云"绿鬓年少"，自指年轻男子。金钗客，指女子。

〔三〕缥粉，青白色、淡青色。琥珀，借指琥珀色（红褐色）的美酒。琥珀为松柏树脂的化石，呈淡黄色或红褐色。唐人诗中多以之形容美酒，如李白《客中作》："兰陵美酒郁金香，玉碗盛来琥珀光。"

〔四〕花台，四周砌以砖石的种花的土台。宋之问《奉和九日登慈恩寺浮图应制》："黄房陈宝席，菊蕊散花台。"储光羲《题应圣观》："含砖起花台，折草成玉节。"

〔五〕回风，旋风。

〔六〕榆荚，榆树的果实。初春时先于叶而生，联结成串，形似铜钱，俗称榆钱。暮春时随风散落。相催，指成熟的榆荚先后散落，如相催然。

〔七〕沈郎青钱，本指晋沈充所铸钱币。《晋书·食货志》："吴兴沈充又铸小钱，谓之沈郎钱。"此转指榆钱（荚），以其形状似榆荚故称。榆荚钱汉时已有，轻而薄，状如榆荚。《魏书·高谦之传》："汉兴，以秦钱重，改铸榆荚钱。"夹城路，谓散落的榆钱堆满了城里道路的两侧，像是夹着道路一样。或谓"夹城"连文指长安东边的双重城墙。恐非。

吴开曰：前辈称宋莒公赋《落花》诗，其警句有"汉皋珮冷临江失，金谷楼危到地香"之句……其弟景文公同赋云："将飞更作回风舞，已落犹成半面妆。"亦本于李贺《残丝曲》云："落花起作回风舞。榆荚相催不知数。"（《优古堂诗话》）

吴正子曰：此篇言晚春之景。（王琦《李长吉歌诗汇解》卷一引）

刘辰翁曰：不过写蚕事将了，困人天气。不晓"沉琥珀"何谓？末独赋榆钱，着沈郎，尤劣。（《吴刘笺注评点李长吉歌诗》卷一）

许学夷曰：李贺乐府七言，声调婉媚，亦诗馀之渐。上源于韩翃七言古，下流于李商隐、温庭筠七言古。如"啼蛄吊月钩阑下""天河落处长洲路""鸦啼金井下疏桐""落花起作回风舞""露脚斜飞湿寒兔""兰脸别春啼脉脉""况是青春日将暮，桃花乱落如红雨"……皆诗馀之渐也。（《诗源辩体》卷二十六）

曾益曰：杨老莺挚，丝断蜂归，皆晚春之景。年少之客，正宜理金钗，饮美酒以为乐。否则春去花落，榆荚之摧残者，吾不知其几矣。伤时之易迈也。（《昌谷集》卷一）

姚文燮曰：叶老莺雏，丝残蜂伴，言春光倏迈也。绿衣翠袖，玉罍红醪，虽不必效丽华之舞，而庭树几番落矣。城隅榆荚，如沈充小钱之多。曾沉湎酣宴之人，亦知好景之易逝否。（《昌吉集注》卷一）

陈本礼曰：此刺当时少年狭斜不归而作。绿鬓年青，金钗色丽，粉壶器美，琥珀香浓，正温柔沉湎之乡，岂可还言归去？无如莺老蜂归，花台春暮，囊中青钱已化为榆荚，犹眷恋不已也。（《协律钩玄》卷一）

何焯曰：为乐惜钱，不知徒以催老，积于无用，化为土也。妙在隐约不尽。昔刺晋昭公，此言夹城路，必有属矣。其以琼林、大盈为戒耶！（《协律钩玄》卷一引）

黎简曰：后四句极曲折，春欲去而落花回风，犹有留春之意，乃榆叶纷纷，相催落去，多于落花之起舞也。（《黎二樵批点黄陶庵评本李长吉集》）

叶葱奇曰：前四句说晓春的时候，少年男女饮宴春游，及时行乐。后四句说春光已然悄然而去，随风回旋的落花仿佛还想留住它，但是榆钱缤纷，已然满路，春光哪里挽留得住呢？这首诗是描述晚春的景色，来抒写

李贺

年华的感慨的，语意含蓄而蕴藉。（《李贺诗集》卷一）

 鉴赏

　　李贺诗善写暮春景物，借以抒写青春将逝的惋惜流连、惆怅感伤、苦闷抑郁。本篇与《蝴蝶飞》《铜驼悲》《将进酒》都是这方面的佳篇。

　　题目"残丝曲"，取诗中"残丝欲断"句为题。游丝是春光的标志和象征，所谓"百丈游丝争绕树，一群娇鸟共啼花"，正是对浓艳春光的生动描写。而"残丝"则是暮春时节在晴空中飘荡的断残的游丝，它正是春光老去的标志。诗人用它来作题目，本身便包含了对春光老去的惆怅。

　　"垂杨叶老莺哺儿，残丝欲断黄蜂归。"垂柳的叶子，已经由鹅黄浅绿变为深绿色，黄莺正在哺育新生的幼雏，飘荡在空中的游丝由于不断受到风的吹刮，已经断残散乱，外出采蜜的黄蜂也已经归巢。开头两句，连用四个具有典型特征的物象，描绘出暮春晚景。其中"老"字直揭春光已老，"残"字显示态势，"黄蜂归"兼点暮景，都是着意点染之笔。

　　"绿鬓年少金钗客，缥粉壶中沉琥珀。"三、四两句，由景而入，写出一位绿鬓少年和一位头戴金钗的年轻女子，正在对饮。青白色的酒壶中盛着琥珀色的美酒。"沉"字用得精妙，使人仿佛能感受到酒的稠浓和质感。两句中"绿""金""缥粉""琥珀"等具有鲜明色彩的词语的叠用，使诗的色调显得非常浓艳。但诗人对他们的行动和感情却并不明示，而是通过一、二两句和三、四两句画面的组接加以暗示。面对眼前春光老去的自然景象，这对正值青春妙龄的男女，自然会触发自己青春易逝的惆怅，从而产生及时行乐的念头和行动。而诗人只是客观展示这两幅图景，而对它们之间的内在关联并不置一词，故画面虽鲜明，意蕴却含蓄。

　　"花台欲暮春辞去，落花起作回风舞。"五、六两句，又转而写暮春晚景。"花台"是砖砌的种花土台。"花台欲暮"的"暮"字，含义双关。既指花台中的花都快要凋谢了，呈现出一片春意阑珊的景象；又指时已晚暮，黯淡的暮色正笼罩着这花事阑珊的花台。春暮复加时暮，整个春天已辞谢而去了。"辞"不是单纯地离开，它带有某种感情色彩，仿佛向人间，向"绿鬓年少金钗客"默默地告别。正由于这个"辞"字，引出了"落花起作回风舞"这个充满诗意想象的警句：一阵晚风回旋而起，卷起了缤纷满地的落花，飘荡回旋，翩翩起舞，像是在向人们作最后的流连和告别。这多情的落花，是"绿鬓年少金钗客"眼中的落花，也是他们意中的落花。他们将自己对青春的无限流连移到落花身上，化无情为有情，才创造出了这充满流连惜别情思和怅惘惋惜之情的诗句。这是一种行将消逝的美，虽令人怅惘不已，却充满了青春的芬芳气息和活跃的生命力。

"榆荚相催不知数，沈郎青钱夹城路。"末二句转写暮春的另一典型景象。在归来的路上，道旁的榆荚在晚风中成串地先后散落，堆满了道路的两侧，就好像沈郎的青钱夹道堆积一样。榆钱夹路，正显示出春光的消逝和春色的飘荡，自然界的春天就这样消逝了，目睹此景，相偕归去的"绿鬓年少金钗客"内心的怅触和感慨不问可知。

就全诗而言，诗的情调虽含惋惜、怅惘、流连，但并不感伤消沉。虽是春暮，仍存一种青春的美感。诗中"落花起作回风舞"之句，更直接影响了李商隐的"落时犹自舞"和宋祁的"将飞更作回风舞"，但后者模仿之迹明显，新意显然不足。

雁门太守行〔一〕

黑云压城城欲摧〔二〕，甲光向日金鳞开〔三〕。
角声满天秋色里，塞上燕脂凝夜紫〔四〕。
半卷红旗临易水〔五〕，霜重鼓寒声不起〔六〕。
报君黄金台上意〔七〕，提携玉龙为君死〔八〕。

校注

〔一〕《雁门太守行》，汉乐府相和歌辞瑟调三十八曲之一，古辞历叙东汉洛阳令王涣之治行。《乐府诗集》卷三十九《雁门太守行八解》古辞解题引《乐府解题》曰："按古歌词历叙涣本末，与传合。而曰《雁门太守行》，所未详。若梁简文帝'轻霜昨夜下'，备言边城征战之思，皇甫规雁门之问，盖据题为之也。"李贺此篇，亦叙边城征战之事。唐张固《幽闲鼓吹》："李贺以歌诗谒吏部，吏部时为国子士分司，送客归极困，门人呈卷。首篇《雁门太守行》曰：'黑云压城城欲摧，甲光向日金鳞开。'却援带命邀之。"按：李贺元和三年（808）十月自昌谷至洛阳，以诗谒韩愈，此诗即所呈献之卷首一篇。诗当作于此前。

〔二〕黑云，或云喻攻城敌军，或云形容出兵时尘土大起，均非。详鉴赏。

〔三〕甲，指将士身穿的铠甲。甲光，指铠甲映日所发出的光芒。日，《乐府诗集》作"月"。金鳞，金色的鱼鳞。开，张开。

〔四〕燕脂，即胭脂。《古今注·都邑》："秦筑长城，土色皆紫，汉塞亦然，故称紫塞焉。"

〔五〕易水，河名，在今河北易县境。《元和郡县图志·河北道三·易州》：易县，"易水，一名故安河，出县西宽中谷。《周官》曰：'并州，其浸涞、易。'燕太子丹送荆轲易水之上，即此水也"。易水附近一带，当时是河北藩镇的巢穴。

〔六〕霜重，霜浓。鼓寒，鼓声低沉，即下"声不起"。

〔七〕黄金台：台名，又称金台、燕台，故址在今河北易县东南北易水南。《上谷郡图经》："黄金台，易水东南十八里。燕昭王置千金于台上，以延天下之士。"黄金台上意，指君主的知遇之恩，厚遇之意。

〔八〕玉龙，借喻宝剑。中唐王初有"剑光横雪玉龙寒"之句。《晋书·张华传》载二宝剑入水化为龙事，故以龙喻剑。

笺评

王得臣曰：长吉才力奔放，不惊众绝俗不下笔。有《雁门太守》诗曰："黑云压城城欲摧，甲光向日金鳞开。"王安石曰："是儿言不相副也。方黑云如此，安得向日之甲光乎？"（《麈史》）

曾季貍曰：李贺《雁门太守行》语奇。（《艇斋诗话》）

刘辰翁曰：（"角声满天秋色里"）有此一语，方畅。（"塞上燕脂凝夜紫"二句）此等景色不可无。又曰：起语奇，赋雁门着紫土，本嫩。后三语无甚生气，设为死敌之意。偏欲如此，颇似败后之作。（《唐诗品汇》卷三十八引）又曰：语少而劲，转出死敌意，愤咽。（《删补唐诗选脉笺释会通评林》引）

杨慎曰：或曰：此诗韩、王二公去取不同，谁为是？予曰：宋老头巾不知诗，凡兵围城，必有怪云变气。昔人赋鸿门有"东龙白日西龙雨"之句，解此意矣。予在滇，值安凤之变，居围城中，见日晕而重，黑云如蛟龙在其侧，始信贺之诗善状物也。（《升庵诗话》）

范梈曰：作诗要有惊人句，语险，诗便惊人。如李贺"黑云压城城欲摧，甲光向日金鳞开"。此等语，任是人道不出。（《删补唐诗选脉笺释会通评林·中七古下》引）

周敬曰：萃精求异，刻画点缀，真好气骨，好才思。（同上引）

顾璘曰：语奇而峻，前辈所称。（同上引）

陆时雍曰："塞上燕脂凝夜紫"，"燕脂"二字难下。"霜重鼓寒声不起"语甚有色。（同上引）

周珽曰：今观其全首，似为中唐另树旗鼓者。至末二句，雄浑犹不减初、盛风格……长吉诗大抵创意奥而生想深，萃精求异，有不自知为古古怪怪者。他如《剑子》《铜仙》等歌什，颇多呕心语，宜为昌黎公所知重也。（同上引）

曾益曰：此言城将陷敌，士怀敢死之志。以望气，则云黑而城将摧矣。然甲光向日，犹守而未下地。势危则吹角愈急，故曰"满天"。逢秋则其声甚哀也。而夜将入矣，塞土本紫而以夕照临之，则如胭脂之凝。时则红旗半卷临易水之上，众方击鼓作气，思以御敌也。而鼓声不起，胡不利也？遂将提携玉龙，矢死以徇，以报君平昔待士之厚意而已。（《昌谷集》卷一）

无名氏曰：云压城头，日射金甲，何等声势笔力！（明于嘉刻本《李长吉诗集》批）

姚文燮曰：元和九年冬，振武军乱，诏以张煦为节度使，将夏州兵二千趋镇讨之。振武即雁门郡。贺当拟此以送之。言宜兼程而进，故诗皆言师旅晓征也。宿云崩颓，旭日初上，甲光赫耀，角声肃杀，遥望塞外，犹然夜气未开。红旗半卷，疾驰夺水上军。勿谓鼓声不扬，乃晨起霜重耳。所以激厉将士之意，当感金台隆遇，此宜以骏骨报君恩矣。（《昌谷集注》卷一）

黎简曰："声满天地"，似昌黎"天狗堕地"之作篇中活句，贺真不愧作者。"霜重"句，即李陵"兵气不扬"意。（"半卷"二句）写败军如见。（末二句）以死作结势，结得决绝险劲。（《李长吉集》）

杜诏曰：此诗言城危势亟，擐甲不休，至于哀角横秋，满目悲凉，犹卷旆前征，有进无退。虽士气已竭，鼓声不扬，而一剑尚存，死不负国。皆描写忠诚慷慨。（《中晚唐诗叩弹集》）

薛雪曰：李奉礼"黑云压城城欲摧，甲光向日金鳞开"，是阵前实事，

千古妙语。王荆公訾之，岂疑其"黑云""甲光"不相属耶？儒者不知兵，乃一大患。(《一瓢诗话》)

王琦曰："塞上燕脂凝夜紫"，当作暮色解乃是，犹王勃所谓"烟光凝而暮山紫"也。此篇盖咏中夜出兵，乘间捣敌之事。"黑云压城城欲摧"，甚言寒云浓密。至云开处逗漏月光（按：王本作甲光向月）与月光相射，有似金鳞。此言初出兵之时，语气甚雄壮。"角声满天"写军中之所闻；"塞上胭脂"，写军中之所见。"半卷红旗"，见轻兵夜进之捷。"霜重鼓寒"，写冒寒将战之景，末复设为誓死之词，以报君上恩礼之隆，所以明封疆臣子之志也(《李长吉歌诗汇解》卷一)

沈德潜曰：（"黑云"二句）阴云蔽天，忽露赤日，实有此景。字字锤炼而成，昌谷集中独推老成之作。(《重订唐诗别裁集》卷八)

宋宗元曰：（"黑云"二句）沈雄乃尔。（"霜重鼓寒"三句）警绝。(《网师园唐诗笺》)

史承豫曰：（"黑云压城"句）闪烁纸上。结尾陡健。(《唐贤小三昧集》)

董伯英曰：古乐府曲当是指李广、刘琨辈。鲍照《出自蓟北门行》："募骑屯广武，分兵救朔方。投躯报明主，身死为国殇。"长吉全仿此。长吉谒退之首篇即此诗，正取"报君"二句意，以况士为知己者死也。(《协律钩玄》卷一引)

陈沆曰：乐府《雁门太守行》，古辞咏洛阳令王涣德政，不咏雁门太守也。长吉以借古题寓今事，故"易水""黄金台"语，其为咏幽蓟事无疑。宪宗元和四年，成德军节度使王承宗自立，吐突承璀为招讨使讨之，逾年无功。故诗刺诸将不力战，无捐国死绥之志也。唐中叶，以天下不能取河北，由诸将观望无成，故长吉愤之。王氏之有恒、冀，正易水、雁门之地。若以为拟古空咏，何味之有？(《诗比兴笺》卷四)

叶葱奇曰：首二句说黑云高压城上，城像立刻就要摧毁一般；云隙中射出的日光，照在战士们的盔甲上，闪现出一片金鳞。这是描绘敌兵压境，危城将破的情景。三、四两句中，"角声满天"是说日间的鏖战；"燕脂凝夜紫"是说战血夜凝。是描写激战后退去的情景。五、六两句是形容撤退时，军旗半卷，鼓声不扬。结尾两句是表明寸土必争，奋死抗敌，以尽忠报国之意。这首诗意境非常苍凉，语气非常悲壮，很像屈原《九歌》中的《国殇》。杜牧说贺诗是"骚之苗裔"，所见甚确。集中像这一类的诗实在都是胎息的《楚辞》，而很能得其神理的。(《李贺诗集》)

鉴赏

《雁门太守行》系乐府古题，但现存古辞系咏东汉洛阳令王涣之德政，与题意无涉。《宋书·乐志三》录《雁门太守行》古辞，其前有《洛阳行》之题，故《全汉诗》注云：“按其歌辞历叙涣本末，与本传合。其题当作《洛阳行》。其调则为《雁门太守行》也。”可备一解。自梁简文帝起，《雁门太守行》始咏边城征战之事，李贺此篇，当沿袭此意。梁简文帝《雁门太守行》其二云：“陇暮风自急，关寒霜自浓……潜师夜接战，略地晓摧锋。悲笳动胡塞，高旗出汉墟。”似与李贺此篇内容及意象有关，可供参照。

本篇历来被视为李贺最有代表性的作品，但自明末曾益发为“此言城将陷敌，士怀敢死之志”之解以来，对这首诗的首句便一直存在着一种“敌兵压境，危城将破”的误解，而对首句的误解，又导致对全诗内容意蕴的误解。其中比较有代表性的疏解是，诗写一次战争的全过程：开头两句写敌兵压境，形势紧张；三、四两句，写角声满天，双方激战；五、六两句，写旗卷鼓寒，战况危急；最后两句，写奋勇杀敌，以死报国。这看似非常顺理成章的解释，如果和诗的原文一对照，稍加推敲，就会发现显然的漏洞。首先，如果说开头两句是写敌军压城，城陷重围，形势危急，为什么打了一阵之后，反而“半卷红旗临易水”，跑到河北藩镇的巢穴去了呢？越打越远，只有在大破敌军之后，乘胜一直追击的情况下才有可能出现，但又说“霜重鼓寒声不起”，情况危急，最后又表示要以死报君。明明大获全胜，穷追不舍，何以如此缺乏壮盛之气，悲凉激楚呢？这就显得前后矛盾，无法自圆了。其次，“角声满天”不像是写双方激战。军中号角并非如现代战争那样作为发起进攻、冲锋的信号，而是用作警昏晓、振士气、肃军容的信号，即所谓“画角”。陈子昂《和陆明府赠将军重出塞》：“晚风吹画角，春色耀飞旌。”所写即警昏晓所用。发起进攻例用击鼓而非画角。再次，“半卷红旗”更不像是写作战时的情景。在战斗中，旗帜起着指挥全军、激励士气的作用，战旗总是迎风招展飞扬，而不能是“半卷”的。“半卷红旗”是在急速的行军过程中，为了减少风的阻力，以加快行军速度而这样做的，王昌龄《从军行》“大漠风尘日色昏，红旗半卷出辕门”正是写急速行军的情景。总之头一句理解错了，全篇的内容也都弄得扞格难通，无法自圆。那么，这首诗究竟写什么呢？概括地说：应该是写一次虚拟想象中的讨伐河北藩镇的出征情景，时间是从傍晚到次日黎明前。

李
贺

2143

"黑云压城城欲摧，甲光向日金鳞开。"开头两句，写出征将士集结城下待发。浓重的黑云低低地压在城头上，看上去就像是要把城头压塌一样。在城下列阵整装待发的将士身披铠甲，迎着透过乌黑的云层照射下来的耀眼的阳光，像金色的鱼鳞开张时那样，闪耀着光芒。"黑云压城城欲摧"这个发端，不但奇警峭拔，突兀劲挺，而且在景色描绘中透出一种紧张、沉重的气氛。孤立地抽出这一句，也许可以理解为强敌压境，危城将破。但联系全诗，则明显可见这种理解不符实际，因为下面并没有接着写敌我双方在城下惨烈的战斗。说这句诗带着某种象征暗示色彩自属事实，但它的象征暗示色彩，仅仅是在总体上渲染一种氛围：当时藩镇割据势力猖獗，严重威胁着国家的统一和中央集权。这种总体的时代氛围，使诗人在描写景物时，自然地渗透了一种沉重而紧张的危机感、压抑感。"黑云压城"的"压"字，不但写出了黑云低垂紧贴城头的态势，而且写出了它的质感、重量感；而句末的"摧"字，更显示出一种危机感。这样，整个诗句在写景中就自然渗透了诗人对当时那种强藩割据叛乱，形势严峻危急的总体时代氛围的强烈感受。而第二句则将画面由黑云低压的城头移向列阵整装待发的将士。诗人撇开将士的面部表情、心理状态的正面描写，单写透过浓密乌黑的云层射出的耀眼阳光映在将士的铠甲上，闪耀出金鳞般的光芒这一细节。黑云、日光，一黑一白，正是光线明暗的两个极端。强烈耀眼的阳光与周围大片漆黑的乌云，与将士身上黑色的铁甲，形成强烈的对比，造成视觉上心理上的强烈刺激。这种色彩的结合映衬，已经隐隐传出一种严肃、沉重而带庄严感、神秘感的气氛。不说"日光映甲"，而说"甲光向日"，加上句末的"开"字，更表现出一种向上跃动的气势和生命力。上句的沉重感、压抑感和危机感与这句的严肃感、神秘感和跃动感，实际上都是出征将士在危机重重的背景下背负着庄严赴战使命的复杂心态的表现。

　　"角声满天秋色里，塞上燕脂凝夜紫。"三、四两句，写行军途中情景，上句写所闻，下句写所见。悲壮嘹亮的号角声在充满秋色的寥廓天宇和广阔原野上回荡，在夕阳余晖的映照下，塞上紫色的泥土犹如胭脂凝成。上句境界开阔，声调高亢；下句色彩浓烈，情感凝重，表现的也正是出征将士复杂的情感心绪。下句遣词设色极富创造性。"塞上燕脂"既可理解为塞上的泥土呈现胭脂之色，也可理解为塞上傍晚的红色霞光。"凝夜紫"三字，显示出在行军的过程中，塞上的红色泥土和天边的红色霞光逐渐黯淡，最后凝结成一片入夜后的深紫。从写景的角度说，自是极精练形象、奇警独特的诗句，但更主要的，却是它所具有的象征暗示色彩，这"塞上燕脂凝夜紫"的景象，使人自然联想到即将到来的战斗之惨烈，联想到将士的鲜血。其意味类似毛泽东《忆秦娥·娄山关》的结尾"残阳如血"，但前者暗示，后者明喻，手法各异。毛泽东喜李贺诗，此等描写可谓深得贺诗之神髓而又别具明快之风格。

"半卷红旗临易水，霜重鼓寒声不起。"五、六两句，续写出征部队到达作战的前线。上句明点"易水"，无论就内容，还是就风格而言，都是一个关键的意象。易水流域一带，是河北藩镇的巢穴，说明这次将士行军赴敌，其作战的对象就是盘踞这一带特强作乱的强藩，从而显示出战争的正义，也预示战争的悲壮惨烈。"半卷红旗"，是夜间急速行军偃旗息鼓的需要，而这在苍茫夜色中的"红旗"也给画面增添了鲜明的色彩。此时天已接近黎明，浓霜密布，战鼓也沾上了霜露，鼓声显得低沉不扬，似乎带着寒意。红旗与浓霜的色彩对比，易水风寒的气氛渲染，鼓寒声沉的声响描写，预示着即将开始的将是一场艰苦惨烈的血战。"易水风寒"的历史典故更使人自然联想到"壮士一去兮不复还"式的决心誓言和悲剧气氛。这就自然引出结尾两句来。

"报君黄金台上意，提携玉龙为君死。"末二句写临战前将士慷慨赴死，报答君恩的决心。黄金台就在易水边上，故由"易水"自然联想到黄金台。"黄金台上意"，亦即君主的信任重用的厚意，所谓"知遇之恩"。为了报答君主的知遇之恩，决心手持锋利如雪、夭矫如龙的宝剑，与强敌决一死战。喜用"死"字一类狠重之词，固是李贺遣词的特色，但用于结尾末字，却非寻常修辞，而是出征将士抱着必死心理赴敌的自然流露。因此，它可以说是对全诗悲剧气氛、心理、结局的一种凝聚与概括。

这首诗并不是写当时现实中某一次具体的讨伐藩镇的出征行军过程，而是出自诗人的艺术想象与虚构。根据张固《幽闲鼓吹》的记载，诗当作于贞元末到元和三年这段时间内。而在此期间，唐王朝根本没有对河北藩镇用过兵。为什么李贺要虚构这样一场实际上不存在的讨伐河北藩镇的战争呢？这是因为河北藩镇自安史之乱以来，一直是藩镇割据叛乱势力的代表，根深蒂固，骄横跋扈，势力最强。从当时情况看，平定了河北藩镇，全国的统一乃至中兴也就实现了。李贺这首诗，特意虚构这样一场实际上并不存在的讨伐河北藩镇的出征，主要是表现一种强烈的主观愿望，不妨说是诗人的浪漫激情和理想的产物。而表现理想和愿望的作品，有时往往失之浮浅，忽视现实的严峻而流于盲目的乐观和单纯的畅想。李贺这首诗在表现将士的以身报国、誓死杀敌的壮烈情怀的同时，对整个局势的危急、战争的艰苦都作了充分的描写。诗中始则通过"黑云压城城欲摧"的描写，表现藩镇割据势力的猖獗，继则通过"塞上燕脂凝夜紫"的描写，暗示即将进行的战斗之惨烈，然后以"霜重鼓寒声不起"的描写，渲染环境之艰苦，最后又通过将士临战前"提携玉龙为君死"的誓言，暗示战斗的悲剧气氛。这一切，都使得整首诗在悲壮激越中含有深沉凝重的情调，带有浓重的危机感和压抑感。这正是诗写得比较深刻，富于时代感的表现。

这首诗还寄寓了诗人渴望投笔从戎、为国赴难的感情。李贺政治上郁郁不得志，他往往将满腔"哀愤孤激"之思寄寓在抒写从戎杀敌的诗歌中。《南国》其二说："男儿何不带吴钩，收取关山五十州。请君暂上凌烟阁，若个书生万户侯！"这首《雁门太守行》虚构了一场讨伐藩镇的出征场景，不但表现了对国家统一局面的向往，同时也是为了抒发身带吴钩，"收取关山五十州"的渴望，为了排遣报国无门的抑郁苦闷。从结尾的"报君黄金台上意，提携玉龙为君死"来体味，诗人所表达的深层意蕴正是寻章摘句老于雕虫，求为君主一顾而不得，求为国难而捐躯亦不能的深沉强烈悲愤。

此诗色彩斑斓，宛如油画。浓墨重彩的着意描绘渲染，营造出浓烈的气氛。全诗从头至尾，充满了激越悲壮又沉重压抑的氛围感。一开头，黑云压城，其势欲摧，甲光映日，金甲闪耀，就充满紧张、沉重、神秘的战斗气氛，给人以屏息凝神、喘不过气来的感觉。接着是号角悲鸣，大地呈现凝重黯淡的血色，是易水风寒，红旗半卷，浓霜遍地，鼓声低咽。最后是刀光剑影，森寒逼人。从"黑云压城城欲摧"到"提携玉龙为君死"，首尾呼应，从天上到地下，从周围的空气、气温到声音、色彩，处处充满浓烈的气氛。这种气氛的渲染，既与特定的季节、时间的选择有关，又与多用仄声韵（除开头两句外，后六句均为仄声韵），特别是大量运用色彩浓重的字眼构成鲜明强烈的映衬对照有密切关联，如"黑""甲光向日""金""秋色（白）""燕脂""夜紫""红""易水（寒）""霜""黄金""玉"。一首只有八句的乐府短篇，竟连用了十几个带有强烈色彩的词语，可以想见它们的串连组合给读者造成的色彩感、氛围感有多么浓烈，再加上一系列硬语奇字的着意运用（如"压""摧""凝""重""寒""死"），遂使这种浓烈的氛围感更具强烈的刺激性，给读者以感官与心理的双重刺激。尽管诗中色彩繁富浓烈，用语峭奇瘦硬，但给人的整体印象却是阴暗、低沉、惨淡中透出悲壮刚烈，这种阴刚式的美感，正是李贺所独具的。

苏小小墓〔一〕

李贺

幽兰露，如啼眼〔二〕，无物结同心〔三〕，烟花不堪剪。草如茵，松如盖〔四〕，风为裳，水为佩〔五〕。油壁车，夕相待〔六〕。冷翠烛〔七〕，劳光彩〔八〕。西陵下〔九〕，风吹雨。

校注

〔一〕《乐府诗集》卷八十五杂谣辞三录《苏小小歌》古辞，题解云："一曰《钱塘苏小小歌》。《乐府广题》曰：'苏小小，钱塘名倡也，盖南齐时人。西陵在钱塘江之西，歌云'西陵松柏下'是也。"古辞云："我乘油壁车，郎骑青骢马。何处结同心？西陵松柏下。"李绅《真娘墓诗序》："嘉兴县前有吴妓人苏小小墓，风雨之夕，或闻其上有歌吹之音。"李贺元和十年（815）至十一年曾南游吴越，此诗或其时所作。

〔二〕二句谓沾着晶莹露珠的幽香兰花花瓣，如同苏小小悲啼的泪眼，兰花花瓣细长如眼，故云。

〔三〕《苏小小歌》古辞有"何处结同心"之句，"结同心"指男女双方缔结同心相爱之情。此句化用古辞，曰"无物结同心"，含义略有变化。古代有同心结，系用锦带编成的连环回文样式的结子，用以象征坚贞的爱情。此连下句，意谓苏小小墓上没有东西可以用来编结成表达坚贞爱情的同心结，虽然长着如烟的野草花也不堪剪取作同心结。

〔四〕茵，垫褥。盖，指车盖。

〔五〕水为佩，晶莹而叮咚作响的泉流作为她身上的玉佩。

〔六〕油壁车，一种以油涂壁的车，或谓系用青油布蒙壁的车。《苏小小歌》古辞有"我乘油壁车，郎骑青骢马"之句。夕，《全唐诗》校："一作久。"

〔七〕冷翠烛，指墓上的磷火，即所谓鬼火。因其有光无焰，给人以幽冷之感，而其形似红烛其光冷碧，故云"冷翠烛"。

〔八〕劳，烦劳。劳光彩，烦劳其发出幽冷的光彩。

〔九〕西陵，今浙江杭州市萧山区西兴镇的古称，朱长文《送李司直归浙东幕兼寄鲍将军》：“水到西陵渡口分。”但此诗中之“西陵”乃指今杭州西湖孤山西泠桥一带，此处旧称西陵。

笺评

刘辰翁曰：参差苦涩，无限惨黯。若为同心语，亦不为到。此苏小小墓也，娇丽闪烁间，意故不欲其近《洛神赋》也。古今鬼语无此惨澹尽情。本于乐章，而以近体变化之，故奇涩不厌。“冷翠烛，劳光彩”，似李夫人赋西陵，语括《山鬼》，更佳。“幽兰露，如啼眼”，便是墓中语。“无物结同心，烟花不堪剪”，妙极自然。（《吴刘笺注评点李长吉歌诗》卷一）

黎简曰：通首幽奇光怪，只纳入结句三字，冷极鬼极。诗到此境，亦奇极无奇者矣。（《昌谷集》）（《黎二樵批点黄陶庵评本李长吉集》）

无名氏曰：仙才、鬼语、妙手、灵心。《洛神赋》是神，李夫人赋是想，此诗是鬼。试于夜阑人静时，将此诗吟至日遍，若无风裳水佩之人，徘徊隐现于前，吾不信也。（于嘉刻本《李长吉诗集》）

曾益曰：西陵之下，与欢相期之处也。则维风雨之相吹，尚何影响之可见哉！平昔之所为，无复可睹；触目之所睹，靡不增悲。凄凉、楚惋之中，寓妖艳幽涩之态，此所以为苏小小墓也。（《昌谷集》卷一）

姚文燮曰：兰露啼痕，心伤不偶。风尘牢落，堪此折磨。迄今芳草青松，春风锦水，不足仿佛嬛妍。若当日空悬宝车，空烧翠烛，而良会维艰，则西陵之冷雨凄风，不犹是洒迟暮之泪耶！贺盖慷慨系之矣。（《昌谷集注》卷一）

叶葱奇曰：这首诗通篇皆从幻想中的幽灵着笔，说墓旁兰花上缀的露珠，仿佛是死者的泪痕一般。死后一切都消灭了，更没有东西可以绾结同心。坟上脆薄如烟的幽花也不堪剪来相赠。“草如茵”以下都是就眼中所见幻想到鬼的服用。“油壁车”是想当然的话。说她生时乘惯的车子，死后一定还在那里等待着她。后四句是写鬼火冷冷地发出绿光森然照着，一阵阵的凄风吹拂着飒飒的冷雨。（《李贺诗集》）

鉴赏

在李贺的诸多"鬼诗"中，这首《苏小小墓》是写得最美也最富人情味的一首，它的情调和意境，令人自然联想到《聊斋志异》中一系列写人鬼感情的名篇。不管是否自觉，至少作为一种艺术修养，像《苏小小墓》这类作品应该对《聊斋志异》的上述作品的创作起过潜在而深刻的影响。

全篇所写，均为诗人面对苏小小墓的景物气氛时的想象和联想。而这种想象和联想，又离不开《苏小小歌》古辞"我乘油壁车，郎骑青骢马。何处结同心？西陵松柏下"所提供的这一基本情节：自己乘着油壁车，所爱的男子骑着青骢马，相约到西陵的松柏之下永结同心。她的美丽和多情，使诗人徘徊墓前，面对景物时浮想联翩，不但幻化出苏小小惝恍飘忽的身姿面影，而且表现出她那种生死不渝的对美好爱情的执着追求，创造出极富幽洁凄迷情调的意境美。

"幽兰露，如啼眼。"开头两句，从墓旁的幽兰引发联想，即景设喻。说那缀满露水的幽兰的花瓣，像是苏小小哀怨悲泣的泪眼。这个比喻，不但抓住了兰花花瓣细长如眼的形似特征，而且用一"幽"字传出了兰花的幽洁芳香和幽独哀怨风神。虽只写"啼眼"，但却传神阿堵，将苏小小的悲剧气质和风貌都透露出来了。

"无物结同心，烟花不堪剪。"三、四两句，是目睹墓旁如烟笼雾罩的野花而兴感。这两句可以作两种不同的理解：一种理解是，诗人因同情爱慕苏小小而生"结同心"之想，但仓促之中又感到没有东西可以表达自己"结同心"的美好心愿，纵有烟花亦不堪剪取以表衷情。这表现了诗人那种虽幽明相隔，却与苏小小异代同心的爱慕之情，情感真挚淳厚，语气亲切自然。但联系《苏小小歌》古辞"何处结同心？西陵松柏下"之语，似乎理解为诗人代苏小小抒感更为恰当。诗人想象苏小小虽然长眠地下，却仍然执着地追求爱情，仍然像生前那样前去与情郎约会。但墓地空有烟花，别无他物，没有东西可以作为"结同心"的信物赠给对方，故不免有"烟花不堪剪"的遗憾。这种理解，不仅切合古辞原意，也更能表达苏小小对真挚爱情的珍视。在全篇中，其他各句均为三字句，独此二句用五字句，似亦更能突出苏小小自我抒慨的神情意味。不妨看作诗人意中的苏小小的心灵独白。

"草如茵，松如盖，风为裳，水为佩。"接下来连用四个结构相同的三字句，就眼前所见、所感、所闻之景展开一系列美好的想象。俯视墓地，碧草

2149

萋萋，像是她的茵褥；仰望墓旁，青松繁茂，像是她的车盖；轻风飘拂，仿佛是她的裳衣飘荡；泉水叮咚，又像是她的环佩作响。碧草青松、轻风流泉，不过是墓间寻常景物，但诗人的心灵和诗心，却将它们幻化成苏小小的茵盖裳佩，在它们之间，正活动着苏小小的身姿面影，美好灵魂。这些比喻，每一个都只涉及一个局部，并不求全求细，更不直接涉及其具体的容颜，而是用轻灵飘忽、亦幻亦真、似虚似实之笔作随意点染，结果反而为读者的想象预留了巨大的诗意空间。这种描绘形容，貌似赋笔，实为最高妙的诗笔。

"油壁车，夕相待。冷翠烛，劳光彩。"这四句，上承"结同心"，进一步想象苏小小的芳魂将前去西陵与情郎相会的情景。值此暮夜时分，小小生前乘坐的油壁香车，想必已经在等待着她，墓上那对幽冷碧色的蜡烛，正烦劳它幽幽地泛出光彩，为小小乘车上路照明。前两句是纯粹的凭空想象，却因古辞"我乘油壁车"之句使读者于恍惚迷离中仿佛若见，信假为真。后两句以诗人的灵心妙笔，将原属恐怖的事物化为凄美而极富人情味的物象，可谓古往今来写鬼火和鬼境的绝唱。在李贺诗中，曾不止一次出现过鬼火的形象，如"漆炬迎新人，幽圹萤扰扰"（《感讽五首》之三），"百年老鸮成木魅，笑声碧火巢中起"（《神弦曲》），"回风送客吹阴火"（《长平箭头歌》），"鬼灯如漆点松花"（《南山田中行》），均不同程度地带有恐怖阴暗的色彩，独有这"冷翠烛，劳光彩"的想象和比喻，虽仍带凄清的况味，却完全祛除了恐怖阴暗的色彩，表现为一种极具人情味的凄美，那"冷翠烛"仿佛特具温暖的人情，在默默地为小小前去赴情人的约会照明送行。特别是那个极富感情色彩的"劳"字，仿佛透露出了小小心灵中的无限感谢之情和温暖情意。

"西陵下，风吹雨。"末两句从古辞"何处结同心？西陵松柏下"化出，想象小小所前往约会的西陵的氛围意境。"风吹雨"的描写孤立地看似乎有些凄清，这自然跟苏小小的鬼魂身份有关。但如果联系《诗·郑风·风雨》"风雨如晦，鸡鸣不已。既见君子，云胡不喜"的描写来体味，这"风吹雨"的氛围不正反衬出了与情人相会的欢乐与喜悦吗？它在凄清中带有爱情的温柔甜蜜，并不是纯然的凄伤。

李贺的诗，每多幽峭奇险、瘦硬生涩之语，这首《苏小小墓》虽写鬼魂的爱情，却几乎看不到这种峭硬奇险之笔，而是写得极温柔缱绻、婉丽多情，语言也极明畅流丽，毫无生涩之弊。

梦　天〔一〕

老兔寒蟾泣天色〔二〕，云楼半开壁斜白〔三〕。
玉轮轧露湿团光〔四〕，鸾佩相逢桂香陌〔五〕。
黄尘清水三山下〔六〕，更变千年如走马〔七〕。
遥望齐州九点烟〔八〕，一泓海水杯中泻〔九〕。

李
贺

⟨校⟩⟨注⟩

〔一〕梦天：梦游天上。作年未详。

〔二〕老兔，指月中玉兔。傅咸《拟天问》："月中何有？玉兔捣药。"寒蟾，指月中蟾蜍。《太平御览》卷九百四十九引张衡《灵宪》："羿请不死之药于西王母，姮娥窃之以奔月。遂托身于月，是为蟾蜍。"又卷九百七引《典略》："兔者，明月之精。"泣天色，为天色之昏暗不清朗而愁泣。

〔三〕云楼，层层叠叠的云高耸如同楼阁。壁斜白，因云层半开，斜透出白色的月光，看上去像露出的楼阁的白色墙壁。

〔四〕玉轮，指皎洁的圆月。轧（yà）露，碾着露水。古人误认露水自天而降，故云。湿团光，圆月的清光似乎被露水沾湿了。李商隐《燕台诗四首·秋》："月浪衡天天宇湿。""湿"字用法与贺诗此句"湿团光"类似。

〔五〕鸾佩，雕着鸾鸟的玉佩，借指月宫中的嫦娥。桂香陌，充满桂花香气的路上。传月中有桂树，故云。

〔六〕黄尘清水，指海水忽变为陆地的黄尘。三山，指蓬莱、方丈、瀛洲三座海上神山。《史记·秦始皇本纪》："齐人徐市等上书，言海中有三神山，名曰蓬莱、方丈、瀛洲，仙人居之。"

〔七〕句意谓人间千年才能发生的沧桑巨变在天上看来只是像快马奔驰一样瞬息即变。

〔八〕齐州，指中国，《尔雅·释地》："岠齐州以南，戴日为丹穴。"郭璞注："齐，中也。"邢昺疏："中州，犹言中国也。"九点烟，古代分中国为九州。《书·禹贡》中九州指冀、兖、青、徐、扬、荆、豫、梁、雍。他书所载略有不同。九点烟，谓自天上下视，中国之九州不过如九点烟雾那样渺小。

〔九〕一泓，犹一汪，形容其小。《神仙传》："麻姑自说云：'接侍以来，已见东海三为桑田，自到蓬莱，水又浅于往时略半耳，岂将复为陵陆乎？'王远曰：'圣人皆言，海中行复扬尘也。'"以上四句，极言世事变化之巨大与迅速，均用《神仙传》。

笺评

刘辰翁曰：意近语超。其为仙人口语，亦不甚费力。使尽如起语，当自笑耳。"黄尘清水三山下"，即桑田本语。（《吴刘笺注评点李长吉歌诗》）

董懋策评：分明说游月。（《徐董评注李长吉诗集》）

黎简曰：意境重叠。论长吉每道是鬼才，而其为仙语，乃李白所不及。"九州"二句，妙有千古，即游仙诗。（《黎二樵批点黄陶庵评本李长吉集》）

黄周星曰：命题奇创。诗中句句是天，亦句句是梦，正不知梦在天中耶？天在梦中耶？是何等胸襟眼界。有如此手笔，《白玉楼记》不得不借重矣。（《唐诗快》卷一）

姚文燮曰：滓淄既尽，太虚可游，故托梦以诡世也。蓬莱仙境，尚忧陵陆，何况尘土，不沧桑乎！末二句分明说置身霄汉，俯视天下皆小，宜其目空一世耳。（《昌谷集注》卷一）

方世举曰：此变郭景纯游仙之格，并变其题，其为游仙则同。"老兔寒蟾泣天色"二句，月之初起。"玉轮轧露湿团光"二句，月正当空。"黄尘清水三山下"二句，言世易变迁，"黄尘清水"，即沧海桑田意。"遥望齐州九点烟"二句，言世界促缩，"齐州"如"齐民"之谓，人多用之青、齐，非。（《李长吉诗集批注》卷一）

范大士曰：分明一幅游月宫图，转赠张丽华，桂宫应称艳绘。（《历代诗发》）

吴汝纶曰：后半豪纵似太白。（《评注李长吉诗集》卷一）

王琦曰：（前）四句似专指月宫之景而言，（"黄尘"二句）蓬莱、方丈、瀛州三神山俱在海中。今视其下，有时变为黄尘，有时变为清水，千年之间，时复更换，而自天上视之，则又走马之速也。（"遥望"二句）九州辽阔，四海广大，而自天上视之，不过点烟杯水，梦中之游真豪矣。

（《李长吉歌诗汇解》）

　　陈允吉曰：《梦天》的前四句，已显示出这篇作品最主要的理蕴，这就是作者感念人生的短促，因为梦想超尘绝尘，到天国灵境当中去追求生命的永恒……他写了大量的神仙为题的诗，就是把内心的冲突加以升华，在描绘天国的幻想中寄寓作者的永生意志……《梦天》的后面四句……描写"沧海桑田"……"黄尘清水三山下，更变千年如走马"，在于表现作者企图摆脱"沧海桑田"的超时间的幻想，而"遥望齐州九点烟，一泓海水杯中泻"，则是着重在表现从空间方面超绝现实世界。李贺表现"沧海桑田"，并非肯定物质世界不断运动变化的客观规律，而是作为一种人的生命的否定力量，在诗歌中加以诅咒和悲叹的……诗人在厄塞迫促的环境中向往轻举，有感于生命的短暂而希慕长生，幻想自己能够飞升到一个无尘世沧桑变化的天国，从时间和空间两个方面挣脱现实世界对他的羁绊……诗人倾注其全部感情向往的理想乐园，却是一个绝对永恒而没有矛盾变化的世界。（《〈梦天〉的游仙思想与李贺的精神世界》）

　　罗宗强曰：因为重主观，所以诗的思路、诗的形象结构便常常表现为大的跳跃。《梦天》……首句为人间所见天上之月，接下去立刻又到了天上；到了天上后仅看到了月中宫殿的景色，而且在幻想中与月中仙女相逢。转而又感叹人生短促，沧海桑田，思路瞬息万变，跨度极大。《天上谣》正是如此。（《唐诗小史》第241页）

鉴赏

　　《梦天》和《天上谣》，描写的重点虽有别，但内容和构思都有相似之处，是带有李贺思想印记和艺术个性的变化了的游仙诗。

　　诗共八句，明显分为前后两段。前段四句，写梦游天上所见，后段四句，写自天上下视尘寰所见。

　　首句"老兔寒蟾泣天色"，写梦游月宫，见到玉兔和蟾蜍在面对灰暗的天色时都显露出一副愁容惨淡的模样，仿佛为天色的阴沉而哭泣。"兔"而曰"老"，"蟾"而曰"寒"，自是诗人梦游时的主观感受，以突出渲染玉兔和蟾蜍因天色的昏暗而愁惨寒瑟之状，着一"泣"字，将这种愁惨寒瑟情状进一步强化了。看来，诗人梦游的初境并不怎么美好，看到的是"愁云惨淡万里凝"的天色。

李
贺

2153

次句"云楼半开壁斜白"，所见的天上景象有了变化：灰暗的云层半开，从缝隙中斜射出白色的月光，看上去就像云楼的白色墙壁一样。这种景象，在始则云层重重、天色昏暗，继则云开月出、月光斜射的夜晚本属常景，但李贺却将它们写得很奇幻。如果说"老兔寒蟾泣天色"所写的是"空白凝云颓不流"的景象，那么"云楼半开壁斜白"所写的景象则有些类似"黑云压城城欲摧，甲光向日金鳞开"的景象，只不过色彩不像后者那样浓烈。将平常的景象通过想象描绘得很奇幻，正是李贺诗的一大特点。

"玉轮轧露湿团光"，第二句所写的景象较之第二句又有了更显著的变化：浮云散尽，碧空万里，一轮皎洁的明月正碾压着露水在缓缓运行，由于清露的沾泪，那圆月的清光也仿佛被沾润了。用"玉轮"来比喻运行中的明月，尚属常语，但说"玉轮轧露"，却属奇想。月行于虚空之中，而古人以为露自天降，故诗人忽发月轮轧碾在露水之上缓缓行进的奇想。露水怎能承受玉轮的碾压，但诗人却想入非非，认为"玉轮"是碾在露水铺设的天路之上。"团光"与"玉轮"本属一物，不过一状其光，一状其形而已。"湿团光"的"湿"字极富想象力，它将碧空皓月行于清露泞泞之夜所特具的那种皎洁、明亮而又润泽的光感、色感和触觉上的湿感都传神地表现出来了，从中可以体味到诗人此际的舒畅愉悦之感。学李贺深得其精髓的李商隐的名句"月浪衡天天宇湿"即从此变化而来，但境界更为广远，连整个天宇都被"月浪"沾湿了。

如果说开头两句所写的是梦游升天过程中所看到的景象，那么第三句所写已然是升入月宫，乘"玉轮"行进时所见所感。因此第四句"鸾佩相逢桂香陌"便调过头来写在月宫中所遇：在长着高大的桂树，飘满桂花芬芳的路上，遇见了佩戴着雕有鸾鸟佩饰，行进时环佩叮咚作响的仙女嫦娥。嫦娥是月中最美好事物的代表，遇见嫦娥也是"梦天"的高潮。和《天上谣》用三分之二的篇幅描绘渲染天上神仙世界的美好、和谐、安闲不同，这首诗的前段用了三句来写梦游天上所见景象的变化，正面写天上美好情事的仅此一句。可以看出，在这首诗中，诗人在写"梦天"时更侧重于写梦游的过程。

后段四句，转写自天上下视尘寰所见所感，这当然也属于梦游的范畴，但已非单纯的"梦天"，而是梦游天上下视尘寰。

"黄尘清水三山下，更变千年如走马。"五、六两句，化用《神仙传》麻姑所言"接侍以来，已见东海三为桑田"，极力渲染天上所见人间变化之急速：那东海之中的三神山下，清深的海水倏忽之间变成了滚滚的黄尘，顷刻之间又从黄尘变成了沧海，在人间经历千年才能发生的变化，在天上看去就像快马奔驰那样迅疾。这既是感慨人间变化之疾，也是用此反衬天上时间之永恒。

"遥望齐州九点烟，一泓海水杯中泻。"七、八两句，极力形容天上所见人间世界之局狭渺小。"遥望"二字，承上启下，连接五、六句和七、八句，说明均为自天上"遥望"所见。中国之广大，九州之辽远，自天上"遥望"，不过如"九点"渺小的烟尘而已；而沧海之浩渺无涯，自天上"遥望"，不过如一汪清水，若置于杯中顷刻泻尽。这既是感慨人间世界（包括陆海）的局狭渺小，也是反衬天上空间的无限。

综合前后两段，诗人既在梦天的过程中逐层深入地表现天上景象的奇特美好，又在下视人间的过程中极力渲染人间世界变化的迅速和空间的局狭渺小，从而有力地反衬出诗人渴望摆脱人间世界各种羁束和对天上世界无限空间永恒时间的追求向往。这种追求向往，既反映了诗人深感人生之短暂，生命之无常，又深慨境遇之艰困、处境之狭小。因此，尽管诗的后段气概豪纵，境界开阔，但感情的深层底蕴却是对生命短暂、境遇困厄的深悲。

天上世界是否真的如诗人所想象的那样，是永恒而无限的呢？诗人在另一些诗中对此自有解答。

李贺

浩　歌〔一〕

南风吹山作平地〔二〕，帝遣天吴移海水〔三〕。王母桃花千遍红〔四〕，彭祖巫咸几回死〔五〕。青毛骢马参差钱〔六〕，娇春杨柳含细烟。筝人劝我金屈卮〔七〕，神血未凝身问谁〔八〕？不须浪饮丁都护〔九〕，世上英雄本无主。买丝绣作平原君〔一〇〕，有酒唯浇赵州土〔一一〕。漏催水咽玉蟾蜍〔一二〕，卫娘发薄不胜梳〔一三〕。羞见秋眉换新绿〔一四〕，二十男儿那刺促〔一五〕？

校 注

〔一〕浩歌，放声高歌、大声唱歌。以宣泄自己的种种牢骚不平、苦闷忧愤。《楚辞·九歌·少司命》："望美人兮未来，临风恍兮浩歌。"据诗之末句"二十男儿那刺促"，此诗当作于元和四年（809）春。

〔二〕作，成为。

〔三〕帝，天帝。天吴，神话中的水神。《山海经·海外东经》："朝阳之谷，神曰天吴。是为水伯。"又《大荒东经》："有神人，八首人面，虎身十尾，名曰天吴。"

〔四〕《汉武帝内传》："王母仙桃，三千年一开花，三千年一生实。"

〔五〕彭祖，传说中殷商大夫。刘向《列仙传》："彭祖，殷大夫也。姓籛名铿，帝颛顼之孙，陆终氏之子。历夏至殷末，八百馀岁。常食桂枝，善导引行气，后升仙而去。"巫咸，传说中古代神巫。或云黄帝时人，见《太平御览》卷七十九引《归藏》；或云唐尧时人，见郭璞《巫咸山赋序》；或云系殷中宗时贤臣，见《楚辞·离骚》"巫咸将夕降兮"王逸注。

〔六〕青毛骢马，毛色青白相间的马。参差钱，指马身上有深浅斑纹不齐的连钱花纹。《尔雅·释畜》："青骊骐駩。"郭璞注："色有深浅，斑驳隐鄰，今之连钱骢。"

〔七〕筝人，弹筝的伎人。屈卮，一种有弯柄的酒器。宋孟元老《东京梦华录·宰相亲王宗室百官入内同上寿》："御筵酒盏皆屈卮，如菜碗样，而有手把子。"

〔八〕神血未凝，指精神血脉尚未凝冷，犹满腔热血之谓。身问谁，即此身不知何属，亦即下"本无主"之意。

〔九〕浪饮，狂饮，纵酒。《丁都护》，南朝乐府歌曲名，又作《丁督护歌》。《宋书·乐志一》："《督护歌》者，彭城内史徐逵之为鲁轨所杀，宋高祖使府内直督护丁旿收敛殡埋之。逵之妻窒，高祖长女也，呼旿至阁下，自问敛送之事，每问，辄叹息曰：'丁督护！'其声哀切，后人因其声，广其曲焉。"李白《丁督护歌》："一唱都护歌，心摧泪如雨。"句意谓不必纵酒狂饮，唱《丁都护歌》，心情过于哀痛。

〔一○〕平原君，战国时代招贤纳士的四公子之一。《史记·平原君虞卿列传》："平原君赵胜者，赵之诸公子也。诸子中胜最贤，喜宾客，宾客盖至者数千人……是时齐有孟尝，魏有信陵，楚有春申，故争相倾以得士。"

〔一一〕赵州，唐河北道州名。《元和郡县图志》卷十七：赵州，"春秋时属晋，战国时属赵，秦为邯郸郡也"。今河北省赵县。因平原君系赵国人，故此句"赵州土"实即泛称赵国之土地。据《元和郡县图志》，平原君墓在洺州肥乡县东南七里，洺州为赵土，赵都邯郸在焉。

〔一二〕漏，指铜壶滴漏，古代一种计时器。铜壶中贮满清水，中置竹箭，箭上刻有度数，随着壶中水滴漏渐少，箭上度数渐次显露，视之以知时刻。水从铜龙口流出，下置一玉蟾蜍，张口接水，使水转流入另一壶中。"漏催水咽玉蟾蜍"，谓铜壶中的水不停地滴漏，注入玉蟾蜍中，直至漏声咽绝。表明时间不停流逝，如同相催一样。

〔一三〕卫娘，汉武帝皇后卫子夫，以美发得宠。《汉武故事》："子夫得幸，头解，上见其美发，悦之。"后以"卫娘"借指冶容女子，此处当即指席上奉觞侑酒之女子。"发薄不胜梳"是说随着时间的流逝，眼前的冶容女子亦将形容衰老，鬓发疏薄而不堪梳理。

〔一四〕秋眉，衰老稀疏的眉毛。换，替代，替换。新绿，指年轻人乌黑浓密的眉毛。

〔一五〕那，奈。刿（qì）促，劳碌不休。《晋书·潘岳传》："时尚书仆射山涛，领吏部王济、裴楷等并为帝所亲遇。岳内非之，乃题阁道为谣曰：'阁道东，有大牛。王济鞅，裴楷辎，和峤刿促不得休。'"

笺评

刘辰翁曰：从"南风"起一句，便不可及。迭荡宛转，沉着起伏。真侠少年之度，忽顾美人，情境俱至，妙处不必可解"不须浪饮丁督护"，李白有《丁督护歌》云："一唱都护歌，心摧泪如雨。""世上英雄本无主"，跌荡愁人。"买丝绣作平原君，有酒唯浇赵州土""世上英雄本无主"，杰特名言，绣作酒浇，肝肺激烈。"卫娘发薄不胜梳"，亦不知何以至此。（《吴刘笺注评点李长吉歌诗》卷一）

吴师道曰：毛泽民诗："不须买丝绣平原，不用黄金铸子期。"本李贺、贯休诗语。（《吴礼部诗话》）

胡应麟曰：退之《桃源》《石鼓》模杜陵而失之浅，长吉《浩歌》《秦宫》仿太白而过于深。（《诗薮·内编·古体下·七言》）

顾元庆曰：李贺诗："买丝绣作平原君，有酒唯浇赵州土。"得非"黄金铸范蠡"之意耶？（《夷白斋诗话》）

黄淳耀曰：见筝人之美而神荡，故曰"神血未凝""身问谁"，即"胡然问天"之意也。（《黎二樵批点黄陶庵评李长吉诗集》）

黎简曰：黄谓起二句沧桑之意，非也。意谓山水险阻，行路艰难，促人之寿，安得山水俱平，人皆长命，见千遍桃花开，几回彭祖死，于是长生安乐，得美遨游地。"不须浪饮"以下，乃转言人生未有不死，如平原之豪，卫娘之美，皆不可留，况我身乎！结句自伤也。篇中奇奇怪怪，而大意只是三段。若从沧桑上说，未得作者之意。长吉沉顿之作，命之修短岂在长吉意中。卫娘，卫夫人也，如此称谓，与以"茂陵刘郎"称汉武，皆昌谷自造语。昌谷最有此等字。那，何也。刺促，急速也。（同上引）

徐渭曰：此篇雕率相半。（《删补唐诗选脉笺释会通评林·中七右》引）

周珽曰：一粒慧珠，参破琉璃法界，真腹有筍，腕有鬼，舌有兵，乃有此诗。珽意此篇总叹生世无几，倏忽变易，戚戚风尘，何徒自苦也。"神血"二字当作"魂魄"二字看，"未凝"犹言未枯冷。（同上引）

陆时雍曰："买丝"二句，苦而脱。（同上引）

黄周星曰：诗意只在"世上英雄""二十男儿"两句中。前后无非沧桑隙驹之意，此之谓浩歌。（《唐诗快》卷一）

吴震方曰：读《昌谷集》去其苦涩怪诞割锦斗草之句，自有长吉真面目。如此数章（指《浩歌》《高轩过》《苦昼短》《将进酒》），可以撷其菁华，佩其膏馥矣。（《放胆诗》）

叶矫然曰：长吉"有丝绣作平原君，有酒唯浇赵州土"，语极爽快，但不及高达夫"只今（按本集作'不知'）肝胆向谁是，令人却忆平原君"之澹永不尽。（《龙性堂诗话初集》）

史承豫曰：变徵之声，读罢辄欲起舞。（《唐贤小三昧集》）

姚文燮曰：此伤年命不久待而身不遇也。山海变更，彭咸安在？宝马娇眷，及时行乐。他生再来，不自知为谁矣！世上英雄，一盛一衰，真朝暮间事耳。丁都护勇何足恃。虽好士如平原，声名满世，至今只存抔土。时日迅速，卫娘发薄，谁复相怜？秋眉换绿，能得几回新耶！如何年已二十，犹刺促不休哉！在下者之妄求荣达，与在上者之妄求长生，均无用耳。（《昌谷集注》卷一）

方世举曰：此篇又与《天上谣》不同。彼谓人事无常，不如遗世求仙，此则言仙亦无存，又不如及时行乐。但得一人知己，死复何恨！时不可待，人不相逢，亦姑且自遣耳。（《李长吉诗集批注》卷一）

薛雪曰："买丝绣作平原君，有酒唯浇赵州土。"读之令人泪下。但李

王孙何至作此语？金雷珤《送李汾》诗云："明日春风一杯酒，与君同酹信陵坟。"虽共此机轴，亦自可悲。（《一瓢诗话》）

王琦曰：浩歌，大歌也。（"南风"）四句言山川更变，自开辟至今，不知几千万岁。人生其间，倏过一世，不能长久。（"神血未凝身问谁"）谓精神血脉然不能凝聚长生于世上，此身果谁属乎？犹庄子身非汝有之意。（"青毛"）四句见及时行乐，亦无多时。丁都护当是丁姓而曾为都护府之官属，故以其官称之，或是武官而加衔都护者，与长吉同会……告之以不须浓饮，世上英雄本来难遇真主。古之平原君虚己下士，深可敬慕；今日既无其人，惟当买丝绣其形而奉之，取酒浇其墓而吊之已矣。深叹举世无有能得士者。"漏催水咽玉蟾蜍"，见光阴易过；"卫娘发薄不胜梳"，见冶容易衰。漏水，必是饮酒筵侧所设仪器；卫娘，亦是奉觞之妓。皆据一时所见者而言，末二句自言其志，不能受役于人也。刺促，谓受役于人也。徐文长以不开怀解之，非也。（《李长吉歌诗汇解》卷一）

董伯英曰：诗须有感动关切处，否则亦不必作。长吉《浩歌》与《金铜仙人辞汉歌》，读之使人气青血热，百端俱集，非止泛泛作悲世语。（《协律钩玄》卷一引）

吴汝纶曰：（"南风"四句）洞观古今之变，神仙千劫亦一瞬间耳。设想奇幻而用笔俊伟。（"青毛"二句）此二句春游。（"筝人"二句）言不能久。（"不须"四句）此下四句破空而来，气变神变。此感慨不遇之词，因世无知己，故追慕平原也。（"漏催"三句）此三句言时光迅速，美人易老。（末句）一句兜转，复作宽解之词，言我方二十，那遽刺促乎！（《唐宋诗举要》卷二引）

叶葱奇曰：这是同朋友欢宴，酒后自行宽解、奋勉的诗。山变成海，神仙也死而又死。着想奇辟，气势雄伟。接着借此身行勉励。然后转到时无爱惜人才的人，不免感叹。后四句含意虽很牢骚，而语气却很奋发，和一般的及时行乐的颓废作品截然不同。（《李贺诗集》）

李
贺

2159

鉴赏

人生苦短的悲慨和怀才不遇的愤郁，是李贺诗歌的基本主题，二者往往相互交织，相互影响，因人生苦短而益感怀才不遇之苦闷抑郁，难以忍受；

亦因怀才不遇而愈感短促人生之可悲。这首题为《浩歌》的诗，正强烈地表现了诗人因人生苦短而加深的怀才不遇的愤郁，又因怀才不遇的愤郁而更加深了人生苦短的悲慨这一感情变化发展过程。诗共四段，每段四句，组成一个内容单元。

首段四句，以叙述描写为议论，起势突兀，笔意凌厉，想象奇特，造语警拔，创辟出宏放奇伟的境界。首句"南风吹山作平地"，从眼前景（南风吹拂、山势嶙峋）起兴，却神驰天外，心观古今。想象眼前这突兀耸拔的高山在世世代代、永无休止的南风劲吹之下，终将变成一片平地。诗人将历经千万年才显现的自然界的巨变浓缩为仿佛转瞬间就发生的事，用的正是类似电影特技的手法。在我们面前，仿佛在顷刻之间目睹了高山在南风劲吹下化为平地的过程。融千万载于一瞬的奇境，使诗的开端极具气势。紧接着又引入神话的意境，想象眼前这一望无际的平地，千万年前也许是一片渺无边际的沧海，是天帝派遣水神天吴将它们一下子移走了。高山变为平地，沧海变为平陆，在常人看来是自古长存不变的自然界，在诗人眼里同样是难以永恒的。

"王母桃花千遍红，彭祖巫咸几回死。"自然界既不能永恒不变，那么仙界的人和物呢？王母的碧桃仙树，三千年一开花，较之人间，可算是最长寿的仙树了，但从茫茫远古至今，这桃花恐怕也开过千遍了。花开必有花谢（否则如何三千年一结果），可见仙界的桃花也不可能长盛不衰。彭祖、巫咸，都是神话传说中著名的长寿者，后来还飞升登天成了仙人。但诗人却断定，号称长寿成仙的彭祖、巫咸实际上也不知道死过多少回了。这和诗人在《官街鼓》中所说的"几回天上葬神仙"是一个意思。诗人并不信神仙长生之事，这里故意用调侃戏谑的口吻说神仙也不免一死，而且死过不知多少回，令人在哑然失笑的同时深感生命永恒的虚妄与无奈。以上四句，总言自然界、仙界都不存在任何永恒的事物，一切都会衰减、变化、消亡，意在突出人的个体生命之短促与无常。由于诗人不循常规，驰想天外，想人之所不能想，言人所不能言，故特具警动的效果。

"青毛骢马参差钱，娇春杨柳含细烟。筝人劝我金屈卮，神血未凝身问谁？"第二段四句，写春日出游宴饮，诗人骑着青白杂色有连钱花纹的骢马，到野外寻春赏景，看到新春的杨柳枝繁叶茂，含烟笼雾，深感春光的韶丽。在郊宴上，弹筝的妓人举起华美的酒碗殷勤劝饮。前三句所写，都是怡情快意的游春宴赏场景，第四句却突作转折，说自己正值满腔热血的少壮之年，却遭遇蹭蹬，怀才不遇，不知此身究竟何属，更不知向谁诘问。这突如其来的转折，实际上正植根于上段四句所抒的悲慨。既然一切都不能永恒不变，人的生命更加短暂，不如及时行乐，赏春游宴，排遣苦闷。但当筝伎举杯相劝时，却又深感这种苦闷根本无法排遣，相反地还更激起"我当二十不得意，一心愁谢如枯兰"的愤郁。"神血未凝"即下"二十男儿"；"身问谁"即下"本无主"，意本明白，因突作转折，与上句似不相属，故时有误解。这一句意虽沉痛愤激，但却是典型的少年人的神情口吻。

"不须浪饮丁都护，世上英雄本无主。买丝绣作平原君，有酒唯浇赵州土。"第三段四句，就眼前宴饮场景抒发感慨，是全诗感情发展的高潮，也是全诗意蕴的集中表达。诗人好像是劝慰宴席上痛饮自遣的友人，又好像是自我劝慰：不要纵酒狂饮，唱着《丁都护歌》来抒发自己满腔怀才不遇的哀愤了吧，古往今来，英雄才杰，本来就难遇到赏识自己的主人。不如买丝线来绣一幅平原君的画像，对其焚香礼拜，有酒也只浇平原君故国赵州的土地。这四句，感情较前更加愤郁沉痛，"世上英雄本无主"七个字，不仅是对现实中一切才人志士怀才不遇境遇的沉痛控诉，而且是对古往今来一切英雄豪杰之士共同悲剧遭遇的高度概括，虽是议论，却具有极强烈的抒情色彩和艺术震撼力。"买丝"二句，愤激之中包含了对现实中一切掌权者的绝望情绪，但由于其中包含了对自己才能的高度自信，故情调并不阴暗低沉。盛唐诗人高适的《邯郸少年行》"未知肝胆向谁是，令人却忆平原君"，意蕴与李贺此数句相近，但感情的郁愤激烈而不如贺诗，从中亦可见李贺此诗感情的强烈沉痛程度。这既与时代相关，亦与李贺个人的遭遇心境有关。

"漏催水咽玉蟾蜍，卫娘发薄不胜梳。羞见秋眉换新绿，二十男儿那刺促？"末段四句仍就眼前宴席生发想象，抒发感慨。不知不觉当中，时间已经入夜，铜壶滴漏的水声一声声地像是催促着时间流逝，承接水滴的玉蟾蜍中发出水滴声像是咽住了一样，表明夜漏将尽，时间飞逝。不由得联想到宴席上侑酒侍宴的妙龄歌妓很快也会变得形容衰老，鬓发稀疏，不堪梳理，眼看着那青春美好的翠眉也将变得衰白稀疏，更感到人生的短暂。但写到这里，诗人却不再抒发感慨，而是一笔兜转，发为慷慨激昂之音：我这样一个年方二十的七尺男儿，岂能如此劳碌不休，无所作为，坐视光阴的流逝呢？这也是诗人在《致酒行》一诗的结尾所说："少年心事当拏云，谁念幽寒坐呜呃。"这种在结尾处突然出现的转折，正说明诗人悲慨时间流逝、人生苦短，原是出于强烈的建功立业的宏愿和对生命的珍惜。故虽极端苦闷愤激，而不陷于颓废消沉。史承豫说这首诗是"变徵之声，读罢辄欲起舞"，董伯英说"读之使人气青血热，百端俱集"，正是缘于深刻感受到诗中饱含的对人生对事业的执着追求和热烈感情。"沉饮聊自遣，放歌破愁绝""浩歌弥激烈"，李贺此诗，正是一首因深感人生短暂、怀才不遇而激发的浩歌。

秋　来〔一〕

桐风惊心壮士苦〔二〕，衰灯络纬啼寒素〔三〕。

谁看青简一编书〔四〕，不遣花虫粉空蠹〔五〕。

思牵今夜肠应直〔六〕，雨冷香魂吊书客〔七〕。

秋坟鬼唱鲍家诗〔八〕，恨血千年土中碧〔九〕。

校注

〔一〕据诗之首句，诗当是因风吹梧桐叶落而惊秋，引发人生的悲慨。作年不详。

〔二〕桐风，掠过梧桐树的秋风。《广群芳谱·木谱六·桐》："立秋之日，如某时立秋，至期一叶先坠，故云：梧桐一叶落，天下尽知秋。"《岁时广记》卷三引唐人诗："山僧不解数甲子，一叶落知天下秋。"

〔三〕衰灯，残灯。络纬，虫名，即莎鸡，俗称络丝娘、纺织娘。因其夜间振羽作声，声如纺线，故名。啼，悲鸣。寒素，指寒冷的素秋。李白《长相思》有"络纬秋啼金井阑"之句，"络纬啼寒素"即"络纬秋啼"之意。王琦注解谓络纬"其声如纺绩，故曰啼寒素"。或谓"犹趣织"，非。古代五行之说，秋属金，其色白，故称素秋。

〔四〕青简，指写书用的竹简。竹简以绳串联成册卷，故曰一编书。

〔五〕遣，让。花虫，指蛀书的蠹虫，或称蠹鱼。体小。身上有银色细鳞，尾有三毛，与身等长，看去甚美，故称花虫。此谓不让辛苦著成的书被书虫白白蛀蚀，屑粉狼藉。竹简编成的书久无人看，则生粉蠹。

〔六〕肠盘曲回环于腹腔内，因忧愤之"思"所"牵"引，回肠亦为之直。极言忧愤之思之强烈与难堪。

〔七〕香魂，当指年轻女子的亡魂，亦即下句"秋坟鬼唱鲍家诗"之

"鬼"魂。吊，慰问。书客，书生，诗人自指。《题归梦》："长安风雨夜，书客梦昌谷。"

〔八〕鲍家诗，刘宋诗人鲍照的诗。借指诗人自己的诗。按《南齐书·文学传论》谓鲍照诗"发唱惊挺，操调险急，雕藻淫艳"，钟嵘《诗品》谓鲍照"不避危仄"，《旧唐书·李贺传》谓贺之"文思体势，如崇岩峭壁，万仞崛起"，可见二人风格之相近，照诗多抒寒士怀才不遇之悲愤，亦与贺诗相类，故诗人以"鲍家诗"自喻其诗。钱锺书《谈艺录》八云："《阅微草堂笔记》谓'秋坟鬼唱鲍家诗'，当是指鲍昭，昭有《代蒿里行》《代挽歌》颇为知名。长吉于古代作家中，风格最近明远，不独诗中说鬼已也。"

〔九〕《庄子·外物》："苌弘死于蜀，藏其血，三年而化为碧。"此谓秋坟之鬼，虽千年之后，而余恨未消，怨恨之血，化而为碧。而己亦如之。按鲍照《松柏篇》有句云："大暮杳悠悠，长夜无时节。郁湮重泉下，烦冤难具说。"设想死后怨愤难平，似可为此句作注解。

笺评

刘辰翁曰：非长吉自挽耶？只秋夜读书，自吊其苦，何其险语至此，然无一字不合。（《吴刘笺注评点李长吉歌诗》卷一）

黎简曰：（"谁看"二句）言谁能守此残编，如防蠹然，愤词也。（末二句）恐老死似此也。至此诗佳，亦何济耶！（《黎二樵批点黄评本长吉集》）

黄周星曰：唱诗之鬼，岂即书客之魂耶？鲍家诗，何其听之历历不爽！（《唐诗快》卷二）

姚文燮曰：衰梧飒飒，促织鸣空。壮士感时，能无激烈！乃世之浮华干禄者滥致青紫，即缃帙满架，仅能饱蠹。安知苦吟之士，文思精细，肠为之直。凄风苦雨，感吊悲歌。因思古来才人怀才不遇，抱恨泉壤，土中碧血，千载难消，此悲秋所由来也。鲍明远《代蒿里行》云："赍我长恨意，归为狐兔尘。"（《长吉集注》卷一）

方世举曰：（"衰灯络纬啼寒素"）"寒素"作素秋解。徐注："素丝。"未免死在句下，且与下文无关。（"雨冷香魂吊书客"）徐注："吊书客"乃祖价为文吊商山中佛殿南冈之诗鬼也。出《太平广记》，见《独孤穆传》，今采入《艳异编》。不必援据穿凿。（《李长吉诗集批注》）

叶矫然曰：（贺诗）至七言则夭拔超忽，以不作意为奇而奇者为最上。如《高轩》之"二十八宿罗心胸""笔补造化天无功"，《昆仑诗者》之"金盘玉露自淋漓，元气茫茫收不得"，《官街鼓》之"槌碎千年日长白，孝武秦皇听不得""几回天上葬神仙，漏声相将无断绝"……《梦天》之"遥望齐州九点烟，一泓海水杯中泻"，《秋来》之"不遣花虫粉空蠹""雨冷香魂吊书客"，诸如此类真所谓"咳唾落九天，随风生珠玉"者耶！（《龙性堂诗话续集》）

《四库全书总目》：（贺）所用典故，率多点化其意，藻饰其文，宛转关生，不名一格。如"羲和敲日玻璃声"句，因羲和御日而生"敲日"，因"敲日"而生"玻璃声"，认真有"敲日"事也。又如"秋坟鬼唱鲍家诗"，因鲍照有《蒿里行》而生"鬼唱"，因"鬼唱"而生"秋坟"，非真有"唱诗"事也。循文衍义，讵得其真！

王琦曰：秋风至则桐叶落，壮士闻而心惊，悲年岁之不我与也。衰灯，灯不明者。络纬，莎鸡也。其声如纺织，故曰啼寒素。或曰络纬故是蟋蟀，鸣则天寒而衣事起，故又名趣织。《诗疏》"趣织鸣，懒妇惊"是也。啼寒素，犹趣织云。花虫，蠹虫也。竹简久不动，则蠹虫生其中。苦心作书，思以传后。奈无人观赏，徒饱蠹虫之腹。如此即令呕心镂骨，章锻句炼，亦存何益！思念至此，肠之曲者亦几牵而直矣。不知幽风冷雨之中，仍有香魂愍吊作书之客。若秋坟之鬼，有唱鲍家诗者，我知其恨血入土，必不泯灭，万千年之久，而化为碧玉者矣。鬼唱鲍家诗，或古有其事，唐宋以后失传。（《李长吉歌诗汇解》卷一）

罗宗强曰：他的鬼诗的基本特点，便是怨郁哀艳与诡幻斑烂。《秋来》……写才华不被赏识的悲哀，而幻想知音之来，竟为"香魂"；然而虽有"香魂"给以同情与慰藉，终于无法排解不被赏识的悲哀，而想到生命之短促，终将遗恨千载，如秋坟之鬼，寂寞凄苦，唱人生之无常而已。在这首诗里，鬼成为寂寞人生的知音。（《唐诗小史》）

李贺优秀的鬼诗，意境虽有幽冷凄清的一面，却写得极富美感和人情味。《苏小小墓》和《秋来》，堪称这类作品的代表。所不同的是，《苏小小墓》是就墓前景物展开想象，描绘苏小小美好的身姿面影和对美好爱情的执着追求；而《秋来》却是从悲秋抒愤引出人鬼之间的感情交流，境界更加奇幻哀艳，感情则更加沉痛愤郁。前者柔婉幽丽，后者则多哀愤孤激之思。

"桐风惊心壮士苦，衰灯络纬啼寒素。"开头两句，紧扣题目"秋来"，写秋夜景物给抒情主人公带来的惊心愁苦感受。秋风起而梧桐叶落，这本是常见的秋天景象，常人或根本无所察觉，或虽察觉而不以为意，但"壮士"却闻之而"惊心"，而深感愁"苦"。李贺以多病而羸弱的身体而自称"壮士"，正是为了突出强调自己素怀"收取关山五十州""提携玉龙为君死"的壮烈报国情怀和"拏云"心事，这种情怀心志和英雄无主、沉沦困顿、"地老天荒无人识"的现实境遇之间的巨大反差，使他对时间的消逝、生命的短暂的感受较之一般的失意寒士倍加敏锐而强烈，故虽闻风吹桐叶而知天下秋，"一年容易又秋风"的感受引发的是生命凋衰、壮志蹉跎的悲愤，自然闻"桐风"而"心惊"，而愁苦了。"惊"字突出感受的突然与强烈，"苦"字突出其悲苦的深沉与无奈。次句进一步渲染秋夜凄凉凋零的氛围。室内，残灯荧荧，发出幽静的光芒；室外，络纬哀啼，仿佛因生命的秋天而悲鸣。"啼寒素"的字面同时还能引发对诗人寒苦生命境遇的联想。

"谁看青简一编书，不遣花虫粉空蠹。"三、四两句，承"壮士苦"和"惊心"，进而抒写"苦"与"惊"的感情内涵与引起这种感情的原因，是全诗中表达思想感情的核心诗句。想到自己每日每夜辛勤著书，彻晓达旦，可是这心血铸成的"青简一编书"，在当下的现实中，又会有谁去瞧上一眼呢？自己又怎能不让它白白地为蠹虫所蛀蚀，化为粉尘，没世无闻呢？"青简""粉虫"，色彩鲜明，语取对照，情抱奇悲。本应济时匡世的著述，却根本无人赏识，化为蠹虫之食，这才是"壮士"最大的悲哀。这两句以"谁看""不遣"领起，勾连呼应，语气愤激，表达了怀才不遇的强烈郁愤。"谁看"二字语似泛指，意实针对当权的统治者。或引贺诗谓"青简一编书"乃指其苦吟而成的诗歌创作。恐未必。李贺虽为诗歌呕心沥血，但那只是因怀才不遇、英雄无主而发泄苦闷不平的行为，而非其作为"壮士"的意志。从"因遗戎韬一卷书"之句看，这里的"一编书"，指的应是有关治国理政的著作，而非"寻章摘句"的"雕虫""文章"。

"思牵今夜肠应直"，第五句明点"今夜"，总揽以上四句，说明前四句所写均系"今夜"所闻所见、所感所思。用一"牵"字，生动形象地表现出种种思绪互相牵引，互相缠绕，复杂交织，纷至沓来的状态。由"牵"字又引出"肠应直"的奇想。肠本盘曲回环，用以形容思绪之萦回缠绕，本属顺

2165

理成章，但用"肠一夕而九回"来形容愁思之百结，早成诗文熟套，这对追求词必奇辟独创的李贺来说是完全不可接受的。因此他别出蹊径，从"牵"字生发出"直"字，创造出"肠应直"这一前无古人的奇语。有谁见过回肠变"直"？但在诗人的形象思维逻辑中，这被愁"思"所"牵"的"肠"就是"应直"的。它突出了"思"的强度，"牵"的力度，"肠"的那种被生拉硬拽、不堪忍受的痛感。这一句是对前四句内容和思想感情的概括，也是前四句感情的进一步发展和强化。

　　第六句却突作转折，出现幻境。在秋窗冷雨、残灯明灭的凄冷幽清氛围中，在心灵备受痛苦思绪的折磨中，诗人由思入幻，眼前恍惚出现了一位芳香幽洁的倩女幽魂，满怀深情地劝慰自己这个孤寂凄清、怀才不遇的书生。李贺诗受屈原《九歌》及南朝写艳情的乐府影响很深，往往思入幽艳，涉及神鬼之境，且往往与艳思结合，因此这里的"香魂"，无论是从词语本身的色彩和韵致看，或是从诗人所继承的传统看，都明显是指年轻女子的魂灵，而非指前代诗人的幽魂。这种幽艳奇幻之思，也正是李贺诗的重要特征。秋风落叶，秋雨清冷，残灯荧荧，氛围凄清幽冷，但"香魂"之"吊"，却使这幽冷凄清的氛围中平添了温馨芳香的气息，透出了浓郁的人情味。这想入非非中出现的"香魂"的同情慰问，使鬼魂充满了人间的气息，也使诗人痛苦的心灵得到了抚慰。她是诗人孤寂中的伴侣，也是诗人的知音。后世多写鬼境的《聊斋》，最能得李贺这类诗之神髓。

　　"秋坟鬼唱鲍家诗，恨血千年土中碧。"恍惚中，诗人仿佛听到了秋夜的坟墓之中，鬼魂在吟唱鲍照的诗篇，抒发怀才不遇的怨愤，不由得联想到，这吟唱鲍家诗的鬼魂，虽身死千年，但怀才不遇的怨恨却永远难以消解，恨血积聚，渗入土中，千年之后，依然碧血隐隐，永怀长恨。在南朝诗人中，鲍照的诗因其抒发怀才不遇的忧愤，"发唱惊挺，操调险急，雕藻淫艳"，最近李贺诗风。诗人特别标举"鬼唱鲍家诗"，言外自含以"鲍家诗"自况之意，当然也就蕴含了鬼亦赏音之意。但自己的诗，竟要到鬼域去寻觅知音，就像上面所写唯有香魂相吊一样，却更透露出了人间的冷漠，因此那"恨血千年土中碧"的长恨中自然也包括了诗人自己的无穷怨愤。最后两句，虽仍写鬼境，但感情却由温馨转为愤激，以变徵之声作结，正透露出诗人的愤郁无可排解。

南园十三首（其一）[一]

花枝草蔓眼中开[二]，小白长红越女腮[三]。
可怜日暮嫣香落[四]，嫁与春风不用媒[五]。

李
贺

校注

〔一〕南园，在河南府福昌县昌谷，系李贺家居南面的园子。十三首杂咏昌谷景物与闲居期间的情思。除第十三首为五律外，其余均为七绝。昌谷又有北园，见《昌谷北园新笋四首》。这组诗可能作于元和八年（813）因病辞官归昌谷以后的一段时间内。

〔二〕草蔓，犹蔓草，生有长茎能缠绕攀缘的杂草，蔓生的野草。

〔三〕小白长红，形容盛开的花朵于艳红之中，略带白色。越女腮，犹如越地少女红润白皙的脸庞。或谓"小白长红"指花朵或小或大，或白或红，但下接云"越女腮"，则自指一朵花白中透红，而非指或白或红的众花。萧统《十二月启》："莲花泛水，艳如越女之腮。"亦指莲花之红艳中泛白。

〔四〕可怜，可惜、可美。嫣香，娇艳芳香，此借指花。

〔五〕花为春风吹落，随风飘去，故曰"嫁与春风"。

笺评

吴正子曰：前辈谓此诗末句新巧。（《吴刘笺注评点李长吉歌诗》卷一）

姚文燮曰：元和时，十六宅诸王既不出阁，其女嫁不以时。选尚者皆由宦官，贿赂方得自达，上知其弊。至六年十一月，诏封恩王等六女为县主，委中书、门下、宗正、吏部选门第人才者嫁之。贺伤其前此之芳姿艳质不得嘉偶，至此日暮色衰，始得听其自适，恐亦未免委曲以徇人耳。贺盖借此以讽当世之士也。（《昌谷集注》卷一）

方世举曰："嫁与春风不用媒"，"春"一作"东"，佳。好句，却不可袭。人每于落花用"嫁春风"，数见不鲜。此悲慨流光易去。（《李长吉诗集批注》卷二）

2167

王琦曰：眼中方见花开，瞬息日暮，旋见其落，似见容华易谢之意。（《李长吉歌诗汇解》卷一）

这首诗写南园的花朝开暮落，内容似乎很明白单纯，但细味诗的格调意趣，却并不一览无余，字里行间，别有一种隽永耐味的情韵，这也正是此诗的艺术魅力所在。

前两句写园中花开。花枝，指挂满枝头的花朵；草蔓，指长在地上蔓生延伸的草花。无论高处低处，枝头草间，到处都开满了绚丽的花朵。着"眼中"二字，不仅写出这是正在盛开的花朵，而且传出仰观俯视之间，处处新艳，目不暇接的情景。用"小"来修饰"白"，用"长"来修饰"红"，固是长吉一贯的避熟求生的作风，但如果不和"越女腮"的生动比喻结合起来，不但易生歧义误解，而且传达不出"小白长红"这四字特具的风韵。越女之美艳，天下闻名。"越女天下白，鉴湖五月凉"（杜甫《壮游》），这"白"乃是一种红润的白，一种白里透红的"白"。因此用"越女"白里透红的面颊来形容盛开的花朵，不仅将它的色彩之美描绘得真切传神，而且传出其特有的青春气息与风采，真正将花写活了。尽管"越女腮"之语并非李贺新创，但"小白长红越女腮"之句却完全是意新语奇的李贺式诗风。

"可怜日暮嫣香落，嫁与春风不用媒。"三、四两句写园中花落。"可怜"二字，在唐人诗中有可惜、可爱、可叹、可羡多种含义，这里用"可怜"二字作转，似自指可惜，但之所以可惜，首先由于它的惹人怜爱，故"可怜"之中自亦含"可爱"之义。日暮风起，枝头草间，娇艳馨香的花朵纷纷凋落，随风飘扬。这种景象，本极易触动青春易逝、芳华易凋的感伤，如果诗人按照这种习惯的思路来写诗的三、四句，则这首诗也未能摆脱俗套。但诗人却别有灵心慧感、奇思妙想，将纷纷扬扬随风飘荡的落花想象成"嫁与春风"，而且这个"嫁"竟又如此轻松自由，无须父母之命、媒妁之言，春风一来，就悄无声息地跟着走了。评家盛赞诗句的"新巧"，其实在这新巧的比喻之中自含一种隽永的情趣韵味。诗人好像是以欣喜的心情，庆幸这"嫣香"的落花终于有了一个美好的归宿，而不致沦落成尘，化为泥淖了。诗句的声情口吻，不是沉重的叹息，而是风趣的调侃，也说明它与传统的叹惜青春易逝、芳华易凋的感伤有着明显的区别。回过头去再体味第三句首的"可怜"，则"可怜"之中似乎又带有可羡的意味了。北宋词人张先著名的《一丛花令》词化用李贺此句，写出"沉恨细思，不如桃李，犹解嫁东风"的警句，似乎也正确地理解了李贺原诗的含意与情味。

南国十三首（其六）

李
贺

寻章摘句老雕虫〔一〕，晓月当帘挂玉弓〔二〕。
不见年年辽海上〔三〕，文章何处哭秋风〔四〕。

校注

〔一〕寻章摘句，搜求、摘取前人诗文著作中的词语、句子和典故，指读书时只推求文字或写作时运用前人词语典故。语出《三国志·吴书·孙权传》："屈身于陛下，是其略也。"裴松之注引《吴书》："（孙权）志存经略，虽有馀闲，博览书传历史，藉采奇异，不效书生寻章摘句而已。"老雕虫，老于雕虫之技，指写作诗文。扬雄《法言》："或问：'吾子少而好赋？'曰：'然。童子雕虫篆刻。'俄而曰：'壮夫不为也。'"雕虫，雕刻虫书（一种字体），常用以喻雕琢词章的微末技能。

〔二〕玉弓，玉白色的弓形，指下弦月。

〔三〕辽海，泛指辽河的东沿海地区。此处是指靠近辽海地区的幽燕一带，为河北藩镇多年割据的地区，战伐不断。

〔四〕哭秋风，指抒发悲秋之感，感伤身世、时世。语本宋玉《九辩》："悲哉秋之为气也，萧瑟兮草木摇落而变衰。"

笺评

黎简曰:与上首（男儿何不带吴钩）同意，凌烟无封侯书生，辽海无悲秋诗客。辽海用兵之地，用不着苦吟悲秋之士也。（《黎二樵批点黄陶庵评本李长吉集》）

曾益曰：此言老于章句，达曙不寐，而辽海之上，战伐年年，奚用是文章为也？（《昌谷集》卷一）

无名氏曰：千古才人，一齐下泪。（明于嘉刻本《李长吉诗集》）

黄周星曰：尝见长吉所评《楚辞》云："时居南园，读《天问》数过，忽得'文章何处哭秋风'之句。"则此一句中，有全卷《天问》在。（《唐诗快》卷三）

姚文燮曰：章句误人，倏忽衰暮。仰视天头牙月，动我挽强之思矣。丈夫当立勋紫塞，何用悲秋摇落耶？（《昌谷集注》卷一）

王琦曰：夫书生之辈，寻章摘句，无间朝暮。当晓月入帘之候，犹用力不歇，可谓勤矣。无奈边场之上，不尚言词，即有才如宋玉，能赋悲秋，亦何处用之？念及此，能无动投笔之思，而驰逐于鞍马之间耶？哭秋风，即悲秋之谓。（《李长吉歌诗汇解》卷一）

叶葱奇曰：这一首比前一首（男儿何不带吴钩）措辞含蓄，韵味也高超。（《李贺诗集》）

 鉴赏

《南国》的四、五、六、七四首，内容相近。其四云："三十未有二十馀，白日长饥小甲蔬。桥头长老相哀念，因遗戎韬一卷书。"其五云："男儿何不带吴钩，收取关山五十州。请君暂上凌烟阁，若个书生万户侯！"其七云："长卿牢落悲空舍，曼倩诙谐取自容。见买若耶溪水剑，明朝归去事猿公。"均悲书生无用于世，有弃文习武，报效国家之意。连章抒慨，可见其时诗人这种感情的强烈持久，萦绕胸间。四诗各有特点，而此首感情尤为深沉愤激，韵味也更为隽永深长。

"寻章摘句老雕虫，晓月当帘挂玉弓。"首句突起抒慨，概写自己日日耽于寻章摘句，从事诗歌写作这种雕虫小技。"寻章摘句"与"雕虫"分别用典，它本身就体现了寻章摘句为雕虫小技，随手拈来，自然贴切，宛如己出，表现出诗人对此道的纯熟精通。点眼处在中间的那个"老"字。李贺以"笔补造化天无功"自负，但其志却并不在终身从事诗歌创作，而是把"男儿何不带吴钩，收取关山五十州"作为自己的宏远抱负。怀着这样的人生追求，却不得不终日寻章摘句，施展雕虫之技，眼看就要终老于此道了。这个"老"字，正透露出因无法施展抱负而耽于文章小技的无限悲愤与无奈。"三十未有二十馀"的青年人，就自悲老于雕虫之道，仿佛有些夸张，但读到他的"日夕著书罢，惊霜落素丝"（《咏怀》其二）、"长歌破衣襟，短歌断白发"（《长歌续短歌》）就不难明白，这"老"字绝非无病呻吟，而是下得极其痛切！次句紧承"雕虫"之意，宕开写景：一弯残月，正透过窗帘，映入室内，就像帘上挂了一把玉弓一样。这正是诗人"吟诗一夜东方白"的景象。如此以诗抒悲遣愁，竟夕达旦，废寝忘食，早非一日，又岂能不加速生命的衰老？写景中含叙事，更饱含凄清孤孑的况味。以"玉弓"喻残月，自是形象而真切，它与下句辽海上的战伐，是否有意金针暗度，不好妄测，不过读者有此联想，倒是自然顺理成章的。

"不见年年辽海上，文章何处哭秋风。"三、四两句，由日夕作诗、老于雕虫之技的悲叹联想到整个国家的深重危机，对自己的悲剧境遇有了更深刻的体认，从而发出更深沉的悲慨。河北强藩，长期割据叛乱，垂六十载。元和四年（809），以神策军中尉吐突承璀为镇州行营招讨处置使，率众军攻讨成德镇王承宗，至五年正月，因威令不振，屡败，至七月不得已罢兵。元和七年，魏博节度使田季安卒，军乱。所谓"年年辽海上"，即指河北强藩割据地区战乱不断的现实。而处于腹心之地的淮西藩镇，同样是割据五十载而"长戈利矛日可麾"，气焰极其嚣张。在这样一个战乱不断、危机深重的时代环境中，诗人联想到自己的现实境遇，发出了"文章何处哭秋风"的深沉悲慨。这句诗明快而含蓄，具有多重意蕴。战乱频仍的时代，朝廷重用武将，而轻视文人，文章之士无用武之地，只能哭向秋风而徒叹穷途，此其一；"何处"二字，有虽欲哭秋风亦无处可诉之意，其中既含无地自处之意，又含无人可诉之意，此其二；"哭秋风"即所谓"悲秋"，其中自含时世、身世之悲，说"文章何处哭秋风"，也就意味着自己和一切寒士的抒写时世、身世之悲的诗歌在这样的时代环境中是找不到任何知音的，此其三。而在这三层意蕴之外，更隐含着深层的意蕴：既然"文章何处哭秋风"，那么唯一的出路便是"男儿何不带吴钩，收取关山五十州"。这是改变国家命运和自身命运的唯一途径。因此，这句诗又并不只是徒唤奈何的悲慨，其中自含有弃文习武、报效国家的积极意涵。在深刻体认到"文章何处哭秋风"的同时，"明朝归去事猿公""收取关山五十州"的意趣也就自然产生了。

李贺

2171

金铜仙人辞汉歌 并序 [一]

魏明帝青龙元年八月 [二]，诏宫官牵车西取汉孝武捧露盘仙人 [三]，欲立置前殿。宫官既拆盘，仙人临载〔四〕，乃潸然泪下〔五〕。唐诸王孙李长吉乃作金铜仙人辞汉歌〔六〕。

　　茂陵刘郎秋风客〔七〕，夜闻马嘶晓无迹〔八〕。画栏桂树悬秋香〔九〕，三十六宫土花碧〔一〇〕。魏官牵车指千里〔一一〕，东关酸风射眸子〔一二〕。空将汉月出宫门〔一三〕，忆君清泪如铅水〔一四〕。衰兰送客咸阳道〔一五〕，天若有情天亦老。携盘独出月荒凉，渭城已远波声小〔一六〕。

校注

　　〔一〕金铜仙人，指汉武帝所建造的铜铸仙人像。武帝迷信神仙，于建章宫筑神明台，立铜仙人舒掌捧铜盘承甘露，希望饮以延年。《汉书·郊祀志上》："其后人作柏梁、铜柱、承露仙人掌之属矣。"颜师古注引《三辅故事》云："建章宫承露盘高二十丈，大七围，以铜为之，上有仙人掌承露，和玉屑饮之。"《三辅黄图》卷三引《庙记》："神明台，武帝造，祭仙人处，上有承露台，有铜仙人，舒掌捧铜盘玉杯，以承云表之露，以露和玉屑服之，以求仙道。"金铜仙人辞汉，指魏明帝青龙五年将金铜仙人像拆运到洛阳，离开西汉都城长安事，参诗序及注。此诗可能作于元和七年（812）因病辞奉礼郎归昌谷时，见朱自清《李贺年谱》。

　　〔二〕青龙，魏明帝年号。青龙元年为公元233年。按：此记载有误。《三国志·魏书·明帝纪》："景初元年（即青龙五年，公元237年）……三月，定历改年为孟夏四月。"裴松之注引甲子诏曰："其改青龙五年三月为景初元年四月。"《魏略》曰："是岁（指景初元年），徙长安诸钟虡、骆驼、铜人承露盘，盘拆，铜人重不可致，留于霸城。"又引《汉晋春秋》曰："帝徙盘，盘拆，声闻数十里，金人（指铜人）或泣，因留于霸城。"据以上记载，"青龙元年八月"或为"青龙五年八月"之误，然青龙五年无八月，实当为景初元年（237）八月。

　　〔三〕牵，一作"𤚥"，同"辖"，驾驶。叶葱奇《李贺诗集》校："诸本均讹作'牵'，此从《弹雅》改正。"

　　〔四〕临载，临上车运载。

　　〔五〕潸（shān）然，泪流貌。

〔六〕李贺系唐宗室郑王李亮（唐高祖李渊之叔）的后裔，故自称"唐诸王孙"。

〔七〕茂陵，汉武帝刘彻的陵墓，在今陕西兴平市东北。茂陵刘郎，即指汉武帝刘彻。汉武帝曾作《秋风辞》，故称为"秋风客"。

〔八〕《太平御览》卷八十八引《汉武故事》："甘泉宫恒自然有钟鼓声，候者时见从官卤簿等似天子仪卫，自后转稀。"此句化用其事，谓建章宫中夜闻武帝仗马嘶鸣之声，似其魂灵仍来巡游，至晓则踪迹全无。

〔九〕画栏，指宫中彩画的栏杆。秋香，借指桂花。桂花秋天开放，香气浓郁。

〔一○〕《文选·班固〈西都赋〉》："西郊则有上囿禁苑，林麓薮泽，陂池连于蜀汉，缭以周墙，四百馀里。离宫别馆，三十六所。"汉武帝扩建秦上林苑，苑中分为三十六个小区域的范围，各由宫观、池沼、园林组成。建章宫即其中之一。土花碧，指碧绿的苔藓。

〔一一〕指千里，指车行指向千里之外的魏都洛阳，《三国志·魏书·文帝纪》："黄初元年……十二月，初营洛阳宫，戊午幸洛阳。"

〔一二〕东关，指长安城东门。酸风，刺眼的寒风。眸子，指铜人的眼珠。

〔一三〕将，与、伴。汉月，或谓指圆形的承露盘。恐非。

〔一四〕君，指汉武帝。铅水，形容泪之沉重。

〔一五〕客，指金铜仙人。咸阳，秦朝都城，在今西安市西北。此借指长安。

〔一六〕渭城，秦都咸阳，汉代改称渭城。此亦借指长安。波声，指渭水的波涛声。

笺评

杜牧曰：贺复能探寻前事，所以深叹恨古今未尝经道者，如《金铜仙人辞汉歌》《补梁庾肩吾宫体谣》，求取情状，离绝远去笔墨畦径间，亦殊不能知之。（《李长吉歌诗叙》）

司马光曰：李长吉歌"天若有情天亦老"，人以为奇绝无对，曼卿对"月如无恨月长圆"，人以为无敌。（《温公续诗话》）

何汶曰：《梁魏录》云：李贺歌造语奇特，首云"茂陵刘郎秋风客"，指汉武帝言也。又云"魏官牵车走千里"，此言魏明帝遣人迁金铜仙人于

邺也。又云"空将汉月出宫门，忆君清泪如铅水"，此语尤警拔，非拨去笔墨畦径，安能及此！（《竹庄诗话》）

刘辰翁曰：此意思非长吉不能赋，古今无此神妙。神凝意黯，不觉铜仙能言。奇事奇语，不在言。读至"三十六宫土花碧"，铜人泪堕已信。末后三句可为断肠。后来作者，无此沉著，亦不忍直言其妙。（《吴刘笺注评点李长吉歌诗》卷二）

钟惺曰："天若有情天亦老"，词家妙语。（《唐诗归》卷三十一）

郭濬曰：深刻奇幻，可泣鬼神。后人效之，自伤雅耳。（《增定评诗唐诗正声》）

董懋策曰：古今奇语。（《徐董评注李长吉诗集》）

无名氏曰：前四句有黍离之感，方落出铜人泪下，无光怪之病。又：铜驼荆棘之情，言下显然。铅字用在铜仙分上，妙。（明于嘉刻本《李长吉诗集》）

王夫之曰：寄意好，不无稚子气，而神骏已千里矣。（《唐诗评选》卷一）

黄周星曰："天亦"句老天有情，亦当潸然泪下，何但铜人。（《唐诗快》卷二）又曰：（茂陵刘郎秋风客）徽号甚妙，使汉武闻之，亦当哑然失笑。（同上引）

唐汝询曰：创意极奥，摘词却质，乃长吉真妙处，今人拟其艳冶，反入魔境。殊不知此君呕心处，正不在此。（《唐诗归折衷》引）

刘敬夫曰：缀事属言，多求其称。似此幽奇事，有长吉以绘之，仙人可以拭泪矣。（同上引）

姚文燮曰：宪宗将浚龙首池，修麟德、承晖二殿，贺盖谓创建甚难，安得保其久而不移易也。孝武英雄盖世，自谓神仙可期，作仙人以承露，糜费无算。中流《秋风》之曲，可称旷代，今茂陵寂寞，徒存老桂苍苔。而魏官牵车蹂践，悲风东来，唯堪拭目。"汉月"即露盘也。言魏官千里骚驿，别无所补，空将仙人露盘以去。无情之物，亦动故主之思，苍苍者自难为情矣。道远波遥，永辞故国，情景亦难言哉！嗟夫！以孝武之求长生且不免于死，所宝之物已迁他姓，创造之与方术，有益耶？无益耶？读此当知辨矣。（《昌谷集注》卷二）

方世举曰：《序》"仙人临行，潸然泪下"，此事不记《三国志》有否？金马、铜驼及翁仲等，皆可此一泪。"茂陵刘郎秋风客"，杨铁崖有"大唐天子梨园师",仿此,然人所能。"秋风客"人则不能。"衰兰送客咸阳道","客"指魏官。"渭城已远波声小"仙笔。(《李长吉诗集批注》卷一)

沈德潜曰:汉武有《秋风辞》遂名"秋风客",好奇之过也。多情者天,以生物为心可见。兹以无情目之,写胸中愤懑不平,而年命之促,已兆于此。"茂陵刘郎秋风客,夜闻马嘶晓无迹",少承露盘意,便嫌无根。"天若有情天亦老",奇句。(《重订唐诗别裁集》卷八)

王琦曰:"秋风客",谓其在世无几。虽享年久远,不过同为秋风中之过客。吴正子谓汉武尝作《秋风辞》,故云尔者,非也。然以古之帝王而渺称之曰"刘郎",又曰"秋风客",亦是长吉欠理处。"夜闻马嘶晓无迹",谓其魂魄之灵,或于晦夜巡游,仗马嘶鸣,宛然如在,至晓则隐匿不见矣,何能令人畏服如生时耶?土花,苔也。武帝既没,国事又殊,西京宫室,日就荒芜,桂树徒芳,苔钱满地,凄凉之状,不堪在目。汉之土宇已属魏氏,而月犹谓之"汉月"。盖地上之物,魏可攘夺而有之,天之日月,则不能攘夺而有也。铜人在汉时,朝夕见此月体,今则天位潜移,因革之间,万象为之一变,而月体始终不变。仍似汉时,故曰"汉月"。将,犹与也。人行不分远近,举头辄见明月,若与人相随者。然铜人既将徙移许都,向时汉宫所见之物,一别之后,不复再见。出宫门而得再见者,唯此月矣。本是铜人离却汉宫花木而去,却以送客为词,盖反言之。又铜人本无知觉,因迁徙而潸然泪下,是无情者变为有情,况本有情者乎?长吉以"天若有情天亦老"反衬出之,则有情之物见铜仙下泪,其情更何如耶!至于既出宫门,所携而俱往者,唯盘而已,所随行而见者,唯月而已。因情绪之荒凉,而月色亦觉为之荒凉。及乎离渭城渐远,则渭水波声亦渐不闻。一路情景,更不堪言矣!此诗上言"咸阳",下言"渭城",似乎犯复而不拘者。咸阳道,指长安之道路而言;渭城者,指长安之地而言,似复而实非复也。玩二语(指"天若有情天亦老"及石曼卿对以"月如无情月长圆")终有自然勉强之别,未可同例而称矣。(《李长吉歌诗汇解》卷二)

张文荪曰:泪如清水,切铜人精妙。大放厥词,忽然收住,馀音袅袅,尚飘空。(《唐贤清雅集》)

史承豫曰:此首章法正显,结得渺然无际,令人神会于笔墨之外。(《唐贤小三昧集》)

李
贺

2175

董伯英曰：曰"忆君泪"，曰"出"，曰"携"，曰"波声小"，觉铜仙手足耳目栩栩欲活。"忆君"，仙人忆孝武也，"如铅水"，方的是铜仙之泪。末更得意外之意，回首长安，何能已已！（《协律钩玄》卷二引）

陈沆曰：自来说此诗者，不为咏古之恒词，则谓求仙之泛刺，徒使诗词嚼蜡，意兴不存。试问《魏略》谓魏明帝景初元年，徙长安诸钟虡、骆驼、铜仙承露盘，而此故谬其词曰"青龙元年"，何耶？既举其事足矣，而又特称曰"唐诸王孙"云云，何耶？此与《还自会稽歌》，皆不过咏古补亡之什，而杜牧之特举此二篇，以为离去畦町，又何耶？《归昌谷》诗云："束发方读书，谋身苦不早。终军未乘传，颜子鬓先老。天网信崇大，矫士常慅慅。京国心烂漫，夜梦归家少。发轫东门外，天地皆浩浩。心曲语形影，只身焉足乐。岂能脱负担，刻鹄曾无兆。"而后知"空将汉月出宫门，忆君清泪如铅水"，"潸然泪下"之意，即宗臣去国之思也。"衰兰送客咸阳道"，即《还自会稽歌》之"辞金鱼""梦铜辇"也。"渭城已远波声小"，即王粲诗之"南登汉陵岸，回首望长安"也。长吉志在用世，又恶进不以道，故述此二篇以志其悲。特以寄托深远，遂尔解人莫索。（《诗比兴笺》卷四）

黎简曰：第二句言武帝之幽灵。（《黎二樵批孟黄陶庵评本李长吉集》）

吴汝纶曰：（"茂陵"四句）以上言故宫荒废，神灵夜归。（"东关"句）先为堕泪垫笔。（"魏宫"四句）以上记铜人出宫时景况。（"衰兰"句）横空掉转，意境从"皋兰被径斯路渐"化出。（"天若"句）接得悲凉沉痛，言天公屡阅此兴亡之变，假使有情，必有不能堪者矣。（"携盘"二句）此二句以铜人就道后设想，行远则波声愈小矣。（《唐宋诗举要》卷二引）

高步瀛曰：悲凉深婉。（同上引）

吴挚甫曰："天若有情"句，古今兴亡之感，写来特别痛切；"月如无恨"句，义蕴甚浅，相去不足以道里计也。（同上引）

 鉴赏

这首诗从杜牧开始，就被视为李贺最重要的代表作。除了取材的新颖、想象的奇特和语言的独创外，从内容看，又兼容对国家命运的深忧与对身世命运的哀伤，亦即所谓荆棘铜驼之忧与宗臣去国之悲。在李贺诗中，这是思想感情最深沉的一篇。

李贺现存的二百多首诗中，有序的不过八首，多数仅为交代作诗的事由，但杜牧序中提到《金铜仙人辞汉歌》和《还自会稽歌》，不但都有序，而且前者明显蕴含易代之悲，后者则明点"国势沦败，肩吾先潜难会稽，后始还家"，可见二诗内容上的一致性和相关性。如果二诗的创作时间确在元和七年（812）辞奉礼郎归昌谷后，则铜人辞汉、肩吾归家与诗人归昌谷之间的联系便可以看得比较清楚了。陈沆的《诗比兴笺》以比兴说诗，常有穿凿附会之弊，不过他联系《还自会稽歌》和《春归昌谷》诗来发明诗人的"宗臣去国之思"，确为有得之见。但他似乎没有注意到"铜人辞汉"这个故事中所包蕴的易代之感，因此他的所谓"宗臣去国之思"中就缺少了原诗中已经明显表露的家国沦亡之忧这个最主要的内容。

"茂陵刘郎秋风客，夜闻马嘶晓无迹。"开头两句，写汉武帝的幽灵夜间在汉宫出没。用"茂陵刘郎秋风客"来称呼早已故去的汉武帝，确实是前无古人的奇语。"茂陵"是武帝陵墓，点出"茂陵"自指武帝早已长眠于陵墓之中。武帝在位五十四年，卒年已七十一岁，埋葬在茂陵的武帝早已不是少壮的"刘郎"，"秋风客"自是由于武帝写过一首流传后世的著名《秋风辞》。解者或因武帝迷信神仙、企求长生、以金盘承露之事而谓其亦如秋风中之过客，甚至认为语有讥讽之意。李贺在《马诗》之二十三中的确讽刺过武帝求仙："武帝爱神仙，烧金得紫烟。厩中皆肉马，不解上青天。"不过，这首诗中的汉武帝却并不是一个讽刺的对象，而是作为一个已经沦亡的王朝的代表，被"金铜仙人"所追思忆念的对象。因此，"茂陵刘郎秋风客"这个称谓，给人的感觉倒是在怀念追思中透出了几分亲切，仿佛长眠茂陵的不是一位功业威权盖世的年过古稀的帝王，而是一位英俊潇洒的年轻诗客。王琦说"以古之帝王而渺称之曰刘郎，又曰秋风客，亦是长吉欠理处"，固然是出于封建君臣伦理观念的批评，反过来说这正表现了李贺兀傲不羁的性格和不受封建等级观念束缚的精神，似亦有些拔高。"夜闻马嘶晓无迹"，是说汉宫中夜间似乎听到马嘶鸣的声音，大约汉武帝的幽灵曾在此出没徘徊，一到清晨就杳无踪迹。把虚幻荒诞的景象写得恍惚迷离，意在渲染汉宫的荒凉凄寂，也兼写武帝幽灵对旧日宫苑的怀恋。

"画栏桂树悬秋香，三十六宫土花碧。"三、四两句，进一步正面描绘汉宫荒凉景象。彩画栏杆旁的桂树开满了芬芳的桂花，宫中的奇花异草、珍奇树木依旧像以前一样开花结实，但宫苑的主人却早已不在，昔日豪华美丽的三十六宫，宫观寂寂，满目苍凉，只见满地苔藓，一片碧绿。用"悬秋香"来借代枝头悬挂秋天开花的桂花，不但造语新颖，而且符合月夜看不清细小的桂花却闻得到浓郁的桂香的特定情境。用"土花碧"来借代碧绿的苔藓，更给人一种古铜锈绿式的色感，在月色的映照下，更显出了汉宫别苑的荒寂。两句一诉之于嗅觉，一诉之于视觉，它们相互映衬，创造出一种幽艳凄清的氛围意境。其中隐隐透露出诗人对这样一座荒宫旧苑的深沉悲慨。杜牧《李长吉歌诗叙》说："荒国陊殿，梗垄丘莽，不足为其怨恨悲愁也。"上面四句诗，杜牧在写序时恐怕是可能浮现于脑际的。

　　接下来四句，叙写魏官拆运铜人之事和铜人辞别汉宫的情景，也就是诗序中所说的"诏宫官牵车西取汉武帝捧露盘仙人……仙人临载，乃潸然泪下"之事。"魏官牵车指千里"句是对事件的总叙，"指千里"是说指向千里之外的洛阳（文帝黄初元年冬，魏已迁都于洛阳，旧注或谓邺都，或谓许昌，均误）。铜人因为过重，最后并未运至洛阳，而留在了霸城，但诗人只说"指千里"，并未道及是否运抵，并不违反历史。紧接着一句"东关酸风射眸子"，便设身处地，化身为铜人，写铜人出长安东城门时的感受。时值秋天，夜风凛冽，出城关时风力凝聚，直射铜人。诗人用"酸风射眸子"来形容秋风刺眼的感受，极见精彩。不说"寒风""凄风"，而说"酸风"，不仅传神地表现出凄厉的寒风直射眼目时的那种生理上的酸痛感、刺激感，而且透露出铜人心理上无法忍受的凄楚伤痛感；它和"射"字并用，更能表现这风的劲厉、迅疾，给人以一种冷箭直射眸子似的刺痛感。写到这里，诗人已身化铜人，感同身受了。

　　"空将汉月出宫门，忆君清泪如铅水。"李贺写诗，对章法每大不理会，即使像"金铜仙人辞汉"这样一个带有叙事性的题材，也不大讲究叙次的先后，前面已经讲到车出东关、酸风射眸，这里又回过头来说铜人空自伴着汉月出了宫门，不免先后颠倒。但李贺只是跟着自己的主观感受走，故忽起忽落，忽前忽后，常有这种出人意料的跳跃。这里是因为要写铜人的悲伤下泪，先要用酸风射眸衬垫一笔，使"清泪"之下显得更加自然合理，就没有顾及"东关"与"宫门"在地理上的反转了。这种"少理"处，正是李贺诗重主观、重感受造成的。"汉月"姚文燮认为即"露盘"，依据大概是下面的"携盘独出"之语，殊不知此四字下还有"月荒凉"三字，可见在李贺笔下，盘和月明显是二物而非一事。"汉月"之语，王琦分析最详而切，其中蕴含的正是铜人离开汉宫时那种孤独寂寞、哀伤沉痛的易代之悲。汉宫中过去熟悉的一切都将永远与自己告别，与自己相伴出宫的只有曾经照临故宫的那一轮明月。着“空将”二字，正暗示汉宫中的一切，包括旧日的主人都离自己远去了，全句所表达的正是一种时代沧桑感，这就自然逼出“忆君清泪如铅水”来。铜人在被拆卸临载时下泪，是《魏略》的记载中原有的，这事本身就带有神异的传奇色彩，而且蕴含了汉魏易代的沧桑之悲。李贺把它写到诗里，作为全篇思想感情的重点，本属自然，但李贺的表达方式却极奇特。在他的想象中，铜人因为思忆故君而不禁流泪，而这泪竟是“如铅水”的“清泪”。这似乎很荒诞无稽，但诗人自有其思维逻辑。在天真的诗人想来，铜人是一个“高二十丈，大七围”的铜像，如果掉泪，也一定是沉重的、金属性质的眼泪；而泪珠，按生活经验，是透明的液体，即所谓“清泪”。又要有沉重的质感和金属性质，又要是透明的清泪，符合这个条件的，非“铅水”而莫属了。通过这一系列想象，才创造出了“忆君清泪如铅水”的奇句，既写出了铜人的“人性”，又写出了铜人的“物性”，而在宛若童话的天真想象中透露的却是铜人辞别故园、故土时的沉重的悲凉。

最后四句，写铜人上车就路后的情景。“衰兰送客咸阳道”，是说秋天凋衰的兰草在长安道旁，默默相送铜人寂寞地离去，表明无知的草木也为此而感伤留恋；而紧接着“天若有情天亦老”这一奇句，则是全诗感情的集中迸发，也是诗人感情的集中表现。这一警动千古的奇句，既有其合理的思维逻辑，又和景物的烘染触发有密切关联。在常人心目中，相对于短暂的人生和沧桑的历史来说，自然界的代表——天，是永恒的、不变的，自然也不会衰老，但诗人却认为，天如果有情感，看到人世的这种沧桑变化，看到铜人辞汉潸然泪下和衰兰送客的情景，恐怕也会因悲伤而变老吧。强调无知无言的天尚且会因为人间的巨变而动情以至变老，正是为了反托人世的易代巨变对生活在人间的人们的心灵巨创和无限伤痛。在诗人的想象中，铜人辞汉时正值夜间，虽有月而天色黯淡阴沉，看上去像是满怀愁绪，衰容满面，因此才不禁想到，老天这样阴凄，恐怕也是由于愁绪过多而变老的吧。由于诗人略去了触发联想的景物描写，读者便只感到设想的奇警而莫寻思路了。这句诗貌似议论，却饱含强烈深沉的悲慨，又隐含特定景物的触发，实际上兼含了议论、抒情和写景。而它的情感内核，即是对人间易代的沧桑巨变的深沉悲慨。

“携盘独出月荒凉，渭城已远波声小。”结尾二句，从突然迸发的悲慨转回铜人身上，写铜人登车就道、离长安渐行渐远的情景。在"携盘独出"的铜人眼中，月色是荒凉冷寂的，透露出辞别汉宫后铜人独登长途的孤寂感和满目荒凉的故国之悲。上句写视觉，下句转从听觉角度写：长安故城渐行渐远，渭水的波声也越来越小了。通过这种细腻的听觉感受，写出了铜人对故都的深切留恋和无限怅惘。李贺的诗往往直起直落，不刻意于收处作含蓄之词，但这首诗的结尾写铜人的视听感受所寓含的心理活动，却写得很富韵味，像是在铜人辞汉的道路上留下了一串余味深长的省略号。

全篇奇思妙想迭出，其核心情节不过是铜人下泪，而抒发的主要感慨则是铜人辞汉所象征的易代沧桑的悲感。客观地看历史，李贺所处的贞元、元和时代，唐王朝虽经安史之乱后已走向衰颓，危机深重，但远未到崩溃灭亡之日。不过像李贺这样一个自身遭遇不偶而又生性极为敏感的诗人却凭自己的主观感受甚至是直觉感受，察觉到国势沦亡的易代危机正在逼近。在他眼中，当时的现实世界是"天迷迷，地密密。熊虺食人魂，雪霜断人骨。嗾犬狺狺相索索，舐掌偏宜佩兰客"，一片阴暗凄迷、到处布满危机的衰颓之世。因此，在离唐亡还有近一个世纪，史家号称"元和中兴"的时代，他却唱出了沉痛悲凉的前朝亡国哀音，以抒发对唐王朝前途命运的深沉忧虑，感到唐王朝也不免要演出金铜仙人辞汉这种悲剧性的易代场面。诗人在序中特意标明"唐诸王孙"的宗室身份，正是为了表现自己作为宗室后裔，对王朝的命运有着一种特殊的关切和深忧。陈沆用"宗臣去国之思"来概括全诗的主旨，但他只从李贺"志在用世，又恶进不以道，故述此二篇以志其悲"的个人遭际之悲着眼，不免见其小而遗其大。如果要说是"宗臣去国之思"，那也应该是一个对国家命运怀着深切忧思感、危机感的"宗臣去国之思"。铜人辞汉与宗臣去国（辞奉礼郎即归昌谷）的重合，国家命运之忧患与个人遭际之不偶的重合，使李贺对唐王朝的深重危机感受更加痛切，更加沉重，于是便有了铜人辞汉时"忆君清泪如铅水"的沉重悲感描写，有了从内心深处迸发出来的"天若有情天亦老"的悲慨。借用鲁迅评《红楼梦》的话来说，"悲凉之雾，遍布华林，然呼吸而独领之者"，唯李贺而已。

马诗二十三首[一]（其四）

此马非凡马，房星是本星[二]。

向前敲瘦骨〔三〕，犹自带铜声〔四〕。

〔一〕《马诗二十三首》，是李贺一组以五绝为体裁，以咏马为题材，以抒写怀才不遇为基本主题的托物寓怀组诗。作年未详。这是组诗的第四首。

〔二〕是本星，《全唐诗》原作"本是星"，校："一作是精。"按：作"房星本是星"或"房星本是精"均不通，且与上句不对。兹依叶葱奇《李贺诗集》改。叶本未注明所据何本。房星，星宿名，即房宿，古时以之象征天马。《晋书·天文志上》："房四星……亦曰天驷，为天马，主车驾。"古代认为超凡的人或马上应列宿，"房星是本星"，犹谓房星乃是此马之本星，即此马系天马之意。

〔三〕瘦骨，指马的肢体骨骼强壮而不痴肥。骏马多瘦劲。杜甫《房兵曹胡马》："胡马大宛名，锋棱瘦骨成。"

〔四〕带铜声，形容其骨坚劲，故敲之铿然而带铜声。

曾益曰：慨世不用，意寓言外。（《昌谷集》卷二）

姚文燮曰：上应天驷，则骨气自系不凡，敲之犹带铜声，总以自形其刚坚耳。（《昌谷集注》卷二）

方世举曰："此马非凡马"，自喻王孙本天潢也。下二句言《相马经》但言隔目高匡等相，犹是皮毛。支遁之畜马，以为爱其神骏，亦属外观。毕竟当得其内美，骨带铜声，即此马之贞之理。（《李长吉诗集批注》卷二）

王琦曰：马之骏者，多瘦而不甚肥。铜声，谓马骨坚劲，有如铜铁，故其声亦带铜声也。（《李长吉歌诗汇解》卷三）

董伯英曰：言与金马门所铸之马骨格相同，故虽瘦而犹带铜声也，上应天象，下表国门，总写"非凡"二字。（《协律钩玄》卷二引）

富寿荪曰：长吉为唐室宗枝，此诗殆自况。以"铜声"状骏骨之坚劲，妙于想象，奇警无匹。（《千首唐人绝句》）

李贺

2181

这一首以天马神骏、瘦骨坚劲自喻，妙在设喻奇警，生动展现出诗人的气骨个性、精神风采。

"此马非凡马，房星是本星。"前两句对起，而语意一气贯注。说这匹马并非凡庸之马，它本是天上的房星之精所化，乃是一匹"天马"。这两句似乎说得很直白，但言语口吻之间，可以体味出一种本为神骏，却被世俗视为凡马的不平之气和自负自信。

"向前敲瘦骨，犹自带铜声。"谓予不信，那就不妨近前敲一敲它的瘦骨，原来它所发出的声响犹自带着铜声啊！"瘦骨"之语，首先给人的印象是瘦骨嶙峋的外形。杜甫在《瘦马行》中说："东郊瘦马使我伤，骨骼硉兀如堵墙。"外形的瘦和骨骼的突兀意味着它"食不饱，力不足，才美不外见"，这样的马往往被不识者误认为是"凡马"甚至"病马"，弃而不用；但真正的骏马又往往如杜甫在《房兵曹胡马》中所描绘的那样，是"锋棱瘦骨成"而非痴肥者。因此，这首诗的"瘦骨"就兼具两方面的含义：一是它的外形的骨瘦嶙峋，不被赏识，没有好的际遇；二是它的骨骼坚挺，具有骏马的骨骼素质。两方面的含义实际上揭示了骏马不被赏识的悲剧。第四句用"犹自"领起，交作转折，说尽管"瘦骨"的骏马不被人所赏识，但它的骨骼却依然坚挺，如铜铁般坚硬，试敲其瘦骨，仍然发出敲打铜铁所发出的铮铮声响。这"带铜声"的"瘦骨"，既是骨骼坚劲的千里神骏的表现，更是其坚刚不屈的气骨品格的象征。"犹自"二字，突出强调的正是虽见弃于时、生活困顿，而铮铮铁骨依然如故的气节品格。由骨骼之坚联想到钢铁之坚，又由铜铁之坚联想到铜铁之声，辗转联想，创造出"向前敲瘦骨，犹自带铜声"这样出人意想、含义深刻的奇警诗句，展现的正是怀才不遇的才俊之士在困顿境遇中坚刚不屈的精神风格。其自负、自傲、自赏、自强之情，充溢于字里行间。前两句的平直正衬托出后两句的警拔。

马诗二十三首（其十）

催榜渡乌江〔一〕，神骓泣向风〔二〕。
君王今解剑〔三〕，何处逐英雄〔四〕？

校注

〔一〕榜，船桨，此指船。乌江，水名，在今安徽和县东北。附近原有乌江亭，相传为西楚霸王项羽兵败自刎处。《史记·项羽本纪》："项王军壁垓下，兵少食尽，汉军及诸侯兵围之数重。夜闻汉军四面皆楚歌，项王乃大惊曰：'汉皆已得楚乎？是何楚人之多也！'项王则夜起，饮帐中。有美人名虞，常幸从，骏马名骓，常骑之。于是项王乃悲歌慷慨，自为诗曰：'力拔山兮气盖世，时不利兮骓不逝。骓不逝兮可奈何，虞兮虞兮奈若何！'歌数阕，美人和之。项王泣数行下，左右皆泣，莫能仰视……至东城，乃有二十八骑，汉骑追者数千人……于是项王乃欲东渡乌江，乌江亭长舣船待，谓项王曰：'江东虽小，地方千里，众数十万人，亦足王也，愿大王急渡。今独臣有船，汉军至，无以渡。'项王笑曰：'天之亡我，我何渡为！且籍与江东子弟八千人渡江而西，今无一人还，纵江东父兄怜而王我，我何面目见之！纵彼不言，籍独不愧于心乎！'乃谓亭长曰：'吾知公长者，吾骑此马五岁，所当无敌，尝一日行千里，不忍杀之，以赐公。'……乃自刎而死。"催榜渡乌江，即指乌江亭长催促项羽急渡乌江之事。

〔二〕神骓，指能日行千里的神骏乌骓。

〔三〕君王，指项羽。解剑，谓解下佩剑自刎。

〔四〕逐，追随。

笺评

刘辰翁曰：（三、四句）悲甚。此语不可复读。元不苦涩。（《吴刘笺注评点李长吉歌诗》卷二）

曾益曰：言主不易遇。时既逝矣，谁可佐以霸者？（《昌谷集》卷二）

姚文燮曰：此即《垓下歌》意。"时不利兮"之句，千古英雄闻之泪落。骓之得遇项羽可谓伸于知己矣。乃羽以伯业不终，致骓之为知己者死，逢时之难如是乎！（《昌谷集注》卷二）

方世举曰：此亦居今思古。（《李长吉诗集批注》卷二）

沈德潜曰：项羽虽以马赠亭长，然羽既刎死，神骓必不受人骑也。十余首中，此首写得神骏。（《重订唐诗别裁》卷十九）

王琦曰：诗意言当日亭长既得项王之马，催榜渡江而去。马思故主，临风垂泣，理所必有。末二句代马作愁酸之语，无限深情，英雄失主，托足无门，闻此清吟，应当泪下。解剑谓解去其剑而自刎也，仍属项王说。或者以为即櫜弓戢矢，天下不复用兵意，属汉王谓者，非是。（《李长吉歌诗汇解》卷二）

鉴赏

　　《马诗二十三首》虽有奇警之句，而大都明快直截，而此首独具神韵，言外有无限悲凉之意。须透过一层，方能领略诗人的深沉悲慨。

　　"催榜渡乌江，神骓泣向风。"首句叙事，谓乌江亭长见汉兵追急，乃催促项羽乘船渡过乌江。着一"催"字，便见当日项羽为汉兵穷追不舍，势单力孤，万分危急的情景。王琦认为亭长得马渡江而去，非是。此句写项羽处于穷途末路的境遇，正是为了逼出下句神骓在这种境况下的感情反应。项羽英雄末路，万绪悲凉，深知大势已去，即归江东，亦无面目见江东父老，追随项羽转战五载的乌骓马也好像感染了这英雄末路的悲凉气氛，向风悲泣，既为主人的遭遇而悲，亦为自己的遭遇而悲。用"神骓"来形容此马，既指其神骏日行千里，亦见其通人性，会主人之情绪，恍若有神。五字中不仅写马之神情，且将当日项羽面临末路时的一系列情事均涵盖其中。

　　"君王今解剑，何处逐英雄？"三、四两句，解者多谓系代马抒情，其实诗人在写到"神骓泣向风"时，已将自己的英雄无主之悲深深渗到"神骓"身上。神骓与诗人，无形中已融为一体，故三、四两句，既是神骓自抒其悲，也是诗人自抒其悲。两句表层的意思是说，自己追随多年的君王如今已经饮恨解剑自刎，我又到哪里去追随英雄呢？这里蕴含了多重意蕴：君王对自己有知遇之恩，如今虽饮恨自尽，自己仍深怀恋主之情、知遇之感，既不以成败论英雄，更不因成败而易其节。更进一层体味"何处"二字，则项羽虽兵败自刎，却仍然是自己心目中唯一的英雄，英雄既死，自己也就失去追随的对象。这是一种世无英雄的深沉悲慨。参较"买丝绣作平原君，有酒唯浇赵州土"之句，这种现实中无真正值得追随的英雄的悲慨便显而易见。而对照李贺自身的遭遇，则连"神骓"的遭际也比不上。"神骓"虽深怀英雄失主之悲，但毕竟曾深受项羽的知遇之恩，自己却只能悲叹"世上英雄本无主"，连悲慨英雄失主的机会也没有，这才是才俊之士最大的不幸与悲哀。诗的深层意蕴，正在于此。由于两句中包蕴如此多重的意涵，又以咏叹语出之，诗的韵味便显得特别深长。

老夫采玉歌〔一〕

李
贺

采玉采玉须水碧〔二〕，琢作步摇徒好色〔三〕。老夫饥寒龙为愁，蓝溪水气无清白〔四〕。夜雨冈头食蓁子〔五〕，杜鹃口血老夫泪〔六〕。蓝溪之水厌生人〔七〕，身死千年恨溪水〔八〕。斜山柏风雨如啸〔九〕，泉脚挂绳青袅袅〔一〇〕。村寒白屋念娇婴〔一一〕，古台石磴悬肠草〔一二〕。

校注

〔一〕诗写老年男子被官府强征入蓝溪水采玉的情景。《元和郡县图志·关内道·京兆府》："蓝田县，畿，东北至府八十里。本秦孝公置。按《周礼》：'玉之美者曰球，其次为蓝。'盖以县出美玉，故曰蓝田。'""蓝田山，一名玉山……在县东二十八里。"诗可能作于李贺任奉礼郎［宪宗元和五年至八年（810—813）］期间。

〔二〕水碧，碧玉的一种。《山海经·东山经》："耿山无草木，多水碧。"郭璞注："亦水玉类。"王琦谓"水玉是今之水精，水碧是今之碧玉"。

〔三〕步摇，妇女头饰，附于簪钗之上。《释名·释首饰》："步摇上有垂珠，步则摇动也。"《后汉书·舆服志下》"步摇以黄金为山题"数句王先谦集解引陈祥道曰："汉之步摇，以金为凤，下有邸，前有笄，缀五采玉以垂下，行则动摇。"徒，徒然，只不过。好色，美好的颜色，犹漂亮、华美。

〔四〕蓝溪，在蓝田山下，水中产碧玉，名蓝田碧。无清白，谓浑浊。二句谓老夫饥寒交迫，入蓝溪采玉，使水中的龙亦为之愁苦，蓝溪水因人之采玉与龙之愁苦搅动而失去了清白，变得浑浊。

〔五〕蓁，通"榛"。榛（zhēn）子，榛树的果实。《山海经·西山经》"下多榛楛"郭璞注："榛子似栗而小，味美。"

〔六〕杜鹃口血，传说杜鹃鸟（即子规）系古蜀王杜宇之魂所化，春末夏初，常昼夜悲鸣，直至口中出血。

〔七〕厌，吃饱。生人，活人。采玉者入深水采玉，常被淹死。

〔八〕谓被淹死的采玉者虽身死千年，犹恨溪水。王琦谓"夫不恨官吏，

2185

而恨溪水，微词也"。

〔九〕柏风，吹过柏树的风。雨如啸，形容雨势之大，其声如同呼啸。

〔一○〕泉脚，流泻而下的泉水。袅袅，摇动貌。此句写采玉者从山顶挂悬绳索，身系于绳，顺着泉流下到蓝溪水中采玉。

〔一一〕白屋，穷苦人家所住的简陋房屋。

〔一二〕古台石磴，古老的有石台阶的山路。悬肠草，一名思子蔓，蔓生植物。

刘辰翁曰：谓长绝悬身，下采溪水，其索意之苦，至思念其子，岂特食蓁而已。又云肠草，不必草名断肠之类，以其念子，视此悬磴之草如断肠然，苦甚。（《吴刘笺注评点李长吉歌诗》卷二）

无名氏曰：不言恨时政，而言"恨溪水"，与其死于苛政，不若死于虎也。征求无已，不念民生者戒之哉！（明于嘉刻本《李长吉诗集》）

贺裳曰：此诗极言采玉之苦，以绳悬身下溪而采，人多溺而不起，至水亦厌之。采时又饥寒无食，惟摘蓁子为粮。及得玉，仅供步摇之用，充玩好而已。伤心惨目之悲，及劳民以求无用之意，隐隐形于言外。此真乐天所云"下以泄导人情，上可以补察时政"者，而曰贺诗全无理，岂其然！（《载酒园诗话又编》）

姚文燮曰：唐时贵玉，尤尚水碧。德宗朝，遣内给事朱如玉之安西于阗求玉，及还，乃诈言为回纥取去。后事泄，流死。复遣使四出采取。蓝田有山三十里，其水北流，产玉。山峡险隘，水窟深杳。此诗言玉不过充后宫之饰，致驱苍黎于不测之地，少壮殆尽，耄耋不免，死亡相继，犹眷妻孥，而无益之征求，竟不知民命之可轸念也。可胜浩叹！（《昌谷集注》卷二）

方世举曰：（"夜雨冈头食蓁子"）按韦左司有《采玉行》云："官府征白丁，言采蓝田玉。绝岭夜无家，深榛雨中宿。"其言与长吉此篇仿佛。（"蓝溪之水厌生人"）厌作"餍饫"解亦得，作"厌恶"亦得。（"泉脚挂绳青袅袅"）"挂绳"犹瀑布之谓。（"古台石磴悬肠草"）"肠"字下得奇稳。（《李长吉诗集批注》卷二）

黎简曰：讽民役之苦。水碧，玉之至佳者，须者，官吏须也。采玉而食榛子，苦可知也。死人多恨溪水，反言之耳，所云民怨其上也。系绳而入水，入水恐死，念其爱子。（《黎二樵批点黄陶庵评本李长吉集》）

　　王琦曰：《三秦记》："有川方三十里，其水北流，出玉。"今蓝田犹出碧玉，世谓之"蓝田碧"。诗言玉产蓝溪水中，因采玉而致蓝溪亦不能安静，不特役夫受饥寒之累，即水中之龙亦愁其骚扰，至于溪水为其翻搅，有浑浊而无清白矣。冈头夜雨，则寒可知；所食者唯榛子，则饥可知。《尔雅翼》："子巂出蜀中，今所在有之。其大如鸠，以春分先鸣，至夏尤甚，日夜号深林中，口为流血……亦曰杜鹃。""杜鹃口血老夫泪"者，乃倒装句法，谓老夫之泪如杜鹃口中之血耳。"厌生人"者，因采玉而溺死者甚多，故溪水亦若厌之。"身死千年恨溪水"，谓身死之后，虽千年之久，其怨魂犹抱恨不释。夫不恨官吏，而恨溪水，微词也。（"斜山"四句）挂绳，谓结绳于身，悬挂而下以入溪采玉也……石磴，石山之上可以登陟之道。《述异记》：悬肠草一名思子蔓，南中呼为离别草。夫己之生死正未可必，乃睹悬肠之草大动思子之情，触物兴怀，俱成苦境，深可哀矣。按：韦应物《采玉行》云："官府征白丁，言采蓝溪玉。绝岭夜无人，深榛雨中宿。独妇饷田还，哀哀舍南哭。"与此诗正相发明。（《李长吉歌诗汇解》卷二）

　　罗宗强曰：《老夫采玉歌》全诗都是这一类意象（指意象的密集，直接衔接甚至叠合）的高密度压缩。"老夫饥寒龙为愁，蓝溪水气无清白"，写采玉工为饥寒所驱使无休止的劳动。"老夫饥寒"是一个意象，"龙为愁"是一个意象，两个意象之间省略了在险恶的环境中日复一日无休止地采玉的若干意象，这若干意象都压缩进这两个意象的衔接处，由暗示表现出来，使这一句留下了许多联想的馀地。写采玉工的悲惨生活："夜雨冈头食榛子，杜鹃口血老夫泪。""杜鹃啼血"是由一个传说表现出来的带有浓烈哀伤情思的意象，"老夫泪"是现实的悲哀图像。二者之间又有若干意象被压缩了。杜鹃啼血中有多少怨郁不平，老夫血泪中有多少凄凉辛酸。二者之间在悲哀这一点上衔接，或在愁郁不平这一点上衔接，或者都有，含蕴是很丰富的。写采玉工采玉时惊险的情景和内心活动，又是一系列意象的叠合："斜山——柏风——雨如啸，泉（脚）——挂绳（青袅袅），村寒白屋——（念）娇婴，古台石磴——悬肠草。"陡峭的山崖，柏林，风雨，挂在悬崖上垂下的瀑布间的飘摇的绳子，飘洒的瀑布（拴在飘摇绳子上的采玉的老人），他眼前展现的古台石磴那古台的磴上长着的又名思子蔓的悬肠草，忽然使他想起了寒村茅屋中幼小的儿女。全诗的情思，就在一个一个画面的叠合中抒发出来，浓烈而且层次丰富。（《唐诗小史》第243—244页）

鉴赏

不少评家都注意到稍早于李贺的中唐诗人韦应物有一首所咏题材相同、地点相同、主题相近的《采玉行》，这似乎可以说明官府强征百姓上蓝田山、下蓝溪水采玉，弄得百姓妻离子散、饥寒交迫、身历险境的现象已经非常突出，以致冲澹如韦应物、重主观如李贺这样的诗人也都关注这一民不堪命的社会现象，并表现出对被役使的百姓的深切哀悯同情。值得注意的是，韦诗中官府强征的对象就是"白丁"——平民中的丁壮，而李诗中则连"老夫"也在所难免，统治者为满足私欲而奴役百姓、草菅人命已经不择对象、不循章法了。韦诗简约含蓄，犹如素描，李诗则感情浓烈，色彩斑斓，描绘细致，犹如油画。它所咏系符合时代诗歌主潮——"歌生民病"的题材，却极具贺诗的独特风貌与独创性。

"采玉采玉须水碧，琢作步摇徒好色。"开头两句，以抒情性的议论起，直接入题，揭出官府强征百姓采玉之事的不合理。重复"采玉"二字，以咏叹笔调传出采玉者的怨愤，也透露出采玉之事的无休无止。官府所"须"的不是普通的玉石，而是藏于深水中的"水碧"，这就为下文以绳悬身、入蓝溪采玉等一系列描写预留了广阔的空间，使官府之"须"与百姓之"苦"与"恨"挂上了钩。而如此辛苦采来的水碧只不过雕琢成步摇上所缀的玉饰，徒然华美漂亮而已。这说明官府之所"须"不过为上层社会的妇女奢华生活添色，也说明封建统治者为自己的奢华私欲可以丝毫不顾民命。这样的开头，一针见血，直接将逼民采玉者推向被告席。

"老夫饥寒龙为愁，蓝溪水气无清白。"三、四两句，出现了这首诗的主要描写对象——一位饥寒交迫的采玉老人。他忍受饥寒，被迫入水采玉，这种惨痛的景象连蛰伏于深水中的龙也为之愁苦烦怨，它不安地搅动着溪水，使清莹的蓝溪和笼罩其上的一层水汽都变得浑浊不堪。"老夫饥寒"和"龙为愁"之间，上句与下句之间，省略了诗人的推想所构成的联系，乍看似接非接，细味自有诗人的思想逻辑。在诗人心目中，龙也像人一样，善体人情，为老夫之愁苦而愁苦，且因此而躁动不安，搅动翻腾。写龙之愁、水之浑正是为了突出老夫饥寒交迫入水采玉的愁苦怨愤。这种想象和笔法，纯然是长吉体特有的。

"夜雨冈头食蓁子，杜鹃口血老夫泪。"第五句承上"饥寒"，进一步作具体描绘渲染。夜间凄风冷雨，露宿山头，寒冷瑟缩之状可想；无食可以充饥，只得采野生的蓁子为食，其饥饿难忍之状可知。韦诗中同样写到采玉者"绝顶夜无人，深蓁雨中宿"，可见这句所写并非出之想象，而是真实生活的反映。第六句将"杜鹃口血"与"老夫泪"这两个似无直接关联的景象串连起来，构成写实与象征融合，意蕴丰富深长的诗句。夜宿深山茂林，听到杜鹃鸟啼血般的哀鸣声，老夫联想到自己饥寒交迫的悲惨境遇，不禁辛酸下泪。这是触景生悲，是写实，但杜鹃啼血的神话传说及由此构成的典故意象中又积淀了无穷的哀怨悲苦的意蕴，因此"杜鹃口血老夫泪"的诗句中又含有丰富的象征色彩，使人联想到那哀鸣不止直至泣血的杜鹃，仿佛就是怀着无穷怨恨愁苦的老人的化身，"杜鹃口血"与"老夫泪"之间也就构成了一种象征。

"蓝溪之水厌生人，身死千年恨溪水。"七、八两句，又由眼前的采玉老人的悲惨境遇推想开去，想到千余年来，蓝溪水不知吞食了多少采玉人的生命，以致他们虽身死千年，幽魂仍然怨恨这无情的溪水。采玉人要潜入深潭，在潭底长时间地寻觅、采取水碧，稍有不慎，便会葬身水中，成为冤鬼。上句着一"厌"字，写出溪水的可怖狰狞；下句着一"恨"字，写出无数因采玉而死的冤魂的怨恨郁愤。其实，说"水厌生人"或"人恨溪水"都是微词，真正吞食生人、冤魂真正怨恨的都是凶残无情的官府乃至更高层的封建统治者。这两句由个别的典型联及封建社会官府强逼百姓造成的无数牺牲，使揭露封建统治者的主旨更深入一层，说明这种悲剧，在封建社会一直在上演。

写到这里，由近及远，由点而面，由"老夫"而无数为采玉而死的冤鬼，似已将诗意推向极致。结尾四句，将笔墨又转回到采玉老夫身上，描绘出下水采玉的瞬间一幅惊心动魄的图景。三十里蓝溪，傍蓝田山迤逦北流。产玉的深潭，两岸峭壁悬崖，入水采玉必须从山顶悬绳挂身而下。这四句所写的正是这一最能表现采玉劳动之艰苦，也最能揭示主人公内心活动的典型场景：倾斜欹侧的山势，狂风吹过茂密的柏树，暴雨倾泻而下，发出呼啸般的声响，一条绳索，从山顶悬下，采玉老人身系长绳，悬空而下，直到飞泉之底。风雨中绳索在摇曳晃动，显出一条袅袅青色。就在这时，身系长绳的

李贺

2189

老人瞥见了生长在古老的石级台阶上的悬肠草（思子蔓），不由得思念起寒村茅屋中的娇婴。

诗写到这里，忽然收住，老人"念娇婴"时的具体思想感情活动，以及诗人对此的感慨，都不再置一词。而这宛如电影特写镜头的典型场景，却因其浓墨重彩的氛围渲染和细节描写，引发读者丰富的联想。那倾斜敧侧的山势，那狂暴的风雨，不但表现出劳动条件的艰苦，也透露出采玉老人内心的躁动不安；而那条悬挂向下的袅袅绳索和系身其上的老人，更展现出主人公命悬一线的处境和内心的艰危恐怖感。在这种情景下，因瞥见断肠草而念及娇婴，其中蕴含的思想感情活动便不难默会：自己万一坠落深渊，葬身溪水，茅屋中的娇子婴孩将遭到怎样悲惨的命运？"断肠草"的名称有丰富的暗示性：由于它一名"思子蔓"，故由此而自然联想到白屋中的娇婴；又由于"断肠"二字，透露出主人公于自己命悬一线时对娇婴的牵肠挂肚的思念。这一切，融合成极富悲剧气氛和象征暗示色彩的意境，将诗情、诗境、诗意推向最高潮，诗就在最高潮时煞住，点而不破，不加任何说明，而诗的韵味更加浓郁。

哀悯民生疾苦，是中唐诗歌的时代潮流和重要主题。但这类诗，由于种种原因，写得深刻细致，富于艺术感染力的作品为数不多。特别是注重氛围渲染、深刻揭示人物心理活动的作品更属罕见。李贺的这首《老夫采玉歌》在这方面提供了一个成功的范例。

南山田中行〔一〕

秋野明，秋风白〔二〕，塘水漻漻虫啧啧〔三〕。云根苔藓山上石〔四〕，冷红泣露娇啼色〔五〕，荒畦九月稻叉牙〔六〕，蛰萤低飞陇径斜〔七〕。石脉水流泉滴沙〔八〕，鬼灯如漆点松花〔九〕。

〔一〕南山，或谓指福昌昌谷正南不远之女几山，恐非。当指长安南面的终南山。作者《感讽五首》（其三）说："南山何其悲，鬼雨洒空草。长安夜半秋，风前几人老？低迷黄昏径，袅袅青栎道。月午树立影，一山唯白晓。漆炬迎新人，幽圹萤扰扰。"此"南山"明指长安之终南。二诗写景遣词有相近处，相互参较，可证此首之"南山"所指。诗当作于元和五年（810）至八年在长安任奉礼郎期间。田，指田野。

〔二〕梁元帝《纂要》："秋曰白藏，气白而怀藏万物。亦曰三秋、九秋、素秋……风曰商风、素风、高风、凉风、微风、悲风。"古代奉行五行之说，秋属金，其色白，故称"素秋""素风"。素，白色。

〔三〕潦潦，水清深貌。喷喷，形容秋虫之鸣声轻细。

〔四〕云根，本指深山云起之处。张协《杂诗》之十："云根临八极，雨足洒四溟。"注："云根，石也。云触石而生，故曰云根。"《唐音癸签·诂笺一·云根》引陈晦伯曰："杜诗：'穿水忽云根。'钱起：'奇石云根浅。'贾岛：'移石动云根。'诗人多以云根名石，以云触石而生也。六朝人先用之。宋孝武《登东山》诗：'屯烟扰风穴，积水溺云根。'"按：唐人以"云根"指石之例甚多，句意盖谓山上之石由于云雾聚集，长年湿润，长满了苔藓。

〔五〕冷红，指寒秋中开放的带着冷意的红花。

〔六〕荒畦，荒野中的田。稻叉牙，稻谷刚刚分叉。九月而稻方叉芽，状其荒废无人管理。

〔七〕蛰，原指动物冬眠，蛰伏不动，即蛰伏，隐藏之义。此处"蛰萤"乃形容萤光幽冷之状。陇径，田垄上的小路。

〔八〕石脉，石缝，石隙。"石脉"一词，本指山石之脉络纹理，因泉水每循石之脉络纹理自然流淌而出，故亦径指石隙。韦应物《龙门游眺》："花树发烟华，淙流散石脉。"章孝标《方山寺松下泉》："石脉绽寒光，松根喷晓霜。"

〔九〕鬼灯如漆，形容鬼火昏暗不明之状。点松花，点缀于松枝之上。或引《述异记》"阖闾夫人墓中，周围八里，漆灯照烂如日月焉"之"漆灯"为解，非。

笺评

刘辰翁曰："萤低飞，陇径斜。"每造语，不觉其苦。"灯如漆，点松花。"翻"漆灯"，又别。（《吴刘笺注评点李长吉歌诗》卷二）

无名氏曰：作二解读，便得秋暮中于南山田中夜行神理。（明于嘉刻本

《李长吉诗集》）

　　许学夷曰：贺乐府七言，如"茂陵刘郎秋风客，夜闻马嘶晓无迹""大江翻澜神曳烟，楚魂寻梦风飐然""秋坟鬼唱鲍家诗，恨血千年土中碧""西山日没东山昏，旋风吹马马踏云""百年老鸮成木魅，啸声碧火巢中起""石脉泉流水滴沙，鬼灯如漆照松花""呼星召鬼歆杯盘，山魅食时人森寒""虫栖雁病芦笋红，回风送客吹阴火"等句，皆鬼仙之词也。（《诗源辩体》卷二十六）

　　姚文燮曰：此秋田月夜时也。桂魄皎然，野风爽明。水静蛩吟，苔深花湿，芳蕙低垂，流萤历乱。石泉声细，磷火光微。陇上行吟，情思清绝。（《昌谷集注》卷二）

　　方世举曰：东坡有云："岁云暮矣，灯火青荧。时于此间，得少佳趣。"刘贡父戏之，以为夜行失路，误入田螺精家。此诗亦似陆机入王弼墓，然而妙。（《李长吉诗集批注》卷二）

　　黎简曰：此长吉平正之作。此云山上石如云根，而生苔藓，石旁有秋花，而开冷红。姚仙期讥其既云云根，又云山上石为复，未玩诗意耳。（《黎二樵批点黄陶庵评本李长吉集》）

　　王琦曰：（"塘水"句）"潦潦"谓水清深，"啧啧"谓声轻细。（"冷红"句）"冷红"谓花也，以其开于秋露之中，故曰冷红。（"荒畦"句）"荒畦"，谓荒野中之田。（"蛰萤"句）萤遇冷气，光不甚明。（"鬼灯"句）鬼灯低暗不明，状如漆灯点缀松花之上。（《李长吉歌诗汇解》卷二）

　　叶葱奇曰：首二句说，秋风掠过的原野明净、洁白，塘水澄清，虫声唧唧。三、四句说长满苔藓的石上云气浮起，红花上缀着冷露，像女郎啼泣一般。五、六两句说，野田稻熟，又芽待割，暗淡的残萤在田径上低飞而过。末二句说石隙间的泉水滴落到沙上，冷森森的鬼火点缀在松枝之间。上句是描画所闻的幽冷，下句是描画所见的幽冷，这首把深秋时分原野上的情景描画得鲜明、细致。而收处意境清冷，正是贺独具的一种意境。（《李贺诗集》）

2192

　　《南山田中行》写一个深秋的傍晚到初夜，诗人独行在终南山边的原野中所见所闻的景色。全篇纯为写景，风格幽清冷艳，体现出李贺诗独特的艺术个性。

"秋野明，秋风白"，起处连用两个三字句，对景物的季候特征作总括性的描写。时值九月深秋，天高气清，原野显得特别明净，给人以朗爽洁净、空旷沉寥之感，故说"秋野明"。秋风无形无色，却说"秋风白"，似乎费解。古代五行之说，秋属金，其色白，故秋曰素秋，秋风曰素风。这当然可以用来作"秋风白"的典籍依据，但李贺如此设色遣词，除了追求语言的独创与奇警外，自有其对"秋风"的独特感受与体验。在他的感受中，萧瑟的秋风荡涤了原野上的一切枯枝败草，扫去了天宇中的浮云迷雾，整个天地之间，呈现出一片玉宇澄清、大地洁白的面貌，故说"秋风白"。这两句节奏轻快，意境明洁，透露出诗人一开始游赏时的整体感受是比较轻松愉悦的。

李
贺

"塘水潋潋虫喷喷"，从第二句起，具体描绘秋天田野景物。池塘中的水，由于晴朗无雨，显得特别清澄深碧，使人联想起宋玉《九辩》中的名句："沉寥兮天高而气清，寂寥兮收潦而水清。"塘水旁的稻田中，虫声喷喷，轻细幽清。透露出时已薄暮，周围一片寂静。这句上四字写所见，下三字写所闻，都是深秋景色的特征。境界清幽寂静，但并不给人以冷寂之感。

"云根苔藓山上石，冷红泣露娇啼色。"接下来两句，写南山上的岩石和岩边的秋花。云雾笼罩的山岩上，长满了斑斑驳驳的碧绿的苔藓，岩旁的秋花，在秋天的寒气中开放，给人以寒冷萧瑟之感。花上缀着寒露，呈现出年轻女子哭泣娇啼的容色。上句写石上苔藓，下句写岩畔寒花，都显示出深秋景物的萧瑟寒冷之状，藓碧花红，色彩鲜艳中带有凄冷的意味，下句遣词造句，尤能显出贺诗秾艳幽冷的特征。

"荒畦九月稻叉牙，蛰萤低飞陇径斜。"这两句转写田野上所见景物，但时间上有自暮入夜的推移过程，写来却令人浑然不觉。在朦胧的暮色中，可以看到路边的稻田中，深秋九月，稻子才分杈发芽，说明这是无人耕种管理的撂荒田地，旧谷长出的稻子生长缓慢，故有"九月稻叉牙"的荒废景象。入夜之后，萤火虫在寒冷的空气中低飞，光线暗弱，一条小径，正绕着田亩斜斜而去。两句所写景象，虽有薄暮、入夜的差异，但意境却统一于荒凉凄清，故虽不点明时间的过渡推移，却并不给人不连贯的感受。

2193

"石脉水流泉滴沙，鬼灯如漆点松花。"结尾两句，又掉过头来写南山边上夜行所闻所见。与上文联系对照，可以看出，诗人似乎是行走在终南山边紧挨着一片荒野的路上，故写景时而塘水秋虫，荒畦陇径；时而山石苔藓，秋露红花。这最后两句正上承"云根"二句，写山边的石缝中，一股泉水正悄悄地流淌，在静寂中，可以听到泉水一滴滴地淌在沙地上的声音。不远处的山上，晦暗阴森的鬼火正闪烁不定，点缀在松树的枝丫之间。上句写听觉，感受体察入微。昏暗的夜间，不可能看到泉水的细流，全凭锐敏的听觉，才能发现泉水滴沙的细微声响，而周围之静寂可想。下句写视觉，"鬼灯如漆"非言其明亮系状其晦暗。这景象似乎有些阴森，但接以"点松花"，却使它流动活跃起来，使人不觉其可怖，而感到有些幽美值得观赏。实际上，诗人正是以一种玩赏的态度来写"鬼灯"的。

整首诗写秋晚由暮入夜的南山荒野景象，虽因时间的推移，景物的色调越到后来越带有凄清幽寂的色彩，但总体而言，是欣赏它的美，而不是渲染它的幽森可怖。和《感讽》之三"漆炬迎新人，幽圹萤扰扰"对照比较，后者便不免给人以阴森之感了。

致酒行〔一〕

零落栖迟一杯酒〔二〕，主人奉觞客长寿〔三〕。主父西游困不归〔四〕，家人折断门前柳〔五〕。吾闻马周昔作新丰客〔六〕，天荒地老无人识〔七〕。空将笺上两行书〔八〕，直犯龙颜请恩泽〔九〕。我有迷魂招不得〔一〇〕，雄鸡一声天下白。少年心事当拏云〔一一〕，谁念幽寒坐呜呃〔一二〕。

校注

〔一〕致酒，奉酒。致，奉献。《文苑英华》卷三百三十六歌行录此诗，题下有自注："至日长安里中作。"至日，农历夏至或冬至日。杜甫《冬至》诗："年年至日长为客，忽忽穷愁泥杀人。"冬至已届岁暮，作客他乡者容易触动久滞不归之感。此"至日"疑为冬至。如为夏至，唐人每云"南至"或"长至"。或谓此诗系元和五年（810）李贺受"家讳"之毁后应进士试受阻而作，或云任奉礼郎期间所作，恐非。诗似为任奉礼郎之前客游长安时作。贺另有《崇义里滞雨》诗，中有"落漠谁家子，来感长安秋……南宫古帘暗，湿景传签筹"之句，似为应试落第后留滞长安之作，与此诗所述情景有相似处，可能为同时先后之作。则题注"里中"或即指崇义里。

〔二〕零落，飘零、流落。栖迟，滞留。

〔三〕奉觞，举杯敬酒。客长寿，祝客长寿，此系旅店主人祝酒之辞。"客"指李贺。李白《将进酒》："主人何为言少钱，径须沽取对君酌。"此"主人"亦指旅店（或酒店）主人。

〔四〕主父，主父偃，汉武帝时人。《史记·平津侯主父列传》："主父偃者，齐临菑人也，学长短纵横之术，晚乃学《易》《春秋》、百家言。游齐诸生间，莫能厚遇也……乃北游燕、赵、中山，皆莫能厚遇，为客甚困。孝武元光元年中，以为诸侯莫足游者，乃西入关见卫将军，卫将军数言上，上不召。资用乏，留久，以宾客多厌之，乃上书阙下，朝奏，暮召入见。所言九事，其八事为律令，一事为谏伐匈奴……于是上乃拜主父偃……为郎中。偃数见，上疏言事，诏拜偃为谒者……一年中四迁偃。""西游困不归"，盖指上书阙下之前久滞长安之事。此处借以自况久滞长安不遇。

〔五〕《三辅黄图·桥》："霸桥在长安东，跨水作桥，汉人送客至此桥，折柳赠别。"折柳本为送别，因主父偃西游久留不归，故家人盼归而屡屡折柳，直至"折尽门前柳"。

〔六〕马周，唐太宗时人。《旧唐书·马周传》："马周……少孤贫好学，尤精《诗》《传》。落拓不为州里所敬……遂感激西游长安。宿于新丰逆旅，主人唯供诸商贩而不顾待周。遂命酒一斗八升，悠然独酌，主人深异之。至京师，舍于中郎将常何之家。贞观三年，太宗令百僚上书言得失，何以武吏不涉经学，周乃为何陈便宜二十馀事，令奏之，事皆合旨。太宗怪其能，问何，何答曰：'此非臣所能，家客马周具草也……'太宗即日召之……与语甚悦，令直门下省。六年，授监察御史。"后拜相。

〔七〕天荒地老，极言时间之长。

〔八〕空，只，仅。刘长卿《平蕃曲》："绝漠大军还，平沙独戍间。空留一片石，万古在燕山。"李白《江上吟》："屈平诗赋悬日月，楚王台榭空山丘。"将，持。笺上两行书，指上呈给皇帝的书疏条陈。

〔九〕龙颜，借指皇帝，《史记·高祖本纪》："高祖为人，隆准而龙颜。"请恩泽，请求皇帝的恩泽，加以任用。按："空将"二句所言之事，兼包上举主父偃、马周二人。主父偃是自己直接上书阙下，马周则是代常何陈事为太宗所赏识，诗人均用二语加以概括。

〔一○〕迷魂，迷失的魂灵。古代有招生人之魂的习俗。《楚辞·招魂》王逸题解云："《招魂》者，宋玉之所作也……宋玉怜哀屈原，忠而斥弃，愁懑山泽，魂魄放佚，厥命将落，故作《招魂》，欲以复其精神，延其年寿。"杜甫诗有"剪纸招我魂"之句，亦指招生魂。

〔一一〕拏云，犹凌云。心事拏云，指志向高远。

〔一二〕念，怜念。幽寒，幽隐贫寒之士。坐，徒然。王融《和王友德元古意》："坐销芳草气，空度明月辉。"呜呃（è），悲泣之声。

笺评

刘辰翁曰：起得浩荡感激，言外不可知，真不得不迁之酒者。末转慷慨，令人起舞。"零落栖迟一杯酒"，好。"主父西游困不归"，此语谓答四句（家人折尽门前柳），好。流动无涯。"我有迷魂招不得"，又入梦境。（《吴刘笺注评点李长吉歌诗》卷三）

徐渭曰：率。绝无雕刻，真率之至者也。贺之不可及，乃在此等。（《徐董评注李长吉诗集》）

黄淳耀曰：（末句）言己亦不必自念幽寒，以足上句。（《黎二樵批点黄陶庵评本李长吉集》）

黎简曰：长吉少有此沉顿之作。（同上引）

无名氏曰："零落栖迟"四字，着"一杯酒"二字，何限悲凉！按："主人"句七字，更使人哭不得笑不得也。（明于嘉刻本《李长吉诗集》）

黄周星曰：惟其天荒地老，所以有招不得之迷魂也。似此零落幽寒，则雄鸡可以无声，天下可以不白。（《唐诗快》卷七）

毛先舒曰：《致酒行》主父、宾王（马周字）作两层叙，本俱引证，更作宾主详略，谁谓长吉不深于长篇之法耶？（《诗辩坻》卷三）

姚文燮曰：被放慷慨，对酒浩歌，自谓坎轲正似偃之久困关西，周之受辱浚仪，然皆以书奏时事，逆龙鳞以邀知遇。乃我则羁魂迷漫，中夜闻鸡，不寐达旦。虽少年有凌云之志，而岑寂沉滞，谁为悯恻耶！（《昌谷集注》卷二）

方世举曰："少年心事当拏云"，俗吻冗长，切去结佳，再读又歇不住。（《李长吉诗集批注》卷四）

王琦曰：主父偃西入关见卫将军，卫将军数言上，上不省。资困乏，留久，诸侯宾客多厌之。长吉引以自喻。"家人折尽门前柳"，谓攀树而望征人之归，至于折断而犹未得归，以见迟久之意。"拏云"，喻言高远。

唐诗选注评鉴（三）

（《李长吉歌诗汇解》卷二）

何焯曰："迷魂"句，言从来做尽痴梦也。（《协律钩玄》卷二引）

范大士曰：在此公集中，是平易近人之作。（《历代诗发》）

史承豫曰：淋漓落墨，不作浓艳语尤妙。此亦长爪生别调诗。感遇合也，结得显甚。（《唐贤小三昧集》）

叶葱奇曰：前两句说落拓蹭蹬中，承蒙杯酒相招，并举杯祝其健康。三到八句是主人劝勉的话。主父偃久客困顿，他的家人攀柳盼望，意思是说家人多么希望他有所成就，"折断"柳条是表示攀望的长久。马周作客新丰时，也是久无人识，后来不过写了几行条陈，遂获显达。九句到末句是贺回答主人，自行宽解的话，说我的深忧积闷是无法排遣的，惟有当天晓的时候，偶尔想开，觉得一个青年人心意应当振作，老是悲伤叹息，究竟有谁会怜你的幽寒呢。这首大致是客店洛阳，友人招宴，有感而作。主人劝勉的话分作两层：主父上书得到通显，先不说出，只说家人如何殷切盼望，而在第二层马周上才说了出来，这是很有剪裁的。大概主人劝他干谒请托，不必一味孤高愁苦，而他却绝不愿干求。既不便明加驳斥，只好说"我有迷魂招不得"。这一句里含有无限深意，用语隐微而深刻。结两句强作达词，而意味却更加愤慨。（《李贺诗集》）

这是一首因店主人向客敬酒祝寿触发自己怀才不遇的感慨并自我劝勉的诗，但总体情调激昂慷慨，风格雄放明快，体现出初涉仕途，虽受挫折，而锐气信心犹存的少年意气。

"零落栖迟一杯酒，主人奉觞客长寿。"开头两句，分写自己客中饮酒与主人奉觞祝酒。"零落栖迟"四字，概写自己飘零流落，滞留异乡的境遇，下面突接"一杯酒"三字，便凸显出在困顿蹉跎的境遇中借酒浇愁遣闷的意蕴，其中自含感慨与无奈，亦见豪情与意兴，并不纯是消极的悲叹。次句写店主人奉觞敬酒，祝客长寿，这是对眼前场景的叙写，也是诗题"致酒行"的由来。

"主父西游困不归，家人折断门前柳。"三、四两句，因自己"零落栖迟"的境遇而联想到前代古人曾经经历的相似境遇，并以之自况。说自己就像当年西游长安、久困不归的主父偃那样，家中的亲人因为盼望自己的归

李贺

2197

来，将门前的柳树枝条都折断了。这两句看似用典，实际上却是自我抒慨，借古人自喻。因为"家人折断门前柳"之句纯出诗人的想象。有此一句，则第三句的"主父西游困不归"则完全可以看作是借主父偃以自喻。"折柳"之俗起于汉代，本用以送别，此处却用以表现家人之盼归，可以说是活用故典，饶有新意。李商隐的《离亭赋得折杨柳二首》（其二）云："为报行人休尽折，半留相送半迎归。"由折柳相送生发出折柳迎归，与李贺此句可谓一脉相承。

　　"吾闻马周昔作新丰客，天荒地老无人识。"由自己的"零落栖迟"境遇又联想起另一位本朝名人曾经历的类似境遇：马周昔日宿于新丰旅店，受到店主人的冷遇，对待他连商贩都不如，真可以算得上是"天荒地老无人识"了。这句的写法与"家人折断门前柳"类似，都是用夸张渲染之词极形"零落栖迟"时间之长远。"天荒"一词，汉代已有，指边远荒僻之地，但用"天荒地老"来形容时间之久远，却是李贺的新创，下接"无人识"三字，造成强烈的反差，极具感情的冲击力。此语今人每习以为常，实为李贺一系列奇警之句中之佼佼者。第五句句首用"吾闻"提起，既用以贯连"主父"二句与"马周"二句，也使诗的节奏稍作顿挫，不使这四句诗过于直遂，并不表明"吾闻"之后的四句诗是店主人的劝慰之词。其实，李贺诗中用"吾闻"或"吾"作提顿语的，除此首外，还有《苦昼短》，可以参较。这种用语，略近乐府中之"君不见""君不闻"。将"吾闻"二字删去，并不影响诗的内容意蕴，但对诗的节奏及诗人的神情口吻有明显的影响。

　　"空将笺上两行书，直犯龙颜请恩泽。"这两句从用韵上看，似乎只是直接上两句，专指马周的。但实际上，在意脉上与"主父"二句也一脉贯通。因为主父偃与马周二人，不但开始时失意困顿的境遇相似，后来因上书言事得到君主赏识的际遇也大体近似，而且主父偃是直接上书阙下，较之马周因替常何代写条陈而为太宗所赏识更符合"直犯龙颜请恩泽"之语。两句意在强调主父偃与马周的才能与胆识，"空将"是只持、仅凭的意思，与通常"徒然""空自"之义正好相反，是赞赏他们仅凭一纸奏疏，就博得了皇帝的赞赏与恩泽。"空将""两行书"与"直犯龙颜"相呼应，写出了才杰之士的豪情与自信。诗写到这里，情调由感慨激愤转为振奋高昂。

　　"我有迷魂招不得，雄鸡一声天下白。"这两句从前贤的由穷转达的典型事例中得到启发，获得信心与力量。说自己目前虽也像主父偃、马周早年落拓失意一样，如同迷失道路的游魂，在茫茫暗夜中不知所之，难以招寻，却坚信终有雄鸡一声，天下光明之日。两句均用象喻。如果说上句的意蕴似李白之"行路难，多歧路，今安在"，那么下句的意蕴便近似李白之"长风破浪会有时，直挂云帆济沧海"。两相比较，既可见两位诗人虽身处困境而坚信前景的光明，又可见其不同的艺术个性。李白诗自然豪放，兴会飙举；而李贺诗则转折突兀，语言奇警。

"少年心事当拏云，谁念幽寒坐呜呃。"结尾二句，是对全诗意蕴的总结，说少年人应该有凌云的志向抱负，有谁会同情怜悯因自己的幽寒境遇而徒自叹惜的人呢。改变处境，只能凭借自己。类似的意思在李贺的另一些作品中也常有表露，如"二十男儿那刺促""男儿屈穷心不穷，枯荣不等嗔天公。寒风又变为春柳，条条看即烟濛濛"，都表现出他积极奋发的心态和对将来的自信。

李
贺

长歌续短歌〔一〕

长歌破衣襟，短歌断白发。秦王不可见〔二〕，且夕成内热〔三〕。渴饮壶中酒，饥拔陇头粟〔四〕。凄凉四月阑〔五〕，千里一时绿。夜峰何离离〔六〕，明月落石底。徘徊沿石寻，照出高峰外。不得与之游〔七〕，歌成鬓先改。

校注

〔一〕《乐府诗集》卷三十相和歌辞五《长歌行》解题："《乐府解题》曰：'古辞云：青青园中葵，朝露待日晞。言芳华不久，当努力为乐，无至老大乃伤悲也。'……崔豹《古今注》曰：'长歌，短歌，言人寿命长短，各有定分，不可妄求。'按古诗云'长歌正激烈'，魏文帝《燕歌行》云'短歌微吟不能长'，晋傅玄《艳歌行》云'咄来长歌续短歌'，然则歌声有长短，非言寿命也。唐李贺有《长歌续短歌》，盖出于此。"诗题虽本傅玄诗句，诗意则言长歌、短歌相续以抒内心之苦闷。作年未详。

〔二〕秦王，姚文燮《昌谷集注》谓指唐宪宗。王琦《李长吉歌诗汇解》则谓"时天子居秦地，故以秦王为喻"，称姚说"亦一说"。今人或谓指唐太宗李世民，因其曾封秦王。按：李贺又有《秦王饮酒》诗，姚以为追诮德宗，王则认为秦王虽指德宗，但无诮意。同一秦王，似不可能或指宪宗，或指德宗。从本篇看，秦王显系诗人所追慕之对象，是诗人向往的君主。

〔三〕旦夕，日日夜夜。内热，内心焦灼煎熬。《庄子·人间世》："今吾朝受命而夕饮冰，我其内热与！"成玄英疏："诸梁晨朝受诏，暮夕饮冰，足明怖惧忧愁，内心熏灼。"又《孟子·万章上》："不得于君，则热中。"热中亦近内热之意，均指内心焦灼。

〔四〕陇头，田头。

〔五〕阑：尽。

〔六〕离离，清晰貌、分明貌。李白《扶风豪士歌》："抚长剑，一扬眉，清水白石何离离！"

〔七〕《史记·老子韩非列传》："人或传其（指韩非）书至秦。秦王见《孤愤》《五蠹》之书，曰：'嗟呼！寡人得见此人与之游，死不恨矣！'"此句活用此事，谓己不得见秦王面与之游，实为千古遗憾，故下句云"歌成鬓先改"。

笺评

刘辰翁曰：非世间人，世间语。起六句皆有古意，春去之感，岁月之悲，皆极言"秦王不可见"之恨。题目《长歌续短歌》，复以歌意终之。"凄凉四月阑，千里一时绿。"好。（《吴刘笺注评点李长吉歌诗》卷二）

黄淳耀曰：亦干禄不得之作。（《黎二樵批点黄陶庵评李长吉集》）

无名氏曰：起二句掣清题旨，正文顺手也。故无一联纵出题外者。（明于嘉刻本《李长吉诗集》）

姚文燮曰：紫缓未邀，玄丝将变。秦王指宪宗，言骋雄武，好神仙，大率相类也。觏光无从，忧心如沸，饥渴莫慰，荣茂惊心。仰看夜峰，明月自低渐高，遐尔照临，犹之明王当宇，乃遇合维艰，故不禁浩歌白首耳。（《昌谷集注》卷二）

方世举曰：（"夜峰"四句）"明明如月，何时可掇"，此魏武歌行也，此诗亦仿其意。（"不得"二句）"与之游"，言与月也，犹太白"举杯邀月"之流，承上文"夜峰""明月"四句耳。若谓人则须题有寄某人等字。（《李长吉诗集批注》卷二）

王琦曰：（"秦王"二句）时天子居秦地，故以秦王为喻。"成内热"，即所谓"不得于君，则热中"之意。（"夜峰"六句）上已言秦王不可见，此复借明月而喻言之。落石底，谓其光明未尝不照临下土，及俯仰求索其光，忽又在高峰之外。月为山峰所隔，则不得常近其光；君为左右所蔽，则不得亲沐其泽。引喻微婉，深得楚骚遗意。"离离"即罗列之状。（《李长吉歌诗汇解》卷二）

陈沆曰：唐都长安本秦地，宪宗又雄武好仙有秦皇之风，故长吉诗中多以秦王喻天子。此篇则君门九重，远于万里之思也。明月喻君，落石底，谓其光明何尝不照临下土，然欲寻其光所由来而从之，则孤轮九霄，远出高峰之外矣，可望而不可即，何日得与之亲哉。孤远小臣望堂廉如天上也。《诗》云："明明上天，照临下土。念彼共人，涕零如雨。"（《诗比兴笺》卷四）

吴汝纶曰：奇愤幽思。（《评注李长吉诗集》）

叶葱奇曰：首两句是交互而言，合起来说就是高歌苦吟，而衣破发白。三、四两句说因为不能致身通显，见着天子，以致积日企盼，内心炽热。五、六两句中渴便饮酒，是说心中郁闷；饥拔陇粟，是说处境贫苦。七、八两句从对面反说自己的憔悴，说首夏将尽时，万物葱翠，生趣盎然，惟独自己贫困潦倒，所以用"凄凉"，表示看到万物的茂盛，而自感凄凉。后六句又换一笔法，使用比喻来作结，夜峰罗列，月光下照石底，是比皇帝高居卿相之上，而恩光未尝不达于下。沿石寻觅，而光来从峰上，是比自己的辛勤求进，而卿相阻隔，高不可达，以此忧苦愤闷，悲歌发白。前面用秦王，后面用明月来比拟，是不愿显说，看上去仿佛泛拟古乐府。这是微婉而有深意的。孟郊诗："万物皆及时，独余不及春。"诗里七、八两句正是这个意思。（《李贺诗集》）

李贺抒写怀才不遇的苦闷，除《马诗二十三首》《昌谷北园新笋四首》等系托物寓怀之外，大都采取直抒方式。这首《长歌续短歌》却写得极富象征色彩，诗思跳跃飘忽，诗境迷离惝恍。如果不明白这个特点，把它作为普通的直抒其情怀的诗或寻常的比喻来读，往往会解得过于拘泥着实，破坏诗特有的风神韵味。

"长歌破衣襟，短歌断白发。"开头两句"长歌""短歌"，自然可以看作是点题的诗句，但李贺这种点题方式却显得既奇特又突兀。诗的本意可能只是说自己衣襟破损、白发萧骚，唱着长歌短歌来抒发苦闷。像《开愁歌》中所写的那样，"衣如飞鹑马如狗"，或像《野歌》中所写的那样，"麻衣黑肥冲北风，带酒日晚歌田中"。但"长歌"下紧接"破衣襟"，"短歌"下紧接"断白发"的句子结构，却使人感到"长歌"所含的强烈悲愤足以"破衣襟"，"短歌"所含的深沉忧伤足以"断白发"，则"长歌""短歌"所具有的感情喷发力、投射力便给人一种强烈的惊奇感。而这种一开头就喷溢而出、毫无前奏酝酿的感情喷发，又给人以奇峭突兀、平地拔起的感受。

　　"秦王不可见，旦夕成内热。"如此强烈深沉的感情喷涌而出，原因何在？三、四两句便明白揭示出"破衣襟""断白发"的原因。"秦王"在诗中究竟指谁，或说指宪宗，或说指太宗李世民，其实把它理解为一个象征符号——一个理想化了的君王也许更符合实际。正由于像这样的理想君王在现实中根本就找不到，故说"秦王不可见"，因此诗人日日夜夜，为自己的生不逢时而内心焦灼不已，像时时刻刻都受到煎熬。陈子昂登幽州台而慷慨悲歌"前不见古人，后不见来者。念天地之悠悠，独怆然而涕下"，他所说的"古人""来者"，和李贺所说的"秦王"，其实质性内容并无二致，而"独怆然而涕下"与"旦夕成内热"的感情反应也大体近似，不过一则悲慨一则郁闷而已。

　　"渴饮壶中酒，饥拔陇头粟。"五、六两句，续写因"秦王不可见"的"内热"引起的"饥渴"。追求向往理想中的圣主贤君而"不可见"导致的"饥渴"，并非生活需求上的饥渴，而是一种精神饥渴，因此所谓"渴饮壶中酒，饥拔陇头粟"的描写，更多具有象征色彩。如果说"渴饮壶中酒"紧承"内热"还可以理解为传统意义上的以酒浇愁遣闷，那么"饥拔陇头粟"便无论如何不能理解为因生活贫困而拔田头粟充饥，这完全是由于精神需求的极端饥饿而导致的一种如痴如狂的精神状态的象征化描写，如果是指生理饥饿而导致的行动，与"内热"又有何涉！将象征理解为写实，诗的意蕴风神便大为减色。

　　"凄凉四月阑，千里一时绿。"七、八两句，因"陇头粟"而瞻望四野，写特定季节景物给自己的特殊感受。四月将尽，千里原野，一片碧绿，这种生机茂盛、生意盎然的初夏景象，在诗人的感受中，竟是"凄凉"二字。这种完全违反常情的感受，只能理解为诗人主观感情的强烈投射，使景物均染上自己的感情色彩。这种主观化的特殊感受，不必亦不能用常情常理去解释。在他看来，这"千里一时绿"无非是满目凄凉的惨绿。

　　写到这里，却突然中断，诗境忽又转到月夜景色。"夜峰何离离，明月落石底。徘徊沿石寻，照出高峰外。"仰望月夜中的山峰，一座座都显示出清晰分明的剪影，俯视水中石底，明月的倒影也清晰可见。但当自己沿岸徘徊走动，去寻找明月时，却又忽然见到它远在高峰之外。这种夜峰历历，月出峰外，影落水底的景象，本属常境，但在这首诗中，却完全是一种象征化描写：一位孤独的诗人对明月的追寻和追寻过程中那种近在咫尺，却属幻影；忽又远出天外，杳不可即的恍惚迷离之感。就诗境言，它有些类似李商隐的《无题》："紫府仙人号宝灯，云浆未饮结成冰。如何雪月交光夜，更在瑶台十二层。"只不过追寻的对象，一为明月，一为仙姝而已，而追寻的杳远难即、虚渺飘忽之感则同。这里的"明月"和前面的"秦王"，都是诗人追寻而不得的对象，也都是象征化的符号，它们是二是一，不必深究，但在意脉上、精神上则无疑是贯通的。如果硬要把"明月"实解为宪宗，把"高峰"实解为遮蔽的群臣，将通脱虚渺的象征化为着实的比喻，未免过于拘泥了。

　　"不得与之游，歌成鬓先改。"从上下文的联系看，这里的"不得与之游"似乎顺理成章地是指不得与明月游。但当我们知道"不得与之游"这句话的来历是秦王渴望与韩非交游时，就不难明白诗人活用故典，除了慨叹自己不能与理想中的君主同游外，还寓含着一种君臣之间精神上彼此契合神通的意念，这在封建时代，也许是更奢侈的理想。但李贺却抱定这种理想信念，为"秦王不可见"而内心备受煎熬，为"不得与之游"而"歌成鬓先改"。然则，"秦王"与"明月"是二是一，从精神追求的方面看，完全可以贯通，便十分明显了。"鬓先改"照应"白发"，"歌成"呼应"长歌""短歌"。两句正为全诗作了总束。

昌谷北园新笋四首（其二）〔一〕

斫取青光写楚辞〔二〕，腻香春粉黑离离〔三〕。
无情有恨何人见？露压烟啼千万枝〔四〕。

〔一〕昌谷北园，指李贺家乡福昌县昌谷的家园，因其在所居之北，故称北园。参《南园十三首》（其一）注〔一〕。这组诗的第四首有"茂陵归卧叹清贫"之句，用《史记·司马相如列传》"相如拜为孝文园令……既病免，家居茂陵"之典实，当为元和八年（813）因病辞奉礼郎归昌谷家居之后。

〔二〕斫，刀削。取，表示动态的助词，犹"得"。青光，指泛出光泽的青色竹皮。竹面光滑，须削去表皮后方能在上写字题诗。楚辞，借指诗人自己的诗作，因其内容意蕴、精神风貌与楚骚一脉相承，故称。《南园十三首》（其十）说："舍南有竹堪书字。"可见李贺确有题诗竹上之事，也有可能包括此四首。

〔三〕腻香，指刚削去表皮的竹子所泛出的浓郁清香。春粉，指竹皮上的一层白粉。黑离离，指写在竹上黑色的字，"离离"，状其鲜明。

〔四〕"露压烟啼"互文。二句意谓：竹似无情而实有恨，它的千万枝条为露水所压，为烟雾所笼，那沾露含烟的枝条正像在含愁而啼泣。

刘辰翁曰：（"无情"二句）好语。昌谷新笋，写得如此渺茫。（《吴刘笺注评点李长吉歌诗》卷二）

杨慎曰：陆鲁望《白莲》诗："素虇多蒙别艳欺，此花端合在瑶池。无情有恨何人见，月晓风清欲堕时。"观东坡与子帖，则此诗之妙可见。然陆此诗实祖李长吉。长吉咏竹诗云："斫取青光写楚辞，腻香春粉黑离离，无情有恨何人见？露压烟啼千万枝。"或疑"无情有恨"不可咏竹，非也。竹亦自抚媚。孟东野诗云："竹婵娟，笼晓烟。"左太冲《吴都赋》咏竹云："婵娟檀栾，玉润碧鲜。"合而观之，始知长吉之诗之工也。又曰：杜子美《竹》诗："雨洗娟娟净，风吹细细香。"李长吉《新笋》诗："斫取青光写楚辞，腻香春粉黑离离。"又昌谷诗："竹香满凄寂，粉节徐生翠。"竹亦有香，细嗅之乃知。又：李贺《昌谷北园新笋》，汗青写楚辞，既是奇事，"腻香春粉"，形容竹尤妙。结句以"情""恨"咏竹，似是不类。然观孟郊《竹》诗"婵娟笼晓烟"，竹可言婵娟，情、恨亦可言矣。然终不若咏《白莲》之妙。李长吉在前，陆鲁望诗句非相蹈袭，盖着题不得避耳。胜棋所用，败棋之着也；良庖所宰，族庖之刀也。而工拙则相远矣。（《升庵诗话》卷二《白莲诗》，又《竹香》；卷一《李贺昌谷北园新笋》）

无名氏曰：若不写楚辞，任其露压烟啼而已，可不悲也？斫取青光，不写别文而写楚辞，与堆金买骏骨，将送楚襄，同一可怜。（明于嘉刻本《李长吉诗集》）

唐汝询曰：通篇化用"泣竹"事，却不说出。（《汇编唐诗十集》）

周珽曰：乃知"露压咽啼"为斫写楚辞，则恨从情生。谁谓竹终物也，花草竹木，终无情物也？但不比有情者，能使人可得见耳。此咏物入化境者。"黑离离"含斑意，盖竹亦自妩媚；情、恨之语，善于描景。（《删补唐诗选脉笺释会通评林·中七绝》）

焦竑曰：汗青写楚辞，既是奇事；"腻香春粉"，形容竹光尤妙。（同上引）按：此与前引杨慎《升庵诗话》第三条前数语同。

贺裳曰：用修曰"……结句以'情''恨'咏竹，似是不类……然终不若（陆龟蒙）咏《白莲》之妙……"愚意"无情有恨"，正就"露压烟啼"处见。盖因竹枝欹邪厌浥于烟露中，有似于啼，故曰"无情有恨"。此可以形象会，不当以义理求者也。悬想此竹必非琅玕巨干，或是弱茎纤柯，不胜风露者。长吉立言自妙，不得便谓之拙。（《载酒园诗话》卷一《升庵诗话》）

黄生曰：咏竹而言啼，正用湘妃染泪之事而隐约见之。不写他书，而写《楚辞》，其意益显。用修所评，黄公所释，皆似隔壁话也。（《载酒园诗话》评）

姚文燮曰：良材未逢，将杀青以写怨。芳姿点染，外无眷爱之情，内多沉郁之恨。然人亦何得而见之也？深林幽寂，对此愈难为情。（《昌谷集注》卷二）

董伯英曰：首句是"有恨"，次句是"无情"。末于"无情"中又写出"有恨"来。（《协律钩玄》卷二引）

王琦曰：刮去竹上青皮，而写楚辞于其上。自谓"楚辞"者，乃长吉所自作之辞，莫错认屈、宋所作《楚辞》解。"腻香春粉"，咏新竹之美。"黑离离"，言竹写字迹之形。"无情有恨"，即谓所写之楚辞，其句或出于无心，或出于有意，虽具题竹上，无人肯寻觅观之，千枝万干，惟有露压烟啼而已，慨世上无人能知之也。《南园》诗有"舍南有竹堪书字"之句，

李
贺

2205

是长吉好于竹上书写，与此诗可互相印证。（《李长吉歌诗汇解》卷二）

刘永济曰：亦文人不得志于时之作也……诗多抑塞之词、愤慨之语与讥世疾俗之言，而情辞亦极其瑰诡，诗家竟至以鬼才目之，或且诋为险怪、为牛鬼蛇神，亦诗人中最不幸者矣。（《唐人绝句精华》）

叶葱奇曰：上两句说刮却竹上的青皮来写自己的诗，竹香、竹粉掺和着一行行的黑字。下两句说自己的诗有的并无深寄，不过是一时闲咏，有的则确有所慨，常把它们一一写在竹上，又有何人相知相赏呢？无非在千枝万叶中给露滴烟蒙罢了。这完全是感叹无人相知的意思，而遣辞、措语却非常委婉，饶有情意。（《李贺诗集》）

富寿荪曰："无情"二句，谓竹本无情，而所书之诗却有感慨，却无人见赏，一任其在千枝万叶中为露滴烟笼而已。措词微婉，饶有情韵。杨慎、贺裳、黄生所论，皆未得其旨。陆龟蒙咏《白莲》亦有"无情有恨无人见"句，然寓意不同，未可并论。（《千首唐人绝句》）

 鉴赏

李贺的七绝中，这一首无论在描绘物的情态，还是传达物的精神气韵方面都很成功，是咏物诗中极富风调情韵之美的佳作。

"斫取青光写楚辞，腻香春粉黑离离。"前两句写削竹题诗。昌谷南园、北园均有竹，从"舍南有竹堪书字"之句看，李贺有题诗竹上的习惯，这首诗的前两句，就把削竹题诗的过程写得奇瑰而富于美感。关键在于创造性地运用借代与极富色彩美和想象力的描绘。"青光"指竹的青皮。新竹的皮碧绿而泛着青光，用"青光"来借指新竹的青皮，正突出了它所特有的光感、色感和润泽感。它与"斫取"组合连接，又给人一种新奇感（因为在人的感觉中，"光"似乎是不能"斫取"的），将自己的诗直接说成是"楚辞"，更是一种富于创意的借代。他在《赠陈商》诗中亦称"长安有男儿，二十心已朽。楞伽堆案前，楚辞系肘后。"可见其对楚辞的爱好。他的诗，在抒发怀才不遇的苦闷怨愤和想象的瑰奇、色彩的秾艳等方面，都深得楚辞神韵，故杜牧称其为"骚之苗裔"。这里以"楚辞"借代己之诗歌创作，正揭示出其诗的突出特征，也隐然含有以"骚之苗裔"自命的意蕴。第二句描绘题诗竹上的情形。"腻香"形容新竹之香气浓烈而持久。竹之香气，本属幽洁之芳香，但刮去青皮后发出的香气，却有一种袭人的清香，用"腻"字来形容，正道出此际的强烈嗅觉感受。"春粉"形容新竹皮上附着的一层白粉，说"春粉"不仅指这是今春刚生长的新竹，而且给人以鲜嫩的感觉。"黑离离"则是形容题诗竹上，墨迹淋漓之状，因为是刚刚写上去的，所以看上去特别鲜明夺目。一句之中，连用"腻""粉""黑"这三个在嗅觉、视觉上感觉强烈的字眼，营造出一种浓烈的感受氛围，而它所显示的整体形象，则又带有鲜明的女性色彩，这种独具匠心的描绘，使得刻竹题诗这样一个本来平常的行为过程，显示出瑰丽多彩的风姿。而"青光""腻香""春粉""黑离离"这一切秾艳的色彩又和所写的"楚辞"抒发的苦闷幽愤形成了鲜明的对照。

"无情有恨何人见？露压烟啼千万枝。"三、四两句，从前两句的赋写题诗于竹忽然转到借物自寓上来，似感交氜，但又觉得转得自然而合乎情理。关键就在于"写楚辞"这三个字在前后过渡上所起的作用。由于题诗竹上，这诗又是蕴含怀才不遇的怨愤苦闷的"楚辞"式诗篇，因此在不知不觉当中，这"写楚辞"之竹也就成了自己的化身。它看似无情之物，却满怀怨愤苦闷。它那千枝万桂为露水所压、为烟雾所笼，那沾露笼烟的身影正像在含愁而啼泣。诗人移情于物，遂使眼前的竹含愁怀恨，凄悲啼泣，成为自己感情的载体，亦竹亦人，人竹一体，浑融莫辨。"无情有恨"四字，重点落在"有恨"上；而这"有恨"，正紧承"写楚辞"而来。故前后幅之间，意思虽有转折（从刻竹题诗到以竹自寓），但过渡却很自然，全篇仍给人以浑然一体的印象。"何人见"三字，感慨深沉，如此身世境遇，如此怨愤苦闷竟无人理解同情，其悲愤郁闷更难以禁受。

王琦的疏解，将"无情有恨"理解为所写之"楚辞"，谓"其句或出于无心，或出于有意，虽俱题竹上，无人肯寻觅观之，千枝万干，惟有露压烟啼而以，慨世上无人能知之也"。这种解释，表面上看似乎将诗的前后幅勾连得更紧，实际上却既误会了"无情有恨"的本意，又误解了"何人见"的所指对象，好像诗人所慨叹的只是其题在竹上的诗不为人所见，不为人所知，这就大大缩小了后两句以竹自寓的意涵。

2207

感讽五首（其一）〔一〕

合浦无明珠〔二〕，龙洲无木奴〔三〕。足知造化力〔四〕，不给使君须〔五〕。越妇未织作〔六〕，吴蚕始蠕蠕〔七〕。县官骑马来〔八〕，狞色虬

李贺

紫须〔九〕。怀中一方板〔一○〕，板上数行书。"不因使君怒〔一一〕，焉得诣尔庐〔一二〕?"越妇拜县官："桑牙今尚小。会待春日晏〔一三〕，丝车方掷掉〔一四〕。"越妇通言语〔一五〕，小姑具黄粱〔一六〕。县官踏飧去〔一七〕，簿吏复登堂〔一八〕。

校 注

〔一〕感讽，有所感触、讽喻。《感讽五首》，除第一首近于元白张王乐府中之讽喻诗外，其他四首或咏史，或抒慨，或写景，题材、手法不一，写作时地亦并不相同。此首有"越妇""吴蚕"字，似为元和十年（815）至十一年南游吴越期间作，当作于十一年（816）春。

〔二〕合浦，汉郡名，治所在今广西合浦县，以产珠闻名。《后汉书·孟尝传》："（孟尝）迁合浦大守，郡不产谷实，而海出珠宝。与交阯比境，常通商贩，贸籴粮食。先时宰守并多贪秽，诡人采求，不知纪极，珠遂渐徙于交阯郡界。于是行旅不至，人物无资，贫者饿死于道。尝到官，革易前敝，求民病利。曾未逾岁，去珠复还，百姓皆反其业，商货流通，称为神明。"

〔三〕龙洲，指武陵（今湖南常德市）龙阳洲，以种植柑橘著称。《襄阳记》："李衡每欲治家，妻辄不听。后密遣客十人于武陵龙阳汜洲上作宅，种甘橘千株，临死敕儿曰：'汝母恶吾治家，故穷如是。然吾洲里有千头木奴，不责汝衣食，岁上一匹绢，亦可足用耳。'衡亡后二十馀日，儿以白母。母曰：'此当是种甘橘也……'吴末，衡甘橘成，岁得绢数千匹，家道殷足。"

〔四〕造化力，大自然生养万物的力量。

〔五〕给，供给。使君，对州郡长官的称呼。此处带有泛指统治者的意味。须，须求。

〔六〕越妇，越地的妇女。

〔七〕吴蚕，产于吴地的蚕种。吴地多养蚕，故称蚕的优良品种为"吴蚕"。左思《吴都赋》："乡贡八蚕之绵。"注："《交州记》曰：'一岁八蚕，茧出日南。'"李贺《南园十三首》之二有"将倰吴王八茧蚕"之句。蠕蠕，微动貌。

〔八〕县官，县的长官。

〔九〕狞色，面容狰狞。虬紫须，紫色的卷曲胡须。

〔一〇〕方板，王琦注引明陈开先注："板，即纸也。如今之牌票，古所谓符檄也。"指催缴赋税的文告。

〔一一〕使君，指本州的刺史。

〔一二〕诣尔庐，到你家。庐，舍。

〔一三〕春日晏，暮春时节。

〔一四〕掷掉，转动。

〔一五〕通言语，指向县官陈情。

〔一六〕具黄粱，备办黄粱米饭。指置办饭菜。

〔一七〕踏飧，胡震亨《唐音癸签·诂笺九》："李贺《感讽》诗：'县官踏飧去，簿吏复登堂。'《礼记》：'毋噬羹。'噬，大歠也。又《说文》：'嚃，歠也。'若犬之以口取食，并托合切。今转用俗字达合切为踏，见暴吏践蹦小民无顾恤之意。"踏飧，犹龙吞虎咽。

〔一八〕簿吏，指县里管簿书财税的官吏。

刘辰翁曰：此亦非经人道语。（《吴刘笺注评点李长吉歌诗》卷二）

郭濬曰：前辈请长吉诗失之险怪，如此篇朴雅婉至，已有逼真汉魏。（《增定评注唐诗正声》）

无名氏曰：此苦征赋之扰也。狞色紫髯，写得贼形可畏；再加使君在上，为之声援，虎而翼也；簿吏在下，为之犄角，民有遗类乎！悲哉！（明于嘉刻本《李长吉诗集》）

邢昉曰：此题五首，后三首习气未佳，此二作（指本篇及"星尽四方高"）入神境。乃伯谦遗其二，延礼复遗其一，岂犹蔽于眉睫乎？（《唐风定》卷六）

姚文燮曰：数诗皆感讽往事也。德宗以裴延龄判度支事，延龄务掊克酷敛，染练丝纩，取支用未尽者充羡馀，以为己功。县官市物，再给其值，民不堪命。此言珠本出于合浦，橘多生于龙洲，天产地产，总不足以供诛求。其追呼不时，方春蚕桑未出之日，即索女丝，吏胥迭至，饔飧亦觉难具，况机轴乎！应对炊作仅两妇子，则丁男又苦于力役远去可知矣。（《昌谷集注》卷二）

方世举曰：元和间，正以人人新格擅场。若此之学乐府，有何可取！

况以感怀为言，而为此回家苦，不切身世，岂王孙亦苦征输耶？（《李长吉诗集批注》卷二）

何焯曰：不敢斥言尊者，故但以使君为辞，剧有古意。（《协律钩玄》卷二引）

黎简曰：此五首何减拾遗、曲江诸公，刺政。"越妇"以下，极似《秦中吟》。长吉可以为元、白，元、白决不能为长吉也。（《黎二樵批点黄陶庵评本李长吉集》）

王琦曰：此章催科之不时也。蚕事方起，而县官已亲自催租，何其火迫乃尔！狞色虬须，画出武健之状，彼却又能推卸以为使君符牒致然，似乎不得已而来者。果尔，言语既毕，即当策马而去，乃必饱餐，不顾两妇子之拮据，为民父母者固如是乎！县官方去，簿吏又复登堂。民力几何，能叠供此辈之口腹耶？夫于女丁犹不恤乃尔，男丁在家者，其诛求之可想矣！（《李长吉歌诗汇解》卷二）

陈沆曰：唐自中叶后为节度使者，多赂宦官得之，数至亿万，皆倍称取息以求节钺。及至镇，则重聚敛以偿负，当时谓之债帅。此诗所谓使君，谓刺史也。县官则迫于檄而督赋者也，陈民困以刺吏贪，陈吏贪以刺朝廷举措之失也。（《诗比兴笺》卷四）

叶葱奇曰：这首的格调和意趣跟杜甫的《石壕吏》、白居易的《秦中吟》很相像，纯粹是站在老百姓的立场对当时政府的苛捐重税和官吏的贪婪残暴加以尖锐的讽刺和深恶痛绝的斥责的。前四句先推进一步说，天生一切都不是咄嗟可办，以反接下面的提前征收。这是贺独具的深拗的笔法。"狞色虬紫须"活脱画出了一副狰狞的面目。"不因使君怒，焉得诣尔庐"两句，把装腔作势的口吻写得跃然纸上，而用"噇飧"形容他的狼吞虎咽，也极其传神。收句将农民的情况更缓缓地道出，意味凄怆不尽。（《李贺诗集》）

鉴赏

在李贺诗集中，正面描写百姓所遭受的诛求奴役之苦的作品仅《老夫采玉歌》与《感讽五首》（其一）两篇。数量虽少，艺术质量却相当高。《老夫采玉歌》以浓墨重彩描绘渲染采玉老人的苦况与心理活动见长，而本篇则以白描手法活现催租官吏的丑恶嘴脸和农民不堪诛求之苦的情景。在中唐同类作品中，均属上乘之作。

"合浦无明珠，龙洲无木奴。足知造化力，不给使君须。"开头四句，活用两个典故，揭示封建统治者赋税诛求之苛重。合浦，本是盛产珍珠的地方；龙洲，原为盛产柑橘的地方，如今却再也见不到它们的踪影。两个"无"字所透露的是统治者对物产财货竭泽而渔式的无休止、无限度的残酷掠夺。由这极为反常的现象，诗人愤慨地得出极具震撼力的结论：大自然化育生长万物的力量，无论如何也满足不了官府对财物的无尽贪欲。这实际上是对古往今来一切贪得无厌的剥削者的行为与后果的高度概括。诗人用它来作为全篇的开头，正是为了给后面所描绘的官吏催租的场景提供一个广阔的时代背景，它高屋建瓴，笼盖全篇，使官吏催租的场景成为这典型时代环境中具有典型意义的一幕。

"越妇未织作，吴蚕始蠕蠕。县官骑马来，狞色虬紫须。"接下来四句，写吴越之地的织妇还没有开始织作，孵化的幼蚕刚刚开始蠕动，县官就骑着马，凶神恶煞般地到乡下来催缴夏税了。唐代自德宗建中元年（780）起，用宰相杨炎建议，废租庸调，行两税法，规定夏税的缴纳不超过六月，秋税不超过十一月。而现在蚕才刚刚蠕动，一县的长官竟亲自骑马下乡催缴赋税，可见征敛之急已经到了根本不顾农时，也不顾法令的程度。写县官，只用"狞色虬紫须"五个字，就简洁而传神地画出了其狞狞凶恶，类似后世戏台上阴司判官的嘴脸。虽有几分漫画化的夸张，却形神兼备。李贺之前，像这样来描绘县官形象的，似乎未见。笔墨之间，透露出诗人对这类人物的憎恶鄙视之情。

"怀中一方板，板上数行书。'不因使君怒，焉得诣尔庐？'"县官上场之后，先是亮出官府的催租文告，表明此行的目的就是催缴租税。但诗人在描写这一行动时，却纯从越妇的视角来写：只见县官怀中揣着一张方纸，纸上写了几行字，谁也不知道这上面究竟写了什么。口吻在幽默中透出几分怀疑和不屑。接着又写县官半是威吓，半是作态的话：如果不是因为刺史老爷因为赋税的事发了火，我这个县令怎么会亲自下乡来催租呢。一方面将催租的责任推给州郡长官，一方面为自己的行为作脱。刺史的动怒自是实情，自己的无情催租也不容掩饰。在这里，诗人故意让这位"狞色虬紫须"，长着一副凶神恶煞嘴脸的县官说出一番仿佛体恤民情、极不愿意下乡逼租的虚假言语，使二者之间构成鲜明的反差，从而更深刻地揭示出凶恶而伪善的丑恶面目。

"越妇拜县官：'桑牙今尚小。会待春日晏，丝车方掷掉。'"这四句是越妇对县官的拜告陈词。说眼下桑叶刚刚长芽，蚕儿又刚刚孵出。要等到暮春时节，家里的丝车才能开始转动。言下之意是，要等到丝织成绢，再将绢卖出去，才能用来缴纳赋税。现在就来催税，未免太早了一点。但直接埋怨官府的话，越妇是不敢说的，只能说到"会待春日晏，丝车方掷掉"为止。话说得朴直而又委婉，对官府提前催逼赋税的不满乃至怨愤就深藏在这表面上质直而平静的口吻当中。

"越妇通言语，小姑具黄粱。县官踏飧去，簿吏复登堂。"结尾四句，全用简洁的叙述，而内蕴丰富，意味深长。就在越妇跟县官互通言语、对话拜告的同时，小姑已经准备好了黄粱米饭。在农村，黄粱米饭是待客的上品，为了招待县官，自己还得杀鸡打酒来款待。两句透露出官府借催征下乡打抽丰的现象，越妇们早已司空见惯，故应对已经非常熟练。下两句写县官狼吞虎咽地饱餐一顿，刚刚离去，专管簿书财税的县吏又上门登堂了。看来，这催逼赋税的场面还要日复一日地上演，农民不但饱受赋敛之苦，而且饱受催逼的官吏无休止的扰民之苦。诗写到这里，不等下一幕展开，随即收住，留下空白，读者自能想象。这种陡结直收中含蓄无尽的笔法，正是李贺的长技。

李贺是一位极重主观感情抒发的诗人，但这首诗除"足知造化力，不给使君须"两句，在议论中带有强烈的主观感情色彩外，全篇均用朴素的白描手法，对催租场景作客观的描述。不但生动地刻画出催租县官凶恶而虚伪的嘴脸，而且通过对话和叙述，描写出百姓在繁重的赋敛重压下难以为生的苦况，诗人的主观感情完全融化在客观的叙述描绘中。这种表面上不动声色的叙述描写，是一种更纯熟的艺术手段。

诗中两次提及"使君须""使君怒"，仿佛苛重赋税的罪责全在州郡刺史身上。这自然并非诗人的本意。实际上，州郡刺史之所以如此急征暴敛，背后自有朝廷的规定和催逼这一更根本的原因。两税法规定，"岁除以户赋增失进退长吏"，州郡刺史、县官为了升官和保官，自然要竭尽全力对百姓催逼；同时，中唐元和时期，朝廷对藩镇用兵，军费支出增加，更加重了对百姓的诛求。吴越之地素称富庶，百姓遭受急征暴敛之苦尚且如此，其他可以想象。这首诗写官吏催逼赋税场景如此生动逼真，当是诗人游吴越的亲历。这和白居易的新乐府有些缺乏生活体验、流于概念化有明显区别。

苦昼短〔一〕

飞光飞光〔二〕，劝尔一杯酒〔三〕。吾不识青天高，黄地厚〔四〕。唯见月寒日暖，来煎人寿〔五〕。食熊则肥，食蛙则瘦〔六〕。神君何在〔七〕，太一安有〔八〕？天东有若木〔九〕，下置衔烛龙〔一〇〕。吾将斩龙足，嚼龙肉，使之朝不得回，夜不得伏〔一一〕。自然老者不死，少者不哭。何为服黄金，吞白玉〔一二〕？谁是任公子，云中骑白驴〔一三〕？刘彻茂陵多滞骨〔一四〕，嬴政梓棺费鲍鱼〔一五〕。

李贺

校注

〔一〕《古诗十九首》之十四："生年不满百，常怀千岁忧。昼短苦夜长，何不秉烛游。"本篇诗题当从"昼短苦夜长"句化出。苦，恨。

〔二〕飞光，指日月之光，飞逝的时光。《文选·沈约〈宿东园〉》："飞光忽我道，宁止岁云暮。"张铣注："飞光，日月光也。"

〔三〕《世说新语·雅量》："太元末，长星见，孝武心甚恶之。夜，华林园中饮酒，举杯属星云：'长星，劝尔一杯酒，自古亦何时有万岁天子？'"

〔四〕《荀子·劝学》："故不登高山，不知天之高也；不临深渊，不知地之厚也。"《易·坤》："夫玄黄者，天地之杂也，天玄而地黄。"

〔五〕煎，煎熬。此处引申为销熔之意。

〔六〕古以熊掌及熊白脂为珍馐美味，富贵者方能享用；蛙则为易得之粗鄙食物，贫贱者食之，故云。

〔七〕神君，汉武帝时有长陵女子，死后被其妯娌奉为神，传有灵异，称神君，武帝病时，曾向其祈问。《史记·封禅书》："是时上（武帝）求神君，舍之上林中蹄氏观。神君者，长陵女子，以子死，见神于先后宛若。宛若祠之其室，民多往祠……及今上即位，则厚礼置祠于内中，闻其言，不见其人云……文成死明年，天子病鼎湖甚，巫医无所不致，不愈。游水发根言上郡有巫，病而鬼神下之。上召置祠之甘泉。及病，使人问神君。神君言曰：'天子无忧病，病可愈，强与我会甘泉。'于是病愈，遂起，幸甘泉，病良已。大赦，置酒寿宫神君。"

2213

〔八〕太一，寿宫（供神的宫）中最尊贵的神。《史记·封禅书》："寿宫神君最贵者太一，其佐曰大禁、司命之属，皆从之，非可得见。闻其言，言与人音等。时去时来，来则风肃然。居室帷中。时昼言，然常以夜。天子祓，然后入。因巫为主人，关饮食，所以言，行下。又置寿宫、北宫，张羽旗，设供具，以礼神君。神君所言，上使人受书其言，命之曰书法。其所语，世俗之所知也，无绝殊者，而天子心独喜。其事秘，世莫知也。"

〔九〕若木，神话传说中的树。《山海经·大荒北经》："大荒之中，有衡石山、九阴山、洞野之山，上有赤树，青叶赤华，名曰若木。"郭璞注："生昆仑西附西极，其华光赤下照地。"据此，则若木在西。段玉裁《说文·木部》"榑"字注以为若木即指扶桑，系日出处之神树。《楚辞·九歌·东君》："暾将出兮东方，照吾槛兮扶桑。"王逸注："日出，下浴于汤谷，下拂其扶桑，爰始而登，照耀四方。"《楚辞·离骚》："折若木以拂日兮，聊逍遥以相羊。"唐李峤《日》诗："日出扶桑路，遥升若木枝。"

〔一〇〕衔烛龙，神话中的龙，口中衔烛，照亮幽冥无日之国。《楚辞·天问》："日安不到，烛龙何照？"王逸注："言天之西北有幽冥无日之国，有龙衔烛而照之也。"《山海经·大荒北经》："西北海之外，赤水之北，有章尾山。有神，人面蛇身而赤，直目正乘，其瞑乃晦，其视乃明。不食不寝而息，风雨是谒。是烛九阴，是谓烛龙。"则烛龙亦在西北。或谓此当指驾日车之六龙。明周祈《名义考》卷二引《山海经》云："灰野之山有树，青叶赤华，名曰若木，日所出入处。"或为此所本。

〔一一〕伏，安息偃卧。

〔一二〕《史记·封禅书》："其时李少君亦以祠灶、谷道、却老方见上，上尊之……少君言上曰：'祠灶则致物，致物而丹沙可化为黄金，黄金成，以为饮食器则益寿，益寿则海中蓬莱仙者乃可见，见之以封禅则不死，黄帝是也……'于是天子始亲祠灶，遣方士入海求蓬莱安期生之属，而事化丹沙诸药齐为黄金矣。"《韩非子·内篇·仙药》："《玉经》曰：'服金者寿如金，服玉者寿如玉也。'"

〔一三〕王琦注："据文义，任公子是古仙人骑驴上升者，然其事无考。旧注引投竿东海之任公子（按：事见《庄子·杂篇·外物》）解上句，引以纸为白驴之张果解下句，牵扯无当。"

〔一四〕刘彻，汉武帝。茂陵，汉武帝陵墓，在今陕西兴平西北。滞骨，遗骨。"多滞骨"，言其并未成仙。《汉武帝内传》："王母云：'刘彻好道，然神慢形秽，骨无津液，恐非仙才也。"或据此以为"滞骨"即骨无津液之意。

〔一五〕嬴政，秦始皇。梓棺，梓木棺材。古代制度，天子之棺用梓木制造。《史记·秦始皇本纪》："始皇崩于沙丘平台。丞相斯为上崩在外，恐诸公子及天下有变，乃秘之，不发丧。棺载辒凉车中……会暑，上辒车臭，乃诏从官，令车载一石鲍鱼，以乱其臭。"

刘辰翁曰：亦犹多神骏。（《吴刘笺注评点李长吉歌诗》卷三）

谢榛曰：陈琳曰："骋哉日月运，年命将西倾。"陆机曰："容华夙夜零，沐泽坐自捐，兹物苟难停，吾寿焉得延？"谢灵运曰："夕虑晓日流，朝忌曛日驰。"李长吉回："天东有若木，下置衔烛龙。吾将斩龙足，嚼龙肉，使之朝不得回，夜不得伏，自然老者不死，少者不哭。"此皆气短，无名氏曰："人生不满百，常怀千岁忧。昼短苦夜长，何不秉烛游。"此作感慨而气悠长也。（《四溟诗话》）

钟惺曰：（"自然老者"二句）"自然"二字，谑的妙甚。放言无理，胸中却有故。（《唐诗归》卷三十一）

董懋策曰：字字老。熊、蛙喻人富贵贫贱。（《徐董评注李长吉诗集》）

徐渭曰：字字奇。（同上引）

周珽曰：错综变化，想奇笔奇，无一字不可夺鬼工。诗意总言光阴易过，人寿难延。世无回天之能，即学仙事属虚无，秦、汉之君可征也。人何徒忧生之足云耶！（《删补唐诗选脉笺释会通评林·中七古下》）

黄周星曰：同一昼也，有神君、太一之昼，有刘彻、嬴政之昼，有长吉之昼，其苦乐不同，故其长短亦不同。然昔之长吉苦而短，今之长吉乐而长矣。正是何尝负此一杯耶？（《唐诗快》卷一）

姚文燮曰：宪宗好神仙，贺作此以讽之。日月递更，老少代谢。即神君太乙，亦未见长存人间。云中仙侣，果丹药可致乎？英武雄伟如汉武、秦皇，犹且不免，而更妄思上升，则君王方求长年，我更忧昼短矣！（《昌谷集注》）

何焯曰：奇不减玉川，而峭乃过之。（《协律钩玄》卷三引）

2215

董伯英曰：此讽宪宗作。古诗"昼短苦夜长"，然诗意只是苦昼短，言日月不驻，长生难期也。（同上引）

方世举曰：学曹操而浅近逊之，学太白而粗直逊之，然亦是一杰作。"嬴政梓棺费鲍鱼"，鲍鱼即腌鱼也，是混尸气，字见《周礼》注疏，非王莽所好、谢安受馈之鳆鱼，鳆为海味，其腥咸亦臭，但非始皇所用者。（《李长吉诗集批注》卷四）

陈沆曰：指同上篇，皆辟求仙之无益，方术之不足信。谓长吉鬼才无理，太白酒仙无用者，皆仅据其游戏之末，为英雄所欺耳。（《诗比兴笺》卷四）

慨叹时光易逝，人寿短促，是李贺诗歌中反复出现的主题。理想抱负与黑暗现实的矛盾，由于生命短促而愈见突出。这首诗的特点，是在生命无常的强烈苦闷中迸发出不甘受自然摆布，企图掌握自身命运的积极精神和大胆幻想。并进而对服药求仙的愚妄行为进行尖锐的嘲讽，使诗境呈现出《天问》式的异彩。

开头两句，突兀而起，直入本题。诗人将飞逝的流光形象化、拟人化，不但直呼其名，而且劝饮一杯。使人对无影无踪的时光如睹其形，如闻其声。接着"吾不识"四句，说天高地厚，无关人寿，其奥秘不得知也不必知；而日月运行，寒暑更迭，则不断煎熬减损着人的生命。"唯见"云云，正透出对生命无常的痛切感受。着一"煎"字，既形象地显示出时光流逝对人寿的无情销熔，也突出了诗人内心的痛苦煎熬。"寒"而且"煎"，似无理而切情，用意造语，都具有李贺独特的艺术个性。

"食熊则肥，食蛙则瘦。神君何在，太一安有？"接下来四句，说人的肥瘦寿夭取决于一定的物质条件，什么灵异的神君、尊贵的太一，纯属子虚乌有。连用四个四字短句，两两相对。前两句用肯定句，语气斩截明快，后两句以反问作否定，感情强烈，不容置疑。四句蝉联一贯，冲决而下，具有充沛的气势和力量。而其中所蕴含的带有朴素唯物主义色彩的思想正是气势、力量的内在依据。

"天东有若木，下置衔烛龙。吾将斩龙足，嚼龙肉，使之朝不得回，夜不得伏。自然老者不死，少者不哭。何为服黄金，吞白玉？"人寿既然短促，

2216

神仙又属虚妄，往往会陷于消极悲叹或颓废享乐。诗人却突发积极浪漫主义的奇想，借助幻想的形式来表达征服时间的愿望。"若木"与"烛龙"，本是两个不相关涉的神话，这里为了内容的需要，特意将它们融合连缀。按照诗人的思维逻辑，处于天东的日出入处神树下的烛龙，既然能把幽冥之国照亮，那么它就是推动日夜交替的神奇的力量。只要"斩龙足，嚼龙肉，使之朝不得回，夜不得伏"，就永远消除了时间的流逝，解除了人寿短促的忧虑，"自然老者不死，少者不哭"了。既然如此，又何必吞玉服金，妄求羽化登仙呢？这种奇想，充满了儿童式的天真和情趣，但它的精神，则是积极的，反映了人们不愿消极听任自然规律摆布，力图掌握自身命运的要求，与古代神话的积极浪漫主义精神一脉相承。这一段十句，借用五五、五三、六四、六四、五三句式（后四组分别冠以"吾将""使之""自然""何为"等词语，加以连接），兼有整齐与错综，顿宕与畅达之致。读来但觉一气直下，略无窒碍，充分体现出诗人的热切愿望。

李
贺

"谁是任公子，云中骑白驴？刘彻茂陵多滞骨，嬴政梓棺费鲍鱼。"天上没有骑驴遨游的神仙任公子，地下倒是有求仙而终不免一死的皇帝。从征服自然、征服时间的态度出发，服药求仙之举的愚妄便更显得突出。诗人举出汉武、秦皇这两个最出名的迷信神仙的帝王的事实作为典型例证。本图轻举登仙，遨游天下，到头来却在人间空留下一堆朽骨；实望长生不老，永世流芳，却不料猝死道上，反留遗臭。"滞""费"二字，讽刺刻毒严冷，鞭辟入里，可谓诛心之笔。

表面上看，服药求仙与斩龙嚼肉都是幻想，后者在形式上甚至更为荒诞虚幻。但从实质上看，二者之区别，正如迷信之与神话。如果说屈原的《天问》表现了对宇宙、对历史的探索精神和对传统观念的大胆怀疑，那么李贺的《苦昼短》则表现了征服自然的愿望和对命运的挑战。二者在精神上是一脉相通的。作为"骚之苗裔"，李贺不仅学芬芳悱恻的《九歌》，也学习富于探索和思辨精神的《天问》。

李贺的多数诗歌往往偏重于表现直觉印象与感受，喜欢运用隐晦和象征暗示手法。这首诗却明显地侧重表现思想与理念，具有散文化、议论化的色彩，接近韩愈的诗风。其想象的大胆，笔力的奇肆也类似韩诗。从这里可以看出韩愈对李贺诗风的直接影响。但这首诗中的议论，不仅挟带着强烈的感情，而且伴随着鲜明的形象、奇特的幻想、尖锐的讽刺，因此并不流于干枯，而是在畅达中别具一种奇崛豪肆的情致。

2217

铜驼悲〔一〕

落魄三月罢〔二〕，寻花去东家〔三〕。谁作送春曲，洛岸悲铜驼。桥南多马客〔四〕，北山饶古人〔五〕。客饮杯中酒，驼悲千万春。生世莫徒劳，风吹盘上烛。厌见桃株笑〔六〕，铜驼夜来哭。

〔一〕铜驼，铜铸的骆驼。晋陆机《洛阳记》："铜驼街有汉铸铜驼二枚，在宫之南四会道头，高九尺，头似羊，颈似马，有肉鞍，夹路相对。俗语云：'金马门外聚群贤，铜驼陌上集少年。'言人物之盛也。"可见铜驼街系繁盛游乐之区。《晋书·索靖传》："靖知天下将乱，指洛阳宫门铜驼叹曰：'会见汝在荆棘中耳。'"荆棘铜驼之悲，指朝代沦亡更易之想，本篇题目"铜驼悲"，则借阅历古往今来人世更易的铜驼之悲，抒写生命无常的悲慨。诗作于元和七年辞奉礼郎归昌谷经洛阳时。或云作于元和四年下第后归家经洛阳时。

〔二〕落魄，穷困潦倒。罢，休。三月罢，即三月末。

〔三〕东家，指李贺在洛阳曾寄居的旧寓舍，即洛阳仁和里旧居。其《自昌谷到洛后门》有句云："强行到东舍，解马投旧邻。"此东舍即此句之东家。

〔四〕桥南，指洛水上的天津桥南。马客，骑马寻春的游客。

〔五〕北山，指洛阳城北的北邙山，东汉及北魏的王侯公卿多葬此。饶，多。

〔六〕桃株笑，桃树开花繁盛。《诗·周南·桃夭》："桃之夭夭。"夭，女子笑貌。刘知几《史通·杂说上》："今俗文士谓鸟鸣为啼，花发为笑。"

姚文燮曰：落魄寻花，无聊情绪，作曲送春。时去不复，致来铜驼之悲也。桥南紫陌，正骅骝骄骋之地。及夫举首北邙，悉皆前贤陵墓，乃贵客行乐，饮酒高会，而铜驼阅历已多，不胜变迁之感。日月几何，当风炬焰。夭桃虽艳，行将委质泥涂。驼见之数，故厌其笑，而夜来反之为哭也。（《昌谷集注》卷三）

陈本礼曰：此借铜驼之哭以哭当时也。唐自安史之乱后，社稷丘墟。肃宗克复西京，正君臣修省之时，乃并不以前车为鉴，君昏于上，臣叛于下。纪纲不正。代、宪二宗继之，服金丹，昵群小，以至宦寺弄兵，强藩窃据，岌岌于有不终日之势。而当时秉国者，犹然醉生梦死，不知悚惧，此铜驼之所以夜来哭也。末归到铜驼自悲，恍似金铜仙人辞汉，以两"悲"字逼出一"哭"字，盖哭已甚于悲人也。（《协律钩玄》卷三）

吴汝纶曰：此首忧乱之旨。（《评注李长吉诗集》）

元和七年（812）春，李贺辞奉礼郎回昌谷，途经洛阳短暂停留时，写了这首诗。落魄失意的境遇，使李贺对生命的悲慨更加强烈；而历经人世更迭、沧桑变幻的铜驼，则进一步触发、加深了他的人生悲慨，于是写出这首充满悲凉激楚之音的人生悲歌。

开头两句，直接点出抒情主人公的"落魄"处境和"寻花"意兴。落魄失意，又值芳菲将尽的春暮，按说应是意兴阑珊，这里却说"寻花去东家"。这一方面透露出诗人对美好春色即将消逝的惋惜流连，同时也含有借寻花赏景以消愁遣闷的意绪。可以说，一开头就露出了苦中作乐的意蕴。

"谁作送春曲，洛岸悲铜驼。"三、四两句，正点题面。在这春意阑珊的三月末梢，是谁在洛水岸边吹奏出一阕送春曲——《铜驼悲》呢？诗人在寻花赏景的过程中，听到这悲凉的送春之曲，不禁更增添了青春不再、生命之无常的悲感，加深了流水落花春去也的感受。送春曲与《铜驼悲》，本为一事，诗人将它写成两句，一方面使诗句显得疏宕有致；另一方面又造成这样的感觉印象：似乎那洛水岸边的铜驼，也受到充满伤春情调的旋律感染，从而呈现出一种悲愁的情绪。

"桥南多马客，北山饶古人。"上句写所见，下句写所想，所想即因所见而生。这是两幅对比鲜明的图景。一幅是洛水桥南，骑马寻春之客，熙熙攘攘，川流不息，热闹非常；另一幅是北邙山上，荒冢累累，埋葬着世世代代的古人，一片荒凉萧瑟景象，今日北山冢中的枯骨，即是昔时熙熙攘攘的车

李贺

2219

马客；而今日熙熙攘攘的车马客，又必将成为异日北山的"古人"。两相对照，正含有生命无常的深悲。

"客饮杯中酒，驼悲千万春。"这又是一层对照：兴高采烈的寻春车马客，正在开怀畅饮；而夹路相对的铜驼，则恰似为千年万代的人世沧桑而不胜悲怅。有知的"客"，只顾寻春醉饮熙熙而乐，对生命的无常之悲惘然无知；而本来无知的铜驼，却因为经受了千年人世的更迭默然兴悲。生命的无常本已可悲，对生命无常的无知则更可悲。"驼悲"正反衬出"客饮"的无知与麻木。

从"千万春"的历史看眼前的人生，人生的短促便更显得突出。诗写到这里，便直接揭出全篇的主旨："生世莫徒劳，风吹盘上烛。"人生百年，恰如风前残烛，瞬息便尽，原是一个古老的比喻。用在这里，由于有前面一系列对照作衬垫，却显得特别警动醒目。这结论未免有些消极，但对诗人来说，这又是对自己的落魄失意境遇的一种自我宽解。

结尾两句，又回到本题："反见桃株笑，铜驼夜来哭。"桃树年年开花，又年年凋零。这旋开旋落的桃花，也正像无常生命的一种象征。铜驼在"千万春"中见到过无数这样转瞬即逝的生命无常的悲剧，不胜悲恨，因此厌见桃花盛开含笑于春风，反而为自然界与人世间反复演出的生命无常的悲剧而哭。着"夜来"二字，更渲染出一片阴暗凄凉的气氛。一"笑"一"哭"，对照鲜明，意味深长。铜驼之"哭"，不但为生命无常而悲，而且为无常生命对自身的悲剧无知而悲。"反"字中正透出一种彻骨的悲凉。

因个人的落魄失意而加重人生无常之感，原是李贺诗歌的重要内容。这首诗没有从人生的短促而迸发出"少年心事当拏云""二十男儿那刺促"的振奋呼声，而是陷入对生命无常悲剧的消极悲叹中，情调不免低沉悲凉（尽管在悲凉中蕴含着对生命的热情眷恋）。它的独特之处，主要在于艺术构思。诗中的铜驼，不仅是触发生命无常之悲的一种历史文物，而且是历经人世更迭变幻的历史见证。诗人赋予它"悲""厌"的感情，并以奇幻诡异之笔创造出"铜驼夜来哭"的萧森境界，而使铜驼的形象带有明显的象征色彩。正像金铜仙人是李贺国运衰颓之悲的象征一样，这首诗中的铜驼也不妨说是李贺的人生无常之悲的象征。为了突出铜驼之悲，诗中处处运用鲜明的比照，如以"落花"与"寻花"、"桥南马客"与"北山古人"、"客饮"与"驼愁"、"桃株笑"与"铜驼哭"等做层层对照，从而使生命无常的悲慨得到越来越深入的表现。

江楼曲〔一〕

楼前流水江陵道〔二〕，鲤鱼风起芙蓉老〔三〕。晓钗催鬓语南风〔四〕，抽帆归来一日功〔五〕。鼍吟浦口飞梅雨〔六〕，竿头酒旗换青苎〔七〕。萧骚浪白云差池〔八〕，黄粉油衫寄郎主〔九〕。新槽酒声苦无力〔一○〕，南湖一顷菱花白〔一一〕。眼前便有千里愁〔一二〕，小玉开屏见山色〔一三〕。

李贺

校注

〔一〕诗写江楼女子思念远方丈夫，盼其归来的情思。作年未详。诗的首句提及"江陵道"，又说"抽帆归来一日功"，江楼女子所居之地当距江陵不太远。但李贺生活经历中似未有江陵一带的行踪，此或为悬拟想象之词。

〔二〕江陵，唐荆南节度使府在江陵，设江陵府。今属湖北。江陵道，通向江陵的水道。

〔三〕鲤鱼风，本指九月风。梁简文帝《艳歌篇》："灯生阳燧火，尘散鲤鱼风……雾暗窗前柳，寒疏井上桐。"所写景物当为九月寒秋。《石溪漫志》："鲤鱼风，春夏之交。"王琦谓"观下文用'梅雨'事，则《漫志》之说为是"。按：梅雨一般在农历五月，而此句有"芙蓉老"字，指荷花已老，时当在夏秋之际。鲤鱼风如指九月寒秋之风，与"梅雨""芙蓉老"均不合；鲤鱼风如指春夏之交时的风，与"梅雨""芙蓉老"亦不甚合。下又有"菱花白"字，与""芙蓉老"大体同时。统而观之，则诗中所写景物，时令或在夏秋之际，则"鲤鱼风"或非专称指九月风者，而系形容水面风起，波纹有如鲤鱼之鳞片。"梅雨"亦泛称霖淫之雨，非专指五月之黄梅雨。芙蓉，荷花之别名。《楚辞·离骚》："制芰荷以为衣兮，集芙蓉以为裳。"洪兴祖补注："《本草》云：'其叶名荷，其华未发为菡萏，已发为芙蓉。'"

〔四〕晓钗催鬓，谓女子晓起梳妆，以钗插鬓，"催"字形容其匆匆地梳妆打扮之情状，盖梳洗既毕，即倚楼远望而盼归人。语南风，对南风而语。盖托南风以寄语。

〔五〕抽帆，扯起船帆。一日功，甚言其速。

2221

〔六〕鼍（tuó），鼍龙，俗称猪婆龙，今称扬子鳄。鼍吟，鼍鸣叫。古人听鼍叫以占雨。王琦注："《埤雅》：'狄，将风则涌；鼍，将雨则鸣。故里俗以狄谶风，以鼍谶雨。'"浦口，小河入江处。梅雨，《太平御览》卷九百七十引应劭《风俗通》："五月有落梅风，江淮以为信风。又有霖霪，号为梅雨，沾衣服皆败黦。"

〔七〕酒旗，酒店之幌子，以布缀竿，悬于门首，作招徕酒客之用，亦称酒帘、酒幌、酒招。换青苧，换上了青色的苧麻条。

〔八〕萧骚，水波扰动貌。差池，参差不齐之貌。

〔九〕油衫，即油衣，用桐油涂制而成的雨衣。黄粉油衫，指用黄粉涂饰的油衣。郎主，妻妾对丈夫的称呼。

〔一〇〕新槽酒声，榨酒的酒床中新酿的酒的滴沥声。苦无力，恨其无力，谓酒滴得将尽时间隔的时间长且声音轻微，听来甚感其无力。

〔一一〕菱花，一年生草本植物，水上叶菱形，叶柄上有浮囊，花白色。南湖，泛称南面的湖，非专称。王琦注谓："菱花紫色，不当言白，殆谓南湖水色，明净如菱花镜耳。"亦可通。然菱花多为白色，紫色少见。

〔一二〕愁，王琦注本作"思"。千里愁，指登楼望远，思念丈夫的愁绪。

〔一三〕小玉，神话中仙人之侍女，此借指侍女。白居易《长恨歌》："金阙西厢叩双扃，转教小玉报双成。"

（笺）（评）

刘辰翁曰："鲤鱼风起芙蓉老"，龙化也。"晓钗催鬓语南风，抽帆归来一日功。"俊快浓至。（《吴刘笺注评点李长吉歌诗》卷四）

黄淳耀曰：此当垆妇忆其夫，鬓为南风所催，容华不久，故语南风，速其抽帆而归。（《黎二樵批点黄陶庵评李长吉集》）

黎简曰：第三句言于晓起催妆时即祝语南风，愿其荡子早归来也。"晓"字与下句"一日"二字相叫，总言欲其晓妆时即抽帆而归，归可一日而至也。（"小玉"句下批）媚绝，所谓"时花美女，不足为其色"。（同上引）

姚文燮曰：楼前流水，道通江陵，一水盈盈，本无多路。时当深秋，北风飒飒，芳姿就萎，郎居上游，归帆但得南风，一日便可抵舍。故清晨登楼，占候风信，匆匆理妆，如受晓钗之催。口中殷殷，惟向南风致祝也。然前此梅雨不歇，酒旗频换，下对萧骚之浪，上对参差之云，又尝以黄粉油衫寄上郎主，愁雨愁风，固思归必至之情乎！是以新槽待郎之同饮，湖菱待郎之同采。眼前即是千里，亦无如凭栏眺望，只见山色不见郎耶。（《昌谷集注》卷四）

方世举曰：徐注忆夫，是也，以为当垆妇则非，殊不顾结尾小玉开屏之景，此岂当垆家所有耶？其误在酒旗换苎一语，而不知其为旁景。又曰：篇中点景是鲤鱼风，"南风""梅雨"等言时久矣。（《李长吉诗集批注》）

贺裳曰：长吉艳诗，尤情深语秀，如《江楼曲》曰："晓钗催鬓语南风，抽帆归来一日功。"《有所思》曰："白日萧条梦不成，桥南更问仙人卜。"《铜雀妓》曰："石马卧新烟，忧来何所似，长裾压高台，泪眼看花机。"《江潭苑》曰："十骑簇芙蓉，宫衣小队红。练香熏守鹊，寻箭踏卢龙。旗湿金铃重，霜干玉镫潭。今朝画眉早，不待景阳钟。"虽崔汴州曷能过乎！（《载酒园诗话又编》）

王琦曰：楼前流水，道通江陵。际此佳时，郎主归期未卜，若果欲归，仗南风吹帆之助，不过一日之功耳，奈何竟未能归耶？唐时江陵郡即荆州也。（芙蓉）老者，谓其花开已久。"催鬓"，《文苑英华》作"摧鬓"，犹言掠鬓也。"语南风"，向南风而语。"抽帆"，引帆也。"云差池"，谓云势迭起。（鼍吟）三句皆言梅雨时之景。以黄粉油衫寄之，以为其夫作御雨之具。新酒已熟，槽床滴注有声，然饮之久不能消愁，反若酒之无力。旧注谓滴将尽，盖以下五字相联作一解，亦通，然意味殊觉短浅。"一顷"，百亩也，菱花紫色，不当言白，殆谓南湖水色，明净如菱花镜耳。元稹诗："小玉铺床上夜衾。"疑唐时多以小玉为侍女别称。夫酒既不能消愁，南湖一望或可遣闷。无如眼前已有千里之思，侍女开屏，南湖之外又见山色周遮，江陵杳在何处，千里之思，愈不能已矣。（《李长吉歌诗汇解》卷四）

叶葱奇曰：前四句说，楼前流水便通江陵，当此一春又尽，荷叶生了很久的时候，晓起梳妆，独向着南风，倾诉离思。远人若肯张帆顺流而归，不过一日的事，何以竟不归来？"语南风"有乞求南风传信的意思。中四句说，梅雨纷飞，长日不停，市上的酒旗，都改用苎麻的了。望着江上参差的密云和荡漾的江水，很想把油衣寄去，以便他雨中归来。末四句说槽床尽管酒声滴沥，但是想喝来遣愁，却又感到它毫无力量。望着眼前明镜般的一片湖水，已经令人愁思难堪，而侍女推开屏风，看见远山重叠，更惹起人无限的远想。这首诗措词用意非常秾艳。"抽帆归来一日功""黄粉油衫寄郎主"，把闺中念远怀人的心情，细腻而透彻地表达尽致。末四句用意曲折婉转，而结二句若书家所谓"无垂不缩"的笔法，更馀味醇醇。（《李贺诗集》）

 鉴 **赏**

这是一首抒写女子倚楼怀远、盼望丈夫归来的闺情诗。它的主要特点，是通过景物的描绘渲染，透露女主人公的情思心绪，色彩秾艳，表现手法细腻含蓄富于暗示性，内容、情调与后世的闺情词非常接近。可以说，后世的闺情词明显受到李贺这类诗的影响。

"楼前流水江陵道，鲤鱼风起芙蓉老。"开头两句，从江楼近处景物写起。紧扣题目。楼前一派流水，正是通向江陵的水道。风起波生，显出鲤鱼身上鳞片似的波纹，水边的荷花已经衰老凋谢了。唐代的江陵府，是通向东西南北的交通要道，也是繁华的商埠。首句点出"江陵道"，暗示女主人公的丈夫就是循着这条水路远赴他乡的，看到这一派流水，她的情思也随之悠悠而去。次句"芙蓉老"点出季候，也暗示自己的青春容颜，正在漫长的等待中逐渐衰谢，其中含有自伤的意味，但表面上似乎只是客观写景，女主人公触景伤情之意绪全借"老"字暗暗透出。

"晓钗催鬓语南风，抽帆归来一日功。"三、四两句，写匆匆梳妆的女主人公面对南风，托其寄语，盼望丈夫的归来。"晓钗催鬓"四字，是说女子早晨起来，匆匆忙忙理鬓插钗，以便妆毕倚楼盼归。却不用通常的表达方式，给人的印象仿佛是钗在催促着鬓发赶快梳理完毕好让自己插，不但用字新奇生动，而且高度浓缩凝练。"语南风"三字，更写出女子对南风而喁喁告语的情痴情状，而下句的"抽机归来一日功"，既可以理解为托南风给丈夫捎去的一句话——你扯起船帆归来也不过一日之功罢了，也可以理解为女子的心理独白。口吻之中，既显示出盼归之情的急切，也含有如此易归而竟未归的怨怅，但这种怨怅之情同样表现得非常隐蔽，须细心体味方能得之。

"鼍吟浦口飞梅雨，竿头酒旗换青苎。"五、六两句，转写楼头所见较远处——河流入江口处的景色。鼍龙夜鸣于江浦，霏霏微微的雨丝在不断地飘荡飞舞，江边的酒家，竿头上原来的青布酒旗已经换成了苎麻条。"梅雨"

通常在农历五月，但夏秋之交的长江中游一带，也常有阴雨天气，霏淫不绝，故用"梅雨"来形容。上句写雨之连绵不断，景色黯淡，透露出女主人公此时的心绪；下句写酒旗旧布换麻，既承"梅雨"，又暗透时间的流逝，女子心头之怅触亦可默会。

"萧骚浪白云差池，黄粉油衫寄郎主。"这两句写俯视远处江中，白浪翻动；仰望天空，云层重叠参差，女主人公的心情似乎也随着江间波浪、天空云层而扰动不宁，这连阴雨的天气使她更加怀念远方的丈夫，想到该寄一袭黄粉油衫给他了。眼中所见与心中所想的自然承接，表现出女子的细心体贴，"郎主"的称谓，则明示所怀者系远游未归的丈夫，语气口吻中透出亲昵爱恋。

"新槽酒声苦无力，南湖一顷菱花白。"上句收归楼上现境，写听觉感受。酒槽中新榨的酒声滴滴沥沥，缓缓流注，越滴越慢，声音也越来越细了，听起来好像非常无力似的。这是写酒声，也是写心声。"苦无力"三字中透露出的正是一种因孤居独处而造成的一种苦闷无聊意绪。这恼人的天气、恼人的酒声使人似乎一切都提不起劲来。而转眼向外望去，南湖那宽阔的水面上已是一片白色的菱花了。下句写视觉感受，"菱花白"应上"芙蓉老"，明点季候，亦透时光流逝的心绪，而较"芙蓉老"更浑成含蓄，不着痕迹。

"眼前便有千里愁，小玉开屏见山色。"结尾两句，上句总承以上各句，说眼前所见近处远处各种景物，无不触动对千里之外的远人的怀想和思而不能见的愁绪；下句折转一层，说身边的侍女打开屏风，显露出远处渺渺茫茫的山色，自己思念的丈夫还远在遥山之外，不免更使人难以为怀了。"开屏"二字，补缴上文，盖此前所见一切景物，均为"小玉开屏"所见，不独此遥山之色也。

全篇所写的内容，实际上就是江楼女子晓妆甫毕、侍女开屏、倚楼览眺之际所见所思所感，几乎全是景物的描绘渲染。有的诗句，如"抽帆归来一日功""黄粉油衫寄郎主""眼前便有千里愁"，看似叙述语，实为女主人公心之所思，或者说是对女主人公的心理描写。除"眼前"句点明"愁"字外，全篇其他各句对女主人公的心绪均不作正面揭示，全凭景物烘托渲染，令读者身入其境，想象得之。情感的表达如此含蓄，在李贺以前的诗歌中少见，而在晚唐五代两宋的闺情词中，则成为一种最常见的抒情方式。而色彩之秾艳，情调之柔美，音调之宛转，也非常接近后世的闺情词，而与李贺多数诗奇峭拗涩的诗风有别。如果撇开词与特定的音乐结合这一层关系，单从内容情调、表现手法上来看，《江楼曲》在李贺的诗歌中可以说是最接近后世闺情词的作品。

将进酒〔一〕

琉璃钟〔二〕，琥珀浓〔三〕，小槽酒滴真珠红〔四〕。烹龙炮凤玉脂泣〔五〕，罗帏绣幕围香风〔六〕。吹龙笛〔七〕，击鼍鼓〔八〕；皓齿歌〔九〕，细腰舞〔一〇〕。况是青春日将暮〔一一〕，桃花乱落如红雨。劝君终日酩酊醉〔一二〕，酒不到刘伶坟上土〔一三〕！

校注

〔一〕《将进酒》，乐府旧题。《宋书·乐志四》"汉鼓吹铙歌十八曲"有《将进酒曲》。辞有云"将进酒，乘太白"，大略以饮酒放歌为言。参李白《将进酒》题注。作年未详。

〔二〕琉璃，一种有色半透明的玉石。琉璃钟，用琉璃玉制的酒杯。《晋书》载汝南王亮尝宴公卿，以琉璃钟行酒。

〔三〕琥珀，古代松柏树脂的化石，色淡黄、褐或红褐色。此处用以指酒的颜色。联系下句"酒滴真珠红"，钟内之酒当为褐红色。

〔四〕小槽，指榨酒时用来盛酒的容器。真珠红，美酒名。宋蔡絛《西清诗话·红曲酒》："李贺云：'酒滴真珠红。'夏彦刚云：'江南人造红曲酒。'"

〔五〕烹龙炮（bāo）凤，极言烹制肴馔之珍奇。烹，煮；炮，将鱼、肉等放在锅或铛中置于旺火上迅速搅拌的一种烹调方法。玉脂，指雪白的动物肌肉。泣，形容烹炮时原料发出的声响。

〔六〕帏，《全唐诗》原作"屏"，校："一作帏。"兹据改。罗帏绣幕，丝织的华美帷幕。

〔七〕龙笛，指笛，据说其声拟水中龙鸣，故称。汉马融《长笛赋》："龙鸣水中不见已，截竹吹之声相似。"后多指管首为龙形之笛。

〔八〕鼍鼓，鼍皮做的鼓。傅玄《正都赋》："吹凤箫，击鼍鼓。"

〔九〕《楚辞·大招》："朱唇皓齿，嫭以姱只。"

〔一〇〕细腰，《后汉书·马廖传》："传曰：楚王好细腰，宫中多饿死。"

〔一一〕青春，指春天。青春日将暮，指春天即将消逝。王琦注："暮，指时节言，谓春日无多，固将暮矣，不谓日暮也。桃花乱落，正暮春景候。"

〔一二〕酩酊，酒醉貌。

〔一三〕刘伶，魏晋间人，与阮籍、嵇康等同为竹林之游。《晋书·刘伶传》："常乘鹿车，携一壶酒，使人荷锸而随之，谓曰：'死便埋我。'……尝渴甚，求酒于其妻。妻捐酒毁器涕泣谏……伶跪祝曰：'天生刘伶，以酒为名，一饮一斛，五斗解酲……'……著《酒德颂》一篇。"刘伶墓在光州（今河南潢川）。

笺评

阮阅曰：《将进酒》，魏谓之《平关中》，吴谓之《章洪德》，晋谓之《因时运》，梁谓之《石首篇》，齐谓之《破侯景》，周谓之《取巴蜀》。李白所拟，直劝岑夫子、丹丘生饮耳。李贺深于乐府，至于此作，其辞亦曰："琉璃钟，琥珀浓，小槽酒滴真珠红。"嗟乎！作诗者摆落鄙近以得意外趣者，古今难矣。（《诗话总龟前集·评论门三》）

胡仔曰：江南人家造红酒，色味两绝。李贺《将进酒》云："小槽酒滴真珠红。"盖谓此也。乐天诗亦云："燕脂酌葡萄。"葡萄，酒名也，出太原，得非亦与江南红酒相类者乎？（《苕溪渔隐丛话·前集·香山居士》）

吴开曰：李长吉有"桃花乱落如红雨"之句，以此名世。予观刘禹锡诗云："花枝满空迷处所，摇落繁英坠红雨。"刘、李同出一时，决非相互剽窃。（《优古堂诗话》）按：《苕溪渔隐丛话·后集》引《复斋漫录》亦有此条。

刘辰翁曰：哀怨豪畅，故是绝调，极是快句，可人可人。（《吴刘笺注评点李长吉歌诗》卷四）

无名氏曰：此种，李王孙集中最佳者，人自忽之。（明于嘉刻本《李长吉诗集》）

杨慎曰：东坡诗"山中故人应有招我归来篇"，十一言也。"我不敢效我支自逸"，亦可作两句，若长吉"酒不到刘伶坟上土"，八言一句浑全。（《升庵诗话》）

周珽曰：余谓"花落如雨"，奇；"乱如红雨"，更奇。词意虽同，而简练李觉胜焉。至"酒不到刘伶坟上土"，见人世时物易于衰谢，有生得乐且乐，无徒博身后孤寂地下矣。陶渊明云："但恨在世时，饮酒不得足。"又，"在昔无酒饮，今但湛空觞。"贺盖深悟其真想者矣。（《删补唐诗选脉笺释会通评林·中七古中》）

周敬曰：语藻见达人生究竟，意实可悲。（同上引）

姚文燮曰：此讥当世之沉湎者也。富贵侈靡，欢宴无极，且谓其宜及时行乐，没则已矣。他日荒冢古丘，固无及耳。（《昌谷集注》卷四）

方世举曰：太似鲍照，无可取。结差可人意。（《李长吉诗集批注》卷四）

黎简曰：（末句）奇话。（《黎二樵批注黄陶庵评本李长吉集》）

沈德潜曰：（"桃花"句）佳句，不须雕刻。（末二句）达人之言。（《重订唐诗别裁集》卷八）

宋长白曰：刘梦得诗："花枝满空迷处所，摇动繁英落红雨。"实为自长吉"桃花乱落如红雨"化来。而马西樵谓刘、李出于一时，并非剿窃。吾谓寸金不换丈铁，昌谷为优。（《柳亭诗话》卷九）

陈本礼曰：于灯红酒绿时，或花前月下高歌此词，应不减痛饮读《离骚》。（《协律钩玄》卷四）

宋宗元曰：悲咽，令人肠断。（《网师园唐诗笺》）

史承豫曰：此长吉诗之最近人、最可法者，风调从太白来。（《唐贤小三昧集》）

潘德舆曰："微雨从东来，好风与之俱"，古诗也，上也；"珠帘暮卷西山雨"，律之古也，次也；"桃花乱落如红雨""梨花一枝春带雨"，词之诗也，下也。（《养一斋诗话》）

罗宗强曰：一方面是青春热烈的向往与追求，是那样五彩眩耀，瑰丽鲜艳；一方面又是衰暮之感，凄恻哀伤。这就是他的诗中常常表现出来的那个带着强烈主观色彩的世界……青春的鲜艳热烈与迟暮的热烈感怆，生的欢乐与死的悲哀，奇异地组合在一起……这里有歌声舞影，明眸皓齿；琉璃、琥珀、真珠红、玉脂、绣幕、红雨，这些词给人的光彩夺目浓烈艳丽的色感远远超过了它们作为实物和所形容的实物的意义，整个是一幅以红为基调的图画。是杯是酒，是山珍海味，是罗帷绣幕，一切都闪烁在珠光宝气的红色中。他是以青春的欢乐去感知、去拥抱这一切的。但就在这一片珠光宝气的红色之中，却是比春酒还要浓的迟暮之感。春酒杯浓，皓齿舞腰，终于摆脱不掉那个"死"字，摆脱不掉那个过早到来的衰老将至的病态心理。这一片珠光宝气，笼罩的是"坟"。从青春的欢乐开始，而走向悲怆，这就是这个只活了二十七年而又有过人才华和不幸遭遇的诗人的心灵历程。它写下的就是这个历程。（《隋唐五代文学思想史》第332-333页）

这首诗写一个热烈而豪华的宴饮场面和诗人沉醉其中时引起的强烈而深沉的人生悲慨。

"琉璃钟，琥珀浓，小槽酒滴真珠红。"开头三句，直接入题，围绕"酒"字进行多方面的描绘渲染：琉璃玉制作的酒杯里面盛满了琥珀色的浓浓酒浆，酒槽里滴沥着"真珠红"的名酒。琉璃、琥珀、"真珠"，这一连串珍贵的宝物突出渲染了酒器和酒的名贵。琥珀多为黄色，这里，联系下句"真珠红"，当指褐红色。透明的琉璃杯，映出了盛在杯中的褐红色的酒浆，着一"浓"字，不但写出了酒的黏稠的质感，酒的浓艳的色感，而且写出了酒的浓烈芳香和醇浓的味觉感受，一字而色、香、味、触诸觉全出。"小槽酒滴真珠红"句不但补充交代了酒杯里所盛的是"真珠红"的名酒，而且暗示了这酒是新酿的美酒。一边尽兴地喝，一边正在不断续添，给人以络绎相继，永不终席之感。"真珠"的晶莹透明，与"红"色相映，也使这"真珠红"的美酒给人以明艳的美感。

"烹龙炮凤玉脂泣，罗帏绣幕围香风。"三、四两句，写菜肴的珍奇和宴饮场所的豪华。所谓"龙""凤"，实际上不过是鱼和鸡一类普通食材，最多也不过是海鲜和山鸡一类东西，但在诗人笔下却统统变成了人世间根本不存在的"龙"和"凤"，则其肴馔的珍奇可称"只应天上有"了。本来普通的动物肌肉，用"玉脂"来形容，其晶莹雪白的色感、质感和华美珍奇也宛然在目。一句中运用"烹""炮""泣"三个动词，不但突出了烹调方式的多种多样，而且宛若可以闻到烹制过程中发出的扑鼻浓香，宛若可以听到原料下锅时发出的极具刺激性和诱惑力的声响。把肴馔的烹制过程写得如此刻露而又具有诱惑力，此前的诗中似未见。下句"罗帏绣幕"见室中装饰之华美，透露出这可能是一个豪贵人家的宴会，妙在"围香风"三字，不仅将重重帷

2229

幕合围中的宴会场所写得浓香充溢，令人在香风的熏染中感到陶醉，而且将前面所写的酒香、烹调菜肴的香味，以及后面所写的众多吹笛击鼓、轻歌曼舞的美人身上的芳香全都融合在了一起，密不通风，历久不散，使所有参加宴会的人都在这众香杂陈的熏人香风中感到沉醉甚至窒息。

"吹龙笛，击鼍鼓；皓齿歌，细腰舞。"四句连用四个三字短句，节短势促，用来突出渲染场面的欢快热烈和参加宴会的人情绪的激动热切。吹笛击鼓，唱歌跳舞，这些原来常见的宴乐场景，因为"龙""鼍"的修饰和"皓齿""细腰"的形容，变得既新奇华美，又给人以强烈的视听感受。笛如龙吟，见乐声之清亮悠扬，动人遐想；鼓而鼍皮，见鼓声之洪亮有力，震人心弦。再加上朱唇皓齿的歌女所发出的优美歌声，细腰袅娜的舞女所呈现的曼妙舞姿，都给人以目不暇接、美不胜收的感受。四句连续而下，不但将宴会的热烈气氛渲染到极致，而且将诗人的陶醉之情渲染到极致。

"况是青春日将暮，桃花乱落如红雨。""况是"二字，在上面对宴饮场面作尽情描绘渲染的情况下突作转折，从时令季节和所见景物的描写中折射出深沉强烈的青春将逝的悲慨。说当下正值春天的季节已经到了末梢的时候，满树的桃花，纷乱地飘落下来，就像下着一阵阵的红雨。"青春日将暮"，是对美好的春天即将消逝的一种叙述，而"桃花乱落如红雨"则是对"青春日将暮"的一种极富创意的描写。用花凋谢来写春之消逝本很平常，但说它"乱落"，便见其片片瓣瓣，随风飘荡，纷纷扬扬，密密匝匝，到处坠落的态势，而将这一切景象用"如红雨"来形容，就更因其新奇浪漫的想象和生动形象的比喻而创造出前所未有的诗境。它是青春年华消逝的象征，极端哀伤，又极端美丽。用这样奇警而华美的意象来表现对青春和生命凋衰的哀婉，既触目惊心，又刻骨铭心。即使是生命的凋衰，也要将这种凋衰的美表现到极致。

"劝君终日酩酊醉，酒不到刘伶坟上土！"末二句在前两句象征性描写的基础上进一步抒写深沉的人生悲慨，揭出全篇主旨。既然青春和生命的消逝无可挽回，那就劝你终日喝得酩酊大醉，趁着青春尚存之时尽情地享受人生，因为酒是绝不会洒到刘伶的坟上去的。在貌似旷达的人生宣言中蕴含着对青春和生命消逝的极端感伤，在极端感伤之中又透出对青春和生命的深刻眷恋。

一个常见的宴饮场面，在李贺笔下，被表现得如此华美秾艳，富于刺激性的美感。在一片以红色为基调的氛围中，透出了对青春生命即将消逝的深刻恐惧和极端感伤。那红色的酒，红色的杯，乱落如红雨的桃花，以及庖厨中"烹龙炮凤玉脂泣"的声音，罗帏绣幕中充满的香气，伴着龙笛鼍鼓的欢歌狂舞，处处都给人以感官上、心理上的强烈刺激，在目眩神迷中唤起一种及时行乐的亢奋与沉醉。这种强烈的刺激正是诗人内心深刻苦闷的一种宣泄和补偿。

美人梳头歌〔一〕

西施晓梦绡帐寒〔二〕，香鬟堕髻半沉檀〔三〕。辘轳咿哑转鸣玉〔四〕，惊起芙蓉睡新足〔五〕。双鸾开镜秋水光〔六〕，解鬟临镜立象床〔七〕。一编香丝云撒地〔八〕，玉钗落处无声腻〔九〕。纤手却盘老鸦色〔一〇〕，翠滑宝钗簪不得〔一一〕。春风烂漫恼娇慵〔一二〕，十八鬟多无气力。妆成鬘鬌欹不斜〔一三〕，云裾数步踏雁沙〔一四〕。背人不语向何处？下阶自折樱桃花〔一五〕。

校 注

〔一〕诗写美人晓起梳头及妆成缓步下阶摘花情景。作年未详。

〔二〕西施，春秋末年越国著名美女，此借指诗中女主人公。绡，轻纱。绡帐，轻薄透明的纱帐。《汉书·元帝纪》"齐三服官"颜师古注："轻绡，今之轻縠（同"纱"）也。"《拾遗记·蜀》："先主甘后……玉质柔肌，态媚容冶。先主召入绡帐中，于户外望者如月下聚雪。"

〔三〕香鬟，芳香的发鬟。堕髻，堕马髻的省称。《后汉书·梁冀传》："寿（冀妻孙寿）色美而善为妖态，作愁眉、啼妆、堕马髻……以为媚惑。"李贤注引《风俗通》曰："堕马髻者，侧在一边。"唐张萱《虢国夫人游春图》所画之发髻，即堕马髻。沉檀，沉香木与檀木，均为香木。此指用沉檀木做的枕头。半沉檀，谓其发鬟发髻散乱，半覆于枕。

〔四〕辘轳，利用轮轴原理制成的汲水装置。转鸣玉，形容辘轳转动时发出的清脆声响如玉之鸣。

〔五〕芙蓉，荷花，借喻美人。

2231

〔六〕双鸾，指绣有双鸾的镜套。揭开镜套，明镜始见，故曰"双鸾开镜"。

〔七〕象床，以象牙为饰的床，形容床之华美。因发长委地，故须"立象床"而梳头。

〔八〕一编香丝，指美人的鬓发。云撒地，形容鬟髻解开后如云之撒地。

〔九〕王琦注："鬟已解去，安得尚有玉钗在上，以致落地？况此句已用'玉钗'，下文又用金钗，何不惮重复至是？恐是'鎞'字之讹。鎞是梳发器，他选本有作'玉梳'者，盖亦疑'钗'字之非矣。'落处'谓梳发，凡梳发原无声，'无声'是衬贴字，下着一'腻'字，方见其发之美。"叶葱奇从王说。按：王说似颇合情理，然"钗""鎞"二字，虽同属"金"旁，形并不相似，如原是"鎞"字，似不大可能误为"钗"字，至于二"钗"字重见，古体歌行原不避忌，且此处之"腻"与下文之"滑"正为对梳洗前后玉钗情况之精确描写。此句盖写卸钗解发时，玉钗偶尔落地，因其上沾有发上之脂膏，故无声而腻也。"腻"字正传神地表现出其触地时悄然无声，发腻而不清脆的听觉感受。

〔一〇〕老鸦色，乌黑色。南朝乐府《西洲曲》："双鬓鸦雏色。"盘，指盘发作髻。

〔一一〕翠，指翠发，黑而有光泽的头发。此句写梳洗之后，翠发油腻既去，丝丝光滑，故插钗时因滑溜而簪不得。

〔一二〕烂漫，浩荡。恼娇慵，谓浩荡的春风使娇慵的女主人公心情烦闷。

〔一三〕鬌髻，即倭堕髻，古代妇女的一种发式，发髻向额前倾斜。古乐府《陌上桑》："头上倭堕髻。"晋崔豹《古今注·杂注》："堕马髻，今无复作者，倭堕髻，一云堕马之馀形也。"段成式《髻鬟品》："长安城中有……倭堕髻。"欹不斜，稍稍侧向一边而不倾斜，盖形容其梳得恰到好处。

〔一四〕云裙，轻柔飘动如云的衣裳。踏雁沙，形容美人步履轻盈舒缓，如雁足踏平沙。

〔一五〕樱桃花，《本草纲目·果二·樱桃》："樱桃树不甚高。春初开白花，繁英如雪。"

笺评

胡仔曰：《美人梳头歌》……余尝以此歌填入《水龙吟》。（《苕溪渔隐丛话·后集》）

刘辰翁曰：如画，如画。有情无语，更是可怜。无语之语更浓。（《吴刘笺注评点李长吉歌诗》卷四）

韦居安曰：李长吉集中有《染丝上春机》《美人梳头歌》，婉丽精切，自成一家机轴。（《梅涧诗话》）

徐渭曰：语重而不觉其重，愈重愈妙，诸人皆不及。（《徐董评注李长吉诗集》）

钟惺曰：懒静而摇曳，美人妙手。（《唐诗归》卷三十一）

黄周星曰：描写美人梳头，可谓曲尽其致。但不知白玉楼中亦有此美人否？若无此一物，何以见天上之乐？（《唐诗快》卷七）

黎简曰：（末二句）蕴藉。（《黎二樵批点黄陶庵评本李长吉集》）

姚文燮曰：状美人之晓妆也。奇藻蒨艳，极尽情形。顾盼芳姿，仿佛可见。（《昌谷集注》卷四）

方世举曰：写幽闺春怨也。结尾"樱桃花"三字才点睛。花至樱桃，好春已尽矣。深闺寂寂，亦复何聊！不着一字，尽得风流。使温、李为之，秾艳当十倍加。然为人羡，不能使人思，不如此画无尽意也。从来艳体，亦当以此居第一流。（《李长吉诗集批注》卷四）

沈德潜曰：（"解鬟临镜"句）发长也。（末二句）梳头以后之神。（《重订唐诗别裁集》卷八）

史承豫曰：形容处极生艳之致，此种乃杨铁崖极力摹仿者，然不逮远矣。（《唐贤小三昧集》）

董伯英曰：总一折花，而于"踏雁沙"见其步之妍，于"背人不语"见其态之幽；于"下阶自折"见其情之别。长吉起语，如"空山凝云""秋蓝着色"，结句如"渭城波小""自折樱桃"，俱于本题外别出一意，愈远愈合，无限烟波。（《协律钩玄》卷四引）

叶葱奇曰：这首诗描画美人晓起梳妆的情景。用字秾缛、细腻。如用"半沉檀"的"半"字，来形容睡时浓发的覆枕，"立象床"的"立"字来表示发长，"无声腻"的"腻"字来形容长发的柔细，"簪不得"来形容发髻的光泽，都精妙入微。而"春风烂漫""娇慵无力"，更把梳妆人的意

2233

绪、心情勾勒、渲染得灵妙、生动。结两句是"顾影自怜"的意思，语艳而意逸。(《李贺诗集》)

这首诗写美人梳头前后情态及梳妆过程，设色秾艳，描绘精细，但却艳而不亵，细而不腻，秾艳之中自具婉丽灵动之致与幽怨寂寥之情。艳诗其表，闺怨其里。

"西施晓梦绡帐寒，香鬟堕髻半沉檀。"开头两句，写女主人公晓梦未醒时的情态。用"西施"来借喻女主人公，不仅状其美貌绝伦，且暗示其为贵家姬妾一流人物。也唯有这类人物，才兼有诗中所描绘渲染的富贵和幽怨寂寥情致。清晨时分，美人晓梦未醒，半透明的白色绡帐低垂，散发着膏沐芳香的发鬟和发髻有一半覆盖在沉檀木枕头上。绡帐、沉檀，见用物之名贵华美；香鬟、堕髻，见装束之时尚精致；晓梦未醒，见情态之慵懒。这一切，都透露出贵家姬妾的身份特征和生活特征。但第一句句末的那个"寒"字，却画龙点睛式地渲染出绡帐之中，似乎正沁出一股寒意，暗示帐中人并非鸳鸯双栖，共度良宵，而是形单影只，独卧华美的空房。正是这个"寒"字，构成了贯注全诗的内在意致，使读者得以品味出美人富贵娇慵生活中的幽怨情思。

"辘轳咿哑转鸣玉，惊起芙蓉睡新足。"三、四两句，写室外汲水的辘轳转动声，咿咿哑哑，如鸣玉之声那样清脆，惊醒了帐中美人的晓梦。用"芙蓉睡新足"来形容美人娇卧乍醒时的情态，于华美之中略见娇慵。

以上四句，从题目"美人梳头歌"来看，均为题前文字。但其中所包含的几个要素（美人的身份、生活状态，特别是独宿空房的寒意）却都预示了后来的发展，而"香鬟堕髻半沉檀"一句所描绘的发髻散乱之状则直启了中间一段对"梳头"的描绘。

"双鸾开镜秋水光，解鬟临镜立象床。"五、六两句，写开镜解鬟。这是梳头的前奏。鸾镜的外面，覆盖着绣有双鸾图案的镜套，打开镜套，立时显露出明净透彻如同秋水之光的明镜，女主人公解散发鬟，临镜而立于象床之上。古以发长为美，女主人公之所以要站立在象床之上对镜照影，正暗示其头发之长可垂地。这两句似为纯客观的描绘，但面对镜盖上的"双鸾"，临镜自照之际，孤栖独宿、顾影自怜的意绪自不难默会。

"一编香丝云撒地，玉钗落处无声腻。"七、八两句，承"解鬟"续写美人头发之长与腻。前面讲到"香鬟"，此处又说"香丝"，似复而非复，盖晓卧未醒时，发鬟虽松而未散；此则香鬟既解，遂成"一编香丝"，虽散为丝丝香发而犹整齐，故曰"一编"。立于象床之上，而一编香丝犹如云之撒地，则发之长、发之浓、发之灵动飘逸均可想见。解鬟之际，偶然碰落了簪发的玉钗，由于钗上沾有头发上的脂膏，故落地时竟悄然无声，使人有一种黏腻感。用本来表现触觉感受的"腻"字来表现听觉感受，似无理却极传神，仿佛从玉钗的落地声中能听出黏附其上的脂膏，甚至闻到它的余香。温庭筠《郭处士击瓯歌》中写听击瓯时全神贯注，有"侍女低鬟落翠花"之句，那是形容静得连侍女头上的翠钗落地的细小声响都可听见，与此句形容玉钗落地之声悄然而"腻"，可谓异曲同工。

"纤手却盘老鸦色，翠滑宝钗簪不得。"九、十两句，写梳洗完毕，盘鬟插钗。纤细而洁白如玉的素手将梳理好的头发盘成浓黑而亮泽的老鸦色发鬟，翠发新洗，光滑润泽，连宝钗也插不上。上句"纤手"与"鸦色"，一白一黑，色彩对比鲜明，愈见纤手之洁白、发色之黑亮，下句"滑"字与前面的"腻"字也形成鲜明对照，显示出梳洗前后发之"腻"与"滑"两种不同的感觉印象，均属细腻传神之笔。

"春风烂漫恼娇慵，十八鬟多无气力。"十一、十二两句，转写梳妆既毕后的情态。室外，春风浩荡，正是一年中最好的季节，可是女主人公却只感到苦恼烦闷，娇慵无力；虽值青春年华，却仿佛难以承受高鬟浓发的重压。叠用"恼""娇慵""无气力"等表现情态之词语，正与"春风烂漫"的美好季候、"十八鬟多"的美好年华形成又一鲜明对照，透露出在美好环境中女主人公内心的苦闷。

"妆成鬖鬌欹不斜，云裾数步踏雁沙。"十三、十四两句，却并不顺着"恼娇慵""无气力"的意思一直往下写，而是稍作顿挫，转写其妆成后的发型体态。梳成的鬟鬌，稍稍侧向一边而不过分倾斜，恰到好处，云鬟高耸，款款行步，云裾飘逸，犹如雁足踏平沙那样舒缓而轻盈，更显得仪态万方。两句从动态中写发鬟之美和仪态之美，二者亦相互映衬，相得益彰。"踏雁沙"之喻写步态之轻盈飘逸，尤为出色。

"背人不语向何处？下阶自折樱桃花。"结尾两句，承上"数步踏雁沙"，续写其下庭折花。这首诗通篇均用第三人称对美人梳头及前后的情态作描绘渲染，这里却突用第二人称，作诗人发问口吻，顿觉笔致灵动，摇曳生姿。

尤妙在"背人不语"四字，隐隐透出女主人公的内心幽怨与寂寥，使下句"下阶自折樱桃花"的行动也在无形中充满了难以排遣而又聊自排遣的苦闷意绪，是全篇的点睛之笔。它使人联想起李商隐《无题》（八岁偷照镜）的结尾："十五泣春风，背面秋千下。"一则曰"背人不语""自折樱桃花"，一则曰"背面秋千下"，无限幽怨寂寥之情，均寓言外。

诗从"晓梦"到"惊起""开镜""解鬟""临镜""盘鬟""簪钗"，到妆成缓步下阶摘花，叙次井然，这和李贺多数诗篇侧重主观感情的抒发、结构上具有很大跳跃性有明显区别；全篇侧重对美人梳头过程及前后情态行动的精细描绘，与其他多数诗篇多写感觉印象亦明显不同。在语言上，也不像其他诗篇那样刻意追求生新奇峭，而显得秾艳又宛转清丽，特别是将女主人公的幽怨寂寥之情写得非常含蓄有致。这一切都表明这首诗是长吉体中别饶风韵之作。

官街鼓〔一〕

晓声隆隆催转日，暮声隆隆呼月出。汉城黄柳映新帘〔二〕，柏陵飞燕埋香骨〔三〕。捶碎千年日长白，孝武秦皇听不得〔四〕。从君翠发芦花色〔五〕，独共南山守中国〔六〕。几回天上葬神仙〔七〕，漏声相将无断绝〔八〕。

校注

〔一〕《大唐新语》卷十："旧制：京城内金吾晓暝传呼，以戒行者。马周献封章。始置街鼓，俗号'冬冬'，公私便焉。"《新唐书·百官志四上》："左右街使，掌分察六街徼巡。凡城门坊角，有武侯铺、卫士。骁骑分守……日暮，鼓八百声而门闭；乙夜，街使以骑卒循行嚣嚣，武官暗探；五更二点，鼓自内发，诸街鼓承振，坊市门皆启，鼓三千挝，辨色而止。"则官街鼓本为示警而设，而兼有报时作用。此取其报时之意。作年未详。

〔二〕汉城，指京城长安。

〔三〕柏陵，指皇帝陵墓。因其多植柏树，故称。飞燕，赵飞燕，汉成帝皇后，以美色著称。

〔四〕孝武,指汉武帝。汉武帝与秦始皇均迷信神仙,妄求长生,而鼓声送走朝暮,搋碎千年,象征着时间的流逝。秦皇、汉武求仙未果,长生无望,故根本听不到千年之后的鼓声。

〔五〕从,任凭。翠发,黑发。芦花色,指白色。

〔六〕南山,指终南山。中国,指京城长安。参详《李凭箜篌引》"李凭中国弹箜篌"句注。

〔七〕天上葬神仙,谓天上的神仙亦不免于死。

〔八〕漏声,报时的更漏声。相将,相伴。谓更漏之声与更鼓之声相伴。

李贺

笺评

刘辰翁曰:神奇至于仙,极矣。独屡言仙死,不怪之怪,乃大怪也。(《吴刘笺注评点李长吉歌诗》卷四)

曾益曰:此言鼓声日夜环转,人有死时,鼓无断时。葬神仙,声不绝,极言其无断时。(《昌谷集》卷四)

无名氏曰:屡言仙死,深为求仙怠政者戒。冷语趣甚。(明于嘉刻本《李长吉诗集》)

黄淳耀曰:神仙可死,而漏声不绝,极意形容。(《黎二樵批点黄陶庵评本李长吉集》)

姚文燮曰:此讥求仙之非也,日月循环,鼓声相续,故长安犹是汉城黄柳,新帝飞燕已成黄土。使如秦皇、汉武在时,遽言搋碎千年白日,势必使翠发变为芦花之白,犹与共南山之寿以守此中国也。其实秦皇死,孝武复死,漏声相续之下,亦不知断送多少万乘之君矣。(《昌谷集注》卷四)

陈本礼曰:此长吉祝国之词,迫(殆?)顺宗册太子时作。史称顺宗风暗未愈,政在二王,而八司马之党交构纵横,人情噂沓,乃从韦皋之请,暨荆南裴坰、河东严绶,笺表继至,乃传位太子,社稷以安。此诗有作讥求长生者,似属牵强。(《协律钩玄》卷四)

吴汝纶曰:此首最警悍。又曰:("独共"句)亘古不变者,惟有街鼓与南山耳。(《唐宋诗举要》卷二引)

街鼓的设置，始于初唐，本用以警夜，即宵禁开始和终止时击鼓通报。由于宵禁始于暮，终于朝，故又兼有报时的作用。诗人正是从街鼓始暮终朝的报时作用着眼，创造出"官街鼓"这一象征着朝暮更替不绝的永恒的时间形象。在全诗中，它是一个核心意象，是与人的短暂的生命相对应的意象。围绕着它，又设置了"南山""漏声"等辅助性意象，用以表达生命有限而时间永恒、自然永恒的主旨；由此出发，又自然引出对帝王求仙的愚妄的批判这个副主题。这样的艺术构思，新颖而独特，体现出李贺的艺术独创精神。

"晓声隆隆催转日，暮声隆隆呼月出。"街鼓的暮声隆隆、晓声隆隆，本与"月出"和"转日"无涉，但街鼓声适在入夜和破晓之际隆隆作响这个现象，却给诗人的联想和想象提供了凭借。在诗人的想象中，那入夜后隆隆作响的街鼓声像是在呼唤月亮的升起，而清晨时隆隆作响的街鼓声像是在催促太阳的运转。这一"催"一"呼"，不但将街鼓拟人化了，而且使它和朝暮更替、不断流逝的时间挂上了钩，使人感到那日月的升落运转，都是由街鼓声呼唤、催动的。这就突出表现了作为不断流逝的时间的象征——官街鼓的伟力，在读者心中唤起一种时间在鼓声催促中飞快流逝的紧迫感和震撼感。

"汉城黄柳映新帘，柏陵飞燕埋香骨。"三、四两句由"官街"转到"汉城""柏陵"，说长安城中的柳树年年长出嫩黄的柳丝，映照着新换的门帘，而周边遍植柏树的皇帝墓中已经埋葬了绝代佳人赵飞燕的香骨。黄柳映新帘与柏陵埋香骨的鲜明对照，令人触目惊心，突出表现了大自然的生生不息和人的生命的倏忽消逝，即使贵艳如飞燕也不可避免地香消玉殒，化为枯骨。

"捶碎千年日长白，孝武秦皇听不得。"五、六两句分别由鼓声催日呼月、柏陵飞燕埋骨生发想象，说这咚咚不绝、朝暮更替的鼓声，捶碎了上千年的时间，而太阳仍然像以前那样炽亮，但迷信神仙、妄求长生的汉武帝、秦始皇却早已埋骨地下，再也听不到这千年之后的鼓声了。说鼓声持续千年是常语，说鼓声"捶碎千年"则是奇特而警辟的语言，它不但赋予声音以形象，以动作，而且给人以惊心动魄的感受。如果说鼓声象征着时间的永恒，"日长白"象征着大自然的永恒，那么"孝武秦皇听不得"就突出表现了人生的短促和无奈。即使君临天下、威权盖世的生命在永恒的时间和自然面前也显得极其渺小。

"从君翠发芦花色，独共南山守中国。"七、八两句，由皇帝后妃进一步扩展到一般的世人。"从君"的"君"是泛称的"你"，"从君翠发芦花色"，也就是所谓"秋眉换新绿"。任凭你的乌黑头发变成了芦花的白色，官街鼓却朝朝暮暮，隆隆不绝，好像要和那永世长存的终南山坚守在这长安城。"从君""独共"前后呼应，突出了时间的无情。

　　"几回天上葬神仙，漏声相将无断绝。"秦皇、汉武的追求是服药求仙、白日飞升，诗人则连天上的神仙也彻底加以否认。不说神仙不可求、虚妄不存在，而说即使是天上的神仙也不知死过多少回了，而鼓声却与更漏声始终相伴，永无断绝。比起永恒的时间，天上的神仙也是难逃一死的。这彻底的否定，将时间的永恒强调到极致，也将永恒的时间与人生的短促的矛盾推向了极致。

　　此诗用奇异大胆的想象和层层推进的鲜明对照，突出渲染生命之有限、短暂和时间、大自然之无限与永恒，整体风貌显得特别冷峻尖锐，不留余地，但内心深处潜藏的则正是对有限生命的无限珍惜和眷恋，这一点，正是它虽峻刻冷峭却不流于低沉颓废的原因。它要世人丢掉的是对生命永恒的幻想，而不是短暂有限的生命本身。

李贺